Markus Heitz
Ulldart III

PIPER

Zu diesem Buch

Nach langen Jahren des Krieges versucht Lodrik das Reich in Frieden zu vereinen. Sein Wunsch ist es, die letzten aufständischen Regionen in das vereinte Reich zu holen. Doch Lodriks Berater Mortva Nesreca schmiedet eigene Pläne. Er macht Lodriks Kinder Govan und Zvatochna zu Werkzeugen der Finsternis und kann Lodrik in einen Hinterhalt locken. Dessen Untertanen wollen ihren Herrscher rächen. Und nur die letzte aldoreelische Klinge vermag die dunklen Mächte zu Fall zu bringen und die Quellen des Bösen zu versiegeln …

Markus Heitz, geboren 1971, lebt als freier Autor in Zweibrücken. Seine Besteller um »Die Zwerge«, alle bei Piper erschienen, wurden in acht Sprachen übersetzt. Auch das neunbändige Epos um die Welt »Ulldart« sowie seine Romane »Die Mächte des Feuers«, »Drachenkaiser« und »Die Legenden der Albae« begeisterten die Fans. Weiteres zum Autor: www.mahet.de

Markus Heitz

DIE MAGIE DES HERRSCHERS

DIE QUELLEN DES BÖSEN

Ulldart III

Piper München Zürich

Entdecke die Welt der Piper Fantasy:

Piper-Fantasy.de

Zu den lieferbaren Titeln von Markus Heitz bei Piper siehe Seite 1371.

MIX
Papier aus verantwortungsvollen Quellen
FSC® C083411
www.fsc.org

Ungekürzte Taschenbuchausgabe
Oktober 2011

Umschlagkonzeption: semper smile, München
Umschlaggestaltung: www.guter-punkt.de
Umschlagabbildung: Anke Koopmann unter Verwendung von Motiven von Shutterstock
Karten: Erhard Ringer
Satz: C. Schaber Datentechnik, Wels
Druck und Bindung: CPI – Clausen & Bosse, Leck
Printed in Germany ISBN 978-3-492-26810-3

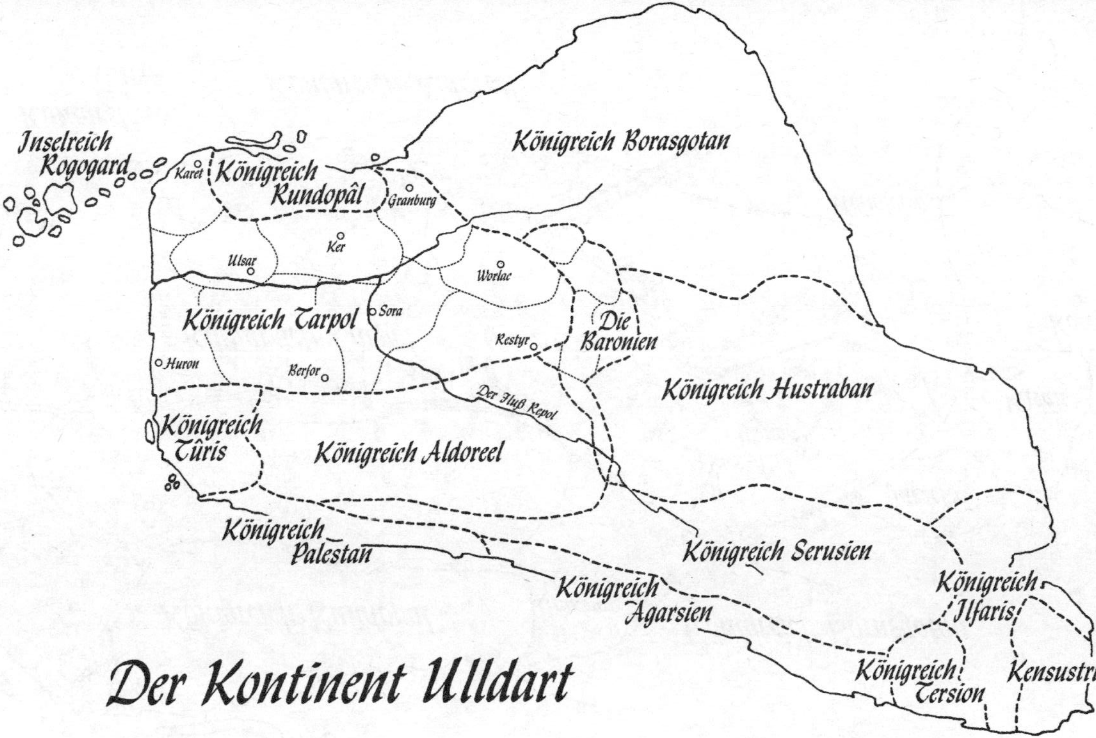

Der Kontinent Ulldart

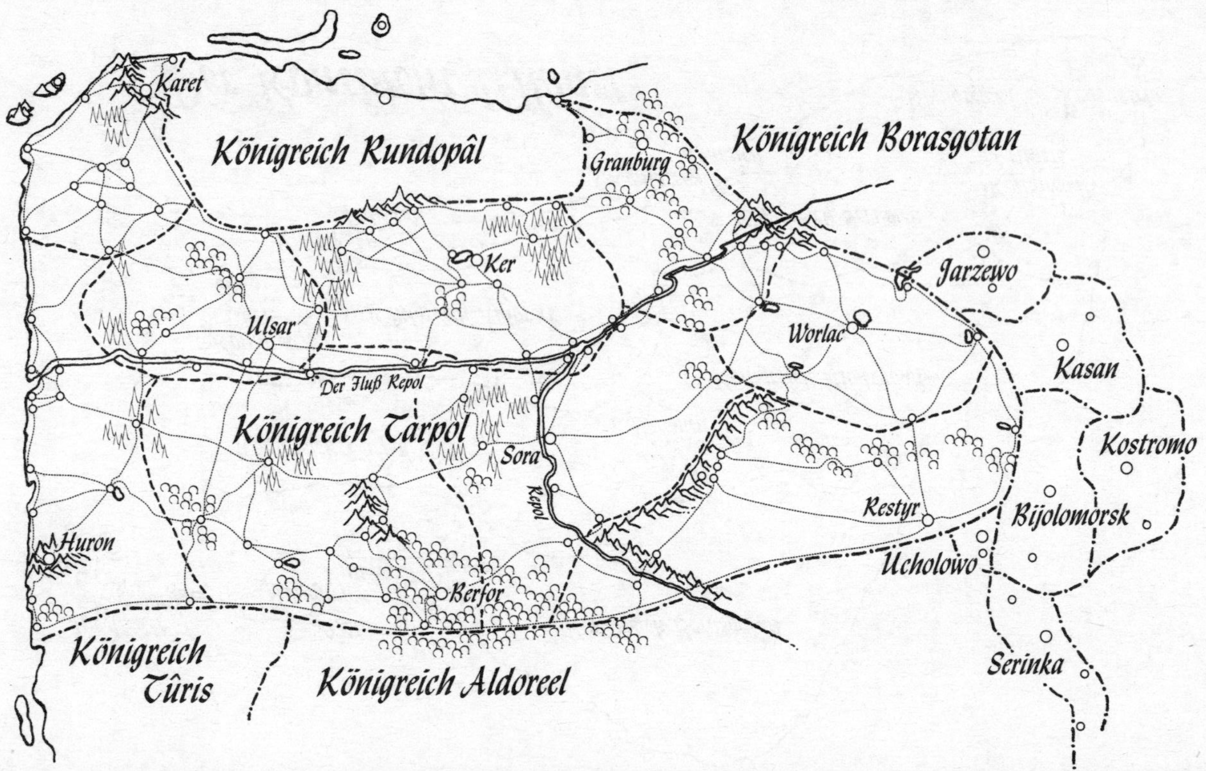
Königreich Rundopâl
Königreich Borasgotan
Karet
Granburg
Ker
Ulsar
Jarzewo
Worlac
Kasan
Der Fluß Repol
Königreich Tarpol
Sora
Repol
Kostromo
Bijolomorsk
Restyr
Huron
Ucholowo
Berfor
Königreich Tûris
Königreich Aldoreel
Serinka

Die Magie des Herrschers

PIPER

DRAMATIS PERSONAE

LODRIK BARDRI¢: Kabcar von Tarpol
NORINA MIKLANOWO: Brojakin
ALJASCHA RADKA BARDRI¢: Großcousine Lodriks, Vasruca von Kostromo und Kabcara Zvatochna, Krutor und Govan: Lodriks Kinder
MORTVA NESRECA: Berater des Kabcar
HEMERÒC: Handlanger Nesrecas
PAKTAÏ: Handlangerin Nesrecas
SINURED: legendärer Kriegsfürst
CHOS JAMOSAR: Hof-Cerêler in Ulsar
TCHANUSUVO: tarpolischer Adliger
DORJA BALASY: Magd am Hof Lodriks
TOKARO: ihr Sohn
ROVO: Anführer einer Räuberbande

MEISTER HETRÁL: Bogenschütze und Kommandant von Windtrutz
NERESTRO VON KURASCHKA: Mitglied des Ordens der Hohen Schwerter, Verehrer des Gottes Angor; Großmeister
HERODIN VON BATASTOIA: Vertrauter Nerestros, Mitglied des Ordens der Hohen Schwerter, Verehrer des Gottes Angor, Seneschall
KALEÍMAN VON ATTABO: Mitglied des Ordens der Hohen Schwerter
ALBUGAST: Knappe

KÖNIG PERDÓR: Herrscher von Ilfaris
FIORELL: Hofnarr und Vertrauter Perdórs
MOOLPÁR DER ÄLTERE UND VYVÚ AIL RA'AZ: kensustrianische Botschafter

FARRON UND OLLKAS: zwei kensustrianische Astronome
TOBÁAR AIL S'DIAPÁN: Anführer der Kriegerkaste
SOSCHA: tarpolisches Medium
SABIN: tersionischer Minenarbeiter und Magiefähiger
STOIKO GIJUSCHKA: einstiger Vertrauter Lodriks
ALANA II.: Regentin von Tersion

LECONUC: Vorsitzender der »Versammlung der Wahren«
LAKASTRE (BELKALA): Mitglied in der »Versammlung der Wahren«
ESTRA: ihre Tochter
PASHTAK: Sumpfkreatur, Versammlungsmitglied, Inquisitor
SHUI: Pashtaks Gefährtin
KIÌGASS: Versammlungsmitglied
BOKTOR: ehemaliger Vorsitzender der »Versammlung der Wahren«
BOKTAR: Bruder des Boktor
OZUNOPOPP: Obrist in Braunfeld
WOGOCA: Soldat in Braunfeld
DOKALUSCH: Verwalter des Schädelhauses in Braunfeld

TORBEN RUDGASS: rogogardischer Freibeuter
VARLA: Piratenkapitänin
NEGIS: Maat von Rudgass
JONKILL: Hetmann Rogogards
COMMODORE LUCARI BARALDINO: Befehlshaber der *Güldenstern*
COMMODORE HAMANDO NELISSO: Offizier an Bord der *Schalmei*
FORKÚTA: Magodan (tzul. Befehlshaber) der *Schalmei*

LORIN: Norinas Sohn
WALJAKOV: ehemaliger Leibwächter, Lorins Waffenlehrmeister
MATUC: Mitglied des Ulldrael-Ordens
FATJA: borasgotanische Schicksalsleserin und Geschichtenerzählerin

AKRAR: Schmied
BLAFJOLL: Walfänger
KALFAFFEL: Cerêler (Bürgermeister)
STÁPA: Stadtälteste
JAREVRÅN: Stápas Enkelin
ARNARVATEN: Geschichtenerzähler
KIURIKKA: Kalisstra-Priesterin
SOINI: Pelzjäger
RANTSILA: Führer der Bürgermiliz
BYRGTEN: Fischersohn

PROLOG

Kontinent Kalisstron, Jökolmur,
Winter 457/58 n. S.

Torben Rudgass schwebte und schwebte. Die Luft strich ihm übers Gesicht, er fühlte sich so leicht wie eine Feder. Grinsend breitete er die Arme aus und wedelte damit. *Ich kann fliegen! Das ist wunderschön! Endlos fliegen und schweben. Ich …*

Dann schlug er in kaltes Wasser ein. Jäh kehrte sein Verstand zurück, und während er noch mit den Armen ruderte, um an die Oberfläche zu gelangen, zog man ihn mithilfe eines Seiles, das um seinen Oberkörper geschlungen war, in die Höhe.

Prustend tauchte er aus den eisigen Fluten auf, spuckte Salzwasser und spie Verwünschungen gegen die Unbekannten aus, die ihm eine solche Behandlung angedeihen ließen.

Von irgendwo über sich hörte er vielfaches raues Gelächter. Die Planken eines Schiffes huschten an seinen Augen vorbei, als er am Seil hinaufgezogen wurde. Und mit jeder Planke kehrte ein Stück Erinnerung zurück. Jedenfalls Bruchstücke von Erinnerungen.

Er sah den Schankraum vor sich, die Kanne mit dem Kräutersud, die er in einem Zug geleert hatte … Von dem Augenblick an war er nur mehr in der Lage, Schemenhaftes aus seinem Gedächtnis abzurufen.

»Da haben wir ja den neuen Kalisstragläubigen«, rief ihm Varla von der Reling aus zu. »Los, an Bord mit dir, du Njossfass.« Sie fasste ihn unter den Achseln und half ihm, über das Geländer zu klettern. Noch fühlte Torben sich recht unsicher auf den Beinen.

Die Kapitänin bugsierte ihn in die Kajüte, wo er sich abtrocknen und frische Kleidung anziehen konnte.

»Was ist denn geschehen?«, fragte Torben vorsichtig, als er das Hemd zuknöpfte. »Ich weiß nicht mehr viel …« Angestrengt dachte er nach. »Ich bin hinter einem Mann hergelaufen … Verdammtes Njosszeugs!«

Varla lachte leise. »Wir sind alle gespannt, welche Geschichten man hier von dir erzählen wird. Ich hatte dir vor der Kneipe gesagt, du sollst den Sack festhalten.«

»Ja, genau«, rief Torben, und ein Strahlen ging über sein wettergegerbtes Gesicht. »Und dann kam jemand, der ihn mitnehmen wollte. Ich glaube, ich habe ihn nicht loslassen wollen, und bin einfach mitgegangen.«

»Raffiniert, du Pirat. Das wird das erste Mal in deinem Leben gewesen sein, dass du getan hast, was man dir aufgetragen hat«, grinste Varla. »Als ich zurückkam, warst du jedenfalls verschwunden. Ich habe alle Mann nach dir suchen lassen. Einer der Einwohner gab uns schließlich einen Hinweis, wo wir dich finden könnten. Du lagst völlig erschöpft in einem Hauseingang und unterhieltest dich mit der Klinke … Übrigens habe ich einen kleinen Vorrat an Njoss an Bord bringen lassen, falls du mal wieder das Bedürfnis haben solltest, Kalisstra deine Ehrfurcht zu erweisen.«

»Ich werde dieses Gebräu nie wieder anrühren«, schwor er und ließ sich ins Bett fallen. »Varla, ich habe das Gefühl, als hätte sich unterwegs etwas ereignet, was mir ziemlich wichtig war.« Er schloss die graugrünen

Augen und seufzte. So sehr er sich konzentrierte, es wollte ihm nicht einfallen.

»Ich habe schon von den seltsamsten Begebenheiten gehört, die Leuten mit einem ausgewachsenen Njossrausch widerfahren sind. Haben vielleicht die Pflastersteine mit dir gesprochen? Oder haben sich die Wände um dich herum in Butter verwandelt und verlangt, dass du sie ableckst? Das würde deinen Mundgeruch erklären«, zog sie ihn feixend auf. Dann drückte sie ihm einen Kuss auf die Stirn und zupfte an seinen geflochtenen Bartsträhnen. »Ruh dich aus. Ich lasse die Segel setzen und ablegen. Den Kurs nach Tarvin kenne ich besser als du. Die Dharka wird wie von selbst in meine Heimat finden, da brauche ich keinen berauschten Piraten auf der Brücke. Also schone dich.« Mit diesen Worten verließ sie die Kabine.

Bald darauf hörte Torben die gedämpften Befehle über das Deck hallen. Die Schritte der Besatzung polterten auf den Planken, und das Rasseln der Ankerkette klingelte in seine Ohren. Eine leichte Bewegung ging durch das Schiff; die Dharka stach in See und war im Begriff, Jökolmur zu verlassen. In Torbens Innerem begehrte alles gegen den Aufbruch auf, gerade so als wüsste sein Unterbewusstsein sehr wohl, was sein Geist nicht abrufen konnte.

Gib dir Mühe, Rudgass, spornte er sich selbst an und klopfte sich mit den Fäusten gegen den Schädel, doch vergebens. Benommen von den letzten Auswirkungen des Kräutersuds, sank er schon bald in einen dämmrigen Halbschlaf.

Er sah Gassen, eine so ähnlich wie die andere, die Gesichter von lachenden Menschen, die an ihm vorbeigingen, Unterwäsche, die über ihm im Wind flatterte. Dann erinnerte er sich an seinen verrückten Tanz unter der Wäscheleine. Er hatte eine Melodie gehört. Eine seltsam vertraute Melodie …

Natürlich! Mit einem Schlag wurde er wach und stand auf, um Varla von seinen Erinnerungen zu berichten. Als er das Deck erreichte, erkannte er mit Schrecken, dass der Zweimaster unter Vollzeug über das Wasser glitt und längst Kurs auf das offene Meer nahm.

»Varla!«, rief er zum Steuer hinauf, wo seine Gefährtin Posten bezogen hatte. »Dreh um! Wir müssen auf der Stelle zurück. Norina ist dort.«

»Du bist zu schnell aufgestanden«, meinte sie. »Du hast noch immer einen Rausch.«

»Nein«, begehrte er auf und erklomm die Stufen, die hinauf zum Ruder führten. »Ich weiß wieder, was passiert ist. Ich hatte Norina damals vor unserer Abfahrt aus Rundopâl eine Spieluhr geschenkt, und es war genau dieselbe Melodie, die ich in der Gasse gehört habe!« Er blickte sehnsüchtig zurück zu der immer kleiner werdenden Stadt. Nur zu gut erinnerte er sich an die Frau, die er vor der Rache des Herrschers von Tarpol hatte in Sicherheit bringen wollen. Wieder hatte er die Seeschlacht vor Augen und sah sein sinkendes Schiff; er sah Norina mitsamt dem Neugeborenen in den Schrankkoffer steigen, und er sah, wie der Koffer mit der Brojakin und dem Kind über Bord ging. *Sie hat überlebt. Sie muss überlebt haben!* »Ich bin mir sicher, dass Norina dort ist.«

»Und wenn es nur eine Eingebung deines Rausches war?«, hakte Varla nach, während sie hinauf in die Wanten schaute. »Es würde unsere Reisepläne noch mehr durcheinander bringen, wenn wir umkehrten.«

»Selbst wenn es nur ein vager Verdacht wäre, Norina ist es wert«, hielt Torben dagegen und weckte damit das Misstrauen und die Eifersucht der Tarvinin. Doch sie sagte nichts. »Bitte, lass das Schiff umkehren. Vielleicht finden wir auch die anderen bei ihr.«

»Und wo genau sollen wir sie suchen?«, hakte Varla unwirsch nach. »Hast du dir in deinem berauschten Gemüt merken können, welche Straße es war? Und würdest du sie im wachen Zustand wieder finden?«

»Für mich gibt es keinen triftigen Grund, es nicht wenigstens auf einen Versuch ankommen zu lassen«, widersprach Torben.

»Meinetwegen«, gab die Kapitänin auf und befahl der Mannschaft die Rückkehr nach Jökolmur. »Dennoch solltest du den eigentlichen Grund unserer Reise nicht vergessen«, sagte sie an Torben gewandt und blickte ihn ernst an. »Deine Heimat führt Krieg gegen einen beinahe übermächtigen Feind, und du, Torben Rudgass, sollst Verbündete suchen. Wenn sich diese Frau wirklich in der Stadt aufhält, ist sie sicherer als deine Landsleute.« Mit diesen Worten kehrte sie ihm den Rücken zu und ging ihren Leuten zur Hand.

Torben schaute ihr verwundert hinterher. »Natürlich vergesse ich das nicht«, antwortete er verspätet, ohne dass sie ihn hören konnte. Dann ging ihm ein Licht auf. *Sie ist eifersüchtig! Kein Wunder, so wie ich einst von Norina geschwärmt habe.*

Heimlich fragte er sich, ob die Gefühle, die er vor vielen Jahren für die Brojakin empfunden hatte, für immer erloschen waren oder ob sie wieder hervorbrechen könnten – trotz der glücklichen Verbindung mit Varla.

Pah, so weit kommt es noch. Ich, der Held der Freibeuter, und mich von Frauenzimmern verwirren lassen … Eilig kehrte er in die Kajüte zurück, streifte die restlichen Kleider über und bereitete sich auf den Landgang vor. Er hatte keine Ahnung, wo er seine Suche beginnen sollte. *Möge Taralea die Allmächtige meine Schritte in die richtige Richtung lenken,* betete er und trat hinaus.

Torben suchte tagelang in den Gassen der Stadt, die sich ihm – zumindest seiner Ansicht nach – aus purer Bosheit viel größer als in seinem berauschten Zustand präsentierte.

Schon nach dem ersten Tag hatte er sich einen handzahmen Esel gemietet, um seine Füße zu schonen. Da er nicht einmal selbst genau wusste, worauf er zu achten hatte, machte er sich allein auf den Weg; doch für einen Einzelnen schien diese Aufgabe beinahe unlösbar. Und natürlich bewegten ihn dabei die unterschiedlichsten Gedanken.

Zum einen wusste er nicht, ob es zwangsläufig eine Spur von Norina war, die er entdeckt hatte. Spieluhren gab es viele, wenn auch die Wahrscheinlichkeit, ausgerechnet in Kalisstron auf eine solche mit einer tarpolischen Melodie zu stoßen, sehr gering war.

Seine Hoffnung aber erstarb trotz scheinbar erfolglos verlaufender Suche nicht. Am vierten Tag endlich meinte er, die Gasse oder zumindest die richtige Wäscheleine gefunden zu haben.

Der Rogogarder umrundete das dreistöckige Haus, das auf den ersten Blick einen recht wohlhabenden Eindruck machte. Wer auch immer darin lebte, er würde der Brojakin einen angemessenen Lebensstil bieten können. *Vielleicht will sie ja gar nicht mehr zurück?*, durchfuhr es ihn beim Anblick der beeindruckenden Fassade.

Seine Hand näherte sich dem Türklopfer. Was sollte er überhaupt sagen? »Guten Tag, ich will der Besitzerin der Spieluhr meine Aufwartung machen und sie samt der Dose mitnehmen«? Mit Wucht schlug er den Eisenring gegen das Holz. *Mir wird schon etwas einfallen,* sagte er sich. *Verdammt, ich kann kein Kalisstronisch!*

Als sich die Eingangstür öffnete, starrte der Freibeuter in das übel gelaunte Gesicht eines Angorjaners. Seine

Statur erinnerte ihn an einen Gewichtheber, wie er sie von den Märkten her kannte. Gekleidet war er in einen aufwändig geschneiderten Rock nach palestanischem Vorbild; auf dem Kopf thronte eine weiße Lockenperücke, die einen scharfen Kontrast zu der schwarzen Haut bildete. Der Mann sagte nichts.

»Taralea sei mit Euch«, stammelte Torben völlig überrumpelt auf Ulldart. »Ist denn der Hausherr da?«

»Ich bin der Hausherr«, schnaubte der Angorjaner mit palestanischem Akzent. »Was willst du, Bursche?« Seine Augen verengten sich. »Du siehst aus wie ein Rogogarder.«

»Äh«, machte der Freibeuter und schielte über die Schulter ins Innere des Hauses, wo er die Gestalt Norinas zu entdecken hoffte. »Kann ich mit Euch sprechen?«

»Was denkst du, was du gerade tust?« Der Angorjaner verschränkte die Arme vor der Brust.

»Ich suche eine Frau«, begann Torben, der sich allmählich wieder fing.

»Dann bist du bei mir falsch«, fiel ihm der Mann ins Wort. »Ich handele nicht mit Sklaven, nur mit Strandgut.« Er wollte die Tür ins Schloss werfen, aber der Rogogarder setzte den Fuß in den Spalt.

»Nein, Ihr versteht mich falsch. Ich habe neulich die Melodie einer Spieluhr gehört, und ich denke, ich kenne die Besitzerin.«

Der Angorjaner blickte auf den Schuh, der die Tür blockierte. »Aha. Und wer soll das sein?«

Innerlich atmete Torben auf. »Sie heißt Norina Miklanowo und stammt aus Tarpol. Sie war mit mir zusammen an Bord meines Schiffes, als es sank. Ich suche sie und ihre Freunde schon seit Jahren. Nun scheine ich sie wohl gefunden zu haben.« Er legte eine Hand an die Tür und wollte sie aufdrücken. »Darf ich sie sehen?«

»Bursche, ich kenne niemanden, der diesen Namen trägt. Du nimmst sofort deine Zehen von der Schwelle, oder ich quetsche sie dir zu Muß«, drohte der Angorjaner. »Die Besitzerin der Spieluhr ist in meinen Diensten und verrichtet gute Arbeit.«

»Ihr habt sie angestellt? Sie ist eine Brojakin, eine Großbäuerin, eine Dame von Rang!«, empörte sich Torben und verstärkte den Druck. »Es ist wohl das Beste, ich nehme sie gleich mit. Sie ist zu schade, um Euch die Klinken zu putzen.«

»So, so, eine Dame von Rang?«, meinte der Angorjaner abschätzend. »Ich mache dir einen Vorschlag. Du zahlst mir die doppelte Summe, die ich den Lijoki gegeben habe, und darfst sie mitnehmen. Na, was hältst du davon?« Er drückte die Tür nach vorn und quetschte Torbens Fuß unangenehm zusammen. »Oder warte … Wenn sie eine so hoch gestellte Persönlichkeit in Tarpol ist, wird man gern noch mehr Münzen auf den Tisch legen, vermute ich.«

»Gebt sie frei, und wir trennen uns in aller Freundschaft«, keuchte Torben, der sich mit aller Kraft gegen die Tür stemmte. Seine Zehen klemmten inzwischen fest, sodass er den Fuß nicht mehr zurückziehen konnte. »Oder Ihr werdet es bereuen.«

»Das ist wirklich sehr geschickt von dir, dem Mann zu drohen, in dessen Tür du gerade deinen Fuß stecken hast«, lachte der Angorjaner. Torben glaubte, ein Knirschen aus seinem Stiefel gehört zu haben. »Verschwinde, Rogogarder.« Er gab den Eingang frei, damit der ungebetene Gast seinen Fuß in Sicherheit bringen konnte. Einen Lidschlag später krachte die Tür zu und hätte dem Freibeuter mit Sicherheit einen oder mehrere Knochen gebrochen, hätte er nicht rechtzeitig reagiert.

Wütend trat Torben gegen das Holz. »Gebt sie frei!«, rief er. »Das ist gegen das Gesetz!«

Über ihm öffnete sich ein Fenster, und das schwarze Gesicht des Hauseigentümers erschien.

»Verschwinde, bevor ich den Kalisstri sage, was da durch die Gassen strolcht.« Der Inhalt eines Nachttopfs verfehlte den Rogogarder um Haaresbreite, dann klappten die Flügel des Fensters lautstark zu.

Nun gut, von mir aus, dachte Torben und kratzte sich am Bart. *Dann eben anders.*

Im nächtlichen Jökolmur schlichen zehn schwarz gekleidete Gestalten durch die Gassen, um sich vor dem Haus zu sammeln, an dem Torben an diesem Tag bereits vergeblich vorgesprochen hatte.

Bitte lass sie fest genug sein, flehte der Freibeuter und beförderte den Enterhaken mit Schwung in die Höhe, wo er sich in den Wäscheleinen verfing.

Einer ersten Belastung hielten die dünnen Seile stand. Ganz vorsichtig, ohne größere Pendelbewegungen zu verursachen, zog sich Torben in die Höhe. An den Wäscheleinen hangelte er sich bis zum Fenster des dritten Stockwerks, aus dem er die Töne der Spieluhr damals vernommen hatte, und fuhr mit einem dünnen Metallstift zwischen den Rahmen entlang, um die innere Verriegelung der Fenster nach oben zu drücken.

Als das Fenster sich öffnen ließ, winkte er seinen Begleitern zu und verschwand leise im Inneren des Hauses. Die anderen sollten auf ihn warten und ihm den Rücken freihalten, falls es zu unvorhergesehenen Schwierigkeiten käme.

Er schien auf Anhieb das richtige Zimmer gefunden zu haben. Im Bett erkannte er im schwachen Schein der Monde einen schwarzen Haarschopf, der nur der Brojakin gehören konnte. Allerdings musste sie während der letzten Jahre durch die harte Arbeit ein breiteres Kreuz bekommen haben. Leise pirschte er sich heran.

»Norina?«, wisperte er.

Die Gestalt im Bett ruckte hoch, die Haare fielen zu Boden. »Wusste ich es doch, dass du zurückkommen würdest«, rief der Angorjaner und warf sich auf den verdutzten Freibeuter.

Beide Männer gingen zu Boden und rollten miteinander ringend auf den Dielen hin und her.

»Dir zeige ich, was Stehlen bedeutet«, drohte der Schwarze und prügelte auf Torben ein, der sich mit aller Kraft zur Wehr setzte. Doch der Hausherr packte ihn am Kragen und schleuderte ihn durch das Fenster nach draußen.

Im letzten Augenblick gelang es dem Rogogarder, nach den Wäscheleinen zu greifen, die den Sturz in die Tiefe auffingen.

»Seht, da hängt ein schmales Handtuch zum Trocknen«, rief der Angorjaner vom Fenster aus. »Dann bringen wir dich mal wie ein Fähnchen zum Flattern.« Mit beiden Händen rüttelte er an den Seilen, sodass sein Opfer wüst durchgeschüttelt wurde.

»So leicht wirst du mich nicht los!« Mit einer Hand zog Torben seinen Dolch und kappte das Seil hinter sich. »Ich komme wieder!«

Er schwang nach vorn und krachte durch das Fenster des zweiten Stockwerks, was ihm eine kleine Schnittwunde an der Schulter einbrachte. Der Aufprall auf das Pflaster aber hätte ihm mit Sicherheit das Leben gekostet.

Leicht benommen rappelte er sich auf und sah auch schon den rasenden Hausherrn auf sich zustürmen.

Mit einer Bewegung, die dem tarpolischen Tänzerfigürchen aus der Spieluhr würdig gewesen wäre, wich er aus, schnappte sich einen Stuhl, den er zufällig zu fassen bekam, und zertrümmerte das Möbelstück auf dem Rücken des tobenden Angorjaners. Dieser brach mit einem Schnauben zusammen und rührte sich nicht mehr.

»Du wolltest es so«, sagte Torben schwer atmend zu dem Bewusstlosen, ließ den Stuhl fallen und lauschte dann. Doch im Haus blieb alles still.

Der Freibeuter durchforstete das zweite Stockwerk, ohne auf Widerstand zu stoßen. Im ersten Zimmer des obersten Stocks hörte er ein verräterisches Rumpeln aus einem Wandschrank. Grinsend öffnete er ihn. »Norina! Endlich habe ich Euch gefunden …«

Der Besenstiel krachte ihm gegen den Schädel, und vor seinen Augen tanzten kleine Sterne. Schon prasselte der Griff des Kehrwerkzeugs ein weiteres Mal auf ihn nieder, da erkannte Torben durch die zum Schutz erhobenen Arme die Brojakin, die mit erboster Miene auf ihn eindrosch.

Irgendwann gelang es ihm, den Stiel zu fassen. Dafür bekam er einen Tritt in die Weichteile, gefolgt von einem Haken gegen die Nase. Stöhnend sank er auf den Boden.

»Verdammt, Norina, ich bin es«, nuschelte er. »Torben Rudgass, erinnert Ihr Euch? Der Kapitän der *Grazie,* die Euch und die anderen aus Tularky brachte …«

»Ich weiß nicht, wovon du sprichst, Halunke«, erwiderte sie. »Verschwinde! Auf der Stelle. Die Miliz wird dich in Ketten legen, wenn sie dich erwischt.«

Verwirrt betrachtete Torben die Frau, weil er fürchtete, einer Verwechslung aufgesessen zu sein. Aber er hatte sich nicht getäuscht. Die hoch gewachsene Großbäuerin war ein wenig älter geworden, aber das Gesicht mit den hohen Wangenknochen hatte sich nicht verändert; noch immer trug sie das schwarze Haar lang, und zudem machte sie die Narbe an ihrer Schläfe unverwechselbar. Die braunen Mandelaugen ruhten aufmerksam auf ihm.

»Wenn Ihr nicht Norina Miklanowo seid, wer seid Ihr dann?«, erkundigte er sich und stand vorsichtig auf.

Nun wurde der Blick der Frau unsicher. »Ich bin … ich weiß nicht … Die Leute nennen mich Tenka.«

»Und seit wann seid Ihr hier?«

»Ich bin …« Sie griff sich mit einer Hand an die Schläfe. »Die Lijoki haben mich hierher gebracht.« Sie schaute ins Nichts und schwieg unvermittelt, während ihre Lippen sich lautlos bewegten.

Von draußen war ein lang gezogener Pfiff zu hören, das Warnzeichen, falls die Stadtwachen auftauchen sollten.

»Wir müssen gehen. Wo ist Euer Kind?«, fragte Torben ungeduldig und nahm ihre Hand. »Wir haben keine Zeit mehr.«

Hastig warf er einige ihrer Kleider und etwas Wäsche in einen großen herumliegenden Sack, packte noch ein paar Wertgegenstände als Ausgleich für seinen erlittenen Schaden ein und rannte, die seltsam apathische Brojakin im Schlepptau, die Treppen hinunter.

Widerstandslos ließ sie sich aus dem Haus führen und lief zusammen mit den Männern im Schutz der Dunkelheit zum Hafen. Ihr abwesender Blick wurde nicht klarer.

Kurz nach ihrer Ankunft legte der Zweimaster ab, und als der Angorjaner in Begleitung der Milizionäre den Hafen erreichte, fand er lediglich eine leere Mole vor.

I.

Die Seherin spürte, dass der Zweifler ihr keinen Glauben schenkte. ›Ich sehe noch etwas‹, sagte sie zu ihm. ›Ein Mann in einer goldenen Robe will, dass du stirbst. Er hat Meuchelmörder ausgesandt, die auf dem Weg nach Tscherkass sind, um dich dort zu erwarten und dich umzubringen. Ein Geheimnis soll geschützt werden. Dein Tod soll verhindern, dass jemals irgendjemand dem Oberen auf die Spur kommt. Niemand soll beweisen können, dass er dich gesandt hatte, den Kabcar zu töten.‹

Und weil sie von Dingen sprach, die sonst niemand wissen konnte, glaubte ihr der Zweifler endlich.«

Buch der Seherin
Kapitel IX

Kalisstron, Bardhasdronda,
Winter 457/58 n. S.

Kalisstra hat ihre Gnade endgültig von uns genommen. Nur die Fremdländler sind daran schuld«, hörte Lorin einen Mann zu Akrar, dem Schmied, sagen. »Und du hast den Jungen auch noch bei dir in die Lehre genommen.«

»Beruhige dich«, versuchte Akrar den Unbekannten zu beschwichtigen.

»Nein, ich denke nicht daran«, empörte sich der Mann. »Ihretwegen sind die Fischströme ausgeblieben, und die Pelzjäger klagen ebenfalls. Sie sagen, dass die Zobel und Schneemarder weniger geworden sind als in den Jahren zuvor.«

»Wenn ich wie Soini von morgens bis abends in der Kneipe säße und mich lieber am Feuer herumdrückte, als nach meinen Fallen zu schauen, hätte ich auch keine Pelze, die ich verkaufen könnte«, hielt der Schmied dagegen. »Wir wissen beide, dass Soini ein faules Stück ist, dem der Vorwand nur recht kommt, oder?«

»Aber die Fische sind weg!« Der für Lorin unsichtbare Sprecher blieb hartnäckig. »Da, nimm die Münzen und gib mir die Nägel, die ich bestellt habe.«

Der Knabe kam aus der Werkstatt, den Beutel mit den Nägeln in der Hand. »Hier, werter Herr. Da habt Ihr Eure Ware. Dreißig lange Nägel.«

Der Mann, offensichtlich ein Angehöriger der Zimmermannszunft, warf ihm einen bösen Blick zu. »Da haben wir ja den Grund für die schlechte Lage der Stadt.« Unfreundlich nahm er Lorin das Säckchen aus der Hand und prüfte einen der Eisenstifte. Zufrieden packte er ihn zurück. »Gute Arbeit, Akrar.«

»Die hat der Junge gemacht«, meinte der Schmied tonlos. »Er ist geschickt, wenn es um die Feinarbeit geht.«

Der Zimmermann wog die Nägel abschätzend in der Hand, dann steckte er sie ein. Grußlos stapfte er hinaus und kämpfte sich durch den Neuschnee, der knöchelhoch in den Gassen und Straßen von Bardhasdronda lag.

»Würde die Bleiche Göttin uns Fische ebenso großzügig wie dieses weiße Zeug aus den Wolken schicken, könnten wir ein Jahrhundert lang von Trockenfisch leben«, seufzte Akrar und fuhr Lorin mit der breiten, schwieligen Hand über den Kopf. »Hör nicht auf die Leute. Sie suchen einfach jemanden, dem sie die Schuld geben können.«

»Das sagt Arnarvaten auch«, meinte der Junge und ging hinüber zur Esse, um dem Farbenspiel der glühenden Kohlestücke zuzusehen. Für ihn wirkten sie, als wären sie und das Feuer, das sie entfachten, lebendig. »Aber sie werfen immer noch unsere Scheiben ein, sogar jetzt, nachdem wir in den Hafen umgezogen sind. Matuc traut sich schon gar nicht mehr, die Läden zu öffnen. Und Geld für neues Glas haben wir auch keines mehr.« Er betätigte den Blasebalg; mit einem Fauchen erwachten die kleinen Flammen zum Leben, eine Funkenwolke stob auf und tanzte den Schlot des Kamins empor.

»Den Menschen hängt der Magen in den Kniekehlen, da werden sie schnell ungerecht«, versuchte der Schmied das Verhalten seiner Landsleute zu erklären. »Aber wenn die neuen Getreidelieferungen ankommen, werden sie ganz schnell wieder friedlich, du wirst schon sehen.« Er reichte ihm ein langes Stück Eisen. »Komm, ich zeige dir, wie man ein Messer schmiedet.

Man muss das richtige Gespür dafür haben, und so wie es aussieht, hast du mehr Begabung für die wirklich feinen Arbeiten.«

Unter Akrars Anleitung formte Lorin nach und nach ein recht akzeptables Schneidewerkzeug aus der Rohform. Danach setzte er sich an den Schleifstein, um dem Stahl die richtige Schärfe zu geben.

Stolz präsentierte er seinem Meister die vollbrachte Arbeit, und Akrar nickte anerkennend.

»Dein erstes Messer ist dir ordentlich gelungen, Lorin.« Er schaute dem eher schmächtigen Jungen in die blauen Augen. »Ich denke, du wärst ein viel besserer Schmuckmacher als ein Schmied. Die Feinarbeit liegt dir mehr. Zumal du – ohne es böse zu meinen – für den schweren Hammer wohl nicht unbedingt geschaffen bist.«

Das Gesicht seines Lehrlings wurde lang. »Dann tauge ich also nichts?«

»Doch, doch«, beeilte sich Akrar zu versichern. »Du wärst wahrscheinlich ein guter Schmied, aber du müsstest für die schweren Arbeiten wie das Beschlagen von Pferden immer einen Gehilfen haben.« Er klopfte dem Jungen auf die Schulter. »Natürlich kannst du weiter bei mir bleiben. Aber wenn du möchtest, höre ich mich um, ob einer der Gold- und Silberschmiede dich aufnehmen würde.«

»Ha, ja sicher, Akrar«, winkte Lorin ab. »Den kleinen Fremdländler, der den Kalisstra-Gamur getötet hat und schuld an allem Unglück ist, das in der Stadt geschieht, den wollen bestimmt alle in ihrer Werkstatt haben.«

Der Schmied musste lachen. »Sei nicht so schwarzseherisch. Und nun lauf nach Hause und zeige Matuc und Fatja das Messer.«

»Ja, gut. Bis morgen, Akrar.« Lorin warf sich die Winterjacke über und lief hinaus.

Er dachte nicht im Traum daran, auf das Hausboot zu gehen. Zuerst wollte er seinen neuen Strandsegler ausprobieren, den er zusammen mit Blafjoll gebaut hatte.

Das Gefährt war viel besser als das, welches ihm Byrgten zertrümmert hatte. Gerne hätte er es in einem Rennen gegen andere Jungs aufgenommen, aber niemand wollte ihn dabeihaben. Sein Ruf, allem und allen Unglück zu bringen, wurde in Bardhasdronda mittlerweile schon legendär.

Der Großteil des Hafens lag in einer Eisschicht gefangen; nur ein Stück der künstlich geschaffenen Bucht blieb befahrbar, und jeden Morgen sorgten der Hafenmeister und seine Angestellten dafür, dass es so blieb. Die Getreideschiffe, die vom Süden heraufkamen, benötigten Platz zum Anlegen.

Ansonsten wirkten die Piers seltsam verwaist. Die kleineren Kähne waren aus dem Wasser gehoben worden, und die langen Walfangboote lagen unter einer dicken Schicht Schnee begraben.

Die Fischer hatten nichts zu tun, außer in den Bootshäusern ihre Netze zu flicken und neue zu knüpfen, in der Hoffnung, die Bleiche Göttin werde endlich die Fische schicken, auf die die Bevölkerung so dringend angewiesen war. Die Schornsteine der Räuchereien ragten in den Himmel, ohne Qualm und den typischen, köstlichen Geruch in der Umgebung zu verbreiten.

Lorin fühlte sich ein wenig schuldig, wenn er die trostlosen, menschenleeren Plätze sah. Er wusste nicht mehr, wie oft er gebetet hatte, anfangs nur zu Kalisstra, dann irgendwann auch zu Ulldrael dem Gerechten und zu Taralea, der allmächtigen Göttin. Aber offensichtlich schien keine der Gottheiten gewillt zu sein, etwas Gutes geschehen zu lassen.

Vielleicht würde es besser werden, wenn wir die Stadt wirklich verließen?, fragte er sich gewiss zum hundertsten Mal. Seit sie gehört hatten, dass eine seltsame Frau, deren Beschreibung auf Paktaï passte, an Bord eines Schiffes gegangen war, das nach Tarpol segelte, lebten sie etwas angstfreier. Dennoch blieb die Sorge, was wohl als Nächstes von Nesreca und seinen Helfern drohte. Auch fragten sie sich, ob Paktaï ihren Aufenthaltsort vor ihrer Abreise in Erfahrung gebracht hatte. Und ob sie zurückkehren würde.

Matuc hatte einen Ortswechsel schlichtweg abgelehnt. Er fühlte sich berufen, dem Glauben an den Gerechten im schicksalsträchtigen Bardhasdronda zum Durchbruch zu verhelfen.

Seine große Schwester wollte bei Arnarvaten bleiben, und Waljakov hatte mit einem Brummen deutlich gemacht, dass er keinen Grund sehe, die »Flucht vor ein paar Kleingläubigen zu ergreifen« – wie er es nannte.

In Gedanken versunken schob der Junge den Strandsegler hinaus auf den vereisten Sand und tauschte die Rollen gegen die Kufen aus, die bei den derzeitigen Witterungsverhältnissen angebrachter waren.

In einiger Entfernung sah er bereits andere Gefährte über den Schnee und das Eis zischen. Er wickelte sich den Schal mehrmals ums Gesicht, ließ nur einen winzigen Spalt für die Augen frei und hopste in den schmalen Sitz. Kaum füllte sich das Segel mit Wind, sauste Lorin auch schon los. Die Stadt und seine Sorgen blieben zurück.

Dank seines geringen Eigengewichtes und der hohen

Geschwindigkeit, die der Neubau erreichte, gehörte er zu den Wenigen, die es in voller Fahrt versuchen konnten, sich mit den breiten Kufen für wenige Augenblicke aufs Wasser zu wagen. Trotzdem war dieses Manöver gefährlich, denn wenn die Böe nur geringfügig nachließ, würde er in dem eisigen Meer untergehen.

Aber Lorin fand diesen Reiz ungeheuer aufregend. Er war der Einzige, der es schaffte, mehr als 100 Schritte über Wasser zu flitzen. Dabei verbot er sich selbst, mithilfe seiner magischen Fertigkeiten einzugreifen. Er nutzte sie lediglich, um sich die Steuerung des Strandseglers zu erleichtern. Wenn andere an den Seilen ziehen mussten, konzentrierte er sich kurz, und schon korrigierte sich die Leinwand wie von selbst.

Die anderen Kinder bemerkten ihn und lenkten ihre Gefährte in einem Bogen zurück zum Hafen.

Umso mehr Platz für mich, dachte er grimmig und schwenkte das Segel mit seinen magischen Fertigkeiten so, dass es sich voll in den Wind legte. Eisiger Wind peitschte ihm entgegen, aber er jauchzte nur freudig.

So lange wie selten zuvor raste Lorin den verschneiten Strand entlang; hin und wieder schweifte sein Blick dabei zu den Feuertürmen, die alle fünf Meilen auf den Klippen wie Zeigefinger drohend nach oben in das Grau des Himmels wiesen.

Dort saßen Wachmannschaften, die beobachteten, ob und wann sich Schiffe oder Wracks nahe der Küste zeigten. Mithilfe von Rauch- oder Feuerzeichen, die von Stadt zu Stadt unterschiedlich waren und des Öfteren geändert wurden, signalisierten sie, was auf die Siedlungen zukam oder ob es fette Beute zu machen galt.

Von diesem steinernen Thron herab hatte man damals auch das Wrack seines Ziehvaters und seiner großen Schwester entdeckt. Ihnen verdankte er es also in gewissem Maße, dass er überhaupt noch am Leben war. *Und dafür habe ich euch nur Unheil gebracht.*

Als er bei der nächsten Gelegenheit die schroffen Felsabhänge hinaufsah, bemerkte er eine kleine Rauchsäule, die vom Turm aufstieg, aber sofort wieder erlosch.

Das war ungewöhnlich.

Lorin wusste, dass jede Mannschaft nur aus den zuverlässigsten Männern bestand, die sich mit der Handhabung der Signalvorrichtungen bestens auskannten. Fehler wie das zufällige Auslösen eines Signals kamen einfach nicht vor.

Er verlangsamte die Fahrt, schwenkte seinen Segler und steuerte ihn zu den Stufen, die beinahe senkrecht in die Klippen gehauen worden waren.

Behutsam machte er sich an den Aufstieg. Ein falscher Tritt bedeutete einen Sturz, den man kaum überleben würde. Je höher er kam, desto vorsichtiger wurde er. Der Wind zerrte an ihm, die trotz der Handschuhe steif gefrorenen Finger spürte er kaum mehr. Doch umkehren wollte er nicht, dafür hatte er sich schon zu weit nach oben gekämpft.

Mühsam erklomm er die letzten Treppen und ließ sich in den Schnee plumpsen, um zu Atem zu kommen. In zweihundert Schritt Entfernung stand der Feuerturm, das Ziel seiner kurzen, aber anstrengenden Kletterpartie. Lorin erhob sich ungelenk und bahnte sich einen Weg durch den hohen Schnee. Hier oben auf den Felsen kam es ihm noch kälter vor als am Strand, und er beeilte sich, um hinter die schützenden Mauern des runden Gebäudes zu kommen.

Auf der Aussichtsplattform erschien eine Gestalt, und Lorin winkte ihr fröhlich zu.

Etwas zögernd erwiderte der Mann den Gruß und verschwand im Innern des Turmes. Als der Junge die Tür erreichte, wurde sie ihm auch schon geöffnet. Ein typischer Kalisstrone mit grünen Augen und dem ausrasierten Bärtchen hielt den Vorhang hinter der Tür zur Seite und bat ihn freundlich herein.

»Du hast den Aufstieg bei dem Wetter gewagt?«, fragte er erstaunt.

»Ja«, bibberte Lorin, und seine Zähne schlugen aufeinander. Dankbar nahm er den Becher mit Tee entgegen, den der Mann ihm reichte.

»Und das hast du ganz allein geschafft?« Der Junge nickte; sein Gesicht fühlte sich an, als wäre es zu Eis erstarrt. »Wie heißt denn der tapfere Mann?«

»Lorin«, stotterte er und erwartete, dass die Freundlichkeit des Mannes erstarb. Doch zu seinem Erstaunen änderte sich nichts im Verhalten des Wärters.

»Willst du später auch einmal ein Türmler werden?«, erkundigte er sich und beobachtete den Tee trinkenden Jungen aufmerksam.

»Gern. Noch lieber würde ich zur Miliz. Sie werden mich aber nicht lassen.«

»Wieso denn das? Ein so mutiger Junge wie du hätte es schon verdient. Oder sind deine Augen womöglich zu schwach?«

Nun war Lorins Misstrauen geweckt. Seinen Namen kannte jeder in der Stadt, und spätestens jetzt hätte der Wärter wissen müssen, dass er als Fremdländler niemals die Erlaubnis für den Dienst in der Bürgerwehr erhalten würde. Irgendetwas stimmte hier ganz und gar nicht.

»Was war denn vorhin mit dem Feuer los?«, wollte er wissen.

Das Gesicht des Mannes verriet plötzlich aufkommende Anspannung. »Wieso? Hat man die Rauchsäule weit sehen können?«

»Ich weiß es nicht«, log der Knabe und ließ den Blick durchs Zimmer schweifen. Es schien soweit alles in Ordnung zu sein. »Vielleicht haben sie schon den Alarm weitergegeben.«

»Verdammt«, entfuhr es dem Wärter. »Ich meine, das wäre verdammt schlecht. Ich bin aus Versehen gegen die Schale mit dem Öl gekommen, als ich meine Runden auf der Plattform drehte, und bevor ich etwas tun konnte, entstand ein bisschen Qualm.«

»Dann schickt doch einfach das Entwarnungssignal hinterher«, schlug Lorin vor. »Die drei kurzen Punkte.«

»Gute Idee, Kleiner. Das sollte ich wohl tun, was?« Hastig erhob sich sein Gastgeber und lief die Stufen hinauf. »Nimm dir Tee, so viel du möchtest.«

Der Junge dachte nicht daran. Das Zeichen, das er dem Wärter genannt hatte, bedeutete »Alarm«. Und die Tatsache, dass der Mann die einfachsten Signale nicht kannte, verhieß nichts Gutes.

Schnell stellte er den Becher auf den Tisch und folgte dem falschen Wärter.

Nach gut dreißig Stufen kam ihm ein dünnes, rotes Rinnsal entgegen. *Blut?*, dachte Lorin erschrocken. Er tastete nach seinem Messer, das er unter der dicken Felljacke trug, und zerrte es hervor.

In einer Mischung aus Angst, Neugier und nie gekannter Aufregung schlich er die restlichen Stufen nach oben. Das Herz pochte ihm bis zum Hals.

Der Mann stand mit dem Rücken zu ihm, vor sich die große überdachte Feuerschale, in der keine Flammen züngelten, und versuchte, die verloschenen Kohlestücke wieder zum Brennen zu bringen. Rechts und links von ihm lagen drei Tote, deren warme Blutlachen in der klirrenden Kälte dampften.

Lorin hielt sich den Mund zu, um den Schrei zu unterdrücken. Was sollte er nur tun?

Das Feuer erwachte mit einem Fauchen zum Leben. Die Hand des Mörders wanderte zur Kette, die den Mechanismus mit dem Klappdach und dem Ölgefäß verband.

Lorin würgte leise, und der Mann wandte sich um.

»Da ist wohl jemand neugierig geworden, was?« Er zog seinen Dolch unter der Jacke hervor und kam auf ihn zu. »Dein Pech, Kleiner.«

Der Junge drehte sich auf dem Absatz um und hastete die Stufen hinunter, rannte zur Tür und riss sie auf. Dann sprang er hinter den Vorhang in Deckung.

Sein Verfolger flog an seinem Versteck vorbei, fiel auf die List herein und hastete ins Freie.

Lorin schlug die Tür zu. Die schweren Riegel legten sich krachend vor den Eingang. *Ich muss die Stadt warnen, was auch immer der Mann beabsichtigt hat!*

Keuchend lief er die Treppe hinauf und warf zunächst einen Blick von der Plattform die Klippen hinab.

Den Teil des Strandes hatte er auf seiner Fahrt nicht einsehen können, und so erstarrte er, als er die vielen Schiffe sah, die sich weit unter ihm versammelt hatten.

Das müssen Lijoki sein, durchzuckte es ihn. Allem Anschein nach waren die Strandräuber gerade dabei, mehrere plump wirkende Wassergefährte, die mit dem Kiel auf dem Sand lagen, ihrer Fracht zu berauben.

Als einer der Säcke ein wenig aufriss, verstand er, was die Lijoki da unrechtmäßig zu ihrem Eigentum machten. Wertvolle Körner rieselten in die See. *Sie haben die Getreidelieferung in einen Hinterhalt gelockt! Ich muss die Miliz benachrichtigen!*

Als Lorin sich umwandte, stand der Mörder der Türmler mit gezückter Waffe vor ihm und stieß zu.

Der Knabe unterlief den Stich, wie es ihm Waljakov gezeigt hatte, und rutschte dem Mann durch die Beine.

Dann sprang er auf und zog an der Kette, um einen Schwall Öl in die Flammen zu gießen. Es ging längst nicht mehr darum, eine konkrete Nachricht auf den Weg zu schicken; die anderen Feuertürme sollten nur aufmerksam werden. Er hakte den Zug fest, sodass unentwegt brennbare Flüssigkeit in die Schale floss.

Eine gewaltige schwarze Wolke stieg auf, die größer und größer wurde.

Fluchend kam der Lijoki auf Lorin zu. Der Absatz des Knaben traf den Angreifer wuchtig auf den Spann. Mit seinen magischen Fertigkeiten versetzte er ihm einen Stoß, dass er gegen das Ölbehältnis taumelte. Seine rechte Seite war mit dem Brennstoff befleckt.

Mit der Messerspitze nahm der Knabe ein Kohlestück auf und schleuderte es gegen den Mann.

Augenblicklich stand dessen Jacke in Flammen. Kopfüber sprang der Strandräuber über die Zinnen des Turmes, um das Feuer im hohen Schnee zu löschen.

Lorin entdeckte den Wurfhaken und das Seil, mit dem der Lijoki offenbar auf den Turm gekommen war und die Wärter überrascht hatte. Kurzerhand zog er das Tau in die Höhe, während sich der qualmende Strandräuber im Schnee wälzte.

Auch am Strand war man auf die schwarze Wolke aufmerksam geworden, das Umladen ging nun hektischer vonstatten. Von den anderen Feuertürmen wuchsen ebenfalls Rauchsäulen in den Himmel. Man verlangte eine Erklärung und löste gleichzeitig Warnzeichen aus.

Vor seinem geistigen Auge sah Lorin, wie die Mannschaftsstrandsegler mit Milizionären besetzt wurden und die kleine Streitmacht aufbrach.

Und er sah voraus, dass die Kalisstri ihn für das Geschehen verantwortlich machen würden.

Dennoch erfüllte ihn der Stolz darüber, dass er es war, dem die Aufdeckung des schändlichen Überfalls und die Rückeroberung des Feuerturmes gelungen waren. Damit sollte aber jede weitere Beteiligung von seiner Seite abgeschlossen sein. Eingreifen konnte er von dem Aussichtsturm nicht, und so musste er tatenlos mit ansehen, wie die Lijoki ihre Boote bemannten und sich mit der Beute aus dem Staub machten, während die ersten Segel der Gleiter am Strand auftauchten.

Die Miliz kam zu spät. Lediglich der Mörder der Turmwächter, der seinen Abstieg nicht rechtzeitig begonnen hatte, konnte festgenommen werden.

Bürgermeister Kalfaffel umrundete mit sorgenvoller Miene die verbliebenen fünfzig Säcke mit Getreide, die von der Miliz in dem städtischen Lagerhaus abgeladen worden waren. »Das wird niemals ausreichen, um alle Bewohner durch den Winter zu bringen«, schätzte der Cerêler bitter. »Es kommt aber auch wirklich alles zusammen.«

Rantsila, der Führer der Bürgerwehr, machte ein verärgertes Gesicht. »Als ob die Lijoki genau gewusst hätten, wann die Lieferung ankommen soll.« Er trat gegen einen der Säcke. »Vermutlich wussten sie es auch, weil ihnen jemand aus der Stadt Bescheid gegeben hatte.«

»Verrat?«, fragte der kleinwüchsige Heiler ungläubig. »Bei allem Respekt, aber ich glaube wirklich nicht daran, dass auch nur einer der Städter so etwas tun würde. Schließlich sitzen wir alle in einem Boot.«

»Wir müssen nur nachschauen, in welchem Haus in

den nächsten Wochen kein Hunger ausbrechen wird, und ich bin mir sicher, wir haben den Schuldigen entdeckt.« Rantsila schüttelte den Kopf. »Ohne einen Hinweis auf den Tag der Lieferung wäre den Lijoki dieser Überfall niemals geglückt. Sie haben alles genau geplant, einschließlich der Ermordung der Türmler.«

Kiurikka wollte den Mund öffnen, aber Kalfaffel hob die Hand. »Hohepriesterin, wenn Ihr nun sagen wollt, dass das alles nur wegen der Lästerung der Fremdländler geschehen sei, so spart Euch Euren Atem. Ausnahmsweise dürfte eine Person aus Bardhasdronda an unserer Lage schuld sein. Ihr werdet das auch nicht wegdiskutieren können, dafür seid Ihr zu schlau und zu einsichtig. Betet lieber, dass wir innerhalb der nächsten Tage von irgendwoher etwas zu essen bekommen.«

Die drei Menschen schauten sich in der leeren Lagerhalle um. Sie hätte inzwischen voller Getreide sein sollen, aber nun stand die Stadt vor der schlimmsten Katastrophe der letzten Jahrzehnte.

»So wie ich die Sache sehe, werden die Einwohner zunächst ihre Haustiere essen müssen«, überlegte die Hohepriesterin laut. »Danach schicken wir die Milizionäre auf Rattenfang. Sollte uns das Ungeziefer ausgegangen sein, bevor Hilfe eintrifft, dann wisst Ihr, was Bardhasdronda bevorsteht.« Unheilvoll hallte ihre Stimme durch das fast leere Gebäude. Sie stieß das Ende ihres Stabes auf den Boden. »Auch wenn Ihr es nicht hören wollt, Bürgermeister, die Fremdländler haben Ulldrael und damit den Zorn Kalisstras auf uns gebracht. Mag sein, dass sie nichts mit dem Überfall zu schaffen haben. Ich kann mir aber gut vorstellen, dass sie allein aus Bosheit mit den Strandräubern gemeinsame Sache gemacht haben. Bedenkt, wer zuerst da draußen war und das Geschehen meldete, als es bereits zu spät war.«

Der Cerêler schaute sie böse an. »Ihr werdet solche Äußerungen schön für Euch behalten. Eure Vermutungen sind derart verworren, dass selbst ein kleines Kind sie als Unsinn erkennen würde.«

»Ich bin mir sicher, dass viele Menschen in der Stadt anders denken«, widersprach die Hohepriesterin schneidend. »Im Übrigen ist mir aufgefallen, dass keiner der Fremdländler den Winter über hungern musste, obwohl sie kaum Geld haben dürften, während bei manch anderen dank der Rationierung des Getreides die Kleider vom dürren Leib fallen.«

»Zu schade, dass die Cerêler nichts gegen Hunger machen können«, bedauerte Rantsila. »Aber vielleicht sollten wir das Boot der Fremdländler wirklich durchsuchen. Wenn wir bei ihnen Getreidesäcke finden, haben wir wenigstens Schuldige, die wir dem Volk zeigen können.«

»Ihr macht es Euch alle sehr einfach, wenn es um die Suche nach dem oder den Verrätern geht, wie?«, schalt Kalfaffel sie aufgebracht. »Es wäre zu schön, die passenden Sündenböcke parat zu haben, ich weiß. Aber findet Euch damit ab, dass die Verantwortlichen aus unseren eigenen Reihen stammen und wahrscheinlich mit Hingabe über die Fremdländler schimpfen, während sie schon an den Kuchen und das Brot denken, das sie sich in aller Heimlichkeit backen werden. Es soll ihnen im Halse stecken bleiben!«

Nach dem Ausbruch des Bürgermeisters wagte keiner der Anwesenden etwas zu sagen.

Der tosende Wind strich um das Gebäude, wackelte und rüttelte am Gebälk, brachte weiteren Frost und noch mehr Schnee mit sich. Innerhalb der nächsten

Stunden würde die Stadt restlos im Weiß versunken sein.

»Ich bleibe dabei, Bürgermeister«, beharrte Kiurikka schließlich. »Beraumt eine Untersuchung an, weshalb die drei im Winter niemals zu darben brauchen, obwohl sie kaum Geld haben. Ihr werdet bald sehen, dass sie die Verräter sind. Und dann nehme ich Eure Entschuldigung gern an.«

Das Tor zur Halle wurde geöffnet, und Matuc und Lorin traten ein, dick mit Pelzen behangen, um sich gegen den tobenden Schneesturm zu schützen.

»Das passt ja hervorragend«, murmelte Rantsila durch die Zähne und richtete sich ein wenig auf. »Damit haben wir uns einen Weg gespart.«

»Meinen Gruß, werte Dame und meine Herren. Ulldrael der Gerechte möge Eure Schritte behüten und Euch Nahrung geben«, rief der Geistliche von weitem, während er auf sie zu humpelte. Lorin lächelte schüchtern dem Bürgermeister zu, der sein Lächeln erwiderte. »Mein Ziehsohn hat mir von seinem Abenteuer berichtet.«

»Durch deine Schuld«, zischte Kiurikka Matuc an, »ist die Stadt dem Untergang geweiht, es sei denn, Kalisstra wird durch ein Opfer versöhnlich gestimmt.«

»Was wäre, wenn Ulldrael denn ein Wunder geschehen ließe?«, entgegnete der Mönch freundlich.

»Du und der Gerechte tragt doch die Verantwortung für all das«, schmetterte die Hohepriesterin ihn ab, aber der Cerêler war aufmerksam geworden.

»Ich vermute, Matuc«, begann er, »dass dein Weg dich nicht nur zufällig in dieses Gebäude geführt hat.«

»So ist es, Bürgermeister.« Matuc schaute in die Runde. »Als Lorin mir erzählte, die Getreideladung sei an die Lijoki verloren gegangen, wusste ich, dass meine

Gelegenheit gekommen ist zu zeigen, wie Ulldrael in seiner Güte uns alle retten kann.«

»Und wie sollte er das bewerkstelligen?«, verlangte Kiurikka zu wissen. Ihre grünen Augen spuckten Gift und Galle in Richtung des Geistlichen, der die Unfreundlichkeit großzügig überging. »Lässt er Korn regnen oder es auf den Dächern wachsen?«, höhnte sie.

Als Antwort nahm Matuc seine Rechte aus der Manteltasche und bot eine birnengroße Frucht mit dunkelbrauner Schale auf der ausgestreckten Handfläche dar. »Ulldrael der Gerechte war mit mir, schon seit letztem Jahr.«

»Was soll das sein?«, fragte der Führer der Miliz und nahm die Frucht in die Hand. »Es ist hart.« Vorsichtig roch er an der Schale. »Und es riecht nach nichts.« Er reichte es an den Bürgermeister weiter. »Erklärt uns das.«

»Als wir vor vielen Jahren durch Ulldraels Gnade an Land gespült wurden, hatten wir beinahe unser vollständiges Hab und Gut verloren«, erzählte Matuc. »Außer unserem Leben konnten wir einen Sack mit etwas retten, das es in Kalisstron nicht gab. Ihr haltet es gerade in Euren Fingern. Das, was so unscheinbar aussieht, ist eine Süßknolle.«

»Und?«, meinte Kiurikka mürrisch und beäugte das Gewächs.

»Wenn man sie in Salzwasser kocht, schmeckt sie hervorragend und vertreibt den Hunger«, erklärte Matuc mit einem Strahlen im Gesicht. »Stellt Euch vor, aus einer dieser Knollen, wie wir sie schon seit Jahrhunderten in Tarpol anbauen, erhält man zehn bis zwanzig neue.«

»Zum Pflanzen wird es wohl ein wenig zu spät sein«, meinte Rantsila spitz. »Und eine Knolle reicht kaum aus, um alle Städter zu ernähren. Das Messer müsste schon sehr scharf sein, um solch dünne Scheiben zu schneiden.«

»Der Vorteil der Süßknolle ist, dass sie selbst im eisigsten Klima gedeiht. Sie braucht kein Licht, nur ein wenig Erde.« Der betagte Mann konnte sich die triumphierende Miene nicht verkneifen. »Die alte Stápa hat mir all ihr Land überlassen, um die Süßknollen zu pflanzen, und keiner von Euch hat jemals etwas bemerkt. Jahr für Jahr habe ich angebaut, und als ich im Sommer hörte, dass die Fische ausblieben, ging ich ein Wagnis ein.« Matuc setzte sich auf einen kleineren Stapel Säcke. »Ich habe alle meine Knollen gesetzt. Sie müssten nun reif sein, der Frost hat sie haltbar gemacht. Alles, was wir tun müssen, ist die Erde aufzutauen und die Knollen auszugraben. Ulldrael der Gerechte hat uns gerettet.«

Kiurikka schwieg, Kalfaffel blinzelte den Geistlichen überrascht an, und Rantsila schaute zur Hohepriesterin, als wollte er etwas sagen.

»Das ist der Grund, weshalb Ihr keinen Hunger leiden müsst, richtig?«, vermutete der Cerêler erleichtert. »Ihr hattet Süßknollen eingelagert.«

Der Knabe nickte. »Auch wenn uns das Geld an allen Ecken und Enden fehlt, die Ernte gab genügend her, dass wir von der Rationierung nicht betroffen waren. Ich habe unseren Anteil immer dem Kalisstratempel gespendet, damit die Armen etwas zu essen haben.«

Die Gesichtszüge der Hohepriesterin entgleisten, und sie senkte beschämt den Blick.

Der Führer der Miliz trat vor und reichte dem verdutzten Geistlichen die Hand. »Auch wenn Ihr es vorhin nicht hören konntet, so sprach ich schlecht über Euch. Nehmt dafür meine Entschuldigung an.« Die grünen Augen des Milizionärs blickten aufrichtig und ehrlich.

»Das tue ich mit Freude«, schlug Matuc ein und erhob sich von den Säcken. »Ich habe mir noch etwas überlegt.«

»Nur zu«, nickte Kalfaffel. »Ich weiß gar nicht, wie ich und die Stadt Euch danken sollen.«

»Herr Rantsila hat mich auf eine Idee gebracht. Wenn etwas von den Knollen übrig wäre, könnte man sie doch neu anpflanzen.« Matuc stampfte mit dem Holzbein auf den Hallenboden.

Der Cerêler begriff. »Wir schaffen die aufgetaute Erde in die Halle und setzen ein paar von den Knollen?« Er klatschte begeistert in die Hände. »Wir könnten uns einen nachwachsenden Vorrat anlegen. Aber wie schnell gedeihen sie?«

»Sie brauchen zum Ausreifen zwei bis drei Monate«, schätzte Matuc. »Aber wenn wir es schaffen, die Temperatur in dem Gebäude in die Höhe zu treiben, könnte es uns schneller gelingen. Es käme auf einen Versuch an.«

»Dann sollten wir es wagen«, lachte Kalfaffel. »Das ist ein historischer Augenblick auf Kalisstron. Zum ersten Mal zeigt eine andere Gottheit ihre Gnade. Es ist eine glückliche Fügung, dass ausgerechnet Bardhasdronda in diesen Genuss kommt.«

»Ich denke, dass der Gerechte an der Stadt noch etwas gut zu machen hatte.« Der Mönch wiegte den Kopf hin und her. »Eine Bedingung stelle ich aber.«

»Und die wäre?«, fragte der Bürgermeister vorsichtig.

»Kein Geld, nein, das wäre nicht rechtens«, beruhigte Matuc den Mann. »Ich verlange lediglich, dass die Menschen erfahren, durch wen sie die Süßknollen bekamen und dass es Ulldrael der Gerechte war, der sie vor dem Hungertod bewahrte. Das soll auch schon alles sein.«

»Ich sorge dafür«, nickte der Milizionär. »Kiurikka wird sicher nichts dagegen haben«, meinte er und wandte den Kopf zur Seite.

Doch die Hohepriesterin war in aller Stille gegangen.

»Das war übrigens sehr tapfer, was du getan hast«, sagte Rantsila und beugte sich zu Lorin hinunter.

»Darf ich denn dann zur Miliz, wenn es so weit ist?«, traute sich der Knabe zu fragen, um die günstigen Umstände auszunutzen.

Der Mann wechselte einen schnellen Blick mit dem Cerêler. »Nein, junger Mann. So weit würde ich nicht gehen. Die Bestimmungen sagen, dass kein Fremdländler in die Reihen der Verteidiger treten darf, egal wie beliebt oder unbeliebt er ist.«

»Gibt es denn keine Möglichkeit?« Enttäuscht kniff Lorin die Lippen zusammen. »Ich wünsche es mir so sehr.«

»Vielleicht ließe sich etwas machen«, meinte Kalfaffel geheimnistuerisch. »Wärst du mit einem Posten als Türmler einverstanden?« Rantsila schaute ihn nachdenklich an. »Die Statuten beschränken sich nur auf die Miliz, wenn ich mich recht erinnere«, erklärte er. »Und da er sich schon einmal als sehr aufmerksam erwiesen hat, wäre diese Aufgabe seiner würdig, denke ich.« Er blickte zu Lorin. »Na, junger Mann, wie sieht es aus? Ist das eine Sache, die dir entgegenkommt?«

»Es ist zwar nicht die Miliz«, meinte der Knabe, den die Vorstellung aufmunterte, »aber es würde mich freuen. Oder, Matuc? Bitte, sag ja. Und Waljakov frage ich auch. Wir wären ein tolles Gespann, das über die Stadt wacht und die Bewohner vor allen Gefahren warnt.«

Der Geistliche lächelte. »Aber sicher, Lorin.«

Der Junge warf sich seinem Ziehvater an den Hals. »Danke. Ich kann auch schon alle Zeichen auswendig, die man als Türmler wissen muss.« Wie ein Wasserfall zählte er die Signale auf, bis Rantsila ihn bremste.

»Ja, ja, ich sehe schon. Das wird einer der besten Wächter, den wir jemals auf einem der Türme sitzen hatten«, lachte der Mann. »Aber mehr ist nicht drin, Lorin. Den Wunsch nach der Miliz werden wir dir nicht erfüllen können.«

Kalfaffel klappte die Aufschläge seines Mantels nach oben. »Ich kehre ins Rathaus zurück und lasse gleich die Ausrufer durch die Stadt eilen. Es muss ja einiges organisiert werden, wenn wir die …«

»Süßknollen«, half Matuc lächelnd.

»Genau, die Süßknollen vom Acker bringen wollen.« Der Bürgermeister war völlig aus dem Häuschen. »Matuc, ich sah die Stadt bereits ein zweites Mal untergehen, aber nun wird sie durch Eure Vorsehung bewahrt.«

»Und die Gnade des Gerechten, die wir bei aller Freude nicht vergessen wollen«, fügte der Mönch hinzu. »Ich begleite Euch und erkläre, wie ich mir die Anpflanzung in der Halle vorgestellt habe.«

Kurz bevor sie den Ausgang erreichten, wandte sich der Cerêler um. »Ich möchte Euch keine falschen Hoffnungen machen, Matuc. Ihr dürft wahrscheinlich mit nur wenig Dank rechnen. Kiurikka sorgt mit Sicherheit dafür, dass die Gaben Ulldraels bald schon als Kalisstras Gnade angesehen werden.«

»Ich bin zuversichtlich, Bürgermeister, dass immerhin einige der Städter in Erinnerung behalten werden, wem sie ihr Leben zu verdanken haben. Und diese wenigen reichen mir aus, das Wort des Gerechten nach ganz Kalisstron zu tragen.«

»Ich sehe schon, Ihr habt viel vor«, meinte Kalfaffel. »Ich respektiere Eure Absichten, aber ich zweifle an ihrem Gelingen.« Seine kleine Gestalt verschwand nach wenigen Schritten in den wirbelnden Flocken des Schneegestöbers.

Wir werden sehen, dachte Matuc gelassen. *Der Glaube wird Früchte tragen, ganz wie die Süßknollen. Bekehre ich nur einen der Kalisstri, wird er zehn weitere auf die Seite von Ulldrael dem Gerechten bringen, und das voller Überzeugung.*

»Woher wussten die Lijoki eigentlich, dass die Ladung mit dem Getreide kommen sollte?«, fragte Lorin Rantsila, als dieser gerade die Halle verlassen wollte.

»Du bist doch ein aufgeweckter Bursche«, gab der Milizionär zurück. »Was denkst du?«

Der Knabe überlegte einen Moment, dann richtete er seine blauen Augen auf den Mann. »Es wird ihnen wohl jemand gesagt haben.«

»Das denken wir auch. Hoffentlich finden wir den Kerl, bevor er eines Nachts die Stadttore für die Halsabschneider öffnet und sie uns im Schlaf die Gurgeln durchschneiden.«

»Matuc, weißt du was? Du missionierst die Kalisstri, und ich finde zusammen mit Waljakov den Verräter«, verteilte Lorin die Aufgaben neu, was den Mönch sehr amüsierte. »Wenn ich erst den Überläufer ausgemacht und Bardhasdronda gerettet habe, werden mich die Leute ganz von selbst in die Bürgerwehr stecken.«

»So einen Helden müssten wir natürlich in unsere Reihen aufnehmen«, lachte Rantsila. »Und nun pass auf, dass der Wind dich halbe Portion nicht davonträgt. Sag deiner Schwester einen schönen Gruß von mir.« Der Anführer der Miliz verschwand. Lorin aber glaubte gesehen zu haben, wie der Mann einen roten Kopf bekam.

»Das wird Arnarvaten aber gar nicht gefallen«, murmelte er feixend. »Das Schwert gegen die Verse. Das wird noch lustig werden.«

»Komm schon, du vorlauter Lausebengel«, befahl ihm Matuc. »Wir müssen deiner Schwester die guten Neuigkeiten erzählen.«

Großreich Tarpol, Königreich Barkis
(ehemals Tûris),
Verbotene Stadt, Frühjahr 458 n. S.

Pashtak eilte zielstrebig durch die Straßen der Stadt, ohne einen Blick nach rechts und links zu werfen, wie er es sonst tat, um sich am Fortschritt zu erfreuen.

Der innere Kreis der Stadt Sinureds war vollständig wieder aufgebaut worden. Die Gebäude übertrafen sich förmlich an Pracht; alte Ornamente, die von den Eroberern vor mehr als 450 Jahren in mühsamer Arbeit zerschlagen worden waren, prangten an den Wänden, und der Tempel zu Ehren Tzulans reckte sich in voller Schönheit empor.

Doch Pashtak widmete auch der polierten Fassade aus schwarzem, rot geäderten Blutstein von Sinureds Palast und den mächtigen Granitmauern der auferstandenen Festung des »Tieres« keine Aufmerksamkeit. Grübelnd, den Kopf gesenkt, marschierte er schnurstracks zur »Versammlung der Wahren.« Der Grund, weshalb sich die Tzulani und die Sumpfkreaturen trafen, blieb mit schöner Regelmäßigkeit der gleiche.

Immer zwei Stufen auf einmal nehmend, hastete er die Treppen zum Versammlungsgebäude hinauf und betrat schwungvoll den Raum, in dem sich bereits die übrigen Mitglieder des Gremiums eingefunden hatten.

»Verzeiht, aber ich musste dem Jüngsten noch schnell die Windeln wechseln«, murmelte er eine Entschuldigung und warf sich in seinen Sessel.

Der Vorsitzende, ein Tzulani namens Leconuc, nickte ihm zu und setzte seine Rede fort. »Alle anderen Fortentwicklungen in der Stadt bringen nur wenig, wenn diese Morde weitergehen. Wir haben den Sumpf zu einem großen Teil trocken gelegt, wir haben die Fläche der Stadt ausgedehnt und gerodet, um Getreide anbauen zu können. Wir gewinnen Torf, den wir in der näheren Umgebung verkaufen können, und auch unsere Salben und Tinkturen erfreuen sich einer gewissen Beliebtheit. Wir sind dank des Kabcar sogar rechtlich gleich gestellt.« Er deutete auf die Kleidungsstücke, die auf dem Tisch lagen. »Aber jedes Mal, wenn ein Mensch einem Mord zum Opfer fällt oder in der Nähe unserer Stadt verschwindet, gehen die Geschäfte auf Null zurück. Und es kostet uns einen Monat oder mehr, um ein paar Wagemutige zu finden, die sich in die Mauern wagen.«

»Diese Morde müssen endlich ein Ende finden«, rief einer aus dem Gremium in den Raum. »Wir sollten die Nymnis endlich zur Verantwortung ziehen. Ihre Lügen können wir nicht länger dulden.«

Die anderen murmelten ihre Zustimmung, außer Pashtak und Lakastre, die den Ausführungen des Vorsitzenden aufmerksam gelauscht hatten.

»Korrigiert mich, wenn ich etwas verpasst habe, aber die Nymnis kommen für die Taten nicht infrage«, meinte Pashtak leise und pulte sich mit dem Nagel des kleinen Fingers ein Stückchen Fleisch aus den spitzen Fangzähnen. »Sicher, es sind gefräßige Mitbewohner, aber gleichzeitig von erschreckend geringem Geist. Sie würden die Knochen der Opfer herumliegen lassen oder sich bei jeder passenden Gelegenheit anderen gegenüber verraten. Bisher haben wir jedoch kaum Hinweise auf die Morde, außer vereinzelte Blutspuren oder ein Kleidungsstück. Es muss eine andere, listigere Kreatur am Werk sein.« Alle Augen richteten sich auf ihn. »Was seht ihr mich so an? Ich habe mir nur meine Gedanken gemacht.«

»Das sehe ich, Pashtak. Und offensichtlich mehr als der hoheitliche Beamte, der die Fälle im Namen des Kabcar untersuchen soll«, sagte Leconuc. »Wie wäre es, wenn du ihm zur Hand gehen würdest?«

»Nein, danke. Ich muss mich schon um den Wiederaufbau der Bibliothek kümmern«, erwiderte er und hob abwehrend eine der klauenbewehrten Hände, während ihm ein leises Grummeln entfuhr.

»Es wäre wirklich das Beste, wenn sich einer aus unseren Reihen der Sache annehmen würde«, unterstützte Kiìgass den Vorschlag. »Pashtak kennt sich in der Stadt aus, er weiß um die Eigenarten der verschiedenen Mitbrüder und -schwestern, und er gehört zu denen, die von Anfang an den Aufbau geleitet haben. Ich stimme dafür, dass er unsere eigene Kommission leitet, die parallel zu den Untersuchungen des Obristen ermittelt.«

Die Arme der anderen schnellten zustimmend in die Höhe. Lakastre warf Pashtak ein schadenfrohes Grinsen zu.

»Angenommen«, verkündete Leconuc. »Ich werde mich mit der Bibliothek beschäftigen.« Eindringlich schaute er Pashtak in die gelben Augen mit der roten Pupille, die wenig Begeisterung über die neue Aufgabe verrieten. »Hiermit verleihe ich dir den Titel Inquisitor.

Es ist sehr wichtig, dass wir bald zu einem Ergebnis gelangen. Die Entlarvung des Mörders hat Vorrang vor allem anderen. Ich möchte nicht, dass sich die Menschen aus den Städten der Umgebung zusammenschließen und voller Empörung hier einfallen. Da würden sich die Soldaten des Kabcar vermutlich eher ihnen anschließen, als uns zu verteidigen.«

Die »Versammlung der Wahren« löste sich auf, ohne dass auf die Proteste Pashtaks eingegangen wurde. Seine Arme sanken herab.

»Wie soll ich das Shui erklären?«, seufzte er und stützte die knochigen Wangen in beide Hände. Unglücklich schaute er aus dem Fenster, doch auch der Anblick des Säulenmonuments zu Ehren des Gebrannten Gottes mit der Kugel obenauf – eine architektonische Meisterleistung – vermochte seine Laune nicht zu heben. Etwas reflektierte die gleißenden Strahlen der Sonnen, und er schloss geblendet die Augen.

Sie haben es mit dem Polieren der Granitkugel wohl etwas übertrieben, befand er und erhob sich, um seiner Gefährtin seine neue Stellung zu beichten. Um ein Haar wäre er dabei in Lakastre hineingerannt, die unbemerkt neben ihm gestanden hatte.

»Hoppla«, meinte er und blinzelte. »Entschuldigung, ich bin noch ein wenig blind.« Er rieb sich die Augen. »Ich sollte nachts unterwegs sein.«

»Das wirst du bestimmt in nächster Zeit sehr oft sein. Ich wollte dir zu deiner neuen Stellung gratulieren«, sagte sie freundlich. »Inquisitor. Das klingt sehr gewichtig.«

»Mal sehen, was Shui davon halten wird.« Pashtak musterte die Witwe Boktors. »Du siehst hervorragend aus, Lakastre.«

»Das macht der Frühling«, erklärte sie. »Ich halte es

ganz wie die Natur. Ich blühe auf, wenn die Sonnen wieder öfter vom Himmel herabstrahlen und uns mit ihrer Wärme verwöhnen.« Das Bernsteinfarbene ihrer Augen glomm schelmisch. »Zu schade, dass du wenig davon haben wirst. Die Nächte sind immer noch sehr kalt.«

»Wer sagt denn, dass der Mörder im Dunkeln unterwegs ist?«, widersprach Pashtak. »Oder war das eben beinahe ein Geständnis?« *Etwas an ihr ist anders als sonst,* sagte er sich im Stillen.

Die Frau lachte, ihre scharfen Eckzähne wurden sichtbar. »Nun übertreibe es nur nicht mit deinen Verdächtigungen.«

Pashtak lächelte ebenfalls; die bedrohliche Ansicht seines Kiefers und der entblößten Beißwerkzeuge erzielte jedoch keinerlei einschüchternde Wirkung bei Lakastre. »Wie geht es deiner Tochter? Hat sie den Tod ihres Vaters überwunden?«

Die Frau wurde ernst, das warme Feuer um ihre Pupillen erlosch. »Dass Boktor ausgerechnet jetzt, wo wir die Sümpfe beinahe ausgerottet haben, wie sein Bruder Boktar am Fieber sterben musste, ist schon mehr als grausame Ironie. Das versteht sie nicht. Doch dass man den Tod nicht umgehen kann, hat sie inzwischen akzeptiert.«

»Dein Mann hat in dir eine würdige Nachfolgerin in der Versammlung«, lobte er sie und nickte ihr zu. »Du bist eine echte Ausnahme, wie ich finde. Keine bekennende Tzulani, keine von uns, und dennoch bedenkst du alles, was der Stadt zum Vorteil gereichen kann.«

»Ich versuche, das Zünglein an der Waage zu sein und auf Gerechtigkeit zu achten«, gab sie zurück. »Wir beide machen eine hervorragende Arbeit, Pashtak.« Sie legte ihre verätzte Linke kurz auf seine Schulter und wandte sich zum Gehen. »Ich wünsche dir den Erfolg, den wir alle benötigen. Wenn du Unterstützung bei deinen Ermittlungen brauchst, so weißt du, wo du mich findest.«

Nachdenklich schaute er ihr nach. Die schwarzen Haare wehten leicht in der lauen Frühlingsbrise. Was war an ihr anders als sonst? Er hatte sie noch lange nicht von der Liste der Verdächtigen gestrichen, denn jener Anblick von damals, als sie ihn in völlig veränderter Gestalt vor den herabstürzenden Bauteilen beim Monument zu Ehren Tzulans gerettet hatte, ging ihm nicht aus dem Gedächtnis. Sie hatte etwas Unheimliches, Zügelloses an sich gehabt und eine Wildheit offenbart, die sie heute vor den Bewohnern der Stadt verbarg.

Obgleich sie erst seit drei Monaten in dem Gremium saß, richteten sich alle Tzulani bewusst oder unbewusst nach ihrer Meinung. Doch das fiel eigenartigerweise wohl nur ihm auf. Die Ausdünstungen der Männer, wenn sie Lakastre sahen, waren erfüllt von Lockstoffen und Begierde nach Paarung. Ein Blick ihrer Augen, und es herrschte Einigkeit bei den männlichen Nackthäuten.

Der eigentümliche Geruch hat gefehlt, dämmerte es ihm. Der Geruch des Todes. *Nun ja, es wird eben Frühjahr. Sie wird aufblühen. Von der Stinkmorchel zur betörenden Rose.*

Einerseits fühlte sich Pashtak durch die Ernennung zum Inquisitor geschmeichelt, traute man ihm doch die Aufklärung der Morde zu, andererseits bedeutete das Amt wahrscheinlich noch mehr Arbeit und Aufwand als die Betreuung der Bibliothek, die er vorher wahrgenommen hatte.

Band für Band tauchten die uralten Bücher auf, die

einst in der Hauptstadt Sinureds gelagert hatten und die nun von den zurückkehrenden Kreaturen mitgebracht wurden. Über Generationen mussten sie an geheimen Orten aufbewahrt worden sein.

Der Zustand der Schriftstücke versetzte die Hand voll Tzulani, die als Bibliothekare fungierten, abwechselnd in Tobsuchts- und Ohnmachtsanfälle; die Restaurierung der Seiten würde wahrscheinlich ebenso lange dauern, wie ein Abschreiben in Anspruch genommen hätte.

Pashtak liebte es, in den alten Schriften zu blättern. Nachdem man ihm das Lesen und Schreiben beigebracht hatte, verschlang er die Folianten, Nachschlagewerke, Berichte und Geschichten geradezu. Diese Passion war es auch gewesen, die ihm die Betreuung der Bibliothek eingebracht hatte. Das hatte jedoch vorerst ein Ende. Nun mussten seine geistigen und realen Spürsinne zum Einsatz kommen.

Auf dem Weg nach Hause erstand er vorsichtshalber ein schönes Stück frisches Fleisch, das er seiner Gefährtin als »Opfergabe« anbieten wollte.

Kaum öffnete er die Tür, fielen seine vier Töchter und drei Söhne über ihn her und redeten alle gleichzeitig auf ihn ein.

Der frisch ernannte Inquisitor erfuhr zugleich von den neuesten Abenteuern seiner Sprösslinge, von den Ungerechtigkeiten, die ihnen widerfahren waren, von siegreichen Prügeleien, erfolglosen Jagderlebnissen und überstandenen Krankheiten.

Vorsichtig schob er sich durch die Behausung, während die Kinder wie Kletten an ihm hingen und an ihm zerrten. Lächelnd hielt er Shui das Fleischstück hin und schnurrte.

Argwöhnisch schaute sie ihn von der Seite an. »Was hast du angestellt, Pashtak?«

Sofort herrschte Stille.

Gebannt erwarteten die Jungs und Mädchen die Antwort ihres Vaters, der ins unbarmherzige mütterliche Verhör genommen wurde – ganz so wie sie es des Öfteren erfuhren.

»Ich? Natürlich nichts.« Die Köpfe der Kinder ruckten gespannt hinüber zur Mutter.

Shui prüfte das Fleisch, roch daran und knallte es auf die Anrichte. »Dann freut es mich umso mehr.«

Erleichtert atmete Pashtak auf. »Ich bin zum Inquisitor ernannt worden. Ich soll die Mordfälle an den Nackthäuten lösen.«

Mit kraftvollen Bewegungen trennte seine Gefährtin das Gewebe vom Knochen. Fasziniert beobachtete er, wie die Muskeln an ihren Armen arbeiteten; die Schneide des Messers rutschte nicht einmal ab oder ging fehl.

»Und das bedeutet, dass du mir wahrscheinlich noch weniger im Haushalt helfen kannst als bisher, richtig?«

Er hatte den lauernden Unterton in der harmlosen Frage durchaus bemerkt. Sein Schnurren verstärkte sich, um seine Gefährtin zu beschwichtigen. »Das kann man so nicht sagen«, druckste er herum, um sich nicht festlegen zu müssen.

Shui wandte sich ihm zu, das Messer drohend in seine Richtung gereckt. »Ich kann dir sagen, liebster Gefährte, dass, wenn du mir nicht zur Hand gehst, ich jemanden in deiner unmittelbaren Nähe kenne, die zur Mörderin wird. Wir haben sieben bezaubernde Kinder, und ich habe nicht vor, sie allein großzuziehen.«

»Ich werde da sein«, versprach er ihr. »Ich kann mir die Zeit einteilen.« Er witterte in ihre Richtung. »Du riechst übrigens sehr aufregend«, gurrte er und nahm sie in die Arme.

»Nimm dir eine Nase voll am Hintern deines Jüngsten«, stieß sie ihn feixend von sich. »Dann vergeht dir, woran du eben in deinem frühlingshaften Kopf gedacht hast. Wickel ihn, und dann komm zu Tisch. Bis du fertig bist, habe ich das Essen zubereitet.«

Wie auf einen unausgesprochenen Befehl hin lärmten seine Sprösslinge von neuem los.

Es hätte schlimmer kommen können, dachte er sich und machte sich seufzend an die Arbeit, umringt von seinen lieben Kleinen.

Nach dem Essen brachte er zusammen mit Shui die Kinder der Reihe nach ins Bett, bevor er sich mit drei Markknochen auf das Flachdach seines Hauses zurückzog, um die Sterne zu betrachten und nachzudenken.

Eine kurzer, kräftiger Biss, und der Knochen brach entzwei. Genussvoll sog er das vom Kochen noch warme Mark heraus und ließ es auf der Zunge zergehen, während sich seine Augen nach oben richteten. Die Gestirne waren in Aufruhr, die beiden roten Doppelgestirne wurden größer und größer.

Ob sie wohl auf Ulldart herabstürzen werden?, fragte Pashtak sich insgeheim. *Und was haben sie wohl zu bedeuten?*

Die Versammlung vertrat die Ansicht, dass Tzulan mit diesem Zeichen seine Wachsamkeit signalisieren wolle, als Drohung für all jene, die es wagen sollten, eine Hand gegen die Stadt zu erheben.

Die hartgesottenen Tzulani verfolgten die Auffassung, dass der Gebrannte Gott sein Kommen ankündige und die Dunkle Zeit damit ihrem Höhepunkt zusteuerte.

Wenn sie Recht behielten, erfreute das den Inquisitor

keineswegs. Er war zufrieden mit den Verhältnissen, so wie sie sich gestalteten. Mensch und Sumpfkreatur begegneten sich nach wie vor mit Misstrauen und Reserviertheit, aber die Zahl der Übergriffe sank rapide. Der Frieden tat beiden Seiten gut, man lernte im Wechsel voneinander.

Der Weg zu einem halbwegs normalen Miteinander war nicht mehr fern, und das Letzte, was Pashtak sich wünschte, war ein nach Tod, Blut, Verderben und Vernichtung geifernder Tzulan, der seine Anhänger zum sinnlosen Kampf aufrief.

Echte Eiferer fand man glücklicherweise nur selten innerhalb der Mauern, die meisten beschränkten sich auf Selbstverstümmelungen in den Tempeln oder grausame Tieropferungen.

Sinured, zu dessen Ehren die Stadt aufgebaut wurde, hatte sich bislang zweimal sehen lassen. Seine Kampfkraft und sein erschreckendes Äußeres wurden vom Kabcar an der Front im Süden benötigt.

Als die Versammlung der Wahren dem »Tier« die Stadt gezeigt hatte, hatte Pashtak den Eindruck gewonnen, dass sich der vom Meeresgrund zurückgekehrte Kriegsfürst amüsierte. Er hatte die Arbeiten in der Weise gelobt, wie es Erwachsene bei ihren Kindern tun, wenn diese ein paar aufmunternde Worte für ihre schiefen Bauklotztürme erwarteten. Sinured hatte ihm damals das Gefühl vermittelt, dass er nur wenig für die Siedlung übrig habe, die einem Gast so wenig von der Düsternis vermittelte, die sie vor mehr als 450 Jahren besessen hatte. Genau das schien Sinured zu vermissen.

In hohem Bogen flog die ausgelutschte Hälfte des Markknochens vom Dach. *Dann wollen wir uns mal um unseren Mörder kümmern …*

Pashtak kehrte zu seiner eigentlichen Aufgabe zurück und entzündete eine Anzahl von Kerzen, ehe er ein Blatt Papier herausnahm und sich Aufzeichnungen machte.

Dreiundachtzig Menschen waren seit 444 verschwunden oder gestorben. Angefangen hatte es mit den drei Kaufleuten, die zum Handel in die Stadt gekommen waren, fünfzig weitere waren auf Nimmerwiedersehen gefolgt.

Der Inquisitor ging davon aus, dass sie alle Opfer ein und desselben Mörders geworden waren; ein »Verschwinden«, wie Leconuc es beschönigend nannte, kam für ihn nicht infrage. Als ob er es geahnt hätte, dass man ihn mit den Untersuchungen betraute, hatte er sich die Daten der Morde genau aufgeschrieben. Nun fügte er den Fundort der Kleidungsstücke zu.

Nur in insgesamt vier Fällen war etwas entdeckt worden, meistens blutige Unterwäsche. Das sprach dafür, dass der Mörder seine Opfer auszog, bevor er sie entsorgte. *Oder was auch immer er mit ihnen anstellt.*

Ehe er sich darüber den Verstand zermartern wollte, suchte er in den Daten nach einem möglichen Hinweis. *Es könnten Ritualhandlungen gewesen sein, Opferungen zu Ehren einer Gottheit vielleicht,* grübelte er und knackte den nächsten Knochen auf. Doch aus dem Stegreif fielen ihm keine überirdischen Wesen ein, die er mit den Taten in Verbindung bringen konnte.

Es starben immer nur Menschen, umgebracht in loser Reihenfolge; anfangs drei auf einen Schlag, danach nur noch einzelne, der letzte Unglückliche gestern. Ihre Berufe reichten von Jäger über Torfstecher bis hin zu Händlern. Angefangen hat alles in der Nacht, als Lakastre mir das Leben rettete. Und wie es bisher aussieht, ist und bleibt sie meine Hauptverdächtige. Aber welches Motiv könnte sie haben?

Auf Spekulationen allein wollte er sich nicht verlassen. *Ich bin Inquisitor, ich muss mir Beweise besorgen.*

Gleich am folgenden Tag wollte er die Tatorte aufsuchen und sich ein wenig umsehen. Danach beabsichtigte er, in die Bibliothek zu gehen, um in den alten Aufzeichnungen zu schmökern. Abgesehen davon, dass es ein sehr guter Vorwand war, um ein bisschen zum Lesen zu kommen, würde er unter Umständen einen Hinweis darauf entdecken, ob es in der Vergangenheit der Stadt ähnliche Begebenheiten gegeben hatte.

Vielleicht suche ich ja in einer völlig falschen Richtung. Lakastre als Mörderin zu verdächtigen ist mir zu einfach, sinnierte er, den Markknochen im Mundwinkel und leise daran nuckelnd. *Es würde mich nicht wundern, wenn da etwas aus den dunklen Ruinen der Stadt gekrochen wäre, was schon früher sein Unwesen getrieben hat.*

Großreich Tarpol, Königreich Hustraban,
Südgrenze zu Ilfaris, Eispass,
Frühsommer 458 n. S.

Die Festung Windtrutz erhob sich majestätisch und unbesiegt über dem Eispass und sicherte den einzigen Durchgang von Norden her über die Bergkette gegen jegliche Einmarschversuche.

Seit dem missglückten Ansturm im frühen Winter verhielten sich die Streitkräfte des Kabcar ruhig. Es wäre ein Ding der Unmöglichkeit gewesen, sich bei den Temperaturen einen neuerlichen Feldzug gegen die Burganlage zu leisten. Die Soldaten wären erfroren, ehe sie nur ein einziges Katapult errichtet hätten.

Nun aber, mit Ausbruch des Tauwetters und der Passierbarkeit der schmalen, steilen Steinstraßen, die zur Festung führten, rechneten die zwölfhundert Mann Besatzung von Windtrutz mit der nächsten Welle von hoheitlichen Truppen.

Das Frühjahr nutzte der Staatenbund, um sämtliche entstandenen Schäden am Mauerwerk auszubessern, wobei die angereisten Handwerker kurzerhand auf die Steine zurückgriffen, die von den zerstörten Türmen herrührten. Das Baumaterial diente ihnen dazu, die Schutzwälle zusätzlich zu stabilisieren.

Mit der Schneeschmelze wurden außerdem dreißig Bombarden aus Kensustria herbeitransportiert, und auch das Ungeheuer von Feuergeschütz, das die hoheitlichen Truppen bei ihrem Rückzug zurückgelassen hatten, eigneten sich die Verteidiger an. Die Schmiede entfernten den Kopf des Gebrannten Gottes und feilten die Sprüche zu Ehren Tzulans aus dem Lauf, um sie durch Loblieder auf Ulldrael den Gerechten zu ersetzen. Selbst die Matafundae ragten pünktlich zum ersten Frühsommertag im Burghof in das strahlende Blau.

Die nächsten Angreifer würden Schwierigkeiten haben, auch nur näher als einen Warst an die Festung heranzukommen. Überstanden sie die Salven aus den Bombarden, blieben immer noch die Repetierkatapulte und Schleudern.

Entsprechend entspannt gestaltete sich die Lage innerhalb der Mauern. Keiner der Soldaten rechnete damit, dass dieses Bollwerk jemals fallen würde.

Hetrál stand im Hof, eine Hand an einen mächtigen Stützbalken der Matafunda gelegt, und betrachtete »seine« Festung.

Obwohl es allmählich Sommer wurde, war die Luft noch immer empfindlich frisch. Einem Vergleich mit den unsäglichen Graden des Winters hielt sie allerdings nicht stand. Noch vor wenigen Monaten hatte es so ausgesehen, als schlüge das letzte Stündlein der Festung wie auch Hetráls. Aber er ließ sich von der Hochstimmung seiner Leute anstecken und zweifelte nicht einen Lidschlag daran, dass das Gute auf ewig das Böse in Schach zu halten vermochte.

So wie es sich abzeichnete, zeigte sich dieses Böse in Form neuer Truppen wenig einsichtig, wie die neuesten Berichte besagten. Mit zwanzigtausend Bewaffneten, davon achttausend Kavalleristen, rollte das nächste Heer auf den Eispass zu. Dabei vernichtete es, sozusagen zum Aufwärmen, die zweitausend eigenen Soldaten, die sich im unmittelbar angrenzenden Hustraban einen angenehmen Winter gemacht und die Gehöfte und Städte heimgesucht hatten. Es schien, dass mit dem Tod von Osbin Leod Varèsz jegliche Disziplin gleich einer Fessel von den Überlebenden abgefallen war und diese sich nun am brutalen, sinnlosen Abschlachten erfreuten.

Angeblich führte Mortva Nesreca persönlich die Streitmacht an, die gegen Windtrutz ritt. Dessen Brillanz, was die Strategie anbelangte, war bereits im Jahr 443 im Verlauf der Schlacht von Dujulev erkennbar geworden.

Komm nur, du silberhaariger Dämon, dachte Hetrál grimmig und legte die Rechte an den Griff der aldoreelischen Klinge. Ich zeige dir, was mein Schwert vermag. *Es ist das passende Mittel, dich zu Tzulan zu schicken.*

Der Kommandant war umsichtig genug, sich nicht allein auf die starken Mauern und die Macht der eigenen Bombarden zu verlassen. Er hatte Späher ausschwärmen lassen, die den Aufstieg vom Pass überwachten. Der Turît traute dem Konsultanten des Kabcar jede Hinterlist zu, und bevor dieser mit irgendeiner neuen mörderischen Erfindung erschien, würde er verschiedene Stellen des Bergübergangs sprengen lassen und die Hohlwege unpassierbar machen. Der Weg nach Süden blieb ihnen immer noch offen.

Hetrál nickte den drei Ordensrittern zu, die sich ständig in seiner Nähe aufhielten und als seine Leibwache dienten. Sie waren das Abschiedsgeschenk Nerestros von Kuraschka, der sich inzwischen wohl wieder in seiner eigenen Burg befinden musste.

Die Nachricht, dass eine unbekannte Macht die wertvollen aldoreelischen Klingen stahl und die Besitzer umbrachte, beunruhigte den Meisterschützen im Augenblick wenig. So sicher wie er war außer dem Kabcar wahrscheinlich niemand sonst auf Ulldart. Selbst Hemeròc, jenes seltsame Wesen, das durch die Schatten kommen und gehen konnte, wie es ihm gefiel, flüchtete vor dem Schwert, das sogar magische Angriffe zurückschlug.

Was sollte mir schon passieren?, beruhigte sich der Kommandant, während er auf den Wehrgang hinaufstieg, um den Eispass von oben zu betrachten. Und dennoch fühlte er seit Tagen ein unerklärliches Kribbeln im Magen, das seiner Erfahrung nach nichts Gutes bedeutete.

Als ob er es geahnt hätte … Kaum befand er sich über dem Tor, sah er einen Reiter heranpreschen. Sogleich hastete er die Stufen wieder hinab und befahl die Offiziere in die große Halle des Hauptgebäudes. Der Bote berichtete ihnen, dass sich der Zug von zwanzigtausend hoheitlichen Soldaten die ersten Schritte des Passes hinaufwand. Im Tross hätten sie fünfzig kleinere Bombarden auf Lafetten, die lediglich von acht Pferden gezogen werden müssten.

Die Nachricht sorgte für unterschiedliche Vorschläge. Manche stimmten dafür, die Truppen bis vor die Festung kommen zu lassen, um sie mit all ihren Fernwaffen ein zweites Mal auszurotten. Andere plädierten dafür, umgehend die Durchgänge sprengen zu lassen, denn die Übermacht von zehn zu eins könnte durchaus gefährlich werden.

»Nesreca muss etwas mit sich führen, was ihn sicher macht, uns im Handumdrehen besiegen zu können«, sagte einer der Ordensritter an Hetráls statt. »Bedenkt, dass er mit zwanzigtausend Menschen und mehr als achttausendvierhundert Pferden in eine Gegend zieht, die keinerlei Nahrung bietet. Dass die Verproviantierung über den Pass für uns leicht zu unterbrechen ist, müsste ihm klar sein.«

»Er wird sich auf die Überlegenheit seiner Fußtruppen verlassen«, steuerte einer der Offiziere bei. »Ich möchte Tzulans Namen nicht beschreien, aber selbst unsere Munition ist begrenzt. Und er hat fünfzig Bombarden dabei.«

»Meiner Meinung nach«, sagte der Bote, »sind sie aber viel zu klein, um etwas gegen die Mauern ausrichten zu können. Selbst wenn sich immer vier oder fünf auf eine Stelle in der Umschanzung konzentrierten, würde es zu lange dauern und wir könnten das Feuer erwidern.«

Der Kommandant dachte nach. »Kann es sein, dass er ein Invasionsheer mit sich führt? Wir wissen, dass die Dinge in Ilfaris nicht zum Besten stehen und dass die übrigen Truppen im Westen und Osten einmarschieren. Es ergibt keinen Sinn, achttausend Reiter gegen eine Festung dieser Größe auszusenden. Auch die Bombarden sind eher für einen schnellen, leichten Einsatz gedacht und nicht für die Belagerung einer

Burganlage, wie er sie vor sich hat.« Hetrál spielte mit seinen goldenen Ohrringen, seine Entscheidung war gefallen. »Sprengt den Pass. Die Sache ist mir zu gefährlich. Nesreca ist sich zu sicher, dass er an uns vorbeikommt. Sollten es Teile seines Heeres überleben, schießen wir sie eben von oben zu Klump. Und ich will die Mannschaften in Alarmbereitschaft haben. Tag und Nacht. Die Zeit des Wartens ist vorüber.«

Die Offiziere verschwanden, und der Bote lief zu seinem Pferd, um die Order zu überbringen.

Wenig später grollte künstlicher Donner die Berghänge hinab.

»Kommandant, kommt und seht Euch das an!« Eine der Wachen rüttelte Hetrál aus dem Schlummer. »Da steht ein Unterhändler vor dem Tor.«

Aha, die Überlebenden wollen um ihr Leben feilschen, dachte Hetrál und verließ leicht verschlafen sein Nachtlager. Schnell warf er sich in seine Lederrüstung und lief zum Wehrgang.

Das Licht der aufgehenden Sonne umspielte einen schlanken Mann in der grauen Uniform der hoheitlichen Truppen. Lange silberne Haare lagen auf seinem Rücken und schmiegten sich dicht an den Stoff. Die Hände nach hinten verschränkt, wartete er ruhig darauf, dass er einen Gesprächspartner bekam. Von weiteren Soldaten fehlte jede Spur. Nesreca war allein gekommen.

Als spürte er die Anwesenheit des Turîten, hob er den Kopf. Seine unterschiedlich farbigen Augen funkelten belustigt, und das ansprechende Gesicht war eine Maske falscher Freundlichkeit.

»Ich grüße Euch, Meister Hetrál. Für einen fahnenflüchtigen Abtrünnigen, der die Befehle seines Kabcar missachtet hat, habt Ihr es weit gebracht.« Er deutete auf die Mauern. »Ihr seid schon wieder ein Kommandant geworden. Mal sehen, ob Ihr Euer Amt ein weiteres Mal so schlecht erfüllt wie in Tûris.«

»Zu schade, dass die Steine Euch nicht zusammen mit Euren Leuten erschlagen haben«, ließ Hetrál hinabrufen. Am liebsten hätte er allen Katapulten der Burg das Signal zum Schießen erteilt, aber wahrscheinlich würde es dem Konsultanten nicht viel ausmachen. *Ich sollte es ausprobieren. Bei Ulldrael, wenn er mich zu sehr reizt, begrabe ich ihn unter einem Berg von Pfeilen und dekoriere das Ganze mit unlöschbarem Feuer, gekrönt von einem tausend Pfund schweren Stein.*

»Welche Steine denn?«, erkundigte sich Nesreca gespielt erstaunt. »Ach so, Ihr meintet die Stümper, die das Feuer nicht schnell genug an die Lunte bekamen? Wir haben sie, mit Verlaub, aus den Hängen geschossen. Die neuen Präzisionsbüchsen sind hervorragende Waffen und durchschlagen selbst auf hundertfünfzig Schritt noch eine Rüstung. Um Euch in falscher Sicherheit zu wiegen, haben wir ein paar Fässer in einer Schlucht gezündet. Wir verderben Euch den Tag noch früh genug.«

»Hört auf, Euch selbst zu beweihräuchern, und sprecht«, ließ der Kommandant ausrichten. *Verdammt, wir waren uns einfach zu sicher,* dachte er bei sich.

Der Konsultant lachte leise. »Dass ausgerechnet Ihr von ›sprechen‹ redet, finde ich amüsant.« Vorsichtig nahm er die Hände vom Rücken und faltete sie vor dem Bauch. »Ich bin hier, um Euch einen Vorschlag zu unterbreiten: Gebt Windtrutz auf und lasst uns in aller Ruhe passieren, oder Eure Vernichtung wird unabwendbar sein. Gefangenschaft oder Tod, Ihr habt die Wahl.«

»Hier war schon einmal ein Feldherr, der Sprüche klopfte und kurz darauf seinen Kopf verlor«, brüllte Hetráls Übersetzer wütend nach unten. Der Mann fühlte sich durch Nesrecas überhebliche Art offensichtlich herausgefordert. »Aber der Großmeister …«

Hastig trat Hetrál ihm auf den Fuß, sodass der Mann aufschrie und seinen Vorgesetzten groß anblickte. Dann verstand er, welchen Fehler er beinahe begangen hätte. »Wir werden uns nicht ergeben, sondern alle Versuche mit Ulldraels Beistand ebenso zurückschmettern, wie wir das bei Varèsz getan haben«, verkündete er Hetráls Erwiderung.

»Und wenn Ulldrael der Gerechte aber ausgerechnet heute, so schade es für Euch wäre, etwas anderes zu tun hätte?«, erkundigte sich Nesreca galant. »Zufällig weiß ich, dass er dringend an einem anderen Ort gebraucht wird, und da ist mein Angebot an Euch wirklich mehr als ein Entgegenkommen. Der Kabcar hätte Verwendung für die Festung und würde es bedauern, wenn er sie ausradieren müsste.«

»Sag deinem Kabcar – diesem verwünschten Tzulan-Günstling –, dass wir uns niemals ergeben werden. Damit ist jedes weitere Wort überflüssig.«

»Dann wird es mich freuen, den Mann seiner gerechten Strafe zuzuführen, der er sich seit Jahren immer wieder entzogen hat. Kommandant Hetrál«, nickte der Konsultant, wandte sich mit einer geschmeidigen Drehung um und schlenderte in Richtung des Passes. »Ihr wollt doch wohl nicht etwa auf einen unbewaffneten Unterhändler feuern lassen?«, sagte er laut, während er sich entfernte.

Bei dir mache ich eine Ausnahme. Der Arm des Meisterschützen ruckte in die Höhe, und ein Repetierkatapult spie eine Reihe von Geschossen aus.

Elegant drehte sich Nesreca zur Seite, sodass die Speere wirkungslos auf das Felsgestein aufschlugen.

Im nächsten Augenblick riss die Sehne der Fernwaffe und schlug dem Katapultisten ins Gesicht. Schreiend ging er zu Boden; zwischen den Fingern, die er sich vor die getroffene Stelle hielt, quoll Blut hervor.

Als die Aufmerksamkeit sich wieder nach draußen richtete, fehlte von dem silberhaarigen Mann jede Spur.

Hetrál verließ den Wehrgang nicht mehr. Er wollte mit eigenen Augen sehen, was sich der Konsultant einfallen ließe, um Windtrutz in die Knie zu zwingen. Nach wie vor bezweifelte er, dass eine Waffe mächtig genug war, den Wall einzureißen. Und selbst wenn, die eigenen Geschütze reichten ebenso weit.

Am Ende des kleinen Plateaus erschienen am Nachmittag zwei Gestalten, die sich gemütlich näherten.

Eine davon erkannte der Kommandant als Nesreca, die zweite, wesentlich kleinere war ein Junge von geschätzten vierzehn Jahren. *Jetzt versteckt er sich schon hinter Kindern, dieser Bastard.*

Die Sehhilfe zeigte ihm, dass der Knabe durchaus eine hoheitliche Uniform trug, und wenn er sich recht erinnerte, waren die Insignien auf der Brust und auf den Schulterpolstern die eines Tadc.

Hetrál fühlte sich an die Zeit in Granburg erinnert, als er den Kabcar noch als Thronfolger kennen gelernt hatte. Der Junge da unten hatte jedoch nur eine entfernte Ähnlichkeit mit seinem Vater, die Züge seiner Mutter traten deutlicher hervor. Voller Schrecken fiel ihm ein, dass man sich erzählte, der Konsultant bilde den Tadc in der Kunst der Magie aus.

Weitere Erinnerungen stiegen in ihm auf. Nach der Schlacht von Telmaran hatte er versucht, den Kabcar zu töten. Doch Lodrik hatte ihn bemerkt und mit magischen Blitzen beschossen, die ihn um ein Haar das Leben gekostet hätten. Hetrál fühlte sich äußerst unwohl bei der Erinnerung daran. Doch reichte diese Kunst aus, um die gewaltigen Mauern einzureißen? Was hatten sie vor?

Er ließ eine der Bombarden einen Warnschuss abfeuern. Die Kugel krachte zehn Schritt links von dem Duo in den Fels und zersprang.

»Das ist nahe genug«, ließ er rufen.

Govan zuckte zusammen, als das Geschütz in ihre Richtung feuerte; unbewusst umfasste er Nesrecas Hand.

»Ihr müsst keine Angst haben, hoheitlicher Tadc«, beruhigte ihn der Konsultant. »Sie können Euch nichts anhaben. Ihr tragt Kräfte in Euch, die allem überlegen sind, was sie Euch entgegenstellen.«

Der Junge atmete schnell. »Ich bin sehr aufgeregt, Mortva.« Seine braunen Augen schweiften über die Mündungen der Bombarden, die sich drohend gegen ihn reckten. Er sah die Katapulte und die vielen, vielen Soldaten, die auf den Zinnen standen und feindselig auf ihn herabstarrten. »Ich bekomme Zweifel, ob es mir gelingen wird. Wenn ich nun etwas falsch mache?«

»Ich kann Euch verstehen, hoheitlicher Tadc. Es ist immerhin eine Art Feuertaufe für Euch.« Der Mann mit den silbernen Haaren setzte den Weg fort. »Kommt, wir gehen noch ein wenig näher heran. Ich beschütze Euch. Ihr kümmert Euch einzig und allein um die Vernichtung der Festung, einverstanden?« Das grüne und das graue Auge richteten sich beruhigend auf ihn. »Tut es für Euren Vater.«

»Nein, Mortva.« Entschlossen folgte Govan ihm. »Ich tue es für dich.«

In zweihundert Schritt Abstand blieben sie stehen und sprachen sich ab, dann stellte sich Nesreca hinter den Knaben und legte ihm beide Hände auf die Schultern.

Der Thronfolger senkte den Kopf, dann bewegten sich seine Hände. Nach wenigen, vermeintlich wirren Fuchteleien, formten die Finger ein leuchtendes Muster bei jeder Geste.

Feuert alles, was wir haben, auf die beiden ab.

Der Offizier schaute den Kommandanten irritiert an. »Habe ich eben eines Eurer Zeichen falsch verstanden? Meintet Ihr …«

Hetrál schlug nur auf die Zinne und starrte seinen Untergebenen an.

»Es ist ein Kind, Kommandant«, wagte dieser einen letzten Widerspruch. »Ich kann mir nicht vorstellen, dass …«

Auf der Stelle!, gestikulierte der Turît und wünschte sich einmal mehr, eine Stimme zu haben. *Das ist kein Kind. Das ist womöglich unser Untergang.*

Der blasse Offizier schwenkte verstört die Fackel, und alles, was die Festung an Fernwaffen zu bieten hatte, entlud sich in einem ohrenbetäubenden Donnern, Dröhnen und Rumpeln.

Als die beiden Fässer mit unlöschbarem Feuer der Matafundae auf den Mann und den Jungen niedergingen, verschwanden ihre Gestalten in lodernden Feuerbällen.

Govan sah die brennenden Behälter zielgenau auf ihn zukommen und wandte sich zur Flucht. Doch die Hände seines Mentors, die sich wie Klammern unbarmherzig um seine Oberarmgelenke schlossen, verhinderten ein Entkommen vor dem tödlichen, alles zu Asche verwandelnden Regen, der sogleich auf ihn herabprasseln würde. Vor Angst schreiend, presste er die Lider zusammen, und die Gesten, mit denen er eben noch eine magische Reaktion in Gang hatte setzen wollen, erstarrten in ihrer Bewegung.

Dumpf krachte es. Govan spürte die verderbliche Hitze, die sich mehr und mehr steigerte.

Aber er verbrannte nicht.

Zögerlich öffnete er die Augen und fand sich inmitten einer schützenden Sphäre wieder, an deren irisierenden Wänden das zähflüssige Gemisch aus Pech, Schwefel und anderen Zutaten langsam herablief. Mit offenem Mund schaute er in die Flammen, in deren Mittelpunkt er stand, ohne zu vergehen.

»Es gibt wahrscheinlich niemanden auf diesem Kontinent«, hörte er die sanfte Stimme Nesrecas, »der inmitten einer solchen Hölle gestanden und überlebt hat.«

»Kann ich das auch, Mortva?«, flüsterte Govan fasziniert und legte eine Hand an die Hülle. Sie fühlte sich heiß an, aber sie hielt der Kraft des Feuers stand.

»Ja. Ihr wisst nur noch nicht, wie.«

Ein großer Schatten senkte sich auf sie herab. Instinktiv duckte sich der Tadc, doch der mehr als eintausendvierhundert Pfund schwere Steinbrocken prallte gegen die Halbkugel und zerbarst in kleine Teile.

Govan lachte auf. »Damit sind wir unbesiegbar, Mortva!«

»Bis zu einem gewissen Maß«, schränkte der Mann mit den silbernen Haaren ein, und seine Stimme klang etwas angestrengt. »Es ist auf Dauer sehr ermüdend. Würdet Ihr, hoheitlicher Tadc, bitte fortfahren?«

Hetrál schaute zufrieden auf das Inferno, in dem Nesreca und der Thronfolger versunken waren. Die Flammen loderten so hoch, dass er nichts erkennen konnte.

Dann, auf einen Schlag, erlosch das Feuer.

Umgeben von gesprungenen Bombardenkugeln und zertrümmerten Steingeschossen, standen die beiden Gestalten unversehrt in einem Kreis unverbrannten Gesteins, während sich der Fels um sie herum schwarz gefärbt hatte. Nicht einmal ihre Uniformen wirkten angesengt.

Ein erschrockenes Raunen lief durch die Reihen der Verteidiger.

»Du hättest das Angebot von Mortva annehmen sollen«, rief der Knabe hochmütig. »Die Waffen, die ihr habt, schrecken uns nicht.« Während er redete, nahmen seine Hände das Gestikulieren auf. »Aber wir haben etwas, dem ihr nicht standhalten könnt. Ihr habt eure Wahl getroffen.«

Die Arme fielen herab, der Thronfolger schloss die Augen.

Es wird nur eine Möglichkeit geben, eine Niederlage abzuwenden. Hetrál zog seine aldoreelische Klinge und stürmte den Wehrgang hinab. *Ich schicke dich zu Tzulan, Nesreca. Mitsamt dem Jungen.*

Als der Kommandant den ersten Treppenabsatz erreichte, erbebten die Steine unter seinen Füßen. Ein Riese schien sich einen unterirdischen Weg durch den Berg zu bahnen und erschütterte mit seinem Graben die gesamte Burganlage. Es folgten mehrere rasche, harte Stöße hintereinander, die Hetrál stürzen ließen. Kopfüber polterte er die restlichen Granitstiegen hinunter, während sich der Fels wieder beruhigte.

Vereinzelt waren Katapulte gekippt oder hatten sich selbstständig entladen, mehrere Bombarden waren aus den Wiegen gesprungen, und die Kugeln rollten umher.

Ächzend stemmte Hetrál sich in die Höhe. Dabei fiel

sein Blick auf eine Pfütze. Unmerklich zitterte das Wasser darin, die Dreckpartikel schwammen auf der unruhigen Oberfläche hin und her.

Die Schwingungen des Bodens nahmen wieder zu. Wie die Körner auf einem Rüttelsieb hüpfte und tanzte bald alles in der Festung, das nicht irgendwie festgemacht war. Hetrál lag auf dem Boden, umgeben von springenden Fässern. Im letzten Augenblick wich er einem Katapult aus, das vom Wehrgang herabfiel und krachend neben ihm zerbarst.

Das Rütteln hielt an, erste Ziegel lockerten sich an den Gebäuden und zerschellten auf dem Pflaster des Innenhofs. Dann fielen die letzten Reste der zerschossenen Türme in sich zusammen.

Wie ein Betrunkener taumelte Hetrál zum Haupttor, um durch das kleine Türchen hinauszutreten und sich den beiden gefährlichen Angreifern zu stellen, auf die Macht seiner aldoreelischen Klinge vertrauend. Die Ordensritter waren plötzlich an seiner Seite, Schilde und Schwerter gezückt.

Mit Mühe gelang es den vier Männern, den Balken vor dem Eingang zu entfernen. Staub und kleine Steinstücke regneten auf sie herab. Lange würde die Mauer den Erschütterungen nicht mehr standhalten, die zermürbender waren als alle Bombardenschüsse auf einen Schlag.

In hundert Schritt Entfernung verharrten der Mann und der Junge, harmlos, unbewaffnet.

Die Erde stand unvermittelt still.

Der Kommandant schnaubte und setzte zu einem Spurt an, als der Boden dreißig Schritt vor ihm aufbrach und einen breiten Spalt schuf, der das gesamte Plateau entlanglief und durch den das lose Gestein in die Tiefe stürzte.

Staub schoss in die Höhe. Die kleine Ebene löste sich in Richtung der Festung immer mehr auf und brach in Tausende kleine Splitter auseinander. Bald klaffte eine Lücke von acht Manneslängen auf, die sich schneller und schneller verbreiterte.

Hetrál wandte sich um und deutete als Zeichen des Rückzugs für die gesamte Burgbesatzung nach hinten. Die zwölfhundert Mann verließen ihre Posten, rannten ans andere Ende von Windtrutz.

Ihr Kommandant dagegen schlug einen anderen Weg ein, der ihn wieder auf die Zinnen der Außenmauer führte.

Die entfesselten magischen Energien frästen den Fels Stück für Stück weg und kamen unaufhaltsam näher.

Hetrál deutete auf ein gestürztes Katapult und richtete es zusammen mit den Ordenskriegern auf. Achtlos warf er das Magazin mit den Speeren zur Seite. Die Männer ruckten die Sehne mit einem Spannhebel nach hinten, bis sie endlich am Haltehaken einrastete.

Aufmerksam verfolgte der Konsultant die Vorgänge auf der Mauer. Noch beunruhigte ihn nichts.

Der Turît richtete den Lauf auf die beiden aus.

Ein guter Schuss, und wir sind zwei Sorgen mit einem Schlag los, hoffte er und visierte über den Speer die Gegner an. *Wenn ihr so stehen bleibt, dürft ihr Tzulan gleich ins Angesicht schauen. Durch die Macht Angors.*

Er nahm das herkömmliche Geschoss aus der Vertiefung, zog die aldoreelische Klinge und legte sie in den Lauf. Noch ein letztes Mal vergewisserte er sich, dass das Katapult sorgfältig arretiert war, und blickte mit einem Fernglas zu seinen Zielen.

Jetzt glaubte er, etwas wie Angst in Nesrecas Gesicht zu sehen. Er sagte ein einzelnes Wort.

Hemeròc, las Hetrál entsetzt von den Lippen des Beraters ab, dann fiel ein Schatten über ihn.

Der Stoß in den Rücken warf ihn gegen den Metallpanzer eines Ordensritters. Das Okular des Fernglases drückte sich schmerzhaft gegen seine Augen, sodass ihm die Tränen in Strömen die Wangen herabliefen. Halb blind tastete er nach der aldoreelischen Klinge, doch sie steckte nicht mehr im Lauf.

Als er endlich wieder etwas sehen konnte, erkannte er durch den salzigen Schleier hindurch einen Ritter, der sterbend vor ihm auf dem Wehrgang lag, ein klaffendes, blutendes Loch im Rücken. Ein Zweiter hockte benommen am Fuß des Aufgangs, vom Dritten fehlte jede Spur.

Er hat sich nicht einmal die Mühe gemacht, mich zu töten, dachte Hetrál und schaute die Zinnen hinunter, wo er den fehlenden Ordensritter in einer grotesken Haltung am Fuß der Mauer liegen sah. Dann erreichte die Bruchkante des magischen Spalts die Leiche. Der leblose Körper rutschte ab und verschwand, um die eigene Achse wirbelnd, in der Schwärze.

Ulldrael der Gerechte muss wirklich an einem anderen Ort sein, dachte Hetrál und starrte wie hypnotisiert in den Schlund.

Nesreca beobachtete zufrieden, wie sein Helfer die aldoreelische Klinge raubte und durch den nächsten Schatten so schnell verschwand, wie er über die vier Männer hereingebrochen war. Er selbst hätte, so unangenehm es ihm war, in diesem Augenblick nicht einschreiten können, weil er den unsichtbaren Schutz für Govan aufrechterhalten musste. Daher hatte er Hemeròc zu Hilfe gerufen.

Der Mann mit den silbernen Haaren frohlockte

innerlich. Die Kräfte des Knaben mussten gewaltig sein, mächtiger noch als die seines Vaters. Soeben rauschte der vordere Teil der Festung in die Tiefe, und der Innenhof lag ungeschützt da.

Nichts schien den Energien ein wirkliches Hindernis zu sein. Das Bollwerk, errichtet vor hunderten von Jahren, wurde nun innerhalb kürzester Zeit von vorn nach hinten abgetragen und für die zwölfhundert Mann zur tödlichen Falle, aus der es kein Entkommen geben würde.

Govans Körper fühlte sich durch den Stoff der Uniform immer wärmer an. Schweiß perlte von seiner Stirn, aber auf seinem Gesicht lag ein glückselig-grausames Lächeln.

Mit einem wilden Schrei riss er die Arme unvermittelt nach oben und schob sie mit geöffneten Handflächen nach vorn, als wollte er etwas Unsichtbares von der Stelle bewegen.

Gleichzeitig schossen die vernichtenden, unsichtbaren Ströme vor und gruben die Standfläche von Windtrutz ab.

Mauern, Häuser, Türme und Menschen sackten nacheinander in die Tiefe und verschwanden. Schließlich erhob sich am nackten Berghang nichts mehr, was an die Befestigungsanlage erinnert hätte.

Eine Staubwolke schwebte über dem Loch. Noch hörte Nesreca das leise, weit entfernte Rauschen von abrutschendem Geröll und Steinmassen.

Dann trat Stille ein.

»Das hat Spaß gemacht.« Govan öffnete die Augen und schaute über die Schulter zu seinem Mentor. Mit einer Hand wischte er sich den Schweiß von der Stirn. »Bist zu zufrieden, Mentor?«

»Besser hätte es selbst Tzulan nicht machen können«, lobte der Konsultant ehrlich beeindruckt und schritt zu der Bruchkante, um hinunterzublicken. Nichts Lebendiges würde aus diesem Abgrund hervorsteigen; Mensch und Tier lagen dort unter den Trümmern der Festung begraben, die einst Schutz und Zuflucht gewährt hatte. »Euer Vater wird stolz auf Euch sein, hoheitlicher Tadc.«

»Die Gefühle meines Vaters sind mir egal«, antwortete der Thronfolger leichthin. Er trat neben den Mann mit den silbernen Haaren und stieß einen kleinen Stein mit der Fußspitze in die Schwärze. »Von mir aus hätte er in der Festung sein können.« Abrupt wandte er sich ab, um zurück zu dem wartenden Tross zu gehen. »Und nun vorwärts, Mortva. Wir müssen Ilfaris erobern.«

»Das wird ein Kinderspiel«, prophezeite Nesreca. »Aber überlasst es den Soldaten. Wir beide kehren in den Palast nach Ulsar zurück, um Euren großartigen Erfolg zu verkünden.«

»Nein«, sagte Govan fest. »Ich werde den Feldzug begleiten. Vielleicht benötigen die Männer meine Unterstützung.«

Der Konsultant verzog den Mund. »Und wie soll ich das Eurem Vater erklären? Er wird kein Verständnis dafür haben, dass sich der Thronfolger an vorderster Front aufhält und sich in Gefahr begibt.«

»Ich erwähnte es schon einmal, Mortva«, entgegnete der Tadc. »Die Ansichten und die Gefühle meines Vaters sind mir gleichgültig. Was soll mir schon geschehen? Mit der Magie und dir zusammen bin ich unverwundbar.«

»Tut mir den Gefallen und begleitet mich zurück nach Ulsar«, versuchte es Mortva erneut. »Die Schlacht in Ilfaris wird schnell geschlagen sein, und dann stehen wir vor Kensustria, der eigentlichen Herausforderung für uns. Alles, was wir bisher erlebt haben, lief im Vergleich mit den Grünhaaren unter ›Ringelpietz‹. Ich kann für Eure Sicherheit nicht garantieren, hoheitlicher Tadc.«

Missmutig schaute Govan zu den zwanzigtausend Mann, die in einiger Entfernung angerückt kamen, um den höchsten Punkt des Eispasses zu überqueren. »Ich wäre so gern dabei gewesen.«

»Ein anderes Mal wieder«, vertröstete ihn Nesreca. »Es werden sich bestimmt noch genug Gelegenheiten ergeben.«

II.

Nur du kannst eines Tages verhindern, dass die Dunkle Zeit für immer auf Ulldart Einzug hält. Und sich auf andere Kontinente ausdehnt‹, sagte die Seherin zu dem Zweifler.

Und der Gedanke daran, dass Ulldart wieder unter die Knute eines furchtbaren Wesens fallen könnte, erschreckte sie sehr und drückte auf ihr Gemüt.

Bald schon fürchtete sie sich vor ihren Visionen und vermochte sie nicht mehr klar zu erkennen.«

Buch der Seherin
Kapitel X

Großreich Tarpol, Hauptreich Tarpol, Provinz Ulsar, Frühherbst 458 n. S.

Ruhig, Treskor!« Tokaro klopfte dem Hengst auf den Hals und wandte den Blick dem Torwächter zu, der abwartend von der kleinen Mauer herunterschaute. »Hier bin ich wieder. Mit dem versprochenen Wein als Dank. Sag es deinem Herrn.«

»Ah, ja!«, rief der Mann, und seine Miene klarte auf. »Der junge Kaufmannssohn, den wir gesund gepflegt haben.« Er verschwand von seinem Aussichtsposten. Kurz darauf öffnete sich knarrend das Tor zu dem eindrucksvollen Anwesen, und der Wärter winkte ihn herein.

Der Junge ritt auf seinem Hengst voran; ihm folgten zwei Bewaffnete und ein rumpelnder Karren, beladen mit nicht weniger als zwanzig mittelgroßen Weinfässern.

»Immer geradeaus, Herr«, wies ihn der Mann an, »man wird Euch erwarten.« Das Rufhorn wanderte an seine Lippen, und eine schnelle Abfolge von Tönen schallte durch die Luft. »Ich folge Euch sogleich.«

Das Hauptanwesen, eher eine kleine Burg als ein Wasserschlösschen, lag einen viertel Warst vor ihnen. Die Zugbrücke senkte sich langsam für die Gäste herab.

»Und du bist dir sicher, dass der Trick funktioniert?«, zischte einer von Tokaros Begleitern unsicher.

»Es sieht auf alle Fälle danach aus«, raunte der ehemalige Rennreiter des Kabcar und rückte den aufwändigen Rock sowie die weiße Langhaarperücke zurecht, die vom letzten Beutezug stammten. Die Waffenröcke seiner Wächter wirkten bei näherer Betrachtung ebenfalls schon etwas getragen.

»Und wenn dich einer nach dem dunklen Fleck fragt: Es war Rotwein«, gab Tokaro Anweisung.

»Glaubst du wirklich, ich würde sagen, dass er vom Blut des vormaligen Besitzers herrührt?«, schnaubte sein Begleiter. »Ich bin doch nicht dämlich.«

Wollen wir es hoffen. Als Tokaro den Schimmel ins Innere des Wasserschlösschen gelenkt hatte, ratterte die Zugbrücke hinter dem Karren wieder in die Höhe. Ihn beschlich ein unangenehmes Gefühl. *Wenn etwas schief gegen sollte, sitzen wir wie die Ratten in der Falle.*

Da stürmte der Besitzer des Anwesens die Freitreppe herab, die Arme ausgebreitet, das Gesicht lachend. »Mein lieber Fjodosti, wie schön, Euch gesund zu sehen!«

Tokaro rutschte aus dem Sattel und machte einen Kratzfuß vor dem Neuadligen. »Nun, wohlan, ich verdanke mein Wohlergehen einzig und allein den Künsten Eures Heilkundigen, der mich nach dem arg rabiaten Überfall durch diese unverschämte, verlauste …«, er wandte sich zu seinen Begleitern um, deren Schultern vor unterdrückter Heiterkeit bebten, »niederträchtige und besonders hässliche Räuberbande wieder bestens präparierte.«

»Ja, fürwahr, mein Heiler ist schon ein Meister seines Faches«, antwortete der Besitzer geschmeichelt. »Und das?« Er beäugte das Gefährt mit den Fässern.

»Ist der versprochene Lohn für die überaus große Güte, mein lieber Tchanusuvo«, ergänzte Tokaro. »Ihr müsst meinem Vater die Knauserei nachsehen, dass es nur 20 Fass des besten Rotweines wurden. Aber die Ernte fiel schlecht aus, die Winzer waren Trottel.«

»Das kenne ich«, nickte der Adlige traurig. »Meine Leibeigenen …«, schnell legte er die Hand auf den Mund und spielte den Ertappten, »hoppla, wenn das der Kabcar gehört hätte! Ich meine natürlich, meine ›freien Pächter‹, leisten auch viel zu wenig, seitdem der Herrscher ihnen das Gold in den Arsch schiebt.« Er lachte lauthals, und der einstige Rennreiter fiel höflich mit ein. »Nun, ich nehme mir das Gold schon auf irgendeine Weise wieder zurück, und mein Arm ist lang. Alle haben Schulden, alle.« Er tippte dem Jungen gegen die Brust. »Und Ihr habt die Eurigen soeben beglichen.«

»Ich Glücklicher, wo Ihr doch sogar anderen mit Eurem langen Arm in den Arsch langt, um an das Gold zu kommen, nicht wahr?«, lachte ihm Tokaro ins Gesicht, obwohl er ihm am liebsten eine Ohrfeige verpasst hätte, dass sein falscher Schönheitsfleck bis nach Ulsar geflogen und das Puder aus der Perücke aufgestäubt wäre. »Ihr müsst meinen Leuten nur zeigen, wohin sie die Fässer rollen sollen, den Rest erledigen sie.«

»Das ist sehr aufmerksam.« Vasruc Tchanusuvo winkte seinen Kellermeister herbei und gab entsprechende Anweisungen.

Der ehemalige Rennreiter nahm ein großes, fast mannslanges Paket vom Wagen und klemmte es sich mit einiger Anstrengung unter den Arm. »Ein Präsent, das ich Euch später zeigen möchte«, erklärte er knapp.

»Sehr schön. Immer her damit. Man kann ja nie genug haben, nicht wahr?«, meinte Tchanusuvo. Dann fasste er seinen Gast am Ellenbogen und geleitete ihn zu seinem Anwesen. Durch eine verschwenderisch ausgestattete Eingangshalle ging es die Treppe hinauf in den Salon, wo Tokaro sich in einem Sessel niederlassen musste.

»Ihr wohnt sehr schön, wie mir einmal mehr auffällt«, begann er. »Während ich genas, hatte ich keinen rechten Blick für den Luxus, der Euch umgibt.«

»Ja, ja«, sagte Tchanusuvo selbstgefällig. »Ich bin

zwar erst seit kurzem im Rang eines Adligen, aber ich weiß schon, wie man es sich gemütlich macht. Die Kabcara geruhte, mich in ihren erlauchten Kreis aufzunehmen.«

»Und wie war Euch das möglich?«, erkundigte sich Tokaro. »Vielleicht möchte mein Vater auch zu den Auserwählten gehören.«

Das Gesicht des frisch gebackenen Vasruc wurde argwöhnisch. »Hat Euer Vater denn so viel Geld, dass er sich den Titel kaufen kann? Fünfzigtausend Waslec?«

Tokaro schaute nachdenklich zur dunklen Holzdecke hinauf und hoffte, dass der Mann sein Erstaunen nicht bemerkte. »Das wäre doch ein wenig viel. Meine Hochachtung, Tchanusuvo. Dann seid Ihr nun vermutlich knapp bei Kasse, wie?«

»Aber nicht im Geringsten«, winkte der Adlige hochnäsig ab. »Das Doppelte liegt in meinem Tresor.«

Ein Glückstreffer!, jubilierte Tokaro.

»In Ulsar, natürlich. Hier wäre mir das zu gefährlich. Und seit diese Räuberbande ihr Unwesen treibt, Ulldrael schicke sie zu Tzulan, habe ich keine ruhige Minute mehr.«

»Ja, ja, die Pest über Euch«, murmelte Tokaro ärgerlich, weil er den Reichtum wieder verloren sah.

»Bitte, lieber Fjodosti?«, räusperte sich der Vasruc ungläubig.

»Ich sagte, die Pest über das Zeug. Das Räuberzeug«, verbesserte sich der Junge lächelnd und kratzte sich unter seiner Perücke. »Man sagt, sie geben den einfachen Leuten etwas von ihren Beutezügen ab. Ich vermute, mein schönes Geld dient irgendeinem Schweinehirten, Euch die Pacht zu bezahlen.«

»Dann verdiene ich ja doppelt an Euch, werter Fjodosti.« Der Augen des Adligen hefteten sich an die Jacke des Jungen. »Ihr hattet da wohl eine Motte in Eurem Schrank«, bemerkte er und deutete auf das Loch im Rock.

»Ach, das?!« Tokaro fuhr mit der Rechten unter das Kleidungsstück und streckte den Finger von der anderen Seite hindurch. »Nein, nein. Das ist ein Einschussloch.«

»Guter Ulldrael, wie kommt denn das dahin?«, rief Tchanusuvo entsetzt und schlug die Hände über dem Kopf zusammen. »Wurdet Ihr etwa schon wieder ein Opfer der Räuber?«

»Ich nicht. Aber der Träger des Wamses«, grinste der Junge und langte nach dem Paket.

Der Vasruc wirkte irritiert. »Ich verstehe nicht, mein lieber Fjodosti …«

»Ich zeige Euch Euer Präsent, und Ihr werdet sehen, die Klarsicht kommt von ganz allein.« Er entfernte das Papier mit einem einzigen Ruck und richtete den Lauf der Büchse auf die Brust des Adligen. »Seht Ihr, aus diesem Lauf kommt ein Geschoss, eine Bleikugel, so dick wie Euer stinkend reicher Ringfinger. Und sie durchschlägt einfach alles.«

»Ihr seid ein Räuber!«, schrie Tchanusuvo auf und fasste sich mit der Linken ans Herz. »Das überlebe ich nicht!«

»Das hängt allein von dir reichem Sack ab«, meinte Tokaro drohend und hielt ihm die Mündung unter die Nase. »Krachbumm, und dein Kopf verteilt sich im ganzen Salon.«

»Nein, nicht. Meine schönen Teppiche«, jammerte der Adlige. Dann kehrte sein Mut zurück. Die Augen verengten sich zu Schlitzen, die Zunge fuhr über die Lippen. »Aber du wirst nicht lebend rauskommen.

Meine Diener und Angestellten sind zahlreich, Bürschchen. Wenn ich jetzt um Hilfe rufe, bist du im Nu überwältigt. Pass auf!«

Der Junge ließ ihn rufen und rufen, bis der Adlige heiser wurde.

»Das liegt bestimmt am Wein, dass sie nicht erscheinen«, schätzte Tokaro lächelnd. »Er hat eine Wirkung, die selbst den Stärksten von den Beinen holt.« Die Tür flog auf, und vier Männer mit gezückten Säbeln stürmten in den Raum. »Wie auf Bestellung, meine Herren. Darf ich vorstellen, Tchanusuvo, das sind ganz hervorragende Jahrgänge. Ein 421er Ulsarer, zwei 423er Kareter, allesamt Gossenlage. Ohne Sonne, viel Abwasser und wenig Waslec. Der da ist ein 438er Köhlerhütte, starker, rauchiger Geschmack.« Die Männer lachten bei der Vorstellung. »Die und sechzehn andere Jahrgänge habe ich dir mitgebracht, einer besser als der andere und tausendmal mehr wert als du.«

»Eine verdammte List!«, tobte der Vasruc.

Tokaro erhob sich und stützte sich auf den Lauf der Büchse. »Die sich aber gelohnt hat, wie ich deinen Ausführungen entnommen habe. Und die die ganzen Schläge und Blessuren entschädigt, die ich mir zur Täuschung verpassen lassen musste.«

Späße machend, trieben sie den Adligen durch die Gänge hinunter zu den anderen Gefangenen, die man kurzerhand in die nun leeren Weinfässer steckte.

»Das könnt ihr nicht machen!«, protestierte Tchanusuvo, als der Deckel aufgenagelt werden sollte. Tokaro zündete die Lunte an, zog den Hahn nach hinten und schwenkte den Lauf der Büchse in seine Richtung. Flugs zog der zeternde Mann den Kopf ein. »Man wird euch alle fangen und am nächsten Baum aufknüpfen«, kam es dumpf aus dem behelfsmäßigen Gefängnis.

»Dafür sterben wir reich und mit dem Wissen, dass die einfachen Menschen uns mögen«, meinte der Anführer der Räuberbande, ein breiter, untersetzter Mann namens Rovo, klopfte die Nägel ins Holz und setzte den Gutsbesitzer damit fest.

Ein Fass nach dem anderen rollten die Gesetzlosen durch den Hof, um die Gefangenen gehörig durchzuwirbeln. Aus dem runden Behältnis des Vasruc drangen leise Würgegeräusche. Tokaro musste sich den Bauch vor Lachen halten.

»Genug gespielt«, rief Rovo sie zur Ordnung. »Wir suchen uns das Beste aus und verschwinden, bevor wir entdeckt werden.

In dem Augenblick rauschte die Zugbrücke herab und knallte auf den Boden. Mit einem Schrei preschte ein Reiter seitlich aus dem Torhaus und gab dem Pferd die Sporen. Ungezielte Armbrustbolzen zischten hinter dem Mann her.

Der Anführer der Räuberbande brüllte Anweisungen, während Tokaro zum Ausgang lief, sich niederkniete und in aller Ruhe die Zielhilfen am Lauf der Büchse nach oben klappte, ehe er den Flüchtenden, den er als den Torwächter erkannte, ins Visier nahm.

»Du musst ihn erwischen«, sagte Rovo eindringlich. »Wenn er die nächste Garnison erreicht, müssen wir sofort aufbrechen und haben den Überfall umsonst gemacht.«

»Stell dich hinter mich«, antwortete Tokaro knapp und peilte das einzige große Ziel an, das er an dem Mann, der sich aus dem Sattel erhoben hatte, ausmachen konnte.

Grinsend, die Wange fest an den Kolben der Büchse gepresst, drückte er mit seinem Zeigefinger den Stecher nach hinten. Die Feuerwaffe entlud sich krachend und warf den Knaben durch die Wucht des Rückstoßes nach hinten, wo ihn Rovos Beine vorm Umfallen bewahrten.

Der Reiter zuckte zusammen und schrie auf. Eine Hand auf den Hintern gelegt, stürzte er vor Schreck aus dem Sattel und überschlug sich mehrfach. Das Pferd trabte zurück zum Tor und fing an zu grasen. Die Gesetzlosen aber schütteten sich aus vor Heiterkeit.

Tokaro blies den Rauch von der Mündung und lud nach. Diese langwierige Prozedur war einer von zwei Schwachpunkten an der ansonsten überragenden Waffe, die er sich vor knapp einem Jahr gestohlen hatte und die an Reichweite und Durchschlagskraft alles übertraf. Doch während er nachlud und einen zweiten Schuss abgeben konnte, feuerte ein geübter Schütze mit dem Bogen sechs Pfeile ins Ziel. Ein kräftiger Regenguss machte zudem das Pulver unbrauchbar. Wenn man diese Umstände beachtete und sie niemals vergaß, leistete die Büchse unschätzbare Dienste. Allein schon der Lärm reichte aus, um die meisten Gegner zur Aufgabe zu bewegen.

»Guter Schuss, Junge«, schlug ihm Rovo auf die Schulter. »Das Tzulanding ist mir immer noch unheimlich.«

»Es ist nur eine Büchse, ausgedacht und gemacht von Menschen«, feixte der einstige Rennreiter und löschte die glimmende Lunte, um nicht versehentlich einen Schuss abzufeuern. »Genau wie die Bombarden des Kabcar, nur eben kleiner.«

»Die Bombarden sind mir genauso unheimlich«, schüttelte sich der Anführer und schickte seine Leute zurück zum Plündern.

Innerhalb einer Stunde stapelten sich allerlei Reichtümer auf dem Karren, vor den die Räuber noch zwei zusätzliche Pferde spannten. Acht weitere Vierbeiner samt Sattelzeug gingen ebenso in den Besitz der Vogelfreien über, die übrigen Männer liefen neben dem Gefährt her.

In einem fröhlichen Zug verließen sie das Wasserschlösschen und machten sich auf den Weg zu ihrem Versteck. Sicherheitshalber schickten sie einen Späher voraus, um in Erfahrung zu bringen, ob ihnen Soldaten des Kabcar entgegenkamen. Derweil beriet man, wie viel Gold an welche Familien verteilt werden sollte.

Der Kundschafter kehrte schon bald zurück und meldete eine Kutsche, bewacht von fünfzehn Reitern, die ihnen auf der Straße in wenigen Meilen begegnen würden.

»Heute meint es das Schicksal aber gut mit den einfachen Leuten, oder, Männer?«, rief Rovo ausgelassen. »Jetzt kommen die Reichen schon zu uns, um sich berauben zu lassen.«

»Oder sie haben unseren Schatz gerochen«, meinte einer der Räuber und klopfte gegen den Karren. »Die Reichen raffen und raffen.«

»Stellt unser Vehikel quer auf die Straße«, befahl Rovo, »damit sie nicht passieren können. Vier bleiben hier, verstecken die Waffen und tun so, als wäre etwas kaputt. Der Rest ab in die Büsche.« Er sah zu Tokaro. »Und du hältst dich vollständig im Hintergrund. Versteck dich im Dickicht und schieß einen der Begleiter um, wenn sie sich zu sehr wehren. Aber bleib, wo du bist. Wir können es uns nicht leisten, dich zu verlieren.«

Tokaro lenkte den Hengst in das dichte Unterholz, machte ihn am Baum fest und rutschte auf dem Bauch bis an den breiten Weg heran.

Aus der Ferne hörte er das Rattern der Kutschräder, kurz darauf polterte das Gefährt an ihm vorbei, auf dessen Seite die Insignien des Kabcar gemalt waren. *Na, hoffentlich geht das gut aus,* durchfuhr ihn eine düstere Vorahnung.

Behutsam schob er sich ein Stück weit aus der Deckung, um das Geschehen mit verfolgen zu können.

Die Kutsche hatte in einigem Abstand zu dem Hindernis angehalten, eine der Wachen sprach mit dem Räuber. Der Mann packte die Zügel des Pferdes und stieß einen Pfiff aus. Plötzlich sprangen die übrigen Gesetzlosen aus dem Wald, während die Soldaten ebenfalls zum Angriff übergingen.

Die Wachen des Kabcar wehrten sich ausgesprochen überlegen und glichen ihre Unterzahl recht schnell aus. Ein Armbrustbolzen schoss einen der Begleiter aus dem Sattel, doch im Nahkampf war ihnen fast nicht beizukommen. Zwei Diener, die hinten auf dem Gefährt saßen, holten ebenfalls Armbrüste hervor und sandten die Geschosse gegen die Gesetzlosen.

Tokaro pirschte lautlos auf gleiche Höhe mit den Livrierten und zielte auf den Oberschenkel eines der Männer. Er schwenkte den Lauf so weit zur Seite, dass er möglichst nicht den Knochen, sondern nur das Fleisch träfe. Bei der geringen Distanz würde eine Kugel ausreichen, beide Gegner zu verwunden.

Der Knabe löste die Büchse aus. Beinahe gleichzeitig schrien die Diener auf und fielen aus ihrem Hochstand hinter der Kutsche auf die Straße. Die weißen Strümpfe an ihren Waden färbten sich rot.

Nach dem lauten Knall geriet der Kampf ins Stocken, und der entsetzte Ruf einer Frau drang aus der Fahrgastkabine. Diesen Augenblick der Ablenkung nutzten die Räuber für sich. Schließlich wussten sie im Gegensatz zu ihren Opfern, woher dieser infernalische Lärm rührte.

Tokaro lud in voller Konzentration nach, setzte anschließend den Langdolch in die Halterung unter den Lauf und stürmte aus dem Dickicht, genau auf den ungeschützten hinteren Teil der Kutsche zu. Unterwegs zog er sich das Halstuch vors Gesicht. Mit einem Satz war er auf dem Trittbrett, um nach den hoch gestellten Passagieren zu sehen. Wie gern hätte er das Gesicht von diesem Nesreca erspäht, um es mit einem Schuss aus der Büchse in Brei zu verwandeln. Es wäre das erste Mal, dass er mit den Kugeln töten würde.

Doch zu seinem Erstaunen entdeckte er eine ältere Frau, die sich schützend über ein Mädchen legte und um Gnade jammerte.

Der Knabe senkte die Stimme, um gefährlicher zu wirken, und reckte den Dolch gegen den gewaltigen Busen der älteren Frau. »Gebt mir all Eure Wertsachen, und es wird Euch nichts geschehen. Die einfachen Leute von Ulsar werden es Euch danken, dass Ihr sie so fürstlich beschenkt.«

»Wage es nicht«, keifte sie und packte in einem Anfall von Todesmut den Lauf der Büchse, »Hand an uns zu legen.« Die kräftigen Finger schlossen sich um das Metall und rissen daran. »Gib deinen Spieß her, Halunke!«

»Weib, du bist verrückt«, keuchte Tokaro und zerrte auf der anderen Seite. »Weißt du nicht, was das ist?« Er nahm eine Hand vom Kolben und griff nach einer Laterne, die seitlich an der Kutsche hing, um sie der Frau an den Schädel zu schlagen, bevor sie aus Versehen die Büchse abfeuerte und sich selbst tötete.

Besinnungslos sank sie auf die Polster und gab den Blick auf ihre Begleiterin frei, die der ehemalige Rennreiter des Kabcar nur zu gut kannte.

Er schaute in das betörende Antlitz von Zvatochna. Und er glaubte, sein Herz werde aussetzen.

»Zurück, Räuber!«, schrie sie und hielt ein Stilett in beiden Händen. Ein kurzer Schwenk mit dem Lauf der Büchse, und der montierte Langdolch schlug ihr die zierliche Waffe aus den Fingern. Ihre Hände bewegten sich, und dunkel erinnerte sich Tokaro daran, dass ihr Bruder und sie die Kunst der Magie beherrschten.

»Augenblicklich hört Ihr damit auf!«, herrschte er sie an und richtete die Mündung gegen ihren Unterleib. »Die Kugel fliegt zu schnell, als dass Ihr sie aufhalten könntet.«

Sie erstarrte. Ihre braunen Augen ruhten forschend auf seinem maskierten Gesicht. »Ich kenne dich doch.« Ihre Stimme klang wie süßer Honig in seinen Ohren und verklebte die klaren Gedanken. Seine Hand wurde unsicher. »Wer bist du?«

»Nein, Tadca, Ihr kennt mich nicht. Ich bin ein Räuber, ein Dieb. Wie solltet Ihr mich da kennen, wo Ihr Euch nur in bester Gesellschaft aufhaltet?«, lachte er bitter und senkte die Büchse.

»Du scheinst noch sehr jung zu sein«, meinte sie abschätzend. Ihre schönen Züge wurden sanft, bittend. »Wenn du dich jetzt meinen Männern ergibst, kann ich dafür sorgen, dass du nur lebenslange Haft bekommst anstelle der Todesstrafe.« Ihr Vorschlag klang überraschenderweise ebenso verlockend für ihn wie ihre Stimme. »Sei nicht dumm. Wie ist dein Name?«

Schon öffnete sich sein Mund, und wie benebelt wollte er ihn nennen, als ihn der warnende Ruf von Rovo aus der geistigen Benommenheit riss. »Da kommen noch mehr Reiter! Los, weg hier!«

Tokaro schüttelte sich und sah Zvatochna verunsichert an. Dann fiel seine Aufmerksamkeit auf etwas Blinkendes, das sie um den Hals trug.

Das Amulett! Es gehört mir. Ein schneller Griff nach

der Kette, und er hatte das Gesicht des Mädchens zu sich herangezogen. Durch das Tuch hindurch drückte er ihr einen Kuss auf die verführerischen Lippen und erfreute sich an dem Ausdruck in ihren aufgerissenen braunen Augen.

Im nächsten Moment fühlte er einen immensen Schlag, der durch seinen Körper fuhr und ihn rückwärts vom Trittbrett warf. Der Verschluss des Anhängers riss, und das Amulett verblieb in seinen Fingern.

Der Junge warf einen letzten Blick auf das von langen schwarzen Haaren umrahmte Antlitz, bevor er sich aufraffte und Hals über Kopf ins schützende Unterholz eintauchte.

Das Donnern zahlreicher Hufe war zu hören. Die Pferde der unvermittelt auftauchenden Gegner trampelten an ihm vorbei und machten sich an die Verfolgung der Räuber.

Tokaro atmete in den Stoff seines Ärmels, damit er sich durch sein erregtes Luftholen nicht verriet. Noch war er viel zu dicht an der Straße.

»Ist mit Euch alles in Ordnung, hoheitliche Tadca?«, hörte er einen Mann fragen. Ein Pferd schnaubte.

»Ja, ich denke schon«, sagte sie leise. »Meine Begleiterin scheint er jedoch getroffen zu haben.«

»Ihr blutet, hoheitliche Tadca«, sagte die tiefe Stimme. Metall rieb an Metall.

»Das ist nur ein Kratzer. Es war der Verschluss meines Anhängers, den der unverschämte Kerl mir raubte. Er ist in den Wald geflüchtet.«

»Ich werde ihn Euch zurückbringen, hoheitliche Tadca.« Die Zweige des Unterholzes brachen, als der unbekannte Reiter sein Pferd auf die Spur des Knaben lenkte.

Auch das noch. Aber was einmal mein war, gebe ich nicht

wieder her. Tokaro steckte das Amulett ein, sprang auf und rannte los, um zu Treskor zu gelangen. Wenn er den Schimmel erreichte, würde er jedem Verfolger entkommen.

Der Hengst schnaubte glücklich, als er seinen Herrn sah. »Du musst einmal mehr fliegen wie der Wind. Jemand ist hinter uns her«, raunte er dem Tier zu und schwang sich in den Sattel. Die Feuerwaffe verstaute er in dem eigens angefertigten Halter neben den Packtaschen. Um das Schicksal der Räuber kümmerte er sich derzeit nicht, nun galt es, den eigenen Hals retten. Nachdem er das Schmuckstück der Tadca gestohlen hatte, rechnete er nicht mehr damit, dass sie sich für ihn einsetzen würde. *Und der Tod wäre mir tausendmal lieber als mein restliches Leben im Kerker.*

Tokaro ging das Wagnis ein und ritt in einem kleinen Bogen auf die Straße, wo Treskor seine volle Geschwindigkeit auszuspielen vermochte. Dem Hengst machte das Galoppieren Freude, wiehernd griff er aus und steigerte das Tempo Schritt um Schritt.

Doch bei der nächsten Biegung musste Tokaro seinen Schimmel hart zügeln. Unmittelbar vor ihm lieferten sich die gestellten Gesetzlosen einen Kampf mit den Wachen des Kabcar und mehreren altertümlich gerüsteten Kriegern, die der Junge sofort als die Hohen Schwerter erkannte.

Fluchend riss er Treskor auf der Hinterhand herum. Durch die Menge wollte er aus Angst um sein Pferd nicht preschen, der Wald war zu dicht. Also musste er zurück.

Tokaro kehrte um und galoppierte los, als eine schimmernde Gestalt auf einem Pferd rund zweihundert Schritt vor ihm aus dem Unterholz trabte.

Das Herz des Jungen pochte wild in seiner Brust,

und das Blut rauschte ihm in den Ohren, als der Ritter, auf dessen geschlossenem Helm ein Schweif aus schwarzem und weißem Rosshaar wehte, seinen Schild hob und das Schwert aus der Scheide zog.

»Räuber!«, schallte die Stimme die Straße entlang. »Ich bin Nerestro von Kuraschka, Großmeister des Ordens der Hohen Schwerter. Ergib dich mir oder stirb.«

Der Knabe riss die Präzisionsbüchse aus dem Halfter, klappte das Visier hoch und richtete die Mündung auf den Ritter. »Das hier ist eine Waffe, die selbst Eure Rüstung durchschlägt, Großmeister«, schrie er zurück. »Gebt den Weg frei und lasst mich passieren.«

»Niemals«, lehnte der Ritter ab und drückte seinem Pferd die Fersen in die Flanken. Das Schwert nach vorn gereckt und den Körper hinter den Schild geduckt, jagte der gepanzerte Mann heran.

Tokaro schluckte schwer, als er den Kopf des Großmeisters im Mittelpunkt des Zielrähmchens zentrierte. *Das kannst du nicht tun. Es wäre dein erster Mord, und dazu noch an einem Mann, der dich zu deinem Knappen machen wollte,* sagte eine Stimme in ihm. Näher und näher preschte der imposante Krieger. Die Diamanten am Griff der aldoreelischen Klinge funkelten auf. *Aber wenn ich ihn nicht erwische, verliere ich irgendein Körperteil. Schlimmstenfalls meinen Schädel. Ach, was soll's.*

Im letzten Augenblick riss er den Lauf zur Seite, die Büchse sandte die Kugel rauchend und krachend auf die Reise.

Das Blei durchschlug die polierte Metallpanzerung der Schulter und stanzte ein fingerdickes Loch in den Stahl. Doch nichts schien den Ordensritter aufhalten zu können. Hätte Tokaro den Einschuss, aus dem Blut sickerte, nicht gesehen, hätte er geglaubt, sein Ziel verfehlt zu haben.

Schnell duckte er sich seitlich an den Leib seines Hengstes, um dem kommenden Hieb zu entgehen und danach die Flucht nach vorn zu ergreifen. Bis der Ritter gewendet hätte, wäre er schon längst über alle Berge.

Doch die kompromisslose Strategie seines Gegners machte ihm einen Strich durch die Rechnung.

Aus vollem Lauf prallte das gerüstete Pferd des Großmeisters gegen Treskor und warf den Hengst zu Boden. Das Schwert zuckte durch die Luft und kappte die hervorstehende Präzisionsbüchse um die Hälfte ihrer Länge.

Tokaro stürzte zusammen mit seinem Schimmel vom breiten Weg in den Graben. Moos dämpfte den Aufprall von Mensch und Tier.

Als sich der Knabe nach einem Augenblick der Orientierungslosigkeit erheben wollte, sah er die Gravuren auf dem Schild rasend schnell näher kommen, bevor sie mit einem dumpfen Laut an seinen Kopf knallten. Tokaro wurde ohnmächtig.

»Diese Waffe wird einmal der Untergang unseres Ordens sein, Großmeister. Wenn es nun schon Kindern gelingt, mit dieser Erfindung einen Ritter aus dem Sattel zu holen …«

»Er hat mich nicht aus dem Sattel geholt. Er hat mich nur verwundet.«

»Und wenn diese Kugel, die Euch durch den Arm fuhr, das Gelenk getroffen hätte? Oder den Helm? Dann müssten wir einen neuen Großmeister wählen. Diese … Büchsen, oder wie auch immer man den knallenden Stock nennt, sollte man allesamt zerstören. Sie übertreffen die Armbrust um Längen.«

Eine gedämpfte Unterhaltung drang in Tokaros Bewusstsein. Mit geschlossenen Augen erkannte er, dass er auf einem Feldbett lag und man ihm so ziemlich alle

Kleidungsstücke ausgezogen hatte bis auf den Unterleibswickel. Um seinen Oberkörper lag ein Verband. Als er sich bewegen wollte, spürte er einen Stich in seiner rechten Seite.

»Du hast dir bei deinem Sturz drei Rippen gebrochen«, sagte die Stimme des Großmeisters. »Du kannst uns ansehen, wir wissen, dass du wach bist.«

Gehorsam hob der Knabe die Lider und schaute in das vertraute Gesicht von Nerestro mit der goldenen Bartsträhne. Der Anblick des jüngeren Mannes dahinter kam ihm vage bekannt vor. »Bin ich im Gefängnis?«, fragte er zögerlich.

»Nein, Tokaro«, sagte der Großmeister ernst. »Du bist in unserem Packzelt, in das dich meine Knechte geschafft haben. Du warst nach dem Treffer mit dem Schild ohne Besinnung.«

»Und warum liege ich hier und nicht im Kerker in Ulsar?«, wagte der Junge nachzuhaken. Seine blauen Augen hefteten sich an die Bandage, die der Oberste der Ordensritter um die Schulter trug. »Werde ich abgeholt, oder bringt Ihr mich in die *Verlorene Hoffnung*?«

»Nichts würde ich lieber tun«, knurrte der andere Ritter.

»Danke mir nicht für meine Milde.« Nerestros Gesicht verlor seine Strenge nicht. »Der Mann neben mir ist mein treuer Senneschall, Herodin von Batastoia. Seiner Ansicht nach solltest du in der Tat eine dem Gesetz entsprechende Bestrafung erhalten. Aber Rodmor von Pandroc und ein paar andere Recken haben mich gebeten, dir eine neuerliche Gelegenheit zu geben, um deine Wertigkeit unter Beweis zu stellen. Daher habe ich mich entschieden, dich für tot erklären zu lassen. Der Räuber und Dieb Tokaro Balasy starb ein paar Warst von hier auf der Landstraße, niedergestreckt durch Nerestro von Kuraschka, merk es dir.« Prüfend begutachtete er das Gesicht des Jungen. »Wenn wir dir erst einmal die Haare abrasiert haben, siehst du ohnehin ganz anders aus. Die Reifung lässt dich zu einem Mann werden, wie ich sehe. Und in deinem Alter kann sich ein Gesicht in ein, zwei Jahren stark verändern. Ich werde dich zu meinem Knappen machen und dich in aller Eile, aber durchaus gewissenhaft ausbilden. Rodmor war der Meinung, dass man ein solches Reittalent nicht verschleudern sollte.« Er pochte auf den glänzenden Knauf seines Schwertes. »So, wie aus unansehnlichen Steinen Diamanten werden, so schleife ich dich zurecht, Tokaro. Das Überschüssige wird unter meinen Fingern verschwinden, ich bringe alle deine Facetten zum Strahlen, mein Junge. Rodmor von Pandroc ist der Meinung, dass du der beste Reiter des Ordens sein wirst, den es jemals gegeben hat.«

»Und wenn ich nicht will?«, erkundigte sich der einstige Rennreiter, der sich seinen Fall und den rasanten Aufstieg noch nicht erklären konnte.

»Der Diamant möchte auch nicht geschliffen werden, aber dennoch strahlt er, wenn der Handwerker mit ihm fertig ist.« Die Augen des Großmeisters ruhten auf ihm. »Ich kann aus dem Märchen über deinen Tod jederzeit die Wahrheit werden lassen. Niemand würde um dich trauern, außer vielleicht deine unglückselige Mutter. Die Zukunft, die dir bevorsteht, ist wertvoller als dein gesamtes bisheriges Leben, Junge.«

»Wieso lasst Ihr mich nicht einfach laufen?«, machte Tokaro einen Gegenvorschlag. »Es hat mich niemand gefragt, ob ich das nicht lieber möchte.«

»Wenn das alles ist.« Der Ritter zückte sein Schwert, die Spitze senkte sich an die Kehle des Knaben. »Wähle, Tokaro Balasy. Märchen oder Wahrheit?«

»Ich werde Euer Knappe sein, Großmeister«, beeilte sich Tokaro zu versichern. »Ich mag Märchen.«

Ohne eine Regung zu zeigen, verstaute der gewaltige Mann seine Waffe wieder. »Eine gute Entscheidung, die hoffentlich keiner von uns beiden bereuen wird. Und nun erhole dich. Ich möchte bald mit deiner Ausbildung beginnen.«

»Wie geht es Treskor?«, rief der Junge ihm nach und verzog das Gesicht, als er sich unachtsam von seinem Lager aufrichtete.

»Dein Hengst ist gesund und munter«, sagte der Ritter im Gehen und verließ das Zelt.

»Wer ist eigentlich dieser Rodmor von Pandroc?« Tokaro wandte sich an den Seneschall, der an einer Zeltstange lehnte und ihn unfreundlich ansah.

»Ein Freund aus alten Tagen, mit dem er gelegentlich spricht«, lautete die knappe Antwort. Herodin kam auf den Jungen zu. »Wenn es nach mir gegangen wäre, säßest du im Verlies, wo du hingehörst. Du hast großes Glück. Nutze die Gunst des Augenblicks. Doch wehe, du wagst es, das Vertrauen des Großmeisters zu enttäuschen.« Er tippte ihm auf die Schulter. »Du wirst ihm beweisen, dass du dieses Brandzeichen nicht verdient hast, Bursche.« Seine Hände schlossen sich um die beiden Teile der Büchse. »Von diesen schrecklichen Waffen gibt es nur ein paar. Angor möge ihre Baupläne vernichten.«

»Ich fand sie ganz praktisch«, murmelte der Knabe und streckte die Linke nach der Büchse aus. »Lasst sie mir. Vielleicht kann man sie reparieren. Ein guter Schmied wäre bestimmt dazu in der Lage.«

»Da bin ich mir sicher«, bestätigte Herodin und legte die Teile auf den Boden. Seine aldoreelische Klinge schnitt die Präzisionsbüchse in winzige Trümmer. »Und das sollte man verhindern.« Mit offenem Mund starrte Tokaro auf die Reste seiner geliebten Waffe. »Du wirst sie ohnehin nicht mehr nutzen können. Sie würde dich als den Jungen verraten, der aus dem Kerker entkam und eine der ersten Büchsen stahl. Diese Vergangenheit gibt es für dich nicht mehr.« Grußlos verließ Herodin das Packzelt.

Mal sehen, wie lange ich bei euch Blechsoldaten bleibe, sann der Junge und machte es sich auf dem Feldbett bequem, so weit es ihm möglich war. *Wenn ihr meint, ihr habt einen Dummen gefunden, der alles mit sich machen lässt, seid ihr einmal zu viel mit dem Kopf voraus vom Pferd gefallen.* Er legte einen Arm unter seinen Haarschopf und schaute zum Stoffdach. Wozu sich mit Schwertern abplagen, wenn die Zukunft den Büchsen und Pistolen gehört? Ihr seid veraltet und sterbt aus. Aber vielleicht kann ich tatsächlich noch etwas von euch lernen.

Seine Gedanken schweiften zu seiner Mutter nach Ulsar. *Wie sie wohl meinen ›Tod‹ verkraftet? Oder hat sie sich für ihren Sohn geschämt und ist glücklich, dass diese Last von ihr genommen wurde?*

Dann sah er das liebliche Antlitz von Zvatochna vor sich. Eilig tastete er in seine Hosentasche und fand das Amulett, das er sich mehr oder weniger unabsichtlich angeeignet hatte. Zufrieden grinste er; seine Beute war ihm nicht abgenommen worden.

Die Vorstellung, dass er eines Tages als Ritter in schimmernder Rüstung vor sich hin reiten und ihr lachend das Kleinod als Zeichen seines Triumphes unter die Nase halten würde, gefiel ihm.

Und dann werde ich einfach wieder davongaloppieren. Seine Finger schlossen sich um das kühle Metall des Schmuckstücks. *Das hier bekommst du nicht mehr wieder, Tadca. Es sei denn, du holst es dir.*

Großreich Tarpol, Königreich Barkis (ehemals Tûris), Verbotene Stadt, Frühherbst 458 n. S.

Ich finde es wenig vertrauensfördernd, wenn wir unsere Stadt weiterhin als ›Verbotene Stadt‹ bezeichnen«, gab Pashtak in der Versammlung zu bedenken. »Sie ist nun mal eben nicht mehr verboten.«

»Aber die Menschen selbst nennen sie doch so«, hielt Kiìgass dagegen. »Und der Name erinnert daran, wie sie uns verfolgten, bevor der Kabcar uns gleichstellte.«

»Dann sollten wir den Namen daran anlehnen«, schlug der Inquisitor vor. »Wie wäre es mit Stadt der Zuflucht, der Hoffnung, des Neubeginns, der Gemeinschaft?«

Die Versammlung schwieg. Jeder der Anwesenden brütete über einen passenden Namen nach, wobei das Problem darin bestand, dass die verschiedenen Gruppierungen jede für sich bereits eine Bezeichnung gefunden hatten. Doch es musste endlich ein Name her, mit dem auch die anderen Bewohner des Reiches etwas anfangen konnten.

In der Stille schweifte Pashtak gedanklich zu seiner eigentlichen Aufgabe. Erstaunlicherweise hatte sich der Mörder, den er im Auftrag der Versammlung stellen sollte, in den letzten Monaten bedeckt gehalten.

Nicht, dass er diesen Umstand bedauern würde. Weniger Tote bedeuteten weniger Gerede bei den Nackthäuten. Aber so konnte er den Verantwortlichen unmöglich fassen.

Schuld gab der Inquisitor allein den anderen Mitgliedern des Gremiums, die entgegen seiner Bitte die

Ernennung nicht geheim gehalten hatten. Die Nachforschungen gestalteten sich für ihn dadurch wesentlich schwieriger, der Übeltäter war gewarnt. Bei seinem nächsten Verbrechen würde er vorsichtiger zu Werke gehen, schlimmstenfalls verwischte er nachträglich verräterische Spuren.

»Wie wäre es mit Ammtára?«, warf Lakastre leise ein. »Es bedeutet ›Freundschaft‹.«

»In welcher Sprache?«, fragte einer aus der Versammlung erstaunt nach. »Und wer garantiert uns, dass es auch wirklich diese Bedeutung hat?«

Pashtak beobachtete die schwarzhaarige Frau in der weiten, sandfarbenen Robe genau. Sie war wie immer freundlich, besonnen und höflich. Nichts verriet die zweite Natur, die in ihr wohnte und die anscheinend nur er kannte. Insgeheim zweifelte er daran, dass selbst Boktor als ihr langjähriger Gatte diese Seite an ihr jemals zu Gesicht bekommen hatte.

»Ich garantiere es dir«, gab sie friedlich zurück. »Ich habe die alten Sprachen studiert, die vor dem einheitlichen Ulldart von den Menschen gesprochen wurden. Es ist ein Dialekt aus dem südlichen Kontinent, datiert auf das Jahr 60 nach Sinured. Ich kann dir die Aufzeichnungen gern zeigen, wenn du darauf bestehst.«

»Aber ich bitte dich, Lakastre«, kam ihr eine Nackthaut zu Hilfe. »Wir glauben dir.«

Leconuc nickte. »Es ist ein klangvoller Name, dem ich nicht widersprechen kann.«

Kein Wunder, so wie du nach Paarungsbereitschaft duftest. Pashtak musste grinsen und zeigte die spitzen Zähne.

»Wenn es keine Einwände dagegen gibt, lasse ich die Bezeichnung gleich verbreiten«, beschloss der Vorsitzende und richtete die Augen auf den Inquisitor. »Gibt es etwas von unserem Mörder? Ich habe gehört, du verbringst viel Zeit in unserer neuen Bibliothek?«

Pashtak seufzte laut auf und erhob sich von seinem Stuhl. Er spürte sehr wohl, dass Boktors Witwe plötzlich stocksteif und aufmerksamer an ihrem Platz saß als vorher. Ihre bernsteinfarbenen Augen hefteten sich an seine gedrungene Gestalt. »Wenn mich meine Ohren nicht im Stich gelassen haben, hat sich in den vergangenen Monaten niemand aus den Städten darüber beschwert, dass es unnatürliche Tode gäbe, die auf uns zurückgingen. Die Nackthäute«, ein paar Kreaturen schmunzelten, sofern es ihnen möglich war, »bringen sich im Augenblick gegenseitig um.«

»Wenn es in der Verbotenen ... in Ammtára ruhig bleibt, hat sich das Einsetzen eines Inquisitors ja schon bezahlt gemacht«, freute sich Leconuc.

Pashtak knurrte. »Ein momentaner Erfolg, mehr nicht, fürchte ich.«

»Weshalb so pessimistisch?« Lakastre stützte die Ellbogen auf die Tischplatte und legte ihr Kinn auf die gefalteten Hände.

Der Inquisitor zögerte, offen zu sprechen. Noch immer zählte er die schöne Witwe des einstigen Vorsitzenden der Versammlung zu den Verdächtigen. »Meine bisherigen Nachforschungen lassen diesen Schluss zu.«

»Du machst immer ein so großes Geheimnis aus deinen Ermittlungen«, warf Kiìgass ein.

Pashtaks Augen wurden schmal. »Das liegt nur daran, weil niemand in diesem Gremium eine Neuigkeit für sich behalten kann. Daher arbeite ich weiter wie bisher und präsentiere euch allen hoffentlich bald den Mörder.« Scheinbar zufällig blickte er dabei zu Lakastre. »Hinweise habe ich schon, aber Näheres zu sagen wäre unklug.«

»Meinetwegen«, gab Leconuc sichtlich unzufrieden auf. »Wir tagen wie gewohnt nächste Woche. Es wird Zeit, dass wir die Winterplanung in Angriff nehmen, damit keiner zu hungern braucht.«

Die Mitglieder des Gremiums erhoben sich nacheinander und verließen den Raum, bis nur noch Lakastre und der Inquisitor übrig waren.

Schließlich stand sie auf und kam zu ihm.

»Du verdächtigst mich, nicht wahr?«

Pashtak fühlte sich unwohl in seiner Haut, die Nackenhaare stellten sich ein wenig auf. »Ich verdächtige viele in der Stadt. Es gibt genügend von uns, die Grund haben, die Nackthäute zu töten, entweder um sich zu rächen oder weil sie einfach ihr Fleisch zu lecker finden, als dass sie darauf verzichten wollten.« Er sortierte seine Unterlagen und begab sich dann in Richtung des Ausgangs. »Aber wenn es dich beruhigt, du stehst nicht oben auf meiner Liste«, log er. »Die Nymnis sind meine Favoriten.«

»Da bin ich aber beruhigt«, meinte sie wenig erfreut. »Aber was ist, wenn dein Verdacht sich nicht bestätigt und es doch jemand anders sein sollte?« Sie stellte sich ihm in den Weg, betrachtete ihn von oben. »Jemand, der viel schlauer ist als die Nymnis? Jemand, der weiß, wie sehr du dich um deine Familie und deine Frau sorgst? Jemand, der dieses Wissen ausnutzen würde, um dich zum Schweigen zu zwingen?« Das durchsichtige, warme Braun um ihre Pupillen flackerte, und für einen Lidschlag sah er das grelle Gelb durchschimmern, das er von ihrem ersten Zusammentreffen her kannte. Ihr Körpergeruch erinnerte ihn nach langer Zeit plötzlich wieder an Aas.

Der Inquisitor fühlte sich bedroht, und ein dumpfes, warnendes Grollen stieg aus seiner Kehle. Ein gutturaler

Laut, den Lakastre instinktiv richtig einordnete. Sie tat einen Schritt nach hinten, um keine heftigeren Reaktionen hervorzurufen.

»Wenn das der Fall wäre, würde ich der Versammlung den stinkenden Kadaver des Mörders zeigen«, knurrte Pashtak. »Der Übeltäter sollte aufhören, solange ich ihm noch nicht auf die Schliche gekommen bin. Oder aber lieber die Gelegenheit nutzen und sich aus dem Staub machen, wenn er sich nicht mehr sicher fühlt. Das ist mein Ratschlag.« Er ging an ihr vorbei. Seine Sinne sagten ihm, dass die Frau ihn mit ihren Blicken verfolgte, aber er drehte sich absichtlich nicht um. *Wenn sie der Verbrecher ist, nach dem ich suche, hat sie genügend Hinweise von mir erhalten, was sie tun sollte.*

Der dunkle Himmel kündigte einen drohenden Regenguss an, und so beschleunigte er seine Schritte. Er hatte noch eine Verabredung mit einem Toten, die er unbedingt wahrnehmen wollte, bevor das Wasser aus den Wolken seinen schädlichen Einfluss auf den Leichnam ausdehnen konnte.

Zu Hause hielt er sich nicht lange auf, sondern kramte einen Spaten aus dem Abstellraum und suchte über Umwege die Begräbnisstätte des Mannes auf, den er unbedingt untersuchen wollte. Dass die Dämmerung und die Wolken zunahmen und die Umgebung verdunkelten, störte ihn nicht. Er sah immer noch genug.

Grübelnd machte er sich an die Arbeit und trug Schippe für Schippe den Sand vom vorletzten Opfer des Mörders ab.

Anhand des »Sterbekalenders«, den er sich angefertigt hatte, hatte er etwas Merkwürdiges herausgefunden. Nach der Überprüfung aller Todestage war ihm aufgefallen, dass von den einhundertdreiunddreißig Opfern immerhin neunzig zu solchen Zeiten verschwunden oder gestorben waren, die er einem kultischen Fest zu Ehren der Zweiten Götter zuordnen konnte. Damit rückte es durchaus in den Bereich des Möglichen, dass jemand den Geschöpfen Tzulans Menschenleben anbot, um sie gnädig zu stimmen. Blieben aber weiterhin dreiundvierzig Nackthäute, deren Ableben oder Verschwinden mit keinem besonderen Tag übereinstimmte. Und das fand er seltsam.

Die Schaufel stieß auf Widerstand. Knackend zerbrach der Schädel unter der Wucht, mit der Pashtak das Blatt seines Grabwerkzeugs führte. *Tut mir Leid. Ich hoffe, es hat dir nicht wehgetan.* Vorsichtig legte er die Reste des Toten frei und überprüfte die verwesenden Leichenteile, ohne mit der Wimper zu zucken.

Der unbekannte Täter hatte dem Unglücklichen die Kehle mit einem scharfen Messer durchtrennt und ihn verbluten lassen. Ansonsten fehlte jede Spur von Gewalteinwirkung.

Mittlerweile konnte er zwei Arten von Opfern unterscheiden.

Einigen wenigen, deren Verwesungsstadium noch nicht zu weit fortgeschritten war, sodass er sie hatte untersuchen können, hatte man einfach nur die Kehle durchgeschnitten. Den anderen fehlten zudem große Teile des Fleisches. Anhand der Wunden schätzte Pashtak, dass die Brocken mit einer glatten Schneide vom Knochen gelöst worden waren. Weiterhin existierten Fälle, wo zwar der Hals nach dem gleichen Muster durchgeschnitten worden war, aber auch Fleisch in größerem Ausmaß fehlte.

Der Inquisitor kam immer mehr zu dem Urteil, dass es sich womöglich um zwei unterschiedliche Verbrecher handeln könnte. Dann aber stellte sich die schwierige Frage, ob sie zusammenarbeiteten oder ob der eine den anderen bei seinem Tun beobachtete, um sich nachträglich vom Fleisch zu nehmen.

Erste Tropfen klatschten auf Pashtak herab, die Vorboten eines starken Regengusses, der kurz darauf einsetzte. Einigermaßen ordentlich legte der Inquisitor die Leichenteile wieder an die richtigen Stellen und schaufelte die Grube zu.

Der Regen wusch den Dreck und den Geruch des Todes von ihm, der sich in seiner Nase festgesetzt hatte und nur allmählich wich. Pashtak bedauerte außerordentlich, dass es ihm nicht vergönnt war, an den Tatorten neue Erkenntnisse zu finden, aber dafür lagen die Verbrechen alle schon zu weit zurück. Sonst wäre es ihm sicher möglich gewesen, die Witterung des Mörders aufzunehmen, denn auf seinen im wahrsten Sinne des Wortes richtigen Riecher konnte er sich verlassen.

Pashtak schulterte das Grabwerkzeug und schlenderte durch den Regen. Die Tropfen perlten von seinem Fell ab, sodass er nicht wirklich nass wurde. Aber da er das anklagende Gesicht von Shui bereits vor sich sah, die den Geruch der Leiche monieren würde, nahm er sich die Zeit und schrubbte sich im Platzregen gehörig ab.

Einer plötzlichen Eingebung folgend, lenkte er seine Schritte in Richtung des imposanten Mausoleums, in dem alle bedeutenden Einwohner der Stadt bestattet wurden, angefangen bei den Versammlungsmitgliedern bis hin zu den Tzulanipriestern. *Wenn einer der Mörder einfach nur das Fleisch der Nackthäute wollte, konnte er es sich auch auf einfachere Art und Weise besorgen als durch einen Mord.*

Angst verspürte der Inquisitor keine, als er die marmorne Halle betrat, in deren Wände die Grabkammern eingelassen worden waren. Er hatte so viele Tote gesehen, dass sie ihm nichts mehr ausmachten. *Wovor sollte ich mich fürchten? Ich bin doch selbst ein Ungeheuer.*

Zudem ging von den Toten keinerlei Gefahr mehr aus, einmal abgesehen vom Ungeziefer, das in den sich zersetzenden Körpern lebte und sich wehrte, wenn er zu tief in den Leibern bohrte. Ein Biss in Verbindung mit Leichengift könnte gefährlich werden.

Mit einem Ruck zog er die Deckplatte von Boktors Grabkammer auf, die sich direkt neben dessen Bruder Boktar befand, und zerrte die Bahre mit dem Leichnam hinaus.

Sein Verdacht bestätigte sich. Der Unbekannte hatte dem ehemaligen Vorsitzenden der Versammlung der Wahren sorgsam das Fleisch von den Knochen geschält, der Schnitt durch die Kehle fehlte jedoch.

Eine Überprüfung der anderen Kadaver ergab, dass etliche von ihnen, deren Tod nicht allzu lange zurücklag, eine ähnliche Behandlung erfahren hatten wie Boktor. Nur die Leichen, die schon zu verwest waren, waren unangetastet. Pashtak vermutete, dass auch die wenigen Menschen, die ihr Leben in Ammtára auf natürliche Weise verloren hatten, ihr Fleisch nachträglich hatten einbüßen müssen.

Doch er wollte sichergehen. Als er die blanken Knochen von älteren Skeletten näher betrachtete und sorgsam abtastete, spürte er gelegentliche Scharten in den Gebeinen.

Damit muss ich also nach jemandem suchen, der sich schon seit längerer Zeit von Menschenfleisch ernährt, folgerte er, während er Boktor in seine Unterkunft hievte und die Kammer verschloss. *Ich wäre bereit darauf zu wetten, dass ich solche Kerben in allen Knochenresten seit 444 finde.* Als er den Deckel mit einem letzten Ruck in die Öffnung drückte, bemerkte er einen dünnen Streifen beigefarbenen Stoffs, den er nach einer kurzen Begutachtung an sich nahm. *Das ist doch schon mal etwas.*

Seine Vermutung, dass Lakastre einen gewissen Anteil an den Geschehnissen hatte, wurde für ihn immer mehr zur Gewissheit. Dennoch fehlten ihm die Beweise. *Gleich morgen mache ich mich auf in die Bibliothek, um nachzuschlagen, ob es ähnliche Vorfälle schon einmal gab. Und um den nächsten Zeitpunkt eines möglichen Mordes zu bestimmen. Einer der Zweiten Götter wird bald wieder bereit zur Anbetung sein, schätze ich.*

Aber wie sollte er den Mord, von dem er sich sicher war, dass er geschehen würde, verhindern? Sollte er sämtliche Nackthäute warnen? Welchen Eindruck würde das machen? *Wir wollen in Frieden mit euch leben, aber wir haben da eine Bande von Wahnsinnigen in Ammtára sitzen, die euch lieber opfern, als mit euch zu handeln. Stört euch nicht weiter daran …*

Ohne Helfer würde es eine nicht lösbare Aufgabe werden, sollte der Zufall ihm nicht zu Hilfe kommen. Und im Augenblick wusste er nicht, welche der beiden verdächtigen Gruppen zuerst losschlagen würde, Lakastre oder die anderen. Noch hatte er nicht herausgefunden, nach welchem Muster Boktors Witwe mordete und in welchem Ausmaß sie Menschenfleisch benötigte.

Es wird Zeit, dass ich mir einen Gehilfen zulege, beschloss Pashtak und verließ das Mausoleum. Er watete durch die Pfützen und wusch sich erneut im Regen den Geruch der Toten aus dem Pelz. *Aber ich komme meinem Ziel immer näher.*

Großreich Tarpol, Hauptreich Tarpol,
Provinz Ulsar, Spätherbst 458 n. S.

Erschöpft lehnte sich Lodrik auf seinem Stuhl zurück und rieb sich die Augen. Wieder hatte er zu lange über seinen Papieren gesessen. *Ein wenig Bewegung wäre gut,* dachte er sich.

Langsam stand er auf, streckte sich und gähnte herzhaft, während sein Blick über die weitläufigen Gartenanlagen schweifte. Die trüben Wolken verschonten die Hauptstadt derzeit mit Regen.

Der Kabcar warf sich den Uniformrock über, den er achtlos mitten im Raum auf den Boden hatte fallen lassen, schnallte den Säbel um, steckte die beiden Pistolen in den Gürtel und trat hinaus in den Schein der aufgehenden Sonnen.

Leibwächter benötigte er innerhalb des Palastes keine mehr, er verließ sich voll und ganz auf die intuitive Anwendung seiner magischen Fertigkeiten. Und die waren besser als alle Soldaten zusammen. Nur noch bei Massenveranstaltungen griff er auf die Bewaffneten zurück, die dazu dienten, die Menschen auf Abstand zu halten, damit er sich nicht zu bedrängt fühlte. Doch innerhalb der Mauern genoss er seine Freiheit.

Die ganze Nacht hatte er über der neuen Herrschaftsform gebrütet, die er schon bald einzuführen gedachte.

Und er war ehrlich gespannt, wie die Menschen seines Großreiches darauf reagieren würden. Missbräuche der Freiheit durch die Mächtigen und Reichen würde er mithilfe seiner Truppen unterbinden. Nichts und niemand sollte seinen Untertanen, die er zu freien Staatsbürgern machen wollte, im Weg stehen. Seine eigenen

Erfahrungen mit Königen und Herrschern bestätigten ihn in seinem Entschluss. Im Grunde verwirklichte er das, worüber Norina mit ihm vor vielen, vielen Jahren auf dem Weg zum Gut ihres Vaters gesprochen hatte. *Kein Einzelner darf so viel Macht besitzen.*

Etwas angeschlagen von der Müdigkeit spazierte er zwischen den Baumreihen entlang. Laub fiel von den Zweigen, die Natur bereitete sich auf den kommenden Winter vor.

Das Sterben vor dem Neubeginn, überlegte er und blieb stehen. *Wie alle anderen Reiche sterben müssen, bevor ich etwas Besseres, Gerechteres daraus gestalten kann. Schon bald wird es wahr werden.*

Seine Truppen hatten nach dem Fall von Windtrutz ganz Ilfaris erobert und umklammerten das verbliebene Kensustria nun von allen Seiten. Die Kämpfe würden verlustreich werden, aber am Ende bliebe den Grünhaaren nichts anderes übrig als die Kapitulation. *Dann wird auch dort Gerechtigkeit herrschen. Keine Kasten mehr, wenn meine Pläne aufgehen.*

Lodrik beabsichtigte, die Kensustrianer zu diesem Zweck auf dem gesamten Kontinent zu verteilen und sie mit der übrigen Bevölkerung zu vermischen; diese Maßnahme würde seiner Ansicht nach die letzten Kastenschranken spätestens nach zwei Generationen aufheben.

Kaum Verständnis hatte er für die Haltung der Aufständischen in der Provinz Karet und den Querulanten auf Rogogard. Sie mussten überzeugt werden, daran führte kein Weg vorbei. *Die kommenden Jahre werden ihnen beweisen, dass ich niemals die Dunkle Zeit bringe.* Oft musste er über diese Prophezeiung lachen; doch es war ein bitteres Lachen, denn die Weissagung hatte viel Blut in Ulldarts Erde versickern lassen. *Das wird nie wieder geschehen, wenn ich meine Visionen umgesetzt habe. Wenn es jemand vollbringen kann, allen Menschen den währenden Frieden zu bringen, dann bin ich es.*

Plötzlich blieb er stehen. Der Kabcar glaubte, ein leises Weinen gehört zu haben. Vorsichtig ging er vorwärts, darauf bedacht, seine Schuhsohlen leise aufzusetzen.

Am kleinen Teich saß eine Frauengestalt in einfacher Bedienstetenkleidung, den Oberkörper nach vorn gebeugt, das Gesicht in die Hände vergraben. Ihre Schultern bebten unter der Macht der Gefühle. Gebannt beobachtete Lodrik, wie eine glitzernde Träne von ihrer Hand perlte und auf die Oberfläche des Gewässers traf. So klein der Tropfen war, er schlug Wellen; kreisförmig breiteten sich die schwachen Schwingungen aus, ehe sie sich totliefen. Der Herrscher spürte Mitleid.

»Was kann ich für dich tun?«, fragte er sanft.

Erschrocken fuhr die Frau herum, und Lodrik erkannte zu seinem eigenen Erstaunen Dorja Balasy, die Mutter seines einstigen Rennreiters. »Verzeiht mir, hoheitlicher Kabcar, dass ich mich …«

Beschwichtigend hob er die Hand. »Es ist schon gut.« Er ahnte, weshalb sie sich in ihrer Trauer hierher geflüchtet hatte. Schweigend setzte er sich neben die Frau, die knapp vier Jahre älter war als er, und schaute auf das mit Seerosen bewachsene schwarze Wasser.

»Man erzählt sich, dass Euer einstiger Rittmeister ein Räuber geworden sei«, schluchzte sie leise. »Die Leute sagen, der Großmeister der Hohen Schwerter hätte ihn bei einem Überfall getötet.« Ihre geröteten Augen schauten ihn flehend von der Seite an. »Sagt, hoheitlicher Kabcar, ist es wahr?«

Lodrik musste schlucken, wandte sich aber Dorja

nicht zu. »Es wurde mir berichtet. Ein Bote der Ordenskrieger hat meine Tochter, die dein Sohn zusammen mit der Bande überfallen hat, nach Ulsar begleitet und ausführlichen Bericht erstattet.« Seine Wangenmuskulatur arbeitete. »Er starb durch die aldoreelische Klinge des Großmeisters. Es war ein schneller, gnädiger Tod, der ihm am Strick nicht vergönnt gewesen wäre.«

Die Magd stöhnte auf und weinte bitterlich.

»Es hätte viel aus ihm werden können«, sagte der Kabcar nach einer Weile. »Aber er war ein Gesetzloser. Ein Dieb, ein Räuber.«

»Er hat den Armen immer einen Anteil zukommen lassen«, schniefte Dorja. »Hoheitlicher Kabcar, es ist kein Unrecht, diejenigen zu bestehlen, die sich einen Dreck um ihre Schutzbefohlenen kümmern. Und er hat niemals jemanden getötet.« Erneut trat ein Strom von Tränen aus ihren Augenwinkeln. »Es war nicht rechtens.«

Lodrik atmete schwer ein und legte zögernd eine Hand um die Schulter der Magd, die ihre Anstellung am Hof wieder angenommen hatte. »Ich wollte nicht, dass es so kommt. Seine Zukunft wäre wundervoll gewesen, wenn er diese unseligen Diebstähle nicht begangen hätte.« *Wenn er seine unselige Halbschwester nicht getroffen hätte.* »Aber ich konnte nicht anders, vor all den Leuten.«

Weinend warf sich Dorja an seine Brust, alle Standesunterschiede vergessend. Mit einem tiefen Seufzer schloss er sie in die Arme und vergrub sein Gesicht in ihren Haaren. Gemeinsam teilten sie den Schmerz.

»Was war denn das für eine rührende Szene vorhin?«, begrüßte ihn Aljascha, als er ins Arbeitszimmer zurückkehrte. Sie stand an seinem Schreibtisch und hielt einige seiner Aufzeichnungen, die sie wohl durchgesehen hatte, in ihren schlanken Händen. Wie immer saß ihr Kleid tadellos an ihrem Körper. »Der Kabcar und eine einfache Magd, umschlungen, verträumt am Teich?« Die grünen Augen blitzten höhnisch auf. »Nein, wie verbunden der Herrscher doch mit dem gemeinen Volk ist.«

»Nicht jetzt. Tu mir den Gefallen und schweig«, sagte Lodrik kalt, streifte den Mantel ab und ging zum Schrank, um sich einen Schnaps einzugießen. »Leg meine Papiere wieder hin. Du verstehst sie sowieso nicht.«

»Säufst du schon wieder oder immer noch?«, ignorierte sie die Anweisung ihres Gemahls. »Wenn ich mir deine Ideen so ansehe, komme ich zu dem Schluss, dass du ständig betrunken sein musst.« Sie hielt ihm die Unterlagen entgegen. »Wie kommst du nur auf diesen Unsinn, Lodrik? Über was sollen meine Kinder später einmal regieren? Bald gehört uns der gesamte Kontinent, doch du wirst ihnen nichts hinterlassen außer ein paar Häusern und Burgen. Keine Macht, nichts.« Der Kabcar stürzte unterdessen das dritte Glas hinunter. »Ich habe mir das alles lange genug angesehen, und ich muss sagen, ich werde deinen Plänen nicht zustimmen.«

Hart knallte das Glas auf den Tisch. »Schweig, Aljascha.« Der Blick des Mannes wurde starr.

Sie hob den Kopf leicht an und legte jenen überheblichen Ausdruck auf ihr hübsches Antlitz, der alle Verachtung gegenüber ihrem Mann zum Ausdruck brachte. »Ich bin die Kabcara, Lodrik. Du wirst dir anhören, was ich zu sagen habe. Wenn du tatsächlich dieses wirre Vorhaben in die Tat umsetzen willst, trenne ich meine Großbaronie ab. Lieber herrsche ich über ein kleines Territorium als über gar nichts.«

»Das geht nicht.« Lodrik musste all seine Beherrschung aufbringen, um sie nicht anzuschreien. *Ausgerechnet jetzt kommt sie mit ihren Sticheleien.* »Alle Länder müssen mitmachen, damit das Vorhaben gelingt. Die Gleichbehandlung ist wichtig.«

»Es wird niemals gelingen!« Sie lachte ihm silberhell ins Gesicht und schleuderte die Blätter hoch in die Luft. »Da, sieh nur! Alles nur Traumgespinste, die bloß in deiner Fantasie existieren. Die Menschen – deine geliebten Untertanen – werden sich einen Dreck um deine Anweisungen scheren.« Ein Luftzug erfasste die Schriftstücke und wirbelte sie im Raum umher. »Es regnet Unsinn, Lodrik. Du wirst scheitern, und unseren Kindern wird nichts bleiben.«

Lodriks blaue Augen blitzten auf. »Weißt du, was ich nicht fassen kann? Dass ich dich wirklich einmal geliebt habe.« Langsam setzte er sich in Bewegung und stellte sich direkt vor sie, die Augen auf ihr Gesicht geheftet. Als Aljascha den Alkoholdunst roch, wandte sie sich angewidert ab. Der Herrscher schnaubte enttäuscht. »Aber du hast mich niemals ins Herz geschlossen. Ein dummer Junge, dessen Macht du anziehend fandest. Deshalb lagst du all die Jahre mit mir im Bett.« Er packte ihr Kinn und zwang sie, ihn anzublicken. Ihre Abscheu hätte offensichtlicher nicht sein können. »Weißt du, dass du nichts Besseres bist als eine Hure? Nur ist deine Bezahlung besser.«

Ihr Schlag erfolgte ansatzlos. Die Wucht ließ seinen Kopf zur Seite schnappen.

Lodrik ließ ihr Kinn los und überlegte kurz. Blaue Blitze glitten an seinen Knöcheln entlang und konzentrierten sich an seinem Siegelring. Dann schlug er mit der geballten Faust zurück, sodass ihre roten Locken durcheinander wirbelten. Fast ohnmächtig brach die Kabcara zusammen.

»Ich lasse mich nicht länger von dir täuschen, Aljascha. Von mir aus soll es wieder so sein wie früher. Geh, du läufige Hündin, und amüsiere dich mit allen Männern, denen du auch nur begegnest. Ich werde dir jede Zärtlichkeit ersparen. Dieser Schlag war die letzte Berührung, die du von mir erhalten hast. Der Lohn für die Falschheit.« Ohne Bedauern stieg Lodrik über sie hinweg und sammelte die zerstreuten Papiere ein. Er hatte sie nicht nummeriert, also musste er sie aus dem Zusammenhang der Worte neu sortieren. Eine Arbeit, die Tage in Anspruch nehmen würde.

Aljascha zog sich stöhnend in die Höhe und tastete nach ihrem Mundwinkel. »Blut!«, schrie sie auf. »Du hast mich geschlagen, dass ich blute!« Sie rannte zum nächsten Spiegel, und ein beinahe animalischer Laut des Leidens entfuhr ihr. Über ihren linken Unterkiefer lief ein roter Riss, den der Siegelring des Kabcar hinterlassen hatte.

In einem Anfall von blinder Wut packte sie die Flasche mit dem Schnaps und warf sie auf den Boden. Das Glas zersplitterte, der hochprozentige Alkohol verteilte sich über die Notizen und verwischte die Tinte. Mit einer triumphalen Geste schleuderte sie eine brennende Kerze hinterher und verließ das Zimmer.

Augenblicklich schossen die Flammen in die Höhen. Verzweifelt versuchte der Kabcar zunächst, das Feuer auszutreten, dann schlug er mit dem Uniformrock auf die Brandherde ein. Schließlich eilten Diener herbei, um ihrem Herrn zu helfen und zu verhindern, dass das Zimmer lichterloh brannte.

Verzweifelt kroch Lodrik am Boden umher, raffte die größtenteils vernichteten Schriftstücke zusammen und schüttelte nur fassungslos den Kopf. *Die Arbeit von Monaten, Jahren einfach in Rauch aufgegangen.* Wie ein Kleinkind hockte er inmitten des Durcheinanders, die Finger und die Kleidung schwarz vom Ruß; letzte Aschereste schwebten durch die Luft und ließen sich auf der Einrichtung nieder.

Er stemmte sich in die Höhe und rannte hinaus in den Garten. Seit langer, langer Zeit war er im Begriff, die Beherrschung zu verlieren. Die angestaute Wut und der Zorn auf seine Gemahlin entluden sich in Furcht erregender Magie, die in allen Farben des Spektrums schillerte.

Lodrik richtete die durchgedrückten Arme auf den Boden. Gleißende Energieströme jagten aus seinen Händen und brannten ein Loch in die Erde. Ein orangefarbener Kreis aus Magie wurde um ihn herum sichtbar, das pulsierende Leuchten nahm an Intensität mehr und mehr zu und schien sich bis zu einem gewissen Punkt aufzuladen.

»Aljascha!«, schrie er voller Abscheu. In einem Funkenregen stob die grelle, blendende Magie auseinander.

In der Hauptstadt des tarpolischen Großreiches bebte die Erde.

Alle Einwohner von Ulsar spürten die anhaltende Erschütterung, die Teller und Besteck zum Klappern und Tanzen brachte. Erst nach einer Weile beruhigte sich der Boden wieder, und das Beben verebbte.

Lodrik schloss die Augen und sammelte sich. Nun, da er seinen Fähigkeiten erlaubt hatte, mit aller Macht zu wirken, fühlte er sich unendlich gefasst und tief befriedigt. Aber die maßlose Enttäuschung über seine Gattin war nicht weniger geworden.

Indessen suchte die Dienerschaft nach ihm, um sich nach seinem Befinden zu erkundigen und ob er das Beben unverletzt überstanden habe.

»Lasst es gut sein«, beruhigte er die Livrierten und kehrte in sein Arbeitszimmer zurück. »Mir ist nichts geschehen.«

»Hoheitlicher Kabcar, es erwartet Euch eine Delegation aus Kensustria«, erinnerte ihn einer der Männer. »Sie wurden unter den strengsten Sicherheitsvorkehrungen eskortiert.«

»Sag ihnen, ich komme in einer halben Stunde. Ich werde mich rasch umziehen und mich dann in den Audienzsaal begeben. Und sag Mortva Bescheid, er soll ebenfalls dabei sein.«

»Soweit ich weiß, unterrichtet er gerade den Tadc«, erklärte der Diener.

»Er ist nicht das Kindermädchen, er ist immer noch mein Konsultant. Um meinen Sohn kann er sich später kümmern.«

In aller Eile zog er sich um und machte sich auf den Weg in den Saal, in dem schon so viele Unterredungen stattgefunden hatten. Die wenigsten waren zu seinen Gunsten verlaufen.

Sein Konsultant war bereits anwesend. Der Platz des Herrschers war frei, daneben saß die Kabcara, das Gesicht hinter einem weißen Schleier verborgen, um die Verletzung zu verbergen.

Ohne sich lange aufzuhalten, ließ sich Lodrik in die Polster sinken und betrachtete die Gesichter der Kensustrianer.

Die beiden Männer, die auf sein Zeichen hin ihm gegenüber Platz nahmen und ihn mit ihrem Gehabe ein wenig an verschreckte Hühner erinnerten, gehörten augenscheinlich nicht zur Kriegerkaste, wie unschwer an den bestickten Roben und ihrem Auftreten zu erkennen war.

»Könnte mir einer der Herrschaften erklären, was Ihr hier wollt?«, begann Lodrik unwirsch.

Der Ältere der beiden erhob sich schüchtern von seinem Platz. »Mein Name ist Ollkas. Und das«, er deutete auf den jüngeren, glatt rasierten Mann mit dem typischen dunkelgrünen Haar der Kensustrianer, »ist mein inzwischen geschätzter Kollege Farron. Wir beide sind Astronomen und beobachten den Sternenhimmel über Ulldart.«

»Sterngucker«, gluckste Aljascha verächtlich.

»Wissenschaftler, hoheitliche Kabcara«, verbesserte Farron mit hochrotem Kopf und stand ebenfalls auf. »Hoheitlicher Kabcar, Ihr müsst wissen, dass Betos zwölf und Ketos einhundertdreiundsechzig Abweichungen in ihrer letzten Konstellation von mehr als einem viertel Grad hatten.«

»Eurem Gesicht und Tonfall nach zu urteilen muss das ja ein äußerst gravierendes Ereignis sein«, meinte der Konsultant, der seine Belustigung über die beiden Gelehrten nicht verbarg. »Es klingt schon ein wenig nach Weltuntergang.«

»Damit sind sie weiter aus ihrer Bahn gewichen und machen Arkas und Tulm Platz«, fuhr Farron aufgeregt fort. »Ihr nennt sie die ›Augen Tzulans‹. Sie kommen immer näher und näher.«

»Es kann mir gewiss niemand nachsagen, dass ich nicht für viele Dinge Interesse zeige, aber dieser Schnelldurchgang in Sachen Sternenkunde ist mir ein wenig zu hoch.« Der Herrscher schaute von dem einen Kensustrianer zum nächsten. »Was wollt Ihr von mir?«

Ollkas wirkte ein wenig hilflos, weil er und sein Begleiter die Dringlichkeit ihres Anliegens offenkundig nicht vermitteln konnten. Er hob den Zeigefinger, griff hinter sich und förderte eine halb eingerissene Karte zu Tage, die er mithilfe von Farron entrollte und umständlich zu glätten versuchte. »Diesen Atlanten des Nachthimmels, die seit Jahrhunderten kaum eine Veränderung erfuhren, mussten wir seit 442 immer wieder Korrekturen aufmalen.« Er deutete hektisch hin und her. »Rote und schwarze Striche zeigen die Planetenverschiebungen an. Wie Ihr seht, sind alle Gestirne in Aufruhr geraten.« Seine Hand fiel auf das Doppelgestirn. »Zentrum der Wanderschaften und des Driftens bilden ohne Zweifel Tulm und Arkas. Das hat sogar so weit geführt, dass die restlichen Sterne die Umrisse eines Gesichts um die Augen gebildet haben.«

Lodrik versuchte, etwas auf der für einen Laien unleserlichen Karte zu erkennen. »Das alles haben wir selbst auch am Himmel gesehen. Dafür brauche ich keine Astronomiemeister aus einem Land, das ich noch erobern werde. Wenn Ihr Euch noch ein wenig geduldet hättet, wäre ich mir Eure Entdeckung in Eurem Observatorium selbst anschauen gekommen.«

»Ja, aber seht Ihr es denn nicht?«, beharrte Farron.

»Nein, Herrschaften, ich sehe es nicht«, gab der Herrscher ungeduldig zurück. »Erklärt es mir bitte.«

Die Kensustrianer wechselten einen schnellen Blick. »Die Veränderungen führen dazu, dass sich nicht nur das Gesicht eines Mannes gebildet hat.« Ollkas nahm eine Schreibfeder zur Hand und zog die Linien nach, die ihm wichtig waren. Es entstand das skizzenhafte Abbild eines Mannes.

»Tzulan«, wisperte Lodrik fasziniert und legte den Kopf ein wenig schief. »Er zeigt sich in seiner vollständigen Gestalt. Und es scheint, als wollte er mit der rechten Hand nach Ulldart greifen. Das sieht doch sehr nett aus.«

Ollkas ließ die Karte fallen. »Als Astronom kann ich mich nur wundern, dass die Schiffskapitäne es nachts überhaupt noch wagen abzulegen. Die Navigation dürfte unter diesen Umständen kaum mehr möglich sein. Auch fürchte ich, dass wir als Auswirkung der Verschiebung in nächster Zeit mit einer Anzahl von Meteoriten zu rechnen haben. Wenn Ihr aber einen guten Astrologen zur Hand habt, hoheitlicher Kabcar, so wird Euch dieser vermutlich großes Unheil voraussagen.« Der Astronomiemeister packte die Karte und hielt sie in die Höhe. »Tzulan greift nach Eurem Reich.«

»Euer Auftritt ist sehr dramatisch. Doch ich gebe nichts mehr auf solche Zeichen, seit sie sich bei mir nicht bewahrheitet haben.« Lodrik zuckte mit den Achseln und bedeutete den Livrierten, den Tee zu kredenzen. »Eine Änderung der Sternenkonstellation bedeutet mir lediglich eine Abwechslung am Himmel, nicht mehr und nicht weniger.«

»Wir waren nur der Meinung, Ihr solltet es wissen«, murmelte Farron beinahe schon als Entschuldigung. »Jemand, der sich nicht so intensiv mit den Sternen beschäftigt wie wir, kann vermutlich unseren Eifer nicht nachvollziehen.«

»In der Tat«, erhob Nesreca die Stimme. »War das alles, oder seid Ihr noch aus einem anderen Grund hierher gekommen?«

Ollkas setzte sich, sein Kollege folgte seinem Beispiel. »Wir sind sozusagen die Unterhändler für sämtliche Kasten Kensustrias, einmal abgesehen von den Kriegern. Als Sprachrohr aller Kensustrianer bitten wir Euch, von einem Angriff auf unser Land abzusehen. Oder es wird ein schreckliches Blutvergießen geben.«

»Also so läuft das.« Die Augen des Kabcar wurden zu Schlitzen. »Zuerst wollt Ihr mir mit dem Märchen vom Sternentzulan Angst einjagen, und anschließend droht Ihr mir. Nein, Ollkas. Ich habe eine Vision von einem neuen Ulldart, und dazu gehört, dass ich vor der

Neuordnung zuerst alle Menschen des Kontinents auf eine gemeinsame Basis bringe.« Aljascha rührte ihm etwas Zucker in den Tee und stellte die Tasse neben ihn. *Falls das ein Friedensangebot sein soll, hättest du es dir sparen können.* »Wenn die Kensustrianer nicht erobert werden wollen, haben sie immer noch die Möglichkeit, den Kontinent zu verlassen.«

»Das wäre eine Lösung, die wir gern in Anspruch nähmen«, nickte der ältere Astronomiemeister. »Wenn Ihr uns Zeit lasst, alle, die sich nicht in einem aussichtslosen Kampf gegen Euch opfern wollen, von Ulldart zu bringen, käme uns das gelegen.«

Verblüfft schaute Lodrik den Mann an. »Ich hatte das eigentlich mehr im Scherz gemeint.«

»Wir nicht.« Farron nahm ein Blatt Papier hervor. »Das ist eine genaue Aufstellung, wie viel Zeit notwendig ist, uns zu evakuieren. Unsere Habe mit eingeschlossen.« Er drehte die Liste so, dass der Herrscher und sein Berater sie lesen konnten.

»Zwei Jahre?«, fragte der Mann mit den silbernen Haaren.

»Unmöglich!« Das Gesicht des Kabcar verdunkelte sich. »So lange will ich nicht warten. Meine Truppen stehen bereit und sind in der Lage, innerhalb eines halben Jahres Eure Streitkräfte zu vernichten, wenn es sein muss. Eure Krieger kämpfen sehr gut, aber meine Erfindungen, die Bombarden, die Präzisionsbüchsen, die Handbomben, all das wird sie rasch mürbe schießen.«

»Täuscht Euch nicht«, warnte Ollkas skeptisch. »Die Ingenieure der Kriegerkaste sind erfinderischer, als Ihr es ahnt. Immerhin haben sie die Bombarden vor Euch erfunden, dass solltet Ihr nicht vergessen.«

»Ein kleiner technischer Vorsprung, den wir inzwischen dreifach überholt haben«, warf Nesreca ein. »Unsere Neuerungen machen Staub aus Euren Festungen. Und Sinureds Macht ist niemand gewachsen, ganz zu schweigen von den exorbitanten magischen Fähigkeiten des Tadc.« Er lehnte sich nach vorn. »Dagegen gibt es kein Mittel, wie Meister Hetrál und die gesamte Besatzung der Festung Windtrutz feststellen durften.«

»Um genau zu sein«, sagte der Kabcar, »verfügen mein Sohn, meine Tochter und ich über diese Eigenschaften. Und wenn Eure Krieger zu verbohrt sind, das zu verstehen, sagt es ihnen. Habt Ihr das Erdbeben vorhin bemerkt? Nun, das war ich.« Nesrecas Augenbrauen schossen in die Höhe, die beiden Kensustrianer fielen vor Entsetzen beinahe von den Stühlen. »Und ich kann noch Schlimmeres bewirken, darauf gebe ich Euch mein Wort.«

Farron räusperte sich. »Wir werden es der Kriegerkaste ausrichten. Aber soweit ich weiß, hat sie unser Heimatland von der Lage bereits in Kenntnis gesetzt. Ich weiß nicht, was …«

»Du redest zu viel«, befand Ollkas und unterbrach ihn in seiner Erzählung.

»Meinetwegen können sie den gesamten kensustrianischen Götterhimmel zu Hilfe rufen. Es wird sich nichts daran ändern, dass Kensustria in meine Hand gelangt«, sagte Lodrik hart. »Eure Drohungen mit Eurem Heimatland bewirken bei mir nichts. Die Seeblockade steht, und ich lasse alles versenken, was sich gegen meinen Willen meinem Kontinent nähert. Sagt das nur den Kriegern! Wenn sie sich fügen, werden sie bald in einer neuen Form des friedlichen Miteinanders zusammenleben.«

»Ihr kennt unsere Krieger nicht«, erwiderte Ollkas verzweifelt.

»Und Ihr kennt meine Truppen nicht«, hielt Lodrik dagegen. »Wenn Ihr nun bitte gehen würdet.« Unangenehmerweise verspürte er ein Brennen in den Eingeweiden. »Eure Audienz ist beendet.«

Die beiden kensustrianischen Gelehrten erhoben sich verschreckt und verließen im Rückwärtsgang das Audienzzimmer.

»Haben sie das eben getan, weil sie uns zutrauen, dass wir ihnen in den Rücken schießen, oder sollte das die Ehrerbietung vor dem neuen Herrscher Kensustrias sein, der Ihr schon bald sein werdet, Hoher Herr?«, spottete Nesreca.

»Sie werden mir dankbar sein, wenn ich sie von der Unterjochung der Krieger befreie.« Ein heißes Pieken im Magen sorgte dafür, dass der Kabcar zusammenzuckte. *Ich muss etwas gegessen haben, was mir nicht bekommen ist.* »Was machen meine Kinder?«

»Oh, Govan ist in Sachen Magie praktisch unschlagbar geworden. Ich finde es schade, dass Ihr Euer Potenzial so lange verheimlicht habt«, meinte sein Konsultant. »Ein solches Erdbeben erfordert gewaltige Mengen an Magie.« Er schaute zur Kabcara, deren Gesichtsausdruck er hinter dem weißen Gazestoff nicht erkennen konnte. Ihre Körperhaltung erschien ihm etwas verkrampft. »Zvatochna hat ein Talent, das wir beide zufällig entdeckt haben.«

»Ach?« Der Kabcar nahm einen Schluck Tee, um seinen Verdauungsapparat zu beruhigen. Augenblicklich schien flüssiges Feuer durch ihn zu rinnen. Ein erster Verdacht keimte in ihm auf, der ungeheuerlicher nicht sein konnte und den er ganz zu Beginn seines Herrscherdaseins schon einmal gegen seine Cousine und Gemahlin gehegt hatte.

Der Mann mit den silbernen Haaren zauberte ein

Lächeln auf seine Lippen. »Ich glaube, wir haben einen Ersatz für Varèsz gefunden.«

»Dann stellt mir den Mann vor, Vetter.« Lodrik senkte die halb volle Tasse und stellte sie ab. Am Tee selbst schmeckte er nichts Außergewöhnliches. Er konzentrierte sich auf seine geschärften Sinne und glaubte, einen schwachen Geruch von Angst wahrzunehmen, der von seiner Gemahlin ausging.

»Kein Mann, Hoher Herr. Es ist Eure Tochter. Ich dachte es mir beinahe schon, denn ihre rasche Auffassungsgabe ist offensichtlich. Ich brachte ihr vor zwei Tagen das Schachspiel bei, und vorhin hat sie mich bereits geschlagen.« Nesreca legte die Finger zusammen. »Ich habe ihr geraten, doch einmal die Bücher über Taktik und Feldstrategie durchzulesen. Aber leider scheinen diese sie nicht zu fesseln. Ihre Mutter steuert dagegen.«

»Ist das so, Aljascha?«, wollte der Herrscher wissen und legte eine Hand auf den Bauch, als könnte er das Brennen damit lindern.

»Zvatochna soll sich ihr schönes Gesicht nicht ruinieren, was im Lauf einer Schlacht sehr schnell passieren kann«, antwortete sie eisig und schlug den Schleier zurück. Die Narbe an ihrem linken Unterkiefer leuchtete schwach rötlich. »Da, seht, was ein einziger Schlag mit einem Ring verursachen kann.« Ihr Körper bebte. »Meine Schönheit ist dahin, Lodrik. Nicht nur, dass meine Tochter mir den Rang bereits abläuft. Mein eigener Gatte richtet mich zu wie eine Dirne aus der Gosse.«

»Dann geh zu Jamosar und lass dir die Narbe behandeln, solange sie noch heilbar ist«, empfahl er ihr. Wieder zuckte er zusammen, als es einen Stich in ihm tat. Ein leichtes Schwindelgefühl erfasste ihn. Sein Konsultant sah ihn besorgt an.

Die Kabcara sprang auf und warf den Hut zu Boden. »Ich war bereits beim Cerêler«, schrie sie ihn hasserfüllt an. »Er kann nichts weiter tun, weil du deine verdammte Magie eingesetzt hast.« Sie brachte ihr verunstaltetes Antlitz ganz dicht vor seine Augen. »Sie wird bleiben, du Narr. Du hast mich entstellt. Auf ewig.«

Lodrik musste lachen. »Wenn Waljakov noch lebte, wäre er zutiefst befriedigt. So hast du nach Jahren Gleiches mit Gleichem vergolten bekommen.« Die nächste Schmerzwelle rollte heran. Keuchend krümmte er sich zusammen und fiel vom Sitz.

»Noch etwas Tee, mein Gemahl?«, sagte sie gehässig von oben herab und schüttete den letzten Rest ins Gesicht des Liegenden. »Er wurde nur für dich zubereitet. Ich hatte es satt zu warten, bis einem Fanatiker endlich das gelingt, worauf ich seit dem ersten Tag unserer Hochzeit warte. Diese Narbe war zu viel.«

Der heiße Tee lief dem Herrscher in Augen und Nase, wo es sofort zu brennen begann. »Was ist das?«, presste er mühsam hervor. »Elende Giftmischerin! Ich …«

»Du wunderst dich, weshalb deine Magie dir nicht hilft, ist es nicht so?«, triumphierte sie. »Die Antwort ist ganz einfach: Ich habe dich mit Magie vergiftet.«

Nesreca, der außerhalb von Lodriks Gesichtsfeld saß, wagte ein anerkennendes Nicken. *Jetzt kannst du nur hoffen, dass er wirklich stirbt. Tut er es nicht, werde ich dir gewiss nicht beistehen.*

»Dein Hofcerêler hat mir schon manche Gefälligkeit erwiesen. Er hat einen tödlichen Stoff für mich mit Kräften behandeln lassen, ähnlich wie Heilsteine entstehen. Da deine Magie nichts Gutes bewirken kann, dachte ich mir, dass etwas Gift mit einem Schuss grüner Magie bestimmt tödlich wirken wird.« Aljascha betrachtete ihn. »Und nun schaue ich dir beim Sterben zu.« Sie spuckte ihm ins Gesicht. »Du wirst dein viertes Kind nicht mehr sehen, das schwöre ich dir. Der Thron gehört mir.«

Der Konsultant trug einen schweren Kampf mit sich aus. Stellte er sich nicht auf die Seite des Kabcar, könnte ihm das später – falls Lodrik überlebte – zum Nachteil gereichen. Griff er aber ein und der Herrscher starb trotzdem, wäre Aljaschas Vertrauen dahin.

Dann regle ich das diplomatisch. Er setzte eine Verschwörermiene auf, blinzelte der Kabcara zu und sagte laut: »Ich hole Hilfe, Hoher Herr. Haltet durch!« Mit einem unauffälligen Zeichen gab er der rothaarigen Frau zu verstehen, dass er dies nicht wirklich beabsichtigte, und lief hinaus.

Sie hat Recht, dachte Lodrik dämmrig. *Ich kann nichts Gutes mit meiner Magie bewirken. Es wäre mir nie aufgefallen, hätte sie es nicht ausgesprochen.* Er riss sich zusammen und stemmte sich hoch. *Aber heilen kann ich mich selbst.*

Als er seine Fertigkeiten bündelte, schienen Feuer und Wasser in seinen Innereien aufeinander zu treffen. Fast erwartete er, dass seine Bauchdecke barst und sich die Gedärme auf dem Boden verteilten. Aber nichts dergleichen geschah. Nur seine Körpertemperatur stieg, und der Schweiß brach ihm aus.

»Stirb endlich«, kreischte Aljascha ihn an. »Du wirst nicht weiterleben. Ich bin endlich an der Reihe. Der Kontinent gehört mir. Und ich regiere ihn, wie es mir gefällt.« Sie nahm ein Stilett hervor und rammte es ihrem Gatten in die Seite. Lodrik stöhnte auf. »Ha! Deine Magie versagt.« Noch zweimal stieß sie zu, bis das Blut zu Boden troff.

So wird es nicht enden. Diesen Sieg lasse ich ihr nicht. Mit ungeheurer Willenskraft sammelte er alles an Magie, was er in sich trug. Als seine Gattin wie eine Furie nach seiner Kehle zielte, prallte das Stilett gegen einen unsichtbaren Schild.

»Nein!«, rief sie entsetzt. »So mächtig bist du nicht.« Sie wich zurück, das Stilett fiel klirrend auf den Marmor. »So mächtig darfst du nicht sein!«

»Doch«, sagte er schwach und richtete sich auf. »Du hast mich schon immer unterschätzt. Heute aber ein letztes Mal.« Die Wunden schlossen sich, das Brennen in seinen Innereien erstarb.

Lodrik fühlte sich ermattet, ausgelaugt und miserabel. Doch der Tod hatte ihn nicht bekommen. Zitternd nahm er eine Pistole aus dem Gürtel und richtete sie gegen seine Gemahlin.

Die Tür flog auf, und sein Konsultant stürmte zusammen mit mehreren Dienern in den Raum. Mit einem Blick erfasste er die Situation. »Nehmt die Wahnsinnige fest. Sie hat versucht, den hoheitlichen Kabcar umzubringen.«

Die Livrierten zögerten nicht, sondern ergriffen die Herrscherin, die sich wehrlos ihrem Schicksal ergab.

Der Arm des Herrschers senkte sich nicht; sein Zeigefinger ruckte nach hinten und berührte den Abzug.

Rote Locken wirbelten durcheinander, als das Blei durch sie hindurchfuhr und ein paar Strähnen ausriss. Die Kugel verfehlte Aljaschas Gesicht um die Breite eines Nagels.

»Ich verdamme dich«, sagte Lodrik dumpf. »Kraft meines Amtes als Kabcar verdamme ich dich aus Ulsar.« Die rauchende Mündung senkte sich langsam. »Du hast den Tod verdient, Aljascha Radka Bardri¢. Meine Ärzte werden dich untersuchen, ob du tatsächlich schwanger bist. Stimmt das, verdankst du dem Kind dein Leben und wirst morgen in aller Frühe aus der Hauptstadt gebracht, ohne Aufsehen, ohne Geld, ohne Dienerschaft. Ich werde der Eskorte einen Brief für den Gouverneur in Granburg mitgeben. Er wird angewiesen, dich in der Stadt in einem bescheidenen Haus unter Bewachung festzusetzen.« Auch wenn seine Knie wackelten und sie nachzugeben drohten, Lodrik blieb stehen. Er warf die abgefeuerte Waffe auf den Tisch. »Du erhältst alle Hilfe, die du brauchst. Dir wird ein monatlicher Haushalt von 500 Waslec und eine Dienerin zugebilligt, mehr nicht. Du hast Hausarrest, solange du lebst.« Gleichgültig schaute er in ihre hellgrünen Augen. »All deine Rechte sind hiermit verloren, du bist weder Kabcara noch Vasruca der Großbaronie Kostromo. Das Kind erhält keinerlei Ansprüche auf den Thron. Und du wirst meine Kinder nie wieder sehen. Solltest du jemals einen Fuß außerhalb deines Hauses setzen, werden die Wachen dich erschießen.«

»Du solltest mich besser gleich töten«, zischte sie und warf sich nach vorn. Doch die Diener hielten sie fest. »Ich werde mir etwas ausdenken, Gemahl, das dich zu Fall bringt. Wenn ich den Thron nicht haben kann, sollst du ihn auch nicht haben.«

»Unter diesen Umständen untersage ich dir zusätzlich jeglichen Besuch. Deine Dienerin wird stumm und taub sein und weder lesen noch schreiben können, damit sie für deine Intrigen nicht anfällig ist.« Er nickte zur Tür. »Schafft sie hinaus.«

Nesreca stand plötzlich neben ihm und stützte ihn. »Es hat so kommen müssen, Hoher Herr«, schätzte er leise. *Improvisation ist alles.*

»Ich muss mich ausruhen«, sagte Lodrik schwach. »Berichtet meinen Kindern, was geschehen ist. Keine unnötigen Ausschmückungen, keine Beschönigungen, nur die Wahrheit, Mortva. Der Cerêler soll verhaftet und verhört werden.«

»So soll es geschehen«, sagte der Konsultant ergeben.

»Da wäre noch etwas.« Gestützt von der Dienerschaft, wankte er in Richtung Ausgang. »Lasst den Angriff auf Kensustria auf Eis legen.«

»Bis Eure Tochter sich weiter mit den strategischen Büchern beschäftigt hat?«, vermutete Nesreca beflissen und folgte dem Herrscher.

»Erstens das, und dann muss ich meine Aufzeichnungen über das Zusammenleben aller Völker auf Ulldart überarbeiten. Aljascha hat sie zerstört. Ich werde von vorn beginnen müssen. Besucht mich morgen und berichtet mir.« Mit diesen Worten verschwand er in seinen Gemächern.

»Aber wir könnten den Kontinent doch zuerst in unsere Hand bringen«, rief Nesreca durch die Tür. »Wer weiß, wie viel Zeit der Krieg mit den Grünhaaren in Anspruch nimmt? Arbeitet doch parallel dazu an Euren Dokumenten.«

Die Tür wurde aufgerissen, Lodriks müdes Gesicht erschien. »Möchtet Ihr auch einen Disput mit mir beginnen, Mortva? So ähnlich fing auch der Streit mit Aljascha heute Morgen an. Ich habe jedoch keinen Bedarf an einer Wiederholung der Ereignisse. Oder wollt Ihr meiner einstigen Kabcara nach Granburg folgen?«

Die Tür knallte in den Rahmen, der Luftzug ließ die silbernen Haare des Konsultanten leicht wehen.

Wie vom Donner gerührt stand Nesreca auf dem Korridor. »Na, ganz hervorragend!«, stieß er hervor. *Zuerst dreht dieses Weib durch, und jetzt kommt auch noch der Krieg ins Stocken.* Die Hände auf den Rücken gelegt, stürmte er aufgebracht davon. *Er hat ewig gebraucht, bis er den wirren Unsinn zu Papier gebracht hatte. O Tzulan, wenn er nun wieder so lange benötigt? Vorher leite ich einen Thronwechsel ein.*

Doch zunächst galt es, etwas anderes überprüfen zu lassen. Noch sehr genau erinnerte er sich an die Worte des Offiziers vor den Mauern von Windtrutz. Wenn er sich nicht sehr täuschte, war der Großmeister der eigentliche Held, der unglückseligerweise den brillanten Varèsz getötet hatte. *Wenn ich dafür Beweise finde, ist der Ritter geliefert. Und dann kann ich Hemeròc endlich zu seinem verdienten Spaß kommen lassen.* Seine Laune hob sich ein wenig. *Abgesehen davon bringt es mir eine weitere aldoreelische Klinge.*

Kalisstron, Bardhasdronda, Spätherbst 458 n. S.

Das Boot neigte sich nach Steuerbord, so schwer war das Gewicht des Netzes, das Blafjoll aus dem Wasser zog. Glitzernde Fischleiber zappelten in den prall gefüllten Maschen, die Salzwassertropfen flogen durch die Luft und trafen auch Lorin, der mit einem breiten Grinsen den Fang betrachtete. Beherzt griff er in die dünnen Schnüre und half seinem Freund, das Netz vollständig ins Innere des Bootes zu zerren. Seine eigene Muskelkraft kombinierte er dabei mit etwas Magie, um sich die Arbeit zu erleichtern.

»Ha«, meinte er, »von wegen, dass Kalisstra und Ulldrael sich nicht verstehen. Schau dir das an. Mehr hätte gar nicht hineingepasst.«

»Ja«, nickte der Walfänger und schlug dem Knaben sachte auf die Schulter. »Da wird Kiurikka Augen machen. Wie wird sie das wohl erklären, dass die Süßknollen gedeihen und die Fische zurückgekommen sind?« Vorsichtig balancierte er zum Heck des Bootes, setzte sich auf die Ruderbank und legte sich in die Riemen, um den kleinen Kahn zurück in den Hafen zu bringen. »Die beiden Göttergeschwister scheinen sich ausgezeichnet zu verstehen.«

»Mir fällt ein ganzer Steinbrocken vom Herzen«, lachte Lorin leise, während er die Umrisse der Stadt betrachtete. Die Schlote der Räuchereien qualmten wie selten zuvor, alle Menschen, die auch nur entfernt mit der Fischerei zu tun hatten, hatten Arbeit. Deshalb hielt sich der Junge mit Erlaubnis von Akrar bei Blafjoll auf, der eine tüchtige Hand an Bord gebrauchen konnte. Inzwischen nahm er die Fische fast so schnell aus wie der Walfänger. *Wenn ich jetzt noch den Diamanten aus der Halskette der Priesterin finde, wird alles gut.*

»Was macht denn deine kleine Freundin?«, grinste Blafjoll ihn an.

Lorin schoss die Röte ins Gesicht. »Sie ist nicht meine Freundin«, antwortete er knapp. »Wir verstehen uns nur gut.«

»Ja, ja«, meine Blafjoll vieldeutig. »Die Enkelin von Stápa ist auf dem besten Wege, eine junge Dame zu werden.«

»Wirklich?«, gab Lorin betont beiläufig zurück.

»Das müsste dir doch auffallen, so oft, wie ihr zusammensteckt«, feixte der Kalisstrone, dem die Stichelei Spaß bereitete.

»Im Gegensatz zu den anderen Kindern von Bardhasdronda gibt sie sich eben mit mir ab, das ist auch schon alles«, meinte Lorin leichthin und widmete sich den Fischen, die zu klein und nicht für den Verkauf zu verwenden waren. Lieber gab man sie dem Meer zurück, damit sie wachsen konnten.

»Du treibst dich in letzter Zeit oft außerhalb der Stadt herum«, meinte Blafjoll nach einer Weile. »Du solltest aufpassen, dass du Soini nicht in die Arme läufst. Er lässt keine Gelegenheit aus, sich darüber zu beschweren, dass die Pelzsaison immer schlechter wird, seit du hier bist. Er ist ein schlechter Mensch, aber ein zielsicherer Schütze.«

»Du meinst, er würde mich erschießen?«, fragte der Knabe verblüfft.

»Erinnerst du dich noch an seine Drohung, dass er dir das Fell über die Ohren ziehen will? Wenn er darin eine Möglichkeit sähe, die Zobel und Nerze zurückzuholen, würde er sie wahr machen.«

»Ich bin nur unterwegs, weil ich die Gegend näher erkunden möchte«, erklärte Lorin und deutete hinüber zum nächsten Feuerturm, der auf diese Entfernung wie ein astloser Baum am Rand der Steilklippen wirkte. »Wenn ich da bald meinen Dienst antrete, möchte ich mich auch im Hinterland auskennen. Es wäre doch möglich, dass die Lijoki sich eines Tages von hinten an Bardhasdronda anschleichen.«

»Die Lijoki, mein phantasievoller kleiner Freund, haben in der Vergangenheit eine Stadt nur selten und wenn, dann ausschließlich von See aus angegriffen«, erwiderte Blafjoll, um die Bedenken des Jungen zu zerstreuen. »Und das würde ihnen bei uns schlecht bekommen. Überfälle auf Getreideschiffe, das Setzen von falschen Leuchtzeichen und die Plünderung von Gestrandeten, das ist schon mehr nach ihrem Geschmack. Aber einen offenen Angriff gegen eine befestigte Stadt, nein.« Er stand auf und setzte sich zu ihm. »Du wirst da oben mit Waljakov sitzen und dich zu Tode langweilen, hoffe ich. Und nun leg du dich in die Riemen. Du musst dir noch Muskeln anarbeiten.«

Gehorsam tauschte Lorin den Platz mit dem Kalisstronen und legte sich in die Riemen, dass ihm der Schweiß von der Stirn rann und in seinen blauen Augen brannte. »Ich brauche keine Muskeln. Ich mache bei Akrar nur die Feinarbeit; für alles andere habe ich meine Magie, auch wenn es der griesgrämige Glatzkopf nicht einsehen möchte.«

»Seit wann hat Akrar denn eine Glatze?«, wunderte sich Blafjoll.

»Nein, ich meine doch Waljakov«, keuchte Lorin. »Er mag es nicht, wenn ich meine Kräfte im Kampf einsetze. Aber gegen den Lijoki wäre ich ohne sie bestimmt verloren gewesen. Inzwischen bin ich viel besser geworden.«

»Ich bin gespannt, ob sich Rantsila wirklich an seine Zusage hält, dich auf dem Feuerturm Dienst versehen zu lassen.« Der Waljäger schirmte die Augen gegen das Licht der Sonnen ab und spähte in Richtung der Hafeneinfahrt. »Ganz schön was los. Wir müssen aufpassen, dass wir nicht mit den größeren Schiffen zusammenstoßen.«

Die Ruder hoben sich und verharrten, der Kahn verlor an Fahrt. »Wie meinst du denn das?«, verlangte Lorin eine Erklärung.

»Er ist ein netter, junger Kerl, aber er ist nur der Anführer der Miliz. Wenn Kiurikka die anderen Bewohner entsprechend aufstachelt, wird angesichts zweier Fremdländler, die auf einem Feuerturm über das Wohl der Stadt wachen sollen, nicht eben Begeisterung laut werden.«

»Kalfaffel hat doch sogar selbst den Vorschlag gemacht«, widersprach der Junge gereizt. »Ich habe mich so darauf gefreut, und ich will dieses Amt in ein paar Monaten übernehmen.«

»Ich habe nicht gesagt, dass du es nicht bekommst«,

beruhigte ihn sein Freund. »Zudem hat es Rantsila auf deine große Schwester abgesehen, wenn ich mich nicht sehr täusche. Bei den Geschenken, die er ihr gemacht hat.«

Jetzt musste Lorin lachen und nahm das Rudern wieder auf. »Der arme Arnarvaten weiß gar nicht, was er dagegen unternehmen soll. Seit das Wetter täglich schlechter wird, fürchtet er schon, der Milizionär könne Fatja jeden Abend zum Märchenerzählen zu sich bestellen.«

»Das wäre nicht der schlechteste Trick«, schätzte Blafjoll und steuerte das Boot geschickt durch die Einfahrt an die Mole, an der sein Bootshaus lag.

Zusammen luden sie die Fische in Tragekörbe um und verstauten diese auf einem kleinen Handkarren, mit dem sie ihren Fang zur Räucherei transportierten.

»Das reicht für heute, Lorin«, sagte Blafjoll und entließ den Freund aus der Pflicht. Er nahm ein faustgroßes Stück Walbein hervor und reichte es ihm. »Hier, versuche dich mal daran, wie ich es dir gezeigt habe. Du hast lange genug mit Holz geübt, jetzt ist wertvolleres Material an der Reihe.« Überrascht nahm der Junge das Geschenk an. »Du könnest etwas für deine Kleine schnitzen. Frauen mögen es, wenn Männer sich um sie bemühen.«

Ein weiteres Mal wurde Lorins Kopf so rot wie gekochter Krebs. »Danke schön, Blafjoll.«

»Keine Ursache«, wehrte der Mann ab. »Du hast hart gearbeitet, das ist der Lohn dafür. Und morgen bist du wieder mit dabei.«

Der Knabe rannte los, nahm sich von zu Hause sein Schnitzwerkzeug sowie sein hölzernes Übungsschwert mit und lief zum Stadttor hinaus in Richtung des Waldes, der in knapp einer Stunde Entfernung lag.

Einem ausdauernden Läufer wie ihm machte die Distanz wenig aus. Am Waldrand angelangt, zwängte er sich durch das Unterholz und wich den niedrigen Ästen der Tannen, Kiefern und Fichten aus, um nach einer weiteren halben Stunde zu seinem Lieblingsplatz zu gelangen. Es war eine dick mit Moos bewachsene Steingruppe, die auf einer kleinen Tannenlichtung stand.

Um diese Zeit schienen die Sonnen genau in den Mittelpunkt der freien Fläche und tauchten sie in warmes, weiches Licht. Staub und Pollen flirrten in der trüben Helligkeit, ein leichter Nebelschleier stieg auf, entstanden aus der Wärme und der Feuchtigkeit, die sich in der Nacht zuvor im Moos gesammelt hatte und nun verdampfte.

Vorsichtig machte sich Lorin an den Aufstieg und saß bald auf dem größten der eiförmigen Felsbrocken, der viermal so hoch war wie er. Gedankenversunken begann er mit dem Schnitzen.

Er hätte gegenüber Blafjoll niemals zugegeben, dass er etwas für Jarevrån empfand. Stápas Enkelin mit dem klassischen Aussehen einer Kalisstronin schien die Neugier und die Offenheit ihrer Großmutter geerbt zu haben. Auch schreckte sie nicht vor seinen magischen Fertigkeiten zurück. Ganz im Gegenteil, sie bedauerte außerordentlich, dass sie selbst nicht zu so etwas in der Lage war.

Mit ihr streifte er durch Bardhasdronda und zeigte ihr auch die geheimsten Eckchen und Fleckchen, die er schon seit langem kannte. Bald würde er sie auch zu dieser Stelle im Wald mitnehmen, die er ein wenig als sein kleines Heiligtum ansah. Den fehlenden Spuren nach zu urteilen verirrte sich sonst niemand hierher.

Vielleicht sage ich ihr dann, dass ich sie gern habe, überlegte er. Allein der Gedanke sorgte für Bauchkribbeln, und die Vorstellung, allein mit dem Mädchen zu sein, machte ihn aufgeregt und freudig zugleich.

Währenddessen hatten seine Hände die groben Strukturen eines Fisches aus dem Walbein herausgeformt, und die Späne des harten Materials verteilten sich um ihn herum. Erschrocken zuckte er zusammen, als er unter sich ein unterdrücktes Husten hörte. Wer auch immer die Lichtung betrat, er hatte es sehr geräuschlos getan.

Einer Ahnung folgend, verhielt er sich still und drückte sich ganz flach an den Stein. Er wagte es nicht, sich an den Rand des runden Brockens zu bewegen, denn er wollte keinen Absturz riskieren und auch den Besucher nicht aufmerksam auf sich machen. Alle Sinne aufs Äußerste gespannt, lag er auf der Lauer.

Kurz darauf raschelte es im Unterholz, und vier weitere Männer kamen heraus, die Lorin anhand der Leder- und Pelzkleidung als Jäger einstufte. Nur waren es keine aus Bardhasdronda, also hatten sie eigentlich nichts auf dem Land verloren, das zur Stadt gehörte. Das war eine eherne Regel, an die sich die Jagdgemeinschaften gewöhnlich hielten.

»Gut, dass ihr gekommen seid«, hörte er die Stimme des für ihn unsichtbaren Mannes, die ihm bekannt vorkam. »Wir müssen uns über das Geschäft unterhalten.«

»Deshalb haben wir ja den Weg aus Vekhlathi hierher gemacht«, gab offenbar der Anführer der Fremden zurück. »Dein Auftraggeber möchte etwas gefangen haben?«

»Genau. Und dazu benötige ich eure Hilfe, weil das Vieh einfach zu schlau ist.«

»Und was genau soll das sein?«, wollte der Unbekannte wissen.

»Ein Schwarzwolf, der in diesen Wäldern lebt. Die Bezahlung ist sehr gut.«

Die Jäger sahen sich an. »Ein heiliges Tier? Und wir sollen es töten?«, fragte der Wortführer ungläubig.

»Mein Auftraggeber benötigt es lebend«, kam die Antwort. »Ich bin ehrlich. Allein ein so gefährliches Tier zu fangen ist nicht meine Sache. Lieber gebe ich etwas von dem Lohn ab und bin mir dafür sicher, dass ich es überlebe.«

»Die Hälfte«, verlangte einer der Jäger aus Vekhlathi.

»Ihr bekommt vierzig Teile von dreitausend, denn durch mich seid ihr erst an diesen Auftrag gekommen. Auf weitere Verhandlungen lasse ich mich nicht ein. Die anstehende Winterzeit wird uns den Wolf in die Arme treiben, wenn wir die Jagd geschickt angehen.« Die Fremden berieten sich leise, schließlich willigten sie in die Abmachung ein. »Gut. Dann treffen wir uns in einem Monat genau an dieser Stelle. Der erste Schnee müsste bis dahin gefallen sein. Ihr organisiert die notwendigen Käfige, ich suche die besten Orte aus, an denen man die Fallen aufbauen kann.« Eine Hand reckte sich in Lorins Gesichtsfeld, die einen Zettel an die Männer aus der Nachbarstadt übergab. »Das sind die notwendigen Sachen, die ihr zu besorgen habt. Bei Lieferung erhaltet ihr dann das Geld von mir.«

Der Anführer der Fremden überflog die Zeilen und nickte. »Das sollte machbar sein. Wir werden das Viech schon fangen.«

»Und wenn wir uns dadurch den Zorn Kalisstras zuziehen?«, warf einer der vier unsicher ein.

Ein leises Lachen ertönte. »Wir haben in Bardhasdronda ein paar Fremdländler, denen man alle Schuld in die Schuhe schieben kann. Das mache ich schon die ganze Zeit über.«

Soini! Jetzt erkannte Lorin die Stimme des Kalisstronen unter sich, und seine Finger gruben sich ins Moos.

So ein verfluchter Verräter. *Ich wette, er hat auch den Lijoki gesagt, dass wir die Lieferung mit Getreide erwarten.*

Der grüne Teppich unter ihm geriet in Bewegung, eine ganze Moossode drohte unter seinem Gewicht abzureißen. Unaufhaltsam rutschte er nach links.

»Dass ihr keinem etwas sagen dürft, versteht sich von selbst«, fügte Soini hinzu. »Wir sehen uns in einem Monat wieder. Dann erhaltet ihr eine Anzahlung auf euren Anteil.«

Mit einem knappen Gruß zogen sich die Vekhlathis zurück, während Lorin verzweifelt nach Halt auf dem glatten Stein suchte. Mit Soini wollte er sich unter diesen Umständen nicht anlegen, Magie hin oder her.

Weil er nun etwas schräg hing, sah er den Pelzjäger mit dem Rücken zu sich stehen, der sich eine Pfeife stopfte und umständlich in Brand steckte.

Die rechte Hand des Knaben klammerte sich ins Moos, der Arm zitterte unter der Belastung.

Soini gab einen Laut des Erstaunens von sich und betrachtete den Boden. Langsam ging er in die Hocke, hob etwas auf und hielt es betrachtend vor die Augen. Er hatte einen Walbeinspan gefunden, der von Lorins Schnitzerei stammte.

Er wollte sich gerade umwenden, als ein lang gezogenes Wolfsheulen in nicht allzu großer Entfernung ertönte.

Dem Jäger entfuhr ein Fluch. »Jetzt sollst du nicht hier erscheinen, verdammter Wolf.« Eilig löschte er die Pfeife, nahm den Bogen von der Schulter und einen Pfeil aus dem Köcher, bevor er sich von der Lichtung entfernte.

Im nächsten Augenblick verlor das Moosstück den letzten Halt.

Für Lorin ging es ruckartig abwärts, wie eine Kugel

hüpfte er von Stein zu Stein, bis er endlich im weichen Moos am Fuß der Felsbrocken aufschlug.

Ulldrael und Kalisstra sei es gedankt, dass es eben erst passierte. Grinsend stemmte sich Lorin in die Höhe. *Nun gut. Jetzt haben wir den Verräter.* Wieder hörte er das Heulen eines Wolfes. *Und weil du mich gerettet hast, werde ich dafür sorgen, dass sie dich nicht erwischen. Die Schuld, dass du deinen Pelz lassen musstest, wird uns nicht in die Schuhe geschoben werden, darauf gebe ich dir mein Wort.*

Sein Blick wanderte hinauf zu dem Felsen, von dem er abgerutscht war. Anstelle des grünen Bewuchses zeigte sich nun schwarzes, poliertes Gestein.

Neugierig kletterte der Junge hinauf, um sich den Felsen näher anzusehen. Mithilfe seines Schnitzmessers entfernte er weitere Soden, bis er obenauf eine große Stelle vollständig freigelegt hatte.

Behutsam tastete er den Stein ab. *Scheint so, als hätte man den wirklich glatt geschliffen,* wunderte er sich. Vorsichtig klopfte er mit dem Griff seines Messers dagegen. Zu seinem Erstaunen erklang ein gedämpfter, dunkler Ton.

Lorin war sich nicht sicher, was er nun tun sollte. Auf der einen Seite würden das Abschälen des Mooses und die nackten Steine zwangsläufig die Aufmerksamkeit möglicher Besucher auf sich ziehen. Andererseits wollte er unbedingt herausfinden, was es mit seiner Entdeckung auf sich hatte. Die Wissbegierde siegte.

Mit dem Einsatz des Übungsschwertes gelang es ihm, zügig einen Stein nach dem anderen von dem teppichartigen Moos zu befreien. All die eiförmigen Felsstücke unterschiedlicher Größe zeigten die gleichen Eigenschaften wie der größte von ihnen. Als er gegen den kleinsten schlug, ertönte ein heller Klang, der lange nachhallte.

Schnell fand er heraus, dass man eine bestimmte Anzahl von Tönen anschlagen konnte, die sich variieren ließen, indem man die Fingerspitzen dämpfend auf den Stein legte. Ein wenig Übung, und es würde ihm möglich sein, ganze Lieder zu spielen.

Sollte das hier ein Ort sein, an dem die Kalisstri früher Musik gemacht haben? Er würde Jarevrån nicht eher hierher führen, bis er eine Melodie für sie komponiert hatte. *Damit werde ich sie bestimmt überraschen können. Und es ist mit Sicherheit etwas Einmaliges.*

Als er die Moossoden sah, die sich um die Steine herum türmten, befielen in Zweifel, ob er richtig gehandelt hatte. Doch er vertraute darauf, dass der fallende Schnee seine Tat verbergen würde. Sorgsam schichtete er die Stücke so auf, dass er sie als Treppe benutzen konnte, da er sich nun nicht mehr an dem Bewuchs auf die Steine ziehen konnte.

Er war gerade fertig, als er ein leises Grollen vernahm.

Lorin musste sich nicht umdrehen, um zu wissen, wer da hinter ihm aufgetaucht war. Mit ganz behutsamen Bewegungen kletterte er auf seinen Hochsitz; dann erst wagte er, einen Blick nach unten zu werfen.

Ein neuer Besucher belagerte die Lichtung. Und zwar nicht irgendeiner, sondern ausgerechnet eines der meistgefürchteten Raubtiere in der Gegend von Bardhasdronda.

Der Schwarzwolf, auf den es Soini und seine Kumpane abgesehen hatten, kauerte im Moos und beobachtete den Knaben. Wie den Gamur und den Hornwal betrachteten die Kalisstri das Tier als heilig, da es seine leuchtenden weißen Augen der Legende nach von der Bleichen Göttin höchstselbst erhalten hatte.

Das war dem Jungen im Augenblick jedoch herzlich

gleichgültig. Unpassenderweise erinnerte er sich ausgerechnet jetzt an die Geschichten von Arnarvaten, in denen die Schwarzwölfe äußerst selten eine menschenfreundliche Haltung einnahmen.

»Und was machen wir jetzt, mh?«, fragte Lorin das heilige Tier. »Frisst du mich, oder lässt du mich nach Hause gehen?«

Der Wolf gähnte, legte den Kopf zwischen die Vorderpfoten und machte es sich bequem. Mächtige Muskeln zuckten unter dem dichten Fell. Der Anblick war faszinierend.

»Das wird also eine Belagerung«, schloss der Junge aus dem Verhalten des Wolfs. »Ich sage dir was. Soini und vier andere wollen deinen Pelz, wenn ich sie richtig verstanden habe, also solltest du auf ihn Acht geben. Ich habe mit der Sache nichts zu tun, hörst du?«

Hörbar witterte der Wolf in seine Richtung, die Ohren neugierig aufgestellt.

»Ich tue dir nichts, und du tust mir auch nichts«, verhandelte Lorin, als hätte er es mit einem Menschen zu tun. *Hoffentlich hat es sich nicht herumgesprochen, dass ich den Gamur getötet habe, sonst glaubt mir der Wolf nie.*

Als die Sonnen hinter den Bäumen versanken, wurde es schlagartig eisig und dunkel im Wald. Eine ganze Nacht würde er in dieser Bekleidung wohl nur mit viel Glück ohne größeren Schaden überstehen.

»Ich finde, dass du einen recht friedlichen Eindruck machst«, verkündete Lorin und begann vorsichtig mit dem Abstieg. Das mulmige Gefühl im Bauch verdrängte er, um sich auf seine Kletterpartie konzentrieren zu können. Der Wolf hob den Kopf. »Ich komme jetzt herunter, gehe ganz vorsichtig an dir vorbei und bringe dir das nächste Mal einen Knochen mit.« Seine Füße setzten auf dem Waldboden auf. Wie auf rohen Eiern gehend, schritt er mit pochendem Herzen und einer gehörigen Portion Angst im Nacken über die Lichtung, wobei er absichtlich keinen Blick nach hinten warf, aus Furcht, der Schwarzwolf könne sich dadurch provoziert fühlen.

Kaum hatte er das Unterholz erreicht, spurtete er los. In einer neuen Bestzeit hetzte er durch das Dickicht auf die Straße und weiter nach Bardhasdronda.

Wie ein Wirbelwind stürmte er in den großen Raum des Hausbootes, das erste Wort von seinem Abenteuer bereits auf den Lippen. Beinahe wäre er in die kleine Ansammlung von Gläubigen gerannt, die sich hier eingefunden hatten.

»Oh, Verzeihung, ich wollte nicht stören«, rief Lorin, riss sich die Mütze vom Kopf und drückte sich an der Hand voll Gläubigen vorbei, die sich mehr oder weniger geheim bei Matuc trafen, um Ulldrael mit stillen Gebeten zu ehren. Der Geistliche gestattete mit Rücksicht auf seine junge Gemeinde eine solche leise Art der Verehrung, weil er die Kalisstri nicht den täglichen Anfeindungen ihrer Mitmenschen aussetzen wollte. Aber eines Tages, so sagte er immer wieder, wäre die Zeit der Geheimnistuerei vorüber. Jetzt aber nickte er Lorin freundlich zu und fuhr fort, die Lehren Ulldraels über die Landwirtschaft zu verkünden.

Lorin suchte Fatja, die am Herd in der kleinen Kochnische stand und abwesend in einem Topf rührte. Der Junge warf einen schnellen Blick in das Gefäß. Enttäuscht verzog er das Gesicht. »Seit wann muss man denn kochendes Wasser rühren?«

Fatja schien aus einem Traum aufzuwachen und schaute ihren kleinen Bruder verunsichert an. »Wo habe ich bloß meine Gedanken?«, ärgerte sie sich und streute Teeblätter ins sprudelnde Wasser, schob den

Topf von der Platte und setzte sich. »Das kommt nur wegen euch Männern.«

Lorin feixte und reckte sich. »Hat dir jemand den Kopf verdreht?«

»Fang du auch noch an, kleiner Bruder«, fauchte sie und sprang in die Höhe.

Überrascht machte Lorin einen Schritt rückwärts. »Ich wollte nicht …«

»Dass das mir passieren muss«, schimpfte Fatja weiter, während sie die aufgequollenen Blätter abgoss und den Tee in Becher füllte. »Es hat die ganzen Jahre so gut ausgesehen, ich habe mich mit ihm wunderbar verstanden, und kein anderer kam für mich infrage.« Wütend warf sie einen Topflappen gegen die Wand. »Und dann kommt dieser Wichtigtuer Rantsila daher und macht mich völlig durcheinander mit seinen Geschenken.« Sie stemmte die Arme in die Seiten und funkelte Lorin an.

»Ich bin nicht Rantsila«, verteidigte er sich rasch, weil er fürchtete, seine Schwester könnte die Wut an ihm auslassen.

»Aber du bist ein Mann«, schnaubte sie, und ihre Augenbrauen zogen sich drohend zusammen. Dann musste sie lachen. »Na ja, fast.« Sie umarmte ihn. »Nein, kleiner Bruder, du kannst nichts dafür. Oh, die Männer mögen verflucht sein.«

»Weiß Arnarvaten denn, dass der Milizionär deine Gunst sucht?«, erkundigte Lorin sich vorsichtig. »Übrigens könntest du bei Rantsila ein gutes Wort für mich einlegen, weil ich doch bald auf den Feuerturm möchte.« Aus ihrer Umarmung wurde ein Würgegriff. »Nein, nein, es war doch nur Spaß«, beeilte er sich zu versichern. Schnell schlüpfte er aus ihren Armen und trug die Becher mit dem heißen Tee nach draußen zu den Gläubigen. Als er in die Küche zurückkehrte, goss Fatja erneut ein.

»Du wolltest doch vorhin irgendetwas erzählen«, meinte sie versöhnlich und reichte ihm einen Becher.

Eifrig nickte Lorin. »Ich war im Wald …«

»Mit Jarevrån?«, grinste Fatja ihm über den Rand ihres Gefäßes hinweg zu.

»Nein, allein«, gab er schnippisch zurück. »Aber ich habe …« Der Junge stockte. Er wollte lieber allein für die Aufklärung von Soinis Machenschaften sorgen. Seine Schwester würde sich bestimmt zu einer unpassenden Gelegenheit verplappern, wenn er sie einweihte. Dann würde sich der Milizionär, den er doch beeindrucken wollte, der Sache annehmen. Seinen eigenen Ruhm und die Anerkennung konnte er dann vergessen. »… einen Wolf gesehen«, rettete er den Satz. »Einen Schwarzwolf.« Weit breitete er die Arme aus. »So groß war das Vieh und beinahe so hoch wie ich.«

Erheitert blickte die Schicksalsleserin in seine blauen Augen. »Du hast ihn doch hoffentlich nicht umgebracht? Das wäre ein weiteres heiliges Tier auf deiner Liste. Der Gamur ist allen noch in bester Erinnerung, kleiner Bruder.« Aber sie begriff sehr rasch, dass es Lorin ernst war. »Du hast einem Schwarzwolf gegenübergestanden?«

»Das sage ich doch«, meinte der Knabe. »Aber sie sind gar nicht so gefährlich, wie Arnarvaten und du immer in den Märchen erzählen. Wir haben ein Abkommen getroffen.«

Anerkennend nickte sie. »So lobe ich mir das. Mein kleiner Bruder schließt endlich Freundschaft mit den Wesen der Bleichen Göttin. Wenn du das Kiurikka berichtest, wirst du sofort als Hohepriester eingesetzt.« Fatja stellte die Tasse ab. »Nun aber ohne Flachs. Du solltest den Wald in Zukunft meiden, wenn ein solches Untier sein Unwesen dort treibt. Ich werde den Jägern Bescheid geben. Es wundert mich, dass es noch keiner bemerkt hat.«

Mich nicht. »Ach«, winkte er leichtfertig ab. »Solange ich ihm immer etwas mitbringe, werden wir uns prächtig verstehen. Aber erzähle es bitte niemandem, sonst laufen alle in den Wald und wollen den Wolf sehen.«

Unschlüssig blickte sie ihn an. »Das glaubst du doch selbst nicht. Oder hast du die Kalisstri eine Hand ins Wasser stecken sehen, wenn ein Gamur in der Nähe auftaucht? So weit geht die Verehrung der heiligen Tiere auch wieder nicht, dass man ihnen ein Stück von sich selbst abtritt.« Fatja fuhr ihm über den schwarzen Schopf. »Also gut. Man wird ihn sowieso früher oder später entdecken. Und versprich mir, dass du immer auf einen Baum steigst, sobald du sein Heulen hörst.«

Matuc gesellte sich zu ihnen, die Gläubigen waren gegangen. Ächzend ließ er sich auf einen Stuhl sinken und rieb sich die Stelle am Bein, wo der Stumpf in der Prothese saß. »Es wird ein harter Winter, wenn ich meine Narben so zu mir sprechen höre. Aber dank der Gnade von Kalisstra und Ulldrael dem Gerechten kann es den Menschen in Bardhasdronda gleichgültig sein. Die Süßknolle bietet allen Nahrung.«

Fatja gab dem betagten Mann einen Kuss auf das schüttere graue Haar. »Das hast du gut gemacht.«

»Der Dank gebührt dir gleichermaßen«, erwiderte der Geistliche, fasste ihre Hände und drückte sie. »Wenn du damals den Sack mit den wenigen Knollen nicht gepackt hättest, wäre unser Schicksal anders verlaufen. Der Gerechte hat dir die Jute im rechten Augenblick zwischen die Finger geraten lassen.« Matuc ließ sie los, um den von Lorin dargebotenen Tee anzunehmen. »Und du, junger Mann, tätest gut daran, dich mehr mit Ulldrael zu beschäftigen, als durch die Wälder zu springen. Überlass das den Eichhörnchen. Bald sind die Kalisstri gläubiger als du.« Er strahlte in die Runde. »Neunzehn Männer und Frauen haben sich zu ihm bekannt. Welch ein Erfolg. Noch vor einem Jahr haben sie uns geschmäht.«

»Das Blatt kann sich ganz schnell wenden«, warnte Fatja. »Die Hohepriesterin hat es ja auch erreicht, dass man das Wunder der Süßknollen weniger dem Gerechten als dem Zufall anrechnet.«

»Und Soini gibt uns immer noch die Schuld daran, dass die Pelztiere nicht zu fangen sind«, krähte Lorin dazwischen.

»Die wahren Gläubigen haben die Gnade Ulldraels erkannt«, entgegnete Matuc. »Und sie sind es auch, die mit Hingabe in den beiden Pflanzhäusern die gesetzten Knollen hegen und pflegen. Bardhasdronda wird schon bald so weit sein, dass wir die Erdfrüchte an andere verkaufen können. Nahrung und Reichtum, und das alles nur durch eine einzige Pflanze.« *Und mit der Knolle verbreitet sich ein neuer Glaube.* »Ich sollte sie eigentliche Ulldraelknolle nennen«, überlegte er laut. »Damit streuen wir den Namen des Gerechten bis in die entlegensten Winkel des Kontinents.«

»Und was ist mit dem anderen Land?«, wollte Lorin wissen, zückte sein Schwert und übte ein paar Schläge. »Meiner Heimat? Gehen wir da eines Tages auch wieder hin?«

Matuc und Fatja wechselten einen schnellen Blick.

»Wir sind uns nicht sicher, wann wir mit dir zurückkehren sollen«, gab die Frau zur Antwort. »Wir bekommen kaum Nachricht von Ulldart. Und der Zeitpunkt, tja ...« Sie hob die Achseln. *Eine Vision wäre nicht schlecht.*

»Waljakov hat erzählt, er habe gehört, wie sich zwei Palestaner darüber unterhalten haben, dass sie bald zusammen mit den Truppen des Kabcar ein Land erobern wollen und dann unendliche Reichtümer und Geheimnisse besitzen werden«, teilte er die Neuigkeiten mit.

»Kensustria«, seufzte Matuc und erhob sich, um in den Hauptraum zu wechseln. »Jetzt fallen sogar die Grünhaare unter die Knute deines Vaters. Ich hätte niemals gedacht, dass er es schafft.«

Arnarvaten betrat nach kurzem Anklopfen das Boot und wurde von allen freudig begrüßt. Die Liebkosung von Fatja fiel etwas knapp aus, was er mit einem Stirnrunzeln wahrnahm.

Sie bemerkte ihren Fehler, schaute auf die Dielen, schob sich aus seinen Armen und verschwand in die Küche, um Tee für den Gast zu holen.

Am besorgten Gesicht des Geschichtenerzählers erkannte Lorin, dass der Kalisstrone sehr wohl etwas von dem erahnte, was im Herzen der jungen Frau vorging.

Schon allein deswegen muss ich ihn ein bisschen ablenken, dachte er und stellte sich mit einem gewinnenden Lächeln vor den Mann. »Ich habe eine Frage«, eröffnete er dem Geschichtenerzähler. »Auf dem Markt unterhielten sich zwei Männer darüber, dass im Wald seltsame Steine stehen sollen, die Töne machen, wenn man dagegen schlägt.«

Arnarvaten sah noch einen Augenblick hinüber zur Küche, ehe er aus seinem Mantel schlüpfte und auf einem Stuhl Platz nahm.

»Oh, das ist keine Legende. Sie gibt es wirklich. Irgendwo.« Er tat sich schwer, in die richtige Erzähllaune zu kommen, rutschte auf der Sitzfläche hin und her und ließ den Durchgang zu der Kochnische nicht aus den Augen. »Vor mehr als fünfhundert Jahren entdeckten die Menschen aus Bardhasdronda die ›Klingenden Steine‹ auf einem freien Feld. Und sie entdeckten auch, welche Eigenschaften die merkwürdigen Steine hatten, von denen keiner wusste, wer sie dort abgelegt hatte. Nur die wenigsten konnten ihnen richtige Töne entlocken; bei den meisten schepperte und krachte es nur.« Der Kalisstrone fuhr sich über das Kinnbärtchen. »Irgendwann gab es niemanden mehr, der sie zum Klingen bringen konnte; der Wald wuchs, man vergaß sie. Ende der Geschichte.«

»Du hast keine große Lust heute Abend, Geschichten zu erzählen, was?«, schätzte Lorin.

»Nein, wirklich nicht.« Arnarvaten seufzte und sank in sich zusammen. Dann stand er unsicher auf und langte nach dem Mantel. »Richte deiner Schwester aus, dass ich noch etwas nachlesen muss. Bald steht ein neuer Vortragswettbewerb an. Das kostet Vorbereitung.« Beinahe fluchtartig hastete er zur Tür und riss sie auf. »Bis dann.« Krachend fiel die Tür ins Schloss.

»Ist er weg?«, fragte Fatja aus der Küche, und ihre Stimme klang erstickt.

»Ja. Er muss sich noch auf den Wettbewerb vorbereiten«, gab Lorin die Ausrede des Geschichtenerzählers weiter.

Er hörte, wie seine Schwester leise schluchzte und sich die Nase schnäuzte. Dann klirrten die Tassen, eine davon zerschellte am Boden. Die Scherben flogen bis in den Gemeinschaftsraum.

Lorin half der schniefenden Frau, die Tonsplitter einzusammeln. »Keine Sorge, große Schwester«, meinte er aufmunternd und drückte sie an sich.

»Oh, hört, wie er spricht, der Mann, der schon so viele Abenteuer hinter sich hat, wie Schneeflocken aus dem Himmel fallen«, zog sie ihn gutmütig auf. »Danke für deinen Beistand, kleiner Bruder. Und nun ab ins Bett. Du musst morgen bestimmt wieder mit Blafjoll zum Fischen ausfahren.«

Matuc stand abseits des Geschehens. Erinnerungen an alte Zeiten stiegen bei dem Namen »Kensustria« aus den hintersten Winkeln seines Gedächtnisses auf. Er dachte an die Reise zu dritt, die er vor vielen, vielen Jahren unternommen hatte. Vor sich sah er das Gesicht von »Ritter Aufbraus«, wie er in seiner typisch herablassenden Art »Dankt mir nicht für meine Milde« sagte.

Fast schon gegen seinen Willen kehrte auch die Erinnerung an Belkala zurück. Noch immer wusste er genau, wie sie aussah. So viel war damals geschehen, in Granburg, in Ulsar, das nun in weiter, weiter Ferne lag, beinahe so, als wäre er in einem anderen Leben dort gewesen. Aber der Vergangenheit würde er nicht entfliehen können, zumal sie ihm in Gestalt von Waljakov gefolgt war.

»Ha«, entfuhr es ihm halblaut, »ein halber und ein ganzer Greis, die einen Jungen unterschiedlicher nicht erziehen könnten.«

Matuc trat zum Fenster, stemmte sich gegen die Fensterbank und ließ den Blick über den Himmel schweifen. Die Sterne spiegelten sich schwach in der ruhigen, tiefschwarzen See des Hafenbeckens. Nebel zog auf und umspielte das Hausboot ebenso wie die anderen Schiffe, die an den Molen vertäut lagen.

Ulldrael wird mir ein Zeichen senden, wenn die Zeit zur Rückkehr kommt. Und ich bete inständig, dass ich sie noch erleben darf.

Drei Wochen später war das Land von einer Lage Schnee bedeckt.

Acht Tage lang waren dicke, große Flocken aus den

Wolken gewirbelt; danach sanken die Temperaturen, dass der Atem in der Luft zu feinen Eiswölkchen gefror.

Mensch und Tier suchten die behagliche Wärme in Haus und Stall, etliche wilde Waldbewohner zog es in Richtung der Stadt. Mehr als einmal musste die Wache die Tore schließen, weil sich Bären, angelockt von den Gerüchen, vor den Mauern herumtrieben.

Unter diesen Umständen war es Lorin nur schwer möglich, Ausflüge zu den Klingenden Steinen zu wagen. Aber bis zum Frühjahr wollte er nicht mehr warten, dafür brannte er zu sehr darauf, Jarevrån seine Überraschung zu zeigen.

Zu seiner eigenen Verwunderung stellte er fest, dass der Schnee nicht auf den blanken Steinen liegen blieb. Als wären die eiförmigen, glatten Felsen von innen gewärmt, schmolz jeder weiße Kristall, der sich auf sie senkte. Doch die Oberfläche fühlte sich kalt an, und die Steine schwangen wie immer, wenn er sie mit einem Ast anschlug.

Lorin hatte sich bei seinen beschwerlichen Ausflügen durch den tiefen Schnee seine Gedanken gemacht, weshalb die vergessenen Steine ausgerechnet bei ihm diese wunderschönen Töne erzeugten, anstatt wie in der Vergangenheit entweder ihren Dienst zu verweigern oder die Menschen durch Scheppern in die Flucht zu schlagen. *Ob es mit meiner Magie zusammenhängt, dass ich die Steine klingen lassen kann?*

Eines Abends, kurz bevor er die Lichtung völlig durchgefroren verlassen wollte, kam ihm ein Einfall.

Vorsichtig erteilte er dem größten der Steine mit seinen Fertigkeiten einen leichten Schlag, so als wollte er einen Kieselstein wegschnippen.

Das Resultat war überwältigend. Nicht nur, dass der

Ton klarer und reiner über die waldfreie Fläche hallte, der Stein glomm dunkelblau auf.

»Bei allen Göttern!« Behutsam wiederholte er seinen Versuch und hielt den magischen Reiz auf den Stein aufrecht. Der Ton wurde lauter, je länger er seine Fertigkeiten auf das Gestein einwirken ließ, und das Leuchten intensiver.

Dann wollen wir mal sehen, wie viele ich auf einen Schlag zum Klingen bringen kann. Es bedurfte starker Konzentration, um alle Steine anzusprechen, aber es gelang. Ein wunderschönes, vielstimmiges Konzert hob an, begleitet von einem beruhigenden Schimmern.

Lorin konnte sich des wohligen Schauders, der ihm über den Rücken lief, nicht erwehren. Im Zustand des völligen Hochgefühls machte er sich kurz vor Einbruch der Dämmerung auf den Rückweg. Auch wenn die Sonnen auf halber Strecke verschwunden waren, die reflektierende Schneefläche sorgte dafür, dass es nicht richtig dunkel wurde.

In leichtem Dauerlauf trabte der Knabe auf das verschlossene Stadttor zu und trat in den Schein der aufgestellten Fackeln.

»Wer da?«, rief ein Wächter von oben. »Ach, der kleine Fremdländler ist es.« Der riesige rechte Flügel schwang zurück.

Rantsila erschien in dem breiten Durchgang und winkte Lorin herein. Sein Gesicht wirkte nicht besonders freundlich, die grünen Augen ruhten forschend auf ihm. »Du bist spät dran, Lorin. Was gibt es denn im Wald so Besonderes, dass man sich bis nach Einbruch der Nacht dort herumtreiben muss?«

»Nur ein paar Bäume und hungrige Eichhörnchen«, sagte der Junge flüchtig und wollte schleunigst an dem Milizionär vorüber.

Doch dessen Hand legte sich auf Lorins Schulter. »Komm mit ins Wachhaus.«

»Aber Matuc und Fatja warten«, begehrte er auf. »Du machst dich nicht bei meiner großen Schwester beliebt, wenn ich ihr sagen muss, dass ich deinetwegen so spät nach Hause komme.«

»Das ist mir egal.« Rantsila schob ihn ins Warme der kleinen Stube, in der sich die Ausrüstung der Wärter befand, die später ihren Dienst versehen würden. Der Mann bugsierte Lorin etwas unsanft auf einen Stuhl, zog die dicke Pelzjacke aus und betrachtete ihn. »Und nun erzähle, was du wirklich da draußen machst.«

»Ich füttere Eichhörnchen und dressiere sie.« Lorin blieb hartnäckig bei seiner Lüge und verschränkte die Arme trotzig vor der Brust; seine Augen wichen Rantsilas forschendem Blick aus. Er wollte das Geheimnis der Klingenden Steine nicht preisgeben. Nicht bevor er es Jarevrån gezeigt hatte.

Der Mann rieb sich nachdenklich den schwarzen Kinnbart. »Du bist sehr oft bei den Eichhörnchen. Die Wachen sagen, dass sie dich mehrmals in der Woche dabei beobachten, wie du Bardhasdronda verlässt.« Rantsila legte den Kopf ein wenig schief und holte Luft. »Wir beide kennen uns, Lorin, und ich würde dir niemals etwas zutrauen, was unsere Stadt in Gefahr bringt. Aber die Wachen werden misstrauisch. Manche vermuten, du würdest dich mit Jägern aus Vekhlathi treffen, um ihnen unsere besten Wildstellen zu zeigen. Die alte Nurna hat sie ganz in der Nähe gesehen, als sie im Wald war, um Feuerholz sammeln.« Gespannt wartete er auf eine Reaktion des Knaben, den er mehr oder weniger einem Verhör unterzog.

Das wird ja immer schöner, dachte Lorin verzweifelt. *Soini macht gemeinsame Sache mit der Nachbarstadt, und ich kassiere die Schelte dafür.* »Unsinn«, erwiderte er knapp. Sein Verstand arbeitete hektisch. Wenn er den Pelzjäger jetzt anschwärzte, hätte er keine Beweise für seine Behauptungen. Dem Wort eines Fremdländlers würde vielleicht Kalfaffel vertrauen, nicht aber der Rest der Stadt, so unbeliebt Soini bei vielen auch war.

»Geht das ein wenig ausführlicher?«, versuchte der Milizionär ihm mehr zu entlocken.

»Völliger Unsinn«, erhöhte Lorin und blickte zur Seite.

»Es kann noch schlimmer kommen«, warnte Rantsila vorsorglich. »Andere nennen die Lijoki in einem Atemzug mit dir. Manche fanden es absonderlich, dass du damals das Signal erst gabst, als die Räuber schon beinahe fertig waren.«

»Jetzt stecke ich auch noch mit denen unter einer Decke? Und sie treffen sich mit mir und den Vekhlathi im Wald? Ist das das Neueste?«, brauste der Junge auf.

»Ich sage doch nur das, was man mir zuträgt«, sagte Rantsila, bemüht, den Zorn des Knaben zu dämpfen.

»Was dir Kiurikka zuträgt, oder?«, konterte Lorin, ein wenig erstaunt über seinen eigenen Mut, so mit dem Befehlshaber der Miliz zu reden. »Sie steckt doch hinter allem, weil sie es nicht ertragen kann, dass Matuc mit seinem Glauben an Ulldrael keinen Schiffbruch mehr erleidet.« Er stand auf. »Ich gehe jetzt nach Hause. Und morgen gehe ich wieder in den Wald und dressiere Eichhörnchen. Und übermorgen auch. Solange es mir passt. Und die hetze ich auf die Stadt.« Aufgebracht ging er zur Tür. »Aber vielleicht schmiede ich zusammen mit den Lijoki geheime Pläne, wie man Bardhasdronda dem Erdboden gleich machen kann. Und die Jäger aus Vekhlathi ziehen den Einwohnern die Haut ab, so haben dann alle etwas davon.«

»Lorin … Unter diesen Umständen wirst du deinen Posten als Türmler nicht antreten können.« Rantsilas Stimme klang nicht glücklich über die Neuigkeit. »Ich habe mit Kalfaffel gesprochen, und er sieht es genauso. Kein Einwohner Bardhasdrondas hat es gern, dass zwei Fremdländler – von denen manche fürchten, sie könnten mit den Feinden gemeinsame Sache machen – in einem Feuerturm über das Schicksal der Stadt wachen. Es würde die Menschen zu sehr aufregen, wenn du ein Wärter wärest.«

Dem Jungen war, als wiche alles Blut aus seinem Kopf und schösse in den Magen. Die Klinke schon in der Hand, wandte er sich mit bleichem Gesicht um. Allein schon wegen der ungerechten Vorwürfe würde er nun nicht mehr die Wahrheit sagen. »Das ist gemein, Rantsila.«

Der Milizionär sah ihn gleichgültig an und nickte als Zeichen, dass er entlassen war.

Schnell verließ Lorin die Stube, die Enttäuschung ließ ihn verstummen. Als er auf dem Hausboot angekommen war, weinte er heiße Tränen der Wut in sein Kissen, ehe er endlich einschlief.

Tags darauf unterhielt Lorin sich mit Waljakov während seiner Übungsstunden über die Absage, die er von dem Milizionär erhalten hatte. Der kahle Leibwächter grummelte nur etwas in den kurzen silbernen Bart. »Wir werden sehen«, war alles, was aus seinem Mund kam.

Eine knappe Woche später verabredete er sich mit Jarevrån, um sie mit in den Wald zu nehmen. Er hatte ein großes Geheimnis aus seinem Vorhaben gemacht und ließ sich nicht dazu überreden, ihr einen Hinweis auf die Überraschung zu geben, die auf sie wartete.

Proviant nahm er genügend mit, weil er bis zum Eintritt der Dunkelheit mit seiner Vorführung warten wollte.

Lorin staunte nicht schlecht, als sie mit einem Hundeschlitten auftauchte, um ihn abzuholen. Die Konstruktion des Schlittens ermöglichte es, vier Holzräder auszuklappen, mit denen man notfalls und auf kurzen Strecken ohne Schnee über Straßen fahren konnte.

Das Mädchen grinste ihn an, ihre Augen blitzten auf. Dass sie mit dem Fremdländler umherzog, provozierte die Städter, und genau das machte ihr Spaß.

Am Stadttor wurden die Räder unter den Augen der Wächter umgebaut. Auf Metallkufen ging es über den Schnee, Lorin auf dem Sitz, Jarevrån stehend hinter ihm, um die Hunde und das Gefährt nach seinen Anweisungen zu lenken.

Absichtlich führte er sie fern seiner üblichen Route an den Waldrand heran. Sie pflockten die Leinen der Hunde mithilfe von langen Metallhaken im Schnee fest und verschwanden im Unterholz.

Der Knabe kannte sich bestens aus und führte das Mädchen auf Umwegen durch den Wald, um ihr kurz vor dem Ziel die Augen zu verbinden. Sorgsam postierte er sie hinter einer großen Tanne.

»Du wartest hier«, befahl er ihr. »Ich rufe dich dann. Du musst nur einen Schritt machen und dann geradeaus laufen.« Jarevrån nickte zögerlich.

Lorin wollte gerade aus dem Schutz eines überhängenden Astes treten, als auf der anderen Seite der Schneise mehrere mit weißen Pelzen bekleidete Gestalten zwischen den Bäumen hervorkamen.

Augenblicklich wurde er sich seines Fehlers gewahr und huschte zurück unter die Tanne, warf sich zu Boden und zog Jarevrån zu sich herunter.

»Lorin, lass das. Es ist viel zu kalt für so etwas«, protestierte sie leise, aber nicht ganz ernsthaft. »Musste ich deshalb durch den Wald laufen, um neben einer Tanne von dir …«

Schnell legte er ihr eine Hand auf den Mund. »Bitte, Jarevrån, sei still. Es ist nicht das, wonach es aussieht.«

Sie nahm sich das Tuch von den Augen. »Eigentlich schade«, grinste sie ihn an. »Aber es wäre mir wirklich zu kalt.« Dann wälzte sie sich zur Seite und folgte seinem Blick. »Hoppla! Du hast die Klingenden Steine gefunden?«

»Nicht nur die«, nickte er nach vorn, um sie auf die im Schnee fast nicht erkennbaren Jäger aufmerksam zu machen.

»Vekhlathi!«, kam es über ihre Lippen. »Was haben die denn hier zu suchen?«

Skeptisch schaute der Junge seine Begleiterin von der Seite an. »Sag jetzt nicht, du denkst auch, dass ich ihnen unsere besten Wildstellen zeige.«

»Ach?«, meinte Jarevrån erstaunt. »Sagt man das?«

Lorin entspannte sich. »Ich habe sie belauscht, aber vergessen, dass sie sich heute hier wieder mit …«

»Soini«, ergänzte das Mädchen verblüfft.

»Woher weißt du das?«

»Weil er eben gerade zu ihnen getreten ist.« Sie deutete auf die baumfreie Fläche. Der Junge richtete seine Aufmerksamkeit nun ebenfalls wieder auf die Lichtung, wo der Mann aus Bardhasdronda mit einer großspurigen Geste seine Kumpane begrüßte. »Begreifst du, was sie vorhaben? Es sieht nicht so aus, als wollten sie nur Hirsche jagen.«

»Sie haben es auf einen Schwarzwolf abgesehen«, erklärte er ihr. »Jemand aus der Stadt hat Soini damit beauftragt, das Tier lebend zu fangen. Und weil er sich nicht allein getraut hat, suchte er sich Helfer aus Vekhlathi, der Feigling.«

Von ihrer Position aus konnten sie nicht hören, was die Männer besprachen. Abwechselnd hielten sie verschiedene Fallen in die Höhe, um sich anscheinend über die Art der Vorrichtungen zu einigen, die man einsetzen konnte, ohne das Raubtier schwer zu verletzen.

Lorin lachte leise. »Das ist alles nur Kinderspielzeug. Der Wolf wird sie einfach zu Eisenspänen zerkauen.«

»Hast du denn schon einen Schwarzwolf gesehen, du Angeber?«, wollte Jarevrån wissen.

»Aber ja«, gab der Junge genüsslich zurück und schielte zur Seite, um ihre Reaktion zu sehen. »Wir haben uns da vorn bei den Steinen getroffen. Ich saß auf dem größten der Felsen, und er belauerte mich.«

»Sicher, Lorin.« Sie griff in den Schnee und bewarf ihn damit. »Kühle deine Phantasie!«

Das puderige Weiß rieselte eiskalt seinen Nacken hinab und verteilte sich in Nase und Ohren. »Lass den Unsinn«, wies er sie zurecht, während er sich die Augen frei wischte. »Sonst bemerken sie uns.«

»Sie sind gegangen«, meldete sie. »Glaube ich zumindest. In den Pelzen sind sie im Schnee so gut wie unsichtbar.« Jarevrån stand vorsichtig auf und pirschte auf die Lichtung; sie sah sich um und gab ihm schließlich mit einem Zeichen zu verstehen, dass die Jäger gegangen waren.

Lorin hörte nicht auf die mahnende Stimme in seinem Innern, die ihm sagte, dass die Männer jederzeit zurückkehren könnten; sein Übermut und die Verliebtheit waren stärker als jede Vernunft. Mit seinen magischen Fertigkeiten zupfte er an einem überhängenden, mit Schnee beladenen Ast, unter dem das Mädchen stand, und ließ die kalte Last auf sie herniederrutschen.

Quiekend versuchte Jarevrån, dem Schnee zu entrinnen, aber der Angriff war zu heimtückisch und zu schnell erfolgt. Weiß von Kopf bis Fuß stand sie neben den Steinen und schnaubte.

Schadenfroh nahm Lorin den Korb und etwas trockenes Holz und folgte ihr. »Das war die Rache für vorhin.«

»Ein bisschen übertrieben«, zitterte Jarevrån und schlang die Arme um sich. »Wenn ich krank werde, stecke ich dich an.«

»Dagegen müssen wir unbedingt etwas tun. Wärme soll helfen.« Mithilfe einer Zunderbüchse und den Ästen entfachte er ein kleines Feuer, das er rasch mit weiteren Holzstücken nährte.

Das Mädchen trat an ihn heran und schmiegte sich an ihn. »Du hast Recht. Wärme tut gut.«

Verunsichert erstarrte Lorin. »Ich meinte das Feuer.«

»Aber das wird nicht ausreichen, fürchte ich«, lächelte sie und legte seinen Arm um sich. »Schon viel besser.«

Steh nicht rum wie ein Idiot, sagte er zu sich selbst. Aber die Nähe zu Jarevrån, von der er in manchen Nächten geträumt hatte, brachte ihn völlig durcheinander. Scheu suchte er den Augenkontakt mit dem Mädchen. »Ich … ich … bin nicht besonders … ich habe keine … die anderen.«

Die Kalisstronin gab ihm einen schnellen Kuss. »Wolltest du das sagen, Lorin?«, fragte sie ihn erwartungsvoll. Ihr Gesicht hatte sich vor Aufregung ein wenig gerötet.

»Ich glaube, ja«, stimmte er abwesend zu und spürte die Berührung immer noch.

Jarevrån schluckte. »Dann sage ich es noch einmal in aller Deutlichkeit«, raunte sie, drückte die Lippen behutsam auf die seinen und ließ sie lange dort.

»Ja, ja!«, rief er überschwänglich. »Genau das war es!« Er jauchzte vor Glück.

»Nicht so laut«, versuchte sie ihn zu zügeln. »Die anderen ...«

»Warum? Es ist doch keiner hier.« Er umfasste sie, hob sie mehr mit Magie als mit seinen eigenen Körperkräften an und drehte sich ganz schnell um die eigene Achse, dass beiden schwindlig wurde und sie lachend in den weichen Schnee fielen. »Siehst du? Es hat sich niemand beschwert.«

»Wozu auch?«, fragte eine bekannte Stimme hinter ihnen. »Ich fand das Paarungsgehabe eines Fremdländlers lustig.« Erschrocken sprangen die beiden auf und entdeckten Soini, der sie schmierig angrinste. »Na, Zwerg? Was tust du hier? Ist das nicht die falsche Jahreszeit, um die Mädchen von Bardhasdronda zu verführen?«

»Immerhin lassen sie sich von ihnen verführen, aber gewiss nicht von den Dummköpfen, die in der Stadt herumlaufen«, giftete Jarevrån zurück, die grünen Augen erbost zu Schlitzen verengt.

»Dein Vater wird sich freuen, wenn er davon hört«, meinte der Pelzjäger gehässig. »Eine schöne Schande.«

»Verschwinde, Soini«, schaltete sich Lorin ein, dem bewusst wurde, dass er nur sein selbstgemachtes Jagdmesser als Waffe mit sich führte. »Geh und setz dich ins Warme. Aber vergiss nicht, mir die Schuld daran zu geben, dass die Zobel nicht da sind, wo du sitzt.«

Der Pelzjäger zog die Nase hoch und spuckte in den Schnee. »Du erinnerst dich doch hoffentlich an mein Versprechen?« Er näherte sich dem Jungen, der die Kalisstronin zum Schutz hinter sich schob. »Wenn ich innerhalb des Winters nicht wenigstens vier Dutzend von den Viechern fange, weiß ich, wer durch seine

Schmähungen die Bleiche Göttin verärgert hat. Die Fische sind zurück, aber das ist mir herzlich egal.« Er tippte auf seine Kleidung. »Pelze, alles andere zählt für mich nicht.« Er stapfte los, der Schnee knirschte unter seinen Sohlen.

»Versuch es doch mit Ratten«, rief ihm der Junge nach. »Dann kannst du dir selbst das Fell über die Ohren ziehen.«

Soini blieb stehen. Dann nahm er blitzartig den Bogen von der Schulter, legte einen Pfeil auf die Sehne und drehte sich um. Die Spitze des Geschosses zielte auf das Herz des Knaben. »Wer sollte verhindern, dass ich dich jetzt töte, Zwerg?«

»Der Schwarzwolf hinter dir?«, schlug Lorin in einem Geistesblitz vor.

Der Pelzjäger zuckte fluchend herum, um sich der drohenden Gefahr zu stellen. Da rannte der Junge auch schon los und warf sich gegen seinen Rücken. Beide Kontrahenten fielen in den Schnee; der Pfeil schwirrte von der Sehne und verschwand ziellos im Wald.

Doch Soini war wendig. Er zückte ein langes Messer und stieß es dem Jungen aus der Drehung bis zum Heft in das Schultergelenk. »Es macht keinen Unterschied, ob ich dich jetzt oder am Ende des Winters häute.«

Die Schmerzen und die Wut entfachten die magischen Fertigkeiten Lorins von selbst. Ein bläuliches Flimmern legte sich um seine geballten Fäuste, und schon beim ersten Hieb, der Soini am Unterkiefer traf, knackte der Knochen. Die zweite schimmernde Faust brach ihm das Riechorgan so gründlich, dass es fast nicht mehr als solches zu erkennen war, sondern als undefinierbarer, blutender Klumpen mitten im Gesicht des Pelzjägers saß. Die geborstenen Reste des Nasenbeins ragten als Splitter durch die Haut.

Kreischend sprang der Kalisstrone auf und rannte davon, eine Spur roter Tropfen hinter sich her ziehend.

Jarevrån hastete an die Seite des Jungen und starrte auf die klaffende Schulterwunde. »Bei Kalisstra, wir müssen unbedingt zurück. Du verblutest mir sonst noch.«

Mit verzerrtem Antlitz wehrte Lorin sie ab. »Warte kurz«, presste er durch die Zähne hervor und schloss die Augen. Nach einer Weile entspannte sich sein Gesicht.

»Und?«, wollte das besorgte Mädchen wissen. »Los, auf die Beine, sonst bist du in …«

Er legte ihr die Hand auf den Mund und öffnete seine Jacke, um ihr zu zeigen, was er getan hatte. Dampfend stieg die Körperwärme in die Luft. Die Haut war rot vor Blut, doch seine Begleiterin entdeckte nirgends eine Einstichstelle. Fragend schaute sie ihn an.

»Es ist die Magie. Ich heile mich damit selbst.« Vorsichtig schloss er seine Kleidung.

»Aber es hat nicht grün geflimmert, wie es das bei den Cerêlern tut«, wunderte sich Jarevrån und schüttelte sich. »Weißt du, dass ein normaler Mensch wahrscheinlich an der Verletzung gestorben wäre? Was ist das nur für eine Magie, und woher kommt sie?« Sie winkte ab. »Vergiss meine Fragen. Viel wichtiger ist: Hast du Schmerzen? Bist du sicher, dass es dir einigermaßen gut geht?«

»Mir ist nur ein wenig schwindelig«, gestand er. »Man bekommt eben nicht jeden Tag ein Messer in die Schulter.«

Das Mädchen legte alle Scheite in die Flammen, um das Feuer höher brennen zu lassen. Nachdenklich starrte sie in den flackernden Schein. »Was wird Soini wohl meinem Vater erzählen?«

»Er wird Lügen verbreiten. Und nachdem ich ihm die Nase gebrochen habe, habe ich mir seine Feindschaft wohl endgültig zugezogen, egal ob die Zobel kommen oder nicht.« *Er wird mich hassen, wenn ich ihm auch noch die Wolfsjagd vermiese.* Ein böses Grinsen stahl sich auf sein Gesicht.

»Wir sollten zurück«, meinte Jarevrån ein wenig besorgt. »Bitte, ich will meinen Vater gleich die Wahrheit sagen, noch bevor Soini sein Schandmaul öffnen kann.« Sie warf Schnee auf die Flammen, um das Feuer zu löschen. »Bist du mir sehr böse?«

»Nein, es ist mir auch lieber«, log er. »Die Kleidung wird nass, und das Blut klebt wie Harz.« Doch seine Enttäuschung über den raschen Rückzug von der Lichtung konnte er nur schwer verbergen.

Die Kalisstronin spürte die Stimmung des Jungen und schenkte ihm ein bezauberndes Lächeln. »Es war eine sehr schöne Überraschung, dass du mir die Klingenden Steine gezeigt hast. Ich denke, es weiß sonst niemand in der Stadt davon, mal abgesehen von dem Idioten Soini.«

Eigentlich hatte Lorin warten wollen, bis es noch dunkler geworden war. Aber er musste ihr seine Entdeckung zeigen. »Dreh dich um und schau auf die Steine«, bat er sie.

Sie sah ihn spitzbübisch an und kam seiner Aufforderung langsam nach. »Ja, und?«

Er begann die Melodie mit dem dunkelsten Ton, den er erzeugen konnte. Kaum verebbte dieser, brandete eine Symphonie aus Licht und Tönen auf und jagte einen Schauer der Faszination über die Körper der beiden jungen Menschen.

Lorin konnte nicht sagen, wie lange er die magischen Ströme aufrechterhielt, um das unbeschreibliche Erlebnis für Jarevråns Augen und Ohren möglichst ausgiebig zu gestalten. Aber irgendwann entglitten ihm die Ströme, und in einem letzten Ton und mit einem immer schwächer werdenden Glimmen des kleinsten Steines endete das Konzert.

Die Kalisstronin wandte sich mit großer Überwindung von der Gesteinsformation ab, ihr Gesicht drückte unglaubliche Freude und Rührung aus. Zum Dank gab sie dem Jungen, der sich geistig völlig verausgabt hatte, einen gefühlvollen Kuss. Dann nahm sie ihn bei der Hand und lief schweigend mit ihm zurück zum Schlitten.

Obwohl sie die Strecke zurücklegten, ohne ein Wort zu wechseln, fühlte Lorin sich Jarevrån so unsagbar nah wie noch nie zuvor.

Endlich erreichten sie den Hundeschlitten. Lorin saß nicht einmal richtig auf dem Sitz, da verfiel er in einen dämmerigen Halbschlaf, in dem er die Reise nach Bardhasdronda wie im Traum erlebte.

»Hast du den Schwarzwolf gesehen, der am Waldrand stand? Ich hatte den Eindruck, als hätte er auch zugehört«, sagte Jarevrån, als sie das Stadttor erreichten. »Und das Seltsamste ist: Ich verspürte keine Angst. Alles war so friedlich.«

Der Knabe konnte nur nicken. Mit Mühe schaffte er es, sich aus dem Sitz zu wuchten, während das Mädchen das Gefährt für die Stadt umbaute.

Vor dem Hausboot angekommen, half sie ihm beim Aufstehen und umarmte ihn innig.

»So etwas Schönes hat kein Kalisstri seit mehr als beinahe tausend Jahren mehr erlebt«, raunte sie ihm zu, bevor sie ihn losließ. »Magie ist etwas Wundervolles.«

Ein wenig verlegen zog Lorin die Nase hoch. »Das

war noch gar nichts. Warte, bis ich mich richtig gut mit den Steinen verstehe.«

»Kuriere dich erst einmal aus.« Jarevrån schwang sich auf den Schlitten, winkte ihm und verschwand bald zwischen den Gebäuden des Hafens.

Ein wenig wackelig auf den Beinen betrat er die Planken des Hausbootes. In Gedanken hörte er immer noch das Lied der Klingenden Steine.

Damit er keine unbequemen Fragen beantworten musste, schlich er sich am schnarchenden Matuc vorbei und zog sich die blutigen Kleider aus, um sie in einer mit Salzwasser gefüllten Schale einzuweichen.

Behutsam wusch er sich und betastete die nackte Stelle, an der Soinis langes Jagdmesser in die Schulter eingedrungen war. Ein sanftes Brennen und eine trockene Kruste verkündeten ihm, dass der Heilungsprozess noch nicht vollständig abgeschlossen war. *Je stärker die Verletzung, desto schwieriger wird es also für die Magie,* sagte er sich. *Nur schade, dass ich niemanden heilen kann.*

Er hatte den Wolf nicht bemerkt, die Steuerung der Steine hatte ihn zu sehr in Anspruch genommen. Aber Lorin sah es als gutes Zeichen, dass ein heiliges Tier der Bleichen Göttin sich nicht Hals über Kopf auf ihn warf und ihn verschlingen wollte. Von nun an würde er noch öfter in den Wald gehen, um die Fallen der Pelzjäger zu sabotieren, ganz gleich, was Rantsila und die anderen von ihm dachten.

Die können mir alle gestohlen bleiben. Sollen sie doch sehen, wer auf die Stadt aufpasst, sagte er sich, drehte sich in seinem Bett auf die Seite und zog die Decke über sich.

III.

Die Seherin begleitete den Zweifler und traf die Mutter des Seskahin. Das Schicksal führte sie zusammen und wollte, dass sie die Geschicke der Mutter des Seskahin erkundete.

›Ich sah ein Schiff, einen Sturm und unbekannte Schiffe, die ein anderes angriffen. Ich sah Euch, wie Ihr in einer kargen Hütte saßt, zusammen mit Matuc. Er kümmerte sich um ein Kind.‹ Und die Seherin deutete auf den Bauch mit dem ungeborenen Leben darin. ›Dieses Kind. Das Kind des Kabcar.‹«

BUCH DER SEHERIN
Kapitel XI

Kontinent Ulldart, Meddohâr, Südostküste Kensustrias, Winter 458 n. S.

Exquisit, ganz exquisit«, lobte Perdór leise. »Vanille, zartbittere Schokoladenstückchen«, erriet er die Zutaten des kleinen Törtchens, das ihm zum heißen, mit Sahne dekorierten Kakao gereicht worden war. Genussvoll biss er ab und stieß auf die Johannisbeermarmelade, die sich im Inneren befand. Er verdrehte glücklich die Augen. »Ich werde gleich ohnmächtig, Fiorell! Die feinschmeckerische Verzückung überwältigt mich.« Er wandte sich zu einem seiner Diener, die er aus Ilfaris mitgebracht hatte. »Woher stammt diese Rezeptur?«

»Soweit ich weiß, hat der Koch eine alte Sammlung einer Vielzahl solchen Kleingebäcks ausfindig gemacht«, erstattete der Livrierte Bericht. »Die Verfasserin des Büchleins trägt den seltsamen Namen Tann'i Linde.«

»So seltsam ist der Name nun auch wieder nicht. Klingt höchstens ein wenig nach Wald. Vermutlich ist sie ein echtes Naturkind.« Der schlanke Hofnarr, der sein Rautentrikot gegen bunte, aber nicht weniger auffällige Kleidung ausgetauscht hatte, beobachtete seinen Herrn. »Ihr stopft die Süßigkeiten in Euch hinein, dass es an ein Wunder grenzt, wenn die Konditoren mit dem Nachschub nicht in Verzug geraten.«

»Jeder trauert auf eine andere Weise«, gab der ilfaritische König zurück, das Kauen wurde langsamer. »Meister Hetrál liegt irgendwo zusammen mit meinen Männern und den Resten der Festung am Eispass, mein Reich wird Schritt für Schritt von den Truppen des Kabcar erobert …« Weit öffnete sich der königliche

Mund und verschlang das halbe Törtchen mit einem einzigen Bissen.

»Und Ihr habt mir einst zum Vorwurf gemacht, ich würde alles in mich hineinstopfen.« Fiorell schüttelte den Kopf.

»Das waren andere Zeiten«, nuschelte Perdór, der den Einspruch nicht gelten lassen wollte. »Ich sitze im Exil und kann nur darauf vertrauen, dass die Kensustrianer ihr eigenes Land verteidigen. Die Angorjaner haben jedenfalls nicht viel getaugt und sind schneller zurückgewichen, als die Tarpoler angreifen konnten.« Seufzend fischte er ein weiteres der Gebäckstücke vom Tablett. »Aber wozu hätten sie auch kämpfen sollen? Tersion ist schon lange in der Hand des Kabcar.«

Fiorell nahm sich ebenfalls ein Törtchen und betrachtete es, als lägen die Lösungen aller Probleme zwischen schwarzen Vanillekörnchen und dunkelbraunen Schokoladenstückchen versteckt. »Und selbst wenn es ihnen gelingt, die erste Welle des Großreichs abzuhalten, was kommt danach? Sich auf den Nachschub aus dem Heimatland zu verlassen, wo immer es auch liegen möge, ist keine besonders kluge Taktik gegen einen Feind, der über weitaus mehr Möglichkeiten verfügt.«

Gequält verzog Perdór das Gesicht. »Wenn mir jemand gesagt hätte, dass es der Herrscher fertig bringt, die Schwarze Flotte mit seinen Geschützträgern zu versenken, ich hätte ihm ins Gesicht gelacht.«

»Sicher ist, dass nichts und niemand durch die Blockade bricht, die Bardri¢ um Kensustria gezogen hat«, fasste Fiorell die Tatsachen zusammen. »Wenn er die Palestaner nicht auf seiner Seite hätte, wäre ihm das niemals geglückt.«

Als der ilfaritische Herrscher die Zähne in sein Törtchen schlug, entfuhr ihm ein Laut der Überraschung.

»Sieh nur, sie haben eine Nougatpraline in die Mitte eingebacken.« Er hielt das abgebissene Stück seinem Hofnarren hin. Dabei löste sich ein Stückchen Teig und plumpste in die Tasse, wo es neben einem Klumpen Sahne einschlug. Kurz darauf tauchte es auf der anderen Seite des kleinen weißen Berges auf, bevor es sich voll saugte und versank.

Schweigend hatten die beiden Männer das triviale Schauspiel verfolgt, dann hoben sie gleichzeitig die Köpfe und schauten sich an.

»Denkst du das Gleiche wie ich?«, erkundigte sich Perdór.

»Ich kann nicht den ganzen Tag über nur Essen im Sinn haben«, grinste Fiorell. »Aber wenn Ihr das Aufsehen erregende Geschehen in Eurer Tasse meintet, Majestät, ich glaube, ja.«

Probehalber warf der Herrscher ein zweites Stückchen Teig in den Kakao, um das Experiment zu wiederholen. Es gelang. »Man müsste also auf die Schnelle ein Fahrzeug entwickeln, das unter den Feinden durchtaucht«, überlegte er halblaut und schob sich den Rest des Törtchens in den Mund. »Dann könnte man ganz bequem ihre Schiffsrümpfe anbohren, sie versenken und mit einem Konvoi ihre Linie durchbrechen. Oder sie alle der Reihe nach versenken. Sie schwimmen ja wie die Enten auf dem Teich; es müsste ein Leichtes sein, sie alle zu erwischen.« Gedankenverloren spielte er mit seinen grauen Bartlocken und ließ die gedrehten Strähnen auf und ab hüpfen.

»Auch wenn ich denke, dass die Ingenieure der Kriegerkaste schon lange auf diese Ideen gekommen sind, vorschlagen sollte man es Moolpár unbedingt.« Fiorells Gesicht zeigte erste Spuren von leichter Zuversicht. »Vorausgesetzt, es ist noch nicht zu spät.«

»Wir sollten uns gleich auf den Weg zu ihm machen«, beschloss der gewichtige König und erhob sich. »Dabei kann ich noch einmal einen Blick auf die wunderbare Architektur von Meddohâr werfen. Wenn dieser Krieg zu Ende ist, möchte ich auch ein paar solcher Bauwerke in meinem Land haben.«

Fiorell kippte mitsamt dem Stuhl nach hinten, rollte sich ab, drückte sich in den Handstand und stellte sich dann ganz langsam hin. »Den Architekten möchte ich sehen, der nicht aus Kensustria stammt und Euch diese seltsam anmutende Pacht baut, ohne dass sie nach drei Tagen in sich zusammenbricht.«

»Kannst du nicht mehr aufstehen wie ein normaler Mensch?«, wunderte sich Perdór.

»Ich könnte schon, aber ich will nicht.« Fiorell bleckte die Zähne. »Der Unterschied ist, dass Ihr es nicht könntet, selbst wenn Ihr wolltet.« Er warf sich auf den Rücken und imitierte das mögliche Verhalten seines Herrn. »Zu Hilfe, zu Hilfe! Ich kann mich nicht mehr bewegen.« Ansatzlos federte er in die Höhe. »Wie ein pummeliger Maikäfer würdet Ihr herumrollen, Majestät.«

»Die Törtchen sind mir zu schade, um sie nach dir zu werfen«, knurrte der ilfaritische Herrscher böse und watschelte zum Ausgang. Ein lachender Fiorell folgte mit gebührend Abstand, um nicht nachträglich das Opfer eines Racheaktes zu werden.

Der Anblick von Meddohâr fesselte den rundlichen König jedes Mal aufs Neue.

Die Kensustrianer hatten so manche Bauwerke erschaffen, die scheinbar jeglichen Naturgesetzen zu widersprechen schienen.

Mächtige, massive Obergeschosse, die von filigranen Säulen getragen wurden, gehörten zu den kleineren

Beweisen überlegener Architekturkunst der »Grünhaare«. Farbenfrohe Mauern, erbaut aus unterschiedlich bunten Steinen, bildeten den Kontrast zu weißen und schwarzen Wänden. Eine einheitliche gestalterische Linie gab es selten, und dennoch favorisierten die Kensustrianer mehrstöckige quadratische Wohnhäuser mit hellen Flachdächern, um die Hitze der Sonnen zu reflektieren. Zwischen den Stockwerken spannten sich Brücken, die mehrere Häuser miteinander verbanden. Was Perdór beim ersten Betrachten für Aquädukte gehalten hatte, entpuppte sich bei näherem Hinsehen als mehrstöckig angeordnete Geh- und Fahrwege, die Meddohâr zu einer Stadt mit mehreren Ebenen werden ließen.

Am absonderlichsten und gewagtesten stellten sich die Tempeldistrikte des Volkes dar, das erst im Jahre 66 nach Sinured auf Ulldart angekommen war. Sechsundfünfzig verschiedene Kultstätten zählte Perdór, eine prächtiger bemalt und gestaltet als die andere. Atemberaubende Fresken, Statuen und Malereien, die Einbeziehung von Wasserspielen und Pflanzen – nichts war den Erbauern unmöglich.

Manche der Innenhöfe glichen üppig blühenden Gärten, andernorts hatte man künstliche Wasserfälle angelegt, und wiederum andere Heiligtümer zierten mit Spiegeln, Diamanten oder Edelsteinen gepflasterte Arkaden, die sich beim richtigen Stand der Sonnen in ein überdimensionales Kaleidoskop verwandelten.

Perdór kam sich inmitten der Pracht vor wie ein staunendes Kind, so verschiedenartig präsentierte sich ihm das Land, das in unmittelbarer Nachbarschaft zu seinem eigenen Territorium lag.

»Wir hätten schon viel früher längere Reisen durch diese wunderschöne Land machen sollen«, sagte der ilfaritische König bedauernd, als er auf der obersten Stufe der breiten weißen Treppe stand und den Blick über Meddohâr schweifen ließ.

»Vor ein paar Jahren hätte Euch das allerdings noch den Kopf gekostet«, erinnerte Fiorell ihn, denn die Kriegerkaste war Fremden gegenüber einst weniger aufgeschlossen. »Danach kamen die Priester, und nun regiert wieder das Schwert über das Land.« Er begann mit dem Abstieg der steilen Stufen. »Aber sie haben gelernt, oder?«

»In der Tat«, bestätigte Perdór lächelnd, als er an die Eigenarten der Kämpfer dachte. »Sie warten nun immerhin ab, bis man den ersten Satz gesprochen hat, bevor sie zuschlagen.« Gemächlich kletterte er hinab, weil er aufgrund seiner geringen Körpergröße und der kurzen Beine leichte Schwierigkeiten hatte, die auf kensustrianische Kriegermaße ausgelegte Treppe zu begehen. »Aber den Flüchtlingen gegenüber haben sie sich sehr großzügig verhalten.« Er stakste mehr, als dass er majestätisch schritt, was seinen Hofnarren, der schon lange am Fuß der Treppe angelangt war, zu einem unverhohlenen Grinsen veranlasste.

»Eine Gams ist ein tölpelhaftes Schaf gegen Euch«, begrüßte er ihn.

»Diese verdammten Stufen«, schimpfte der Herrscher und schaute missmutig zurück. »Wenn ich bedenke, dass ich da wieder hinauf muss.«

»Erinnert Euch an die Törtchen, die Ihr zurückgelassen habt«, empfahl der Spaßmacher. »Dann werdet Ihr vermutlich vor mir oben ankommen.« Er winkte einem der bereitstehenden Gefährte zu, die von den Untersten des Kastensystems, den Unfreien, gezogen wurden.

Jeweils zwei Leute standen bereit, um die kleinen

einachsigen Kutschen, »Sharik« genannt, in leichtem Trab vorwärts zu bewegen. Perdór hatte darauf bestanden, dass er während seines Exils keinerlei herausragende Privilegien erhielt, außer einem eigenen kleinen Häuschen mit großer Küche. Ansonsten bewegte sich der Herrscher von Ilfaris in Meddohâr wie alle anderen Kensustrianer auch, und die schnellste und einfachste Methode, in den voll gestopften Straßen sein Ziel zu erreichen, waren diese Karren.

»Wie wäre es, wenn Ihr einmal mit den beiden Kerlen tauschen und das Gefährt ein wenig ziehen würdet?«, schlug Fiorell vor, verschränkte die Arme hinter dem Kopf und lehnte sich zurück. »Es würde Eurer Figur gewiss gut tun.«

»Das ist eine hervorragende Idee«, nickte Perdór. »Ich werde das gern tun.« Er rückte sein leichtes, helles Wams zurecht, genoss den Fahrtwind, der ein wenig Abkühlung verschaffte, und bewunderte die Bauten, die sie recht zügig passierten. »Aber nur, wenn du dich in die Speichen des Rades flechten lässt. Dann ziehe ich die Sharik rund um Meddohâr, lieber Fiorell. Du wärst überrascht, welche Ausdauer ich hätte.« Der Hofnarr lehnte dankend ab.

Die Einwohner der Stadt kümmerten sich nicht sonderlich um das merkwürdige Gespann, das sich durch die Straßen kutschieren ließ. Der König fühlte sich in seinem Eindruck bestätigt, dass einzig und allein die Kriegerkaste die fremdenfeindlichen Zeitgenossen des Landes aufbot.

Die Sharik hielt vor einer Pforte an, die angesichts der Mauer, in die sie eingebettet war, eher wie ein Mauseloch denn wie ein Einlass wirkte, durch den zwei Mann nebeneinander eintreten konnten.

Nach einem kräftigen Klopfen und einer kurzen

Wartezeit wurden Perdór und Fiorell von einer Eskorte ins Innere der Festung gebracht, die den Hauptsitz der Kriegerkaste in Meddohâr darstellte und in der der »König« der Kensustrianer residierte. Der ilfaritische Herrscher hatte inzwischen verstanden, dass diese Bezeichnung nur bedingt zutraf, doch es gab keine angemessene Übersetzung für den kensustrianischen Titel in Ulldart. Auch die Rechte und Pflichten des hiesigen »Königs« unterschieden sich weit von denen eines Amtskollegen eines anderen ulldartischen Reiches.

Daher war auch der Begriff »Königreich« nur teilweise zutreffend. Der Mann symbolisierte die Kriegerkaste und leitete die Geschicke des gesamten Reiches. Dennoch war es legitim, wenn die anderen Kasten, abgesehen von den Unfreien, ebenfalls Verhandlungen mit anderen Reichen aufnahmen. Den Anweisungen des »Königs« mussten sich im Zweifelsfall jedoch alle unterwerfen.

Da in einer Zeit wie dieser das Wissen der Krieger so notwendig wie wohl noch nie in der Geschichte Kensustrias war, gab es keinerlei Reibungspunkte innerhalb des gesellschaftlichen Miteinanders – was schon einmal anders gewesen sein musste, wie Perdór aus Andeutungen von Moolpár herausgehört hatte. Dabei fiel ihm ein, dass die Krieger schon einmal als Retter des Kontinents fungiert hatten. Im Jahre 135 nach Sinured hatten sie einen K'Tar Tur namens Braggand vernichtet, der sich Ulldart hatte aneignen wollen. Nun setzte man ähnliche Hoffnungen in sie, nur dass die Vorzeichen diesmal wesentlich ungünstiger standen als damals.

Die Krieger hielten vor einer weiteren Pforte an, an der man sich bücken musste, um hindurchzugelangen. Der Raum dahinter war klein und leicht mit ein paar

Mann zu verteidigen. Danach folgte ein enger Gang, durch den nur eine Person schreiten konnte. Andere Eingänge ins Herz der Bastion gab es nicht, Effektivität ging über Etikette. Mögliche Angreifer erhielten gar keine Gelegenheit, die Festung ebenerdig in einem Sturmangriff zu nehmen, und der Weg über die Mauern wäre verlustreich.

Bei der letzten Pforte mussten Perdór und Fiorell beinahe auf Händen und Füßen rutschen. Dann passierten sie einen letzten schmalen Gang und standen endlich in einer großen, hohen Halle, die wohl als Versammlungsort der Kaste gedacht war.

Licht fiel durch schießschartengroße, bunte Glasfenster herein, ein paar Kohlebecken und Petroleumfackeln verbreiteten einen warmen Schein. Säulen ragten bis zur Decke hinauf und trugen das schwarze Kuppeldach.

In der Mitte der Halle erhob sich ein langes, mannshohes Steinrechteck, zu dem Stufen hinaufführten. Dort oben saßen neun Kriegerinnen und zehn Krieger, die Beine übereinander geschlagen, die Augen geschlossen und scheinbar in Trance versunken.

Sie waren noch größer als alle den Ilfariten bekannten Kensustrianer. Ihre Rüstungen unterschieden sich sichtlich von denen der Eskorte und der von Moolpár oder Vyvú ail Ra'az. Sie wirkten aufwändiger gestaltet, bestanden weitestgehend aus einem schimmernden, nachtgrünen Metall und zeigten keine der üblichen Holz- und Lederkomponenten. Auf der Brustseite aller Panzerungen prangten goldene Intarsien in einem fremdartigen Muster. Jeweils zwei Schwerter lagen vor ihnen, deren Schneiden in der Hülle nach unten zeigten. Ein unscheinbarer Stab ruhte hinter ihnen am Boden.

Einer der Kensustrianer wandte den Kopf den Ankömmlingen zu und bedeutete ihnen, nach oben zu kommen.

Zögerlich und äußerst beeindruckt von der gesamten Szenerie, folgten der König und sein Narr der Aufforderung. Die übrigen Kämpfer veränderten ihre Haltung nicht, sie schienen keinerlei Notiz zu nehmen. Aus der Nähe erkannten die beiden Ilfariten, dass die dunkelgrünen, offen getragenen Haare der Krieger von schwarzen Strähnen durchzogen waren.

»Setzt Euch.« Der Kensustrianer deutete auf die beiden Kissen, die in der Mitte der Steinplatten lagen. Seine Stimme klang voll und tief. Perdór erkannte, dass das Rechteck ein einziges Mosaik bildete, das wohl religiöse Symbole und Zeichen darstellte. »Ich bin Tobáar ail S'Diapán. Es freut mich, den Herrscher von Ilfaris von Angesicht zu Angesicht kennen zu lernen.« Die bernsteinfarbenen Augen waren von einem sanften inneren Feuer erhellt und lenkten ein wenig von den gefährlich aussehenden Eckzähnen ab, die dem König Respekt einflößten.

Moolpárs Exemplare waren weitaus weniger gefährlich, bildete er sich ein. Amüsiert bemerkte er, dass auch die unerschütterlich frohe Natur seines Hofnarren in dieser recht düsteren Umgebung einen Dämpfer erhalten hatte. *Werden sie nicht im Norden des Kontinents für Vampire gehalten?* Ihn überlief ein Schauder. *Wenn auch nur ein Tarpoler oder Borasgotaner in diesen Mauern säße, er würde schreiend das Weite suchen und alle Götter um Beistand bitten.* Perdór deutete eine Verbeugung an. »Auch ich fühle mich geehrt, mich mit Euch zu unterhalten. Soweit ich weiß, bin ich das erste Staatsoberhaupt Ulldarts, das mit Euch spricht.«

Der Kensustrianer nickte langsam. »Außer Euch gibt

es derzeit auch nur ein weiteres. Und ich hoffe sehr, dass es nicht hier ankommt«, scherzte er und lachte leise. »Das ist auch der Grund, weshalb wir uns treffen.«

»Ich dachte eigentlich, ich sollte zu Moolpár gebracht werden«, wunderte sich der dickliche König. »Wie komme ich zu der Ehre, mit dem Herrscher von Kensustria zu parlieren?«

»Ich kenne Euch schon sehr lange, Perdór«, eröffnete Tobáar mit seiner tiefen, beruhigend wirkenden Stimme. »Jedenfalls aus Berichten, die man mir zutrug. Und ich dachte, es sei an der Zeit, dass wir uns begegnen. Vielleicht haben wir nie mehr die Gelegenheit dazu, je nachdem, was uns die Zukunft bringt. Ilfaris und Kensustria sind seit dem Jahr 136 eng miteinander verbunden. Und wir schulden Eurem fernen Vorgänger Dank, dass er uns eine Bleibe gab, hier auf Ulldart. Das alles waren Gründe, warum wir uns dem Staatenbund des Südens angeschlossen haben.«

»Und schon seid Ihr der einzige Staat im Bund«, grinste der Hofnarr verwegen. »Ihr hättet …«

Der Kensustrianer wandte sein schmales Gesicht langsam zu Fiorell und musterte ihn. Das Bernsteinfarbene um seine Pupillen glomm auf. »Ihr seid also der Spaßmacher, von dem mir Moolpár berichtete. Ich glaube, er hat bis heute nicht verstanden, weshalb die Menschen des Humors bedürfen, wie ihn ein Hofnarr verbreitet. Ich habe mit den Jahren gelernt und verstehe den Grund.« Der warme, bräunliche Farbton seiner Augen wechselte zu grellem Gelb, das sich in Fiorells Blick zu brennen schien. Die Aura von Ruhe um Tobáar schlug um, der Oberste der kensustrianischen Kriegerkaste verbreitete von einem Lidschlag auf den anderen unsägliche Furcht. »Ich habe aber nicht gesagt, dass ich jetzt Euren Frohmut benötige. Haltet Euch im Zaum.«

Mit größter Körperbeherrschung brachte Perdór seine Beine dazu, nicht loszulaufen, auch wenn jede einzelne Faser in ihm nach Flucht verlangte.

»Was genau wolltet Ihr mit Moolpár besprechen?«, richtete der Kensustrianer seine Worte an den ilfaritischen Herrscher.

Perdór legte stockend seine Vorstellung von einem Gefährt dar, das in der Lage war, unter den Feinden hindurchzutauchen, um sie auf diese Weise zu versenken.

»Das klingt vernünftig«, nickte Tobáar. »Noch ist es nicht zu spät. Die Kriegerkaste wird sich den Angreifern stellen, sollten sie noch so zahlreich sein.« Ein böses Lächeln huschte über sein Gesicht und entblößte seine Reißzähne. »Ich danke Euch für Eure Anregung, Majestät.«

»Ich mache mir große Sorgen um das weitere Schicksal des Kontinents«, sagte der dickliche Herrscher. »Mit Verlaub, ich kann mir nicht vorstellen, bei allem Respekt vor den Möglichkeiten, über die Ihr verfügt, wie Ihr das Böse aufhalten wollt. Ans Zurückschlagen wage ich nicht zu denken.«

Tobáar senkte die Lider. »Ich erkläre Euch, was wir beabsichtigen. Die Kriegerkaste wird sich nicht ergeben. Wir werden so lange wie möglich Widerstand leisten. Wir werden angreifen, wenn wir die Schwächen des Gegners erkennen. Wir werden keine Gnade gewähren. Alle anderen Kasten, außer den Unfreien, werden unser Reich verlassen und in unsere Heimat zurückkehren. Es müssen nicht mehr sterben als notwendig.«

»Könnten sie nicht bei der Verteidigung helfen?«, entschlüpfte es Fiorell.

»Nur den Besten steht es zu, Kensustria gegen die

Angreifer zu behaupten«, erklärte Tobáar. »Mit Gebeten haben sich die Truppen aus dem Norden nicht aufhalten lassen; nun müssen wir unser Zögern teuer bezahlen. Die anderen werden das Land verlassen, bis in zwei Jahren wird die Evakuierung abgeschlossen sein. Und bis dahin wird niemand ohne unsere Erlaubnis einen Fuß auf unser Gebiet setzen. Oder falls doch, so verliert er ihn.«

»Und der Kabcar hat zugestimmt, dass Ihr Eure Leute in Sicherheit bringt?« Perdór mochte das Gehörte nicht so recht glauben. »Immerhin hat er auch die Schwarze Flotte versenkt.«

»Warum sollte er etwas dagegen haben?«, hielt der Kensustrianer dagegen. »Soweit ich weiß, wollen sich die ersten unbewaffneten Schiffe heute auf den Weg machen. Ich wünsche ihnen Glück.«

»Ihr meintet, dass Ihr Kensustria verteidigen wollt«, hakte der ilfaritischer Herrscher nach. »Wie lange?«

»Bis wir geschlagen sind«, lautete die lakonische Antwort. »Wir weichen nicht von dem Stück Land, das wir rechtmäßig erworben und kultiviert haben. Nichts von all dem, was wir geschaffen haben, wird ihnen zugute kommen. Wir lassen uns weder den Willen anderer aufzwängen, noch schenken wir ihnen etwas von dem, was wir erschaffen haben.« Tobáars sandfarbenes Antlitz glich dem einer Statue. »Mit dem Tod des letzten Kriegers endet Kensustria, vorher nicht.«

Der letzte Satz tönte noch lange zwischen den hohen Mauern nach. Es lag etwas Unumstößliches, etwas Endgültiges darin, das die beiden Ilfariten ergriffen schweigen ließ. Perdór erhob sich ungelenk und deutete eine Verneigung an, Fiorell folgte seinem Beispiel, dann verließen sie die Halle durch den Eingang, durch den sie gekommen waren.

Erst als sie aufatmend vor den gewaltigen Mauern im Schein der strahlenden südlichen Sonnen standen, fiel die feierliche Beklemmung von den Männern ab.

»Tobáar hat uns soeben den Untergang der kensustrianischen Kultur verkündet«, fasste Perdór betreten zusammen. »Die Krieger werden alles vernichten, was an die Grünhaare erinnert.« Tief sog er die frische Luft ein. »Die ganze Pracht der Städte, die Bauwerke, alles dahin. Verflucht, ich hätte Zeichner anstelle von Köchen mitnehmen sollen, damit die Nachwelt weiß, was sie verloren hat.«

»Dadurch, dass die Grünhaare nie sonderlich gastfreundlich waren, weiß die Nachwelt es glücklicherweise nicht«, kommentierte Fiorell wenig bedauernd. »Ich empfinde nicht unbedingt Mitleid, Majestät. Wenn sie sich früher eingeschaltet hätten, stünde der Kabcar lange nicht so mächtig da, wie er es heute tut.«

Sie schlenderten die Straße entlang und ließen sich vom Verkehr treiben, jeder in Gedanken versunken. Dabei näherten sie sich immer mehr dem Hafen.

»Ich komme seit Jahren nicht darauf«, ärgerte sich Perdór irgendwann. »Ich komme einfach nicht darauf, zu welchem Zeitpunkt wir hätten handeln müssen, um das ganze Unglück zu verhindern.«

»Das ist einfach«, meinte der Hofnarr, der mit ein paar gefundenen Steinen jonglierte. »Wenn Arrulskhán seinen dämlichen Streit nicht begonnen hätte, lebten wir aller Wahrscheinlichkeit nach noch in Ruhe und Frieden.« Achtlos ließ er die Kiesel zu Boden fallen. »Aber es ist müßig. Um mich Eurer Welt zu bedienen: Der Kuchen ist verbrannt.«

»Backen wir einen neuen, oder versuchen wir zu retten, was zu retten ist?«, grübelte der Herrscher. »Bezeichnen wir die Kensustrianer einmal als das Mehl, so ist es schwer, einen Kuchen zu backen, wenn man nur Mehl im Haus hat.«

»Einen neuen backen … Der war gut, pralinige Hoheit. Vielleicht hat Ulldrael der Gerechte irgendwo noch das Rezept für Ulldart herumliegen«, alberte Fiorell wenig glücklich.

Sie flanierten am Pier entlang und hingen den düsteren Visionen von der Zukunft des Kontinents nach. Perdór erstand eine Tüte fangfrischer Meereskrabben, die er sich schälte und recht zügig verspeiste, immer wieder die Farbe, das Aroma und den einzigartigen Geschmack des Imbisses lobend.

Der Spaßmacher dagegen beobachtete das rege Treiben, das auf dem Wasser herrschte. Rund ein Dutzend großer Schiffe hatte Kurs aufs offene Meer genommen. Anscheinend befanden sich an Bord die von Tobáar erwähnten kensustrianischen Kastenzugehörigen, die lieber den Rückzug in das geheimnisvolle Herkunftsland antraten.

Weil dem König die Füße schwer wurden, rasteten sie im Schatten eines kleineren Ladens, in dem Perdór die Gelegenheit nutzte, weitere Köstlichkeiten aus den Tiefen der See zu erstehen. Eine dieser Errungenschaften sah aus wie ein mit Stacheln gespickter Ball.

Seine Rast auf einem Stapel mit leeren Säcken verwandelte sich recht bald in lautstarkes Schnarchen. Die Hände hatte er auf dem Bäuchlein zusammengefaltet, den Nacken an die hölzerne Wand des Geschäfts gelehnt.

Fiorell grinste, als er den schlummernden Herrscher inmitten des pulsierenden Meddohârs betrachtete; gelegentlich zuckte sein Gesicht, wenn er ein aufdringliches Insekt verscheuchen wollte.

»Tja, wer hätte das gedacht, dass wir auf unsere

alten Tage in einem Land sitzen, dass uns näher und fremder zugleich nicht sein könnte, was, Dickerchen?«, meinte der Hofnarr leise und flocht mit behutsamen Bewegungen die Reste der Krabbenschalen in die grauen Locken. Danach schaute er sich wieder um, denn er wollte so viel wie möglich vom kensustrianischen Leben aufnehmen.

Die Idylle währte nicht lange.

Einer der wuchtigen Signaltürme an der Einfahrt des Hafenbeckens blinkte mithilfe eines Spiegels Botschaften stadteinwärts. Der Hofnarr bemerkte das grelle Flackern, das nicht mehr enden wollte, und vermutete, dass die Nachricht der Kriegerkaste galt.

Fiorell strengte seine Augen an. An einer dünnen Rauchfahne, die am Horizont entstand, blieb sein Blick hängen. Der Qualm war wohl der Grund, weshalb die Mannschaften auf den Türmen Meldung erstatteten. Gespannt wartete der Ilfarit darauf, was geschehen würde.

Eine Reaktion erfolgte umgehend. Die Schiffe, die vorhin noch mit Kurs aufs offene Meer abgelegt hatten, kehrten nach Meddohâr zurück. Jeder, der sich in der Nähe des Hafens aufhielt und das Geschehen auf dem Meer mitbekommen hatte, lief zu den Molen und wollte von der aufgeregten Besatzung der zurückkehrenden Schiffe wissen, was sich ereignet hatte.

Perdór schnarchte ungerührt weiter, der steigende Lärmpegel drang nicht bis zu den Ohren des erschöpften Mannes durch.

Fiorell mischte sich unter die besorgten Kensustrianer und hoffte, der Sprache ein paar verständliche Brocken entnehmen zu können. Seine Kenntnisse der Vokabeln und der Grammatik ließen noch sehr zu wünschen übrig. Was er jedoch verstand, war, dass ein Schiff weniger nach Meddohâr zurückkehrte, als insgesamt ausgelaufen waren. Fiorell erahnte ungefähr, was sich draußen auf hoher See abgespielt hatte. Eilig kehrte er zu seinem immer noch selig schlafenden Herrn zurück und rüttelte an seiner Schulter.

Ungerührt schnarchte der Herrscher weiter.

Der Spaßmacher schritt entschlossen in das Geschäft, nahm sich etwas von dem Eis, mit dem die verderblichen Fische gekühlt wurden, und stopfte es dem König in den Wamskragen.

Wie von der Wespe gestochen, hopste Perdór in die Höhe, wedelte mit den Armen und vollführte die seltsamsten Verrenkungen, um mit seinen kurzen Fingern irgendwie unter sein Wams zu kommen, damit er das Eis entfernen konnte. Dabei drangen aus seinem Mund die komischsten Töne und Rufe.

Aber er bekam das Eis nicht zu fassen, und als er diesen Umstand endlich einsah und zudem bemerkte, dass er von neugierigen Kensustrianern umlagert war, die ihm nach dem Tanz kräftigen Applaus und Kleingeld spendeten, blieb er ruhig stehen, während eisige Tropfen an seinem Rücken hinabrannen. Minutenlang bewahrte er die Fassung, während sich Fiorell vor Lachen nicht mehr beruhigen wollte.

»Ich hoffe, du hattest einen guten Grund, mich auf diese Weise zu wecken«, sagte Perdór tonlos.

»Keiner zeigt den Paarungstanz des ilfaritischen Drommbümplers besser als Ihr«, prustete der Hofnarr. »Ihr macht dem stolzen, fetten Vogel alle Ehre. Das Publikum liebt Euch.« Er wischte sich die Heiterkeitstränen aus den Augenwinkeln. »Der Anlass ist aber gar zu ernst.« Schlagartig kehrte seine Besonnenheit zurück. »Wenn ich es richtig verstanden habe, haben die Truppen des Kabcar soeben ein Schiff der Kensustrianer versenkt, die das Land verlassen wollten.«

»Ich habe es mir fast gedacht.« Perdór tastete auf seinem Rücken herum, um nach nassen Stellen zu suchen. »Hoffentlich setzen die Ingenieure diese Unterwasserschiffe bald in die Tat um. Wenn es so weitergeht, melde ich mich freiwillig, um gegen die Truppen dieses verblendeten Mannes in die Schlacht zu ziehen. Komm, lass uns nach Hause gehen, um zu sehen, ob Soscha und Stoiko Fortschritte gemacht haben. Wenn Sabin nicht bald besser wird und die Magie beherrscht, kann er genauso gut im sicheren Kensustria bleiben, weil er ansonsten sogleich vom Kabcar oder seinem Nachwuchs zu Kleinholz verarbeitet wird.« Ohne eine weitere Bemerkung klaubte er die Krabbenpanzer aus den Haaren. »Aber vielleicht lässt sich die Magie des armen Kerls irgendwie anders einsetzen.« Der König winkte sich eine Sharik herbei und stieg ein.

Als Fiorell sich in das Gefährt setzen wollte, schob ihm Perdór rasch den eingewickelten Stachelfisch unter den Hintern.

Kreischend schnellte der Spaßmacher vom Sitz in die Höhe und knallte mit dem Kopf gegen das Dach. Während er sich noch benommen Gesäß und Schädel abwechselnd rieb, bedeutete ein zufriedener Herrscher den beiden erschrockenen Kensustrianern loszulaufen.

»Ich kann es nicht«, seufzte Sabin. »Ich weiß nicht, warum ich ständig versage.« Er schlug die Augen beschämt nieder. »Alle erwarten von mir, dass ich mit meiner Magie das erreiche, was der Kabcar und sein Sohn können. Und ich enttäusche euch nur.«

Mit einem Schnalzen klappte Soscha das Visier ihres Lederhelms auf, den sie als Schutz bei allen magischen Experimenten trug. Ob er etwas bringen würde, wusste sie nicht. Aber er vermittelte ihr ein Gefühl von Sicherheit.

»Du versagst nicht, Sabin. Du beherrschst die Kräfte lediglich noch nicht so gut. Es wird kommen.« Sie winkte die Diener bei, die sie aus der dicken Lederrüstung schälten. Schnell streifte sich die junge Frau einen weiten Rock über. »Wir machen Schluss für heute«, beschied sie und legte einen Arm um den niedergeschlagenen Mann. »Lass den Kopf nicht hängen. Die Magie zu beherrschen erfordert vermutlich Jahre der Übung, die der Kabcar und seine Kinder sich genommen haben. Du bist besser als sie.« Sabin schenkte ihr ein schiefes Lächeln. »Oder zumindest arbeiten wir daran, dass du besser wirst.«

»Ich danke dir für deinen Beistand.« Müde stand er auf und schaute in ihre braunen Augen. »Aber wenn wir ehrlich sind, wissen wir beide, dass ich keine große Hilfe im Kampf gegen die anrückenden Truppen oder etwaige magische Gegner sein werde.« Er hob die Hand kraftlos zum Gruß und verließ das kleine Zimmer, in dem er und die Ulsarin seit Wochen schon versuchten, dem Geheimnis der Zauberkunst auf die Schliche zu kommen. Zwar gelang es ihnen zunehmend, aber der Nutzen, der von der Theorie kam, ließ sich in der Praxis nicht umsetzen.

Was nützt es, dass ich Magiefarben unterscheiden kann?, ärgerte sich Soscha, fasste die halblangen braunen Haare zu einem Zopf zusammen und verließ den Raum, um sich ein wenig auf der Terrasse des kleinen Hauses auszuruhen, in dem sie, Sabin und Stoiko zusammen mit drei Dienern aus Ilfaris untergebracht worden waren. *Was nützt es zu wissen, dass, je stärker ein Farbton ist, desto intensiver, größer die Wirkung der Magie ist?*

Auf dem Weg durch ihr Zimmer ließ sie ihre Kleider zu Boden fallen, griff im Vorbeigehen den Stapel Unterlagen, in denen jeder Versuch akribisch genau aufgezeichnet war, und setzte sich in Unterwäsche auf einen Liegestuhl, der auf die untergehenden Sonnen ausgerichtet war.

Die Ulsarin genoss die Wärme Kensustrias; selbst zu dieser Jahreszeit empfand sie als Kind des Ostens die Temperaturen noch als äußerst angenehm. Die Bewohner Meddohârs sahen das anders und hatten ihre Garderobe längst auf wärmere Kleidung umgestellt.

Soscha blätterte die Unterlagen durch. Sabin, ein Mienenarbeiter aus Tersion, konnte seine Magie noch immer nicht wirklich kontrolliert einsetzen. Unterbewusste Sperren, so vermutete die Frau, verhinderten eine bessere Ausnutzung seines magischen Potenzials, das sie als ein blaues Leuchten um ihn herum registrierte.

Zurzeit experimentierten sie, ab welchem Alkoholpegel diese geistige Barriere am leichtesten zu durchbrechen war. Mit starken Gefühlen – einer anderen Möglichkeit, das mentale Hindernis zu überwinden – hatten sie keine guten Erfahrungen gemacht. Die zerstörerischen Energien, die Sabin aus dem Affekt heraus aus den Fingerspitzen sandte, zuckten ungezielt durch die Gegend und sorgten für wahllose Zerstörung. Das war aber nicht Sinn der Sache.

Mehrmals täglich verbrachten sie Zeit damit, dass er Energien freisetzte und sie ihn überwachte. Anhand des veränderten Leuchtens versuchte sie ihm Ratschläge zu erteilen. Aber entweder begriff er die Anweisungen nicht, oder die Magie hatte ihren eigenen Verstand, und der schien äußerst eigenwillig zu sein. Soscha hatte den ehemaligen Minenarbeiter als »Intuitiven« eingestuft, der nach dem gleichen Prinzip »funktionierte« wie die Cerêler: Sie gebrauchten weder Worte noch Gesten, um ihre Fertigkeiten anzuwenden.

Und dennoch machte Sabin Fortschritte, allerdings ungewollt. Sein herkömmliches blaues Schimmern war kräftiger, intensiver geworden. Das zeigte, dass seine Kraft als solche an Stärke zugenommen hatte. Von nun an bedeutete jeder Versuch mit der Magie eine größere Gefahr für ihr eigenes Leben und sämtliche Einrichtungsgegenstände um den Tersioner herum. Zu allem Überfluss, so meinte sie zu spüren, hatte sich der Mann in sie verliebt. Sie aber empfand nichts weiter für ihn.

Verärgert über sich selbst, da sie sich nicht konzentrieren konnte, kleidete sie sich an und machte einen Spaziergang durch Meddohâr, um innerlich zur Ruhe zu kommen.

Die Sonnen wanderten in Richtung des Meeres, und die weißen Häuser badeten in den Farben eines wundervoll anzusehenden Sonnenuntergangs.

Soscha betrat die kaleidoskopischen Arkadengänge des Tempels zu Ehren von Ioweshbra, einer Gottheit, die eine nicht geringe Anzahl eher niedrig gestellter Kensustrianer für alles Unerklärliche verantwortlich machten. Auch sie hatte sich mit Ioweshbra angefreundet, weil sie Magie nach wie vor für etwas Unerklärliches hielt. Das verwirrende, sich ständig verändernde Durcheinander von geometrischen Mustern und bizarren Färbungen faszinierte sie stets von neuem.

Als die Stadt schon in tiefer Finsternis lag, trat Soscha den Heimweg auf der untersten Ebene an. Nur wenige Bewohner Meddohârs begegneten ihr. Im Gegensatz zu Ulsar musste eine Frau hier keine Angst haben, nachts allein durch die Straßen zu gehen. Auch wenn die Kensustrianer seltsam anzuschauen waren, primitive Kriminalität war ihnen in der Art, wie man sie in Ulldart allerorten traf, unbekannt. Zudem sorgten Nachtwächter für zusätzliche Sicherheit, die in erster Linie zur Verhinderung von Bränden ihre Runden drehten.

Soscha spazierte die Häuser entlang, nahm den Geruch der ungewöhnlichen Bäume, Sträucher und Pflanzen auf, der in der Luft lag und schmeckte die Nachtluft mit all ihren Nuancen auf der Zunge.

Verdutzt blieb sie stehen, als sich von vorn eine seltsam anmutende, intensive Lichtquelle näherte, die ihren Schein weit voraus warf. Sie schimmerte in einer Farbe, für die Soscha keinen Ausdruck kannte, und kam rasch näher. Nun hörte sie Geräusche, wie sie ihr aus der Zeit in der »Verlorenen Hoffnung« noch in bester Erinnerung waren. Ein Tross Gerüsteter bewegte sich auf sie zu.

Die Ulsarin wusste nicht, warum sie so handelte. Vielleicht entstand es aus der Abneigung gegenüber Bewaffneten heraus. Sie huschte in den Torbogen eines Hausdurchgangs, um aus dem Schutz der Dunkelheit heraus die Krieger, die man tagsüber kaum in den Straßen zu sehen bekam, genauer zu betrachten.

Als die Angehörigen der Kriegerkaste ihr Versteck schweigend passierten, erkannte sie ihren Fehler. Es war keine Laterne, die sie gesehen hatte. Das undefinierbare Leuchten umgab einen eindrucksvollen Kensustrianer, der wie alle anderen in einer nachtgrünen Rüstung mit goldenen Brustintarsien steckte.

Sie legte eine Hand auf den Mund, um ihr überraschtes Keuchen zu unterdrücken. Alle anderen der neun Kriegerinnen und neun Krieger, die einen üblichen hoch gewachsenen Kensustrianer an Größe noch übertrafen, schimmerten in der gleichen Farbe, wenn auch nicht so intensiv. Daher war ihr das Phänomen zunächst nicht aufgefallen.

Der Zug war an ihr vorüber. *Bei Ioweshbra und Ulldrael, was sind denn das für welche? Wir wollen doch mal sehen, wohin sie gehen.*

Doch so sehr sie sich auch anstrengte, ihre Füße und ihr restlicher Körper gehorchten ihr nicht. Wie mit dem Erdboden verwachsen, stand Soscha als lebendes Denkmal in dem Durchgang.

Panisch versuchte sie, die Hand von ihrem Mund zu nehmen, um auf sich aufmerksam zu machen. Nichts tat sich. Sie bemerkte nur, dass sie selbst von einem schwachen, unergründlichen Glimmen bedeckt war, das sich langsam verlor. Als es endete, erhielt sie die Kontrolle über ihre Glieder zurück und musste sich erst einmal setzen.

»Was war das?«, sagte sie zu sich selbst. *Ich werde viel zu Ioweshbra beten müssen, damit er mir hilft, dem Unerklärlichen auf die Spur zu kommen.*

Langsam erhob sie sich und beeilte sich, die restliche Strecke zur Unterkunft zügig zurückzulegen. Allem Anschein nach trug ein Teil der Kensustrianer magisches, wahrscheinlich intuitives Potenzial in sich, das sie auch anwandten. Die unnatürliche Lähmung, die sie ergriffen hatte, diente als Schutz vor unliebsamen Verfolgern. Es blieb die Frage, ob sie von dem Anwender der Kräfte bemerkt worden war oder ob die Magie von selbst reagierte und sie an einen Fleck bannte.

Aufgekratzt stürmte sie ins Haus und lief hinauf in ihr Arbeitszimmer, um augenblicklich ihre Eindrücke und Gedanken zu notieren. Wenn die Kensustrianer den Umgang mit den Energien beherrschten, würden sie ihr und Sabin bei der Ausbildung unter Umständen behilflich sein.

Die Feder flog nur so über das Papier, und Soscha vergaß alles um sich herum. Deshalb bemerkte sie den Tersioner, der sich ihr näherte, viel zu spät. Schwer fiel die kräftige Hand des einstigen Minenarbeiters auf ihre Schulter.

»Ich habe auf dich gewartet«, lallte er, und eine Alkoholwolke hüllte sie ein.

Erschrocken schrie sie auf. Die Spitze des Kiels schrammte quer über das Pergament und brach. Schwarz ergoss sich die restliche Tinte aus der Feder und rann über die Schrift.

»Wo warst du?«, sagte er langsam, um von der Ulsarin verstanden zu werden. »Ich habe mir Sorgen gemacht.«

Soscha nahm seinen Arm von ihrer Schulter, stand auf und wandte sich zu ihm um. In der Linken hielt er eine fast leere Branntweinflasche, seine Augen waren rot geädert und trübe. Die feuchten Bahnen auf seinen Wangen verrieten, dass er geweint hatte. »Sabin, du bist betrunken. Geh zu Bett. Ich werde dir morgen alles berichten.« Sanft schob sie ihn zur Tür.

Der Tersioner wischte sich mit dem Ärmel die Tränen aus dem Gesicht und stieß sie weg. »Nein«, sagte er trotzig, den Kopf leicht gesenkt. Sein Körper schwankte gefährlich. »Erst musst du zuhören.«

»Morgen, Sabin«, versuchte es Soscha erneut. »Ich rufe die Diener, damit sie dir helfen.«

»Nein!«, rief er und schüttelte den Schädel übertrieben heftig. Seine freie Hand schlug gegen den Brustkorb. »Erst muss ich dir meine Liebe gestehen. Meine ewige Liebe. Danach kann die Welt untergehen.« Seine Augen verengten sich. »Liebst du mich auch, Soscha?«

Sie spähte in Richtung der Treppe, ob sich bereits einer ihrer Angestellten sehen ließ, um ihr Beistand zu gewähren. »Aber natürlich«, beschwichtigte sie ihn und tätschelte seine Wange. »Und nun ab ins Bett mit dir.«

Der Tersioner stierte sie an. »Ich glaube dir nicht. Du musst es mir beweisen.« Er nahm einen Schluck aus der Flasche. »Auf der Stelle.« Soscha konnte sich des Eindrucks nicht erwehren, dass die Lage sich zuspitzte. »Ha! Ich weiß es, du willst nichts mit einem Versager zu tun haben, nicht wahr? Das ist es doch«, brabbelte er schwer.

Seine Beine gaben nach. Sabin plumpste auf einen Stuhl und setzte die Flasche an, doch sie polterte auf den Boden, wo sie splitternd zerbarst.

Soscha versuchte an ihm vorüberzueilen, um die Diener zu benachrichtigen, damit sie ihr den unzurechnungsfähigen Mann vom Hals schafften, der sich in ein paar Stunden gewiss nicht mehr an seine Taten würde erinnern können. Doch die muskulöse Rechte des Tersioners ruckte vor und schloss sich unsanft um ihr Handgelenk, während seine Linke ungeschickt nach dem anderen Arm grabschte. »Komm her, Soscha«, nuschelte er und zog sie zu sich heran.

Die Ulsarin erinnerte sich deutlich an die Unterrichtsstunden in der »Verlorenen Hoffnung« und an jeden Punkt des menschlichen Körpers, an dem die richtige Berührung immense Schmerzen verursachte. Dieses Wissen wandte sie nun gegen Sabin an, der daraufhin mit einem Stöhnen zu Boden sank und in die Glasscherben fiel. Sie bohrten sich durch seine Haut, zerschnitten sie und ließen den Mann fluchend in die Höhe fahren.

Soscha erkannte mit Schrecken, dass Sabin ein intensives Leuchten umgab. Die Magie würde jeden Augenblick losbrechen.

Alkohol und verletzte Gefühle, die schlimmste Kombination, die ich mir vorstellen kann. Beschwichtigend hob sie die Hände, sprach langsam und betont. »Sabin, nein. Beruhige dich. Ich wollte dir nicht wehtun. Alles wird gut. Atme langsam.«

»Versager«, stammelte der Tersioner und starrte auf seine blutenden Unterarme und Hände. Sein hölzerner Blick richtete sich auf die junge Frau. Urplötzlich brüllte er auf. Wie ein Freudenfeuer in der tiefsten Schwärze, so empfand Soscha das blaue Aufglühen der Magie um Sabin herum. Kurz darauf entluden sich die Energieströme ungezügelt in den Raum.

Unterschiedlich dick traten sie aus dem Tersioner aus, durchschlugen Möbel, frästen schwarze Bahnen in die Wände und brachten Gegenstände zum Zerspringen.

Gleich mehrere der zuckenden Strahlen erfassten Soscha, die dem Unheil nicht mehr ausweichen konnte. Lava schien durch sie hindurchzuschießen, sie fühlte sich aufgebläht und fürchtete, unter dem Ansturm der ungebändigten Kraft wie ein übervoller Weinschlauch zu bersten. Kreischend fiel sie auf den Boden und zuckte verkrampft.

Die knisternden Blitze aus Sabins Körper wurden schwächer und schwächer, nur die blauen Bahnen zwischen ihm und ihr rissen nicht ab. Im Gegenteil, sie bündelten sich zu einem einzigen Band, und das Knistern wurde zu einem aggressiven Zischen.

Langsam ging er auf sie zu, jeder Schritt kostete ihn Mühe und Anstrengung. Bei der jungen Frau angelangt, brach er in die Knie und sank mit einem Stöhnen nach hinten um. Wie ein einfarbiger Regenbogen stand die blaue Magie über den beiden Menschen, die Enden jeweils in den Leibern versenkt.

Abrupt riss der Strahl ab.

Beißende Qualmwolken schwebten im Raum, in den nun die verschreckten Diener und Stoiko in ihren Schlafgewändern stürmten, um nach dem Rechten zu sehen. Der Gestank im Zimmer ließ alle würgen.

Der erste der Bediensteten fiel ansatzlos in Ohnmacht, als er den Blick auf den Tersioner richtete. Anstelle des kräftigen Minenarbeiters lag der modrige, halb eingefallene Leichnam eines Greises im Zimmer, an dem nur die Reste der verschmorten Kleider einen Hinweis darauf gaben, um wen es sich in Wirklichkeit handelte.

Stoiko eilte zu der apathischen Soscha, deren Lider nur halb geöffnet waren und die nicht auf seine Ansprechversuche reagierte.

Ihr Kleid war in Höhe des Bauches weggebrannt, die verkohlten Ränder glommen und qualmten noch leicht. Die Haut darunter zeigte jedoch keinerlei Spuren von Verletzungen. Ihren Puls konnte er kaum mehr tasten. Auf der Stelle schickte er einen der Diener los, um Hilfe zu holen.

»Meine Güte, Mädchen, was ist bloß geschehen?«, fragte er ratlos und hielt ihre schlaffe, kalte Hand. Schaudernd sah er zu Sabins Kadaver, strich sich fahrig über den Schnauzer und betrachtete das Chaos aus Trümmern im Zimmer, das nur magischen Ursprungs sein konnte.

Wände und Decke zeigten faustgroße Löcher und fingerdicke Risse, Kalk und Gesteinsstaub rieselten leise herab. *Sabins Kraft war wohl gefährlicher, als wir alle angenommen haben.* Voller Sorge betrachtete er die leblos wirkende junge Ulsarin. *Ulldrael, lass sie nur nicht sterben!*

Der bewusstlose Livrierte kam wieder zu sich und

wankte würgend hinaus, fürsorglich gestützt von dem verbliebenen Diener.

Der einstige Vertraute des Kabcar war allein mit Soscha, nur im Stande, ihre Hand zu halten und Beistand zu geben, bis endlich die richtigen Heiler kämen. Er wagte nicht, sie zu bewegen, aus Angst, eine mögliche innere Verletzung noch schlimmer zu machen.

»So kalt«, schnarrte der scheinbare Leichnam leise und qualvoll in die Stille.

Stoiko entfuhr ein Laut des Entsetzens. »Sabin?«, flüsterte er erschüttert. »Bei Ulldrael …«

»So leer.« Ein letzter Ruck ging durch den Körper des sterbenden Tersioners, den sie für tot gehalten hatten, und er hauchte sein Leben mit einem langen Stöhnen aus.

Kontinent Kalisstron, Bardhasdronda,
Winter 458/59 n. S.

Lorin hastete mit den Schneeschuhen so schnell vorwärts, wie es ihm die Umstände erlaubten. Er hatte noch zwei weitere Standplätze der Pelzjäger ausfindig gemacht, die er bis zum Ende des Tages überprüfen musste. Und das Laufen bereitete große Anstrengung.

Bisher hatte er mehr als acht Fallen sabotiert, sodass die Unternehmungen von Soini und seinen Kumpanen aus Vekhlathi schon im Vorfeld zu einer mühseligen und teuren Angelegenheit wurden. Der Junge hoffte, dass die Männer durch die erlittenen Verluste irgendwann von selbst aufgaben, bevor der Schwarzwolf ihnen in die Eisen tappte.

Nach Luft ringend, lehnte er sich gegen den Stamm einer Tanne, schob sich ein wenig Schnee in den Mund und ließ das getaute Wasser die Kehle hinablaufen.

Verdursten würde man in den Wäldern um Bardhasdronda kaum, aber das Erfrieren geschah wesentlich schneller. Auch wenn es etwas wärmer geworden war, was Lorin wegen des ständigen leichten Schneefalls begrüßte, der seine Spuren verwischte. Dennoch wäre ein unvorsichtiger Mensch, der sich zwischen den Bäumen verirrte, vermutlich schneller zu einem Eiszapfen erstarrt, als ihn die weißen Flocken bedecken konnten.

Der Junge wartete ein wenig, bis sich seine Atmung beruhigte, und stapfte weiter. Die nächste Falle war nicht weit entfernt, und daher wollte er so wenig Geräusche wie möglich von sich geben.

Im Schutz einer Schneeverwehung robbte er auf hundert Schritt an die Vorrichtung heran, die aus einem geschickt getarnten Käfig mit etwas Fleisch darin bestand. Umständlich kramte Lorin ein Fernrohr aus seinem Rucksack hervor, das er sich aus Blafjolls Beständen geliehen hatte, und betrachtete den von Menschen geschaffenen Hinterhalt. Wie immer suchte er den Auslösemechanismus, der an dem Köder verborgen war, und nutzte seine Kräfte, um den dünnen, feinen Draht nach vorne zu ziehen.

Ratternd schloss sich das Gatter, die Arbeit des Jungen war erledigt. Für größere Beschädigungen fehlte ihm heute die Zeit. Grinsend schob er das Fernrohr zusammen, stemmte sich hoch und machte sich auf den Weg zu der verbliebenen Falle.

Ermüdet erreichte er nach einer Stunde sein Ziel. *Wenn es so weitergeht, werde ich Jarevrån wirklich um Hilfe bitten müssen,* dachte er. *Allein kann ich die Fallen nicht schnell genug kontrollieren.*

Im nächsten Augenblick hörte er ein lautes Heulen, das direkt aus der Falle kam. Siedend heiß überlief es den Jungen. Ohne größere Vorsicht walten zu lassen, näherte er sich der Stelle, warf sich auf den Bauch und rutschte auf den Ellenbogen unter dem herabhängenden Ast einer Kiefer hindurch, um sich einen Eindruck aus nächster Nähe zu verschaffen.

Den Pelzjägern war tatsächlich ein Wolf auf den Leim gegangen, allerdings nur ein herkömmliches Exemplar.

Erleichtert atmete Lorin auf, aber gönnen wollte er Soini den Fang trotzdem nicht. Die Schwierigkeit bestand darin, dass er mit seinen magischen Kräften zum einen die Verriegelung des Gitters öffnen und zugleich das schwere Falltor hochziehen musste. Bereits bei seinem ersten Versuch erkannte er, dass seine Konzentration nicht ausreichte; er war zu müde und hatte zu viele Einsätze dieser Art hinter sich.

Der Wolf jaulte herzzerreißend in seinem Gefängnis.

Seufzend betrachtete Lorin die Umgebung durch das Fernrohr und erhob sich, um das Gitter von Hand zu öffnen. Nur schnell, bevor die Vekhlathi dein Wehklagen hören und nach dem Rechten sehen. In leichtem Trab näherte er sich dem Käfig.

Der Schnee zu seinen Füßen flog jäh in die Höhe. Zwei mächtige Kiefer schlossen sich mit einem metallischen Schnappen um Lorins linken Unterschenkel. Zuerst dachte er, ein Ungeheuer falle ihn an, doch dann verstand er trotz der Schmerzen, die durch sein Bein rasten, dass er in eine Fußangel getreten war.

Lorin stürzte vor Schreck in den Schnee. Wieder schnappte ein Fangeisen zu, verfehlte seinen Kopf um Haaresbreite und umschloss stattdessen seine Schulter.

Nun wagte es Lorin nicht mehr, sich zu bewegen. Zu groß erschien ihm die Gefahr, dass sich sein Hals plötzlich zwischen den Eisen befinden könnte. Stöhnend versuchte er, mit einer Hand und seinen magischen Fertigkeiten wenigstens die stahlharte Klammer um seine Schulter zu öffnen. Doch es wollte ihm nicht gelingen.

Matt legte er den Kopf auf die Seite, nachdem er zuvor den Schnee zur Seite geblasen hatte, um zu sehen, ob sich noch eine Falle darunter befand. Der Wolf, der das Geschehen durch die Stäbe aufmerksam verfolgt hatte, jaulte wieder. Lorin hätte gern eingestimmt.

Die Nacht senkte sich herab, es wurde bitterkalt. Die Wunden am Oberkörper und Bein pulsierten leicht, und Lorin wurde müder und müder.

Er riss sich zusammen, sang, heulte mit dem Wolf zusammen, erzählte ihm Geschichten und versuchte alles, nur damit ihn der Schlaf nicht übermannte. Sollten ihm die Augen zufallen, würde er sie nie wieder öffnen, das wusste er. *Andererseits, wer weiß schon, dass ich hier draußen bin? Wie sich das Erfrieren wohl anfühlt?*

Ein leises Hecheln ließ ihn aufmerksam werden. Gedrungene dunkle Schatten auf vier Pfoten huschten im Schutz von Stämmen hin und her, blieben stehen, witterten in seine Richtung und liefen kreisend weiter.

»Sag deinen Freunden, dass ich dir nichts getan habe«, meinte er müde und bibbernd in Richtung des gefangenen Wolfes, der sich in dem Gefängnis wie toll gebärdete. *Na, wenigstens tauge ich als Mahl für die Wölfe.*

Die Raubtiere nahmen sich Zeit. Sie hatten begriffen, dass ihnen die Beute nicht entkommen konnte, nun berieten sie sich – so hatte es zumindest für den immer schwächer werdenden Lorin den Anschein –, wer welches Stück von dem Leckerbissen erhalten sollte.

Vorsichtig schnuppernd wagte einer der Wölfe den

Anfang und folgte den Spuren des Menschen. Im Gegensatz zu ihm vermutete das Tier andere Fallen und nahm daher den Weg, der ihm am ungefährlichsten erschien.

Warm drang die Luft aus der Schnauze des Wolfes in seinen Nacken und streifte sein Gesicht. Knurrend schlug er die Fänge von hinten in die dicke Jacke des Knaben, der aufschrie und aus dem Affekt heraus mit der freien Hand rückwärts nach dem Tier drosch. Ohne loszulassen, hopste das Tier grollend zur Seite.

Im gleichen Augenblick klackte es laut, der bedrohliche Laut aus der Kehle des Wolfes schlug in ein helles Winseln um. Vor Beutegier musste er wohl in eine Falle getreten sein.

Bellend, jaulend und winselnd sprang er umher, eine weitere Angel löste aus. Nach einem hässlichen Knirschen ging das Wehklagen in Gurgeln über und erstarb schnell.

Lorin wusste nicht so recht, ob er sich über den Tod des Wolfes freuen sollte. Ihm war damit nicht geholfen, und das unweigerliche Ende zögerte sich damit nur umso länger hinaus. In seiner Verzweiflung nahm er den Dolch heraus und setzte die Spitze auf das Herz, um sich selbst zu töten und sich die Schmerzen zu sparen, sollten die Wölfe nicht von ihrem Vorhaben absehen.

Die Artgenossen des gestorbenen Räubers warteten noch ein wenig ab. Schließlich siegte der Hunger. Geschlossen rückten sie an Lorin heran, und ihr Knurren lag als ein einziges, gefahrvolles Geräusch in der Luft.

Als der Erste des Rudels den Jungen erreicht hatte, wurde es plötzlich hell.

Die Wölfe wandten sich zu dem Lichtschein um, zögerten. Lorin hörte unverständliches, zorniges Geschrei.

Ein Armbrustbolzen sirrte dem ersten Raubtier in die Seite, das wie vom Blitz getroffen zusammenbrach. Die übrigen Graupelze traten daraufhin die Flucht an und verschwanden zwischen den Bäumen, als hätte es sie nie gegeben.

Um Lorin herum wurde es immer heller, die Lichtquelle näherte sich. Der zitternde Junge packte den Griff des Dolches fester. *Wenn Soini mir die Haut abziehen will, wird er sich wundern,* schwor er sich.

Schnee knirschte unter den Stiefeln, als der Mann näher kam. Als Erstes entfernte er die Klammer von der Schulter des Jungen und dann die Fußangel vom Unterschenkel, den Lorin schon seit geraumer Zeit nicht mehr spürte. Als er auf den Rücken gedreht wurde, stieß Lorin nach dem Mann, den er nur noch undeutlich erkannte. Fluchend wurde seine Klinge von einer silbernen Hand im letzten Augenblick pariert.

»Knirps, was machst du denn hier draußen?«, hörte er eine polternde Stimme fragen.

»Lass mich, Soini!« Erneut stach Lorin zu.

»So nicht.« Die silberne Hand fegte den Dolch zur Seite und traf ihn kurz darauf genau zwischen die Augen. Der leichte Schlag genügte, um ihn ins Reich der Träume zu befördern.

Als Lorins Bewusstsein wiederkehrte, lehnte er am Stamm einer Tanne, deren dichte Nadeln den Schnee abgehalten und einen freien Platz geschaffen hatten. Seinen Körper umgab eine dicke Schicht Pelze, und um ihn herum brannten mehrere Feuer, die ihm Wärme spendeten. Trotzdem zitterte er immer noch vor Kälte. Ihm gegenüber erkannte er die breite Gestalt seines Waffenlehrmeisters, der soeben einen Schwung dicke Äste und Tannennadeln auf den Feuerstellen verteilte.

»Ich taue dich zuerst auf, bevor wir den Rückweg antreten«, erklärte Waljakov knapp. Auch wenn seine Stimme wenig Gefühl ausdrückte, zeigten die eisgrauen Augen etwas von der Sorge, die er sich um das Wohlergehen des Jungen machte. »Die Wölfe sind weg.«

»Wie hast du mich gefunden?«, fragte Lorin zitternd.

»Ich bin dir gefolgt. Schneeschuhe sind nicht zu übersehen.« Er setzte sich neben die zuckenden Flammen, damit auch er etwas von der Wärme abbekam. »Kannst du mir sagen, was du hier draußen machst, außer dich den Wölfen zum Fraß vorzuwerfen?« Waljakov machte sich nicht die Mühe, seine Ungehaltenheit zu verbergen. »Wenn du dich umbringen willst, Knirps, dann spring ins Wasser oder lass dir etwas Besseres einfallen. Oder frag mich, ob ich dir helfe.«

»Ich will Soini seine Jagdtrophäe nicht gönnen«, sagte Lorin mit klappernden Zähnen. »Er stellt einem Schwarzwolf nach. Zusammen mit Jägern aus Vekhlathi.«

»Ich verstehe«, nickte Waljakov. »Und die Jäger haben inzwischen bemerkt, dass ihnen jemand ins Handwerk pfuscht, und nun dir eine Falle gestellt.« Seine mechanische Hand nahm den mitgebrachten Topf mit Suppe aus dem Feuer, goss Lorin etwas davon in den Becher und hielt ihm diesen hin. »Trink.«

Gehorsam nahm der Junge einen Schluck und verbrannte sich die Lippen an der Suppe. »Eine Falle? Für mich?«

»Die Fußangeln hatten keine Widerhaken, die dich noch stärker verletzt hätten. Man wollte dich lebend. Und der Wolf … nun, den haben sie vorher hineingesetzt, weil sie vermuteten, dass du ihn befreien würdest.« Der Leibwächter verzog den Mund. »Dummer, unvorsichtiger Junge. Warum hast du mir nichts gesagt?«

»Ich habe niemandem etwas gesagt«, antwortete Lorin. »Ich wollte die Sache allein bewältigen.«

Waljakov lachte böse auf. »Du wärst beinahe gestorben, Knirps. In Zukunft wirst du mir so etwas berichten. Gegen einen kleinen Kampf mit ein paar Vekhlathi hätte ich nichts einzuwenden.«

Lorin schlürfte an der Suppe. »Warum bist du mir wirklich gefolgt?« Seine blauen Augen hefteten sich abschätzend auf das Gesicht des Hünen, der so tat, als hätte er die Frage nicht gehört. »Warum, Waljakov?«

»Ich habe mit Rantsila wegen dieser Türmlergeschichte gesprochen. Da dir die Aufgabe sehr am Herzen liegt, wollte ich eine Vereinbarung mit ihm treffen«, rückte er mit der Sprache heraus. »Er erzählte mir, dass du oft allein im Wald wärst. Und ich wollte herausfinden, was du machst.«

Der Knabe spürte unendliche Enttäuschung. »Du hast gedacht, dass ich mit den Lijoki und anderen gemeinsame Sache mache, um die Bardhasdronda zu verraten?«, fragte er fassungslos.

»Nein, das habe ich nicht gesagt«, wehrte sich der Leibwächter gegen den Vorwurf. »Aber weil du auch mir nichts erzählt hattest, nahm ich an, dass du irgendwas tust, was dich in Schwierigkeiten bringen könnte.« Waljakov grinste. »Damit hatte ich wohl Recht, oder?« Er reckte sich in die Höhe, lauschte und bedeutete dem Jungen, sich nicht zu rühren. Ohne einen Laut von sich zu geben, stand er auf und verschwand zwischen den Tannenbäumen.

Kurz darauf trat ein Mann in weißen Pelzen von der anderen Seite an die Lagerstätte heran, den Dolch grinsend gezückt. Lorin erkannte voller Schrecken einen der Vekhlathi, die er damals zusammen mit Soini bei den Klingenden Steinen beobachtete. »Da haben wir ja unseren Saboteur«, sagte der Jäger zufrieden.

»Und da haben wir seinen großen Freund«, knurrte Waljakov hinter ihm, und die mechanische Hand krallte sich im Genick des entgeisterten Mannes fest. Schwungvoll beförderte er ihn einmal gegen den Stamm des Baumes, sodass der andere zu benommen für eine Gegenwehr wurde. »Einen Laut, und ich breche dir den Hals wie einem Hühnchen. Wie viele seid ihr?«

»Ich bin allein«, behauptete der Jäger und blieb selbst dann noch bei der Auskunft, nachdem ihn der Leibwächter ordentlich geschüttelt und angedroht hatte, mit seinen Wangen die raue Rinde der Tanne abzuraspeln. »Wir haben uns in der Umgebung verteilt, um schneller bei den Fallen zu sein.«

Waljakov riss ihm das Rufhorn vom Gürtel, fasste ihn fester und beförderte ihn aus der Sichtlinie Lorins.

Wenig später kehrte er zurück und wärmte sich eilig am Feuer auf. Von dem Vekhlathi fehlte jede Spur.

»Hast du ihn umgebracht?«, fragte der Junge stockend.

»Viel besser.« Der glatzköpfige Leibwächter setzte das Horn an die Lippen und blies hinein. Weithin drang der Schall durch den stillen Wald. »Wir kaufen uns alle.«

»Ich bin schon völlig aufgetaut!«, rief Lorin, der sich auf den bevorstehenden Tanz freute.

»Du bleibst, wo du bist«, befahl ihm sein Waffenlehrmeister ruppig. »Der Bursche hat mir gesagt, dass sie mindestens eine Stunde benötigen, bis sie hier sind.« Er füllte den Becher des Jungen mit einer nächsten Ladung Suppe. »Bis dahin wirst du Brühe trinken. Deine Hilfe benötige ich nachher noch früh genug. Ich gehe und treffe alle Vorbereitungen.«

Die Aussicht, die Männer zur Rechenschaft zu ziehen und sie sogar Kalfaffel und allen anderen Menschen in Bardhasdronda vorzuführen, heizte seinen Körper noch schneller auf. Lorin vermutete, dass die Magie ihre zusätzliche Wirkung tat und jetzt, da er nicht mehr so erschöpft war, wieder erwachte. »Wo ist der Vekhlathi jetzt?«

»Bis nachher, Knirps. Und ruh dich noch aus.« Boshaft grinsend verschwand Waljakov wieder.

»Wie, bei allen dämlichen Hirschen der Wälder, ist er denn da hineingekommen?« Soini blieb schnaufend stehen und rutschte aus den Halterungen der schmalen, langen Bretter, mit denen man spielend über den Schnee glitt. Schlecht gelaunt blinzelte er in den sich allmählich aufhellenden Himmel, von dem seit zwei Stunden unentwegt Schneeflocken fielen. Er war der Letzte der Jagdgemeinschaft, die sich etwas entfernt vom aufgestellten Käfig versammelte. Deutlich erkannten die fünf Männer ihren Kumpanen, der an den Gitterstäben seines Gefängnisses rüttelte. »Und warum habt ihr ihn noch nicht herausgeholt?«

»Wir dachten, du solltest es dir anschauen«, lachte einer der Männer. »Außerdem sind wir eben erst angekommen.«

»Vom Schwarzwolf natürlich keine Spur. Er hätte ihn wenigstens fressen können«, ärgerte sich der Kalisstrone. »Von unserem unsichtbaren Freund, der uns das Geschäft vermiesen will, ist auch keine Spur zu finden.«

»Ich habe die Biester unterwegs gesehen«, berichtete ein anderer. »Aber die Grauen haben sich verzogen.«

»Wahrscheinlich, weil dieses Stück Speckfleisch da vorn unseren Köder freigelassen hat«, mutmaßte Soini, während er sich wie alle die Schneeschuhe an die Stiefel schnallte. »Los, holen wir den Kerl raus.«

Die fünf Männer schritten auf den von ihnen aufgestellten Hinterhalt zu, wobei sie mit traumwandlerischer Sicherheit den von ihnen platzierten Tretangeln auswichen.

Je näher sie der Falle kamen, desto merkwürdiger schien dem Jäger aus Bardhasdronda die Szenerie. Warum rüttelte der Vekhlathi am Gitter und rief nicht um Hilfe?

»Halt«, befahl er misstrauisch. »Hier stimmt etwas nicht.«

Er nickte dem Mann zu seiner Linken zu, damit er sich den Käfig ansah. Die anderen nahmen ihre Bogen von der Schulter und legten Pfeile auf.

Als der fremde Pelzjäger auf Armlänge heran war, schnappte unvermittelt eine Fußangel unter ihm zu. Erschrocken machte der Mann einen Schritt zur Seite und geriet in eine weitere.

Fluchend und tobend bückte er sich, um sich an dem Mechanismus zu schaffen zu machen. Da sprang, so hatte es zumindest den Anschein, eine dritte aus dem Schnee hervor und schloss sich um die so einladend dargebotenen Hinterbacken.

Der Vekhlathi zu Soinis Rechten brüllte ihm entsetzt ins Ohr und machte einen eckigen Hopser nach vorne. Stählerne Fänge hatten sich auch um sein Hinterteil gelegt und ihn zu der ungewollten Reaktion veranlasst.

»Fliegende Tretangeln! Das ist das Werk des Bösen!«, rief einer der anderen Pelzjäger, bevor die nächste Fußfessel zwischen den Tannen hervorschnellte und an seinem Oberarm zuschnappte.

Von wegen! Soini erkannte sogleich, wem er die Angriffe zu verdanken hatte. Er ließ seine Kumpane im

Stich, hetzte zurück in den Schutz der Tannen, zückte den Dolch und begab sich auf die Suche nach dem Jungen. *Aus deiner Haut, Zwerg, mache ich mir einen Kaminvorleger!*

Lorin hatte es sich auf seinem Beobachtungsposten im Wipfel eines nahen Baumes einigermaßen bequem gemacht und sandte im Morgengrauen eine Fußfalle nach der anderen gegen die Pelzjäger.

Schließlich erschien Waljakovs Gestalt zwischen den Vekhlathi, deren Gegenwehr mit ein paar gezielten Fausthieben der mechanischen Hand buchstäblich niedergeschlagen war.

Erschöpft, aber glücklich machte sich der Junge an den Abstieg, wobei er kleine Lawinen auslöste, die von den schneebehangenen Ästen des Baumes zur Erde rutschten. Er sprang auf den Boden und wollte zu Waljakov laufen, als sich von hinten ein Arm um seinen Hals legte und ihn in den Schwitzkasten nahm.

»So, Zwerg, zählen kannst du nicht«, hörte er Soini sagen. »Du hast mich vergessen.« Eine Schneide legte sich dicht an seinen Hals. »Du hast unsere Fallen sabotiert. Ich habe es mir gleich gedacht, als ich dich mit der kleinen Jarevrån bei den Steinen gesehen habe.« Lorin bewegte sich vorsichtig, legte seine Hände an die Unterarme des Angreifers. Augenblicklich ritzte die Klinge seine Haut ein. »Wenn ich auch nur das leiseste Gefühl habe, dass du etwas mit deinen Kräften unternimmst oder dich anders wehrst, schießt dein Blut in den Schnee.« Er schob ihn vorsichtig nach vorn, damit der Leibwächter, der gerade im Begriff war, die fremden Jäger zu verschnüren, sie sehen konnte.

»Ho, Fremdländler«, machte der Kalisstrone auf sich aufmerksam. »Befreie meine Partner.«

Waljakov stand regungslos im Schnee; das kantige Gesicht war ausdruckslos, aber die eisgrauen Augen versprachen dem Jäger tausend Tode. Bedächtig zerschnitt er die erste Fessel, die er eben erst angelegt hatte. Der Pelzjäger aus Bardhasdronda beobachtete den Hünen genau.

»Du suchst doch diesen Schwarzwolf«, richtete sich der Leibwächter auf, während sich der befreite Vekhlathi erhob und die Handgelenke rieb.

»Was geht dich das an?«, gab Soini zurück.

»Wenn du ihn haben willst«, riet ihm Waljakov, »solltest du dich umdrehen.«

»Darauf falle ich nicht noch einmal herein«, lachte der Pelzjäger verächtlich. Doch die entgeisterte Miene des Mannes neben dem Fremdländler verunsicherte ihn.

»Diese Tiere sind sehr groß. Und sie haben tatsächlich weiße Augen«, meinte der Leibwächter. »Ich bin froh, dass er dich zuerst erwischt. Vielleicht hat er dann keinen Hunger mehr.« Der Vekhlathi wich zurück, seine Jagdgenossen krochen wie die Raupen davon.

Soini brach der Schweiß aus. Letztlich konnte er nicht anders, er benötigte Gewissheit. Langsam drehte er den Kopf nach hinten.

Nicht weiter als zwei Schritt entfernt setzte ein aggressives Knurren ein. Sofort verharrte der Kalisstrone. »Tu was, oder ich schlitze den Jungen auf«, sagte er halblaut zu Waljakov. »Nimm einen Bogen.«

Mit Bedacht, um das Raubtier nicht herauszufordern, nahm Waljakov eine der Fernwaffen auf und betrachtete sie. »Ich kann damit nicht umgehen.«

»Dann nimm deinen verfluchten Säbel und hacke den Wolf in Stücke.« Soinis Stimme klang gereizt. »Auf der Stelle!«

Gellend erklang der Schmerzensschrei des flüchtenden Vekhlathi. Er war auf seinem Rückzug in die nächste Tretangel geraten. Ein schneller, ansatzloser Fausthieb des Leibwächters schickte den Jäger in den Schnee. Dann zog er seinen Säbel und bewegte sich seitwärts auf den Schwarzwolf zu, die Klinge nach vorn gerichtet, um das Raubtier bei einem Angriff aufzuspießen.

Der Wolf fletschte die Zähne und kauerte sich nieder. Aus dieser Lage würde er sofort springen können. Die Frage blieb nur, für welches Opfer sich das mächtige Tier entscheiden würde.

Lorins Kräfte waren am Ende. Er musste sich einzig und allein auf Waljakov verlassen. Der Schwarzwolf drückte sich ab und warf sich gegen den Hünen. Mensch und Tier verschwanden in einer Wolke aus aufgewirbeltem Schnee.

Soini stieß Lorin von sich, rannte an den um Hilfe bettelnden Vekhlathi vorüber, ohne sich weiter um ihr Schicksal zu kümmern, und suchte sein Heil in der Flucht. Lorin war es gelungen, sich so unter Soinis Arm wegzudrehen, dass der Dolch ihm nicht die Ader aufschlitzte, sondern nur einen oberflächlichen Kratzer anrichten konnte. Dennoch troff etwas Blut in den frischen Schnee.

Den Jungen ärgerte es maßlos, dass der Kalisstrone, der eben um ein Haar seinen Tod verantwortet hätte, einfach so davonkommen sollte.

So schwer kann es nicht sein, dachte er und langte eilig nach Pfeil und Bogen, um dem skrupellosen Mann einen Gruß nachzusenden. Das Geschoss traf Soini ins rechte Schulterblatt, bevor er den Schutz der herabhängenden Tannenzweige erreichte.

Eilig wandte sich der Junge um. Waljakov lag im

Schnee; der Schwarzwolf stand über ihm und hatte die entblößten Fänge um die Kehle des Leibwächters gelegt. Lorin warf den Bogen zur Seite und schaute in die weißen Augen des heiligen Tieres.

»Erinnerst du dich an mich?«, sagte er zu dem Wolf, als spräche er mit einem Menschen. »Ich habe bei den Klingenden Steinen Musik gemacht. Und wir haben uns vorher schon einmal gesehen. Ich habe dich vor den Fallen bewahrt, nun musst du mir einen Gefallen tun. Bitte.«

Der Kopf des Wolfes hob sich, das Knurren wurde leiser und verstummte. Der Junge atmete auf. Die Reihe scharfer Reißzähne befand sich nun nicht mehr unmittelbar an der Kehle seines großen Freundes.

»Bitte, lass ihn gehen.«

Der Schwarzwolf schaute herab auf den regungslos verharrenden Mann, dann trabte er in den dichten Wald zurück.

Lorin stieß erleichtert die Luft aus und lief zu Waljakov, der sich aufstemmte und den Geifer des Wolfes angewidert von seiner Kehle wischte. »Früher wäre mir das nicht passiert«, lautete seine einzige Bemerkung.

»Niemand würde gegen einen Schwarzwolf bestehen«, versuchte der Knabe seinen Waffenlehrmeister zu trösten.

»Du musst mich nicht aufmuntern«, wehrte Waljakov nachdenklich ab. »Ich bin älter geworden.« Er verstaute den Säbel in der Hülle. »Bald kommt der Tag, an dem ich Gegner bitten muss, langsamer zu schlagen.«

»So schlimm ist es nicht.« Lorin lächelte und nickte in Richtung des immer noch bewusstlosen Vekhlathi, der von Waljakov niedergeschlagen worden war. »Für den und seine Freunde hat es immer noch gelangt.«

Gegen seinen Willen musste der Tarpoler doch lachen. »Komm, Knirps. Wir packen die Jäger in den Käfig.« Er schaute zu den aufsteigenden Sonnen. »Sie werden ein paar Stunden hier draußen überleben, und bevor sie erfrieren, holen wir sie mit den Milizionären ab.«

»Und was ist mit Soini?« Der Junge half seinem Waffenlehrmeister, die rebellischen Gefangenen in das enge Gefängnis zu bugsieren, wo sie sich gegenseitig wärmten. »Wenn er zurückkommt?«

Ein langes Heulen hallte durch den Wald.

»Der hat wohl andere Schwierigkeiten.« Waljakov ließ das Gitter einrasten und legte dem Jungen die Hand auf die Schulter. »Danke.« Dann drehte er sich um und stapfte in Richtung Bardhasdronda.

»Keine Ursache«, meinte Lorin grinsend und folgte ihm.

Lorin und Waljakov suchten Rantsila und Kalfaffel auf, um ihnen von dem verbrecherischen Vorhaben Soinis und den fremden Jägern zu erzählen.

Der Anführer der Miliz, dessen Auge ein Veilchen, zierte gab den Fremdländlern auf Anweisung des Cerêlers ein Dutzend Männer sowie sechs Hundegespanne mit, damit sie die Gefangenen abholen konnten. Sehr zu Lorins Erleichterung saßen die Vekhlathi immer noch hinter den engen Gitterstäben, keiner von ihnen war erfroren.

Bei ihrer Rückkehr hatte sich bereits eine kleinere Menschenansammlung vor dem Gefängnis Bardhasdrondas eingefunden, welche die Ankunft der ertappten Verbrecher erwartete. Die Milizionäre brachten die Vekhlathi in die Zellen, während Lorin seine Geschichte nun hochoffiziell zu Protokoll gab.

Kalfaffel stellte ab und zu Fragen, Rantsila hielt sich völlig zurück. Ihm schien es sichtlich unangenehm zu sein, dass er den Jungen fälschlicherweise verdächtigt hatte.

Danach war die Reihe an den Männern aus der Nachbarstadt. Der Anführer der Miliz begleitete Lorin humpelnd hinaus.

»Ich muss mich bei dir entschuldigen«, sagte er unterwegs, und seine grünen Augen blickten geradeaus. »Wenn du mir erklärt hättest, was in Wirklichkeit in den Wäldern vorgeht, wäre alles anders gekommen.« Er nickte ihm knapp zu. »Aber bei der Abmachung bleibt es natürlich. Da kann ich keine Ausnahme machen.«

»Sicher«, antwortete Lorin und gab sich Mühe, nicht allzu unwissend zu wirken. »Ich verstehe das.«

Rantsila lächelte erleichtert. »Gut. Aber leichter werde ich es dir auch nicht machen.«

»Das verlange ich auch gar nicht.« *Vermute ich zumindest.* »Ich schaffe das schon.« Der Knabe trat hinaus ins Schneegestöber, das wieder eingesetzt hatte. Waljakov, der allein auf dem Platz gewartet hatte, glich inzwischen mehr einem Schneemann als sich selbst. Die anderen waren wegen des schlechten Wetters in ihre Häuser zurückgekehrt.

»Ich bewundere deinen Mut«, verabschiedete sich Rantsila.

Wenn ich nur wüsste, wovon er spricht. Lorin lief zu seinem Waffenlehrmeister, der sich bereits in Bewegung gesetzt hatte. »Was ist das für eine Abmachung, die du mit Rantsila getroffen hast?«

»Er wird einen Zweikampf mir dir austragen«, erklärte er wortkarg. »Verliert er, hast du deinen Posten wieder.«

»Einen Zweikampf? Mit dem besten Kämpfer der Stadt?«, platzte es aus dem Jungen heraus.

»Zweitbesten«, verbesserte Waljakov. »Die Unterredung mit ihm verlief erfolgreich.«

Lorin hatte plötzlich eine Ahnung, woher die Blessuren des Kalisstronen stammten. »Aber ich weiß nicht, ob ich so weit bin.«

»Bis zum Frühjahr wirst du es sein.« Waljakov steuerte die Gewächshallen an, die in Matucs Obhut lagen. »Ich bringe dich dazu.« Er öffnete die kleine Seitentür. Warme Luft strömte hinaus. »Und nun geh und berichte von deinem Erfolg. Er hat sich Sorgen um dich gemacht. Wir sehen uns morgen, direkt nach deiner Arbeit bei Akrar.«

Gehorsam betrat der Knabe die warme, nach Erde riechende Halle, in der einige Veränderungen vorgenommen worden waren, um die Süßknollen in der kalten Zeit gedeihen zu lassen. Große Feuer sorgten dafür, dass die Temperatur angenehm blieb. Das Schmelzwasser des auf dem Dach tauenden Schnees leiteten die Helfer, die sich Ulldrael dem Gerechten angeschlossen hatten, über ein Innenrohr in ein gewaltiges Fass, um immer genügend Nass zur Bewässerung zu haben.

Als ein kleines Wunder der Landwirtschaft präsentierte sich die mehrstöckige Keimanlage für die jungen Süßknollen. Mannsdicke Baumstämme bildeten die Säulen der vier Ebenen umfassenden Gewächsanlage. Auf einer Fläche von acht auf vier Schritt waren breite Bretter miteinander verbunden worden. Darauf hatten Helfer eine Lage Erde geschüttet, in welche die jungen Erdfrüchte gesetzt und auf die nächste Keimebene gebracht wurden. Erreichten sie diese, bettete man sie in die schwere, lehmige Erde, wo der Reifungsprozess begann. Auf diese Weise sparte man Zeit, und die Süßknollen wurden noch schneller erntereif. In dem menschenfeindlichen, nahrungsarmen Winter war dieses Vorgehen überlebenswichtig geworden.

Lorin entdeckte seinen betagten Ziehvater in einem Kräuterbeet kniend. Matuc hatte den Ehrgeiz, nach den tarpolischen Erdfrüchten nun auch die ein oder andere Kräutersorte im Winter zum Treiben zu bringen. Bisher hatte er jedoch keinen Erfolg zu verzeichnen. Offensichtlich benötigten sie die Kraft der Sonnen.

Lorin räusperte sich.

Matuc hielt kurz inne und warf einen Blick auf den Schatten, den der Knabe warf. Nach der kurzen Unterbrechung setzte er seine Arbeit an den zierlichen Halmen fort.

»Diese verdammten Gräser sind undankbar«, murmelte er, ohne sich umzudrehen. »Zuerst hilft man ihnen, unter den schwierigsten Umständen aufzuwachsen. Aber danken sie es einem? Nein. Sie handeln nur nach ihrem eigenen Willen und machen, was sie wollen, ohne sich um die zu scheren, die sich liebevoll um sie gekümmert haben. Es ist ihnen gleich, wenn man sich sorgt.«

Der Junge wusste, dass der Geistliche nicht wirklich zu den Pflanzen sprach. Er kniete sich neben ihn und fuhr mit den Fingerspitzen über die Spitzen der Kräuter.

»Sie wissen es schon, wenn man sich um sie sorgt. Aber es fällt ihnen erst hinterher auf, wenn sie anderen durch ihr Verhalten Verdruss bereitet haben.« Er sah seinen Ziehvater von der Seite her an. »Es tut mir Leid, Matuc. Ich wollte nicht, dass du dir Sorgen machst. Aber diese Unternehmung sollte mein Geheimnis bleiben, bis ich mir ganz sicher war. Ich habe einem Schwarzwolf das Leben bewahrt. Die Vekhlathi haben ihm zusammen mit Soini nachgestellt und …«

»Das heilige Tier Kalisstras«, brummte der Geistliche. »Warum bin ich nicht überrascht?« Freundlich wandte er sich dem Jungen mit den blauen Augen zu. »Weißt du, dass du deiner Mutter sehr ähnelst? Wenn wir eines Tages nach Ulldart zurückkehren, werden einige Menschen sehr überrascht sein.« *Wenn sie überhaupt noch leben.* Umständlich setzte er sich so hin, dass er die ganze Halle überblicken konnte. »Sieh es dir an, Lorin. Ich habe Ulldrael auf diesen Kontinent gebracht.« Er tippte ihm auf die Brust. »Aber dahinein konnte ich ihn nicht setzen. Warum?«

»Aber ich glaube an den Gerechten«, protestierte der Knabe, doch Matuc hob die Hand.

»Sicher glaubst du an ihn. Du glaubst an ihn, wie du an Kalisstra glaubst. Oder an andere Götter. Aber du bist dir seiner nicht sicher, und damit bist du nicht fest in deinem Glauben. Ich habe einfach Angst, dass dies dir eines Tages zum Verhängnis wird. Deshalb habe ich mich so bemüht, dich voll und ganz mit Ulldraels Lehren zu durchdringen.« Er lächelte schwach. »Ich habe das Unmögliche geschafft und Kalisstri zu bekennenden Ulldraelanhängern gemacht. Dagegen habe ich bei dem Menschen versagt, den ich von Kindesbeinen an erzog.«

»Es stimmt ... ich fühle mich dem Gerechten nicht sonderlich verbunden. Er ist für mich eine Gottheit wie alle anderen auch«, erklärte Lorin, der traurig war, den Mönch zu enttäuschen und nichts dagegen unternehmen zu können. »Sei mir nicht böse. Es ist auch nicht deine Schuld.« Er hob einen Erdklumpen auf und zerbröckelte ihn zwischen seinen Fingern. »Ich bin nichts Ganzes und nichts Halbes. Weder Ulldarter noch Kalisstrone. Meine blauen Augen verraten jedem, dass ich ein Fremdländler bin. Und das andere Land kenne ich nur aus Erzählungen.«

»Es wird dich vielleicht eines Tages brauchen.« Matuc legte dem Jungen einen Arm um die Schulter. »Und du wirst es mögen. Wenn es der Wille des Gerechten ist, findest du dort zu deinem wahren Glauben.« Er benutzte seinen Ziehsohn als Stütze, damit er sich erheben konnte. »Nun aber will ich hören, wo du warst und was du alles getrieben hast. Und wehe, deine Abenteuer waren die Sorgen nicht wert, die ich mir gemacht habe.«

Lorin half Matuc beim Aufstehen, ehe er sich selbst in die Höhe stemmte. »Ich verspreche dir, dass ich dir von nun an alles erzählen werde.«

Gemeinsam verließen sie die umgebaute Lagerhalle und stapften durch die tanzenden Schneeflocken nach Hause. Auf ihrem Weg, während Lorin seinem Ziehvater die jüngsten Ereignisse schilderte, geschah etwas Seltsames.

Zum ersten Mal, seit Lorin in Bardhasdronda war, grüßte ihn einer der Städter, der an ihnen vorüberging.

Verdutzt nickte der Knabe zurück und wäre beinahe mit dem nächsten Passanten kollidiert, wenn ihn sein Ziehvater nicht am Arm zur Seite gezogen hätte.

»Hast du das gesehen?« Der Junge deutete dem Mann hinterher. »Ich glaube, er hat mich gemeint.«

»Es wird sich herumgesprochen haben, dass du einem Schwarzwolf unter Einsatz deines eigenen Lebens gegen die Jäger beigestanden hast«, vermutete Matuc. *Dann hat es ja doch etwas Gutes. Die Leute lehnen ihn nun vielleicht nicht mehr so ab wie früher.*

Lorin achtete genau auf die Gesichter der Menschen, die ihnen begegneten. Zu seiner großen Freude grüßten ihn zwei weitere Bürger der Stadt. Ausgelassen hüpfte er um den Geistlichen herum.

Kaum waren sie am Hausboot angekommen und

legten die schweren Jacken ab, erschien Blafjoll, der vor Neuigkeiten zu platzen schien. Weil Fatja nicht zu Hause war, kümmerte sich Lorin um die Zubereitung des Tees.

»Stellt euch vor, was der Bürgermeister beschlossen hat«, erzählte der bekehrte Walfänger aufgekratzt. »Er hat Soini verstoßen.«

»Das ist doch mal was«, lachte der Junge und reichte die Tassen herum. Die drei stießen zusammen auf das freudige Ereignis an. »Dann haben die Vekhlathi ihn also nicht gedeckt?«

Blafjoll schüttelte den Kopf und rieb sich schadenfroh das Kinnbärtchen. »Sie hatten eine solche Wut auf ihn, weil er sie im Wald im Stich gelassen hatte, dass sie ihm alles in die Schuhe schoben.«

»Und wer war der Auftraggeber Soinis?«, fragte sich Matuc.

»Das wussten sie nicht«, bedauerte er. »Wenn er aus Bardhasdronda wäre, so drohte ihm das gleiche Schicksal wie dem Pelzjäger. Die Verbannung auf Lebenszeit.«

»Die hat er sich auch verdient«, meinte Lorin und setzte sich zu ihnen. Sein Blick wanderte durch das Fenster nach draußen, wo der Schnee sich auf dem schmalen Sims türmte. *Was er wohl gerade tut?*

»Wenn Kalisstra ihm ihre Gnade gewährt, hat ihn der Schwarzwolf erwischt«, gab der Kalisstrone seine Meinung kund. »Alles ist besser, als ein Heimatloser zu sein.«

Matuc schaute, eingedenk der vorhin geführten Unterhaltung, ungewollt zu seinem Ziehsohn. Doch dessen Augen waren immer noch auf die wirbelnden Flocken geheftet. »Was geschieht mit ihm, wenn er sich wieder blicken lässt?«

Blafjoll wischte sich die von der Kälte gerötete Nase am Ärmel ab. »Das wird er nicht wagen. Es bedeutet für ihn das Todesurteil. Dennoch wird er sich rächen wollen. Soini ist ein Hundsfott. Aber leider ein Hundsfott mit einer sicheren Hand, einem guten Auge und einem Bogen.«

Ob er auch der Verräter war, der den Lijoki von der Getreidelieferung erzählt hat? »Wisst ihr, dass Rantsila mich verdächtigt hat, ich könnte gemeinsame Sache mit den Piraten machen?«

»Rantsila ist bei deiner großen Schwester nicht angekommen. Da wird er auf dich auch nicht gut zu sprechen sein«, vermutete der Walfänger grinsend. »Nimm es ihm nicht übel. Er ist eigentlich ein feiner Kerl. Und der beste Kämpfer.«

»Der Zweitbeste«, korrigierte Lorin vergnügt. »Und bald nur noch der Drittbeste.«

»Gibt es da etwas, das ich wissen sollte?«, erkundigte sich Matuc alarmiert. »Wolltest du mir denn nicht alles erzählen?«

Notgedrungen erklärte der Knabe, welche Abmachung Waljakov mit dem Milizionär geschlossen hatte.

»Rantsila wird dich grün und blau schlagen«, schätzte der Kalisstrone. »Und es wird ihm ein besonderes Vergnügen sein.«

»Nein, keine Angst«, beruhigte ihn Lorin feixend. »Wir schlagen uns nicht mit den Fäusten. Soweit ich weiß, wird es ein echter Zweikampf mit Schwertern sein.«

Blafjoll verzog lobend das Gesicht und prostete dem Knaben zu. »Darauf trinke ich.«

»Dem Glatzkopf werde ich gehörig die Meinung sagen. Einen Jungen gegen einen ausgebildeten Soldaten zu schicken«, empörte sich Matuc und wollte aufstehen. »Dem hat die Kälte wohl den Verstand eingefroren!«

»Nein, nein, lieber Ziehvater …« Lorin drückte ihn mit sanfter Gewalt zurück auf den Stuhl. »Es ist gut so. Endlich werde ich ausprobieren können, was mir meine Ausbildung bei Waljakov gebracht hat. Und bis zum Kampf ist es noch eine Weile hin. Ich werde noch härter üben als bisher.« Er streckte die Finger aus, und wie von Geisterhand bewegt, flog der Teekessel heran, ohne dass auch nur ein Tropfen verschüttet wurde. »Und meine Magie habe ich auch noch.«

Kontinent Ulldart, Großreich Tarpol, Provinz Ker, Burg Angoraja, Winterende 458/59 n. S.

Eine der beiden Gestalten, die im verschneiten Burghof eine Waffenübung abhielten, warf plötzlich den Schild zur Seite, packte das Schwert mit beiden Händen und drang brüllend auf den Gegner ein, der sich aus Angst vor Prügel vollständig hinter die Deckung seiner Paradewaffe zurückzog und es nicht einmal mehr wagte, den Kopf hervorzustrecken. Ein Tritt seines Gegners gegen das metallbeschlagene Holz warf ihn schließlich in den Schnee.

»Er hat eine furchtbare Technik.« Herodin, der vom Fenster des Durchgangs aus den Übungskampf verfolgt hatte, schüttelte den Kopf. »Und er beherrscht sich noch nicht gut genug. Wildes Drauflosstürmen ist schlecht und gegen alles, was Angor von uns verlangt. Disziplin ist nach wie vor ein Fremdwort für ihn.«

»Was erwartet Ihr, Seneschall?«, verteidigte Nerestro

von Kuraschka den Gewinner des Gefechtes. »Alles, was er über Schwerter weiß, haben ihm Gesetzlose beigebracht, die sich auf ungezieltes Hauen und Stechen beschränken.« Seine Hand fuhr über die blond gefärbte Bartsträhne. »Ich finde, er hat große Fortschritte gemacht. Wenn es Frühling wird, schicke ich ihn zu einem Turnier. Er wird verlieren, aber Erfahrung sammeln.«

Ohne ein weiteres Wort wandte sich der Großmeister der Hohen Schwerter vom Fenster ab, um seinen Weg in Richtung des Waffensaals fortzusetzen. Die Schmerzen, die er beim Gehen in seinem Rücken spürte, zeigte er nicht. Doch die langen Jahre im Sattel und das Tragen der schweren Rüstungen forderten im fortgeschrittenen Alter ihren Tribut.

Schweigend gingen die Männer nebeneinander her, bis sie die breite Eichentür erreichten.

»Es sieht nicht gut aus, oder?«, fragte Nerestro, ehe er öffnete und eintrat. »Rodmor von Pandroc hat merkwürdige Andeutungen gemacht.«

»Er hatte wohl Recht, Großmeister«, sagte Herodin mit verkniffenem Gesicht. »Aber lasst es Euch selbst erzählen.«

Der Oberste des Ordens trat in den Saal, dessen Wände mit Schwertern, Morgensternen, Äxten, Beilen und anderen Waffen geschmückt war. Auch verschiedene Schilde mit den unterschiedlichsten Wappen waren dort aufgehängt worden. Während er zu seinem Platz am Kopfende der schwarzen Tafel schritt, betrachtete er die ältesten Schilde, die einst Zeugnis seiner überlegenen Kampfkunst gewesen waren. Nun erinnerten sie ihn mehr an Mahnmale denn an Trophäen. Keiner von denen, die einst die Schilde besessen hatten, war noch am Leben. Die meisten waren bei Telmaran elend zu Grunde gegangen.

Ähnlichen Charakter besaß das Sammelsurium an Flaggen, Standarten und Fahnen, die von einer Balustrade herabhingen – Andenken an gute Freunde oder geschätzte Gegner.

Erst als er sich auf den geschnitzten Lehnstuhl setzte, hatte er Augen für die Anwesenden. Sieben Ritter, gerüstet in Kettenhemden und mit kostbaren Pelzen zum Wärmen, warteten darauf, dass ihr Großmeister das Treffen eröffnete. Auf dem Tisch lagen drei Schilde.

»Wir leben und dienen Angor, dem Gott des Krieges und des Kampfes, der Jagd, der Ehrenhaftigkeit und der Anständigkeit«, begann Nerestro, zog seine aldoreelische Klinge und küsste die Blutrinne. Behutsam legte er das kostbare Schwert vor sich, die Spitze von sich weg zeigend. »Wir haben uns eine neue Bestimmung gesucht, indem wir diese Waffen vor dem Zugriff eines Unbekannten zu schützen suchen.« Er erhob sich. »Und was haben wir erreicht? Berichtet!«

»Es ist so, dass unsere Suche einerseits erfolglos war«, gab Kaleíman von Attabo Auskunft. »Wir haben weder in der ehemaligen Burg von König Tarm noch in den Besitztümern des verstorbenen Herrschers Mennebar Hinweise auf die aldoreelischen Klingen gefunden. Angeblich sei, so sagte uns die Dienerschaft, niemals eine solch kostbare Waffe zu sehen gewesen.« Kaleímans Unterkiefer mahlten. »Dafür haben wir zwei unserer Brüder und eine Schwester verloren, die den Besitzer in der Baronie Serinka beschützen wollten. Wir wissen nicht, was sie getötet hat. Ihre Leichen wurden zusammen mit dem Vasruc in dem Raum gefunden, in dem das Schwert aufbewahrt worden war.«

»Die ilfaritische Klinge ging mit der Festung Windtrutz schon vor längerer Zeit verloren«, ergänzte der

Großmeister die schlechten Nachrichten. »Unser Orden besitzt demnach also die letzten vier.«

»Und es bleiben jene zwei, die mächtigsten aller Klingen, die ausschließlich für den Kampf gegen Sinured angefertigt wurden und an einem geheimen Ort vor dem Bösen versteckt liegen«, erinnerte der Seneschall. »Wissen wir über ihren Aufenthaltsort bereits Genaueres?«

»Angor hat sie dummerweise so gut versteckt, dass wir noch keinerlei Erkenntnisse über ihren Verbleib haben. Die Archive, die wir durchforsten ließen, ergaben nichts außer Verweise auf ältere Sammlungen.« Kaleíman wirkte unzufrieden. »Damit ist ungewiss, ob das Böse sie nicht schon lange in ihrem Besitz hat. Aber selbst wenn es lästerlich klingen mag: Wer sagt uns, dass die beiden letzten, besonderen Schwerter überhaupt existieren?« Ein Murren lief durch die Reihen der Anwesenden. Der Ritter fühlte sich sofort angegriffen. »Ich weiß, dass es einigen nicht passt, wenn ich so denke. Es mag daran liegen, dass wir eine Generation der neuen Ritterschaft sind. Dennoch, diese Gedanken sind berechtigt.«

Herodin nickte aufmunternd, und Kaleíman fuhr fort. »Diese beiden Klingen sind nur aus der Legende bekannt. Was ist, wenn sie sich bereits unter denen befinden, die wir an den Unbekannten verloren haben? Wenn sie gar nicht versteckt waren? Oder wenn eine von ihnen gerade vor uns auf dem Tisch liegt? Ich habe die Aufzeichnungen studiert, und darin steht nichts darüber, wie die Klingen beschaffen sein sollen. Wie, so frage ich die Anwesenden, sollen wir sie dann von den anderen unterscheiden?«

Die Ritter schauten ihren Ordensführer abwartend an.

»Es wird Zeit, dass ich den Kabcar in Kenntnis setze«, entschied Nerestro. Gedankenverloren fuhren seine Finger über den Griff der aldoreelischen Klinge. »Wir dürfen uns nicht dadurch schwächen, dass wir uns über den ganzen Kontinent verteilen. Die anderen beiden Träger der Schwerter sollen unverzüglich in meine Burg kommen. Wenn immer einer von uns über die anderen wacht, wird der, der die Klingen einsammelt, keine Gelegenheit erhalten, uns zu überraschen. Und dann töten wir den, der es gewagt hat, sich mit den Hohen Schwertern in die Schranken zu wagen.«

Mit einer Geste bedeutete er den Versammelten, sich zu erheben. Eigenhändig brachte er die Schilde der gefallenen Kriegerin und der Krieger an der Wand an, während die Ritter niederknieten und Gebete zu Angor sprachen, damit er die Ordenszugehörigen bei sich aufnahm. Mehr als zwei Stunden verharrten sie so im Waffensaal, bevor sich Nerestro erhob.

»Zwei Dutzend unserer Ritter behalte ich hier bei mir, den Rest teilt Ihr in zwei Gruppen, die den Besitzern der aldoreelischen Klingen entgegenreiten sollen, um ihnen wenigstens etwas Schutz zu vermitteln«, befahl er seinem Seneschall. *Auch wenn ich nicht glaube, dass unsere Gegner sich dadurch aufhalten lassen werden.*

»Habt Ihr einen Verdacht, wer die Schwerter an sich nimmt, Großmeister?«, fragte Kaleíman.

»Keinen, den ich beweisen kann«, deutete Nerestro an. »Und es würde Euch nichts nützen, wenn ich ihn äußerte.« Sein Blick schweifte über die Gesichter seiner Untergebenen. »Ihr wisst, was auf dem Spiel steht. Wenn diese letzten vier Waffen verschwinden, gibt es nichts, was Sinured und seine Verbündeten, an welcher Stelle sie auch sitzen, aufhalten kann, nicht einmal die vom Kabcar so viel gepriesene Magie. Über alles andere, was Ihr zu den besonderen Schwertern gesagt habt, werde ich nachdenken, Kaleíman von Attabo.«

Die Gerüsteten verließen den Waffensaal.

Müde sank Nerestro auf seinen Stuhl. »Ach, Ihr meint, ich habe mich lange genug zum Narren halten lassen?«, sprach er müde in die leere Luft. »Ich habe geschworen, mich nicht mehr in die Politik einzumischen, und ich werde mein Wort halten. Dem Hause Bardri¢ bin ich treu ergeben; so lautete die Vereinbarung, die ich damals mit dem Kabcar traf, um den Orden vor dem Untergang zu bewahren.« Er schwieg einige Zeit, sein Gesicht zeigte Wut. »Mich zu beleidigen fruchtet nicht, Rodmor von Pandroc! Verschwindet!« Er legte sich die Hände auf die Ohren und schloss die Augen. »Ich sage dem Kabcar Bescheid, mehr werde ich nicht tun. Und nun lasst mich in Ruhe!«

Die Sonnen sanken; ihr warmer, goldener Schein fiel durch die Fenster, legte sich auf den Großmeister und wärmte ihn. Seufzend nahm er die Hände herunter und ließ den Kopf kreisen, dass seine Nackenwirbel knackten.

Dann öffnete er die Augen, die einen entschlossenen Ausdruck trugen. *Es wird Zeit, etwas zu tun.*

Er verließ den Waffensaal und begab sich in seine Schreibstube, um einen Brief aufzusetzen, den er durch einen Boten dem Kabcar persönlich aushändigen lassen wollte.

Ausführlich schilderte er die bisherigen Ereignisse rund um die aldoreelischen Klingen und verschwieg auch nicht, dass Meister Hetrál, wie ihm zugetragen worden war, von Hemeròc angegriffen worden sei. Ferner legte er in dem Schreiben die Vermutung nahe, dass entweder Hemeròc oder eine noch vertrautere Person im Umfeld des Herrschers ein doppeltes Spiel trieb. Ausdrücklich wies er darauf hin, dass das Böse etwas vorbereitete, er aber nicht wüsste, was es beabsichtige. *Das sollte ausreichen, um den Kabcar ein wenig aufmerksamer zu machen*, schätzte er.

Nach einigem Zögern fügte er weitere Zeilen an, in denen nur der Herrscher eine besondere Bedeutung erkennen würde, und siegelte den Umschlag.

Kurz danach preschte ein Botenreiter zum Burgtor hinaus.

Prustend tauchte Albugast aus dem Zuber auf und wischte sich die verbliebene Seife aus den blonden Haarstoppeln, die auf dem ansonsten kahl rasierten Kopf standen. Entspannt ließ er sich in dem riesigen Behälter treiben und genoss die Wärme, die ihn von allen Seiten umgab und die verspannten Muskeln lockerte. Die ätherischen Öle, die in das Wasser gegeben worden waren, wirkten zusätzlich wohltuend.

Die Gestalt seines ärgsten Widersachers erschien in der Tür der kleinen Badekammer, dem wärmsten Raum in der ganzen Burg. Selbst in der Kemenate wurde schon lange nicht mehr geheizt; der Herr von Angorjana schien dem weiblichen und dem männlichen Geschlecht gleichermaßen abgeschworen zu haben.

Tokaro warf einen Blick auf Albugast, der ihn wie immer mit Missachtung strafte. *Der hat mir gerade noch gefehlt.*

Der blonde, gut aussehende und vor allem äußerst ehrgeizige Mann hätte der nächste Knappe des Großmeisters werden sollen, doch das Auftauchen des einstigen Gesetzlosen machte seine Pläne zunichte. Er war einem anderen Ordensritter zugeteilt worden, der bei weitem nicht das Prestige eines Nerestro von Kuraschka vorzuweisen hatte. Dafür verabscheute Albugast den

Konkurrenten, feindete ihn an, wo es nur ging, und ließ seit dem Erscheinen auf der Burg keine Gelegenheit aus, Tokaro bloßzustellen.

Zu allem Überfluss schien der Großmeister die Ausbildung des unbekannten Jungen, den er eines Tages wie ein Findelkind mitgebracht hatte, aus irgendeinem Grund mit Gewalt voranzutreiben. Die Aufmerksamkeit, die auf seine täglichen Übungen gelegt wurde, war ungleich höher als bei allen anderen. Auf der anderen Seite erfuhr man nichts über die Vergangenheit des Neulings, niemand wusste etwas Genaues über ihn zu sagen. Adliger Herkunft, da war sich Albugast sicher, konnte er bei den fehlenden Manieren nicht sein. Der Neid nagte an ihm, und er konzentrierte seine Wut über die Zurücksetzung voll und ganz auf seinen Widersacher.

»Verschwinde, Filzlaus«, begrüßte er Tokaro unfreundlich. »Der Zuber ist voll.«

»Ich will gar nicht hinein. Es schwimmt genug Dreck darin herum, dass man danach noch mal baden müsste«, lachte der Junge mit den leuchtend dunkelblauen Augen, der mehr und mehr zum Mann geworden war.

Ohne auf das Fluchen des Knappen zu achten, zog er sich grinsend zurück, um sich in der Rüstkammer, unbeobachtet von den anderen, zu waschen und umzuziehen. Wenn auch nur einer der Männer sein Brandzeichen entdeckte, wäre sein Leben als ein zukünftiger Ritter Angors zu Ende. Da ihm die Ausbildung gefiel, wollte er das nicht in Kauf nehmen.

Dass er die Nähe der anderen im unbekleideten Zustand mied, machte ihn zu einem Sonderling. Nacktheit gegenüber den eigenen Mitgliedern bedeutete nichts Anstößiges im Orden, und dass ihm diesbezüglich Privilegien eingeräumt wurden, sorgte für Gerüchte. Die Ringerübungen absolvierte er ebenso in einem reißfesten Lederhemd wie das Laufen, Schwimmen oder andere Körperertüchtigungen. Die Ausrede, er trage am gesamten Oberkörper einen hässlichen Hautausschlag, verlor mehr und mehr ihre Wirkung.

In aller Eile streifte Tokaro das Kettenhemd ab und wechselte die verschwitzte Kleidung. Nachdem er den Übungskampf hinter sich gebracht hatte, stand nun das Armbrustschießen an. Der Umgang mit der Fernwaffe fiel ihm leicht, aber noch lieber hätte er seine Büchse zurück. Er vermisste das Donnern, den Rückschlag, der den Schaft gegen die Schulter drückte, und Geruch des Pulverdampfes. Zudem waren die Feuerwaffen, was den Durchschlag auf größere Entfernung anbelangte, der Armbrust überlegen.

Den wattierten Waffenrock darunter und das Hemd aus unzähligen geflochtenen Ringen darüber, trabte er in die Halle, in der die Schießübungen stattfanden. Unterwegs steckte er sich drei eingelagerte Winteräpfel ein, falls er Hunger bekommen sollte. Kurz nach ihm erreichte Albugast den Ort.

Einer der erfahrenen Ritter erschien und koordinierte den Ablauf des Unterrichts. Die aus Stroh geflochtenen Zielkörbe wurden in fünfzig Schritt Entfernung aufgestellt. Hätte Tokaro seine Büchse noch besessen, so wäre er angesichts dieser Entfernung in schallendes Gelächter ausgebrochen. Schweigend und geordnet wiederholten die Jungen im ständigen Wechsel Laden und Schießen. Der Ritter verließ den Saal.

Einfach nur in die Mitte zu treffen war dem Ulsarer zu langweilig. Daher begann er, mit den Bolzen eine gerade Linie von oben nach unten zu ziehen. Der erste Schuss ging in den äußersten der neun unterschiedlich farbigen Ringe, exakt über der mit einem roten Punkt markierten Mitte. Zufrieden lud er nach.

Albugast lachte laut. »Schaut, wie zielsicher unser Frischling ist.« Er betätigte die Winde an seiner Armbrust, um die Sehne nach hinten zu ziehen, legte einen Bolzen in den Schaft und setzte das Geschoss nach kurzem Zielen fast mittig ins Ziel. »So geht das, du Taugenichts.«

»Auf unbewegte Gegenstände zu schießen ist keine große Kunst«, meinte Tokaro abfällig. *Es wird Zeit, ihm zu zeigen, dass ich mir nicht alles gefallen lasse.*

Sein Rivale lächelte. »Und du hast eine Eingebung, woher wir ein anderes Ziel nehmen sollen?«, erkundigte er sich herausfordernd. »Dachtest du dabei an dich?«

»Ja«, nickte der Junge und lud seine Waffe. »Jeder von uns geht bis ans Ende der Halle, ausgestattet mit zehn Bolzen. Und dann laufen wir aufeinander zu und feuern alle drei Schritte auf uns.«

Albugasts Gesicht zeigte seine Verunsicherung über diesen Vorschlag in aller Deutlichkeit. »Hast du den Verstand verloren?«

»Heißt das, du bist feige?«, konterte Tokaro genüsslich, hob den Lauf, ohne sonderlich zu zielen, und drückte den Abzug nach hinten. Der kurze, massive Pfeil bohrte sich ins Zentrum der Scheibe. »Dann machen wir etwas anderes, bis du dich traust, gegen mich anzutreten.« Er nahm einen der Äpfel hervor. »Einer der anderen wird ihn in die Luft werfen. Wer den Apfel erwischt, hat gewonnen und muss einen Tag lang die Aufgaben des anderen mit übernehmen.«

Mittlerweile ruhten die Übungen in der ganzen Halle. Alle wollten sehen, wie der Wettkampf zwischen Albugast und Tokaro enden würde.

»Einverstanden«, stimmte sein Kontrahent zu. »Ich zuerst.« Der erste Bolzen zischte an dem fliegenden

Obststück vorbei, beim zweiten Versuch streifte er es. »Das genügt wohl.«

»Dir vielleicht«, meinte der einstige Rennreiter des Kabcar, hob den Apfel auf und warf ihn hoch in die Luft. Er beschrieb eine Kurve, wie es der junge Mann geplant hatte, und landete genau in den Händen von Albugast.

Die Armbrust richtete sich auf den Apfel, den der überrumpelte Knappe genau vor dem Mittelpunkt seines Oberkörpers hielt. »Ich habe nicht gesagt, dass man ihn während des Fluges treffen muss. Du hättest genauer zuhören sollen.« Die anderen Knappen lachten. Tokaros Augen bohrten sich in die seines Rivalen. »Wenn du noch einmal wagst, mich vor allen anderen einen Taugenichts zu nennen, Albugast, wirst du erfahren, was für ein Gefühl es ist, einen Bolzen zwischen die Rippen zu bekommen. Ich bin ebenso viel wert wie du, Ordensbruder. Du magst älter sein, aber nicht besser als andere. Und nun wirf.«

Verunsichert von der plötzlichen Entschlossenheit und Härte, die er seinem Gegenspieler niemals zugetraut hätte, kam Albugast der Aufforderung nach. Auf dem höchsten Punkt des Fluges zerplatzte der Apfel in mehrere Teile, gesprengt vom zielsicher abgeschossenen Bolzen.

»Was ist hier los?«, herrschte der zurückkehrende Ordensritter die Knappen an. »Euch werde ich lehren, was Disziplin zu Ehren Angors bedeutet.« Er ließ sie die Armbrüste in den Nacken legen und Laufrunden drehen, bis sie vor Anstrengung nur noch keuchten. Danach wurde das Übungsschießen fortgesetzt, immer wieder unterbrochen von Ausdauereinlagen.

An den Blicken der anderen jungen Männer erkannte Tokaro im Lauf des restlichen Tages zwei Dinge. Zum einen war er in ihrem Ansehen um einiges gestiegen, zum anderen aber hatte er sich in Albugast einen vollendeten Feind geschaffen, der ihm das Leben im Orden zur Hölle machen würde.

Was wäre das Leben ohne eine echte Herausforderung?, grinste er. *Da stimmt mir sogar Angor zu. Und wenn die Blechmänner anfangen, mich zu sehr zu quälen, packe ich in einer lauschigen Nacht meine Sachen und verschwinde. Ich werde zum bestausgebildeten Räuber, den Tarpol jemals gesehen hat.*

In Hochstimmung feuerte er einen weiteren Bolzen unmittelbar unter den ersten Treffer und vervollständigte die angefangene Linie aus Geschossen Schuss um Schuss.

Kontinent Ulldart, Großreich Tarpol,
Hauptstadt Ulsar, Winterende 458/59 n. S.

So völlig unbeschadet, als läge sie auf dem Boden, ruhte die aldoreelische Klinge auf ihrem Bett aus glühenden Kohlen, die zischend und Funken sprühend in der Esse verteilt waren. Nicht einmal die Diamanten zeigten Spuren von Ruß oder Erscheinungen, die auf die Wirkung der immensen Hitze zurückzuführen waren.

Schlagartig änderte das Feuer seine Farbe.

Die kleinen Flämmchen züngelten orange aus den Kohlestücken hervor. Von unsichtbaren Kräften bewegt, betätigte sich der große Blasebalg und fachte die Temperaturen an, bis das unnatürlich grelle Feuer rund um die kostbare Waffe in die Höhe schoss.

Die Schneide umspielte ein silbernes, unscheinbares Flimmern, das sich rasend schnell über die Parierstange den Griff entlang bis zum Knaufende verbreitete. Die Klinge verlor von oben nach unten unaufhaltsam ihre Form, wurde weicher und zerfloss.

Das glühende Metallrinnsal suchte sich wie eine verzweifelte Schlange einen Ausweg aus der Hitze des Feuers, sickerte zwischen den Kohlen hindurch, lief in einen dünnen Kanal durch ein Sieb, in dem die Diamanten zurückblieben, und wurde letztendlich in einer quadratischen Gussform aufgefangen.

Der faszinierende Vorgang der Schmelze nahm etliche Minuten in Anspruch, dann erinnerte nichts mehr an die aldoreelische Klinge. Die Flammen der Esse erloschen, und die Fackeln in der Schmiede erwachten zum Leben.

»Und so vollendet eine weitere der wundersamen Waffen ihren Weg ins Bedeutungslose«, sagte Mortva Nesreca leise und zufrieden zu sich selbst.

Die Gussform schwebte in einen Bottich mit Eiswasser, in dem sie, dichte Dampfwolken fabrizierend, auf den Grund sank. Nesreca summte ein leises Lied, verschränkte die Arme auf dem Rücken und wartete geduldig. *Fünfzehn Stück besaßen wir, vier haben wir erfolgreich unschädlich gemacht,* überlegte er, während er sich von der Anstrengung der Prozedur erholte.

Mithilfe seiner Magie und der entsprechenden Ritualformeln gelang es ihm, den Schutzzauber der aldoreelischen Klingen zu lockern und die Waffen eine nach der anderen einzuschmelzen. Ganz brechen konnte man die starke Magie nicht, aber als Metallklumpen richteten die einstigen Klingen kein Unheil mehr an. Die schweren Klötze würden zudem schon bald allesamt auf dem tiefsten Meeresgrund liegen.

Eigentlich hatte Nesreca die Geduld bewahren und erst mit der Vernichtung beginnen wollen, wenn er alle einundzwanzig Klingen in seiner Gewalt hätte. Aber ein ungutes Gefühl hatte ihn zur Eile angetrieben. Nichts sollte ihn, Sinured oder die anderen aufhalten können.

Da der Schutzzauber, der um die Klingen lag, überaus machtvoll war, beanspruchte ihn das Einschmelzen dermaßen stark, dass er die Schulung seines Zöglings Govan vorübergehend einstellte. Der Junge war durchaus in der Lage, sich weitere Kenntnisse selbst anzueignen. Den magischen Schild beherrschte er inzwischen ebenso gut wie sein Mentor.

Immer noch summend, nahm Nesreca die erkaltete Gussform aus dem Wasser, öffnete sie und stellte das heiße, quaderförmige Metallgebilde auf dem gepflasterten Boden neben einem schwarzen Lackschrank ab, der demjenigen in seinen Gemächern bis auf die letzte Maserung glich.

Er entriegelte den Schrank, schaltete die magischen Sicherungen aus und öffnete die Flügeltüren. Mit einer gewissen Verachtung stellte er den Klotz, der einst eine aldoreelische Klinge gewesen war, in das untere Regal zu den anderen drei und schloss den Schrank sorgfältig ab.

Die hätte ich beinahe vergessen. Mit bloßen Händen fischte er die Diamanten aus dem Sieb, kratzte die letzten Reste des erkalteten Stahls mit den Fingernägeln von den Steinen und ließ sie in die Tasche seiner tadellos sitzenden Uniformjacke gleiten. *Wie unachtsam von mir.*

Nesreca schüttelte eine weitere Klinge aus dem Lederbeutel, in dem er sie transportiert hatte, und ließ sie auf den Boden poltern. Wegen der rostbraunen Farbe, die er als Blut erkannte, wusste er, dass es sich um die Klinge handelte, die ihm die Zweite Göttin aus der ehemaligen Baronie Serinka mitgebracht hatte.

»Die Nächste bitte«, sagte er freudig und warf sie in die Glut. *Mal sehen, ob es mir gelingt, zwei dieser verfluchten Dinger an einem Tag zu zerstören. Ich habe früher schon ganz andere Dinge vollbracht.*

Während der Blasebalg sich in regelmäßigem Rhythmus hob und senkte und die Flammen wuchsen, versank der Mann mit den silbernen Haaren in tiefe Konzentration. Seine Lippen formten lautlose Beschwörungsformeln, die schlanken Finger zeichneten Symbole in die Luft. Eine Fackel nach der anderen erlosch, und der rötliche Schein der Esse spiegelte sich auf seinem Gesicht.

Die geistige Beanspruchung stieg bei diesem zweiten Versuch derart, dass er die Kontrolle über seine Gestalt verlor und sie ihre menschlichen Konturen nach und nach aufgab.

Ein Horn durchstieß die Kopfhaut und ragte feucht schimmernd aus seinem anwachsenden Schädel. Die Kiefer wurden kräftiger, und auf seinem Rücken bildete sich ein Buckel, unter dem sich Schwingen abzeichneten, die jeden Moment hervorzubrechen drohten. Die Hände verformten sich zu Klauen mit bösartig langen, scharfen Krallen.

Fluchend beendete der Konsultant den Vorgang. Dieses Wagnis wollte er nicht eingehen. Mit Mühe nahm er seine übliche Gestalt wieder an und öffnete die Augen, deren dreifach geschlitzte, magentafarbene Pupillen sich in menschliche zurückverwandelten.

»Was, bei Tzulan, bedeutet das?«, brach es aus ihm hervor, als sein Blick auf die glühenden Kohlen fiel.

Die aldoreelische Klinge zerlief wie Butter in der

Sonne, die angeblichen Edelsteine und Diamanten platzten unter der Hitze der Esse. Fassungslos starrte er auf das zergehende Schwert.

Eine verfluchte Fälschung! Sie hat mir eine verdammte Nachbildung aus Serinka mitgebracht!

»Paktaï!«, sagte er leise, aber befehlend. Die Zweite Göttin trat aus einer dunklen Ecke des Raumes hervor. »Kannst du mir erklären, was du mir da aus der Baronie mitgebracht hast?« Er nickte in Richtung der brodelnden und Blasen schlagenden Metallreste. »Nach was sieht das für dich aus?«

Das Wesen in Gestalt einer Frau schaute teilnahmslos in die Esse. »Es war keine aldoreelische Klinge?«

»Nein!«, platzte es aus Nesreca heraus, und Paktaïs Kopf zuckte zurück. »Man hat dir eine billige Nachbildung angedreht.«

Ihre rot glühenden Augen wurden schmal. »Und warum haben die Menschen die Waffe dann so heldenhaft verteidigt? Sie wurde von drei Ordenskriegern bewacht.«

»Wie wäre es mit einem Ablenkungsmanöver?«, schlug Nesreca vor. »Sie wollten uns glauben machen, wir hätten eine dieser Waffen in unseren Besitz gebracht, während das Original an einem anderen Ort lagert.«

»Den die Hohen Schwerter kennen?«, überlegte Paktaï laut.

»Mit Sicherheit«, stimmte er zu. Den Zeigefinger ans Kinn gelegt, die andere Hand auf dem Rücken, wanderte er in der Schmiede auf und ab. »Jetzt hat mir dieser aufgeblasene Großmeister doch tatsächlich den Krieg erklärt. Er weiß, dass jemand die Klingen einsammelt.«

»Dann sollten wir die Ritter endlich aus dem Weg

räumen«, schlug die Zweite Göttin gelassen vor. »Hemeròc brennt bereits vor Begierde, sein Versprechen am Großmeister einzulösen.«

»So war es aber nicht vorgesehen«, ärgerte sich Nesreca. »Ich hätte die Ritter zu gern zu irgendeinem unserer Zwecke noch eingesetzt, bevor ich sie ächten lasse. Aber es führt wohl kein Weg daran vorbei. Ich werde dem Kabcar sagen müssen, wer unseren genialen Strategen Varèsz wirklich umgebracht hat. Und das ist ein Verstoß gegen den Schwur, den er vor vielen Jahren geleistet hat.«

Paktaï nahm etwas von dem glühenden Metall in die Hand und formte daraus ein kleines, einfaches Schwert. »Wie aber sollen Hemeròc und ich erkennen, was eine echte aldoreelische Klinge ist und was nicht?«

Der Konsultant bückte sich, hob einen feinen Stahlspan auf, den er von dem Diamanten abgekratzt hatte, und rammte ihn dem Wesen mit einer blitzschnellen Bewegung in den Handrücken. Wütend schnaubte Paktaï auf, als der nadelartige Splitter ihre Haut durchbohrte und in ihre Hand drang.

»Nur eine dieser besonderen Waffen ist in der Lage, euch beide zu verletzten, hast du das schon vergessen?«, fragte er in zuckersüßem Ton. »Ich verlange nicht, dass ihr euch zur Probe den Kopf abschlagt oder den Arm abhackt.« Ruckartig zog er den Span heraus; ein Tropfen durchsichtiger Flüssigkeit trat aus der punktgroßen Verletzung. »Ein leichter Schnitt bringt euch die Gewissheit. Und nun geh.«

Paktaï fletschte die Zähne und starrte den Berater des Kabcar an. »Übertreibe es nicht.«

Ruhig erwiderte er ihren herausfordernden Blick, bis sie den Kopf senkte und mit einem Fauchen in den Schatten verschwand.

Nesreca warf sich verärgert den Mantel über und verließ die kleine, halb eingefallene Schmiede, die sich hinter den alten Stallungen des hoheitlichen Palastes befand und gewöhnlich nicht mehr benutzt wurde. Über Umwege kehrte er in das weitläufige Hauptgebäude zurück.

Offiziell galt die Werkstatt als veraltet und nicht mehr benutzbar, doch für seine Zwecke war das kleine Häuschen ideal. Es lag abseits von allen neugierigen Augen und Ohren, sodass er ungestört seinem Tun nachgehen konnte. Niemand käme auf den Gedanken, dass hier die Überreste der mächtigsten Waffen des Kontinents gelagert wurden.

Bei allen Krankheiten Ulldarts, ich hoffe, dass wir nicht noch mehr Fälschungen in der Sammlung haben. Ich muss es sofort überprüfen. Die letzten Flocken fielen aus den grauen Wolken, größtenteils mit Regen vermischt. Im Norden des Großreiches Tarpol herrschte Tauwetter, der Winter näherte sich seinem Ende.

Es wird Zeit, dass wir die Kensustrianer endlich angreifen, überlegte der Konsultant, erklomm die Stufen des Nebeneingangs und warf einem Diener seinen Mantel zu. *Aber zuerst sorge ich dafür, dass die Hohen Schwerter ihre letzte Rolle auf Ulldart gespielt haben. Somit komme ich ganz einfach in den Besitz der nächsten vier aldoreelischen Klingen. Und das werden hoffentlich keine Nachbildungen sein.*

Ohne sich aufzuhalten, schritt er in seine Gemächer, öffnete die beiden Flügeltüren des riesigen schwarzen Lackschranks und betrachtete die verbliebenen zehn Klingen, die in all ihrer meisterlichen Pracht in den Halterungen hingen. Keine der Waffen machte auf ihn den Eindruck, eine raffiniert angefertigte Fälschung zu sein.

Behutsam zog er die erste aldoreelische Klinge aus der Scheide und fuhr prüfend mit dem Daumen über den Stahl. Er schien immens scharf zu sein. Als er sich einen leichten Schnitt an der Hand zufügte, presste er die Zähne zusammen. Dies musste ein Original sein.

Fluchend hing er das Schwert zurück und wiederholte die Prozedur, bis er ein weiteres Mal fündig wurde. Eine Schneide war nicht in der Lage, ihm Schaden zuzufügen.

Grollend schlug er die Klinge mit der flachen Seite gegen die Wand, dass sie knapp oberhalb des Heftes in zwei Teile zersprang. Verächtlich warf er den Griff auf den Boden und verließ seine Unterkunft. Jetzt musste er handeln, bevor ihn die Hohen Schwerter noch mehr zum Narren hielten.

Zwei Fälschungen, bei Tzulan, das ist schlecht, überlegte er unterwegs. *Wo haben die Eisenkrebse die ausgetauschten Klingen verborgen? Ich werde dafür sorgen, dass sie den Ort in den kommenden Verhören herausschreien!* Seine Finger glitten durchs Haar. *Was ist nur los auf Ulldart? Zuerst bricht mir Aljascha aus, und nun fühlen sich die Ritter berufen, nicht länger Helden zu spielen, sondern auch noch Helden sein zu wollen.* Unwillkürlich ballte er die Fäuste. *Was kommt als Nächstes?*

Die vor kurzem fertiggestellte Bardri¢-Oper Ulsars war besetzt bis auf die letzten Ränge. Auf acht Stockwerken verteilten sich die Logen und Emporen mit den Wohlhabenden und neuen Adligen. In den Parkettreihen saß das einfache Volk.

Samt und weitere teure Stoffe verkleideten das Mauerwerk, überall funkelte und glitzerte das Blattgold, riesige Kronleuchter mit geschliffenen Kristallen sorgten für die stimmungsvolle Beleuchtung des Gebäudes.

Es roch nach einer Mischung aus frischem Holz und Apfelblütenduft, der aus dem mit Essenzöl getränkten, porösen Steinen stammte, die über den Lampen angebracht worden waren. Durch die Hitze gaben sie das Aroma frei und sorgten für eine angenehmere Luft in der Oper.

Lodrik saß in der »Kabcar-Loge«, die den besten Blick und das beste Hörerlebnis versprach. Immer wieder nickten ihm Menschen zu, deuteten stummen Applaus an, um ihre Anerkennung und Freude über den Bau, der auf Geheiß des Herrschers entstanden war, zum Ausdruck zu bringen.

Dennoch bemerkte er, dass etliche Ränge leer blieben. Es musste sich um die Plätze der Ulsarer handeln, die zu den engsten Freunden Aljaschas zählten und nun die Rache des Kabcar fürchteten – oder ihr Fehlen als Protest verstanden.

Doch Lodrik sah vorerst von einer Verhaftung ab, auch wenn er sich sehr wohl dachte, dass etliche der Neuen im Adelsstand seiner Gemahlin ihre Unterstützung zugesagt hatten. Sollten sie nur in stetiger Angst und Ungewissheit leben! Vielleicht würde er tatsächlich einen aus ihren Reihen verhaften lassen, nur um ihre Besorgnis neu zu entfachen.

Seine verstoßene Gattin befand sich, wie ihm der Gouverneur in Granburg gemeldet hatte, in der Provinzhauptstadt und schien sich in ihre Strafe zu fügen. Ihre Drohung würde er nicht vergessen, doch im Augenblick konnte ihm die einstige Kabcara gestohlen bleiben. *Wenn Tzulan ein Einsehen hat, nimmt er sie während der Niederkunft zu sich. Es wäre das Beste für das Kind.*

Entspannt räkelte sich der Herrscher in seinem äußerst bequemen Sessel, streckte sich dezent und nahm einen Brief aus dem Ärmelaufschlag seiner Uniform, die nach wie vor eher schlicht als protzig gehalten war, trotz all der Macht, die ihn umgab und die er besaß.

Kurz überflog er den Inhalt ein weiteres Mal und verstaute das Papier, dann langte er nach dem Programmheft auf dem Sitz neben sich, das ihm der Leiter der Oper persönlich überreicht hatte.

Licht im Dunkel lautete der pathetische Titel des Stückes, das an diesem Abend aufgeführt werden sollte. Es drehte sich um einen jungen Mann, der König wurde, zahlreiche Neuerungen in seinem Land zum Wohl der Bevölkerung einführte und nebenbei noch einen Krieg gewann.

Woher kenne ich das nur? Lodrik musste lächeln. Der Name der Oper war die genaue Umkehrung dessen, was der gesamte Kontinent bei seinem Machtantritt gefürchtet hatte.

»Was wird heute Abend gespielt, Hoher Herr?« Sein Konsultant tauchte durch die Vorhänge und ließ sich neben ihm nieder. »Ganz Ulsar muss zur Premiere versammelt sein.«

»Es scheint langweilig zu werden«, gab er gut gelaunt zurück. »Die Geschichte ist schon lange bekannt. Aber wenn die Musik gut komponiert ist, bleibe ich bis zum Schluss.« Er reichte Nesreca das Programmheft. »Danach folgt der Ball in der Eingangshalle, und dann wären die Pflichten für heute erfüllt.«

Nesreca las die Zeilen nur oberflächlich. »Übrigens ein sehr guter Einfall, durch die Eintrittsgelder der Wohlhabenden den einfachen Ulsarern den Besuch der Vorstellung zu ermöglichen, ohne dass sie einen Obolus entrichten müssen.«

Das Stimmen der Instrumente tönte aus dem Orchestergraben und verkündete den baldigen Beginn.

»Bei aller Freude über das Erreichte«, wagte Nesreca einen Vorstoß, um auf die Hohen Schwerter zu sprechen zu kommen, »ich muss Euch etwas mitteilen, Hoher Herr.«

»Wird es meine gute Laune etwa zerstören?«, wollte Lodrik amüsiert wissen. »Ich kann mir nicht vorstellen, dass es im Augenblick etwas gäbe, was dazu in der Lage wäre.«

Das Gesicht seines Beraters wurde bedauernd. »Oh, wie ich wünschte, dass Ihr Recht behieltet«, seufzte er. »Aber ich habe den schlimmen Verdacht, dass der Großmeister der Hohen Schwerter seinen Eid Euch gegenüber brach.«

»Ihr habt einen Verdacht, oder hofft Ihr, dass es sich so verhält?«, meinte Lodrik freundlich und richtete den Blick nun auf seinen Vetter.

Nesreca beschlich das Gefühl, dass der Herrscher wusste, was er zu sagen beabsichtigte. Und dass er mit seinem Vorhaben, den Orden in Misskredit zu bringen, scheitern würde.

»Ich habe erfahren, dass nicht dieser Turît, der Befehlshaber der vernichteten Festung Windtrutz, Osbin Leod Varèsz getötet hat, sondern der Großmeister der Hohen Schwerter selbst – Nerestro von Kuraschka. Der Orden hintergeht Euch, Hoher Herr. Lasst mich eine Untersuchung durchführen.«

Lodrik lächelte verschmitzt. »So, so. Und woher habt Ihr Eure Weisheit, Mortva? Die Insassen der Festung sind alle tot, und soweit mir berichtet wurde, führte Varèsz einen Angriff, von dem keiner seiner Leute zurückkehrte.«

»Nein, nicht ganz«, hielt der Berater dagegen. »Es gab mehrere, die sich im letzten Augenblick zurückziehen konnten, und …«

Der Arm des Herrschers legte sich beruhigend auf die Schulter seines Konsultanten. »Vetter, ich soll eine Untersuchung anordnen und sie Euch übertragen, weil eine Hand voll Feiglinge den Hergang der Dinge anders schildert, als es der Wirklichkeit entspricht?« Lodrik schüttelte sachte den blonden Schopf. »Ich weiß, dass Ihr Nerestro von Kuraschka nicht leiden könnt. Aber gebt Acht, welchen Eurer Spione Ihr zukünftig vertraut und welchen nicht. Wenn der Großmeister Eure falschen Behauptungen vernimmt, wird er Euch ein weiteres Mal zum Zweikampf fordern.« Er lehnte sich zurück und widmete seine Aufmerksamkeit der Bühne, wo sich soeben der Vorhang öffnete. »Zudem weiß ich, wo er zum Zeitpunkt der Belagerung am Eispass war.« Nesreca starrte seinen Herrn mit großen Augen an. »Ich hatte ein geheimes Treffen mit ihm, um ihn zu überzeugen, doch auf meiner Seite zu kämpfen. Ihr seht, er kann unmöglich in Ilfaris gewesen sein.«

»Er war in Ulsar?«, blinzelte der Berater und fühlte sich, als hätte er einen schlechten Traum. »Aber das kann nicht sein.«

Lodrik wandte sich ruckartig um, sein Blick schien gefroren zu sein. »Ihr wollt mich also als einen Lügner bezeichnen, Mortva? Mich?«

Nesreca schloss für einen Moment die Lider und atmete ein, bevor er antwortete. »Nein, natürlich nicht, hoher Herr«, sagte er schleppend. *Er verschafft dem Großmeister wissentlich einen falschen Anwesenheitsbeweis,* grübelte er. *Aber weshalb?* »Da wäre noch eine Sache, wenn wir schon einmal die Gelegenheit haben, in aller Ruhe …«

Das Orchester schmetterte den Militärmarsch der Bardri¢s. Alle Anwesenden erhoben sich von den Plätzen und schauten zum Kabcar, der langsam aufstand, die Hände an die Balustrade gelegt, und sich strahlend seinem Volk präsentierte.

Mit einem Laut des Unmuts sackte der Konsultant auf seinem Sessel zusammen, stützte die Ellbogen auf die Lehnen und legte die Fingerspitzen zusammen. Gereizt stieß er die Luft aus und wartete notgedrungen, bis die Melodie verklungen war, um das Gespräch wieder aufzunehmen.

Die hoheitliche Musik verklang; vielfaches Rascheln zeigte, dass sich die Besucher setzten.

Mithilfe von Seilwinden wurden die Kristalllüster in die Decke hinaufgezogen, die Luken schlossen sich hinter ihnen und ließen den Opernsaal im Dämmerlicht liegen. Die Ouvertüre begann, Pauken und Blechbläser fluteten den Raum mit martialischem Tongewitter.

»Dem Anlass durchaus entsprechend«, meldete sich Nesreca zu Wort. »Wie weit seid Ihr mit der Bearbeitung Eurer Papiere über die Zukunft Ulldarts?«

»Wenn ich Euren Satz übersetze, lautet die Frage: Wann greifen wir Kensustria an?«, meinte Lodrik spitz. »Meine Gemahlin hat ganze Arbeit geleistet. Ich werde mindestens ein Jahr benötigen, bis ich die Einzelheiten meiner Aufzeichnung rekonstruiert habe. Was sie nicht zu Asche verbrannt hat, ist zumeist unkenntlich geworden.« Er reckte sich, um einen besseren Blick in den Orchestergraben werfen zu können, wo etwas mehr Ruhe eingekehrt war. Leise wechselten sich Fagott, Streicher und Hörner ab und intonierten das Thema der Oper.

»Aber was ist mit Kensustria?«, hakte der Konsultant nach und verschränkte die Hände.

»Wir haben Zeit.« Der Herrscher nahm sein Opernglas und beobachtete die Musiker. »So etwas müsste man können«, meinte er bewundernd. »Mir ist aufgefallen, dass Ihr mich viele magische Dinge gelehrt habt, Mortva. Nur nichts Sinnvolles, wie Menschen zu heilen und dergleichen.« Sein Blick wanderte durch den Saal über die Gesichter der Zuhörer hinweg. »Ihr habt mich nur gelehrt zu zerstören.«

»Zu dem Zeitpunkt, zu dem ich zu Euch kam, brauchtet Ihr nichts dringender als dieses Wissen«, antwortete Nesreca pikiert auf den unterschwelligen Vorwurf. »Und Ihr *habt* es gebraucht, wenn ich Euch daran erinnern darf.«

»Sehr richtig, ich habe es gebraucht«, nickte Lodrik, setzte das Fernglas ab und betrachtete den Mann von der Seite. »Aber weshalb bringt Ihr meinen Sohn und meiner Tochter die gleichen Dinge bei wie mir? Weshalb zeigt Ihr ihnen nur die Zerstörung, nicht das Schöne, das Gute?«

»Wir beginnen mit dem Einfachen«, lächelte der Berater boshaft. »Und danach kümmern wir uns um den Rest. Das verspreche ich Euch, Hoher Herr.« Seine Hände lösten sich voneinander und umschlossen die Lehnenenden. »Also wollt Ihr Kensustria so lange von einem Angriff verschonen, bis Ihr Eure ...«, er beherrschte sich und suchte auf die Schnelle ein anderes Wort, »... Eure Visionen eines neuen Ulldart neu aufgezeichnet habt? Ich rate Euch, zögert nicht länger. Wer weiß, was die Menschenfresser im Süden in der Zwischenzeit alles aushecken. Was tun wir, wenn ihre Flotte zurückkehrt, gewaltiger und stärker als je zuvor? Das Land müsste vorher am Boden liegen und sich Euch ergeben haben.«

Der erste Akt begann, Schauspieler liefen, Arien schmetternd, über die große Bühne und besangen die Not des Landes, das unter der Knute der Brojaken litt.

»Mortva, meine Geduld neigt sich allmählich dem Ende zu«, warnte ihn der Herrscher. »Wenn ich Ulldart einer neuen Form des Miteinanders zuführe, hat alles genau durchdacht zu sein. Gerade die Einplanung der Kensustrianer ist eine Angelegenheit, die mit größtem Fingerspitzengefühl betrieben werden muss, weil sie so völlig andersartig sind als wir. Und dennoch gehören sie dazu.« Er lauschte dem Chor, der auf die Bühne getreten war und ein melancholisches Stück zum Besten gab. »Wenn wir schon gerade beim Fragen sind, Vetter, was wisst Ihr über aldoreelische Klingen?«

Nesreca war froh, dass es so düster in der Loge war und Lodrik seinen erschrockenen Ausdruck, den er für einen unbeherrschten Moment zur Schau trug, nicht erkennen konnte. »Ich?«, fragte er scheinbar ruhig. »Nun, es sind mächtige Waffen, die im Großen und Ganzen wohl im Besitz der Hohen Schwerter sein dürften. Weshalb fragt Ihr?«

»Wenn nun genau diese besonderen Klingen eine nach der anderen verschwänden, welchen Schluss zöget Ihr daraus?«, spann Lodrik den Faden unschuldig weiter.

»Ich würde denken, dass jemand die Waffen einsammelt, um sie in seinen Besitz zu bekommen. Sie sind sehr viel wert. Aber welcher Wahnsinnige würde sich dafür mit dem Orden anlegen?« Nesreca täuschte Verwunderung vor, so gut es ihm möglich war.

»Genau diese Frage sollten wir uns bei nächster Gelegenheit stellen«, empfahl der Herrscher huldvoll. »Die Hohen Schwerter haben es sich zur Aufgabe gemacht, diese einmaligen Klingen zu bewahren, wie mir der Großmeister übermittelte. Und er ließ mir ausrichten, dass sie zu seiner Verwunderung von Unbekannten an sich genommen werden.« Nun lehnte er sich zu seinem Berater hinüber. »Wenn die letzten vier Klingen, die im Besitz der Ritter sind, ebenfalls dem Kontinent verloren gehen sollten oder ihren Besitzern etwas zustößt, werde ich all die zu einer Unterredung bitten, von denen ich glaube, dass sie am ehesten vom Verlust der kostbaren Waffen profitieren. Im Übrigen erwarte ich, dass die bereits gestohlenen Klingen ganz schnell wieder auftauchen. Haben wir uns verstanden, Mortva?«

Der verstimmte Berater erwiderte nichts. Seine Gedanken drehten sich im Kreis, zu unvermittelt konfrontierte ihn sein Herr mit der Drohung.

Die Musik endete, der erste Akt war vorüber.

»Haben wir uns verstanden?«, hallte die nachdrückliche Frage des Kabcar durch die Stille des Opernhauses. Seine Augen leuchteten im Zwielicht.

Alle Köpfe ruckten herum, die Aufmerksamkeit richtete sich auf die schwer einsehbare Loge des Herrschers. Ein allgemeines Gemurmel entstand, Fächer klappten hier und da auf, hinter denen sofort Ansichten und Spekulationen ausgetauscht wurden.

Einer der Diener, die vor der Tür warteten, vernahm den Ruf ebenfalls und reagierte, indem er mit einer hastigen Verbeugung eintrat und die Vorhänge der Loge schloss, um die Männer den Augen der Besucher diskret zu entziehen.

»Ja, Hoher Herr.« Nesreca erhob sich und verneigte sich widerwillig. Die Spannung zwischen den beiden Männern war greifbar, und der Diener wich bis an den Rand des Raumes zurück. »Verzeiht meinen raschen Aufbruch, aber ich habe dem hoheitlichen Tadc versprochen, noch bei ihm vorbeizuschauen, bevor er zu Bett geht.« Fluchtartig stürzte der Mann mit den silbernen Haaren hinaus.

Es sieht so aus, als hätte Nerestro mit seiner Einschätzung die Wahrheit mehr getroffen, als mir lieb ist, seufzte Lodrik und sank im Sessel in sich zusammen. *Ich hätte nicht so deutlich zeigen dürfen, dass ich etwas weiß.*

Niemals im Leben hatte er sich, umringt von Tausenden von Menschen, ähnlich allein gefühlt wie in diesem Augenblick. Er würde sich nicht einmal auf seine Kinder verlassen können, mit Ausnahme vielleicht von Krutor. Govan und Zvatochna aber standen vermutlich auf der Seite des Mannes, den er einst gerufen hatte, um sich gegen seine Feinde durchsetzen zu können. Jetzt würde er wohl bald gegen ihn antreten müssen. Denn Ulldart, sein Ulldart, denen zu überlassen, die für das Schlechte einstanden, allen voran Sinured und seine Soldaten, brachte er nicht übers Herz.

Der zweite Akt begann, und auf ein müdes Zeichen des Kabcar hin öffnete der Diener die Vorhänge und goss ihm von dem bereit stehenden Sekt ein, bevor er sich aus der Loge zurückzog.

Das Kinn auf das Geländer gelegt, verfolgte Lodrik die Ereignisse auf der Bühne, die nichts anderes darstellten als die künstlerische Umsetzung seines Lebens bis zum Zeitpunkt seiner Inthronisation. Zu Lebzeiten bereits der Mittelpunkt einer solchen Aufführung zu sein befremdete ihn ein wenig.

Ohne wirklich auf die Schönheit des Gesangs und die Perfektion der Tänze zu achten, hing er seinen Gedanken nach. Es bereitete ihm keinerlei Schwierigkeiten, für den Großmeister gelogen zu haben, hatte ihm Nerestro doch in dem Schreiben mitgeteilt, dass er einen neuen Knappen in seine Dienste genommen habe. »Einen jungen, wenn auch ungestümen Mann, der einmal der beste Reiter des Landes sein wird und die blauesten Augen hat, wie ich sie bisher nur zweimal in meinem Leben gesehen habe …« Lodrik hatte die Botschaft des Ordenskriegers sogleich verstanden. Tokaro lebte noch und hatte Unterschlupf bei demjenigen gefunden, der ihn von Anfang an in seine Lehre hatte nehmen wollen.

Natürlich könnte er die Invasion Kensustrias jederzeit befehlen. Er hatte seinem Konsultanten absichtlich verschwiegen, dass seine Dokumente so weit hergerichtet waren und er die Umwandlung des Kontinents vom Ablauf her in Angriff nehmen könnte. Doch er spürte, dass die Eroberung der Grünhaare den Endpunkt einer Entwicklung markierte, deren Ausgang er noch nicht einschätzen konnte.

Der Ausbruch seiner Gemahlin Aljascha aus der jahrelangen Maskerade einer liebenden Gattin trieb sein Misstrauen gegen die, die ihm nahe standen, ins Unendliche. Mit Sicherheit gehörte Mortva zu denen, die der Kabcara als Erste gratuliert hätten, wäre ihr Plan in Erfüllung gegangen. Sein Vertrauen in den rätselhaften Mann, das schon früher erschüttert worden war, war nun vollständig vergangen.

Was nun? Woher bekomme ich Verbündete?

Ulldrael der Gerechte würde sich einen Dreck um ihn scheren, zumal er sich nie dazu herablassen würde, jenes Wesen um Beistand zu bitten, das ihn überhaupt erst in die Arme des Gebrannten Gottes getrieben hatte. Mittlerweile hatte sich der Kult um den Gerechten durch seinen Einfluss so sehr gewandelt, dass Ulldrael es vermutlich mit einem zufriedenen Lächeln zur Kenntnis nähme, sollte er gegen die Mächte des Bösen und die einstigen Verbündeten zu Grunde gehen.

Gegen seinen Willen tauchten die Gesichter derer von seinem inneren Auge auf, die ihm vor Jahren den Rücken zugewendet hatten und die nun alle gestorben waren, abgesehen von seinem einst treuesten Freund und Ratgeber Stoiko, den er nun irgendwo im Süden vermutete.

Mehr und mehr verdichtete sich seine Überzeugung, dass sie alle irgendwie ins Intrigennetz seines Vetters geraten waren. Genau wie er.

Nur durfte die »Fliege« Lodrik im Gegensatz zu den bereits eingesponnenen und vernichteten Beutetieren noch ein wenig zappeln, bevor die »Spinne« Mortva auch ihn umgarnen und auffressen würde. Norina und Waljakov hatten ihn damals vor Sinured und seinem Berater gewarnt, doch er hatte ihnen kein Gehör geschenkt. *Nun brauchte ich euch alle mehr denn je zuvor. Wie töricht ich doch war!*

Die Schuldgefühle, seine Freunde durch die eigene Verblendung in den Tod auf hoher See getrieben zu haben, drohten ihn zu überwältigen. Eine Träne schimmerte im Augenwinkel auf. *Wie wohl mein Stück auf der Bühne des Lebens enden wird?*

Während der Opernheld seinen glorreichen Sieg über alle Schwierigkeiten am Ende des letzten Aktes feierte und die Zeit der Sorglosigkeit unter seiner Führung anbrach, schluchzte der echte Kabcar wie ein kleines Kind in seiner Loge.

Erst nach einer Weile gelang es ihm, sich zusammenzureißen, aufzustehen und den Darstellern Beifall zu spenden. Die Tränen des Herrschers deuteten die Ulsarer als Zeichen der Freude, dass man ihm auf diese besondere Weise huldigte.

Lodrik besah sich die Menge zu seinen Füßen und rund um ihn herum.

Bevor auch nur ein Soldat den Fuß auf kensustrianisches Territorium setzt, werde ich in Ulsar ein wenig durchkehren, beschloss er. All die Menschen, die seit Jahren auf ihn vertrauten, würde er niemals dem Bösen überlassen, das offensichtlich etwas plante. *Wer braucht schon Verbündete?*, schnaubte er in gewohntem Trotz. *Ich habe die Magie und die Macht. Ich bin der Kabcar, der Hohe Herr! Ich werde ihnen zeigen, wer das Sagen hat.*

Sein Applaudieren wurde schneller, lauter, als feuerte er sich selbst an.

»Bravo«, rief er glühend hinunter zu den Musikern und Schauspielern. Er nahm sein Glas Sekt und riss es in die Höhe. »Auf eine erfreuliche Fortsetzung dieser Oper!«

Zvatochna betrachtete ihr überirdisch schönes Antlitz nachdenklich im Spiegel.

Ein Augenaufschlag genügte, und die Männer im Saal, ganz gleich welchen Alters, waren ihr verfallen. Lachte sie, verstummten die Gespräche, weil jeder den Klang ihrer Stimme hören wollte. Ein Lächeln ließ die eisigsten Herzen entflammen und in verheerendem Feuer vergehen.

An diesem Abend jedoch verharrten die Mundwinkel, Freude suchte man bei der Tadca vergebens.

Schweigend griff sie nach dem Kamm und fuhr sich mit schwerfälligen, lustlosen Bewegungen durch die langen schwarzen Haare, ein Privileg, das vor wenigen Monaten ihrer Mutter vorbehalten gewesen war. Doch seit ihr Vater die Kabcara verbannt hatte, musste sie auf gewöhnliche Zofen vertrauen, von denen es ihr keine recht machen konnte.

Sie kämmte immer langsamer, bis sie es schließlich ganz sein ließ, sich erhob und aus ihrem Kleid schlüpfte.

Nackt huschte sie durch ihr Gemach und begutachtete sich von allen Seiten im vollständig verspiegelten

Paravent, der in einer Ecke des luxuriös eingerichteten Raumes stand.

Sie war körperlich zur Frau gereift, die reflektierende Oberfläche ließ daran keinen Zweifel aufkommen. Die äußerliche Perfektion, die sie von ihrer Mutter geerbt hatte, konnte Männern den Verstand rauben, wie sie des Öfteren feststellte. Sie verführte die unterschiedlichsten Männer mit Worten und Gesten, doch sobald sie mehr von ihr wollten, wies sie die Bittsteller rigoros zurück. Ihre Jungfräulichkeit würde sie gewiss nicht an einen einfachen Offizier, Adligen oder Mundschenk verschleudern.

Seit einiger Zeit wusste sie, dass sie einen weiteren Verehrer auf ihrer schier endlosen Liste verzeichnen durfte. Und er beobachtete sie in diesem Augenblick; sie spürte seine Anwesenheit.

»Govan, lass den Unsinn«, gab sich Zvatochna vorwurfsvoll. »Wie kann man nur seiner eigenen Schwester nachstellen?« Schnell griff sie nach ihrem seidenen Nachthemd und warf es sich über. Die Umrisse ihres Körpers blieben weiterhin sichtbar, jede noch so kleine Einzelheit zeichnete sich durch den fließenden Stoff ab. Die gelockten Haare umrahmten ihr Antlitz und fielen sanft auf ihre Schultern.

Ein leises Lachen kam aus der Richtung des Eingangs.

»Verzeih mir, aber nenne mir einen Mann in Ulsar, der dir widerstehen könnte, Schwester!« Der Tadc streckte den Kopf durch den Türspalt. »Und die Gelegenheit war gerade so günstig.« Er lief auf sie zu und umarmte sie; glücklich drückte er sie an sich und stöhnte auf. »Es tut gut, dich zu sehen. Wir müssen zusammenhalten, nachdem der Kabcar unsere Mutter nach Granburg verbannt hat.«

Sie entwand sich elegant seiner aufdringlichen, ganz und gar nicht brüderlichen Liebkosung. Doch sie würde nicht den Fehler begehen und es sich mit ihrem Bruder verderben, dafür war sie zu berechnend. Govan, das war ihrer Ansicht nach unvermeidlich, würde als Erstgeborener den Thron Tarpols besteigen. Und sie hatte nicht vor, jenen Augenblick irgendwo in der Verbannung zu verbringen. Daher nutzte sie seine Schwäche ihr gegenüber für sich aus. »Ich wollte zu Bett gehen und noch ein wenig in den Büchern lesen, die Mortva mir gegeben hat.«

Sie eilte zum Bett und verschwand bis zur Hüfte zwischen den Laken.

Der junge Mann schlenderte ihr hinterher, setzte sich zu ihr auf die Bettkante und nahm eines der Werke zur Hand. »›Moderne Abhandlung über Feldschlachten‹«, las er den Titel und reichte ihr das Buch. »Wird dir diese Lektüre süße Träume bescheren, geliebte Schwester? Wie viele Bücher dieser Art hast du gelesen?«

Zvatochna lächelte ihn an, ein gewinnendes Strahlen, das wie das Geschoss eines Meisterschützen mitten ins Ziel traf und einen Scheit mehr in das Feuer legte, das im Herzen ihres Bruders für sie brannte. »Es dürften ihrer um die dreißig sein«, schätzte sie, während ihre Finger über seinen Handrücken streichelten. »Aber sie sind veraltet. Unser Heer verfügt über Waffen, die in keinem Standardwerk aufgeführt sind. Ich werde also eine völlig neue Strategie gegen die Kensustrianer aufstellen müssen.« Sie zuckte mit den Schultern, woraufhin das Nachthemd links ein wenig mehr herabrutschte. »Aber das ist kein Problem.«

»Vater hat beschlossen, den Grünhaaren noch eine Frist zu geben, bis er seine unsinnigen Gedanken über das neue Ulldart geordnet hat«, erklärte Govan, dessen braune Augen sich auf die weiße Haut seiner Schwester hefteten. »Du wirst dir alle Zeit nehmen können, die du brauchst.«

»Ich weiß nicht, ob ich es überhaupt tun soll«, sagte sie verärgert. Sie öffnete die Hand, und der Kamm bewegte sich mittels Magie durch die Luft zu ihr. »Ich soll die Truppen zum Sieg führen, damit wir anschließend all unsere Macht verlieren, die wir uns mit so viel Blut erkämpft haben? Dafür hat unsere Mutter sich nicht all die Jahre mit dem Kabcar geplagt.«

Aber ehe der Kamm sie erreichte, umschlossen Govans Finger den Griff. Wortlos machte er sich daran, die schwarzen Locken seiner Schwester zu pflegen. »Ich weiß, wie du empfindest«, stimmte er Zvatochna schmeichelnd zu. »Und auch ich bin nicht einverstanden mit dem, was unser Erzeuger beabsichtigt.«

Ihre Blicke trafen sich, und beide lasen bei ihrem Gegenüber die gleichen Gedanken. In stillem Einvernehmen lächelten sie sich an. Der Tod ihres Vaters war beschlossen.

»Und wie sollen wir es bewerkstelligen?« Die Tadca drehte ihrem Bruder den Rücken zu, damit er besser an ihre Haare herankam. »Er ist kein Anfänger, was den Umgang mit Magie anbelangt.«

»Er ist mächtig. Ich bin ihm jedoch überlegen«, beruhigte Govan sie, der völlig in seiner Arbeit versunken war. »Tzulan ist mit mir.« Beinahe andächtig führte er den Kamm durch die Strähnen, berührte die Haare feierlich und nahm ihren Geruch in sich auf.

»Wir können ihn nicht einfach vernichten«, warf Zvatochna ein. »Wir müssen uns etwas ausdenken, was ihn uns für alle Zeiten vom Hals schafft und uns dabei nicht als Vatermörder vor dem Volk dastehen lässt. Er ist eine verehrte, ja geradezu vergötterte Berühmtheit im Reich, eine Ikone, und sein Tod wird die Menschen zunächst lähmen. Fordern wir ihren Zorn und ihren Hass auf uns heraus, so wird uns alle Magie der Welt nichts nutzen.«

Govan schwieg, nur das Geräusch der Kammzähne, die durch ihre Haarpracht glitten, war zu hören. »Du hast Recht«, sagte er nach einer Weile. »Ich habe vergessen, dass du von uns beiden die Strategin bist. Also werde ich es dir überlassen, wie wir vorgehen.« Er senkte die Lippen auf die weiche, duftende Haut ihres Schulterblatts. »Ich bewundere alles an dir. Deine Intelligenz, deine Skrupellosigkeit.« Wieder küsste er sie, diesmal auf den Nacken. »Und deine Schönheit.«

Sie lachte auf und setzte sich wieder richtig hin. »Wir beide werden Ulldart fest in unserer Hand halten und es nie mehr loslassen.«

Govan fasste aufgeregt ihre Hand und presste sie an seine Brust. »Warum sich nur mit dem Kontinent abgeben, wenn wir unsere Macht ausdehnen können?« Er rutschte näher heran, seine Augen funkelten vor Begeisterung. »Meine Magie, deine Feldherrenkunst und unsere Soldaten sollten sich nach neuen Herausforderungen umsehen. Das Kaiserreich Angor lag mit uns im Krieg, warum sollten wir nicht da weitermachen, wo wir aufgehört haben? Und Kalisstron liegt so nahe, dass wir mit den Schiffen innerhalb weniger Wochen dort sind. Der Gebrannte Gott unterstützt uns, seine Anhänger stehen uns zu Diensten, wie mir Mortva sagte.«

»Oh, mein ehrgeiziger Bruder«, lächelte sie ihn an. »Lass uns zuerst Kensustria erobern und den letzten Widerstand in Karet und auf Rogogard brechen, danach nehmen wir uns die ganze Welt.«

»Versprochen, Zvatochna?«, fragte er atemlos.

»Versprochen.« Sie küsste seine Fingerspitzen und bannte seinen Blick mit ihren faszinierenden haselnussbraunen Augen.

Der Tadc schluckte nervös. »Was machen wir mit Krutor?«

Zvatochna rutschte ein wenig mehr unter die Bettdecke als Zeichen, dass von ihrer Seite aus das Gespräch bald beendet sein würde und sie schlafen wollte. »Unser Bruder ist ein Kind im Geiste. Er wird sich mit Freuden in die Reihen unserer Soldaten stellen und mit seinen Kräften Angst und Schrecken verbreiten. Um ihn mache ich mir keine Sorgen, wir halten ihn gefügig.« Zvatochna streichelte seine rechte Wange und berührte seine Lippen. »Doch wie wird sich Mortva verhalten, wenn wir uns an die Macht begeben?«

»Er ist mehr, als er zu sein vorgibt, das ist gewiss.« Mit geschlossenen Lidern genoss Govan die schmetterlingsgleiche Berührung. »In ihm finden wir Rückhalt für alle weitere Vorhaben. In ihm und Tzulan.«

»Dennoch müssen wir seine Macht beschneiden«, beharrte sie. »Er denkt sonst, wir ließen uns von ihm ebenso etwas vormachen wie unser Vater und unsere Mutter. Doch auch er wird magisch äußerst gefährlich sein.«

»Mach dir um ihn keine Sorgen, geliebte Schwester«, säuselte Govan und legte den Kopf auf ihren Bauch. »Er steht auf unserer Seite.«

Sie strich ihm durch das dunkelblonde Haar. »Wie du meinst. Ich werde mich fortan damit beschäftigen, wie wir unseren Vater loswerden.« Ihre Hand hielt plötzlich inne. »Und ich weiß auch schon, wie.«

»Schon?« Govan schnellte in die Höhe. »Du bist mir unheimlich.«

»Aber nicht doch«, wehrte sie ab. »Ich werde eine

Nacht darüber schlafen, und morgen sage ich dir alles Weitere. Wir werden ihn bei seinem Tod zu einem Helden machen, das ist sicher. Wir geben dem Volk jemanden, den es hassen kann, so wie ich ihn dafür hasse, dass er mir Mutter genommen und sie entstellt hat.«
Sie wird in einem Siegeszug nach Ulsar zurückkehren.

»Ich brenne schon darauf.« Govan erhob sich, winkte ihr von der Tür aus noch einmal zu und verschwand. Klackend rastete das Schloss ein.

Zvatochnas Mundwinkel wanderten in die Höhe. Mit einem stillen Lächeln auf den Lippen schlief sie ein, in Gedanken bereits bei ihrem neuen Leben als Mitherrscherin über das größte Reich, das diese Welt jemals sehen würde.

IV.

Doch damit endete sie nicht.

Die Visionen sprachen weiter zu ihr.

›Es wird ein Junge werden, ein ganz besonderer Junge, dem die Macht gegeben wurde, sich gegen das Dunkel in all seiner Gestalt zu stellen, weil er es mit seinen eigenen Waffen schlägt. Deshalb trägt er eine Art Fluch auf sich. Und nur zusammen mit seinem Bruder wird er Licht in die Düsternis bringen.‹

Doch sie hatte auch eine schlechte Botschaft für die Mutter des Seskahin.

›Aber er wird Licht in die Düsternis erst nach Eurem Tode bringen.‹

Und das grämte die Seherin sehr.«

Buch der Seherin
Kapitel XI

Kontinent Ulldart, Königreich Barkis (ehemals Tûris), Ammtára (ehemals die Verbotene Stadt), Winterende 458/59 n. S.

Nachdenklich drehte und wendete Pashtak das beigefarbene Stück Stoff, das er in der Grabkammer gefunden hatte, in seiner Hand. Der schwache Geruch von Verwesung, der anfangs von dem Leinen ausgegangen war, war verflogen.

Der Inquisitor hatte zunächst angenommen, der Duft stamme von dem Toten, doch mehr und mehr erinnerte er sich an eine ganz bestimmte Besonderheit, die ihm bei anderer Gelegenheit aufgefallen war – an einer lebenden Person, die in der Versammlung der Wahren nur einige Plätze von ihm entfernt saß.

Damit untermauerte sich seine These, dass Lakastre etwas mit dem Fleischraub an den Leichen zu tun hatte. Pashtak glaubte nicht daran, dass die Witwe dem Kadaver ihres Mannes in aller Heimlichkeit ihre Ehre erwies, indem sie nachts ins Mausoleum schlich und um ihn weinte. Das passte nicht zu ihr.

Blieben die Morde, die vermutlich von einem anderen begangen wurden und die er stets einem kultischen Datum zu Ehren eines der Zweiten Götter zuordnen konnte. Drei solcher Termine waren bisher vergangen, ohne dass sich etwas ereignet hätte. Jedenfalls nicht in Ammtára.

Und so beschloss der Inquisitor, sich in den Nachbarstädten der Nackthäute umzuhören, ob sich dort etwas Unerklärliches zugetragen hatte. Mit Braunfeld wollte er beginnen.

Diese Entscheidung führte zu langen Disputen mit

seiner Gefährtin, die ihn bereits am Galgen oder an einer Stadtmauer baumeln sah, aufgeknüpft von aufgebrachten Nackthäuten. Zu allem Unglück verfügte Pashtak über eine Statur, die sich nicht eben dazu eignete, sich unerkannt und unbehelligt zwischen den Städtern zu bewegen. Dennoch musste er es wagen, wollte er seine Theorie über die Ritualmorde bestätigt sehen.

Mit Anbruch des neuen Tages machte er sich auf den Weg und marschierte durch die letzten Überreste des tauenden Schnees. Um ihn herum gluckerte und tropfte es; das Schmelzwasser rann in kleinen Bächen durch die Abflussrinnen und floss ab, ohne Schaden anzurichten. So erhielt das trocken gelegte Moor nicht mehr Wasser, als sich vermeiden ließ. Die Rückkehr der Mückenschwärme im Frühjahr und ein neuerlicher Ausbruch des Sumpffiebers sollten auf diese Weise vermieden werden.

Bis zum Abend bewältigte er die halbe Strecke und rastete am Rand einer Weggabelung im Schutz eines Baumes. Er entfachte ein Feuer und packte das gebratene Fleisch aus, das ihm die besorgte Shui mitgegeben hatte. Hungrig wärmte er es kurz an und schlug die spitzen Zähne in das Stück. Kauend stellte er sich die Frage, was an Menschenfleisch so besonders war, dass man es unbedingt essen musste. Versuchen wollte er es nicht, denn ihm spukte die Angst im Kopf herum, er könnte wie die Nymnis Gefallen am Geschmack finden.

Grübelnd verzehrte er seine Ration. Da er noch immer nicht ganz satt war, fing er sich ohne viel Aufwand einen unvorsichtigen Schneehasen und röstete ihn über den Flammen. Seine Jagdinstinkte nutzten ihm immer noch, auch wenn das bequeme Leben in Ammtára ihn träge werden ließ. Da er zu hungrig war, um länger zu warten, machte er sich über die halbgare Beute her. Dunkler Bratensaft lief ihm das Kinn herab.

Ein einzelner Reiter näherte sich im Halbdunkel und zügelte das Pferd, als er den Feuerschein sah.

»Verzeih, kannst du mir sagen ...« Der Mann, der ganz den Eindruck eines Boten machte, wollte sich nach dem Weg erkundigen und zuckte erschrocken zusammen, als er erkannte, was er da vor sich hatte. Seine Blicke hefteten sich auf den blutigen Schnee, die linke Hand ruckte an den Griff seines Rapiers.

Pashtak wollte etwas erwidern und öffnete den Mund. Zwischen den spitzen Zahnreihen hingen noch Reste des Hasen.

Das Pferd, vom Eigengeruch des Inquisitors verschreckt, machte einen Satz zur Seite. Mit Mühe hielt sich der Reiter im Sattel. »Verdammte Bestie«, fluchte er und preschte die Straße entlang.

»Ich hoffe, du hast deinen Gaul gemeint«, rief Pashtak ihm hinterher und sprang auf die Beine. Mit einer Hand wischte er sich die dunkelrote Flüssigkeit von den Lippen und vom Fell. *Das hat ja hervorragend gepasst*, ärgerte er sich. *Die dumme Bestie sitzt fressend im Schnee.* Gleichzeitig empfand er die Reaktion des Unbekannten als unangemessen. »Ich bin ein Bürger Tarpols wie du!« *Mögen ihn irgendwelche Menschenfresser erwischen.*

Die Nacht verlief ereignislos, nur gelegentlich rollten und rumpelten Fuhrwerke an seinem Schlafplatz vorüber, die offenbar zum Markt der Stadt wollten, um ihre Waren anzubieten.

Am Morgen, als Pashtak sich auf den Weg machte, sprach ihn einer der Kutscher freundlich an, wohin er denn wolle und ob er ihn mitnehme solle. Dankend und überrascht nahm Pashtak die Mitfahrgelegenheit wahr und saß bald zwischen schaukelnden und hüpfenden Sauerkrautfässern, aus deren Deckeln ein penetranter Geruch entwich.

Braunfeld, das er von einer kleinen Anhöhe aus betrachtete, wirkte im Schein der nachmittäglichen Sonnen kleiner als Ammtára. Die dicken Mauern, die einer Festung alle Ehre gemacht hätten, bewiesen ihm, wie sehr die Menschen seine Art gefürchtet hatten und wohl noch immer fürchteten. Daran konnten alle Gesetze und Erlasse des großmütigen, fortschrittlichen Kabcar nichts ändern. Zu lange hatten die Turîten Jagd auf seinesgleichen gemacht, zu lange waren sie selbst von seinesgleichen gejagt und überfallen worden.

Der Wächter in der Uniform der hoheitlichen Truppen machte dem Inquisitor beim Betreten Braunfelds keinerlei Scherereien. Vom Tor aus wollte Pashtak zu Fuß gehen, um sich einen Eindruck zu verschaffen. Sein letzter Besuch in einer Siedlung von Nackthäuten musste Jahrzehnte her sein; es war in Tarpol gewesen, wo er einer Nackthaut namens Torben Rudgass in Ludvosnik das Leben bewahrt hatte. *Was er wohl macht?*, fragte er sich in Gedanken.

Sein zufälliger Weg führte ihn durch Straßen und Gassen, vorüber an Menschen, die ihn entweder ignorierten oder ihm einen misstrauischen Blick zuwarfen. Früher wäre er gewiss nicht einmal durchs Tor gekommen.

Schließlich kam er an einem Haus vorbei, bei dessen Anblick ihn ein Schauder überlief. Es war ein Fachwerkhaus; an den Balken des untersten Stockwerks hatte der Besitzer die skelettierten Schädel seiner Artgenossen genagelt. Die Köpfe der »Nimmersatten« waren ebenso vertreten wie die der Nymnis und weiterer Sumpfkreaturen.

Pashtaks Schritte wurden langsamer. In dem unsäglichen Schrecken lag eine Faszination, der er sich nicht erwehren konnte.

Wie lange er so dastand und auf die bleichen Knochen starrte, wusste er nicht. Irgendwann öffnete sich die Tür. Ein kräftiger Mann in einem ramponierten Kettenhemd und mit einem Schwert um die Hüfte trat heraus, sah den Inquisitor und stockte.

Pashtak roch das Adrenalin, das durch die Adern des Unbekannten pumpte, und die Aggression, die schlagartig von ihm ausging. Wenn gleich ein Angriff erfolgen würde, so wäre er nicht verwundert. Nach mehreren Augenblicken entspannte sich der Körper des Mannes. Er spuckte in die Gosse und betrachtete abschätzend das Gesicht des Inquisitors, um daraufhin zur Hauswand zu schauen. Sein Zeigefinger ruckte nach rechts.

»Deine Sorte hängt da drüben«, rief er ihm verächtlich zu. »Und es würden noch mehr da angenagelt sein, wenn es nach mir ginge.« Lachend schritt er die Straße hinab.

Pashtak schüttelte sich und lief in die entgegengesetzte Richtung. *Was sie wohl sagen würden, wenn wir Ammtára mit ihren Köpfen statt mit Steinen pflasterten?*

Schließlich fand er das Quartier der hoheitlichen Wache und trat ein. Am Ende eines langen Korridors thronte ein Beamter auf einem erhöht stehenden Schreibtisch, die Füße aufs Pult gelegt, und schnarchte. Nach rechts zweigte eine Tür ab.

Lautlos pirschte sich der Inquisitor an den Mann heran. »Verzeiht, seid Ihr der Kommandeur?«

Der Mann in der grauen Uniform zuckte zusammen und blickte sich suchend um. Die gedrungene Gestalt der Sumpfkreatur machte es ihm unmöglich, den Besucher sofort zu entdecken. Erst als Pashtak seine Frage wiederholte, bemerkte ihn der erstaunte Beamte.

»Wenn es darum geht, Beschwerden wegen Belästigungen, Beschimpfungen oder andere Verletzungen des Gleichstellungsediktes durch den hoheitlichen Kabcar des Großreichs Tarpol, Lodrik Bardri¢, aufzunehmen, bist du bei mir an der richtigen Stelle«, leierte er seine anscheinend auswendig gelernte und wenig engagiert vorgetragene Passage herunter, zückte dabei eine Schreibfeder und nahm ein neues Blatt aus der Schublade. »Art und Ort des Vorfalls?«

»Nein, nein, Ihr versteht mich falsch«, erklärte Pashtak freundlich und bemühte sich zu lächeln, ohne dass die Reißzähne allzu weit hervorstanden. »Ich bin Inquisitor Pashtak von der Versammlung der Wahren aus Ammtára und nach Braunfeld gereist, um Untersuchungen anzustellen.«

»Ist denn das die Möglichkeit?« Erheitert legte der Beamte das Schreibgerät zur Seite, stützte die Unterarme auf die Holzplatte und schaute von oben auf den Besucher herab. »Du bist also ein Inquisitor, mein Kleiner. Was suchst du denn, mh? Deine Mama?«

Ein Grollen entwich Pashtaks Kehle. »Einen Mörder. Oder mehrere.«

»Darfst du denn das schon allein?«, amüsierte sich der Mann weiter über ihn. »Mörder sind böse, böse Leute, die haben nur darauf gewartet, kleinen, schwachen Kreaturen wie dir wehzutun.« Er lachte, bis ihm die Tränen die Wangen hinabliefen. »Und nun lauf nach Hause.«

»Seid Ihr fertig?«, erkundigte sich Pashtak.

»Mit dir? Ja.« Seelenruhig legte der Beamte die polierten Stiefel wieder auf den Tisch. »Verzieh dich endlich.«

Die kräftigen Klauenhände des Inquisitors umfassten ein Bein des Schreibtischs und brachen es mit spielerischer Leichtigkeit durch. Das aus dem Gleichgewicht geratene Pult kippte zur Seite und riss den Beamten mit sich. Mann und Tisch verschwanden polternd hinter dem Podest, ein Stiefel des lautstark schimpfenden Mannes ragte aus dem Durcheinander in die Luft. Blätter flogen umher, und das Tintenfass spritzte seinen Inhalt gegen die Wand, die Uniform und auf den Boden.

Schnell legte Pashtak das Tischbein auf den Boden, da flog die Tür rechts neben ihm auf. Ein weiterer Uniformierter erschien, dessen Gesicht kein bisschen nett wirkte. »Was ist hier los?«

»Seid Ihr der Hauptmann? Ich bin Inquisitor Pashtak von der Versammlung der Wahren aus Ammtára und nach Braunfeld gereist, um Untersuchungen anzustellen. Es geht um Mord.« Nun kam er sich sehr wichtig und souverän vor, zumal das Exemplar einer typischen männlichen Nackthaut etwas überfordert schien.

»Ich bin Obrist Ozunopopp. Tragt Ihr eine Legitimation bei Euch?«, wollte der Mann wissen und streckte die Hand aus. Pashtak holte die Urkunde hervor, die ihm durch die Kanzlei des Kabcar zugegangen war, schaute zu dem anderen Beamten, der sich ächzend aus den Trümmern wühlte, und reichte sie dem Offizier. Er nickte knapp. »Kommt in meine Amtsstube«, bat er und ließ ihm den Vortritt. »Ich muss hier noch ein paar Dinge regeln. Geduldet Euch einen Augenblick.«

Der Inquisitor machte es sich in dem karg eingerichteten Raum bequem. Ein Samowarkessel brodelte leise.

Was auch immer Ozunopopp mit seinem Untergebenen verhandelte, er tat es sehr leise. Ein wenig enttäuscht nahm Pashtak auf dem Stuhl Platz und wartete.

Der Obrist kehrte zurück. »Ihr nehmt einen Tee?«, bot er seinem Gast an.

»Nein, danke«, lehnte Pashtak ab. »Ich vertrage das starke Zeug nicht sonderlich gut. Ich bevorzuge die Kräuter.«

»Wie Ihr möchtet. Für das Verhalten meines Beamten möchte ich mich bei Euch entschuldigen. Er ist ein Städter, der hier aufgewachsen ist, und hat im Gegensatz zu mir anscheinend noch Schwierigkeiten, sich korrekt gegenüber allen Bürgern zu verhalten.« Ozunopopp, ein Mann um die dreißig mit dichtem Schnurrbart und kurzen Haaren, nippte an seiner Tasse. »Dann beginnt Eure Erzählung, Inquisitor«, forderte er ihn auf.

Pashtak fasste sofort Vertrauen zu dem noch recht jungen Offizier und erklärte ihm die Theorie von den Ritualmorden, wobei er die Zahl von einhundertdreiunddreißig Toten nicht erwähnte. »Und da es bei uns in der Stadt bereits dreimal ruhig blieb, frage ich mich, ob die Mörder nicht einen anderen Platz gewählt haben, um ihr Unwesen zu treiben«, schloss er.

»Es ist immer das Gleiche mit der Brut. Man wird die Unvernünftigen niemals ausrotten können. Aber wir können ihnen wenigstens das Handwerk legen. Mit Eurer Hilfe.« Der Obrist betrachtete den Inquisitor durch den Teedampf hindurch. »Ich wünschte, meine Mitarbeiter hätten auch nur einen Funken Eures kriminalistischen Verstandes«, meinte er anerkennend. »Ich habt Euch viel Mühe gegeben, nicht wahr?« Behutsam stellte er die Tasse ab und blätterte in seinen Unterlagen. »Ich trage die Berichte der Wachmänner alle zusammen und vermerke, wenn etwas Ungewöhnliches entdeckt wurde.« Er reichte Pashtak den Ordner. »Da ich nicht weiß, wonach ich suchen müsste, lasse ich Euch selbst schauen. Um es aber vorab zu sagen, es wurde mir nichts Außergewöhnliches gemeldet.«

Die Eintragungen huschten an Pashtaks Augen vorüber. Ohne zu wissen, worauf er achten sollte, wälzte er die fraglichen Tage vor und zurück. Der Beamte hatte Recht, Pashtak fand nichts, was ihm auf den ersten Blick verdächtig erschien. *Dann versuche ich es auf den zweiten,* beschloss er und untersuchte den Wortlaut eines jeden Satzes, was einige Zeit in Anspruch nahm.

»Ihr könnt doch lesen?«, erkundigte sich Ozunopopp irgendwann vorsichtig. »Wenn ich Euch etwas vorlesen soll, so sagt es nur.«

Der Inquisitor lächelte. »Nein, danke. Ich kann lesen, schreiben, rechnen und sprechen.«

Der Mann wirkte peinlich berührt. »Ich wollte Euch nicht zu nahe treten. Ich dachte nur …« Hilflos hob er die Schultern.

»Wisst Ihr, Ihr seid insgesamt der dritte Mensch, der mich außerhalb von Ammtára beinahe normal behandelt.« Er klappte die Aufzeichnungen zusammen. »Der erste Mensch war ein Seeräuber, der zweite ein Fuhrwerker. Ich sehe es als eine gewisse Steigerung, dass nun ein Obrist des hoheitlichen Kabcar mir etwas vorlesen möchte. Ich bedanke mich für das freundliche Angebot. Und es muss Euch nicht unangenehm sein, dass Ihr mich gefragt habt. Die meisten meiner Artgenossen wären froh darüber gewesen.« Klatschend landete das Buch auf dem Schreibtisch. »Was ist das eigentlich für ein Haus, das sich mit den Schädeln der Toten schmückt?«

»Ach, das ist die ehemalige Annahmestelle«, erklärte der Offizier, der von einem heiklen Gesprächsgegenstand zum nächsten zu stolpern schien. »Das Kopfhaus. Es stammt aus der Zeit von König Mennebar, als es für jedes … als es noch Trophäengeld gab.« Hastig nahm er einen Schluck Tee. »Ihr solltet Dokalusch, dem ehemaligen Leiter der Annahmestelle, aus dem Weg gehen. Er hat durch das Edikt seine Arbeit verloren und wird kaum gut auf Euch zu sprechen sein.«

»Ich hatte bereits das Vergnügen«, Pashtak breitete die Arme aus, »und lebe noch, wie Ihr seht.«

»Wann wird das nächste Datum sein?«, fragte Ozunopopp. »Ich würde meine Leute gern darauf vorbereiten, sodass sie in diesen Nächten besonders aufmerksam sind, ohne ihnen aber den Hintergrund darzulegen. Eine Sekte, die die Zweiten Götter anbetet, das käme einigen Hitzköpfen als Einwand gegen die Verb … gegen Ammtára gerade recht. Als Stellvertreter des Kabcar, der ich hier im weitesten Sinne bin, ist mir gewiss nicht daran gelegen, dass die Einwohner ihr altes Misstrauen zu neuen Ehren bringen. Wir regeln das Problem auf unsere Weise, Inquisitor, einverstanden?« Er hielt ihm die Hand hin.

Pashtak schlug behutsam ein, er wollte die empfindliche Haut des Menschen nicht verletzen. »Ich suche mir eine Unterkunft, Obrist. Und sagt Euren Leuten, sie sollen heute schon auf der Hut sein. Es steht unter Umständen etwas zu befürchten.«

»Gut. Ich lasse Brieftauben an die anderen Städte aufsteigen, um die Wachen zu größter Aufmerksamkeit zu veranlassen, falls diese Sektierer nicht hier zuschlagen sollten.« Ozunopopp brachte seinen »Kollegen« bis zur Eingangstür der Wache. »Wenn Ihr meine Empfehlung hören möchtet, nehmt das *Weinhaus* als Herberge. Richtet dem Wirt einen Gruß von mir aus, und Ihr dürftet keinerlei Schwierigkeiten bekommen.

Geht die Straße hinunter und bei der dritten Gasse rechts.«

Der Inquisitor bedankte sich und schlenderte los, sein Reisegepäck über die Schulter geworfen.

Wenige Schritte vom *Weinhaus* entfernt bemerkte er ein Haus, dessen Fensterläden geschlossen waren. Das angebrachte Schild verriet, dass es sich um das Anwesen eines Kaufmanns handelte. Es hätte ihn nicht stutzig gemacht, wenn die Fenster des Erdgeschosses nicht einsehbar gewesen wären, aber dass gleich alle verriegelt waren, weckte sein Misstrauen.

Im *Weinhaus* begegnete ihm der Wirt mit großer Freundlichkeit, und so erkundigte er sich beiläufig bei ihm nach dem Grund für die völlige Abschottung.

»Das erstaunt mich kein bisschen«, gab der Wirt freimütig Auskunft. »Er ist schon seit drei Wochen auf Geschäftsreise und wird sich neue Möglichkeiten im Großreich eröffnen wollen. Seit die Ontarianer nichts mehr zu sagen haben, versucht sich ja jeder als Einfuhrhändler.«

»Und den Dienstboten hat er für diese Zeit frei gegeben?«, hakte Pashtak nach. »Er wird kaum Umsatz machen, wenn er den Laden geschlossen hält.«

Der Inhaber des *Weinhauses* dachte nach. »Wenn ich es recht bedenke, habe ich keinen seiner Leute in letzter Zeit gesehen. Sie müssen ihn wohl begleiten.« Er führte seinen Gast die schmale Stiege hinauf und zeigte ihm den Raum. »Da wird er einen großen Fisch an der Angel haben. Braucht Ihr noch etwas Besonderes?«

Wenn ihn mal bloß kein dickerer geschluckt hat. Das ist das ideale Versteck für die Mörder. Zentral gelegen, und keiner schöpft Verdacht, dachte Pashtak und registrierte mit Zufriedenheit, dass er den besten Ausblick auf das Kaufmannshaus besaß. »Nur das leicht angedünstete

Hirn eines Neugeborenen, abgeschmeckt mit ein wenig Speck und Zwiebeln«, bestellte er todernst. »Ihr kennt ja die Absonderlichkeiten unserer Art.«

»Ich werde sehen, was sich machen lässt. Gut, dass Ihr keine Jungfrauen geordert habt. Die sind gerade aus«, entgegnete der Wirt trocken und ging hinaus.

Jetzt war es an der Reihe des Inquisitors, vom abgebrühten Humor eines anderen überrumpelt zu sein.

Pashtak musste sich beherrschen, nicht die leise girrenden Laute auszustoßen, die immer dann aus seiner Kehle stiegen, wenn ihm etwas hochgradig unangenehm oder peinlich war.

Von seinem eigenen Mut angespornt, schlich er zum Hintereingang des Kaufmannshauses, wo die Lieferungen abgeladen wurden, und drückte versuchsweise gegen das Tor, das natürlich abgeschlossen war.

Seine ausgezeichnete Nachtsicht lieferte ihm gestochen scharfe Bilder von der Umgebung, so als schienen die Sonnen. Das bisschen Licht, das durch die Fenster der umliegenden Häuser fiel, reichte ihm aus, die Dunkelheit zu kompensieren.

Noch schien niemand seine verdächtigen Unternehmungen zu bemerken. Mithilfe zweier leerer Fässer stieg der Inquisitor zu den Fensterläden des ersten Stocks hinauf, pfriemelte für sein Ermessen unendlich lange an der Verriegelung herum und öffnete sie schließlich ungeschickt.

Kraftvoll drückte er sich von den Fässern ab und sprang gewandt auf das schmale Sims. Da das Fenster allen sanften Versuchen widerstand, es zu öffnen, drückte er so lange mit der Hand dagegen, bis die Scheibe knackend nachgab und zersplitterte. Für seine empfindlichen Ohren klang das Klirren so laut wie ein

Wasserfall. Schnell langte er durch das Loch und öffnete das Fenster von innen.

Im Haus gegenüber wanderte der Schein einer Kerze in Richtung der Fenster. Im letzten Augenblick gelang es Pashtak, durch die Öffnung zu steigen und den Laden zu schließen, um sich vor den Blicken der aufmerksamen Nachbarn in Deckung zu bringen.

Während er noch an der Wand lehnte und sich zu beruhigen versuchte, meldete ihm seine Nase, dass er mit der Vermutung, die Mörder könnten sich in Braunfeld eine Bleibe gesucht haben, richtig lag. Es roch nach Tod. Nach sehr lange zurückliegendem Tod.

Der Gestank führte ihn in den Keller des Hauses, wo er fünf verrottende Leichen, von denen er annahm, dass es sich um die Bediensteten oder Familienangehörigen des Händlers handelte, in einem großen Bottich fand. Die Hälse waren durchtrennt, aber ihr Fleisch war nicht angetastet worden.

Auf dem Boden waren mehrere Schriftzeichen und Symbole aus Kreide zu sehen, die von einer rotbraunen Farbe bedeckt waren.

Hier habt ihr euch also vor mir verkrochen, ihr Mörder, dachte der Inquisitor in einer Mischung aus Freude und Sorge. Die Hoffnungen, er könnte Schlimmeres verhindern, musste er angesichts der Opfer begraben. *Wie die Städter es wohl aufnehmen werden? Ich werde dem Obristen Bescheid geben, damit wir ihnen auflauern können.*

Nachdem er das Untergeschoss flüchtig durchsucht hatte, stieß er in einem großen Wandschrank auf die ordentlich gesäuberten Tatwaffen der Sektierer; sie waren hinter Marmeladengläsern und Eingemachtem verborgen. Es waren ungewöhnlich schwere Dolche mit geschwungenen Klingen und tiefen Blutrinnen; die Schriftzeichen auf dem Stichblatt waren ihm fremd.

Eilig nahm er ein Blatt Papier und ein Stück Kohle aus seiner Umhängetasche, in der er alle möglichen Utensilien aufbewahrte, die ihm bei seinen Ermittlungen von Nutzen sein konnten. Das Papier legte er auf die Gravuren und rieb mit der Kohle darüber, bis er eine Kopie der Schriftzeichen besaß. Dann verstaute er die Dolche wieder hinter den Marmeladengläsern.

Plötzlich hörte er das Knarren einer Tür im Erdgeschoss. Schritte polterten die Stiege in den Keller hinab.

Seine Gedanken überschlugen sich. In heller Aufregung versteckte er sich im Wandschrank. Zu spät fiel ihm ein, dass die Sektierer diesen mit großer Sicherheit öffnen würden. Er drückte sich in die hinterste Ecke und machte sich ganz klein; seine Nackenhaare und das Fell am Rückgrat sträubten sich. Angespannt hockte er da und wartete, was geschehen würde.

Mehrere Menschen, das roch er, betraten den Keller; ihre Unterhaltung führten sie in der Dunklen Sprache. Zwischendurch hörte Pashtak das erstickte Schluchzen eines Kindes, das wohl als Opfergabe für einen der Zweiten Götter dienen sollte.

»Und so haben wir uns in dieser Nacht zusammengefunden, um Kantrill das Blut eines Ungläubigen darzubieten, auf dass seine Macht wachse und gedeihe«, intonierte eine männliche Stimme. »Möge er eines nicht mehr allzu fernen Tages zurückkehren, um zusammen mit seinen Brüdern und Schwestern die Rückkehr ihres Vaters und unseres Gottes Tzulan vorzubereiten.«

Das Ritual schien eröffnet, die Begleiter des Sektierers murmelten Beschwörungsformeln.

Schritte näherten sich dem Wandschrank. Knarrend klappte eine der Türen auf.

Pashtak erkannte durch die Lücke, dass es insgesamt vier identisch maskierte Männer in einfacher, unauffälliger Kleidung waren, die am Boden knieten und das Kind, das sie geknebelt hatten, in die Mitte der Symbole gelegt hatten. Einer der Männer roch für ihn vage bekannt.

Der Fünfte, eine Nackthaut, stand zum Greifen nah vor ihm und nahm nach winzigem Zögern den Dolch aus dem Regal. Ehrfürchtig wandte er sich wieder der Gruppe zu und ließ die Tür des Wandschranks einen Spalt offen, sodass der Inquisitor in der Lage war, jede Einzelheit des Schauspiels zu verfolgen.

Offenbar war der Ablauf des Rituals wesentlich komplizierter, als Pashtak es vermutet hätte. Dem Opfer einfach nur die Gurgel zu durchtrennen genügte augenscheinlich nicht.

Eine gute halbe Stunde lang ereignete sich nichts außer den sich ständig wiederholenden Gebeten, adressiert an einen der Zweiten Götter. Das Kind, ein Mädchen von geschätzten acht Jahren, hatte das Jammern aufgegeben und lag teilnahmslos auf dem kalten Steinboden. Plötzlich stockte einer der Maskierten und verfiel in Schweigen. Schließlich seufzte er und hieb mit der Faust auf den Boden. »Ich entschuldige mich.«

»Wegen deines Fehlers müssen wir von vorn beginnen«, sagte der Mann mit dem Dolch verärgert und erhob sich von seinem Platz.

»Seht ihr? Ich habe gleich gesagt, wir sollten keine Anfänger zu einer Zeremonie mitnehmen«, meinte ein anderer besserwisserisch; seine Stimme klang dumpf und verzerrt hinter der Verhüllung. »Er mag seine Tochter opfern, aber es war einfach zu früh, ihn hierher zu bringen.«

»Schweig«, herrschte ihn der Anführer an. »Es kann uns allen passieren. Die Textpassagen sind anspruchsvoll.« Er wandte sich dem Versager zu. »Aber es war dein letzter Fehltritt. Einen weiteren werden wir und Kantrill dir nicht mehr verzeihen. Wir beginnen nach einer kurzen Pause wieder von vorn.«

Der Besserwisser sah in Richtung des Bottichs. »Wir sollten die vergammelnden Körper aus dem Haus schaffen, bevor der Geruch noch übler wird und die Nachbarn aufmerksam werden. Das Versteck ist zu gut, um es zu verlieren.«

»Da haben es unsere Brüder und Schwestern in Ulsar wesentlich einfacher«, lachte ihr Ritualmeister. »Wenn der Kabcar wüsste, dass viele der Kranken, die in die Kathedrale zum Beten gehen, in gewisser Weise direkt zu Gott finden … Ich glaube nicht, dass der Herrscher von der ständigen Benutzung des Opferlochs auch nur einen blassen Schimmer hat. Unsere Tarnung ist ausgezeichnet.« Die Sektierer lachten zufrieden.

Pashtaks Aufregung wuchs. Diese Neuigkeiten mussten zum Herrscher gelangen, damit er wusste, was die Tzulani ohne sein Wissen trieben – und das nicht nur in Ammtára oder in Braunfeld.

»Wie lange wird es noch dauern, bis er mit den Lehren Ulldraels endgültig bricht?«, fragte der Versager. »Wann ist unsere Zeit im Verborgenen beendet?«

»Wir müssen noch Geduld haben«, erklärte der Mann und betrachtete versonnen den Ritualwerkdolch. »Noch ist der Kabcar nicht so weit, auch wenn wir uns bereithalten. Aber die Prophezeiung hat sich nun schon in so vielen Punkten erfüllt, dass der endgültige Anbruch der Dunklen Zeit nicht mehr fern sein kann.« Die Klinge wurde ruckartig aus der Scheide gerissen. »Es ist der Vorabend, Brüder. Die Nacht benötigt immer ein wenig Zeit, bis sie sich über das Land erstreckt, doch es wird stets finster. Wenn wir keinerlei Fehler machen«, seine Augen richteten sich auf den Versager, »und unseren

Teil dazu beitragen, unsere Fürsprecher, die Zweiten Götter, zufrieden zu stellen, werden wir schon bald als Diener Tzulans über alle anderen herrschen, wie er es uns einst in seinen Schriften versprach. Und diese Dunkle Zeit wird keine Sonne kennen.« Er bedeutete den anderen, sich zurück an ihre Positionen zu begeben. »Fangen wir an.«

Das ist eine Verschwörung! Pashtak schüttelte sich. *Ich stelle Mördern nach, und auf wen stoße ich? Auf hinterhältige und widerliche Verschwörer, die danach trachten, das Böse nach Ulldart zu bringen. Sie geben einen Dreck auf all die Neuerungen und den Frieden. Das darf nicht sein! Es würde alles zerstören, was der Kabcar erreicht hat.*

Pashtak hatte keinerlei Schwierigkeiten damit, wenn jemand einen der Zweiten Götter verehrte; auch er selbst dankte Tzulan gelegentlich für die wunderbare Zeit, die er zusammen mit den anderen in Ammtára verbrachte. Doch wenn sich diese Wahnsinnigen mit ihren Anschauungen durchsetzten, hatte Ulldart die längste Zeit ein beschauliches Antlitz getragen.

Widerwillig erinnerte er sich an die Zeit, als die Opferfeuer noch lichterloh in der Nacht brannten und die Priester dank Sinureds Hilfe die Weibchen der Nackthäute gleich dutzendweise zu Asche werden ließen.

Das darf sich nicht wiederholen. Ich werde etwas dagegen unternehmen. Und hier im Keller werde ich anfangen. Der Gedanke daran, dass die Tzulani in Ammtára sich an dem weitreichenden Komplott beteiligten, machte ihn wütend. Ein Grollen entfuhr ihm, das sich zu einem Knurren steigerte.

Die Maske des Versagers ruckte herum, der Mann betrachtete den Wandschrank. »Da war etwas. Vielleicht eine große Ratte oder etwas anderes, das Bedarf nach Fleisch hat.«

Der Inquisitor spreizte die Finger ab und krümmte sie. *Dieser Vergleich kostet dich dein Gesicht.* Er spannte die Muskeln seines gedrungenen Körpers, um bereit zu sein, aus seinem Versteck hervorzuschnellen und die Verräter zu stellen. Und natürlich das Kind zu retten, das vom eigenen Vater in den Tod geschickt werden sollte. *Gleich werden wir sehen, wer hinter der Maskerade steckt.* Im letzten Augenblick änderte er seinen ursprünglichen Angriffsplan und langte nach einem der schweren Marmeladengläser. *Himbeere* lautete die Aufschrift. Zögerlich stellte er das Glas zurück und suchte sich eine Sorte aus, die er weniger leiden konnte.

Als der Ritualmeister sich in tiefer Trance befand und den Ritualdolch hob, zerschellte ein Glas mit eingemachten Birnen an seinem Kopf. Wie vom Blitz getroffen brach er zusammen und blieb regungslos liegen; die Früchte ergossen sich um in herum.

Die anderen Maskierten verstanden nicht, was eben geschehen war; benommen sahen sie sich an, in Gedanken noch völlig bei der Anbetung. Und so trafen die eingeweckten Pflaumen ein weiteres unbewegliches Ziel. Der Versager ging ächzend zu Boden.

Nun war der Bann gebrochen, die restlichen drei Männer sprangen auf. Der Inquisitor ergriff die Gelegenheit und schleuderte noch schnell ein Behältnis mit Zwetschgenkompott gegen die Sektierer, das dem Besserwisser in den Schritt prallte. Nach Luft ringend, sank der Mann auf die Knie.

Pashtak aber eröffnete Zähne fletschend den Nahkampf. Gegen die leichte, unbewaffnete Beute vertraute er voll und ganz auf seine Körperkräfte, die Krallen und seine Schnelligkeit.

Dass ihnen ausgerechnet eine Kreatur auflauerte, die der Legende nach von Tzulan selbst erschaffen worden war, und nun mit brachialer Gewalt auf sie eindrang, überraschte die Maskierten dermaßen, dass sie ihr Heil in der Flucht suchten und sich erst gar nicht auf eine Prügelei mit dem Angreifer einlassen wollten. Sich gegenseitig in ihrer Hast behindernd, fielen sie mehr die Stiegen hinauf, als dass sie liefen. Mit Getöse trampelten sie durch das Haus und rannten hinaus.

Ihre Flucht weckte sämtliche Bewohner der Umgebung auf. Der Inquisitor, der bereits zur Verfolgung ansetzte, blieb verunsichert auf der Schwelle stehen, als die vielen Lichter hinter den Fenstern aufleuchteten.

Die leisen Schritte hinter sich hörte er zu spät. Etwas Hartes landete in seinem Genick.

Benommen taumelte er nach vorn, da packten ihn mehrere Hände, hoben ihn hoch und warfen ihn über das Geländer und die Kellertreppe hinab. Halb ohnmächtig blieb er am Fuß der Treppe liegen. Von draußen drang der Ruf »Mörder!« an sein Ohr. Die Auswirkungen des Sturzes machten ihn benommen, alles drehte sich um ihn herum. Vergeblich versuchte er, auf die Beine zu kommen.

Wie er durch den Schleier vor seinen Augen erkannte, stiegen mehrere Menschen vorsichtig die Stufen hinab. Einige rannten sofort wieder davon, als sie sahen, was sich im Keller verbarg, doch die Mehrzahl der Menschen drängte weiter nach unten.

»Habt ihr sie erwischt?«, stöhnte er. »Sie sind euch entgegengelaufen, sie haben …«

Ein Tritt in den Magen ließ ihn vor Schmerzen verstummen, ein Knüppel sauste mehrfach auf seinen knochigen Kopf hernieder. »Nimm das, du Vieh!«, schrie ein Mann ihn an. »Wir sollten denen den Garaus machen, so wie wir es früher gehalten haben!«, brüllte er. Pashtak erkannte Dokalusch, den Bewohner des

Schädelhauses. »Er hat sogar das Kind umgebracht.« Ein Schrei der Wut und Empörung hallte durch das Gewölbe.

Das Mädchen? Sie haben es wirklich noch getötet!, zuckte es Pashtak durch den Sinn, als ihn die genagelte Sohle eines Stiefels ins Kreuz traf. Eine Schlinge legte sich um seinen Hals.

»Los, wir brechen ihm die Beine und schleifen ihn durch die Straßen, bis er erstickt ist!«, forderte jemand. Das Seil straffte sich, schnürte Pashtaks Hals zu und brachte ihn zum Würgen. Seine Gegenwehr erlahmte, während ihn die Menge auf diese Weise die Treppe hinaufzerrte.

Dann wurde es plötzlich still, die Menschen schwiegen wie auf ein Kommando. Die Spannung des Seils ließ abrupt nach. Keuchend füllte Pashtak seine Lungen mit Luft.

Es klatschte vernehmlich, und ein schwerer Körper stürzte neben ihm zu Boden. Verwundert erkannte er Dokalusch, dem das Blut aus einer Platzwunde unter dem Auge lief.

»Das Gesetz verbietet es, dass die Bürger von Braunfeld eigenmächtig Exekutionen vornehmen«, hörte er Ozunopopp herrisch zu den Bewohnern sagen. »Ich bin Obrist im Heer des hoheitlichen Kabcar, nur ich darf auf Geheiß des Vizekönigs und des Gouverneurs Verbrecher ihrer Strafe zuführen.«

»Aber wir haben doch alles im Keller gesehen, Obrist!«, protestierte einer aus dem Schutz der Menge heraus.

»Geht in den Keller, Ozunopopp, und schaut Euch an, was dieses Ungeheuer angerichtet hat«, sagte Dokalusch schneidend und stemmte sich in die Höhe. »Er hat einem unschuldigen Kind die Kehle aufgeschlitzt.«

»Demnach warst du also dabei, als der *Bürger*«, betonte der Beamte ausdrücklich, »diese Tat begangen hat? Demnach kannst du alles bei deinem Leben beschwören und beeiden?«

Dokalusch zögerte, betastete das ramponierte Auge und warf dem Obristen einen tödlichen Blick zu. »Nein, das kann ich nicht«, meinte er widerwillig.

»Dann geh deiner Wege und warte ab, was die Untersuchung ans Licht bringt«, empfahl Ozunopopp drohend. »Und ihr alle trollt euch ebenfalls. Geht zu Bett. Morgen wird der Ausrufer alles Wichtige verkünden.«

Murrend löste sich die Versammlung vor dem Haus des Kaufmanns auf.

»Seid Euch nicht zu sicher, dass Euch diese Uniform vor allem beschützt, Ozunopopp«, riet ihm Dokalusch zum Abschied. »Sich gegen uns zu stellen, um diese Bestie zu beschützen, war kein guter Einfall.«

»Es ist vielleicht auch kein so guter Einfall, dich für diesen Einschüchterungsversuch an einem Beamten des hoheitlichen Kabcar eine Woche lang in Arrest zu nehmen«, erwiderte der Offizier gelassen. »Aber ich kann damit leben.« Auf ein Zeichen von ihm führten zwei Wachen den erbosten Mann ab. Ozunopopp half Pashtak beim Aufstehen und befreite ihn von dem Strick. »Ich nehme Euch mit zur Wache, dort seid Ihr sicher. Ihr werdet mir alles erzählen, was vorgefallen ist.«

»Aber natürlich«, hustete der Inquisitor mehr als er antwortete. »Danke für Euer Eingreifen. Ohne Euch …«

Der Obrist wehrte ab. »Ich habe nur meine Pflicht getan. Der ich übrigens auch nachgekommen wäre, wenn ich nicht wüsste, dass Ihr diese Morde untersucht, in die Ihr mitten hineingeschlittert seid.« Er richtete sich auf und betrachtete die Straße, die sich beinahe vollständig geleert hatte.

»Seid Ihr fündig geworden … ich meine, außer den Leichen?«, erkundigte sich der Beamte, der den Inquisitor bei seinem Besuch im Quartier der Wachen so herablassend behandelt hatte.

»Das erzähle ich alles später«, murmelte Pashtak heiser. »Ich muss erst ein wenig verschnaufen. Und dann werden wir den Kabcar von ein paar Dingen in Kenntnis setzen müssen, die ihm nicht gefallen werden, fürchte ich.«

Fauchend richtete sich Pashtak auf der Pritsche auf, die Klauen zum Schlag erhoben, die Reißzähne gebleckt. Es dauerte eine Weile, bis er sich von seinem Albtraum befreite und begriff, wo er war und dass ihm hier drinnen nichts geschehen konnte. Licht fiel durch das schmale Fenster in die Zelle.

Was für eine Ironie! Er kratzte sich am Bart, während sein Blick über die kahlen Mauern wanderte, die ihm Schutz boten. *Nun muss man schon ins Gefängnis, um vor den verrückten Nackthäuten sicher zu sein.*

Obwohl er alle Knochen im Leib spürte und seine Kehle sich immer noch anfühlte, als hätte man ihm ein Stück glühendes Eisen in den Schlund geschoben, stand er auf und rief nach der Wache. Als er keine Antwort erhielt und schließlich an der Tür rüttelte, stellte er fest, dass sie nicht verschlossen war.

Pashtak verließ die Zelle und stieg die Treppe hinauf ins Erdgeschoss der Wache. Unweigerlich musste er an die Erlebnisse im Kaufmannshaus denken.

Ein Beamter begrüßte ihn und brachte ihn sofort zu Ozunopopp, in dessen Schreibstube ein Frühstück auf Pashtak wartete. Dankbar setzte er sich und schob sich nacheinander Brot, Wurst und Schinken in den Mund, wobei es ihm ein bisschen peinlich war, dass ihm eine Nackthaut beim Essen zusah.

Pashtak gehörte nicht zu den Wesen, die leise kauen konnten, was Ozunopopp jedoch keine Probleme zu bereiten schien. Er berichtete ihm ungerührt, was er inzwischen entdeckt hatte.

»Die Leichen im Bottich haben wir als die Frau des Händlers sowie die Bediensteten identifiziert«, begann er. »Ich hoffe, es stört Euch nicht, dass ich darüber rede, während Ihr mit Essen beschäftigt seid?« Der Inquisitor wedelte mit seiner freien Hand, mit der anderen fischte er Schinkenstreifen zwischen den Zähnen hervor. »Dem Mädchen wurde die Kehle im Gegensatz zu den anderen Leichen geradezu unfachmännisch durchschnitten, was auf die große Eile der Mörder zurückzuführen ist. Wir versuchen noch herauszufinden, wer das arme Ding war. Die Zeichnungen am Boden wurden größtenteils durch den Saft des Eingemachten verwischt, sodass wir sie nicht mehr vollständig kopieren konnten.«

»Ich entschuldige mich dafür«, sagte Pashtak bedauernd und reichte dem Obristen den Zettel mit den Abdrücken der Symbole, die sich auf der Klinge des Ritualdolches befanden. »Ihr fertigt Euch ein Duplikat hiervon an, und ich mache mir eine Nachbildung von den Zeichnungen am Boden des Kellers, einverstanden?« Er schenkte sich Wasser ein. »Nun haben die Leute einen Fehler begangen, indem sie ein Kind umgebracht haben, das offensichtlich zur Stadt gehört. Wenn Ihr herausfinden könnt, wer sie war, so habt Ihr in dem Vater einen aus der Bande. Vermutlich werdet Ihr durch ihn die Namen der anderen erfahren können.«

»Das sehe ich genau so«, bestätigte Ozunopopp. »Im Übrigen besaß einer der Mörder die Dreistigkeit, sich unter die Zuschauer zu mischen, die Eurer improvisierten Hinrichtung beiwohnen wollten.« Er langte neben sich und brachte eine Maske zum Vorschein. »Die haben wir im Keller gefunden. Wenn ich mit meinen Vermutungen richtig liege, hat er sich irgendwo dort versteckt gehalten und gewartet, bis andere Bürger angerannt kamen, um nach dem Rechten zu schauen.«

»Leichen«, murmelte Pashtak grüblerisch, schnüffelte an der aus Holz gefertigten Larve und nahm den Geruch ihres Trägers auf. Er kam ihm bekannt vor.

»Hatte ich es nicht erwähnt?«, fragte der Offizier, der dachte, die Bemerkung richte sich an ihn.

»Nein, nein, Obrist«, sagte der Inquisitor schnell. »Euer Beamter, der mich gestern so freundlich empfing …«

»Wogoca«, ergänzte sein Gegenüber.

»… fragte mich gestern, ob ich denn etwas anderes entdeckt hätte außer *den Leichen*.«

»Und?«

»Mir ist es zunächst auch nicht aufgefallen.« Pashtak freute sich insgeheim ein wenig über das Unverständnis des Mannes. »*Leichen*«, wiederholte er betont. »Wenn ich mich recht erinnere, so hat niemand in der Menge ein Wort davon gesagt, dass mehr als eine Tote im Keller liegt.«

Der Gesichtsausdruck Ozunopopps änderte sich langsam, wechselte von fragend zu ungläubig. »Sie haben mir nur gesagt, ich solle mir etwas im Keller ansehen. Das bedeutet …«

»Wo war Wogoca, als Ihr am Tatort eintraft?«, wollte der Inquisitor wissen und versenkte seine Zähne mit Wonne in einem Stück Brot. »Überlegt gut, Obrist.«

Die Stirn des Mannes zog sich in Falten, er lehnte sich auf seinem Stuhl zurück und dachte nach. »Ich weiß es nicht. Er stand plötzlich neben mir.« Mit der flachen Hand schlug er auf den Schreibtisch. »Das wäre aber ungeheuerlich.«

»Es kommt noch viel besser«, kündigte Pashtak an und erzählte all die Einzelheiten, die er aus seinem Versteck heraus vernommen hatte. »Somit ist stark anzunehmen, dass die Tzulani die letzten Jahre genutzt haben, um in alle wichtigen Ämter einzudringen«, beendete er seine Ausführungen. Er fühlte sich großartig, dem Obristen Dinge zu erklären, die er – ein Wesen, das von den wenigsten Menschen geachtet wurde – eigenständig herausgefunden hatte.

Ozunopopp saß wie vom Donner gerührt, stocksteif und blass. »Das wird Euch einen Orden bringen«, vermutete er. »Diese Verschwörung aufzudecken ist eine Meisterleistung, die nicht zu überbieten ist, Inquisitor. Der Kabcar wird Euch sehen wollen, Ihr werdet nach Ulsar reisen und ihm persönlich die Hand schütteln.« Er nahm die Platte mit dem Schinken und hielt sie ihm hin. »Und ich kenne Euch, ich kenne den … Mann, wenn Euch diese Bezeichnung genehm ist, der den Herrscher von Tarpol vor den Intrigen der Tzulani bewahrt hat. Ihr werdet dem Kabcar doch meinen Namen nennen, wenn Ihr ihm begegnet?«

Pashtak lachte, auch wenn ihm die Kehle wehtat. »Ihr seid sehr voreilig. Zunächst muss die Nachricht nach Ulsar gelangen. Und wie kommen wir an den Verschwörern am Hof vorbei, von denen ich annehme, dass sie existieren? Wer sagt uns letztendlich, ob er uns überhaupt glauben wird?«

»Wenn wir es nicht versuchen, können wir es auch nicht wissen.« Ozunopopp gab sich zuversichtlich und schenkte sich Tee ein. »Der Herrscher ist ein sehr misstrauischer Mensch, wie man sich erzählt, und nach der Geschichte mit seiner Gattin … Nun ja, er wird bestimmt von der Verschwörung in Kenntnis gesetzt werden wollen. Und außerdem haben wir einen Zeugen, dessen Aussage ich nach Ulsar entsenden werde. Passt auf …« Er erhob die Stimme. »Wogoca, kommt einen Augenblick bitte zu mir!«

Es dauerte nicht lange, und der Beamte trat ein. Die feine Nase des Inquisitors erkannte den vagen Geruch wieder, der ihm im nächtlichen Keller aufgefallen war. *Damit hätten wir schon mal einen aus der Bande.* Mit einem grollenden Laut musterte er den Beamten.

»Obrist?« Wogoca knallte die Hacken zusammen, wobei er Pashtak nicht aus den Augen ließ.

»Der Inquisitor und ich haben uns eben über die gestrige Nacht unterhalten«, eröffnete er seinem Untergebenen. »Er hat ganz bemerkenswerte Dinge gehört, als er sich in diesem Schrank verbarg. Glücklicherweise hat sich vorhin jemand gemeldet, der das Kind erkannt hat. Ein paar Wachen sind auf dem Weg zum Haus des Vaters, um ihn zu überprüfen.«

»Aber warum habt Ihr mich nicht geschickt?«

Wortlos hob Pashtak die Maske und witterte lautstark in Richtung des Beamten. Unbehagen mischte sich zu den üblichen Gerüchen einer Nackthaut. »Wisst Ihr, wie leicht es ist, menschlichen Schweiß nach seiner Herkunft einzuordnen?«, erkundigte er sich in aller Freundlichkeit. Auch wenn er sich entspannt gab, war er jederzeit bereit, auf das Verhalten des Verhörten zu reagieren. »Gerade hinter solchen Masken staut sich die Körperwärme schnell. Und nun denkt nach, weshalb Euch der Obrist nicht geschickt hat.«

Wogoca stank plötzlich nach Adrenalin. Seine Hand

ruckte an den Griff des Säbels, doch der Inquisitor hatte sich schon aus seinem Sessel abgedrückt. Er riss den Mann zu Boden und presste die Knie auf die Oberschenkel des Mannes, damit er sich nicht wehren konnte.

»Welches Ungeheuer hat sein eigenes Kind dem Tod überlassen?«, schnarrte er. »Und wer hat mich die Treppe hinuntergestoßen?«

Der überrumpelte Beamte wand sich unter ihm, ohne ihn abwerfen zu können. »Wir wollen doch das Gleiche«, raunte er ihm dabei zu. »Lass mich gehen. Ich warne schnell noch Uiwasso und die anderen. Dann flüchten wir zu euch in die Verbotene Stadt und unterstützen unsere Tzulanibrüder in dem kommenden Kampf.« Er hob den Kopf ein wenig. »Du musst den Obristen töten. Kein anderer darf von der Verschwörung erfahren. Sonst gerät alles in Gefahr.«

Ohne Zögern spuckte Pashtak Wogoca ins Gesicht. »So etwas Dreistes. Der wollte mich tatsächlich auf die Seite dieser Mörder ziehen.«

»Tzulan wird eines Tages nach Ulldart zurückkehren. Alle seine Kinder, die Zweiten Götter, werden ihm den Weg ebnen, nachdem wir sie durch unsere Opfer herbei beschworen haben.« Wogoca wandte die Augen ab. »Ich werde nichts mehr sagen.«

»Im weitesten Sinne bin auch ich sein Kind, aber von mir aus kann er bleiben, wo er ist, wenn er den Frieden unserer Welt zerstören will«, hielt der Inquisitor verärgert dagegen, während er sich erhob und der Obrist dem Mann Handeisen anlegte. »Einer aus der Bande heißt Uiwasso, wie er mir eben sagte.«

»Sehr gut.« Ozunopopp zerrte Wogoca auf die Beine, um ihn in eine Zelle zu sperren. »Ich werde einen Henker kommen lassen, damit die Verhöre zu einem schnellen Ergebnis führen und der Bericht nach Ulsar geschickt werden kann.« Er dachte kurz nach. »Am besten reite ich selbst. Eine solche Angelegenheit will ich keinem anderen anvertrauen.«

»Wartet«, bat Pashtak, als sie an der Treppe zum Keller angekommen waren, und trat dem überführten Beamten in die Kniekehle, dass er kopfüber die Stufen hinabstürzte. »Somit ist wenigstens etwas Gerechtigkeit geschaffen worden«, meinte er dann zufrieden, schnurrte und grinste gleichzeitig.

Stöhnend richtete sich Wogoca am Fuß der Treppe auf.

Der Offizier hob die Augenbrauen. »Ich sollte die Stufen unbedingt überprüfen lassen. Da kann man sich im ungünstigsten Fall das Genick brechen.«

»Im günstigsten, meintet Ihr«, verbesserte der Inquisitor.

Drei Tage später befand sich Pashtak wieder an der Kreuzung, eine weitere Tagesreise von Ammtára entfernt. Zwei Tage war er in Braunfeld geblieben, um den Ausrufern die Gelegenheit zu geben, seine Unschuld zu verkünden. Ansonsten, so vermutete der Obrist, würde sein Schädel sich bald zu Dokaluschs übrigen Trophäen gesellen.

Tatsächlich verhielten sich die Menschen ihm gegenüber völlig normal, als er die Stadt verließ. Das bedeutete, sie würdigten ihn keines Blickes oder wichen ihm aus.

Der Wache war es gelungen, den Vater des toten Kindes festzunehmen, als dieser die Stadt verlassen wollte. Nach ein paar harten Worten, ganz ohne Folter, gestand der aufgelöste Mann alles.

Dummerweise war er ein Neuling in der Sekte und nicht mit deren Struktur vertraut. Er kannte auch keine

Namen. Wogoca aber verschied noch während des Verhörs, was sich der Folterknecht nicht erklären konnte.

Ozunopopp ärgerte sich über diesen Umstand, aber er fertigte aus den bisherigen Aussagen einen Bericht an, den er persönlich nach Ulsar bringen wollte. Der Inquisitor und der Obrist verließen Braunfeld am selben Tag.

Pashtak spürte eine gewisse Befriedigung, wenigstens zwei Mitglieder der Mördersekte in die Hände der Justiz gespielt zu haben. Mindestens drei von ihnen liefen noch durch die Gegend und würden, wenn er sie richtig einschätzte, ihre Taten nicht sein lassen. Sie würden sich einen anderen Ort suchen und da weitermachen, wo sie aufgehört hatten. *Und ich stehe mit Sicherheit auf ihrer Liste der Opfer nun ganz oben.* Der Gedanke beunruhigte ihn nicht so sehr; weit mehr sorgte er sich um seine Familie. Wenn die Tzulani ihnen auch nur drohten, würde er sie alle einzeln zur Strecke bringen und sie eigenhändig Ulldrael dem Gerechten opfern. *Etwas Schlimmeres kann ihnen nicht passieren,* dachte er bösartig.

Nach einer guten Stunde Marsch nahm er einen schwachen Geruch nach verwesendem Fleisch wahr.

Neugierig folgte er der Spur, verließ die Straße und stieß nur wenige Schritte neben der befestigten Strecke auf die Überreste eines Pferdes und seines Reiters. Allem Anschein nach war es der unfreundliche Mann, der ihn auf seiner Hinreise eine verdammte Bestie genannt hatte. Dank der herrschenden Kälte waren die Körper noch nicht stark verwest, doch aus ihren Leibern waren Stücke Fleisch geschnitten worden.

Mein Wunsch, dass die Menschenfresser ihn erwischen, ist wohl Wirklichkeit geworden, dachte Pashtak und ging in die Hocke, um sich die Leichname genauer anzusehen.

Die Versuchung sprang ihn regelrecht an. Günstiger würde er nie mehr an eine Gelegenheit geraten, das Fleisch der Nackthäute zu probieren, ohne dass es jemand erführe. Vielleicht käme er dann dahinter, weshalb seine Artgenossen bereit waren zu morden.

So schlecht riecht es gar nicht, fand er. *Was könnte ein winziges Stück schon anrichten?*

Doch er fühlte sich hin- und hergerissen. Die Angst, selbst zu einem Menschenfresser zu werden, kämpfte mit der Aussicht auf ein neues, unvergleichbares Geschmackserlebnis und der nüchternen Überlegung eines Inquisitors, ein Experiment zu wagen, um sich in die Rolle der Täter versetzen zu können. Selbst wenn Letzteres nur ein vorgeschobenes Argument war …

Sein Magen grummelte, der Speichel sammelte sich in seiner Mundhöhle, und langsam wanderte seine Hand an den Griff seines Dolches.

Plötzlich hörte er Schritte, die sich durch das Unterholz näherten. Dem Geruch nach handelte es sich um ein Sumpfwesen. Beinahe schon erleichtert, dass ihm somit eine Entscheidung abgenommen und Schlimmeres verhindert wurde, stand er auf und wartete, dass der Besucher sich zeigte.

Die Spezies des Wesens, das aus dem Unterholz trat und angesichts des Inquisitors erschrocken stehen blieb, war Pashtak bekannt. Es war humanoid, etwas größer und behaarter als er selbst und gehörte seiner Einschätzung nach zu den »Gelegentlichen«, denen Menschenfleisch eine willkommene Abwechselung bedeutete.

Abschätzend schaute er zu dem Ankömmling hinüber. »Wie sollen sich Nackthäute jemals uns gegenüber friedlich verhalten, wenn wir sie weiterhin umbringen? Du wirst dich dafür vor der Versammlung der Wahren rechtfertigen müssen.«

»Ah, ich verstehe. Du bist der, der die Morde untersucht«, entgegnete das Wesen mit leiser Stimme. Gelassen wischte es den Schnee von einem Baumstumpf und nahm Platz. »Aber was kann ein Wolf dafür, dass er die Schafe frisst? Es liegt in seiner Natur. Soll er Gras fressen und eingehen?«

»Das wird gewiss kein Streitgespräch werden«, entgegnete der Inquisitor. »Du weißt, dass es verboten ist, die Nackthäute zu töten.«

Gleichmütig betrachtete das Wesen die Kadaver. »Sie halten sich auch nicht daran.«

»Deshalb müssen wir es ihnen nicht nachtun.« Langsam bewegte er sich auf die Kreatur zu. Er beschloss, die Gelegenheit zu nutzen und eine Frage zu stellen, die ihm vielleicht etwas Klarheit brachte, weshalb seine Verwandten die Menschen verspeisten. »Was ist so Besonderes an ihrem Fleisch?«

Das Wesen lachte leise. »Wenn du es nicht gekostet hast, wirst du es nicht verstehen.« Die Klinge des Dolches funkelte auf. »Es ist dieser Beigeschmack, den keine andere Beute hat. Soll ich dir ein Stück von ihm abschneiden?«

»Nein, danke«, lehnte der Inquisitor beherrscht ab, auch wenn es ihn einiges an Überwindung kostete. »Steck die Waffe weg und komm mit mir. Es wird eine ordentliche Verhandlung geben. Doch um die Strafe wirst du nicht herumkommen. Du weißt, was mit Wölfen geschieht, die ständig Schafe reißen, obwohl man sie gewarnt hat.«

»Und wenn das Tier schon tot war, als der Wolf hinzukam?«, meinte das Wesen. »Wenn du Pferd und Reiter untersuchst, wirst du feststellen, dass sie sich beide das Genick gebrochen haben. Ich habe sie gefunden und zusammen mit meiner Familie von der Straße geschleppt, damit wir sie in aller Ruhe …« Er hob den Dolch. »Wir wollten die anderen Nackthäute doch nicht beunruhigen.« Ruhig wartete er ab, bis Pashtak seine Prüfung abgeschlossen hatte. Die girrenden Laute, die der Inquisitor als Zeichen seiner Verlegenheit ausstieß, erkannte er als Entschuldigung an.

»Du kannst gehen, ich habe dich zu Unrecht verdächtigt«, sagte Pashtak. »Wenn der Wolf Aas frisst, kann es den anderen Schafen egal sein.« Das Wesen nickte ihm zu und verschwand im Dickicht. *Vor allem dann, wenn es die anderen Schafe nicht wissen.* Der Blick des Inquisitors blieb an den Satteltaschen des toten Pferdes hängen. *Wo der Unglückliche wohl hinwollte? Man sollte wenigstens seine Verwandten davon in Kenntnis setzen, dass er verschieden ist, ohne Einzelheiten zu nennen.* Um einen Aufschluss über die Herkunft des Verunglückten zu erhalten, durchsuchte er dessen Kleider und Satteltaschen. In einem Hohlraum unter dem Sitzpolster des Sattels entdeckte er eine wasserdichte, verplombte Lederröhre, in der Dokumente transportiert wurden, adressiert an Leconuc, den Tzulani, der die Versammlung der Wahren leitete.

Er pfiff leise durch die spitzen Zähne. *Das nenne ich doch mal einen Fund!* Abschätzend wog er das Behältnis in der Hand. *Ich bin Inquisitor, und ich habe die Pflicht, alle Vorgänge zu untersuchen,* sagte er zu sich selbst, während er es einsteckte und seine Inspektion fortsetzte. Aber außer ein paar Münzen fand er nichts, was ihm verdächtig erschien.

Gedankenversunken machte er sich auf den Marsch. Die Rolle unter seinem Gewand wurde mit jedem Schritt schwerer und schien laut den Namen des Empfängers zu rufen.

Ganz wohl war ihm nicht dabei, dass er sich das

Dokument angeeignet hatte und nicht sofort abgeben würde. Aber nach den Vorkommnissen in Braunfeld musste er so handeln. Wenn Leconuc sich mit den restlichen Tzulani verbündete oder gar schon verbündet war, stand das friedliche Miteinander in Ammtára vermutlich vor dem Ende. Die Anhänger würden die Opferungen zu Ehren des Gebrannten Gottes fortsetzen und sich die Feindschaft der übrigen Städte zuziehen.

Oder ist das vielleicht sogar beabsichtigt?, fragte er sich. *Wird unser Zuhause erneut zum Stammsitz Sinureds, von dem nur Tod und Verderben für die Nackthäute ausgehen? Wenn die Dunkle Zeit anbricht, wird es so kommen.*

Pashtak verfiel in einen leichten Dauerlauf, um schneller bei Shui und den Kindern zu sein.

Kurz vor Einbruch der Nacht erreichte er die Tore Ammtáras.

Seine Pflicht wäre es gewesen, die Versammlung umgehend von den Ereignissen in Braunfeld in Kenntnis zu setzen. Aber solange er sich nicht sicher sein konnte, dass die Tzulani mit der Sache nichts zu tun hatten, wollte er keine Aussage machen. Notfalls würde er alle anderen Sumpfwesen zusammentrommeln, um die Nackthäute aus Ammtára zu werfen, sollten sie wirklich an den Umtrieben ihrer Freunde in Ulsar beteiligt sein.

Verschwitzt und hechelnd betrat er sein Haus, begrüßte seine Gefährtin und seine Kinder ausgiebig, verteilte die Geschenke unter der zeternden Meute, um sich dann in sein Arbeitszimmer zu verkriechen. Shui spürte, dass er mit etwas Wichtigem beschäftigt war, sagte aber nichts zu ihm.

Er entzündete mehrere Kerzen, legte die Rolle vor sich auf den Tisch und machte es sich in seinem Stuhl gemütlich. Scheu betrachtete er das Lederbehältnis, als wartete er darauf, dass die Tür aufflöge und ein erboster Leconuc hereinstürmte, um sein Eigentum zu verlangen.

Seine krallenbewehrte Hand nahm das Dokument zögerlich auf. Er benötigte die Gewissheit, und so brach er die Versiegelung, entfernte den Verschluss und zog das Stück Pergament hervor. Gespannt überflog er die Zeilen, ohne jedoch etwas Verfängliches zu entdecken. Ein Tzulani aus Ulsar, dessen Name ihm nichts sagte, richtete die besten Grüße aus, erzählte von den imposanten Bauwerken, allen voran der Kathedrale, der Hauptstadt und davon, dass alle guter Dinge seien und dass der Krieg gegen die Kensustrianer gewiss bald beendet wäre, sollte er erst einmal begonnen haben. »Möge das Feuer der brennenden Augen Tzulans uns die Wahrheit zeigen«, schloss der Brief.

Ein wenig enttäuscht senkte er das Blatt, nur um es kurz darauf näher zu untersuchen.

Er las die Anfangsbuchstaben der einzelnen Wörter, las die Reihen von oben nach unten, las Abschnitte rückwärts und gab sich alle erdenkliche Mühe, um einem möglichen Geheimnis auf die Spur zu kommen. Doch ihm fiel lediglich auf, dass der Schreiber kurz zuvor Süßknollen geschält haben musste, das Papier roch danach.

Stutzig geworden über die letzten Worte des Schreibers, hielt er das Dokument über eine der Kerzen.

Das Dokument färbte sich dunkelbraun. Dann aber gab es dem Inquisitor sein Geheimnis preis. Durch die Hitze der Flamme zeichnete sich eine zweite Botschaft ab.

Aufgeregt erwärmte Pashtak den ganzen Bogen, bis er die Nachricht vollständig sichtbar gemacht hatte. Aber der Verfasser hatte sie verschlüsselt; zu lesen waren nur seltsame Zeichen und Symbole.

Das finde ich auch noch heraus, schwor sich der Inquisitor zufrieden. Gleich morgen würde er in die Bibliothek gehen und sich auf die Suche machen. Vielleicht fand sich ein Hinweis, mit dessen Hilfe er die geheime Mitteilung verstehen würde. Vorher sollte Leconuc diese Nachricht nicht erhalten. Er würde der Versammlung irgendein Märchen auftischen, was seine Erlebnisse in Braunfeld anbelangte. Die Wahrheit würde unter diesen Umständen nicht über seine Lippen kommen.

**Kontinent Ulldart, Meddohâr,
Südostküste Kensustrias, Winterende 458/59 n. S.**

In ihrem Traum hörte sie ein Rauschen, ein ständiges Auf und Ab, wie ein Flüstern angenehmer Worte, das mal lauter, mal leiser wurde.

Ihr Verstand driftete durch schillernde Sphären, sie flog um den gesamten Kontinent, betrachtete voller Verwunderung den Palast des Kabcar in Ulsar und sah die einstige Verbotene Stadt. Kurz darauf glitt sie über das offene Meer; Rogogards belagerte Inselfestungen huschten unter ihr vorüber, bevor sie zum ersten Mal in ihrem Leben die Gestade eines anderen Landes sah, von dem sie annahm, dass es Kalisstron war.

Urplötzlich schwebte sie steil nach oben, sie stieg höher und höher, den Sonnen entgegen, ehe sie vor sich die Rot glühenden, Angst einflößenden Sterne Arkas und Tulm entdeckte.

Ihr Geist drehte abrupt ab, zog eine Schleife und kehrte im Sturzflug nach Ulldart zurück. Sie versuchte, sich an den Wolken festzukrallen, um ihren Fall zu bremsen, doch die Gebilde zerstoben unter der Berührung zu nichts. Unaufhaltsam raste sie hinab.

Sie erkannte die vertraute Silhouette der Stadt Meddohâr und schoss genau auf das Dach eines Hauses zu. Instinktiv wollte sie die Arme vors Gesicht legen, als könnte das den Aufprall dämpfen, der einen Lidschlag später erfolgte …

Soscha riss die Augen auf und erkannte die intakten Deckenbalken über sich. *Was …?*

Von rechts schob sich das überglückliche Gesicht Stoikos in ihr Blickfeld, von links das misstrauische des Hofnarren, das sich augenblicklich in eine fröhliche Fratze verwandelte. Das Klingeln von Schellen tönte in ihren Ohren.

Ihr Ziehvater nahm sie mit einem Schluchzen in die Arme und drückte sie an sich, während Soscha selbst immer noch über ihre »Fahrt« nachdachte. Sie musste kichern, als sein stattlicher Schnurrbart kitzelnd über ihre Wange strich.

»Kind, da bist du wieder!«, sagte Stoiko mit erstickter Stimme; die Rührung verschlug ihm die Sprache. »Ich wusste es! Ich wusste es die ganze Zeit über.«

»Gar nichts wusste er, aber gehofft haben wir alle«, gab Fiorell seinen Kommentar dazu ab, drückte sich auf ihrer Bettkante in den einarmigen Handstand und betrachtete kopfüber das Gesicht der jungen Frau mit fröhlichem Feixen. »Tatsächlich, kein bisschen verwest.«

»Bitte?«, raunte Soscha. Ihre Kehle war trocken, der Geschmack in ihrem Mund fürchterlich. Sie wollte sich bewegen, fühlte sich aber dermaßen matt, dass es gerade ausreichte, sich ein wenig zur Seite zu drehen, wo Stoiko stand.

»Warte.« Er setzte ein Glas Wasser an ihre aufgesprungenen Lippen. Kühl und erfrischend rann das

Nass ihre Kehle hinunter. »Ist es jetzt besser?«, erkundigte er sich sorgenvoll, nachdem sie das Glas geleert hatte. Sanft strich er ihr über das Haar. »Ulldrael der Gerechte und alle Götter Kensustrias müssen dir beigestanden haben.«

»Und das sind wahrlich viele«, meinte der Spaßmacher und setzte elegant auf dem Boden auf. »Es sind so viele, dass man ein Jahr braucht, um für jeden ein Gebet aufzusagen.« Er absolvierte einen Luftsprung und schlug die Hacken zusammen; mit seinem Narrenstab rasselte er laut dazu. »Ich lasse Eure Grube wieder zuschaufeln und sage dem Pralinigen Bescheid. Das Dickerchen wird vor Freude dahinschmelzen wie ein Stück Konfekt in seinem Mund.« Schon war Fiorell verschwunden.

Soscha schaute ihm hinterher und richtete dann den Blick auf ihren Mentor. »Wie hat er das gemeint … das mit der Grube?«

Stoiko fasste ihre Hand und drückte sie leicht. »Du warst drei Monate lang wie tot. Wir haben dich neben Sabins Überresten gefunden. Du hast nicht mehr geatmet, dein Herz war nicht mehr zu hören. Wir legten dich ins Bett und warteten ab, was geschehen würde. Niemand, selbst die Cerêler nicht, konnte sich eine Vorstellung davon machen, was sich ereignet hatte.«

»Und was geschah dann?«, forschte sie kraftlos nach.

»Nichts. Du lagst im Bett, und es geschah nichts.« Stoiko schauderte. »Es war furchtbar, weil niemand wusste, was man unternehmen konnte. Einige Gelehrte, die wir befragten, wollten dich aufschneiden und in deinem Innern nachsehen, was passiert ist. Wie gut, dass wir es nicht zugelassen haben.«

»Ich wäre euch in der Tat sehr böse, wenn meine Innereien nun neben meinem Bett in einem Eimer lägen«, meinte die junge Frau mit einem Lächeln. Dann wurde sie wieder ernst. »Drei Monate?«

Ihr Mentor nickte. »Du lagst einfach nur im Bett, und weil dein Körper nicht verfiel, beschlossen wir so lange zu warten, bis die Verwesung einsetzen würde. Vorher wollten wir nichts unternehmen. Einer der Diener blieb immer Tag und Nacht an deiner Seite, und vor drei Nächten zuckten deine Augenlider.«

Ihr fiel auf, wie müde der ältere Mann wirkte. »Und seitdem sitzt du hier?«

»Das war es wert«, gab er glücklich zurück. »Aber verzeih mir, wenn ich mich bald zurückziehe. Meine Knochen sehnen sich nach Schlaf.« Besorgt fuhr er ihr über die Stirn. »Weißt du, was damals geschah? Kannst du es mir erzählen?«

In aller Kürze berichtete Soscha, wie es zu dem Unglück gekommen war, dass zu Sabins Tod geführt hatte. Danach war sie so erschöpft, dass sie in einen ruhigen Schlaf sank.

Als sie erwachte, musste es Nachmittag sein. Warm fielen die goldenen Sonnenstrahlen in ihr Gemach.

Wie lange ich wohl diesmal geschlafen habe?, wunderte sie sich. *Bitte, Ulldrael und Ioweshbra, lasst es nicht wieder drei Monate gewesen sein.* Sie fühlte sich wesentlich kräftiger und wollte es wagen, sich von ihrem Lager zu erheben. *Was ich wohl getan hätte, wenn ich in einer Gruft oder Ähnlichem zu mir gekommen wäre?* Sie erschauderte. *Das wäre fürchterlich gewesen … nach langer Zeit ins Leben zurückzukehren, nur um zu ersticken.*

Vorsichtig stützte sie sich auf die Ellenbogen und arbeitete ihren Oberkörper langsam in eine aufrechte Haltung. Als ihr Blick dabei auf ihre rechte Hand fiel, keuchte sie erschrocken auf. Sie schimmerte in einem dunklen Blau. Dieses Leuchten umgab auch ihre Linke, sogar den ganzen Leib, wie sie feststellen musste. Es war das gleiche Blau, in dem einst der Tersioner gestrahlt hatte.

Soscha sank zurück in die Federn. *Ich bin magisch. Ich trage diese Kraft, die einst Sabin gehörte, nun in mir.* Jetzt verstand sie, was sich vor Monaten im Raum nebenan abgespielt hatte. Der ehemalige Minenarbeiter hatte ihr seine Fertigkeiten übertragen und war danach gestorben. Ihr Körper und ihr Verstand hatten ganz offensichtlich eine Phase der Ruhe benötigt, um das »Geschenk« des Mannes zu verarbeiten.

Ungläubig hob sie die Hand vors Gesicht, um sie zu betrachten. Das blaue Flirren und Schimmern wich nicht. *Er war ein Intuitiver. Ob ich das auch übernommen habe?* Sie setzte sich ruckartig auf, wobei sie nicht auf den leichten Schwindel achtete, der sie kurzzeitig befiel. Dann streckte sie die Linke aus und konzentrierte sich darauf, mithilfe der Magie ein Fenster zu öffnen. Am Rande nahm sie wahr, wie das Blau sich intensivierte. Dann zuckte ein blauer Faden von dem Leuchten und legte sich um den Griff.

Die Klinke am Rahmen zitterte leicht und drehte sich langsam, bis sich der Schließmechanismus mit einem Klicken löste. Nun musste sie das Fenster nur noch aufziehen, aber es widersetzte sich dem Versuch aus der Ferne.

»Verdammt, geh auf«, zischte sie erbost. Das Blau um sie herum strahlte auf, Dutzende Energiestrahlen stoben von ihr weg.

Krachend rissen die Fensterflügel aus der Verankerung. Die Scheiben flogen aus dem Rahmen und klirrten auf den Boden, und die Scherben verteilten sich im ganzen Raum.

Verdutzt über das Ergebnis, musste Soscha lachen. *Danke, Sabin*, dachte sie. *Ich werde dein Opfer und deine Gabe in Ehren halten.*

Moolpár hob den Kopf, die bernsteinfarbenen Augen zeigten deutlich seine Überraschung. »Ich wusste nicht, dass unsere Anführer magisch begabt sind«, gestand er dem abwartenden Perdór. »Woher auch? Von uns hat niemand die Fähigkeit, diese Kräfte zu sehen. Soscha ist die einzige Person, die ich kenne und die dazu im Stande ist.«

Stoiko und Perdór tauschten einen schnellen Blick. Der kensustrianische Krieger und Diplomat rief bei den Männern nicht den Eindruck hervor, die Unwahrheit zu sagen.

Soscha schaute aus dem Fenster, um die Schönheit von Meddohâr im Schein der Monde zu bewundern, ehe sie sich Moolpár zuwandte. »Euer König und seine Begleiter verfügen allerdings über eine Magie, wie ich sie bisher noch nie gesehen habe. Es könnte daran liegen, dass Euer Volk nicht von Ulldart stammt. Deshalb ist es wohl mit anderen Gaben ausgestattet.«

»Daraus ergibt sich doch die spannende Frage«, hakte der dickliche König ein, »ob somit auf anderen Kontinenten Magie noch vorhanden ist beziehungsweise stärker genutzt wird als bei uns. Das Kaiserreich Angor können wir getrost außen vor lassen. Hätten sie dem Kabcar etwas Ebenbürtiges entgegenzusetzen gehabt, wäre es gewiss zum Einsatz gekommen.«

»Und mit allen anderen Reichen hatten wir in der jüngsten Vergangenheit nur wenig zu schaffen«, sagte Stoiko bedauernd. »Die Palestaner und die Agarsiener, die mit ihren Schiffen weit herumkommen, haben nie etwas davon erwähnt, selbst in friedlichen Zeiten nicht.«

Perdór spielte an den Korkenzieherlocken seines Bartes herum, die gedrehten Strähnen hüpften auf und nieder. Ganz nebenbei gönnte er sich eines dieser kleinen Gebäckstücke, die er zu seiner neuen Leibspeise erkoren hatte. Seine Zähne brachen den schützenden Teigmantel auf, und sein Mund wurde geflutet mit dem Aroma von Vanille und herber Schokolade; dann stieß er auf das süße Innenleben des Törtchens: einen Klecks Johannisbeermarmelade. Die herabrieselnden Krümel verteilten sich auf seinem brokatenen Rock.

»Wir sollten uns ein paar kleine Vögel zulegen«, schlug Fiorell amüsiert vor. »Sie würden Euch den Pelz sauber halten. Bei der Menge an Bröseln, die Ihr produziert, wärt Ihr von Piepmätzen nur so bedeckt. Dann hättet Ihr nicht immer nur einen Vogel …« Er schlug mit den Armen. »Und, schwupps, könntet Ihr zudem fliegen, Majestät.« Er zwinkerte. »Vorausgesetzt, es wären sehr, sehr viele Vögel. Oder Geier, die Euer Gewicht hochhievten. Das wäre ein Mahl! Anschließend würden sie an Überzuckerung sterben.«

Kauend warf ihm Perdór einen erbosten Blick zu. Ein Wurfgeschoss war leider nicht zur Hand, mit dem er den Hofnarren zum Schweigen hätte bringen können. Moolpár musste seine Gedanken erraten haben und bot ihm wortlos seinen Dolch an, was der König grinsend ablehnte. »Vielleicht brauchen wir ihn noch.«

»Wenn Ihr seiner überdrüssig seid, gebt mir Bescheid. Ich erledige das für Euch«, sagte der Kensustrianer todernst. Die Anwesenden schauten ihn entgeistert an. Die Mundwinkel des Kriegers wanderten langsam in die Höhe, die spitzen Eckzähne wurden sichtbar. »Ich lerne Euren Humor allmählich, nicht wahr?«

Fiorell entspannte sich und balancierte seinen Schellenstab auf der Spitze des kleinen Fingers aus. »Ein

Grünhaar mit Empfinden für Heiterkeit, wie nett. Jetzt kann es nur aufwärts gehen.«

Stoiko räusperte sich. »Moolpár, vielleicht finden wir eine Lösung des Rätsels darin, wenn Ihr uns berichtet, woher Euer Volk stammt.«

»Erstens denke ich nicht, dass es von Bedeutung ist«, wehrte er diplomatisch ab, »und zweitens weiß ich es nicht. Ich bin als Krieger erzogen worden, nicht als Geschichtswissenschaftler. Ich kenne die Traditionen unserer Kaste, die von unserer Heimat mitgegeben wurden, aber wo sie ist, das hat mich nicht zu kümmern. Wenn es jemand weiß, dann ein Angehöriger der Kaste der Gelehrten.« Aufrecht saß er auf dem Stuhl, die Haltung drückte sein Standesbewusstsein aus. »Doch auch sie würden es Euch nicht sagen. Niemand soll unsere Heimat finden, niemand soll sie betreten, wenn wir ihn nicht eingeladen haben.« Behutsam nahm er die Schwerter vom Rücken und legte sie vor sich auf den Boden. »Und was die Farben der Magie anbelangt: Kann es nicht auch daran liegen, dass Ihr bisher einfach nur wenig Magienutzer gesehen habt? Ihr steht, wenn ich Euch daran erinnern darf, mit Euren Forschungen nach zwei Jahren noch am Anfang.« Er wandte sich Soscha zu. »Aber da Ihr nun selbst diese Gabe nutzen könnt, werdet Ihr schneller vorankommen, nehme ich an.«

»Unwahrscheinlich ist beides nicht.« Soscha zögerte. »Moolpár, wäre es möglich, dass ich mit Eurem König sprechen dürfte? Mit seiner Hilfe wäre es vielleicht möglich, die Gabe der Magie besser zu verstehen«, bat sie eindringlich. »Wenn er die Kräfte nutzt, so weiß er, wie man sie handhabt.«

»Sicher, sie könnte auch zu Nesreca gehen und ihn bewundern, wenn er seine Fähigkeiten einsetzt, um sie knusprig zu grillen. Dummerweise wäre das eine einmalige Erfahrung«, steuerte Fiorell bei. »Aber wir brauchen sie und ihr hübsches Köpfchen noch. Und daher wäre es schon gut, wenn Ihr sie zu diesem Finsterling bringen könntet.« Sofort schlug er sich die Hand vor den Mund. »Entschuldigung, das ist mir so herausgerutscht. Aber Vertrauen erweckend schien er mir in diesem Gebäude beim besten Willen nicht.« Er warf sich in übertriebener Manier auf die Knie. »Bitte, bitte, lasst mich leben. Diese Majestätsbeleidigung war ausnahmsweise nicht beabsichtigt.«

»Ich betrachte Euch als einen der Unfreien«, erklärte Moolpár ruhig. »Und diese sind nicht in der Lage, die Ehre des Königs zu beschmutzen, es sei denn, sie berührten ihn. Dann müsstet Ihr sterben. Aber Worte treffen ihn nicht.« Seine Augen verengten sich. »Kommt jedoch nicht auf den Gedanken, dass dies bei mir ebenso zutrifft. Auf Beleidigungen reagiere ich empfindlich.«

»Immer noch?«, erkundigte sich der Spaßmacher traurig. »Obwohl wir uns schon so lange kennen?« Er klimperte mit den Wimpern.

»Ich habe bisher keinen Grund gesehen, Euch deshalb alles zu erlauben, auch wenn Euch Perdór dafür entlohnt, dass Ihr Euch alles erlauben dürft«, erläuterte der Kensustrianer. »Den Sinn dieses Geschäfts werde ich niemals verstehen.« Er nahm die Schwerter, stand auf und wandte sich der jungen Frau zu. »Ich werde beim König anfragen, ob er Euch empfängt. Es wäre vermutlich für beide Seiten von Vorteil«, sagte er und empfahl sich.

»Das ging aber gerade noch mal gut, mein lieber Fiorell«, meinte Perdór und wollte sich das letzte Törtchen nehmen. »Irgendwann wird er ausprobieren, wie viele Scheibchen man aus deinem dürren Körper hobeln kann.«

»Dürr, ja? Es muss ja nicht jeder so einen Wanst haben wie Ihr, Eure Schwergewichtigkeit. Aber wartet.« Der Hofnarr trat von unten gegen die Tischplatte, dass das Gebäckstück in die Luft flog und er es im Flug schnappen konnte. Feixend stopfte er es sich auf einmal in den Mund und kaute mit dicken Backen. »Ich bin jeder Gefahr gewachsen«, nuschelte er, und die Krümel regneten zu Boden.

»Seit Ihr mir von Eurem Treffen mit Tobáar ail S'Diapán erzählt habt«, warf Stoiko ein und fuhr sich über den Schnauzbart, »muss ich die ganze Zeit über an diese andere Kensustrianerin denken, Belkala, so hieß sie doch? Die Priesterin, die mit dem jetzigen Großmeister liiert war. Was wohl aus ihr geworden ist?«

»In Berichten über den Orden taucht sie jedenfalls nicht mehr auf. Nach Telmaran ging sie wohl verschollen«, verkündete der ilfaritische Exilkönig und wuchtete sich hoch. »Ich mag zwar nicht mehr in meinem geliebten Reich weilen, aber meine Spione arbeiten noch immer. Nun ja, so gut sie eben können. Nesreca hat ein Netz von Gegenspionen und Geheimdienstlern geschaffen, die wie die Wühlmäuse tätig waren, um meine besten Spürnasen in Ulsar auszuschalten. Die Hohen Schwerter sind übrigens die Besitzer der letzten vier aldoreelischen Klingen auf Ulldart, alle anderen sind verschwunden oder gestohlen worden.«

»Verfluchter Nesreca«, ärgerte sich Stoiko. »Nur er kann dahinterstecken. Dass Lodrik nach wie vor so blind sein kann, verwundert mich sehr.«

»Was erwartet Ihr, wo er den Einflüsterungen des silberhaarigen Dämons jahrelang schutzlos ausgeliefert war?«, meinte Fiorell ernsthaft. »Immerhin hat er sich seine Alte vom Leib geschafft. Eine Intrigantin weniger am Hof.«

»Warum zögert er?«, murmelte Perdór, nahm sich ein Stück Konfekt aus der mit Eis gefüllten Schale auf dem Schrank und versenkte eine weiße Praline in seinem Mund. »Der Kabcar hat Kensustria von allen Seiten eingeschlossen, er hat die Schwarze Flotte versenkt, er hat überlegene ...«

»Vermutlich überlegene«, präzisierte der Spaßmacher, während er Eisstücke aus der Schüssel klaubte und damit jonglierte.

»... Truppen und verfügt mit seinen magischen Fertigkeiten und denen seiner Kinder über ein ungeheures Zerstörungspotenzial.« Vorsichtig zerbiss er die mit geschlagener Sahne gefüllte Köstlichkeit; Erdbeerlikör verteilte sich an seinem Gaumen. »Was hält ihn von einem Angriff ab? Ich bewundere die Fertigkeiten der Kriegerkaste und die ihrer Ingenieure, aber rein zahlenmäßig sind sie den Truppen des Kabcar unterlegen.«

»Vielleicht will er erst alle aldoreelischen Klingen in seinem Besitz bringen«, meinte Soscha.

»Glaube ich nicht.« Perdór schüttelte den Kopf, dass die Locken wippten. »Die Schwerter sind für die Einnahme von Kensustria nicht wichtig. Irgendetwas hat ihn dazu bewogen, vorerst von einem Einmarsch abzusehen. Es gibt Berichte aus Ulsar, dass er sich in aller Öffentlichkeit mit seinem Berater gestritten habe. Womöglich hat es etwas damit zu tun?«

»Und wenn er endlich aufwacht?«, hoffte Stoiko. »Das würde doch nur Gutes für uns bedeuten.«

Perdór seufzte. »Wenn der Kabcar die Befehlsgewalt über das Heer hätte, ja. Aber ich zweifle daran. Über die Hälfte der Soldaten sind Tzulandrier und Sinured treu ergeben. Selbst wenn er versuchen würde, das Steuer herumzureißen und Ulldart von dem Bösen zu befreien, stünde er vor der Schwierigkeit, im schlimmsten Fall eine unkontrollierbar große Streitmacht gegen sich stehen zu haben.« Kurz musterte er die Schale mit Konfekt, dann verschwand auch schon die nächste Praline in seinem Mund. »Wäre es möglich, dass er nach einem Ausweg sucht, wie er sich von den Geistern, die er rief, befreien kann, ohne dass der Kontinent in eine wahrlich Dunkle Zeit gerät?«

»Kann er das erreichen?«, raunte Soscha abwesend. »Wird am Ende nicht er die Dunkle Zeit bringen, sondern die, die ihm im Augenblick noch dienend zur Seite stehen?«

»Wenn Nesreca an reiner Macht gelegen wäre, hätte er den Kabcar schon lange vom Thron gestoßen, dessen Kinder umgebracht und als entfernter Vetter die Regentschaft übernommen«, hielt Perdór dagegen. »Betrachten wir das Ganze im Zusammenhang mit dem Raub der aldoreelischen Klingen, wird das Ereignis, das sich da zusammenbraut, noch erschreckender. Keine Waffen, kein Hindernis für das Böse.«

»Und seine Magie?«, gab Soscha zu bedenken.

»Er ist allein«, meinte Stoiko niedergeschlagen. »Vielleicht hat er noch seine Kinder hinter sich. Aber wozu Nesreca und seine beiden übermächtigen Helfershelfer alles in der Lage sind, können wir nur erahnen.« Mit Schaudern dachte er an seine Befreiung zurück, bei der er um ein Haar das Opfer von Hemeròc geworden wäre. »Die drei sind allemal mächtiger als er«, sagte er zu seiner Ziehtochter.

»Wenn Sinured schon da ist und sich wohl auch einige der Zweiten Götter auf Ulldart aufhalten, was könnte dann noch schlimmer kommen?«, hielt Soscha dagegen.

Keiner wagte es, darauf zu antworten.

Aber aller Augen wanderten zum Fenster, um die rot

glühenden Doppelgestirne Arkas und Tulm zu betrachten, um die herum sich der Sternenhimmel so drastisch gewandelt hatte.

Zwei Stunden später betrat Soscha staunend die hohe, von Säulen getragene Halle. Das Licht der Monde fiel durch das offene Kuppeldach und beschien das lange, mannshohe Steinrechteck in der Mitte des riesigen Gebäudetrakts.

Wie Perdór ihr erzählt hatte, saßen neun Kriegerinnen und zehn Krieger mit übereinander geschlagen Beinen und geschlossenen Augen auf dem riesigen Podest. Für die Ulsarin hatte es den Anschein, als badeten die statuengleichen Kämpfer in den silbrigen Strahlen der Nachtgestirne, wie sich die Menschen an der Wärme der Sonnen erfreuten.

Es waren die Männer und Frauen, die sie vor mehr als drei Monaten durch das nächtliche Meddohâr hatte gehen sehen. Auf der Brustseite aller Panzerungen prangten die goldenen Intarsien in einem unbekannten Muster. Auch wenn das fahle Mondlicht sie beleuchtete, erkannte die junge Frau ihr magisches Glühen.

»Setz dich.« Einer der Kensustrianer deutete auf ein Kissen vor ihm. »Ich bin Tobáar ail S'Diapán, wie du sicher weißt.« Neugierig betrachtete er sie. »Du hast Moolpár gesagt, du wollest mich sprechen und es drehe sich um Magie?«

Erst nach einem inneren Anlauf schaffte sie es, auf die Frage zu antworten. Zu eindrucksvoll präsentierte sich ihr das Wesen, das an der Spitze des kensustrianischen Reiches stand. »Ich bin in der Lage, die Energien zu sehen, wenn welche vorhanden sind. Bei Euch erscheint mir die Magie ebenso stark wie fremd.« Soscha senkte ihr Haupt. »Wenn Ihr willens seid, mich zu unterrichten, dann bitte ich Euch inständig, mir die Geheimnisse der Magie zu weisen. Ich kenne niemanden sonst, den ich fragen könnte.«

»Außer deinen Feinden«, meinte Tobáar gelassen. Kalt schimmerten die Reißzähne. »Wenn ich es täte, welchen Lohn könntest du mir bieten?«

»Ich unterstütze Euch im Kampf gegen die Angreifer«, beeilte sich Soscha zu versichern.

»Du bist keine Kriegerin, Soscha«, sagte der Kensustrianer mit seiner tiefen Stimme. »Du wärst uns dabei nicht von Nutzen.« Die Abfuhr wirkte für die junge Frau, in der schon Hoffnung gekeimt hatte, wie ein Schlag ins Gesicht. »Hast du eine Ahnung, welcher Erfahrung es bedarf, um diese Gabe zu beherrschen? Vollständig zu beherrschen?«

»Ich denke, es wird mehrere Jahre dauern«, schätzte sie vorsichtig.

Ein dunkles, gutmütiges Lachen drang aus Tobáars Kehle. »Dann gebrauchen wir wohl unterschiedliche Arten der Magie.« Er deutete auf die Reihen seiner Kriegerinnen und Krieger. »Was denkst du, wie alt sie sind?« Soscha hatte nicht die leiseste Vorstellung von der Lebenserwartung eines Kensustrianers, daher zuckte sie hilflos mit den Achseln. »Nach eurer Zeitrechnung etwa 230 Jahre«, lüftete der Herrscher das Rätsel. Sein ernstes Gesicht näherte sich dem der jungen Frau. »Und nun errate mein Alter, Mensch.«

Soschas Herzschlag beschleunigte sich, sie wurde nervös und rang mit aller Kraft gegen den Befehl ihres Instinkts, die Beine in die Hand zu nehmen und vor dem Wesen zu flüchten, das vor ihr saß. Ihr Verstand dagegen wirkte wie gelähmt, und sie brachte kein Wort über die Lippen.

Der Kensustrianer lachte wieder. »Ich vermute, du

kannst dir denken, dass ich älter als meine Begleiter bin. Und etwa die Hälfte meines Lebens habe ich damit zugebracht, die Magie, wie du sie nennst, zu verstehen.«

»Sie zu verstehen?« Soscha begriff nicht.

»Ich erteile dir nun deine erste und einzige Lektion«, eröffnete ihr Tobáar. »Die meisten begehen den Fehler, die Magie einfach nur anzuwenden, ohne ihrer Stimme zu lauschen. Sie benutzen sie. Aber die Kraft wehrt sich dagegen, indem sie unkontrolliert ausbricht, stärker wird und den anderen dabei völlig auszehrt. Der Vermessene wird dazu gebracht, sie immer häufiger anzuwenden, und jedes Mal verliert er dabei von seiner Lebenszeit. Nur wer sie respektiert, wird ein langes Dasein haben.« Er neigte den Kopf nach hinten, schloss die Augen und genoss das silbrige Licht der Monde auf seiner Haut. »Hast du dich jemals gefragt, weshalb die Cerêler niemals alt werden?«

»Und der Kabcar?«, flüsterte sie.

»Er hat einen guten Lehrmeister. Dennoch bezweifle ich, dass sich Nesreca die Zeit genommen hat, ihn auf die Nebeneffekte seiner Gabe hinzuweisen«, antwortete Tobáar. »Das war auch der Grund, weshalb ich zunächst nicht einschritt. Ich dachte, die Magie frisst ihn auf, bevor er zu einer wirklichen Gefahr für uns wird. Aber ich habe mich getäuscht.« Ruckartig öffnete er die Lider und wandte sich Soscha zu. »Nun werden wir ihm zeigen, was es bedeutet, sich mit uns in einen Krieg einzulassen. Selbst wenn es ihm und seinen Soldaten gelingt, uns zu besiegen, sie werden nichts von Kensustria abbekommen. Kein Stein wird auf dem anderen bleiben.« Er lächelte sie an. »Die Zeit, dich auszubilden, haben wir nicht. Ich werde bald dorthin gehen, wo ich die größten Übel finde, um mich ihnen zu stellen und sie zu vernichten. Du wirst dich selbst unterweisen müssen. Aber erinnere dich immer daran: Höre auf die Stimme der Magie.«

Er schloss die Augen, und Soscha verstand es als Hinweis, dass die Unterredung beendet sei. Sie stieg die Stufen hinunter und machte sich auf den Weg zum Ausgang.

»Moolpár ist schon von mir gewarnt worden. Wenn du oder deine Freunde jemandem verraten sollten, dass wir über Magie verfügen«, hörte sie die Stimme Tobáars, »werden wir euch alle zur Rechenschaft ziehen. Dieses Geheimnis ist unsere größte Waffe gegen den Kabcar und seine Verbündeten.«

Soscha wandte sich um, um ihr Schweigen zu beteuern, und erstarrte. Alle Kensustrianer blickten sie an; um ihre Pupillen glühte es in grellem Gelb. Der Ausdruck auf ihren Gesichtern bedeutete ein gnadenloses Versprechen.

Eine Welle der Angst schlug bei diesem Anblick über ihr zusammen, spülte sie fort. Ohne sich um die Etikette zu scheren, ließ sie sich diesmal von ihren Instinkten mitreißen, drehte sich auf dem Absatz um und rannte los.

V.

Zu einem Teil bewahrheiteten sich die Visionen der Seherin.

Die Schiffe kamen wirklich und versenkten den Kahn, auf dem sich die Mutter des Seskahin zusammen mit ihr und dem Zweifler befanden.

Doch eines sah sie damals falsch.

Nicht die Mutter des Seskahin saß zusammen mit dem Zweifler in der Hütte, sondern sich selbst hatte sie in den Augen der Mutter des Seskahin betrachtet.

Die Furcht vor den Botschaften des Kommenden brachte sie dazu, nichts mehr zu sehen.

Und so verging die Zeit in der Fremde.«

Buch der Seherin
Kapitel XII

Kontinent Kalisstron, Bardhasdronda, Frühjahr 459 n. S.

»Den Schwertarm höher, verdammt!«, fluchte Waljakov. »Genau das Gleiche habe ich schon zu deinem Vater gesagt, Knirps.« Wuchtig landete die stumpfe Schneide des Übungsschwerts auf Lorins Säbel. Die parierende Klinge federte zurück und traf den Jungen an der Stirn. Benommen fiel er auf den Fußboden von Waljakovs Unterkunft. »Wie sein Vater«, murmelte der Leibwächter.

Stöhnend kam der Junge auf die Beine. Die leichte Platzwunde dicht unterhalb des Haaransatzes schloss sich von selbst, nur der dünne, rote Faden blieb auf der Stirn zurück. »Es kann weitergehen«, meldete er und packte den Griff des Säbels fester. *Ich muss Rantsila übermorgen schlagen.*

»Du bist zäh«, lobte ihn der Hüne, »aber du wirst es auf diese Weise nicht schaffen, dich gegen den Milizionär zu behaupten.« Ansatzlos zuckte seine Waffe von unten nach oben. Lorin schlug sie zur Seite und rammte seinem Mentor den Ellbogen gegen die Brust.

Schnaufend taumelte Waljakov einen Schritt zurück. »Das war gut«, lobte er gepresst. *Ich bin wirklich zu alt, um Kindermädchen zu spielen.* Die flache Seite seiner Klinge schnellte vorwärts. Zwar wurde sie pariert, nutzte aber den Schwung, um Lorin knapp unterhalb des Schultergelenks schmerzvoll zu touchieren. Sein Arm wurde augenblicklich taub; seine Finger öffneten sich, die Waffe polterte auf die Dielen. »Aber höre erst mit deinem Angriff auf, wenn du sicher bist, dass du deinen Gegner kampfunfähig gemacht hast. Alles andere führt zu deinem Tod.« Die eisgrauen Augen wurden etwas milder. »Du wirst Rantsila jedenfalls schwer in

Verlegenheit bringen. Mach mir in zwei Tagen keine Schande, Knirps.«

Wie ein Stück totes Fleisch hing der Arm an Lorins Seite herab. »Wie hast du das gemacht?«, erkundigte er sich überrascht. »Ich hätte nicht gedacht, dass du empfindliche Stellen so genau treffen kannst.« Kribbelnd meldete sich sein Arm ins Leben zurück.

»Ich schneide dir eine einzelne Wimper ab, wenn ich möchte«, warnte ihn der Leibwächter. Er nahm sich einen Becher Wasser und trank ihn in einem Zug leer; danach wischte er sich mit einem Tuch über die schweißnasse Glatze. »Du wirst deine Magie nicht einsetzen, hast du verstanden, Knirps? Nur Schwerter, kein Hokuspokus.«

»Was glaubst du, weshalb ich so hart mit dir übe?«, gab der Junge beleidigt zurück. »Wenn ich meine Gabe einsetzen dürfte, wäre der Kampf nach zweimaligem Klingenkreuzen vorüber.« Grinsend verstaute er den Säbel in der Hülle, legte ihn auf den Tisch und setzte sich. »Ich würde ihn mit seinem eigenen Schwert vertrimmen, dabei in der Ecke stehen und zuschauen.«

»Ein andermal«, meinte Waljakov mürrisch. »Aber nicht in zwei Tagen. Ich verlasse mich auf dein Wort, Knirps.« Aufatmend ließ auch er sich auf einen Stuhl fallen.

»Dann gehe ich nun zu Jarevrån«, verabschiedete sich Lorin.

Sein Waffenlehrmeister betrachtete ihn gütig; Melancholie schlich sich in das ansonsten so unnahbare, kalte Grau seiner Augen. Die mechanische Hand legte sich mit einem dumpfen Laut auf die Tischplatte, die künstlichen Fingerglieder bewegten sich klackend und ballten sich zu einer stählernen Faust, die der Hüne nachdenklich betrachtete. »Es ist schade, dass du sie nicht kennen gelernt hast.« Beinahe glaubte Lorin, dass Waljakov ihm etwas sagen wollte, das über den üblichen Gesprächsstoff während der nachmittaglichen Übungsstunden hinausging. Doch dann verfinsterte sich die Miene des stattlichen Mannes, krachend schlug die Faust auf das Holz. »Geh jetzt, Knirps. Und morgen will ich dich in aller Frühe hier sehen.«

»Du mochtest meine Mutter, nicht wahr?« Lorin erriet Waljakovs Gedanken. »Ihr mochtet euch sehr – Stoiko, meine Mutter und du.«

Langsam hoben sich die breiten Schultern des Leibwächters. »Ja. Sehr. Wir haben viel zusammen erlebt. Nur leider war es einmal etwas zu viel.« Er fuhr Lorin grob durch die kurzen Haare, dann nickte er wortlos in Richtung der Tür.

Der Junge schenkte seinem Freund ein aufmunterndes Lächeln und lief hinaus.

Die alte Gebetsmühle Matuc hat Recht. Waljakov kniff die Lippen zusammen. *Er sieht ihr so furchtbar ähnlich. Bei allen Göttern, lasst Norina gesund sein und irgendwo ein glückliches Leben führen.*

Wie immer führte Lorin der Weg zu Jarevrån durch die Gasse, in der er damals durch eine unglückliche Fügung mit der Kalisstra-Priesterin zusammengestoßen war. *Ich werde mein Verspechen halten und ihr den Diamanten wiederbringen, der damals verloren ging,* dachte Lorin. Fasste man all die Zeit zusammen, die er hier schon nach dem Stein aus dem Anhänger der Hohepriesterin gesucht hatte, so waren es Monate, die er auf den Knien verbracht hatte. Nur bei strengstem Frost gönnte er sich eine Pause, aber durch die Schneemassen grub er sich mit Leidenschaft, um den Boden der kleinen Straße regelrecht umzupflügen.

Die Kalisstri beobachteten seine vergeblichen, nichtsdestoweniger hartnäckigen Versuche mit Respekt, hielten ihn insgeheim wegen dieser besonderen Obsession aber für mehr als merkwürdig. Doch Lorin fühlte sich an sein Versprechen gebunden, das er Kiurikka einst gegeben hatte. Mit Sieben und Rechen ging er zu Werke, die dünnsten Drahtgeflechte fertigte er, alles nur, um den winzigen Edelstein aus dem Erdreich zu filtern. Die Erfolglosigkeit, die ihm beschieden war, entmutigte ihn nicht etwa. Der Junge betrachtete es als eine Prüfung von Kalisstra, die ihm den getöteten Gamur erst vergeben würde, wenn er der Hohepriesterin das Schmuckstück überreichte, das sein Ziehvater der Frau versehentlich vom Hals gerissen hatte.

Als er an diesem Tag in die Gasse trat, hielt er inne, lehnte sich an eine Mauer und ließ den Blick umherschweifen. Da er jedes noch so kleine Körnchen in diesem Gebiet inzwischen in- und auswendig kannte, bezweifelte er, dass sich der Diamant hier befand. Es gab keine Stelle, an der er nicht mit Rechen und Sieb zu Gange gewesen war.

Zufällig bemerkte er, wie zwei Männer im Vorübergehen Münzen tauschten und eines der kleineren Geldstücke unbemerkt zu Boden fiel.

Lorin löste sich von der Wand und wollte die beiden Kalisstronen auf den Verlust hinweisen, als er ein kleines vierbeiniges Tier mit braungrauem Fell sah, das aus dem Schatten eines Hauses herbeihuschte. Zaudernd näherte es sich der Münze und beschnupperte den Fund, während es nach allen Seiten Ausschau hielt, ob sich jemand näherte, der ihm die Beute streitig machen könnte. Blitzschnell packte es mit der Schnauze zu und rannte davon.

Unfassbar!, dachte Lorin überrascht. *Ich habe so eine Ahnung, wo das Schmuckstück abgeblieben sein könnte.*

Er nahm die Verfolgung des Tieres auf, sprang über Hindernisse und wand sich zwischen Passanten hindurch, um dem flinken Räuber auf der Spur zu bleiben.

Zielstrebig jagte das Pelzwesen durch die Gassen und stellte die Reaktionsschnelligkeit und die Beobachtungsgabe des Jungen auf eine harte Probe. Doch Lorin ließ sich nicht abschütteln. Schließlich hielt der Dieb auf vier Pfoten in einer Gasse an. Mit der Beute voraus, zwängte er sich durch einen Spalt und verschwand im Keller eines Hauses.

Lorin kam langsam näher, rang nach Luft und besah sich den Schlitz, in dem das Tier Schutz suchte. Bei näherem Abtasten entdeckte er, dass der Stein der Mauer nur hineingeschoben und nicht durch Mörtel mit den anderen Quadern verbunden war. Er wartete, bis niemand in der Gasse zu sehen war, und drückte den Stein mit seinen magischen Fertigkeiten nach innen, um anschließend durch die Lücke zu kriechen. So nahe an der Lösung des Rätsels wollte er sich nicht mehr aufhalten lassen.

Im Innern des Hauses, in dem er sich befand, war es dunkel; nur durch die Lücke in der Mauer fiel ein schwacher Lichtschein. Lorin erkannte, dass er wohl in einer streng riechenden Abstellkammer gelandet war. Um keinen Verdacht zu erwecken, schob er den Stein zurück in die Lücke, ehe er sich zur Tür tastete.

Vorsichtig öffnete er sie und glitt hinaus. Seinem ersten Eindruck nach zu urteilen befand er sich in einem recht kostspielig eingerichteten Haus.

Kein Wunder, dachte Lorin. *Hier kann sich der pelzige Dieb in Hülle und Fülle bedienen.* Staunend setzte er den Weg fort und gelangte in eine geräumige Halle. Der Reichtum der Familie, die in diesem Gebäude lebte, war nicht zu übersehen.

Ein leises Tippeln ließ ihn herumfahren, gerade noch rechtzeitig, dass er das Tier in einem Durchgang unter der Treppe verschwinden sah.

Inständig hoffte der Knabe, dass keiner der Hausbewohner erschien. Er würde sein Erscheinen kaum glaubhaft erklären können; der Verdacht, dass der nicht eben betuchte Fremdländler eingebrochen war, um sich am Besitz anderer gütlich zu tun, lag wesentlich näher als der wahre Grund.

Lorin folgte dem Tier und erreichte eine Tür, an der unten eine Klappe angebracht war, durch die das Tier hindurchgehuscht war. Er ging weiter, stieg eine Wendeltreppe in den Keller hinab und bemerkte einen recht unangenehmen, aufdringlichen Geruch, wie ihn tierische Fäkalien verursachten.

Nach der letzten Windung blickte er in Gewölbe, in dem sich die Käfige reihten. Hinter den Gittern saßen noch mehr Exemplare wie dieses, dem er nachgestellt hatte.

Der Dieb hopste eine kleine Rampe hinauf, ließ die Münze in eine Schale fallen, in der sich bereits weitere Geldstücke befanden, und zog daraufhin an einer Leine, die in der Nähe des Behältnisses von der Decke baumelte. Aus weiter Entfernung vernahm der Junge ein Glöckchen.

Jemand hat sich eine Truppe aus Dieben zusammengestellt! Schlagartig begriff Lorin, was er ausfindig gemacht hatte. *Jemand schickt sie los, damit sie ihm alles beschaffen, was die Menschen in Bardhasdronda an Wertvollem verlieren.*

Als er Schritte hörte, die die Wendeltreppe hinabkamen, suchte er sich ein Versteck hinter einer dicken Tonne, in der das Futter für die Tiere aufbewahrt wurde. Nicht lange darauf betrat ein Mann fröhlich summend das Gewölbe, ging zur Schale und begutachtete den Inhalt. Seine gute Laune verflog.

»Silber«, brummte er enttäuscht. »Na, es kann nicht jeden Tag Gold sein, was, ihr fleißigen Helfer?« Er streichelte und liebkoste den pelzigen Räuber, setzte ihn in den Käfig und warf etwas hinein, über das sich das Tier gierig hermachte. Nachdem er fünf neue der rattenähnlichen Wesen auf die Suche geschickt hatte, verließ er schlurfend den Raum. Lorin, der das Geschehen aufmerksam beobachtet hatte, pirschte leise hinterher.

Heimlich verfolgte er den Besitzer der Tiere bis ins obere Stockwerk, wo er in einem Zimmer verschwand. Lorin drückte sich in den Schatten am Ende des Ganges und wartete mit pochendem Herzen.

Nach einiger Zeit trat der Mann in den Flur hinaus, seine Hände waren leer. Ohne dass ihm der ungeladene Besucher auffiel, kehrte er in das Stockwerk darunter zurück.

Lorin hielt sich sicherheitshalber noch im Verborgenen und lauschte auf Schritte; erst als sich eine Tür mit deutlich hörbarem Geräusch geschlossen hatte, wagte er sich aus dem Dunkel, öffnete die Zimmertür und huschte hinein. In aller Eile durchsuchte er den Raum.

Hinter dem Bild eines grobschlächtigen Mannes, der wohl ein Ahne des Hausbesitzers sein musste, fand er ein verborgenes Fach in der Holztäfelung.

Darin lagerten kleine Säckchen, in denen unterschiedliche Wertobjekte verstaut lagen. Ihr Inhalt reichte von Münzen, streng geordnet nach ihrer Wertigkeit, bis hin zu Schmuckstücken. Ringe, Broschen, Anstecknadeln, kleine Kettchen, kostbare Haarnadeln … das Sammelsurium an Kleinodien überwältigte Lorin.

Wem dies wohl alles gehört?, fragte er sich. *Nennt man das nun Diebstahl oder nicht, wenn ich etwas Gefundenes behalte?*

In einem der letzten Säckchen entdeckte er das, wonach er so lange schon in der Gasse gesucht hatte. *Wie die Träne der Bleichen Göttin,* staunte er über das gleißende Funkeln des Diamanten. Da er keine weiteren Steine dieser Art entdeckte, vermutete er, den richtigen in Händen zu halten.

Damit er den wertvollen, winzigen Stein nicht verlor, kramte er eine Schnupftabaksdose aus einem anderen Beutel hervor und gab den Diamanten hinein.

Noch bevor er sich weiter umsehen konnte, hörte er das Klingeln des hellen Glöckchens, das die Ankunft eines weiteren Beutestücks verkündete. Das Tier musste schnell fündig geworden sein. Das bedeutete jedoch auch, dass der Mann nach oben kommen würde, um das nächste Kleinod in dem Versteck abzulegen.

Schnell verstaute Lorin die Schnupftabaksdose und lief leise aus dem Zimmer, um sich woanders verbergen zu können. Vermutlich wäre der Mann nicht sonderlich erfreut, ihn hier anzutreffen. Und da er kaum nach der Stadtwache rufen würde, malte sich der Knabe sein Schicksal angesichts einer möglichen Entdeckung in den schlimmsten Farben aus.

Er hörte die Schritte des Tierbesitzers im Flur unter sich, als jemand laut an die Eingangstür klopfte.

Brummelnd änderte der Mann seinen Weg und tappte zum Hauseingang, um nach den Bittstellern zu sehen. Lorin hörte, wie mehrere Riegel zurückgeschoben wurden.

»Was kann ich für Euch tun?«, fragte der Hauseigentümer unwirsch.

»Du kannst uns unseren Besitz zurückgeben«, erwiderte eine Frauenstimme freundlich. »Wir haben eine von diesen seltsamen Ratten bis hierher verfolgt und würden uns gern deinen Keller anschauen, ob das Biest, das uns eine wertvolle Münze gestohlen hat, dort sein Nest hat.«

»Nein«, schnauzte der Mann. »Welch ein Unsinn! Eine Ratte, die etwas stiehlt, das nicht essbar ist.«

»Es ist aber wichtig. Wir stören nicht lange«, drängte die Frau, und ihre Höflichkeit schlug um in einen kühlen Befehlston. »Setzt Euch irgendwo still in eine Ecke und wartet ab.«

»Verschwindet«, verlangte der Besitzer der Tiere nun wütend. »Das ist mein Haus.« Die Türangeln knarrten, doch das Schloss rastete nicht ein. »Nehmt Euren Stock aus der Tür, oder …«

»Oder?«, wollte die weibliche Stimme angriffslustig wissen.

»Oder ich erhebe die Hand gegen eine Frau.«

Es rumpelte, ein Mann stöhnte auf, etwas klapperte auf den Marmorboden.

»Ihr seht, nicht jede Frau ist wehrlos.« Die nächste Anweisung musste wohl ihren Begleitern gelten. »Tragt ihn dort zur Säule. Die anderen sehen sich um. Beginnt im Keller.«

Den Geräuschen nach zu urteilen, kamen die Helfer dem Befehl nach. Drei liefen durch Lorins Blickfeld, der sich über die Brüstung gelehnt hatte, um einen vorsichtigen Blick nach unten werfen zu können. Flugs zog er den Kopf zurück. Die unbekannten Männer, die zielstrebig in den Keller liefen, wirkten wie typische Kalisstri, gehüllt in herkömmliche Kleider. Nichts an ihnen war auffällig.

Es dauerte nicht lange, da kehrte einer der drei aufgeregt aus dem Gewölbe zurück. »Da ist alles voller

Käfige. Er muss sie abgerichtet haben.« Er hielt eine Münze hoch. »Aber das andere fehlt.«

»Ach? Sieh an, ein schlauer Bursche, wie mir scheint. Würde man bei deiner Visage gar nicht denken. Und wo bewahrst du auf, was dir die Viecher bringen?« Es klatschte, der Mann keuchte auf. »Ich werde dich so lange schlagen, bis du mir sagst, was es mit den Tieren auf sich hat«, erklärte die Frauenstimme bedrohlich. Die Hiebe folgten in einem gleichmäßigen Rhythmus aufeinander. »Wo bewahrst du deine restliche Beute auf?«

»Oben, oben«, jammerte der Mann, dessen Widerstand zusammenbrach. »Schaut hinter dem Bild nach. Dort ist eine kleine Geheimkammer, hinter der vierten Vertäfelung. Nehmt von mir aus alles.«

»Als ob du dir das aussuchen könntest«, lachte die Frau böse. »Los, seht nach, ob unser pfiffiger Dieb und Rattenmeister die Wahrheit gesprochen hat.«

Ihre Helfer stürmten die Stufen hinauf, doch Lorin gelang es, sich vor ihnen in Sicherheit zu bringen. Er schlüpfte in ein Nebenzimmer und öffnete die Tür zum Beuteraum ein wenig, damit er erfuhr, was die drei Männer nebenan trieben.

Sie stellten das ganze Zimmer auf den Kopf, anscheinend gaben sie nicht viel auf die Worte des drangsalierten Mannes. Sie fanden das kleine Fach, schütteten den Inhalt aller Säckchen auf einen Tisch und wühlten darin herum. Einer aus dem Trio stieß einen Fluch aus und sagte etwas in einem Dialekt, den Lorin nicht einordnen konnte, auch wenn ihm der Unterton der Frau vage bekannt vorkam. Als der Handlanger etwas nach unten brüllte, erschienen wenig später die Frau und der Hausbesitzer in dem Raum. Die Wangen des malträtierten Mannes glühten knallrot, ein Auge war blutunterlaufen.

»Wir suchen etwas, was uns eine deiner Ratten gestohlen hat«, erklärte die Frau. »Es ist ein altes Erbstück, das einem Freund gehört, und ich will es nicht missen. Aber anscheinend«, sie nickte in Richtung des Tisches, »ist es nicht dabei.« Sie packte den Mann beim Ohr und zückte einen Dolch. »An wen hast du die Tabaksdose verkauft?«

Lorin überlief es eiskalt.

»Ich verkaufe doch nichts, ich sammele alles für mich. Sie müsste dabei sein«, wimmerte er. »Lasst mich suchen. Ich kann mich noch genau an sie erinnern.« Mit zittrigen Fingern sortierte er die wertvollen Kleinodien auseinander. Einige Stücke fielen zu Boden, und der Ausdruck auf dem Gesicht des Mannes wurde immer verzweifelter. Die Angst hielt ihn umklammert. »Ich weiß nicht, wo sie ist«, sagte er schließlich und sank elend in sich zusammen. »Sie muss mir gestohlen worden sein.«

»Erzähl mir kein Seemannsgarn«, zischte die Frau, und die Spitze des Dolches legte sich an die Ohrmuschel des Tierbesitzers. »Wo ist die Dose?«

Nun wird es Zeit für mich zu gehen, dachte Lorin, dem die Entwicklung der Ereignisse so gar nicht gefiel. Einerseits war der Mann durch ihn in diese Lage geraten, andererseits wäre das alles nicht geschehen, wenn er seine Tiere nicht abgerichtet hätte. Der Junge beschloss, heimlich zu flüchten und die Miliz zu benachrichtigen. Gegen vier Gegner gleichzeitig hatte er noch nie gekämpft, und bei allem Vertrauen in seine Magie wollte er unter diesen Umständen lieber nicht versuchen, wie gut er abschneiden würde.

Da er sich zurückzog, bekam er das Geschehen im Nachbarzimmer nicht mehr mit. Als er aus dem Türspalt auf den Gang lugte, sah er voller Entsetzen, wie die drei Handlanger der Frau den Hausbesitzer kopfüber die Brüstung hinabstießen. Schreiend stürzte der Mann in die Tiefe und prallte dumpf auf dem Marmorboden auf.

Seine Mörder unterhielten sich lautstark, offenbar berieten sie, was nun zu tun sei. Und da sie direkt vor seiner Tür standen, versperrten sie ihm den Fluchtweg.

Kalisstra schütze mich, richtete er ein Stoßgebet an die Bleiche Göttin, stahl sich zum Fenster und schaute hinaus.

Das zweite Stockwerk schien ihm von hier oben aus ziemlich hoch, dennoch musste er es wagen.

Vorsichtig öffnete er einen Flügel, wagte sich auf den Sims und ließ sich an den Armen hinabhängen. Mit der Fußspitze fand er Halt auf einem Balken des Fachwerks, griff um und arbeitete sich an der Fassade weiter nach unten.

Über ihm klapperte es, ein Windzug hatte das Fenster zufallen lassen. Kurz darauf erschien das Gesicht eines der Männer, das sich zu einem üblen Grinsen verzog, als er den Knaben an der Wand hängen sah. Er rief etwas nach hinten.

Nun hangelte sich der Junge in heller Kopflosigkeit weiter nach unten. Als er die Höhe des Fensters im Erdgeschoss erreichte und sich gerade von der Wand lösen wollte, flogen die Scheiben auf. Zwei kräftige Arme schlossen sich um seine Taille, um ihn zurück ins Innere des Hauses zu ziehen.

Lorin hielt sich mit aller Gewalt am Rahmen fest und brüllte um Hilfe. Schließlich war die Kraft des Gegners zu groß, seine Finger gaben nach.

Der Mann warf ihn achtlos zu Boden und wollte das Fenster schließen, was Lorin dazu nutzte, den Angreifer mit seinen Kräften hinauszubefördern. Da war schon der nächste Mann heran und schnappte nach dem Jungen.

Lorin unterlief die greifenden Hände und rammte dem Mann die Spitze des Ellbogens in die Körpermitte, wie er es bei Waljakov getan hatte. Nach Luft ringend, ging sein Gegner in die Knie; Lorin schlug ihn daraufhin mit dem Knauf seines Dolches bewusstlos. *Wenn sie artig nacheinander auftauchen, ist das alles kein Problem,* dachte er euphorisch. *Könnte Waljakov mich doch nur sehen!*

Als der letzte der Handlanger im Eingang erschien und ihn lauernd beobachtete, knallte er ihm mit seiner Magie einfach die Tür gegen den Schädel. Während der Mann benommen zurücktaumelte, geriet ihm die Scheide seines Schwertes zwischen die Beine; er verhedderte sich und kam ins Straucheln. Triumphierend setzte Lorin nach, um ihn richtig unschädlich zu machen. Die Frau vergaß er dabei nur für einen winzigen Augenblick.

Dieser reichte der Unbekannten aus, um Lorin hinterrücks zu attackieren und ihren Stab in sein Genick sausen zu lassen. Etwas bremste den Aufprall, aber trotzdem reichte der Hieb aus, Lorin Sterne vor die Augen zu zaubern. Schon legte sich die Spitze ihres Dolches an seine Kehle.

»Nun sag mir schnell, Junge, ob du etwas in der Tasche hast, was dir nicht gehört«, verlangte sie. »Oder du hast in deinem Hals gleich einen zweiten Mund, aus dem dir das Blut schießt.«

Glücklicherweise sah Lorin ihre Hand, in der sie die Waffe hielt. Die Konzentration fiel ihm zwar nicht mehr ganz so leicht, doch sie genügte, um ihr den kleinen Finger ruckartig nach hinten zu biegen. Ein leises Knacken war zu hören.

Sie heulte auf. Lorin hielt ihr den Arm fest, damit sie nicht zustach, trat ihr auf den Spann und tauchte ab. Dann rannte er in Richtung Ausgang, um nach Beistand zu rufen und für allgemeines Aufsehen zu sorgen, sollte ihm das bisher nicht gelungen sein.

Er füllte die Lungen mit Luft, riss die Tür auf und starrte auf den grinsenden, wenn auch etwas ramponierten Mann, den er zuvor aus dem Fenster geworfen hatte. Doch seinen Schrei konnte er nicht mehr zurückhalten, zumal der Schreck über das unverhoffte Wiedersehen sein Übriges tat.

Der Angreifer verzog bei der lautstarken Begrüßung das Gesicht.

Die ersten Stadtbewohner kamen angerannt, um nach dem Grund für den Aufruhr zu sehen.

»Du hast blaue Augen, Kleiner. Du musst dann wohl der geschätzte Freund von Soini sein, was?«, stellte der Mann fest und trat nach Lorin. Der Junge wich der Stiefelsohle behände aus und schlug mit dem Dolchknauf auf das Schienbein; augenblicklich verzerrte sich die Miene des Kontrahenten. »Ich werde dich an die Rahe hängen oder Kiel holen«, versprach der Mann erstickt.

»Lasst uns verschwinden«, rief die Frau durchs Haus. »Es kommen zu viele Menschen.«

»Das ist deine letzte Gelegenheit, mir die Dose zu geben. Oder wir kehren zurück und holen sie uns«, warnte ihr Handlanger den Jungen.

»Ich habe so schreckliche Angst vor euch. Und weißt du, was ich deshalb mache?« Lorin grinste nur. »Zu Hilfe!«, schallte sein Ruf. »Mörder! Hier sind vier Mörder!«

Fluchend zog sich der Mann zurück. Keine Sekunde zu früh, denn die ersten Milizionäre betraten das Haus, um nach dem Rechten zu sehen. Als sie den Toten auf den marmornen Fliesen entdeckten, riefen sie Rantsila herbei. Lorin wartete geduldig ab.

»Es scheint so, als bedeutete deine Anwesenheit ständig Ärger«, begrüßte ihn der Mann, ohne seine Worte vorwurfsvoll klingen zu lassen.

»Ich habe mit der Sache nichts zu tun«, verteidigte sich der Junge. »Ich habe gesehen, dass die Tür offen stand, und wollte den Besitzer darauf aufmerksam machen. Also trat ich ins Haus, da fiel er mir vor die Füße, und ich musste mich gegen drei Männer und eine Frau zur Wehr setzen, bis endlich Hilfe nahte.«

»Weißt du, was sie von ihm wollten?«, hakte Rantsila nach. Da erschienen mehrere Angehörige der Stadtwache, die sich umgesehen hatten, und berichteten von den Wertgegenständen im ersten Stock und den Tieren im Keller. Doch einen Zusammenhang konnten sie zwischen den beiden Dingen nicht herstellen. Ihre Schlussfolgerung fiel daher so aus, wie Lorin es erwartet hatte.

»Es sieht so aus, als hätten sie Pirnaba überfallen, um an seine Ersparnisse zu kommen«, meinte Rantsila. »Du hast sie gestört, sie sind geflüchtet und waren dämlich genug, ihre Beute liegen zu lassen. Kannst du die Mörder beschreiben?« Lorin schilderte die völlig durchschnittlichen Gesichter der Männer und der Frau sowie ihre Kleidung. »Nein, das bringt nichts. Die Wächter an den Toren würden damit nichts anfangen können.«

»Tut mir Leid«, bedauerte Lorin, der seinen Fund nicht preisgeben wollte. *Dem Rätsel komme ich selbst auf die Spur. Und diesmal benötige ich niemanden, der mich aus einer brenzligen Situation befreit.*

»Ist bei dir alles soweit in Ordnung?«, fragte der Milizionär nach. »Willst du morgen immer noch gegen mich antreten?«

»Aber natürlich«, kam es sofort aus Lorins Mund. »Und ich werde siegen.«

Rantsila lachte gutmütig. »Da bin ich aber mal gespannt, wie du das ohne deine Fertigkeiten anstellen willst. Waljakov ist ein guter Lehrmeister, aber ich glaube nicht, dass er es fertig gebracht hat, aus einem Kunstschnitzer wie dir einen vorzeigbaren Kämpfer zu machen.« Prüfend kniffen seine Finger in den Oberarm des Jungen. »Du wirst meinen Schlägen nichts entgegenzusetzen haben, Lorin. Noch kannst du zurückziehen.«

»Ich setze vier Münzen auf den Kleinen«, lachte einer der Milizionäre. »Nur, um dich zu ärgern, Rantsila.«

»Verdienst du so viel Geld, dass du es aus dem Fenster werfen kannst?«, meinte der Soldat höhnisch. »Sag im Tempel Bescheid, sie sollen jemanden vorbeischicken, der die Bestattung von Pirnaba übernimmt. Seine Schätze können sie mitnehmen, um damit Brot zu kaufen und es an die Armen zu verteilen.«

Lorin verließ beleidigt das Haus, ohne seinen Gegner von morgen zu grüßen, was eine grobe Unhöflichkeit darstellte. Aber die Sticheleien empfand er als erniedrigend, und er wollte seine Verärgerung darüber dem Milizionär deutlich vor Augen führen. Er hörte Rantsilas Lachen hinter sich, drehte sich aber nicht mehr um. *Ich zeige dir morgen, was mir Waljakov alles beigebracht hat!*

Sein Weg führte ihn direkt zum Tempel der Kalisstra. Das kleine Gebäude mit der ausladenden Freitreppe war aus weißem Stein erbaut, der die Kälte der Bleichen Göttin und damit des Landes versinnbildlichen sollte. Dass es so klein war, hatte seinen Grund. Sobald der strenge Frost sich über das Land legte, füllten die

Priester und Priesterinnen viereckige Formen mit Wasser, ließen es gefrieren und errichteten aus den Eisblöcken einen Palast rund um das Haupthaus. Funkelnd hielt das wunderschön anmutende Gebilde bis zum Frühjahr, bis es Stück für Stück abtaute. Das gleiche Schicksal erlitt die aus Eis geschlagene Statue der Göttin im Inneren des Hauses. Geheizt wurde nur in den Versammlungs- und Wohnräumen, im Heiligtum dagegen herrschten Temperaturen um den Gefrierpunkt – für kalisstronische Verhältnisse immer noch milde.

Nun waren die Eisblöcke geschmolzen, ihr Tauwasser rann durch die Gossen in Richtung Hafen. Lorin betrat das Heiligtum und verlangte nach einem knappen Gebet danach, Kiurikka zu sprechen.

Die Hohepriesterin mit den leuchtend grünen Augen ließ ihn eine geraume Zeit warten, bis sie erschien, umringt von einigen ihrer niederen Predigerinnen. Die Kette mit dem fehlenden Stein trug sie wie stets um ihren Hals, eine stumme Anklage gegen Matuc und damit gegen Ulldrael, der auf indirekte Weise seine Schwester Kalisstra schmähte.

Die Gläubigen, die sich zur Andacht und für die Darbietung von Opfern in Form von Farbpulver in der Halle befanden, wurden unfreiwillig Zeugen des Geschehens.

»Du wolltest mich sprechen, Lorin?«, fragte Kiurikka huldvoll.

»Hohepriesterin, ich habe etwas für Euch, was Euch zeigt, dass die Bleiche Göttin meinem Ziehvater und mir die Verfehlungen vergeben hat«, sprach er. Nur mühsam unterdrückte er die Überschwänglichkeit in seinem Innersten. Am liebsten hätte er die Frau umarmt. Er langte in die Hosentasche, nahm die Dose heraus und schüttelte den Diamanten auf die Handfläche. Glitzernd brachen sich die Sonnenstrahlen in dem Stein. »Seht, die Bleiche Göttin hat mich den Stein finden lassen, den Ihr vor langer, langer Zeit durch das unbeabsichtigte Tun meines Ziehvaters verloren hattet.«

»Zeig her«, befahl die Hohepriesterin schnell und zweifelnd. Sie warf den Diamanten auf den Boden, die Spitze ihres silberverzierten Gehstabes hämmerte auf den Edelstein.

Jede Imitation wäre in tausend Splitter zersprungen, doch die Unversehrtheit des Steins bewies, dass es sich um einen echten Diamanten handelte. Mit zusammengezogenen Augenbrauen bedeutete Kiurikka einer ihrer Begleiterinnen, das funkelnde Kleinod aufzuheben.

Mit zittrigen Fingern setzte die Frau den Diamanten in die leere Fassung; er passte haargenau. Ein Raunen lief durch die Menge der Anwesenden; einige rückten sogar schüchtern nach vorn, um selbst Zeuge des Wunders zu sein.

Die Hohepriesterin wirkte keineswegs glücklich; mit aller Gewalt rang sie sich ein freudloses Lächeln ab. Ihre Rolle einer Märtyrerin war durch den Fund zu einem Ende gekommen. Nun konnte sie nicht anders, als dem »Fremdländler« seine Taten zu vergeben, wollte sie sich in Bardhasdronda nicht als unwürdig für ihr Amt erweisen.

»Da Kalisstra dir vergeben hat, verzeihe ich dir auch, Lorin. Und deinem Vater. Von nun an werde ich euch beiden mit dem gleichen Respekt begegnen, den ich allen anderen in der Stadt zeige.« Abrupt wandte sie sich um und verschwand durch den seitlichen Ausgang.

Das war alles? Der Junge stand im Heiligtum und konnte es nicht fassen. Diese schlichte Übergabe des Steins beendete die jahrelange Ausgrenzung, machte das zufällige Ereignis, das Matuc damals in Misskredit gebracht hatte, nun endlich vergessen.

»Habt ihr es gesehen?«, rief er und drehte sich erleichtert zu den Kalisstri um. »Die Göttin hat uns vergeben! Ich werde ihr die schönste Farbe opfern, die ich finden kann«, versprach er der Eisstatue und rannte hinaus.

Er konnte sich sicher sein, dass die Menschen, die alles mit angesehen hatten, die Kunde verbreiten würden. Und da manche ihm ohnehin schon freundlich zunickten, seit sein Einsatz für den Schwarzwolf bekannt geworden war, würden ihn nun gewiss alle Städter als normalen Jungen ansehen. *Mal abgesehen von meiner Magie. Aber das ist nicht schlimm. Nun gehören wir richtig in die Stadt,* freute er sich und lief zum Hausboot, um die Neuigkeit zu erzählen.

Matuc, der sich im Sessel von der Arbeit in den Gewächshäusern ausruhte und im Kreis seiner Anhänger über die Lehren Ulldraels referierte, wirkte erleichtert über den Erfolg seines Ziehsohnes.

»Es ist gut, dass du den Diamanten gefunden hast«, meinte er. »Denn es zeigt den Menschen, dass sich Ulldrael und Kalisstra verstehen. Somit wird es ihnen leichter fallen, sich mit dem Gott zu beschäftigen, der sie den Winter ohne Hunger überstehen ließ. Und dich werden sie ebenfalls mit anderen Augen betrachten.«

»Das wird noch besser, wenn ich erst Türmler geworden bin«, nickte Lorin begeistert; die Hochstimmung, in der er sich befand, fühlte sich unbeschreiblich an. Seine Siegessicherheit in Anbetracht des bevorstehenden Kampfes würde ihm niemand ausreden können. »Rantsila zu schlagen wird nicht leicht, aber ich schaffe es.« Und weil er gerade am Berichten war, musste er seinem Ziehvater noch die Begebenheit in dem fremden Haus erzählen, die der Mönch lediglich mit einem Seufzen quittierte.

Um sich im Gegenzug nicht eine Lobpreisung Ulldraels anhören zu müssen, täuschte Lorin Müdigkeit vor und zog sich in seine Schlafkammer zurück. Dort entzündete er eine Lampe und besah sich die Tabaksdose genauer. *Welches Geheimnis verbirgst du, dass man Menschen dafür tötet?*, fragte er den Gegenstand in Gedanken. Er kam zu der vagen Überzeugung, dass es sich bei den Mördern um Lijoki handelte, jedenfalls wenn er die Ausdrucksweise und den leichten Zungenschlag in Betracht zog. Außerdem kannten sie Soini, und das allein sprach Bände über die Herkunft der vier. Warum sie aber einen solchen Aufstand wegen einer Tabaksdose machten, darüber spekulierte der Junge noch.

Nach einer oberflächlichen Inspizierung der Dose, bei der er nichts entdeckte, ging er sorgfältiger zu Werke und drückte und klopfte so lange daran herum, bis sich eine flache Metallscheibe aus dem Verschluss löste und ein kleines Versteck offen legte. Darin befand sich ein sorgsam gefalteter Zettel mit Notizen, die in krakeliger Schrift verfasst worden waren.

Zum einen waren es Zahlenangaben, zum anderen erkannte Lorin eine Zeichnung, die er für einen Ausschnitt aus Bardhasdronda hielt. Wenn er alles richtig entschlüsselte, so stellten die hastig gemalten Striche den Markplatz und den Brunnen dar. Um die eingefasste Quelle hatte der Zeichner einen doppelten Kringel sowie die Zahl 15 und daneben die Zahl 34 geschrieben.

Das ergab einfach keinen Sinn.

Wenn ich erst einmal zu Miliz gehöre, gehe ich der Sache nach, dachte er, legte Dose und Zettel auf den Tisch neben sich und kroch unter die Decke. Nun musste er schlafen, um für den Zweikampf mit Rantsila ausgeruht zu sein.

Lorin durchlebte eine furchtbare Nacht.

Er träumte, dass sich ein Fremder auf dem Boot zu schaffen machte. Als er die Augen aufschlug, blickte er in das Gesicht des Handlangers, der ihm die Rückkehr angedroht hatte.

Der Junge wollte etwas unternehmen, sammelte seine Magie, da durchschnitt der Dolch des Angreifers ihm die Kehle. Gnädigerweise wandelte sich der Traum wieder in einen unruhigen Schlummer.

Geweckt wurde Lorin vom Schrei seines Ziehvaters. »Was, bei Ulldrael dem Gerechten, ist hier nur geschehen?«

Schlaftrunken stemmte sich Lorin in seinem Bett in die Höhe und betrachtete das getrocknete Blut, das sich auf dem Laken um ihn herum verteilt hatte.

Das Sprechen gelang ihm nicht, das Schlucken bereitete ihm unendliche Mühe und Schmerzen. In einem Reflex wanderte seine Hand zur Kehle, wo er verkrustetes Blut ertastete.

»Nasenbluten«, krächzte er und wollte aufstehen, um sich zu waschen. *Es war kein Traum,* begriff er. *Sie waren hier drinnen und haben …* Nach ein paar Schritten befiel ihn ein starker Schwindel; die Kammer drehte sich um ihn, und er verlor das Bewusstsein.

Als er wach wurde, schaute er in die besorgten Gesichter von Fatja, Matuc und Waljakov. Er lag in seinem Bett, das neu bezogen worden war.

»Nasenbluten?«, schnaubte der Leibwächter. »Ziemlich viel Blut für die Nase eines Knirpses.«

»Was ist geschehen, kleiner Bruder?«, erkundigte

sich Fatja und legte ihm ein Kissen unter den Kopf, ehe sie ihm sanft über die schwarzen Haare strich.

Sein Kopf schnellte herum, denn er wollte nach der Dose sehen. Doch sie war ebenso verschwunden wie der Zettel.

Stockend berichtete er nun die Wahrheit über die Abenteuer, die er im Haus erlebt hatte. Dann zeichnete er die Angaben auf dem Zettel getreu auf ein Stück Papier, das ihm Matuc sofort aus der Hand schnappte und es an Fatja weiterreichte.

»Bring das zu Rantsila, er soll sich den Kopf zerbrechen«, wies er sie an. »Und du, Lorin, wirst liegen bleiben, bis du dich erholt hast.«

»Ohne die Magie wärst du jetzt tot«, brummte Waljakov. »Was die See, Nesrecas Helfer, die Wölfe und die Kälte nicht erreicht haben, hätten ein paar Halsabschneider um ein Haar geschafft.«

»Nicht auszudenken, wenn du wirklich ums Leben gekommen wärst«, seufzte Fatja und drückte ihn an sich. Nicht nur, dass ich meinen Bruder verloren hätte, erschauderte sie, wenn sie an ihre Visionen zurückdachte.

Aber das alles lag so lange zurück, dass sie nur noch entfernte Erinnerungen daran besaß, was sie in den Augen der Brojakin damals, in der Kneipe vor Tularky, für die Zukunft gesehen hatte. Auch Matucs Schicksal sprach davon, dass der Knabe Großes vollbringen sollte. Dunkel erinnerte sie sich noch daran, dass sie etwas an ihrer Prophezeiung gestört hatte – oder sie zumindest ins Grübeln gebracht hatte, wie die Dinge eines Tages zusammenlaufen sollten.

War da nicht von einem Bruder die Rede?, überlegte sie. Aber wie sollte das möglich sein, wenn Norina tot auf dem Grund der See lag? *Ist damit alles verloren, oder wird diese eine Zukunft sich nicht so erfüllen, wie ich sie gesehen habe?* Sie lächelte den leichenblassen Lorin an und stand auf. »Erhole dich. Ich sage Rantsila Bescheid.«

»Der Zweikampf«, erinnerte sich der Knabe und war schon im Begriff aufzuspringen. »Ich muss aufstehen und mich ihm stellen. Wie sieht es denn aus, wenn ich so lange um eine Gelegenheit bettele und dann nicht erscheine? Rantsila muss mich für einen ausgemachten Feigling halten.«

»Wenn er diese Geschichte hört, wird er dich für alles andere als einen Feigling halten«, grummelte der Leibwächter, dessen mechanische Hand seinen Schützling zurück in die Kissen drückte. »Erstaunlich, dass du überhaupt noch Blut in dir hast.«

Mit einem unglücklichen Seufzen gab Lorin dem Druck von Waljakovs Hand nach. »Aber ich werde dem Rätsel auf den Grund gehen«, versprach er sich und allen Anwesenden, was Matuc zu einem Kopfschütteln veranlasste.

»Dass du immer noch nicht genug hast! Kalisstra hat uns gnädig auf ihrem Kontinent aufgenommen und uns haufenweise Proben oder Abenteuer bestehen lassen. Es ist genug, würde ich sagen. Lass Rantsila die Sache in die Hand nehmen.«

»Aber es kommt doch auf ein Abenteuer mehr oder weniger auch nicht mehr an«, grinste Lorin schwach und drehte die Argumentation seines Ziehvaters einfach um. »Vielleicht ist das der Abschluss der Prüfungen?« *Und ich werde zum Helden, so wie ich es Rantsila vorhergesagt habe. Er wird um die Aufnahme in die Miliz nicht mehr drum herumkommen.*

»Werde gesund, Knirps, dann sehen wir weiter«, gab der Hüne seinen knappen Kommentar. Dann zwinkerte er ihm zu. »Unter Umständen sollte ich noch einmal mit dem Milizionär reden, was meinst du?«

»Ihr geht jetzt alle und lasst meinen kleinen Bruder schlafen«, befahl Fatja energisch, scheuchte die Männer mit der unwiderstehlichen Autorität einer Frau hinaus und deckte Lorin zu. Draußen führten die Männer eine leise Unterhaltung, die nur als Gemurmel zu verstehen war. »Und du halte deine vorwitzige Nase aus Sachen heraus, die dich nichts angehen.« Ihre braunen Augen blickten ernst, sorgenerfüllt. »Das meine ich so, wie ich es sage. Bring dich nicht in Gefahr. Es mag sein, dass deine Heimat dich für Größeres benötigt. Mit diesen paar Lijoki wird die Stadtwache auch ohne deine magische Hilfe fertig.« Sie strich ihm über den Kopf. »Ich werde dich notfalls im Bett festbinden.«

»Aber die Piraten hätten noch einfacheres Spiel mit mir«, widersprach der Knabe müde. Die Schläfrigkeit, die wohl auf den starken Blutverlust und die regenerierende Wirkung seiner Magie zurückzuführen war, kehrte zurück und machte seinen Verstand langsam.

»An mir kommen sie nicht vorbei«, scherzte sie. »Ich passe auf dich auf. Mit einer Borasgotanerin legt man sich nicht an. Wir haben das Feuer im Blut.«

Lorin glitt in einen erholsamen Schlaf.

Die junge Frau verließ die Koje des Jungen und gesellte sich zu Matuc und Waljakov. »Und nun?«, wollte sie wissen.

Der Leibwächter schaute sie an. »Ich werde hier übernachten, falls die Mörder noch einmal zurückkommen sollten. Er ist noch zu schwach, um sich wehren zu können.«

»Bestimmt hat Soini damit zu tun. Was immer der Pelzjäger beabsichtigt, es wird nichts Gutes sein, wenn er sich mit den Erzfeinden der Städter zusammengetan hat«, schätzte Matuc. »Er wird sich für die Verstoßung rächen wollen.«

»Ich hoffe sehr, dass Rantsila aus dem Gekrakel schlau wird«, sagte Fatja zweifelnd, während sie die Skizze betrachtete.

»Der Knirps hatte Recht.« Waljakovs metallene Hand nahm den Zettel; seine eisgrauen Augen ruhten auf den Strichen, und seine Stirn legte sich in Falten. »Wir müssen der Sache selbst auf den Grund gehen.«

»Was?«, entfuhr es den beiden anderen beinahe gleichzeitig.

Waljakov spannte die Muskeln – ein untrügliches Zeichen, dass er keinen Widerspruch duldete. »Wir haben mit Sicherheit einen Verräter in der Stadt, dem die Dose gestohlen wurde. Wenn er nun mitbekommt, dass der Junge noch lebt, wird er sich denken können, dass er sein Geheimnis an andere verraten hat. Die Lijoki werden daraufhin ihr Vorhaben fallen lassen, um irgendwann zuzuschlagen, wenn keiner mehr daran denkt.«

Matuc verstand Waljakovs Gedanken. »Wenn sie glauben, dass Lorin tot ist, wähnen sich die Piraten in Sicherheit.«

»Die Kunst besteht für uns aber darin herauszufinden, was sie überhaupt planen«, warf Fatja unwirsch ein. »Ansonsten bringen wir Bardhasdronda eher in Gefahr, als dass wir hilfreich sind, ihr Meistergehirne.«

»Dann denk nach, kleine Hexe.« Waljakov drückte ihr den Zettel in die Hand. »Ich hole Arnarvaten und Blafjoll, sie sollen uns helfen.« Er stapfte hinaus. Die Aussprache war für ihn beendet und die Entscheidung gefallen.

Verwirrt schauten Matuc und die junge Frau dem resoluten Kämpfer durchs Fenster nach.

»Ist wusste ja, dass alte Menschen schwierig werden«, sagte Fatja belustigt und ging in die Küche, um

Tee zu kochen, damit die Besucher etwas zu trinken hatten. »Aber dass sich der Altersstarrsinn schon so früh bei ihm einstellt, hätte ich nicht geglaubt.«

»Was soll das heißen?« Matuc fühlte sich in die Gruppe der »Alten« eingeschlossen. »Bin ich etwa auch starrsinnig geworden?«

Ihr Lachen drang aus dem hinteren Teil des Hausbootes. »Nein, Matuc.« Nun erschien ihr Gesicht wieder im Türrahmen, ihre Mandelaugen blitzten schelmisch. »Du warst es schon immer.«

Kontinent Ulldart, Inselreich Rogogard,
Frühjahr 459 n. S.

Die fünf Dharkas nahmen die Ladung auf, die sie bei ihrer letzten Fahrt an die tarpolische Nordwestküste an die Aufständischen in der Provinz Karet liefern sollten.

Ausgerechnet im Stammland des mächtigsten Mannes auf Ulldart leisteten die eigenen Leute erbitterten Widerstand gegen seine Herrschaft und wehrten sich gegen die Anordnungen des Gouverneurs mit solcher Inbrunst, Waffengewalt und Verschlagenheit, dass die Soldaten nichts tun konnten, als der langen Liste von Überfällen einen weiteren auf eine Garnison oder eine Abgabensammelstelle aufzunehmen.

Die Steilhänge und Berge der Provinz machten es den Häschern, die sich nicht wenigstens genauso gut wie die Einheimischen auskannten, völlig unmöglich, die Verantwortlichen zu verfolgen und zur Rechenschaft zu ziehen. In Ulsar schien man genug von den Unternehmungen der Abtrünnigen zu haben, die

Gangart gegenüber den Aufständischen hatte sich verschärft.

Die unbeteiligten Dörfer, die zum eigenen Schutz die Fahnen des Kabcar aus den Fenstern ihrer Gebäude hängen hatten, um sich durch die offen gezeigte Loyalität vor Übergriffen der Soldaten zu schützen, berichteten den Rogogardern von riesigen Ansammlungen von Beobachtern.

Die fliegenden Wesen kreisten auffällig oft um die Hänge. Lautlos hielten sie Ausschau, aber nicht wie früher, still, bewegungslos auf den Dächern der Häuser: Sie flatterten geschäftig umher, lauschten an Kaminen und an Scheiben. Bald setzte sich die Ansicht durch, dass diese uralten Wesen auf der Suche nach Hinweisen seien, wie man die Rebellen finden und zur Strecke bringen könnte.

Gleichzeitig erschienen immer häufiger Wachschiffe in den Gewässern der Küste, meist ein Bombardenträger zusammen mit drei kleineren, schnelleren Seglern, die eine Hetzjagd auf die von den Geschützen beschädigten Feinde veranstalteten. Ein Dutzend Segler hatte das Inselreich Rogogard auf diese Weise bereits verloren, und nur noch die Dharkas unter dem Kommando von Torben Rudgass waren in der Lage, der Gefahr zu entgehen.

Doch der Gouverneur stellte Posten an Land auf, die jedes fremde Segel am Horizont aufspürten und meldeten. So geriet das Löschen der Ladung zu einem Wettrennen gegen die Zeit und gegen die berittenen Truppen des Kabcar.

Zu allem Unglück lag der Blockadegürtel fest um Kensustria, womit keine weiteren Güter mehr aus dem Land herbeigeschafft werden konnten. Gelegentliche todesmutige Schmuggler ermöglichten keine dauerhafte Versorgung der Kareter, und weil auch auf Rogogard keine unendlichen Vorräte an Getreide, Gemüse und Fleisch lagerten, musste nach diesem letzten Konvoi die Fahrt zu den Aufständischen eingestellt werden.

Der offizielle Pakt mit dem Inselstaat Tarvin war nicht zustande gekommen, die drei Könige konnten sich nicht auf ein solches Wagnis einigen, und daher wurde die Bitte von Torben Rudgass abgelehnt. Hinzu kam die nicht eben geringe Entfernung zu Ulldart.

Hinter vorgehaltener Hand hatte Varla erfahren, dass man in Wahrheit viel zu viel Angst vor dem mächtigen Großreich Tarpol und einem Vergeltungsschlag hatte. Die Leichtigkeit, mit der die Nachbarn, die Angorjaner, aus Tersion vertrieben worden waren, steigerte die Bedenken der tarvinischen Könige. Und so blieb Rogogard für den Augenblick völlig auf sich allein gestellt.

Torben schritt über das Deck seiner Dharka und legte mal hier, mal da die Hand aufs Holz, um das Schiff an seiner Haut zu fühlen. Sämtliche Schadstellen waren ausgebessert. Der Zustand des Seglers hätte besser nicht sein können.

Nur um die Mannschaft sorgte er sich. Die Männer verloren allmählich den Mut, und im Grunde konnte er sie verstehen. Sollte Kensustria in naher Zukunft fallen, wären die Inselfestungen westlich von Ulldarts Festland der einzige Flecken, der nicht dem Kabcar gehörte. *Wenn er erst einmal die Grünhaare bezwungen hat, wird er all seine Macht gegen uns werfen,* grübelte er, während er den Großmast tätschelte und nach oben zum Krähennest schaute.

»Das Schiff ist kein Pferd«, sagte Varla belustigt. Sie trug im Gegensatz zu ihm bereits ihre leichte Rüstung und schien gewappnet für den baldigen Aufbruch. »Du musst es nicht aufmuntern. Es verrichtet seinen Dienst auch ohne Handauflegen, Striegeln oder Bürsten.« Sie kam näher und küsste ihn sanft auf den Mund.

»Ich bilde mir aber ein, dass es dann besser durchs Wasser gleitet«, erklärte der Freibeuter und betrachtete sie. »Das ist eine Art Aberglaube.« Torbens wettergegerbtes Gesicht wandte sich der Mole zu, wo die Arbeiter die Lastkräne bedienten und den Laderaum seines Schiffes füllten. »Das wird die letzte Fahrt sein. Und dann?«, murmelte er.

Die Tarvinin legte eine Hand auf seine Schulter. »Du hast zwei Möglichkeiten. Du kommst mit mir in meine Heimat, wenn die Flotte des Kabcar in euren Gewässern kreuzt.« Torben schaute sie mit seinen graugrünen Augen an, als hätte sie den Verstand verloren. »Ich weiß, ich weiß, du stolzer Pirat«, lächelte sie. »Ich wollte dich nur daran erinnern, dass du um den sicheren Untergang herumkommen kannst.«

»Unsere Festungen halten jeden Beschuss aus«, meinte er knapp.

Varla blieb unerbittlich, ihre Miene wurde ernst. »Glaubt ihr wirklich, dass ihr gegen die Truppen und Flotten des Kabcar bestehen werdet? Was haben sie euch ins Essen getan? Wie kann man nur so verbohrt sein?« Sie setzte sich auf die Reling und nahm seine Hände. »Die tarvinischen Könige haben euch doch gesagt, dass ihr Zuflucht nehmen könnt. Packt eure Sachen und verschwindet von den Inseln, bevor dieser Bardri¢ auftaucht und euch ebenso zu Brei verarbeitet, wie er das mit den Soldaten bei Dujulev, bei Telmaran oder auf allen anderen Schlachtfeldern getan hat. Ihr werdet ihn nicht aufhalten können.«

»Wir werden uns nicht ergeben.« Torben blickte sie entschlossen an. »Wir haben erfahren, dass auch die Kensustrianer bis zum letzten Krieger bleiben und kämpfen werden.«

»Dann haben sie's dem Kabcar aber ganz schön gezeigt«, spottete die Kapitänin, und ihre braunen Augen blitzten wütend auf. »Er ist sicherlich so von eurem Widerstand beeindruckt, dass er sich zurückziehen wird.« Sie seufzte, ihr Zorn wandelte sich in Bedrücktheit. »Das wird euer Ende sein.«

Der Freibeuter schluckte, wischte sich mit dem Ärmel über die Nase. »Dann wird es eben so sein. Vielleicht geschieht ein Wunder, wie damals am Eispass.«

Varla stand auf und nahm ihn in die Arme. »Ich werde mit dir warten, Torben.«

Sein Gesicht verfinsterte sich. »Und wenn das Wunder nicht kommt?«

Varla zuckte mit den Schultern. »Hatten wir eine wunderbare Zeit zusammen, die wir gemeinsam beschließen.«

Eng umschlungen standen sie an Deck und hielten sich gegenseitig fest, Kraft aus der Nähe und Wärme des anderen schöpfend.

»Verzeihung, Kapitänens«, räusperte sich der erste Maat etwas verlegen neben ihnen. »Der Hetmann will euch beide sehen.«

»Die Pflicht ruft.« Torben machte sich von Varla los. »Obwohl ich mich nicht erinnern kann, eine Besprechung geplant zu haben.« Varla schien genauso überrascht.

Als sie die Stube von Hetmann Jonkill betraten, des militärischen Führers der rogogardischen Flotte, sahen sie, dass sich fast alle großen Obmänner des Inselreiches versammelt hatten. Ein jeder von ihnen war für eine Insel zuständig und sorgte als Schiedsmann für gütliche Einigungen unter den Einwohnern. Im Notfall musste er auch die Verteidigung organisieren, und genau darum, so schätzte Torben, würde es sich gleich drehen.

Auf dem Tisch lag eine Karte mit dem Seegebiet rund um die Inseln.

»Gut, dass ihr beide gleich erschienen seid«, begrüßte Jonkill sie. Wie alle anderen Männer im Raum trug er einfache, leichte Kleidung aus Wollstoff in gedeckten Farben. Lediglich die Spange, mit der sein Umhang zusammengehalten wurde, wies ihn in seinem hohen Amt aus. »Wir wollen euch auch nicht lange aufhalten. Wir möchten, dass ihr auf eurer Rückfahrt von Karet unsere sechs vorgelagerten Inseln benachrichtigt. Sie mögen sich mit all ihrem beweglichen Hab und Gut auf die westliche Hauptinsel, Verbroog, zurückziehen. Wir werden dort unsere Verteidigung konzentrieren.«

»Rechnen wir denn bereits mit einem Angriff?«, wunderte sich Torben. »Oder ist es lediglich eine Vorsichtsmaßnahme?«

»Wenn wir schnell weichen müssen, verlieren wir zu viel kostbaren Proviant«, erklärte der Hetmann ruhig. »Daher meine Anordnung. Ich möchte uns die Gelegenheit verschaffen, so lange wie möglich einer Belagerung standzuhalten.« Er stützte sich auf den Tisch, als wöge sein Körper Tonnen. »Wenn wir Glück haben, bereiten die Kensustrianer dem Kabcar dermaßen Magenschmerzen, dass er uns vorerst in Ruhe lässt, um all seine Soldaten gen Süden zu hetzen. Und wer weiß, was bis dahin alles zu unseren Gunsten eintreten kann.«

»Und wenn nicht?«, wagte Varla einen Einwurf. »Es ist vor allem in Kriegszeiten sehr unvernünftig, auf ein göttliches Wunder zu warten. Und der Gott, der dem Kabcar die Wünsche erfüllt, steht nicht auf unserer Seite.«

Jonkill lächelte. »Wir Rogogarder sind ein äußerst freiheitsliebendes und eigenwilliges Völkchen. Der Kabcar kann an unsere Tür pochen, aber freiwillig werden wir ihn nicht hineinlassen. Sollte er wirklich all unsere Bastionen bezwingen, verhandeln wir neu. Hat er nicht mehr als Unterjochung anzubieten, wird der Kampf erst mit unserem letzten Mann enden.«

»Was für Schädel hat Ulldrael der Gerechte eigentlich geschaffen?«, schüttelte Varla den Kopf. »Ganz Ulldart muss von ihm gemacht worden sein, als der Lehm besonders hart gewesen ist. Und im Innern hat er euch weich gelassen, wie mir scheint.«

Die Rogogarder lachten und fassten den verzweifelten Ausruf als Kompliment auf.

»Ich rechne nicht damit, dass Kensustria innerhalb eines Jahres fällt, dafür sind die Krieger zu stark und zu gut ausgebildet. Schließlich hat er es mit Gegnern zu tun, die auf seine Soldaten völlig anders reagieren als die Truppen, die sich ihm bisher in den Weg gestellt haben. Selbst die Magie bringt, wenn ich die kensustrianische Wesensart richtig einschätze, sie nicht so sehr aus dem Gleichgewicht wie andere.« Der Hetmann reckte sich in die Höhe. »Und diese Zeit nutzen wir, um uns einzugraben und die Festungen auf Verbroog so zu verbessern, dass die Bombardenkugeln an ihren Mauern zerplatzen. Außerdem reichen unsere Katapulte weit.« Jonkill nickte zum Ausgang. »Und nun hurtig, Kapitän, damit wir unsere Leute schnell von den Inseln schaffen. Ich habe gehört, dass der Thronfolger sich in der Nähe von Karet aufhalten soll. Und ich meine nicht den Krüppel.«

»Bei Taralea«, sagte Torben erschrocken. »Wir wissen ja noch alle, was sein Auftauchen am Eispass zur Folge hatte.«

»Eben«, gab ihm der Hetmann Recht, dem die Sorge ins Gesicht geschrieben stand. »Beeilt Euch.«

Varla und der Freibeuter gingen rasch zum Hafenbecken zurück, wo soeben die letzten Kisten an Bord gehievt wurden.

»Lass die Schiffe zum Auslaufen klarmachen, ich komme gleich«, rief Torben der Frau zu.

»Du willst dich noch verabschieden, nicht wahr?« Varlas Tonfall verdeutlichte, dass sie über sein Vorhaben nicht sonderlich begeistert war. »Aber mach es kurz, sonst verpassen wir die Flut.« Abrupt wandte sie sich um und lief zu ihrer Dharka, dem einzigen Segler, der durch und durch aus tarvinischem Material bestand.

Torben verzog den Mund und sah ihr hinterher. *Allmählich müsste sie doch wissen, dass meine Gefühle für sie unerschütterlich sind.* Er trabte die Straße entlang zu der kleinen Hütte, klopfte an und trat ein.

Die ältere Frau, die er als Pflegerin in Lohn genommen hatte, kniff die Lippen zusammen, als sie ihn sah, und schüttelte nur leicht das graue Haupt, wie sie es immer tat, wenn der Rogogarder zu Besuch kam.

»Wenn ich Euch nur einmal nicht den Kopf schütteln sähe«, seufzte Torben.

»Nichts wünschte ich mir sehnlicher, Kapitän Rudgass«, gab die Frau nicht minder betrübt zurück. »Ich denke, es ist ein hoffnungsloser Fall. Die Götter müssen ihren Verstand genommen und nichts zurückgelassen haben als Luft.« Sie stand auf, stellte die Schale mit dem Essen ab und zog sich ein wenig zurück.

Norina saß mit ausdruckslosem Blick im Sessel, starrte durch Torben hindurch und wischte sich ganz langsam den Brei von den Lippen. Sie wirkte dabei völlig gedankenversunken und nahm anscheinend nichts von alledem wahr, was um sie herum geschah.

Der Freibeuter ging in die Hocke und versuchte, ihre Aufmerksamkeit zu erlangen. Doch sie reagierte nicht auf seine Bemühungen und starrte nach vorn, als sähen ihre Augen eine andere Welt.

Was hatte er nicht alles versucht, um den Geist der Brojakin zurückzuholen. Seit ihrer »Befreiung« oder wie immer man die Vorkommnisse in Jökolmur nennen wollte, sprach sie nicht mehr. Gelegentlich wiederholte sie den Namen, den sie von den Lijoki bekommen hatte, dann brabbelte sie etwas, was entfernt an »Norina« erinnerte. Aber klare Wörter kamen nicht aus ihrem Mund.

Torben vermutete, dass die Erfahrungen in Kalisstron ihren Verstand angegriffen hatten und sie deshalb nicht in der Lage war, sich mitzuteilen. Und damit enthüllte sich leider auch nicht, was aus den anderen an Bord der *Grazie* geworden war. Die Zeit, die ganze kalisstronische Küste abzusuchen, hatte er nicht. Doch die Hoffnung, dass auch die anderen überlebt hätten, erhielt durch Norina neue Nahrung.

»Kümmert Euch gut um sie, so wie Ihr es immer haltet«, sagte Torben niedergeschlagen und erhob sich. »Vergesst nicht, die …«

»… Namen der anderen ständig zu wiederholen«, beendete die Pflegerin seinen Satz. »Kapitän Rudgass, ich tue seit einem Jahr nichts anderes. Ich werde die Namen Norina, Waljakov, Matuc und Fatja mein Leben lang nicht mehr vergessen.«

»Verzeiht«, entschuldigte sich der Freibeuter.

»Schon gut. Ich weiß, wie sehr Ihr um das Schicksal und das Wohl der Dame besorgt seid.«

Norina stand auf, ging bedächtig zu dem kleinen Lackkästchen und klappte den Deckel auf. Sofort ertönte die Melodie, und die beiden tarpolischen Figürchen tanzten umeinander herum. Dann kehrte sie schweigend an ihren Platz zurück und summte das Lied mit. Es war die einzige Verhaltensweise, abgesehen von den Grundbedürfnissen eines Menschen, die zeigte, dass noch etwas Geist in ihrem Kopf vorhanden sein musste.

Torben verließ die Hütte und begab sich mit wenig fröhlichen Gedanken zur Anlegestelle, wo die *Varla* im Wasser dümpelte. Seine Dharka lag als Einzige noch vertäut an der Mole.

»Leinen los«, befahl er beim Betreten der Planke, die ans Deck führte. »Den Kurs kennt ihr ja.«

Varla legte ihre Hand auf die seine, und Torben zuckte ertappt zusammen. »Wo warst du mit deinen Gedanken, mein Pirat?«, neckte sie ihn und schenkte ihm mit der freien Hand Wein in das Kristallglas. »Doch nicht etwa bei der Brojakin?«

Der Rogogarder war nicht so wahnsinnig, es zuzugeben. Sie würde ihm niemals abnehmen, dass er sich wirklich nur Sorgen um die Brojakin machte. »Ich habe über die Aufständischen nachgedacht und was wohl mit ihnen geschieht, wenn der Tadc seine Wut an ihnen auslässt. Wenn es sich wirklich so verhält, dass die Beobachter die Rebellen aufspüren, dürfte es für den Jungen keine Schwierigkeit bedeuten, ihre Versammlungsorte zu Staub werden zu lassen«, flüchtete er sich in eine recht passable Ausrede.

Die Tarvinin fiel darauf herein. »Vermutlich werden sie ebenso schnell sterben wie die tapferen Männer in Ilfaris.« Sie nippte an ihrem Glas. »Aber wenn es sein muss, dass auch die Piraten sich in die Reihe der toten Helden eingliedern, wird eine Frau unter ihnen sein.«

Torben küsste ihre Fingerspitzen, stand auf und zog sie mit sich zu seiner Koje.

Eng umschlungen legten sie sich auf die Laken und sahen sich in die Augen. Ihre Lippen trafen aufeinander, zuerst zurückhaltend und sanft, dann steigerten sich die Liebkosungen ins Leidenschaftliche.

»Ich habe mir etwas überlegt«, sagte Varla atemlos und schob den Rogogarder von sich. »Wenn wir auch Bombarden hätten, könnten wir die Festungen effektiver verteidigen.«

»Die Fracht aus Kensustria wurde aber versenkt«, raunte Torben und rückte augenblicklich wieder näher an sie heran. Seine Finger fanden die Schnüre ihrer dunkelbraunen Lederkorsage, die sie über der weißen Bluse trug.

»Hände weg, du aufdringlicher Seeräuber«, befahl sie scherzend und schlug nach ihm. »Ich meinte, wir könnten einen von ihren Bombardenträgern entern.«

Der Kapitän löste den Verschluss und öffnete bereits die ersten Knöpfe ihrer Wäsche. »Aber natürlich.« Sanft landeten seine Lippen auf ihren freigelegten Schultern und wanderten bis zum Dekolletee. »Warum nehmen wir uns nicht drei oder vier, rudern damit den Repol aufwärts bis kurz vor Ulsar und schießen die Hauptstadt in kleine Steinbröckchen?«

Varla packte ihn bei den Ohren und zog seinen Kopf in die Höhe. »Warum schaltet ihr Männer immer den Verstand aus, wenn ihr nackte Frauenhaut seht?«

»Es könnte daran liegen, dass so viel Verführung jegliches Denken im Keim erstickt«, erwiderte Torben, und sein Gesicht verzog sich zu einer Grimasse. »Autsch. Findest du lange Ohren ansprechend, oder weshalb tust du mir das an?«

»Der Schmerz soll dich zur Vernunft bringen«, lachte

sie. »Ich meinte das eben völlig ernst.« Sie ließ seine Ohrmuscheln los und zog ihre Bluse hoch, damit die Schultern wieder bedeckt waren. »Wir wollen doch nicht, dass du schon wieder aufhörst zu denken.«

»Danke.« Der Rogogarder setzte sich auf und lehnte sich gegen den Pfosten der Koje. »Die Nachbauten der turîtischen Galeeren zu knacken ist zu verlustreich. Sie würden uns aus dem Wasser pusten, bevor wir uns auf sie schwingen und sie entern könnten. Ganz zu schweigen von den schnellen Seglern, die sie begleiten. Diesen Aufwand sind sie nicht wert.«

»Es sind sechzig dieser kleineren Bombarden, Torben«, erinnerte ihn seine Gefährtin. »Das ist eine Feuerkraft, die von einer Festung aus mehr als tödlich ist. Erinnere dich, was sie damals alles angerichtet hat.« Ihr Lächeln wurde listig. »Mit ein wenig Einfallsreichtum kommt man weiter als mit brachialer Gewalt.«

»Nun bin ich aber wirklich neugierig geworden«, gestand der Mann.

Varla spielte mit seinen eingeflochtenen Muscheln im Bart und stieß die goldenen Kreolen an seinen Ohren an. »Angenommen, eine dieser schwimmenden Festungen würde auf eines unserer Schiffe treffen.« Sie packte ihn bei den Oberarmen, ihr Tonfall wurde mitreißend. »Eine wilde Jagd beginnt! Und unser Schiff wirft in heller Furcht alles über Bord, um schneller als der Verfolger zu sein.«

»Unsinn«, winkte Torben ab. »Die Dharkas sind doch ohnehin schneller als …« Sein sonnengebräuntes Antlitz hellte sich auf. Lachend warf er sich auf sie und küsste sie wild auf den Mund. »Du bist ja ein ganz schön schlaues Weibsbild. Darf ich sagen, es wäre mein Einfall gewesen?« Er zerzauste ihre kurzen schwarzen Haare.

»Untersteh dich«, warnte sie. Mit einer leichten, verführerischen Bewegung ließ sie die Bluse von der Schulter rutschen. »Du darfst dafür etwas ganz anderes, Kapitän Rudgass.«

»Dann will ich mal nicht so sein«, feixte er und nahm ihr Angebot an.

Da es bei ihrem Liebesspiel recht turbulent zuging, bemerkten die beiden zunächst nicht, dass auch die Bewegungen der Dharka heftiger wurden. Erst als sie ein heftiges Rollen in einem ungünstigen Moment überraschte und sie aus dem Bett fielen, begraben unter einem Berg von Laken und Decken, unterbrachen sie die Zweisamkeit.

»Ich dachte schon, du wärst das, die meine Umgebung zum Drehen bringt«, bemerkte Torben außer Atem und suchte eilig seine Kleider zusammen.

»Du siehst niedlich aus, wenn du so ohne alles durch die Kajüte hüpfst«, lachte die Tarvinin und kleidete sich ebenfalls an.

Der Seegang nahm unvermindert zu. Alle losen Gegenstände rollten und rutschten durch die Behausung des Kapitäns. Fluchend warf Torben einen Blick durch das Heckfenster. Der vorabendliche Himmel auf dieser Seite der Dharka schimmerte in den schönsten Farben. Nichts deutete auf einen Sturm hin.

Kurz darauf pochte es an der Tür, ein Matrose verlangte die Anwesenheit des Kapitäns an Deck.

Varla und Torben polterten die wenigen Stufen hinauf und traten hinaus.

Ein ungetrübter Blick auf den Horizont ließ beide an einem Unwetter zweifeln. Und dennoch schäumte die See, und der Bug des Seglers hob und senkte sich wie ein bockiges Pferd, Gischtschleier stoben den Großmast hinauf. Die Rückkehr der Tarvinin an Bord ihrer eigenen Dharka gestaltete sich unter diesen Bedingungen unmöglich.

»Seit wann ist das so?«, wollte Torben von seinem Maat wissen, den er am Ruder fand. Zu viert hielten die Männer das Steuerrad, ihre Gesichter zeigten die Anstrengung.

»Es kam ganz plötzlich, als wir die zweite der vorgelagerten Inseln passierten«, gab der Offizier ratlos Antwort. »Ein unsichtbarer Sturm, Kapitän?«

»Wie soll denn das zugehen?«

»Was geschieht hier?«, flüsterte Varla und spähte auf die Wasserfläche. Die Arbeiten ruhten, und die Seeleute warteten gebannt, was sich ereignen würde.

Urplötzlich beruhigte sich das Meer, und die Bastsegel hingen erschlafft an den Rahen. Etwas Glitzerndes erhob sich in breiter Front am Horizont. Ein leises Rauschen drang zur Besatzung, wurde lauter und lauter.

»Flutwelle!«, brüllte der Mann im Krähennest unvermittelt in die Stille, die an Bord der Dharka eingetreten war. »Flutwelle voraus!«

Sein Schrei löste die Starre der Menschen. Der Kapitän gab fieberhaft Befehle, ließ alle Segel reffen und den Bug der *Varla* in spitzem Winkel zur anrollenden Welle stellen. Die übrigen Schiffe taten es ihm nach.

»Und nun sollten wir alle beten«, sagte Torben heiser, den Blick auf die Wand aus Wasser geheftet, die sich vernichtend auftürmte. Ihre Höhe übertraf alles, was er in seinen Jahren als Freibeuter gesehen hatte.

Gischt und Schaum wehten heran, von einem eiskalten Wind über das Deck gefegt, die Vorboten des kommenden Unheils. Der Bug hob sich knarrend an und setzte sich auf den ersten Ausläufer der Flutwelle. Ihr Schatten legte sich rasend schnell von vorn nach hinten auf die Planken. Torbens Hand fasste unwillkürlich nach der seiner Gefährtin. »Taralea sei uns gnädig!«

Die *Varla* überstand die Flutwelle, doch sie büßte zwei Dutzend Matrosen, sämtliche Ladung, die sich an Deck befunden hatte, sowie den kleineren der Masten ein. Zumindest hatten sie mehr Glück als andere aus ihrem Verband. Die Naturgewalt war über sie hinweggerollt und hatte eines der Schiffe aus Rogogard fortgespült oder in tausend Stücke zerschlagen. Jetzt bestand ihre Flotte nur noch aus vier Seglern.

Zwei der Dharkas wiesen starke Beschädigungen auf, und bei dem tarvinischen Original stand der Laderaum unter Wasser, nachdem irgendein Gegenstand ein Leck geschlagen hatte. Inzwischen war das Leck abgedichtet, und nun mussten die Pumpen bedient werden.

Torben befand es als das Beste, unter diesen Umständen zuerst die Insel Lofjaar anzulaufen und die Schäden beheben zu lassen. Alles andere ergab wenig Sinn; die Gefahr, von Bombardenträgern und den Seglern des Kabcar aufgebracht zu werden, war zu groß. Nicht mal die Aufständischen in Karet konnten von ihm verlangen, die wertvollen Dharkas auf diese Weise aufs Spiel zu setzen.

Varla kehrte an Bord ihres Schiffes zurück, während Torben Vollzeug setzte und mit dem Segler vorfahren wollte, um auf Lofjaar alles für eine schnelle Reparatur in die Wege zu leiten. Notfalls würde er persönlich ein paar Dachstühle einreißen, um an Holz für die Planken und Masten zu kommen.

Lofjaars Einwohnerzahl schwankte zwischen sechs- und siebentausend, so genau konnte man das nie sagen. Doch die Befestigungen galten, da es die erste der rogogardischen Inseln war und sich in Sichtweite des tarpolischen Festlandes befand, als besonders beständig. Hier würden dem Kabcar gehörige Wunden geschlagen werden. Ansonsten diente Lofjaar wie alle anderen vorgelagerten Inseln als Ort für die Schafzucht.

Im Morgengrauen erreichte die *Varla* die Küste.

Die Oberfläche des Meeres war übersät mit Trümmerstücken, die von Schiffen wie auch von Behausungen stammten. Gelegentlich trieb ein Toter am Rumpf der Dharka vorüber. Aus Torbens schlimmsten, wenn auch verdrängten Befürchtungen wurde Gewissheit. Die Flutwelle musste Lofjaar mit ihrer ganzen Macht heimgesucht haben.

»Schiffe voraus!«, verkündete der Ausguck, der sich auf dem kleineren Mast platziert hatte. »Zehn palestanische Kriegskoggen, zehn tzulandrische Segler und fünf Bombardenträger liegen im Hafen von Lofjaarsgrund.«

»Wie kann das sein?«, entfuhr es Torben entsetzt. »Wieso haben sie die Flutwelle überstanden und die Menschen nicht?«

»Kapitän«, rief der Mann aus dem improvisierten Krähennest aufgeregt hinab, »das eine ist kein Bombardenträger. Es ist eine ähnliche Bauart, nur größer.«

Der Freibeuter lief zum Bug, klappte das Fernrohr auf und beobachtete die mächtigste der fünf Galeeren. Eine Gestalt wie aus einem Albtraum trat soeben an Deck. Torbens Hände fingen an zu zittern.

So groß wie drei Männer, erhob sich ein gepanzertes Wesen an Bord, dessen lange schlohweiße Haare sachte im Wind wehten. Der teilnahmslose, unmenschliche Blick schien sich durch die geschliffenen Linsen des Fernrohrs direkt in seine Pupille zu bohren. Der riesige Mund öffnete sich zu einem lautlosen Lachen, die Reißzähne wurden deutlich sichtbar.

Sinured!

Die eisenbeschlagene Deichsel ruckte in die Höhe. Der einstige barkidische Kriegsfürst wandte den Schädel zur Seite und erteilte offensichtlich Anweisungen.

»Ruder hart Steuerbord, abdrehen und Vollzeug setzen«, befahl der Rogogarder sofort. »Nichts wie weg von hier. Jetzt müssen wir uns nicht nur mit übermächtigen Waffen, sondern auch noch mit übermächtigen Wesen herumschlagen. Das ist ein bisschen zu viel für meinen Geschmack.«

»Die Invasion hat also begonnen?«, meinte sein Maat dumpf.

»Und das schneller, als wir alle gedacht haben. Jetzt weiß ich auch, woher diese Flutwelle aus heiterem Himmel kam.« Mit Wucht schob Torben das Fernrohr zusammen. Die Hände krampften sich um das Messing, dass die Knöchel weiß wurden. »Der Tadc selbst hat sie uns mit seiner verfluchten Magie geschickt.«

»Was können wir dagegen tun?«, wollte der Offizier wissen.

Nichts. Überhaupt nichts. Torben kehrte zum Ruder zurück und blieb ihm die Antwort schuldig.

Die Kareter würden die Ladung nicht erhalten, nun hatte Rogogard Vorrang. Die anderen Inseln mussten gewarnt, der Widerstand zügig organisiert werden. Selbst wenn es nur wie das verzweifelte Zappeln eines Fisches in der Pfanne sein sollte … Vielleicht konnte man dem Koch wenigstens ein paar Finger abbeißen.

Sinured legte eine Hand auf die Deichsel, ein Bein stemmte er auf die Bordwand seiner Galeere. In dieser entspannten Haltung beobachtete er das unbekannte Segelschiff, das sich trotz eines fehlenden Mastes rasch von Lofjaarsgrund weg bewegte. Ein leises Lachen stieg in ihm auf.

Es fügt sich alles, wie es soll. Sie werden vom Schicksal der Insel berichten und die anderen noch mehr beunruhigen, als sie ohnehin schon sind. Wie ein Unwetter würde er zusammen mit seinen Leuten über die Rogogarder hereinbrechen, wie ein Sturm würde er alles packen, zu Boden reißen und zerschlagen, was sich ihm nicht beugte.

Er freute sich darauf, seiner endlosen Zerstörungswut an den Festungen freien Lauf zu lassen, wie es ihm der Hohe Herr erlaubt hatte.

Die Bestückung seines fliegenden Kampfschiffes mit Bombarden hatte er den Ingenieuren des Hohen Herrn auch weiterhin untersagt, so etwas Neumodisches wollte er nicht an Bord haben. Einfache Katapulte und die richtigen Soldaten genügten ihm vollkommen, und Sinured wusste sehr wohl um die Wirkung seiner Galeere bei den Feinden. Auch die Piraten von Rogogard würden gegen die Angst, die sie verströmte, nicht gefeit sein.

Der Kriegsfürst nahm den Fuß von der Bordwand und ging zur landwärts gewandten Seite des Schiffes. »Sucht mir Überlebende und opfert sie unserem Beschützer. Tzulan hat uns leichtes Spiel verschafft, und so soll es bleiben«, rief er dröhnend zu seinen Leuten hinunter. »Der Rest legt in einer Stunde mit mir zusammen ab. Der Hohe Herr verlangt, dass überall auf der Karte von Ulldart sein Name steht. Und ich werde ihn nicht enttäuschen.«

Das geschäftige Treiben am Ufer verstärkte sich. Die Besatzungen zweier Kriegskoggen blieben auf Lofjaarsgrund, um Jagd auf unversehrte Einwohner zu machen, der Rest bereitete sich auf das Ablegen der Invasionsflotte vor.

Als die von Sinured angegebene Zeit verstrichen war, befand sich die Armada in breiter Formation auf See.

Nichts sollte ihnen entkommen. Ihr Kurs führte sie zielstrebig zur zweiten der vorgelagerten Inseln. Über ihnen schwebte die riesige Galeere des auferstandenen barkidischen Kriegsfürsten. Die Trommel schlug dumpf, die Ruder hoben und senkten sich in ruhigem Takt, als bewegten sie tatsächlich die Luft.

Hinter ihnen stiegen dicke, schwarze Rauchwolken in den Himmel. Die ersten Opferfeuer auf Lofjaarsgrund waren entfacht worden.

Kontinent Ulldart, Großreich Tarpol,
Hauptstadt Ulsar, Frühjahr 459 n. S.

Wartet, ich helfe Euch«, sagte Krutor gutmütig, bückte sich und half dem Diener dabei, die Scherben des Geschirrs aufzulesen, die sich auf den schwarz marmorierten Steinplatten des Fechtsaals verteilt hatten.

»Hoheitlicher Tadc, ich bin nicht hochwohlgeboren wie Ihr«, machte ihn der Livrierte auf die falsche Anrede aufmerksam.

»Entschuldige bitte. Ich wollte nur höflich sein.« Der missgestaltete Junge sammelte die Bruchstücke in seiner übermenschlich großen Handfläche, wo sie wie zierliche Splitter wirkten, und kippte sie auf das Tablett, das der Diener ihm hinhielt. »Schon sind wir fertig.«

Beide richteten sich auf. Der freundlich grinsende Krutor überragte den Mann um mehr als die Hälfte. Das Wachstum seines verkrüppelten Körpers schien noch immer nicht abgeschlossen zu sein. Unter dem Einfluss von Hemeròc war aus ihm ein gefährlicher, furchtloser Kämpfer geworden, der mit seiner überlegenen Stärke jeden Gegner bezwang.

Beobachtete man ihn im Alltag am Hofe, wo er sich in einer Mischung aus Hopsen und Laufen vorwärts bewegte, so traute man ihm die präzisen Schläge und schnellen Reaktionen niemals zu, die er bei den Übungen gegen seinen Lehrmeister an den Tag legte.

Wer in der Lage war, über seine Furcht einflößende Gestalt mit den unterschiedlich hohen Schultern, den schiefen Gliedmaßen, verkrümmten Beinen sowie dem symmetrielosen Schädel und dem abstoßenden Gesicht hinwegzusehen, entdeckte in dem Tadc ein Gemüt von unglaublicher Wärme. Doch nur den wenigsten gelang es, das Zerrbild zu durchschauen und die wahre, durch und durch gutherzige Natur Krutors zu erkennen.

Die Bediensteten, die schon lange mit ihm zu tun hatten, wussten es.

Den Mägden und Dienern tat es in der Seele weh. So bemühte sich Krutor beispielsweise vergeblich, sich einem Pferd zu nähern, ohne dass es voller Angst davonstob. Ulldrael hatte ihm aber nicht nur das menschliche Äußere genommen. Der Verstand des Thronfolgers war irgendwann in seiner Entwicklung stehen geblieben, während sich um seine Knochen mächtige Muskeln gelegt hatten. Niemand bestand gegen ihn im Kampf, aber wenn es um einfaches Rechnen, Lesen und Schreiben ging, benötigte der missgestaltete Spross des Kabcar eine kleine Ewigkeit, bis er etwas zu Stande brachte.

Ganz so einfältig, wie die meisten annahmen, war der Krüppel jedoch nicht. Das Denken fiel ihm allmählich leichter, dennoch behielt er nach außen seine naive Art bei. So wurden in seiner Gegenwart leichtfertigerweise Dinge geäußert, über die man sonst nur hinter vorgehaltener Hand sprach. Auf diesem Weg gelang es Krutor sehr zügig herauszufinden, welche von den Dienern es ehrlich mit ihm meinten und welche nicht.

Alle, die Krutor kannten, verstanden den Hass, den der Herrscher von Tarpol gegen Ulldrael hegte, erst recht. Das Volk liebte den Kabcar und befolgte den abgeänderten Wortlaut der Lobpreisungen zu Ehren des Gerechten; nur vereinzelt weigerten sich Leute, von den alten Sprüchen und Riten abzuweichen. Sie verschwanden irgendwo im Dunkel, ohne dass sich jemand um ihr Schicksal kümmerte.

»Ich bringe Euch gleich eine neue Kanne mit Wasser, hoheitlicher Tadc«, verabschiedete sich der Livrierte.

»Nein, lass nur«, rief Krutor hinterher, »ich kann es mir selbst holen. Der Brunnen ist gleich im Garten.«

»Nein, hoheitlicher Tadc. Ich bin dazu da, um Euch Eure Wünsche zu erfüllen«, beharrte der Diener nachsichtig lächelnd. »Und es war meine Ungeschicktheit, dass Ihr nun dursten müsst.«

»Ich hätte die Tür auch weniger schnell aufmachen können«, entgegnete Krutor. »Klirr, klirr. Meine Schuld. Geh nur.«

Der Mann verbeugte sich und verschwand.

Der Thronfolger lief hinüber zu den großen, gläsernen Flügeltüren und öffnete sie vorsichtig, um den Griff nicht zu beschädigen. Obwohl die Ausgänge sehr hoch gestaltet waren, musste er sich bücken, um ins Freie zu gelangen.

Singend lief er durch den sonnendurchfluteten Garten, und dass er die Töne dabei nur selten traf, störte ihn nicht weiter. Krutor blieb gelegentlich stehen, sah Vögeln beim Nestbau zu und versuchte, ihre bezaubernden Lockrufe zu imitieren. Wenn eines der Tiere scheinbar antwortete, klatschte er vor Freude in die Hände und hüpfte weiter den Weg entlang, bis er schließlich beim kleinen Teich angelangt war.

Da er sich unbeobachtet glaubte, watete er ein paar Schritte in das Gewässer und ließ sich das Quellwasser aus dem Springbrunnen in den Mund schießen. Lachend schluckte er das Nass, und als er genug hatte, füllte er sich damit die Backen, stellte sich in eine heldenhafte Positur, wie er es bei Statuen sah, und spuckte einen dünnen Strahl in hohem Bogen aus.

»Du kannst das sehr gut, Bruder«, lobte ihn eine bekannte Stimme in seinem Rücken.

Ertappt und rot vor Scham drehte er sich um, um sich Govan zuzuwenden. »Ich wollte nur was trinken. Und da ist mir eingefallen, wie die steinernen Männer immer aussehen. Das wollte ich auch einmal versuchen.« Planschend kehrte er ans Ufer zurück und schaute auf den Erstgeborenen herab. Verschiedener hätten die Brüder nicht sein können. »Du verrätst mich nicht?«

»Ach, was, Bruder«, winkte Govan großzügig ab. »Ist das nicht ein herrlicher Tag?«

»Ja!«, rief der Krüppel glücklich und lachte hohl. »Sollen wir üben, Govan?«

»O nein, danke«, wehrte er ab. »Mir steckt der Schwertschlag, den ich von dir erhalten habe, immer noch in den Knochen.«

Entsetzt starrte ihn Krutor an. »Das wollte ich nicht«, stotterte er. »Ich wollte nicht, dass dir mein Schwert im Knochen steckt. Warst du schon bei einem Cerêler?«

Geduldig schüttelte Govan den dunkelblonden Schopf. »Das ist nur so eine Redensart. Es bedeutet, dass du ein zu harter Gegner für mich bist.«

»Ach, so ist das?!« Zufrieden grinste Krutor. »Auch wenn ich keine Magie kann, bin ich in einigem doch besser.« Stolz setzte er sich vor seinem Bruder auf die Erde, um mit ihm auf gleicher Augenhöhe zu sein. »Mir widersteht keiner, sagt Hemeròc. Auch wenn ich ihn nicht leiden kann.« Er reckte einen Zeigefinger in die Luft. »Aber er macht mir schon lange keine Angst mehr. Nichts macht mir mehr Angst.«

»Ich bewundere dich«, lobte ihn Govan und klopfte ihm auf die schiefe Schulter. »Aber was stellst du eigentlich mit deinen Fertigkeiten an? Willst du nicht einmal in den Krieg ziehen, um Vater bei seinen Plänen zu unterstützen, wie deine Schwester und ich es tun?«

»Darf ich das denn?« Das Gesicht des Krüppels wurde sehr aufmerksam, die Augenbrauen wanderten in die Höhe. »Patsch, patsch! Das würde mir bestimmt gefallen.«

»Würdest du auch deiner Schwester und mir zur Seite stehen, wenn wir auf dem Thron sitzen?« Govan tastete sich einen Schritt weiter vor mit seinen Fragen.

Krutor sah ihn so überrascht an, als hätte er sich in einen Haufen Schmetterlinge verwandelt. »Aber natürlich. Ihr seid doch meine Geschwister.« Seine Stirn legte sich in Falten. »Will Vater denn nicht mehr regieren? Ist er krank? Hat er keine Lust mehr?«

»Aber nicht doch. Vater wird bestimmt noch sehr lange Kabcar sein«, beschwichtigte ihn Govan augenblicklich, nutzte jedoch zugleich die letzte Bemerkung seines Bruders. »Andererseits, du hast sicherlich auch bemerkt, dass er sich immer mehr zurückzieht. Die Diener sagen, manchmal brabbele er vor sich hin wie ein kleines Kind. Ich glaube, sein Verstand hat Schaden genommen, als Mutter ihn vergiften wollte.« Zufrieden registrierte er, dass Krutor gebannt an seinen Lippen hing. »Es muss nichts bedeuten. Aber es kann. Notfalls müssen wir bereit sein, die Regentschaft über unser geliebtes Land schnell zu ergreifen, um unseren Feinden keine Gelegenheit zum Erstarken zu geben. Man sollte stets an das denken, was vor einem liegt.«

Suchend betrachtete Krutor den Boden. »Da ist nichts«, verkündete er. »Warum soll man an etwas denken, was nicht da ist?«

»Du armes Geschöpf«, seufzte der Thronfolger und streichelte ihm über die entstellte Hälfte seines Gesichts. »Was hat dir Ulldrael, der so genannte Gerechte, nur angetan?« An dem fragenden Ausdruck in Krutors Augen erkannte er, dass dieser nicht wusste, wovon er sprach.

»Ist das einer der Diener?«, erkundigte sich der Krüppel unsicher. »Darf man denn heißen wie ein Gott?«

Govan lächelte ihn nachsichtig an und stand auf. »Ulldrael wird bald keine Rolle mehr spielen. Überhaupt werden die so genannten Götter kaum noch eine Bedeutung haben, wenn ich mit allem fertig bin. Aber das dauert noch. Eines nach dem anderen.« Er schlenderte den gepflasterten Weg zurück zum Palast, den er gekommen war. »Du wirst niemandem von dieser Unterredung erzählen, und ich sage keiner Seele etwas über dein Bad im Teich. Kann ich auf deine Unterstützung zählen, Bruder?«, fragte er über die Schulter.

»Tausendmal ja«, bestätigte Krutor und nickte überschwänglich.

Der Thronfolger schenkte ihm ein Lächeln. »Das wird auch Zvatochna sehr freuen. Wir werden immer zueinander stehen. Drei geeinte Geschwister, was sollte uns da noch aufhalten?« Er ging weiter und verschwand um die Ecke hinter einem großen Nadelbusch.

Krutor sprang auf. Sein schwacher Geist versuchte, die seltsamen, geheimnisvollen Worte seines Bruders näher zu erkunden. Govans Behauptung in Bezug auf ihren Vater verstand er beispielsweise ganz und gar nicht. *Vater arbeitet an seinen Papieren. Und ich habe noch nie erlebt, dass er wirres Zeug redet. Er ist der Einzige, der sich ständig um mich kümmert und mich normal behandelt.* Die recht derben Späße Govans auf seine Kosten hatte er hingegen sehr genau im Gedächtnis. Die magischen Strahlen schmerzten. Krutor beschloss, nicht zu viel auf das Gerede über die Krankheit des Vaters zu geben. *Aber wenn er nun doch etwas hat?*

Abwesend streifte er durch den Garten; die Vögel um ihn herum, die surrenden Insekten und die wunderschön blühenden Blumen kümmerten ihn nicht mehr. *Wenn ich nur einen hätte, mit dem ich spielen könnte. Wo Tokaro wohl ist?*, fragte er sich. Niemand hatte ihm vom Tod des ehemaligen Rennreiters erzählt, und so nahm er an, den Jungen, der ihn damals im Stall so schwer beeindruckt hatte, eines Tages wieder zu sehen.

»Patsch, patsch«, lachte er laut und übermütig, als er sich an die Prügel erinnerte, die Govan bei all seinen magischen Fertigkeiten von dem Jungen mit den blauen Augen hatte einstecken müssen. *Ihm würde ich gern noch mal begegnen. Oh, und das schöne Pferd, Treskor. Am besten, ich frage Mortva. Er weiß doch sonst auch alles. Und danach gehe ich zu Vater und kümmere mich um ihn. Wenn er wirklich krank ist, braucht er mich.*

Summend kehrte Krutor in den Fechtsaal zurück.

Lodrik ordnete die Unterlagen über die Neuordnung des Kontinents ein weiteres Mal und legte sie neben sich auf den Schreibtisch. Seine Vorstellungen zum Wohle aller umzusetzen würde nicht leicht werden.

Und dennoch, ein Einzelner durfte über solche Macht nicht auf Dauer verfügen. Das würde nur zu Übermut, Hochmut und Selbstüberschätzung führen, wie er sie bei sich selbst in der Vergangenheit schon des Öfteren entdeckt hatte. *Bevor es schlimmer wird, läute ich eine neue Zeitrechnung unter den Völkern ein. Eine neue, gemeinschaftliche Form des Zusammenlebens, bei der niemand übervorteilt oder unterdrückt wird.*

Stolz strich er über den ansehnlichen Berg von Blättern, mit deren Ausarbeitung er Jahre seines Lebens verbracht hatte. Dabei hatte er zuerst nur aus Trotz gegenüber der Behandlung der anderen Reiche über sie herrschen wollen. Als spukte der Geist Norinas in seinem Kopf, hatte er seine Absichten überdacht. Die Vernunft hatte Einzug gehalten.

Doch den alten Zustand, der nur wieder zu den alten Streitigkeiten und dem alten Hass führen würde, wollte er nicht wieder herstellen. Es musste etwas Großes, Neues her.

An dem Gelingen seines Planes, den er in mehreren Stufen einführen wollte, zweifelte er nicht. Dafür war alles zu gut durchdacht. Keiner der Menschen und auch keine der Sumpfkreaturen würde sich seinen Ideen verschließen können, die einleuchtender nicht sein könnten. Bis all seine Anweisungen in die Tat umgesetzt wären, würde er die Funktion des beschützenden Beobachters übernehmen.

Zu diesem »Schutz« gehörte, dass er sich zunächst einiges vom Hals schaffte, das auf seinem Kontinent nichts zu suchen hatte und alle Veränderungen nur blockieren würde. Die Worte des Großmeisters und das Schreiben eines Obristen aus dem ehemaligen Tûris über eine Verschwörung der Tzulani hatten ihm die Augen für das Offensichtliche endgültig geöffnet.

Ein Diener trat nach kurzem Klopfen ein und verkündete die Ankunft von Zvatochna und Govan. Lodrik ließ sie hereinbitten.

Sehr selbstbewusst betraten seine beiden Kinder das Arbeitszimmer. Zvatochna trug eines der Kleider ihrer Mutter, leicht gekürzt, dennoch zierte es sie ungemein und unterstrich ihre aufblühende Weiblichkeit.

Lodrik wusste, dass seine Tochter ihn damit treffen wollte. Seit er die Mutter verstoßen hatte, befand sich ihr Verhältnis auf dem Tiefstpunkt.

Govan, gekleidet in die typische tarpolische Uniform mit allem, was dazugehörte, verband mehr mit Mortva als mit seinem leiblichen Erzeuger. Wie auch immer Lodrik es betrachtete, diese beiden würden ihm kaum mit großem Einsatz zur Seite stehen.

Beide verneigten sich vor ihm, wie es die Etikette befahl, doch etwas weniger, als man hätte erwarten können. Der Kabcar registrierte es ohne große Verwunderung. *Wenn ich ihnen erst meine Ideen dargelegt habe, werden sie mich keines Blickes mehr würdigen.* Auf einen Wink von ihm nahmen sie auf den bereitgestellten Stühlen Platz und warteten schweigend ab, was ihr Vater ihnen eröffnen wollte.

»Ich möchte euch beide in meine Absichten einweihen, bevor jemand anderes sie hören wird«, begann er und ließ, da sie sich im privaten Rahmen befanden, die Anredefloskeln beiseite. »Nicht einmal Mortva kennt meine Anordnungen bezüglich der Umstrukturierung des Kontinents. Da ich euch beide sozusagen um den Thron bringen werde, denke ich, dass es nur gerecht ist, wenn ihr es zuerst erfahrt.«

»Ich brenne schon darauf zu vernehmen, worüber du so lange gebrütet hast, Vater«, meinte Zvatochna mit einem liebevollen Lächeln. Die Blicke ihres Bruders, die auf dem Stapel mit Aufzeichnungen ruhten, schienen diesen hingegen einen jähen Untergang im Kamin zu wünschen.

Eigenhändig goss Lodrik seinen Kindern Tee ein. »Ich weiß, dass ihr keinen besonderen Bezug zu mir habt, ich habe euch vernachlässigt und stets das Wohl meiner Untertanen über die Familie gestellt, statt die Zeit mit euch zu verbringen«, sagte er nach einigem Ringen. »Nun nehme ich euch auch noch etwas fort, auf das ihr womöglich schon Hoffnungen hegtet. Jeder von euch, auch Krutor, erhält eine großzügige Aussteuer, die euch ein angenehmes Leben ermöglichen wird, auch ohne den Thron. Die Macht, die ich schon bald, so die Götter es wollen, nicht mehr besitzen werde, werdet ihr nicht benötigen. Euch kommt lediglich die Aufgabe zu, euch an meiner Vision eines friedlichen Ulldart zu beteiligen.«

»Vater, wie soll das angehen?«, warf Govan ungeduldig ein. »Ich kann mir nicht vorstellen, dass man sich groß um deine Anweisungen schert. Du wirst wenig Zustimmung für all die Veränderungen erhalten. Die Leute klammern sich an das, was sie besitzen«, fügte er hinzu.

»Wie Recht du hast, mein Sohn«, sagte Lodrik nickend. »Sie werden ebenso überzeugt werden müssen wie du.« Govan wurde knallrot, weil sein Vater ihn durchschaut hatte. »Du magst ein ausgezeichneter Magier sein, aber das Schauspielern gelingt dir mir gegenüber einfach nicht. Darum höre mir nun gut zu und lasse dich von meiner Idee begeistern.«

Zvatochna nahm eine Tasse, reichte sie ihrem Bruder und warf ihm dabei einen warnenden Blick zu. Anschließend langte sie selbst nach einem der filigranen Porzellangefäße und nickte ihrem Vater zu. »Wir beide sind ganz Ohr und glücklich darüber, dass wir es als Erste hören dürfen«, versicherte sie aufrichtig.

Lodrik atmete auf und begann in groben Zügen seinen Traum zu erläutern, den er in verschiedenen Stufen erfüllen wollte. Zwischendurch machte er seinen Kindern Skizzen, um seine Gedankengänge zu verdeutlichen, und redete sich so warm, dass seine Wangen vor Aufregung glühten und die dunkelblauen Augen glänzten.

In seiner Besessenheit bemerkte er nicht, dass die leidenschaftlich vorgetragenen Worte von Govan und Zvatochna abglitten und in ihren Köpfen auf drei Konsequenzen hin gefiltert wurden: Untertanenverlust, Herrschaftsverlust, Machtverlust. Unter den Voraussetzungen würden sie niemals diesem Unsinn zustimmen.

Hölzern rührte der Tadc in seinem Tee. Zvatochna lauschte den Ausführungen, ohne deren Sinn zu erfassen, doch ihre Mimik täuschte die vollkommene Fassade von Aufmerksamkeit vor.

Über eine Stunde redete Lodrik, bis er endlich zum Schluss fand. Er gönnte sich einen großzügigen Schluck Schnaps und blickte dann gespannt und ein wenig erschöpft in die Gesichter seiner Kinder. »Was haltet ihr davon?«

»Ich bin erstaunt und zutiefst beeindruckt von dem, was du da geleistet hast, Vater«, gab Zvatochna mit großen Augen ihr diplomatisches und durchaus mehrdeutiges Urteil ab. »Nicht in meinen kühnsten Vermutungen hätte ich mir vorstellen können, dass du ein solcher Philosoph, ein solcher Menschenkenner und zu so etwas im Stande bist.«

»Ja. Wer außer dir wäre dazu in der Lage gewesen?«, sagte Govan durch die Zähne.

Der Kabcar ließ sich in seinen Sessel fallen, er wirkte

enttäuscht. *Ich habe sie nicht erreicht,* dachte er mit tiefem Bedauern. *Meine Visionen bedeuten ihnen nichts.* »Ihr müsst mir nichts vorspielen. Ihr lehnt meine Pläne ab, das lese ich auf euren Gesichtern.« Er sah zu seinem Sohn. »Jedenfalls auf deinem Gesicht. Deine Schwester beherrscht die Schauspielerei noch besser als eure Mutter, daher kann ich nicht sagen, was sie davon hält. Aber ich vermute, sie wird eher dir zustimmen als mir.«

»Du schätzt uns völlig falsch ein. Sieh, lieber Vater, unsere Meinung ist nicht maßgebend«, erwiderte die Tadca sanft, und ihre braunen Augen verstrahlten Wärme und Ehrlichkeit. »Wir sind … wir waren die Thronfolger. Du bestimmst die Geschicke der Menschen, und wir beugen uns ebenso deinem Willen wie sie. Wenn du möchtest, dass Ulldart zu etwas Neuem wird, soll es eben so sein.«

Lodrik geriet ins Schwanken. Das bezaubernde Antlitz seiner Tochter schien frei von Lüge. Auch wenn die überirdische Schönheit des reifenden Mädchens auf ihn nicht so wirkte wie auf andere Männer, dem beeinflussenden Braun ihrer Augen konnte er sich nicht entziehen. Nur mit Mühe erinnerte er sich an die Falschheit von Aljascha und daran, dass seine Tochter schon bei mehreren Gelegenheiten ihr Talent zu lügen und zu betrügen unter Beweis gestellt hatte. *Oder sollte wenigstens sie meine Vision verstanden haben?*

»Und da du nun fertig bist, sollten wir uns darüber unterhalten, wie wir die Grünhaare so schnell wie möglich erobern«, holte ihn Govan aus seinen Überlegungen. »Meine verehrte und geliebte Schwester hat sich bereits Strategien ausgedacht, wie wir ein unnötig langes Kämpfen vermeiden.« Zvatochna nahm einen kleinen Stapel von Papieren aus der mitgebrachten Dokumententasche und reichte sie ihrem Vater, der sie auf der Stelle überflog. »Nach den ersten vernichtenden Siegen von Sinured im Norden gegen die Rogogarder wird die Moral der Kensustrianer nicht unbedingt besser werden.«

Abwesend hob der Kabcar den Kopf. »Was macht Sinured auf Rogogard?«, wollte er wissen. Er gab die Aufzeichnungen an die Tadca zurück. »Brillant ausgedacht, aber es ist mir zu hart. Ich will das Land nicht so zurichten, wie du es vorsiehst. Trotzdem danke, Tochter.« Lodrik wandte sich seinem ältesten Sohn zu. »Was ist mit Sinured?«, wiederholte er nachdrücklich.

»Nun, dein Verbündeter hat einen Vorstoß gegen das Inselreich unternommen«, berichtete er verblüfft. Mit einer Hand rückte er sich den Kragen seiner Uniform zurecht. »Ich dachte, er hätte den Befehl von dir erhalten? Zwei Inseln befinden sich, wenn ich richtig gehört habe, bereits in der Hand seiner Truppen, die den Einwohnern keinerlei Gnade gewähren.«

»Nun ist es endgültig genug«, brach es aus dem Herrscher hervor, und seine Fäuste ballten sich.

»Soll das heißen, der Kriegsfürst hat ohne deine Anweisungen gehandelt?«, hakte Zvatochna nach. »Wie kommt dieses impertinente Wesen dazu? Es muss ihm wohl zu lange gedauert haben.«

Oder jemand hat den Hund von der Kette gelassen, zu der ich sonst nur allein Zugang habe. »Das wird es sein«, nickte Lodrik beherrscht. »Aber wenn er gedacht hat, dass ich ihm das durchgehen lasse, hat er sich getäuscht. Ich werde ihn auf der Stelle nach Ulsar beordern.« *Und dann beginne ich mit dem, was ich schon viel früher hätte tun sollen. Er zerstört mir sonst alles.*

Lodrik stemmte sich aus seinem Sessel hoch. Seine Miene verdüsterte sich zusehends, und er rief lautstark einen Diener herbei.

In aller Eile kritzelte er eine Notiz an Mortva auf einen Fetzen Papier und wies den Livrierten an, diese auf der Stelle zu überbringen. Danach setzte er sich wieder und versank, die Stirn in die gefalteten Hände gestützt, in dumpfes Brüten.

»Wie geht es nun weiter, Vater?«, fragte Zvatochna süß. »Was beabsichtigst du?«

»Er wird herkommen«, antwortete der Kabcar, und der Tonfall verhieß dem Kriegsfürsten, den er mit seiner Bitte vom Meeresgrund heraufbeschworen hatte, nichts Gutes. »Alles Weitere sehen wir dann. Bis es so weit ist, sind alle Angriffe eingestellt.« Er nickte zur Tür. »Geht nun bitte.«

Als die Tür hinter ihnen ins Schloss fiel, huschte ein Grinsen über das Gesicht des Tadc. Er fasste nach der Hand seiner Schwester und küsste sie behutsam. Hand in Hand liefen sie den Korridor entlang. Zvatochnas Plan schien aufzugehen.

»Du musst lernen, dich zu gedulden«, schärfte sie ihm freundlich, aber bestimmt ein und löste ihre Hand aus der seinen. Es war ein Zeichen der Ungnade. »Es ist uns gelungen, seine Aufmerksamkeit auf andere zu lenken. Also verdirb uns nicht alles, nur weil du dein Gemüt nicht im Zaum halten kannst.«

»Verzeih mir«, bat Govan flehend. Er blieb dicht vor ihr stehen, um sie zum Anhalten zu bringen. »Es wird nicht mehr geschehen, geliebte Schwester.«

Die junge Frau schenkte ihm noch einen missbilligenden Blick, bevor ihre Mandelaugen freundlicher wurden. Elegant reckte sie ihm den linken Arm entgegen, den der Tadc beinahe gierig ergriff, um einen inbrünstigen Kuss auf die Fingerknöchel pressen.

»Vergeben und vergessen«, ließ sie ihn wissen und

strich über seine dunkelblonden Haare. »Nun lass uns gehen und uns auf den Tag vorbereiten, an dem die große Abrechnung mit Sinured bevorsteht.« Sie überlegte kurz. »Ich habe Krutor vorhin aus dem Garten kommen sehen. Du hast doch nicht etwa mit ihm über unsere Pläne gesprochen? Diesem Dummkopf etwas anzuvertrauen wäre mehr als töricht.«

Govan, sich seines gemachten Fehlers bewusst, schüttelte knapp den Kopf, ohne dabei die Hand seiner Schwester freizugeben. Zärtlich strich er über die Pulsader. »Nein.«

»Sehr gut. Dann wird alles so geschehen, wie es soll.«

Die Geschwister setzten ihren Weg fort und zogen sich in die Gemächer zurück.

»Hast du Zeit, Vater?«

Überrascht schaute Lodrik auf. »Krutor«, rief er freudig und erhob sich. Die Zeit war über seiner Grübelei rasch vergangen, und die untergehenden Sonnen warfen bereits lange Schatten in seinem Arbeitszimmer. »Komm herein. Was möchtest du?«

Der monströse Junge humpelte herein, eine Hand hinter dem schiefen Rücken verborgen. »Ich habe etwas für dich.« Als er vor dem Kabcar stand, hielt er ihm einen Strauß Blumen hin. »Selbst gepflückt.«

Der Herrscher lächelte und nahm den Strauß entgegen, um ihn in eine Vase zu stellen. »Das ist sehr lieb von dir, Krutor.« Unschlüssig stand der Tadc vor dem Schreibtisch, als wollte er noch etwas sagen, wagte es aber nicht, sein Anliegen vorzubringen. »Du hast doch etwas«, erleichterte Lodrik seinem zweiten Sohn den Anlauf.

»Ich«, druckste der junge Mann etwas verlegen herum, »ich wollte nur wissen, was du mit Govan und Zvatochna besprochen hast.«

»Ach so. Ich habe ihnen erklärt, was in Zukunft auf Ulldart alles anders sein wird«, meinte der Kabcar leichthin und nahm einen Scheit, um ihn ins Kaminfeuer zu legen.

»Erklärst du es mir bitte auch, Vater?«, bat Krutor schüchtern. »Ich möchte es gern wissen.«

Lodrik ging vor der Feuerstelle in die Hocke und blickte nachdenklich in die Flammen. »Warum nicht?« *Selbst wenn er es nicht versteht, er hat ein ebensolches Recht wie die anderen beiden, aus meinem Mund die Wahrheit zu hören.* Polternd landete der Scheit in den Flammen. Kleine Funken stoben in die Höhe und tanzten den Schlot hinauf. »Setz dich zu mir«, lud er den Tadc ein, während er es sich auf dem Kullac-Fell bequem machte.

Krutor hopste lachend herbei und begab sich in den Schneidersitz, stemmte die Ellbogen auf die Knie und stützte den asymmetrischen Schädel darauf, als wäre sein Rückgrat nicht in der Lage, das Gewicht des Kopfes zu tragen. Betrachtete man nur die Schatten, welche die beiden Menschen an die Wand warfen, hätte man Lodrik für das Kind halten können.

Der Herrscher wiederholte seine Ausführungen geduldig, zeichnete noch mehr Skizzen als zuvor und hoffte auf irgendeine Äußerung, die ihm zeigte, dass Krutor wenigstens einen Bruchteil von dem begriff, was er ihm liebevoll erklärte.

Der Tadc lauschte mit angestrengtem Gesichtsausdruck. Offensichtlich gab er sich Mühe, das Gesagte mit seinen beschränkten geistigen Möglichkeiten zu verarbeiten. Nach zwei Stunden endete Lodrik.

»Ich glaube, ich habe nicht alles kapiert«, sagte Krutor langsam. »Aber manches.« Das schiefe Gesicht klarte sich auf. »Wir sind dann alle gleich? Niemand muss mehr kämpfen?«

»Ganz recht, mein Sohn«, stimmte ihm der Kabcar zu. »Gut! Sehr gut!«

»Aber warum habe ich dann gelernt, wie man kämpft?« Er winkelte die Beine an und schaute in das Feuer.

»Du wirst mit mir zusammen dafür sorgen, dass die Ulldarter Frieden untereinander halten, bis alle den Sinn der Neuordnung verstanden haben«, versprach ihm Lodrik, völlig verwundert, wie sein Sohn mitgedacht hatte. »Da kann es nicht schaden, sich seiner Haut erwehren zu können, auch wenn es gewiss nicht notwendig ist.« *Außerdem hatte ich früher ganz andere Pläne.*

Krutor lachte auf. »Wir beide halten zusammen.« In einem Anflug von starken Gefühlen, schloss er Lodrik in die Arme und drückte ihn an sich. »Ich bin glücklich, dass du nicht dumm bist wie ich.«

»Du bist nicht dumm«, widersprach ihm der Kabcar. »Wer sagt denn so etwas?«, erkundigte er sich, wobei er sofort ein Mitglied der Dienerschaft in Verdacht hatte, es könnte etwas Despektierliches geäußert haben. Doch an dem erschrockenen Gesichtsausdruck Krutors erkannte er, dass anscheinend mehr dahintersteckte als nur eine unhöfliche und unangebrachte Hänselei.

»Nein, nein, niemand sagt so etwas«, wiegelte der Junge haspelnd ab und machte die Sache für den Herrscher nur noch unglaubwürdiger.

Behutsam stand Lodrik auf und schaute seinem Sohn in die Augen. Krutor wich dem Blick nervös aus und senkte letztendlich den Kopf. Der Herrscher aber drückte sein Kinn nach oben. »Sag mir die Wahrheit.«

»Ich habe es doch versprochen«, jammerte Krutor

und sprang auf. »Vater, ich soll den Mund halten, sonst verrät er dir, dass ich im Teich gestanden …« Mit einem Laut der Verzweiflung schlug er sich eine Hand vor den Mund, mit der anderen hieb er sich gegen die Stirn. »Ich bin doch dumm!« Krutor zitterte vor lauter Aufregung am ganzen Leib.

»Beruhige dich, mein Sohn«, sagte der Kabcar und versuchte eine List. »Was hast du Govan versprochen?«

»Du weißt es ja!«, staunte sein Spross. »Hast du uns belauscht? Oh, bitte, schimpfe nicht, dass ich im Teich stand. Aber ich hatte Durst und wollte etwas trinken, und dann wollte ich so sein wie eine Statue, so hübsch, dass alle nach mir schauen, und …«

Beschwichtigend hob Lodrik die Hände. »Vergiss den Teich, Krutor. Das ist nicht schlimm. Aber was hat dein Bruder über mich gesagt?«

»Du hast zu weit weg gestanden, nicht wahr?« Der Junge gab auf. »Er sagte, du bist merkwürdig und brabbelst, seit Mutter versucht hat, dich zu töten«, seufzte er, und seine schiefen Schultern hingen herab. »Aber ich habe ihm nicht geglaubt. Du bist ganz normal.« Er kniff die Mundwinkel zusammen. »Ich bin dämlich.«

»Nein, mein Sohn«, lächelte Lodrik und schlang die Arme um den Oberkörper seines Sohnes. *Govan verbreitet also Märchen über mich. Es sieht so aus, als hätte Mortva mehr als nur einfache Erziehungsarbeit geleistet. Aber denen werde ich die Flausen austreiben.* »Du bist ein wunderbarer Mensch, den die Rache eines Gottes traf, weil er mich nicht bekommen konnte.« Zärtlich streckte er den Arm in die Höhe und strich über das entstellte Gesicht. »Oder weil er mich umso stärker treffen wollte. Ulldrael ist ungerecht, merke dir das. Und weil alle Götter ungerecht sind, werden wir sie in dem neuen Ulldart abschaffen. Niemand braucht sie. Stattdessen sollten wir uns mehr umeinander kümmern, nicht wahr?«

»Wird das denn den Göttern recht sein?«, wagte Krutor einen vorsichtigen Einwand.

»Wir fragen sie einfach nicht.« Lodrik lachte böse. »Aber zuerst beseitigen wir das greifbare Übel, das sich auf diesem Stück Land ausbreitet. Wenn das erreicht ist, halten bessere Zeiten Einzug.« Er schritt zu seinem Arbeitstisch und legte sich das Henkersschwert um. »Genug für heute. Lass uns zu Bett gehen. Und kein Wort darüber zu Govan.«

»Schon wieder ein Geheimnis?«, meinte Krutor unglücklich, während er neben seinem Vater zum Ausgang hopste.

»Es ist kein Geheimnis«, stellte der Kabcar fest. »Wir sagen es ihm einfach nur nicht. Noch nicht.« Lodrik löschte eine Lampe nach der anderen und verließ als Letzter den Raum.

In einer schattigen Ecke aber wurden plötzlich zwei rote, augengroße Punkte sichtbar.

VI.

Die Seherin reifte in der Fremde heran, die man gemeinhin Kalisstron nennt.

Zusammen mit dem Zweifler, der zum wahren Glauben zurückfand und sich voller Hingabe für die Sache Ulldraels des Gerechten einsetzte, um seine Lehre zu verbreiten, verbrachte sie Jahr um Jahr fern von der Heimat.

Sie wurde zu einer Frau und wählte sich einen Mann an ihrer Seite. Zu jener Zeit verdingte sie sich als Erzählerin, ohne auf die leisen Bilder in ihrem Geiste zu achten. Bis die Bilder in ihr nicht länger im Verborgenen bleiben wollten, sondern mit aller Macht hervordrängten.

Und die Seherin sah.«

BUCH DER SEHERIN
Kapitel XIII

Kontinent Ulldart, Großreich Tarpol, Provinz Ker, Burg Angoraja, Frühjahr 459 n. S.

Eine Gestalt schlich sich in den frühmorgendlichen Stall und blieb vor der Box stehen, in der der wertvollste Schimmel des Ordens einen Platz erhalten hatte. Der Hengst hob den Kopf und schnaubte leise, die Ohren standen senkrecht nach oben.

»Ist ja gut, Treskor«, beruhigte ihn Tokaro flüsternd. »Ich bin's. Mach bloß keinen Aufruhr.«

Er öffnete die Tür, führte den Hengst heraus, legte ihm den Halfter um und sattelte ihn in der Dunkelheit.

Der einstige Rennreiter hatte genug von der Ausbildung bei den Hohen Schwertern; sollten sich die »Blechsoldaten«, wie er sie im Stillen nannte, nur jemand anderen suchen. Ehe er sich noch einen weiteren Tag von den Rittern und Knappen quälen ließ, suchte er lieber das Weite und kehrte zu ehrlicher, handfester und vor allem einträglicher Räuberei zurück. Als Erstes würde er sich wieder eine der Büchsen besorgen, die er so schmerzlich vermisste. Die Waffe hatte es ihm angetan.

Tokaro legte keinen Wert mehr darauf, von Sonnenaufgang bis Sonnenuntergang zu rennen, zu schwimmen und zu fechten, zumal er nicht unbedingt ein Naturtalent im Umgang mit den langen, sperrigen Schwertern der Ordenskrieger war. Weil er allen anderen im Reiten und im Umgang mit der Lanze wie auch der Armbrust überlegen war, musste er zum Ausgleich in den anderen Disziplinen mehr üben, was ihm keinen Spaß bereitete.

Nerestro von Kuraschka hatte die Absicht, ihn innerhalb eines Jahres reif für die Schwertleite zu machen, aber das bedeutete für den Jungen ein gnadenloses Schleifen. Mitleid zeigte keiner der Ausbilder, die vom Großmeister persönlich gemaßregelt wurden, wenn sie Milde walten ließen oder Tokaro längere Pausen gönnten.

Und so starb seine Lust am Dasein eines Ordensritters sehr rasch.

Da er sich an Nerestros Drohung erinnerte, aus dem Märchen über seinen Tod die Wahrheit werden zu lassen, zog es Tokaro vor, die Burg in aller Ruhe und Heimlichkeit zu verlassen. Anschließend gedachte er dem Gouverneur von Ulsar den Krieg zu erklären, der den Tod der Mitglieder seiner Räuberbande befohlen hatte, wie er inzwischen erfahren hatte. Im Kampf zu sterben war eines, unwürdig am Galgen zu baumeln etwas anderes.

In einem Brief an Nerestro, den er unter der Schlafzimmertür des Großmeisters durchgeschoben hatte, hatte er kurz seine Gründe dargelegt und sich für die »Milde« bedankt, die ihm widerfahren war.

Treskor wieherte leise und hob und senkte den Kopf, um seinen Herrn auf den Besucher aufmerksam zu machen, der soeben den Stall betrat. Leise klingend schlugen die Ringe eines Kettenhemds aneinander.

Tokaro fluchte unterdrückt. Die Situation gestaltete sich als zu offensichtlich, eine Lüge würde ihm niemand abnehmen.

Etwas Flaches, Quadratisches flog durch die Luft und segelte Tokaro vor die Füße. Er erkannte den gesiegelten Umschlag, den er dem Großmeister hinterlassen hatte.

»Du gönnst Albugast also seinen Triumph«, sagte eine bekannte Stimme. Der Seneschall musste sein Tun beobachtet haben und ihm gefolgt sein. Locker lehnte er sich an einen der Pfeiler, die das Dach des Stalls trugen. »So sei es denn. Schwing dich auf dein Pferd, Tokaro. Reite weg und komme nie mehr wieder.« Herodin klang beinahe freudig. »Damit hast du alle Vorurteile deiner Gegner und Neider bestätigt.«

»Na und?« Tokaro zuckte mit den Schultern und fädelte energisch die Laschen des Sattelgurtes ein. »Es ist mir gleich, was ihr alle von mir denkt. Ich habe es satt. Ich wollte niemals einer von euch sein.« Er wandte sich Herodin zu, dessen Gesicht er in der Dunkelheit nicht richtig erkennen konnte. »Ich stand vor der Wahl, zu sterben oder mitzukommen. Was hätte ich tun sollen?«

»Und welche Wahl hast du nun, Tokaro Balasy?«

»Wie meint Ihr das?«

»Du kannst Treskor absatteln, hier bleiben und vielleicht einmal einer der berühmtesten Männer unseres Ordens werden oder davonreiten und irgendwann als Räuber an einem Baum baumelnd enden, weil der Gouverneur von Ulsar dich doch erwischt hat … Der Großmeister glaubt an dich, Junge. Er glaubt fest daran, dass in dir etwas Besonderes steckt, was eines Tages von großem Nutzen für die Geschicke des Kontinents sein mag. Er hat dich in sein Herz geschlossen wie einen Sohn.«

»Der Großmeister spricht auch mit einem gewissen Rodmor von Pandroc, den niemand sieht außer ihm«, entgegnete Tokaro abfällig und stellte einen Fuß in den Steigbügel. »Er hat sich in mir getäuscht.« Mit Schwung zog er sich auf den Rücken seines Schimmels. »Sagt ihm, ich trüge das Brandzeichen zu Recht.«

»Das werde ich mit Freuden tun.« Herodin fasste nach dem Halfter. »Ich werde der Erste sein, der applaudiert, wenn du uns verlässt. Und ich werde deinen Tod am Strang beklatschen. Du bist es nicht würdig, einer unseres Ordens zu sein. Aber was will man von einem dahergelaufenen, unehelich gezeugten Verbrecher anderes erwarten? Ich habe es Nerestro von Anfang an gesagt, aber er wollte nicht auf mich hören.«

Tokaros feste Absicht, nichts auf die Worte des Seneschalls zu geben, schwand. »Ich mag das Brandzeichen eines Diebes tragen, Herodin von Batastoia, aber ganz ohne Ehre bin ich nicht.«

»Ach? Ist das so?«, lachte der Mann herablassend. »Nun, welche Ehre könnte das sein? Die eines Versagers? Einer feigen Memme, wie du eine bist?« Sein Tonfall wurde schneidend. »Diebe haben keine Ehre. Ich kann dich beschimpfen, wie ich will, Tokaro. Und allein diese Worte sind schon eine Verschwendung.«

Mit einem Satz war der Junge am Boden, eine Hand lag am Griff seines Schwertes. »Hütet Euch«, drohte er knurrend.

Die Geste brachte den Seneschall zum Lachen, noch immer hielten seine Finger den Halfter umfasst. »Du wärst innerhalb eines Lidschlags eine Leiche, Tokaro. Ich würde dich mit meinen Fäusten erschlagen, weil ich meine kostbare aldoreelische Klinge nicht mit deinem Blut beschmutzen wollte.« Er deutete auf Treskor. »Geh, Junge. Ich wusste, dass du es nicht schaffen würdest.« Seine Hand gab den Halfter frei. Dann wandte er sich um und schritt zum Ausgang. So leise, wie er gekommen war, verschwand Herodin wieder. »Ich werde morgen mit Albugast eine Flasche Wein darauf trinken, dass du verschwunden bist«, rief er zum Abschied.

Tokaros Kiefer mahlten, und der Druck hätte gewiss ausgereicht, um Steine zum Bersten zu bringen. Wütend zog er das Schwert und hieb auf den Stützpfeiler ein, bis sich sein Zorn entladen hatte.

Kurz entschlossen machte er sich daran, dem verdutzt blickenden Streitross den Sattel und die Reitdecke abzunehmen.

»Denen zeigen wir's«, versprach er Treskor. »Denen soll der Wein im Schlund stecken bleiben und Essig werden, damit sie drei Tage lang kotzen.«

In aller Eile brachte Tokaro den Hengst zurück in seine Box und nahm den Rucksack mit dem Proviant auf. Dabei entdeckte er seinen Brief an Nerestro am Boden. Er nahm ihn auf, zerriss ihn nach kurzem Zögern in kleine Fetzen und warf die Schnipsel auf den Mist. *So leicht werdet ihr mich nicht los,* dachte er. *Und ein Versager bin ich noch viel weniger.* Aufgewühlt von den Worten des Seneschalls, entging ihm, dass das Siegel seines Schreibens nicht aufgebrochen war.

Ohne sich sonderlich darum zu scheren, wie laut er sich durch die großzügigen Bogengänge der morgendlichen Burg bewegte, die jeden seiner Schritte als Echo zurückwarfen, kehrte er zu seiner Stube zurück.

Bei der letzten Biegung wäre er um ein Haar auf eine Gruppe von Kriegern geprallt, die in diesem Augenblick aus der Waffenkammer heraufstiegen.

Mitten unter ihnen erkannte er den Seneschall, der wie die anderen eine schwere Metall- und Lederrüstung am Leib trug. Diesen Schutz konnte er sich unmöglich in der kurzen Zeitspanne seit seinem Verschwinden aus dem Stall angelegt haben. *Eben noch sah ich ein Kettenhemd!*

Entgeistert starrte Tokaro auf Herodin, der den Jungen von unten bis oben musterte. »So zeitig schon auf den Beinen? Wolltest du uns etwa Gesellschaft bei unseren morgendlichen Übungen leisten?«

Völlig durcheinander gebracht, schüttelte der Junge nur den Kopf, hob den Rucksack und murmelte etwas von »laufen« und »Gewichten«.

Ansatzlos schnappte der Seneschall den Rucksack und wog dessen Schwere prüfend in der Hand. »Was ist da drin? Schwämme?«, verlangte er barsch zu wissen. »Pack etwas hinein, das auch etwas wiegt. Aber dein Vorhaben ehrt dich.« Mit diesen Worten ließ er ihn stehen und zog mit seinen Übungspartnern weiter.

»Danke, Seneschall«, rief Tokaro ihm verspätet hinterher und setzte den Weg fort. Mit wem auch immer er im Stall geredet hatte, Herodin war es nicht gewesen.

In den folgenden zwei Wochen widmete sich Tokaro seiner Ausbildung, dass alle auf der Burg mehr oder weniger offen staunten. Er stand als Erster auf und legte sich als Letzter zur Ruhe, und die Waffenübungen absolvierte er mit einer Disziplin, dass die Lehrer beinahe an ein Wunder Angors glaubten. Seine größten Stärken lagen in der unfassbaren Treffsicherheit mit der Armbrust und dem unglaublichen Geschick im Umgang mit seinem Hengst in allen reiterischen Übungen.

Tokaro beäugte alle, die von der Statur her in etwa dem Seneschall glichen, um herauszufinden, wer ihm im Stall begegnet sein mochte. Allerdings entdeckte er niemanden, dessen Stimme Herodins ähnelte.

Wenig später rief der Seneschall auf Geheiß des Großmeisters ein kleines Turnier aus, bei dem sich alle angehenden Ritter im Lanzenstechen messen sollten. Dabei war nicht mehr vom Ringfischen und anderen harmlosen Spielen die Rede. Die Übungslanzen mit den kronenförmigen Enden wurden bereitgelegt, und die Knappen legten die schweren Turnierrüstungen an, die auf größtmöglichen Schutz und geringe Bewegungsfreiheit ausgerichtet waren. Für einen echten

Kampf taugten sie nichts, aber sie sorgten dafür, dass der ritterliche Nachwuchs die Lanzengänge bei einem Sturz weitgehend unbeschadet überstand – von kleineren Brüchen, Prellungen und Verstauchungen einmal abgesehen.

Aufgeregt saß auch Tokaro im Sattel, eingezwängt in die eiserne Schutzhülle, in einer Hand den Schild, in der anderen die schwere Lanze.

Durch den schmalen Schlitz im Helm, unter dem die Luft rasch stickig wurde, konnte er gerade noch den Gegner erkennen. *Da sieht ein Pferd mit Scheuklappen ja mehr!* Treskor musste er allein über den Druck der Schenkel und den Einsatz der stählernen Fersen lenken. Auf Sporen hatte er verzichtet, das wollte er dem Hengst nicht antun.

Sein Gegner wurde im letzten Augenblick ausgewechselt. Ihm gegenüber hievten die Knappen Albugast in den Sattel.

Die Art, wie der blonde junge Mann sein Visier schloss, machte Tokaro deutlich, dass der Zusammenprall äußerst schmerzhaft enden würde, wenn er nicht auf der Hut wäre.

Das Trompetensignal ertönte, die Bahn galt als freigegeben.

Tokaro ließ das Streitross antraben. Die Lanze aus vollem Galopp zu führen ergab wenig Sinn; wegen der starken Bewegungen des Pferdeleibes war es unmöglich, ein Ziel genau anzuvisieren, jedenfalls nicht in dieser starren, klappernden Rüstung. Das Scheppern machte Treskor nichts aus, er fühlte sich eher beleidigt, dass sein Herr ihm nicht die volle Geschwindigkeit abverlangte.

Albugast donnerte heran, als müsste er die Lanze durch eine Mauer rammen. Die Spitze wippte gefährlich auf und nieder, pendelte und schlug aus. Tokaro gewann dabei den Eindruck, als richtete sich das eigentlich ungefährliche Ende gegen seinen Kopf. Doch bei einem Aufprall in dieser Geschwindigkeit würde sein Genick umknicken wie ein Strohalm, wenn nicht die Lanze seinen Schädel zu Brei verarbeitet hätte. So beugte er sich ein wenig vor und zog den Arm mit dem Schild in die Höhe. Keinen Lidschlag zu früh, denn der gegnerische Knappe preschte dicht heran. Das Ende seiner Waffe rutschte an dem schräg gehaltenen Schutz ab und hinterließ eine tiefe Furche, bis der Druck so groß wurde, dass das Holz barst.

Tokaro wurde in seinem Sattel nach hinten geschleudert. Die hohe Lehne verhinderte, dass er einfach über den Rücken und Hintern seines Schimmels abrutschte. Die eigene Lanze verfehlte ihr Ziel.

Die Ritter, Knappen und Bediensteten der Burg klatschten begeistert und priesen Angor.

Am Ende der Bahn angekommen, entfernten die Knappen die Lederriemen und Bruchstücke des Schildes und schnallten ihm einen neuen an. Tokaros Rücken schmerzte, und sein Schildarm fühlte sich taub an. *Ich werde dir zeigen, wie man zielt.*

Während Albugast noch damit beschäftigt war, sich eine neue Lanze reichen zu lassen, setzte Tokaro seinen Hengst in Bewegung. Und diesmal steigerte er das Tempo zu einem lockeren Galopp.

Hastig schlug sein Gegner das Visier zu, stieß seinem Pferd die Sporen in die Flanken und stürmte ebenfalls los.

»Der eine will beweisen, dass er etwas taugt, und der andere, dass er noch mehr taugt«, kommentierte Herodin, der neben Nerestro stand und die Kampfhähne aufmerksam verfolgte.

Die Augen des Großmeisters leuchteten vor Freude. »Das sind zwei Knappen, die zu den Besten der Hohen Schwerter werden.«

»Wenn sie den Zusammenprall überstehen«, warf der Seneschall ein.

Doch erst beim vierten Mal trafen beide Spitzen krachend ins Ziel, die Schäfte der Lanzen zerbarsten und sandten die Splitter weit durch die Luft. Albugast hatte das Nachsehen der beiden und landete im Staub der Turnierbahn. Mehr hängend als sitzend blieb Tokaro im Sattel; seine verkrümmte Haltung deutete an, dass er sich eine Verletzung zugezogen haben musste.

Die Knappen holten ihn vom Pferd, ein Feldscher eilte herbei und untersuchte den Sieger des Duells. Nach einiger Zeit erhob er sich und bedeutete mit einem Zeichen, dass alles in Ordnung sei.

Nerestro entwich ein erleichtertes Seufzen und machte sich auf, die beiden Gegner persönlich für ihre Tapferkeit zu loben. Schwankend und mit verzerrten Gesichtern standen sie vor dem Oberhaupt des Ordens, die Helme unter den Arm geklemmt.

»Albugast, ich erkenne deine Fertigkeiten an und zolle ihnen Respekt«, begann der Großmeister. »Du wirst einmal zu denen unseres Ordens zählen, an die man sich wegen ihrer Tapferkeit, ihres Mutes und ihres Könnens im ganzen Reich erinnern wird.« Dann wandte er sich Tokaro zu. »Du hast einen Knappen im Lanzengang besiegt, der dir in der Ausbildung zeitlich weit voraus war. Angor muss dir bei deiner Geburt gnädig gewesen sein, dass er aus dir einen solchen Reiter werden ließ. Wenn noch ein paar Monate ins Land gezogen sind, so soll deiner Schwertleite nichts im Wege stehen. Daher will ich dir eine wichtige Voraussetzung erfüllen.«

Der Ordensritter zog seinen Dolch, ritzte sich damit den Handrücken und ließ etwas Blut auf die Klinge laufen. Auffordernd hielt er Tokaro die Schneide hin. »Koste davon.«

Herodin verfolgte den Vorgang mit großen Augen, Albugast schien der Ohnmacht nahe.

Behutsam kam der einstige Rennreiter dem Befehl nach, ohne genau zu wissen, welche rituelle Handlung Nerestro vollzog. Er konnte sich nicht erinnern, dass etwas darüber in den Maßregeln der Hohen Schwerter geschrieben stand. Doch vor aller Augen zu fragen, was hier vorging, oder gar den Gehorsam zu verweigern, wagte er nicht.

»Nun gib mir etwas von deinem Blut«, verlangte der Großmeister, was Tokaro umgehend tat. Die Prozedur wiederholte sich nun umgekehrt.

»In mir ist ein Teil von dir, in dir fließt etwas von mir«, erklärte Nerestro feierlich und hob den Dolch hoch. »Hiermit bist du mein Sohn und von heute an Tokaro von Kuraschka. Du bist der Erbe, den ich nicht bekam, dir werden einmal meine Burg und alle meine Ländereien gehören. Vermögend, wie du von diesem Augenblick an bist, ist es dir erlaubt, die höheren Weihen des Ordens zu erhalten.« Er schloss den Jungen in die Arme, drückte ihn an sich und gab ihm einen Kuss auf die Wangen und die Stirn. »Mein Sohn.«

Tokaro schluckte und folgte dem Beispiel des Großmeisters. Seine Knie zitterten, und das nicht nur wegen des Gewichts der Rüstung, die immer schwerer zu werden schien. *Er hat mich überrumpelt.* Und dennoch, ein Gefühl der Dankbarkeit und der Rührung stieg in ihm auf. *Er kennt mich nicht einmal wirklich, und dennoch nimmt er mich als seinen Sohn an.* Forschend schaute er in die Augen seines neuen Vaters und fand dort reine Freude. Nichts deutete auf etwas Gespieltes hin.

Die Ritter brachten Hochrufe aus. Zur Feier des Ereignisses war der Rest des Tages zur freien Verfügung, und am Abend sollte ein Festessen stattfinden.

»Komm, mein Sohn. Ich denke, du wirst einige Fragen haben«, sagte der Großmeister leise und bedeutete ihm, ihn zu begleiten. »Du wirst alles wissen dürfen und ehrliche Antworten erhalten. Danke mir nicht für meine Milde, die ich dir zuteil werden ließ.«

Albugast starrte den beiden hasserfüllt nach. *Er hat mich ausgestochen. Ein einfacher Tölpel hat mich beim Großmeister ausgestochen und meinen Platz eingenommen. Das wird er mir büßen.*

»Ich würde dich zu meinem Knappen machen«, bot ihm Herodin an, der im Gegensatz zum Großmeister die Verbitterung und maßlose Enttäuschung des Jungen bemerkte.

»Bei allem Respekt, Seneschall, aber ich lehne ab.« Albugast verneigte sich tief. *Deine Almosen nehme ich nicht an. Ich will keinen Trostpreis, ich will die Trophäe, auf die ich hingearbeitet habe.* »Ich werde ebenfalls bald zum Ritter werden. Mein jetziger Herr ist mir gut genug. Trotzdem, habt meinen aufrichtigen Dank für Euer großzügiges Angebot.« Nach einer weiteren Verbeugung lief er in Richtung der Unterkünfte, um sich aus der Rüstung helfen zu lassen.

Herodin beschlich das ungute Gefühl, dass der Großmeister mit der Adoption des einstigen Rennreiters einen schweren Fehler begangen hatte. Albugasts Ehrgeiz schätzte er turmhoch ein, seinen Stolz sogar noch höher. Es lief dem Geltungsdrang des blonden Knappen zuwider, in der zweiten Reihe zu stehen.

Der Seneschall hoffte, dass Albugast aus verletztem

Stolz heraus nichts plante, was dem Orden und dem Zusammenhalt schaden würde. Zwist in den eigenen Reihen war wohl das Letzte, was die Hohen Schwerter brauchen konnten.

Gerade jetzt, wo das Böse die Krallen nach den letzten vier aldoreelischen Klingen ausstreckte, die sich im Besitz des Ordens befanden, durfte niemand die Kämpfer gegeneinander aufwiegeln. Das würde den Raub der kostbaren Waffen nur erleichtern.

Herodin beschloss, ein wachsames Auge auf Albugast zu haben.

Tokaro saß an dem schwarzen, langen Tisch des Wappensaales neben Nerestro. Der Großmeister hielt einen schweren Silberpokal mit dunklem Wein erhoben und schob seinem angenommenen Sohn ebenfalls einen Kelch hin.

Der Jüngling nahm einen Schluck und verzog anerkennend die Mundwinkel. »Ein guter Tropfen.«

Der Großmeister prostete ihm zu und lachte leise. »Damals, im Gestüt des Kabcar, hast du den Wein auf den Teppich gespuckt«, erinnerte er sich. »Du hattest mein Angebot ausgeschlagen, und es wäre dir beinahe zum Verhängnis geworden. Freue dich über den Ausgang des Abenteuers. Du wirst noch einiges erleben, wenn du Ritter geworden bist. Rodmor von Pandroc hat mir gesagt, dass man bei den Jenseitigen große Stücke auf dich hält.«

»Wie schmeichelnd«, meinte Tokaro. »Sagt, ist Rodmor auch der Grund, weshalb Ihr mich adoptiert habt?«

»Es kamen mehrere Umstände zusammen«, antwortete der imposante Großmeister nach einer Weile versonnen und strich sich über die goldene Bartsträhne.

»Ich will, dass du Ritter wirst. Über deine Verfehlungen der Vergangenheit sehe ich hinweg. Danke mir nicht für meine Milde.« Nerestro stand auf und blieb vor dem Sammelsurium an Flaggen und Schilden stehen. »Die Zeit kennt keine Gnade. Du kannst sie nicht bekämpfen. Da auch mein Leben keine Unendlichkeit währt, ist es an der Zeit, dass ich meine Besitztümer in guten Händen weiß.«

»Ich bin ein verurteilter Dieb«, brach es aus dem jungen Mann heraus.

»Und ein Räuber«, ergänzte der Großmeister. »Aber du hast mit den Armen geteilt. Du hast mit deiner …«, er suchte nach dem passenden Wort, »Büchse niemals einen Menschen getötet. Du hast selbst mich verschont, als ich dir auf dem Weg gegenüberstand.«

»Ich habe verzogen«, log Tokaro brummend.

Lächelnd wandte sich der Ritter ihm zu. »Du bist ein besserer Schütze als Meister Hetrál. Du hättest mir genau in die Pupille schießen können, Tokaro.« Er stellte sich an die Seite des jungen Ulsarers und legte eine Hand auf dessen Schulter. »Du bist im Innern ein guter Mensch. Ich habe deinen wahren Kern erkannt, und auf das Brandzeichen gebe ich einen morschen Schild. Das allein wäre schon Grund genug gewesen, dich als meinen Sohn anzunehmen.«

»Und was kam noch dazu?«

»Die Empfehlung Rodmors«, meinte Nerestro trocken. »Und mein Trotz, weil so viele immer noch denken, du wärst es nicht würdig, ein Ritter der Hohen Schwerter zu werden.« Er schenkte sich vom Wein nach. »Du hast davon gehört, dass die aldoreelischen Klingen geraubt werden.« Seine Hand legte sich um die Parierstange der kostbaren Waffe, die er an der Hüfte trug. »Die Besitzer sind bisher alle gestorben, hingemetzelt von denjenigen, die sie im Namen eines anderen einsammeln. Ich stehe somit ebenfalls auf ihrer Liste. Es wird nur eine Frage der Zeit sein, wann ich ihren Besuch erhalte.«

»Wissen wir denn, wer verantwortlich dafür ist? Es macht auf mich ganz den Eindruck, als wäre es ein offenes Geheimnis.«

Der Großmeister nahm Platz und schaute in Tokaros blaue Augen. »Ich erzähle dir nun ein paar Geschichten aus meinem Leben. Und ich will, dass du aufmerksam zuhörst, mein Sohn. Wer weiß, wann meine Stunde schlägt und alles zu spät ist.«

Nach einem weiteren Schluck begann Nerestro alle Begebenheiten zu schildern, die sich seit dem Auftauchen von Matuc und Belkala ereignet hatten. Mehr als einmal stiegen dem gealterten Großmeister die Tränen in die Augen, als er von der Kensustrianerin und der Liebe zu ihr sprach.

Gebannt lauschte Tokaro den Worten des Ritters, und so verpassten sie das Fest, verpassten den Untergang der Sonnen und den Aufgang der Monde.

Erst als der Morgen dämmerte, endeten Nerestros Ausführungen, die er in keiner Weise geschönt oder geschmälert hatte.

Schweigend legte der Junge seine Hand auf die seines Ziehvaters und drückte sie sanft.

Kontinent Ulldart, Königreich Barkis (ehemals Tûris), Ammtára (ehemals die Verbotene Stadt), Frühjahr 459 n. S.

Der Tzulani näherte sich zögernd dem Inquisitor. »Ich würde nun gern nach Hause gehen.«

Pashtak zog blitzartig sein Notizheft über die Kopie der Zeichen, die den Ritualdolch in Braunfeld geschmückt hatten, und studierte dabei weiter den Folianten, den er in einem entlegenen Regal gefunden hatte. »Gebt mir den Schlüssel zur Bibliothek. Ich sperre sie ab, wenn ich gehe. Und ich werde morgen sowieso wieder vor Euch hier sein.«

Der Mann reichte ihm den Bund, murmelte einen Gruß und verschwand die Treppe hinunter. Wenig später fiel das große Tor dröhnend ins Schloss.

Pashtak war nun allein mit dem mitunter verschollenen Wissen von Jahrhunderten, das in dem inzwischen renovierten Gebäude bewahrt wurde. An seinem Platz stapelten sich Bücher, Nachschlagewerke und Abhandlungen. An vielen Stellen hatte er Lesezeichen eingehängt; farbige Schnürchen klassifizierten die Brauchbarkeit der gefundenen Informationen. Mitunter zerfielen Bücher in seinen Händen zu Staub, weil sie seit Jahrzehnten nicht richtig aufbewahrt und die Seiten nur durch Buchdeckel zusammengehalten worden waren.

Seit der Rückkehr aus Braunfeld verbrachte er Tage und Nächte in diesem Gebäude. Seine Augen brannten mittlerweile, als hätte jemand Pfeffer hineingestreut. *Sie sind nicht zum Lesen gemacht worden,* versuchte sich der Inquisitor das Gefühl zu erklären. Vorsichtig rieb er die überanstrengten Augen und schloss sie für eine

Weile, um ihnen Erholung zu gönnen. Dabei sog er den Geruch der Bücher in sich auf. Das viele Papier und Pergament erzeugten einen charakteristischen Duft, der Wissen für ihn sehr gegenständlich machte.

Plötzlich mischte sich ein bekannteres Odeur darunter. *Der Tod,* dachte er, und seine Nackenhaare stellten sich auf.

Als er die Augen öffnete, stand Lakastre unmittelbar neben ihm und beugte sich halb über ihn.

Knurrend fuhr er zurück, seine Hände krümmten sich und hoben sich zur Abwehr.

»Das sind sehr aufschlussreiche Aufzeichnungen, die du da gefunden hast«, lächelte sie ihn an und zeigte ihre Reißzähne. »Nanu?! Du bist aber sehr schreckhaft für jemanden, der einen Mörder fangen soll.«

Pashtak zwang sich dazu, die begonnene Abwehrbewegung abzubrechen und sich stattdessen durch das Nackenhaar zu fahren. »Sagen wir, es ist ein Berufsleiden, ständig zu erschrecken.« Er bemerkte, dass die so stark wie noch nie nach Verwesung roch. Ihre dunkelgrünen Haare hingen wie gefärbtes Stroh vom Kopf, die bernsteinfarbenen Augen flackerten unstet, ein aggressives Gelb schimmerte durch. »Du siehst furchtbar aus. Wechselst du das Fell?«

Sie lachte rau. »Danke, Inquisitor. Sehr liebreizend von dir. Ich leide in der Tat ein wenig unter dem Übergang der Jahreszeiten.« Lakastre wandte ihre Aufmerksamkeit seinen Unterlagen zu. »Was suchst du in den ganzen Büchern? Meinst du, der Name des Mörders steht bereits irgendwo niedergeschrieben?«

Ihre Nähe und vor allem ihre abartigen Ausdünstungen machten ihn nervös, und so stand er auf, umrundete den Tisch und nahm auf der gegenüberliegenden Seite Aufstellung. Die Luft wurde augenblicklich besser. »Ich gehe Spuren nach. Sagen wir, es gibt da ein paar Anhaltspunkte, die ich überprüfen muss.« *Ich könnte sie um Beistand bitten,* überlegte er. *Zu den Tzulani gehört sie nicht, also kann es ihr egal sein, was ich herausfinde. Außerdem fühlt sie sich dadurch vielleicht sicherer und begeht bei ihrem nächsten Mord einen Fehler, anhand dessen ich sie überführen kann.* Er deutete auf sein Notizheft. »Heb es hoch und sieh dir die Zeichnung an. Ich versuche sie zu entschlüsseln. Ich bin noch nicht allzu weit, aber wenn ich das bisher Gefundene richtig ausgewertet habe, handelt es sich dabei um alte Symbole, die ganz bestimmte Tzulanipriester gebrauchten, wenn sie dem Gebrannten Gott Menschenopfer darbrachten. Jeder Priester hatte dabei seinen eigenen Dolch. Aber es ist mir noch nicht gelungen, Näheres über diese Sekte herauszufinden.«

Schweigend kam Lakastre seiner Aufforderung nach und betrachtete die Skizzen. »Nein, es tut mir Leid«, sagte sie nach einer Weile bedauernd. »Nichts davon ist mir bekannt.« Ihre Augen wanderten über die verstreuten Bücher.

»Dann versuch einmal, das unterste Heftchen des vierten Stapels zu entziffern«, bat er sie. »Mir ist es nicht möglich, etwas daraus zu verstehen. Das Einzige, was ich zu erkennen glaube, ist die Zeichnung einer Steinsäule. Mir scheint es, als wären das hastige Aufzeichnungen, die nur durch Zufall in die Bibliothek gelangt sind.«

Neugierig griff sie nach dem fleckigen Einband und zog ihn mit einem kurzen Ruck heraus, ohne die aufgetürmten Werke zum Umstürzen zu bringen. Als sie auf den Buchdeckel schaute, entschlüpfte ihr ein überraschtes Schauben. »Ich hätte nicht gedacht, dass ich in Ammtára dergleichen finde«, sagte sie mehr zu sich selbst als zu Pashtak. Behutsam schlug sie das Heft auf, setzte sich auf den Stuhl und begann augenscheinlich zu lesen, als wäre es eine Selbstverständlichkeit.

»Wärst du so freundlich und würdest mir sagen, was da steht?«, erkundigte er sich, und ein aufgeregtes Girren entwich ihm. »Du scheinst es zu verstehen, nicht wahr?«

»Der Ausdruck ›verstehen‹ wäre zu übertrieben«, gab sie abwesend zurück, voll und ganz auf die Zeilen und Zeichnungen konzentriert. »Es ist sehr anstrengend und sehr mühsam.« Sie blätterte rasch hin und her. »Es sind handschriftliche Bemerkungen, die tatsächlich nicht für den Verbleib in einer Bibliothek gedacht waren. Es ist die Rede von einem Palast und einem Sarkophag, mit dem es etwas Besonderes auf sich hat, wenn ich das Gekritzel richtig deute.« Sie hob das Heft hoch und schleuderte es achtlos auf den Tisch. »Mir scheint, es handelt sich um einen Bericht, der dringend an einem anderen Ort erwartet wurde.«

»Hast du herausfinden können, von wann diese Notizen stammen?«, wollte der Inquisitor wissen. »Und du bist mir immer noch eine Antwort schuldig, um welche Sprache es sich dabei handelt.«

Lakastre senkte den Kopf ein wenig, ihre Zunge leckte über die Lippen, ihre Augen ruhten auf ihm. »Es ist alt«, sagte sie ausweichend. Geschmeidig stand sie auf und umrundete den Tisch, während Pashtak in die entgegengesetzte Richtung eilte. »Wo willst du denn hin?«, fragte sie spöttisch. »Hast du Angst vor mir, Inquisitor?«

»Mir ist nur eingefallen, dass ich noch etwas in einem der Bücher nachschauen wollte«, log er und kramte auf dem Tisch herum, wobei er immer darauf achtete, dass sich der Abstand zwischen Lakastre und ihm nicht verringerte. Der Vergleich zu einem pirschenden Raubtier und seiner Beute drängte sich ihm auf.

»Das ist albern«, sagte sie ärgerlich. »Bleib doch stehen.«

»Ich suche«, meinte er und wich ihr aus; der Verwesungsgeruch schlug ihm auf die empfindliche Nase. »Das Buch kann überall sein. Ich werde in den Regalen suchen, vielleicht hat eine Nackthaut es zurückgestellt.« Er deutete über die Schulter in den rückwärtigen Bereich. Lange Korridore ermöglichten es ihm, bei einer eventuellen Flucht seine Geschwindigkeit voll auszunutzen.

Als hätte sie seine Gedanken gespürt, sprang sie mit einem Satz auf die Arbeitsfläche des Tisches und kauerte sich zusammen, alle Muskeln ihres Körpers gespannt. Pashtak kannte das Verhalten nur zu genau. Ihr Gesicht hatte sich verändert, war grober, maskuliner geworden. Grellgelb glühten ihre Augen.

Was sich da zum Angriff bereit machte, glich dem Wesen, das ihn damals vor dem herabstürzenden Steinbrocken bewahrt hatte, bis aufs Haar. Das musste die andere Seite von Lakastre sein. Die Seite, die für die Morde verantwortlich war, die nicht in den Verantwortungsbereich der Sektierer fielen.

Auf alle Fälle werde ich gleich herausfinden, wie stark sie ist, dachte er in einem Anflug von Galgenhumor. *Laufen oder kämpfen*?

»Mutter!«, schallte es durch das Gebäude. Der Kopf eines Mädchens im Alter von knapp fünfzehn Jahren erschien am Treppenaufgang. Ihre langen dunkelbraunen Haare wehten hinter ihr her, als sie die letzten Stufen in riesigen Schritten nahm und sich vor den Inquisitor stellte. »Da bist du ja. Wir waren doch verabredet, hast du das vergessen?« Sie bewegte sich auf die Frau zu und streckte eine Hand nach ihr aus. »Komm herunter. Was soll denn der Inquisitor von dir denken?«

Das Leuchten riss abrupt ab, das Bernsteinfarbene ihrer Augen kam wieder zum Vorschein, und ihre Körperhaltung lockerte sich. Beschämt stieg sie von den Büchern und hüpfte auf den Boden. Nach einem flüchtigen Blick zu Pashtak floh sie über die Treppe.

»Mutter, warte!«, rief das Mädchen. »Bitte verzeiht Ihr, Inquisitor«, bat sie. »Sie hatte einen fürchterlichen Albtraum, der sie wohl ein wenig durcheinander brachte.« Schon nahm sie die Verfolgung Lakastres auf. Ihre Schritte verklangen rasch in der Halle, und wieder fiel krachend die Tür ins Schloss.

Pashtak zuckte bei diesem Geräusch zusammen, die lähmende Wirkung, die von den gelben Pupillen ausgegangen war, fiel von ihm ab.

Hat mir ihre Tochter etwa gerade das Leben gerettet?, überlegte er. Er kannte das Mädchen nicht sonderlich gut, denn es hielt sich in der Öffentlichkeit vornehm zurück. Er konnte nicht einmal sagen, welche Tätigkeit Boktors Tochter ausübte oder welchen Namen sie trug. Am Rande hatte er bemerkt, dass sie weder mit ihrem Vater noch mit der Mutter viel gemein hatte.

Sein Unterbewusstsein meldete ihm aber noch etwas.

Das Mädchen trug über ihrer Kleidung eine beigefarbene Robe, aus der ein Stückchen Stoff an der Schulter fehlte. Girrend suchte er den Fetzen hervor, den er in Boktors Grabkammer gefunden hatte. Die Farben stimmten zumindest überein.

Dann war sie es am Ende, die sich an der Leiche zu schaffen machte? Oder helfen sich Mutter und Tochter gegenseitig?

Nachdenklich kehrte er an den Tisch zurück und

schichtete die Bücher aufeinander, die durch Lakastres Sprung umgefallen waren.

Das kleine Notizheftchen konnte er allerdings nirgends entdecken. Die Frau musste es mitgenommen haben.

Tatsächlich betrat er die Bibliothek in den frühesten Morgenstunden wieder als Erster. Der Tzulani wartete noch nicht einmal vor der Tür.

Ausgestattet hatte sich Pashtak mit einem Beutel voller Proviant und einem Kurzschwert, das er nun immer bei sich tragen wollte. Keiner der Mörder, weder Lakastre noch die Sektierer, würden ihn bekommen, ohne nicht mindestens ein paar Stiche zu kassieren.

Als er summend die letzten Stiegen ins obere Stockwerk hinaufstapfte und den Blick hob, prallte er zurück und wäre um ein Haar die Treppe hinuntergefallen.

»Guten Morgen, Inquisitor«, grüßte ihn Lakastre, die auf dem Stuhl saß und ihn offensichtlich erwartete. Heute wirkte sie im Gegensatz zur gestrigen Nacht hübsch, ausgeruht und ausgeglichen. Boktors Witwe präsentierte sich zumindest dem Äußeren nach wie ein ganz herkömmliches Weibchen, selbst der Geruch passte. Unschlüssig verharrte Pashtak auf dem Absatz und knurrte leise.

Sie erhob sich und entfernte sich von seinem Platz. »Ich kann deine Abneigung und dein Verhalten sehr gut verstehen. Ich bin hier, um mit dir zu reden.«

»Du willst mir wieder drohen, wie du es schon einmal getan hast«, vermutete er. *Wie ist sie hereingekommen?* »Damals, unmittelbar nach der Ratssitzung, hast du Bemerkungen über meine Familie gemacht. Erspar es dir und mir.«

Lakastre schüttelte zaghaft den Kopf. »Nein, deshalb bin ich nicht hier. Ich mache selten die gleichen Fehler zweimal. Ich wollte dir das Heft zurückbringen.« Sie nahm das Büchlein aus einer Falte ihrer Robe und legte es auf den Tisch. »Du findest auf der ersten Seite einen Zettel mit Übersetzungen von dem, was ich verstanden habe, auch wenn es nicht sehr viel war. Es ist ein sehr alter Dialekt, der nicht mehr verwendet wird. Die Qualität des Papiers ist nicht die Beste, das kam erschwerend hinzu.«

Aufmerksam musterte er sie. »Was war mit dir gestern? Deine Tochter sagte, du würdest unter den Nachwirkungen eines Albtraums leiden. Du aber meintest, es sei der Wechsel der Jahreszeiten.« Hart schaute er sie an. »Wenn ihr lügt, dann stimmt euch wenigstens vorher ab. Alles andere lässt Ausreden nur unglaubwürdig erscheinen.«

Sie öffnete den Mund, als wollte sie etwas sagen, entschied sich dann aber anders. Sie nickte ihm zu, ging an ihm vorbei und verließ die Bibliothek. Kein Verwesungsgeruch, nicht einmal ein Hauch davon, blieb zurück.

Pashtak setzte sich an seinen Tisch und las die Übersetzung, die Lakastre noch in der Nacht angefertigt hatte. Ihre Handschrift war deutlich, klar und schön geschwungen.

»Es muss ein gewaltiger Krieg stattgefunden haben.

Ich bin auf ein altes Schlachtfeld gestoßen, das die Menschen ›Blutfeld‹ nennen.

Es ist immer noch eine stinkende, morastige Ebene zwischen zwei Hügeln, übersät mit den verrottenden Knochen von Mensch und Tier, faulende Schäfte von Spießen und Lanzen stehen aus der gärenden Erde hervor.

Vor nicht allzu langer Zeit endete Fürst Sinureds Herrschaft und damit auch die Epoche, die heute die Dunkle Zeit genannt wird. Die vereinigten Heere von Ulldart und göttliche Hilfe, was immer das auch heißen mag, schlugen die überraschten Seestreitkräfte Sinureds vor der Küste Sinurestans.

Das Ende des Kriegsfürsten ist ungewiss, obwohl die Rogogarder behaupten, sie hätten das Flaggschiff des Tyrannen vernichtet. Die übrigen sinuredischen Truppen flüchten oder werden erschlagen.

Mitläufer, Denunzianten und Kollaborateure werden mithilfe der Bevölkerung schnell ausfindig gemacht, festgesetzt und verurteilt. Je nach Schwere ihres Vergehens müssen sie lebenslänglich Zwangsarbeit verrichten, oder sie baumeln am Strick.

Die ehemaligen Königreiche, die Sinured zu einem einzigen, gigantischen Reich zusammengefasst hatte, formieren sich wieder nach den alten Grenzen, die vor Sinureds Machtergreifung Gültigkeit hatten.

Ein eigener Kriegsrat ist ins Leben gerufen worden, der sich über das Schicksal von Sinurestan Gedanken machen soll. Der Rat hat 1. eine Entmilitarisierung auf viertausend Mann zu Wasser und zu Lande beschlossen, 2. die Reduzierung der Landfläche um ein Drittel zugunsten Aldoreels, Tarpols und Palestans sowie 3. die Umbenennung des Landes nach dem Mann, der die Seestreitkräfte Sinureds so famos überlistet hatte: Admiral Tûris aus Rogogard.

Noch ist eine Ansiedlung nicht empfehlenswert. Man sollte warten, bis die Dinge sich festigen.«

Der Inquisitor ließ das Blatt sinken. Wenn es sich hierbei wirklich um einen Augenzeugenbericht handelte, betrug das Alter der Schrift geschätzte vierhundertachtundfünfzig Jahre. *So schlecht kann die Qualität des*

Papiers demnach nicht sein, fand er und nahm sich die nächste Seite vor.

»Die Königreiche entfernen alles, was an den verhassten Kriegsfürsten erinnert, der Wiederaufbau auf Ulldart beginnt.

Die ehemalige Hauptstadt sowie die schweren Wehranlagen werden bis auf die Grundmauern abgerissen, der Zutritt in die Ruinen wird den Soldaten und den Bewohnern bei Todesstrafe untersagt.

Die inneren politischen Wirren sind noch nicht beendet.

Wie ich heute erfuhr, hat die Baronie Jarzewo die Zeit der Verwirrungen genutzt und sich von Borasgotan losgesagt. Und Baronin Eltra die Blutige, eines von Sinureds einundzwanzig Kindern, sichert sich mit einer Hand voll Getreuen das Gebiet der heutigen Baronie Kasan, bestehend aus Territorien Tarpols, Borasgotans und Hustrabans.

Neue Kämpfe werden meiner Einschätzung nach aber kaum zu befürchten sein, die Reiche sind noch zu schwach.«

Pashtak nahm sich etwas zu essen aus seinem Proviantbeutel, goss sich Wasser aus der Flasche in einen Becher und legte die Füße hoch, um in die Aufzeichnungen der Vergangenheit einzutauchen.

»Die Menschen Ulldarts glauben an die Macht besonderer Waffen.

Zwei davon, angeblich die stärksten …, die als … bezeichnet werden, sollen dorthin gebracht und aufbewahrt werden, wo das Böse am Schlimmsten wütete, eingeschlossen in Sarkophage aus Stein, um sie gegen Diebstahl zu schützen.

Von ihrer Gegenwart versprechen sich die Menschen, dass allein diese alles Böse abschreckt.

Heute haben sie eine davon in die Trümmer des sinuredischen Palastes gebracht. Die andere Waffe soll, ebenfalls in einem Sarkophag aus Stein, nach Ulsar in ein Gotteshaus gebracht werden.

Ich halte das für einen Aberglauben, den man als Beweis für die Rückständigkeit der Bewohner betrachten kann, wenn man, wie ich, nur auf Messbares und Sichtbares vertraut.

Meine Empfehlung an den Gelehrten ist, noch abzuwarten, bis sich alles in geordneten Bahnen bewegt.

Unser Zuzug wäre zu diesem Zeitpunkt eher unpassend.

Ich werde mich weiter umsehen und Berichte senden, sobald es mir möglich ist.«

»Rätsel über Rätsel«, sagte Pashtak halblaut und legte das Blatt zur Seite. Für die Aufklärung der Morde brachten die Zeilen eines seit langem verstorbenen Unbekannten nichts, aber es gefiel ihm, einen Blick zurückzuwerfen, als sich auf dem Kontinent noch alles im Aufbruch befand.

Wer er wohl war?, fragte sich der Inquisitor und wandte sich wieder den Symbolen der Sektierer zu. Die Aufzeichnungen klangen nüchtern und distanziert, als hätte der Schreiber so gar nichts mit den Ereignissen auf Ulldart zu tun gehabt. Wahrscheinlich, so vermutete Pashtak anhand des Wortlauts, handelte es sich um einen Menschen, der nach einer Bleibe für sich und weitere seines Schlages Ausschau gehalten hatte. Dabei konnten es sehr wohl Gebildete gewesen sein, die durch Sinureds Heer ihre eigentliche Heimat verloren hatten und auf der Suche nach einem ruhigen Flecken Land gewesen waren.

Andererseits konnte er sich nicht vorstellen, dass der Verfasser wirklich nichts von den Ereignissen im Vorfeld der Schlacht auf dem »Blutfeld« mitbekommen hatte, wenngleich die Formulierung des ersten Satzes ganz den Eindruck machte. *Wahrscheinlich waren es irgendwelche Mönche, die abgeschieden in einem Tal lebten und wegen einer Überschwemmung wegziehen mussten.*

Sollten die Beobachtungen des Schreibers richtig sein, befand sich einst irgendwo in Ammtára eine »mächtige Waffe« in einem »Sarkophag aus Stein«. *Vielleicht tut sie das immer noch?* Wenn er diese Morde endlich aufgeklärt und alle Hintermänner entlarvt hätte und dann noch am Leben wäre, würde er sich um das neue Rätsel kümmern.

Doch im Augenblick hatte die Gegenwart Vorrang vor allem anderen.

Konzentriert machte sich der Inquisitor an das Nachschlagen und Bücherwälzen, um die Zeichen auf dem Dolch und die Botschaft an Leconuc zu entschlüsseln.

Als sich der Tag mit einem prächtigen Farbenspiel am Himmel verabschiedete und die »Augen Tzulans« glutrot über Ulldart aufgingen, betrachtete Pashtak die Früchte seiner geistigen Arbeit.

Dass er endlich die Botschaft an Leconuc mithilfe alter Aufzeichnungen in eine entzifferbare Sprache übertragen hatte, bereitete ihm eine verständliche Befriedigung. Gleichwohl, was er zu lesen bekam, schmeckte ihm gar nicht.

Die Nachricht bestätigte das, was er im Keller von Braunfeld schon gehört hatte. Die Tzulani, und keineswegs nur irgendwelche Sektierer, schienen sich unter dem Deckmantel loyaler Untertanen in allen wichtigen Bereichen auszubreiten und hochzudienen, bis sie sich in verantwortlichen Positionen befanden. Die Billigung des Kabcar fände das mit Sicherheit nicht, der zwar die Lehren Ulldraels mehr und mehr in den Hintergrund drängte, sich aber auch nicht offen zu Tzulan oder seinen Kindern bekannte.

Pashtak erinnerte sich an die Bemerkung, dass in Ulsar ohne das Wissen des Herrschers regelmäßig Menschenopfer dargebracht würden. Und genau darum drehte sich die Botschaft an Leconuc.

Ein Tzulani aus der Hauptstadt wollte wissen, ob die Opfer in der Umgebung von Ammtára in ausreichender Zahl vorhanden seien oder ob man noch welche rechtzeitig zum Termin »anliefern« solle. »Wir können nicht riskieren, eine derart große Anzahl von Ungläubigen dem Tod zu übergeben, das Verschwinden würde selbst im gewachsenen Ulsar Aufmerksamkeit erregen und unangenehme Nachfragen hervorrufen«, lautete eine Zeile. »Fünfzig könnten wir jedoch abgeben, den Rest beschaffen wir euch aus den umliegenden Totendörfern. Hinzu kommen dreißig Freiwillige aus unseren Reihen, die ihr Leben für die Stärkung Tzulans und der Zweiten Götter gerne geben.«

Der Inquisitor berechnete das Datum des besonderen Tages und stieß auf einen Zeitpunkt in drei Monaten, der dem Gebrannten Gott allein geweiht war. Ihm zu Ehren sollten anscheinend so viele Menschen wie möglich sterben, damit die »Dunkle Zeit« anbräche. »Unsere Seher haben verkündet, dass sie unmittelbar bevorsteht«, endete der Brief, und Pashtak sah den Schreiber vor seinem inneren Auge, wie er freudig die Feder führte, es kaum noch erwarten konnte, bis die Jahre des wachsenden Friedens endlich vorüber waren.

Angewidert warf er das Stück Papier auf den Tisch und knurrte es an.

Was mache ich nun?, grübelte er. *Das Einfachste wäre, ich ließe Leconuc eine von mir überarbeitete Fassung des Briefes zukommen.* Das eigentliche Problem, nämlich die Absicht der Tzulani, hätte er damit nicht aus der Welt geschafft. Vermutlich wäre er allein auch nicht dazu in der Lage. *Hoffentlich stößt Ozunopopp bei dem Kabcar auf offene Ohren. Das ist das Einzige, was dem Treiben dieser Verblendeten Einhalt gebieten kann.*

Nichtsdestotrotz würde er die Mitglieder der Versammlung einbestellen, die sich nicht dem Glauben an den Gebrannten Gott verschrieben hatten.

Pashtak wollte den Widerstand gegen die Pläne der Tzulani organisieren, und wenn er dazu alle Nackthäute aus Ammtára werfen müsste. Die Stadt und das geordnete Zusammenleben erschienen ihm wichtiger als der Anbruch der »Dunklen Zeit«, von der er und seine Artgenossen ohnehin nichts hätten. Das Erreichte würde er nicht aufgeben, sondern mit Zähnen und Klauen verteidigen. Was wohl geschähe, wenn er seine Erkenntnisse in der Versammlung vortrüge? *Mord und Totschlag in der Stadt oder stilles Einverständnis zwischen seinen Artgenossen und den Nackthäuten?*

Die Verantwortung lastete schwer auf ihm, denn schon längst ging es nicht mehr nur um die Aufklärung mehrerer grausamer Morde. Er musste sein Vorgehen genau durchdenken, um eine Möglichkeit zu finden, die den geringsten Schaden in der Gemeinschaft anrichtete.

»Das hat aber Zeit bis morgen«, gähnte er und brachte sein eindrucksvolles Gebiss zum Vorschein. Er streckte sich in seinem Stuhl, kratzte sich hinterm Ohr und stand auf, um die Unterlagen zu ordnen und einzupacken.

Er wollte zurück zu Shui und den Kindern. Beim wilden, ausgelassenen Spiel mit seinen Sprösslingen wichen die Sorgen und schweren Gedanken, die ihn belasteten, wenigstens für kurze Zeit dem glücklichen Beisammensein.

Er trat an die Balustrade, um von oben einen Blick

auf das hallenähnliche Gebäude zu werfen, das mit Büchern nur so voll gestopft war. Regal stand an Regal; die Werke waren nur ihren Anfangsbuchstaben nach geordnet, eine durchgehende Sortierung nach der Thematik existierte nicht. Deshalb benötigte er auch so lange, um die richtigen Bücher zu finden, von denen vermutlich nicht einmal der Bibliothekar ahnte, welchen Inhalts sie waren, sonst hätte man sie dem öffentlichen Zugriff schon längst entzogen.

Meist war Pashtak allein in der Bibliothek, doch an diesem Abend entdeckte er auf Anhieb zwei recht junge männliche Nackthäute, die er noch nie hier zu Gesicht bekommen hatte.

Der eine blätterte unmittelbar am Fuß der Treppe lustlos in einem vergilbten Atlas, der andere unterhielt sich mit dem Tzulani, der ansonsten die Verantwortung für das Gebäude trug. Beide Neulinge rochen nach Weihrauch, wie er im Tempel verwendet wurde, wie Pashtaks feine Nase mühelos feststellte. Und seine Augen bemerkten die Dolche, die sie griffbereit am Gürtel aufbewahrten.

Na, wenn die nicht gekommen sind, um den Inquisitor zur endgültigen Aufgabe seines Amtes zu überreden, fresse ich eine Nackthaut, ohne sie vorher zu waschen, dachte Pashtak grinsend. Da sie in der Überzahl waren und er den Bibliothekar vorsichtshalber als möglichen Gehilfen einrechnete, wollte er sich einen kleinen Vorteil verschaffen.

Er wanderte im zweiten Stock von Fenster zu Fenster und schloss die Vorhänge, damit auch das schwache Licht der Dämmerung keine Helligkeit spendete. Anschließend betätigte er die Kurbel, die den Löschmechanismus an den drei großen Leuchtern in Gang setzte, die von der Decke hingen.

Als die Kerzen verglommen, herrschte fast vollständige Dunkelheit in dem Gebäude. Die Nackthäute mussten nun so gut wie blind sein, während seine Augen kaum Schwierigkeiten hatten, die Umgebung zu erkennen. Die Tatsache, dass sich keiner der Besucher über sein Tun beschwerte, zeigte ihm, dass sie nicht wegen des Studierens erschienen waren.

Bei aller Ungeheuerlichkeit, die ein Anschlag auf sein Leben bedeutete, empfand er einen gewissen Nervenkitzel; dies kam seinem Jagdinstinkt sehr entgegen. Ein wenig Abwechslung zum trockenen Lesen tat nur gut. Außerdem war dieser »Besuch« die Bestätigung dafür, dass er sich auf der richtigen Spur befand. Stellte er sich geschickt an, könnte er einen der Männer später sogar noch verhören und Weiteres herausfinden.

Sie werden sehr bald feststellen, dass sie einen Fehler gemacht haben. Leise zog er sein Schwert. Alle seine Instinkte arbeiteten im Einklang und machten aus dem Inquisitor Pashtak das Sumpfwesen, das ein tödlicher Jäger sein konnte.

Ohne sich um die Stufen nach unten zu scheren, beförderte er sich mit einem gewaltigen Sprung auf eines der hohen Regale unter sich und ging sogleich in die Hocke, um zu lauschen. Einen der Angreifer machte er zehn Schritt von sich entfernt aus; der Bibliothekar stand am Ausgang, und der dritte Mann polterte soeben die Stufen zum ersten Stock hinauf. Zu seiner Verwunderung hörte er eine weitere Nackthaut, die sich unmittelbar unter ihm befand.

Pashtak drückte sich so ab, dass er das Regal umstieß und dieses auf seinen Gegner stürzen musste, was es auch tat.

Schreiend verschwand der Mann unter einer Flut

von Büchern und dem schweren Holzgestell, während der Inquisitor feixend auf dem nächsten Regal saß.

»Mach einer Licht«, forderte der Sektierer auf der Balustrade ärgerlich und riss den Vorhang auf. Das Licht der vollen Monde strahlte herein und sorgte für etwas Beleuchtung. »Dort! Auf dem dritten Regal, da sitzt er!«, rief der Angreifer auf der Balustrade und schwang sich über das Geländer, um den gleichen Weg zu nehmen wie der Inquisitor.

Die beiden lieferten sich ein Wettspringen, wobei Pashtak dem Mann an Kraft in den Beinen weit überlegen war. Er erlaubte sich sogar den Spaß, nach einem der Leuchter zu greifen und sich daran seinem Verfolger entgegenzuschwingen. Er traf den Tzulani, als dieser sich in der Luft zwischen zwei Büchergestellen befand; ein Tritt stieß ihn hinunter in die Regalschlucht. Mit einem dumpfen Laut schlug er auf dem Boden auf.

Die übrigen beiden Gegner folgten einer anderen Taktik und stemmten eines der schweren Gestelle um.

Wie Dominosteine klappten die Regale eines nach dem anderen rumpelnd um und näherten sich Pashtak, dem nichts anderes übrig blieb, als auf die Erde zu springen. Das Rumoren der umfallenden Büchergestelle machte es ihm unmöglich, die Angreifer dem Getrappel ihrer Fußsohlen nach zu orten. Da zwang ihn der wirbelnde Staub zu einem verräterischen Niesen.

Schon tauchte einer der Tzulani neben ihm auf und schwang seinen Dolch.

Pashtak parierte die Waffe mit seinem Kurzschwert und fuhr dem Mann mit der Klaue übers Gesicht. Brüllend taumelte der Getroffene zur Seite und hielt sich die verletzte Wange. Sein übrig gebliebener Begleiter schlug von hinten zu, doch Pashtak warnte sein feines Gehör. Die Klinge seines kraftvoll geführten Schwertes traf den Kontrahenten in den Unterarm; klirrend landete der Dolch auf dem Boden.

Die Regale kamen zur Ruhe, und so hörte der Inquisitor, wie der Bibliothekar zum Ausgang lief und die Tür öffnete. »Haltet durch, ich hole Hilfe!«, rief er und huschte nach draußen.

»Nur keine Eile«, sagte Pashtak gut gelaunt, und die Kampfeslust rauschte durch seine Adern. »Ich könnte noch mal so viele besiegen.«

»Dein Wunsch wird dir nicht gewährt«, entgegnete der Mann, der sich soeben durch die Tür schob, gefolgt von vier weiteren.

Der Bibliothekar grinste Pashtak über die Schultern der Verstärkung hinweg an. »Ich habe nicht gesagt, dass ich dich meine, Inquisitor.«

Ganz großartig. Knurrend wich Pashtak zurück und hob die Klinge.

Im Licht der Nachtgestirne betrachtet, sahen die neuen Angreifer allesamt erfahrener und besser bewaffnet aus als ihre drei Vorgänger. Offenbar hatte es sich vorher um eine Art Mutprobe gehandelt, und nun kamen die zum Zuge, die sich ihre Sporen im Töten bereits verdient hatten.

Fünf Gegner erschienen dem Inquisitor doch etwas viel, und so rannte er unter dem hämischen Gelächter der Angreifer in die dunklen Tiefen der Regale, in der Hoffnung, sich durch Austricksen der Männer unbemerkt aus dem Gebäude zurückziehen zu können.

Die Tzulani verteilten sich und setzten ihm nach.

Als er am anderen Ende der Bibliothek angelangte und aufgeregt nach einem weiteren Ausgang aus der Falle suchte, die man ihm hier bereitete, hörte er plötzlich, wie die Tür dröhnend zufiel.

Die verwunderten Rufe eines Gegners gingen über

in Schreie des Entsetzens, die gurgelnd verstummten. Der schwache, metallische Geruch von Blut lag unvermittelt in der Luft.

Was geht da vor? Der Inquisitor presste sich mit dem Rücken an die Wand, rutschte in die dunkelste Ecke, die er finden konnte, und wartete ab.

Noch viermal wurde in rascher Folge aus angsterfülltem Brüllen ein ersticktes Röcheln. Schwerter und Leiber fielen nacheinander auf den Boden.

Schließlich kehrte Stille ein; die Eingangstür öffnete sich, und Fußschritte entfernten sich.

Kampfbereit wagte sich Pashtak aus seiner Deckung und pirschte nach vorn. Schon nach wenigen Schritten entdeckte er einen der fünf Tzulani, der mit zerrissener Kehle in seinem eigenen Blut lag. Der Inquisitor sparte sich die Mühe, die anderen Angreifer zu suchen, ihr Schicksal war gewiss das gleiche. Irgendjemand hatte ihm das Leben gerettet und hielt es nicht für notwendig, sich den gebührenden Dank abzuholen.

Dafür hatte sein Schutzwesen sich etwas anderes genommen. Als Hilfe kam, entdeckten die Wärter, die mit ihm die Bibliothek durchsuchten, nur sechs Leichen.

Weil sich Pashtak sehr genau denken konnte, wer ihm wohl zur Hand gegangen war, sagte er nichts von der ursprünglichen Zahl der Angreifer.

Er ging sogar so weit zu behaupten, dass er die Mörder selbst gestellt und getötet habe.

Warum er sich so schützend verhielt, wusste er selbst nicht. Vielleicht aus Dankbarkeit oder aus einer Ahnung heraus, dass er seine Leibwächterin vielleicht noch häufiger benötigen würde.

Kontinent Kalisstron, Bardhasdronda,
Frühjahr 459 n. S.

Mit einem letzten, hohen Ton, der leiser und leiser wurde, endete das Konzert, und der kleinste der Klingenden Steine verlor sein blaues Glühen.

Jarevrån wischte sich eine Träne aus dem Augenwinkel. »Das war wunderschön, Lorin«, bedankte sie sich flüsternd und schaute den Jungen an. Er lächelte und atmete tief aus. Nun konnte er die Konzentration fallen lassen, die Magie hatte ihre Aufgabe erfüllt. Sie fasste seine Hand, ohne den Blick von seinem Gesicht abzuwenden.

Lorin schluckte und neigte den Kopf vorsichtig nach vorn. Ihre Lippen trafen sich sanft, und ein warmes Gefühl durchflutete seinen Körper bei der Berührung.

Wieder und wieder küssten sie sich, voller Verwunderung über das, was sie dabei empfanden. Zu neu, zu unbekannt und doch so wunderbar gestaltete sich die Zweisamkeit auf der Lichtung der Klingenden Steine, ihrem geheimen Platz, weitab von Bardhasdronda mit seinen neugierigen Augen und geschwätzigen Mündern.

Das Moos unter ihnen war weich und grün. Die Natur zeigte dem Winter, dass es ihm einmal mehr nicht gelungen war, sie mithilfe von Eis und Frost zu vernichten.

Um die beiden jungen, verliebten Menschen herum pulsierte das Leben, Pflanzen reckten sich den Sonnen entgegen und trugen neue Knospen, die Nadelbäume verbreiteten ihren frischen Geruch, und Insekten summten durch die warme Luft auf der Suche nach einer ersten mutigen Blüte, die ihnen Nektar geben könnte. Dennoch trog der Schein; des Nachts kehrte die Eiseskälte zurück und vernichtete große Teile der Blütenpracht. Es würde noch dauern, bis der Winter besiegt war, aber der Tag gehörte bereits dem Frühling.

Seufzend ließ sich Lorin ins Moos sinken und kreuzte die Arme als Kissen hinter dem Kopf. Er genoss das Nichtstun und gönnte sich einen Tag voller Entspannung zusammen mit dem Mädchen, dem er sein Herz geschenkt hatte.

Ihr lachendes Gesicht tauchte groß vor ihm auf, mit einem Halm kitzelte sie ihn am Ohr. Grinsend hielt er ihre Hand fest und drehte sie so nach hinten, dass ihre Nase Opfer des Grashalms wurde. Sie zog Grimassen, während er seine Angriffe fortsetzte und lachend mit ihr auf dem Erdboden herumrollte.

Als sich ihre Blicke trafen, wich die kindische Heiterkeit etwas Tieferem, und sie schwiegen unvermittelt. Während ein jeder in den Augen des anderen versank, näherten sich ihre Gesichter, und ihre Lippen fanden zu einem leidenschaftlichen Kuss zusammen. Hände glitten über den Stoff und erkundeten behutsam die Haut, die darunter verborgen war. Schließlich streiften sie sich wie auf ein geheimes Signal hin die störenden Kleider ab, zeigten einander verführerisch, verletzlich und voller Vertrauen.

»Meinst du, es ist gut, was wir vorhaben?«, fragte Jarevrån leise und schaute direkt in die strahlend blauen Augen des jungen Mannes, während sie ihm das Hemd abstreifte.

»Möchtest du es genauso sehr wie ich?«, hielt Lorin ernst dagegen. Sie nickte ohne Zögern. »Dann kann nichts Schlechtes daran sein.«

Nackt wie bei ihrer Geburt lagen sie nebeneinander und berührten sich scheu, als fürchteten sie, sich die

Finger zu verbrennen. Doch nichts dergleichen geschah, und weil die Strafe für ihr Tun ausblieb, steigerten sich die Liebkosungen, bis sie im Strudel der Ekstase versanken.

Erschöpft lagen sie geraume Zeit später nebeneinander, Jarevrån schmiegte sich an Lorin, den Kopf auf seine Brust gelegt. Er spürte, dass sie weinte, ihre Tränen trafen heiß auf seine Haut.

»Habe ich dir wehgetan?«, wollte er erschrocken wissen und strich ihr über die langen schwarzen Haare.

»Nein, es ist nichts«, schniefte sie und lächelte ihn ein wenig gequält an. »Es war wunderschön. Für das erste Mal.«

»Das finde ich auch«, gestand er ihr, ein wenig verlegen, dass sie seine erste Frau gewesen war. »Ich habe doch alles richtig gemacht?«

»Ich vermute es«, grinste sie. »Es fühlte sich auf alle Fälle an, als müsste es so sein.« Jarevrån wischte sich die Tränen von der Wange, stützte das Kinn auf seinen Bauch und beobachtete ihn aufmerksam. Das pechschwarze Haare umrahmte ihr Gesicht und betonte ihre grünen Augen. »Bereust du es?«

»Nicht im Geringsten.« Lorin schüttelte den Schopf. »Ich frage mich nur, ob dein Vater damit einverstanden sein wird, dass seine Tochter den ›Fremdländler‹ zum Mann gewählt hat.«

»Er hat es zu akzeptieren«, meinte sie ernsthaft. »Ich treffe meine Entscheidung selbst, wen ich ein Leben lang an meiner Seite haben möchte. Schließlich muss ich es mit dir aushalten und nicht er. Und dass Kalisstra dir vergeben hat, daran zweifelt niemand mehr in der Stadt. Du bist ein Mann wie alle anderen auch, zumindest beinahe.« Sie küsste ihren Zeigefinger und drückte ihn Lorin auf die Lippen. »Du bist ein begnadeter Schnitzer und Feinschmied, fischen kannst du auch, und du wirst einmal Mitglied der Miliz werden, so wahr wir hier liegen. Rantsila wird das Nachsehen haben, wenn es endlich zu eurem Duell kommt.«

Er küsste ihre Stirn und zog sie näher heran. »Somit sind es schon mindestens zwei, die an mich glauben. Waljakov und du gegen den Rest Kalisstrons«, schmunzelte er.

Die angenehme Wärme ihrer nackten Haut und ihre weichen Brüste erregten ihn aufs Neue. Er drückte sie an sich, und ihre Hand glitt liebkosend über ihn.

Nachdem sie sich ein zweites Mal ihrer Leidenschaft ergeben hatten, machten sie sich auf den Rückweg nach Bardhasdronda. Jarevrån hatte Räder an den Schlitten montiert, um über die vom Schnee befreiten Wege fahren zu können. Lorin verbarg sich unter einer großen Plane.

Unterwegs erzählte er ihr, was sich auf dem Hausboot ereignet hatte. Nur seinen Fähigkeiten hatten sie es zu verdanken, dass sie einander in den Armen hatten halten dürfen. Jarevrån reagierte mit großer Überraschung und mit heftigen Beschimpfungen, weil Lorin ihr es nicht schon viel früher gesagt hatte. Selbst das Argument, er habe sie nicht beunruhigen wollen, ließ sie nicht gelten. Sobald sie in der schwimmenden Bleibe des Jungen angelangt wären, wollte sie die Skizze sehen, die er aus dem Gedächtnis anfertigt hatte.

In zügigem Tempo trabten die hechelnden Hunde durch die Gassen zum Hafen. Lorin stieg in aller Heimlichkeit unter der Plane hervor und betrat mit ihr zusammen das Hausboot, wo sie Matuc, Waljakov, Fatja und Blafjoll antrafen, die gerade über der Karte brüteten.

»Wo kommst du her? Was will das Mädchen hier?«, begrüßte Waljakov ihn unfreundlich; die mechanische Hand fiel auf den Zettel.

Lorin verzog das Gesicht und zerrte die eingeschüchterte Jarevrån, die schon wieder halb auf dem Weg nach draußen war, neben sich. »Sie weiß alles. Und sie wird uns helfen«, verkündete er trotzig.

»Das wird wahrscheinlich nicht mehr notwendig sein, jetzt, wo alle Welt dich lebendig durch die Straßen hat springen sehen«, brummte Waljakov barsch. »Der Verräter …«

»Ich habe Acht gegeben, dass uns niemand sieht.« Eisern hielt der Junge dem vernichtenden Blick seines Waffenlehrmeisters stand. Jarevrån pflückte ihm beiläufig etwas Moos aus dem Haar und zog anschließend ihr Kleid zurecht.

»Mir scheint, es wird Frühling«, feixte Fatja und rempelte Blafjoll in die Seite.

Waljakov stöhnte auf, und Matuc machte ein Gesicht, als verstünde er überhaupt nicht, wovon die Frau sprach.

Jarevråns Antlitz färbte sich so rot wie ein gekochter Krebs. Es war ihr äußerst unangenehm, dass fast jeder in diesem Raum wusste, was sich auf der Lichtung bei den Klingenden Steinen ereignet hatte.

Waljakov zwinkerte Lorin zu und erklärte dann: »Es gibt Neuigkeiten. Ich habe herausgefunden, was dieser Vermerk bedeuten soll. Es sind Navigationsangaben, die allerdings nicht aufs offene Meer weisen, sondern einen Punkt an der Küste markieren, etwa zehn Meilen von hier entfernt.«

Blafjoll steckte sich eine Pfeife an und wedelte den Qualm zur Seite. Fatja nahm ihm die Pfeife wieder aus dem Mund und klopfte sie wortlos aus. »Ich kenne den

Ort. Dort gibt es nichts außer ein paar Steilhängen und unterseeischen Grotten.«

»Sind diese Grotten ständig mit Wasser geflutet?«, hakte der Hüne augenblicklich ein. »Hat sie jemand von euch erforscht?« Jarevrån und Blafjoll schauten sich an und schüttelten beide den Kopf. Ein böses Grinsen stahl sich in Waljakovs Gesicht. »Dann sollten wir das schleunigst nachholen.«

»Und was ist mit den Zahlen?«, wollte Lorin wissen, nahm den Zettel und hielt ihn Jarevrån hin, damit sie einen Blick auf seine Skizze werfen konnte. »Sagt dir das etwas?«

Die junge Frau spitzte den Mund. »Das scheint der Marktplatz zu sein, oder?« Die anderen nickten. »Die Fünfzehn kann ich nicht einordnen. Aber vierunddreißig … Wenn das ein Tag sein soll, so fällt mir dazu die Nacht des Winters ein. Das ist in einer Woche.«

»Aber natürlich!« Der Walfänger schlug sich gegen die Stirn. »Darauf hätte ich auch kommen können.«

»Das liegt an dem Tabakqualm. Der benebelt das Hirn«, sagte Fatja freundlich und sprach dabei, als hätte sie es mit einem Geistesschwachen zu tun.

»Die Nacht des Winters«, wiederholte Matuc. »Die Nacht, in der kein Kalisstri vor die Tür darf, weil der Geist des Winters ein letztes Mal über das Land streift und die für immer zeichnet, die ihm dabei begegnen.«

»Seitdem vor einundvierzig Jahren einer es gewagt hat, sich nicht an das Gesetz der Bleichen Göttin zu halten, und am nächsten Morgen erfroren aufgefunden wurde, wird niemand in Bardhasdronda in jener Nacht aus dem Haus gehen«, erklärte Jarevrån. »Meine Großmutter hat mir die Geschichte immer wieder erzählt. Ihr solltet sie in eure Sammlung aufnehmen«, empfahl sie Fatja.

»Das ist wirklich der beste Zeitpunkt für einen Überfall, den ich mir vorstellen kann«, meinte Waljakov. »Wenn ich mich richtig erinnere, wagt sich nicht einmal die Miliz in diesen Stunden hinaus.«

»Soll das bedeuten, dass in dieser Nacht auch niemand gegen die Lijoki vorgehen wird?«, fragte Lorin.

»Ha«, stieß Matuc zufrieden aus und stampfte mit seinem Stock auf. »Würden die Kalisstri an Ulldrael den Gerechten glauben, hätten wir diese Schwierigkeiten nicht.«

»Niemand verlässt in der Nacht seine Behausung«, sagte Jarevrån nachdrücklich. »Es ist Kalisstras Gesetz. Wer es bricht, der stirbt.«

»Sie packen uns beim Glauben. Wer hätte gedacht, dass die Lijoki ein so schlaues Völkchen sind?« Blafjoll kratzte sich am Bart. »Nun, damit kämen zur Verteidigung nur die infrage, die auf die Seite des Gerechten übergewechselt sind, nicht wahr?«

»Pah«, kam es verächtlich aus dem Mund des Leibwächters. »Wenn Ihr die Angreifer totreden wollt, dann stellt Matuc, die alte Gebetsmühle, ganz vorn mit auf. Und die kleine Hexe direkt daneben. Aber echte Krieger hat es darunter keine.«

»Ich bin auch noch da«, protestierte Lorin. »Zusammen mit den anderen schaffen wir es.«

»Über die Mauern werden sie nicht kommen, denn die Miliz wird die Wachtürme besetzt halten«, überlegte Waljakov. »Aber wie wollen sie sich Eintritt verschaffen?«

Jarevrån legte den Zettel zurück auf den Tisch. »Mit fünfzehn Mann durch den Brunnen«, sagte sie halblaut.

»Natürlich!«, rief der Glatzköpfige und starrte die junge Frau entgeistert an. »Wäre es möglich, dass zwischen dem Brunnen und diesen Grotten ein Verbindungsgang besteht? Dann könnten sie ins Herz der Stadt gelangen, ohne dass es jemand bemerkte; sie würden die Wachposten der Miliz überwältigen und die Tore für den Rest der Mörderbande öffnen.«

»Aber sie haben nicht mit uns gerechnet«, meinte Fatja aufgeregt. »Wir schlagen sie in die Flucht.«

»Eine Woche ist nicht sehr viel«, überlegte Waljakov. »Und wir haben einen Verräter in der Stadt, der ebenfalls Schwierigkeiten machen wird, wenn wir allzu offensichtlich Vorbereitungen treffen.«

Und so berieten sie sich, was zu tun sei.

Waljakov und Lorin wollten in aller Heimlichkeit die Grotten untersuchen, ob sich dort wirklich so etwas wie ein geheimer Gang auftat. Die anderen, einschließlich Jarevrån, die von nun an zum Kreis der Verschworenen zählte, würden in aller Besonnenheit den Brunnen überprüfen und die Umgebung beobachten, ob sich erste Anzeichen auf den Überfall zeigten. Der Leibwächter ging davon aus, dass der Verbindungsmann der Seeräuber seit dem Diebstahl der Dose sehr vorsichtig und misstrauisch war.

Als alles beredet war, brachte Lorin Jarevrån noch bis zur Tür und küsste sie, bevor er ihr den Eingang öffnete. Sie huschte hinaus.

»Wie süß«, sagte Fatja hingerissen. »Wie verliebt die beiden sind.«

»Ja, ja, die Jugend«, meinte Matuc und klang dabei sehr wissend.

»Und die Jugend unternimmt leichtsinnige Dinge, habe ich Recht? Mir scheint, das steht nun ein echter Mann und nicht mehr der kleine Bruder vor uns«, blinzelte Fatja Lorin zu. »Du solltest dir das nächste Mal das Moos aus den Haaren klauben, bevor du hereinkommst.«

Matuc schaute verwirrt zu Fatja. »Was meinst du denn damit?«

»Ich muss ins Bett«, gähnte Lorin übertrieben und lief eilig nach hinten in seine Kammer.

»Turteln macht müde«, grinste Fatja ihm nach.

»Und die viele frische Luft«, ergänzte Blafjoll todernst, »tut beim Turteln ihr Übriges.«

»Wovon redet ihr? Waljakov, hast du einen Schimmer, was sie faseln?«

»Ich muss weg«, murmelte der Hüne und verschwand fluchtartig. Diese Themen hatte er schon bei Lodrik gehasst.

Lachend verabschiedete sich der Walfänger. Fatja huschte in die Küche, um das Abendbrot für sich, ihren Ziehvater und Arnarvaten herzurichten.

»Oh!«, fiel es Matuc nach einer Weile wie Schuppen von den Augen. »*Davon* haben sie gesprochen!«

Fatja näherte sich dem Bett ihres kleinen Bruders auf Zehenspitzen. »Du schläfst nicht, das sehe ich.«

Lorin drehte sich um und warf ihr einen bösen Blick zu. »Du hättest es vorhin für dich behalten können. Es war Jarevrån peinlich, und ich fand es auch nicht gerade angenehm.«

»Beschwere dich nicht bei mir«, wehrte sie ab und setzte sich zu ihm. »Ich habe nur gesagt, was ich vermutet habe. Eure Reaktion hat euch verraten, nicht ich. Bis dahin habe ich nichts gewusst.« Fatja betrachtete ihn auf eine Weise, wie sie es vorher noch nie getan hatte. »Du bist also zum Mann geworden. Ich hoffe, Jarevrån und du habt euch die Sache vorher gut überlegt.«

»Ich werde mein Leben mit ihr verbringen«, erklärte er und setzte sich auf. »Sie ist das großartigste Mädchen … die großartigste Frau, die ich mir wünschen kann. Als ich von allen anderen noch wie ein Ausgestoßener behandelt wurde, hat sie auf die Meinung der Menschen in Bardhasdronda gepfiffen und sich um mich gekümmert. Gäbe es eine Bessere als sie?«

»Nein, wahrlich nicht«, bestätigte Fatja.

»Es verbindet uns mehr. Verstehst du, was ich meine?« Groß schaute er sie mit seinen blauen Augen an.

Sie erwiderte den Blick.

Unvermittelt stellte sich das Gefühl ein, das sie schon so lange nicht mehr verspürt hatte. *Jetzt?*, erschrak sie ein wenig. Allzu plötzlich erwachten ihre Fertigkeiten zum Leben.

Lorins Gesichtsausdruck entspannte sich, die Muskulatur erschlaffte, seine Pupillen weiteten sich und verdrängten das Blau bis auf einen schmalen Rand. Der Geist der Schicksalsleserin schien durch die schwarzen Kreise wie durch ein Tor in eine mögliche Zukunft des jungen Mannes zu fahren.

Durch einen Nebel sah sie einen riesigen Raum, in den nur vereinzelt ein Lichtstahl durch die Gitterstäbe fiel. Dutzende verwahrloste Menschen lagen in Ketten, manche hingen an den Wänden, und mittendrin entdeckte sie die Gestalt Lorins, der sich um ein Stück Brot mit einem Gefangenen prügelte.

Plötzlich stand sie neben Lorin auf einem tobenden, dunklen Schlachtfeld. Rechts von ihrem Bruder befand sich ein anderer junger Mann, der einen langen Eisenstab in der Hand hielt und etwas schrie. Um sie herum hieben und stachen Menschen aufeinander ein, sie erkannte Kalisstri, Ulldarter und Wesen mit fremdartigeren Gesichtern und grünen Haaren. Es donnerte unablässig, und die Erde hob sich gelegentlich, als stürzte etwas heulend vom Himmel und schlüge gewaltvoll in den Dreck. Krater taten sich auf, und Mensch und Tier in der unmittelbaren Umgebung brachen zusammen. Schreien und das Klirren von Waffen erfüllte die Luft, es rumpelte um sie herum, Funken und magische Blitze stoben. Die Welt schien unterzugehen.

In der Dunkelheit durchbrach ein Lichtschein die düsteren Wolken und fiel auf ein ungleiches Kämpferpaar.

Fatja erkannte den Jungen von damals wieder, dessen furchtbare Bestimmung sie vor vielen Jahren in Granburg bereits gesehen hatte. Er taumelte nun als Mann vor Sinured hin und her und reckte kraftlos ein herrlich gearbeitetes Schwert gegen das Ungeheuer, bevor er zusammensackte. In einiger Entfernung hörte sie Lorin etwas rufen.

Die Szenerie wechselte; sie sah die schrecklichen Umrisse Sinureds, der lachend auf sie zukam, hörte das Sausen der eisenbeschlagenen Deichsel, die herabfuhr und sie traf. Es wurde finster.

Mit verklärtem Blick und pochendem Herzen kehrte die Seherin in die Gegenwart zurück. Sie schnaufte wie nach einem anstrengenden Lauf. Orientierungslos schaute sie sich in der kleinen Kabine um.

Ihr Verstand benötigte einige Zeit, um wahrzunehmen, dass keinerlei Gefahr drohte, weder ihr noch Lorin.

Das hatte ich schon seit Jahren nicht mehr, wunderte sie sich. Schnell lehnte sie sich gegen die Wand, um wegen des Schwindelgefühls nicht vom Bett zu fallen.

Ihr Bruder regte sich ganz langsam, die Pupillen zogen sich zusammen und schlossen den Durchgang, den sie für ihre Ausflüge in das Schicksal eines Menschen nutzte.

»Was«, stammelte er, nicht minder konfus als Fatja, »was ist eben geschehen?« Erschrocken betrachtete er das weiße Gesicht der jungen Frau. »Habe ich etwas mit meiner Magie gemacht? Wurdest du verletzt?«

»Nein, nein«, wehrte sie schwach ab. »Es hat nichts mit deinen Kräften zu tun. Es ist nur so, dass wohl meine eigenen Fähigkeiten nach langer Zeit erwacht sind, und das ist ziemlich überraschend für mich.«

»Du hattest eine Vision?«, fragte Lorin aufgeregt. »Hast du etwa meine Bestimmung gesehen?«

Fatja nickte langsam, ihr Schädel fühlte sich an, als wäre er so zerbrechlich wie eine Eierschale. »Gib mir Zeit bis morgen, damit ich mich erholen kann«, bat sie ihn. »Würdest du mich bitte in mein Bett bringen? Und kümmere dich um das Essen, sonst brennt es an.«

Lorin half seiner großen Schwester zu ihrer Lagerstätte, wo sie innerhalb weniger Lidschläge einschlief.

»Fatja hat eben eine Vision gehabt«, verkündete er Matuc und Arnarvaten, die am gedeckten Tisch saßen. »Sie ist sehr erschöpft.« Sofort stand der Geschichtenerzähler auf, um nach ihr zu schauen. »Sie hat wohl etwas aus meiner Zukunft gesehen.«

Es scheint so, als gerieten die Dinge in Bewegung, schätzte der Geistliche. »Dann hoffen wir, dass es nur Gutes ist, das wir zu hören bekommen, wenn sie sich erholt hat«, sagte er laut.

Dichter, schwarzer Qualm drang aus der Küche.

»Verflucht, das Abendessen«, rief Lorin und stürmte in die kleine Kammer, um zu retten, was noch zu retten war. Mit der Pfanne, in der sich die verkohlten Reste eines Fisches befanden, kehrte er ärgerlich zurück. »Das war wohl nichts.«

»Aber im Gegenteil. Das sieht ja ganz köstlich aus«, freute sich Matuc und zückte die Gabel. »Los, her damit.«

Ein wenig erschüttert blickte Lorin auf das schwarze Etwas. »Du willst das essen?«

»Ja, und? Fatja kocht doch immer so«, sagte Matuc amüsiert und kratzte die verbrannte Kruste ab. »Ah, innen ist es herrlich geraten.« In fragwürdigem Genuss schwelgend, machte sich der abgehärtete Geistliche über die Überbleibsel her, während sich Lorin mit Brot und etwas Trockenfisch zufrieden gab.

Er konnte es kaum erwarten zu hören, welches Schicksal die Götter ihm vorbehielten. Daran, dass es etwas Schlechtes sein könnte, dachte er nicht einmal.

Tosend rollten die Wogen heran, brachen sich an den Klippen und sandten die Gischt hoch in die Luft; als salzige, feuchte Schauer ging sie auf Waljakov und Lorin nieder. Der Junge hatte den Eindruck, dass selbst die uralten Felsen auf Dauer diesem zermürbenden Ansturm würden weichen müssen.

Unaufhörlich warf sich die See gegen die Gestade Kalisstrons. Röhrend rannte das Wasser gegen die Kliffe an, und so weit unten, nur auf dünnen Vorsprüngen sich bewegend, schien der Stein unter der Macht des Meeres mit jeder Welle zu erzittern.

»Die Ebbe kommt«, brüllte Waljakov Lorin zu. Schaumflocken bedeckten ihn, und auf der Glatze sammelte sich der feine Schleier zu kleinen Tropfen. »Noch ein wenig Geduld, Knirps.«

Lorin machte das Warten nichts aus. Das Schauspiel der brechenden See an der rauen Küste, der Geruch nach Salz und Algen, das niemals endende Rumpeln der Wogen und die schillernden Bogen aus farbigem Licht, die gelegentlich in der Luft erschienen, faszinierten ihn nach wie vor. *Man müsste es so malen können*, dachte er. *Mit allen Geräuschen und Gerüchen.*

Mit klammen Händen hingen er und sein großer Freund an dem Seil, das sie mithilfe von zwei Spreizklemmen in Felsspalten verankert hatten, und warteten, um bei gesunkenem Meeresspiegel in die Grotten klettern zu können. Wenn Flut war, standen diese Höhlen unter Wasser, daher erforderte ihre Unternehmung eine genaue Abstimmung, wollten sie nicht Opfer der See werden. In wasserdichten Rucksäcken führten sie genügend Fackeln und Vorräte mit, um unterwegs weder an Licht noch an Essen sparen zu müssen, denn immerhin stand ihnen ein anstrengender unterirdischer Marsch bevor. Auch Kletterhaken fehlten nicht. Der Leibwächter hatte sich in den Kopf gesetzt, das Ende des Ganges genau zu erkunden, um eine Falle für die Lijoki vorzubereiten.

Im Augenblick fluchte er jedoch, weil die feinen Sprühnebel in die metallenen Gelenke seiner mechanischen Hand krochen und eine gründliche Pflege notwendig machten.

»Es geht los«, rief er und begann mit dem Abstieg. Lorin folgte und landete neben Waljakov auf einem kleinen Plateau, das als Eingang in die Grotte diente.

Wasser schwappte ihnen um die Füße, Krebse und anderes Meeresgetier krochen an ihnen vorbei, um der flüchtenden See zu folgen. Um sie herum tropfte es lautstark, der Geruch nach Meer hing in der Luft. Waljakov entzündete eine Fackel und drückte sie dem Jungen in die Hand, danach steckte er seine an. Ohne eine weitere Bemerkung setzte er sich in Bewegung, darauf vertrauend, dass sein Schützling ihm folgte.

Nach etlichen Schritten durch hohe, von der Natur geschaffene Hallen, an deren Wänden ein seltsam anmutender Bewuchs haftete, verjüngte sich die Grotte. Nach kurzer Suche stießen sie tatsächlich auf einen schmalen Gang, der von Menschenhand geschaffen worden war. Waljakov übernahm die Spitze des Zuges.

»Was hältst du von Jarevrån?«, wollte Lorin von seinem Waffenlehrmeister wissen, weil ihm das stille Laufen wenig Freude bereitete.

»Sie ist nett«, lautete die knappe Antwort.

»Und meinst du, wir wären ein gutes Paar?«, fragte Lorin.

Ein kurzes, trockenes Lachen erklang. »Wie ich die Sache sehe, seid ihr bereits Mann und Frau«, kam es ein wenig gedämpft von vorne.

Lorin sah nur den breiten Rücken und die spiegelnde Glatze seines Begleiters. »Wir alle haben jemanden auf Kalisstron gefunden«, fuhr er fort. »Fatja hat Arnarvaten, ich habe Jarevrån, Matuc findet seine Erfüllung bei Ulldrael«, zählte er auf, »nur du, du hast niemanden, der sich um dich kümmert.«

Diesmal erfolgte keine Entgegnung.

»Willst du niemanden an deiner Seite?« Lorin ließ nicht locker.

Ein langes Seufzen war zu hören. »Da trage ich einen Säbel, Knirps. Und weißt du, welchen Vorteil so ein Säbel hat? Er spricht nicht, er bewahrt dir dein Leben, und er ist immer zur Stelle.«

Lorin lachte. »Ich habe mir schon oft Gedanken gemacht, warum du allein bist. Weißt du vielleicht nicht, wie man das Herz einer Frau einnimmt?«

»Der kürzeste Weg zum Herzen einer Frau führt durch die Rippen«, brummte der Krieger. »Es funktioniert nur, wenn du die Klinge waagrecht beim Stich hältst, sonst bleibst du in den Knochen stecken. Und es hinterlässt eine ziemliche Sauerei.«

»Du hast keine besonders guten Erfahrungen mit

Frauen gemacht, was?«, setzte Lorin unerbittlich nach. »Oder liegen deine Vorlieben woanders?«

Jäh blieb der Leibwächter stehen, der Junge lief auf und prallte schmerzhaft gegen den stählernen Harnisch. »Sei endlich still, Knirps. Ich hätte deine Schwester mitnehmen sollen.« Er wandte sich entnervt um. »Weiber sind eine nette Angelegenheit, aber mir zu anstrengend.« Er setzte den Weg fort. »Zuerst wollen sie deine ganze Aufmerksamkeit, danach lassen sie dich nicht mehr aus ihren Fängen, und ehe du dich versiehst, machen sie einen Narren aus dir. Das ist alles.«

»Du hast nur noch nicht die Richtige gefunden«, meinte Lorin überzeugt.

»Halt die Klappe.«

Nach einer halben Stunde strammen Marsches, bei dem sich Lorin nicht mehr getraute, den Mund aufzumachen, gelangten sie zu einer Stelle, an der es fast senkrecht nach unten ging. Nur ein schmaler Sims ermöglichte es ihnen, den Stollen, aus dem sie kamen, wieder zu verlassen. Die Schlucht von knapp fünf Manneslängen wurde durch zwei straff gespannte, nagelneue Seile überbrückt. Auf dem unteren sollte man gehen, an dem oberen hielt man sich fest.

Waljakov zog Luft durch die Zähne. »Das nenne ich ein Abenteuer.« Nach eingehender Prüfung der Taue und der eisernen Halteringe kletterte er vorsichtig los und erreichte sicher die andere Seite. Lorin folgte ihm, auch wenn die Schwärze unter seinen Füßen alles andere als Vertrauen erweckend war.

Das Herz klopfte ihm bis zum Hals, und bis er endlich bei seinem Waffenlehrmeister angelangte, rann ihm der Schweiß in Strömen unter dem dicken Lederhemd hinab. Zwei Schritt von ihnen entfernt rauschte ein Strom entlang. In dem Gang lagen mehrere leere Tonnen gestapelt.

»Lust auf eine Bootsfahrt, Knirps?« Waljakov bleckte die Zähne und rollte eine der Tonnen ins Wasser. Einen Kletterhaken band er an einem mitgebrachten Seil fest, um notfalls mit dessen Hilfe bremsen zu können.

Die rasche, angenehme und Kräfte sparende Reise endete nach geraumer Zeit in einer Tropfsteinhöhle. Der Strom drückte sich durch einen schmalen Spalt und machte ein Weiterkommen unmöglich. Waljakov warf den Eisenanker aus, und sie hielten an.

»Wir sind da«, verkündete er und nickte hinauf zu einem weiteren Durchgang. »Da entlang.«

Der kleine Durchgang führte sie zu einer gemauerten Backsteinwand.

»Dahinter muss der Brunnenschacht sein«, mutmaßte Lorin aufgeregt und half dem Leibwächter, die Steine abzutragen. Und tatsächlich verbarg sich hinter der Mauer eine senkrechte Röhre, in deren Mitte ein Seil baumelte. Jemand holte soeben Wasser herauf.

»Nachdem wir das herausgefunden haben, frage ich mich, wie wir wieder zurückkommen?«, überlegte Lorin bei aller Freude über die Entdeckung des Geheimgangs.

Wortlos beugte sich Waljakov vor und spähte hinauf zu dem kleinen, kreisrunden Ausschnitt weit über ihnen. »Machbar. Anstrengend, aber machbar.« Er ließ Lorin mit offenem Mund stehen und kehrte in die Tropfsteinhöhle zurück, wo er sich niederließ und etwas aß.

»Der Schacht ist doch viel zu glatt«, begehrte der Junge auf.

»Dann flieg doch hinauf. Mit deiner Magie wirst du es schon schaffen«, meinte der Glatzkopf und schnitt sich Käse ab. »Ich komme jedenfalls ohne diese Macht hinauf. Und werde vorher noch die Mauer wieder aufbauen, damit niemand Verdacht schöpft.«

»Und die Tonne?«

Kauend stand Waljakov auf, zog seine Waffe und stemmte die Eisenringe, die die Bretter zusammenhielten, auseinander. Die Ringe verbog er, zwei der Bretter zerschlug er und verteilte die Trümmer neben dem Spalt, in dem das Wasser verschwand. Zufrieden setzte er sich wieder hin, lehnte sich gegen die Wand und schloss die Augen. »Sie werden denken, die Tonne sei davongerollt, abgetrieben und zerschellt.«

»Und jetzt?«

»Warten wir, bis es Nacht wird, und klettern hinauf. Du wirst deine Kraft benötigen, also leg dich ein wenig hin und ruhe dich aus«, empfahl er seinem Schützling. *Hoffentlich fängt er nicht schon wieder mit den Frauengeschichten an.*

»Hast du dich überhaupt schon mal in Bardhasdronda nach einem Mädchen umgeschaut?«, nahm Lorin sein Verhör wieder auf.

Lass ihn stumm werden, Taralea, bat der Krieger, doch die Allmächtige erfüllte sein Begehren nicht. *Das Talent muss er von seinem Vater geerbt haben.*

Nach einem kräftigen Schluck aus seiner Feldflasche und einem anständigen Rülpsen machte Lorin es sich bequem, soweit es die Umgebung zuließ. »Jetzt weiß ich es. Du hast noch jemanden, der in Tarpol auf dich wartet.«

»Genau, Knirps«, sagte Waljakov, um endlich Ruhe zu haben, doch Lorin schöpfte Verdacht.

»Das kam viel zu schnell«, erwiderte er und betrachtete das markige Gesicht seines großen Freundes, das im Schein der Fackeln älter wirkte als je zuvor. Die Falten warfen kleine Schatten. *Jede Falte für einen getöteten*

Feind, erinnerte er sich an die Erklärung, die sein Lehrer einmal hatte verlauten lassen. *Demnach muss er Dutzenden Menschen siegreich im Kampf gegenübergestanden haben.* An den regelmäßigen Atemzügen erkannte er, dass der Hüne eingeschlummert war. Lorin lächelte. *Schlaf nur, alter Haudegen. Ich wache über dich, so wie du über mich und meine Mutter gewacht hast.* Er betrachtete das Gesicht genauer. *Ob er sie geliebt hat? Gab es da vielleicht ein Band zwischen den beiden, das viel stärker hielt als eine herkömmliche Freundschaft? Betrachtet er mich vielleicht als den Sohn, den er nie hatte?* Prüfend wanderten seine Augen über die Züge des Schlafenden. *Bin ich am Ende sein Sohn, und die Geschichte von der Flucht aus Ulldart ist nur erfunden?*

Waljakovs Lider öffneten sich, die eiskalten grauen Augen starrten beinahe feindselig in die blauen des Jungen. »Was denn noch?«

Lorins Kopf zuckte zurück. »Verzeih, ich dachte, du schläfst.«

»Wie denn, wenn mich jemand so anstiert?«, knurrte der Hüne. »Ist da eine Spinne in meinem Gesicht, oder welchen Grund hast du, mich zu begaffen, Knirps? Du kennst mich lange genug, da ist nichts Neues zu entdecken.« Etwas versöhnlicher gestimmt, klopfte er seinem Schützling auf die Schulter. »Nun ruh dich aus. Du wirst bald genug Aufregung bekommen.« Mit diesen Worten drehte er sich auf die Seite.

Lorin musste an Fatjas Worte denken. Was sie ihm über seine Zukunft gesagt hatte, war auch nur vage gewesen. Auf alle Fälle würde er in einem großen Kampf eine wichtige Rolle spielen. *Damit kann sie nur die Lijoki gemeint haben. Den Piraten werde ich schon zeigen, was es bedeutet, sich ein weiteres Mal mit mir anzulegen. Und ich erhalte die Gelegenheit, mich für das Schicksal meiner Mut-*

ter an ihnen zu rächen. Es dauerte nicht lange, da befand er sich im Reich der Träume.

Waljakov hob den Kopf, um nach ihm zu sehen, und ein väterliches Lächeln huschte über sein Gesicht.

Eine dunkle Gestalt tastete sich von Deckung zu Deckung über den Marktplatz, bis sie den Brunnen erreichte. Aus einem Umhängebeutel nahm sie einen Lederschlauch und goss Lebertran als Schmiermittel über die Zapfen der Winde; alle beweglichen Teile außer der Rolle erfuhren die gleiche Behandlung. Dann kauerte die Gestalt sich hinter der Ummauerung nieder und lauschte ins nächtliche Bardhasdronda.

In einigen Häusern brannten noch Kerzen, doch auf die Straße wagte sich keiner der Bewohner. Auch wenn der Frühling schon Einzug hielt, wirbelte des Nachts der leibhaftige Frost mit seinen Vettern tödlichen Schnee und Eis um die Häuserecken; und so setzte man in dieser Nacht keinen Fuß vor die Tür, sondern stellte kleine Opfergaben auf die Schwelle, auf dass man von der Wut von Schnee, Eis und Frost verschont bliebe.

Der Schemen erhob sich vorsichtig und setzte die Winde in Gang. Ohne ein verräterisches Geräusch zu verursachen, rollte sich das Seil mit dem Eimer ab.

Dann packte jemand den Behälter von unten, und das Abspulen beschleunigte sich dermaßen, dass die Gestalt die Finger von der Kurbel nahm. Als das letzte Stück abgerollt worden war, straffte sich das Tau.

»Ihr könnt hinaufkommen«, wisperte der Mann am Brunnen in den Schacht. »Die Luft ist rein, die einfältigen Idioten sind alle in ihren Häusern und machen sich vor Angst in die Hosen.«

Ein breites Stück Holz erhob sich von einem der leeren Auslagentische, schwebte an den Schemen heran und traf ihn hart am Hinterkopf. Wie vom Blitz getroffen, brach der Mann zusammen.

Sofort huschten andere Gestalten herbei, um ihn von der gemauerten Einfassung wegzuziehen. Die breiteste von ihnen warf sich den Mantel über und positionierte sich neben der Winde, die Kapuze ins Gesicht gezogen.

»Das war leicht«, kicherte Lorin und betrachtete das Gesicht des Verräters, der mit den Lijoki gemeinsame Sache machte. Doch er kannte den Mann nicht. »Weiß jemand, wer das ist?«

»Er heißt Ljarallf«, erklärte Blafjoll, dessen kräftige Hände sich um den Griff des Schmiedehammers schlossen. Er richtete den Blick auf den Brunnen; das Seil, das in die Tiefe hing, pendelte hin und der. »Er ist einer der ärmeren Fischer, der sein Boot verlor und seitdem als Tagelöhner und Muschelsammler sein Brot verdient. Anscheinend wollte er schnell reich werden.«

Kurz darauf schwang sich der erste der Piraten geduckt über den Brunnenrand. Waljakov, der sich unter der Robe des Verräters verbarg, half ihm und schlug mit der Stahlhand zu, kaum dass die Füße des anderen den Boden berührten.

Matucs Anhänger zerrten den Betäubten vom Platz und fesselten ihn mit Stricken. Der Hüne winkte ihnen zu und wandte sich um, damit er den nächsten der Seeräuber begrüßen konnte, wie es ihm gebührte.

»Ich glaube, wir sind ziemlich überflüssig«, grinste Lorin. »Er macht das ganz gut. Und in wenigen Minuten wird Matuc bei den Wachen sein, um sie vor der Meute zu warnen, die mit großer Wahrscheinlichkeit vor dem Tor lauert. Wenn man sie bis zum Morgengrauen zum Bleiben bewegen könnte, würden die Lijoki eine Niederlage erleiden, dass ihnen Hören und Sehen vergeht.«

Wieder fiel einer der Eindringlinge in den Staub und wurde verschnürt. Es schien alles nach Plan zu laufen.

Auf Fallen innerhalb des Geheimgangs hatten sie verzichtet, um das Misstrauen der Angreifer nicht frühzeitig zu erregen. Da es nur diesen einen Ausgang gab, wie die Überprüfung von Lorin und Waljakov ergeben hatte, beschränkten sie sich auf das Abfangen der Piraten, sobald sie aus dem Brunnen kamen, und die Warnung an die Wachen, die Tore von den Türmen aus besonders im Auge zu behalten.

Gerade schlug der Leibwächter den fünften der Piraten nieder.

Blafjoll packte den Jungen aufgeregt am Arm. »Verdammt, mir ist eben etwas eingefallen. Es muss noch jemand in der Stadt sein, der mit ihnen zusammenarbeitet.«

»Wieso?«

»Ljarallf kann nicht schreiben. Wie also hätte er den Plan zeichnen und beschriften können?«

Der junge Mann nickte. »Ihr habt hier alles unter Kontrolle. Ich werde vorsichtshalber nach Matuc sehen. Den anderen Verräter bekommen wir nicht wach, mit einer Auskunft müssen wir also erst gar nicht rechnen. Und er würde bestimmt auch nichts sagen.«

Eilig lief er davon, während bereits der siebte Eindringling ungewollt die metallenen Knöchel Waljakovs küsste.

Matuc machte sich auf Weg; vorsichtshalber nahm er den Gehstock mit, um sich abzustützen. Das Alter machte ihn nicht unbedingt sicherer beim Gehen, auch wenn das künstliche Bein hervorragende Dienste leistete.

Die »Bewahrer von Bardhasdronda«, wie Arnarvaten die Gruppe in einem poetischen Augenblick genannt hatte, hatten ihm die ungefährliche Aufgabe übertragen, Rantsila von den Lijoki außerhalb der Stadt in Kenntnis zu setzen, sobald die Nacht anbrach. Alle anderen befanden sich beim Brunnen. Nur der Geschichtenerzähler saß auf dem Hausboot und dichtete bereits eine Ballade über die Tapferen.

Vor dem umherziehenden Winter mit seinen Vettern Eis, Schnee und Frost fürchtete sich der Tarpoler nicht. Zwar zollte er Kalisstra einen gewissen Respekt, der ihr als Göttin zustand, dennoch tat er die Fleischwerdung von Naturelementen als Unfug ab. *Einen Schneemann lasse ich mir noch gefallen, aber den haben dann Kinder gebaut,* dachte er, als er an den Häuserfronten entlanghumpelte.

Es dauerte nicht lange, und er fühlte sich in den einsamen Gassen verfolgt.

Zuerst hatte er die Fußschritte hinter sich für sein Echo gehalten, aber die Unregelmäßigkeit machte diesen Schluss unmöglich. Jemand hatte sich an seine Fersen geheftet.

Vermutlich sind es Priester des Kalisstratempels, die die Opfergaben vor den Häusern einsammeln, schätzte er. Er sah vor seinem inneren Auge, wie eine als »Frost« verkleidete Kiurikka von Anwesen zu Anwesen sprang, seltsame Töne ausstieß und die Schalen leerte. *Kinderkram.* Glucksend bog er in die nächste Straße ein und blieb wie angewurzelt stehen.

In einigem Abstand schwebten drei durchsichtige, weiße Wesen mit menschlichen, wenn auch übergroßen Proportionen. Eines davon bestand aus wirbelnden Schneeflocken, das zweite schien von einem Bildhauer aus grobem Eis geschlagen worden zu sein, und die gesamte Oberfläche des dritten war mit Reifblumen überzogen.

»Bei Ulldrael dem Gerechten!«, entfuhr es ihm.

Dämonische Fratzen wandten sich ihm zu. Ein eisiger Lufthauch umspielte ihn, der Boden unter seinen Füßen gefror zu Eis, und eine unvorstellbare Kälte kroch an ihm hinauf.

Lorin hetzte die Straße hinunter und nahm den Weg, den Matuc vermutlich wählen würde, um zum Haupthaus der Wachen zu gelangen.

Auf halber Strecke erkannte er die Umrisse eines Fremden, der wohl seine lauten Schritte hörte und hastig in eine schmale Gasse abbog.

Wenn ich ihn verfolge, bleibt Matuc unbehelligt. Also setzte er sich auf die Spur des Unbekannten und zog im Laufen seine Waffe, um auf alles vorbereitet zu sein.

Als er die Abzweigung erreichte, fehlte von dem anderen jeder Hinweis. Lorin vermutete einen Hinterhalt und pirschte sich vorsichtig in die schummrige Gasse hinein, die Klinge halb vor den Leib gehalten. Gleichzeitig sammelte er seine magischen Kräfte, um sie ohne besondere Vorbereitung einsetzen zu können, sollte es die Lage erforderlich machen.

Aus der Dunkelheit zischte etwas Blitzendes heran.

Lorins Kräfte reagierten sofort. Eine blau leuchtende Halbkugel entstand für einen Lidschlag um ihn herum und bremste den geworfenen Dolch ab. Wie eingefroren stand er eine Armlänge vor dem Jungen mit der Spitze voran in der Luft, ehe er klirrend aufs Pflaster fiel. Aus dem finsteren Abschnitt der Gasse ertönte ein unterdrückter Fluch, jemand rannte davon.

Mehr im Affekt als gewollt, richtete Lorin eine Hand auf den Flüchtenden und sandte ihm aus gespreizten Fingern ein Bündel knisternder Entladungen nach.

Die vernichtenden Energien leckten die Hauswände

und die Steine entlang und hinterließen schwarze Brandspuren. Den Unbekannten verfehlten sie um Haaresbreite; nur ein einzelner Blitz erwischte ihn am Rücken, der Rest jagte in eine Mauer. Putzbrocken und Gesteinsmehl rieselten zu Boden.

Ungläubig starrte der Junge auf seine Hand. *Was war das?* Es dauerte eine Weile, bis er seine Fassung wieder erlangt hatte und die Verfolgung aufnahm. *Über meine Magie kann ich mir auch nachher Gedanken machen. Ich muss Matuc vor diesem Widerling retten.* Immer noch aufgebracht, weil der unbekannte zweite Verräter ihn ohne mit der Wimper zu zucken getötet hätte, spurtete er los.

Doch er hatte die Fährte des heimtückischen Mannes verloren.

Mit aller Anstrengung gelang es Matuc, sich umzudrehen. Die dünne Eisschicht, die zwischen seinen Schuhsohlen und dem Boden entstanden war, brach knackend.

Es gibt sie wirklich! Seine Gedanken überschlugen sich, während er eilig aus der Seitenstraße lief, so gut es seine Gehbehinderung und sein Alter ihm erlaubten.

Weil er vor dem Reißaus nahm, was hinter ihm war, achtete er nicht auf das, was ihm von vorn entgegenkam, und so rannte er in den Mann hinein. Durch den Aufprall gingen beide zu Boden.

Ehe sich Matuc von dem Sturz erholt hatte, hockte der unbekannte Kalisstrone auf ihm und zückte ein Messer. Den Kleidern nach zu urteilen hatte er es mit einem Pelzjäger zu tun.

»Ihr werdet unseren Plan nicht vereiteln, Fremdländler! Erst erledige ich dich, und dann lasse ich unsere Freunde in die Stadt. Soini wird sich freuen, wenn er sich an euch allen rächen darf.«

Matuc bekam ächzend seinen Stock zu fassen und schlug dem Angreifer den Griff ins Gesicht, doch der Pelzjäger blockte das Holz ab und drosch es dem Geistlichen gegen die Stirn.

Doch ehe er zum tödlichen Schnitt ansetzte, war er unvermittelt von weißen Schatten umgeben.

»Nein! Geht weg!«, brüllte er mit angstverzerrtem Gesicht und stach nach ihnen. »Es gibt euch nicht! Soini hat gesagt, es gibt …«

Die nebelhaften Wesen durchdrangen ihn wispernd, ein Schneesturm toste aus dem Nichts um die beiden Männer herum und hüllte sie in dicke, weiße Flocken, die ihnen Sicht und Atem raubten.

Eiseskälte kroch an Matuc hinauf, der die Arme zum Schutz erhob und unentwegt zu Ulldrael betete.

Zähneklappernd lag er am Boden, sein Verstand schien einzufrieren.

Lorin hörte das Geschrei eines Mannes und das Toben eines heftigen Windes. Als er den Geräuschen folgte und den Ort des Geschehens erreichte, erkannte er in der Straße nichts als eine tanzende Wand aus Schneekristallen, die sich einige Manneslängen hoch erstreckte.

Mit einem letzten Heulen legte sich der Sturm und gab den Blick frei. Vor ihm befand sich eine Schneedecke, die bis zu den Dächern reichte.

Wie konnte denn das geschehen? Sollte an der Geschichte, die uns Jarevrån erzählt hat, gar etwas dran sein? Wenn sie stimmte, musste jemand unter dieser Schicht begraben sein. Der böse Verdacht, sein Ziehvater könnte sich unter dem weißen Berg befinden, beschlich Lorin. Mit seinen Händen allein würde er gegen diese Schneemassen nichts ausrichten.

Wiederum nahm er seine Fertigkeiten in Anspruch, bildete die magische Schutzglocke um sich herum und lief in den Schnee.

Tatsächlich schmolz das Weiß, wo sich Magie und Substanz berührten, und rann als Wasser von der flirrenden Wand ab.

Lorin bahnte sich auf diese Weise einen Tunnel durch den Schnee und konzentrierte sich darauf, seinen Schutzschild so zu gestalten, dass er für Menschen durchlässig war. Auf diese Weise legte er in der Mitte des Schneegebirges den Kopf des blassen Mönchs frei.

Auf dessen Brustkorb saß ein Mann aus Eis, ein Messer in der Hand haltend, das Gesicht vor Angst entstellt. Sein Leib war vollkommen durchsichtig, als hätte er schon immer aus diesem Element bestanden, nur in der Mitte schlug ein rotes, menschliches Herz.

Matuc schlug die Augen auf. »Ist das kalt«, schnatterte er. Sein Blick fiel auf den verwandelten Angreifer. »Dank sei Ulldrael dem Gerechten. Er hat mich vor diesem Schicksal bewahrt.«

»Kalisstra lässt nicht mit sich spaßen«, meinte der Junge angestrengt; die Aufrechterhaltung des Schildes zehrte an ihm. Wenn dieser zusammenbräche, würden sie unter Tonnen von Schnee ersticken. Er packte Matuc, warf sich ihn über die Schulter und machte sich auf den Weg zurück. Im Freien angelangt, musste er die Magie aufgeben, die blaue Kugel erlosch.

»Dich hat Ulldrael geschickt«, rief Matuc, als Lorin ihn vorsichtig auf den Boden stellte. Er hielt sich an der Schulter seines Zöglings fest, der ihm den Schnee von den Kleidern klopfte. »Was hätte es mir genutzt, die Kälte zu überstehen, wenn ich erstickt wäre?«

»Was ist passiert?«, wollte Lorin wissen. »Ist der Mann aus Eis der Verräter?«

»Komm, das erkläre ich dir auf dem Weg zur Wache«, forderte ihn der Mönch zum Gehen auf. »Wer weiß, was die Lijoki im Sinn haben. Aber Kalisstra verdient mehr Respekt von uns. Was immer sie uns heute und in allen Nächten des Winters sandte, es sind Wesen von unvorstellbarer Stärke. Nur die echten Ulldraelgläubigen bestehen gegen sie.«

Dann wäre ich ihnen wohl zum Opfer gefallen, dachte Lorin und stützte Matuc, während sie sich zu Rantsila begaben. *Oder ich hätte herausgefunden, ob sich meine Fertigkeiten mit denen der göttlichen Wesen messen lassen.*

Die Nacht brachte den Piraten eine blutige, wenn auch nicht unbedingt vernichtende Niederlage.

Rantsila blieb durch und durch ein Kalisstrone und setzte keinen Fuß ins Freie, schon gar nicht nach den Schilderungen Lorins und Matucs. Immerhin hielt ihn und die Milizionäre nichts davon ab, durch die Fenster und Schießscharten zu spähen.

Waljakov öffnete zum Schein die kleine Tür im großen Stadttor Bardhasdrondas. Sofort sammelten sich rund hundert Angreifer, die in einiger Entfernung gewartet hatten, vor dem schmalen Durchgang und wollten in die Siedlung drängen, um die Menschen im Schlaf zu überfallen.

Doch diejenigen, die sich hindurchzwängten, wurden mit Pfeilen und Bolzen empfangen, und die erste Welle der Lijoki, die beutegierig durch die Straßen schwappen wollte, versickerte unter dem Beschuss der Verteidiger zu einem unbedeutenden Rinnsal. Nur eine Hand voll entkam den Geschossen, und die Seeräuber zogen sich zurück.

Am nächsten Morgen startete eine Expedition unter der Führung von Lorin und Waljakov zu der Grotte, um nach dem Rechten zu sehen. Der Eingang wurde nach der Überprüfung zum Einsturz gebracht, der Gang vom Brunnenschacht bis zur Tropfsteinhöhle mit Steinen gefüllt.

Das Verhör der sechzehn Gefangenen erbrachte, dass die Bewohner Bardhasdrondas knapp einer Katastrophe entgangen waren. Die Lijoki hatten nicht vorgehabt, auch nur einen der Menschen am Leben zu lassen. Soini fanden sie nicht unter den Toten, er musste sich rechtzeitig abgesetzt haben.

Ein Sturm der Begeisterung fegte durch Bardhasdronda. Die Menschen ließen die Fremdländler hochleben, weil diese sie vor dem sicheren Ende bewahrt hatten. Die Beteuerungen Kiurikkas, die Bleiche Göttin sei mit Frost, Eis und Schnee zur Stelle gewesen, um alle zu retten, wurde zwar zur Kenntnis genommen, doch das eigentliche Lob für die tapfere Tat ernteten Lorin und seine Freunde. Dabei begingen sie nicht den Fehler zuzugeben, dass sie seit einer Woche von dem Vorhaben der Seeräuber gewusst hatten.

Fatja und Arnarvaten verkauften es den Einwohnern als eine glückliche Fügung, dass die Piraten bei ihrem Ausstieg gesehen worden waren und der Widerstand so rasch hatte organisiert werden können. Dass Kalisstra zu Matucs Unterstützung eingegriffen hatte, überzeugte selbst den letzten Zweifler von dem friedlichen, respektvollen Nebeneinander der beiden Gottheiten.

Der von der Bleichen Göttin bestrafte Verräter schmolz im Schein der warmen Frühlingssonnen langsam, aber unaufhörlich dahin. Letztlich lag nur noch das Herz in einer Pfütze kalten Wassers, das sich ein paar Hunde schnappten und verschlangen.

Schon am nächsten Tag gab Kalfaffel ein Fest. Die letzten Vorräte wurden angebrochen, und man feierte die Rettung Bardhasdrondas ausgiebig, aber mit der stets üblichen kalisstronischen Beherrschtheit.

Lorin und Jarevrån zeigten ihre Zuneigung nun offen, während sie auf dem Marktplatz zwischen den Ständen umherliefen und von den zubereiteten Köstlichkeiten probierten. Der junge Mann mit den auffallend blauen Augen musste nicht ein einziges Mal in die Tasche greifen, um nach einer Münze zu suchen. Alles, was er, Jarevrån und seine Freunde aßen und tranken, ging auf Kosten der dankbaren Bürger.

Plötzlich stand Rantsila vor Lorin und zog sein Schwert. »Es ist an der Zeit.«

»Jetzt?«, fragte der Junge und drückte dem Mädchen seinen Becher in die Hand.

»Gäbe es einen besseren Augenblick als die Stunde eines Triumphes? Wir konnten vorher nicht miteinander fechten, da du offiziell als tot galtest.« Er hob die Stimme. »Hört her, Leute aus Bardhasdronda. Lorin wird nun einen Strauß gegen mich auszutragen haben. Schlägt er mich, wird ihm die Ausnahme gewährt, als Fremdländler in die Miliz unserer Stadt eintreten zu dürfen und für das Wohl der Bürger zu streiten.« Er schaute Lorin an. »Keine Magie, Junge, denk an die Abmachung«, sagte er leise, aber bestimmt. »In keinster Form.«

»Ich halte mich daran«, bestätigte Lorin und zog sein Schwert.

Die Bürger bildeten einen Kreis um die beiden Kämpfer, in dessen Runde der Junge die Gesichter von Waljakov, Matuc und allen anderen erkannte, die ihm etwas bedeuteten. Kalfaffel begab sich auf seinen Balkon, um von oben einen besseren Überblick zu haben. Die Gespräche verstummten.

Rantsila eröffnete den Zweikampf mit einer Folge von

Schlägen, die Lorin als bloße Finten erkannte, woraufhin er sich wenig Mühe mit ihrer Parade gab. Mochte sein Gegner denken, der Kampf bereite ihm Schwierigkeiten, das war ihm nur recht.

Schnell wie eine Schlange stieß der Junge seinerseits vor und erwischte den Milizionär um ein Haar am Arm. Fluchend gelang es Rantsila, die Klinge im letzten Augenblick abzuwehren und sich wegzudrehen.

Doch Lorin setzte nach, hing wie ein bissiger Terrier an dem Soldaten und brachte ihn bald in arge Bedrängnis. Einen Gegner derart dicht auf dem Pelz zu haben verwirrte Rantsila, der den Jungen bei der nächsten Gelegenheit mit einem Hieb des Griffschutzes gegen den Kopf zurückschleuderte.

Der Junge schwankte ein wenig, doch die kleine Platzwunde schloss sich beinahe augenblicklich. Wütend schüttelte er seine Benommenheit ab und attackierte seinen Gegner flammend, wobei er alle Ratschläge Waljakovs beherzigte.

Die ungewöhnliche Art zu kämpfen brachte Rantsila erneut in Verlegenheit, bis Lorins Schneide endlich einen Weg durch die Deckung fand und das Hemd des Milizionärs an der Schulter schlitzte.

Als der Soldat verblüfft nach dem Treffer sah, schoss Lorins geballte Faust vor und hieb dem Kontrahenten wuchtig in den Magen, dass Rantsila keuchend in die Knie brach und sich den Bauch hielt.

Am Kribbeln im Arm erkannte der Junge, dass er sich vor lauter Aufregung hatte verleiten lassen, Magie zur Verstärkung seines Schlages einzusetzen. Enttäuscht von sich selbst schloss er die Augen, während ihn der Bürgermeister als Sieger ausrief.

»Nein«, rief er und hob abwehrend die Arme, »nein. Ich bin nicht der Sieger. Die Wucht des Fausthiebs stammte von meinen Fertigkeiten, nicht von meinen Muskeln.« Beschämt sah er zu seinem Waffenlehrmeister, der ihn ausdruckslos anschaute.

»Aber der Schnitt an der Schulter geschah doch ohne Magie?«, schnaubte Rantsila hinter ihm und reckte sich vorsichtig.

»Ja, aber …«

»Dann hast du gewonnen, Lorin. Was danach geschah, ist zweitrangig.« Er warf dem Jungen ein Lächeln zu, das ihm wegen der Schmerzen im Unterleib ein wenig schief geriet.

»Wenn Rantsila das so sagt, wer wollte schon dagegen sein?«, fragte Stápa in die schweigende Runde. »Ich sage, nehmt den Bengel in die Miliz auf.« Sie zwinkerte ihm zu. »Wir wären ja mit Muschelschalen gepudert, würden wir auf so einen Kämpfer verzichten.«

Die Menschen applaudierten begeistert, nahmen Lorin auf die Schultern und trugen ihn unter den Balkon, um ihn hinauf zum Bürgermeister zu hieven. Vor dem Cerêler kniete der überwältigte Junge nieder.

»Heute macht die Stadt zum ersten Mal in ihrer langen Geschichte eine Ausnahme«, sagte Kalfaffel feierlich. »Zum einen, weil du und deine Freunde dafür gesorgt haben, dass unsere Geschichte überhaupt weitergeht, und zum anderen, weil du die Auflagen erfüllt hast, die dir zur Bedingung gemacht wurden.« Auf ein Zeichen hin reichte ihm ein Bediensteter eine Urkunde, an deren Ende zahlreiche Siegel baumelten. »Hiermit, Lorin, wirst du in den Reihen der Bürgerwehr zugelassen und hast von jetzt an die gleichen Rechte und Pflichten, die ein Kalisstrone in unserem Land hat. Du bist in die Gemeinschaft der Kalisstri aufgenommen. Als äußeres Zeichen für diese Aufnahme sei dein Name von dem heutigen Abend an Lorin Seskahin.«

Lorin stand auf, er umklammerte das Geländer des Vorbaus, und sein Blick schweifte freudig über die vielen Gesichter, die ihm anerkennend zunickten. Weil ihm ein Kloß im Hals steckte, winkte er einfach nur und rannte hinunter, um Jarevrån vor aller Augen in die Arme zu schließen.

»Willst du für immer an meiner Seite bleiben?«, raunte er ihr mit belegter Stimme ins Ohr und beobachtete erwartungsvoll ihr Gesicht.

Ihre grünen Augen schimmerten. »Ja, Lorin«, antwortete sie und drückte ihn fest an sich. »Ich werde dich nie mehr hergeben.«

»Ulldrael sei gepriesen«, murmelte Matuc und wischte sich eine Träne aus dem Auge. »Wer hätte gedacht, dass der Junge auch etwas anderes tut, als Schwierigkeiten zu verursachen?«

»Wir können eine Doppelhochzeit daraus machen«, schlug Fatja vor. Liebevoll sah sie zu Arnarvaten.

Waljakov aber trat mit Verschwörermiene an Rantsila heran. »Danke, dass Ihr den Knirps aufgenommen habt.«

»Er hat es verdient«, stöhnte der Milizionär mehr als er sprach.

»Wenn Ihr ihm böse gewollt hättet, wäre er nach Eurem Schlag mit dem Griffschutz bereits aus dem Rennen gewesen«, sagte der Leibwächter und tippte sich an die Stirn. »Er hat seine Magie benutzt, um sich zu heilen.«

»Ach, das.« Rantsila grinste verzerrt. »Wie sagte die alte Stápa vorhin? Wir wären ja mit Muschelschalen gepudert, würden wir auf so einen Kämpfer verzichten.« Waljakov wollte ihm wohlwollend auf die Schulter schlagen, aber der Mann hob zur Abwehr eine Hand. »Nein, ich verzichte, weiß aber die Geste zu schätzen.

Wenn mir jemand auf die Schulter schlägt, falle ich wie ein Sack zu Boden.«

»Daran will ich nicht Schuld sein«, lachte der Hüne. »Und wann seid Ihr wieder in der Lage zu kämpfen?«

»Wieso?«, erkundigte sich der Milizionär alarmiert. »Rechnet Ihr mit neuen Schwierigkeiten durch die Lijoki?«

»Nein«, grinste Waljakov gehässig. Klackend schloss sich die mechanische Hand des Hünen um die Gürtelschnalle, und die Oberarmmuskulatur schwoll zu einem Gebirge an. »Ich wollte auch zur Bürgerwehr. Die Konditionen sind mir bekannt. Und so ein kleiner Säbeltanz mit Euch …«

»Da drüben ist jemand, mit dem ich sprechen muss«, entschuldigte sich Rantsila hastig und verschwand in der Menge.

VII.

Nachdem die Seherin ihre Fähigkeiten wieder zum Leben erwachen ließ, grübelte sie darüber, was sie in ihren Visionen gesehen hatte und was es bedeuten mochte.

Sie hegte Befürchtungen, dass der Seskahin Angst vor dem bekommen könnte, was sie schaute.

Und dass er daraufhin seine ihm bestimmte Aufgabe nicht mehr erfüllen würde.

Die Seherin wich dem Seskahin aus und erzählte nur Vages.

Und so blieb das Schicksalskind guten Mutes.«

Buch der Seherin
Kapitel XIII

Kontinent Ulldart, Meddohâr, Südostküste Kensustrias, Frühjahr 459 n. S.

Soscha atmete tief ein, sammelte sich innerlich und fixierte das Holzstück in der Mitte des schmucklosen und ansonsten leeren Raumes. Ihre Hand öffnete sich, und sie nahm wahr, wie sich das blaue Leuchten um ihre Finger verstärkte.

Ein dünner, fadendicker Ausläufer reckte sich blitzartig zu dem Holzstück. Er zog es mit sich zurück und beförderte es genau in die Hand der jungen Ulsarin. Dann endete das Glühen.

Soscha nahm das Heft hervor, auf das sie sich sicherheitshalber gesetzt hatte, um zu verhindern, dass die Magie das Büchlein aus Versehen in tausend Schnipsel zerriss, zückte Feder und Tintenfass, die in einer speziellen Halterung an ihrem Gürtel baumelten, und notierte sich den Versuchsablauf. Dann betrachtete sie kritisch die Hautoberfläche, ob Falten zu sehen waren. *Wann wohl die Alterung einsetzt, von der Tobáar sprach?*, fragte sie sich.

Seit dem Gespräch mit dem mächtigen Kensustrianer saß ihr die Angst vor ihren eigenen Fertigkeiten im Nacken, die sie wider ihren Willen erworben hatte. Was der jahrhundertealte Krieger ihr von der Magie erzählt hatte, hatte sie in ihrem Wunsch bestärkt, diese Macht so schnell wie möglich loszuwerden, wenn auch nicht unkontrolliert, wie das bei dem bedauernswerten Sabin der Fall gewesen war.

Bei jedem Experiment, das sie durchführte, schrie alles in ihr, den Versuch abzubrechen, um nichts heraufzubeschwören, was aus dem Ruder laufen könnte. Sie wollte nicht wie der Tersioner enden.

»Die Stimme der Magie«, raunte sie und starrte gedankenverloren auf das beschriebene Blatt Papier. *Für mich bleibt sie stumm.* Wie sollte es ihr gelingen, dass sie die Magie nicht einfach nur sah, sondern auch hörte? Gelang dieses Kunststück bei der Anwendung oder in einer Phase tiefster Ruhe?

Seufzend erhob sie sich und verließ das Zimmer, um sich auf den riesigen, flachen Balkon zu begeben und von ihrer Liege aus die faszinierende Stadt zu betrachten, wie sie es so gern tat.

Die Frühlingssonnen schienen voller Kraft auf das südlich gelegene Land, sodass sich Soscha bald ihrer dicksten Kleider entledigte. Grübelnd schweifte ihr Blick über Meddohâr, bis sich ihre Lider senkten und sie eindöste.

Im Dämmerschlaf hatte sie das Gefühl, unendlich leicht zu sein. Ihr Körper schien von dem Polster abzuheben wie eine Feder und wie als Spielball des warmen Windes über die Bauten zu wirbeln. In diesem Zustand der Entspannung, zwischen Traum und Wirklichkeit, ließ sie die Gedanken schweifen, ohne ihrem Unterbewusstsein irgendein Hindernis entgegenzustellen.

Dann spürte Soscha das Blau, die Magie, die in ihr war.

Wie ein scheues Tier, das sich in der Dämmerung aus dem Wald auf die Wiese wagte und nach allen Seiten Ausschau nach möglichen Feinden hält, so vorsichtig signalisierte die Macht ihre Anwesenheit, stets bereit, sich in die Tiefen zurückzuziehen, aus der sie kam.

Was soll ich tun?, huschte es durch ihren Verstand.

Das fremde Gefühl verstärkte sich, die Magie wollte ihr etwas zu verstehen geben – nahm sie zumindest an.

Soscha lauschte in sich hinein.

Eine Woge von behaglichen Empfindungen umspülte ihren Geist, sie schwamm in einem Meer aus Herzlichkeit und Geborgenheit. Das Blau strich um sie herum, benahm sich wie ein schüchterner Liebhaber, der nicht recht wusste, wie weit er bei der ersten Verabredung gehen durfte.

Kannst du sprechen oder dich irgendwie äußern?, versuchte Soscha es auf diesem Weg.

Zur Antwort erhielt sie eine Reihe wunderschöner Töne, die unglaubliche Gemütsbewegungen in ihr auslösten. Der Klang wirkte freundschaftlich, neugierig. Auch wenn es keine Worte waren, die die Magie gebrauchte, ging diese Art von Unterhaltung tiefer als jedes Gespräch, das Soscha je geführt hatte.

Es wird für dich das erste Mal sein, dass dich jemand wahrnimmt, dachte sie. *Du bist ein fester Teil von mir, nicht wahr? Aber wie kann ich dich verstehen?*

»Soscha?«, fragte eine Männerstimme nachdrücklich.

Der Zustand der Leichtigkeit wurde von dem Laut unterbrochen, denn ihr eigentliches Bewusstsein antwortete auf den äußeren Reiz mit der Rückkehr in die Welt um sie herum.

Das Blau verschwand ohne Vorwarnung und hinterließ ein Gefühl von Verlassenheit bei der jungen Frau. Ein wenig verärgert öffnete sie die braunen Augen und warf dem ungebetenen Besucher einen bösen Blick zu. »Ja?«

Stoiko zuckte erschrocken zurück. »Entschuldige, dass ich deinen Schlaf störe. Aber es gibt Neuigkeiten, die ich mit dir teilen wollte.« Er schaute sie prüfend an. »Ist alles in Ordnung mit dir?«

Soscha strich sich über die halblangen braunen Haare und hörte in sich hinein. Die Magie war verschwunden. »Ja, doch. Kein Grund zur Besorgnis. Ich hatte nur einen spannenden Traum, das war alles.« Sie lächelte ihn an. »Da fällt das Aufwachen besonders schwer, und deshalb war ich ein wenig gereizt.« In aller Eile zog sie ihre dicken Kleider über und erhob sich von der Liege. »Welche Neuigkeiten bringst du? Gute, oder?«

Stoiko begleitete sie ins Haus, wo ihnen ein Diener etwas zu trinken brachte.

»Perdór hat mir erzählt, dass Torben Rudgass Norina gefunden hat«, berichtete er glücklich, auch wenn sein Unterton verriet, dass der Anlass zur Freude nicht ungetrübt war.

»Das ist doch hervorragend!«, rief Soscha fröhlich und warf sich ihrem Ziehvater an die Brust. »Wo war sie denn all die Jahre? Dann wirst du sie bald wieder sehen?«

Traurig schüttelte der gealterte Mann den Kopf. »Bei den gegenwärtigen Umständen wäre es unverantwortlich, ihr oder mir eine Schiffsreise nach Rogogard zuzumuten. Wenn der Kabcar erfährt, dass sie noch lebt, wird er alles daran setzen, sie in seine Gewalt zu bringen. Hinzu kommt …« Er stockte und nahm einen Schluck Wasser. »Hinzu kommt, dass sie wohl ihr Gedächtnis verloren hat. Torben befreite sie in Jökolmur aus der Hand eines Menschen, der sie als Sklavin von Strandräubern gekauft hatte.« Seine Hand zitterte. »Wer weiß, was sie ihr angetan haben. Oder ihrem Kind, das entweder auf dem Grund des Meeres ruht oder irgendwo in Kalisstron sitzt. Es ist schrecklich, dass die Ungewissheit niemals endet.«

»Das bedeutet doch gleichzeitig Hoffnung.« Beruhigend strich Soscha über die ergrauten Haare des Mannes. »Sie wird ihr Gedächtnis vielleicht wieder finden, wenn sie dich sieht. Aber du hast Recht, in einer Zeit wie dieser wäre es ein schlechter Einfall, ins Inselreich zu segeln. Hat man denn eine Spur von den anderen, die dir so am Herzen liegen?«

Stoiko stand auf und schaute hinaus auf das Meer, als könnte er über das Wasser nach Kalisstron blicken und das Schicksal seiner verschollenen Freunde erkunden. Doch der Kontinent lag weit entfernt und geographisch an einer völlig anderen Stelle.

»Nein«, antwortete er nach einer Weile. »Torben ist mit der Kriegführung zu sehr beschäftigt, als dass er ein weiteres Mal in See stechen und sie suchen könnte. Und es gibt keinerlei Gewähr, dass die anderen ebenso überlebt haben wie Norina.« Ein kurzes, freudloses Lachen erklang. »Vielleicht ist sie besser bedient als wir alle. Was würde ich dafür geben, nichts von dem zu wissen, was in der Vergangenheit geschah und immer noch um uns herum geschieht. Da hat sie es doch wesentlich einfacher.«

Die Ulsarin erhob sich. Sie stellte sich neben den Mann und lehnte den Kopf an seine Schulter. »Es wird gewiss nicht alles so schlimm enden, wie es begonnen hat«, versuchte sie ihn aufzurichten. »Die magischen Fertigkeiten der Kensustrianer werden dem Kabcar und seiner Brut zu schaffen machen. Und bis dahin habe auch ich meine Magie im Griff, sodass ich ihnen helfen kann.

Stoiko schenkte ihr ein Lächeln. »Ich wünsche dir, dass es dir gelingt. Wenn du aber nach dem Tod des armen Sabin lieber die Finger von diesen Energien lassen willst, können wir alle es verstehen. Es ist wohl ein bisschen so, als ließe man sich mit einem dressierten Bären ein. Die Tiere sind kräftig und stark, anscheinend tanzen sie nach der Pfeife der Dompteure. Aber so manch einen haben die Pranken ohne ersichtlichen Grund ganz plötzlich erschlagen.« Ihre Blicke trafen sich, und Soscha erkannte die Sorge ihres Ziehvaters. »Niemand ist dir böse, wenn du deine Versuche beendest.«

»Es kann sein, dass ich einen Schritt weiter gekommen bin«, deutete die Ulsarin an. *Vielleicht war es aber auch nur ein Traum.*

Stoiko gähnte herzhaft und wischte sich über den braunen Schnauzbart. »Ich gehe zu Bett und bin bei aller Hoffnungslosigkeit Ulldrael vor dem Einschlafen erst einmal dankbar, dass er Norina unter den Lebenden weilen ließ. Er wird einen Grund gehabt haben. Ich sollte mir angewöhnen, ähnlich zuversichtlich zu denken wie du, Soscha.« Er ging zur Tür. »Es wird der Anfang einer Schicksalswende sein. Gute Nacht.«

»Gute Nacht«, erwiderte sie freundlich und nahm wieder Platz, um in aller Ruhe ihr Glas zu leeren.

Ans Ausruhen dachte sie allerdings noch lange nicht.

Sie wollte sehen, ob sich die Magie bei einem nächsten Experiment zeigen würde. Der Vergleich mit dem Tanzbären haftete in ihrem Gedächtnis.

Sollte Stoiko damit ins Schwarze getroffen haben?, fragte sie sich, lehnte sich zurück und schaute zur Decke. *Wenn die Magie ihren freien Willen hat, wie würde sie handeln, wenn man sie zu etwas zwingt? Zwinge ich sie, oder bitte ich sie, wenn ich meine dilettantischen Versuche unternehme?*

Soscha überlegte, wie sie aus dem »Tanzbären« Magie etwas formen konnte, das mit ihr freiwillig zusammenarbeitete. Ein anderes Bild entstand in ihrem Kopf. *Es wird wie beim Streicheln eines Fells sein,* sinnierte sie und glitt mit den Fingern über den Teppich zu ihren Füßen. *Gegen den Strich empfindet es das Tier als unangenehm, aber achte ich auf die Wuchsrichtung, hält es still und genießt die Berührung.*

Ein Tier zeigte allerdings unmissverständlich, was es mochte und was nicht. Nun galt es, auf die noch so geringsten Hinweise der Kräfte zu achten, die mit ihr auf rätselhafte Art und Weise verwoben waren.

Eilig betrat sie den Versuchsraum, legte das Stück Holz in die Mitte und konzentrierte sich.

Das Blau um ihre Hand verstärkte sich wie immer. In Gedanken versuchte sie, weniger befehlend, sondern freundlich bittend mit ihren Kräften umzugehen.

Zuerst änderte sich nichts, das magische Leuchten schimmerte auf, ein einzelner, dünner Strang schnellte hervor und fasste das Holzstück, um es in Soschas Hand zu befördern.

Aber im Gegensatz zu dem üblichen Vorgang, bei dem sie meist nur ein Kribbeln spürte, stellte sich nun ein sehr angenehmes Gefühl ein, so als führte die Energie ihre Aufgabe mit Freude aus und ließe die Ulsarin dies auch spüren.

Doch der Augenblick war zu schnell wieder verflogen, als dass sich Soscha sicher sein konnte. Dennoch glaubte sie sich in ihrer Annahme bestätigt, es bei der Magie mit etwas zu tun zu haben, das weit mehr war als ein simples Werkzeug einiger Privilegierter.

Nachdenklich betrachtete sie das dunkle Blau, in dem sie sachte schimmerte. Ihre Zuversicht, mit dieser besonderen Macht doch noch vertrauter zu werden, wuchs. Und sie würde sicherlich nicht so lange benötigen wie Tobáar und sein Gefolge.

Sehr zufrieden begab sie sich in ihr Schlafzimmer, um sich für den kommenden Tag auszuruhen.

Die Angst vor der Magie, die sie in den letzten Tagen und Wochen verspürt hatte, war einem gewissen Respekt gewichen. Soscha verstand nun, dass sie es nicht mit einem Feind zu tun hatte, der nur darauf wartete, dass sie in ihren Versuchen einen Fehler beging.

»Ich werde dir nicht meinen Willen aufzwingen, und

du wirst mich weder älter machen noch umbringen«, sagte sie halblaut, während sie sich unter die dünnen Seidenlaken legte, als verstünde die Macht ihre Worte.

Es war ein enormer Vorteil gegenüber dem Kabcar und den Seinen, von der Schädlichkeit der Magie zu wissen, die sich offenbarte, wenn man ihr Gewalt antat. *Vielleicht verweigert sie ja irgendwann ihren Dienst, wenn man sie über Gebühr benutzt und immer Stärkeres von ihr verlangt?*, hoffte sie. *Oder sie bringt den Anwender einfach um und befreit sich von dem Joch.* Soscha hielt sich die Hände vor die Augen und betrachtete das marineblaue Leuchten versonnen. *Schlaf gut, was auch immer du bist.*

Ob es nun ein Trugbild war oder nicht, die junge Frau glaubte, so etwas wie ein Flimmern bemerkt zu haben, als wollte die unglaubliche Energie ihr auf diesem Weg antworten.

»Wie putzig. Da kommt der kleine Koloss von Meddohâr«, grinste Fiorell, als er Perdór die Stufen erklimmen sah. »Oder wäre ›Kloß‹ besser geeignet?«

Schnaufend lehnte sich der ilfaritische Herrscher gegen eine Säule, unfähig, etwas zu entgegnen, so sehr rang er nach Luft. Aber seine Gesten sprachen für sich.

In diesem Augenblick stürmte der Hofnarr auf die andere Seite und stemmte sich gegen den Pfeiler, als müsste er ihn vor dem Umstürzen bewahren. »Bringt die Frauen und Kinder weg. Ich kann ihn nicht mehr lange halten!«, sagte er gepresst und mit knallrotem Kopf. Sein Spiel war wie immer sehr glaubhaft.

Die umstehenden Kensustrianer bedachten den Mann mit irritierten Blicken und zogen sich aus der unmittelbaren Umgebung des längst stadtbekannten Duos zurück, als hätten die beiden eine ansteckende Krankheit.

»Hervorragend«, lobte Perdór ironisch. Mit einem Taschentuch wischte er sich den Schweißfilm von der Stirn. »Wieder ein Steinchen mehr im Mosaik, das am Tag unserer Abreise das Bild eines vollkommen idiotischen, peinlichen Herrschers mit seinem Spaßmacher hinterlassen wird.« Er reckte sich und nahm ein Fernglas, um einen Blick auf den Hafen zu werfen. Eine kleine Flotte machte sich zum Auslaufen bereit.

»Den Göttern sei Dank, ich habe Meddohâr vor dem sicheren Untergang bewahrt!« Fiorell ließ die Säule los, die zusammen mit achtzehn weiteren das steinerne Dach über dem Aussichtspunkt trug. Auf einem Berg gelegen und nur durch eintausendeinhundertelf Stufen zu erreichen, bot diese Stelle einen unvergleichlichen Blick auf die gesamte Pracht kensustrianischer Architektur. »Nicht auszudenken, wenn dieses riesige Marmordach den Hang hinabgedonnert wäre und die Bürger der Stadt in den Tod gerissen hätte.«

»Ein Hurra auf den Hofnarren«, merkte Perdór ohne jegliche Begeisterung an. »Generationen von kleinen Kensustrianern werden aus Dankbarkeit auf deinen lächerlichen Namen hören, wenn du deine Heldentat publik machst. Die Mütter werden die Kinder durchnummerieren müssen, um Verwechselungen zu vermeiden.« Er schüttelte sich, die Augen noch immer auf den Hafen geheftet. »Welch eine grausame Vorstellung, dein Name könnte tausendfach erschallen.«

»Mir gefällt die Idee recht gut«, grinste Fiorell und gesellte sich an die Seite seines Herrn. »Heute soll es wirklich geschehen?«

»Meine Quellen, deren Vertrauen ich gewann …«

»Gekauft habt Ihr sie Euch, Majestät, gekauft. Mit Pralinen und anderem Naschwerk, das die Kensustrianer bis dahin noch nicht kannten«, fiel er Perdór ins

Wort. »Ihr führt sie geradewegs in die Schokoladenabhängigkeit. Pfui, schämt Euch.«

»… haben sich nicht getäuscht«, vollendete Perdór seinen Satz. Er war die Unterbrechungen aus dem Mund des Hofnarren seit Jahren gewohnt. »Es legen zehn Schiffe ab, mit Kurs auf das Heimatland der Kensustrianer.« Eine Hand wanderte zu seiner Gürteltasche und fischte eine Praline heraus, die er sich in dem Mund schob.

»Da hat der Mensch mal ein wenig geschwitzt, und schon stopft er sich wieder mit dem süßen Zeug voll«, meckerte der Spaßmacher vorwurfsvoll.

»Glaubst du, dass ein Sturz die tausendeinhundertelf Stufen hinab tödlich wäre?«, erkundigte sich Perdór liebenswürdig und ließ das Fernrohr sinken.

Abschätzend betrachtete Fiorell die Tiefe und das Gefälle. »Vermutlich.« Dann begriff er den Grund für die Nachfrage und machte hastig einen Schritt nach hinten, weg von der ersten Stufe.

»Wir haben uns verstanden«, meinte Perdór mit einem boshaften Grinsen und widmete sich dem Geschehen im Hafen. »Nimm dir lieber dein Fernglas und beobachte mit, du Spaßpraline. Vier Augen entdecken mehr als zwei.«

»Wenn Euch der Zucker und der Kakao nicht die Pupillen getrübt haben«, brummte der Hofnarr und zückte sein Fernrohr mit einer übertriebenen Geste.

Die kensustrianischen Segler, alles kleinere, wendige und sehr windschnittige Zweimaster, verließen den schützenden Hafen und näherten sich in Keilformation der Blockadekette, die rings um die Küste lag. Sie bestand aus einigen Bombardenträgern und kleineren Segelschiffen, die jeglichen Wasserverkehr durch Beschuss und Aufbringen zum Erliegen bringen sollten.

Die Ruder des Bombardenträgers bewegten sich und drehten die schwere Galeere in eine günstigere Schussposition. Das Donnern eines ersten Warnschusses grollte zu den beiden Beobachtern hinauf, eine Fontäne spritzte eine Viertelmeile vor dem Bug des ersten Seglers in die Höhe.

»Da, Majestät!«, rief Fiorell aufgeregt. »Etwa zwanzig Säbellängen neben der Galeere schwimmt ein Algenteppich.«

»Gute Tarnung, ihr Grünhaare«, freute sich Perdór. »Damit werden die Feinde ihr Lebtag nicht rechnen.«

Der grüne Bewuchs dümpelte in den sanften Wellen und trieb scheinbar zufällig immer näher an das Kriegsschiff heran, an dem nun die Luken der Backbordseite aufklappten und die Mündungen der Bombarden erschienen.

Die kensustrianischen Segler setzten Vollzeug und fächerten auseinander.

Plötzlich entstand hektische Betriebsamkeit an Deck der Galeere, die Rumpfseite mit den ausgefahrenen Geschützen hob sich Stückchen für Stückchen. Irgendwo unterhalb der Wasserlinie musste ein Leck entstanden sein.

Eine schnell abgefeuerte Salve verfehlte ihr Ziel, die Kugeln klatschten ins Wasser, ohne Schaden anzurichten. Das Kriegsschiff drehte sich um hundertachtzig Grad, stellte sich mit dem Heck nach oben auf und versank. Das Meer um die Galeere brodelte und blubberte, als Wasser in das Schiff strömte und die Luft aus dem hölzernen Leib drückte.

Die kensustrianischen Segler passierten die Stelle mit voller Geschwindigkeit, noch ehe die anderen Schiffe der Blockadekette recht verstanden, was soeben geschehen war.

Eine palestanische Kriegskogge bekam ebenfalls Schlagseite und versank innerhalb weniger Minuten. Alle Schiffe der Kette, die längere Zeit an einem Ort ankerten, erlitten das gleiche Schicksal, nur die kreuzenden feindlichen Segler, die vergeblich versuchten, die wagemutigen Kensustrianer einzuholen, schienen immun gegen die rätselhaften Vorgänge zu sein.

»Diese kensustrianischen Ingenieure sind echte Meister ihres Faches.« Perdór drehte am Linsenkarussell und wählte eine stärkere Vergrößerung.

»Schade, wenn diese Tauchtonnen nur genauso schnell wie ein Segler sein könnten, wäre die Belagerung zur See innerhalb eines Monats aufgegeben«, sagte Fiorell bedauernd.

»Tauchtonnen«, wiederholte der ilfaritische König vorwurfsvoll. »Wie kann man eine solche technische Leistung mit einem derart despektierlichen Ausdruck belegen?«

»Und wie, bitte schön, lautet die korrekte Bezeichnung, Ihro allwissende Pralinigkeit?«, verlangte der Hofnarr zu wissen.

Perdór schwieg einen Moment.

»Da haben wir's«, tönte Fiorell triumphierend. Es ist nicht weit her mit Eurem Wissen, was?«

»Es ist ein unterseeisches Tauch-Sabotage-Schiff«, sagte der exilierte Herrscher etwas unsicher. »So oder so ähnlich hat es der Ingenieur genannt. Auf alle Fälle klang es besser als Tauchtonne.« Demonstrativ schob er sich das nächste Konfektstück in den Mund. »Wo ist eigentlich der Picknickkorb abgeblieben, den du hierher bringen solltest, Bursche?«, erkundigte er sich. »Ich hätte wahnsinnigen Appetit auf ein belegtes Brot.«

»Den habe ich am Fuß der Treppe stehen lassen«, verkündete der Hofnarr beiläufig. »So seid Ihr gezwungen, Euch zu bewegen, wenn Euer nimmersatter Magen knurrt und geifert. Ich bin ganz schön gemein, oder?«, grinste er seinen Herrn an.

»Boshaft, tzulanesk durch und durch«, knurrte Perdór ihn an. Das Fernglas ruckte vor seine Augen. »Oh, sie sind schon wieder dabei, die Lücken zu schließen und den Blockadegürtel enger zu schnallen. Ich hoffe, unsere kensustrianischen Verbündeten schaffen es, diese Unternehmung ohne Verluste durchzuführen.«

»So, wie es aussieht, haben die zehn Segler es tatsächlich geschafft. Ab nun werden nur noch Stürme verhindern können, dass sie ihre Heimat erreichen«, schätzte der Spaßmacher die Situation ein. »Wo auch immer das sein mag.«

»Was noch viel spannender ist, dürfte die Frage sein, womit sie von dort zurückkehren.« Der König schlenderte unter den Säulen entlang. »Niemand hat mir gesagt, welche Aufgabe diese zehn Schiffe haben. Ob sie über das Schicksal der schwarzen Flotte berichten? Ich weiß nur, dass sich an Bord in erster Linie Gelehrte befinden und noch ein paar Handwerker.«

»Wenn sie einen kensustrianischen Hilferuf transportieren, dann bin ich sehr auf das Echo gespannt«, meinte Fiorell und schloss mit einer Reihe Flickflacks zu Perdór auf.

»Was auch immer wir zu hören bekommen – es wird dem Kabcar hoffentlich mächtig aufs Gehör schlagen«, lachte der Herrscher und verstaute das Fernglas. »Es zeichnet sich ein handfester Disput zwischen ihm und Sinured ab. Allem Anschein nach hat dieses Ungeheuer gegen den Willen Bardri¢s gehandelt, und dummerweise ist es dieses Mal aufgeflogen. Ich will nicht wissen …« Er hielt inne und hob den Zeigefinger. »Falsch, ich weiß es ja, was dieses Relikt aus den schlimmsten

Tagen Ulldarts während der Eroberungskriege alles angestellt hat. Und dieser Nesreca wird jede Kunde über seine Gräueltaten abgefangen haben, wie ich ihn einschätze.«

»Hoffen wir einmal, dass es der letzte Fehler von Sinured war und der Kabcar echte Konsequenzen daraus zieht. Seine Tochter soll die Stelle seines Strategen einnehmen, und da käme es doch gerade recht, wenn sein Sohn Sinureds Platz bei den Truppen anstrebte«, vermutete Fiorell.

»Ach so? Du meinst, er plant eine Ablösung, um über eine besser kontrollierbare Spitze zu verfügen?« Seine wulstigen Finger wühlten in den Korkenzieherlocken seines Bartes. »Es könnte möglich sein. Und weil Sinured aufsässig war, zieht er den Wachwechsel einfach vor, um diesen Unsicherheitsfaktor auszuschalten.«

»Ob das ein Glück für Rogogard ist, muss sich noch herausstellen«, warnte der Hofnarr. »Den Gerüchten zufolge geht die vernichtende Flutwelle, die über das Inselreich rollte und die vorgelagerten Eilande schwer traf, einzig und allein auf das Eingreifen des Thronfolgers zurück und nicht auf eine Laune der Natur. Und wenn er von seinem Vater geschickt wurde, die Seeräuber zu befrieden, fürchte ich nicht nur um das Leben der Schafe auf den Felsbrocken.«

»Die Brojakin sollte wirklich weggebracht werden, bevor der Kabcar erfährt, wo sie sich aufhält. Im Grunde war sie auf Kalisstron sicherer aufgehoben als in der stärksten Festung der Freibeuter. Der Kabcar wird ein schnelles Ende im Norden haben wollen, um seine vereinten Kräfte Richtung Kensustria zu verlagern. Und das wiederum bedeutet, jedenfalls wenn ich der Herrscher des Großreiches und genauso rücksichtslos wäre, dass die Rogogarder die volle magische Breitseite abbekommen werden.«

»Ich hoffe mal, die Langbärte sind vernünftig und suchen das Weite, statt wie unsere kensustrianischen Freunde hier den heldenhaften Niedergang zu bevorzugen.« Fiorell kratzte sich am Kopf. »Wie sehen denn unsere Reisepläne aus, Majestät? Oder malen wir uns schon im Voraus Fähnchen mit dem tarpolischen Wappen, um die Eroberer herzlich willkommen zu heißen?«

»Niemals, mein bester Fiorell«, versicherte der König und blieb im Schatten stehen. »Andererseits empfände ich unseren Tod doch als sehr sinnlos. Daher schlage ich vor, wir tauchen bei passender Gelegenheit unter, um uns mithilfe eines Schiffes in die nähere Umgebung abzusetzen. Ich fände Kalisstron wirklich reizvoll. Es wäre natürlich auch eine außerordentlich neue kulinarische Erfahrung für mich. Das ist nicht zu verachten.«

»König ohne Land sucht Gegend zum Regieren«, schlug der Spaßmacher vor, »so müsstet Ihr Euch bei den Kalisstri vorstellen. Aber soweit wir wissen, haben sie keine Könige.«

»Wie ärgerlich«, grummelte Perdór. »Ich werde mich als Pralinenmeister verdingen. Das ist etwas, was ich ebenfalls sehr gut beherrsche. Aber zuerst warten wir mit Spannung ab, was denn die militärischen Fähigkeiten der Krieger alles bewirken.«

»In den letzten Tagen sind eine ganze Reihe Karren aus Meddohâr gerollt, wenn ich es richtig gesehen habe«, erinnerte ihn Fiorell. »Weiß Taralea, woher sie diese seltsamen, haushohen Tiere haben, die sie zum Ziehen der Wagen und zum Reiten hernehmen. Die Mauern der städtischen Festung jedenfalls sind mit

Bombarden bestückt worden, wie ich sie noch nie gesehen habe. Kleinere Exemplare davon lagerten auf den gepanzerten Kutschen.«

Perdór hatte am Fuß des Berges Moolpár ausgemacht und winkte ihm. »Bringt bitte den Korb mit hoch!«, brüllte er hinab. Der Kensustrianer schien nicht zu verstehen. »Korb! Es eilt!«

Moolpár blickte sich suchend um, entdeckte den Behälter mit den vielen Leckereien und verteilte zur Bestürzung des Königs den Inhalt an spielende Kinder, die lachend ihre Beute verspeisten.

»Ich glaube, er hat Euch falsch verstanden, Majestät«, gluckste Fiorell, der seine Schadenfreude nicht zurückhalten konnte. »Noch ein Verbündeter im Kampf gegen Eure überflüssigen Pfunde, das ist sehr beruhigend.«

»Da ist nichts, aber auch gar nichts überflüssig. Jedes Gramm an mir entstand nur aus den besten Delikatessen«, begehrte der Herrscher traurig auf. Tief seufzte er, als Moolpár im Korb herumkramte und nichts mehr fand außer einem Apfel und eines der superben Miniaturküchlein, das er kurz in die Höhe reckte und sich dann selbst in den Mund steckte.

Perdórs Magen rumorte protestierend gegen die sträfliche Vernachlässigung.

Ohne dass ihn der Weg über die Stufen sonderlich angestrengt hätte, erreichte der Kensustrianer die beiden Ilfariten.

»Hier, Euer Korb. Ich habe den Inhalt verteilt, ganz wie Ihr wolltet.« Das letzte Stück Apfel verschwand in seinem Mund. Beinahe sehnsuchtsvoll hingen die Blicke des Königs an dem bis auf das Kerngehäuse abgenagten Rest, den Moolpár in den begrünten Hang beförderte. »Das war vermutlich die teuerste Sorte Apfel, die Ihr auf dem Markt finden konntet, wie ich annehme. Ein exquisites Aroma.« Sein Gesicht nahm einen verwunderten Ausdruck an. »Und diese kleinen Gebäckstücke, umwerfend! Ich verstehe Eure Vorliebe für das Süße mehr und mehr.«

Müde winkte der Herrscher ab, die grauen Locken hingen betrübt von Kopf und Kinn. »Streut nicht Salz in meine Wunde, guter Moolpár. Lasst uns über etwas anderes reden. Wir hatten es gerade mit der Situation auf Rogogard.«

»Die Seeräuber sind weit weg und völlig auf sich allein gestellt«, fasste der Krieger die Lage unbarmherzig zusammen. »Sie werden in wenigen Wochen nichts mehr an Widerstand aufzubieten haben. Danach werden die Nester der Rebellen in Karet fallen. Anschließend wird der Kampf gegen uns beginnen. Die erste Woche wird ihn mehr Soldaten kosten als sämtliche Schlachten seiner Truppen der letzten Jahre.«

»Ihr habt doch hoffentlich niemandem erzählt, dass Tobáar magisch befähigt ist?«, vergewisserte sich Perdór und senkte dabei die Stimme zu einem Flüstern.

»Wo denkt Ihr hin?« Der Kensustrianer legte den unteren seiner Haarzöpfe zurecht, damit er nicht vor den Griffen der Schwerter baumelte. »Im Übrigen ist das eine Neuigkeit, die auch beim kensustrianischen Volk alles andere als Freude auslösen würde.« Fiorell und sein Herr horchten auf. Aber zu weiteren Erklärungen ließ sich Moolpár nicht hinreißen. Stattdessen schwärmte er von dem gelungenen Ausfall. Die Aufgabe der zehn Schiffe ließ auch er unerwähnt, Fragen über das Vorgehen und spezielle Angriffspläne wich er aus. »Versteht es bitte nicht falsch«, entschuldigte er sich knapp. »Aber Tobáar will es so.«

»Natürlich, bester Moolpár«, nickte Perdór huldvoll.

»Ich kenne meinen Ruf als Spion, und einem solchen Mann freiwillig Geheimnisse anzuvertrauen wäre schon reichlich seltsam.« *Also muss ich es selbst herausfinden, wenn mir danach ist. Oder es zumindest versuchen.*

»Gibt es Meldungen darüber, wie das restliche Reich zu dem Eroberungsdrang des Kabcar steht?«, erkundigte sich der Kensustrianer, während sie sich gemeinsam an den Abstieg machten.

»Das ist ein Phänomen, wie es in keinem Buch steht«, lachte Fiorell bitter auf. »Nesrecas Bänkelsänger und Schauergeschichtenerzähler leisten nach wie vor gute Arbeit. Und dementsprechend wenig Vorbehalte hat man gegen einen Angriff aus Kensustria, einmal abgesehen von den Ilfariten, die ein wenig vertrauter mit Eurer Kultur sind. Die Lügenmären, die man von Dorf zu Dorf weiterträgt, sind ungeheuerlich.« Er zwinkerte dem Krieger zu. »Wusstet Ihr, dass alle Kensustrianer heimlich Menschen fressen und sich in mordende Bestien verwandeln, wenn man ihnen nach dem Tod nicht den Kopf abschlägt?«

Vor lauter Heiterkeit entging dem Spaßmacher, dass Moolpárs Bernsteinaugen für einen winzigen Moment zu Schlitzen wurden und der Kensustrianer sich verkrampfte. Sein Lachen klang künstlich.

»Dann sollte man uns wohl besser alle zu den Ungeheuern in die Verbotene Stadt bringen«, feixte er.

»Ihr seid nicht auf dem Laufenden«, rügte ihn der König scherzhaft. »Die Kreaturen, die eine ganz erstaunliche Art von Zusammenleben und disziplinierter Ordnung geschaffen haben, nennen sie inzwischen Ammtára.«

»Ammtára«, echote der Kensustrianer ungläubig und wurde langsamer.

»Weshalb beschleicht mich allmählich der Gedanke,

dass Ihr so einiges vor uns verbergt, mein geschätzter Moolpár?«, bohrte der dickliche Herrscher nach. »Ist etwas Besonderes an dem Namen? Angeblich bedeutet das Wort ›Freundschaft‹.«

»Freundschaft«, wiederholte Moolpár auch dieses Wort. »Dass ich nicht lache.«

»Ich glaube, er war in seinem vorherigen Leben ein sprechender Vogel. Diese Arten, die alles nachplappern, was man ihnen vorspricht«, warf Fiorell ein.

»Und du warst ein Vogel, der von seinem Besitzer höchstwahrscheinlich in die Pfanne gehauen wurde«, schätzte Perdór. »Halte deinen vorlauten Schnabel und gib unserem Freund die Gelegenheit, sich von deinem Geschwätz und seiner Überraschung zu erholen.«

Aber der kensustrianische Kämpfer ging nicht auf die Späße ein. Er schaute zu Perdór und dann zu seinem Hofnarren, der prompt grinste und mit den Augenbrauen wackelte, wofür er einen Rempler von seinem Herrn kassierte.

»Hier ist nicht der richtige Ort, um die Angelegenheit zu besprechen«, beschied Moolpár. »Folgt mir.«

Neugierig begleiteten die beiden Ilfariten den Krieger in sein Haus, wo er ihnen etwas zu trinken und dem König wortlos einen halben Laib Brot, kaltes Fleisch und Käse vor die Nase stellte. Dankbar langte Perdór zu.

»Ich habe die Geschichte schon einmal erzählt«, begann Moolpár. »Damals hörte sie ein Ritter namens Nerestro von Kuraschka, den ich unterwegs in Patamanza traf. Er erzählte mir von der Ausgestoßenen der Priesterkaste, Belkala, die sich in Tarpol aufhalten sollte. Sie war vor vielen Mondumläufen die Hohepriesterin des Gottes Lakastra und belebte seinen Kult in Kensustria von neuem. Dank ihrer Energie fand der

Glaube an ihn großen Zulauf. Doch sie veränderte seine Lehre, was wiederum den Widerstand der gesamten Priesterkaste auf den Plan rief. Ihr wurde vorgeworfen, die Leute durch falsche Visionen zum Glauben gerufen zu haben. Nach dem Beschluss der Priesterkaste verwies man sie wegen Frevels des Landes und der Kaste. Sie beherrscht Künste, die nicht rechtens sind, und wer ihr einmal verfallen war, kommt nie wieder über sie hinweg. Ich traf sie kurze Zeit darauf in Patamanza.«

Kauend lauschten die beiden Männer den Schilderungen. Jedes Mal, wenn der Hofnarr seine Finger nach Essen ausstreckte, stach der König mit einer Gabel nach ihm.

»Mein Schüler und ich stellten die Lügnerin und fanden heraus, dass der Fluch, mit dem sie belegt wurde, in Erfüllung gegangen war. Sie hatte sich nach ihrem Tod zu einem Wesen verwandelt, das alle Kensustrianer verabscheuen.«

»Was hat das mit der Verbotenen Stadt zu tun?« Fiorells Neugier brach durch und führte zu einem Tritt gegen das Schienbein durch den ilfaritischen König.

»Geduld«, mahnte Moolpár. An seiner Miene erkannten beide, dass es ihm sichtlich Schwierigkeiten bereitete, über die Angelegenheit zu sprechen. Etwas Ungewöhnliches musste der Zurückhaltung zu Grunde liegen. »Das erkläre ich noch. Auf alle Fälle entkam sie uns an diesem Tag, und wir hatten wichtigere Dinge zu erledigen, als eine verfluchte Verstoßene für immer von dem Kontinent zu schicken.«

»Was ist das Besondere?«, hakte Perdór vorsichtig ein. »Warum ist den Kensustrianern dieses Wesen zuwider?«

»Sie wurde zur …«, er suchte nach einem passenden Begriff, »›Fresserin‹. Sie verzehrt das Fleisch ihrer Artgenossen und der Menschen.« Der Ekel stand ihm ins Gesicht geschrieben. »Etwas Schlimmeres gibt es unserer Vorstellung nach nicht.«

»Das klingt beinahe so, als hätte es diese Fresser einst öfter gegeben?«, mutmaßte der König behutsam.

»Nur die widerlichsten Frevler sind dazu verdammt, nach ihrem Tod in dieser Gestalt zurückzukehren. Und sie sind üblicherweise auszumerzen.« Der Kensustrianer schluckte. »Bisher habe ich immer angenommen, es träfe nur die Abtrünnigen. Sie verwandeln sich, ihre Augen leuchten gelb, sie werden schlimmer als Tiere.«

In Perdórs Verstand keimte ein ungeheuerlicher Gedanke auf. Der Anblick von Tobáar und seinen Gefolgsleuten und die Eindrücke, die ihm Soscha nach ihrer Rückkehr zitternd berichtet hatte, waren ihm noch bestens in Erinnerung. *Sollte Tobáar, der Anführer der kensustrianischen Kriegerkaste, ebenfalls ein solches Wesen sein?* Doch er scheute sich, seinen Verdacht laut auszusprechen. Zu unsicher erschien ihm die mögliche Reaktion Moolpárs, in dessen Innerem ein Kampf tobte. Einem Wesen in die Schlacht zu folgen, das er normalerweise zu vernichten hatte … Allein der Gedanke musste einen Zwiespalt in ihm auslösen, um den der König ihn nicht beneidete.

Moolpár räusperte sich. »Wie auch immer … Belkalas Versprechungen nach, so erzählte man sich, sollte Lakastra zu Ehren eine Stadt errichtet werden, die sie Ammtára nennen wollte.«

»Und es bedeutet nicht Freundschaft?«, fragte Fiorell, der es gerade noch rechtzeitig schaffte, seinen Mittelfinger vor den Zinken der Gabel in Sicherheit zu bringen.

»Es bedeutet …«, wieder suchte Moolpár nach einer passenden Übersetzung für das kensustrianische Wort, diesmal allerdings vergebens. »Ich finde nichts, was dem gleich kommt. Ich werde nachdenken und es Euch wissen lassen.«

»Nun scheint es, dass die ehemalige Priesterin ihren Weg bis nach Tûris gemacht hat«, schloss Perdór aus dem Gehörten. »Dann hat sie die Schlacht bei Telmaran überstanden und den Ritter verlassen, um sich inmitten der Wesen eine neue Existenz aufzubauen, wo sie am wenigsten auffällt.«

»Aber sie besitzt noch so viel Trotz, dass sie die Stadt mit einem kensustrianischen Namen versehen lässt.« Fiorell schürzte die Lippen. »Das muss eine ganz schön eigenwillige Frau sein.«

»Sie ist keine Frau. Sie ist eine tödliche Bestie«, stellte der Krieger unwirsch richtig. »Wenn die Sache mit dem Kabcar ausgestanden ist, trage ich unserer Kaste diesen Umstand vor. Wir werden nach Tûris ziehen und die Fresserin vernichten.«

»Wie kann das geschehen, wenn sie doch bereits tot ist?«, wollte der Spaßmacher wissen.

»Ich werde ihr den Kopf von den Schultern trennen und sie verbrennen«, schwor Moolpár. Er stand auf. »Ihr habt gehört, weshalb ich vorhin so seltsam reagierte. Ich bitte Euch, behaltet die Kunde über Ammtára für Euch. Es wäre möglich, dass sich einige verpflichtet fühlten, einen zweiten Kriegsschauplatz zu eröffnen – einzig von dem Wunsch beseelt, jene Stadt dem Erdboden gleichzumachen, deren Name eine einzige Herausforderung an alle Kensustrianer ist, die an Lakastra glauben. Oder die von religiösem Fanatismus beseelt sind. Nun wünsche ich Euch beiden eine gute Nacht.« Er nickte dem Herrscher zu. »Den Schinken dürft Ihr gern mitnehmen, wenn Euch noch nach Fleisch gelüstet.«

»Dem vergeht der Appetit nicht so schnell«, winkte Fiorell beruhigend ab, während sie zum Ausgang schritten. Nach einer kurzen Verabschiedung begaben sie sich schweigend auf den Rückmarsch zu ihrer Unterkunft. Ein jeder hing eigenen Gedanken nach.

»Was denkst du über Tobáar?«, fragte Perdór abwesend, als ein Diener ihnen die Tür öffnete.

Fiorell überlegte kurz, bevor er antwortete. »Seit ungefähr einer Stunde das Gleiche wie Ihr, Majestät.«

»Und was denkst du über die Kensustrianer?«, meinte der Herrscher.

»Ihr denkt vermutlich an die Sagen, die man sich in Tarpol über die Grünhaare erzählt. Ich würde sagen, dass sich wiederum eine alte Volksweisheit als zutreffend herausstellt: Jede Legende birgt einen wahren Kern in sich.« Der Hofnarr begab sich in sein Zimmer.

»Fiorell?«

Sein Kopf erschien im Türrahmen. »Ja, Majestät?«

»Verschließe die Tür und die Fenster gut. Und achte auf deinen Hals.«

Wortlos reckte der Spaßmacher eine massive Holzlatte in die Höhe. »Davon habe ich sieben Stück; sie sind dazu da, um alle möglichen Eingänge zu verbarrikadieren«, erklärte er. »Ich habe auf Volksweisheiten schon immer viel gegeben.«

Kontinent Ulldart, Inselreich Rogogard,
Frühsommer 459 n. S.

Einen Schuss vor den Bug, Adjutant«, befahl Commodore Lucari Baraldino, Befehlshaber der *Güldenstern*, »und jedes Stückchen Leinwand an die Rahen. Ich will dieses verdammte Schiff da vorne haben.« Sorgsam tupfte er den Schönheitsfleck an seiner rechten Wange fest. *Wenn ich Glück habe, ist tatsächlich dieser Rudgass an Bord*, dachte er. *Das brächte mich auf Anhieb ganz nach oben beim Kaufmannsrat. Nach dem peinlichen Abstieg meines Cousins Parai käme mir das gerade recht. Immerhin verdankt unsere Familie es diesem Idioten, dass wir an den entlegensten Stellen der Meere Dienst verrichten dürfen.*

Die Bauweise der Schiffe, welche die Rogogarder bei den Tarvinern abgeschaut hatten, machte es nach wie vor schwer, die Blockade um die eroberten rogogardischen Inseln lückenlos zu schließen.

Die Dharkas erreichten bei geringen Windstärken ganz erstaunliche Geschwindigkeiten, während die Kriegskoggen wie lahme Enten hinterherdümpelten. Aber die Reichweite der Bombarden machte den Vorteil halbwegs wett.

Nun jagten sie wiederum eines der verhassten Schiffe, das aus lauter Angst, in die Hände der Gegner zu geraten, sämtliche Ladung über Bord warf, um durch weniger Ballast noch schneller flüchten zu können.

Der Warnschuss, der Baraldino erschrocken zusammenzucken ließ, verfehlte seine Wirkung als Aufforderung zum Beidrehen. Die Rogogarder suchten lieber das Weite.

»Ruder hart steuerbord, Freigabe für Breitseite, wenn bereit«, hallte die erboste Stimme des palestanischen Offiziers, der seinem inhaftierten Cousin wie aus dem Gesicht geschnitten war, über das Deck. »Erster Bombardier«, brüllte er nach unten, »ich will, dass aus den gegnerischen Masten Streichhölzer werden, verstanden?!«

Das Schiff wendete abrupt um 45 Grad, das Dutzend Bombarden röhrte ohrenbetäubend und sandte einen Regen aus Blei zu den Freibeutern hinüber.

Doch die Schäden hielten sich in Grenzen, die Masten blieben heil. Für einen zweiten Schuss blieb keine Zeit mehr.

»Bei allen falschen Wechseln!« Commodore Baraldino schlug gegen das Geländer des Oberdecks. »Ihr feuert wie die Blinden.« Der prächtige Federbusch auf seinem bestickten Dreispitz wippte im Takt zu seinen Schritten, als er wütend die Stufen hinunterpolterte und zum Batteriedeck stakste, wo ihm dicker Pulverdampf entgegenschlug.

Schnell hatte er den Ersten Bombardier erreicht und malträtierte ihn mit einem Schlag seines Handschuhs. »Das habt Ihr Euch für Eure Unfähigkeit verdient. Wie kann man nur ein solches Ziel verfehlen?«

»Unser Schiff schwankte noch vom Wendemanöver«, rechtfertigte sich der Mann mit dem rußigen Gesicht. »Zum besseren Zielen blieb keine Zeit, Commodore.«

»Ich gebe eine falsche Münze auf Eure Ausrede«, schrie Baraldino ihn an und deutete mit einem Finger durch die Luke zum Horizont, wo die Dharka kleiner und kleiner wurde. »Wenn an Bord dieser Rudgass war, habt Ihr mich und die Mannschaft um eine Belohnung gebracht.« Wieder klatschte der Handschuh ins Gesicht des Bombardiers. Dann wandte sich der palestanische Offizier um und kletterte erbost die Stiegen hinauf an Deck.

»Sammelt die verdammte Ladung ein, bevor sie uns absäuft«, blaffte er seinen Adjutanten an, als die nicht zu verleugnende Seele eines Kaufmanns bei ihm durchbrach. »Immerhin haben wir uns ein paar Kisten mit irgendwas verdient.« Ärgerlich entfernte er kleine Rußflöckchen von seinem teuren Brokatrock und der Perücke.

Als sie die Hälfte des Treibgutes an Bord verstaut hatten, meldete der Ausguck die Rückkehr der Dharka. Ohne lange nach dem Inhalt der Behältnisse zu schauen, ließ Commodore Baraldino seine Männer den Rest einladen und unter Deck verstauen. *Wenn die Ladung so wertvoll für euch ist, dann müsst ihr sie euch schon holen.*

Das Piratenschiff umkreiste die Kogge und hielt Abstand zum Gegner, nur auf eine Gelegenheit wartend.

Die *Güldenstern* konterte, indem sie ihre Fahrt so manövrierte, dass sie jederzeit das Feuer eröffnen konnte, sollte die Dharka ein überraschendes Entern versuchen.

Lucari Baraldino zog den Mantel enger und drückte den Hut fest an seinen Kopf. Der Wind frischte zu allem Unglück auf, was den Rogogardern einen für die Palestaner unerreichbaren Bewegungsvorteil bescherte.

Der Offizier stellte sich dicht an die Reling und betrachtete die Seeräuber durch sein Fernrohr. An Deck des Zweimasters herrschte unverschämte Ruhe, der Feind verfügte nicht einmal über Gefechtsbereitschaft.

»Die wollen uns nur foppen!« Der Palestaner entdeckte einen Mann, der ihn wiederum mit einem Fernrohr beobachtete und ihm ausgelassen zuwinkte. *Das schlägt dem Fass den Boden aus.* Er ließ sich zu einigen obszönen Gesten hinreißen, was der Rogogarder mit dem Zeigen seines Gemächts retournierte. Empört fuhr Baraldino zurück und schob das Fernrohr mit einer energischen Bewegung zusammen. »Sie machen sich einen Spaß daraus, uns an der Nase herumzuführen. Wo sind unsere verfluchten Segler?«

»Commodore, sie setzen Vollzeug und nehmen Kurs auf uns!«, meldete der Ausguck.

»Ha!«, schrie der bunt herausgeputzte Palestaner und reckte der heranfliegenden Dharka die Faust entgegen. »Euch blase ich aus dem Wasser. Sägemehl machen meine Bombarden aus euren Planken, feinstes Sägemehl!«

Er hielt das Fernrohr wieder vor sein rechtes Auge, damit er die Wirkung der Treffer besser sehen konnte. Noch befanden sich die Seeräuber nicht innerhalb der Reichweite.

Dafür erschien der Rogogarder wieder, ebenfalls ein Fernrohr haltend. *Warte, Freundchen, dich durchbohre ich der Länge nach mit meinem Rapier. Dein bestes Stück wird an der Rahe flattern.* Der Pirat hatte ihn entdeckt und wedelte mithilfe von zwei Wimpeln eine Nachricht.

»*Güldenstern,* ergib dich«, übersetzte Baraldino ungläubig Buchstabe für Buchstabe. »Den Säufern haben sie wohl was in den Rum getan«, schnaufte er. »Batteriedeck, Feuer!« Eilig steckte er sich einen Finger ins Ohr.

Nichts geschah.

Hinter ihm rannten zahlreiche Männer umher, um ihre Posten zu besetzen, und erzeugten einen erheblichen Lärmpegel.

Der Commodore räusperte sich. »Feuer, verdammt noch eins, ihr tranigen Fischköpfe!«, brüllte er, den Blick in freudiger Erwartung auf den Bug des Angreifers gerichtet, den er unter den Bombardengeschossen bersten sehen wollte.

Stattdessen signalisierte ihm der feixende Rogogarder eine neue Botschaft.

»Dreh dich um«, übersetzte er zunächst, ohne den Sinn zu erfassen. »Dreh dich um? Was ist denn das für eine schwachsinnige Anweisung?« Baraldino wandte sich zur Seite, um seinen Adjutanten ins Geschützdeck zu schicken, damit er nach dem Rechten sähe.

Neben ihm stand jedoch ein Rogogarder wie aus

dem Bilderbuch, die Bartsträhnen geflochten und mit kleinen Muschelschalen verziert; goldene Ohrringe baumelten rechts und links. Er lehnte entspannt an der Brüstung, breitete die Arme aus und atmete übertrieben die Seeluft ein.

»Ist das nicht ein wunderbares Wetter zum Aufgeben, Commodore Baraldino?«, grinste er und zeigte ein nur schwach bestücktes Gebiss.

»Bei allen verdammten Geldfälschern, Ihr seid Rudgass!«, stieß der Palestaner verdutzt hervor und langte nach dem Griff seines Rapiers.

»Genau.« Torben zog ihm blitzartig die Perücke ins Gesicht, schnappte sich die schlanke Waffe und warf sie über Bord. »Wenn Ihr den Zahnstocher wieder haben wollt, dann müsst Ihr tauchen. Meine Männer befördern Euch gern hinunter.«

Wutschnaubend riss sich der Befehlshaber der *Güldenstern* die falschen Haare vom spärlichen Schopf. »Das ist eine Frechheit sondergleichen!«, begehrte er auf. Der prominente Rogogarder aber nahm ihm die Perücke aus der Hand und schleuderte sie ebenfalls ins Meer.

»Das war mit Sicherheit eine weitere Frechheit sondergleichen.«

Um Baraldino erklang mehrfaches Lachen, das nicht von seinen Leuten stammte.

Als er sich rasch umschaute, standen zwei Dutzend Piraten an Deck, die Waffen gezückt und kampfbereit.

Keiner aus seiner Mannschaft wagte es, gegen die unvermutete Kaperung aufzubegehren. Zumal das Blut an mancher Klinge deutlich machte, dass sie unter Deck den ein oder anderen Helden mit Gewalt zur Vernunft gebracht hatten.

Die Dharka segelte heran und kam längsseits, Enterhaken flogen durch die Luft und verbanden die beiden

Schiffe. Varla stand neben dem Ruder und warf ihrem Geliebten eine Kusshand zu.

»Ihr habt Euch in den Kisten verborgen!« Endlich begriff der bebende Palestaner.

»Und weil wir wussten, dass Eure Krämerseele diesem Geschenk nicht widerstehen würde, musste unsere Mission ein Erfolg werden«, fügte Torben feixend hinzu. »Eure eigene Gier ist Euch zum Verhängnis geworden. Aber seht es so, Ihr habt das Leben Eurer Männer bewahrt.«

»Ich pfeife auf das Leben meiner Männer!«, zeterte Baraldino. Schon gellten die Pfiffe und Drohungen seiner Matrosen über das Deck. »Ich meine natürlich Eure Männer.« Die Rogogarder machten drohend einige Schritte auf ihn zu. »Oh, nein, ein Missverständnis«, beeilte sich der Palestaner zu sagen. »Ich meinte … das Leben des Kaufmannsrates«, wich er schwitzend aus.

»So, so«, lachte der Freibeuter. »Na, wie auch immer. Ich danke Euch für die Übergabe der *Güldenstern*. Sie wird uns unschätzbare Dienste erweisen, wenn unsere Pläne gelingen.«

Baraldino bemühte sich um die arrogante Haltung, wie sie fast jedem palestanischen Offizier eigen war, und wedelte sich sinnlos mit einem Spitzentaschentuch frische Luft zu. Augenblicklich verströmte er einen aufdringlichen Parfümgeruch. »Mit Euch auch nur ein weiteres Wort zu wechseln ist reine Verschwendung. Ihr werdet den Möwen ein willkommenes Mahl sein, wenn ich Euch dort an der Rahe aufknüpfen lasse«, meinte er mit einem geringschätzigen Blick auf Torben.

»Und wann soll das sein, Commodore?«, erkundigte sich der Rogogarder belustigt. »Nur, damit ich mich schon mal ängstigen kann und die Tage zähle.« Die übrigen Piraten grölten.

»Sobald ich eine Waffe in der Hand halte und Euch im Zweikampf besiegt habe«, lautete die herablassende Antwort.

Auf ein Nicken des Kapitäns hin hielt einer der Freibeuter dem Palestaner seinen Entersäbel unter die Nase.

Betroffen starrte Baraldino auf die Schneide. »Oh, das ist zu aufdringlich von Euch, aber ich gebrauche niemals eine fremde Waffe«, wehrte er dankend ab und drückte den Säbel mit dem kleinen Finger von sich. »Und da mein Rapier ja leider, leider auf dem Grund des Meeres ruht, werdet Ihr demnach vom Schicksal noch eine Gnadenfrist erhalten, Rudgass.«

Torben spielte pantomimisch den Erleichterten, und seine Männer schlugen sich vor Lachen auf die Schenkel. Dann stelzte Baraldino los.

»Wo will denn der geschniegelte Pfau hin?«, fragte ihn einer der Rogogarder und trat ihm in den Weg.

»In die Segelkammer, wenn's recht ist. Dort muss ich wenigstens den Anblick Eurer hässlichen Visagen nicht ertragen«, entgegnete der Palestaner süßsauer und scheuchte den Mann mit einer Bewegung des Taschentuchs zur Seite.

»Lass ihn durch. Zufällig kennt er sich hier aus«, rief der rogogardische Kapitän.

Unter dem dröhnenden Gelächter der Freibeuter hielt der piekfeine Commodore Einzug in sein neues Quartier. Nachdem er das Tuch über der groben Bank ausgebreitet hatte, setzte er sich stocksteif darauf.

Torben folgte ihm, den Zeigefinger ausgestreckt. »Ihr habt dies hier eingebüßt.« Er tippte auf die Nase des Commodore und hinterließ einen schwarzen Fleck. »Ihr habt Euren Schönheitsfleck im Eifer des Wortgefechts verloren. Ihr solltet weniger Grimassen schneiden.«

Baraldino schielte auf den Punkt. »Danke, Pirat. Und nun raus aus meiner beschaulichen Zelle.«

»Ich werde Euch sofort allein lassen«, grinste der Rogogarder. »Der Hetmann freut sich schon sehr darauf, Euch zu verhören. Und ich auch.«

»Ich werde keinen Ton sagen, das musste ich dem Kaufmannsrat schwören«, verkündete der Palestaner. »Eher nehme ich den Schuldschein eines Bettlers.«

»Ihr werdet reden«, beruhigte ihn der Kapitän. »Schon zu Eurer eigenen Sicherheit. Wir werden nämlich mit diesem schwerfälligen Vogel«, er klopfte gegen das Holz des Türrahmens, »gegen einen Bombardenträger in See stechen. Und wenn wir keine weiteren Neuigkeiten von Euch über diese Schiffe zu hören bekommen, werden wir versenkt werden.« Er näherte sich dem Offizier und kniff die Augen zusammen. »Dann werdet Ihr mit uns untergehen.«

»Wenn das so ist«, lenkte Baraldino ein. »Warum habt Ihr das nicht gleich gesagt? Hättet Ihr Papier und Federkiel für mich?«

»Wäre es nicht einfacher, Ihr würdet es mir jetzt sagen?«, verlangte Torben.

»Es ist eine rechtliche Frage«, klärte ihn der Palestaner auf und versetzte den Schönheitsfleck von der Nase auf die rechte Wange. »Wenn ich Euch alles aufnotiere, habe ich Euch nichts gesagt und der Kaufmannsrat kann mir gar nichts.«

Bald flog die Spitze des Schreibinstruments nur so über das Blatt und lieferte Linie für Linie alles, was für einen Überfall auf einen Geschützträger von Nutzen sein konnte.

Die *Güldenstern* segelte im Schein der vollen Monde durch die Wellen und kam dem Objekt der rogogardischen Begierde immer näher. Flach drückte sich die Silhouette des eindrucksvollen Bombardenträgers, der den Namen *Schalmei* trug und den verbesserten Nachbau einer turîtischen Iurdumgaleere darstellte, an die Wasseroberfläche; die Ruder waren eingezogen, die Positionslampen flackerten im Windzug. Die Eroberer machten keinen Hehl daraus, wo sie waren.

Dickes Holz, Eisenbleche und ein verstärkter Rumpf sorgten dafür, dass sie bei einem herkömmlichen Angriff unverwundbar waren. Als Schutz gegen Beschuss durch Brandsätze hatten die Konstrukteure das Deck nachträglich mit Blechen versehen, die Galeere fing dadurch schlechter Feuer.

»Schiff voraus«, meldete die Wache im Krähennest, als sie die Laternen der palestanischen Kriegskogge sah.

Der wachhabende Offizier, Hamando Nelisso, erschien auf der Brücke und betrachtete den Ankömmling durch das Fernrohr »Es scheint eine Patrouille zu sein, die zurückkehrt«, meldete er der zehn Mann starken Wache, die hinter ihm angetreten war. Im hellen Licht der Gestirne gelang es ihm, den Namen am Bug zu lesen. »Sieh an. Baraldino wird die Lust vergangen sein, die leere See zu betrachten«, lachte er leise.

Dem Schiffsjungen befahl er, eine Mahlzeit für die Offiziere in der Messe herrichten zu lassen, ohne dabei die anderen an Bord zu wecken.

»Wenn Ihr auch nur falsch mit der Wimper zuckt oder eine verräterische Geste macht, seid Ihr der erste von vielen Toten, die diese Nacht bringen würde«, schärfte Torben dem Offizier ein und rückte sich das Halstuch zurecht, um seinen Bart darunter zu verbergen.

»Ich werde mir größte Mühe geben, Pirat, den besten

Verrat an meinen Landsleuten zu begehen, zu dem ich im Stande bin«, entgegnete Baraldino verdrießlich.

Seit Stunden dachte er darüber nach, wie er seine Leute warnen konnte, ohne sich dabei auf irgendeine Art und Weise in Gefahr zu bringen; weder wollte er im Geschützfeuer enden, noch den Säbel des Rogogarders der Länge nach schlucken. Aber es fiel ihm keine befriedigende Lösung ein.

»Die *Schalmei* wendet auf der Stelle und zeigt uns die Breitseite«, raunte der Mann am Bug nach hinten weiter. »Die Klappen sind offen.«

Torben schaute mit ernstem Gesicht zu seinem Gefangenen, doch der Palestaner zuckte gelassen mit den Achseln. »Das ist eine völlig normale Vorgehensweise. Gleich geben sie Lichtsignale.« Er hielt eine Hand hin. »Ich brauche eine Blendlaterne, um mit der passenden Losung zu antworten. Ich möchte nicht versenkt werden.«

Tatsächlich blinzelte auf der Brücke des Bombardenträgers ein weißes Auge in scheinbar wirrer Reihenfolge. Der rogogardische Befehlshaber jedenfalls konnte mit den Zeichen nichts anfangen.

Baraldino stelzte, ausgestattet mit der verlangten Blendlaterne, zur Spitze der *Güldenstern* und betätigte die Signalvorrichtung an der Lampe. Die Metallscheibe vor dem Docht klapperte hektisch auf und nieder.

»Was immer er jetzt auch sendet, ich habe keine Ahnung, Käpt'n«, flüsterte ihm sein Maat Negis ins Ohr.

»Mir ist genauso unbehaglich wie dir, alter Seebär. Aber ich setze voll darauf, dass er wie alle anderen Palestaner ist. Wenn es um den eigenen Vorteil geht, kennen sie nur wenig, vor dem sie zurückschrecken. Er wird sich sein Leben bewahren wollen.« Torben spuckte aus und schaute an sich herab.

Wie alle anderen, die sichtbar an Deck standen, steckte er in einer palestanischen Uniform, um die Täuschung möglichst lange aufrecht zu erhalten. Im Bauch der Kogge warteten auf engstem Raum zusammengepfercht vierhundert Soldaten, um sich die Galeere und damit die sechzig Geschütze unter den Nagel zu reißen. Wenn die *Schalmei* ihre Töne aus den Bombarden erklingen ließe, würde das ohnehin geschwächte Inselreich einen herben Verlust erleiden, einmal abgesehen von der Galionsfigur Torben Rudgass.

Der palestanische Offizier stellte die Lampe ab und kehrte zurück.

»Der Name Baraldino sagt mir irgendetwas«, fiel Negis ein. »Hat nicht einer mit diesem Namen sich die Hosen vor der Regentin Alana der Zweiten voll geschissen?«

»Das war mein Cousin«, antwortete der Commodore gekränkt. »Eigentlich ist er ein ganz entfernter Verwandter. Ich kenne ihn nicht.«

»So einen Cousin würde ich auch nicht kennen wollen«, lachte der Maat. »Das muss mehr als peinlich gewesen sein, was?« Ein Strahl Tabaksaft klatschte auf die Planken.

Angewidert zog Baraldino den Schuh zurück. »Es ist in erster Linie eklig. So wie du, Pirat.«

»Freibeuter, mein Freundchen«, verbesserte Negis mit erhobenem Zeigefinger und geriet dabei in die gelockten Haare der weißen Perücke, sodass er sie beinahe vom Kopf gerissen hätte. Fluchend befreite er sich aus dem feinen Gespinst. »Wie kann man das nur auf dem Schädel tragen? Irgendein Gaul muss jetzt ohne Schweif auskommen, nur weil den Pfeffersäcken die Haare ausfallen.«

»Es ist eine Frage des Stils«, belehrte ihn der Commodore. »Menschen, die etwas auf sich geben, tragen dergleichen.«

»Ich kann dir mal was auf die Mütze geben«, schlug der Maat vergnügt vor und zog den Uniformärmel nach oben.

»Schluss jetzt, das hier ist keine Vergnügungsfahrt«, unterbrach Torben den palestanisch-rogogardischen Kulturaustausch. »Wie geht es weiter, Baraldino?«

»Wir beschreiben einen Halbkreis, nähern uns, wie besprochen, mit gerefften Segeln der *Schalmei* und treiben von Steuerbord heran«, wiederholte er gelangweilt das vorgeschriebene Anlegeprozedere. »Jede noch so kleinste Änderung bedeutet eine Salve aus allen Rohren.«

»Dann wollen wir mal«, nickte Negis und erteilte die Anweisungen, um längsseits zum Bombardenträger zu gehen.

Aufmerksam verfolgte die Wache die Bewegungen der Kogge. »Das Protokoll wird eingehalten«, lautete die Meldung über den Ablauf der Annäherung. »Nichts Ungewöhnliches, Commodore.«

Ein Glück, die Geschütze sind ohnehin nicht besetzt. Er hatte die Luken nur öffnen lassen, um den Anschein zu erwecken, dass er sich an alle Punkte der Kriegsordnung hielt.

Da es sich aber um ein bekanntes Schiff handelte, wollte er sich die Mühe sparen, mitten in der Nacht für eine störende Aufregung zu sorgen. Die Rudersklaven aus dem Schlaf zu reißen reichte ihm schon aus. Das Kettengerassel enervierte ihn.

Nachdenklich fixierte der palestanische Offizier das Gefährt. *Es liegt ziemlich tief im Wasser. Baraldino wird doch nicht etwa einen Fang gemacht haben?*

»Es liegt ziemlich tief im Wasser«, sagte eine bekannte Stimme neben ihm, und Nelisso wirbelte herum.

Verdammt, der Barbar hat mir gerade noch gefehlt, dachte er.

Der Tzulandrier Forkúta, dem das Kommando des Geschützträgers oblag, stand an seiner Seite. Der Rang des Mannes lautete »Magodan« und lag knapp über der Stellung eines Commodore. Er trug eine dunkelbraune Lederrüstung mit seltsamen eingebrannten Mustern, Runen und Zeichen, die bis auf die Oberschenkel reichte; aufgesetzte Eisenringe verstärkten den dünnen Panzer. Die Beine wurden durch einen ebenso gestalteten langen Lederrock geschützt. In seinem Waffengürtel steckten zwei bizarr geformte Beile. Den Kopf zierten lediglich drei schwarze Haarlinien, so breit und hoch wie ein Finger; zwei verliefen waagrecht über den Ohren, die dritte befand sich oben auf dem ansonsten kahlen Schädel. Die schimmernden Monde beschienen das harte, glatt rasierte Gesicht des Magodan.

Auf den ersten Blick unterschied diese Menschen nichts Wesentliches von Ulldartern, aber es lag eine Wildheit in ihren Augen, vor der man Angst bekam.

Der Palestaner musste immer an gezähmte Wölfe denken, die ihre wahre Natur nicht verbergen konnten. Unterschiedlicher hätten die Verbündeten vom Äußeren her nicht sein können.

»Das ist mir auch schon aufgefallen, Forkúta Magodan«, antwortete Nelisso freundlichst. »Commodore Baraldino scheint eine Prise mit nach Hause zu bringen.«

Schweigend schaute der Tzulandrier zu der Kogge.

»Signalisiert der *Güldenstern* anzuhalten. Setzt ein Beiboot aus, Commodore«, befahl er nach einer Weile. »Ich will, dass sich die Mannschaft umsieht, bevor die

Kogge näher kommt. Einer meiner Leute nimmt eine Blendlaterne mit hinüber.« Der Blick aus den gelbbraunen Augen legte sich auf Baraldino. »Wenn er etwas entdeckt, soll er die Lampe löschen.«

»Sehr wohl, Magodan«, bestätigte der Commodore, seine falsche Haarpracht zurechtrückend. »Und was machen wir, wenn sich Euer Verdacht bestätigt?«

»Lasst die Geschütze feuerbereit machen, wie es von Euch verlangt wird, und dann setzt mit über. Ich erwarte Euren Bericht.«

»Du dreckiger, widerlicher Stinkfisch!«, knurrte Negis den Gefangenen an und holte mit der Faust aus, um Baraldino einen Schlag auf die Nase zu verpassen. »Du hinterfotzige Krämerseele hast uns verpfiffen!«

»Nein, warte!« Torben hielt seine Hand fest, während der Commodore ängstlich die Augen schloss und in verkrümmter Haltung den Aufprall der Knöchel in seinem Gesicht erwartete. »Wenn er den anderen Pfeffersäcken Bescheid gegeben hätte, würden wir als kleine, blutige Fetzen in der See treiben. Irgendetwas muss ihre Aufmerksamkeit erregt haben, aber sie sind sich nicht sicher mit ihrer Annahme«, schätzte er.

Vorsichtig zwinkerte Baraldino, um nach dem rogogardischen Maat zu sehen. Dann wurde er nach vorn gerufen, um die Signale der *Schalmei* zu übersetzen.

»Wir sollen anhalten und die Besatzung des Beiboots an Bord kommen lassen«, rief er. »Sie schauen sich um, ob alles in Ordnung ist.«

Der Kapitän sah sich in seiner Vermutung bestätigt. »Ich erwarte von allen eine bühnenreife Leistung. Ihr seid Palestaner, Männer, verstanden?!« Er wandte sich dem Commodore zu. »Wie genau sind die Männer der *Güldenstern* bekannt?«

»Mich und meine Offiziere kennt man, weil wir des Öfteren dort drüben diniert haben«, erklärte Baraldino und öffnete ein Riechfläschchen, um sich einen klaren Kopf zu verschaffen. »Aber ich werde die Bedenken zu zerstreuen wissen.«

»Sie haben die Bombarden ausgefahren«, verkündete der Mann im Ausguck. Mit bloßem Auge konnte man die glühenden Enden der Lunten in der Dunkelheit des Batteriedecks erkennen.

Ein langes Beiboot, besetzt mit einem halben Dutzend Ruderern, vier palestanischen Soldaten und einem fremdartig wirkenden Kämpfer, wurde zu Wasser gelassen.

Der Palestaner atmete auf. »Den Offizier kenne ich, er ist der zweite Befehlshaber der *Schalmei.* Das wird ein Kinderspiel.«

Als Commodore Nelisso das Deck betrat, begann der »Balztanz der Pfaue«, wie der rogogardische Maat das Gehabe der Palestaner nannte.

Zur Begrüßung zeigten beide Seiten tiefe, formvollendete Kratzfüße, es folgte eine Reihe von belanglosen Komplimenten über das Aussehen, bei denen die Offiziere ihre Taschentücher schwenkten, und schließlich endete die Vorstellung mit einem erhabenen Kopfnicken.

Die Kleidung des Commodore der *Schalmei* musste Unsummen von Münzen verschlungen haben, Steine waren eingewoben worden, Orden prangten auf dem Brokatstoff und gingen durch die Vielzahl der optischen Eindrücke beinahe verloren. Selbst der Dreispitz funkelte im Mondlicht auf. Der Neid stand Baraldino ins Gesicht geschrieben.

»Entschuldigt, verehrter Freund, dass ich Euch mit

diesem Brimborium aufhalte«, bat Nelisso, »aber der Wilde«, er rollte mit den Augen, um sein Missfallen zum Ausdruck zu bringen, »scheint schlecht geschlafen zu haben und verlangt eine Durchsuchung Eurer Kogge.« Er lachte schief, Baraldino stimmte mit ein.

»Wie absurd, nicht wahr?!« Seine vorgetäuschte Heiterkeit hielt an. »Nun denn, so lauft ein wenig auf und ab und tut so, als suchtet Ihr, verehrter Freund, und genießt den Wein, den ich Euch bringen lassen werde.«

»Vermutlich aus dem Bestand des Rogogarders, was?«, meinte Nelisso.

Baraldinos Augen wurden groß. »Welchen Rogogarder meint Ihr? Hier gibt es keine Piraten, keinen einzigen.«

Der Commodore zwinkerte ihm zu und wedelte mit dem Tuch in seine Richtung. »Aber natürlich nicht. Euer Schiff hat indes einen solchen Tiefgang, dass Ihr eine fette Prise gemacht haben müsst.« Er drehte sich um und betrachtete oberflächlich einen der falschen palestanischen Matrosen. »Schaue ich mir die Gesichter so an, muss ich dennoch bemerken, dass es einige Eurer Leute nicht mehr ganz so ernst mit der Rasur nehmen. Seht Euch den an, zerzaust wie ein Rogogarder.«

Baraldino gackerte nervös, packte den Offizier am Ellbogen und beförderte ihn mit sanfter Gewalt weg von der Strickleiter.

Torben und Negis folgten ihnen, dahinter liefen drei Soldaten, die sich gelangweilt umsahen, ohne aber wirklich auf etwas zu achten. Einzig der Tzulandrier in der merkwürdigen Lederrüstung besah sich das Deck sehr genau. In der Hand hielt er eine Blendlaterne.

»Kann ich denn mal einen Blick auf Eure Schätze werfen?«, erkundigte sich Nelisso neugierig. »Was habt Ihr aufgebracht?«

»Oh, ich habe den berühmten Torben Rudgass an Bord«, erklärte Baraldino. Negis legte eine Hand auf den Messergriff. »Gehabt, meinte ich. Ich hatte Rudgass an Bord, ehe ich ihn dann aufknüpfte, ihm den Kopf abschlug, ihm die Zunge in den Hals steckte und ihn den Seeungeheuern zum Fraß überließ.« Er bedachte den Rogogarder mit einem überheblichen Grinsen. »Es war mir eine überaus große Freude, kann ich Euch sagen, verehrter Freund. Was gäbe ich dafür, es noch einmal tun zu dürfen.«

Die Enttäuschung im Gesicht seines Gegenübers war offensichtlich. »Ihr habt diese Pest der Meere einfach so umgebracht und ins Wasser geworfen? Wisst Ihr, was für eine schöne Kopfprämie Euch da entgangen ist?«

Baraldino seufzte und nickte traurig. »Ja, ja. Aber nach dem Zweikampf mit dem Bastard, diesem Auswurf einer kranken Kuh, dem Stück Dreck, in dem sich die Schweine wälzen«, er betonte jedes einzelne Wort genüsslich, »befand sich mein erregtes Gemüt derart in Wallung, dass ich mich nicht im Zaum hatte.«

»Donnerwetter, verehrter Baraldino«, staunte Nelisso ehrlich. »Ihr seid ein großer Kämpfer geworden.«

Ein Matrose kam und reichte den Offizieren den versprochenen Wein.

»Tja, das hat selbst den räudigen Pirat überrascht, der wimmernd und winselnd vor mir um Gnade flehte. Doch ich blieb erbarmungslos.« Baraldino nahm einen Schluck. »Und die Schätze lagern im Bauch der Kogge. Wir wollten sie schnell umladen, um beweglicher zu sein«, rundete er seine Lügengeschichte ab, die ihm sichtlich Spaß bereitete – vor allem die Passagen über seine Heldentaten. »Wisst Ihr, diese Dharkas sind nicht halb so schnell, wie man sich immer erzählt. Als Nächstes knöpfe ich mir dieses Weib vor, diese Tarvinin. Sie soll ja so hässlich sein, dass Pferde kotzen, wusstet Ihr das?«

»Ich werde es nicht wagen, einem solchen tatendurstigen Helden länger bei seinen Unternehmungen im Weg zu stehen. Auf Euch.« Der Commodore der *Schalmei* leerte sein Glas in einem Zug. »Männer, wir rücken ab. Hier gibt es nichts, was uns Anlass zur Beunruhigung geben könnte.«

»Noch auf ein Wort«, hielt ihn Baraldino zurück und nickte in Richtung des Tzulandriers, der auf eigene Faust an Deck umherging und sich zielstrebig in Richtung der Ladeluke bewegte. »Was macht dieser Barbar da? Und warum hat er eine Lampe dabei?«

»Ha, stellt Euch vor, der Wilde hat befohlen, dass unsere Bombarden die *Güldenstern* grüßen sollen, wenn seine Laterne erlischt. Und ich rede nicht von einem Salut zu Ehren eines Kriegshelden, der Ihr nun wohl schon seid, verehrter Baraldino«, verriet Nelisso.

»Und da seid Ihr so ruhig? Die Geschütze würden Euch mit auf den Grund des Meeres schicken.«

»Ich wusste ja, dass Ihr es seid, Baraldino.«

»Ach, bitte, noch auf ein weiteres Wort«, hinderte ihn sein Kamerad ein weiteres Mal am Abrücken. Dann senkte er die Stimme und neigte sich etwas nach vorn. »Wollt Ihr am Leben bleiben?«

»Bitte? Ich verstehe nicht ganz?«, wunderte sich Nelisso.

Torben gesellte sich dazu und zog das Halstuch nach unten, um seinen Bart zu präsentieren. »Was der Commodore damit sagen möchte, ist, dass der Argwohn berechtigt war.«

»Pah, von wegen tot«, wandte sich Nelisso an den gehetzt wirkenden Baraldino. »Das ist doch Rudgass, oder? Und er sieht sehr lebendig aus. Ihr habt Euch von ihm übertölpeln lassen, Ihr Lügenheld und Aufschneidermeister.«

»So wie Ihr, Commodore«, gab der Befehlshaber der *Güldenstern* trotzig zurück und bleckte die Zähne.

»Die Frage ist, wie wir die Situation für uns alle zu einem guten Ende bringen«, schaltete sich der Rogogarder ein, der sich trotz allem ein Grinsen nicht verkneifen konnte. Wie Schuljungen standen sie tuschelnd auf dem Oberdeck und verhandelten darüber, was man aus der Lage machen konnte. *Hätten die Krämerseelen nur ein bisschen Rückgrat, wären wir alle tot, aber Rogogard stünde ohne seinen vermutlich besten Mann da. Danke, Ulldrael, dass du die Palestaner mit einem Gewissen so biegsam wie Weichfische schufst.*

»Freies Geleit für alle Palestaner?«, schlug Nelisso sogleich vor. »Und eine kleine Entschädigung?«

»Ich setze Euch in Küstennähe in den Beibooten aus«, meinte Torben.

»Abgemacht«, klang es gleichzeitig aus den Mündern der Palestaner.

Wie auf ein Kommando richteten sich die drei Männer auf und lachten unverbindlich, als hätte einer der Gruppe einen Scherz gemacht.

»Was fangen wir mit dem Tzulandrier an?«, warf Nelisso beunruhigt ein und äugte zu seinem Befehlshaber. »Er scheint ohnehin Verdacht geschöpft zu haben. Wenn die Laterne erlischt, ist es mit unserem Leben vorüber.«

»Herrschaften, hier kommt mein Plan«, sagte Torben fröhlich.

Der Magodan beobachtete, wie sich die Palestaner unterhielten. Im Gegensatz zu den nachlässigen Händlern schaute sich sein tzulandrischer Soldat genauer um. An der Art, wie er sich auf der *Güldenstern* bewegte, erkannte Forkúta, dass er dem Frieden an Bord nicht traute. Nun verschwand er hinter dem Großmast und blieb eine Weile verschwunden, bis er auf der anderen Seite wieder auftauchte. Die Lampe brannte noch.

Die Palestaner machten sich zum Aufbruch bereit und gingen in Richtung der Strickleiter.

Nelisso und Baraldino verhandelten anscheinend miteinander. Zwei Matrosen rollten ein Fass heran, das offensichtlich mithilfe des Lastenkrans an Bord des Beibootes gebracht werden sollte.

Der Tzulandrier hängte sich die Laterne an den Gürtel und kletterte die Strickleiter hinunter.

Im nächsten Moment riss das Seil, an dem das Fass baumelte. Der Behälter rauschte in die Tiefe und schlug ein Loch in den Boden des Beibootes, das umgehend sank.

Vor Schreck verlor der Soldat den Halt an der Strickleiter und fiel ins Meer. Mann und Lampe verschwanden in den Fluten.

»Nicht feuern, auch wenn die Laterne verloschen ist! Diese Komödianten sollen die Ruderer an Bord nehmen und längsseits kommen«, befahl Forkúta Kopf schüttelnd. *Für diese Vorstellung sollte man sie versenken.* »Ich will Nelisso umgehend in meiner Kabine sprechen, wenn er zurück ist. Die Kampfbereitschaft ist aufgehoben.«

Einer der Unteroffiziere salutierte und gab die Befehle weiter, während der Magodan in seine Unterkunft ging. Dort entrollte er eine Seekarte und platzierte zur Befestigung jeweils rechts und links an den Rändern eines seiner Beile.

Alle vorgelagerten Inseln befanden sich in der Hand

Sinureds. Die Flotte wäre bestimmt schon lange mit der erfolgreichen Eroberung der Hauptinseln beschäftigt, hätte der Kabcar den Seestreitkräften nicht sofortigen Einhalt geboten. Sinured war nach Ulsar beordert worden, was niemand aus den Reihen der Offiziere verstand.

In der Zwischenzeit würden sich die zähen Rogogarder aus den seltsamsten Quellen Nachschub besorgen oder vielleicht sogar einen tollkühnen Streich wagen, um das verlorene Land zurückzuerobern.

Deshalb herrschte bei Forkúta ein gesundes Misstrauen gegen alles Ungewöhnliche, und sei es auch noch so gering. Und genau dieses Misstrauen meldete sich jetzt und machte ihn nachträglich auf etwas aufmerksam. Seit der tzulandrische Soldat hinter dem Großmast der *Güldenstern* verschwunden war, hatte er dessen Gesicht nicht mehr genau gesehen.

Ein harter Fluch kam über seine Lippen. Er packte die Beile und lief zur Kabinentür.

Als er sie öffnete, machte die Kogge soeben an der Steuerbordseite fest. Drei breite Fallreepe wurden ausgeklappt, über die sich ein beinahe lautloser Strom von unbekannten Kriegern auf die Galeere ergoss. Allen voran stürmte ein Rogogarder, der dem Äußeren und dem gesamten Vorgehen nach nur Torben Rudgass sein konnte.

Auf dem Oberdeck des palestanischen Schiffes standen Baraldino und Nelisso, Wein trinkend, als ginge sie die ganze Angelegenheit nichts an. Neben ihnen befanden sich ihre drei Begleiter sowie die Rudermannschaft des Beibootes. Kein Wort der Warnung an die Besatzung der *Schalmei* drang aus ihrem Mund.

Der Magodan kehrte um, rannte zurück in seine Unterkunft und verbarrikadierte den Eingang, dann schloss er die massiven Fensterläden. Seine Anweisungen für den Fall der unabwendbaren Kaperung waren unmissverständlich.

Forkúta kniete sich neben den Kartentisch auf den Boden, schlug den Teppich zur Seite und öffnete die darunter verborgene Klappe, von der nur die höchsten Offiziere an Bord der Galeere wussten.

Etwas Schweres wurde gegen die Tür gerammt, die in den Angeln erbebte. Die Piraten versuchten, den Eingang mit Gewalt zu öffnen. Nelisso musste ihnen gesagt haben, was geschehen würde, sollte ihnen die Eroberung der Kapitänskajüte nicht gelingen.

Er griff in das Loch und zog ein Bündel Lunten hervor. Hastig entfernte er das wasserabweisende Wachstuch und nahm die Kerze vom Tisch.

Berstend gaben die Scharniere nach, der Riegel knickte zusammen. Die Tür wurde durch die Wucht der Ramme in den Raum katapultiert und krachte auf den Kartentisch, der unter der Last einstürzte.

Torben sprang hinein, gefolgt von seinem Maat Negis und anderen Mutigen, um die drohende Katastrophe zu verhindern. Er kam gerade noch rechtzeitig.

Jedenfalls rechtzeitig genug, um mit ansehen zu müssen, wie Forkúta die Funken sprühenden Zündschnüre zurück in das Loch schob, die Klappe schloss und sich darauf stellte, die Beile kampfbereit in den Händen haltend. »Ihr werdet meine Galeere nicht bekommen!«, grollte er.

»Wir werden sehen. Für Rogogard!«, rief der Freibeuter entschlossen und warf sich dem Tzulandrier entgegen.

Varla starrte fassungslos auf die Ausläufer der glitzernden Bugwellen. Immer wieder trieben geschwärzte Holztrümmer vorbei. *Taralea, lass es nicht wahr sein!*

Das Bastsegel lag prall gefüllt in der Brise und jagte die Dharka mit höchster Geschwindigkeit über die Wellen, um sich der Stelle zu nähern, an der die Galeere nach den Angaben des Palestaners liegen sollte.

Torben hatte sie von seinem Plan zwar in Kenntnis gesetzt, sie aber nicht dabeihaben wollen, falls sein Vorhaben misslänge. Allerdings hatte er ihr niemals untersagt, ihm nach eigenem Ermessen zu Hilfe zu eilen.

Schließlich hielt es Varla nicht länger aus und erklomm die Wanten, um sich zu dem Mann im Krähennest zu gesellen. Wortlos reichte er ihr das Fernrohr und zeigte nach vorn.

Die Stelle, an der das Kriegsschiff des Kabcar liegen sollte, präsentierte sich einsam und verlassen. Wrackteile schaukelten in den Wellen.

»Das kann er mir nicht angetan haben«, flüsterte sie und gab von oben den Befehl, die Geschwindigkeit zu drosseln. Fieberhaft suchte sie die Meeresoberfläche ab, bis sie schließlich einen Leichnam zwischen dem Treibgut ausmachte.

Die Dharka steuerte darauf zu, und Matrosen hievten den Toten an Bord, der die Kleider und die Rüstung eines Rogogarders trug. Ein Stich in den Unterleib hatte seinem Leben ein Ende bereitet.

Die Tarvinin schluckte schwer. Das musste bedeuten, dass auch die anderen Männer an Bord der *Güldenstern* ein Opfer der See geworden waren. Vor ihrem inneren Auge sah sie, wie die Kogge im Geschützfeuer der Galeere auseinander riss. Dennoch wollte sie den Tod ihres Gefährten nicht wahrhaben.

»Galeere voraus!«, rief der Posten im Ausguck.

Vielleicht haben sie ihn gefangen genommen, und ich kann ihn befreien. »Alle Mann in Gefechtsposition«, befahl sie tonlos. »Katapulte laden. Wir werden den Tzulandriern und den Pfeffersäcken zeigen, wie man in Tarvin Probleme löst.«

Der Zweimaster durchschnitt die See und jagte seinem Ziel entgegen. Die Fernwaffen wurden gespannt, das unlöschbare Feuer vorbereitet. Varlas Taktik würde darin bestehen, in größtmöglichem Abstand um das Heck des gepanzerten Schiffs zu kreuzen und dabei immer wieder einen mit Pech und anderen Substanzen gefüllten Lederbeutel gegen die Galeere zu schleudern, um das Schiff damit zu tränken und das Meer um den Rumpf herum vollständig zu bedecken. Dann würde sie verhandeln, und wenn sie Torben getötet haben sollten, würde ein brennender Speer den Feind in ein flammendes Inferno verwandeln.

Als die Dharka bald darauf in Schussweite gelangte und die Tarvinin den Befehl zum Einsatz der Katapulte geben wollte, schnellte die rogogardische Fahne am Mast in die Höhe. Torben erklomm das Geländer am Heck der Galeere und winkte mit beiden Armen.

»Dieser verschlagene Pirat!« Varlas Gefühlswelt erlebte ein unbeschreibliches Auf und Ab. *Den kaufe ich mir. Mich so leiden zu lassen! Ungestraft kommt er mir nicht davon.*

Und so geschah es, dass der rogogardische Kapitän bei ihrem Wiedersehen anstelle einer Liebkosung die Faust auf den Lippen spürte, nur um einen Lidschlag darauf heftigst geküsst zu werden.

Leicht benommen schaute er in die vor Wut sprühenden Augen der Tarvinin.

»Wie konntest du mich glauben machen, die Palestaner hätten dich versenkt?«, schimpfte sie erbost, während sie vorsichtig seine Nase betastete. »Davon hatten wir nie gesprochen!«

»Das waren die Reste von zwei tzulandrischen Segelschiffen«, erläuterte er und verzog vorwurfsvoll das Gesicht. »Sie haben uns angegriffen, nachdem wir nicht mit den passenden Flaggenzeichen antworteten. Es muss eine Absprache mit dem Magodan gewesen sein. Offenbar traute er den Palestanern nicht sonderlich.«

Torben führte Varla über das Deck der *Schalmei* direkt in die Kapitänskajüte und erzählte in aller Kürze von den aufregenden Ereignissen der letzten Nacht. »Nachdem es uns gelungen war, Forkúta unschädlich zu machen«, sein Blick wanderte auf den großen, roten Fleck und die Fingerabdrücke neben dem Teppich, »löschten wir die Lunten und verhinderten, dass die Galeere durch Sprengladungen in die Luft flog. Der Kabcar würde uns nicht eine einzige Bombarde gönnen, habe ich den Eindruck.«

»Wie habt ihr sie auf die Schnelle ausgemacht?«, wunderte sich die Tarvinin, die immer noch einen Groll gegen den Rogogarder hegte.

»Wie echte Männer«, feixte Torben und deutete auf den Schritt. »Glücklicherweise hatten wir alle genügend getrunken. Die Sklaven haben wir wählen lassen. Nun rudern sie unter der Flagge Rogogards, freiwillig und für einen guten Lohn.«

»Und wo ist die *Güldenstern* abgeblieben?«, erkundigte sich die Kapitänin.

»Sie segelt die Palestaner in die Nähe des Festlands und setzt sie dort aus. Ich wollte die Krämer keinen Lidschlag länger um mich herum haben, sonst hätte mich ihr Verhandlungseifer zusammen mit ihrer Überheblichkeit noch in den Wahnsinn getrieben. Und nicht zuletzt sind es Feinde, damals wie heute. Meine Leute hätten sie am liebsten alle kielgeholt, aber mein Bedarf an Toten ist vorerst gedeckt.« Suchend blickte er sich in der Kabine um. »Hier steht tatsächlich nichts Flüssiges herum. Wir werden beim Entern der nächsten Galeere entweder einen Weinschlauch dabeihaben oder vorher wieder alle mindestens drei Liter trinken. Stell dir vor, es hätte keiner von uns, na ja, das passende Wasser in sich gehabt und sich erleichtern können.«

Nun musste Varla lachen und schloss den Freibeuter erleichtert in die Arme. Ihre Heiterkeit wandelte sich, als sie in die graugrünen Augen des Mannes schaute. »Ich hätte nicht gewusst, was ich ohne dich machen sollte, du elender Pirat«, gestand sie ihm. »Für einen Augenblick glaubte ich wirklich, du seiest tot, bevor sich alles in mir gegen diesen Gedanken sträubte. Und das war das schrecklichste Gefühl, das ich jemals hatte.«

»Du meinst, ich kann mir darauf etwas einbilden?«, lächelte er und strich ihr durch das kurze schwarze Haar.

Sie packte sein Gesicht und gab ihm einen wilden Kuss. »Ich will dich nicht verlieren, verstehst du das, Torben Rudgass? Versprich mir, dass du dich nicht sinnlos den Truppen des Kabcar als Zielscheibe opferst! Rogogard und mir nützt du mehr, wenn du am Leben bleibst.«

»Warum sollte ich am Leben bleiben, wenn wir den Krieg verlieren?«, meinte er ruhig. »Rogogard wäre am Ende. Du hast gesehen, dass sie uns wegspülen wie lästige Insekten. Es geht nur ums Vernichten.«

»Sieh nicht alles zu schwarz. Und wenn der Krieg verloren geht, entern wir zusammen mit denen, die übrig bleiben, alles, was wir auf den Meeren finden. Auch das ist ein Krieg. Und der wird von uns gewonnen werden«, sagte sie eindringlich.

»Du hast Recht.« Seine Lippen berührten sanft ihre

Stirn. »Jetzt bringen wir die Bombarden nach Verbroog, anschließend besorgen wir uns noch ein paar Galeeren. Wir wissen ja jetzt, wie es geht und auf was man achten muss.«

»Aber zuerst«, schnurrte Varla und stieß ihn auf das Lager, »möchte ich sehen, welche Qualität eine tzulandrische Koje hat.«

Der Rogogarder öffnete die Schnalle ihres Waffengurtes, Rapier und Langdolch polterten zu Boden. »Und weil ich so etwas vermutet habe, habe ich das gute Stück neu bezogen.«

Die Trommeln, die den Ruderern als Takthilfe dienten, erklangen gedämpft, die *Schalmei* setzte sich in Bewegung.

Doch davon bemerkten die beiden Liebenden nichts.

Kontinent Ulldart, Inselreich Rogogard,
Verbroog, Frühsommer 459 n. S.

Der Schein der nachmittäglichen Sonnen fiel durch die dicken gelben Butzenscheiben in das Zimmer und tauchte den Raum in goldenes Licht. Inmitten der überirdisch wirkenden Strahlen saß Norina auf einem Stuhl, die Hände im Schoß gefaltet, die Augen auf die Scheiben gerichtet, um die beiden hellen Gestirne zu betrachten.

Auf dem Tisch neben ihr stand die Spieluhr. Die kleinen Figürchen vollführten ihre letzten Bewegungen, die Melodie wurde langsamer und langsamer, bis sie endlich mit einem letzten zögerlichen Ton abbrach.

Die Brojakin erwachte aus ihrer Apathie. Beinahe

mechanisch hoben sich ihre Hände und langten nach dem seitlich angebrachten Schlüssel, um mit kurzen, knappen Drehungen die Feder des Mechanismus neu aufzuziehen. Gleich darauf hüpfte der kleine hölzerne Brojak um die Tänzerin herum, und das Lied erklang zum wiederholten Mal.

Norina schloss lächelnd die Lider und genoss die Wärme der Sonnen.

Leise öffnete sich die Tür, und Torben betrat das Zimmer.

Wie immer. Verflucht, es ist wie immer. Seufzend näherte er sich der Frau, die in ihrer eigenen Welt versunken war, ging vor ihr in die Hocke und betrachtete sie betrübt. Es hatte sich während seiner Abwesenheit nichts an ihrem Verhalten geändert.

»Hört Ihr mich?«, fragte er leise. Er ergriff ihre Hände und drückte sie sanft. »Norina, was auch immer Euch angetan wurde, verschließt Eueren Verstand nicht länger vor mir. Wenn Ihr wisst, was aus den anderen geworden ist, wo sich Euer Kind befindet, dann erzählt es mir endlich. Sie sind doch wichtig für Ulldart, wenn es alles stimmt, was Ihr und die anderen mir damals berichtet habt.«

Die Tarpolin lächelte weiterhin still vor sich hin.

»Verdammt!«, rief der Rogogarder verzweifelt, ließ ihre Finger los und knallte den Deckel des Kästchens zu. Mit einem Misston, als wäre die Spieluhr über die Behandlung empört, endete das Stück. Torben stand auf und lehnte die Stirn ächzend gegen die Wand.

Norina riss die Augen auf und sah sich verunsichert um. Sie erhob sich und öffnete die Fensterflügel. Vor ihr lag eine Straße, die sie nicht kannte und an die sie sich nicht erinnern konnte.

»Wir sind nicht mehr auf See, oder?«

Torben fuhr überrascht herum und starrte die Frau an, die am Sims stand und sich neugierig nach vorn lehnte, um hinauszuschauen. Er war derart verblüfft, dass er keinen Ton hervorbrachte.

Norina wandte sich ihm zu. »Ihr seid in den paar Wochen rapide älter geworden, Kapitän Rudgass«, sagte sie freundlich. »Euren Bart tragt Ihr auch anders als sonst.« Ihr Gesicht verzog sich für einen Moment voller Schmerzen, ihre Hand wanderte an den Kopf. »Habe ich die Überfahrt nach Rogogard verschlafen? Und wo ist mein Junge?«

»Norina, ich ...«, stammelte der Freibeuter freudig, und ein Leuchten legte sich auf sein Gesicht, als er in ihre klaren Mandelaugen sah. »Ihr erinnert Euch wieder?«

Sie runzelte die Stirn. »Was soll das heißen? Wir waren an Bord der *Grazie*, und ein Balken schlug gegen meinen Kopf.« Sie hielt inne und schien zu überlegen. »Ich kann mich nicht entsinnen, was danach geschah.« Ihre Finger fuhren prüfend über die Stelle, an der sie damals der Balken getroffen hatte, und sie sah Torben entsetzt an. »Wo sind die anderen? Wo ist mein Kind?« Sie ließ sich auf den Stuhl fallen.

»Ihr seid in Verbroog und in meiner Obhut«, erklärte Torben vorsichtig. »Was wisst Ihr denn noch von damals?«

Die Tarpolin betrachtete ihre Hand. »Ich bin auch älter geworden«, murmelte sie dumpf. »Welches Jahr schreiben wir?« Torben schwieg. »Welches Jahr?«, verlangte sie nachdrücklich zu wissen.

»Vierhundertneunundfünfzig«, antwortete er knapp.

»Bei Ulldrael!« Ihre Augen weiteten sich. »Dann sind seit jener Sturmnacht mehr als ... fünfzehn Jahre vergangen. Fünfzehn Jahre.« Sie warf einen Blick hinaus.

»Holt meinen Sohn. Er muss inzwischen ein junger Mann sein. Ich möchte ihn sehen, bitte! Und Matuc, Fatja und Waljakov, all die treuen Freunde. Sie sind doch wohlauf? Oder?«

Torben wusste nicht, was er sagen sollte; er wich dem forschenden Blick aus und schaute auf die Holzdielen. *Wie soll ich ihr nur klar machen, dass wir keine Ahnung haben, was aus den anderen wurde?*, überlegte er krampfhaft.

»Ich …«, setzte sie an, doch dann entwich ihr ein Laut des Schmerzes, und beide Hände fuhren an ihre Stirn. »Ein Strand«, stöhnte sie, »ich sehe einen Strand, an dem Matuc und Fatja liegen. Ich habe meinen Jungen in die Kleidertruhe gelegt und bin den Strand entlanggegangen.« Sie keuchte auf. »Männer in einem Boot. Sie nehmen mich mit, und …« Klar schaute sie in seine Augen. »Ihr müsst ihn finden, Torben. Er ist wichtig für das Schicksal Ulldarts.« Abrupt verstummte sie.

Augenblicklich eilte der Mann an ihre Seite. »Norina, bleibt hier mit Eurem Verstand, ich flehe Euch an!«

Eine Träne rann über ihre Wange und tropfte zu Boden. Ihr Blick ging plötzlich durch den Freibeuter hindurch; sie klappte vorsichtig den Deckel des Kästchens auf, um das Lied ertönen zu lassen.

»Norina!«, rief Torben verzweifelt und schüttelte sie.

Aber der Geist der Brojakin befand sich an einem eigenen, für ihn unerreichbaren Ort.

»Sie hat mit mir gesprochen. Und sie hat sich teilweise daran erinnert, was sich in Kalisstron zutrug.« Der Kapitän setzte seinen Grog auf einer Zinne ab und schaute Varla an, die sich mit ihm zusammen in der Inselfestung traf, um die Montage der Bombarden zu begutachten. Unter ihnen erstreckte sich die schmale Hafeneinfahrt zur rogogardischen Stadt. »Das bedeutet, dass die anderen noch am Leben sind. Ist das nicht großartig?«

»Das bedeutet, dass sie vor fünfzehn Jahren noch am Leben waren, Torben«, dämpfte Varla seine Zuversicht. Ihr Geliebter verzog das Gesicht und winkte ab. »Da gibt es nichts zu wedeln«, wies sie ihn zurecht. »Bei aller Freude, die ich gut verstehe, musst du dennoch fürchten, dass deine anderen Freunde nicht mehr unter den Lebenden weilen.« Sie strich ihm über die Wange. »Ich will doch nur nicht, dass du dir falsche Hoffnungen machst.«

»Sie sitzen irgendwo auf Kalisstron und warten nur darauf, dass wir sie abholen«, entgegnete er trotzig. »Wir brauchen ihren Sohn, um gegen das Übel zu kämpfen, das sich unter dem Deckmantel der Freundlichkeit ausgebreitet hat. Wir benötigen alle, die schon einmal mit Lodrik Bardri¢ zu tun hatten.«

»Meinst du nicht, dass der Kabcar inzwischen erfahren hat, wen du auf Verbroog als deinen Gast beherbergst?«, fragte Varla vorsichtig. »Wenn es stimmt, was du mir über das Verhältnis zwischen ihr und dem Herrscher berichtet hast, wird er sie vielleicht auch jetzt noch, nach all der Zeit, fangen wollen, um sich an ihr für den Verrat zu rächen.«

»Verrat?!« Torben lachte bitter und leerte sein Glas. »Ich sehe es umgekehrt. Der Kabcar hat all die verjagt und verraten, die sich wirklich um ihn sorgten. Geflüchtet ist sie. Geflüchtet vor einem Mann, der nicht mehr klar denken konnte und dessen Verstand von den Einflüsterungen eines Ungeheuers beeinflusst wurde.« Er beobachtete, wie die Arbeiter des ersten Mauerrings die schweren Geschütze mithilfe von Flaschenzügen in die Wiegen betteten. »Du warst damals nicht dabei, als Paktaï uns angriff.«

»Entschuldige mal, aber mich hat sie kurzerhand über Bord meines eigenen Schiffes geworfen«, protestierte sie.

»Das ist nicht das Gleiche. Du hättest sie so sehen müssen wie Waljakov und ich. Ich habe sie mit Speeren an den Turm der Kogge genagelt, aber sie lebte immer noch und tobte wie ein rasendes Tier. Wenn mich alle Berichte nicht überzeugt hätten: der Kampf gegen dieses Ungeheuer, das im Namen des Kabcar handelte, hat mir die Augen restlos geöffnet. Wir brauchen mehr als Bombarden und Mut, um gegen die Gesellen aus Tarpol zu bestehen. Und Norina hat gesagt, dass ihr Sohn diesen Beistand leisten soll. Nicht zuletzt deswegen muss man nach ihnen suchen.«

Als die Erste der Bombarden einen donnernden Schuss abgab, schreckten die beiden zusammen.

»Soll das heißen, wir haben die Geschütze umsonst gestohlen?«, hakte Varla ein. »Brauchen wir den Jungen, wenn wir siegen wollen?«

»Du verstehst mich falsch. Ich glaube nicht, dass wir siegen können, wir können uns lediglich behaupten. Du hattest Recht mit deinen Worten.« Der Rogogarder nickte zur Stadt hinunter. »Ich habe mir einige Nächte den Kopf zerbrochen. All unsere Geschütze und Mauern bringen uns nichts, solange wir gegen einen Gegner antreten, der eine überlegene Waffe hat. Von Kensustria kann keiner nach Kalisstron aufbrechen, sie sind eingekesselt. Einzig wir sind dazu in der Lage.«

Die Tarvinin legte eine Hand auf die von den Sonnen erwärmte steinerne Brustwehr. »Du meinst die magischen Fertigkeiten? Und ihr Sohn soll sie besitzen?«

»Das weiß ich nicht«, gab er zu. »Aber wenn er schon

so wichtig für Ulldart sein soll, muss ja etwas an ihm sein. Vielleicht vernichtet er auch diese Energien? Dann sähe es schon wieder viel besser aus. Die Tzulandrier, Palestaner und Tarpoler würden sich an den rogogardischen Felsen aufreiben wie ein Stück Schnur.«

»Die Folgerung aus deinen Worten ist, dass wir uns auf die Suche machen müssen«, murmelte sie. »Wir sollten aber wenigstens herausfinden, wo wir zu suchen haben.«

»Den ungefähren Ort, an dem wir gesunken sind, habe ich bereits errechnet«, erklärte er, plötzlich von Unruhe ergriffen. »Ich spreche mit dem Hetmann, dass er mir die Erlaubnis gibt, mich ans Aufspüren zu machen.«

»Er wird sie dir nicht geben, Torben«, schätzte die Tarvinin. »Du bist der Held von Rogogard.«

»Dann soll es sich einen neuen Helden suchen«, brummte er und zog sie mit sich zur Treppe. »Außerdem schickt man nur die Besten auf solche Missionen.«

»Und mit meiner Dharka haben wir Kalisstron im Handumdrehen erreicht«, fügte sie hinzu. »Oder hast du geglaubt, ich würde dich allein ziehen lassen?«

Torben blieb stehen, umfasste ihre Hüften und sah ihr in die Augen. »Nein«, antwortete er ernst. »So wenig, wie ich dich allein gehen ließe. Ich kenne deine Sorge, du denkst, dass mein Herz noch für Norina schlägt.« Varla wollte etwas erwidern, doch er legte ihr den Zeigefinger auf die Lippen. »Ja, mein Herz schlägt noch für sie, wie es für alle guten Freunde schlägt.« Er nahm ihre Hand und legte sie auf seine Brust. »Aber für dich hege ich ganz andere Empfindungen. Solltest du jemals einen wirklichen Grund haben, an meiner Aufrichtigkeit zu zweifeln«, der Rogogarder zückte seinen Dolch und drückte ihn Varla in die Hand, »so töte mich. Ich hätte nichts anderes verdient, würde ich dich belügen.«

Die Tarvinin schluckte und küsste ihn wortlos. Dann reichte sie ihm den Dolch zurück, grinste und tippte auf den Griff ihres eigenen Messers. »Danke für das Angebot. Ich bin bestens gerüstet und zugleich zuversichtlich, es niemals annehmen zu müssen.«

VIII.

Die Geschehnisse im fernen Kalisstron wandten sich für alle zum Guten, während auf Ulldart die Mächte der Dunkelheit mit aller Stärke am Gelingen ihrer finsteren Absichten schmiedeten.

Doch auch im Land der Bleichen Göttin wirkte das Böse, wenn auch in anderer Gestalt.

Was die Seherin aber bei all ihrer hohen Kunst nicht vorhersah, war die Gefahr, in der sie schwebte.

Die Visionen warnten sie nicht, oder aber sie übersah die Hinweise, die ihr gegeben wurden.

Und so kam es, dass die Seherin völlig von dem Angriff überrascht wurde, der sie aus dem Hinterhalt und mit aller Heimtücke traf ...«

Buch der Seherin
Kapitel XIV

Kontinent Ulldart, Großreich Tarpol, vier Warst nördlich der Hauptstadt Ulsar, Frühsommer 459 n. S.

Die Natur scheint sich gegen mich verschworen zu haben, dachte Lodrik schwermütig und blickte zu den dunklen Wolken hinauf. Blitze zuckten am Himmel und entluden sich knisternd in die Erde. Ein unheilvolles Kribbeln lief sein Rückgrat entlang, und er meinte, jeden einzelnen Schlag zu spüren. *Oder aber es endet etwas, wie es vor vielen Jahren einst begann.*

Er kannte das Licht, das die kahlen Wände des alten Steinbruchs, an dessen oberem Rand er stand und den er für das Zusammentreffen mit Sinured gewählt hatte, in ein schmutziges Orange tauchte. Er kannte diese besondere Stimmung aus Granburg, er kannte sie aus Dujulev.

Weder das eine noch das andere verband er mit freudigen Erinnerungen.

Er stieg von seinem Pferd, was seine Begleiter als Signal verstanden, ebenfalls abzusitzen. Zwanzig seiner besten Leibwächter hatten ihn unterwegs vor möglichen Bittstellern bewahren sollen, die sich aber gar nicht hatten blicken lassen. Ganz Ulsar befand sich in Erwartung des kommenden Unwetters, das sich unmissverständlich ankündigte, innerhalb der Stadtmauern.

Der Kabcar schritt zusammen mit vier seiner Soldaten zu dem großen Prunkzelt, das am Rand des Steinbruchs aufgestellt worden war, um nicht im Freien auf die Ankunft des Wesens zu warten, das Verrat an ihm begangen hatte. Und das heute für dieses und alle weiteren Vergehen bezahlen sollte.

Als er ins Innere des Zelts trat, erhoben sich Govan

und Zvatochna von ihren Sitzen und verneigten sich. Mortva wandte sich um und deutete, unverbindlich lächelnd, eine Verbeugung an.

Ein Schlangennest, zuckte es Lodrik durch den Kopf, während er den Helm abnahm und die halblangen Haare zu einem Zopf flocht. Den prunkvollen Reisemantel warf er unachtsam über den Stuhl.

Im Gegensatz zu sonst lag ein Brustpanzer schützend um seinen Oberkörper, darunter trug er ein dicht geflochtenes Kettenhemd. Mit der Hand am Hinrichtungsschwert, die blauen Augen energisch auf die Wartenden gerichtet, wirkte Lodrik auf ungewöhnliche Weise herrisch und Respekt einflößend, wie man es schon lange nicht mehr von ihm gewohnt war. Die Verunsicherung der kleinen Versammlung über seine Ausstrahlung genoss er.

»Wo ist Krutor?«, verlangte er zu wissen.

»Vater, er ließ ausrichten, ihm sei schlecht und er werde nachkommen, sobald sein Befinden sich bessert«, gab seine Tochter beflissen Auskunft.

Der Kabcar warf sich in seinen Sessel, sein Blick wanderte von einem zum anderen. »Wir werden es auch ohne seine Hilfe schaffen.«

»Was denn ›schaffen‹, Hoher Herr?« Nesreca nahm ebenfalls Platz. »Traurigerweise habt Ihr niemanden in Kenntnis gesetzt, was genau wir hier sollen. Es geht um die anberaumte Unterredung mit Sinured, vermute ich?«

Govan starrte ausdruckslos auf den Tisch, seine Gleichgültigkeit offen zur Schau stellend.

Zvatochna hingegen lächelte den Vater liebevoll an. »Was beabsichtigst du zu tun, Vater?«

Lodrik zog die Handschuhe fester und ballte die Rechte zur Faust. »Heute unternehme ich einige erste Schritte, die den Kontinent unweigerlich in eine neue

Zeit führen werden«, eröffnete er. Dass sein Sohn mürrisch schnaubte, entging ihm nicht. »Sinured hat bei so vielen Gelegenheiten mein Vertrauen missbraucht, dass er eine Lehre verdient.«

Mortvas silberne Haare schimmerten auf, als wollten sie einen Geistesblitz nach außen sichtbar machen. Er neigte den Kopf ein wenig nach vorn, das graue und das grüne Auge flackerten. »Habt Ihr Euch diesen ›Schritt‹ sehr genau überlegt, Hoher Herr? Ihr wisst, dass mehr als die Hälfte unserer Truppen aus Tzulandriern besteht, die dem Kriegsfürsten treu ergeben sind?« Seine schmeichelnde Stimme nahm einen mahnenden Unterton an. »Ihr solltet die Lehre nicht zu streng ausfallen lassen, wenn Ihr versteht, was ich meine. Eine Rebellion innerhalb des eigenen Heeres niederzuschlagen kostet unnötig viele Ressourcen und stärkt nur unsere Feinde.«

»Danke, Vetter«, erwiderte der Herrscher lakonisch und machte keinerlei Anstalten, sich näher zu seinen Plänen zu äußern. Stattdessen nahm er seine Pistolen aus dem Gürtel und überprüfte sie mit routinierten Handgriffen.

Mortva blinzelte irritiert und wechselte einen schnellen Blick mit Zvatochna, Govan stierte weiterhin auf den Tisch. Langsam streckte er die Hand aus und schlürfte von dem aromatisierten Wasser, das sich in einem großen Pokal befand.

Der Konsultant holte Luft. »Haben die Gouverneure schon Anweisungen erhalten, dass sie ein wachsames Auge auf die Truppenteile in ihrer Nähe haben sollten? Wenn nicht, dann sollten wir …«

Lodriks Arm schnellte in die Höhe, Mortva verstummte. »Verehrter Vetter, entspannt Euch. Die Lage meines Reiches und seine Geschicke sollen von nun an

Euer Ressort nicht mehr sein«, sagte er ruhig und vollführte eine Geste.

Einer der Leibwächter zog ein Dokument aus der Ledertasche und reichte es dem Herrscher.

Der Kabcar entrollte es und breitete es auf der Arbeitsfläche aus. Ein Diener brachte Tintenfass und Feder. Ausladend unterschrieb Lodrik und presste seinen Siegelring in die angehängte kleine Wachstafel. Anschließend schob er das Schriftstück schwungvoll über den Tisch, sodass es vor Mortva zum Liegen kam.

»Was ist das?«, wunderte sich der Mann mit den silbernen Haaren und drehte das Papier so, dass er es lesen konnte. Seine Augen wurden groß, als er die ersten Zeilen entzifferte.

»Euere Entlassungsurkunde, treuer Vetter und Konsultant«, antwortete Lodrik gelassen. »Ich benötige Eure …«, beinahe wäre ihm das Wort ›Einflüsterungen‹ entschlüpft, »Ratschläge nicht mehr. Echte Feinde habe ich keine mehr, die letzten Schlachten können meine Kinder führen, die von Euch unterrichtet wurden. Daher will ich Eure kostbare Zeit nicht länger verschwenden.« Voller Schadenfreude, dass ihm die erste Überrumpelung gelungen war, lachte er. »Ich habe Euch die Leitung der Universität in Berfor übertragen, wo Ihr doch so fleißig Militärgeschichte studiert habt. Ihr seid nun Dozent mit einem stattlichen Einkommen.« Er legte die Fingerspitzen zusammen und ließ seinen Berater, der fassungslos auf das Blatt starrte, nicht einen Lidschlag aus den Augen. »Ich dachte mir, dies wäre der günstigste Zeitpunkt. Vielleicht nimmt Euch Sinured mit, und Ihr vergeudet keinerlei Kräfte bei dem anstrengenden Marsch.«

»Das ist …«, stammelte Mortva, hob die Urkunde und klatschte mit dem Handrücken gegen das Papier.

»Sehr großzügig, ich weiß«, nickte der Kabcar, der sich an der ungewohnten Sprachlosigkeit seines Konsultanten labte. »Wenn Ihr aber lieber an einem anderen Ort zugegen sein wollt, um Menschen zu helfen, wie Ihr es bei mir getan habt, will ich Euch nicht aufhalten. Ich zahle Euch dann eine gehörige Summe in bar aus.«

Nesreca räusperte sich. »Hoher Herr, darf ich mir Bedenkzeit ausbitten?«

Lodrik lächelte scheinbar verständnisvoll. »Aber sicherlich, Mortva. Nehmt Euch bis morgen früh so viel Zeit. Und dann geht.«

Mit einem Knall landete der Pokalfuß auf dem Tisch. Govans Blick bohrte sich hasserfüllt in die Gestalt seines Vaters.

Der Kabcar übersah die Entgleisung absichtlich. »Das war der erste Schritt«, verkündete er zufrieden. »Und sobald Sinured angekommen ist, werdet Ihr Zeuge des nächsten. Ich will, dass ihr beide«, er wandte sich seinen Sprösslingen zu, »seht und versteht, dass ich meine Pläne durchsetzen werde. Und dabei eure Unterstützung erwarte. Ich rechne nicht damit, dass ihr sie mir verweigert.«

»Niemals, Vater«, bestätigte Zvatochna augenblicklich. »Wir haben dir bereits im Arbeitszimmer gesagt, dass wir uns dem Wohl des Kontinents unterordnen werden. Was auch geschieht, wir werden hinter dir stehen. Nicht wahr, Govan?«

»Natürlich«, knurrte der Tadc. »Wir werden immer hinter dir stehen, geliebter Vater.« Der junge Mann lächelte grimmig bei der Vorstellung, wie eine von ihm geführte Klinge von hinten in den Hals seines Erzeugers eindrang und den Lebensfaden kappte.

Ein warmer Wind, der den Geruch nach Meer, Verwesung und Fäulnis mit sich trug, brachte die Stoffwände zum Flattern. Eine der Leibwachen stürmte ins das Zelt. »Er kommt, hoheitlicher Kabcar.«

»Nun wird es Zeit für den zweiten Schritt«, sagte Lodrik, setzte sich den Helm auf und forderte die Anwesenden mit einer knappen Geste auf, die Unterkunft zu verlassen. »Ihr dürft gern mit nach draußen kommen, Vetter. Auch wenn Ihr Euch nicht mehr in meinen Diensten befindet.«

»Zu gütig, Hoher Herr. Gern nehme ich das Angebot an. Diesen Spaß möchte ich nicht versäumen.« Der Konsultant erhob sich elegant; seine diplomatische Gewandtheit war zurückgekehrt, und das ansprechende Gesicht zeigte eine Maske vollendeter Freundlichkeit.

Gemeinsam traten sie vor das Zelt. Die Wolken wirbelten umeinander und stoben am Himmel entlang, als flüchteten sie vor dem, was aus ihnen hervorstieß.

Ein langes, gewaltiges Schiff senkte sich aus Schwindel erregender Höhe nieder, gleißende Blitze umspielten den Leib der Galeere, die dem felsigen Untergrund immer näher kam und mit einem Knirschen aufsetzte. Planken wurden von unsichtbaren Kräften ausgelegt; die seltsam anzuschauenden Krieger schritten mit bleichen, leblosen Gesichtern und stumpfen Augen über das dunkle Holz und bildeten ein Spalier.

Auf dem Deck des Schiffes reckte sich eine riesige Gestalt in die Höhe, dreimal so groß wie ein ausgewachsener Mann. Die langen schlohweißen Haare reflektierten die unaufhörlich aus den Wolken herabfahrenden Energiebahnen, und Licht und Schatten wechselten sich auf Sinureds grausamem Gesicht ab.

Das »Tier«, jenes monströse Wesen mit der schwarzen, verbrannt wirkenden Haut, setzte einen Fuß auf die Planken und schritt die Rampe hinab. Hände wie

Pranken umfassten Eisendeichsel und Schild. Die muskelbesetzten Arme und Beine des Kriegsfürsten, die stellenweise mit grünlichem Belag bedeckte Panzerung, in der immer noch die Löcher sichtbar waren, welche die Speere der rogogardischen Katapulte hinterlassen hatten, das alles wirkte auf die Tadca wie auf Hunderte von Menschen vor ihr: Sie machte unwillkürlich einen Schritt zurück.

Die Soldaten Sinureds nahmen Habachtstellung ein. Wie ein wandelnder Turm walzte das Wesen heran; die roten Augen glommen geradezu spöttisch auf, als es den Kabcar erreichte und zwei Schritt vor ihm stehen blieb. »Hoher Herr.« Die gigantische Deichsel stieß mit dem Ende auf den Boden, dann sank der barkidische Kriegsfürst vor Lodrik auf die Knie und beugte den schlohweißen Schopf. »Lang lebe der Kabcar von Tarpol mit all seinen Ländern.«

»Du hast mir einst vor vielen Jahren einen Eid geleistet«, erinnerte ihn der Herrscher. Sein Tonfall verriet keine Spur von Angst oder Besorgnis, er sprach mit ihm wie zu einem seiner gewöhnlichen Untergebenen. »Du hast geschworen, mir immer zu gehorchen und all meinen Befehlen zu folgen, die ich dir und deinen Truppen erteile. Du hast geschworen, das tarpolische Reich und sein Volk gegen alle Feinde zu beschützen und die Menschen, Sitten und Gebräuche zu achten.«

Sinured hob den Kopf. »Ich habe Euch, hoheitlicher Kabcar, eben dieses Gelübde geleistet.« Voller Neugier funkelten die rot glühenden Augen den Kabcar an, spitze Reißzähne wurden im riesenhaften Mund sichtbar.

Mit denen würde er einem ausgewachsenen Menschen den Kopf von den Schultern beißen können, schätzte Lodrik. »Nun, im Verlauf der Befreiungen habe ich etliche

Geschichten über dich und deine Leute gehört«, sagte er kühl, »die ich lange Zeit für Lügenmärchen des Feindes gehalten habe. Das Verbrennen von Städten, die Opferung von Unschuldigen und die unnötigen Grausamkeiten, die du in meinem Namen begangen haben sollst, erscheinen mir inzwischen jedoch nicht mehr als Hirngespinste. Lange Zeit habe ich blind auf dein Wort vertraut. Und die Worte anderer. Dennoch habe ich bei meinen Nachforschungen feststellen müssen, dass sich vieles so zutrug, wie es mir zu Ohren kam.«

Nesreca schaute zu den Wolken, die von dem einsetzenden Sturm über den Himmel gepeitscht wurden. *Ich habe ihn tatsächlich unterschätzt. Ein Fehler, den es zu korrigieren gilt. Ich werde es wohl auf einen Machtkampf zwischen ihm und mir hinauslaufen lassen müssen.* Sein Blick huschte über die Kinder des Kabcar, die er erzogen hatte. *Sie werden mir beistehen und dankbar sein, wenn ich ihnen den Thron zusichere. Ich bekomme meine Dunkle Zeit, so oder so.*

Sinureds Augen verengten sich zu Schlitzen. »Ich habe das Land für Euch erobert, wie Ihr es wolltet, Hoher Herr. Diejenigen, die starben, verdienten den Tod. Und bedenkt, dass Ihr meine Hilfe nicht Eurem Ruf verdankt. Andere Mächte sind verantwortlich für meine Rückkehr.«

»Aber ohne mein Gesuch um Hilfe lägest du immer noch tot auf dem Meeresgrund und wärst Fischfutter«, unterbrach ihn Lodrik energisch. »Dennoch ist das nicht der Grund, weshalb ich dich kommen ließ. Du hast eine Verfehlung begangen, die sämtliche von dir geleisteten Schwüre bricht. Und das muss geahndet werden.«

Sinureds lauernder Gesichtsausdruck wandelte sich zu Ratlosigkeit. Er schien sich keiner Schuld bewusst sein.

»Vielleicht war es ein Fehler, dir die Verwaltung deiner Heimat Barkis zu überlassen. Dir gefiel vermutlich der Gedanke, selbst ein Herrschender zu sein und nach Jahren der Dienerschaft in eigener Verantwortlichkeit zu erobern«, fuhr der Kabcar fort.

»Hoher Herr, wovon sprecht Ihr?«, verlangte der Beschuldigte zu wissen.

»Ich spreche davon, dass du ohne meine Erlaubnis vernichtend über Rogogard hereinbrachst, wie dieser Sturm über die Weizenfelder braust«, spie ihm Lodrik entgegen. »Dein Platz ist der eines Hundes, der seinem Herrn zu dienen hat, nicht mehr und nicht weniger. So weit habe ich dich nicht von der Kette gelassen, dass du mir durchgehst und zu eigenen Fahrten aufbrichst.« Eine scheinbar flüchtige Handbewegung, und die titanische Gestalt war in einer schillernden Sphäre gefangen. »Es wird Zeit, dass ich den Hund erschlage, der anscheinend die Tollwut hat, bevor er noch mehr Unheil anrichtet und ich ihn selbst mit meinen magischen Kräften nicht mehr aufhalten kann.« Die schimmernde Kugel zog sich Stückchen für Stückchen zusammen. »Ich werde dich auf ein normales Maß schrumpfen, und dann wollen wir sehen, ob du immer noch das Furcht einflößende Tier aus den Legenden bist.«

»Aber ich handelte auf Euren Befehl hin, Hoher Herr«, protestierte Sinured polternd und schaute gehetzt zu der immer enger werdenden, durchsichtigen Blase. Die eisenbeschlagene Deichsel, die den Knienden überragte, bog sich gefährlich unter dem magischen Druck und barst.

»Nun windet sich der Hund und kläfft, weil er die Schmerzen fürchtet«, meinte der Kabcar mitleidlos. Die Sphäre verringerte ihren Durchmesser stetig, sodass sich der grausame Riese zusammenkrümmen musste.

Sinured versuchte, sich mit seinen gewaltigen, übermenschlichen Kräften gegen die flirrenden Wände zu stemmen, nur um einsehen zu müssen, dass er den magischen Fertigkeiten seines Herrn unterlegen war. »Seht in der Galeere nach, Hoher Herr. Dort liegt Euer Schreiben.«

Die Kugel schrumpfte nicht länger.

Lodrik nickte einem seiner Wächter zu, der an Bord des Schiffes eilte, um nach einer Weile mit einem Schriftstück in der Hand zurückzukommen.

Der Kabcar griff danach und las die Zeilen, die in seiner Handschrift verfasst worden waren. *Wer wagt es, mich nachzuahmen?*, fragte er sich. Augenblicklich flog sein Kopf zu seinem Konsultanten herum, dessen Gesichtsausdruck Staunen widerspiegelte.

»Seht nicht mich an, Hoher Herr«, verteidigte er sich. »Damit habe ich nichts zu tun.« *Und das ist ausnahmsweise einmal die Wahrheit,* dachte er.

Langsam zerriss Lodrik das Schreiben. Der Sturm nahm die Fetzen mit sich und verteilte sie in der Umgebung. Seine Finger zuckten, eine zweite Blase entstand wie aus dem Nichts und hüllte den Berater ein.

»Ich habe mir die Sache mit der Stelle eines Dozenten in Berfor anders überlegt, Mortva. Was auch immer Ihr seid, ich benötige Eure Art ebenso wenig auf dem neuen Ulldart wie dieses Ungeheuer aus einer längst vergangenen, schrecklichen Zeit«, sagte er bedächtig. »Zu viele Intrigen und Erfindungen, zu viel Leid geht auf Euch zurück. Ich weiß, dass Ihr die aldoreelischen Klingen sammelt und Schlimmstes im Schilde führt. Aber es wird Euch nicht gelingen. Euch beide für immer von dieser Welt zu entfernen ist das Beste, was ich tun kann, bevor die neue Ära anbricht.«

Die Hände des Konsultanten vollführten Gesten und

Symbole, doch gegen den magischen Käfig half es nicht. *Ich habe ihn mehr als nur unterschätzt. Ich habe seine Kontrolle sträflich vernachlässigt. Er hat mich so sehr abgeschirmt, dass ich weder Paktaï noch Hemeròc erreiche,* ärgerte er sich und begann damit, die Barrieren aufzuheben, die seine ursprüngliche Gestalt daran hinderten, aus der dünnen, menschlichen Hülle um ihn herum hervorzubrechen. *Es ist an der Zeit, dass ich meinem Zauberlehrling meine wahre Macht und Gestalt zeige.*

Die bleichen Soldaten, die regungslos an der Rampe gestanden hatten, ruckten herum und stürmten lautlos auf den Kabcar zu. Ihre Absicht erschien unmissverständlich.

Sie hatten gerade einmal ein paar Schritte zurückgelegt, als aus Lodriks Fingern Blitze hervorschossen. Die Energien durchdrangen die schon seit Jahrhunderten toten Leiber und zerfetzten sie.

Das war allerdings noch nicht alles; Lodriks lange gezügelte Fertigkeiten drängten mit aller Gewalt nach draußen.

»Zerfalle!«, stieß er hervor und richtete die Finger gegen die Galeere. Eine marinefarbene Aura hüllte ihn ein, und zwei armdicke Strahlen verließen die ausgestreckten Hände, die innerhalb weniger Lidschläge und in einer donnernden Detonation aus dem Rumpf ein Häufchen Asche machten. Die Druckwelle verteilte die schwarzen, stinkenden Flocken in der Umgebung, der heftige Wind trug sie weiter davon. Nicht ein einziges Mal zeigte ein Flackern der Blasen um Sinured und Mortva, dass die Konzentration des Kabcar abnahm.

Die Pferde waren schon lange durchgegangen, das Zelt lag ineinander gefallen am Boden des Steinbruchs. Die Leibwache stemmte sich gegen den immer stärker werdenden Sturm und wusste nicht, was sie unternehmen sollte.

»Das werde ich mit allen tun, die es wagen, sich an meinen Untertanen zu vergreifen!«, sprach Lodrik. Das Blut rauschte in seinen Ohren, und das Gefühl der Unverwundbarkeit, der Stärke und des Triumphes verschaffte ihm eine grenzenlos euphorische Stimmung.

Das Licht der Umgebung änderte sich zu einem dunklen Gelb, als das Unwetter sich zu seinem Höhepunkt steigerte. Blitz um Blitz stieß herab und schlug in die magischen Zellen ein. Die beiden Insassen vollführten die absurdesten Zuckungen, als die Gewalten der Natur ihnen sichtlich Schmerzen bereiteten.

»Das soll euer Ende sein«, verkündete Lodrik entrückt. »Ihr habt mich hintergangen, ihr habt meine Untertanen hintergangen. Damit ist nun ein für alle Mal Schluss. Als Sühne für all die Untaten werdet ihr leidend aus dem Leben scheiden. Und es wird sich keiner mehr finden, der einem von euch beiden nachtrauert.« *Oder so wahnsinnig ist, sich mit diesen Mächten einzulassen.*

Eine Hand legte sich auf seine erhitzte Schulter. »Vater, das werde ich nicht zulassen.«

Der Kabcar drehte sich langsam um und schaute in die braunen Augen seines Sohnes. »Wie kannst du es wagen? Hat Mortva dich dermaßen verdorben, dass du dich sogar gegen den stellst, der dich zeugte? Dem du deine Existenz verdankst?«

Als Antwort flutete Govan den Körper seines Vaters mit unendlichen Schmerzen. Schreiend brach Lodrik in die Knie. Seine eigenen magischen Schutzfertigkeiten versagten bei dem unvermittelten Angriff. Vergleichbares war ihm bisher niemals widerfahren. Die Marter wirkte lähmend, seine Aufmerksamkeit geriet ins Wanken, und die Sphären um seine Gefangenen flimmerten.

Der Tadc betrachtete seinen Erzeuger mit gleichgültiger Miene und ging in die Hocke.

»Ich lasse mir den Thron nicht nehmen, Vater. Er gehört mir.« Scheinbar zärtlich legte er die Hand auf die Stirn des Herrschers. »Lass die beiden frei.« Wieder jagte ein Gefühl durch Lodrik, als rönne glühende Säure in seinen Adern, und erstickte den geringsten Ansatz von geistigem Widerstand im Keim. Er versuchte, sein Schwert zu ziehen, doch Krämpfe zwangen ihn dazu, die Waffe fallen zu lassen. »Bitte, Vater.« Aus den kurzen Attacken wurde eine sich steigernde Qual, die ihn der letzten Konzentration beraubte. Sein Verstand verlor die intuitive Beherrschung seiner magischen Fertigkeiten.

Die Blasen lösten sich auf, Sinured und der Konsultant waren befreit.

»Zvatochna«, presste Lodrik mühevoll flehend durch die Zähne.

Doch die schöne junge Frau hatte nur ein helles, höhnisches Lachen für ihren Vater übrig. »Glaubst du wirklich, ich würde dir auch nur einen Finger reichen, nach allem, was du Mutter antatest und was du uns antun wolltest? Warum sollte ich einem Menschen meinen Beistand gewähren, dessen wirre Vorstellungen uns alles nehmen würden, auf das wir sehnsüchtig warten?« Sie trat an die Seite ihres Bruders und küsste ihn sanft auf die Schläfe. »Govan und ich sind uns einig. Ulldart benötigt einen neuen Kabcar.«

Ohne sichtliche Anstrengung hielt der junge Mann die magische Fessel um seinen Vater aufrecht. »Wir haben alles arrangiert«, sagte er unberührt. »Wir wollten das Zusammentreffen mit Sinured und sehen, was sich daraus ergibt.«

»Es hat sich alles so entwickelt, wie wir es voraussahen«, lächelte die Tadca, stellte sich hinter den hockenden Bruder und legte die schlanken Finger auf dessen Schultern.

»Sei nicht so bescheiden«, verbesserte Govan sie genüsslich. »Sag ihm ruhig, dass der Plan von dir stammt. Wie auch der Angriffsbefehl auf Rogogard.«

Lodrik keuchte auf, unfähig, sich gegen die Zauberkunst seines Sohnes zu wehren.

Er hatte sich zu sehr gegen Mortva und den zurückgekehrten Barkiden verausgabt, nun fühlte er nur noch einen schwachen Rest von Magie in sich. Zumal ihn das Gefühl überkam, dass ein nicht geringer Teil einfach so verschwunden war. Und die magische Entkräftung nahm zu. *Es muss an Govans Berührung liegen*, vermutete er. *Solche Schmerzen habe ich niemals zuvor empfunden. Außer an jenem Tag, als mich in Granburg der Blitz Tzulans traf.*

Die Leibwachen standen steif wie Porzellanpuppen.

»Nun denn, Vater. Ich nehme mir deine Magie. Du wirst sie nicht mehr benötigen, wenn du tot bist«, eröffnete ihm Govan. »Ich bin gespannt, was eintritt, wenn man dir deine Fertigkeiten entzieht.« Sein Gesicht näherte sich Lodriks und drückte ihm angewidert einen schmatzenden Kuss auf die Wange. »Und nun mach Platz für den neuen Kabcar, dem Ulldart viel zu klein ist.«

Eine unvorstellbare Gewalt riss an Lodriks Innerstem.

Die Welt um ihn herum verschwamm, die Gesichter verwischten zu rosafarbenen Flecken. Krämpfe schüttelten ihn, er verlor jegliche Kontrolle über seinen Körper, während etwas anderes, Unbeschreibliches, das seit etlichen Jahren ein Teil von ihm war, schonungslos von ihm gelöst wurde. Er fühlte sich, als weidete ihn sein Sohn bei lebendigem Leib aus, als nähme er ihm jedes einzelne Organ.

Und die Magie.

Seine Sicht verdunkelte sich.

Die Augen des Kabcar brachen.

Govan sog ächzend wie ein Erstickender die Luft ein, schwankte gegen seine Schwester und taumelte dann nach vorn, bevor er einknickte und zu Boden sank. Die magischen Kräfte, die er sich angeeignet hatte, waren kurz davor, ihn zu überwältigen.

Der Tadc spürte förmlich, wie »seine« und die »fremde« Magie miteinander rangen. Sie trugen einen Machtkampf aus, wer von ihnen beiden die dominierende Kraft sein sollte. Keuchend presste er die Hände auf den Leib, der in Flammen zu stehen schien.

»Govan!«, rief Zvatochna besorgt und wollte zu ihm eilen, aber Nesrecas Finger schlossen sich um ihre Schulter.

»Bleibt, Hohe Herrin«, empfahl er bestimmend. »Wartet ab, wie es endet.«

»Wie was endet, Mortva?«, fragte sie aufgebracht. Erschrocken bemerkte sie, dass sein sonst so ansprechendes Gesicht grober wirkte. Unter der Haut zeichnete sich etwas anderes, Gefährlicheres ab, und seine eher durchschnittliche Statur war angewachsen.

Der seltsam veränderte Mentor wies mit einem Nicken zu Govan.

Der junge Mann schien mit zerstörerischen Energien geradezu überladen zu sein. Die Luft um ihn herum flimmerte, und sein Körper strahlte die Hitze eines Freudenfeuers aus, ohne dass sich auch nur eine einzige Brandblase bildete. Die Uniform dagegen verging ansatzlos zu Nichts, und selbst die Asche verbrannte bei den Temperaturen auf der Haut des Tadc.

Eine gleißende Aura entstand um ihn herum, die rasch ihre Farben wechselte, mal strahlte sie blau, danach orange, bis der rötliche Ton schließlich die Oberhand gewann. Aus der Hand, mit der sich Govan auf dem Boden abstützte, löste sich ein türkisfarbenes Flirren, das sich innerhalb eines Lidschlags auffächerte und spinnennetzartig ausbreitete.

Der Steinbruch erbebte, zuerst kaum spürbar, dann immer stärker, bis einzelne Brocken abbrachen und in die Mulde stürzten. Risse und Furchen entstanden unter den Füßen der Tadca, während die Erdstöße an Heftigkeit zunahmen.

»Wir müssen hier weg, Hohe Herrin«, entschied der Konsultant und zerrte Zvatochna hinter sich her. Sinured folgte ihm.

»Aber was wird aus meinem Bruder?« Sie versuchte, sich aus dem Griff zu befreien. Einen Augenblick lang dachte sie darüber nach, ihre eigenen magischen Fertigkeiten einzusetzen, doch das Kalkül siegte. Sollte Govan es nicht schaffen, würde sie als Kabcara allein auf dem Thron des Großreichs sitzen. Immer noch die Widerstrebende spielend, ließ sie sich von Nesreca wegziehen.

Die Risse im bebenden Fels wuchsen an, verbreiterten sich zu Spalten. Der massive Stein gab den magischen Kräften nach. Gewaltige Gesteinsbrocken und Schuttmassen rumpelten in das von Bergarbeitern geschaffene Tal, wo sie zum Erliegen kamen.

Auch die Fläche unter Govan rutschte ab.

Doch genau wie einst sein Vater auf dem Balkon in Ulsar fiel auch er nicht. Eine schützende, flimmernde Kugel entstand um ihn herum und bewahrte ihn vor dem Sturz in die Tiefe.

In der Sphäre richtete sich der Thronfolger auf und blickte unter sich, wo die Leiche seines Vaters zusammen mit den Felsbrocken in den Staubwolken der Lawine verschwand.

Die Leibwache erlitt das gleiche Schicksal und endete wie ihr Herr irgendwo zwischen und unter Tonnen von Gestein. Pferde, Zelt, Teile der Ausrüstung gingen denselben Weg und wurden verschüttet.

Govan glitt in seiner Blase majestätisch durch die tosende Luft, senkte sich vor den Wartenden herab und hob den magischen Schild auf.

Sofort sank Nesreca auf die Knie. »Der Kabcar ist tot. Es lebe der Kabcar.« Auch Sinured beugte das Haupt vor dem jungen Mann.

Govan lachte. »So schnell habt Ihr die Seiten gewechselt, Mortva?«

»Ich habe die Seiten nicht gewechselt, Hoher Herr«, entgegnete der Konsultant und hob einen langen, staubigen Reisemantel auf, den der Wind herbeitrug. Beiläufig erkannte er darin Lodriks Umhang wieder. »Ich habe nur auf Euch gewartet, Hoher Herr.«

Der Tadc nahm den Mantel seines Vaters aus der Hand seines Mentors und bedeckte seine Blöße. »Und Ihr denkt, das Warten habe sich gelohnt?«, erkundigte er sich spöttisch.

»Das Warten hat sich, wie mir scheint, für alle gelohnt«, hielt Nesreca amüsiert dagegen. Er deutete hinab zu den sich auftürmenden Geröllmassen. »Ihr habt eine ganz erstaunliche Vorliebe dafür, das Gewaltigste, was die Natur hervorbrachte, mit Eurer Magie zum Einsturz zu bringen. Zuerst Windtrutz und nun das.«

»Ja«, sagte Govan leise, dann lachte er auf. »Nichts kann mir standhalten. Ich hatte den besten Lehrer, den es gibt, Mortva. Und Eure Leistungen sollen nicht vergessen werden.« Nachdenklich blickte er auf seine Hände. »Ich hatte das Gefühl zu vergehen, mich unter den magischen Kräften aufzulösen. Kann es sein, dass die Magie meines Vaters mit mir rang? Dass sie sich widersetzte?«

»Das ist möglich«, nickte der Konsultant. »Aber Ihr habt bewiesen, dass Ihr sie zähmen könnt.«

Der junge Mann überlegte, horchte in sich hinein.

Auch wenn seinem magischen Potenzial ungeheure Energien hinzugefügt worden waren, blieb der Eindruck, dass ihm ein winziger Teil aus dem Bestand seines Vaters entschlüpft war.

»Was geschieht nun?«, wollte der Tadc nach einer Weile wissen und wandte sich dem eingestürzten Steinbruch zu. »Wie erklären wir das dem Volk?«

»Um den Menschen endlich wieder ein Gefühl der Wut und des Hasses auf jemanden zu geben, schlage ich vor, wie immer die Schuld den Kensustrianern zuzuschieben«, regte der Konsultant spöttisch an. »Ein Anschlag käme gerade recht und würde uns die Sammelstellen mit Freiwilligen nur so überschwemmen, die gegen die Grünhaare ins Feld ziehen wollen.«

»Wie könnt ihr beide es wagen? Ihr wollt einfache Untertanen in den Tod schicken? Wenn Vater das wüsste«, empörte sich Zvatochna und funkelte sie wütend an. Eine einsame Träne rann über ihr Gesicht und tropfte vom bebenden Kinn. Dann aber fiel ihre Maskerade der Trauer, und ein boshaftes Gelächter schallte den Männern entgegen. »Ich habe Euch wirklich unsicher gemacht, nicht wahr?«

»Schwesterherz, du bist unerreicht«, lobte ihr Bruder, nahm ihre Hand und küsste sie sanft. »Es wird mir eine Freude sein, ein solch begnadete Mimin und Strategin an meiner Seite zu wissen.«

Zvatochna fuhr ihm zärtlich über die Haare. »Mit meinen Angriffsplänen wird die Offensive gegen Kensustria ein Kinderspiel sein. Oder findest du sie ebenfalls zu hart, zu rücksichtslos?«, heuchelte sie Skrupel.

»Aber ganz im Gegenteil«, beschwichtigte der Tadc sie vergnügt. »Nach einer gewissen Trauerphase werden sich einige Dinge tun, die manch einer durchaus als zu hart empfinden könnte. Aber ich schere mich nicht im Geringsten um meine zukünftigen Kritiker. Schließlich weiß ich, wie man sie zum Verstummen bringt.« Der Sturm ließ nach, Regen setzte ein und drückte die Staubwolken nach unten. »Seht ihr, selbst die Elemente sind auf meiner Seite.«

»Vielleicht sind es die Tränen Ulldraels?«, scherzte Nesreca. »Er wird den Tod des Kabcar und den Anbruch der neuen Ära beweinen.«

»Ich wüsste nicht, was es zu heulen gäbe«, meinte Govan geringschätzig. »Noch nicht. Ich werde die Lehren des Gerechten schon bald einer neuen Bedeutungslosigkeit zuführen, dann kann er meinetwegen jammern. Aber noch ist die Zeit dafür nicht gekommen.« Der Tadc drehte sich zu Sinured um. »Und nun zu dir. Du wirst die Truppen weiterhin führen, wie du es zu meines Vaters Zeiten getan hast. Du wirst in aller Eile Rogogards Widerstand für mich brechen und dann in den Süden ziehen, um gegen Kensustria zu kämpfen.« Das »Tier« deutete eine devote Verbeugung an. »Ich verspreche dir, dass nach dem Fall Kensustrias die Eroberungen noch lange nicht abgeschlossen sein werden. Unsere Welt hat so viel mehr zu bieten als nur Ulldart«, eröffnete er. »Wenn ich mit dir zufrieden bin, Sinured, könntest du mein Heer und meine Flotte anführen. Es mag sein, dass ich dir sogar einen eigenen Kontinent schenke. Tzulandrien würde dir sicherlich gefallen, nehme ich an. Sollte ich dagegen einen Grund finden, etwas an deinem Verhalten oder deinen Erfolgen auszusetzen zu haben, überlasse ich es deiner Phantasie, was ich mit dir anstelle. Die Männer werden mir auch unabhängig von dir gehorchen, darauf kannst du dich verlassen.«

Ein letztes, beinahe zaghaftes Donnergrollen ertönte in der Ferne. Der Regen fiel nun dichter aus den Wolken.

»Lasst uns nach Ulsar zurückkehren«, verlangte die Tadca wehleidig. »Der Regen durchnässt mir die Kleider.«

»Sinured, besorge uns eine Kutsche«, verlangte Govan. »Wir laufen ihr auf der Hauptstraße entgegen.« Er reichte seiner Schwester den Arm, den sie mit einem viel versprechenden Augenaufschlag nahm. Gemeinsam machten sie sich auf den Weg.

Der Kriegsfürst eilte mit weit ausholenden Schritten voraus. Nesreca hingegen schlenderte an den Rand des Steinbruchs und sah die Klippe hinab, wo Tonnen von Gestein das imposante Grab seines einstigen Schützlings bildeten.

Ein Jammer, wenn ich an die Jahre denke, die ich in dich investiert habe. Nur ein bisschen mehr Verdorbenheit, und ich hätte dich zum mächtigsten Mann unserer Welt gemacht, dachte er. *Du hast einen besseren Nachfolger. Dein Sohn ist um Längen schlechter als du. Ich muss ihn nicht einmal zu etwas anstiften. Er tut die abscheulichsten Dinge ganz von sich aus.* Der Konsultant lächelte versonnen. *Dir gebührt dennoch Dank. Ohne dich würde es die Dunkle Zeit niemals geben. Man hätte dich rechtzeitig töten sollen, wie es Ulldrael der Gerechte prophezeien ließ.*

Ein wenig abseits entdeckte er das Hinrichtungsschwert, das der Kabcar noch aus seiner Zeit in Granburg besaß. Der Mann mit den silbernen Haaren nahm es auf und betrachtete die Gravuren.

»Kommt Ihr, Mortva?«, rief Govan aus einiger Entfernung.

»Sogleich, Hoher Herr«, antwortete er über die Schulter. *Keine Sorge, wir machen einen Helden aus dir, Lodrik. Du bekommst eine noch schönere Statue, als du sie damals von deinem Vater anfertigen ließest. Und danach wird man dich schon bald vergessen, wie man ihn vergessen hat.* Er hob das Schwert. *Geh zu deinem Besitzer.* Schwungvoll holte er aus und warf es hinunter in die Schuttmassen, wo es klirrend zwischen Felsbrocken verschwand. *Schlagen wir nun das nächste Kapitel der Geschichte auf, Tzulan.*

Nesreca drehte sich um und beeilte sich, zu seinem neuen Herrn aufzuschließen.

Das laute Weinen und Schluchzen, das durch die Räume des Palastes hallte, rührte jeden der Bediensteten bis ins Mark. Nur selten ebbten die Töne ab, doch dann schwollen sie umso lauter an und glichen dem Heulen eines einsamen, verletzten Tieres.

Krutor trauerte seit Tagen auf diese erschütternde, ergreifende Weise um seinen Vater. Beinahe ununterbrochen war seine Klage zu vernehmen, und er verweigerte Nahrung ebenso gleichgültig wie Flüssigkeit.

Hatten Govan und Zvatochna eher mit einem Anfall unendlicher Wut und großflächiger Zerstörung des Palastes gerechnet, überraschte sie die Empfindsamkeit des missgestalteten Bruders, dessen kindliches Gemüt den Schmerz nur auf diese Weise auszudrücken vermochte. Der Hass auf diejenigen, die Lodrik angeblich getötet hatten, würde unweigerlich folgen.

Der Zustand der Ohnmacht legte sich über alle Untertanen des Reiches. Die Erschütterung über den Verlust des geliebten, ja, beinahe vergötterten Herrschers, der in all den Jahren der Regierung Wohlstand und Ausgleich zwischen Arm und Reich geschaffen hatte, lähmte das Land. Niemand konnte es fassen, dass der Kabcar tatsächlich einem Anschlag der Kensustrianer zum Opfer gefallen sein sollte, und nur ganz allmählich setzte sich die Erkenntnis bei den Untertanen durch.

Dieses Verständnis für die Lage fehlte Krutor allerdings noch, er gab sich ganz seinem seelischen Schmerz hin.

Lediglich wenn Zvatochna in seinem Zimmer erschien und ihm tröstend die Hände auf den Kopf legte, dämmte sich der Strom der Tränen etwas ein.

»Du musst begreifen, dass Vater nicht mehr zurückkommt«, sagte sie leise und legte seinen deformierten Schädel auf ihre Knie. »Wir sind jetzt diejenigen, die die Fürsorge für die Menschen auf dem Kontinent übernehmen müssen. Und wir rechnen dabei fest mit dir, lieber Bruder.«

Aus der fassgroßen Brust des Heranwachsenden drang ein Schluchzen als Antwort. »Ich will nicht regieren. Vater soll das machen.«

Die Tadca strich ihm beruhigend über das Haar. »Vater ist tot, Krutor. Er wird niemals mehr zurückkehren. Die Kensustrianer haben ihn umgebracht, nun liegt er begraben unter Tonnen von Felsen.«

»Wir lassen ihn aber nicht dort liegen?« Sein Kopf ruckte hoch, flehend schaute er seine hübsche Schwester an.

»Wir haben schon Hunderte von Arbeitern in den Steinbruch geschickt, die nach ihm suchen sollen«, erklärte sie beschwichtigend. »Und er erhält ein würdiges Begräbnis, wie es einem Helden, der er war, gebührt.«

»Und wir machen alle gleich?« Nur zu gut erinnerte sich der Krüppel an Lodriks Pläne. »Vater wollte das doch.«

Zvatochna schenkte ihm ein wehmütiges Lächeln und strich ihm über die Stirn. »Ja, das machen wir. Wir sorgen dafür, dass sich Vaters Wille erfüllt.« Sie nahm seine Hände. »Aber noch nicht gleich. Erst müssen wir die letzten Widerstrebenden besiegen, damit wir Vaters Idee von einem besseren Reich in die Tat umsetzen können.« Ihre Hand langte nach dem Tablett, nahm vom Brot und hielt es ihm hin. »Dazu brauchen wir dich. Gesund und bei Kräften. Du bist doch unser bester Kämpfer, lieber Krutor.«

»Ich werde die Grünhaare zu Brei zerstampfen«, grollte er und nahm Zvatochna den halben Laib Brot ab. Ohne großen Genuss biss er ein Stück ab und kaute zäh. »Ich habe keinen Hunger. Wie kommt das?«

»Du bist voller Trauer. Deshalb willst du nichts essen«, erklärte seine Schwester teilnahmsvoll.

Ein wenig unsicher und erstaunt zugleich blickte er sie an. »Und du nicht?«

»Doch, aber …« Die Tadca nickte hastig, eine Träne quoll aus ihrem Augenwinkel, ihre Schultern bebten unter einem gespielten Anfall von Verzweiflung. »Aber sicher«, sagte sie mit erstickter Stimme und holte ein Taschentuch hervor. »Ich zwinge mich dazu, nicht unter meiner Trauer zusammenzubrechen. Denn ich will Kensustria nicht die Genugtuung geben, dass sie die Kinder des Kabcar durch Gram töten.« Sie warf sich an seinen Hals und drückte ihn. »Govan, du und ich, wir zeigen es ihnen, nicht wahr?«, flehte sie.

»Natürlich«, versprach Krutor ihr sofort und begann von neuem zu schluchzen. Vorsichtig erwiderte er ihre Umarmung; die Angst, seine Schwester mit seinen enormen Kräften zu verletzen, saß tief. »Govan wird Kabcar?«

»Er ist der Älteste von uns«, stimmte sie ihm zu und löste sich aus seinen Armen. »Das Volk wird ihn bald ebenso lieben wie Vater.« Sie stand auf und schob ihm das Speisetablett hin. »Hier, vergiss nicht zu essen.«

Eilig grabschte der Krüppel nach einem gebratenen Huhn und schlug die Zähne hinein. »Ich werde essen. Und wie ich essen werde. Und gleich morgen fahre ich nach Kensustria, um mit den Soldaten gegen die Mörder zu kämpfen.«

»Darüber reden wir noch einmal«, sagte sie ruhig von der Tür aus. »Wir dürfen nichts überstürzen, das würde dem Feind nur helfen.« Sie tippte sich gegen die Schläfe. »Mit Köpfchen, Krutor, kommen wir viel weiter. Verstehst du?«

Er nickte grimmig und imitierte die Bewegung seiner Schwester. »Ja. Mit Köpfchen.«

Zvatochna verließ das Zimmer, ihr von Trauer tief bewegtes Antlitz wandelte sich und zeigte Freude. Sie war mit dem Ergebnis ihrer Lügen mehr als zufrieden.

Tarpol und große Teile der angeschlossenen Königreiche schrien nach Vergeltung für den Tod ihres Vaters, die Rekrutierstellen quollen über, die Schlangen wuchsen schier ins Unermessliche.

Währenddessen fuhren die Waffenschmieden ihre Produktion auf die höchste Stufe. Das gewonnene Erz bekam fast keine Gelegenheit abzukühlen, die Gussformen für Bombarden standen parat, die Hämmer machten aus dem Stahl in aller Eile Schwerter. Die Zahl der Krieger, die Govan unterstanden, wuchs mit jedem Lidschlag. Sollte ihr eigentlicher Plan scheitern, würden sie Kensustria mit Menschen überschwemmen können. Von einer solchen Wendung ging Zvatochna allerdings nicht aus.

Während sie die letzten falschen Tränen abtupfte, betrat sie das Arbeitszimmer ihres Vaters.

Govan, die Uniformjacke und das Hemd geöffnet, hockte vor dem knisternden Kamin, einen Stapel Papiere auf der einen Seite, eine halbvolle Flasche Schaumwein auf der anderen, das volle Glas vor sich. »Stell dir vor, ich verbrenne jeden einzelnen Fetzen seiner wirren Gedanken«, begrüßte er sie voller Behagen. »Langsam, ganz langsam. Und ich hoffe, sein Geist, oder was immer von ihm übrig ist, verspürt dabei Schmerzen.« Genüsslich nahm er das nächste Blatt mit den handschriftlichen Aufzeichnungen und ließ es in die gierigen Flammen segeln. Dann leerte er das Glas, um sich anschließend lachend zurücksinken zu lassen. »Ach, welch eine Last ist von mir genommen. Bald bin ich Kabcar, ich habe die Frau an meiner Seite, die ich verehre, und zum Auftakt herrsche ich bald über einen ganzen Kontinent.« Er hob die Flasche und ließ sich den perlenden Wein in den Mund laufen. »Heute Ulldart, morgen das nächste Reich.« Govan schluckte geräuschvoll und schaute zu seiner Schwester, die sich an den Tisch gesetzt hatte. »Was, meinst du, sollen wir zuerst einnehmen? Angor oder Kalisstron?« Seine Augen wanderten hinauf zur Decke, die ein Gemälde zierte. »Angor ist schön warm, aber Kalisstron beheimatet die besseren Pelztiere. Dafür sollen sie noch kältere Winter haben als wir.«

Zvatochna zog die Schublade auf und nahm die Schreibutensilien hervor, die ihr Vater benutzt hatte. »Du bist zu voreilig.«

»Falsch«, hob er einen Finger und verbesserte sie, »ich bin zuversichtlich und setze mein ganzes Vertrauen in deine militärischen Fähigkeiten.«

Die junge Frau nahm ein Blatt Papier und malte

zufällige Muster darauf, während sie in Gedanken die Eroberungspläne durchging. »Wir werden den Kensustrianern Gelegenheit geben, sich im Kampf mit uns zu messen. Sie werden rasch erkennen, dass sie weder gegen unsere Bombarden noch gegen unsere Truppen bestehen können. Auch ihre technischen Kniffe werden ihnen nichts bringen. Diesmal sind wir auf alles vorbereitet, was sie uns entgegenwerfen könnten.«

»Und die Vorgehensweise, verehrte Schwester, wird wie aussehen?«

»Ich habe mir zehn Stellen entlang ihrer Grenze ausgesucht, die ich als sehr leicht einzunehmen betrachte. Dort werden wir Scheininvasionen durchführen. Doch in Wirklichkeit brechen wir andernorts durch. Ich setze voll und ganz auf die Kavallerie, die in Kensustria recht gute Einsatzbedingungen vorfindet. Zusammen mit den Geschützbatterien werden sie die Grünhaare schnell in den Schlachten bezwungen haben.« Sie zerknüllte das Papier. »Nehme ich an.«

Govans Augenbrauen wanderten erstaunt in die Höhe. »Nimmst du an? Wie darf ich denn das verstehen?« Ein weiteres Blatt flog in den Kamin und verging in den Flammen. »Selbstzweifel oder kein Vertrauen in unsere Soldaten?«, erkundigte er sich.

Die Tadca schüttelte den Kopf. »Die Kensustrianer haben sich noch nie an einer Feldschlacht beteiligt, oder jedenfalls gibt es keine Aufzeichnung darüber, wie sie vorgehen. Es kann sein, dass wir mit unserer Strategie völlig falsch liegen. Deshalb werde ich notgedrungen mitreisen, um direkt auf die Manöver des Gegners reagieren zu können. Die Wege sind zu lang. Bis die Nachrichten in Ulsar angekommen sind, könnten die Einheiten schon längst aufgerieben sein.«

Der zukünftige Kabcar machte ein unzufriedenes

Gesicht. »Das passt mir nicht.« *Ich wäre von ihr getrennt,* dachte er im Stillen. »Womöglich stößt dir dabei noch etwas zu.«

Lächelnd stand sie auf und ließ sich neben ihrem Bruder vor dem Kamin nieder; eine Hand legte sie auf seine Schulter. Ihr Anblick und die Nähe besänftigten das Gemüt des jungen Mannes augenblicklich. »Ich weiß deine Fürsorge zu schätzen. Aber wenn wir rasch siegen wollen, muss ich mit dem Heer ziehen. Außerdem habe ich neben meiner Leibwache meine Magie, die, auch wenn sie nicht so stark ist wie deine, gewiss ausreicht, mich gegen andere spielend zu verteidigen.« Sie küsste ihn sanft auf die Wange. »Du wirst sehen, ich bin bald wieder zurück und bringe dem neuen Kabcar einen ersten Triumph. Den ersten von vielen.«

Govan zeigte unmissverständlich, dass er keine große Begeisterung empfand. Dennoch sah er den Sinn in den Worten seiner Schwester. Ein langer Krieg im Süden war das Letzte, was er brauchen konnte.

»Krutor wird auf dich aufpassen. Einen besseren Beschützer wirst du nirgends finden.« Sein Kopf bewegte sich nach vorn, ihre Gesichter näherten sich. »Ich würde Ulldart in ein Meer aus Feuer verwandeln, wenn dir ein Leid geschähe«, raunte er und leckte sich über die trockenen Lippen.

Zvatochna erkannte seine Absicht und wich ihm elegant aus; sie nahm die Schaumweinflasche und hielt sie mit einem Laut des Bedauerns vor seine Nase. »Leer! Dabei hätte ich so gern mit dir auf den Erfolg im Süden angestoßen.«

»Am Getränk soll es nicht scheitern.« Der Tadc benutzte seine Magie, um die Schnur zu betätigen, die den Dienern signalisierte, dass ihre Anwesenheit gewünscht wurde.

Als er seine Fertigkeiten einsetzte, spürte er, wie die Energien auszubrechen versuchten. Sie warteten, lauerten, wisperten und bettelten, dass er sie zu allen möglichen und unmöglichen Gelegenheiten zur Anwendung bringen sollte.

Manchmal wurde ihm die Magie etwas unheimlich, doch er war zu stolz, um Mortva um Rat zu fragen. Seit dem magischen Raub, den er an seinem Vater begangen hatte, wuchs sein Verlangen, die zerstörenden Kräfte zu entfesseln, mit ihnen zu experimentieren. *Nichts ist mir auf diesem Kontinent ebenbürtig.*

Während er eine neue Flasche orderte, erhob sich Zvatochna und richtete ihr Gewand, ein umgeschneidertes, noch mehr auf Figur gestaltetes fliederfarbenes Kleid der Kabcara, vor dem großen Spiegel.

»Er müsste bei so viel Schönheit augenblicklich in tausend Teile zerspringen«, sagte Govan fasziniert, der ihre Bewegungen und Handgriffe voller Bewunderung beobachtete. *Wie gern würde ich dir mehr zuteil werden lassen als meine brüderliche Liebe,* dachte er. An ihren Reaktionen meinte er zwar zu erkennen, dass auch sie ihm nicht abgeneigt war, dennoch scheute sie vor einem entscheidenden Gunstbeweis zurück. Wohl auch deshalb, weil Verbindungen unter Geschwistern im Volk Ablehnung fanden; Herrscherfamilien bildeten dabei keine Ausnahme. *Ich werde schon bald auf die Meinung des Pöbels pfeifen,* dachte er.

Wortlos hielt sie ihm eine Bürste hin. Mit glühenden Wangen machte er sich daran, ihr das Haar zu kämmen.

Zvatochna betrachtete im Spiegel das selige Gesicht ihres Bruders, wie er Strähne für Strähne bürstete, ohne ihr wehzutun. *Er ist mir verfallen. Und das soll so bleiben.* Sie streichelte kurz über seinen Handrücken. »Wie wäre es, wenn wir Mutter als Wiedergutmachung zurück an den Hof nehmen würden?«, schlug sie beiläufig vor. Der Ton ihrer Stimme wurde bezirzend, die schlanken, ringgeschmückten Finger ruhten auf seinem Unterarm. Sie drehte sich ganz zu ihm um, sodass sein Blick zwangsläufig auf ihren nackten Hals, die Schultern und die Ansätze der Brüste fallen musste. »Sie würde sich sehr freuen, Govan.«

Der Tadc schreckte zusammen. »Nein«, schoss es sofort aus seinem Mund. Alle Reize seiner Schwester verloren bei dem Gedanken daran, dass ihre Mutter unter Umständen Ansprüche auf den Thron geltend machen könnte, ihre Wirkung. »Sie bleibt vorerst in Granburg, und zwar zu den Bedingungen, wie unser Vater sie in seinem Urteil festschrieb.« Govan zeigte sich unnachgiebig. »Bedenke, sie hat sich des versuchten Mordes am Kabcar schuldig gemacht. Vor Zeugen.«

Die junge Frau lachte ihrem Bruder ungläubig ins Gesicht. »Und das sagt mir derjenige, der den Kabcar umgebracht hat?«

»Von mir weiß es das Volk aber nicht«, hielt er dagegen. »Und deshalb sage ich, sie bleibt, wo sie ist. Aber besuchen darfst du sie jederzeit, wenn du möchtest.«

»Danke, mein hoheitlicher Kabcar«, erwiderte sie bitter und machte einen übertriebenen Knicks. »Ich werde Eure Großmut vor dem Volk bis in die Himmel hinauf rühmen.« *Und sie wird nach Ulsar zurückkehren*, schwor sie im Stillen. *Ich werde ihr eine Heimkehr bereiten, wie sie es verdient hat.*

»Sei mir doch nicht böse, geliebte Schwester«, seufzte Govan, den sofort die Angst packte, er könnte auf Dauer in Ungnade fallen. Er zog sie am Ellbogen zu sich und blickte sie entschuldigend an. »Ich werde dir alle Wünsche erfüllen, wenn wir auf dem Thron sitzen.

Die Zeremonien sind bereits organisiert. In drei Wochen gebe ich dem Land einen neuen Kabcar.«

Es klopfte, der bestellte Schaumwein wurde gebracht.

Kurz nach dem Diener trat Mortva ins Zimmer und verneigte sich. Das lange silberne Haar rutschte nach vorn und schmeichelte sich beim Aufrichten des Oberkörpers eng an die perfekt sitzende Uniform. »Ich wünsche dem Hohen Herrn und der Hohen Herrin einen angenehmen Abend.«

»Mortva, schön, Euch zu sehen«, begrüßte Govan ihn beinahe überschwänglich und schenkte ihm ein Glas ein. »Trinkt mit uns auf den anstehenden Erfolg im Süden.«

»Nur zu gern«, sagte ihr Mentor und langte nach dem Schaumwein.

»Wie weit seid Ihr mit dem Sammeln der Schwerter?«, erkundigte sich Zvatochna, nippte an ihrem Glas und ließ den Mann dabei nicht aus den Augen. »Vater machte da eine recht aufschlussreiche Andeutung. Was habt Ihr mit diesen Wunderklingen vor?«

Der Konsultant hob leicht die Schultern. »Das war lediglich eine Verdächtigung Eures Vaters. Ich habe keine Ahnung, was er damit meinte.«

»Noch so eine Lüge, Mortva, und ich suche mir einen anderen Berater«, unterbrach ihn der Tadc gespielt vorwurfsvoll und erhob rügend den Finger. »Und das, obwohl ich Euch mehr als alle anderen schätze.« Er lächelte seine Schwester kurz an. »Mit einer Ausnahme, natürlich.«

»Um mich zu entlassen, müsstet Ihr mich erst wieder einstellen, Hoher Herr«, entgegnete Mortva und spielte auf den Umstand an, dass der Kabcar ihn aus dem Amt geworfen hatte.

»Spaß beiseite«, sagte Govan hart. »Was macht Ihr

mit den aldoreelischen Klingen, Mortva?« Er nahm den Waffengürtel, an dem ein schmuckloses Schwert befestigt war, vom Sessel und schnallte ihn etwas ungeschickt um. Der süße, aber dennoch starke Alkohol benebelte seinen Verstand.

Der Berater schien verstanden zu haben, dass er dem Tadc nichts vormachen konnte. »Nun«, er setzte das Glas ab, »sie sind für unsere Absichten gefährlich, weil sie alle aufhalten könnten, die auf unserer Seite kämpfen. Und deshalb horte und vernichte ich sie.«

»Aha. Also hatte Vater Recht«, nickte der Tadc. »Und wie sollte man wohl die beständigste Waffe Ulldarts vernichten können?«

»Es gibt Mittel und Wege, Hoher Herr«, antwortete Nesreca ausweichend. »Ich habe sie zu Klumpen geschmolzen. Vier fehlen uns allerdings noch. Sie sind im Besitz der Angorritter.«

»Und Ihr setzt vermutlich Paktaï und Hemeròc ein, um baldmöglichst an die Schwerter zu kommen?«, verlangte Govan zu wissen. Mortva neigte den Kopf. Der Thronfolger kicherte und setzte sich auf den Arbeitstisch; seine Füße baumelten hin und her. »Meine Neugier ist mehr als geweckt. Ruft mir Paktaï.«

Die Kerzen flackerten. In einer dunklen Ecke des Raumes glommen die Augen der unheimlichen Frau rot auf, die aus den Schatten trat und sich vor den Geschwistern verneigte. Sie hatte ihr Äußeres ebenso wie Nesreca in all den Jahren nicht geändert. Von der Alterung blieben Statur und Gesicht unberührt, auch die Art der Panzerung variierte nicht einmal um einen Hauch.

»Du wirst also von meinem Mentor zusammen mit Hemeròc quer durch alle Reiche gehetzt, um die aldoreelischen Klingen zu suchen, habe ich Recht?« Das Wesen in Gestalt einer Frau wechselte einen schnellen

Blick mit dem Berater. »Nein, schau nicht zu ihm.« Govan hüpfte unbeholfen von der Arbeitsplatte und stellte sich vor sie. »Ich bin der Hohe Herr. Er ist nur Mortva.« Musternd glitten seine Augen über die Figur seines Mentors. »Oder was auch immer.«

»So ist es, Hoher Herr«, krächzte Paktaï.

Govan schnappte sich den Brieföffner und rammte ihn seinem Gegenüber seitlich in den Hals. Ungerührt blickte sie auf die Stelle, als der Tadc den spitzen Gegenstand herauszog; sie hatte nicht einmal gezuckt.

»So, so, nicht nur, dass sie durch Wände geht, sie ist auch noch unverwundbar«, sagte der junge Mann halblaut und mit schwerer Zunge. »Eine ganz erstaunliche Brut.«

Zvatochna beobachtete das Schauspiel mit einem unguten Gefühl. Ihr Bruder war aufbrausend und durch die Auswirkungen des Schaumweins unberechenbar. *Er überschätzt seine magischen Fähigkeiten,* befürchtete sie. Oder wollte er sich einfach mit einem Gegner messen, der ihn mehr forderte als die Auseinandersetzung mit dem Vater?

»Ihr seht, Hoher Herr, als Gehilfen sind sie sehr nützlich«, sagte Mortva erheitert. Paktaï warf ihm einen mörderischen Blick zu.

»Und nur eine aldoreelische Klinge vermag sie oder Hemeròc zu verletzen?«, vergewisserte sich Govan erneut, während er die Einstichstelle prüfend begutachtete. Die Frau nahm die Behandlung teilnahmslos hin. »Und das gilt auch für Euch, Mortva, oder?« Lauernd schaute er zu dem Mann mit den silbernen Haaren.

»Vielleicht«, lächelte der Konsultant knapp und verschränkte die Arme hinter dem Rücken.

»Ja«, bestätigte Paktaï mit einem gehässigen Grinsen.

Ansatzlos zog Govan sein Schwert aus der Scheide,

holte in einem großen Bogen beidhändig aus und richtete den kraftvollen Stich gegen die Körpermitte des Wesens.

Die Klinge fuhr in den Leib der unheimlichen Frau wie eine heiße Nadel in Wachs.

Paktaï starrte entsetzt auf die Waffe und wollte nach dem Tadc greifen, der sich jedoch mit einer magischen Barriere vor ihrer Berührung schützte.

Zufrieden besah er das verzerrte Gesicht von Mortvas Helferin. »Es stimmt tatsächlich. Die aldoreelischen Klingen taugen mehr als jedes andere Schwert.«

»Hoher Herr«, keuchte die Frau. »Was …«

»Ein Test. Nur ein Test.« Der Thronfolger wackelte am Griff, die Schneide bewegte sich in der Wunde, Paktaï stöhnte auf. »Seht genau her, Mortva, geliebter Mentor«, empfahl Govan eisig und angestrengt zugleich. »Ich empfinde Dankbarkeit Euch gegenüber, ich betrachte Euch als mein Vorbild. Aber Ihr dürft keine Geheimnisse vor mir haben. Solltet Ihr versuchen, mit mir das gleiche Spiel zu treiben wie mit meinem Vater, werdet Ihr dieser Kreatur bald folgen.«

Mit einem Ruck zog er die Schneide aus dem Körper und trennte der Zweiten Göttin mit einem sauberen Schlag den Kopf von den Schultern, bevor sein Konsultant oder seine Schwester protestieren oder gar eingreifen konnten.

Paktaïs Kopf rollte über den Teppich und hinterließ eine Spur aus durchsichtiger Flüssigkeit. Der Torso stürzte zu Boden und verlor seine Proportionen. Knirschend dehnte und streckte er sich um mehr als das Doppelte, die Haut brach auf, weil sie dem schnellen Wachstum nicht folgen konnte. Aus der menschlichen Hülle schlüpfte etwas Größeres, Mächtigeres.

Zwei weitere Arme wurden sichtbar, der kräftige

Körper schien mit einer schimmeligen Kruste überzogen zu sein. Der abgeschlagene Schädel vergrößerte sich ebenfalls, zwei gekrümmte, spitze Hörner stießen aus den Schläfen hervor, die Kiefer schwollen an, enorme Zähne wurden sichtbar. Klauen mit fingerlangen Nägeln zerfetzten im Todeskampf den Teppich und hinterließen tiefe Kratzer im Marmor darunter.

Dann flackerte das bedrohlich rote Glimmen in den Augenhöhlen auf. Das Ende des Wesens schien gekommen.

Ohne darüber nachzudenken, was er tat, kniete sich der Tadc neben die sterbende Zweite Göttin, legte eine Hand auf den Brustkorb und suchte nach möglicher Magie, die er sich aneignen konnte.

Weil die Erfahrung, die er bei der Aufnahme der Fähigkeiten seines Vaters gewonnen hatte, noch sehr frisch war, wusste er genau, was er tun musste. Die Übernahme gelang ohne Schwierigkeiten, die Magie schien zu ahnen, dass das Wesen, in dem sie saß, dabei war zu vergehen. Mühelos nahm er die Energien in sich auf, der befürchtete Kampf und die Schmerzen in seinem persönlichsten Winkel blieben aus. Er gewann lediglich den Eindruck, körperlich größer und stärker geworden zu sein. Als er sich aufrichtete, ereilte ihn ein leichter Schwindelanfall, der glücklicherweise rasch vorüberging. Selbst das Beschwipste war verflogen.

Govan reinigte die Klinge an den Resten des toten Wesens, bevor er die Waffe in der Scheide verstaute und sich seiner Schwester und dem Berater zuwandte. »Ich habe mir erlaubt, mir ebenfalls eine aldoreelische Klinge zu besorgen. Ich bin der Meinung, man sollte für alles gerüstet sein«, sagte er lächelnd zu Mortva. »Und damit sie nicht jeder gleich erkennt, ließ ich den Griff ein wenig verändern.«

»Ihr habt Euch Zugang zu meinen Gemächern verschafft, Hoher Herr?« Der Konsultant konnte es nicht fassen.

»Es sind, wenn man es genau nimmt, *meine* Gemächer, Mortva, ich bin Tadc und Kabcar. Also kann ich die Räume nach Lust und Laune betreten«, korrigierte ihn Govan und funkelte ihn an. »Keine Geheimnisse mehr, versprochen?«

»Ich verspreche es Euch«, beteuerte Nesreca und blickte erschüttert auf die Überbleibsel seiner Gehilfin. »Aber Ihr hättet sie nicht vernichten müssen.«

»Wie rührend«, seufzte der Thronfolger.

»Nein, ich denke lediglich pragmatisch. Uns fehlt nun eine wichtige Unterstützung«, meinte Mortva säuerlich. »Hemeròc allein wird im Kampf gegen die Ritter keine überragenden Chancen haben, dafür sind die Schwerter zu mächtig. Und mit List erreicht man bei den ohnehin argwöhnischen Blechsoldaten auch nichts mehr.«

»Es kommt auf die List an«, meldete sich Zvatochna zu Wort, die sich von ihrer Überraschung erholt hatte. Suchend glitt ihr Blick über ihr Kleid, ob es von dem vergehenden Körper beschmutzt worden war. »Wenn wir sie hierher nach Ulsar einladen, um zu Ehren des großen Lodrik Bardri¢ ein paar Lanzengänge zu reiten, müssen sie kommen. Auf die entsprechende Formulierung der Einladung kommt es an, beispielsweise versehen mit dem Hinweis, dass er es war, der trotz der Irrungen des Ordens diesen nicht verbot, sondern ihm erlaubte, neu zu erstehen. Einem Turnier können sie wohl kaum widerstehen. Wir haben die Schwerter direkt vor der Pforte und müssen sie Hemeròc nur noch bei günstiger Gelegenheit pflücken lassen.«

»Warum sollten wir uns nur mit den Schwertern zufrieden geben, wenn wir den ganzen Orden einkassieren können?«, warf Mortva ein. »Erstens sind die Besitztümer der Mitglieder nicht zu verachten, zweitens verursachen die Ritter mit ihrer Starrköpfigkeit nur Scherereien. Sie werden sich einem neuen Kurs niemals unterwerfen. Ulldart den Gerechten haben sie toleriert, aber solltet Ihr eines Tages Tzulan als die Gottheit Ulldarts ausrufen, werdet Ihr mit Ihrem Widerstand rechnen müssen.«

»Und da ich damit nicht allzu lange warten möchte, sollten wir die Ritter schnell abschaffen«, beschloss der Tadc. Er setzte sich wieder auf den Schreibtisch und schenkte sich von dem perlenden Getränk nach.

»Wir könnten das eine tun, ohne das andere zu lassen.« Die Tadca stellte sich an die Seite ihres Bruders und erhaschte sich sehr elegant sein Glas, um einen Schluck zu nehmen. »Lade sie zu einem Turnier ein, und Mortva fertigt in der Zwischenzeit eine Anklageschrift gegen die Hohen Schwerter an. Verrat, Mitwisserschaft an Feindesvorhaben, Mittäterschaft oder dergleichen, aber bitte nicht zu überzogen.« Sie wartete auf eine Reaktion des Konsultanten. »Mit ein paar Münzen müssten sich genügend Zeugen finden lassen, die falsche Aussagen machen. Das Turnier nutzen wir, um vielleicht sogar einen Anschlag vorzutäuschen, den wir ihnen in die Schuhe schieben. Und damit sind die Hohen Schwerter, nachdem sie ihre Waffen verloren haben, gleichzeitig rechtlich Geschichte.«

Mortva applaudierte begeistert. »Ich müsste bei Euch gelegentlich in die Lehre gehen, Hohe Herrin. Ihr seid mir mehr als ebenbürtig.«

»Hört, hört«, lachte Govan. »Das war soeben ein Eingeständnis. Und nun geht, geliebter Mentor, und zerbrecht Euch ein wenig den Kopf über weitere Schandtaten gegen die Ritter.«

Der Konsultant verneigte sich und stieg ungerührt über den Leichnam von Paktaï hinweg.

»Was sollen wir mit der Unglückseligen tun?«, rief ihn der Tadc zurück.

»Oh«, sagte der Berater von der Tür aus und wandte sich um. »Zweite Götter benötigen eine Ewigkeit, bevor sie restlos zerfallen. Ich lasse sie, mit Eurer Erlaubnis, später wegschaffen und in einer Gruft ablegen. In Hunderten von Jahren kann jemand ihren Staub zusammen kehren.« Auf Govans Nicken hin entfernte er sich.

Kaum fiel die Tür ins Schloss, fasste Zvatochna ihren Bruder am Arm. »Das war äußerst gefährlich, beinahe töricht von dir.«

Trotzig blickte er sie an. »Du hast selbst gesagt, wir sollen seine Macht beschneiden. Ich habe ihm eine Warnung gegeben, und die hat er mit Sicherheit verstanden. Mehr werde ich nicht gegen ihn unternehmen.« *Dafür verdanke ich ihm zu viel.*

Ihr Zeigefinger tauchte ins Glas, die feuchte Spitze fuhr seine Unterlippe entlang und benetzte sie mit Alkohol. »Du bist zu impulsiv, Govan. Du wirst an dir arbeiten müssen, ehe du einmal etwas wirklich Dummes anstellst«, rügte sie ihn halb scherzhaft. »Was wäre gewesen, wenn die aldoreelische Klinge gegen Paktaï versagt hätte?«

Er schnappte nach ihrer Hand, lachend zog Zvatochna sie zurück.

»Du hast keine Vorstellung, welche Kräfte in mir schlummern, Schwesterherz«, gestand er ihr. »Ich fühle mich beinahe bis zum Bersten mit Magie gefüllt, sie drängt nach draußen und möchte sich mir zeigen. Möchte zerstören.« Govan packte ihr Handgelenk und zog sie zu sich heran, die Gier glänzte in der Schwärze seiner Pupillen. »Ich trage die Magie eines Geschöpfes in mir, das Tzulan selbst formte. Diese Empfindung ist unbeschreiblich.« Er senkte die Stimme, sein Gesicht rückte näher an das seiner Schwester. »Ich fühle mich beinahe selbst wie ein Gott.« Sein Adamsapfel ruckte hoch und wieder runter. »Möchtest du einen Gott küssen, Zvatochna?«

»Es reicht mir schon aus, wenn ein Gott mich berührt.« Sie streichelte ihm über die Wange, er schloss die Augen und genoss die sanfte Liebkosung, schmiegte sich der Hand entgegen. »Und mehr wage ich nicht zu wollen.« Zvatochna entwand sich seinem Griff. »Wir sehen uns morgen, Bruder.«

Als das charakteristische Klacken der Tür ertönte, ruckten Govans Lider nach oben, und eine Welle der Wut schwappte über seinen Geist. *Sie hat mich ein weiteres Mal zurückgewiesen!* Die neu gewonnenen Kräfte schienen dieses Gefühl noch zu verstärken und bis in den letzten Winkel seines Verstandes zu tragen.

Er wollte seine Enttäuschung über die Abfuhr mit einem Fluch herausschreien, doch stattdessen schossen purpurne Flammen aus seinem Mund, verbrannten den Schreibtisch, den Stuhl und alles, was dem unnatürlichen Feuer im Weg stand, ja selbst das metallene Kaminbesteck zerfloss zu einem Bach geschmolzenen Eisens.

Was war das? Sollte ich am Ende mehr von Paktaï übernommen haben als die Magie? Govan betastete seine Lippen, denen das Feuer nichts zu Leide getan hatte. Um seinen Verdacht zu bestätigen, zog er den Uniformrock aus, rollte die Hemdsärmel nach oben und zückte den Dolch. Die Spitze setzte er senkrecht auf den Unterarm.

Nach einem letzten Zögern und einem tiefen Durchatmen, spannte er die Muskeln an und trieb in Erwartung eines immensen Schmerzes die Klinge in das eigene Fleisch.

Mortva schritt die Korridore entlang, fuhr sich über das Gesicht und betrachtete sich prüfend vor einer verspiegelten Wand, an der er vorüberging.

So war es zwar keinesfalls geplant, dachte er, *aber Govan übertrifft all meine Erwartungen. Als hätte Tzulan selbst ihn gezeugt. Dennoch sollte ich mich wieder zurückbegeben, bevor ich das Schicksal von Paktaï teile. Sobald Ulldart an Tzulan gefallen ist, gehe ich.*

Der Konsultant betrat sein Gemach, öffnete den großen Schrank und nahm die restlichen aldoreelischen Klingen heraus, um sich schnurgerade in die kleine Schmiede zu begeben.

Je eher ich sie vernichte, desto besser. Der Gedanke, dass sein überaus gelehriger Schüler womöglich mehr als eine der Klingen gestohlen hatte, gefiel ihm nicht. Dadurch gelangte der Junge in den Besitz von Druckmitteln, denen selbst er sich beugen musste. *Ich bin selbst daran schuld, ich habe nicht genug aufgepasst*. Er hoffte darauf, bei passender Gelegenheit die Waffe des Thronfolgers gegen eine Attrappe austauschen zu können. *Was der Junge kann, kann ich schon lange.*

Noch hatten andere Dinge Vorrang. Als er die halb eingestürzte Hütte erreichte, warf er die kostbaren Schwerter achtlos zu Boden. In Windeseile traf er seine Vorkehrungen, fachte die Esse an und vollzog die Beschwörung.

Die Zeit und die Anstrengung vernachlässigte er, denn er gedachte sein Werk nicht zu beenden, bis die letzte aldoreelische Klinge zu einem unansehnlichen Klumpen geworden war.

So schnell wie nie zuvor murmelte er die rituellen Formeln, seine Hände malten magische Zeichen in die Luft, eine Waffe nach der anderen schmolz und verwandelte sich zu einem Block unscheinbaren Metalls.

Alles andere wurde nebensächlich; er benötigte jeden Rest an Magie, sodass er schließlich sogar die Barriere aufhob, die seine wahre Gestalt verbarg.

Zuerst verwandelte sich sein Schatten, der hinter ihm über die kahlen Wände tanzte; danach folgte sein Körper. Wie eine Raupe entpuppte er sich, das menschliche Äußere platzte ab und fiel wie ein unnötiger Kokon zu Boden. Einzig die Haare blieben erhalten, Strähnen aus festem Quecksilber gleich.

Sein Leib, seine Gliedmaßen schossen in die Höhe, die Muskeln schwollen an und machten aus dem Berater ein furchterregendes Wesen, das drei Hörner auf dem Schädel und ein Paar schillernder, transparenter Schwingen auf dem Rücken trug.

Ein knielanger Lendenschurz aus schwarzem Stoff bedeckte den Unterleib, um den Körper spannten sich kreuz und quer Eisenketten, Stahlbänder saßen an den Unterarmen und Schenkeln, die das Rot der Glut zurückwarfen.

Die Augen erhielten dreifach geschlitzte, magentafarbene Pupillen, mitten auf der Stirn prangte ein kreisrundes, tätowiertes Zeichen. Nichts deutete mehr auf den Konsultanten hin, und jeder zufällige Betrachter wäre schreiend vor Furcht davongelaufen.

Die Kraft, sich beim Aufgang der Sonnen in die bekannte Gestalt des Beraters zurückzuverwandeln, fehlte ihm.

Also zog er sich in die dunkelste Ecke der verlassenen Schmiede zurück, legte die Schwingen um sich und ruhte sich aus. Zwei Tage arbeitete er ohne Unterlass, schließlich war das Werk der Zerstörung vollendet.

Erst als die Nacht anbrach, fühlte er sich so weit erholt, dass er das vertraute, harmlose Äußere von Mortva Nesreca annehmen konnte.

Immer noch erschöpft, klaubte er die Diamanten aus dem Sieb und verwahrte sie in der Rocktasche.

Nachdenklich betrachtete er die grob geformten, ausgekühlten Brocken, die aufgereiht in dem dunklen Schrank standen und einmal aldoreelische Klingen gewesen waren.

Mortva wollte sie an einem Ort wissen, wo sie niemand mehr fand, um ihnen die ursprüngliche, selbst für ihn tödliche Form wiedergeben zu können. Gleichzeitig sollten er und Hemeròc diese Orte nicht kennen, um zu vermeiden, dass man ihnen das Geheimnis bei einer ungünstigen Gelegenheit entlocken könnte, auf welche Art auch immer. *Sie müssen irgendwo verschwinden. Am besten an den tiefsten Stellen der Meere.*

Auf dem Rückweg zum Palast kam ihm eine Idee.

Und so geschah es, dass noch am gleichen Tag mehrere Fuhrunternehmen in Ulsar Aufträge erhielten, unscheinbare, aber äußerst schwere Kisten samt eines Begleitbriefes in die unterschiedlichsten Küstenstädte des Kontinents zu transportieren …

Die Quellen des Bösen

PROLOG

Nach einem schier unendlichen Strom unglaublicher Schmerzen ebbte die Qual langsam ab, verringerte sich mehr und mehr und verlief sich schließlich im Nichts. Eine nie gekannte Unschwere stellte sich ein, und Wärme und Behagen verjagten die letzten schrecklichen Erinnerungen an die Leiden, die zuvor zu erdulden waren.

Wo bin ich hier?

Vorsichtig erkundete er seine Umgebung, die in völliger Dunkelheit lag. Seine Finger tasteten sich voran, ohne auf Widerstand zu stoßen.

In völliger Blindheit taumelte er umher. Seine Füße erzeugten kein Geräusch, der Untergrund war fest, aber nicht allzu hart. Zu rufen wagte er nicht.

Endlich trafen die Hände auf ein Hindernis, fanden die Flügel eines zweitürigen Portals. Nach kurzem Zögern stemmte er sie auf.

Was soll's?! Schlimmer kann es kaum mehr kommen.

Goldenes Licht blendete ihn, zwang ihn, die Augen zu schließen und einen Arm schützend davor zu legen, während er nach vorn wankte und schließlich vor Schwäche in die Knie ging.

Nach einer Weile gewöhnte er sich an die Helligkeit.

Er kauerte auf einem polierten Marmorfußboden. Strahlender Sonnenschein fiel durch riesige bemalte Fenster in den üppig eingerichteten Saal. Vogelgezwitscher drang an sein Ohr, irgendwo sangen Menschen ein tarpolisches Volkslied, und das Klingen von Tempelgongs rief die Gläubigen zum Gebet. *Ich bin anscheinend im Palast.*

Direkt vor sich erkannte er ein Paar graue Militärhosen. Seine Blicke wanderten an der dünnen, gichtverkrümmten Gestalt in der vertrauten Uniform hinauf, die sich auf einen Säbel anstelle eines Gehstocks stützte. Grüngraue Augen schauten teilnahmslos auf ihn herab.

Neben dem betagten Mann stand ein etwas jüngerer mit einem stattlichen, bis auf die Brust reichenden schwarzen Vollbart und einem ordentlichen Bauch. Dessen braune Augen ruhten freundlich auf dem Gesicht des unangemeldeten Besuchers.

»So hat Er es tatsächlich geschafft, ein unrühmliches Ende zu nehmen«, bemerkte der Ältere schneidend. »Und das, nachdem es so gut mit ihm als Kabcar angefangen hat.« Die Spitze der Säbelscheide stieß hart auf den Boden und erzeugte ein knallendes Geräusch. »Er ist einfach zu weich. Das hat Er nun davon, Er mit seinen eigentümlichen Ideen und seiner Gutgläubigkeit.«

»Vater?« Lodrik erhob sich und starrte die Gestalt an. »Er ist tot. Ich habe ihn doch verbrannt.«

»Und meine Asche auf den Kaminsims gestellt«, ergänzte Grengor Bardri¢, der ehemalige Kabcar von Tarpol, ungehalten. »Seine Ankunft hier und seinen Abgang sehe ich daher schon mit einer gewissen Genugtuung. Ich hatte wenigstens ein ordentliches Begräbnis.«

Lodrik schaute zu dem anderen. »Ihr seht aus wie Ijuscha Miklanowo«, sagte er zögerlich. »Auch Ihr seid tot. Ihr wurdet vor vielen Jahren das Opfer eines borasgotanischen Giftmischers.«

Der letzte Kabcar Tarpols entdeckte sich selbst in einem der vielen Spiegel, die an der Wand angebracht waren. Er registrierte die unbeschädigten Kleider, die er vor wenigen Lidschlägen noch im Steinbruch außerhalb der Stadt getragen hatte. Keine Wunden klafften, keine Spur von Blut zeigte sich. *Hat mein Verstand etwa unter den Ereignissen gelitten?*

Sein Lehrer aus der Provinz Granburg schenkte ihm ein beruhigendes Lächeln und legte ihm die Hände auf die Schulter. »Nein, Lodrik. Ich sehe nicht nur so aus, ich bin es. Ich bin hierher gekommen, um dich im Reich der Toten willkommen zu heißen.«

»Und ich ebenfalls«, meinte Grengor Bardri¢ genüsslich.

Der Herrscher machte entsetzt einen Schritt zurück und schüttelte die Arme des Brojaken ab. »Nein! Das kann nicht sein. Ich war eben noch im Steinbruch vor Ulsar und habe …« Abrupt endete er. *Govan hat mich umgebracht?*

Miklanowo faltete die Arme vor dem Bauch. »Ich dachte mir schon, dass es dir nicht leicht fallen wird, den Tod anzunehmen. Er kam bei dir mindestens so überraschend wie bei uns beiden.« Der Großbauer deutete auf Grengor. »Uns alle verbindet eine Gemeinsamkeit: Wir wurden getötet.«

»Wenn das hier das Jenseits ist, warum sind wir dann nur so wenige?«, verlangte Lodrik zu wissen. »Und warum sieht es hier aus wie im Palast von Ulsar?«

»Oh, wir sind nicht wenige«, erklärte Miklanowo geduldig. »Die anderen sind draußen in der Stadt und gehen ihren Geschäften nach. Das heißt, sie genießen ihr Leben nach dem Tod. Sofern sie hierher gelangt sind. Kolskoi und Jukolenko sind beispielsweise nicht aufzufinden. Weiß Ulldrael der Gerechte, an welchem Ort ihre Seele gelandet ist.«

Das Ganze kann nur ein Albtraum sein. Ein Schwindel erfasste Lodrik, ein schmerzhaftes Ziehen jagte durch seinen Körper. »Und wo ist Norina?«

»Hoffentlich noch immer in der anderen Welt«, sagte der Granburger.

»Sie lebt?«, keuchte Lodrik voll freudiger Überraschung. »Wir dachten alle, das Schiff sei zusammen mit den anderen gesunken.«

Miklanowo schüttelte den Kopf und fasste den Kabcar am Arm. »Nein, sie leben alle. Komm, ich führe dich ein wenig herum.«

Lodrik blieb stehen. »Ich bin also wirklich tot?«

»Getötet von seinem eigenen Sohn«, meinte Grengor Bardri¢ ein wenig gehässig. »Mein Enkel hat Schneid, das muss man ihm lassen. Das hätte Er sich niemals getraut, um an die Macht zu gelangen, nicht wahr?!«

»Er starb zu früh, Vater. Sonst hätte Er gesehen, was ich alles unternommen hätte«, sagte Lodrik mit einem bösen Lächeln.

»Mein Tod geht übrigens nicht zu Lasten der Borasgotaner, auch wenn sie für viel Leid verantwortlich sind«, meinte der Brojake. »Dein Ratgeber, Mortva Nesreca, hat die Vergiftung arrangiert. Dieses Wesen hat so viele Schandtaten angezettelt, dass es Bücher füllen würde, müsste man sie aufnotieren.«

»Ist das gewiss?«, rutschte es Lodrik heraus.

Der Großbauer lächelte schwach. »Ich war zumindest bei dem Bankett dabei.«

Dann hatten Stoiko, Norina, Waljakov und alle anderen mahnenden Stimmen all die Zeit über Recht. Der Kabcar fasste sich an die Schläfen, als ihn ein neuerlicher Schub Benommenheit angriff. *Was habe ich nur getan?*

»Stelle Er sich nicht so an. Er ist tot, was muss Er da noch den Wehleidigen vortäuschen?«, wies ihn sein Vater zurecht. »Reiße Er sich zusammen. Er ist ein Bardri¢, wenn auch ein Missratener. Ich hätte mir von diesem silberhaarigen Schönredner niemals mein Reich abnehmen lassen.«

»Halte Er den Mund. Er ist nichts weiter als ein Häufchen Asche in einer Urne, die sein Enkel vermutlich schon lange ausgeleert hat«, knurrte Lodrik seinen Vater an. »Er hat mir schon lange nichts mehr zu sagen.«

»Er, werter Herr Sohn, kann sich bei den Tzulani bedanken, dass Er so früh auf den Thron kam«, keifte Grengor zurück, und wieder schabte das Ende der Säbelscheide auf dem Stein. »Sonst säße ich sicherlich immer noch als Kabcar in Amt und Würden, während Er der kleine ›Tras‹ geblieben wäre.« Die grüngrauen Augen blitzten, er richtete seine verkrümmte Gestalt auf, so weit es ging, und sein strenges Gesicht blickte wütend.

»Selbst als Toter ist Er unausstehlich.« Lodrik wandte sich von ihm ab. »Ijuscha, sagt mir, habe ich alle um mich herum verstoßen, die nur die Wahrheit sprachen?«

»Ja, so kann man es sagen.« Miklanowo räusperte sich. »Aber ich werde der Letzte sein, der dir deswegen Vorwürfe macht. Die Intrigen und Hinterhältigkeiten waren zu ausgeklügelt. In diesem Netz hast du dich verfangen und wurdest langsam, aber sicher an das Ufer gezogen, an dem falsche Freunde standen. Ich habe Nesreca ebenfalls nicht durchschaut.« Er breitete die Arme aus. »Das war der Preis dafür. Hier warten viele Bekannte auf dich, die er ins Verderben gestürzt hat. Wenn du mir nicht glaubst, warte ab, was sie dir erzählen. Dennoch, man fühlt sich rasch sehr wohl hier. Meine Frau ist ebenfalls hier, genau wie deine Mutter.«

Doch das bedeutete keinen wirklichen Trost für Lodrik, der noch immer nicht recht überzeugt war. Zu abstrus gestaltete sich die Szenerie. *Vielleicht ist es eine Art Delirium?*

Wie zum Beweis schlug eine Woge des Schmerzes über ihm zusammen und ließ ihn auf dem Fußboden zusammenbrechen.

»Was soll das werden, Schwächling?« Grengor Bardri¢ drückte ihm die Spitze der Säbelhülle in den Leib. »Stehe Er auf. Er kann nicht sterben, also stelle Er das Lamentieren und Simulieren augenblicklich ein, ehe ich mich vergesse.« Sein Vater schien zu alten Hochformen aufzulaufen, was Beschimpfungen anging.

Die folgende Tirade und die Schlichtungsversuche Miklanowos verstand der auf der Erde liegende Lodrik nur wie durch einen Schleier, der die Worte dämpfte und sie unverständlich werden ließ.

Kurze, türkisfarbene Blitze zuckten in schneller Reihenfolge vor seinem Auge auf und raubten ihm für Lidschläge die Sicht.

Groß erschien das besorgte Gesicht des Brojaken vor ihm. Dessen Mund öffnete und schloss sich, abgehackte Sätze drangen an sein Ohr, ohne dass der Kabcar ihren Sinn erfasste.

Der letzte blassblaue Blitz brachte ihm die Schmerzen zurück und riss ihn in die Dunkelheit, aus der er gekommen war. Schreiend vor Qualen und voller Angst musste er sich blind von den unbekannten Kräften leiten lassen.

Irgendwann befiel ihn das Gefühl, im Zentrum eines Unwetters zu schweben. Die Energiestrahlen entluden sich in ihn, folterten und marterten ihn.

Ist das die Strafe Ulldraels des Gerechten für meine Taten zu Lebzeiten? Komme ich an den Ort, wo Jukolenko und Kolskoi sind?

Sein Verstand drohte ihn angesichts der Schmerzen zu verlassen. Lodrik spürte deutlich, wie die Normalität aus seinen Gedanken wich.

Dann, ohne Vorwarnung, endeten die Blitze.

Die Schwärze blieb.

Kälte kroch in seinen Körper.

I.

Kontinent Kalisstron, Bardhasdronda, Frühjahr 459 n. S.

Die Böe füllte das schlaffe Segel mit Wind, der Gleiter ruckte vorwärts und beschleunigte beinahe aus dem Stand heraus auf eine atemberaubende Geschwindigkeit.

Lorin, mehrere Decken als Schutz gegen die Kälte über seine Felljacke gelegt, musste mit den Händen und geistigen Kräften gleichzeitig arbeiten, um das Gefährt unter Kontrolle zu halten. Einen herkömmlichen Segler hätte es schon lange auf die Seite gelegt, doch mit ihm konnte sich keiner messen.

Die Kufen glitten mit einem knirschenden Geräusch über die Eisfläche, der Gleiter nahm weiter Fahrt auf. Lorin war diesmal als echter Milizionär unterwegs. Im Auftrag von Rantsila klapperte er alle Feuertürme ab, um die Protokollbücher der letzten Wochen einzusammeln.

Innerhalb einer neuen persönlichen Bestzeit hatte er die Wachtürme abgeklappert und befand sich bereits auf dem Weg zum letzten, der Bardhasdronda am nächsten lag. Auf diesen Turm freute er sich ganz besonders, und das nicht nur, weil er dort bei einem Glas Tee auftauen konnte. Jemand ganz Besonderes versah dort seinen Dienst.

Als die Stufen in Sicht kamen, die zum Feuerturm hinaufführten, reffte er das Segel und brachte den Gleiter am Fuß des Aufgangs zum Stehen. Vorsichtig erklomm er die behauenen Tritte. Unwillkürlich musste er dabei an sein Abenteuer denken, das er mit den Lijoki erlebt hatte. Bei diesem Türmler würde es ihnen nicht gelingen, das Gebäude in ihre Gewalt zu bringen.

Als Lorin das Plateau erreichte, sah er schon die breite Gestalt, die auf der Aussichtsplattform stand und zu dem Neuankömmling spähte. Er winkte und trabte durch den immer spärlicher werdenden Schnee.

Die Tür wurde geöffnet, und Waljakov begrüßte ihn mit einem breiten Grinsen. »Du bist ein wenig außer Atem, Knirps. Ich werde deine Unterrichtsstunden verschärfen müssen.«

»Lass mich erst mal auftauen« Vor Kälte klapperte Lorin mit den Zähnen. »Der Fahrtwind hätte mich um ein Haar zu einem lebenden Eiszapfen gemacht.«

»Es zwingt dich keiner, so schnell unterwegs zu sein.« Der glatzköpfige Hüne reichte ihm einen Becher Tee. »Gab's was Neues?«

Lorin schüttelte den Kopf, streifte sich mit der freien Hand die Mütze ab und stellte sich an den offenen Kamin. »Nichts. Seit wir den Lijoki unsere Schwerter und Pfeile aus der Nähe gezeigt haben, lassen sie sich nicht mehr blicken.« Er nahm einen Schluck, stellte den Becher ab und schlüpfte aus der Pelzjacke. »Obwohl… So ein bisschen Gesellschaft oder ein kleiner Kampf könnten dir nichts schaden. Du musst doch umkommen vor Langeweile.« Er beugte sich grinsend nach vorn. »Du bist bestimmt vor den Frauen abgehauen, stimmt's? Aus lauter Angst, eine könnte dir gefallen. Und das passt natürlich nicht zu dem harten Fremdländler. Manche nennen dich übrigens ›Eisblick‹.«

»Mir ist nicht langweilig.« Waljakov setzte sich und ölte sorgsam die Gelenke seiner mechanischen Hand. »Ich habe viel Zeit zum Nachdenken. Und ich wollte Rantsila eine weitere Niederlage ersparen. Einen verlorenen Aufnahmezweikampf gegen einen Greis, nachdem ihn ein Knabe besiegt hatte, würde vermutlich seinen Ruf als Soldat ins Wanken bringen.« Prüfend betrachtete er die Stahlglieder aus der Nähe; die künstlichen Finger bewegten sich wellenförmig auf und ab. »Außerdem kreuzen wir beide beinahe täglich die Klingen, das reicht einem alten Mann wie mir vollauf.«

»Ha, du und alt. Matuc ist alt.« Der Junge mit den leuchtend blauen Augen lachte. »Und er bekehrt die Menschen aus Bardhasdronda zu Ulldrael dem Gerechten, als erhielte er von seinem Gott höchstselbst eine Auszeichnung dafür.«

Waljakov senkte die Hand und betrachtete sein Gegenüber. »Seinen Gott? Ist es nicht auch dein Gott, Knirps?«

»Fang du nicht auch noch an zu predigen«, murrte Lorin. »Ich verehre Kalisstra und Ulldrael, wie es ihnen gebührt.« Er schaute sich um. »Aber bei dir kann ich kein einziges Heiligtum entdecken. Glaubst du an nichts?«

Der Leibwächter hob langsam die Achseln, ohne näher auf die Frage einzugehen. »Was machen denn die Hochzeitsvorbereitungen?«, wechselte er den Gesprächsgegenstand.

»Jarevrån ist schon ganz aus dem Häuschen«, erzählte er mit glänzenden Augen. »Ihr Vater hat der Vermählung zugestimmt und war ganz freundlich, als ich bei ihm vorsprach.«

»Na, sollte er nur versuchen, etwas anderes zu wollen, als dem Helden von Bardhasdronda die Hand seiner Tochter zu geben«, feixte Waljakov.

»In zwei Monaten findet die Feier statt, das weißt du ja. Arnarvaten und Fatja möchten zuerst noch ihre Geschichtenreise zu Ende bringen, bevor auch sie die Bindung eingehen.«

»Und habt ihr euch geeinigt, welcher Gott nun für den Segen des jungen Paares verantwortlich sein wird?«

»Ach, jetzt sind wir doch wieder bei den Religionen gelandet«, seufzte Lorin ein wenig verzweifelt. »Jarevrån ist eher traditionell eingestellt und möchte den Segen der Bleichen Göttin. Und Matuc verlangt, dass Ulldrael der Gerechte um Gnade gebeten wird.«

»Die beiden Gottheiten haben sich bei den Süßknollen geeinigt, da werden sie über euch beide schon nicht in Streit geraten«, gab der Hüne seine Einschätzung ab und langte nach dem Vorderteil des Brustharnischs, um ihn mit einem Öltuch abzureiben.

»Die Götter schon, die Städte nicht«, ergänzte der Junge und goss sich Tee nach.

Waljakov schaute ihn gespannt an. »Was, Knirps?«

»Hat es sich nicht zu dir herumgesprochen?« meinte Lorin verwundert. »Einige Vekhlathi müssen nachts auf eines der Felder auf Stápas Land geschlichen sein und Süßknollen gestohlen haben. Kalfaffel hat die Rückgabe der Setzlinge und die Auslieferung der Diebe gefordert. Vekhlathi hat das natürlich abgelehnt und angekündigt, ebenfalls groß in das Geschäft mit den Süßknollen einzusteigen. Kalfaffel hat ihnen ein Ultimatum gesetzt.«

»Hervorragende Aussichten«, grummelte der Hüne und setzte die Pflege des Harnischs fort. »Das passt zu Kalisstri, sich um ein paar Knollen zu streiten.«

»Es hat wohl was damit zu tun, dass sich die beiden Städte seit langem nicht wohl gesonnen sind. Da hätte es auch ausgereicht, wenn ein Vekhlathi in Bardhasdronda auf den Boden gespuckt hätte.« Lorin rutschte mehr in Richtung Feuerstelle. »Deshalb soll ich dir von Rantsila ausrichten, dass die Türmler mit besonderer Aufmerksamkeit ihre Aufgabe verrichten sollen. Jede noch so kleine Begebenheit ist aufzuzeichnen.«

Waljakov stellte das Harnischteil zur Seite und legte seinem Schützling einen dicken Stapel Blätter vor die Nase. »Bitte sehr. Keine Vorkommnisse, Knirps.«

Lorin packte die Seiten vorsichtig in Wachspapier ein und verstaute sie in seinem Tornister. Nach einem letzten, hastigen Schluck schlüpfte er wieder in seine Winterkleider.

Der Hüne drückte ihm die Mütze auf den schwarzen Schopf. »Sag der alten Gebetsmühle Matuc, dass er sich nicht übernehmen soll, wenn er Ulldrael noch lange preisen und loben will«, lachte er und warf sich selbst einen dicken Mantel über. Dann öffnete er die Tür.

Ein eisiger Wind scheuchte zarte Schneeflöckchen vor sich her und wirbelte die weißen Kristalle durcheinander.

»Holla!«, entfuhr es Lorin. »Ich dachte, der Winter sei vorüber.«

»Kiurikka wird den Schneeschauer eigens für dich herbeigebetet haben«, schätzte Waljakov.

Zusammen stapften sie bis an den Fuß der Treppe, der Junge verabschiedete sich und begann mit dem Abstieg.

Waljakov sah ihm nach, solange es ihm die Flocken erlaubten. *Er sieht seiner Mutter immer ähnlicher, je älter er wird.*

Die Erinnerungen an die Zeiten auf Ulldart kehrten zurück, wie sie es in den letzten Wochen und Tagen in der Einsamkeit so oft getan hatten.

Der K'Tar Tur fragte sich ständig, wann wohl der Augenblick der Rückkehr in die Heimat gekommen sei, um alles, was dort im Argen lag, einem guten Ende zuzuführen, wie es Fatja, die kleine Hexe, in ihren Visionen vorausgesehen hatte.

Wie gern würde ich diesem silberhaarigen Dämon Nesreca und seiner Brut den Kopf vom Hals reißen. Klackend schloss sich seine mechanische Hand. *Lodrik wäre der beste Kabcar in der Geschichte geworden, wenn diese Giftschleuder nicht erschienen wäre. Zu Tzulan mit Arrulskhán und seinen idiotischen Herrschaftsideen!*

Waljakov wandte sich um und kämpfte sich zurück in Richtung des Turmes, den er wegen des dichten Schneetreibens fast nicht mehr richtig erkannte. *Der vollkommene Zeitpunkt, um einen Angriff durchzuführen,* durchzuckte es ihn. Selbst die Klänge der Rufhörner würden kaum weiter als ein Pfeilflug zu hören sein.

Und so war seine Reaktion, als er eine Gestalt schemenhaft am Turm sah, kaum verwunderlich. *Wollen mal sehen, was du hier vorhast, Bursche.*

Beinahe lautlos pirschte er sich von hinten an den Unbekannten heran, die gepanzerte Hand zum Schlag bereit, in der anderen den Dolch.

Doch der Besucher trat in eben diesem Augenblick bis an den vordersten Rand der Klippe und umrundete den Fuß des Bauwerks. Zwischen Mauer und Abgrund blieb die Länge einer Männerhand, auf dem sich die Gestalt bewegen konnte. Ein Windstoß genügte, um den Kletterer das Gleichgewicht verlieren und ausrutschen zu lassen.

Den hat wohl der Verstand verlassen, dachte Waljakov und setzte sich in Bewegung, um den Besucher auf der anderen Seite abzufangen. Der Wind und der Schnee ließen an Heftigkeit nach.

Als der Hüne den Turm umrundete, kam ihm niemand entgegen. Fußspuren waren auch keine zu sehen.

Er muss die Steilwand hinabgestürzt sein, folgerte Waljakov. »He, Jolpo!«, rief er dem zweiten Türmler auf der Aussichtsplattform zu. »Hast du jemanden gesehen?«

»Nein, niemanden.«

»Vielleicht Fußspuren?« Waljakov ließ nicht locker.

Jolpo verschwand, um einen kurzen Rundgang zu machen und zwischen den Zinnen nach allen Seiten Ausschau zu halten. »Nein, nichts. Warum?«

Waljakov winkte ab und kehrte in das Gebäude zurück, schnallte sich seine Waffe um und begab sich selbst nach oben, um die Umgebung mit dem Fernrohr abzusuchen. Auch am Fuß der Klippen konnte er nichts entdecken, obwohl er fest damit gerechnet hatte, dort einen zerschmetterten Leichnam auszumachen.

Das gibt es doch nicht. Sollte mein Verstand mir in meiner Einsamkeit solche Scherze bereiten? Kurz erklärte er dem Kalisstronen, was er gesehen hatte.

Jolpo nickte nur. »In einem Schneesturm ist das nichts Ungewöhnliches. Das Auge lässt sich leicht einen Streich spielen.« Beruhigend klopfte er dem Hünen auf die Schulter. »Das ist die Einsamkeit. Du solltest dich mal ablösen lassen, wie wir anderen auch.«

»Meine Augen lassen sich keine Streiche spielen«, knurrte Waljakov, und seine Hand umschloss den Säbelgriff. Doch die fehlenden Spuren konnte auch er nicht erklären. Da sich keine Segel am aufgeklarten Horizont zeigten, unterließ er es, Alarm auszulösen.

Mit einem schlechten Gefühl begab er sich in seine Unterkunft. Ein ungelöstes Rätsel passte ihm nicht. *Immerhin scheint die Zeit der Langeweile vorüber zu sein.*

Lorin erreichte den Fuß der Klippen, drückte sich in eine Felsnische und wartete ab, bis sich die Heftigkeit des Windes legte. Ein zerfetztes Segel konnte er nicht gebrauchen.

Endlich stieg er in seinen Gleiter und glitt im Schein der untergehenden Sonnen auf Bardhasdronda zu. Ein anderes Gefährt kam ihm entgegen, dessen Farbe er nur allzu gut kannte. Byrgten und seine Kumpanen fuhren wie immer Rennen gegeneinander, wobei der Fischersohn der ungeschlagene Lenker unter ihnen war.

Der Gleiter schoss heran, umkreiste Lorin einmal und zog wieder von dannen. Grinsend setzte der Junge die Segel. *Es wird Zeit, dass du lernst, wer der Schnellste am Strand ist, Byrgten.*

Bald schon rauschten die Gefährte gleichauf über die verschneite Fläche, die Stadt kam näher und näher. Byrgten würdigte seinen Gegner mit keinem Blick, die Fahrt nahm ihn dafür zu sehr in Anspruch.

Lorin setzte sein ganzes Geschick ein, um sich einen Vorsprung herauszuarbeiten. Und wirklich gelang es ihm, Brygten und sein Gefährt wenige Schritte vor der Kaimauer zu überholen. Er hatte den Zweikampf gewonnen.

Lorin verzurrte das Segel, sprang aus dem Gleiter und sicherte ihn mit einer Kette. Den Fischersohn ignorierte er, so gut es ging, bis er Schritte hörte, die sich langsam von hinten näherten. In aller Ruhe beendete er seine Tätigkeit, bevor er sich umdrehte.

Auch an Byrgten war die Reifung zum Mann nicht spurlos vorübergegangen; er ließ sich schon seit geraumer Zeit einen Bart stehen, der allerdings noch nicht so kräftig wuchs, dass es gut ausgesehen hätte.

Der Fischersohn steckte mit einem entschlossenen Gesichtsausdruck die rechte Hand in seine Jacke.

Ein Messer? Lorins Augen wurden schmal. *So töricht kann er nicht sein.* Ein kurzer Augenblick der Konzentration, und seine Kräfte waren bereit. Seine Rechte wanderte auf den Rücken, wo er den eigenen Dolch aufbewahrte.

»Ich schulde dir noch was, Seskahin«, sagte Byrgten ein wenig grimmig und nahm die Hand aus der Tasche. Er hielt ihm einen kleinen Lederbeutel hin.

Unschlüssig betrachtete Lorin das Säckchen. »Was ist da drin? Giftige Meerschlangen?«

Der Fischersohn drückte die Seiten zusammen. »Nein, es ist nichts darin, was dir schaden könnte.« Er stellte seine Gabe auf die Bordwand des Gleiters, drehte sich um und schritt zu dem kleinen Tor, das ins Innere der Hafenanlage führte.

Lorin nutzte seine Fertigkeiten, um die Schlaufe zu öffnen und den Beutel umzustülpen. Münzen fielen klingend auf das Holz seines Gleiters. Zuerst verstand Lorin nicht, was Byrgten damit bezweckte. Doch als er die geprägten Metallscheiben zählte, kam er auf eine Summe, die ihm lange sehr gut im Gedächtnis geblieben war, bis die letzten aufregenden Ereignisse einen Mantel über seine Erinnerung geworfen hatten.

Das ist genau der Preis, den Akrar für das Beschlagen eines Pferdes verlangt! Vor etwa drei Jahren hatte ihm der Fischersohn zusammen mit seinen Freunden aufgelauert und ihm den Lohn abgeknöpft, den er dem Schmied hatte bringen wollen. Jetzt hatte er das Diebesgut freiwillig zurückgegeben.

Beinahe schämte Lorin sich dafür, von Byrgten einen Anschlag mit dem Messer erwartet zu haben. *Und er hat mich Seskahin genannt,* fiel es ihm ein. *Soll das heißen, dass er mich als Kalisstronen angenommen hat?* Gedankenverloren betrachtete er das Geld, dann lachte er auf und rannte los, um Akrar seinen verloren geglaubten Lohn zu bringen. *Es wendet sich wirklich alles zum Guten. Kalisstra und Ulldrael sei Dank.*

Der kräftige Schmied staunte nicht schlecht, als Lorin ihm die Münzen in die breite, schwielige Hand drückte. »Scheint, als wäre selbst dein ärgster Widersacher zur Vernunft gekommen, was?«

»Ja«, strahlte Lorin glücklich und stand schon wieder an der Tür. »Ich würde gern noch plaudern, aber ich werde erwartet.«

»Und das neue Messer, das du dir schmieden wolltest?«

Großzügig winkte Lorin ab. »Das hat Zeit. Ich habe da ein ganz anderes Eisen im Feuer.«

»Jarevrån?« feixte Akrar, während er mit dem Fußblasebalg die Esse anfachte und den Rohling eines Hufeisens in die glühenden Kohlen legte. »Ja, ja, man merkt, dass ihr beiden noch nicht verheiratet seid. Da macht das Lieben noch Spaß.« Wuchtig donnerte der Hammerkopf auf den rot leuchtenden Stahl. Funken stoben auf.

»Und das wird immer so bleiben«, lachte der junge Mann und verschwand. Wie immer lief er wie ein Wirbelwind durch die Gassen Bardhasdrondas, bis er das Stadttor erreichte, wo Jarevrån mit dem Hundeschlitten wartete.

Er gab ihr einen schnellen Kuss und deutete zur Erklärung auf die Dienstkammer Rantsilas. »Ich bin gleich bei dir.«

Nach kurzem Klopfen stürmte er in das Zimmer des Milizionärs und grüßte militärisch. Anschließend legte er ihm den Tornister mit den eingesammelten Berichten auf den Tisch.

»Ah, Seskahin«, meinte der Anführer der Bürgerwehr freudig. »Wie immer in Eile.« Er nickte in Richtung der Tür. »Der Mann, dem du eben die Tür an den Kopf geschlagen hast, heißt Hedevare, und der, den du ignoriert hast, ist Hørmar.«

Lorin wandte sich sogleich zu den beiden Gästen um und entschuldigte sich mit rotem Kopf für seinen forschen Auftritt.

»Sie sind aus der Stadt Kandamokk, nördlich von Vekhlathi, und berichteten mir, dass unsere diebischen Nachbarn sich mit anderen zusammentun. Sie gewähren den Lijoki offenbar Unterschlupf, während diese ihre Pläne weiter verfolgen.« Die Besucher nickten, leicht verwundert darüber, dass der Milizionär so offen vor einem halben Jungen über derart brisante Neuigkeiten sprach.

Kalfaffel, der cerêlische Bürgermeister, stieß zu der kleinen Versammlung hinzu, und Lorin fühlte, wie ihn eine gewisse Aufregung ergriff ... als gehörte er zu einem Kreis Auserwählter und Verschwörer. Er ließ sich von Hedevare und Hørmar ihre Beobachtungen schildern.

Kalfaffel stimmte Rantsilas Vermutungen zu. »Es scheint, als hätten wir uns zu früh gefreut, die Seeräuber los zu sein.« Er steckte sich eine Pfeife an und paffte hektisch, als wollte er die Kammer völlig einnebeln. »Unter diesen Umständen werden die Vekhlathi kaum bereit sein, unsere Frist anzuerkennen.«

»Ich ordne verstärkte Kampfübungen an«, meinte der Anführer der Bürgerwehr. »Damit alle jederzeit gewarnt und gewappnet sind. Sollten sich Spione der Nachbarstadt bei uns aufhalten, umso besser. Dann wissen sie, dass sie sich blutige Schädel holen werden.«

»Und natürlich sind wir für Verbündete mehr als dankbar«, wandte sich der Cerêler an die Männer aus Kandamokk. »Unsere Städte haben früher schon gut zusammengearbeitet.«

»Aus diesem Grund sind wir ja auch hier.« Hørmar legte ein gesiegeltes Schreiben seines Stadtobersten vor. »Wir haben die Erlaubnis, mit Euch ein Bündnis einzugehen, das im Fall eines Angriffs beiden Seiten das Recht auf Unterstützung zusichert.«

Kalfaffel las die Zeilen und reichte das Papier an Rantsila weiter, der es überflog und dann Lorin gab.

Vor Stolz über die Gleichberechtigung und das Vertrauen, musste der junge Mann mehrmals Anlauf nehmen, um den Sinn der Worte zu verstehen. »Es sieht gut aus«, beschied er mit bedeutsamer Miene und hielt Kalfaffel das Papier hin.

»Wenn unser Held das sagt«, lächelte der Cerêler und setzte seine Unterschrift sowie das Zeichen der Stadt Bardhasdronda darunter. Eine Abschrift behielt er für sich, die andere gab er Hørmar zurück. »Wir tauschen uns gegenseitig aus. Im Augenblick sollten wir nichts unternehmen, aber sobald die Vekhlathi und die Lijoki deutliche Vorbereitungen für einen Angriff treffen, schlagen wir zu.«

»Angriff ist die beste Verteidigung«, nickte Rantsila.

Die beiden Gäste wechselten einen raschen Blick. »Das sieht unser Bürgermeister genauso«, sagte Hedevare. »Zur Sicherheit werden wir Spione nach Vekhlathi senden.« Damit verabschiedeten sie sich und verließen das Zimmer.

»Ich höre schon Kiurikka«, meinte Kalfaffel ein wenig müde und ließ sich auf einen Stuhl in der Nähe des kleinen, bauchigen Ofens in der Mitte des Raumes sinken. »Sie wird den Süßknollen die Schuld geben, und somit ist einmal mehr Ulldrael der Gerechte der Übeltäter, vor dem sie unsere Stadt seit Jahren vergeblich warnt.«

»Ich weiß nicht, ob sie wirklich glücklich wäre, sollte es tatsächlich so kommen«, erwiderte Lorin.

In der Zwischenzeit hatte der Milizionär angefangen, die Protokollbücher durchzusehen. Schon stieß er einen Pfiff aus. »Da haben wir doch etwas. Feuerturm elf hat ein fremdes Segel gesichtet.«

»Elf?« Der Cerêler überlegte. »Das ist der nördlichste von allen. Es werden Palestaner gewesen sein«, meinte er, doch Rantsila schüttelte den Kopf.

»Es war ein Dreimaster mit geriffelten Segeln.«

»Was, bei allen Wundern der Bleichen Göttin, soll denn ein geriffeltes Segel sein?«, wollte der Bürgermeister wissen und zog schneller an der Pfeife. »Stehen da weitere Vermerke?«

»Nein. Nur: Dreimaster, morgens, drei Strich nach Aufgang der ersten Sonne, geriffeltes Segel, schnelle Fahrt nach Norden.«

»Könnte es sein, dass sich die Vekhlathi nicht nur die Lijoki als Verbündete genommen haben?«, warf der Jungmilizionär ein. »Sind das am Ende Rogogarder?«

»Sie haben für gewöhnlich andere, plumpere Schiffe. Und die Türmler kennen die rogogardischen Segler sehr gut, glaube mir.« Rantsila blätterte weiter. »Es hat keinen Zweck, ich muss mit größter Sorgfalt an die Sache heran. Jede Einzelheit ist wichtig, wenn wir herausfinden möchten, welche Gemeinheiten unsere Nachbarn planen.«

»Dann gehe ich wohl besser«, verabschiedete sich Lorin.

»Kein Wort über das, was du hier gehört hast, Seskahin«, mahnte ihn Kalfaffel. »Auch nicht zu Jarevrån, hast du verstanden? Die Aufregung wird noch groß genug werden.«

»Und morgen möchte ich dich hier sehen«, fügte Rantsila hinzu, ohne die Nase aus den Aufzeichnungen der Türmler zu heben. »Sobald die Sonnen aufgehen. Du wirst kleinen Gruppen Kampfunterricht geben.«

Wie angewurzelt blieb Lorin stehen. »Ich?«

Rantsila feuchtete einen Finger an und blätterte um. »Du hast mich im Zweikampf geschlagen. Wer also wäre besser geeignet, die Männer einzuweisen und tüchtig auf Vordermann zu bringen? Niemand kann es mit deiner Kondition aufnehmen, Stellvertreter.«

Nun war die Überraschung vollkommen. »Stellvertreter?«

»Wieso wiederholst du alles, was dir Rantsila sagt?«, lächelte der Cerêler. »Glaubst du ihm nicht?«

»Oh, danke!« Lorin grüßte, riss die Tür auf und rannte hinaus. Gleich darauf öffnete sich die Tür wieder, und sein glückliches Gesicht erschien. »Darf ich das denn jemandem erzählen?«

Rantsila und Kalfaffel nickten gleichzeitig.

Schon war der junge Mann mit den blauen Augen wieder weg, man hörte ausgelassenes Hundegebell und das Lachen von Jarevrån.

»Dafür, dass er über enorme Fähigkeiten verfügt und ein echter Held ist, bleibt er erfreulich gewöhnlich«, meinte der Cerêler.

»Er ist eben noch ein halbes Kind. Und ich würde sagen, er ist von Grund auf gut.«

Der Bürgermeister schwieg und paffte lautstark. *Hoffen wir es einmal.*

Bis heute war es ihm nicht aus dem Kopf gegangen, was sich zugetragen hatte, als er Lorin zum ersten Mal begegnet war. Die Art, wie die grüne Magie seiner Gattin Tjalpali an dem Säugling zerstoben war und wie es sie ein halbes Jahr danach beinahe das Leben gekostet hätte, als sie versucht hatte, das kranke Kind mit Hilfe der Gabe Kalisstras zu heilen, räumten seine Zweifel an

Lorins ausschließlicher Güte nie ganz aus. Etwas musste an dem Jungen sein, was ganz und gar anders war und seinem eigentlichen Wesen zuwiderlief.

Doch das Feld der Magie, um die es sich dabei zweifelsohne handelte, war zu unbestellt, zu unbekannt. So blieb Kalfaffel weiter nichts übrig, als ein wachsames Auge auf den Jungen zu haben, um die kleinste Veränderung in seinem Verhalten sofort zu bemerken. *Eine Begabung, die eine Kraft zerstört, die Menschen heilt und niemandem schadet, kann nichts Gutartiges sein. Und Gnade uns Kalisstra, wenn sie sich gegen uns wenden sollte.*

»Vier Augen sehen mehr als zwei«, sagte er und griff nach einem der Bücher. »Wir wollen heute ja noch fertig werden.«

**Kontinent Ulldart,
Königreich Barkis (ehemals Tûris),
Ammtára (ehemals die Verbotene Stadt),
Frühjahr 459 n. S.**

Pashtak blinzelte nach oben und schaute hinauf zum Ende der riesigen Säule, die wie ein einzelner mahnender Finger in den blauen Himmel zeigte. Ansonsten befand sich an dieser Stelle nichts mehr, außer den abgelaufenen Bodenplatten und den kargen Resten von Grundmauern, die an abgebrochene Zahnstummel gemahnten.

Ich wusste, dass es nicht einfach wird, seufzte er und ließ den alten Plan sinken, den er sich aus den Beständen der Bücherei mitgenommen hatte. Genau an dieser

Stelle sollte sich der allererste Palast Sinureds befunden haben. Und genau hier sollte, jedenfalls nach den Aufzeichnungen des unbekannten Schreibers, eine der beiden mächtigsten Klingen des Kontinents in einem Steinsarkophag verborgen worden sein.

Doch der Palast existierte nicht mehr; die Erbauer der Verbotenen Stadt mussten ihn im Zeitraum von mehr als vierhundert Jahren Stück für Stück abgetragen haben.

Aber einen Sarkophag bewahrt man im Allgemeinen ja in Katakomben auf, dachte Pashtak.

Schnell sah er sich um, ob er in diesem abgelegenen Teil der Stadt allein war. Dann machte er sich daran, zwischen den Resten des prächtigen Gebäudes nach einem Zugang zum Keller zu forschen. Er schnüffelte an jeder Ritze im Boden, ob sein Geruchsinn ihm vielleicht die abgestandene Luft einer Krypta oder Ähnliches zeigen würde. Aber es roch einfach nur nach gewöhnlicher Erde, gelegentlich – und sehr zu seiner Unfreude – auch nach dem Urin eines einfacheren Verwandten, der auf diese archaische Weise sein Gebietsrecht geltend machte.

Nach mehr als zwei Stunden, die er vor lauter Jagdfieber so nicht empfand, wurde seine Mühe belohnt. Nahe den letzten Ausläufern des einstigen Sumpfgebietes roch es etwas anders als nach üblicher Erde. Eilig suchte er sich ein Werkzeug in Form eines alten, abgebrochenen Schwertes, und kratzte die Fugen frei. Der Geruch verstärkte sich.

Wer sagt es denn?! Pashtak setzte die Waffe als Hebel zwischen die in Frage kommenden Platten und stemmte sich mit aller Gewalt gegen den Knauf. Die alte Klinge bog sich gefährlich und barst, als Pashtak seine letzten Kraftreserven einsetzte.

Fluchend geriet er neben der abgebrochenen Waffe ins Straucheln, das Heft in der Hand haltend. Seine Robe riss seitlich ein. *Verdammt!*

Ein Knirschen ertönte.

Der letzte Rest Erde zwischen den Fugen rutschte plötzlich ab, die Platten bogen sich unter dem Inquisitor plötzlich durch und verkeilten sich ineinander, ehe sie in die unbekannte Tiefe rutschten.

Pashtak wagte nicht zu atmen. Aber der stinkende Dunst, der von unten heraufströmte, kitzelte in seiner Nase. Alles Naserümpfen nutzte nichts; in einem gewaltigen Niesen entlud sich der Reiz. Fast augenblicklich tat sich die Erde auf, und er rauschte knurrend in die Schwärze.

Hart schlug er auf dem Boden auf; die nachfolgenden Platten knallten rechts und links neben ihm herab und verfehlten ihn um Haaresbreite. Keuchend rollte sich Pashtak herum und stemmte sich in die Höhe. Seine gelben Augen mit den roten Pupillen gewöhnten sich rasch an das trübe Zwielicht. Staub wirbelte umher und flirrte im Schein des einfallenden Tageslichts.

Soll das vielleicht so etwas wie eine alte Kanalisation sein?

Der halbrunde Gang war jeweils nach mehreren Schritten eingestürzt, Schuttmassen machten ein Weiterkommen unmöglich.

Der Geruch nach Moder stammte von dem kleinen, beinahe ausgetrockneten Rinnsaal stinkender Flüssigkeit, das Pashtaks überreizte Sinne als Exkremente identifizierten. *Shui wird mich umbringen, wenn sie meine Robe sieht und riecht.* Angeekelt lehnte sich Pashtak gegen die Backsteinwand.

Das Geräusch nachgebender Steine kannte er mittlerweile recht gut, und es verwunderte ihn an diesem Unglückstag nicht weiter, es schon wieder zu hören. Polternd fiel er zusammen mit dem Teil der Trennwand rücklings in einen weiteren Raum.

Tzulan scheint mich aus irgendeinem Grund nicht mehr zu mögen, dachte er, während er die quadratischen Steine betont langsam von sich schob und den Staub grob von seinem untersetzten Körper wischte.

Ächzend stand er auf und blickte sich um.

Dieses Mal leitete ihn die Vorsehung scheinbar richtig. Sein Durchbruch hatte ihn in ein Gewölbe geführt, das riesig zu sein schien und wahrscheinlich einen Vorratsraum des ersten Palastes darstellte.

Witternd machte er sich daran, den Raum zu durchsuchen, aus dem eine Treppe nach oben geführt hatte, die jedoch eingestürzt war. Die einst eingelagerten Kostbarkeiten und Proviantrationen bestanden nur aus Staub, und nichts, was Pashtak in irgendeiner Weise hätte hilfreich sein können, ließ sich entdecken.

Etwas enttäuscht, weil er sich schon mit dem besonderen Schwert in Händen gesehen hatte, verließ er den Raum, zwängte sich durch das Loch in der Backsteinwand und hob den Kopf.

Das sind mindestens fünf Schritt, schätzte er die Entfernung zur Oberfläche. Er würde einiges an Steinen benötigen, um sich eine so hohe Rampe zu bauen, dass er den letzten Rest mit einem beherzten Sprung überwinden könnte.

Der Inquisitor bückte sich, um mit seiner Arbeit zu beginnen, als das Sonnenlicht kurz durch einen huschenden Schatten verdunkelt wurde.

Rasch fuhr er herum und spähte zur Öffnung, wobei ihm die Helligkeit schwer zu schaffen machte. »He, hier unten ist jemand! Könntest du mich herausholen?«

»Einen Augenblick«, beruhigte ihn eine Männerstimme von oben. »Wir sind schon dabei, für Abhilfe zu sorgen.« Vielstimmiges Lachen ertönte.

Aus einem Instinkt heraus sprang Pashtak durch das Loch in der Backsteinwand.

Rumpelnd brach die Decke des kurzen Stückes vom Abwasserkanal ein, die letzte Säule folgte hinterher.

Die Gesteinsmassen und Segmente des Pfeilers verschlossen den Durchgang, eine graue Wolke aus Staub und Dreck stob auf und bedeckte Pashtak, der die Klauen schützend über den flachen, knochigen Schädel gelegt hatte und nun wartete, bis das Rumoren endete.

Schon wieder Tzulani. Hustend stemmte er sich in die Höhe. *Jetzt nehme ich die Sache wirklich mehr als persönlich, ihr Nackthäute.* Andererseits zeigte ihm der Anschlag, wie nah er an der Wahrheit war. Und dass Ammtára auf keinen Fall in die Fänge dieser Verrückten fallen durfte. Aber zuerst musste er einen Ausgang finden, und zwar einen Ausgang, vor dem keine Tzulani lauerten. Er durfte wohl kaum damit rechnen, dass sie sich damit begnügten, Schutt auf ihn zu werfen und dann anzunehmen, er sei tot. Er würde sehr, sehr vorsichtig sein. *Wo steckt nur Lakastre, wenn man sie wirklich braucht?*

In einem Anfall von Galgenhumor lehnte er sich probehalber an einer anderen Stelle des Gewölbes gegen die Wand. Doch die Mauer hielt. *Das wäre auch zu schön gewesen.*

Bei seinem ersten Schritt vorwärts brach der Boden unter ihm ein.

Und zum dritten Mal an diesem Tag musste Pashtak es zulassen, dass das Schicksal seinen Weg in die Richtung lenkte, die es für richtig hielt.

Benommen richtete er sich auf und tastete sich sorgfältig ab. Außer einer kleinen Wunde über dem rechten Auge und dem schmerzenden rechten Handgelenk schien er den Sturz einigermaßen heil überstanden zu haben.

Knurrend stand er auf. *Ich werde nie mehr allein irgendwo hingehen und mich nie mehr irgendwo anlehnen,* schwor er sich.

Schwach erkannte er das eingebrochene Stück Decke über sich. Um ihn herum aber befanden sich zehn große, quadratische Steinbehälter.

Sarkophage! Pashtak stieß einen girrenden Laut aus, die Aufregung war zu groß. *Da haben sich die vielen Stürze also doch gelohnt.*

Aber bevor er nach der Klinge forschen wollte, suchte er nach einem Ausgang aus der Krypta. Zwar war die Treppe ins Stockwerk darüber auch hier eingestürzt, aber mit Hilfe eines Sarkophagdeckels würde er sich eine Rampe bauen können. Dieses Mal prüfte er vor jedem Schritt, den er tat, den Untergrund.

Voller Erwartungen gelangte er zum ersten der imposanten Steinsärge. Die Feinheiten der Reliefs konnte er nicht richtig erkennen, aber seine Finger fühlten, dass sich der Bildhauer sehr viel Mühe mit der Gestaltung gegeben haben musste. Er würde zu einer späteren Gelegenheit mit einer Fackel und den anderen zurückkehren, um sich die Pracht in aller Ruhe anzusehen.

Stück für Stück schob er den schweren Deckel zur Seite. Im Sarg lag ein mumifizierter Toter in einer Rüstung, die skelettierten Finger um den Griff eines Schwertes geschlossen. *Eine Nackthaut,* schätzte Pashtak anhand der Knochen, die gewiss nicht mehr schmecken würden.

Er schnupperte ins Innere der Ruhestätte, um verdächtige Gerüche zu entdecken. Aber nach so langer

Zeit roch es nur nach Staub und altem Metall, das leicht korrodiert war. *Ob es das ist? Würde eine besondere Klinge rosten?* Er nahm das Schwert an sich und benutzte es als Hebel zur Öffnung der weiteren Sarkophage.

In allen ruhten Krieger in schweren, unbekannten Rüstungen. Doch ihre Waffen wiesen, jedenfalls nach der Einschätzung des Inquisitors, keinerlei Eigentümlichkeiten auf. Er ahnte, dass seine Suche noch lange nicht abgeschlossen war. Und vorher würde er seinen Fund niemandem zeigen.

Unzufrieden grollend, wuchtete er einen Sarkophagdeckel herum und lehnte ihn so an die Wand, dass er darauf zum Ausgang der Krypta klettern konnte. Das Schwert nahm er mit. Rostig oder nicht, es taugte, sich gegen die Tzulani zur Wehr zu setzen. Bald darauf stand er vor der schiefen Steintür, die er unter Aufbietung all seiner Kräfte aufdrückte.

In völliger Dunkelheit tappte er den steilen Gang nach oben, bis er an eine verschüttete Stelle gelangte. Hier endete sein Weg.

Pashtak zwang sich zur Ruhe, denn die aufkeimende Angst, in diesem Gang langsam, aber sicher zu verhungern und zu verdursten, drohte seinen Verstand zu lähmen.

Aufgeregt schnupperte er, achtete auf jede Feinheit in der abgestandenen Luft. Wenn ihn nicht alles täuschte, nahm er einen schwachen Hauch von Gras wahr.

Er tastete die Wände ab und stieß auf ein kleines Loch, durch das kaum merklich Luft von außen eindrang. Vermutlich hatte sich eine Maus oder ein anderes Tier bis hierher gegraben.

Mit dem Schwert aus dem Gewölbe verbreiterte er die winzige Röhre. »Wenn ich gewusst hätte, was mir alles bevorsteht, hätte ich das Amt niemals angenommen«, fluchte er und bohrte die Klinge ins Erdreich.

»Schau mal, Vater sieht aus wie ein Dreckschwein!«, johlte Pashtaks Zweitjüngster begeistert und schaffte es damit, die Aufmerksamkeit des restlichen Nachwuchses auf ihn zu lenken. Lachend umringten sie ihn und deuteten auf die zerschlissene Robe, die als solche nicht mehr erkennbar war.

»Er sieht nicht nur so aus«, tönte Shuis eiskalte Stimme aus der Küche, »er riecht auch so.«

Verdammt, ärgerte sich Pashtak, der sich in aller Heimlichkeit hatte umziehen wollen. Doch er hatte nicht mit der Wachsamkeit seiner Sprösslinge gerechnet. »Ich habe Nachforschungen angestellt«, versuchte er sich zu rechtfertigen und ließ einen Brummton erklingen, der beruhigend wirken sollte.

»Ach, du bist Kanalinquisitor geworden?«, meinte seine Gefährtin spitz und erschien in der Tür. Als sie Pashtak sah, musste sie zu allem Überfluss lachen. Seine Kleider waren voller Erde, auf dem Kopf thronten kleine Grashalme, und die Robe erinnerte mehr an zusammengenähte Fetzen als alles andere.

Shuis Blick wurde besorgt, als sie die Wunde entdeckte. »Was ist passiert?« Sie stellte das jüngste Familienmitglied auf den Boden und widmete sich seiner Verletzung. »Wir werden dich in ein Kräuterbad stecken.«

»Es ist nichts«, schwächte der Inquisitor ab, dem die ungeteilte Aufmerksamkeit unangenehm war.

»Du siehst aus, als hätten die Gefräßigen dich als Spielgerät benutzt und dich danach durch einen frisch gedüngten Acker geschleift.« Shui blieb eisern und schob ihn hinter das Haus, wo der große Holzzuber stand.

Während sich Pashtak, umringt von seinen kichernden Töchtern und Söhnen, verlegen girrend auszog, bereitete seine Gefährtin das Bad vor und goss heißes Wasser in den Zuber. Dann gab sie kaltes dazu und traf dabei den Inquisitor, sodass ihm die Luft wegblieb.

Doch sogleich lotsten ihn Shuis Hände in die Wanne und begannen eine entspannende Massage. Augenblicklich fing Pashtak an zu schnurren und gab sich mit geschlossenen Augen den wohltuenden Gefühlen hin. Die Kräuter taten ihr Übriges.

»Ich bin den Rätseln weiter auf die Spur gekommen«, sagte er leicht guttural.

»Den Rätseln?«, wiederholte Shui alarmiert. »Reichen dir die Morde nicht aus, die du zu klären hast?«

»Oh, die sind so gut wie abgehakt«, meinte er leicht schläfrig. »Aber ich gehe Dingen nach, die wesentlich größer sind als nur ein paar tote Nackthäute.«

»Sprich vor den Kindern nicht so herablassend über die Menschen«, ermahnte Shui ihn, und ihre Fingernägel bohrten sich warnend in seinen Nacken.

»So habe ich das nicht gemeint. Ich wollte damit nur sagen, dass ich …« Er öffnete die Lider und blickte auf die Schar seiner Kinder, die sich mit aufmerksamen Gesichtern um den Zuber verteilt hatten und eine spannende Geschichte erwarteten. *Ich erzähle hier geheime Dinge, und morgen weiß es ganz Ammtára, wenn ich nicht aufpasse.* »Los, geht spielen, ihr kleinen Plappermäuler!«, verscheuchte er sie gespielt ernst und spritzte mit Wasser.

Genau das war das Signal, auf das die Mehrzahl seiner Kleinen sehnsüchtig gehofft hatte. Bevor Pashtak sie ein weiteres Mal attackieren konnte, enterten drei seiner Sprösslinge quietschend vor Freude den Bottich, andere füllten die Eimer und gingen in den Angriff auf ihren Vater über.

Shui nahm die Robe mit dem kleinen Finger auf und betrachtete sie angewidert von allen Seiten. Sie beschloss kurzerhand, sie den Flammen des Herdfeuers zu übergeben.

Hinter ihr versank ihr Gefährte blubbernd in den Fluten. Die Kinder wurden nicht müde, ihren Vater mit kaltem Wasser zu übergießen, bis er schließlich die Flucht ergriff und den Zuber seinem Nachwuchs überließ.

Nachdem er sich in aller Eile frische Kleider angezogen hatte, vollendete er mit großer Sorgfalt seine Arbeit an der gefälschten Botschaft, die an den Vorsitzenden der Versammlung der Wahren gerichtet war. Auch die geheime Botschaft änderte er ab, packte den Brief in die Lederhülle und machte sich auf den Weg zu Leconuc.

»Ich bin zum Abendessen wieder zurück!« rief er und eilte hinaus.

Wie immer genoss er seinen Weg durch die Stadt, die von pulsierendem Leben erfüllt war.

Die Menschen aus der Umgebung wagten sich nun immer häufiger nach Ammtára, und schon allein wegen der sich verbessernden Beziehungen zu den Nackthäuten und dem aufkeimenden Vertrauen in ein nachbarschaftliches Nebeneinander beider Bevölkerungsgruppen würde er es nicht zulassen, dass von allen Geistern verlassene Tzulani die Dinge ins Gegenteil verkehrten. Die von ihm selbst abgeänderte Botschaft an Leconuc würde ihm einen Aufschluss darüber geben, wie groß die Loyalität der Verblendeten angesichts der Neuigkeiten war, die er ihnen zuspielte – und die Ergebenheit gegenüber dem Gebrannten Gott, für den die Tzulani diese rücksichtslosen Morde begingen.

Ein grelles Blinken stach ihm in die lichtempfindlichen Pupillen. Knurrend hielt er die Hand vor die Augen. Die polierte Granitkugel, die oben auf der achteckigen Säulenkonstruktion zu Ehren des Gebrannten Gottes errichtet worden war, reflektierte den Schein der Sonnen gleißender, als es Spiegel imstande waren. Höchstens Diamanten oder geschliffene Kristalle konnten damit konkurrieren.

Wir werden alle erblinden, wenn der Sommer kommt, schätzte der Inquisitor und schritt weiter voran, das Versammlungsgebäude fest im Blick. Er trat ein und durchschritt rasch die untersten Räumlichkeiten, um zügig zum Vorsitzenden zu gelangen.

Leconuc schaute neugierig auf, als der unerwartete Gast in sein Arbeitszimmer stürmte.

Pashtak achtete auf die kleinste Regung im Gesicht des Tzulani, der sich jedoch über die Anwesenheit des Inquisitors zu freuen schien. »Sag nichts … Du willst mir die Ergebnisse deiner lang währenden Ermittlungen mitteilen?« Der Mann lehnte sich zurück und deutete auf den Sessel. »Es wird nämlich allmählich Zeit. Spätestens seit den Ereignissen in der Bibliothek dürfte es klar sein, in welche Gefahr dich deine Tätigkeit als Inquisitor gebracht hat.« Er nahm ein zweites Glas aus dem Schreibtisch und füllte es mit Wasser, das er seinem Besucher reichte. »Und wenn sie – wer auch immer ›sie‹ sein mögen – dich eines Tages erwischen, weiß sonst niemand, was eigentlich in Ammtára vorgeht.« Leconuc legte den Kopf ein wenig schief. »Ein neuer Inquisitor, neue Ermittlungen, neue Tote und vermutlich bald wieder ein toter Inquisitor.«

Pashtak witterte, so unauffällig es ihm möglich war, in Richtung des Vorsitzenden. Aber Aufregung und Nervosität suchte er vergebens, Leconuc machte einen entspannten Eindruck. Es schien ihn auch nicht zu überraschen, dass er, Pashtak, nach dem Anschlag einiger unbekannter Tzulani im Kanal noch lebte.

»Sagen wir, es dauert nicht mehr lange«, zog er sich diplomatisch aus der Schlinge. Um den Vorsitzenden abzulenken streckte er ihm die Hand mit der Lederrolle hin. »Das ist mir bei meinen Ermittlungen in die Hände gefallen. Ich entdeckte einen toten Botenreiter am Wegesrand, den wohl einige meiner Artgenossen tranchiert haben.« Als er den entsetzten Blick des Mannes sah, musste er grinsen, und die spitzen Zahnreihen in seinem kräftigen Kiefer wurden sichtbar. »Nein, nein, Leconuc. Meinen Untersuchungen nach sind Ross und Reiter gestürzt. Genickbruch. Meine Verwandten haben die Gelegenheit genutzt, mehr nicht.«

»Solange sie sich mit Aas begnügen«, meinte der Tzulani etwas erleichtert und stutzte, als er das erbrochene Siegel am Behälter bemerkte.

»Der Sturz«, erklärte der Inquisitor und musste sich zusammennehmen, dass er keine verräterischen Laute ausstieß, die ihn seiner Lüge überführten. »Er muss sich aus vollem Galopp überschlagen haben.«

Leconuc nahm den Brief heraus, las die Zeilen und legte das Papier auf einen Stapel weiterer Blätter. »Nichts Wichtiges«, sagte er, nachdem er den Blick des Inquisitors bemerkte. »Nur der Ausdruck der Freude eines Glaubensfreundes aus Ulsar. Die Kathedrale muss immense Fortschritte machen.«

»Aber nichts im Vergleich zu dem, was wir geleistet haben.« Pashtak erhob sich und gab sich geschäftig. »Entschuldige mich, Leconuc, aber die Pflicht ruft. Wenn alles so verläuft, erstatte ich der Versammlung schon bald Bericht.«

»Oder du bist bald tot«, meinte der Vorsitzende besorgt. »Teile dich uns mit, schon für deinen eigenen Schutz, Pashtak. Tot nutzt du den Bewohnern von Ammtára gar nichts.« Er erhob sich ebenfalls und trat zu einer zweiten Tür. »Bis bald.«

Der Inquisitor tat so, als würde er den Saal ebenfalls verlassen, verzögerte aber das Hinausgehen so lange, bis Leconuc verschwunden war.

Flugs hastete er zu einem der großen Schränke und drückte seine gedrungene Gestalt hinein. Durch einen schmalen Spalt lugte er hinaus und wartete ab, was sich ereignen würde. Unschöne Erinnerungen an den Keller in Braunfeld stiegen auf.

Eine Weile darauf kehrte der Tzulani zurück und entzündete am helllichten Tag eine Kerze.

Ha!, dachte Pashtak triumphierend und fühlte seinen vagen Verdacht bestätigt. Dennoch hätte er den seiner Ansicht nach eher gemäßigten Anhänger des Gebrannten Gottes lieber auf seiner Seite gewusst.

Der Vorsitzende nahm den Stapel mit Briefen, Aufzeichnungen und Unterlagen zur Hand und ordnete ihn säuberlich. Gelegentlich behielt er ein Papier länger in der Hand, blieb an dem Geschriebenen hängen, murmelte etwas oder grinste manchmal. Schließlich suchte er sich die Nachricht heraus, die ihm Pashtak überbracht hatte.

Doch anstelle das Blatt über die Kerze zu halten, legte er es vor sich und kramte in einer Schublade herum. Er pellte einen winzigen quadratischen Gegenstand aus einem Wachstuch, nahm ein hauchdünnes Messer und legte den Gegenstand mit einer feierlichen Geste auf die Klinge, die er über die Flamme hielt. Nach wenigen Lidschlägen stieg ein Rauchfaden von der Substanz auf, harziger Geruch verbreitete sich.

Leconuc beugte sich schnell nach vorne und inhalierte die Dämpfe ausgiebig, bis der letzte Rest der köchelnden Masse zu einem unansehnlichen schwarzen Fleck austrocknete.

Der Vorsitzende lächelte verklärt, lehnte sich mit einem zufriedenen Seufzen zurück und genoss die einsetzende Wirkung des berauschenden Mittels.

Das darf ja wohl nicht wahr sein! Pashtak fühlte Fassungslosigkeit in sich aufsteigen. *Er verleiht seinem Verstand schon am Nachmittag Schwingen. Diese Nackthäute.*

Die Tür schwang auf, und ein unscheinbarer Sekretär, beladen mit einer Schreibunterlage, Büchern und Folianten, trat ein, um seine Last auf Leconucs Tisch abzuladen.

Der Vorsitzende deutete müde auf die ausgebreiteten Papiere. »Einsortieren, wie immer«, befahl er. »Und danach geh nach Hause.«

Der Mann verbeugte sich und kam der Aufforderung nach. So schnell, wie er gekommen war, verschwand er wieder. Pashtak meinte aus seinem Versteck heraus gesehen zu haben, wie beim Anblick der Nachricht aus Ulsar ein erleichtertes Lächeln über das Gesicht des Sekretärs gegangen war.

Daraus ergab sich eine abgeänderte Variante seiner Verschwörungstheorie. Um sie zu bestätigen, musste er sich allerdings an die Verfolgung des Sekretärs machen.

Dem Vorsitzenden fielen die Augen zu, ein seliges Lächeln stand in seinem Antlitz, leise summte er ein Lied und raunte Frauennamen.

Pashtak atmete tief ein. So leise wie es ihm möglich war, öffnete er den Schrank, kroch über den Boden, um sich im Schutz des Tisches in Richtung des Ausgangs vorzuarbeiten, durch den der andere Tzulani verschwunden war. Beinahe hatte er sein Ziel erreicht.

»Pashtak? Wohin willst du?«

»Oh! Wer? Ich?!« Wie angewurzelt blieb der Inquisitor stehen. »Ich bin gar nicht hier. Ich bin nur eine Einbildung, Leconuc«, sagte er in beschwörendem Tonfall und schob die Klinke nach unten. »Die Ausgeburt deines Rausches.« Schnell glitt er hinaus und drückte die Tür ins Schloss, ehe Leconuc nachhakte.

»Ach so«, murmelte der Vorsitzende träge. *Das ist mir schon öfter passiert. Ich sollte damit aufhören …*

Der Inquisitor aber folgte der Geruchsspur des Mannes, sein Jagdinstinkt trieb ihn vorwärts. Er gelangte in das nächsthöhere Stockwerk, wo er das Gewand des Sekretärs in einem Durchgang verschwinden sah, der ins Archiv der Versammlung führte. Leise schlich er sich an. Hinter einem Regal hervor beobachtete er den Mann, der gewissenhaft den Schriftverkehr zu den Akten legte.

Nur die neueste Nachricht behielt er in der Hand. Er setzte sich an einen Tisch und fertigte eine Abschrift an, die er nach einer halben Stunde Arbeit ebenfalls in einen dicken Ordner legte, bevor er sich anschickte zu gehen.

Nun begann eine Verfolgungsjagd quer durch Ammtára, bei der Pashtak schnell begriff, dass der Tzulani keineswegs nach Hause ging. Der Inquisitor nutzte jede Gebäudeecke und jedes bisschen Schatten, um sich vor einer zufälligen Entdeckung zu schützen. Schließlich betrat der Sekretär ein kleines Häuschen.

Das wird dir auch nichts bringen. Pashtak erklomm die Außenwand, die erfreulicherweise aus groben Steinen bestand und seinen kräftigen Krallenhänden genügend Halt boten.

Vorsichtig robbte er auf dem Reetdach entlang zu dem Schornstein und presste sein Ohr an die Öffnung.

Mehrere Stimmen drangen zu ihm hinauf, eine davon gehörte Leconucs Sekretär.

»Es wurde allmählich Zeit, dass sie sich melden«, ertönte eine ungehaltene Stimme. »Ich dachte schon, sie vergessen uns, nachdem die Kathedrale neu errichtet wird.«

»Dabei würde sich das Zentrum von Tzulans Gläubigen in Ammtára viel besser machen als in Ulsar, das außer der Kathedrale wenig mit dem Gebrannten Gott zu tun hat«, fügte eine Frau säuerlich hinzu. »Wir sollten endlich die Macht übernehmen und diese lächerliche Versammlung absetzen. Unsere gemäßigten Mitgläubigen rauben mir mit ihrer Anbiederung an die Ungeheuer und ihrer Kompromissbereitschaft noch den letzten Nerv.«

»Am besten gleich opfern«, verbesserte ein Dritter lachend, und die anderen stimmten mit ein.

»Ich hab's«, verkündete der Sekretär. »Aber es wird euch nicht gefallen.«

»Lies vor«, drängte eine männliche Stimme.

»'Tzulan, der sich immer mehr am Himmel zeigt, hat uns ein Zeichen gesandt. Der Gebrannte Gott deutete uns, dass beim Gleichstand der Monde alle Niederen in unserem engeren Kreis vom Höchsten in einer nächtlichen Tempelzeremonie Tzulan selbst geopfert werden sollen. Ihr erweist dem Gebrannten damit die höchste Ehre, indem ihr euer Leben für ihn gebt. Handelt, denn davon hängt der Erfolg unserer Sache ab. Wir sind bereit.«

Es herrschte betretenes Schweigen.

Ja, da staunt ihr, was?, freute sich Pashtak auf dem Dach und lachte lautlos. *Menschen umzubringen mag einfach sein, aber das eigene Leben für Tzulan zu geben, da wird es eng, ihr feigen Mörder.*

»Tja«, meinte einer der Männer nachdenklich. »Ich weiß nicht … aber der Wortlaut der Nachricht klingt nicht so, wie ich ihn von anderen Botschaften her kenne.«

»Du hast Angst, dein Leben für Tzulan zu geben«, fuhr ihn die Frau hart an. »Ich jedenfalls werde ihm freudig meine Energie geben, damit er seinen Fuß in wahrhaftiger Gestalt auf Ulldart setzt und von hier aus seine Regentschaft beginnt.« Sie erntete gemurmelte Zustimmung.

Der Inquisitor bleckte die Zähne. *So ist es richtig.*

»Um ehrlich zu sein, nichts täte ich lieber, als mich für den Gebrannten Gott in den Tod zu stürzen«, sagte der Sekretär, »aber ich teile die Bedenken von Wulfrimm. Und wir sollten nicht vergessen, dass dieser Inquisitor viele Tage beim Schmökern alter Bücher verbracht hat. Er selbst übergab die Botschaft an Leconuc.«

»Es dauert wahrscheinlich zu lange, eine Bestätigung aus Ulsar einzuholen. Der Gleichstand ist in knapp zwei Wochen«, meinte die Frau wieder. »Können wir es uns leisten, Tzulan unsere Leben vorzuenthalten?«

»So warte …«, sagte einer der Männer überrascht. »Der Inquisitor lebt? Ich dachte, wir hätten ihn in einer Ruine begraben.«

»Das wird ja immer besser«, rief die Frau erbost. »Nun begibst du dich schon auf eigene Faust auf Unternehmungen, ohne es mit uns abzusprechen.«

»Die Gelegenheit war günstig«, hielt der Gemaßregelte dagegen. »Er muss mit Ulldrael im Bunde stehen, dass er unseren Anschlägen entkommen kann.«

»Und das bestätigt ihn nur in seinen Nachforschungen, du Narr!«, beschimpfte die Frau ihn. »Wir werden dich nicht opfern, dein Tod wäre eine Beleidigung.«

Die Runde schwieg und brütete über der Lösung des Problems.

»Wir nehmen uns diesen Pashtak einfach vor«, äußerte der Sekretär.

»Als ob wir das nicht schon versucht hätten«, lachte ein anderer freudlos. »Er muss eine Bestie im Kampf sein. Wenn ich an unsere Leute in der Bibliothek denke, kann ich nur davor warnen, ihn anzugreifen.«

Ich auch, dachte Pashtak.

»Nein, nicht so«, wehrte der Sekretär ab. »Er ist ein Familienwesen. Wenn wir ein oder zwei seiner Gören in unsere Gewalt bringen, ihn befragen und damit unter Druck setzen, bis wir die Macht in Ammtára übernommen haben, werden wir mehr erreichen als durch all unsere Mordanschläge.«

Zu spät hatte sich der Inquisitor wieder unter Kontrolle. Ein gefährliches Grollen entstieg seiner Kehle und schallte durch den Schornstein hinab.

Sofort schwiegen und lauschten die Verschwörer.

»Nur der Wind«, gab die Frau nach einer Weile Entwarnung. »Ich schlage vor, wir gehen dem Plan unseres Freundes nach. Morgen greifen wir uns eines seiner Bälger und hinterlassen eine Nachricht. Alles Weitere planen wir, nachdem wir die Antwort erhalten haben.«

»Gibt es einen Grund, warum du am Kamin lauschst?«, fragte eine sanfte Stimme in Pashtaks Rücken. »Bist du den Mördern auf der Spur?«

Erschrocken wirbelte er herum und riss dabei einen Stein aus dem Rand. Kleine Teile der Verfugung rieselten den Schlot hinab. Nun gerieten die Tzulani in helle Aufregung.

Lakastre hockte eine Armlänge hinter ihm und schaute ihn lächelnd an. »Ich wollte dich nicht erschrecken, Inquisitor.«

Pashtak fluchte leise. Unten wurde die Tür aufgerissen, die Tzulani rannten in verschiedene Richtungen davon. »Ich brauche deine Hilfe«, sagte er bittend zu der Frau. »Sie wollen meiner Familie etwas antun.«

Die Pupillen der Frau glommen grellgelb auf. »Es sind sieben. Ich nehme die fünf, die durch den Vorderausgang entkommen sind, du übernimmst die anderen.« Feucht glitzerten ihre Fangzähne. »Allmählich wird eine Profession daraus, dich zu unterstützen. Aber es ist sehr einträglich. Und du schuldest mir etwas.« Mit einem gewaltigen Satz sprang sie auf den Boden und nahm die Verfolgung der Verschwörer auf.

Gewissensbisse, den Tzulani den leibhaftigen Tod auf den Hals gehetzt zu haben, verspürte Pashtak nicht. Nun musste er sich selbst sputen, bevor die Witterung der anderen verblasste.

Pashtak erwischte sowohl den Sekretär als auch die Frau, die sich sofort ergaben, als sie bemerkten, wer ihnen an den Fersen hing. Sein Ruf als Kämpfer musste legendär sein.

Er verschnürte sie und alarmierte eine der Patrouillen aus »Nimmersatten«, die die beiden Nackthäute unter den Arm klemmten und wie Puppen zum Gefängnis transportierten. Den Brief nahm er vorsichtshalber wieder an sich und deponierte ihn im Haus der Verschwörer, damit ihn andere Tzulani auflesen sollten. Wenn ich meine beiden Gefangenen richtig verhöre, werde ich noch weitere Namen herausfinden.

Doch seine Hoffnung wurde nicht erfüllt.

Der Sekretär und die unbekannte Frau lagen am nächsten Morgen tot in ihren Zellen. Sie hatten sich die Adern an den Kanten hervorspringender Steine aufgeschlitzt und waren verblutet.

Von den anderen fünf Verschwörern hörte Pashtak ebenfalls nichts mehr. Es wunderte ihn nicht einmal.

Tief in seinem Herzen empfand er Erleichterung. Und als er nach dem Aufstehen seine Töchter und Söhne an sich drückte und eine Träne aus seinem Augenwinkel sickerte, wusste niemand so recht, wie sein merkwürdiges Verhalten zu deuten war.

Den Wärtern des Gefängnisses rang er ein Schweigegelübde ab. Auch den »Nimmersatten«, die seine Gefangenen transportierten, hielt er eine kurze Predigt über die Folgen, wenn sie seine Mission durch Plauderei in Gefahr bringen sollten.

Dann machte er sich auf den schweren Weg zu Leconuc, dem er außer Shui und, so abstrus es klang, Lakastre als Einziger in Ammtára vertraute.

II.

**Kontinent Ulldart, Großreich Tarpol,
Provinz Granburg, Hauptstadt Granburg,
Frühsommer 459 n. S.**

Aljascha Radka Bardri¢ sprang von ihrem Stuhl auf, so schnell es ihr Zustand erlaubte, und las mit zitternden Händen die Nachricht ein weiteres Mal, die ihr soeben ein Bote aus der Hauptstadt überbracht hatte.

Er ist also tatsächlich tot. Dieser verdammte Bastard ist hinüber. Nun ist die Zeit für die Rückkehr nach Ulsar gekommen.

Sie setzte sich ans Fenster ihres Arbeitszimmers; ihre hellgrünen Augen schweiften über die Dächer und blickten in die Ferne, als könnten sie die Silhouette der Hauptstadt erkennen. *Es wird ein Triumphzug sein. Und ich werde alle meine so genannten Freunde, die mich in diesem furchtbaren Ort verkommen lassen wollten, das Fürchten lehren. Zusammen mit Zvatochna und Govan werde ich das Reich regieren.*

Sie zerknüllte das Blatt mit einem bösartigen Lachen und warf es ins Feuer.

An die Möglichkeit, dass die Kensustrianer einen Hinterhalt gelegt hätten, glaubte sie nicht. Aljascha ahnte sehr wohl, wem ihr Mann seinen jähen Tod zu verdanken hatte. *Nur dass Mortva zu diesem Zeitpunkt das so lange Versprochene in die Tat umgesetzt hat, verwundert mich ein wenig.*

Gedankenverloren strich sie sich über ihren Unterleib, der unter dem weißen, raffiniert geschnittenen Samtkleid eine kaum merkliche Wölbung aufwies.

Das neue Leben in ihr reifte allmählich heran. Diesem Umstand allein verdankte sie, dass sie überhaupt noch ihren Kopf zwischen den Schultern trug. *Wie schade, dass ich dich später nicht mehr gegen deinen Vater einsetzen kann. Aber mir fällt schon noch ein, für was du mir nützen wirst.*

Aljascha erhob sich und ging hinüber zu dem Sekretär, um verschiedene Briefe an die Adligen in Ulsar aufzusetzen. Sie wollte die Familien der Reichen und Mächtigen von ihrer Rückkehr in Kenntnis setzen.

Da entdeckte sie den zweiten, kleineren Umschlag, den sie in ihrer Aufregung und Freude über den Inhalt der ersten Nachricht vergessen hatte.

Sie öffnete ihn und erkannte schon bei der ersten Zeile die Handschrift und die Anrede ihrer Tochter.

»Liebste Mutter,

wie Ihr sicherlich erfahren habt, ist Euer Gatte durch einen heimtückischen Anschlag der Kensustrianer zu Tode gekommen. Möge Ulldrael der Gerechte seiner Seele gnädig sein.

Das Volk und auch wir, seine und Eure Kinder, sind voller Trauer.

Wir wissen, dass Ihr den Schmerz wahrscheinlich nicht in der gleichen Weise empfindet und auch nicht zeigen werdet.

Daher hat Govan entschieden, dass Ihr zunächst an Ort und Stelle verbleiben werdet, bis das Volk den Tod des Kabcar verwunden hat.

Euer Sohn meinte, es könne unklug sein, Euch, die nachgewiesenermaßen den Kabcar töten wollte, bald nach dem Ableben des populären Herrschers in die Hauptstadt zu holen. Das aufgebrachte Volk könnte diese Geste falsch verstehen.

Bitte habt Verständnis für diese Verfahrensweise, liebste Mutter, auch mit Blick auf Eure eigene Sicherheit. Der Pöbel könnte seinen Zorn entladen und Euch schaden wollen.

Ich zumindest kann es kaum erwarten, Euch zu besuchen, was ich in den nächsten Monaten sicherlich tun werde.

Govan hat die Auflagen des Kabcar für Euren Hausarrest gelockert. So dürft Ihr nun Briefe schreiben und Besucher empfangen, wenn Ihr möchtet. Euer monatliches Budget wurde auf 600 Waslec angehoben, die Dienerschaft dürft Ihr frei wählen. Der Hof wird die Kosten übernehmen. Der Gouverneur von Granburg wurde dahingehend instruiert.

Ich selbst werde meinen Bruder weiterhin zu überzeugen versuchen, Euch schneller als von ihm vorgesehen zurückzuholen, damit wir zusammen Ulldart und alles, was noch kommen möge, regieren können.

Haltet aus, liebste Mutter. Es wird nicht ewig dauern.

Euere Euch liebende und verehrende
Zvatochna«

Mit gemischten Gefühlen starrte Aljascha auf die Linien.

Auf der einen Seite konnte sie die Einwände nachvollziehen; auf der anderen aber hatte sie fest damit gerechnet, nun an den Hof zurückkehren zu können.

Enttäuscht sank sie in dem Stuhl zurück und schaute ins Nirgendwo, während ihr Geist nach einer anderen Lösungsmöglichkeit suchte.

Ich werde ihnen anbieten, in aller Heimlichkeit anzureisen und hier eine Doppelgängerin einzusetzen, beschloss sie. *Dann wäre ich wenigstens in der Nähe der beiden und könnte mich besser einbringen.*

Voller Elan schrieb sie ein paar hastige Zeilen, in denen sie ihren Kindern den Vorschlag unterbreitete. Mit einer energischen Geste siegelte sie den Brief mit dem Wappen Kostromos, obwohl ihr Gatte ihr den Titel »Vasruca« aberkannt hatte.

Es klopfte an der Tür, und ihre stumme, taube Haushälterin Natalja trat ein, um ihr den nachmittäglichen Tee zu servieren.

Die Konversation mit ihr gestaltete sich als äußerst schwierig. Mittels knapper Zeichen gelang es der einstigen Kabcara, ihre Wünsche verständlich zu machen. Mehr als Waschen, Kochen und Servieren war dem Mädchen nicht möglich, und Aljascha zeigte sich niemals mit dem Geleisteten zufrieden.

Aber das hat nun ein Ende. Sie beobachtete das ihr verhasste Mädchen, wie es den heißen Tee eingoss, die Schale mit dem leichten Gebäck auf den Tisch stellte und sich nach einer knappen Verbeugung wieder zurückziehen wollte.

Die einst mächtigste Frau Ulldarts aber drückte den Tisch mit ihrem Fuß ein wenig zur Seite, sodass die Tasse auf den Teppich fiel und zerschellte.

Natalja sah die Bewegung aus den Augenwinkeln und kehrte zurück, um die Scherben einzusammeln und den Tee mit ihrer Schürze aufzusaugen.

»Ich konnte dich noch nie leiden«, sagte Aljascha zu ihr und stand auf, umrundete sie und stellte sich in ihren Rücken. »Du bist mir zu hübsch, zu makellos für ein Bauernweib. Und du starrst unentwegt auf meine Narbe, du freches Gör. Bestimmt freust du dich darüber. Hast du eine Vorstellung, was ich hier erdulden muss? Während meine Kinder am Hof ins Saus und Braus leben, sitze ich vor aller Welt erniedrigt und auf immer entstellt in dieser Einöde, umgeben von einfachen Wänden und Einsamkeit.« Kalte Wut stieg bei den gedanklichen Bildern von den großzügigen Sälen, Theatern und anderen prachtvollen Orten Ulsars in ihr auf. »Und mein großzügiger Sohn gewährt mir in seiner überragenden Gnade stolze einhundert Waslec mehr als sein Vater.« Sie verlor die Beherrschung und trat nach der Dienstmagd.

Mit einem Schmerzenslaut fuhr Natalja zusammen und wandte sich erschrocken zu der ehemaligen Kabcara um, da sie sich keines Fehlers bewusst war.

Aljascha beugte sich mit funkelnden Augen herab. »Mir verdankt der Junge, dass er überhaupt auf die Welt gekommen ist und sich in der Macht aalen kann, die mir gebührt. Mir, verstehst du?! Ich werde wie ein Sturmwind über Ulsar hereinbrechen!«

Die junge Frau raffte die Scherben an sich, sprang auf und wollte zur Tür laufen, um dem jähzornigen Anfall zu entkommen.

Aljascha fauchte wie eine Furie, schlug dem vorbeihastenden Mädchen kraftvoll ins Gesicht, packte es an den Haaren und schleuderte es mit Schwung nach draußen.

Natalja stolperte, verlor das Gleichgewicht und fiel kopfüber die Stufen hinunter. Das zersprungene Porzellan klirrte auf dem Steinboden.

»Verschwinde! Du bist entlassen!«, rief Aljascha vom oberen Treppenabsatz aus der leblosen Gestalt zu.

Die Magd rührte sich nicht.

»Tu nicht so, als wärest du verletzt.« Vorsichtig ging sie die Stufen hinab und drehte das Mädchen mit dem Fuß auf den Rücken. Die halboffenen Augen wirkten gläsern.

Ohne sichtbare Regung machte Aljascha einen Schritt über die Tote hinweg und öffnete die Haustür. Sogleich wandte sich die Wache um.

»Sage dem Gouverneur, ich benötige ein neues Dienstmädchen. Das hier ist verunglückt. Aber dieses

Mal möchte ich eines, das sprechen, lesen und schreiben kann.«

Kontinent Ulldart, Großreich Tarpol,
vier Warst nördlich der Hauptstadt Ulsar,
Frühsommer 459 n. S.

Govan beobachtete die Schmiede vom Fenster des Rathauses aus, wie sie in den Gerüsten herumkletterten und die Einzelstücke der Statue zu Ehren seines Vaters zusammensetzten.

Acht Schritt würde sie hoch sein und den Verstorbenen mit einem Lächeln abbilden; die Linke sollte das Schwert umfassen, und der rechte Arm würde in die Ferne deuten als Zeichen, dass der Kabcar ursprünglich noch mehr hatte erobern wollen als nur Kensustria. Jedenfalls gedachte Govan, es so auszulegen.

Es hatte keines Erlasses bedurft, um Freiwillige zu finden, die den Männern zur Hand gingen. Kaum hatte sich in der Hauptstadt herumgesprochen, was dort auf dem Platz vor der Kathedrale entstehen sollte, strömten die Bewohner in Scharen herbei, um an Stricken zu ziehen und Taue zu halten, während die Handwerker ein Teil nach dem anderen aneinander fügten und Bolzen in die rechten Stellen trieben. Govan erkannte zwischen den Untertanen auch die enorme Statur seines Bruders Krutor, der ein Seil hielt, an dem sonst zehn Mann zerrten.

Selbst nach seinem Tod mobilisiert er die Menschen wie keiner jemals vor ihm. Der Tadc stützte eine Hand an den Fensterrahmen und lehnte seinen Kopf an. *Ich glaube,*

Mortvas Einschätzung, dass man meinen Vater vergessen wird, ist ein Trugschluss. Also muss ich alles unternehmen, um größer als Lodrik Bardri¢ zu sein, ganz gleich wie. Ich werde ihn durch meine Taten aus dem Bewusstsein der Menschen drängen.

Er warf einen Blick über die Schulter nach hinten und musterte den leeren Saal mit den vielen Stühlen, in dem sich einst die Brojaken und Adligen des Landes getroffen hatten, um dem Kabcar Vorschriften zu machen und die Geschicke nach eigenem Gutdünken zu lenken.

Die Brojaken waren eine durchaus praktische Gruppe von Menschen, die Govan für seine Zwecke einzuspannen gedachte. Seine Mutter hatte mit der Neugründung der Adelsstände die Vorarbeit geleistet, seine Schwester würde sie vollenden. Die Rückkehr zum alten System und die restlose Aufhebung aller Reformen seines Vaters hatte er schon beschlossen, als er noch ein kleiner Junge gewesen war und die Geschichten über das »alte« Tarpol gelesen hatte.

Alle, die Macht haben, sollten sie entsprechend einsetzen. Furcht regiert besser als alles andere. Furcht und Gold. Beides kann ich in Maßen verbreiten, wenn mir danach ist.

Sein Blick wandte sich wieder dem Geschehen auf dem Platz zu, wanderte über die geschäftige Menge hinweg und fixierte die Fassade der Kathedrale, die, obwohl schon fertig gestellt, wieder mit Stützwerken, Gestellen und Verstrebungen umgeben war. Er hatte nämlich angeordnet, ein paar stilistische Neuerungen anbringen zu lassen.

Von diesen Veränderungen hatte er eines Nachts geträumt.

Er war in dieser Illusion um das Gebäude geflogen, das so ganz anders, noch düsterer und finsterer aussah, wie es sich bisher präsentierte. Und genauso wollte er die Kathedrale haben, mit der er noch Großes beabsichtigte.

Damit nicht genug.

Die Pläne zur Umänderung der Hauptstadt lagen schon in den Schubladen bereit, seine Architekten mussten ohne Unterlass an den Reißbrettern sitzen, bis der Thronfolger nach zwei Wochen zufrieden nickte. Sobald er auf dem Thron saß, würde sich innerhalb eines Jahres das Gesicht Ulsars gehörig wandeln.

Govan verschwendete keine Zeit.

Er wollte sich und seine Macht wie Wasser nach allen Seiten ausbreiten, und das mindestens genauso unaufhaltsam, notfalls auch so zerstörerisch wie das Naturelement. *Ulldart wird der Mittelpunkt meines Imperiums.*

Natürlich wollte er eine Frau an seiner Seite, die ihn ohnehin schon unterstützte. Doch ihr Herz wahrhaftig zu entflammen war ein Kunststück, das ihm trotz aller Magie noch nicht gelang.

Dafür musste er zusehen, wie sich andere wie die Bienen um seine Schwester sammelten, in der Hoffnung, von ihrem Nektar zu kosten und sich mehr als nur über ihren betörenden Anblick zu erfreuen.

Auch er wünschte sich genau das.

Govans Atem ging schwer, die Gedanken wühlten sein jähzorniges Temperament auf. Seine Kräfte wisperten ihm lockend zu, dass er ihnen freien Lauf lassen möge. Gelegentlich tat er das auch, gönnte sich gewaltige Eruptionen und fing die vernichtenden Energien in spektakulären Effekten ab.

Doch im Augenblick war er nicht in Stimmung für derlei Spielereien. Es verlangte ihn danach, etwas restlos auszulöschen, jedoch nicht mitten in der Hauptstadt.

»Hoher Herr, hier seid Ihr.« Mortva Nesreca trat an ihn heran. »Ich wollte die Vorbereitungen für die Krönungsfeierlichkeiten in einer Woche mit Euch besprechen.« Das dämonische Wesen in menschlicher Gestalt blickte ebenfalls auf den großen Marktplatz. »Wie erfreulich das Volk doch teilnimmt, nicht wahr?«

»Es leidet mehr, als ich es tue. Sie werden ihn schwer vergessen«, prophezeite der Tadc mit düsterer Stimme.

»Sie werden ihn vergessen, sobald Ihr die ersten Erfolge erzielt«, widersprach Nesreca sanft und legte einen Arm auf den Rücken. Jede Bewegung, jede Betonung, der Sitz der tarpolischen Uniform, ja, der gesamte Eindruck gestaltete sich vollendet.

Die Vergänglichkeit, das bemerkte Govan einmal mehr, berührte seinen Konsultanten erfolglos. Wie in all den Jahren zuvor präsentierte sich der Vertraute als gut aussehender, bartloser Mann um die Dreißig, von durchschnittlicher Statur und mit glatten, grausilbernen Haaren, die offen bis auf den Rücken hinabhingen.

Wie gern würde ich seine wahre Gestalt sehen. Der junge Herrscherssohn fuhr sich durchs Haar. »Schaffen es die Steinmetze und Kunstschmiede?«

Bedächtig nickte Nesreca. »Pünktlich zur Krönung ist die Kathedrale für Euch bereit, Hoher Herr.« Er wandte sich zu dem jungen Mann, den er beinahe wie einen Sohn großgezogen hatte. Im aufwändig bestickten Soldatenrock glich er im Halbdunkel fast Lodrik, nur die Bescheidenheit seines leiblichen Vaters hatte er nicht geerbt. Der Uniformstoff strotzte vor Gold- und Silberfäden, Ornamenten und Wappensymbolen. »Und was ist mit den Gaben fürs Volk?«

»Was soll damit sein?«, meinte der Tadc gelangweilt. »Sie sollten mir etwas bringen. Schließlich übernehme ich ihren Schutz in einer Zeit der größten Not.«

»Die Hohe Herrin hat bereits Ochsen, Brot, Wein und Bier für eine Feier geordert«, erklärte sein Konsultant. »Ich wollte das nur von Euch bestätigt wissen.«

Govan drehte sein Gesicht zu Nesreca. »Wenn meine Schwester Euch etwas befiehlt, dann habt Ihr das gefälligst auch zu tun, Mortva. Ich vertraue ihr voll und ganz.«

Der Berater verneigte sich leicht. »Ansonsten sind die Einladungen an die Adligen des Landes ergangen. Die Abgesandten der Vizekönigtümer werden es dagegen nicht schaffen, in so kurzer Zeit nach Ulsar zu kommen.«

»Mein Vater fing ähnlich stürmisch an«, kommentierte Govan knapp. »Und er wurde der mächtigste Mann. Gäbe es ein besseres Vorbild? Ich will einfach nur schnell den Titel des Kabcar tragen.« Der Konsultant lachte leise und samten. »Was ist daran so unterhaltsam, geschätzer Mentor?«, erkundigte Govan sich verdutzt.

»Es ist für Euch doch nichts weiter als eine Zwischenstation. Selbst der Titel des ¢arije ist nur ein Trittstein auf Eurem Weg zum Gipfel der Macht.«

»Ihr müsst es wissen, Mortva. Ihr habt mich gelehrt, dass Macht etwas sehr Nützliches und Schönes ist.«

Nesreca schien belustigt. »Ich habe es Euch gelehrt, ja, gewiss. Die Umsetzung in die Wirklichkeit liegt dagegen ganz in Euren jungen Händen. Und wie mir scheint, werden diese Hände formend und gestaltend wirken.« Er öffnete die Fensterflügel. Das Hämmern und Schmieden, die Rufe der Arbeiter, das Rauschen des Windes und die Gerüche der Stadt wehten in das riesige Zimmer. Seine langen silbernen Haare bewegten sich sanft. »Hört, Hoher Herr … Welche Laute und Düfte wird der Wind uns morgen bringen? Vielleicht das Aroma eines neuen Landes?«

Govan grinste und atmete tief ein. »Nein, lieber Mortva. Morgen riechen wir noch nicht das Odeur anderer Küsten. Aber es wird nicht lange dauern. Zvatochna besiegt die Grünhaare im Handumdrehen, Ihr werdet sehen. Mein nächstes Ziel habe ich bereits herausgesucht. Irgendwann wird der Wind, egal von woher er weht, aus meinem Reich kommen.« Er stockte, überlegte und lachte unvermittelt los. »Mir ist eben eingefallen, dass ich dann einen eigenen Titel erfinden müsste; ¢arije oder Kaiser ist das Höchste, was man auf Ulldart werden kann.« Er schritt hinaus auf den schmalen Balkon, von dem üblicherweise die Flaggen gezeigt wurden. »Aber wie soll ich mich nennen, wenn ich mehr als einen Kontinent beherrsche?« Sein Gesicht nahm einen entrückten Ausdruck an. »Wie nennt sich ein solcher Gebieter, Mortva?« *Ein Mann, der noch dazu die Kraft eines zweiten Gottes in sich trägt?*

Der Konsultant kreuzte schmunzelnd die Unterarme auf Bauchhöhe. »Es gibt vermutlich unangenehmere Beschäftigungen, als sich eine Bezeichnung für einen nie da gewesenen Regenten zu suchen, Hoher Herr.«

Einer der Schmiede hatte die beiden auf dem Vorbau des Ratsgebäudes entdeckt. Er rief den Menschen auf dem Platz etwas zu, und alle schauten zu Nesreca und dem Tadc auf. Die Menge fiel auf die Knie und wünschte Govan ein langes Leben.

»Seht sie Euch an, Mortva. Sie preisen meinen Namen, als stünde mein Vater auf dem Balkon. Und sie werden schon bald zu Tausenden für mich sterben.« Mit einer äußerst herablassenden Bewegung forderte der Thronfolger seine Untertanen auf, sich zu erheben. »Was wäre ein Herrscher ohne Volk? Man braucht es, um mit ihm ans Ziel seiner Wünsche zu gelangen.« Er winkte den Leuten kurz zu und verschwand dann schnell im Saal.

»Ist das die richtige Einstellung?«, merkte der Konsultant provozierend an und schloss die Fenster. »Euer Vater hatte die Maßgabe, für das Volk da zu sein.« Gespannt wartete er auf die Erwiderung.

Der Tadc blieb grüblerisch vor dem in Öl gebannten Konterfei seines Erzeugers stehen. »Der Pöbel ist für mich da«, antwortete er nach einer Weile. »Es wäre das erste Land, in dem die Rollen zwischen Herrschenden und Beherrschten umgedreht wären. Wenn sie tun, was ich von ihnen verlange, wird es ihr Schaden nicht sein, und beide Seiten sind glücklich.« Er tippte gegen die Leinwand. »Es muss aber nicht zwingend sein. Im Gegensatz zu diesem Bardri¢ reicht es mir aus, mich notfalls allein glücklich zu fühlen.« Govan schritt tatkräftig zum Ausgang, wo die Leibwachen warteten. »Vorwärts, Mortva. Ich will sehen, wie die Arbeiten im Steinbruch vorangehen. Je eher wir die Leiche meines Vaters finden und nach allen Regeln der religiösen Kunst verbrennen, desto besser.«

Der Konsultant warf einen letzten Blick auf die wachsende Statue Lodriks und zuckte bedauernd mit den Achseln, ehe er seinem Herrn hinaus zur Kutsche folgte.

Zu Hunderten schufteten Menschen in den Trümmern des eingestürzten Steinbruchs und suchten nach dem toten Körper des Herrschers, der ihnen Wohlstand und Sicherheit gebracht hatte.

Schon seit zwei Wochen zerklopften sie riesige Felsbrocken zu Geröll, um die Leiche von Lodrik zu bergen und sie einer Beerdigung zuzuführen, wie es der bisher größte Bardri¢ der Geschichte verdiente.

Doch noch suchten sie vergebens, nicht der kleinste Hinweis war zu finden.

Govan stieg auf einer Erhebung aus der Kutsche und schritt an die Bruchkante, um einen Blick auf die Menschen zu werfen, die von hier oben wie geschäftige Insekten wirkten. Mehr bedeuteten sie dem Tadc auch nicht.

»Wurden die Steine nach Ulsar transportiert, um die Verschönerungen an der Kathedrale voranzubringen?«, erkundigte er sich bei dem herbeieilenden Vorarbeiter, der die Grabungen organisierte.

»Wie Ihr befohlen hattet, hoheitlicher Tadc.« Der Mann verneigte sich tief. Der junge Mann verscheuchte den Untergebenen mit einer Geste.

»So hatte der Tod meines Vaters mehr als nur einen Vorteil«, sagte er süffisant zu Nesreca. »Ich komme schneller an das Baumaterial für meine neue Stadt.«

Plötzlich entstand helle Aufregung; die Menschen strömten zusammen, um nach dem Rechten zu sehen.

Govan und sein Konsultant machten sich neugierig auf den Weg und kamen rechtzeitig genug an, um zu sehen, wie Teile des großen Prunkzeltes sowie der zersplitterte Helm eines Soldaten unter einem der Brocken hervorgeholt wurden. Es roch durchdringend nach Verwesung. Anscheinend kamen die Ulsarer der Unglücksstätte näher.

Die Menschen fielen vor dem Thronfolger auf die Knie, murmelten Segenswünsche und Beileidsbekundungen.

»Meinen Dank, Volk«, meinte Govan recht oberflächlich und presste sich ein parfümiertes Taschentuch vor Mund und Nase, um den Fäulnisgestank nicht ertragen zu müssen. »Bald haben wir diejenigen, die meinen Vater feige und hinterrücks ermordeten, am Boden und werden sie zertreten. Ich und alle Untertanen verlangen nach Rache für diese Tat«, versprach er ihnen. »Sucht meinen Vater, und danach tragen wir seinen Namen auf unseren Klingen bis ins Herz von Kensustria, um den Mördern zu zeigen, was die Feindschaft von Tarpol bedeutet.«

Er wandte sich ab und kehrte zur Kutsche zurück, während die Menschen Hacke, Pickel und Schaufel um so inbrünstiger einsetzten.

Govan ließ sich in die Polster sinken und hieß einen Diener, ihm etwas zu trinken zu bringen. Genüsslich nahm er einen Schluck und betrachtete den verwahrlosten Steinbruch.

Unfassbar, welche Kräfte hier gewütet haben. Mit denselben Fingern, die eben den wertvollen Kristallbecher hielten, ohne ihn zu zerstören, konnte er Sturmfluten auslösen und Berge zum Einsturz bringen. *Meine Kräfte.* Er nahm einen weiteren Schluck. »Wir sollten schleunigst etwas gegen die Aufständischen in Karet unternehmen. Aber nicht so ineffektiv, wie das mein Vorgänger tat.« Govan hielt Nesreca die Handfläche hin. »Ich werde die Modrak auf sie hetzen. Alle Modrak. Der Himmel wird sich über Karet verdunkeln, und innerhalb von wenigen Nächten werden die Nichtsnutze und Störenfriede ausradiert sein.«

Der Mann mit den silbernen Haaren runzelte die Stirn.

»Was ist, Mortva?«, verlangte der Tadc ungeduldig und bewegte die Finger. »Her damit.«

»Das Amulett war nicht im Palast. Ich habe bereits alles abgesucht und fürchte, Euer Vater trug es bei seinem Ableben, Hoher Herr«, antwortete er. »Ich glaube mich im Nachhinein zu erinnern, dass ich die Kette um den Nacken gesehen habe.«

»Dann rufe ich sie einfach so.«

Der Mann schüttelte bedauernd den Kopf. »So einfach ist es leider nicht. Noch sehen sie den toten Herrscher als Hohen Herrn an. Und solange Ihr den Talisman nicht an Euch gebracht, die Modrak gerufen und sie von Eurer Nachfolgerschaft überzeugt habt, müsst Ihr auf sie verzichten.«

»Bei Tzulan!«, fluchte der Thronfolger, formte eine Faust und schlug zornig gegen die Kutschentür. »So eine Schlamperei, Mortva. Das hätte Euch nicht passieren dürfen.«

»Mir, Hoher Herr?«, erwiderte sein Vertrauter ungläubig. »Nachdem Ihr vor Magie zu explodieren drohtet, war es niemandem mehr möglich, in Eure oder seine Nähe zu kommen. Außerdem hatte ich in der Situation andere Sorgen.«

Verstimmt schleuderte der Tadc den Becher hinaus und klopfte gegen die Decke. Die Kutschte wendete, rollte über die Kristallsplitter und kehrte nach Ulsar zurück.

»Haben sich die Hohen Schwerter wenigstens gemeldet?«, wollte er mürrisch wissen.

»Nerestro von Kuraschka sagte sein Erscheinen und das seiner Ritter in zwei Wochen zu, jedoch würden sie es bis zu Eurer Krönung nicht mehr schaffen«, gab sein Berater Auskunft. »Alle anderen Vorbereitungen laufen, ich habe eine Anklageschrift verfasst und mehrere Zeugen beschafft. Meine Spione haben zudem weitere Arbeit geleistet. Mit ein wenig Glück gelingt es uns, sogar einen ihrer Ritter gegen den Orden aussagen zu lassen.«

»Wie das?« Govan hob neugierig das Haupt.

Nesreca lächelte. »Wartet es ab, Hoher Herr. Mir wurde von Unstimmigkeiten und Unzufriedenheiten berichtet, die ich zu nutzen gedenke. Es würde die Vernichtung der Angorgläubigen vollkommen machen, wenn sich einer ihrer Brüder gegen sie wendete. Und es ist nicht irgendein niederer Stallbursche, den ich im Auge habe.«

»Sehr gut«, lobte der Tadc einigermaßen versöhnt. »Aber wenn Ihr Euch sicher seid, will ich den Namen unseres Trumpfs wissen. Keine Geheimnisse, Mortva, bedenkt das. Und veranlasst, dass der Pöbel im Steinbruch schneller arbeitet. Werft meinetwegen Gold in die Felsspalten oder stellt ihnen Einpeitscher zur Seite.« Er legte eine Hand an die Stirn und blickte hinaus. »Ich brauche das Amulett.«

Zvatochna lächelte den Mann an, der sich sofort ein Messer in die Brust gerammt hätte, wenn sie es von ihm verlangt hätte. »Ich sehe schon, Vasruc Tchanusuvo, meine Mutter traf damals die rechte Wahl, Euch in den Kreis der Adligen aufzunehmen.« Der Tarpoler fing einen Blick aus ihren braunen Augen auf, der alles aus seinem Verstand drängte, was einen klaren Gedanken zu fassen vermochte. »Ich werde Euch nicht vergessen, wenn mein Bruder den Rat ins Leben rufen möchte. Ihr könntet einen festen Sitz dort erhalten, wenn …«

Absichtlich ließ sie den Satz unvollendet und beugte sich ein wenig nach vorn, um ihr Dekolleté besser zur Geltung zu bringen.

Tchanusuvo klebte mit seinen Blicken an ihrer Haut und starrte auf die Ansätze der weiblichen Erhebungen. »Wenn?«, fragte er heiser. »Sprecht, hoheitliche Tadca. Alles, was Ihr wünscht, soll in Erfüllung gehen.«

Glockenhell ertönte ihr Gelächter, der kleine Fächer schnappte auf, hinter dem sie ihr überirdisch schönes

Antlitz verbarg. »Bringt mich nicht auf falsche Ideen, Vasruc. Aber es würde mir durchaus reichen, wenn Ihr mir Treue schwörtet.« Sie legte eine Hand auf seinen Unterarm. »Nur Euer Wort als Mann und Adliger«, raunte sie. »Ihr hättet die Dankbarkeit einer leidenschaftlichen Frau.«

Der Fächer sank, Tchanusuvos Lippen näherten sich dem Mund der Schwester des Thronfolgers, ohne dass er es spürte. »Ich schwöre Treue bei meiner Seele«, flüsterte er, trunken von der Schönheit und der Faszination ihres Wesens.

Im letzten Augenblick fuhr der Fächer dazwischen, und der Vasruc zuckte erschrocken zurück.

»Ich danke Euch, Tchanusuvo.« Die Tadca erhob sich und präsentierte ihm den Anblick ihrer tadellosen Figur in dem aufwändig geschneiderten, engen Kleid.

Ganz langsam und provozierend dicht schritt sie an ihm vorüber, sodass er ihr Parüm riechen musste.

Der Wunsch seiner nächtlichen Träume huschte zum Greifen nah an ihm vorbei und war dennoch unerreichbar für ihn. Aber die Hoffnung, vielleicht doch einmal ihre Haut oder die schwarzen Haare berühren zu dürfen und noch ganz andere Dinge mit ihr zu tun, würde zuletzt sterben.

Zvatochna fasste seinen Arm und geleitete ihn zur Tür. Folgsam wie ein Lamm trottete er hinterher. »Und nun entschuldigt mich, mein lieber Vasruc. Ich habe noch andere Dinge zu erledigen. Zum Wohle unseres Reiches.«

»Natürlich«, hauchte er und rannte beinahe gegen die Tür. Mit Mühe fand er die Klinke, drückte sie umständlich nach unten und verließ den Saal rückwärts gehend.

Kaum schloss sich der Eingang, lachte die Tadca leise auf.

Sie war mehr als zufrieden, als sie an den Tisch zurückkehrte und die Liste durchging. Auf ihr fanden sich alle Namen der »neuen« Adligen und Brojaken, die ihre Mutter gegen Zahlung erheblicher Mittel berufen hatte. Und genau diese schwor die junge Frau einen nach dem anderen auf sich ein. Bisher gestaltete sich das als einfaches Unterfangen.

Weniger leicht würde es werden, die Schnitzer und Unachtsamkeiten ihres Bruders auszubügeln. Zvatochna beobachtete Govan sehr genau und fand, dass er eine gewisse Herzlichkeit im Umgang mit Menschen quer durch alle Schichten vermissen ließ. Noch kreidete es ihm niemand an.

Vermutlich schieben sie sein Verhalten auf den Verlust des Vaters, überlegte die Tadca, während sie die Liste in die Schublade legte. *Aber er muss sich auf Dauer ändern, wenn er die Gunst der Menschen nicht verlieren will.* Spätestens mit der offenen Rückkehr zum alten System müsste er zum Schauspieler werden, und zwar in der gleichen Perfektion, die sie an den Tag legte.

Niemandem war es möglich zu unterscheiden, ob sie sich tatsächlich in der nach außen gezeigten Stimmung befand oder diese nur spielte. Govan würde bei aller Macht, die er besaß und auf die er sich ihrer Meinung nach viel zu sehr verließ, lernen müssen, Freundlichkeit, Verständnis und Anteilnahme vorzutäuschen. Diese hervorstechenden Eigenschaften ihres Vaters würde das tarpolische Volk nicht vergessen und einen neuen Herrscher immer daran messen.

Taktik ist eben nicht seine Stärke, grinste sie und holte aus dem mit drei Schlössern sowie einer magischen Sperre versehenen Schrank hinter sich eine Mappe mit

Karten und Aufzeichnungen. Es waren die detaillierten Pläne für den Angriff auf den einzigen noch gefährlichen Gegner: Kensustria.

Sie klatschte in die Hände, als sie die riesigen Zahlen der Freiwilligen las, die sich in den verschiedenen Garnisonen und Werberstuben zum Kampf gegen die Grünhaare gemeldet hatten. Sie würden nützlich sein, den Feind zu ermüden, bevor die eigentlichen Truppen zum Angriff übergingen, um die ausgelaugten Kensustrianer dann spielend zu besiegen.

Zvatochna nickte in Gedanken und bestätigte innerlich die Auswahl der zehn Stellen, an denen die Freiwilligen beinahe gleichzeitig in Kensustria einfallen sollten, um die Streitmacht der Verteidiger zu teilen und in Atem zu halten. Erst am zweiten Tag würden die erfahrenen und gedrillten Truppen aus Tarpolern und Tzulandriern an einer ganz anderen Stelle zum Einsatz kommen. Ihre Aufgabe würde es sein, mit schneller Kavallerie und leichten Bombardenbatterien die kensustrianischen Einheiten von hinten auszulöschen.

Die Tadca öffnete ihre Haarspangen und zog Nadeln aus dem Schopf, um die schwarzen langen Haare auf ihre nackten Schultern fallen zu lassen. Danach öffnete sie die ersten Haken ihres Mieders, um mehr Luft zu bekommen. Die engen Schuhe landeten polternd auf dem Teppich. *So denkt es sich gleich viel besser.*

Sie stützte das Kinn auf eine Hand und ließ den Blick über die Karte schweifen, die, was das Gebiet des Feindes anging, erschreckend leer war. Es existierte lediglich das Wissen um die Küstenlinie und die Topographie vor dem Jahre 66 n.S., denn mit dem Einzug der Kensustrianer und der Abschottung des Landes war der Informationsfluss versiegt. Doch aus den Mooren und Sümpfen mussten Städte in den Himmel gewachsen sein. Keiner konnte sagen, wo Siedlungen lagen und was die Angreifer alles erwartete.

Diesen Umstand hatte Zvatochna mehr als einmal verflucht.

Den Einmarsch nach Überschreiten der Landesgrenze weiter zu planen machte keinen Sinn. Die Truppen würden improvisieren müssen. Sie als Befehlshaberin würde improvisieren müssen. Allerdings würden die vorgesehenen Erkundungsflüge der Modrak, die sie von Govan verlangte, das Risiko verringern. Um die Aufständischen in Karet konnte man sich immer noch kümmern! Sie dagegen benötigte Korridore, durch die ihre Kavallerie schnell zu den Feinden gelangen konnte. Hatte man erst die Hauptstreitmacht der Grünhaare ausgeschaltet, würde man in aller Ruhe zur restlichen Eroberung schreiten.

Theoretisch.

Nichts, absolut nichts ist bei diesem Feldzug zwingend und vorhersehbar. Zvatochna schnaubte unzufrieden. Sie war sich sicher, dass umgekehrt die Spione Perdórs, der irgendwo in Kensustria abgeblieben war, eifrig notierten und meldeten, mit welchen Zahlen die Verteidiger rechnen mussten.

Wer nichts wagt …, dachte sie. *Unsere Technik und die Masse an Menschen werden die vielen unbekannten Komponenten in diesem Überfall wettmachen.*

Die Tadca siegelte die Befehle an die Garnisonsobristen und Werberoffiziere, schrieb die letzten Marschrouten und stellte Zeitpläne auf, wann die einzelnen Kontingente sich wo zu melden hatten, um eine Kontrolle des Ablaufs zu ermöglichen. Dabei waren die Wege der Einheiten, die sie absichtlich klein gehalten hatte, so gewählt, dass die Ziele nicht sofort sichtbar wurden, um die Spitzel des dicklichen Königs lange im Unklaren zu lassen.

Eine Überraschung wird unser Einfall sicherlich. Hoffen wir auf einen raschen Erfolg.

Widerstrebend nahm sie ihren zweiten strategischen Entwurf in die Hand, den ihr Vater als »zu hart« bezeichnet hatte.

Einerlei, sie würde ihn zur Anwendung bringen, wenn ihr erster Plan fehlschlagen würde. Dennoch sah auch sie ihn als hart an. Ihr behagte nicht, dass große Teile des Landes verwüstet würden. Wenn sie Glück hatten und Tzulan auf ihrer Seite stand, würde dieser Plan in der Dunkelheit des Schrankes verharren.

Eine andere Sache schmeckte ihr ebenfalls nicht. Wegen der Unberechenbarkeit der Lage in Kensustria musste sie mit den Truppen reisen. In drei Wochen wollte sie aufbrechen, um zu ihnen zu stoßen. Sie machte sich dabei weniger Sorgen um sich, sondern vielmehr um ihren soeben gekrönten Bruder.

Hoffentlich macht er in meiner Abwesenheit bei den Adligen nicht alles zunichte, was ich mühevoll und trotz der Trauerzeit erreicht habe. Sein Temperament ist zu unstet. Dennoch führte an ihrer Reise kein Weg vorbei.

Sorgsam packte sie die Unterlagen zurück in den Schrank, als es gegen die Tür pochte. »Nein!« rief sie herrisch zum Eingang. In ihrem gelockerten Zustand wollte sie niemanden empfangen.

»Ich bin's«, kam Krutors Stimme gedämpft durch das Holz. »Darf ich hereinkommen, Schwester?«

Schnell überprüfte Zvatochna ihr leidendes Antlitz in einem der allgegenwärtigen Spiegel, in denen sie sich zu bewundern pflegte, schuf mit ein wenig Konzentration Tränen in ihren Augenwinkeln und schluchzte leise. *Vollkommen.* »Natürlich«, rief sie mit erstickter Stimme.

Die Tür schwang auf. Der helle Durchgang verdunkelte sich schlagartig, als sich die gewaltige Gestalt ihres verkrüppelten Bruders durch den Rahmen schob.

Als hätte der Architekt des Palastes vor vielen Jahrzehnten geahnt, dass sich einmal ein übergroßer Mensch durch die Korridore und Türen bewegen müsste, schien alles auf den Maßstab des Tadc ausgelegt. Der Jüngste des Geschwistertrios passte bei seinen fast schon monströsen Ausmaßen gerade eben durch die Öffnung. Mit der Kraft der hoheitlichen Missgeburt konnte sich schon lange niemand mehr messen.

Krutor übte das richtige Gehen. Aus den grotesken Hüpfern war ein schnelles Humpeln geworden, das ihn etwas menschlicher erscheinen ließ. Ein Blick auf sein missgestaltetes Gesicht hingegen erschreckte nach wie vor die unvorbereiteten Besucher des Palastes.

Meistens trieb sich Krutor bei den Dienstboten herum und half, wo er nur konnte, vom Stallausmisten bis zum Fegen der Küche. Er bestand darauf, den anderen zur Hand zu gehen.

In letzter Zeit pendelte er zwischen dem Steinbruch und der zu errichtenden Statue hin und her. Zvatochna wusste, dass es ihn innerlich beinahe zerriss, weil er sich nicht entscheiden konnte, was ihm wichtiger war.

»Fahren wir bald?«, fragte er ungeduldig. »Ich habe genug geübt. Ich will Grünhaare töten.« Sein schiefes Gesicht nahm einen bedrohlich düsteren Ausdruck an, die reine Mordlust und unversöhnlicher Hass waren in die Linien eingegraben. »Alle Grünhaare.«

Beruhigend fuhr ihm Zvatochna über die intakte Gesichtshälfte. »Gedulde dich noch ein wenig, Bruder. Du wirst deine Rache früh genug bekommen, das verspreche ich dir.« Sie seufzte und täuschte ein Weinen vor.

Wie ein tapsiger Bär nahm Krutor sie in die starken Arme und drückte sie vorsichtig an sich, wie er es immer tat, um sie zu trösten. »Ich vermisse Vater auch sehr«, sagte er traurig. »Warum haben die Grünhaare das getan? Vater wollte doch nichts Böses. Er wollte doch alle Bewohner auf Ulldart zu Freunden machen.« Gequält blickte er in die braunen Augen seiner Schwester. »Ist das so schlimm?«

Die Tadca lächelte schwach. »Nein, das ist nicht schlimm.«

»Wenn wir die Grünhaare getötet haben, machen wir dann alle zu Freunden?«, wollte er von Zvatochna wissen. »Wie Vater es wollte?«

»Wir werden es versuchen«, sagte sie ausweichend, zog seinen Schädel nach unten und gab ihm einen langen Kuss auf die Stirn. »Zuerst krönen wir Govan zum Kabcar, dann sehen wir uns das Turnier an, und anschließend reisen wir sofort zu unseren Soldaten. Und nun geh ins Bett, Krutor.«

Der Krüppel nickte zögernd. »Gut, Schwester.« Er strich ihr liebevoll über den Schopf. »Du musst keine Angst haben, wenn wir unterwegs sind. Ich beschütze dich. Niemand wird dir etwas zu Leide tun.«

Krutor winkte ihr und ging hinaus; dafür eilte sein Bruder ins Zimmer. Sofort richtete sich sein Blick begehrlich auf die geöffneten Haken des Mieders.

»Du möchtest dich wohl bald zurückziehen?«, schätzte er.

»Ich habe eben die Karten durchgeschaut«, gab sie gähnend zurück und reckte sich. »Eigentlich bin ich nicht mehr hier.« Die Tadca legte den Kopf in den Nacken. »Diese ständige Sitzerei sorgt nur für einen steifen

Nacken. Ach ja, denkst du daran, dass die Modrak umgehend mit ihren Aufklärungsflügen beginnen? Je eher ich mir die Korridore einzeichnen kann, desto besser für die Planung.«

Mit einem Laut des Missfallens setzte sich Govan in den Sessel. »Es wird keine Modrak geben.« Er faltete die Hände zusammen und biss sich leicht auf den Knöcheln herum. »Mein Vorgänger hatte das Amulett bei sich, mit dem man die Kreaturen herbeirufen kann.«

»Das heißt, meine Kavallerie muss blind in unbekanntes Gelände reiten?«, fragte Zvatochna bestürzt.

»Unsere Kavallerie. Es ist nicht unbekannt«, knurrte der Thronfolger gereizt. »Wir haben Karten.«

»Die beinahe vierhundert Jahre alt sind, geschätzter Bruder«, entgegnete sie etwas härter als beabsichtigt. »Weißt du, was man auf dieses Material geben kann? Weißt du, was sich in dieser Zeit alles ändern kann?«

»Sie können auch keine Berge versetzen!«, rief Govan wütend. »Wenn meine Leute Feiglinge sind, gehe ich eben allein nach Kensustria.«

Zvatochna wollte ihn nicht weiter reizen, sie fürchtete einen unkontrollierten Ausbruch seiner Kräfte. Sie zwang sich zu einem Lächeln und stellte sich hinter ihren Bruder, um ihn durch eine Massage zu entspannen. Sanft drückten ihre schlanken Finger die stahlharten, verkrampften Muskeln und lockerten sie.

»Natürlich haben wir genügend Freiwillige, aber wir müssen sie so einsetzen, dass wir etwas davon haben. Die berittenen Einheiten und die Bombarden sind kostbar, sie zu opfern wäre töricht. Deshalb muss ich wissen, wie es dort aussieht.«

»Ich kann die Modrak nicht beihexen«, grummelte Govan. »Wir müssen warten, bis sie die Leiche unseres Vaters gefunden haben.«

So ungern sie es tat, aber sie musste dem Tadc Recht geben. »Ich lasse den Aufmarsch wie geplant weiterlaufen«, erklärte sie. »Aber ich werde mir etwas einfallen lassen, falls die Leute den Toten nicht finden.«

»Nicht auszudenken«, stöhnte der Thronfolger auf. »Die Leute würden ihn gewiss zum Heiligen machen, der nach seinem Tode von Ulldrael dem Gerechten geholt wurde oder so etwas in der Art. Notfalls schlagen wir einen Bettler tot und stecken seinen Kadaver in eine Uniform, damit die Einfaltspinsel etwas zum Beerdigen haben.«

Ein Leuchten entstand auf ihrem Gesicht. »Mir kommt da eine Idee.« Rasch ging sie um den Stuhl herum und kniete sich vor ihren Bruder. »Du hattest mir doch etwas von diesen seltsamen Holztrümmern erzählt, die einer deiner Spähtrupps bei der Festung Windtrutz gefunden hat? Diese Überreste kensustrianischer Gleiter?«

Govan starrte auf ihr Dekolleté. »Ja«, sagte er langsam. Es dauerte eine Weile, bis er die Tragweite ihres Einfalls erkannte. »Aber sie waren beinahe vollständig zerstört.«

Zvatochna fasste seine Hände. »Wir haben Ingenieure, die das Fehlende schnell ergänzen können. Ich lasse die Überreste suchen und instand setzen.« Sie lachte aufgekratzt, überwältigt von dem Gefühl, einen Ausweg gefunden zu haben. »Wer braucht schon die Modrak?« Sie warf sich jauchzend in seine Arme.

Ihr Bruder erwiderte die Zärtlichkeit hastig, seine Hände tasteten an ihrem Kleid entlang und fühlten die Form ihres warmen Körpers. In seiner Vorstellung umarmte er eine nackte Schwester, und die Umarmung ging über in ein Liebesspiel, die Erfüllung seiner Träume.

Doch der Moment der intensiven Nähe endete viel zu bald, Zvatochna drückte sich von ihm ab und sprang auf. »Noch heute wird der Bote losreiten.« Sie raffte die Schuhe an sich, drückte ihm einen schmatzenden Kuss auf die Wange und lief hinaus. »Gute Nacht, mein Kabcar.« Die Tür knallte ins Schloss.

Mit diesem unromantischen Geräusch lösten sich die letzten Phantasien Govans in Luft auf. Das Gefühl der Ruhe wich von einer Sekunde auf die andere, sein Puls beschleunigte sich, die Erregung steigerte sich weiter und schlug um in Wut darüber, wieder nicht ans Ziel gelangt zu sein.

Noch immer roch er ihr Duftwasser, was Öl ins Feuer seiner Leidenschaft goss. *Sie muss sich eines Tages beugen.* Er benötigte göttlichen Beistand, da er ahnte, dass seine Magie in diesem Fall nichts ausrichten würde. Und was lag näher, als den anzurufen, der ihm bisher gnädig gewesen war?

Tzulan muss mir helfen. Er soll bewirken, dass Zvatochna mein wird. Und wenn ich ihm dafür ganz Ulsar opfern muss. Der Tadc schnellte aus dem Stuhl hoch, befahl seinen Wachen, sie sollten sich zur Ruhe begeben und verschwand in seinen Gemächern.

Kurz darauf hetzte eine dunkel gekleidete Gestalt ihr Pferd zu einer der kleinen Pforten hinaus und ritt durch die Gassen der nächtlichen Hauptstadt in Richtung der Kathedrale.

An diesem Abend erwartete Zvatochna eigentlich, dass ihr Bruder in ihrem Schlafgemach erschien, um ihr die Haare zu bürsten. Doch die Tadca musste diese Aufgabe selbst erledigen. *Ich hoffe, er macht keine Dummheiten. Das Fehlen des Amuletts scheint ihn sehr aufgeregt zu haben. Ich hätte ihn nicht provozieren dürfen. Ach,*

Mutter, wir beide würden das Land viel unproblematischer regieren.

In Gedanken versunken, bürstete sie die Strähnen und schlüpfte anschließend in einem leicht durchsichtigen Gewand zwischen die Laken des geräumigen Betts, in dem sie Nacht für Nacht allein schlief. Mit den Männern und ihren Gelüsten zu spielen bedeutete für die schöne junge Frau nicht, sich von ihnen berühren zu lassen.

Dadurch, dass sie ihnen mit Worten, Gesten, Blicken alles versprach, schürte sie Hoffnungen. Weil eben noch niemand von sich behaupten konnte, die Gunst der Tadca gespürt zu haben, lieferten sich die Adligen und Einflussreichen ein Rennen, der erste Glückliche zu sein. Ihre Jungfräulichkeit schien ein zusätzlicher Ansporn zu sein.

Ihr Anspruch an die Bewerber hatte allerdings einen entscheidenden Nachteil: eine leere Schlafstätte.

Noch kannte sie die Freuden der körperlichen Liebe nur aus Erzählungen ihrer Mutter und aus Büchern und konnte sich so gar nichts darunter vorstellen, wenn andere in blumenreichen Sätzen, mal derb, mal sehr vornehm, von Gefühlen und Empfindungen beim Akt sprachen. Es war nicht so, dass sie keine Lust verspürt hätte. Zvatochna zügelte im Gegensatz zu ihrer Mutter die Neugier und wartete auf den Mann, dem sie erlauben würde, »die Rose der Weiblichkeit zum Erblühen und Beben zu bringen«, wie es in einer der Schriften umschrieben wurde. Die ganzen Tchanusuvos und auch ihr Bruder Govan kamen als »Gärtner« allerdings nicht in Frage. Eher blieb die »Rose« eine Knospe.

Ein einziges Mal, und dann auch noch zum unpassendsten Zeitpunkt überhaupt, hatte sie ein heißer

Schauder durchlaufen, als sie in die Augen eines Mannes blickte.

Es waren die blauen Augen des forschen Räubers gewesen, der sie damals in ihrer Kutsche so dreist überfallen und ihr dazu den Anhänger gestohlen hatte.

Es wird seine Tollkühnheit gewesen sein, die mir imponierte, versuchte Zvatochna ihre Empfindungen als Schwärmerei abzutun. Zumal gemunkelt worden war, dass der junge Gesetzeslose der ehemalige Rennreiter Tokaro Balasy gewesen und durch einen Hieb des Großmeisters der Hohen Schwerter getötet worden sei. Der Rennreiter, der erst durch ihr Zutun zum Gesetzeslosen geworden war. Auch wenn sie es niemals zugegeben hätte, sie bedauerte ihre Tat von damals.

Zumindest gelegentlich.

Und jetzt, nachdem sie eine gewisse Anziehung nicht verleugnen konnte, reute es sie umso mehr.

Ich wollte damals nur ausprobieren, ob ich ihn ebenfalls um den Finger wickeln kann wie alle anderen. Ihn hätte sie nicht von der Bettkante gestoßen, wenn, ja wenn er nur ein Mann von ihrem Stand gewesen wäre.

Aber die Kompromittierung vor aller Augen, ihre Gunst einem ehemaligen Stallburschen gewährt zu haben, durfte sie sich als Tochter des Kabcar nicht erlauben.

Mein Favorit, erinnerte sie sich noch sehr gut an die Bezeichnung. Und an das entgeisterte Gesicht, als Nesreca und die Wachen ihn abgeführt hatten. Sie drehte sich zur Seite und seufzte tief. *Nun bist du tot, Tokaro. Wie schade.* Die Tadca schloss die Augen. *Sehr schade.*

III.

Kontinent Ulldart, Kensustria, Meddohâr, Frühsommer 459 n. S.

Fiorell – nach Art der Einwohner in weite weiße Gewänder gehüllt, mit leichten Strohschuhen an den Füßen und einem Hut gegen die kräftigen Strahlen der Sonne auf dem braunen Schopf – lehnte an der zitronengelben Hauswand und betrachtete die Prozession von seltsam anmutenden Tieren, die sich Richtung Stadttor bewegte.

Dabei fischte er sich immer wieder eine der gegrillten »Pekchars« aus der Tüte, die er zuvor auf dem Markt erstanden hatte, und schob sie sich in den Mund. Die fingerlangen Köstlichkeiten waren raffiniert gewürzte Speisemaden, die entfernt an Kroketten erinnerten, nur fester in ihrer Konsistenz und von pikanterem Geschmack. Da sie eben nicht süß schmeckten, blieb die Art vor der Ausrottung durch Perdórs Hunger auf alles, was Zucker beinhaltete, verschont. Und man konnte sie in aller Ruhe in der Anwesenheit des exilierten Herrschers verspeisen, ohne dass man ein wachsames Auge auf dessen dicke, aber flinke Finger haben musste.

Die Kreaturen, die in zehn Fuß Abstand vorüberzogen, waren ungefähr so lang wie zwei ausgewachsene Frauen, verfügten über sechs Beine, hatten einen schlanken, äußerst muskulösen Leib und kurzes, dichtes Fell in gemischten Brauntönen. Die nach vorn ausgerichteten Augen in dem kräftigen, stromlinienförmigen Schädel, der sich in Schulterhöhe eines Menschen befand, verrieten dem Hofnarren, dass es sich wohl um Raubtiere handelte.

Er fand es schon ein wenig erstaunlich, dass man die Geschöpfe einfach so, ohne größere Aufsicht, am helllichten Tag durch die belebten Straßen Meddohârs führte. Lediglich vier Kensustrianer liefen versetzt neben den Biestern her, riefen gelegentlich Befehle und lenkten den Zug von etwas mehr als dreißig Exemplaren in aller Ruhe zum Ausgang der Stadt.

Von der Art her, wie sie auf die Anweisungen ihrer nicht einmal bewaffneten Begleiter reagierten, erinnerten sie Fiorell an Hunde. Die zuckenden, peitschenden Schwänze sprachen wiederum eher für eine Verwandtschaft mit Katzen.

Wenn ihn sein Verstand nicht zu sehr täuschte, schnüffelten fast alle der Kreaturen aufgeregt, wenn nicht sogar gierig in seine Richtung.

Ausschließlich in seine Richtung.

Die vorbeilaufenden Kensustrianer ignorierten sie mit milder Herablassung. Ich hoffe nur, dass die Wärter die Biester im Griff haben. *Wenn die meine Tüte leerfressen wollen, zeige ich ihnen, dass mit einem Spaßmacher nicht unbedingt zu spaßen ist,* dachte er und steckte sich, als wieder eines der Tiere zu ihm äugte und lautstark die Luft einsog, betont genüsslich eine Pekchar zwischen die Zähne und biss auf die krosse Kruste, dass man das Knirschen weithin vernahm.

Eine der Kreaturen grollte tief und schaute zu ihm, das Schweifende wippte. Grinsend kaute Fiorell das

Stückchen Speisemade und streckte dem Tier die Zunge heraus. »Dir gebe ich nichts ab, mein Freund. Soll dir dein Herrchen doch …«

Das Wesen zischte auf, zog die Leftzen zurück und duckte sich zum Sprung.

Fiorell erstarrte zur Salzsäule.

»Braves … Dings«, versuchte er es mit beschwichtigender Stimme zu beruhigen. »Sitz! Platz!« Vorsichtig bewegte er sich rückwärts und rempelte dabei mehrere leere Körbe an.

Das Tier folgte ihm. Geräuschlos setzten die pelzigen Tatzen auf dem Boden auf.

»Hallo!«, rief er und reckte den Kopf. »Werte kensustrianische Verbündete! Wäre einer so freundlich und nähme dieses Exemplar an die Kette?« Nur noch zwei Armlängen trennten ihn von der Kreatur. Vorsichtig warf er ihr die Tüte mit den Pekchars hin. »Na, schön. Da, nimm es und lass mich in Ruhe!«

Doch das Wesen machte sich offenkundig nichts aus der Gabe.

Vielleicht ein wenig beherzter? »Ksch!«, fuchtelte Fiorell mit den Armen. »Geh weg!«

Sofort drückte sich das Raubtier vom Boden ab und wollte sich mit geöffneten Kiefern gegen den Mann werfen. Der Anblick der entblößten Reißzähne wirkte lähmend auf den Hofnarren, dann griff er instinktiv nach einem der hüfthohen Körbe und rammte dessen Öffnung über die Schnauze der Kreatur, während er gleichzeitig auswich.

Entsetzt musste er mit ansehen, wie der Angreifer die geflochtenen Zweige durchbiss. Das Geräusch würde er nicht mehr so schnell vergessen.

Als die Kreatur erneut zuschnappte, hechtete Fiorell zwischen die anderen Körbe und tauchte ab. Das kensustrianische Raubtier folgte ihm und pflügte sich mit brachialer Gewalt durch die Hindernisse.

Fiorell begann zu schwitzen, rappelte sich auf und hetzte eine Gasse entlang. Voller Grauen erkannte er eine Gruppe spielender Kinder vor sich. *Ulldrael, beschütze sie.* »Lauft!«, warnte er sie. »Oder die toll gewordene Bestie wird euch zerfleischen!«

Die Kleinen verstanden offensichtlich kein Ulldart, machten dem Fremden aber artig Platz und drückten sich in die schmalen Hauseingänge, als er auf sie zulief.

»Ja, gut so, verbergt euch«, hechelte er im Vorbeirennen und risikierte einen Blick über die Schulter. Das Wesen, dem die Jagd offensichtlich Spaß bereitete, folgte ihm dichtauf. *Danke, Gerechter, dass es die Kinder nicht angefallen hat*.

Doch der Schrecken endete nicht, ganz im Gegenteil. Die Gasse mündete auf einen großen Platz mit belebtem Marktbetrieb.

Um Himmels willen! Es wird Dutzende von Toten und Verletzten geben, weil ich das Vieh hierher geführt habe. Ich muss es schnell von hier weglotsen. Er wedelte ihm zu. »Los, du Ding. Fang mich, wenn du kannst!«

Die Aufmerksamkeit der Bestie war ihm gewiss, nach wie vor heftete sie sich ausschließlich an seine Fersen.

Fiorell blieb genügend Luft, seinen Verfolger aufs Übelste zu beschimpfen, während er nun alle Hindernisse nutzte, die er finden konnte. Dabei stützte er sich auf die Hoffnung, die sechs Beine seines Gegners brächten diesen schneller zum Straucheln. Allerdings vergebens.

Der Hofnarr setzte all sein akrobatisches Geschick ein, um Haken zu schlagen und Flugrollen und Überschläge zu fabrizieren. Er schreckte auch nicht davor zurück, aufgesammeltes Obst nach der Kreatur zu werfen. *Wo ist denn nur ein Gewürzstand, wenn man einen benötigt? Pfeffer wäre genau das Richtige.*

Mittlerweile sorgte die wilde Hatz über den Marktplatz, vorbei an den Ständen und Läden, für einigen Tumult.

Fiorell ging die Puste aus. *Versuchen wir es mit einem Trick.*

Zielstrebig steuerte er auf einen breiten, eingefassten Brunnen zu, flankte auf die Mauer und schwang sich an dem Seil, an dem der Eimer hing, auf die andere Seite.

Das Tier folgte ihm und machte Anstalten, über die Öffnung zu springen.

Genau das wollte ich. Fiorell schleuderte dem im Flug befindlichen Gegner den Holzeimer entgegen und traf ihn voll auf die empfindliche Schnauze.

Irritiert und von den Schmerzen abgelenkt, misslang die Landung gründlich. Nur die beiden Vorderpfoten erreichten die andere Seite der Einfassung.

Lange Krallen fuhren aus den Tatzen, machten Kratzer im gemauerten Brunnenrand und konnten den Absturz in den Brunnen doch nicht verhindern. Fauchend verschwand die Kreatur im Schacht, kurz darauf plumpste es gewaltig.

»Ha!« Schon hing der nach Atem ringende Hofnarr mit dem Kopf über der Öffnung. »Du hättest die Pekchar fressen sollen, damit wärst du um das Bad herumgekommen.« Strahlend blickte er sich um und winkte den umstehenden Kensustrianern zu, deren Gesichtsausdruck irgendwo zwischen pikiert, fassungslos und amüsiert lag. »Danke, danke. Keine Bange, liebe Verbündete. Ich habe mein Bestes getan, um euch und eure Sprösslinge vor den Klauen und Zähnen der Bestie zu bewahren.« Er führte einen kleinen Freudentanz auf.

Die Menge unterhielt sich murmelnd, betrachtete den verschwitzten Fremden, der kauderwelschend vor der Wasserstelle stand und sichtlich zufrieden aussah, obwohl er eben ein sehr dreckiges Tier in das wertvolle Nass geworfen und damit für eine Verschmutzung der Zisterne gesorgt hatte.

Fiorell war enttäuscht. »Keinen Applaus? Ich bitte euch, nur ein kleines Zeichen der Dankbarkeit, damit ich vor Perdór angeben kann.«

Ein Schatten fiel von hinten über ihn, es plätscherte leise, Wasser tropfte in seinen Kragen, und der warme, streng riechende Hauch, der seinen Nacken umwehte, verhieß dem Spaßmacher nichts Gutes.

Die können klettern? »Sitzt da etwas auf der Mauer?«, fragte er heiser und deutete ganz langsam mit dem Daumen nach hinten. Die Geste verstanden die Kensustrianer, und sie nickten eifrig. »Nun denn, meine Zeit scheint gekommen. Ich werde mich für euch opfern«, versprach der Ilfarit tapfer. »Sagt Perdór, er soll nicht so viele Pralinen essen.« Er wedelte mit den Armen. »Und nun lauft! Lauft und holt die Wachen, damit sie die rasende Bestie zur Strecke bringen, ehe weitere Unschuldige sterben. Mein Tod soll nicht umsonst gewesen sein.«

Die Einwohner Meddohârs schauten ihn fragend an.

Bevor er sich weitere Zeichen ausdenken konnte, um das Problem der Völkerverständigung besser anzugehen, erscholl ein lauter Ruf.

Der Schatten flog über Fiorell hinweg, als die Kreatur vor ihm auf dem Boden landete. Sie schüttelte sich das Wasser aus dem Fell und benässte den Hofnarren von oben bis unten.

Einer der Begleiter des Konvois erschien, packte das Tier rechts und links an den Kiefern und starrte ihm in die Augen, während er harte Worte von sich gab. Dann drehte er sich um und ging. Wie ein Lamm trottete die zuvor so tödlich wirkende Bestie hinter dem Kensustrianer her. Die Umstehenden widmeten sich wieder ihren Geschäften.

»Wir werden sie verbessern müssen«, hörte Fiorell die vertraute Stimme Moolpárs, dann tauchte der Unterhändler der Kensustrianer auf und betrachtete den Ilfariten eingehend. »Normalerweise wäret Ihr tot. Aber sie ist noch jung; der Spieltrieb kann in den Anfangsjahren noch ein Problem darstellen.«

»Spieltrieb? Heißt das, dieses ... Ding wollte nur mit mir herumtollen?«

»Wir nennen die Tiere Worrpa.« Moolpár, seine Rüstung und Schwerter tragend, schüttelte den Kopf, dass sich die dunkelgrünen Haarzöpfe leicht bewegten. Die bernsteinfarbenen Augen blickten ohne Schalk. »Und: Nein, dieses Weibchen hätte Euch getötet, wenn sie Eurer überdrüssig geworden wäre.«

»Das sind ja herzallerliebste Geschöpfe. Wohl kaum Anwärter für ein Streichelbestiarium«, schnaubte Fiorell und wischte sich das Wasser aus den Haaren. »Zuerst wollen sie einem die Pekchar klauen und dann so etwas. Wir könnt Ihr sie nur frei herumlaufen lassen?«

Der kensustrianische Krieger und Diplomat legte die Stirn in Falten. »Ach ja, Ihr wusstet es nicht. Die Worrpa sind einzig und allein auf Menschen abgerichtet. Wir setzen sie ein, um feindliche Späher und versteckte Truppen aufzuspüren oder sie bei größeren Kämpfen zwischen Eure Linien zu hetzen.« Moolpár hielt inne. »Verzeiht, ich meinte, zwischen die Linien der anderen.«

»Dann war niemand ernsthaft in Gefahr?«

»Außer Euch«, vollendete der Kensustrianer trocken. »Die kleinste Verletzung genügt. Sie sondern beim Biss und aus den Krallen ein Sekret ab, das dem Opfer das Blut in den Adern stocken lässt.« Er schaute auf eine Stelle an Fiorells Gewand. »Oh, ist das ein Kratzer an Eurem Unterarm?«

Der Herz des Spaßmachers setzte vor Schreck aus, oder zumindest dachte er es. Entdecken konnte er jedoch nichts.

»Ich entwickle auch eine Art von Humor«, meinte der Kensustrianer mit einem boshaften Grinsen und zeigte die respektablen Eckzähne. »Kommt, ich habe eine Botschaft von Tobáar an Euren König.« Ohne eine weitere Erklärung wandte sich Moolpár um und schritt aus. Die Bewohner wichen vor ihm zurück und bildeten eine Gasse.

Na, warte, sagte sich der Hofnarr grummelnd. *Wenn du einen Wettstreit der Scherze haben willst, bitte sehr.* Er folgte ihm triefend, eine breite Spur hinter sich herziehend.

Einmal mehr würden die Bewohner Meddohârs einen der legendären Auftritte der Fremden in ihrer Stadt in Erinnerung behalten.

Perdór kraulte sich in den grauen Bartlocken. Auf der einen Seite beruhigte es ihn, dass sein Vertrauter den Fängen des Worrpas entkommen war, auf der anderen Seite konnte er sein Amüsement bei der Vorstellung, wie Fiorell über den Platz sprang und die keineswegs gefährdeten Kensustrianer retten wollte, nicht unterdrücken.

Der Hofnarr sah ihm die Zwiegespaltenheit an.

»Ja, ja, lacht nur, Eure Pralinigkeit«, maulte er vorwurfsvoll. »Euch hätte diese Ausgeburt an Zähnen,

Krallen und Boshaftigkeit innerhalb zweier Schritte eingeholt und verspeist.« Er rückte die frischen Kleider zurecht, die er sich angezogen hatte. »Aber nein, ich vergaß. Es hätte sich an Euch einen Bruch gehoben, und Ihr wäret mit dem Leben davongekommen.«

Der ilfaritische Herrscher äugte zu den kleinen Schalen. »Schau doch dorthin.« Auf einer befanden sich Obstspalten, auf der anderen in Schokolade gehüllte Leckereien. »Du täuschst dich sehr. Ich lebe gesünder als vorher. Ich strafe die Schokolade mit Missachtung und esse den ganzen Tag schon Obst.«

»Obst?« Fiorell angelte sich eine Schnitze, biss etwas davon ab. »Ja, tatsächlich, eine Rulana-Frucht.« Anklagend deutete er auf das Weiße im Inneren. »Aber sie besteht aus reinem Marzipan! Ihr wolltet mich hereinlegen, Majestät.«

»Um den Streit beizulegen, werde ich die Gegenstände an mich nehmen«, verkündete Moolpár feierlich und zog die zweite Schale mit schokoladenüberzogenen Köstlichkeiten zu sich heran.

»Da!«, rief der Hofnarr, an seinen König gewandt. »Ihr habt ihn angesteckt mit Eurer Abhängigkeit von Süßigkeiten. Er wird bald nicht mehr in seine Rüstung passen.« Kritisch schweifte sein Blick an dem Kensustrianer entlang. »Ich sehe es ganz deutlich, er hat schon ein Pfund zugenommen.« Fiorell blies die Backen auf. »Majestät, Ihr solltet ihm schnell einen Posten anbieten, denn als Krieger wird er in Bälde nicht mehr taugen.«

Verunsichert blickte Moolpár auf das Konfekt und fuhr sich am Hals entlang, um nach Anzeichen eines Doppelkinns zu fahnden. Zu spät begriff er, dass er dem Ilfariten auf den Leim gegangen war.

Der Spaßmacher nutzte die Gelegenheit und eroberte blitzartig die Schale zurück. »Genauso hat das Worrpa-

Weibchen auch geschaut, als es in den Brunnen gefallen ist«, grinste er keck.

»Und so blickt ein Worrpa-Männchen, wenn es seine Beute zerreißt«, erklärte der Krieger, und seine Miene verfinsterte sich bedrohlich.

»Bitte, bitte«, meldete sich Perdór schlichtend. »Ihr wolltet uns doch etwas von Tobáar ausrichten, verehrter Moolpár, nicht wahr?«

Völlig beherrscht richtete sich der Kensustrianer auf. »Der Führer der Kriegerkaste hat beschlossen, Euch ein weiteres Zeichen von Vertrauen zu geben, und bittet Euch, Majestät, dass Ihr die Koordination der eingehenden Mitteilungen, Nachrichten und Erkenntnisse übernehmt. Nicht nur die Eurer Spione, sondern auch die unserer Kundschafter.«

Der dickliche Ilfarit deutete eine Verbeugung an, um angemessen auf das Angebot zu reagieren. »Ich fühle mich mehr als geehrt, dass Tobáar ail S'Diapán mich mit dieser Aufgabe betraut.«

»Sapperlott, er muss schon ziemlich verzweifelt sein, wenn er Euch da ranlässt«, meinte Fiorell schnippisch. »Wenn ich daran denke, wie viele Akten und Berichte Ihr schon verschlampt habt. Ganz zu schweigen von den Flecken der Leckereien auf den Unterlagen.« In verschwörerischem Tonfall wandte er sich an den Gast. »Einmal konnte er wegen der Rückstände einer Rumrosine die wichtigste Stelle eines Textes nicht mehr lesen und hat dann tatsächlich …«

»Hört nicht auf ihn«, fiel ihm der König aufstöhnend ins Wort.

»Ich gebe nichts auf die Worte eines Mannes, der enge, rautenverzierte Trikots trägt und gelegentlich Frauenkleider anzieht«, zerstreute der Kensustrianer etwaige Bedenken.

Fiorell blinzelte verdutzt. »Wer behauptet denn so etwas?«

»Niemand, Hulalia«, gab Moolpár lakonisch zurück.

»Aha, ich verstehe. Majestät, Ihr habt unseren Verbündeten von meinem kleinen Kabinettstückchen erzählt?«

»Aber natürlich«, feixte Perdór. »Du bist doch ein Held.«

»Ein Held wäre er gewesen, wenn er die Festung allein eingenommen hätte«, widersprach der kensustrianische Diplomat. »So bleibt er eben ein Possenreißer mit gelegentlichen Anfällen von Wagemut.«

»Vielen Dank«, verbeugte sich der Hofnarr. »Übrigens, wenn wir schon bei der Garderobe sind: Euer schickes Gewand, das sich unter Eurer Rüstung befindet, kennt man bei uns auch.« Er zupfte an einem Stück des weißen Stoffes. »Die Damen nennen es Unterrock.« Fiorell grinste Moolpár ins Gesicht. »Ihr seht, die Verwandtschaft zum weiblichen Geschlecht ist bei uns beiden gegeben. Sollen wir zusammen einen Stickkursus besuchen? Oder Weben lernen? Ich mache Euch ein nettes Rautentrikot. Mit Monogramm.«

Als der Kensustrianer den Mund zu einer Erwiderung öffnete, schob ihm der Ilfarit eine Leckerei zwischen die Lippen und machte den Krieger sprachlos.

»Ihr wisst schon, nur ein kleiner Anfall von Wagemut, Moolpár«, erklärte er lachend seine Tat und brachte sich mit einem Salto rückwärts außerhalb der Reichweite des Kensustrianers.

Der überrumpelte Diplomat schluckte geräuschvoll, riss seine Waffe aus der Scheide und wollte sich an die Verfolgung machen. Sein Sinn für Humor war trotz aller Erfahrung und Abhärtung im Umgang mit dem

Hofnarren gestorben. »Beweist, dass Euer Wagemut von Dauer sein kann, Spaßaffe!«

Fiorell beobachtete die Bewegungen des Kämpfers sehr genau, um nicht Opfer der Klinge zu werden, und zog wie stets ein entschuldigendes Gesicht. »Nein, schon vorüber. Tut mir leid, diese Anfälle vergehen wie im Flug. Aber wenn sich wieder einer anbahnen sollte, seid Ihr der Erste, den ich benachrichtigen werde.«

Perdór stellte sich Arme schwenkend zwischen die beiden Streithähne. Die Korkenzieherlöckchen auf dem Kopf und im Bart schaukelten wild auf und nieder, das Bäuchlein wippte unter dem Brokatkaftan. »Haltet doch ein, ich bitte die Herrschaften um ein wenig mehr Ernst in dieser Angelegenheit.«

»Er hat angefangen«, beschwerte sich Fiorell gespielt beleidigt. »Er hat mich provoziert. Und Ihr habt ja gesehen, wozu ich dann alles fähig bin«, griente er und tippte sich an den Mundwinkel. »Ihr habt da noch etwas Schokolade, großer Krieger. Ihr seid wohl nicht mit dem Kauen nachgekommen?!«

Dieses Mal besann sich der Moolpár, nahm Platz und ignorierte fortan die Kommentare des Possenreißers sowie dessen Anwesenheit. Daher blieb der dunkelbraune Klecks an der Stelle haften und zierte dazu noch einen kleinen Teil der Wange.

Perdór sah die Schokolade, wagte es aber nicht, einen Hinweis zu geben, weil er fürchtete, der Kensustrianer könnte sich auch von ihm auf den Arm genommen fühlen.

Für Moolpár schien die Angelegenheit erledigt. Stattdessen ließ er von einem der Bediensteten riesige Stapel mit Dokumenten bringen; ein etwas kleinerer Kensustrianer in einer einfachen Robe und mit kurzen Haaren folgte.

Als er den Raum betrat, warf er sich demütig zu Boden und presste die Stirn auf die Holzdielen.

»Das ist ein Schriftgelehrter, der Euch die Nachrichten ins Ulldart übersetzen wird«, erklärte der Krieger. »Wenn er seine Aufgabe nicht erfüllt, wie es sein sollte, gebt mir einen Hinweis, und Ihr erhaltet Ersatz.«

Perdór eilte zu ihm und half ihm auf. »Steh doch auf. Ich bin zwar ein König, aber diese Förmlichkeit ist nicht notwendig. Wir sind doch nur in aller Güte aufgenommene Vertriebene in diesem schönen, wunderbaren Land.«

Doch der Gelehrte machte keine Anstalten, sich zu bewegen, und verharrte in der unterwürfigen Position.

»Auf die Beine«, befahl Moolpár. »Du wirst ihren Anweisungen folgen, als wären sie Krieger.«

Der Mann erhob sich und stellte sich an die Wand, um auf weitere Anordnungen zu warten.

Perdór erinnerte sich an die Einteilung der Kensustrianer nach einem Kastenwesen und daran, dass er noch nie mit zwei Angehörigen verschiedener Klassen in einem Raum gewesen war. *Die Trennung scheint sehr rigide.*

Moolpár stand auf, und sein Blick drückte Verwunderung über das irritierte Verhalten des Königs aus. »Ich sehe Euch erstaunt?«

»Ja«, gestand Perdór. »Ich war nicht darauf gefasst, dass die Unterschiede und Verhältnisse so deutlich zu Tage treten.«

»Als ich durch das restliche Ulldart reiste, sah ich viel härtere Umgangsweisen. Wir erteilen den anderen Kastenangehörigen Befehle, aber wir achten sie im Großen und Ganzen. Was im übrigen Ulldart nicht unbedingt der Fall ist. Die Fürsten und all die anderen benehmen sich oft schlechter gegenüber ihren Untergebenen«, beschied der Krieger und begab sich zur Tür.

»Da habt Ihr Recht«, stimmte ihm der exilierte König nach kurzem Nachdenken zu. »Wenn es auch nicht auf mein Reich zutrifft.« *Ich muss es ihm sagen.* Der rundliche Ilfarit sammelte all seinen Mut. »Moolpár, Ihr habt im Mundwinkel in der Tat noch etwas Schokolade. Ihr solltet sie entfernen.«

Die Hand des hochgewachsenen Kämpfers bewegte sich langsam nach oben, verharrte aber, als er das grinsende Antlitz des Hofnarren sah. Daraufhin bleckte Moolpár die Reißzähne. »Oh, nein, Majestät. Ihr werdet mich nicht reinlegen. Es reicht für heute.« Ohne einen Gruß verließ er den Raum.

Fiorell prustete los. »Majestät, wollen wir wetten, wie lange er mit dem Fleck durch die Gegend läuft?« Er imitierte die strengen Züge und den gebieterischen Tonfall des Kriegers. »Soll ich dir deinen Schädel spalten? Da ist keine Schokolade.« Schelmisch lächelte er seinen Herrn an. »Vermutlich denkt er auch, wir hätten die Spiegel präpariert, an denen er entlangläuft.«

»Irgendwann bröckelt es ab«, schätzte Perdór seufzend. »Was man auch tut, bei den Kriegern scheint wirklich so gut wie alles falsch zu sein.« Sein Blick fiel auf den Gelehrten, der sie mit offenem Mund anstarrte. »Ja?«

»Nicht, nichts. Mich hätte Moolpár vermutlich schon längst getötet, wenn ich mir diese Umgangsweisen erlaubt hätte«, staunte der Kensustrianer beinahe schon ehrfürchtig.

»Wenn Ihr wüsstet, wie oft er es bei mir schon versucht hat«, lachte der Hofnarr und klopfte dem Neuzugang auf die Schulter. »Ihr seid uns also für das geheime Unternehmen zugeteilt worden? Wie lautet Euer Name?«

»Ich bin Mêrkos, Magister in Sprache und Schrift, Angehöriger der Gelehrtenkaste, wie Ihr an meiner Statur und meinen Kleidern sehen könnt.« Gehorsam verneigte er sich. »Und nun Euch zugeteilt.«

Der kleine König hielt ihm mit Gönnermiene die falschen Rulana-Früchte hin. »Willkommen bei den Spionen, Mêrkos. Auch wenn wir uns bewusst sind, dass Euer Volk im Kastenwesen lebt, betrachten wir uns eher als gleichberechtigt, wenn wir zusammensitzen, einverstanden?«

Der Kensustrianer schien zu zögern, die drohenden Worte Moolpárs klangen ihm noch in den Ohren.

»Es hat ja auch praktische Gründe«, meinte Fiorell gedehnt. »Nehmt einmal an, Ihr würdet einen Stapel Bücher tragen«, dabei drückte er Mêrkos mehrere schwere Folianten in die Hände, »obenauf Feder, Tinte und Schreibpapier«, auch diese Utensilien wanderten auf den kleinen Berg, über den der Gelehrte kaum mehr hinweg sah, »und dazu hättet Ihr drei dieser Schokoladenbomben im Mund«, schon kaute der grünhaarige Mann auf dem Konfekt herum, »und ausgerechnet jetzt kämen das hochwohlgeborene Pummelchen und ich ins Zimmer.« Der Spaßmacher stemmte die Arme in die Seiten und schaute den Kensustrianer abwartend an. »Na, was ist? Los, auf die Knie, wie vorhin! Und zwar ein bisschen zackig. Oder auch ›Hopp, hopp‹, wie der Pralinige zu sagen pflegt!«

Mêrkos gab einen unglücklichen Laut von sich, den keiner der beiden Ilfariten verstand, denn das Marzipan verklebte dem Gelehrten den Gaumen. Seine Arme zitterten gefährlich, der schwere Bücherturm drohte einzustürzen.

»Seht Ihr?«, bemerkte Fiorell. »Das geht einfach nicht.«

Mit einem Ächzen knickte der Kensustrianer ein. Der Hofnarr fing Tintenfass und Federkiel blitzschnell auf, während Mêrkos unter der Last der bedruckten und gebundenen Seiten zusammenbrach. »Ja, Ihr habt Recht«, meinte er hilflos.

Der Spaßmacher befreite ihn zusammen mit dem König von den Büchern und stellte ihn auf die Beine. »Er hat es verstanden, Majestät«, sagte er zu Perdór. »Er lernt schneller als Ihr.«

Ansatzlos ließ sein Herr den schweren Wälzer fallen, der mit bösartiger Genauigkeit den kleinen Zeh des Possenreißers traf. Fluchend und wehklagend hopste Fiorell durch den Raum.

»Das war der Ausgleich für die Gemeinheit an dem armen Mêrkos. Und nenn mich nie wieder Pummelchen«, warnte ihn der Herrscher mit eiskaltem Blick, »sonst ist es das nächste Mal etwas Schwereres, das auf dir landet, mein leichtzüngiger Freund. Oder ein Worrpa wird dich in deinem Gemach erwarten.« Mit einem herzlichen Lächeln widmete er sich dem erschrockenen Gelehrten. »Und wir machen uns nun an die Arbeit, Mêrkos. Es wäre doch gelacht, wenn wir aus den Meldungen der wenigen Tapferen, die für uns die Augen und Ohren offen halten, nichts von Bedeutung ausmachen könnten.«

»Es ist mir ein Vergnügen.« Schon befand sich Mêrkos' Oberkörper auf dem Weg nach unten in eine Verbeugung, doch mitten in der Bewegung bremste er ab und richtete sich wieder auf. »Und seid versichert, Majestät, ich meine es so.«

Während Perdór und Fiorell sich schweigend daran begaben, die eigenen Nachrichten durchzusehen, übersetzte Mêrkos ihnen die Meldungen kensustrianischer Grenzposten und Patrouillen.

Bis spät in die Nacht saßen und lasen die drei Männer, bis ihnen die Augen brannten und sämtliche Notizzettel mit Vermerken verkritzelt waren.

Zwischendurch verschwand Fiorell, um mit Stoiko zurückzukehren, der ihnen zur Hand ging. Schließlich wollte der einstige Vertraute des Kabcar wissen, was sein Schützling tat. Und wie es der Zufall wollte, bekam er die Nachricht in die Finger, die keine zwei Wochen alt war.

Nein! Seine braunen Augen füllten sich mit Tränen. Er legte die Hand auf den Zettel, wieder und wieder flog sein Blick über die Zeilen. »Der Kabcar ist tot, lange lebe der Kabcar«, flüsterte er blass. »Diese Worte habe ich zu ihm gesagt. In Granburg.«

»Das muss schon lange her sein«, schätzte der Hofnarr abwesend und kratzte sich am Hintern, während er über einem Text brütete.

»Sehr lange«, entgegnete Stoiko traurig. »Zu diesem Zeitpunkt befand er sich auf dem besten Weg, das Land später so gut zu regieren, wie noch kein Kabcar vor ihm.« Verstohlen wischte er sich den feuchten Schimmer aus den Augen und fuhr sich über den breiten Schnauzbart, in dem graue Haare sprossen. Sein in den Jahren gereiftes und vom Aufenthalt im Gefängnis mit Furchen gezeichnetes Gesicht blickte gerührt, er stand auf und schritt zum Balkon.

Still ging er hinaus, um nach den Sternen zu schauen, deren Schönheit von den sich abzeichnenden Umrissen Tzulans gestört wurde.

Im Geiste kehrten die Erinnerungen an viele schöne und mitunter komische Augenblicke zurück, die er mit Lodrik geteilt hatte, von den ersten Gehversuchen über die ersten Sätze zu gemeinsamen Ausflügen. Sie standen vor seinem inneren Auge, als wären sie kaum Stunden her.

Er erinnerte sich auch an die furchtbaren Momente, wenn der Vater seinen Schützling ausgeschimpft und verhöhnt hatte und die Gäste der Bankette und Feierlichkeiten hinter vorgehaltener Hand Witze über den dicken Jungen gemacht hatten.

Keiner von den Großmäulern wagte es nach der Thronbesteigung, sich über ihn lustig zu machen, dachte Stoiko, und seine Hände ballten sich zu Fäusten. *Dass ich ihn überleben würde, hätte ich allerdings nicht gedacht.* Die Trauer brach mit aller Macht über ihn herein, Tränen liefen seine Wangen hinab.

»Verzeiht, dass ich vorhin nicht gleich reagiert habe.« Fiorell trat an ihn heran, seine übliche Komik hatte er abgelegt. »Ich war schon feinfühliger.«

»Dass sein Tod mir so nahe geht«, wundert sich Stoiko mit belegter Stimme. »Er war ein großartiger Mensch. Hätte man ihn doch nur nicht in die Arme des Bösen getrieben und verdorben! Norina und er …« Ein Schluchzen unterbrach ihn, er schloss die Augen, um sich zu beherrschen. »Norina und er waren ein so schönes Paar. Verfluchtes Testament, verfluchter Arrulskhán und verfluchter Nesreca!«

»Es hat ihn niemand so gut gekannt wie Ihr. Und wenn Ihr sagt, dass er im Grunde ein guter Mensch war, werde ich es nicht bestreiten«, meinte der Hofnarr. »Gebt Euch Eurem Schmerz hin. Danach habt Ihr wie wir die Pflicht, uns gegen seine Hinterlassenschaft zur Wehr zu setzen.«

»Seine Hinterlassenschaft? Damit meint Ihr seine Kinder, denke ich.« Stoiko räusperte sich und versuchte, die Fassung zurückzugewinnen.

»Es wird sich bald zeigen, welche Variante der Prophezeiung die richtige war«, schaltete sich Perdór ein, der sich zu den beiden Männern gesellt hatte. »Stoiko, Ihr habt mein tiefes Mitgefühl. Ich teile Eure Meinung über Lodrik.« Nachdenklich zeigte er hinauf zu den flirrenden Umrissen Tzulans, geformt aus unzähligen Sternen, die ihre angestammte Bahn verlassen hatten. »Es stellt sich die Frage: Endet die Dunkle Zeit nun, oder beginnt sie erst recht?«

Erstaunt schaute ihn der Tarpoler an. »Und das fragt Ihr Euch allen Ernstes, Majestät? Govan wird ihm auf den Thron nachfolgen, und wir beide wissen, wer den Jungen erzogen hat, der beinahe im gleichen Alter wie sein Vater die Macht erhält.«

»Es waren weder ein weiser Stoiko Gijuschka noch ein aufrechter, wenn auch bärbeißiger Waljakov«, nickte der ilfaritische König, »ich weiß es sehr genau. Wenn Nesreca bei dem Tadc und kommenden Kabcar noch bessere Arbeit geleistet hat als bei dem bedauernswerten Lodrik Bardri¢, ist alles, was wir bisher erlebt haben, nur ein Spaziergang gewesen.«

»Ohne Pessimist sein zu wollen, stimme ich dem zu.« Stoiko erschauderte. »Wenn ich daran denke, wie menschenverachtend Nesreca vorzugehen pflegte und er selbst den Thronfolger mit in die Verlorene Hoffnung nahm, um ihm die Folterungen zu zeigen!«

Die Augen Tzulans, die Sterne Arkas und Tulm, glommen auf, als würden sie sich an den Zweifeln, Ängsten und Sorgen sowie der Trauer der drei Männer hoch über den Dächern von Meddohâr weiden und erfreuen.

»Du wirst unterliegen!«, brach es zornig aus dem einstigen Vertrauten des Kabcar hervor. Wütend reckte er den beiden Himmelskörpern die Faust entgegen. »Das Gute wird siegen.« *Das Gute muss einfach siegen, Ulldrael.*

Perdór legte ihm kurz die Hand auf die Schulter und kehrte dann in den Raum zurück; Fiorell folgte ihm.

Was nun, Gerechter?, fragte Stoiko gedanklich ins Leere. *Nimm den Jungen in aller Gnade bei dir auf oder gewähre sei-*

ner Seele wenigstens einen Platz dort, wo sie Frieden finden kann und nicht als Geist durch die Welt ziehen muss. Du kennst sein wahres Wesen. Und ich werde alles tun, um dem Bösen, dem nun alle Schleusen geöffnet sind, Einhalt zu gebieten.

Der Tarpoler suchte sich einen Liegestuhl und drehte ihn so, dass er Arkas und Tulm nicht sehen konnte. Er richtete den Blick auf einen Teil des nächtlichen Himmels, der schon beinahe unheimlich leer und finster erschien. Müde und von Kummer erfüllt, deckte er sich mit seinem Überwurf zu.

Wenn du uns doch nur auch ein Hoffnungszeichen senden würdest, Gerechter. Nur ein einziges, das würde all den rechtschaffenen Menschen Mut machen, sich gegen das Kommende zu stellen.

Aufmerksam betrachtete er das Firmament, bis seine Lider schwer und schwerer wurden.

Bitte, Ulldrael, dachte er müde. *Ein Lichtschimmer oder irgendetwas Ähnliches.*

Doch der Himmel blieb schwarz.

Enttäuscht schloss Stoiko die Augen und döste ein.

Eine einsame Sternschnuppe zog ihre Bahn und hinterließ einen schwach glühenden Schweif in der Finsternis, aus dem sich die vagen, kaum zu erkennenden Umrisse einer Ähre formten.

Auch wenn der Tarpoler tief und fest schlummerte, das Zeichen wurde von anderen gesehen.

Perdór schien selbst am frühen Morgen unerschütterlich wach und rührig zu sein. Noch im Morgenrock, der sich gefährlich um das Ränzlein spannte, lief er um den improvisierten Kartentisch herum und schaute und betrachtete ihre Aufzeichnungen von allen Seiten.

Das einzig sichere Wissen hatten sie über die Standorte der kensustrianischen Truppen, und das weniger, um taktisch aktiv zu werden, sondern um die Bewegungen des Gegners besser einschätzen zu können. Was dies anging, behalf man sich derzeit mit Vermutungen und Wahrscheinlichkeiten. Das sollte sich aus dem Zusammenschluss des kensustrianischen und ilfaritischen Wissens ändern.

Gelegentlich hielt Perdór inne und langte nach dem Tablett mit kleinen Schnittchen, die appetitliche Konfitüren und andere, bisher ungekannte Köstlichkeiten zierten. Stück für Stück verschwanden sie in dem schier unendlich füllbaren Inneren des Herrschers. Eine große Karaffe verflüssigter Schokolade, die mit einer anregenden Substanz versehen war, stand die ganze Zeit über parat.

Stoiko hingegen lehnte ermüdet an der Wand. Die Nacht im Freien und in einer völlig schiefen Haltung hatten seinem Kreuz und seinem Nacken nicht gut getan. Die verspannten Muskeln brachten eine seltsame Idee hervor.

»Was ist, wenn er gar nicht tot ist?«, fragte er mehr sich als den König.

»Ich vermute, Ihr meint den Kabcar?«, erkundigte sich Perdór, stellte die Tasse auf den Unterteller und atmete tief ein. »Nein, ich bin leider ziemlich sicher, das Lodrik Bardri¢ nicht mehr unter den Lebenden weilt. Mehrere Quellen haben mir die Nachricht zugespielt. Spannend wird es dagegen zu erfahren, wer den Anschlag inszeniert hat.«

›Ja, wer nur?‹ Stoiko ging langsam zum Fenster und schaute hinaus. Vor dem Haus bezogen zwei Krieger Position, die zum formalen Schutz des Gebäudes eingesetzt wurden. Die Gesichter zeigten keinerlei Regung.

Wäre es ihnen zuzutrauen? Er wandte sich wieder zu dem ilfaritischen Herrscher, der ihn beobachtet hatte, als könnte er die Gedankengänge mithören. »Und was ist, wenn sie es doch waren? Wenn die Kensustrianer ein Kommando auf den Kabcar gehetzt hätten, wie sie es seinerzeit bei Alana von Tersion taten?«

»Seid Ihr etwa im Begriff, den Lügen von Nesreca auf den Leim zu gehen, Gijuschka?«, meinte Perdór leicht tadelnd. »Was hätten unsere Gastgeber vom Tod des Kabcar?«

»Wer außer uns ist sich im Klaren darüber, dass der silberhaarige Dämon, dieser Miniatur-Tzulan, der Schuldige ist? Habt Ihr jemals mit Tobáar darüber gesprochen, wo die Schwierigkeit in Tarpol und der Ausgangspunkt des unvorstellbaren Krieges liegen? Hat sich der kensustrianische Anführer jemals darum gekümmert und Kenntnis darüber erhalten?« Erregt wies Stoiko auf die Landkarte. »Ich bin mir sicher, dass die kensustrianischen Feldherren es als eine gute Taktik ansähen, wenn man vor dem Beginn eines Angriffs den Menschen tötet, mit dem alles begann. Wenn ich beim Schachspiel nach wenigen Zügen den gegnerischen König schlage, ist es das Beste, was mir passieren kann.«

»Das setzt voraus, dass die Partie begonnen hat«, hakte der Ilfarit bedächtig ein. »Und außerdem, Tobáar verkennt die Lage keineswegs. Schließlich ist nach Lodriks Ableben genau das eingetreten, was die Lage für uns im Süden verschlimmert. Die Tarpoler rennen in Scharen zu den Garnisonen, um sich als Freiwillige zu melden, und das Volk schreit unversöhnlich nach dem Blut der Kensustrianer, was dem Thronfolger zur Erreichung seines Zieles praktisch alles erlaubt. Durch Lodriks Tod haben die Kensustrianer gar nichts erreicht. Sie wussten, wer dem geliebten Kabcar nachfolgt. Und dass man ihn nicht mit herkömmlichen Mitteln schlagen kann, ist ihnen ebenso einleuchtend.«

Stoikos Miene war ein offenes Buch, im Inneren mussten Hoffnung und Verzweiflung miteinander ringen. »Im Grunde weiß ich, dass Ihr Recht habt«, gestand er ein und sackte zusammen. »Dass Nesreca ihn getötet hat, steht außer Zweifel. Mit Govans Unterstützung kommt er seinen Plänen weit näher. Verzeiht meinen Ausbruch.«

»Dass Euer einstiger Herr eine Entscheidung traf, die in den Widerstand gegen Nesreca und Tzulan mündete, war sein Todesurteil.« Perdór nippte an der Schokolade. »Apropos Entscheidung. Unser Entschluss, in Kensustria Unterschlupf zu suchen, macht uns beim restlichen Volk auf Ulldart, oder zumindest in Tarpol und Tûris, nicht eben beliebt. Kollaborateure. Verräter an dem Mann, der so viele Besserungen brachte. Blumen wird es dafür kaum geben.«

Stoiko lächelte schwach. »Hättet Ihr wirklich nein gesagt, als Euch das Angebot Tobáars erreichte?«

»Ich habe die Sache sehr genau überlegt und bin zu der Ansicht gekommen, dass wir dem Schrecken ein schnelles Ende setzen müssen. Schachbildlich gesprochen: Und zwar ein Ende, bei dem nur der König und die stärksten Figuren fallen. Die Bauern sollten dieses Mal größtenteils ungeschoren davonkommen.« Entschlossen wandte er sich den Zeichnungen zu. »Kommt, Gijuschka, wir stellen die Markierungen des Gegners nach den neuesten Berichten um.«

Skeptisch begab sich Stoiko an die Seite des Königs. Auch wenn sie keine Detailansicht über die Art der kensustrianischen Einheiten besaßen, so wirkten die Vielzahl an unterschiedlichen Truppen und Verbänden für ihn als militärischen Laien Schwindel erregend. »Ehrlich gesagt, ich habe sehr große Angst um die Bauern«, sagte er nach einer Weile. »Habt Ihr gesehen, welche seltsamen Tiere und Maschinen die Kensustrianer besitzen? Die Epsiode, die Fiorell beinahe das Leben kostete, gibt uns einen ungefähren Vorgeschmack auf das, was den Tzulandriern und unseren Leuten bevorsteht.«

»Es ist mit nichts von dem zu vergleichen, was den Soldaten bisher im Weg stand«, bestätigte der ilfaritische König. Er kramte in den Aufzeichnungen, bis er endlich ein Bündel Konstruktionszeichnungen in die Luft hielt. »Hier, das sind Gerätschaften, mit denen sie unlöschbares Feuer in einem gebündelten Strahl verschießen können. Ganz zu schweigen von ihren Repetierkatapulten und Bombardengattungen, deren Namen ich vergessen habe. Grätschen und Mörsche oder so ähnlich. Sie verwenden keine Steinkugeln mehr, sie haben die Produktion auf Eisen umgestellt. Und sie schießen mit ihren Feuerwaffen weiter als jede Bombarde des Kabcar.«

»Woher habt Ihr das?«, staunte Stoiko und besah sich die Pläne. Die Erfinder lieferten sogar Tabellen über Kernschussweiten und die zu erwartenden Auswirkungen eines direkten Einschlages. Die furchtbaren Zahlen fraßen sich in Stoikos Geist fest. *Bei Ulldrael, die Ingenieure haben ganze Arbeit geleistet.*

»Mêrkos brachte sie mit. Ich bat ihn darum.« Mit Schwung landeten die Blätter auf dem Tisch. »Jeder Treffer wird Dutzende Menschenleben kosten und mindestens ebenso viele Verstümmelte hinterlassen. Die Kensustrianer haben noch ganz andere, schreckliche Vorrichtungen, wie ich erfahren habe. Die Aussicht auf die massenweise Vernichtung von Menschen unseres Kontinents ist der Grund, weshalb ich ihnen zu einem schnellen Sieg und zum Einstellen der Kämpfe verhelfen möchte. Das ist das Ende der Vorherrschaft des Bösen auf Ulldart.«

»Ich werde verrückt. Der kleine Koloss von Meddohâr ist ja schon wach!«, tönte Fiorells Stimme durch das große Zimmer. Ein vorwurfsvoller Blick traf den exilierten Herrscher. »Und natürlich hat er schon die ganzen Brote gefuttert.« Er strich an seinen Hüften entlang. »So wird niemals etwas Fleisch an mich dünnen Haken kommen«, jammerte er und sicherte sich die restlichen Schnittchen. Neugierig beäugte er die stilisierte Landschaft. »Allmählich bekomme ich eine seelische Erschütterung. Ich bin doch eigentlich Hofnarr und kein Kartenleser. Und dennoch mache ich nichts anderes als das.« Er seufzte, schob sich sein Frühstück in den Mund und kaute unglücklich auf beiden Backen. »Das waren noch Zeiten, als man meine Jonglier- und Akrobatikkünste forderte.«

»Und als wir dir eine Katze zuwarfen, kam prompt die Beschwerde«, erinnerte ihn Perdór und bedeutete dem Diener mit einem Nicken, dass er Nachschub an Essbarem wünschte.

Derweil leerte sein Possenreißer die Karaffe Schokolade, indem er aus der Tülle trank. Dann balancierte er die Tülle auf seiner Nasenspitze aus und lief damit umher, ohne dass der Behälter ins Wanken kam. »Ich kann es immer noch, Majestät.« Ohne die Karaffe aus den Augen zu lassen, fischte er nach Zuckerstücken und jonglierte damit. Eines seiner Beine spreizte er vorsichtig im rechten Winkel ab. »Na?«

»Eine Katze müsste man haben«, grinste der König. »Oder einen Worrpa. Den würde selbst der Beste der Spaßmacher nicht in der Luft halten. Aber du wirst alt. Du klingst ein wenig angestrengt.« Perdór tat so, als wäre ihm etwas aus der Hand gefallen, bückte sich und band in aller Heimlichkeit und mit enormer Flinkheit den Schnürsenkel des Hofnarren am Kartentisch fest.

Stoiko beobachtete ihn und schickte einen Blick zur Decke. *Kindsköpfe, alle beide.* Er fuhr sich über den breiten Schnauzer und wartete ab.

»Ich wette, dass du es nicht schaffst zu hüpfen, ohne dass die Sachen herunterfallen.«

»Um was?«, kam es von Fiorell wie aus der Büchse geschossen.

»Du wirst einen Tag lang als Hulalia durch die Gegend laufen.« Perdór lächelte. »Und wenn ich verliere, darfst du mich ein Leben lang mit ›hoheitliches Pummelchen‹ ansprechen.«

»Ha!«, rief Fiorell. »Dann bereitet Euch schon mal darauf vor. Und nun seht her! Das könnte ich mit verbundenen Augen.«

Das Unglück nahm seinen Lauf.

Der Spaßmacher konzentrierte sich und wollte tatsächlich ein wenig springen, doch der Hopser wurde jäh durch den dünnen Riemen beendet. Am überraschten Antlitz Fiorells erkannte Stoiko, dass er die hinterlistige Tat seines Herrn nicht bemerkt hatte.

Das ruckartige Abbremsen brachte den Hofnarren aus dem Gleichgewicht und dem Takt, schon griff er an dem Zuckerstückchen vorbei, die Karaffe begann zu pendeln und stürzte zu Boden. So ziemlich alles, was der akrobatische Ilfarit eben noch unter Aufbietung größter Geschicklichkeit zum Fliegen gebracht hatte, landete auf dem harten Boden.

Perdór brach in schallendes Gelächter aus und hielt sich den Bauch. »Das wird besonders Moolpár freuen, wenn er Hulalia einmal sehen darf«, prustete er und wollte sich nicht mehr beruhigen, bis ein Livrierter den Nachschub an mundgerechten Leckerbissen brachte.

Kichernd nagte der Herrscher an einer mit Vanille aromatisierten Zuckerstange. »Ich sage dir, wann ich die hinreißende Hulalia sehen möchte.«

Fiorells Augen sprühten Tod und Verderben. »Das war unlauter!« Schmollend löste er den Schnürsenkel vom Tischbein. »Das zahle ich Euch heim, Majestät.«

»Aber natürlich«, winkte Perdór großzügig ab. »Nun wollen wir uns aber an die Arbeit machen, nicht wahr, Stoiko?«

Der einstige Vertraute des Kabcar strich sich die schulterlangen Haare aus dem Gesicht, die Belustigung stand auch ihm ins Gesicht geschrieben. »Diese kleine Einlage hat ihre Spuren hinterlassen«, wies er auf die Karte, auf der alle Markierungen verschoben waren. »Jetzt dürfen wir alles neu ordnen.«

Zufrieden feixte der Hofnarr in die Runde. »Das hat der Pralinige nun davon.« Er streckte dem verdrießlich schauenden König die Zunge heraus und ging. »Ich werde nach Soscha sehen. Meinetwegen können sich Majestät die Finger wund schieben.« Wie eine Diva, das Kinn in die Höhe gereckt, rauschte er davon.

»Er scheint bereits für seine Rolle zu üben«, bemerkte Perdór und kraulte seinen Bart aus langen, grauen Locken. Dann kramte er die Nachrichten, die er bereits auf einen Ablagestapel verbannt hatte, wieder hervor und stellte die Marker an ihre richtige Position. Stoiko ging ihm dabei zur Hand.

Dabei wurde ihnen rasch deutlich, dass sich größere Ansammlungen von tzulandrischen und ulldartischen Einheiten an bisher fünf verschiedenen Punkten entlang der Grenze bildeten.

Die Voraussetzungen für einen Überfall, betrachtete man die Topographie der Landschaft, schätzten beide Männer als durchaus gut ein. Die Meldungen der Kensustrianer deckten sich mit denen von Perdórs Spionen.

»Wer leitet diese Aufmärsche? Wissen wir das?«, erkundigte sich Stoiko. »Nach dem Tod von Varèsz dachte ich, dass sich die Tzulandrier um die Nachfolge des zugegebenermaßen brillanten, wenn auch rücksichtslosen Feldherrn schlagen würden. Doch die Soldaten marschieren, als gäbe es keinerlei Unterbrechung.«

»Ein guter Hinweis. Da alles so reibungslos weiterläuft, wird jemand den Marschallstab übernommen haben, der entweder in der Rangfolge weit oben steht oder sich aufgrund seiner Fähigkeiten Respekt bei den Tzulandriern und Tarpolern verschafft hat.« Der ilfaritische König machte keinen Hehl daraus, dass auch er nichts wusste, sondern nur vermutete. »Nesreca ist schon lange zurück in Ulsar, Govan wird es nicht sein, er hat alle Hände voll mit den Vorbereitungen für die Inthronisation zu tun. Außerdem denke ich nicht, dass er über die notwendige Beherrschtheit und den taktischen Blick verfügt. Es käme nur Sinured in Frage.«

»Ich spreche diesem Ungeheuer jegliches feinfühliges Planen ab.« Stoiko schüttelte den Kopf. »Es muss ein Geist sein, der rücksichtslos und zugleich gewitzt ist. Wenn Zvatochna etwas von ihrer Mutter geerbt hat, könnte ich mir vorstellen, dass sie in der Lage wäre, die Heerscharen zu kommandieren.«

Perdór grübelte; hektisch knabberte er an dem mit Zuckerkristallen umgebenen Holzstöckchen. »Zuzutrauen wäre es ihr. Wenn sie tatsächlich an der Führung des Schlages gegen Kensustria maßgeblich beteiligt ist, wird sie bald in Richtung Front abreisen. Sonst dauert das Übermitteln der Nachrichten zu lange.« Seine Augen wurden schmal. »Und dann wäre es an der Zeit, ein kensustrianisches Sonderkommando auf den Weg zu schicken.«

»Bedenkt, auch sie ist magisch begabt.«

Perdór lächelte verschmitzt. »Und wir haben eine Geheimwaffe. Eine junge Frau, die im Gegensatz zu den anderen die Magie von ihrem Wesen her zu verstehen scheint und mit ihr kommuniziert. Soscha wird, wenn sich unsere Theorie über die Befehlsgewalt der gegnerischen Einheiten bewahrheitet, bald ihre Feuertaufe erhalten.« Er zählte die Aufmarschzonen an seinen Fingern ab. »Bislang fünf mögliche Orte, an denen die Einfälle stattfinden könnten. Vom Scheinangriff und der Konzentration auf einen Punkt bis zur gleichzeitigen Invasion ist im Augenblick alles möglich.« Vorsichtig ging er in die Hocke, stützte das Kinn auf die Tischplatte und betrachtete die Karte. *Das wird mehr ein Lotteriespiel als strategisches Handeln.*

Nach kurzem Klopfen öffnete sich die Tür, und ein Bediensteter brachte neben neuen Zuckerstangen zwei weitere Botschaften. Hastig öffnete Perdór sie und verzog dann das Gesicht.

»Es geht um Rogogard. Rudgass schreibt, eine Angriffsflotte sammele sich unter dem Befehl von Sinured, die sich wohl die Hauptinsel vornehmen soll.« Er senkte das Papier. »Fünfzig Schiffe, darunter wahrscheinlich fünfzehn Bombardenträger und andere Boote, hinter deren Bordwänden es von Geschützen nur so wimmelt. Das wird die Piraten ganz schön durchschütteln. Aber bei der Menge an Bombarden, die sie sich zusammengeentert haben, wird es den Kabcar einiges an Schiffen und Leuten kosten. Ich hoffe, die Rogogarder halten lange durch.«

»Mindestens so lange wie wir, das wäre wünschenswert. Wenn der Kabcar seine Kräfte aufteilen muss, kann es uns nur Recht sein.« Stoiko zuckte zusammen. »Was ist mit Norina?«

Der dickliche Herrscher suchte im Text herum. »Rudgass meinte, er werde sie von Rogogard wegbringen, sollte sich die Lage verschlimmern. Er ist sich sicher, dass sie und ihr Sohn eine wichtige Rolle im Kampf um Ulldart einnehmen werden.« Wortgetreu gab er die knappe Schilderung des Piraten von der kurzzeitigen Verbesserung ihres geistigen Zustandes und ihre Bemerkungen wieder. »Ich schätze, er macht sich stehenden Fußes … oder sagt man fliegenden Rumpfes … auf nach Kalisstron, um nach der Bande zu suchen.«

Sie leben! Stoiko befiel ein Schwindel erregendes Glücksgefühl. Die Nachricht, die der König mit solcher Gelassenheit verlas, bedeutete ihm viel mehr, als dieser ahnte. *Waljakov und all die anderen leben! Das Kind auch!* Er klammerte sich am Tisch fest. *Bei Ulldrael, das wäre ein Wunder, das wir dringend brauchten!* Eine Träne der Rührung rann seine Wange herab. *Ist der bärbeißige Waljakov doch kein Fischfutter geworden.*

Perdór bemerkte seine Rührung. »Das nenne ich doch endlich einmal eine aufbauende Neuigkeit. Wenn Rudgass mit Norinas Sohn zurückkehrt, wird spätestens dann die Geschichte ihre entscheidende Wendung erhalten. Ulldrael der Gerechte hat zwar etwas länger gebraucht, aber er kümmert sich doch um das Land, das er erschaffen hat, nicht wahr? Herrlich, ganz herrlich ist das. Da muss ich sofort etwas essen.«

Gefangen von der kleinen Hochstimmung, nahm er sich die frisch gebrachte Zuckerstange, die mit einer honigartigen Substanz überzogen war, und steckte sie sich in den Mund.

Augenblicklich veränderte sich sein Gesichtsausdruck. Das Naschwerk schien fest mit seinen Lippen verbunden zu sein.

»Wasch bedeutet dasch?«, wunderte er sich, durch die Zuckerstange nur undeutlich zu verstehen.

Stoiko, der einen Anschlag fürchtete, betrachtete das Naschwerk näher. Vorsichtig zerrieb er ein wenig von der Substanz zwischen den Fingerkuppen. Die Klebekraft war enorm.

»Ihr seid wohl jemandem im wahrsten Sinne des Wortes auf den Leim gegangen«, stellte er fest und musste sich beherrschen, um das drohende Lachen zu unterdrücken. »Die Zuckerstange wurde mit irgendeinem Harz behandelt.«

»Isch werde den verfuchten Spaffmacher eigenhängig in Honig kunken und den Bienen schum Frasch vorwerfen!« Zuerst versuchte der Herrscher noch, die Stange mit Gewalt von den Lippen zu lösen, aber die Haut schien eins mit der klebrigen Substanz geworden zu sein. »Wie geht dasch wieder ab? Musch isch mein Leben lang scho dursch die Gegend laufen?«

»Ihr solltet in Zukunft Wetten ehrlich austragen, dann wird Euch so etwas nicht mehr geschehen«, empfahl Stoiko. »Geht nur und lasst Euch behandeln, ich stelle die Pappsoldaten weiter auf.« Perdór nickte und verließ das Zimmer.

Zu spät fiel dem Tarpoler ein, dass eine Nachricht nicht gelesen war. Er faltete das Papier auseinander und überflog die Zeilen. *Nanu, die Modrak ziehen sich aus Karet zurück? Welchen Sinn macht denn diese Anweisung? Die fliegenden Ungeheuer stellen doch eine hervorragende Waffe für unzugängliches Gelände dar.* Er las den zweiten Abschnitt. *Und die Leiche Lodriks wurde noch immer nicht gefunden, obwohl sie fast den gesamten Steinbruch auf den Kopf gestellt haben?*

Der Schluss, den er daraus ableitete, kam ihm selbst abwegig vor. *Wenn der Befehl an die Modrak nicht von Go-*

van stammt, sondern von einem anderen? Bei aller Magie, die Lodrik besaß – könnte er einstürzende Berge überstehen?

Tief in Gedanken versunken blickte Stoiko auf die Karte. Seine Augen wanderten unbewusst zu der Stelle, über der »Ulsar« zu lesen stand.

Fiorell fand Soscha in ihrem Ruheraum auf dem Bett, die Augen geschlossen, den Körper völlig entspannt.

Nichts deutete nach außen darauf hin, dass die junge Ulsarin mit einer der rätselhaftesten Kräfte des Kontinents Zwiesprache hielt, eine Fähigkeit, die sie, abgesehen von den Mächtigsten der kensustrianischen Kriegerkaste, zu einem privilegierten Lebewesen auf Ulldart werden ließ.

Der Hofnarr betrachtete die Frau und ließ sich geduldig auf einem Stuhl nieder. Erstens war er hier vor Perdórs Rache sicher, zweitens wollte er sie nicht unnötig aus ihrer Konzentration reißen oder was immer man benötigte, um mit den Energien in Kontakt zu treten.

Niemand hätte geahnt, dass Magie so etwas wie einen eigenen Willen besaß. Als Soscha ihre Ansicht zum ersten Mal äußerte, herrschte allgemeine Ungläubigkeit. Letztlich blieb ihnen aber nichts anderes übrig, als es zu akzeptieren, da ihnen diese besondere Gabe nicht gegeben war.

Nach den Vorgängen um Sabin und die Ulsarin zu schließen, verband sich mit der Weitervermittlung der magischen Fähigkeit eine immense Gefahr für Spender und Empfänger. Da die Risiken nicht erschlossen waren, wurden weitere Übertragungsversuche nicht in Betracht gezogen.

»Oh, hallo, Fiorell«, grüßte Soscha den Hofnarren ein wenig desorientiert. Sie stemmte sich hoch und setzte sich auf die Bettkante. »Ihr seid schon etwas länger hier.«

»Ja«, nickte Fiorell und machte eine tiefe Verbeugung. Sein Gesicht verzerrte sich etwas; bei dem missglückten Sprung musste er sich am rechten Knöchel verletzt haben. »Ich wollte nur nach Euch sehen. Diese Magie ist mir einfach nicht geheuer.«

»Pst«, machte die junge Frau. »Sagt so etwas doch nicht. Sie kann Euch hören.« Fiorell blickte erschrocken drein, und Soscha musste lächeln. »Nein, sie kann Euch natürlich nicht hören. Dennoch, sie nimmt Eure Anwesenheit sehr wohl wahr. Sie hat mir gleich mitgeteilt, dass ich nicht mehr allein im Raum bin.«

»Dann gibt sie einen ganz hervorragenden Wachhund für Euch ab«, grinste der Spaßmacher. »Ihr seid zu Scherzen aufgelegt? Heißt das, Eure gute Laune stammt von neuen Erkenntnissen?«

Soscha streckte sich ein wenig. »Ich lerne bei jeder Unterhaltung mit dieser Kraft hinzu. Aber sie ist nach wie vor sehr misstrauisch, ähnlich wie ein scheues Tier, das eine Zeit benötigt, um sich an Menschen zu gewöhnen.«

»Dass Euch die Magie mal nicht in die Hand beißt.« Fiorell erhob sich vorsichtig, um seinen lädierten Fuß nicht zu sehr zu belasten.

»Hat Euch denn etwas gebissen?«, erkundigte sie sich fürsorglich, stand auf und kam zu ihm.

»Oh, nein. Nur Seine Pralinigkeit geruhten, mit mir ein abgekartetes Spiel zu treiben. Dabei habe ich mir wohl etwas am Gelenk zugezogen. Ich bin auch nicht mehr der jüngste Hofnarr.«

Als Soscha das Hosenbein des Spaßmachers nach oben zog, zeigte sich darunter ein geschwollener Knöchel. »Das sieht nicht gut aus.« Sie schaute ihn prüfend an. »Dürfte ich ein Experiment mit Euch durchführen?«

Fiorell verstand sofort und hob die Arme. »Nein, nein, verehrte Soscha. Eher lasse ich mir von Seiner Dralligkeit auf die Zehen treten, als dass ich der Magie als Versuchskaninchen diene.« Soscha drückte leicht auf die dicke Stelle, der Possenreißer zuckte zusammen. »Autsch!« Er seufzte und ergab sich in sein Schicksal. »Na, was soll's. Versucht, was Ihr wollt.«

Soscha gab ihm einen schnellen Kuss auf die Wange und beugte sich zu der verletzten Stelle, legte die Hände darauf und schloss die Augen. Der Ilfarit ratterte in Gedanken ein Gebet nach dem anderen herunter.

Das Gelenk kribbelte, wurde warm, dann endete das Gefühl.

Die junge Frau öffnete die Lider, atmete tief durch. »Und?«

Probehalber trat er auf, innerlich auf den Schmerz gefasst. Aber es tat sich nichts. »Scheint geholfen zu haben.« Aus dem Stand absolvierte er einen Salto vorwärts. »Ihr seid besser als mancher Cerêler!«, rief er erstaunt aus. »Aber es hat nicht grün geschimmert. Wieso das?«

Soscha erhob sich und grinste zufrieden. »Das bleibt mir leider noch verborgen. Ich weiß nur, dass ich mit blauer Magie arbeite. Starker, potenter Magie. Und dass sie wohl auch in der Lage ist, Verletzungen anderer zu heilen. Ihr habt es selbst gesehen.«

»Ganz erstaunlich«, wunderte sich Fiorell immer noch. »Aber ich werde mich darüber gewiss nicht beschweren.«

Soscha schritt an ihr Schreibpult und notierte sich, was sie soeben mit Hilfe des Spaßmachers und der Magie geleistet hatte. Ihre Aufzeichnungen füllten mittlerweile zwei Hefte, Forschungsergebnisse, die in dieser Art und Weise in keiner Bibliothek standen.

»So, ich würde sagen, es reicht für heute.« Sie klappte den Einband zu und legte die Feder zur Seite. »Ich werde noch ein wenig durch die Stadt streifen.« Die junge Frau zog sich die Schuhe an und ging zusammen mit Fiorell hinaus. »Ich bin schon so oft unterwegs gewesen und entdecke jedes Mal wieder etwas Neues in den Gassen. Die Kensustrianer sind schon ein ganz erstaunlicher Schlag.«

»Haltet Euch von den Worrpa fern«, wies sie Fiorell auf die Gefahr hin und beschrieb die Tiere knapp. »Sie sind auf Menschen abgerichtet und würden ein so zartes Wesen wie Euch so schnell verschnabulieren, wie das Pummelchen Kekse verdrückt.«

Soscha lachte auf. »Wo ist denn eigentlich Seine Hoheit?«

»Och, dem verklebt bestimmt etwas gehörig den Gaumen«, freute sich der Hofnarr schelmisch und rieb sich die Hände. »Ihr hättet keine Freude an ihm.«

»Dass Ihr beide immer im Wettstreit liegen müsst, wer nun das letzte Wort beim Schabernack hat«, schüttelte die Ulsarin gespielt vorwurfsvoll den Kopf.

»Es ist eine gute Tradition«, verteidigte sich Fiorell. »Man braucht in Zeiten wie diesen gelegentlich etwas zum Lachen, sonst würde man schlicht verzweifeln.« Soscha trat hinaus. »Vergesst nicht, Seiner Majestät von Euren Fortschritten zu erzählen, wenn Ihr zurück seid«, rief er ihr von der Tür nach.« Sie winkte und bog in die nächste Gasse ab.

»Fortschritte?«, sagte eine Grabesstimme in seinem Rücken.

Der Possenreißer drehte sich zu Perdór um, dessen Lippen zwar von der Leimrute erlöst, aber dafür mit einer dicken Schicht Heilsalbe bedeckt waren. »Nanu, Majestät?! Habt Ihr Eure wählerische Schnute an heißem Kakao verbrüht?«, erkundigte er sich unschuldig. »Oder war es ein garstiges Wort, dass die Hautlappen rund um Eure Futterluke zum Explodieren brachte?«

»Das war dein Werk, Spitzbube.« Der exilierte König hatte die Arme auf den Rücken gelegt und bebte, dass die Löckchen hüpften. »Die Haut haben sie mir abgerissen, diese Diener mit einem Feingefühl eines fingerlosen Sumpfungeheuers. Nur wegen deines hinterhältigen Anschlags.«

»Ich? Was soll ich getan haben?«, fragte Fiorell gedehnt und legte die Fingerspitzen auf die Brust. »Wer verknotet denn anderen heimlich die Schnürsenkel unter dem Tisch?«

»Ich bin der König. Das ist mein gutes Recht«, brummte Perdór missgelaunt. Offenbar nahm er seinem Spaßmacher den letzten Streich ernsthaft übel. »Und welche Fortschritte posaunst du hier herum?«

»Soscha hat meinen Knöchel, der unter Euch zu Schaden kam, mit ihrer Magie geheilt«, erklärte der Hofnarr und machte eine demonstrative Bewegung mit dem Fuß. »Sie wird sicherlich auch etwas gegen Eure Schwelllippen tun können.«

»Sicherlich.« Ansatzlos schnellten Perdórs Arme nach vorn und stülpten Fiorell die Narrenmütze über. Ein Geräusch ertönte, als träte man in Schlamm. »Nur ob sie deine Haare wieder wachsen lassen kann, darauf bin ich gespannt.«

»Das habt Ihr nicht ehrlich getan, Majestät?!« Der Possenreißer wollte sich den schellenbesetzten Hut vom Schopf ziehen, doch der Filz, der Leim und seine Haarpracht hatten sich bereits miteinander verbunden. »Dafür werdet Ihr büßen!«

»Verklag mich doch«, riet Perdór ihm mit einem bösartigen Grinsen, das Tzulan alle Ehre gemacht hätte.

Kontinent Ulldart, Großreich Tarpol,
Hauptstadt Ulsar, Frühsommer 459 n. S.

Govan, bekleidet mit einer besonders auffälligen Paradeuniform, ergötzte sich an dem Erstaunen der Ulsarer, die mit offenen Mündern ins Innere der Kathedrale strömten. Der Tadc stand an der Stelle, an der einst das Abbild des Gerechten seinen Platz gehabt hatte.

Statuen jeglicher Art suchte man in dem riesigen, von hohen Säulen getragenen Bauwerk vergebens. Schlicht und schmucklos präsentierte sich der Innenraum. Von den Pfeilern hingen die Standarten der Bardri¢-Dynastie. In riesigen Eisenschalen flackerten unzählige Feuer und beleuchteten das Gotteshaus mit dunkelrotem Schein.

Nicht die neue Schlichtheit zog die Menschen in ihren Bann.

Es war die architektonische Veränderung, welche die Düsternis der Kathedrale dermaßen verstärkte, dass man unwillkürlich die Stimme senkte und mehr eingeschüchtert als ehrfurchtsvoll in das Bauwerk eintrat. Zumal die nicht minder finstere Fassade ihren Teil dazu beitrug, die Besucher einzustimmen. Nachträglich angesetzte schwarze Eisenspitzen, -dächer, -türmchen und Steinfiguren erweckten den Eindruck einer wehrhaften Festung, in der ein Furcht einflößender Herrscher hausen musste.

Jeder, der sich überwand, durch das maulähnliche Portal zu schreiten und seinen Fuß auf die Steinplatten zu setzen, verstand augenblicklich, dass die Kathedrale in dieser Art wenig mit Ulldrael zu tun hatte.

Anstelle der bunten Fensterbilder saß in erster Linie dunkles Glas in den Aussparungen. Übereinander angeordnete Rosetten schirmten mehr Strahlen ab, als sie hereinließen und filterten die Helligkeit auf ein eigenartiges Zwielicht herunter.

Zwischen den Verstrebungen der Stützpfeiler befanden sich düstere, schmiedeeiserne Gebilde, die das Licht zusätzlich brachen und bizarre Schatten an die Wände und auf den Boden des Gebäudes warfen.

Dennoch ließen sich die Ulsarer nicht abschrecken, denn sie alle wollten miterleben, wie der junge Tadc die Nachfolge seines Vaters offiziell antrat.

Mehr als fünftausend Menschen füllten die Kathedrale, andere drängten sich wie seinerzeit auf dem Platz vor dem Gotteshaus zwischen den Ständen rund um die Statue von Lodrik.

Doch der Tod des beliebten Kabcar schlug den Ulsarern sowie dem restlichen Reich aufs Gemüt, die Stimmung wollte nicht wirklich ausgelassen und fröhlich werden, da konnten sich die Musikanten noch so sehr Mühe geben. Dumpf hallten ihre Töne ins Gebäude, wurden leiser und leiser, als die Wachen die massiven, beschlagenen Portaltüren schlossen.

Grabesstille breitete sich im Innenraum aus.

Govan begab sich an den Platz neben seiner Schwester.

Ein Blick aus den Augenwinkeln genügte ihr, um seine Aufregung zu erkennen. Kurz drückte sie seine Hand. Er lächelte angespannt zurück. Bis jetzt hatte er sie im Unklaren darüber gelassen, was er zusammen mit Nesreca plante. *Ich vertraue auf die Umsicht Mortvas, dass Govan keinen Schaden anrichtet.*

Hoch über den Köpfen der Menschen schlugen Helfer die Klangscheiben an, deren Töne tiefer als gewöhnlich dröhnten.

Als der letzte Schall verebbte, ertönte der Bardri¢-Militärmarsch, zu dessen Melodie sich der Tadc getragenen Schrittes nach vorn begab.

Ein überraschtes Murmeln lief durch die Kathedrale. Die Ulsarer warteten auf das Erscheinen der Ulldrael-Mönche. Doch von den Geistlichen fehlte jede Spur.

Als der junge Mann seinen Platz erreichte, endete die Musik.

Die Uniformstickereien aus purem Gold, die Edelsteine und Orden glänzten und reflektierten jeden noch so geringen Lichtschimmer und verliehen seiner Gestalt eine beinahe überirdische Aura.

Zufrieden musterte Nesreca den Tadc und wartete darauf, zum Einsatz zu kommen. *Es wird nicht mehr lange dauern, und er möchte etwas Besseres, Mächtigeres als ein Mensch sein,* schätzte er die Machtgelüste seines ältesten Schützlings ein.

»Tarpoler und Ulsarer! Untertanen!«, rief Govan in das Schweigen. »Heute werde ich dem Mann nachfolgen, dessen Bestimmung es war, für unser Land mehr als alle anderen vor ihm zu erreichen.« Er machte Pause, damit die Anwesenden ihren Erinnerungen nachhängen konnten. »Es war nicht rechtens, dass er durch einen feigen Hinterhalt sterben sollte. Trotz aller Magie gelang es ihm nicht, dem Anschlag der Kensustrianer zu entkommen. Und das hat auch einen Grund.« Theatralisch hob er die Arme. »Seht euch um. Nirgends werdet ihr das Abbild Ulldraels finden. Ich habe ihn für immer aus diesen Hallen verbannt.«

Aus dem Flüstern wurde ein Raunen.

»Ja, wundert euch nur. Aber vernehmt die Wahrheit: Einzig der sogenannte Gerechte trägt die Schuld daran, dass mein Vater und euer geliebter Herrscher dem Untergang geweiht war. Er nahm ihm in größter Not seine Kräfte, um ihn in die Hand der Feinde zu geben.« Klar und deutlich kam die Lüge über die Lippen des angehenden Herrschers, gerade so als berichtete er Tatsachen.

Es ist noch zu früh, dachte Zvatochna, die der Rede mit Spannung lauschte. *Sie werden ihm nicht glauben.* Ärgerlich schaute sie zu dem Mann mit den silbernen Haaren, der entspannt auf seinem Sessel ruhte und sehr zufrieden aussah. *Mortva hätte ihn davon abbringen müssen.*

»Ich habe gehört, wie er den Gerechten verzweifelt anflehte und es nicht verstand, warum er im Stich gelassen wurde«, fuhr Govan beschwörend fort. »Aber Ulldrael erklärte sich nicht. Für ihn war mein Vater nur ein Spielzeug.« Die Rechte fuhr anklagend nach oben. »Aus dem Himmel schoss der Strahl hinab, der gleiche Strahl, der ihn einst in Granburg traf und ihm die Magie schenkte. Weil der Gerechte mit dieser Tat sein wahres Antlitz zeigte, entsage ich fortan diesem Gott, der meinen Vater ein Opfer der Kensustrianer werden ließ.« Sein Arm senkte sich. »Ich fürchte den Zorn eines verschmähten Gottes nicht. Ich habe mich einem anderen zugewandt. Einem Wesen, auf das bereits mein Vater vertraute und auf das Ulldrael eifersüchtig war. Deshalb musste mein Vater sterben. Doch Tzulan ist mit mir. Und ihr werdet sehen: Mit ihm vollenden wir das, was Lodrik Bardri¢ begonnen hat. Ulldrael der Gerechte wacht nicht länger über uns! Fortan hält Tzulan seine schützende Hand über uns. Er zeigt sein Angesicht am Himmel, formt sich mehr und mehr aus den

Sternen, um seine Macht zu verdeutlichen und unseren Gegnern zur Warnung zu sagen: Seht her!« Der Tadc breitete die Arme aus. »Seht her! Tzulan der Gebrannte wird all die vernichten, die nicht an ihn glauben.« Er machte eine umarmende Geste. »Und wir, das Volk von Tarpol, wir stehen auf seiner Seite.«

Nesreca stand auf und brachte Govan die Krone. Das unermesslich kostbare Werk aus Iurdum, geflochtenem Gold und Silber, gespickt mit Edelsteinen und Karfunkeln, machte neben der Uniform des Tadc beinahe einen armseligen Eindruck.

Govan nahm sie entgegen und hielt sie vorsichtig in den Händen. Dann hob er sie empor.

Das Licht der Sonnen tauchte den jungen Mann in blutrotes Licht.

Die Schatten der einzelnen Rosetten und schmiedeeisernen Gebilde verbanden sich zu einem Bild. Ohne dass die Menschen es richtig sehen konnten, entstand die schwarze Silhouette des Gebrannten Gottes in gewaltigen Ausmaßen auf dem Boden der Kathedrale. Ein heißer Wind strich durch den Raum.

»Ich schwöre, das Beste für mein Land und meine Untertanen zu tun, meine Gesetze zu achten und andere Menschen zurück zu meinen Gesetzen zu führen. Ich schwöre, dass mit mir eine neue Zeit in Tarpol anbrechen wird, wie sie damals auch bei meinem Vater Einzug hielt. Dazu erhalte ich den Beistand Tzulans.«

Der uralte Amtseid der Bardri¢ war in den Worten des Tadc, der sich selbst krönte, nicht mehr wieder zu erkennen. Auf den Kniefall verzichtete er ganz.

»Ich erkläre vom heutigen Tag an, dass der Kult des Gebrannten Gottes wieder ausgeführt werden darf, sofern seine Anhänger niemandem meiner Untertanen damit ein Leid zufügen.« Er wandte sich den anwesenden Ulsarern zu. »Den Orden Ulldraels mit all seinen Privilegien hebe ich hiermit auf. Mögen die Brüder und Geistlichen in den Klöstern weiterhin seinen Namen preisen, aber mir wird er nicht mehr über die Lippen kommen. Mögen sie seine Rituale fortführen, hier werden sie nicht mehr stattfinden. Wer sich von uns abwendet, von dem wenden auch wir uns ab.« Feierlich senkte er die Krone auf sein Haupt. »Nicht, weil ich es will, sondern weil ich muss, besteige ich den Thron. Ich trete das Amt für dich an, Vater.« Ruckartig löste er die Finger von dem juwelenbesetzten Zeichen seiner Macht, schloss die Augen und genoss die Hochstimmung … die Stunde seines ersten Triumphes.

»Lang lebe der Kabcar von Tarpol«, rief Nesreca und ging auf die Knie. *Lang lebe der wahre Hohe Herr.*

Die Untertanen folgten dem Beispiel des Konsultanten. Ergriffen von den Worten eines treuen Sohnes und in Erinnerung an die Taten seines Vaters, zögerten die Ulsarer keinen Lidschlag lang und verneigten sich vor dem neuen Kabcar, der sich selbstbewusst seinen Leuten zeigte.

Ein magisches Leuchten umspielte seinen Körper und vollendete den Eindruck, ein Gott sei herabgestiegen, um sein auserwähltes Volk zu führen und zu schützen.

Als er Tzulan pries, sprachen sie ihm alle ohne Ausnahme nach.

Dumpf hallte der lange nicht mehr von so vielen Menschen auf einen Schlag ausgesprochene Name zwischen den Säulen hin und her.

Die Klangscheiben dröhnten erneut und verkündeten die Einsetzung des neuen Herrschers, der seine Herrschaft mit mehr Neuerungen begann, als es sein Vater einst gewagt hatte.

Zvatochna, die wie Krutor nur den Kopf gebeugt hielt, musste ihrem Bruder Anerkennung zollen. Sie hatte damit gerechnet, dass der Mob Govan auf der Stelle zerriss. Doch er hatte die richtigen Worte gefunden und die Besucher im wahrsten Sinne des Wortes verzaubert. *Er hat den Bann gebrochen. Dafür schuldet ihm der Gebrannte etwas.* Selbst wenn sie in ein paar Stunden über die Verehrung des Gebrannten Gottes nachgrübeln würden, so würden sie doch feststellen, dass nichts Schlimmes passiert war. Tzulan schien ein Gott wie jeder andere auch.

Die junge Frau erkannte, dass ihr Bruder sich in einem tranceartigen Zustand befand, gefangen von der Stimmung und den eigenen Gedanken an Zukünftiges. Aber die Ulsarer erwarteten weitere Worte.

Zvatochna wandte sich anmutig an das Volk. »Nun geht hinaus und feiert, Tarpoler! Feiert zu Ehren meines Vaters, rühmt seinen Namen und wünscht dem neuen Kabcar die gleiche glückliche Hand in all seinen Unternehmungen.«

Benommen, schier trunken von dem Erlebten und den starken Eindrücken, verließen die Menschen die Kathedrale und warfen einen letzten, schüchternen Blick auf den unbeweglichen, beinahe selbst zur Statue gewordenen Herrscher. Als sich die Portale öffneten, schien den ein oder anderen die Wirklichkeit zurückzuholen, die in der rätselhaften Atmosphäre des Gotteshauses zuvor fast verloren gegangen war.

»Habt Ihr ihm diesen Ratschlag erteilt, Mortva?«, verlangte die Tadca zu wissen. »Ihr gebt mir Bücher über Strategie und Taktik und macht dabei auf mich plötzlich den Eindruck eines Glücksspielers.« Sie hob ihre Stimme nicht, und trotzdem klang die Maßregelung drohender als jedes laute Wort. »Krutor, bitte geh hinaus und sorge dafür, dass die Fässer angeschlagen werden. Wir kommen gleich nach.«

Der riesenhafte Krüppel nickte eifrig. »Govan hat toll geredet«, sagte er ehrfürchtig in Richtung des Kabcar, der allmählich wieder zu sich fand; die Magiekorona reduzierte sich mehr und mehr. »Ulldrael ist ein blöder Gott.« Er humpelte hinaus.

»Es hatte nichts mit Glück zu tun, Hohe Herrin«, gab Nesreca lächelnd zurück, als der missgestaltete Tadc außer Hörweite war, und neigte demütig den Kopf. »Wir mussten die Lage nutzen. Unter solchen Bedingungen ist die Hinwendung zu Tzulan die leichteste Übung.«

»Und welchen Sinn macht diese religiöse Umorientierung meines Bruders?« Zvatochna zog die Handschuhe fest, ihre braunen Augen ruhten ungehalten auf dem Wesen, das sie im Umgang mit den geheimnisvollen Kräften schulte. »Brauchen wir ihn denn, den Gebrannten Gott?«

Die Freundlichkeit um Nesrecas Lippen wurde eine Spur süffisanter. Von unten herauf blickte er sie an. »O ja, Hohe Herrin. Ich denke, dass Ihr seine Unterstützung benötigt.« Mit einem Blick über die Schulter vergewisserte er sich, dass Govan noch zu abgelenkt war, um das Gespräch zu verfolgen. Er machte einen Schritt auf die Tadca zu.

»Was Ihr erreicht habt und was Ihr seid«, er hob die Hand und fuhr mit dem Handrücken zärtlich an ihrer Wange entlang, »ja selbst Eure makellose Schönheit verdankt Ihr einzig und allein dem Gebrannten«, schnarrte er mit schmeichelnder Stimme. Die junge Frau fühlte sich durch den direkten Affront des Mannes überrumpelt. »Wenn Ihr noch mehr haben wollt, noch mehr Macht, immer währende Schönheit und Jugend, dann solltet Ihr an Tzulan festhalten und ihm geben, was ihm gebührt. Euer Bruder weiß das.«

Zvatochnas Gesicht verfinsterte sich, ihr Arm hob sich zum Schlag gegen den Berater. Doch sie hielt in der Bewegung inne. Etwas an dem Ausdruck in den unterschiedlich farbigen Augen Nesrecas warnte sie. Möglich, dass es auch nur die unbeirrbare Ruhe war, die er verströmte.

»Dieses eine Mal werde ich Euch die Impertinenz verzeihen, die Tadca von Tarpol berührt zu haben«, sagte sie mit bebender Stimme. »Weil Ihr mich viel gelehrt habt. Aber solltet Ihr es noch einmal wagen, das schwöre ich meinetwegen auch bei Tzulan, werde ich herausfinden, wie Ihr auf die aldoreelische Klinge reagiert, einerlei, was für ein Geschöpf Ihr seid.«

»Ihr gleicht Eurer Mutter, wenn Ihr Euch erregt«, meinte Nesreca galant. »Nur solltet Ihr mit dem Ärger etwas sparsamer umgehen, er gräbt hässliche Furchen in Euer Antlitz, Hohe Herrin.« *Es wird nicht die letzte Lektion gewesen sein, die du von mir erhältst.*

Govan stöhnte behaglich auf und kam die Stufen herab. »Ich muss wohl von dem ganzen Geschehnis eingenommen worden sein«, meinte er verzückt. »Als ich in diesem roten Licht stand … mir war, als hörte ich die Stimme Tzulans sprechen.« Er erschauderte, wirkte unvermittelt enttäuscht. »Aber ich verstand ihn nicht.«

»Noch nicht«, beruhigte ihn Nesreca. »Aber ich denke, mit Zunahme der Gaben wird sich der Gebrannte Euch immer geneigter zeigen. Geneigter als Eurem Vater.« Der Berater nahm die Blicke der Tadca wahr. »Aber das hat Zeit. Nun sollten wir dem Volk seinen Kabcar zeigen.« Er deutete eine Verbeugung an.

»Mein Kompliment übrigens, Hoher Herr. Eure Rede war brillant.«

»Wir haben sie zusammen geschrieben, Mortva«, gab Govan das Lob zurück und schritt mit Raum greifenden Schritten zum Portal. »Zvatochna, komm! Du sollst an meiner Seite stehen.« Der Kabcar fasste ihre Hand und drückte sie freudig. »Das ist ein ganz hervorragender Tag!«

Da bin ich mir nicht mehr so sicher. Die Andeutungen des Konsultanten machten sie misstrauisch. Als ihre Mutter einmal davon gesprochen hatte, dass sich hinter dem stets freundlichen, zuvorkommenden Mortva mehr verberge, hatte sie ihr nicht glauben wollen. Nun erkannte sie deutlich, dass das Wesen, das sich unter der menschlichen Hülle verbarg, sich selbst nicht nur als bloßen Erfüllungsgehilfen betrachtete, wie ihr Bruder annahm.

Als Govan zusammen mit seiner Schwester am Ausgang der Kathedrale erschien, jubelten die Massen den beiden zu. Nesreca hielt sich vornehm im Hintergrund und überließ die beiden jungen Leute der Begeisterung der Ulsarer sowie der angereisten Gäste.

Danach entlud der Kabcar ein magisches Feuerwerk, wie es Ulsar noch niemals gesehen hatte.

Die tödlichen Energien schossen gut sichtbar in den Himmel, kreiselten und verwirbelten miteinander, die Farben mischten sich. Wind kam auf, der sogar die Wolken anzutreiben schien, so groß war die Macht des neuen Herrschers, von dem Hitzewellen ausgingen wie von einer Schmiedeesse.

Bevor die Kleider Feuer fingen, beendete er die Demonstration seiner Macht, riss die Hände nach oben und pries Tzulan.

Und die Menschen stimmten ekstatisch, leidenschaftlich und aus vollem Herzen mit ein.

Stunden später stand der Kabcar auf einem der vorderen Türme der Kathedrale zwischen schrecklich anzuschauenden Steinchimären und schaute auf die feiernden Menschen zu seinen Füßen. Die Luft zerrte und riss an seinen Kleidern, als wollte sie ihn in die Tiefe stürzen.

Überall auf dem Marktplatz loderten kleine Feuer, die für Licht sorgten, die Stände und Buden schenkten noch immer Alkohol in Strömen aus, und der Geruch von Gebratenem und Gesottenem hing über der Stadt.

Der Wind trug ihm das vielfache Gemurmel und gelegentliches Lachen der Untertanen zu, das Klacken und Klirren der aneinander stoßenden Krüge, die unterschiedlichsten Gesänge, das fidele Lied einer Geige oder mehrerer Flöten, das Wummern der Pauken und das Prasseln der Feuer.

Ihr armseligen, kleinen Lichter. Langsam hob sich sein Blick und schweifte über die Dächerlandschaft der Hauptstadt. Sanft beschienen die Monde die Flächen. *Nicht mehr lange, und es sieht so aus, wie es mir gefällt. Ich werde ein Gesetz zur Gestaltung der Fassaden erlassen.* Die Augen Tzulans überstrahlten den Glanz der restlichen Sterne, klar streckte der Gebrannte Gott seine Hand aus. *Er reicht sie mir zum Bündnis. Und er soll es bekommen,* dachte er, *solange er mir Macht verleiht.*

Sein Blick kehrte zur lärmenden Menge zurück. *Es wird Zeit für ein paar Gaben.*

Eilig lief er die Stufen hinab, rannte die Balustrade innerhalb des Gebäudes entlang und erreichte über eine weitere Treppe den Seitenausgang. Rasch tauschte er sein prunkvolles Gewand gegen einfache, dunkle Kleider, zog sich einen Hut tief ins Gesicht und ging hinaus.

Er mischte sich unter die Feiernden und drückte sich durch stille Gassen, um betrunkene Bettler zu finden.

Schließlich wurde er fündig.

Allem Anschein nach verhandelte eine Hure – ihrer schweren Zunge nach zu urteilen musste sie etliche Biere genossen haben – mit einem besoffenen Freier. Govan tat das Einfachste. Er kaufte sich bei dem Duo ein und gab vor, ein Liebesspiel zu dritt unternehmen zu wollen.

Auf Umwegen lotste er die kichernde Frau und den blöde lachenden Mann zurück zur Kathedrale, ließ sie hinein und bugsierte sie in den vorderen Bereich, wo die beiden sich umständlich entkleideten und erste, schmatzende Küsse tauschten.

Es sei euch gegönnt. Der Kabcar öffnete eine verborgene Klappe an einer der Säulen und betätigte mehrere Hebel. Mortva hatte einmal von ihnen gesprochen, und nach ein wenig Suche hatte sich Govan das Geheimnis der Kathedrale offenbart.

Malmend schoben sich die Bodenplatten auseinander, wo zuvor Ulldraels Statue gestanden hatte.

Das Pärchen bemerkte in seinem Liebestaumel nicht, dass sich die Erde unter ihnen auftat. Erst als sie von der sich immer weiter einfahrenden Platte zu stürzen drohten, beendeten sie das derbe Vorspiel. Die Frau sprang erschrocken auf, raffte ihr Gewand und erreichte festen Untergrund.

Ihr Freier dagegen verhedderte sich in seinem Beinkleid und stürzte schreiend in den unergründlichen Schlund. Leiser und leiser wurden seine verzweifelten Rufe, bis ein Zischen ertönte und seine Stimme abrupt verstummte.

Wimmernd rutschte die Frau rückwärts, weg von dem drohenden Abgrund.

»Wohin, Hure?« Govan trat hinter sie und zog den Hut ab. »Stirb für deinen Kabcar.«

»Nein«, bat sie jammernd. »Hoheitlicher Kabcar, verschont mein Leben.« Sie stemmte sich in die Höhe und bedeckte ängstlich ihre Blöße. »Was ist das für ein Loch? Ich bitte Euch, lasst mich.«

»Du wirst Tzulan dienen. Du bist es doch gewohnt, dich anderen hinzugeben«, lautete die verächtliche Antwort. Er drückte ihr lachend einen Waslec zwischen die Falten ihres Gewands. »Da, deine Bezahlung.« Er nickte zum Schlund. »Also, los.«

»Nein!« Mit einem verzweifelten Schrei riss sie ein abgewetztes Messer aus ihrem Gürtel, rammte es dem jungen Mann in den Bauch und rannte weinend zu der Pforte, die ihr einen Ausweg versprach.

Voller Überraschung starrte Govan auf den Griff, der etwa in Höhe des Darmes aus ihm herausragte. Die Schmerzen schossen heiß durch seine Nerven und ließen ihn aufbrüllen.

Eine knappe Geste genügte, Energiestrahlen lösten sich aus seinen Fingerspitzen und erfassten die Fliehende.

Die Magie beförderte die Frau bis hoch an die Decke der Kathedrale, ehe sie erlosch und die Frau kreischend in die Tiefe stürzte.

Mit einem leisen Rauschen schoss sie durch die Öffnung. Ihre losen Kleider knatterten wie eine Fahne im Wind. Auch ihr in Todesangst ausgestoßenes Brüllen verklang und endete in dem bekannten Zischen.

Govan brach in die Knie. »Nimm meine bescheidenen Opfer gnädig an, Gebrannter Gott. Nimm sie, wie ich dir die anderen darbrachte, und steigere meine Kraft.«

Der Schein der drei Monde, die beinahe vollständig übereinander standen, fiel durch die Rosette und flutete den vorderen Teil mit dunkelrotem Schimmer.

Der Kabcar verstand es als Zeichen der Akzeptanz. *Danke, Tzulan.*

»Da haben wir also den Grund, warum einige Bewohner Ulsars beunruhigt von einem schwarz gekleideten Mörder sprechen, der in der Stadt umgehen soll«, hörte er die erheiterte Stimme seines Konsultanten von irgendwo aus dem Gotteshaus. »Hoher Herr, habt Ihr etwa in letzter Zeit wahllos Menschen in dieses Loch gestoßen?«

Govan stemmte sich in die Höhe und drehte sich um. So sehr er sich anstrengte, er sah den Mann mit den silbernen Haaren nicht. »Ja, Mortva. Ich wollte meinem Gott zeigen, wie sehr ich ihn schätze.«

Die Umrisse des Konsultanten schoben sich hinter einer Säule in unmittelbarer Nähe hervor. »Ich denke, Tzulan weiß es zu schätzen. Wenn er es auch mehr als, sagen wir, Appetithappen ansieht.« Er bemerkte die Waffe, die im Bauch des Herrschers steckte. »Ihr seid verletzt? Soll ich einen Cerêler holen lassen?«

»Nicht nötig.« Mit zitternder Hand langte Govan nach dem Griff des Messers und zog die Schneide vorsichtig heraus. Zwar haftete sein Blut an der Klinge, aber die Wunde schloss sich augenblicklich. Schnaubend warf er die Waffe in den Abgrund. »Seht Ihr, Mortva, ich gebe dem Gebrannten sogar von meinem eigenen Blut«, meinte er rau.

»Ihr beherrscht die Kunst der Selbstheilung«, stellte der Berater fest.

»Seit ich die Macht von Paktaï übernahm«, erklärte Govan knapp. »Nur die Schmerzen muss ich noch ertragen. Ich hoffe, es gibt sich mit der Zeit.« Sein Gesicht hellte sich auf, als wäre ihm ein Gedanke gekommen. Doch er sagte nichts. Leicht angewidert wischte er sich sein Blut an der Kleidung ab. »Und mein eigener Mentor schleicht mir nach?«

»Ich habe keine Geheimnisse vor Euch, Ihr solltet auch keine vor mir haben.« Nesreca lachte leise. »Nein, ohne Flachs, ich war vorher schon hier, Hoher Herr. Aber Ihr wart so mit den Vorbereitungen beschäftigt, dass Ihr mich nicht saht.«

»Ich sollte besser Acht geben.« Prüfend betastete er die Stelle, an der sich das Messer in ihn gebohrt hatte. Die Haut präsentierte sich, als wäre die Klinge niemals eingedrungen. »Und was wolltet Ihr hier?«

Der Mann deutete auf die Sessel, die noch von der Zeremonie an Ort und Stelle standen. »Setzen wir uns, und ich mache Euch einen Vorschlag, dem Ihr kaum widerstehen könnt.« Gespannt folgte ihm der Kabcar. »Hoher Herr, ich tue alles, um Euch zu dienen und Eure Macht, Euer Reich, Eure Kräfte voranzubringen«, begann der Konsultant und heftete seinen Blick auf den jungen Herrscher. »Auch Tzulan möchte das. Und er unterstützt Euch, wenn Ihr ihm gebt, was er verlangt.«

»Reichen ihm denn meine Opfer nicht aus?«

»Der Ansatz ist recht … viel versprechend«, drückte sich Nesreca vorsichtig aus. »Aber damit Euch der Gebrannte mehr geben kann, als Ihr ohnehin schon besitzt, muss auch seine Macht anwachsen.«

»Bis er eines Tages vom Himmel herabsteigt und über die Kontinente herrscht?«, führte Govan den Gedanken argwöhnisch fort. *Dann kann er von mir aus am Firmament bleiben.*

»Nein, Eure Regentschaft wäre niemals in Frage gestellt. Lasst es mich so ausdrücken: Er würde Euch den Kontinent, die ganze Welt mit all ihren Reichen überlassen. Tzulan möchte anderes. Durch die Opfergaben, die er erhält, wächst seine Kraft, bis er die letzten Fesseln, die ihn noch immer bändigen, endlich abstreifen kann, um seine Geschwister und seine Mutter Taralea für ihren Verrat an ihm zu bestrafen.« Der Berater redete ruhig, aber eindringlich. »Doch dazu benötigt er mehr, viel mehr Menschenleben. Sicher, irgendwann wird er sie sich selbst nehmen.« Seine Hand legte sich auf die von Govan. »Aber bis es soweit ist, bis er Gestalt annehmen und umherwandeln kann, braucht er Eure Hilfe.«

»Was nützen mir alle Länder auf Erden, wenn der Gebrannte sie entvölkert hat?« Der Kabcar blieb misstrauisch. »Nein, mir schwebt anderes vor. Ich würde es ihm gerne selbst sagen.«

»Ihr werdet ihn schon bald verstehen können, Hoher Herr«, beeilte sich Nesreca zu versichern. »Euer Vater war noch nie so weit.« Er faltete die Hände zusammen und lehnte sich im Sessel zurück. »Aber ich bin noch nicht fertig. Wir beide sind nicht die Einzigen, die sich dem Ziel verschworen haben, den Gebrannten zum mächtigsten der Götter zu machen.«

»Ich weiß, wen Ihr meint. Die Tzulani haben aber nur Einfluss in Ammtára«, gab der junge Mann zurück.

Wieder lachte der Konsultant. »Sie waren gezwungen, lange Zeit im Untergrund zu leben und sich von dort auszubreiten. Sie sind in allen Schichten der Gesellschaft vertreten und warteten einzig auf den Tag, an dem sie ein Herrscher zu sich ruft und mit ihnen zusammen die Rückkehr Tzulans vorbereitet.«

Govan überlegte nicht lange. »Gut. Ich lasse sie ausfindig machen und bestelle sie zu mir. Wenn wir uns an den Tempel in Ammtára wenden …«

Nesreca hob die Hände. »Gemach, Hoher Herr, gemach. Wozu habt Ihr mich, Euren Freund?« Er klatschte in die Hände. Zwei Dutzend Männer und Frauen tauchten aus den Schatten der Kathedrale auf. »Wie ich bereits sagte, ich war vor Euch hier. Sie opfern, wie mir berichtet wurde, schon lange. Und etwas mehr, jedoch wesentlich unauffälliger. Dass die Umstände unserer Zusammenkunft heute Abend so glücklich sein würden, das muss Tzulan selbst eingefädelt haben.«

Verwirrt sah Govan über die Menschenansammlung, die bis vor die Stufen kam und vor ihm niederkniete. »Und wie soll das angehen?«

»Das Unauffällige?« Zufrieden räusperte sich das unheimliche Wesen in menschlicher Hülle. »Habt Ihr bemerkt, dass es kaum mehr Kranke in dem ehemaligen Ulldrael-Tempel gibt? Oder die Bettler immer weniger werden? Sie suchen sich die aus, die ohnehin nicht vermisst werden, wenn sie fehlen. Das habt Ihr mit Euren Opferungen falsch gemacht.«

»Ja, ich verstehe«, meinte der Kabcar. In Gedanken ging er die durch, auf die er verzichten konnte. *Totendörfer, Bettler, Räuber und Abschaum. Die Gefängnisse sind doch voller Gaben für Tzulan. Und wenn ich erst Kensustria und Rogogard erobert habe, werden die Opferstellen nicht ausreichen.* »Ich verstehe sehr gut. Diejenigen, die das Sagen innerhalb der Sekte haben, sollen sich nach dem Turnier mit mir treffen, damit wir die weitere Vorgehensweise absprechen.«

»Die Tzulani werden Euch treue Diener sein«, versprach der Konsultant. »Sie haben verstanden, dass Ihr der seid, den sie viel früher erwartet haben. Ihr wisst, dass Euer Vater eine andere Einstellung besaß.«

»Ich bin in allem anders als mein Vater.« Govan erhob sich. »Ach, ja. Seit wann unterhaltet Ihr Kontakte zu den Tzulani?« Samtweich schaute der Kabcar seinen Berater an, die Rechte legte sich an den umgearbeiteten Griff der aldoreelischen Klinge. »Und wann gedachtet Ihr mir davon zu berichten?« Der Tonfall wurde schärfer.

»Hatte ich Euch nicht verboten, Geheimnisse vor mir zu hüten, Mortva?«

»Es war keine echte Heimlichkeit, Hoher Herr«, beeilte sich Nesreca zu versichern und nahm eine demütigere Haltung ein, um den Kabcar und damit seinen eigenen Tod nicht herauszufordern. »Heute fand unser erstes Treffen statt, und ich hätte Euch umgehend in Kenntnis davon gesetzt.«

Skeptisch musterte der Kabcar sein Gegenüber. »Nun denn. Weil heute mein erster Tag als Herrscher dieses wachsenden Reiches ist, zeige ich Gnade und gewähre Euch Verzeihung«, sagte er huldvoll und herablassend. Innerlich musste er gegen den Drang ankämpfen, den Konsultanten mit einem Hieb der Wunderwaffe zu vernichten und ihm seine magischen Kräfte zu rauben, wie er es bei Paktaï getan hatte. *Dieses Gefühl von überschwänglicher Macht würde ich gern ein weiteres Mal erfahren.*

Doch ehe er sich an dem Wesen vergreifen wollte, das ihn hatte aufwachsen sehen, wollte er die Alternative versuchen, die ihm vorhin in den Sinn gekommen war.

»Niemand wird vorerst von unserem Abkommen mit den Tzulani erfahren«, befahl er. »Niemand, auch Zvatochna nicht. Ich gedenke, das zu einem späteren Zeitpunkt nachzuholen.«

»Wie Ihr befehlt, Hoher Herr.« Nesreca richtete sich auf. »Weil wir den Tag Eurer Inthronisation würdigen möchten, zeige ich Euch den Anlass, weshalb die Menschen hier sind.«

Einer der Sektierer sagte etwas in der Dunklen Sprache, einige verschwanden daraufhin im finsteren Teil der Kathedrale und trieben drei Dutzend gebundene und geknebelte Gestalten nach vorn. Die Tzulani mussten sie mit Rauschmitteln beruhigt haben, keiner machte Anstalten zu fliehen.

Govans Gesicht leuchtete auf. »Lasst mich es tun«, befahl er und zerrte das erste der verschreckten Opfer bis an den Rand des Schlundes. »Für dich, Gebrannter Gott! Mögest du stark und stärker werden!« Eigenhändig stieß er den Mann über die Kante.

Er verfolgte den Sturz, solange es die unergründliche Schwärze des Loches zuließ. *Und möge meine Macht bald so groß wie die eines Gottes werden.* Der Kabcar packte den Nächsten an den Haaren und kehrte zum Abgrund zurück.

Nesreca aber meinte, kurz ein irres Flackern in den Augen des Herrschers gesehen zu haben.

IV.

Kontinent Ulldart, Großreich Tarpol, zehn Warst vor der Hauptstadt Ulsar, Frühsommer 459 n. S.

In Gedanken versunken schritt Nerestro von Kuraschka in der Abenddämmerung den Weg zwischen den bunten, prachtvollen Zelten entlang, in denen achtundvierzig Ritter der Hohen Schwerter, der Orden zu Ehren des Gottes Angor, mitsamt ihrem Gefolge nächtigten. Die restlichen Angehörigen des Ordens würden im Lauf des morgigen Tages zu ihnen stoßen und den Tross vervollständigen.

Die Wachen befanden sich auf ihren Posten. Ausreichend viele Kämpfer verfügten über einen leichten Schlaf, um bei einer Bedrohung sofort nach den Waffen greifen und den Orden verteidigen zu können. Und dennoch vermochte der Großmeister das ungute Gefühl nicht abzuschütteln, das er seit der Einladung zu diesem Wettstreit in der Hauptstadt in sich trug.

Was nutzen scharfe Schwerter und das Beherrschen von Kriegsmanövern, wenn der Feind sich nicht an die Regeln hält?, grübelte er schwermütig.

Auch sein Seneschall, Herodin von Batastoia, sowie Rodmor von Pandroc teilten seine Ahnung. Aber dagegen angehen konnten sie nicht. Der Wortlaut der Einladung gewährte nicht den leisesten Spielraum, um eine

Ausrede zu ersinnen, unter der man die Abhaltung des Turniers verweigerte. »Zum Ruhm des hoheitlichen Kabcar, Lodrik Bardri¢, heldenhafter Retter und Bewahrer des Reiches Tarpol, großmütiger Befreier von Unterdrückung und unbotmäßiger Herrschaft«, lautete der an sich harmlos wirkende Satz. Die Reihung der Titel und der Verweis auf das Geleistete machten eine Absage unmöglich. Genauso gut hätte man dem Leichnam ins Gesicht spucken können.

Alle wussten, dass Bardri¢ es gewesen war, der die Neugründung der Hohen Schwerter erlaubte und ihre endgültige Auflösung vereitelte. Und das Volk Tarpols würde die Weigerung des Ordens nicht verstehen, geschweige denn hinnehmen.

Wenn es eine Falle sein sollte, um an die letzten aldoreelischen Klingen zu gelangen, ist sie sehr abscheulich ausgelegt. Nerestro spielte mit einer goldgelben Bartsträhne, die sanft gegen die Brustpanzerung schlug. *Nur Nesreca ist zu so etwas fähig. Aber wenn er unsere Waffen haben will, wird er bluten. Es könnte die Gelegenheit sein, das Scheusal für immer von Ulldart zu tilgen.*

Ein stechender Schmerz im Rücken brachte ihn dazu, die Zähne zusammenzubeißen. Die verschlissenen Wirbel revoltierten gegen das Gewicht der Metallpanzerung. *Verdammte Zipperlein. Ich sollte schon lange unter der Erde sein. Aber Angor gönnt mir den Tod im Wettstreit nicht.* Ein grimmiges Lächeln legte sich auf sein Antlitz. *Vielleicht dieses Mal. Herodin wäre ein guter Nachfolger.*

Brummelnd legte er eine Hand an den Fahnenmast, an dem die prunkvolle Standarte der Hohen Schwerter weithin sichtbar hing, und dehnte sich vorsichtig, um die Knochen dazu zu bringen, wieder in die alte Position zu springen oder wenigstens eine zu finden, die ihm weniger Schmerzen bereitete. Sein Blick fiel zufällig auf eine weniger prächtige Zeltwand einer Knechtsunterkunft, auf der man die Schatten eines Mannes und einer Frau beim Liebesspiel erkannte, bis der Mann die Hand auf den Docht presste und das Innere der Unterkunft verdunkelte. Wuchtig hämmerte die geballte, gepanzerte Faust des Großmeisters gegen das runde Holz des Mastes. Der flüchtige Anblick hatte ihm die qualvollen Erinnerungen an Belkala zurückgebracht, die einzige Frau, die sein stolzes Herz jemals erobert hatte. Und die nach ihrer Verstoßung durch ihn nichts als eine blutende Ruine an dieser Stelle hinterlassen hatte.

Er presste die Stirn an das raue Holz. *Ich büße schon so lange dafür, dass ich sie verjagt habe. Wann hat es ein Ende?*

Eine Hand legte sich sanft von hinten auf seine Schulter.

»Belkala?«, raunte er hoffnungsvoll und wandte sich um, nur um in die blauen Augen seines Adoptivsohnes zu blicken. Ein wattierter Waffenrock umgab seinen Körper, ein Schwert baumelte an seiner Seite.

»Nein, Vater«, antwortete er mitleidig und drückte ihm sanft den Oberarm. Er wusste um das Leid Nerestros. »Ich sah dich hier stehen und dachte, du brauchst vielleicht …«

Der Großmeister schüttelte sachte das rasierte Haupt, auf dem nur obenauf fingerkuppenlange, braune Haarstummel standen, die übliche Haartracht der Ritter. »Nein, Tokaro von Kuraschka.« Sein Gesicht wurde freundlich. »Aber ich sehe einmal mehr, ich habe mich in deinem guten Wesen nicht getäuscht, als ich dich damals auf der Straße verschonte. Danke mir nicht für meine Milde.« Er bemerkte den etwas bangen Ausdruck des angehenden Ritters. »Du hast Angst davor, in die Mauern zurückzukehren, aus denen man dich mit Schimpf und Schande warf, habe ich Recht?«

Tokaros Wangenmuskeln arbeiteten. »Nein, nicht direkt Angst«, entgegnete er stockend. »Doch was, wenn man mich erkennt?«

»Den Sohn Nerestros von Kuraschka?«

»Ich meine Tokaro Balasy, den Stallburschen. Den Rennreiter des Kabcar. Den Dieb und Gebrandmarkten«, verbesserte der junge Mann den Ordenskrieger.

»Ihn gibt es nicht mehr«, fiel ihm Nerestro hart ins Wort. »Ich habe ihn damals auf eigenen Wunsch getötet und seine Leiche im Straßengraben verfaulen lassen. Balasy wurde von den Füchsen und Raben gefressen. Und jeder, der etwas anderes behauptet, wird sich im Zweikampf mit mir messen müssen.« Stolz reckte er sich auf. »Du hast dich während der Ausbildung sehr verändert, Tokaro. Du bist männlicher geworden.« Spielerisch fasste er seinem Adoptivsohn ans Kinn. »Und viel kantiger als vorher, ein echtes Rittergesicht. Ein Heldenantlitz, in dem keiner in Ulsar deine Vergangenheit ablesen wird.«

Tokaro grinste. »Ich glaube, ich wollte das nur noch einmal hören. Du verstehst meine Vorbehalte? Ich will nicht der Grund sein, weshalb ein schlechtes Licht auf den Orden der Hohen Schwerter fällt.«

»Gibt es denn noch Licht in Tarpol?«, meinte Nerestro und wies nach oben. »Dieses Licht jedenfalls ist so schlecht, dass dein Makel wie reines Weiß wirkt.« Er schlug ihm auf die breiter gewordene Schulter. »Los, bring deinen alten Vater in sein Zelt.«

Zusammen kehrten sie zur Unterkunft des Großmeisters zurück. »Fühlst du dich bereit, einen weiteren Schritt zu tun?«, fragte der Ritter seinen Sohn vieldeutig.

»Wie meinst du das?« Verwundert schaute Tokaro ihn an.

»Wie wäre es, wenn du nach Abschluss des Turniers die Schwertleite erhältst? Albugast und du, ihr seid die fähigsten Anwärter, die ich seit der Zeit des Neuaufbaus gesehen habe.« Etwas vorwurfsvoll pochte er Tokaro gegen die Brust. »Auch wenn er dir im Zweikampf in Stil und Technik am Boden überlegen ist, einen besseren Reiter als dich gab es, soweit ich mich zu erinnern im Stande bin, niemals in unserem Orden.«

»Ich verdiene die Ehre nicht. Noch nicht. Aber es wäre mehr als rechtens, an Albugast die Erhebung in den Ritterstand zu vollziehen«, unterbreitete Tokaro seinen Gegenvorschlag. »Er fühlt sich vom Großmeister zurückgesetzt und falsch behandelt, wenn ich seine Blicke, die er mir und dir zuwirft, richtig einordne.«

»Herodin berichtete Ähnliches«, bestätigte Nerestro, während sie ins Innere des Zeltes traten, wo die Knappen sofort herbeieilten, um ihm die Rüstung abzunehmen. Diesen Luxus gönnte sich der Großmeister gern, auch wenn er dank der Konstruktionsweise selbst aus dem Metallpanzer gekommen wäre.

»Und deshalb bin ich mir bei ihm nicht sicher. Vielleicht benötigt er noch eine Weile, bis er erstens zur Vernunft und zweitens zur Einsicht kommt, dass zu viel Ehrgeiz schädlich ist.« Ein wohliges Seufzen entfuhr ihm, als die schweren Stiefel von seinen Füßen entfernt wurden. »Du wirst als Erster Ordensritter«, verkündete er seinen Entschluss. »Deine Haltung ist die bessere.«

»Aber …«, versuchte Tokaro zu protestieren, auch wenn sein Innerstes laut jubelte. *Wenn mir einer vor einem Jahr gesagt hätte, dass ich freiwillig den Ritterschlag entgegennehmen würde, hätte ich ihm eine Büchsenkugel zwischen die Lichter gesetzt.*

Der Großmeister hob die Hand, die Unterredung war für ihn beendet. »Ich bin müde, und übermorgen steht der Einzug in Ulsar an. Wir werden alle unsere Sinne benötigen, um die Schlingen zu erkennen, die Nesreca für uns auslegt. Die aldoreelischen Klingen sollen nicht ihm gehören.« Er schenkte Tokaro ein Lächeln. »Und nun freue dich auf das Turnier und deine Schwertleite, mein Sohn.«

Der Junge verneigte sich und verließ das Zelt.

Ordensritter, wiederholte er still, fassungslos vor Glück. Auch wenn es ihm ein bisschen albern erschien, er lief zu den Stallzelten und berichtete Treskor von den aufregenden Ereignissen, die ihn in Ulsar erwarten sollten.

Der Hengst spielte mit den Ohren, schnaubte und spürte die Erregung seines Herrn. Nach einem Kuss auf die Nüstern machte sich Tokaro auf in sein eigenes, kleines Zelt.

Die leichte Panzerung und die Kleider flogen auf den vorgesehenen Ständer, in Gedanken war er bei einer Frau.

»Was könnte ich Zvatochna wohl sagen?«, sinnierte er halblaut vor sich hin. »Wie geht es dir, Lügenluder? Willst du deinen Anhänger zurück?« Grinsend malte er sich die abenteuerlichsten Szenerien aus, in denen er bei Wortduellen mit der mächtigsten Frau Ulldarts als Sieger hervorging. *Oder ignoriere ich sie besser vollständig, damit ich jeden Ärger vermeide?*

Während er in Phantasien schwelgte, streifte er sich das dünne Leinenunterhemd über den Kopf und stand mit nacktem Oberkörper im Zelt. Er hörte nicht, wie die Stoffbahnen des Eingangs bewegt wurden. Erst als ihn der hereinströmende Nachtwind zum Frösteln brachte, verstand er, dass er nicht allein war. *Mein Brandzeichen!*

Als er sich umwandte, fehlte vom Eindringling jede Spur.

Hastig legte er sich seinen Umhang über die Schultern und warf fluchend einen Blick nach draußen. Aber er entdeckte niemanden, der sich in irgendeiner Weise auffällig verhielt. Keiner schrie Zeter und Mordio ob der unglaublichen Entdeckung, die er auf dem Rücken des angehenden Ritters erspäht hatte.

Langsam zog er den Kopf zurück, plumpste auf sein Bett und trat wütend gegen die Stiefel. *Wer war das? Und was hat er gesehen?* Seufzend legte er sich auf die Seite und deckte sich zu.

Die Ungewissheit ließ ihn nicht einschlafen. Jedes Mal, wenn eine Wache seinen Eingang passierte, rechnete er damit, dass eine Abordnung aufmarschierte und ihn vor den Großmeister zerrte, um diesem das Zeichen der Ausgestoßenen zu weisen. Eine Zeit lang dachte er ernsthaft an Flucht.

Irgendwann übermannte ihn doch die Müdigkeit, und Tokaro glitt in einen unruhigen Schlummer, der ihm beim Erwachen am nächsten Morgen keine Erholung gebracht hatte.

So beschloss der junge Mann mit den tiefblauen Augen, die etwas mysteriöse Angelegenheit auf sich beruhen zu lassen.

Eine Woche darauf erschienen die Hohen Schwerter in Ulsar.

Die rund dreihundert Mann starke Truppe hatte sich vor den Mauern der Stadt niedergelassen und die Zelte errichtet.

Danach ritten die sechzig Ordenskrieger in voller Rüstung durch das Haupttor, begleitet von wehenden Standarten, Wimpeln, den eigenen Musikanten und Knappen, die sie wie ein geordneter Bienenschwarm umgaben.

Doch die Instrumente schwiegen. Das Hauptbanner, das seit der Neugründung des Ordens das Wappen der Bardri¢ in sich trug, wurde auf Halbmast vorneweg getragen.

Als der herrlich anzuschauende, blinkende und blitzende Tross durch die Straßen ritt, drängten sich die Menschen an den Rändern der Wege und an den Fenstern, um einen Blick auf die merkwürdig anzuschauenden Kämpfer zu erhaschen, deren martialische Pracht so seltsam antiquiert wirkte.

Die Route des Trupps, an dessen Spitze unmittelbar nach der Fahne der imposante Nerestro von Kuraschka und ein wenig versetzt neben ihm Herodin von Batastoia ritten, wich plötzlich von der erwarteten ab. Die Ulsarer standen entlang der Straße zum Palast, weil sie annahmen, der Großmeister wolle den neuen Kabcar beglückwünschen. Aber die Ordenskämpfer bewegten sich zielstrebig in Richtung des Marktplatzes, ohne ein Anzeichen darauf, dass es sich um einen Irrtum ihres Anführers in der Wahl der Strecke handelte. Als die Bewohner verstanden, was die Ritter beabsichtigten, entstand ein Murmeln in ihren Reihen.

Schweigend erreichten sie den Ort, an dem die Statue von Lodrik stand.

Nerestro rief ein paar Befehle, die Doppelreihe der Gerüsteten fächerte auseinander und bildete eine Linie. Langsam trabten die fünf Dutzend Mann auf das Ehrenmal zu und formierten sich zu einem Dreieck, dessen Spitze auf den Sockel des in Bronze gegossenen, überlebensgroßen Toten wies. Ein weiterer Befehl, und die Abteilung hielt an, die Lanzen senkten sich nacheinander vor der Statue, und die Ordensangehörigen beugten die Köpfe zum Gedenken an den Kabcar.

»Ehret die Toten!«, schallte die Stimme des Großmeisters deutlich über den grabesstillen Platz. »Ehret Lodrik Bardri¢! Sein Andenken soll für immer bewahrt werden.«

Lange verharrten die Ritter in dieser Position und boten den überwältigten Ulsarern ein eindrucksvolles Schauspiel.

»Der Kabcar ist tot, es lebe der Kabcar«, gab Nerestro das Zeichen zum Aufbruch. Die Standarte wurde bis ans Ende der Fahnenstange gezogen, und der Rest des Gefolges schloss zu den eigentlichen Gotteskriegern auf.

Erst als der Zug den Marktplatz vollständig verlassen hatte, setzten die Fanfaren und Pauken ein. Die beschlagenen Hufe klapperten über das Kopfsteinpflaster; wie ein Echo warfen die hohen Häuserfronten den Hall zurück, wenn die Musiker eine Pause einlegten.

Der Seneschall lenkte sein Pferd an die Seite des Großmeisters. »Ihr habt dem Kabcar die Stirn geboten, bevor Ihr ihn zum ersten Mal saht«, meinte Herodin.

Nerestros Gesicht wirkte wie aus Stein gemeißelt. »Ich verdanke seinem Vater mehr als ihm. Wenn er sich ebenso für uns einsetzt, wird ihm der Orden im Fall seines Ablebens ebenfalls diese Ehre erweisen, bevor er seinen Nachfolger aufsucht«, lautete seine kühle Erklärung. »Außerdem soll Nesreca ruhig wissen, was ich von ihm und dem Thronfolger halte, der sich von Ulldrael dem Gerechten losgesagt hat. Ich bin gewiss kein Freund des Ährensammlers, aber habt Ihr die Kathedrale gesehen?«

Der Seneschall nickte knapp. »Es sieht so aus, als bräche die Dunkle Zeit mit dem neuen Herrscher an.«

Der Kampfhandschuh des Großmeisters legte sich an den Griff der aldoreelischen Klinge. »Nun ja, wir haben dem Hause Bardri¢ Treue geschworen, daher werden wir uns nicht gegen es wenden. Aber warnen kann man den jungen Mann vor den Machenschaften Nesrecas trotzdem.« *Wenn es nicht zu spät ist. Oder er ihn nicht von Grund auf verdorben hat.*

»Manchmal frage ich mich, wie weit Treue gehen darf und welchen Sinn Schwüre machen«, wagte Herodin einzuwerfen.

»Es ist kaum der Zeitpunkt, sich über einen Gelöbnisbruch zu beraten«, beendete Nerestro streng die Unterhaltung. Dass er sich diese Frage insgeheim selbst schon stellte, traute er sich nicht zu sagen. »Lasst uns abwarten, welchen Eindruck Govan Bardri¢ auf uns macht.«

Sie ritten in den Palasthof ein und entdeckten die riesigen Gerüste, die sich um den protzigen Regierungssitz erhoben; vereinzelt waren erste Steinmetze bei der Arbeit, die sich an der Fassade zu schaffen machten. An anderen Stellen wurden Steinchimären mit Lastrollen nach oben gezogen.

Großmeister und Seneschall wechselten bedeutungsvolle Blicke.

Während die Ritter Angors draußen in den Sätteln ihrer Pferde blieben, saßen die beiden Höchsten des Ordens ab und marschierten durch die vielen Korridore, Gänge und über Treppen, bis sie ins Audienzzimmer gelangten, wo sie von Govan, Zvatochna, Krutor und Nesreca empfangen wurden.

Die Augen des missgestalteten Tadc glänzten auf, als die Gerüsteten eintraten. Die Begeisterung für die Glaubenskrieger sprang ihm aus dem Gesicht.

Der Kabcar, gekleidet in eine üppig bestickte Uniformvariation, schaute beinahe gelangweilt auf die Besucher, seine Schwester dagegen schenkte ihnen ein gewinnendes Lächeln, sodass den beiden Männern beinahe das Herz stehen blieb. Der Konsultant, der mit gefalteten Händen schräg neben dem Thron stand, nickte knapp.

Nerestro und Herodin ließen sich auf das Knie herab und beugten ihr Haupt vor dem jungen Herrscher. Dass dem Großmeister diese Geste Schwierigkeiten bereitete, war offensichtlich. Als ihn sein Seneschall stützen wollte, untersagte er es ihm mit einer knappen Geste. »Der Kabcar ist tot, lange lebe der Kabcar.«

»Ist das Eure ehrliche Ansicht, oder wiederholt Ihr der Einfachheit halber die Floskeln?«, entgegnete Govan blasiert.

»Die aufrichtigen Worte des Großmeisters vom Ordens der Hohen Schwerter sind keine Phrasen, hoheitlicher Kabcar«, erwiderte Nerestro mit gerunzelter Stirn. »Ich fühle mit Euch, denn der Verlust muss sehr leidvoll für Euch sein. Ich kannte Euren Vater sehr gut und verdanke ihm sehr viel. Wir werden sein Andenken immer bewahren. Ihm zu Ehren wollen wir sehr gern ein Turnier abhalten, wie Ihr es wünschtet.«

»Nicht meinem Vater habt Ihr viel zu verdanken, sondern dem Hause Bardri¢. Ich wünschte mir dieses Turnier auch nicht, ich verlangte es in Anbetracht der Geschichte des Ordens«, präzisierte der Kabcar nüchtern. »Ich rechne mit der gleichen Treue. Seid Ihr bereit, Euren Eid von damals nun auch vor mir zu wiederholen?«

Nerestro musste sich beherrschen, um keine allzu unbotmäßige Erwiderung anzusetzen.

Govan ist ein sturer, undiplomatischer Trampel. Die Tadca versuchte, den Ritter mit beschwichtigenden Blicken zu besänftigen. »Verzeiht meinem Bruder, wenn er etwas hart erscheint. Der Tod unseres geliebten Vaters«, ihre Stimme wurde brüchig, »und die Gewissenlosigkeit der

Tat, mit der die Kensustrianer gegen uns vorgingen, macht uns alle zu anderen Menschen.« Die junge, wunderschön anzusehende Frau zückte ein Taschentuch und tupfte sich ein paar Tränen aus dem Augenwinkel. Die Schultern des Tadc bebten ein wenig, ein dumpfes Schluchzen drang aus der breiten Brust.

»Ich weiß, wie es ist, sich derart verloren zu fühlen«, sagte der Großmeister erweicht.

»Ich danke Euch für Euer Entgegenkommen und Eure Rücksichtnahme«, meinte der Kabcar mit einem verächtlichen Zug um die Lippen. »So schwört denn, dass Ihr mir und dem Hause Bardri¢ die Treue halten werdet, jetzt und was immer die Zukunft bringen möge.« Sein Gesicht nahm einen lauernden Ausdruck an. »Und schwört, dass jede noch so kleinste Verfehlung das Ende von Euch und dem Orden sein wird.«

Nerestro erhob sich, richtete sich zu seiner vollen Größe auf und erwiderte den Blick des Throninhabers. »Ich leiste gern den Eid auf das Haus Bardri¢. Doch das Schicksal des Ordens von dem Verhalten und möglichen Verfehlungen Einzelner abhängig zu machen – die Angor verhüten möge –, das kann ich beim besten Willen nicht tun, hoheitlicher Kabcar.«

Govan sog lautstark die Luft ein. »Ich gebe Euch etwas Bedenkzeit, wenn Ihr wollt.«

»Und ich frage Euch, was Ihr damit bezweckt?«, polterte der Großmeister los. »Hat Euch Euer Berater zu diesem Wortlaut geraten?« Er streckte den Finger aus und deutete auf den verwirrt blickenden Nesreca. »Hütet Euch vor den Einflüsterungen dieses Mannes, hoheitlicher Kabcar. Ihr tätet Euch selbst einen Gefallen, wenn Ihr Euch auf Euer eigenes Urteilsvermögen verlasst, ehe Ihr dem folgt, was Euch Nesreca empfiehlt.« Sein Arm sank, die Augen hefteten sich auf den jungen

Herrscher. »Und ich habe den Eindruck, dass er schon wieder etwas beabsichtigt.«

Govan sprang zornig auf. »Großmeister, hütet Eure Zunge!«

»Dann fragt ihn, was er mit …« Seine Aufmerksamkeit fiel durch Zufall auf das Schwert an der Seite des Herrschers von Tarpol. Die Entdeckung verschlug ihm die Sprache.

»Wonach soll ich ihn fragen?«, verlangte der Kabcar schneidend zu wissen.

Nerestro deutete eine Verbeugung an. »Verzeiht, hoheitlicher Kabcar, dass ich meiner Leidenschaftlichkeit erlaubte, mein Benehmen hinfort zu reißen. Aber es ist ähnlich wie bei Euch. Der Schmerz über den Verlust des großen Staatsmannes und Feldherrn trübt das Urteils- und Denkvermögen«, leistete er untertänig Abbitte. »Man sagt Dinge, die man danach nicht mehr versteht.« Herodin betrachtete ihn von der Seite, als hätte der Großmeister den Verstand verloren. »Ich entschuldige mich bei Euch, Nesreca«, wandte er sich an den Berater, lächelte ihn an und legte dabei eine Hand absichtlich an den Griff seiner aldoreelischen Klinge. »Aber Ihr dürft mich gern zu einem Duell um Eure Ehre herausfordern, wenn Ihr darauf besteht.«

Abwehrend hob der Mann mit den silbernen Haaren die Hand. »Nein, vielen Dank, werter Großmeister. Daraus entstand schon einmal Ungemach. Ich bin nach wie vor kein Freund des Schwertes und überlasse das Kämpfen denen, die etwas davon verstehen. Und meine Ehre wird damit sehr gut leben können, von einer Persönlichkeit wie Euch ein wenig angekratzt worden zu sein.« Er machte einen nachsichtigen Eindruck. »Ich weiß, dass Ihr mir nicht sonderlich gewogen seid, aber Ihr seid wenigstens ehrlich. Das schätze ich.«

»Ja, diese Eigenschaft besitzt heutzutage beinahe keiner mehr auf Ulldart«, stimmte Nerestro zu. »Hoheitlicher Kabcar, ich erkläre vor allen Mitgliedern der hoheitlichen Familie, dass die Hohen Schwerter dem Hause Bardri¢ stets ergeben sein werden. Alles andere kann und werde ich nicht belobigen.«

»Nun denn«, meinte Govan sichtlich missgestimmt. »Ich akzeptiere diesen Eid. Führt das Turnier durch und zollt meinem Vater den Respekt, den er verdient hat, und danach kehrt zu Eurem ritterlichen Tagesgeschäft zurück.« Der junge Mann erhob sich und verbarg seinen Ärger über das Verhalten des Großmeisters nicht. »Ihr könnt gehen, Nerestro von Kuraschka. Und vergesst nicht, beim Standbild meines Vaters vorbeizusehen.«

Die beiden Ordenskrieger schritten rückwärts in Richtung des Ausgangs. »Dort waren wir bereits, hoheitlicher Kabcar«, sagte Nerestro ernst. »Es ist eine gelungene Statue, ein würdiges Abbild des Mannes, dem das Land und die Menschen treu zu Füßen lagen.«

»Und so wird es bei mir weitergehen«, verabschiedete Govan die Gäste.

»Großmeister«, schallte Krutors Stimme aufgeregt durch den Saal. Die ganze Zeit über hatte er sich im Zaum halten können, doch nun musste er sich eine drängende Frage von der Seele reden. »Großmeister, darf ich auch ein Ritter werden?« Bewundernd hingen seine Augen an den schimmernden Rüstungen. »Ich würde ein aufrechter Krieger zu Ehren Angors sein.«

Nerestro lächelte den verunstalteten Tadc an, der ihn um mehr als die Hälfte überragte. »Daran zweifele ich nicht, hoheitlicher Tadc. Seht Euch in aller Ruhe das Turnier an und überdenkt Eure Bitte. Es wäre uns zwar eine sehr große Ehre, ein Mitglied der Bardri¢-Familie in unseren Reihen zu haben, doch es sprechen gewisse Maßgaben eher dagegen.«

»Ist es, weil ich ein Krüppel bin?« Die breiten Schultern des riesigen Jungen sanken enttäuscht herab.

Herodin eilte seinem Freund und Vorgesetzten zur Hilfe. »Hoheitlicher Tadc, wir sind ein Orden, der ganz auf die Kraft der Pferde setzt. Wenn Ihr ein Reittier besitzt, das Euch trägt …«

Krutor seufzte und kniff die Mundwinkel zusammen. »Nein«, räumte er traurig ein. »Nein, Ihr habt Recht. Ich bin dumm.«

Weil Großmeister und Seneschall nicht wussten, was sie erwidern sollten, verneigten sie sich hastig und verließen das Audienzzimmer, um sich nach draußen zu begeben.

»Der Junge dauert mich«, meinte Herodin unterwegs. »Wäre es nicht möglich, eine Ausnahme zu machen?«

»Und ihn damit erst recht zur Zielscheibe von Spott und Hohn zu machen?« Er legte seinem Untergebenen eine Hand auf die Schulter. »Glaubt mir, es tat mir Leid, ihn enttäuschen zu müssen. Aber er in unseren Reihen? Als was? Als unstandesgemäßer Fußsoldat? Oder soll er zwischen unseren Pferden mit nach vorn stürmen? Soll er sich beim Lanzengang zu Fuß in die Schranken begeben und gegen uns anrennen? Wir haben dem Tadc einen Gefallen getan, indem wir ihn abwiesen.«

Im Hof angekommen, halfen die Bediensteten dem Großmeister per Winde in den Sattel. Der Tross setzte sich in Bewegung, um in der Zeltstadt weitere Vorbereitungen für den Wettstreit zu treffen.

»Ist Euch aufgefallen, welche Waffe der Kabcar an seiner Hüfte trägt?«, fragte Nerestro den Seneschall, als sie sich vom Palast entfernt hatten.

Herodin überlegte. »Es war ein ungewöhnliches schmuckloses Schwert, wenn ich mich richtig erinnere«, gab er seine Beobachtung wieder. Nach kurzem Grübeln schaute er bestürzt zum Großmeister hinüber. »Bei Angor! Der Griff hatte Ähnlichkeit mit dem einer aldoreelischen Klinge.«

»Ich bin mir sicher, dass es eine solche Waffe war«, sagte Nerestro grimmig. »Die Art des Jungen gefiel mir schon bei seinen ersten Worten nicht. Da er eine aldoreelische Klinge führt, deren Besitz er sogar noch vor anderen verheimlicht, fühle ich mich in meiner Ansicht bestätigt, dass Nesreca ihn im eigenen Sinn erzogen hat. Es klebt das Blut unserer ermordeten Brüder an den Händen des neuen Kabcar.«

»Aber was machen wir nun?« Der Seneschall schien ratlos.

»Zuerst führen wir das Turnier durch, vielleicht ergibt sich etwas, aus dem wir Vorteil ziehen können«, sagte der Großmeister entschlossen. »Anschließend ziehen wir uns so schnell wie möglich in unsere Hauptfeste zurück und harren aus. Die Debatte über den Sinn von Treueschwüren werde ich nun mit Freuden führen.«

»Wenn es uns die vergangenen Taten der Kensustrianer nicht unmöglich machten, mit ihnen zu paktieren, hätte ich vorgeschlagen, dass wir uns zu den Grünhaaren begeben und vereint gegen die Tzulandrier kämpfen«, äußerte Herodin seine Gedanken laut. »Diese Brut von Tzulans Kontinent zu tilgen kann nur im Sinne von Angor sein. Und wir hätten nicht gegen den Schwur gehandelt.«

»Wir werden sehen«, meinte Nerestro finster, während er sich im Sattel zur Seite drehte, um einen Blick auf den Palast und danach auf die Kathedrale zu werfen. *Die Vorzeichen zur Rückkehr der Dunklen Zeit standen noch niemals so günstig.*

Unter dem Beifall der Ulsarer ritten sie durch die Stadt, über der sich in der Vorstellung der beiden Obersten Ordensritter schwarze Schatten ausbreiteten, die von den beiden auffälligsten Gebäuden auszugehen schienen.

»Ich finde nicht, dass er so aussieht, als hätte ihn ein Steinschlag zermalmt«, gab Nesreca seine Meinung zweiflerisch kund und beugte sich ein wenig vor, um den Leichnam besser betrachten zu können. Dabei achtete er darauf, dass sein silbernes Haar nicht nach vorn rutschte und mit dem Blut in Berührung kam. »Vielmehr erinnert mich der Tote an jemanden, der von einer Kutsche überrollt wurde.« Der Konsultant richtete sich auf. »Du musst dir etwas mehr Mühe geben, Hemeròc. Mach aus ihm einen Lodrik, der von einem gewaltigen Felsen und nicht von einem Kiesel getroffen wurde.«

Mit einem Schnauben legte das Wesen die Marmorplatte auf den erkalteten Körper und presste sie nieder. Krachend barst der Brustkorb unter dem übermenschlichen Druck, gab dem Gewicht des Steines und der Gewalt des Zweiten Gottes nach.

Abseits von allen neugierigen Augen und Ohren, tief im abgelegen Winkel der Verlorenen Hoffnung, beschäftigten sich die beiden damit, aus einem unbekannten toten Verbrecher, den sie in Kleider des verstorbenen Kabcar gesteckt hatten, einen Ersatz für den noch immer nicht gefundenen Lodrik zu machen.

Nesreca hatte darauf bestanden, so schnell wie möglich eine Leiche vorzuweisen, die nach allen notwendigen Riten bestattet werden konnte, um dem Volk zu zeigen, dass ihr alter Herrscher ein für alle Mal gegangen war. Die Menschen des Reiches sollten sich voll und ganz auf seinen Sohn konzentrieren und nicht einem Gespenst oder der wirren Idee nachjagen, Lodrik Bardri¢ könnte womöglich das Attentat überstanden haben.

Es ist kein Bedarf für solche Spinnereien, dachte Nesreca, während er das Gesicht des toten Gefangenen betrachtete, das so gar keine Ähnlichkeit mit dem beliebten Herrscher aufwies. »Vergiss nicht, dass du später den Kopf im Steinbruch zerschmetterst«, sagte er zu Hemeròc. »Er muss absolut unkenntlich sein und darf nur anhand der Haare und der Kleider identifiziert werden.«

Hemeròc quetschte den ohnehin geschundenen Kadaver ein letztes Mal und brach mit spielerischer Leichtigkeit die Beine des Opfers, ohne auf die Anweisungen einzugehen. Doch Nesreca wusste, dass ihn sein Handlanger sehr genau verstanden hatte.

»Leg ihn anschließend an einem Ort ab, an dem sie noch nicht gesucht haben, und deponiere einen passenden Brocken auf ihm«, sagte er, während er zur Tür ging. »Und sieh zu, dass dich niemand beobachtet. Wenn du alles so erledigst, wie ich es verlange, wirst du dich bald an jemand ganz Besonderem austoben dürfen.«

Gut gelaunt machte er sich auf den Weg, um in den riesigen Gefängniskatakomben die nächsten Todeskandidaten für die Opferung in der Kathedrale auszusuchen. Die Zusammenarbeit mit den Tzulani verlief reibungslos.

Im Wachhaus unterzeichnete er im Namen des Kabcar die Verlegung von vierzig Gefangenen, die durch einen Trupp abgeholt werden sollten. Dass diese Abordnung aus Anhängern des Gebrannten Gottes bestand, wussten nur er und Govan.

Auf dem Heimweg zum Palast las er sich in aller Ruhe die Notizen für die Anklageschrift gegen den Orden der Hohen Schwerter durch, die er nach der Unterredung mit Nerestro von Kuraschka um weitere Punkte ergänzte – wie das Verweigern eines Eides durch den Großmeister, die Missachtung eines Wunsches der hoheitlichen Familie in Gestalt von Krutor sowie die Missachtung des Kabcar durch mangelnden Respekt und Nichteinhaltung des Protokolls.

Bereits notiert hatte er die vernachlässigte Treuepflicht gegenüber dem Hause Bardri¢, weil sich die Glaubenskrieger nicht an dem Kampf gegen die Feinde im Süden beteiligten, sowie eine Verschwörung gegen den Thron, was ihm allerdings selbst ein wenig zu konstruiert erschien.

Leider gab es keine Zeugen aus den Reihen der Ritterschaft.

Noch nicht.

Aber nach allem, was ihm einige aufmerksame Augen berichtet hatten, existierte in den unteren Rängen ein gewisser Unmut, was die bevorzugte Behandlung eines Anwärters gegenüber anderen anging. *Das ist doch genau der richtige Boden für mein Verhandlungsgeschick,* grinste er vor sich hin. *Ein paar Versprechungen zur rechten Zeit, und ich nehme den Hohen Schwertern die Schärfe. Ich schleife sie zurecht, bis nichts mehr außer den Heften der Waffen vorhanden ist.*

Während des Turniers würde er seine Spione überall haben. Jeder noch so kleine Disput, ja selbst der geringste missgünstige Blick würde ihm gemeldet werde, sodass er seinen Nutzen daraus ziehen konnte. *Dann haben wir die letzten der aldoreelischen Klingen und somit eine Sorge weniger,* freute er sich und warf einen unbeabsichtigten Blick aus dem Fenster der Kutsche. *Was, bei Tzu-*

lan, hat denn das zu bedeuten? »Anhalten!«, befahl er dem Kutscher augenblicklich, als er die sich stetig vergrößernde Menschensammlung am Westtor sah. »Los, wir fahren sofort dorthin.«

Die Ulsarer machten dem Fahrzeug mit dem Wappen des Kabcar Platz. Nesreca schwang sich hinaus und verlangte von dem Hauptmann der Wachmannschaft zu wissen, was der Grund des Auflaufs sei. Neben dem Gerüsteten stand ein einfacher Mann mittleren Alters, dessen Gesicht eine Gemütserregtheit sondergleichen widerspiegelte.

»Lasst es Euch von dem hier erklären«, gab der Soldat das Wort weiter. Ungeduldig funkelte der Berater den Ulsarer an, der seinen Rucksack abnahm und ein Bündel blutiger Wäsche hervorzeigte.

Hemeròc war schnell, dachte Nesreca zufrieden, als er Lodriks zerfetztes Wams erkannte.

»Seht, Herr!«, haspelte der Handwerker. »Seht, was wir entdeckt haben.« Eilig holte er die vergessene Verbeugung vor dem bekannten Konsultanten nach. »Ich bin Mogulew, Herr. Wir haben die Kleider des Kabcar ... die Kleider des Vaters des Kabcar gefunden«, verbesserte er sich und reckte die Sachen gut sichtbar für alle in die Höhe.

»Dann können wir dem Toten endlich eine würdige Bestattung ...«, begann Nesreca und spielte den Erschütterten. Doch Mogulew unterbrach ihn.

»Nein, Herr, eben nicht! Das ist seine Gewandung.« Er kramte in dem riesigen Sack und legte der Reihe nach zwei Pistolen und die Scheide des Exekutionssäbels auf die Bank, auf der gewöhnlich die Wachen ruhten.

Ehrfürchtig bestaunten die Anwesenden die Funde.

Eiskalt überlief es den Berater, als er die Gegenstände betrachtete und verstand. *Wir haben der Leiche keine Pis-*

tolen mitgegeben. Sie müssen den echten Lodrik gefunden haben. »Wo ist der Kabcar?« herrschte er den Mann gereizt an und packte ihn mit einer Hand am Rockaufschlag. »Seid Ihr verrückt geworden, den Herrscher zu entkleiden?«

»Aber nein!«, rief Mogulew entsetzt. »Wir fanden die Sachen in einem Teil des Steinbruchs, den wir noch nicht abgesucht haben. Sie lagen in einer Art Hohlraum und klebten in einem See aus getrocknetem Blut.«

Nesreca stieß den Mann unsanft zurück und fuhr sich mit der Rechten über den Mund. *Verdammt. Ich habe es beinahe schon geahnt, als die Modrak sich plötzlich von überall zurückzogen.* Er nahm eine der zerkratzten, unbrauchbar gewordenen Pistolen auf. »Ist das alles, was ihr dort entdeckt habt?«, wollte er wissen. »Rede!«

»Sicher, Herr«, stammelte Mogulew unsicher. »Wir haben jeden Stein umgedreht, ohne dass wir einen weiteren Hinweis auf den Verbleib des Kabcar finden konnten.«

»Die Kensustrianer haben seine Leiche mitgenommen, um sie zu schänden«, flüsterte jemand aus der Menge.

»Unsinn. Tzulan hat ihm das Leben gerettet, und nun irrt er durch die Gegend«, schlug ein anderer vor.

Die Ulsarer wurden mutiger, sie drängten sich heran, jeder schien Nesreca nun seine eigene Erklärungsvariante für die merkwürdige Begebenheit anbieten zu wollen.

Der aber ahnte die unwahrscheinliche, ungeheuerliche Wahrheit.

Wir konnte er das überstehen? Das ist unmöglich. Wütend stopfte er die Sachen in den Rucksack, nahm den Behälter an sich und kehrte in die Kutsche zurück. *Es wird ihm doch nicht wirklich der Gerechte zur Hilfe gekommen sein?*

»Was sollen wir nun tun, Herr?« rief ihm Mogulew nach.

»Brecht die Arbeiten im Steinbruch ab«, befahl er. »Ich schicke einen Suchtrupp aus, der den alten Kabcar finden wird, wenn ihn die Kensustrianer nicht schon lange verschleppt haben.« Das Gefährt klapperte davon, zurück zum Regierungssitz.

Auf alle Fälle musste das Gerede der Leute so schnell wie möglich beendet werden, bevor sich jemand berufen fühlte, größeren Unsinn zu verbreiten. Die Idee mit den Kensustrianern gefiel ihm, es würde die Menschen noch mehr aufstacheln.

Wir können keinen geisterhaften Lodrik gebrauchen, auf dessen Rückkehr das Volk voller Sehnsucht wartet, während es seinen Sohn nur als Übergangslösung betrachtet. Die Zeit des alten Kabcar ist abgelaufen, und dabei wird es bleiben. Nesrecas Verstand brütete neue Variationen aus. *Du wirst mir meine Pläne nicht vermiesen, Lodrik.*

Zwei Tage später, zu Beginn des Turniers, musste der Konsultant sich allerdings eingestehen, dass sich die Meldung verselbstständigt hatte und die Gerüchteküche um den Verbleib Lodriks nur so brodelte.

Ein Teil der Menschen glaubte an die kensustrianische Version der nachträglichen Schändung des Leichnams, ein anderer Teil bevorzugte die Möglichkeit, der geliebte Herrscher taumele nach dem Attentat und dem Verlust seiner Magie hilflos durch die Wälder. Wieder andere sprachen hinter vorgehaltener Hand davon, der Herrscher habe sich in Luft aufgelöst, um in Zeiten der Bedrängnis in einem Lichtschein zum tarpolischen Volk zurückzukehren.

So sehr Nesreca den Gegner im Süden verantwortlich machen wollte, die Ulsarer vergaßen die anderen Möglichkeiten nicht, sehr zum Ärgernis von Govan und Zvatochna. Krutor dagegen gehörte zu denen, die lieber annahmen, Lodrik irre umher und warte auf Beistand.

Und nicht zuletzt trug der Berater indirekt zur allgemeinen Verwirrung und dem Aufkommen von neuem Gerede bei.

Als ihm einfiel, Hemeròcs Auftrag zurückzuziehen, hatte der Zweite Gott seine Arbeit bereits verrichtet und den Leichnam dort abgelegt, wo er von den letzten, bereits im Abzug befindlichen Helfern entdeckt wurde. Der zweite »Lodrik« machte die Verwirrung perfekt.

Umso schlimmer, die beigebrachten Verstümmelungen reichten nicht aus. Ein Ulsarer mit zwielichtiger Vergangenheit, der zu diesen Hilfsarbeitern gehörte, behauptete gar, dass der Tote ein Bekannter von ihm gewesen sei, und verwies auf eine Narbe am Rücken des Leichnams, die man unter dem zerschlissenen Hemd sehen konnte.

Bevor der Mann weiter Unruhe verstreute, verschwand er auf Nimmerwiedersehen. Sein Verschwinden goss noch mehr Öl ins Gerüchtefeuer.

Govan schäumte vor unbändiger Wut, magische Eruptionen erhellten den nächtlichen Himmel über Ulsar, die man den Bewohnern mit Hass auf die schändlichen Kensustrianer und immense Trauer erklärte. Nichtsdestotrotz, das Turnier der Hohen Schwerter zum Andenken an den Kabcar, der sie zu neuem Glanz erblühen ließ, sollte stattfinden, ungeachtet der neuen, nach wie vor unbestätigten Nachrichten über den Verbleib Lodriks.

Den gefundenen Leichnam bestattete Govan unter Einhaltung der notwendigen Rituale. Die Ulsarer nahmen regen Anteil an der Zeremonie, wenngleich die Unsicherheit deutlich in der Luft lag.

Niemand wagte es, seine Zweifel laut auszusprechen, als der Holzstapel Feuer fing und den Toten in Brand setzte. Genügend Gesichter drückten die Vorbehalte ohne Worte aus. Vorerst wollte Nesreca daran festhalten, dass es sich um den echten Lodrik handelte, den man im Steinbruch gefunden habe. Bei Bedarf würde er die kensustrianische Variante neu aufleben lassen, um den Volkszorn zu schüren.

Hoch erhoben sich die imposanten Holztribünen rechts und links des Turnierplatzes, auf denen Platz für viertausend Menschen geschaffen worden war. In der Ehrenloge befanden sich die Sitze für die hoheitliche Familie und den neu gegründeten Stand der Adligen und Großbauern.

Schon am frühen Morgen füllten sich die Bänke mit Schaulustigen; man brachte sich Proviant mit, um das Spektakel beobachten zu können, ohne Hunger und Durst leiden zu müssen.

Nachdem sich der Kabcar samt seinen Geschwistern und den Reichen des Landes in den Sesseln niedergelassen hatten, begannen die Hohen Schwerter ihren Einritt in strenger Formation. Wimpel, Banner und Fahnen wehten stolz im seichten Wind, die militärische Musik von Pauken und Trompeten unterstrich den Gesamteindruck. In Höhe der Loge der hoheitlichen Familie grüßten die Ritter mit gesenkten Köpfen.

Einer der Gerüsteten an der Seite des Großmeisters hielt den Kopf etwas länger in Richtung der hochgestellten Geschwister gerichtet, die Augen hinter dem Visier schienen auf die Tadca fixiert. Zvatochna lächelte dem Ritter zu, doch der Neuadlige Tchanusuvo empörte sich halblaut über den unstandesgemäßen Blickkontakt zur Schwester des Kabcar.

Die Tjosten begannen. Die Ordenskrieger schonten dabei weder sich noch das Material und fochten zur Ehre des verstorbenen tarpolischen Herrschers, als säße ihnen ein Kensustrianer im Sattel gegenüber.

Der Reihe nach gingen Ritter scheppernd zu Boden, gelegentlich schlugen sie gegen die Bande oder auf die Mittelschranke, glücklicherweise ohne größere Verwundungen zu erleiden. Brüche, Verstauchungen und Ausrenkungen waren bis zu einem gewissen Maß üblich.

Auch der Großmeister und der Seneschall traten gegeneinander an. Nerestro von Kuraschka beförderte seinen Stellvertreter erst im fünften Umlauf aus dem Reitsitz und hatte große Schwierigkeiten, sich nach einem gut platzierten Treffer gerade auf dem Rücken des Pferdes zu halten. Dennoch setzte er sich bis zum Abend gegen die restlichen Streiter durch. Am folgenden Tag sollten die Knappen zeigen, wie es um ihr Können stand.

Die hoheitliche Familie ließ es sich im Anschluss nicht nehmen, zu den Rittern zu gehen und ihnen persönlich zu danken.

Während sich Govan mit dem Großmeister unterhielt und sich offensichtlich Mühe gab, den schlechten Eindruck zu tilgen, den er bei seinem ersten Treffen hinterlassen hatte, beobachtete Nesreca sehr aufmerksam die Gesichter der Knappen, die ihre tagtäglichen Übungen durchführten.

Zwei Gruppen schienen sich gebildet zu haben. Die kleinere scharte sich um einen stattlichen jungen Mann von gutem Wuchs. Dessen Augen sprühten Tod und Verderben, als der Großmeister von der vorgesehenen

Schwertleite seines Ziehsohnes sprach, die im kleineren Kreis vor der Abreise aus Ulsar stattfinden sollte.

Der Konsultant grinste zufrieden. *Wenn mich mein Gefühl nicht zu sehr täuscht, werde ich meinen Zeugen aus den Reihen des Ordens bekommen. Die Hohen Schwerter sind bald nur noch in den Büchern der Chronisten zu finden.* Ein schnell befragter Diener berichtete ihm, dass es sich um Albugast handelte, den ehemaligen Knappen des Großmeisters, der zugunsten des Ziehsohnes ausgetauscht worden war. *Der Heißsporn ist sehr, sehr nachtragend, wie mir scheint. Keine ritterliche, aber eine für mich durchaus praktische Tugend.*

Zvatochna hörte dem Gespräch ihres Bruders nur mit halbem Ohr zu. Ihre braunen Augen suchten die Umgebung ab, ob sie den Angorgläubigen entdeckte, der ihrem Blick so frech standgehalten hatte.

So schlenderte sie langsam durch das Lager, spähte verstohlen in Zelteingänge, schaute sich in allen Ecken und Winkeln so unauffällig wie möglich um, ohne jedoch fündig zu werden.

Krutor befand sich dort, wo es ihn immer hinzog: mitten unterm einfachen Volk.

Er half den verdutzten Ritterknechten beim Säubern der Pferde, wobei es ihm bei seinen ungeschlachten Ausmaßen keinerlei Mühe bereitete, Sattel und Panzerung der Reittiere abzunehmen.

Als handelte es sich bei den schweren Metallplatten um leichte Bleche, nahm er sie behutsam herunter und reichte sie dem Gesinde. Danach bürstete er das Fell mit einer Akribie, dass es die Bediensteten in helles Staunen versetzte. Die Pferde der Ritter, geschult durch jahrelange Übungen, ertrugen die Anwesenheit des fremden, einschüchternd großen Menschen kaltblütig. Andere Artgenossen hätten schon lange die Flucht ergriffen.

»Ich habe dich gleich erkannt«, raunte er einem besonders schönen Schimmel ins Ohr. »Weißt du, wer ich bin?« Liebevoll strich er dem Hengst über die Nüstern und kraulte ihn unterm Kinn. »Ich verrate dich nicht. Du sollst bei den Rittern bleiben.«

»Verzeiht, hoheitlicher Tadc«, näherte sich Tokaro dem riesenhaften Krüppel, immer noch Rüstung und Helm tragend. »Er kann unberechenbar gegenüber Fremden sein.« Er wollte die Gefahr einer Entdeckung so gering wie möglich halten, und das geschlitzte Visier bot ihm einen recht guten Schutz vor neugierigen Blicken. Sein Schicksal wollte er keinesfalls herausfordern.

Krutor wirbelte herum. »Oh, nein, keine Angst, Herr Ritter. Ich mache das Pferd nicht kaputt.«

»Ganz im Gegenteil«, beruhigte ihn Tokaro und klopfte seinem Schimmel auf den muskulösen Hals, dass der Vierbeiner schnaubte. »Ihr macht das sehr gut. Es gefällt ihm. Sonst lässt er niemanden an sich heran.«

»Treskor ist ein schönes Pferd«, sagte der missgestaltete junge Mann freundlich. Sein entstelltes Gesicht verzog sich, als er zu lächeln versuchte. Dann beugte er sich nach vorn. »Das ist das Pferd des Rennreiters meines Vaters«, raunte er mit Verschwörermiene. »Eigentlich müsstet Ihr es uns zurückgeben, weil der Dieb getötet wurde. Aber wir haben keine so guten Reiter wie der Orden.« Mit ausladenden Bewegungen striegelte er weiter. »Daher schenke ich es Euch.«

Tokaro versuchte, sich nichts anmerken zu lassen. »Ihr scheint ein gutes Gedächtnis zu haben, hoheitlicher Tadc.«

Krutor feixte. »Der Reiter war ein ganz Netter, nicht so wie die anderen. Ich hätte ihn gern zum Freund gehabt.«

»Er Euch auch«, kam es ein wenig zu schnell über Tokaros Lippen. »Ich meine, so, wie ich Euch einschätze, seid Ihr auch ein Netter.« Er nickte zu seinem weißen Reittier. »Schaut, Treskor ist der gleichen Meinung. Er hätte sich sonst sicherlich gegen Euch zur Wehr gesetzt. Ihm sind Rang und Namen herzlich gleichgültig. Und wer kein gutes Herz hat, dem verpasst er einen Tritt.«

Überglücklich jauchzte Krutor auf und legte die Mähne des Streitrosses zurecht, als müsste es einen Schönheitswettbewerb und keinen Lanzengang bestehen. »Ihr seid mindestens genauso nett wie Tokaro.« Er wandte sich dem Gerüsteten zu, der in seinem metallenen Schutz gehörig ins Schwitzen kam. »Wollt Ihr mich einmal im Palast besuchen, zusammen mit Treskor? Ich würde mich freuen.«

Na, wunderbar. Ausgerechnet ins Nest der Schlange Zvatochna werde ich eingeladen. Artig verbeugte er sich vor dem Tadc. »Wenn ich Gelegenheit bekomme, mache ich Euch gern meine Aufwartung.«

Schon fiel die Hand des Krüppels auf seine Schulter. »Wunderbar! Zeigt mir noch Euer Gesicht, Herr Ritter. Ich will wissen, wer hinter dem Blech steckt.«

»Oha, hoheitlicher Tadc, das geht nicht.« Tokaro zog sich langsam zurück. »Mein Visier klemmt, es muss sich verhakt haben. Ich bin auf dem Weg zum Schmied.«

»Soll ich mal kräftig ziehen?«, bot Krutor sofort an. »Ich bin sehr stark.«

»Nein, nein«, wehrte der angehende Ordenskrieger eilig ab und sprang zum Ausgang des Pferdezeltes. »Aber Ihr werdet mich an meinem Pferd erkennen.«

Nur weg hier. Tokaro hob die Hand zum Gruß und drehte sich um.

Dass jemand vor ihm stand, registrierte er zu spät.

Mit einem dumpfen Poltern prallte er gegen das unvermutete Hindernis, das er durch die einengende Maske nur undeutlich wahrnahm. An dem überraschten, hellen Aufkeuchen seines Opfers erkannte er, dass er wohl eine Frau gerammt hatte, die soeben zu Boden ging.

Umständlich schob er das Visier hoch und schaute nach der Verunglückten. »Zvatochna!« Sofort schlug er den improvisierten Sichtschutz wieder nach unten. »Ich meine, hoheitliche Zvatochna … ich … Tadca.«

Wutschnaubend wischte die junge Frau einige schwarze Haarsträhnen aus ihrem Gesicht. Ihre Augen funkelten erbost. *Warum haben meine magischen Kräfte vorhin versagt? Sie hätten mich vor dem Fall bewahren müssen.* »Wenn das nicht der Ritter ist, der mich vorhin so aufdringlich angeschaut hat«, begrüßte sie ihn von unten. Dann hielt sie ihm den rechten Arm entgegen. »Worauf wartest du? Sind das die Manieren, die man von einem halben Ritter erwarten darf?«

Einerseits verlangten seine Beine, dass er losrannte, andererseits sagte ihm sein Verstand, dass Flucht das Dümmste war, was er in dieser Lage tun konnte.

Zaudernd packte er ihre Hand und zog sie in die Höhe. »Ich habe Euch nicht gesehen, hoheitliche Tadca«, entschuldigte er sich und hoffte, dass das Zittern in seiner Stimme nicht zu hören war. »Das Visier«, klopfte er zur Erklärung gegen die Klappe.

»Und warum öffnest du es dann nicht?«, fauchte sie patzig. »Es sieht nicht so aus, als würden Reiterhorden oder Pfeilschauer über uns hereinbrechen, gegen die du dein Augenlicht schützen müsstest.«

»Nun, vielleicht muss ich mich gegen Eure Schönheit abschirmen?!«, schlug er vor und absolvierte endlich die längst überfällige Verbeugung.

Zvatochnas Augenbrauen wanderten in die Höhe. »Nanu? Steckt in diesem Berg aus Metall ein Poet mit schmeichelnder Zunge?« Neugierig warf sie einen Blick durch die dünnen Gitter des Visiers, ohne die Gesichtszüge zu erkennen. Sie machte lediglich ein paar dunkelblaue Augen aus.

Angor, dieser Helm ist mit Gold nicht zu bezahlen, richtete Tokaro ein Stoßgebet an seinen Gott. »Die Scharniere sitzen fest, hoheitliche Tadca«, erklärte er seine Unhöflichkeit erneut.

»Weshalb hast du mich vorhin so angesehen?«, verlangte sie zu wissen.

»Ist das ein Wunder, bei der Schönheit, die Ihr Euer Eigen nennen dürft?«, lachte er hohl unter seinem Helm hervor. »Sollte ich denn wegschauen und mich an anderen ergötzen?«

Zvatochnas Lippen spitzten sich. *Auf alle Fälle hat er keine Angst vor mir.* »Nun, ich stelle dir mein Antlitz gern zur Verfügung, damit du dich satt sehen kannst. Aber tue es weniger auffällig, wie andere auch. Du hast Unmut in den Reihen der Brojaken und Adligen erregt.«

»Das lasst meine Sorge sein, hoheitliche Tadca. Die meisten von ihnen sind Maulhelden, die sich hinter ihren Wachen verstecken, wenn es darauf ankommt. Zudem gibt es kein Gesetz, das es mir verbietet, Menschen anzuschauen, solange ich will. Daher nehme ich mir die kleine Freude heraus, Euch weiterhin zu betrachten.« Er stapfte an ihr vorbei. »Wenn Ihr einen Adligen findet, der sich deshalb mit mir schlagen möchte, schickt ihn nur herbei. Und nun entschuldigt mich, der Schmied muss dieses Visier lösen.«

Mit offenem Mund starrte Zvatochna dem Ritter nach, der schon zwischen den Zelten abbog und für sie unsichtbar wurde.

Er hat mich einfach stehen lassen, huschte es ihr fassungslos durch den Sinn. *Er hat es gewagt, die Schwester des Kabcar einfach wie irgendeine unliebsame Person stehen zu lassen.*

Krutor trat aus dem Zelt der Pferde. Vereinzelt hingen ihm Strohhalme an der kostspieligen Kleidung. Betreten klaubte er die Überbleibsel seiner Stallarbeit zusammen und übergab sie dem Wind. Danach entfernte er das Stroh vom aufwändig geschneiderten Kleid seiner Schwester.

»Warst du auch im Stall?«, erkundigte er sich vorsichtig.

»Nein«, sagte sie, immer noch konsterniert von dem Verhalten des Ritters. »Mich hat eben einer der Angorgläubigen umgerannt, weil sein Visier klemmte.«

Ihr Bruder lachte dröhnend. »Das war der Ziehsohn des Großmeisters, glaube ich. Auf alle Fälle haben sie die gleichen Wappen auf der Rüstung.«

»Ah so«, meinte sie nur vieldeutig. *Diese Augen kamen mir seltsam bekannt vor. Es müssten jedoch die Augen eines Toten sein.* Ihr Herz pochte aufgeregt. »Wie heißt er?«

Krutor zuckte mit den Achseln. »Er hat mir seinen Namen nicht gesagt. Aber er will zum Tee kommen.«

»Wie schön.« Zvatochna nahm die Hand ihres jüngeren Bruders und ging zurück in Richtung des Turnierplatzes. »Komm, es wird dunkel, und Govan wartet bestimmt schon auf uns.«

Albugast schoss herum, die Hand mit dem fließend gezogenen Dolch zuckte nach vorn und hielt kaum einen

Fingerbreit vor dem Hals des Unbekannten inne. »Wer bist du, dass du dich wie ein Dieb ins Zelt schleichst?«

»Für einen Menschen, der scheppernde Rüstungen trägt, habt Ihr ein sehr gutes Gehör«, sagte eine freundliche, warme Stimme, und der Unbekannte trat nach vorn in den Lichtschein der Petroleumlampe. Sein Haar schimmerte auf, es wirkte wie feinste Fäden aus hochwertigem Silber. »Ich komme zu Euch als Freund.«

Der Knappe zog die Schneide zurück, als er den hochgestellten Gast und die Uniform erkannte. »Verzeiht meinen Empfang, Herr. Ich wusste nicht, dass der Konsultant des Kabcar auch die niederen Ränge des Ordens besucht.« Albugast steckte die Waffe zurück und schaute den Mann, der nie zu altern schien, wie sich das Volk erzählte, abwartend an. »Habt Ihr Fragen an mich?«

»Nein, nicht wirklich«, meinte Nesreca leichthin und nahm auf einem der Feldhocker Platz. »Nicht eben luxuriös«, kommentierte er und rutschte ein wenig hin und her. »Aber Ihr werdet bald besser sitzen, schätze ich. Ich habe Euch beobachtet, wie Ihr Euch heute in den Exerzitien am Rande des Turniers geschlagen habt. Ihr seid meiner Meinung nach der beste der Knappen, und wie ich hörte, steht Eurem Ritterschlag nichts mehr im Wege.«

»Nein, da seid Ihr beim Falschen, um Glückwünsche auszusprechen«, knurrte Albugast und fuhr sich aufgewühlt durch die kurzen, blonden Stoppeln. »Nicht ich, sondern Tokaro von Kuraschka wird die Schwertleite erhalten.«

»Tokaro? Tokaro von Kuraschka?« Alle Sinne der Niedertracht erwachten in dem Berater. »Aha, ich verstehe, der Sohn des Großmeisters wird vorgezogen«, sagte er provokant. »Nun ja, Blut ist dicker als Wasser.«

»Er ist nur ein angenommener Sohn«, verbesserte ihn der Knappe. »Warum seid Ihr hier, Herr? Ich habe den Eindruck, Euer Besuch beruht nicht auf simpler Neugier.«

Nesreca legte die Arme auf den kleinen Tisch und faltete die Hände zusammen. »Ihr habt Recht. Ist Euch etwas an diesem … Sohn aufgefallen?« An der Reaktion erkannte der Berater sofort, dass er mit seiner Annahme ins Schwarze getroffen hatte. »Weist er ungefähr hier«, er tippte sich aufs Schulterblatt, »ein Brandzeichen auf?« Mit dem Fingernagel ritzte er ein geschwungenes »I« ins Holz. »Das müsste im Wappen der Bardri¢ zu sehen sein. Es ist die Strafe für einen Dieb.«

Albugast starrte in die Flamme der Lampe. »Ich weiß es nicht«, log er unsicher.

»Wenn Ihr Euch erinnert, lasst es mich wissen. Ich hätte Euch ein interessantes Angebot zu unterbreiten, dem Ihr schwerlich widerstehen könntet.« Nesreca erhob sich, schlenderte zum Ausgang. »Es käme allerdings nur in Frage, wenn Ihr mir weitere Informationen zu diesem Adoptivsohn geben würdet. Unter Umständen handelt es sich dabei um einen sehr gefährlichen Gesetzeslosen, dem es vor Jahren gelang, sich der Rechtsprechung des Kabcar zu entziehen.«

»Und was würde mit ihm geschehen, wenn man ihn fasste?«, erklang die halblaute Frage des Knappen in seinem Rücken.

Wer sagt es denn, Tzulan? Nesreca stand still und gönnte sich ein abgründiges Lächeln, bevor er sich mit einem wohlgefälligen Gesichtsausdruck Albugast zuwandte. »Dann würden wir Anklage gegen ihn erheben und ihn verhaften. Er wäre für immer ein Insasse der Verlorenen Hoffnung.« Bedauernd hob er die Achseln. »Aber wo es keinen gibt, der ihn anzeigt, können wir natürlich nichts tun. Die Belohnung, die einem solchen Mann zusteht, ist äußerst hoch.« Er nickte dem angehenden Ritter zu und schritt zum Ausgang. »Erinnert Euch, Albugast«, riet er ihm abschließend. »Dann erwartet Euch noch viel mehr als nur der Ritterschlag, das verspreche ich Euch. Es könnte der Anfang von etwas völlig Neuem werden.« Nesreca verschwand in die Nacht.

Der junge Mann sank seufzend auf sein hartes Feldbett und überdachte das Gehörte.

In den frühen Morgenstunden begannen die Knappen mit ihrem Wettstreit, bei dem es in erster Linie darum ging, sich zu behaupten und weitere Erfahrung mit Pferd und Lanze zu sammeln.

Govan verfolgte die Mühen mit offensichtlicher Langeweile. Dafür saßen ein begeisterter Krutor und eine gespannte Zvatochna in der Ehrenloge, die jeden Tjost aufmerksam verfolgten. Natürlich fand sich auch der Konsultant ein.

»Ich habe eine kleine Attraktion arrangiert«, erklärte er dem Kabcar, »die dem Volk und dem Feind zeigen wird, dass unsere Waffenerfinder keineswegs schlafen. Dabei habe ich mir die Freiheit herausgenommen, auch Euch damit zu überraschen.« Er setzte sich neben seinen Schützling. »Und bevor Ihr mich zurechtweist, Hoher Herr, es ist kein wirkliches Geheimnis, ich wusste nur früher darüber Bescheid.«

»Nun seid Ihr im Irrtum, Mortva«, gab Govan zurück. »Ich weiß, was meine Tüftler ersonnen haben, und dass Ihr dieses … diese Erfindung vorführen möchtet, finde ich sehr gut.« Er wies nach unten auf den Turnierplatz, wo ein weiterer Knappe in den Staub fiel und der Sieger seinen verdienten Applaus erhielt. »Es wird ihnen zeigen, dass man sie auf dem Schlachtfeld nicht länger benötigt. Niemand wird ihnen nachweinen.« Seine braunen Augen wanderten ziellos über das Geschehen. »Nun, ich werde ihnen eine letzte Freude gönnen, bevor ich sie ihrer Vernichtung zuführe.«

Der Kabcar stand auf und ließ die Signalhörner schmettern. »Höret, ihr Knappen. Ich habe beschlossen, dass ihr nicht allein um eure Ehre kämpfen sollt.« Govan deutete auf die Ehrenloge mit den Adligen und deren Familien. »Ein jeder suche sich seine Favoritin aus, für die er in die Schranken reitet. Da ich weiß, dass das Rittertum eine teure Angelegenheit ist, erhält der Sieger des Wettstreites das Gewicht seiner Dame von mir in Gold aufgewogen.«

Die Ulsarer klatschten, die Knappen schlugen gegen die Schilde, um ihre Zustimmung zu zeigen. Nacheinander ritten die angehenden Ordensritter heran, um die Lanzenspitze vor dem Mädchen zu senken, das sie sich auserkoren. Auch den jungen Frauen bereitete es sichtliches Vergnügen, dass nun jemand mit ihren Farben stritt und ihren Namen wenigstens am heutigen Tag berühmt machte.

Zvatochna schaute über die Menge der Knappen, ob sie nicht den Jungen entdeckte, der Nerestros Wappen auf der Brust trug. Tatsächlich bewegte sich der Ziehsohn des Großmeisters als Vorletzter gemächlich auf die Loge zu.

Nesrecas Augen verengten sich zu Schlitzen, als er das Pferd betrachtete. *Wenn dieser Schimmel nicht einst im Stall des hoheitlichen Reiterhofes stand, trete ich augenblicklich zu den Ulldraelgläubigen über.* Er griff sich ein Fernrohr und spähte nach dem Brandzeichen, das er auf der linken Hinterbacke des Streitrosses vermutete. Doch anstelle des Wappens des Kabcar prangte auf der anderen Seite das Symbol der Hohen Schwerter. *Ob Tzulan mir die Konvertierung übel nehmen wird?*, dachte er bei sich.

Die geschliffene Linse ruckte zurück, auf dass er das Gesicht genauer betrachten konnte. Doch das Visier behinderte die Sicht, und der Konsultant erlangte bezüglich seines Verdachts noch immer keine Gewissheit. Ärgerlich schob er das Fernrohr zusammen und lehnte sich zurück, um nach einem Pokal mit Wein zu greifen.

Die Tadca legte sich bereits verstohlen ihr Taschentuch zurecht, was ihr älterer Bruder sehr genau zur Kenntnis nahm.

Es scheint so, als hätte sie den Recken in ihr Herz geschlossen. »Kennst du ihn, Zvatochna?«, erkundigte er sich neugierig und legte eine Hand auf die ihre. »Du zückst so schnell das Tuch, obwohl er nicht einmal vor unserer Loge steht und es nicht mal sicher ist, dass er dich zu wählen wagt.«

Die schwarzhaarige junge Frau lächelte ihren Bruder gewinnend an. »Govan, was denkst du von mir? Ich will nur nicht stundenlang suchen müssen, wenn es ein Knappe endlich wagt, die Scheu zu überwinden und die Tadca als Dame zu benennen.«

Aus den Reihen der Wartenden preschte unvermittelt ein anderer Anwärter vor, überholte den Ziehsohn Nerestros und brachte sein Pferd vor der Loge zum Stehen.

»Ich, Albugast von Butillana, möchte zu Ehren der hoheitlichen Tadca fechten«, verkündete der Bursche keck.

Zvatochna beherrschte sich vollendet und schenkte dem Bewerber einen tiefen Blick, verfluchte innerlich jedoch seine Familie bis ins letzte Glied, während sie ihr Taschentuch an der stumpfen Spitze seiner Lanze befestigte. »Reitet und siegt für mich, Albugast.«

Der Knappe riss die Lanze nach oben, grüßte mit einem Nicken und passierte Tokaro, der angehalten hatte, mit verächtlicher Miene.

Nun waren alle Töchter der Reichen und Mächtigen an die Knappen vergeben. Tokaro stand vor der Wahl, entweder ohne Favoritin ins Feld zu ziehen oder ein unstandesgemäßes Mädchen zu wählen, was zugleich eine Kränkung für alle anderen darstellte.

Andererseits, diesen Spaß könnte ich mir erlauben. Zvatochna wird toben, wenn ich ihren Streiter aus dem Sattel fege. Tokaros blaue Augen suchten die Reihen der Tribünen ab, ob ihm jemand ins Auge fiel. *Da haben wir doch eine würdige Vertretung.* Er lenkte Treskor nach rechts.

Eine Marketenderin, die mit dem Verkauf von Bier beschäftigt war, spürte, dass sich unvermittelt alle Blicke auf sie richteten. »Was ist? Will noch jemand einen Krug?«, fragte sie vorsichtig und fuhr herum, als sie das Schnauben eines Pferdes hinter sich hörte.

Tokaro senkte die Lanze. »Würdet Ihr mir die Ehre erweisen, holde Jungfrau?«

»Jungfrau?«, wunderte sie sich dreckig grinsend, und die Besucher lagen vor Heiterkeit in ihren Sitzen. »Wenn Ihr ein paar Jahre früher erschienen wärt, dürftet Ihr mich noch so nennen.« Dann aber begriff sie, dass es dem Knappen der Hohen Schwerter ernst war.

Geschmeichelt und etwas verlegen fummelte sie an ihrem verschwitzten Halstuch herum, das halb zwischen ihren Brüsten klemmte, und band es an der Lanze fest. Anschließend gab sie dem Ende der langen Waffe einen frivolen Kuss.

»Er war zu lange mit dem Räubergesindel zusammen«, meinte Herodin knapp.

Nerestro begutachtete amüsiert die entsetzten Gesichter der Adligen. »Ich finde, er bringt ein wenig Auflockerung in die Angelegenheit. Vergesst nicht, Seneschall, sein Einsatz für die einfachen Tarpoler liegt ihm unauslöschbar im Blut. Schließlich haben wir in ihm einen selbsternannten Beschützer eines Totendorfes vor uns, erinnert Euch.«

»Aber eine Marketenderin?«, seufzte Herodin leicht verzweifelt. »Warum hat er nicht gleich eine Dirne genommen?«

»Als gäbe es einen wirklichen Unterschied.«

Zvatochnas Innerstes schäumte vor Wut, als sie das Zeichen der anderen Frau im Wind flattern sah. Absichtlich schaute der Recke mit den dunkelblauen Augen in ihre Richtung.

»Nun ist es genug!«, erboste sich Tchanusuvo künstlich. »Er hat es schon wieder getan und die hoheitliche Tadca angestarrt.« Er erhob sich von seinem Sitz und verbeugte sich vor der schönen Frau. »Ich werde anschließend von ihm Genugtuung fordern, hoheitliche Tadca.«

»Tut, was Ihr nicht lassen könnt, Tchanusuvo«, lächelte sie ihm zu. »Aber bleibt bitte in einem Stück. Es wäre schade.«

Stolz setzte sich der Adlige an seinen Platz, die neidischen Blicke der anderen trafen ihn.

»So ein impertinenter Kerl«, meinte Govan und stützte sein Kinn auf die Hand. »Aber seine Respektlosigkeit imponiert mir ehrlich gesagt. Endlich mal jemand, der unterhaltsam ist. Ich will später unbedingt mit ihm sprechen.«

Nach einer kurzen Veränderung des Turnierplatzes sollte ein so genannter Buhurt ausgetragen werden. Die Anwärter auf den Rittertitel teilten sich in zwei Gruppen auf und führten Massenlanzengänge durch. Wer in den Staub fiel, schied aus.

Schließlich standen sich auf jeder Seite drei Knappen gegenüber. Nerestro verkündete den freien Kampf im Sattel ohne die Zuhilfenahme der langen Spieße.

Nun droschen die sechs mit ihren Holzknüppeln und Schilden aufeinander ein, bis nur noch Albugast und Tokaro standen und sich die anderen mit schmerzenden Knochen oder dröhnenden Schädeln vom Platz entfernten.

Die Marketenderin feuerte den Adoptivsohn des Großmeisters mit derben Rufen und Sprüchen an, dass die ein oder andere edle Dame in der Ehrenloge errötete oder ganz zart Besaitete in vorgetäuschte Ohnmacht fielen. Die Ulsarer legten sich ebenfalls für den frechen Knappen ins Zeug, sie verstanden ihn als Streiter der Einfachen und Niederen.

Wie schwer die letzten beiden Kontrahenten atmeten, erkannte man deutlich an dem schnellen Auf und Ab der Rüstungen.

Albugast verschaffte sich Kühlung, indem er sein Visier öffnete, der Ziehsohn des Großmeisters dagegen zeigte sein Gesicht immer noch nicht und schwitzte in der stickigen Luft unter dem Helm.

Die anderen Knappen reichten den Widersachern Lanzen, der Tjost mit anschließendem Zweikampf sollte über den Gewinner entscheiden.

Mit einem Anfeuerungsruf schmetterte der blonde Anwärter die Klappe seines Kopfschutzes nach unten und jagte dem Pferd die Sporen in die Seite. Wiehernd jagte das Tier los.

Tokaro aber war der Besinnungslosigkeit nahe. Die Hitze machte ihm zu schaffen, aber das Visier zu öffnen wagte er nicht. Er klemmte die Lanze unter den Arm, heftete seine Augen auf die Gabe der Marketenderin und benutzte den auffälligen Stoff am

Ende des stumpfen Spießes als Ziel- und Orientierungshilfe.

Reiß dich zusammen, machte er sich selbst Mut. Er hörte die frenetischen Rufe der Ulsarer und Tarpoler um sich herum, die leiser und leiser wurden. Die Anspannung lähmte ihre Stimmen.

Der Schild Albugasts wuchs, raste heran, bis endlich auch Tokaro seinem Schimmel mit einem Schenkeldruck bedeutete loszustürmen.

Kurz darauf ereignete sich bereits der Zusammenprall. Tokaro verdankte es allein seinem Reitergeschick, dass er nicht aus dem Sattel flog. Dagegen bereitete es seinem Gegner keine Mühe, den leichten Treffer der Lanze gekonnt abgleiten zu lassen.

Tokaros Kreuz fühlte sich an, als wäre es geborsten. Da er aber seine Arme und Beine sehr wohl spürte, musste es noch intakt sein. *Lange halte ich es nicht durch. Jetzt muss die Entscheidung fallen.*

Beim nächsten Anreiten täuschte er einen hohen Stoß an, riss den stumpfen Spieß im letzten Moment nach unten, direkt auf die Seitenkante des Schildes. Albugast fiel auf das Manöver herein, das Ende der Lanze glitt ab und traf ihn in die Seite. Die Hebelwirkung beförderte ihn aus dem Reitsitz.

Die Ulsarer schrieen begeistert auf, selbst Krutor klatschte, hörte aber sofort auf, als ihn ein vorwurfsvoller Blick seiner Schwester traf.

»Ganz hervorragend, nicht wahr?«, meinte Govan. »Es scheint, als zögest du gegen eine Marketenderin die Kürzere, geliebte Schwester«, stichelte er. »Ich wette, das ist ein einmaliges Ereignis auf dem ganzen Kontinent.«

Während sich der blonde Knappe umständlich aus dem Dreck stemmte, hielt Tokaro an und stieg ab, fasste den Griff seines Schutzes fester und nahm die Keule aus dem Gürtel.

Da beide jungen Männer gleichermaßen angeschlagen waren, erinnerte der Zweikampf mehr an das Getorkel von verfeindeten Betrunkenen.

Schließlich fielen beide vor Erschöpfung um. Das Duell wurde unterbrochen, um den Finalisten eine einstündige Ruhepause zu gönnen.

Doch die Untertanen Govans feierten Tokaro, während er in Richtung des Zeltes hinkte und sich mehr schleppte als er ging, als wäre er bereits der Sieger.

Die Marketenderin rannte herbei und gab ihm einen Kuss auf den verbeulten Helm. Groß erschien ihre halb entblößte Oberweite vor seinem Visier.

»Macht ihn fertig, Herr Ritter, und ich lasse Euch die ganze Nacht mit mir verbringen, ohne dass Ihr etwas zahlen müsst«, flüsterte sie ihm zu und kehrte an ihren Bierstand zurück.

»Das sind Aussichten«, stöhnte Tokaro und nahm die eiserne Maske ab, sobald der Eingang seiner Unterkunft geschlossen war. *Als ob mir der Sinn heute noch nach Zärtlichkeiten stünde.* »Bei Angor, Albugast ist einfach der Bessere von uns beiden.« Ächzend legte er sich auf das Feldbett, breitete ein Tuch über sein Gesicht und schloss die Augen, um zu entspannen. *Er lässt all seine Wut an mir aus.*

Einer der anderen Knappen streckte den Kopf herein. »Das musst du dir ansehen, Tokaro. Sie bereiten eine Büchsenmaschine vor. Eine neue Erfindung des Kabcar.«

Die Qualen verflogen von selbst, als der einstige Rennreiter mit einem Schlag an die Waffe erinnert wurde, die ihm so sehr lag. Mehr als Schwert und Lanze.

Mit der Hilfe seines Freundes hastete er mehr schlecht als recht nach draußen, vergaß vor lauter Aufregung sogar, den Helm anzulegen.

An einem Ende der Kampfbahn stellten Helfer soeben mehrere lebensgroße Puppen auf. In zweihundert Schritt Entfernung stand eine Vorrichtung zwischen den Zelten, die drei Dutzend Büchsenläufe in sechs Reihen übereinander auf einer Radlafette angeordnet trug. Die Mündungen wurden mit Hilfe einer Ladevorrichtung gestopft, die es ermöglichte, jeweils eine Linie auf einen Schlag zu laden.

»Was Ihr hier seht, Untertanen«, verkündete der Kabcar selbstgefällig von der Loge herab, »ist eine Büchsenmaschine. Sie verbindet die Feuerkraft einzelner Waffen wahlweise zu einer vernichtenden Salve oder kann Reihe für Reihe gezündet werden.« Er wandte sich an die Helfer an der Vorrichtung. »Eine Salve!«

Der Bediener fasste sechs Schnüre mit einer Hand, zwei Knechte griffen in die Speichen, um ein Verreißen zu verhindern. Kurz darauf ertönte mehrfaches Knattern, und eine große Rauchwolke formte sich aus dem Qualm, der aus den Mündungen der Büchsen stieg. Beinahe gleichzeitig zerfetzte es die Puppen.

Die Zuschauer stießen Laute des Erschreckens aus, zahlreiche Pferde wieherten wegen der unerwarteten Knallerei. Schließlich begannen die Ulsarer zu applaudieren und zu johlen.

Herodin rümpfte die Nase und spie aus. »Angor sollte den Erfinder in Stücke schlagen. Was sind das für Zeiten, in denen jeder Narr mit einer kleinen Bewegung die besten Krieger töten kann?«

»Wir müssen uns ja nicht vor die Mündung stellen«, meinte der Großmeister wenig glücklich. »Aber ich sehe es genauso wie Ihr.«

Die Nachladeprozedur der Büchsenmaschine hatte begonnen, und schnell wurde deutlich, dass die neue Wunderwaffe einen entscheidenden Nachteil besaß. Nach dem Abfeuern sämtlicher Läufe benötigte die Mannschaft kostbare Zeit, um die Waffe wieder schussbereit zu machen.

»Pah! Stünden wir auf dem Schlachtfeld, wären sie schon lange tot«, kommentierte der Seneschall nun wesentlich zufriedener. »Ein schneller Vorstoß unserer Reiterei, und sie würden samt dieser Tzulanmaschine niedergetrampelt.«

Nesreca entdeckte Tokaro durch die dichten Schwaden des Pulverdampfes, ein Grinsen stahl sich auf sein Gesicht. Ohne den Hinweis von Albugast hätte er ihn zwar nicht wieder erkannt, aber so sah er deutlich den Dieb vor sich, den er damals gebrandmarkt hatte. Daraus würde er eine Anklage gegen den Orden zimmern, die wasserdichter nicht mehr sein könnte. *Jetzt sorge ich noch dafür, dass er gegen den Knappen Heißsporn siegt, und Albugast wird meinen Vorschlag mit Freuden annehmen.*

Auch wenn ihn die Faszination für die krachenden, lärmenden und stinkenden Büchsen in Beschlag nahm, bemerkte Tokaro, dass sein Gesicht nun für jedermann sichtbar war. Schnell kehrte er ins Zelt zurück, wo er von der Fortsetzung des Zweikampfes unterrichtet wurde. Nun sollten sie auf die schweren Rüstungen verzichten und nur in Kettenhemden antreten.

Ungestüm zurrte er das Halstuch der Marketenderin an seinem Oberarm fest. *Aber eine Nacht werde ich dennoch nicht mit ihr verbringen,* grinste er. *Selbst wenn ich gleich mit Angors Hilfe siege.*

Die beiden Knappen standen sich kurz darauf gegenüber und setzten ihr Duell fort. Albugast spielte seine überlegene Technik gegen Tokaro aus und brachte ihn rasch in Schwierigkeiten. Sein Schild verbog sich unter der Wucht der mit eiskaltem Zorn geführten Attacken, und sein Arm wurde taub, während er die Keule kaum mehr packen konnte.

»Ich habe immer gesagt, dass Albugast der bessere Bodenkämpfer ist«, sagte der Seneschall kaum erfreut. »Tokaro hätte ihn beim ersten Durchgang noch einmal mit der Lanze angreifen sollen.«

Nerestro verkrampfte sich zusehends, er fühlte jeden einzelnen Hieb, den sein Adoptivsohn einstecken musste. »Wenn er aus diesem Kampf als Sieger hervorgeht, hat er sich die Schwertleite mehr als verdient.«

»Wenn«, wiederholte Herodin viel sagend.

Urplötzlich wendete sich das Kampfglück.

Tokaro befand sich bereits mit einem Knie am Boden und verteidigte sich mit letzter Kraft, als Albugast bei einem weiteren Hieb das Gleichgewicht verlor und ins Trudeln geriet.

Natürlich nutzte der Ziehsohn des Großmeisters diese Einladung zu einer Angriffsserie, die ihn zwar ins Keuchen brachte, seinen Kontrahenten aber nach hinten drängte.

Albugasts Schläge schienen an Wirksamkeit zu verlieren, dafür machte es den Eindruck, als wäre Angor persönlich in Tokaro gefahren und hätte ihm frischen Mut, größere Stärke und überragende Schnelligkeit verliehen. Als seine Keule ein weiteres Mal auf seinen Widersacher traf, schmetterte die Waffe derart heftig auf den Schild, dass der Arm dahinter brach. Albugast biss die Zähne zusammen und focht weiter.

Der nächste Schlag landete auf dem Verschluss der Rüstung, die sich sofort lockerte und ihren Träger mehr behinderte als schützte.

Tokaro rammte mit einer kreiselnden Bewegung die Schildkante in den zum Schlag erhobenen Arm des Gegners hinein und schlug mit der Waffe zu.

Das Ende der Keule steuerte zunächst wie gewollt auf die Körpermitte, schien aber unvermittelt ein Eigenleben zu entwickeln. Gegen den Willen des einstigen Rennreiters schepperte die Waffe gegen Albugasts Kopf. Der Knappe fiel wie vom Blitz getroffen zu Boden.

Tokaro war bestürzt. *Habe ich ihn umgebracht? Bei Angor, lass es ihn überstanden haben.*

Die eigenen Feldscher rannten herbei und versorgten den Unterlegenen, während die Ulsarer ihrem Helden zujubelten, der das Volk gegen die Adligen und Reichen vertreten hatte.

Aber wirklich zufrieden war Tokaro nicht, der keine Erklärung für den am Schluss so eigentümlich verlaufenen Zweikampf fand. *Wollte Angor, dass ich siege?*

Er folgte mit Blicken der Bahre, auf der der Ohnmächtige vom Turnierplatz getragen wurde. Dabei entdeckte er mehrere Gestalten, die sich an der Büchsenmaschine zu schaffen machten.

Die Männer in den Uniformen des Kabcar drehten in diesem Augenblick die Lafette in Richtung der Ehrenloge, wo die hoheitliche Familie Platz genommen hatte. In der allgemeinen Ablenkung gelang es ihnen, ohne weitere Aufmerksamkeit zu erregen. Doch die Ausrichtung der Läufe machte den jungen Knappen stutzig.

Soll ich eine Warnung rufen? Im tosenden Geschrei der Menschen würde sein Hinweis untergehen, im schlimmsten Fall die Attentäter dazu bringen, die Büchsenmaschine abzufeuern und ein Blutbad anzurichten.

Er pfiff gellend nach Treskor, der sofort angetrabt kam. Mit viel Kraft schwang er sich in den Sattel und tat so, als wollte er eine Ehrenrunde drehen. Rasch nahm er sich einen Wurfspeer, verknotete das Pfand der Marketenderin als Fahne an der Spitze und ließ es flattern.

Seine Herzensdame hüpfte und sprang, dass ihre Oberweite das Mieder zu verlassen drohte.

Zvatochna lächelte und schuf eine Fassade der Herzlichkeit, während sie versuchte, die Niederlage ihres Kämpfers mit Fassung zu tragen. Aber die Schmach, gegen eine halbe Dirne ausgestochen worden zu sein, machte ihr zu schaffen.

Tokaro beobachtete die Gestalten sehr genau und ritt immer weiter auf sie zu, während er nach allen Richtungen winkte und wedelte. Wie beiläufig packte er den langen Spieß wurfbereit, bis er den Augenblick für gekommen hielt, sein Streitross angaloppieren zu lassen.

Treskor preschte los, die Spitze pendelte sich auf den Mann hinter der Lafette ein, der soeben nach den Reißleinen fischte. Die Läufe zeigten nun haargenau auf die Loge des Kabcar. Die Hand des Attentäters wollte sich gerade um die Schnüre schließen, als der Speer heranflog und sich seitlich in den Oberkörper des Mannes bohrte. Er fiel durch die Wucht des Aufpralls in ein Zelt und riss es in sich zusammen.

Mit einem gewagten Sprung setzte der Hengst über die Maschine und trat auf ein Kommando seines Reiters mit den Hinterläufen aus. Die Lafette tat einen Hüpfer.

»Ulldrael der Gerechte und die Mächte des Guten werden dich vernichten, Govan Bardri¢!«, schrie ein anderer der Mörderbande. Er schaffte es, die Leinen zu ziehen, die Mündungen deuteten allerdings schon lange in die falsche Richtung.

Knatternd entluden sich die Büchsen und jagten ihre achtundvierzig Kugeln wirkungslos in den hölzernen

Unterbau der Ehrentribüne, wo sie jeweils Löcher vom Durchmesser eines Kruges schlugen.

»Du kannst stolz auf dich sein, demjenigen das Leben gerettet zu haben, der Ulldart ins Verderben führt«, spie der Schütze Tokaro voller Abscheu entgegen, bevor er sich zur Flucht wandte.

»Aber ich …«, stotterte der angehende Ritter verblüfft.

Nun eilten die Wachen des Kabcar herbei und stürzten sich auf die sich fanatisch wehrenden Attentäter. Eine Gefangennahme sollte ihnen nicht gelingen. Die vier Männer richteten ihre Dolche gegen sich, als sie die Ausweglosigkeit ihrer Lage erfassten.

Alle Besucher waren aufgesprungen und schauten zu der Stelle, an der die Attentäter in ihrem eigenen Blut lagen.

Verwünscht! Dieses Bravourstück bringt ihm natürlich Ansehen bei der Bevölkerung, ärgerte sich Nesreca, ohne seinen Groll durch eine verräterische Geste nach außen dringen zu lassen. Er lehnte sich zum Kabcar hinüber und raunte ihm etwas ins Ohr. Die Augen des Herrschers weiteten sich bei den Worten seines Konsultanten.

»Wir haben einen jungen Helden unter uns«, schallte Govans Stimme kurz darauf in die angespannte Stille hinein. »Nicht nur, dass er den Zweikampf gegen seinen Konkurrenten gewonnen hat, er bemerkte als Einziger die Gefahr, die der hoheitlichen Familie drohte.« Er wies auf die Stelle vor der Ehrenloge. »Komm her und lass uns sehen, welch mutiger Streiter sich hinter dem Visier verbirgt, damit dein Kabcar dir angemessen danken kann, Knappe.«

Wenn ich das gewusst hätte, wäre ich den Mördern noch zur Hand gegangen. Mit einem unguten Gefühl lenkte

Tokaro seinen Schimmel vor das Angesicht des Kabcar. Zvatochna blickte ihm freundlich entgegen, Krutor zappelte unruhig hinter den beiden hin und her; die Begeisterung über die Tat des netten Ritters, dessen Pferd er so gut kannte, drohte ihn zu überwältigen.

»Mein Name ist Tokaro von Kuraschka«, klang es dumpf unter seiner eisernen Maske hervor, »und mein Helm hat sich leider verklemmt, hoheitlicher Kabcar, sodass ich Euch in dieser Art begegnen muss.«

»Euer Orden scheint schlechte Schmiede zu haben«, entgegnete Govan bissig. »Ich habe gehört, das passiert dir ständig, Tokaro von Kuraschka. Nun denn, weil du zweifach erfolgreich warst, gewähre ich dir eine höhere Siegprämie. Ich werde deine Herzensdame, dich und dein Pferd in voller Rüstung in Gold aufwiegen lassen.« Ein Raunen lief durch die Reihen der Ulsarer. »Auch wenn meine Magie mich vor den Kugeln bewahrt hätte, ich fürchte, dass etliche der Brojaken und Adligen den Attentätern zum Opfer gefallen wären.«

Eine Wache reichte dem Konsultanten einen kleinen Gegenstand. Nesreca zeigte ihn dem Kabcar kurz und steckte ihn dann in die Tasche seines Uniformrockes.

»Du wirst mir heute Abend Gesellschaft leisten, Tokaro von Kuraschka, wenn ich zu deinen Ehren einen Maskenball veranstalte. Bis dahin sollten eure Schmiede den Helmverschluss besiegt haben. Diese Verkleidung werde ich nicht gelten lassen. Auch alle anderen Ritter und Knappen sollen meine Gäste sein, und für die Untertanen fließt der Wein in Strömen vor der Kathedrale!«, verkündete er und nahm Platz.

Bis heute Abend muss mir etwas eingefallen sein, dachte Tokaro verzweifelt. Unter dem frenetischen Jubel der Bevölkerung ritt er zurück zu seinem Vater und Herodin, die ihn zu seiner Tat beglückwünschten.

Doch ehe er sich weiter auf die müden Schultern klopfen ließ, suchte er das Zelt auf, in dem Albugast lag.

Ein Verband zierte dessen Schädel, das Blut der Platzwunde, die durch den Treffer entstanden war, wurde soeben von einem der Feldscher vorsichtig von der Schläfe gewischt. Albugast hatte die Augen geschlossen.

»Wie geht es ihm?«, wagte Tokaro den Helfer zu fragen und trat zögerlich näher.

»Er hat einen harten Kopf und wird es überleben«, meinte der Medicus. »Meiner Einschätzung nach benötigt er nicht einmal die Dienste eines Cerêlers, um heute Abend auf den Beinen zu sein. Aber es wird schon noch eine Weile dauern, bis er zu Bewusstsein gelangt.«

Tokaro kniff die Lippen zusammen und verschwand so leise, wie er gekommen war. Bedrückt schlich er sich in seine Unterkunft, befreite sich vom Kettenhemd, dem wattierten Waffenrock darunter und den Stiefeln, um sich auf sein Lager sinken zu lassen. Grübelnd verschränkte er die Arme hinter dem Kopf.

Lasse ich es beim Ball einfach darauf ankommen? Immerhin bin ich der Sohn des Großmeisters der Hohen Schwerter, was soll mir schon geschehen? Der Anblick Zvatochnas wirkte wie ein Funke, der das erloschene Feuer seiner Gefühle zum Lodern brachte. *Oder bilde ich es mir nur ein?*

Seine Hand wanderte unter das Untergewand und nahm das Amulett heraus, das er ihr bei der Begegnung im Wald geraubt hatte. *Ach, was soll's. Angor hat mir auf wundersame Weise zum Sieg verholfen, da werde ich auch dem Pferdeschinder Govan und seiner Schwester unbeschadet gegenübertreten können. Ich werde ihr einen gehörigen Schrecken einjagen.*

Der Junge glitt in einen erholsamen Schlummer.

Der große Ballsaal schimmerte in düsterem Glanz.

Nerestro von Kuraschka musste schon zweimal hinschauen, bis er die Örtlichkeit wieder erkannte, in der er Lodrik damals seine Aufwartung gemacht hatte.

Zwar prangten immer noch Blattgold und Stuck an Wänden und Decke. Aber die Handwerker hatten die Verzierungen aus Gips nachträglich derart verändert, dass die Leichtigkeit verloren gegangen und einer bedrückenden Schwere gewichen war.

Schwarze und rote Wandmuster schluckten viel Licht der blinkenden Kronleuchter und schufen eine finstere Stimmung in dem Raum, in dem früher ausgelassene und fröhliche Feste stattgefunden hatten.

Die Ritterschaft hatte sich beim Maskieren aufs Notwendigste beschränkt und sich in aller Eile phantasiereiche Augenmasken besorgt, ansonsten marschierten sie in polierten, leichteren Rüstungen auf.

Umso mehr legten sich die anderen Gäste ins Zeug. Nahezu alles an Kostümierung, von unterschiedlichen Tierarten über Gegenstände bis hin zu ausgefallenen Kleidungsstücken fand sich in dem Saal. Musik spielte leise im Hintergrund, Diener liefen umher, um Getränke und Appetithäppchen zu servieren. Getanzt wurde noch nicht, der Kabcar musste die Marmorfläche erst freigeben.

Als die Ordenskrieger eintrafen, bildete Zvatochna in einem beeindruckenden, alle männlichen Sinne betörenden weißen Kleid den Mittelpunkt. Um sie herum scharte sich eine Traube von Männern. In ihren schwarzen, kunstvoll frisierten Haaren funkelten und glänzten Diamanten und andere Edelsteine, und die Maske über ihrer Augenpartie in Form eines Schmetterlings, gearbeitet aus verschiedenfarbigen Seidenstoffen, raubte der Tadca keineswegs die Faszination.

»Sie hätte als Berg erscheinen müssen«, meinte Herodin hintergründig und erntete einen fragenden Blick des Großmeisters. »Es scheint so, als wollten alle Männer sie besteigen«, erklärte er und sorgte für schallendes Gelächter bei denen, die den Witz hörten.

Krutor steckte in einem Kostüm, das ihn wie ein Turm aussehen ließ, was sich angesichts seiner Monstrosität geradezu anbot. Dämlich fand Tokaro nur, dass das Gesicht des Tadc aus einem Fenster des aus Pappmache gefertigten Miniaturgebäudes schaute und seine Entstellung unvorteilhaft hervorhob.

»Die Besitzer der aldoreelischen Klingen bleiben zusammen«, befahl der Großmeister leise, »die anderen halten Augen und Ohren offen, um jede Tücke sofort zu bemerken. Ansonsten wünsche ich allen viel Vergnügen.«

Die Ritter verteilten sich.

»Wohin willst du?«, hörte Tokaro die Stimme seines Ziehvaters hinter sich, als er sich auf die Tadca zu bewegte. »Gehörst du auch zu den Gipfelstürmern?« Er nickte in Richtung der schönen jungen Frau. »Ich kannte ihre Mutter, und ich sage dir, sie wurde von ihrem Gemahl nicht umsonst verstoßen. An deiner Geschichte sehe ich, dass die Tadca dieses unglückselige Talent und die Veranlagung geerbt hat.«

»Ich weiß, danke für die Warnung«, beruhigte er den Großmeister im Gehen. »Keine Bange, ich kenne ihre Art sehr gut.« Zielstrebig steuerte er auf Zvatochna zu und arbeitete sich rasch nach vorne durch, wobei ihn die missgünstigen Blicke der Werber trafen.

»Ich grüße Euch, hoheitliche Tadca«, verneigte sich Tokaro ein wenig vor ihr.

Zvatochna täuschte Ratlosigkeit vor. »Wer könnte das nur sein? Wie hat sich der Fremde bloß hereingeschlichen?« Dann lachte sie hell auf und klappte ihren Fächer auseinander. »Ohne deinen Helm erkenne ich dich schwerlich wieder.« Die Kante des Wedels pochte gegen seine Maske. »Und selbst jetzt verbirgst du dein Gesicht.«

»Es ist ein Maskenball, hoheitliche Tadca«, grinste er sie frech an. »Ihr müsst schon bis Mitternacht warten, bevor ein jeder hier sein wahres Antlitz zeigt. Da wird Euch auch die Verwandtschaft zum Kabcar nichts bringen.«

»Unverschämter Bengel«, empörte sich Tchanusuvo, der als Einhorn erschien, künstlich und überlaut. »Man sollte den Knappen Respekt lehren, auch wenn er dem Herrscher von Tarpol das Leben gerettet hat«, sagte er zu seinem Nachbarn, der heftigst seine Zustimmung bekundete.

Tokaro überhörte das Angebot für ein Duell großzügig, dafür spürte er seine Knochen noch zu sehr. »Euer Recke hat sich wacker geschlagen, wenn er auch der Unterlegene war«, erinnerte er die stolze Frau an ihre Niederlage. »Da sieht man, dass auch dem niederen Volk mitunter das Glück und die Götter wohl gesonnen sind.« Er nahm das Tuch der Marketenderin heraus und schwenkte es vor ihrer Nase.

»Angor hatte seinen guten Tag«, gab die Tadca amüsiert zurück. »Aber ich bin mir sicher, dass dir dieses Kunststück kein zweites Mal gelingen würde.«

»Was habt Ihr denn Albugast im Falle eines Sieges versprochen?«, wollte Tokaro wissen.

»Was gewährte denn deine Jungfer dir?«, hielt sie dagegen. »Gegen das, was ich zu bieten hätte, dürfte es allemal verblassen.«

Tokaros Grinsen wurde anzüglich. »Ich habe keine Vorstellung, wie Ihr nackt ausseht, hoheitliche Tadca, auch wenn die Gedanken der anderen Männer um Euch herum nur um diesen einen Traum kreisen.«

Tchanusuvo stemmte die Arme in die Seiten. »Nun verlange ich Genugtuung, Bursche.« Er zog sich einen Handschuh aus, um damit zuzuschlagen.

»Damit es sich lohnt, sage ich zu Euch, dass Ihr das Horn nicht auf dem Kopf, sondern im Schritt tragen solltet«, provozierte ihn der angehende Ritter. »Lasst Euren Handschuh stecken und zieht lieber gleich Euren Säbel, um Euch zu verteidigen.«

»Bis zum ersten Blut«, meinte die Tadca nur lächelnd. »Aber haltet ein wenig Abstand, damit kein Tropfen auf mein Kleid kommt. Und keine Toten oder Schwerstverletzten.«

Ein Adliger reichte Tchanusuvo seine Waffe, Tokaro nahm sein Schwert zur Hand und wartete geduldig, bis sein Gegner im Kostüm des Einhorns seine Bereitschaft signalisierte. »Ich warne Euch, ich habe einen anstrengenden Tag hinter mir und bin nicht sonderlich auf lange Gefechte aus«, verkündete er. »Und gegen Euch wird es sehr schnell gehen.«

Der Mann stürmte los, die Spitze des Säbels nach vorn gereckt.

Mit Leichtigkeit parierte Tokaro den Angriff, packte den Mann am aufgesetzte Horn und wackelte daran. »Es scheint Euch direkt aus der Stirn gewachsen zu sein, Tchanusuvo. Der Leim ist gut.«

Grunzend hieb der Adlige zu. Tokaro blockte erneut, ohne das Horn loszulassen. »Ich habe gehört, Einhörner seien sehr elegant.« Er lief los und zerrte den fluchenden Mann hinter sich her. »Oh, das ist ein lahmes Einhorn. Vielleicht will es mit dem Kopf durch die Wand?«

Tokaro rannte auf eine der Türen zu, die Gäste sprangen lachend zur Seite.

Aus vollem Lauf bugsierte er den Adligen mit dem Horn gegen das Holz, die Spitze durchstieß die Tür und hakte sich fest. So sehr Tchanusuvo zerrte und tobte, er blieb gefangen.

»Erstes Blut, Knappe«, erinnerte ihn Zvatochna, die in die allgemeine Heiterkeit einstimmte. *Er hat eine Tollkühnheit, wie ich sie bei keinem anderen gesehen habe.* Irritiert bemerkte sie, dass sie den jungen Ordenskrieger anziehend fand. Und dass er ihr irgendwie bekannt vorkam.

»Ihr habt gehört, was die Tadca forderte«, meinte Tokaro, der die Aufmerksamkeit der anderen genoss.

»Gnade!«, heulte sein lächerlich gemachter Widersacher.

Tokaro ging zu einer der Hofdamen, verbeugte sich und stahl sich eine Haarnadel aus ihrem Kopfschmuck. Mit einer ausladenden Geste holte er Schwung und stieß dem Adligen die Nadel ins Gesäß, dass dieser vor Schreck und Schmerz einen Hüpfer nach vorn machte und sich noch tiefer in die Tür verrannte.

Triumphierend hob Tokaro das schmale Eisenstück in die Höhe, an dessen Ende es rot und feucht schimmerte. »Erstes Blut«, stellte er trocken fest. Die Besucher applaudierten, während Tchanusuvo für den Spott über das besiegte Einhorn nicht mehr zu sorgen brauchte.

»Ihr habt einfach kein Glück mit Euren Kavalieren. Ihr habt schon wieder verloren.«

»Kein Wunder, wer kann schon gegen einen Helden bestehen?« Sie verscheuchte die sie umlagernden Adligen mit einem Zucken ihres Fächers. Dann hielt sie Tokaro ihren Arm hin. »Es ist wohl besser, ich suche mir jemanden, der immer gewinnt. Willst du mein Gesellschafter des Abends sein?«

»Es sieht so aus, als wäre Euer Ziehsohn als Erster am Gipfel«, bemerkte Herodin, der die Posse verfolgt hatte.

Der Seneschall entdeckte in der Menge das bittere Gesicht Albugasts. Von hinten schob sich der Konsultant an ihn heran und machte auf sich aufmerksam. Der blonde Jüngling nickte unschlüssig und folgte dem Mann mit den silbernen Haaren.

»Das gibt Ärger«, machte Herodin den Großmeister auf das Gespann aufmerksam, das in diesem Augenblick hinter einer Säule verschwand.

»Suchen wir sie. Wo dieser Mensch auftaucht, ist selten Gutes im Gange«, knurrte Nerestro, und seine Hand schloss sich um den Griff der aldoreelischen Klinge.

Als sie an der Säule ankamen, fanden sie nur kichernde Frauen, die den großspurigen Ausführungen einer Hofschranze lauschten.

»Ich weiß, wer du bist«, sagte eine leise Stimme über dem Kopf von Tokaro, und ein gigantischer Schatten fiel über ihn. »Du bist Vaters Rennreiter.«

Ein Gefühl, als überliefe ihn kochende Säure von oben bis unten, schoss durch Tokaros Körper. Hinter ihm stand der Turm auf zwei Beinen, aus dessen Fenster Krutors Gesicht schaute. Völlig auf dem linken Fuß erwischt, wusste er nicht, was er dem Tadc entgegnen sollte. Schweigend starrte er in die Höhe, sein Mund klappte auf und zu.

Der entstellte Junge zwinkerte ihm zu. »Ich verrate dich nicht. Ich kann dich viel zu gut leiden. Du warst damals schon nett zu mir, und du bist es immer noch.« Stolz legte sich auf die Züge des Jüngsten der drei Geschwister. »Daran habe ich dich erkannt.

An deiner Freundlichkeit und deinem Pferd.« Eine riesige Hand legte sich vertrauensvoll auf seine Schulter. »Freunde?«

Erleichtert atmete Tokaro auf. »Ja, sehr gern, hoheitlicher Tadc«, nahm er das Angebot an. »Freunde.«

»Aber nur, wenn du nicht mehr stiehlst«, verlangte Krutor mit ernstem Gesicht.

»Ich verspreche es.«

»Haust du Govan noch mal auf die Nase? Es hat sich seitdem keiner mehr getraut.«

»Ich glaube nicht, dass es ein guter Einfall wäre.«

Zvatochna, die sich eben leise mit einigen Dienern besprochen hatte, kehrte zurück. Wie von ihrer Schönheit gelähmt, schauten die beiden Männer zu ihr, die herannahte und zuerst ihrem Bruder und danach dem Ritter ein hinreißendes Lächeln schenkte, das Stahl zum Schmelzen brachte.

»Entschuldige die Unterbrechung, aber ich musste noch ein paar Anweisungen geben. Wenn man sich auf andere verlässt, ist man verlassen.« Sie blickte den Adoptivsohn Nerestros an und war fasziniert von den dunkelblauen Augen hinter der Maske.

Urplötzlich setzte das Erkennen ein.

»Natürlich, du bist es!«, raunte sie. »Wie kannst … Pah, ich rede doch nicht mit dir.« Die Tadca hielt inne, schaute zu ihrem Bruder. »Krutor, sage dieser Person, dass sie von allen guten Geistern verlassen ist, sich hierher zu wagen. Und sage ihr, dass ich mein Amulett wiederhaben möchte.«

Der verkrüppelte Riese wollte die Lippen bewegen, als sich Tokaros Starre löste. »Aha, die hoheitliche Tadca erinnert sich wieder an den kleinen dummen Stallburschen, den sie damals dem Berater zum Fraß vorwarf?«, brach es aus ihm hervor.

»Sage ihm, dass ich den verurteilten Verbrecher nicht anhöre«, meinte sie schnippisch und wandte sich demonstrativ ab; der Fächer schnellte vor ihr Gesicht und wippte hin und her.

»Ich soll dir sagen …«, begann Krutor ein wenig unglücklich, der am liebsten die Läden vor seinem Turmfenster geschlossen hätte.

Der einstige Rennreiter hob die Hand. »Schon gut. Richtet Ihro Hochnäsigkeit aus, dass sie sich auf ihre Schönheit nichts einbilden muss. Aber auf ihre Falschheit darf sie aus ganzem schwarzem Herzen stolz sein.« Zvatochna sog hörbar die Luft ein. »Sagt ihr auch, dass der dumme Junge damals wirklich sein Herz an sie hängte und alles getan hätte, um einmal an ihrer Seite sein zu dürfen.« Er näherte sich unstandesgemäß dicht ihrem Ohr. »Und vergesst nicht, ihr zu sagen, dass er ihr diesen Verrat niemals vergeben würde, weil sie mit ein paar Worten all seine Vorstellungen und Illusionen, die für ihn keine waren, zerschmettert hat.«

Mit einem Fauchen wandte sie sich um, das Braun und das Blau ihrer Augen trafen sich aus nächster Nähe und versanken tief ineinander.

Die Tadca schluckte, ihr Puls raste, ihr Gemüt befand sich in hellem Aufruhr. Anstatt einer bissigen Erwiderung fühlte sie das Verlangen, den jungen Mann zu küssen und zu spüren.

»Sorge dafür, dass niemand in unsere Nähe gelangt, Krutor«, bat sie in freundlichstem Tonfall, bevor sie ihren Gesellschafter heimlich in einen Seitensaal schob, der bei Tokaro schlechte Erinnerungen wach rief.

»Oh, nein. Nicht schon wieder.« Seine Hand lag bereits auf der Klinke. »Ich gehe besser, bevor du mich wieder aufforderst, genügend Gold für dich aus den

Jackentaschen zu stehlen.« Dass er sie duzte, fiel ihm in seiner Aufgeregtheit nicht weiter auf.

»Ich habe niemals verlangt, dass du für mich stiehlst«, erwiderte sie und nahm ihre Maske ab.

Seine Finger verharrten. »Ich stahl, weil ich schnell an Münzen kommen wollte, ehe ein anderer, ein Vermögender dir seine Aufwartung machte und dich mir wegschnappte. Du wolltest nur einen reichen Mann, einen standesgemäßen. Und als die Wahrheit ans Licht zu kommen drohte, hast du mich schnell verleumdet.«

Zvatochna senkte ihren Kopf, wie aus dem Nichts entstand Kummer. »Die Götter mögen wissen, wie oft ich mir Vorwürfe gemacht habe, dass ich so handelte«, gestand sie leise. »Aber ich hatte nicht den Mut, vor all den Reichen und Mächtigen zuzugeben, dass ich mich dir versprochen hatte.«

»Ja, ich weiß«, sagte er hart. »Ich war nur ein Experiment. Du wolltest sehen, was du mit deiner Schönheit bei einfachen Menschen erreichst.«

Die Tadca plumpste auf einen niedrigen Hocker, ungeachtet ihres Kleides. »Anfangs mag es sich so verhalten haben, aber …«

»Aber?«, drängte Tokaro hoffnungsvoll. *Sollte sie sich wirklich in mich verliebt haben?*

»Aber dann habe ich festgestellt, dass du mir fehlst«, beichtete sie. Groß blickten ihre braunen Augen den Ritteranwärter an. »Als du mich damals im Wald überfielst, erkannte ich deine Augen wieder und spürte Freude, auch wenn unser Zusammentreffen unter schlechten Sternen stattfand.« Zvatochna blickte auf ihre Füße. »Ich habe deinen Tod beweint, und als ich beim Turnier die ersehnten blauen Augen hinter dem Visier sah, wollte ich es nicht wahr haben.« Sie erhob sich und trat dicht an ihn heran. »Umso glücklicher bin ich jetzt.«

Ihr Kopf rückte nach vorn, ihr Mund öffnete sich leicht.

Seine Hände bewegten sich ohne sein Zutun und legten sich an ihre Taille. Bevor sich ihre Lippen trafen, zog er den Kopf zurück.

»Ich bin allerdings immer noch der Gleiche, Zvatochna. Der Standesunterschied steht allem im Weg, ich bin ein Gebrandmarkter, dem innerhalb der Mauern Ulsars der Tod droht. Und dennoch würdest du mich nehmen?« Fassungslos betrachtete er ihr hübsches Gesicht. Das Licht der Monde brach sich in den Diamanten in den schwarzen Haaren.

»Nein«, sagte sie, und ihre Stimme klang plötzlich kühl. »Ich wollte sehen, ob du auf die gleiche List zweimal hereinfällst.« Gerade wollte er sie entsetzt von sich stoßen, als sie ihn lachend beruhigte und seine Hände auf ihre Hüften legte. »Nein, es war nur ein Scherz, Tokaro.«

»Ein schlechter«, stotterte er, noch immer erschüttert von ihrer ersten Antwort. *Sie ist eine so gute Schauspielerin, ich könnte niemals erkennen, wann sie es ernst meint und wann nicht.*

»Hast du vergessen, wen ich meinen Bruder nennen darf?« Sie strahlte ihn an, machte einen Schritt nach hinten und löste die Haken ihres Kostüms. »Er kann alles für null und nichtig erklären, was mein Vater über dich verhängte.«

»Obwohl ich dem Tadc die Nase gebrochen habe?«, feixte der junge Mann und beobachtete die Tadca bei ihrem Tun. »Was wird das?«

Die Handschuhe fielen zu Boden, ihr Kleid glitt von ihren Schultern. Zvatochna zeigte sich in ihrer unverhüllten Schönheit und wirkte im Schimmer der Gestirne wie eine vom Himmel herabgefahrene Göttin.

»Das hat vor dir noch nie ein Mann gesehen, Tokaro«, sagte sie beinahe schüchtern und ärgerte sich selbst über die nicht gekannte Schwäche, die er bei ihr auslöste. »Und du sollst auch ansonsten der Erste sein.«

Der Adoptivsohn des Großmeisters schluckte hektisch, ein trockenes Gefühl breitete sich in seiner Kehle aus. Selbst wenn die kleinste Berührung seinen Tod bedeutet hätte, so hätte er sich nicht zurückhalten können. Dafür waren die alten, vergessen geglaubten Empfindungen zu stark und die Sinneseindrücke zu überwältigend. Er kam auf sie zu. »Ich fühle mich geehrt«, wisperte er.

Hastig entledigte er sich seiner dünnen Lederfingerlinge und gab dem Drang nach, ihre Haut berühren zu wollen.

Als er kurz davor stand, ihre nackte Schulter zu berühren, empfand er ein leichtes Kribbeln in den Kuppen, das er auf seine Erregung zurückführte.

Kaum berührte seine Hand die warme, seidige Haut, erhielt er einen schmerzhaften Schlag, und die junge Frau stöhnte überrascht auf. »Was …?«

Das ist bereits damals in der Kutsche geschehen, glaubte sich Tokaro zu erinnern. »Vielleicht habe ich mich durch irgendetwas aufgeladen«, meinte er und versuchte, sie zu küssen.

Die Lippen trafen sich, und gleichzeitig dachte der angehende Ordenskrieger, Albugast würde ihm nun einen Hieb mit der Keule auf den Mund verpassen. Ächzend sank Zvatochna in sich zusammen und lag gebettet auf ihrem Kleid am Boden.

Ich darf sie nicht anfassen, verstand er. *Unsere Körper dürfen einander nicht berühren. Aber wieso?* Fluchend zog er sich seine Handschuhe über und deckte die verführerische Frau zu, bis sie die Besinnung wieder erlangte und ihn benommen anschaute.

»Was machst du mit mir?«, fragte sie stockend. »Ich fühle mich … geschwächt.« Vorsichtig tastete sie nach ihm, doch Tokaro zuckte zurück.

»Nicht«, warnte er. »Unsere Haut darf anscheinend nicht direkt in Kontakt kommen.«

Die Tadca schaute enttäuscht. »Aber wie sollen wir dann …«

Er zuckte mit den Schultern. »Wir werden das Geheimnis zu einem anderen Zeitpunkt lösen. Aber wir sollten zurück zum Ball, bevor unsere Abwesenheit zu sehr auffällt.«

Zvatochna erhob sich und schlüpfte mit der Hilfe ihres Gesellschafters in ihr Kleid. »Und wenn schon. Ich bin die Tadca.« Sie gab ihm einen Kuss auf den Arm, nichts geschah. Sanft streichelte sie ihn. »Wir müssen den Grund für diese Reaktion schnell herausfinden. Ich habe endlich jemanden gefunden, dem ich das erlauben will, wonach sich andere sehnen.«

Und sie kehrten nacheinander und an verschiedenen Stellen des Ballsaals zu den Gästen zurück.

Nerestro entdeckte Albugast an einem der Büffets, an dem er unschlüssig vor Köstlichkeiten stand, die man selbst als Ritter selten zu Gesicht bekam, so ausgefallen und exquisit waren sie.

Die vier Träger der aldoreelischen Klingen kreisten den Knappen ein.

»Was wollte Nesreca von dir?«, eröffnete der Großmeister ohne Umschweife das Verhör.

Der junge Mann tat überrascht. »Er fragte mich, ob ich demnächst derjenige sei, der die Schwertleite empfängt. Und ich sagte ihm, dass er Eurem Sohn seine besten Wünsche übermitteln solle, Großmeister.« Seine Augen trotzten denen des hoch gewachsenen Ritters. Ohne sich abzuwenden, schaufelte er sich irgendetwas von der Servierplatte auf den Teller.

Der Junge belügt mich. »Das war alles? Sprich, Albugast«, hakte Nerestro misstrauisch nach. »Dieser Mann ist heimtückischer als die Gemüter aller Sumpfbestien Ulldarts zusammen. Lass dich nicht mit ihm ein.«

»Redet man über mich?«, machte Nesreca auf sich aufmerksam, der wie aus dem Boden geschossen neben dem beladenen Tisch stand und sich wählerisch nur die besten Sachen nahm. »Ich hoffe, es ist nur Gutes?«

»Bei Euch? Schwerlich«, schnaubte der Großmeister und entließ den Knappen mit einem Nicken. »Ich denke, es ist Zeit für ein offenes Wort, Nesreca.«

»Schon wieder, Großmeister?« Genüsslich biss der Konsultant ein Stück Obst an. »Deliziös«, kommentierte er.

»Es möge Euch im falschen Hals stecken bleiben«, wünschte Herodin freundlich.

Verwundert stellte Nesreca den Teller ab und bemerkte, dass ihn die Ritter so umgaben, dass niemand ihn sehen konnte, dafür waren die Umrisse der Krieger zu breit. »Wohlan, dann sprecht ein offenes Wort, Großmeister.«

»Ihr habt Jagd auf meine Ordensmitstreiter machen lassen, um an die aldoreelischen Klingen zu gelangen«, sagte ihm der Oberste der Glaubenskrieger auf den Kopf zu. »Und Ihr habt durch Euren Schoßhund Varèsz den ehrwürdigen Gregur Arba von Malinkur feige im Kerker ermordet, damit ich an seine Stelle trete. Ich war anfangs wirklich blind genug, die Lügenmärchen von Euch und Lodrik zu glauben. Ich schwor sogar Treue.« Seine Hand legte sich an den Griff seines Schwertes. »Sammelt Ihr die Klingen immer noch, Nesreca? Wollt Ihr sie haben?« Nerestros Augen wurden zu Schlitzen.

»Ihr dürftet sogar das Körperteil aussuchen, in das die Schneide fahren soll. Euer Helfer Hemeròc ist machtlos gegen die von Angor gesegneten Waffen.« Er beugte sich zu dem Konsultanten. »Auch Ihr seid machtlos gegen sie, und deshalb wird es Euch niemals gelingen, sie uns zu rauben. Aber gebt mir eine Gelegenheit, nur eine einzige, und ich werde Euch den Kopf von den Schultern schlagen. Lasst Eure Finger von meinen Rittern und Knappen, das ist die letzte Warnung. Dankt mir nicht für meine Milde, Euch vorher zumindest gewarnt zu haben. Das Maß ist voll. Da wird Euch kein Schwur der Welt mehr vor uns schützen.«

»Sehr imposant, Großmeister.« Tatsächlich wirkte der Berater beeindruckt von der Ansprache des Ritters. »Aber Ihr werdet den Eid doch nicht brechen wollen, den Ihr dem toten Lodrik Bardri¢ und vor wenigen Tagen seinem Sohn gegeben habt? Das wäre mehr als anmaßend.«

»Es waren falsche Voraussetzungen. Ich wurde getäuscht«, knurrte der Großmeister. »Und Angor gab mir die Einsicht, dass dieser Weg der ehrlichere, bessere ist.«

»Sicher wurdet Ihr getäuscht«, nickte Nesreca gut gelaunt. »Aber wer weiß das schon in Tarpol? Ihr und ich. Und ich sage Euch voraus, dass das Volk eher mir als Euch Glauben schenken wird.«

»Wir sind zum einen hier, um den Mann zu ehren, dem wir die neuerliche Existenz unseres Ordens verdanken. Andererseits gedenke ich die Gelegenheit zu nutzen und zu verkünden, dass sich die Hohen Schwerter nicht länger an meinen Eid auf das Hause Bardri¢ gebunden fühlen«, eröffnete Nerestro mit gewisser Schärfe in der Stimme. »Noch ein einziger Toter, der auf Eure Kosten geht, noch eine einzige verschwundene

Klinge, und ich befördere Euch persönlich in den Abgrund, aus dem Ihr und Euer Helfer aufgestiegen seid. Das wiederum war ein Eid.«

»Wenn Ihr aber nun der wärt, der als Nächster stirbt?«, erkundigte sich der Konsultant verschlagen.

»Sind noch genügend von uns da, um Euch zu erlegen«, grollte der Seneschall.

»Ich verstehe.« Nesreca verschränkte die Arme auf dem Rücken. »Der Kabcar wird nicht sehr erfreut sein, wenn er Eure Entscheidung und die Lossagung vom Herrscherhaus vernimmt. Ich bin gespannt, wie er diesen Schritt auslegt.«

»Mit Eurer Hilfe gewiss nur falsch«, meinte Nerestro. »Aber ich bleibe bei meinem Entschluss. Ich habe sehr genau gesehen, was für ein Schwert der Kabcar an seiner Seite trägt. Ich vermute, dass es ein Geschenk von Euch ist? Er ist zu feige, es offen zu tragen.«

»Es hat andere Gründe«, wich der Berater aus. »Nun ja, Euer Orden scheint ohnehin im Niedergang begriffen zu sein«, fügte er nach einer kleinen Pause hinzu. Er stellte sich ein wenig auf die Zehenspitzen, um Nerestro etwas ins Ohr zu sagen. »Ich habe da jemanden in Euren Reihen gesehen, den ich einst auf Geheiß des Kabcar mit glühendem Eisen als Dieb kennzeichnete. Und nun, oh Wunder, erscheint er wieder am Hof, als wäre nichts gewesen.«

Der Großmeister packte den Mann am Arm und bugsierte ihn in den Schutz einer Säule; seine drei Begleiter blieben etwas zurück. »Diese Person, die Ihr meint, ist tot. Und dabei wird es bleiben.« Mit Blicken machte er deutlich, wie ernst es ihm war. »Tokaro ist mein Adoptivsohn und bald ein vollwertiges Mitglied der Ritterschaft. Tut Euch den Gefallen und behaltet Euer Wissen für Euch. Ich kann zwar nicht durch

Wände gehen, wie Eure Helfer, aber Mauern werden mich nicht aufhalten, Nesreca.«

Eine rasche Bewegung, und die aldoreelische Klinge funkelte auf. Schon bohrte sie sich ein Stück weit in den Oberschenkel des Konsultanten. Ein Laut des Schmerzes drang aus dessen Mund.

»Wenn ich es gewollt hätte, so würde nun Euer Kopf rollen«, meinte Nerestro und zog die Klinge zurück. Schmatzend kam sie zum Vorschein, eine durchsichtige Flüssigkeit haftete daran.

»Wenn ich es wollte, läget Ihr in Ketten«, erwiderte Nesreca gepresst und versuchte, seine Stimme nicht zu angestrengt klingen zu lassen. Aber das Brennen der Wunde stellte eine echte Herausforderung an seine Selbstbeherrschung dar. »Ein Ruf von mir …«

Der Großmeister schüttelte langsam den Kopf, ein wölfisches Grinsen auf seinem Antlitz. »Ihr mögt etwas Schlimmeres als ein abgrundtief schlechter Mensch sein, aber mein Schwert wäre schneller als der Schall gewesen.« Seelenruhig verstaute er die Klinge, nachdem er sie an der Kleidung des Mannes gereinigt und die Blutrinne geküsst hatte. »Hütet Euch vor mir, Nesreca. Und hütet Euch vor Angor.« Er kehrte zu seinen Rittern zurück und steuerte auf das Büffet zu.

Damit hast du dein Leben verwirkt, Blechmann. Nesreca schickte dem Großmeister tödliche Blicke hinterher. *Du wirst den Prozess nicht mehr erleben.*

»Hemeròc!«, zischte er, und sofort trat der Zweite Gott aus einem nahen Schatten. »Du brennst doch darauf, das Duell zu Ende führen, das du damals auf dem Marktplatz begonnen hast. Nun ist es soweit.« Er kreuzte die Arme vor der Brust. »Wenn sie in ihr Lager zurückgekehrt sind und schlafen, machst du dem ein Ende. Und bring mir sein Schwert.«

Das unheimliche Wesen brummte erwartungsvoll. »Sehr gern.«

Schon verschwand Hemeròc wieder in einer dunklen Nische.

Zvatochna hatte den Konsultanten bei dem kurzen Treffen mit seinem Helfer beobachtet und ahnte, welche Anweisung er gegeben hatte.

Sie werden den Orden noch heute zerschlagen wollen. Sie lächelte in einem fort, heuchelte Interesse an den Gesprächen mit schwafelnden Brojaken und machte sich unentwegt Gedanken darüber, ob und wie sie Tokaro vor dem drohenden Schicksal bewahren konnte, zusammen mit den anderen Ordensrittern in einem Gefängnis oder an einer Hinrichtungsstätte zu enden.

Die Tadca wollte den großen Plan nicht in Gefahr bringen. Zwar spielten die Hohen Schwerter nur eine geringe Rolle im Krieg mit dem Süden, aber ihre aldoreelischen Klingen lagen ihrem Bruder zu sehr am Herzen. Machte sie ihm nachweislich einen Strich durch diese Rechnung, so wüsste sie nicht, zu was er im Affekt im Stande wäre. Ihren Geliebten schätzte sie andererseits so ein, dass er die anderen Ritter nicht im Stich lassen würde. Schon gar nicht kurz vor seiner Schwertleite.

Die Haupttür flog plötzlich auf, ein heißer Wind schoss durch den Raum und löschte alle Kerzen.

Ein verkohlter Mensch schwebte majestätisch herein, die Arme beinahe waagrecht weggestreckt. In seinen Augen loderte Feuer, enorme Hitze ging von ihm aus. Der schwarze Leib steckte in teuren Kleidern, dunkelroter, magischer Flammennebel umspielte den Unbekannten. »Kniet nieder vor mir!«, befahl er herrisch.

»Tzulan!«, erschrak die Tadca und wich zurück, wie es die restlichen Gäste des Balles auch taten. »Der Gebrannte Gott ist herabgestiegen.«

»So früh?«, wunderte sich Nesreca.

Erste panische Schreie gellten durch den Saal.

»Angor!«, erscholl der Ruf des Großmeisters, und die Hohen Schwerter rannten herbei, die aldoreelischen Klingen gezückt und kampfbereit.

Tzulan senkte sich langsam auf den Marmor herab, der Stein bekam durch die glühende Hitze augenblicklich Risse.

»Beruhigt Euch, Ihr tapferen Ritter«, lachte der furchtbare Gott mit einer sehr bekannten Stimme. Das glühende Wabern endete abrupt, die Hitze schwand von einem Lidschlag auf den anderen.

Der Gebrannte langte in eine Schüssel mit Punsch und rieb sich über die verkohlte Haut. Darunter zeigte sich normales Rosa. »Es ist zwar noch nicht Mitternacht, aber ich erkläre mich Euch, bevor Ihr mich angreift.«

»Ihr seid der Kabcar?«, erkundigte sich Nerestro vorsichtig, die Spitze der Waffe senkte sich nicht.

»Höchstpersönlich«, erwiderte Govan. »Das ist doch ein Maskenball, oder? Und da dachte ich, ich suche mir etwas aus, was bestimmt niemand anderes sonst zu tragen wagt.« Er ließ den Blick durch den Saal schweifen.

Manche der Adligen hockten unter Tischen, andere befanden sich bereits beim Ausgang, ihre Frauen und Töchter hatten sie zur Seite gestoßen oder schlicht in Kopflosigkeit vergessen. Andere kauerten umgerempelt auf dem Fußboden und versuchten, sich vor den trampelnden Füßen zu schützen. Teile des Büffets lagen in Trümmern, etliche Möbel hatten gelitten.

»Die Überraschung ist gelungen, wie ich sehe.«

»Selbst für einen mächtigen Menschen wie Euch ist es anmaßend, sich als Gott zu verkleiden, hoheitlicher Kabcar«, knurrte der Großmeister. *Und die Wahl spricht Bände.*

»Aber den Preis für die originellste Maskierung darf ich mir gutschreiben«, entgegnete er leichthin und widmete sich seinen Gästen. »Oder?«

Nesreca applaudierte als Erster, danach fielen mehr und mehr ein, abgesehen von den Hohen Schwertern und denjenigen, denen immer noch die Furcht und das Entsetzen in den Knochen steckten.

Die Musiker begannen wieder zu spielen, wenn auch das erste Lied furchtbar klang. Die Instrumente schienen ebenso verstimmt wie die Menschen.

Govan wandelte in seiner täuschend echten Verkleidung unter den Gästen, holte sich der Reihe nach Lob und Anerkennung für seine Maskerade ab, wofür er gern erklärte, wie ihm die Imitation der verbrannten Haut so täuschend echt gelungen war.

Er muss schon leicht geisteskrank sein. Tokaro schüttelte den Kopf, nahm sich aber zusammen, als er den Kabcar auf sich zusteuern sah.

»Das ist doch der junge Held, der meinen Brojaken das Leben bewahrte«, begrüßte ihn Govan von oben herab. »Ist dir das Geld zugekommen, Knappe?«

Der angehende Ritter verneigte sich knapp. »Ich danke Euch für Eure Großzügigkeit, hoheitlicher Kabcar. Es ist mehr, als ich für diese selbstverständliche Tat verdient habe.«

»Hört, hört, welche Bescheidenheit an den Tag gelegt wird«, lächelte der Herrscher, der kaum älter war, in gönnerhafter Weise. »Du wirkst merkwürdig vertraut, Tokaro von Kuraschka. Als ob ich dich von einem früheren Zeitpunkt her kennte. Mit deinem Rufnamen, das sei dir gestanden, verbinde ich wenig Gutes. Vielleicht bilde ich es mir deswegen ein.«

Wie aus dem Nichts stand Nesreca neben seinem Herrn. »Verzeiht, dass ich kurz unterbrechen muss«, meinte er knapp und flüsterte dem Kabcar etwas ins Ohr.

Tokaro spürte, wie ihm einer der Diener im Vorbeigehen einen Zettel zusteckte. Ohne dass die beiden anderen etwas zu sehen bekamen, las er die kurze Nachricht.

Verschwinde, liebster Tokaro! Nesreca weiß, wer du bist, und will dich auffliegen lassen, stand auf dem Papier, das keine Unterschrift trug.

Und trotzdem wusste er, von wem die Botschaft stammte.

Was mache ich jetzt?, überlegte er fieberhaft. *Vermutlich erklärt er Govan in diesem Augenblick, wem er sein Leben verdankt. Ich bringe den gesamten Orden in Gefahr, wenn herauskommt, dass der Großmeister Verbrecher aufnimmt und vor der Rechtsprechung der Krone schützt.*

Als der einstige Rennreiter sich umwandte, lächelten der Konsultant und der Kabcar ihn an.

»Nun ja, für seinen Namen ist man selten verantwortlich«, sagte der Herrscher von Tarpol versöhnlich. »Und du bist das genaue Gegenteil von dem, der denselben Namen trug. Du bist kein Dieb, der fremdes Geld, hoheitliche Pferde und Büchsen stiehlt.«

Er weiß alles. Aber was soll das Theater? Will er sein schönes Fest nicht vermiesen? Wenn dem so war, gedachte Tokaro diesen Umstand zu seinen Gunsten zu nutzen und zu flüchten, solange die Gelegenheit blieb. »Ich bin ein Gläubiger Angors. Und das ist, wie Ihr sicherlich wisst, der Gott des Krieges und Kampfes, der Jagd, der Ehrenhaftigkeit und der Anständigkeit. Schon das macht mir schnöden Diebstahl oder Raub unmöglich.«

»Von Euch sagt man jedoch, dass Ihr Zerstörung um der Zerstörung willen, das Streben nach materiellem Gut und unendlicher Macht ohne Rücksicht seid«, sagte sein Adoptivvater, der mit seinen drei Begleitern auftauchte, zum Kabcar. »Verlangt Ihr von Euren Anhängern nach wie vor ständige Grausamkeiten, blutige Kriege und Opferungen von Menschen?«

Auf einen Schlag herrschte Totenstille im Ballsaal, die mühsam erzwungene Fröhlichkeit verflog.

Der Kabcar wirkte einige Lidschläge lang wie ertappt und wusste nicht, was er diesen Ungeheuerlichkeiten entgegensetzen sollte. »Wie könnt Ihr es wagen?«, fauchte er schließlich los. »Ich zerstöre nicht, ich errichte ein neues Reich, das sich von Küste zu Küste spannen wird. Wer mir Rücksichtslosigkeit vorhält, missversteht mich und verwechselt es mit meiner Zielstrebigkeit. Und Grausamkeiten finden sich in allen Kriegen.« Die warnenden Blicke seines Beraters ignorierte er. »Über die Gerüchte von Menschenopfern in der Kathedrale kann ich nur lachen!« Absichtlich erklang vorgetäuschte Heiterkeit aus seinem Mund. »Das sind Märchen, die den Hirnen kranker Neider entspringen.« Die Wut brachte seinen Körper zum Erzittern, er geriet immer mehr außer sich. Roter Flammennebel umgab ihn und schuf, seinen Worten zum Hohn, die Illusion des leibhaftigen Tzulans. »Aber dass Ihr auf so etwas hereinfallt, das hätte ich im Leben nicht angenommen. Und es ist eine Frechheit, solch infames Geschwätz vor den Ohren meiner Gäste zu verbreiten, Nerestro von Kuraschka!«

Der Großmeister wirkte sehr zufrieden. »Hoheitlicher Kabcar, ich meinte nicht Euch. Ich sprach Euch als den an, den Ihr so trefflich darstellt: den Gebrannten Gott. Ich stellte lediglich dessen Eigenschaften denen meines Gottes gegenüber.« Er verneigte sich. »Es tut mir Leid, dass Ihr das falsch aufgefasst habt.« Nerestro deutete zum Ausgang. »Verzeiht, wir wollten uns verabschieden, hoheitlicher Kabcar. Da unsere Abreise morgen bevorsteht, müssen wir uns früh zu Bett begeben. Wir danken für Eure großzügige Gastfreundschaft. Über alles Weitere hat Euch sicher Euer Konsultant in Kenntnis gesetzt.« Mit diesen Worten verneigte er sich ein weiteres Mal und verließ dann zusammen mit den anderen Rittern den Ball.

»Alles Gute!« Krutor winkte Tokaro unverhohlen nach. »Besuch uns mal wieder.«

Der junge Mann erwiderte den Gruß unsicher.

Das Schweigen der Adligen und Reichen war nun ein peinlich berührtes geworden, sie wagten nicht einmal mehr zu tuscheln.

Ausdruckslos stierte Govan auf die Stelle, an der eben noch der Großmeister gestanden hatte. Seine Hände ballten sich zu Fäusten, die Knöchel waren weiß vor Anstrengung.

»Spielt auf, Musikanten!«, rief Nesreca. »Und Ihr, liebe Gäste, genießt den Abend, der noch lange nicht vorbei sein wird.«

Die verunsicherte Menge kam der Aufforderung nach, auch wenn der Spaß an dem Fest schon lange verflogen war. Die Ereignisse des Balles würden genügend Gesprächsstoff für die kommenden Wochen liefern.

»Für einige bringt schon die Nacht das Ende«, raunte der Kabcar tonlos. Kalt blickte er seinen Berater an. »Schickt die Wachen im Morgengrauen los und lasst die ganze Bande verhaften.« Seine Aufmerksamkeit richtete sich auf einen jungen Brojaken, der versuchte, seine

Schwester mit der Rezitation von Gedichten zu beeindrucken. »Und den dort auch.«

Irritiert beobachtete Nesreca den Großgrundbesitzer. »Was hat er getan, dass man ihn anklagen könnte? Er unterhält sich nur mit der Tadca.«

»Eben«, nickte Govan düster. *Wenn ich sie nicht haben kann, dann wird dieses Privileg auch niemand sonst haben.* »Ich bin nicht in der Stimmung zu diskutieren. Denkt Euch etwas aus und werft ihn in den Kerker. Und lasst durch die Blume verbreiten, dass es allen so ergehen wird, die sich meiner Schwester auf diese Weise nähern.« Der Kabcar betrachtete sein scheinbar verkohltes Äußeres im Spiegel einer Fensterscheibe.

»Ich würde jetzt gern jemanden töten, Mortva.« Seine Fingerspitzen legten sich gegen die glatte, kühle Oberfläche. »Einfach so, um mich abzureagieren. Um jemanden leiden zu sehen.« Sein Gesicht hellte sich auf. »Sagt, sitzt nicht dieser Cerêler, der ehemalige Hofheiler, noch in der Verlorenen Hoffnung?« Nesreca nickte. »Dann werde ich heute Nacht noch einen Besuch machen. Es ist Zeit für ein Experiment.«

Ein winziger Stoß Magie, und das Glas erhielt knisternd Risse.

Auf dem Rückweg zur Zeltstadt der Hohen Schwerter ritt Tokaro schweigend neben dem Großmeister her, gedanklich damit beschäftigt, wie sehr er den Worten und vor allem der Warnung Zvatochnas vertrauen konnte.

Sie hätte beinahe mit mir eine Nacht verbracht, also schätze ich schon, dass ich auf sie bauen kann. Doch die schmerzhaften Erinnerungen an die Vergangenheit ließen sich nicht einfach ignorieren. Die Anspielung, die Govan ihm gegenüber gemacht hatte, ließ ihn zu der Erkenntnis gelangen, dass Zvatochna wohl die Wahrheit sprach. *Und wenn sie es war, die mich verraten hat?*

Er zwang sich dazu, seine Flucht von Ulsar zu planen.

Er würde einen Brief an seinen Ziehvater schreiben, in dem er alle Beweggründe darlegte. Mit einem Teil seiner Prämie, den er in seinem Zelt aufbewahrte, würde er sich aus dem Staub machen und sich außerhalb von Tarpol begeben, weitab von den Hohen Schwertern und der Rache des Kabcar.

Tokaro seufzte, als er sich Zvatochnas Bild vor Augen rief. *So nah waren wir daran, ein Paar zu werden.* Er tastete nach ihrem Anhänger um seinen Hals, den er ihr in dem ganzen Durcheinander vergessen hatte zurückzugeben. *Wenn meine Identität unerkannt geblieben wäre und der Kabcar mich in den höchsten Adelsrang gehoben hätte, säße ich jetzt an ihrer Seite.* Doch schon schalt er sich selbst einen Narren. *Nein, ich jage Phantasien nach, die ich dank Nesreca für immer begraben darf. Und nun hat er mir auch noch die Schwertleite zunichte gemacht.*

Niemand im Tross zeigte sich gesprächig. Nerestro verkündete unterwegs, warum er das Treuegelöbnis auf das Hause Bardri¢ einseitig gelöst hatte. Es regte sich kein Widerspruch.

Im Lager angekommen, stiegen sie ab.

»Bevor wir uns alle in unsere Betten begeben, muss ich etwas ansprechen, was mir äußerst unangenehm ist«, erhob sich plötzlich Albugasts Stimme. »Aber ich kann nicht länger schweigen, um des Ordens Wohlergehen.«

»Wenn du es bis jetzt geschafft hast, dann hat es auch Zeit bis morgen«, meinte Herodin unfreundlich.

»Seneschall, es ist dringend, und alle haben das Recht, die Wahrheit zu erfahren«, blieb der Knappe hartnäckig. »Ich habe durch Zufall etwas entdeckt, das unsere Gemeinschaft, egal wie unsere Einstellung gegenüber dem Hause Bardri¢ sich gestaltet, im ganzen Reich in Verruf bringen wird, wenn es ans Licht kommt.« Sein Gesicht wurde ernst. »Wir haben einen verurteilten Verbrecher in unseren Reihen.«

Nun schenkten die Gerüsteten dem Knappen ihre Aufmerksamkeit und rückten näher.

Diese Genugtuung lasse ich ihm nicht. Tokaro machte einen Schritt nach vorn, stellte sich Albugast gegenüber. »Erspare dir weitere Worte. Mein Abschied ist seit wenigen Stunden beschlossene Sache.«

Nerestro wollte etwas sagen, Herodin berührte ihn leicht am Arm und schüttelte sachte den Kopf. »Lasst es ihn selbst erklären, Großmeister«, sagte er leise.

»Ja, ich habe einst gestohlen, aber ich bereue es sehr. Ich wurde getäuscht und hereingelegt, was aber keine Entschuldigung sein soll. Ein Dieb ist ein Dieb.«

Mühsam entledigte er sich seiner Rüstung, zog den Waffenrock aus und ließ das Leinenhemd so weit herabhängen, dass man das Brandzeichen des Kabcar erkennen konnte.

»Ich wurde von Nerestro von Kuraschka aufgenommen, weil er mich von früher kannte, als ich noch in den Diensten des Kabcar stand.« Er ließ den Blick in der Runde schweifen. »Vom Großmeister erhielt ich eine neue Gelegenheit zu beweisen, dass ich mehr als nur ein Verbrecher bin. Und ich denke, den meisten des Ordens habe ich gezeigt, dass ich würdig gewesen wäre.« Tokaro holte Luft. »Ich verbarg mein Brandzeichen aus Angst, ich könnte von den Hohen Schwertern verstoßen werden. Meine Vergangenheit hat sich nun gerächt.«

»Ihr habt gesehen, welche Mühe er sich gab und welche Anstrengungen er auf sich nahm, um einer von uns zu werden«, sprach der Großmeister eindringlich. »Seine Taten liegen weit zurück und haben nichts mit dem Menschen gemein, der vor uns steht. Ich bitte die Ritterschaft, eine Ausnahme zu gewähren.«

Kaleíman von Attabo trat vor. »Habt Ihr von seiner Vergangenheit als Dieb und verurteilter Verbrecher gewusst, Großmeister?«, erkundigte er sich neutral.

»Ich kenne den Jungen, bevor er zum Gesetzesbrecher wurde, und sah ihn stets als aufrichtigen Menschen, dem Unrecht zuwider lief und der sich nicht unterdrücken ließ«, lautete die Antwort des Ordensführers. »Deshalb, und wegen der Fürsprache von Rodmor von Pandroc, entschloss ich mich, über die Fehler Tokaros hinwegzusehen und ihn aufzunehmen. Würde ich einen nichtsnutzigen Verbrecher als Sohn annehmen, Kaleíman von Attabo?«

Der Glaubenskrieger lächelte schwach. »Nein, Großmeister. Ihr würdet keinen Gauner an Eurer Seite dulden. Ich weiß das, und die übrigen von uns wissen es. Aber es wird andere geben, die aus den Taten Eures Ziehsohnes, mögen sie auch noch so lange zurückliegen, einen willkommenen Strick drehen werden, sobald sie die Gelegenheit dazu erhalten. Nachdem Ihr die Treue zum Hause Bardri¢ aufgekündigt habt, müssen wir umso vorsichtiger sein. Unser Gönner Lodrik Bardri¢ ist tot, und damit, so hatte es beim Ball den Anschein, starb das letzte Fünkchen Anstand und Verstand auf dem Thron.« Er trat an Tokaro heran und legte ihm die Hand auf die Schulter. »Niemand macht dir aus der Vergangenheit einen Vorwurf. Wir alle haben deine ehrlichen Bemühungen gesehen. Doch bleiben kannst du nicht, Tokaro, und du hast es bereits selbst erkannt. Auch das spricht für dich.«

Tokaro senkte den Kopf. »Ich habe verstanden, dass ich zu leicht zu einer Gefahr für Euch werden kann. Ich werde deshalb, wenn man mich fragt, sagen, dass ich Euch vorsätzlich täuschte, um aufgenommen zu werden und meiner Verurteilung zu entkommen.« Er schluckte. »Ich werde die Zeit bei den Hohen Schwertern niemals vergessen.«

Kaleíman sah ihn an, aufrichtige Anerkennung spiegelte sich in seinen Augen. »Auch wir werden dich in bester Erinnerung behalten, selbst wenn unsere Zungen vielleicht etwas anderes sagen werden, um den Schein zu wahren. Und Angor wird dich beschützen.«

Der Ritter reichte ihm die Hand und verließ den Platz. Nacheinander passierten die Ordenskrieger den jungen Mann und verabschiedeten sich von ihm.

Albugast beobachtete die bewegende Szene mit Neid. »Soll er denn ungestraft davonkommen?«, fragte er halblaut. »Er hat den Orden bewusst an den Rand eines neuen Abgrunds geführt, und nur der Schutz Angors hat uns davor bewahrt, dass man es entdeckte.«

»Ach, ja, der Haudegen mit den wachsamen Augen.« Nerestro fuhr herum. »Dir gebührt großer Dank, Albugast, dass du uns vor einem Hochstapler und Betrüger gewarnt hast. Wenn man uns fragt, wer diesen Schwindler entlarvte, sei gewiss, dass wir dich gebührend loben«, sprach er abfällig. »Er wird ein Andenken von mir erhalten, das er nicht mehr vergisst.« Seine Augen blitzen wütend auf. »Und du wirst als Nächster die Schwertleite erhalten, wie du es immer schon wolltest, nicht wahr, Albugast?« Er kam näher, der Knappe wich etwas zurück. »Aber nicht aus meiner Hand. Ich trage ebensolche Schuld an dem möglichen Ungemach wie Tokaro selbst. Weil ich ihn als Sohn annahm, werde ich das verantwortungsvolle Amt des Großmeisters an Herodin abgeben. Wenn ich mich morgen früh erhebe, will ich nur noch ein einfacher Ritter sein.« Breit baute er sich vor dem blonden Jüngling auf. »So wachsam, wie du gegenüber Tokaro warst, so wachsam werde ich von nun an dir gegenüber sein. Sollte ich entdecken, dass du irgendetwas mit Mortva Nesreca zu schaffen hast, wirst du ebenso aus unserer Gemeinschaft verstoßen.« Abrupt machte er kehrt und ging in sein Zelt. »Tokaro, ich will dich gleich sprechen.« Sein Adoptivsohn nickte und lief zu seiner eigenen Unterkunft.

Und so sah keiner der beiden das selbstzufriedene Grinsen, das langsam in Albugasts Gesicht entstand.

Als Tokaro das Zelt des Großmeisters betrat, saß Nerestro auf einem Feldstuhl, eine Hand lag locker auf der Lehne, die andere fasste den Griff der aldoreelischen Klinge, die mit der Spitze voran senkrecht zum Boden stand.

Im Licht der Lampen und Kerzen bot sein Adoptivvater eine eindrucksvolle Erscheinung, die schimmernde, gravierte Vollrüstung, das markante Gesicht mit der langen, goldenen Bartsträhne und die vielen glitzernden Diamanten an der Waffe fesselten Tokaros Blick.

»Ziehen wir heute Nacht schon los?«, wunderte er sich über das Bild, das ihm der Großmeister bot.

»Nein. Es ist Zeit für das Andenken, von dem ich vorhin sprach«, erwiderte der Ritter ernst. Er stemmte sich aus seinem Sitz. »Knie nieder, Tokaro von Kuraschka, und empfange das, was dir gebührt.« Mit einem leisen Geräusch glitt die aldoreelische Klinge aus ihrer Hülle, schoss herab und verringerte im letzten Moment die Geschwindigkeit. Beinahe unmerklich tippte die Spitze auf die rechte Schulter des Jungen.

»Hiermit schlage ich dich zum Ritter des Gottes Angor, Tokaro. Wo immer du sein wirst, Angor wird dich beschützen, solange du dich an die Regeln hältst, denen du verpflichtet bist. Auch ohne Orden.« Das Ende der Waffe senkte sich auf die andere Schulter nieder. Dann verstaute er das Schwert in der Scheide und bedeutete dem überwältigten Jungen, sich zu erheben.

»Eines Tages wirst du eine wichtige Aufgabe übernehmen, mein Sohn. Rodmor von Pandroc hat es mir gesagt. Er und die anderen Krieger sind sich da sehr sicher. Und wenn du sie erfüllst, sollst du sie mit der Hilfe und im Namen Angors bewältigen. Als ein Ritter, und nicht als ein Knappe, dem die Schwertleite wegen unbedeutender Dinge versagt werden musste.«

»Ich weiß nicht, was ich sagen soll«, gestand Tokaro ein, der sich der Ehre sehr wohl bewusst war.

»Es ist nicht notwendig, dass du etwas sagst«, meinte der Großmeister, dem die Rührung deutlich anzusehen war. »Du wirst immer mein Sohn und der Erbe all meiner Besitztümer bleiben, ganz gleich, was kommen mag. Die Zeiten werden sich, nicht zuletzt dank deines Eingreifens, wieder ändern, wie mir Rodmor versicherte. Das lässt mich mit einem guten Gefühl zurück.« Er breitete die Arme aus und umarmte Tokaro. »Auch wenn ich nur kurze Zeit dein Vater war, ich vermisse dich vom Grunde meines Herzens.«

Ein dicker Kloß steckte dem jungen Mann im Hals. »Ich verdanke dir mehr, als ich auszudrücken vermag«, sagte er mit erstickter Stimme. Tränen rannen über seine Wangen. »Ich werde Angor und dir alle Ehre machen.«

Sie lösten sich und betrachteten einander.

»Ich habe noch etwas für dich, Sohn.« Nerestro zog die aldoreelische Klinge ein weiteres Mal und küsste die Blutrinne feierlich. Dann hielt er sie Tokaro mit dem wundervoll gearbeiteten Heft voraus hin.

»Für mich?«, staunte der junge Ritter mit großen Augen und umfasste ehrfürchtig den Griff.

»Ich kenne niemanden, der würdiger wäre.« Der Großmeister zwinkerte. »Außer Herodin, aber der hat schon eine. Danke mir also nicht für meine Milde.« Während Tokaro die Waffe noch betrachtete, ritzte Nerestro ihm mit der Klinge den Handrücken ein wenig an, sodass Blut auf die Schneide rann. »Verreibe es auf dem Griff, damit sie weiß, dass sie einen neuen Herrn hat«, wies er ihn an. »Nur so leistet sie dir treue Dienste.«

Tokaro kam der Aufforderung nach. *Nun bin ich ein echter Ritter,* dachte er voller Freude, die sogar die Trauer über den Abschied ein wenig milderte. *Dennoch wäre ich lieber hier geblieben.* Er berührte die längliche Vertiefung in der Mitte der flachen Schwertseite mit den Lippen und verstaute die Klinge sodann in der Hülle.

»Und nun reite«, verabschiedete ihn der Großmeister. »Nutze die Nacht, denn ich fürchte, Albugast hat sich noch ganz andere Dinge ausgedacht, um dich zu vernichten. Dass sein Stolz und sein Ehrgeiz so unersättlich sind, hätte ich niemals für möglich gehalten. Ich muss blind gewesen sein, dies nicht bemerkt zu haben. Treskor ist bereits gesattelt, und dazu ist dir ein Packpferd bereitgestellt worden, auf dem du das Notwendigste findest, was ein fahrender Ritter benötigt.«

»Ich werde dich und Angor in meinem Herzen tragen«, versprach Tokaro.

Sie umarmten einander ein letztes Mal, dann verließ der junge Mann das Zelt.

Traurig setzte sich der Großmeister auf seinen Stuhl und schloss die Augen. *Schon wieder habe ich jemanden verloren, den ich liebe, Rodmor. Doch dieses Mal konnte ich nichts dagegen tun.* Er döste ein.

Irgendwann flackerten die Kerzen und erzeugten ein unruhiges Licht, das seinen dämmernden Geist aus dem schwachen Schlummer weckte.

Er hörte das leichte Knarren von Lederstiefeln, Metallteile stießen klingelnd aneinander, als bewegte sich ein Gerüsteter leise in seinem Zelt.

»Hast du etwas vergessen, Tokaro?« Er öffnete die Augen.

Eine Gestalt in schwarzer Lederrüstung, auf der silberne Metallstücke lamellengleich angebracht worden waren und deren Enden bis weit über die Knie reichten, stand vor ihm. Miteinander verflochtene Kettenringe schützten die muskulösen Unterarme, die Hände steckten in Panzerhandschuhen.

Das hohlwangige Gesicht des Besuchers mit dem Dreitagebart befand sich nur eine Klingenbreite von dem seinen entfernt. Anstelle der Augen glomm bedrohliches Rot in den Höhlen, die von dem herabhängenden, schwarzen und ölig wirkenden Haaren leicht verdeckt wurden.

Ohne zu zögern schlug Nerestro mit der Rechten zu, und ihm war, als hätte er gegen Stein gehauen. Zwar schnappte der Kopf seines Gegenübers ein wenig zur Seite, aber er wusste sehr genau, warum sich keine größere Wirkung einstellte.

Hemeròc bleckte die Zähne, trat zu und beförderte den Großmeister rückwärts vom Stuhl. Scheppernd schlug er auf den Teppichen auf, die den Boden bedeckten.

»Ich bringe das zu Ende, was ich begonnen habe«, sagte das Wesen düster, machte einen Satz und hockte lauernd auf dem Tisch. Genüsslich zückte es eine gezackte Klinge. »Niemand überlebt einen Zweikampf mit mir.«

Längst stand der Ritter wieder auf den Beinen und langte automatisch an die Stelle, an der seine aldoreelische Klinge üblicherweise baumelte. Er fasste ins Leere. *Angor, steh mir bei!*

Hemeròc flog heran und prallte gegen ihn, warf ihn trotz seiner Körpermasse und der Rüstung von den Beinen. Dann riss er ein Stück aus dem Sitzkissen heraus und stopfte die Federn dem Großmeister in den Mund, damit er nicht um Hilfe rufen konnte.

»Ich habe den Eindruck, dass du es mir zu leicht machst«, knurrte der Zweite Gott und zerrte Nerestro hoch. »Du bist alt geworden.«

Der Großmeister keuchte, der Flaum kratzte so sehr im Hals, dass er kein Wort herausbekam.

Stattdessen nahm er zwei Morgensterne vom Zeltmittelpfosten an sich und drosch auf den Eindringling ein. Insgeheim hoffte er, dass einer der anderen Träger der aldoreelischen Klingen durch den Lärm aufmerksam würde.

Tatsächlich öffnete sich plötzlich der Eingang. Albugast kam herein und starrte auf den ungleichen Zweikampf.

»Hole Herodin und die anderen«, krächzte der Großmeister. »Wir können einen von Nesrecas Brut besiegen.«

Hemeròc schaute grollend über die Schulter, die Augen glühten rot auf.

Der Knappe stierte das Wesen an, wich zurück und rannte hinaus. Auf die erlösenden Alarmrufe wartete Nerestro vergebens.

Er hat sich tatsächlich mit dem Bösen eingelassen, verstand der Ritter und parierte die viel zu schnellen Hiebe seines nahezu unbesiegbaren Gegners. *Wo sind nur die Wachen?*

Schließlich sah er vielfachen Feuerschein im Lager, Menschen liefen mit Fackeln umher, erste warnende

Rufe drangen durch die Zeltstadt. Und er hörte das Donnern von zahlreichen Pferdehufen, die sich aus allen Richtungen näherten.

Das darf nicht sein! Der Kabcar darf die aldoreelischen Klingen nicht bekommen! Wir müssen sie verstecken.

Mit einem Aufschrei warf er sich nach vorn, drosch Hemeròcs Schwert zur Seite und schlug ihm eine der dornengespickten Eisenkugeln mitten ins Gesicht; die zweite drang in den Hals ein. Dann rannte er an seinem irritierten Widersacher vorbei, um sich nach draußen zu begeben und eingreifen zu können.

Doch der Zweite Gott ließ das nicht zu. Er bekam die Halsberge der Rüstung zu fassen und hob den Großmeister mitsamt dem metallenen Schutz am ausgestreckten Arm vom Boden hoch. Die Stellen, an denen ihn die Morgensterne getroffen hatten, präsentierten sich unverletzt.

»Das war ein sehr gutes Manöver. Ein Mensch wäre sicherlich tot.« Langsam setzte er die Spitze seiner Waffe an eine Gelenkstelle der Rüstung an der Seite des Körpers. »Nun triff Angor, Großmeister.«

V.

Kontinent Kalisstron, Bardhasdronda, Frühsommer 459 n. S.

Lorin kehrte schweißüberströmt von seinem Dienst zurück. »Meine Güte, was haben wir heute wieder alles gemacht.« Erschöpft, aber glücklich plumpste er auf den nächstbesten Stuhl, das Wehrgehänge polterte samt Schwert zu Boden, die Stiefel flogen durch die Luft. »Ich gönne mir mit ihnen die gleichen Quälereien, wie sie Waljakov mit mir angestellt hat. Und das tut mir selbst auch ganz gut.« Mit einem Seufzen lehnte er sich zurück und wackelte mit den Zehen. »Ich fühle mich fast so zerschlagen wie damals.«

»Wenn du bereit bist, könntest du nach Jarevrån sehen«, sagte Matuc ernst, der die Zeremonie von seinem Schaukelstuhl aus verfolgt hatte. »Ich glaube, es ist etwas passiert.«

Der Junge sprang auf. »Wo ist sie?« Er raffte seine Sachen an sich und wollte zur Tür eilen.

»Nein, sie wartet in deiner Kammer«, nickte der Mönch nach hinten. »Es geht um Stápa.«

Lorin rannte in die andere Richtung und fand die Kalisstronin mit roten, verweinten Augen auf seinem Bett sitzen, die Hände im Schoß zusammengefaltet. Als er ihren kummervollen Blick sah, wusste er, was geschehen war.

Ohne ein Wort zu sagen, setzte er sich neben sie und nahm sie in den Arm.

Jarevrån ließ ihrer Trauer freien Lauf und vergoss neuerliche Tränen um die geliebte Großmutter.

Irgendwann hob sie den Kopf, und ihre Augen suchten den Blick ihres zukünftigen Mannes. »Sie ist einfach eingeschlafen, hat Kalfaffel gesagt. Ich habe sie morgens im Bett gefunden, weil sie zu lange ruhte.« Sie schauderte. »Sie fühlte sich kalt an. Ich redete mir ein, sie sei nur krank.« Sie schnäuzte sich die Nase.

Auch Lorin wischte sich Tränen aus den Augenwinkeln. »Sie war in den Jahren unserer Ankunft einer der wenigen Menschen in Bardhasdronda, die sich um die Fremdländler kümmerten, erzählte mir Matuc. Und ich kenne sie auch nur als furchtbar liebe, unerschrockene Person, die so gar nichts auf das Geschwätz der anderen gegeben hat.« Er küsste seine Braut auf die Stirn. »Wir sollten die Hochzeit verschieben.«

Jarevrån lächelte schief. »Nein, das würde sie nicht wollen.« Umständlich nahm sie einen Brief hervor. »Das ist ihr Testament. Sie vermacht mir ihr Haus und ihre Stallungen, damit wir beide darin leben sollen.« Lorin fühlte tiefe Rührung. »Und Matuc erhält ihr gesamtes Land zur Pacht auf Lebenszeit. Danach geht dieses Recht an diejenigen über, die Ulldraels Glauben in Bardhasdronda verbreiten.«

»Die gute Stápa«, meinte der Junge bewegt und hielt seine Braut umschlungen. Beide saßen lange so da, versunken im stillen Gedenken an die einst älteste Frau Bardhasdrondas.

Als sie nach einer ganzen Weile Matuc den Tod der alten Dame verkündeten, sah er sich in seinen Ahnungen bestätigt. Ihre Gabe an ihn überwältigte ihn so, dass er nichts darauf zu sagen vermochte. So beließ er es bei einem kräftigen Händedruck.

»Ich werde ihr zu Ehren eine neue Züchtung Süßknollen nach ihrem Namen nennen«, sagte er schließlich voller Dankbarkeit. »Hättest du etwas dagegen, wenn wir auf dem Land einen Tempel des Gerechten errichten würden? In der Stadt fehlt uns der Platz dazu.«

»Ich denke, dass es im Sinne meiner Großmutter wäre«, meinte Jarevrån. »Doch das Geld und die Materialien müsst Ihr Euch selbst besorgen. Ansonsten sucht Euch die Stelle aus, die Euch genehm ist.«

»Kiurikka wird sich in jedem Fall weniger gestört fühlen, wenn Ulldrael erst einmal nur vor den Stadtmauern zu finden ist und nicht unmittelbar neben dem Haus der Bleichen Göttin Einzug hält«, fügte Lorin hinzu. Er nahm die Kalisstronin an der Hand. »Wir gehen noch ein wenig den Strand entlang.«

Sie wollten die Unterkunft verlassen, als die Tür geöffnet wurde und Fatja mit strahlender Miene auf der Schwelle stand.

»Da bin ich wieder! Die große Geschichtenerzählerin aus dem fernen Kontinent Ulldart hat ihre Reise durch das Umland beendet und einen Sack voller Neuigkeiten mitgebracht. Habt ihr mich vermisst?« Sie bemerkte die ernsten Gesichter um sich herum. »Und wie es scheint, habe ich etwas verpasst …«

In aller Kürze berichtete Lorin vom Tod der Stadtältesten, während sich Jarevrån tapfer beherrschte, um nicht neuerlich in Tränen auszubrechen.

Fatja atmete tief ein und rang mit der Fassung. »Das tut mir Leid. Sie war immer sehr gut zu uns.« Sie setzte sich neben Matuc. »Ich habe mir meine Rückkehr schöner vorgestellt, weniger traurig.«

Lorin setzte sich neben seine große Schwester und legte einen Arm um sie. »Stápa hätte bestimmt nicht gewollt, dass ausgerechnet du dein Temperament verlierst.«

»Und mir wäre es eine Ehre, wenn du ein Lied zu ihrer Bestattung schreiben würdest«, schaltete sich Jarevrån ein. »Nur ein kleines, aber schönes Lied. Ich würde mich sehr darüber freuen.«

Fatjas braune Augen schimmerten feucht. »Aber natürlich. Die Ehre ist ganz meinerseits.« Sie räusperte sich und nahm sich etwas zu trinken. »Ihr wolltet doch eben gehen? Dann warte ich hier so lange, bis ihr zurück seid.« Sie deutete auf Lorin. »Ich muss dem stellvertretenden Milizführer nämlich noch einige Dinge berichten, die ich unterwegs gehört habe. Aber es eilt nicht.«

Hand in Hand verschwanden Lorin und Jarevrån.

Fatja wandte sich dem Geistlichen zu. »Die Zeit der Rückkehr kommt näher, Matuc.«

»Die Rückkehr nach Ulldart? Wie kommst du darauf?«, fragte Matuc überrascht.

Fatja stand auf, nahm ihr Gepäck und verschwand im rückwärtigen Bereich des Hausbootes. »Ich hatte Visionen, die derart greifbar waren, dass sie mir einen Auftritt gründlich vermasselten. Die Leute müssen gedacht haben, ich hätte mir zu viel Njoss einverleibt«, rief sie von hinten.

Kleidung raschelte, Wasser spritzte, dann erschien Fatja im frischen Unterkleid, triefnass von oben bis unten. »Ich musste mir rasch ein wenig Wasser ins Gesicht schütten«, entschuldigte sie sich, während sie die schwarzen Haare, die sie auf Reisen kurz trug, mit einem Tuch trocknete. Mit einer Hand setzte sie einen Kessel auf, um Tee zuzubereiten.

Matucs Ungeduld stieg von Minute zu Minute. »Du bist wirklich eine sehr gute Geschichtenerzählerin. Du fachst das Verlangen deiner Zuhörer, die Märchen zu hören, durch die Warterei geschickt an.«

Fatja beeilte sich und brachte auch Matuc eine Schale Tee. Dann setzte sie sich dem Geistlichen gegenüber, dessen Haupt vollständig ergraut war. *Er wird älter und älter,* zuckte es durch ihre Gedanken.

Unwillkürlich kehrte ihre Erinnerung an Stápa zurück, wie sie in der Ecke des alten Hauses saß und gute Ratschläge bereit hielt, wenn es mit dem Windelkind Lorin wieder einmal so gar nicht klappen wollte und der zierliche Knabe mehr Scherereien machte als alles andere.

»Der Tod ist hoffentlich wirklich nur der Übergang in ein anderes, besseres Leben«, seufzte sie niedergedrückt und blies über ihren Tee. »Es täte mir Leid, wenn die vielen netten Menschen einfach vergehen würden, ohne dass sie auch an anderer Stelle Anerkennung dafür erhalten. Ulldrael der Gerechte wird sich doch ihrer annehmen, wenn sie schon seinen Glauben derart unterstützt?«

Beruhigend nickte der Geistliche. »So wie er sich eines Tages meiner und deiner Seele annehmen wird.« Er lächelte. »Ich weiß, dass ich alt bin. Und ich habe die Sorge in deinem Blick bemerkt.« Matuc tätschelte ihre Wange. »Keine Sorge. Und nun berichte von deinen Visionen.«

»Das Ganze war merkwürdiger als jemals zuvor.« Fatja setzte sich ein wenig auf. »Arnarvaten und ich waren in Vekhlathi und schafften es, den Betreiber der angesehensten Teestube dazu zu bringen, uns einen Abend lang auftreten zu lassen, obwohl das nicht eben einfach war. Sie sind nicht gut auf Leute aus Bardhasdronda zu sprechen.« Sie nippte an ihrer Schale. »Mein Zukünftiger beendete sein Lied und machte mir auf dem Pult Platz, und ich begann mit der Legende über die Modrak.«

»Schauermärchen«, meinte Matuc leise. »Sie müssen auf die Kalisstri ungemein wirken, da sie weder Sumpfkreaturen noch diese fliegenden Bestien kennen.«

»Und Kalisstra sei Dank dafür«, nickte Fatja. »Ich habe manchmal noch Albträume, wenn ich an sie denke.« Sie erschauderte. »Auf alle Fälle verschwamm der Raum plötzlich vor meinen Augen, und ich schwöre, ich habe den Njoss nicht angerührt.«

»War es nicht bisher so, dass es eines Auslösers bedurfte, damit deine Gabe sich entfaltet?« warf der Mönch, stutzig geworden, ein.

Fatja zuckte ratlos mit den Achseln. »Das ist es ja. Ich weiß nur noch, dass ich einem der Gäste in die Augen schaute, und schon wurde mein Auftritt abrupt beendet. Arnarvaten hat mich von der Bühne geholt und den enttäuschten Leuten etwas von einem Schwächeanfall vorgelogen.« Fatja wirkte verunsichert. »Ich habe ein wenig Angst davor, dass mich die Visionen in noch ungünstigeren Augenblicken heimsuchen, wenn ich beispielsweise eine Straße überqueren möchte. Kein schöner Abgang, von einem lahmen Pferdefuhrwerk überrollt zu werden, dem man sonst mit spielerischer Leichtigkeit entkommen wäre.«

»Und der Gast?«

»Ich dachte, du wolltest wissen, was mit der Vision ist?«

»Wenn der Mann aber der Auslöser war?«, wurde Matuc deutlicher.

Die junge Frau runzelte die Stirn, ihr Gesicht nahm einen angestrengten Ausdruck an. »Kann nicht sein«, meinte sie nach einigem Nachdenken. »Ich sah einen Mann, na ja, einen halben Mann, ungefähr so alt wie mein kleiner Bruder. Er stand an Deck eines Schiffes und …«, sie grinste, »übergab sich die ganze Zeit. An seiner Seite hing ein Schwert, dessen Griff er mit Lappen umwickelt hatte. Und dann sah ich hinter ihm seltsam anzuschauende Männer. Sie deuteten auf eine Küstenlinie. Ich erkannte die Hafeneinfahrt von Bardhasdronda. Dann wechselte die Szenerie.«

Fatja nahm die Wiedergabe ihrer Visionen deutlich mit. Ihre Hände zitterten ein wenig. »Folgendes macht mir am meisten zu schaffen: Ich irrte durch eine düstere Stadt. Die Häuser, deren Fassaden mit verworrenen Reliefs und Mosaiken versehen worden waren, schoben sich von allen Seiten auf mich zu, ragten wie Furcht erregende Berge in die Höhe; auf den Dächern lauerten steinerne Gargoylen und andere schreckliche Wesen und verfolgten mich mit ihren toten Augen.

Obwohl ich wusste, dass die Sonnen hoch am Himmel stehen mussten, war es am Boden merkwürdig lichtlos, ich hastete von einer hellen Stelle zur nächsten, immer in der Hoffnung, bald an ein Stadttor zu kommen, durch das ich fliehen konnte. Schließlich blieb ich vor einem riesigen Gebäude stehen, das alle anderen überragte, sowohl von der Größe als auch von seiner Finsternis her. Um es herum schien ewige Nacht zu herrschen.«

Während sie das Bauwerk weiter beschrieb, entstand bei Matuc der Verdacht, dass es sich um die einstige Ulldrael-Kathedrale handelte. Doch an die vielen Eisenspitzen, die angebrachten Türmchen und anderen Einzelheiten erinnerte er sich nicht. *Ist Tzulan in unserer Heimat schon so stark, dass er sich derart offen zeigt? Dann wird die Rückkehr wirklich notwendig, um dem Bösen durch den wahren Glauben Einhalt zu gebieten.*

»Ich betrat es gegen meinen Willen durch das gigantische Portal, das für Riesen gemacht sein musste, und sah, wie …« Fatja verstummte, Entsetzen spiegelte sich auf ihrem Gesicht. »Ich sah, wie sie Hunderte von Menschen durch ein Loch im Boden stießen. Einer nach dem anderen stürzte in die Schwärze. Und der Name des Gebrannten Gottes schallte zum Dach des grausigen Gebäudes empor.« Ihr Atem beschleunigte sich. »Ich kehrte auf dem Absatz um, stürzte hinaus. Die Sonnen«, stockend erzählte sie weiter, »sie verdunkelten sich, und die Sterne standen klar und deutlich am Firmament. Aus den Konturen des Gebrannten Gottes formte sich ein Sternenregen, der auf dem Platz niederging.« Sie fasste nach den Fingern des Geistlichen. »Matuc, ich habe gesehen, wie Tzulan herabstieg«, flüsterte sie furchtsam. »Und die Menschen liefen herbei, jubelten ihm zu und begrüßten ihn, allen voran ein junger Mann in der Uniform des Kabcar, der nicht Lodrik war.« Fatja endete, sie schlug die Hände vors Gesicht. *Ich will es nicht mehr können. Die Gabe soll verschwinden, mich nicht weiter quälen.*

Lodrik wird sterben, und trotzdem kommt die Dunkle Zeit? Tröstend strich Matuc ihr über die schwarzen Haare. »Es ist gut, Fatja. Es kann dir nichts geschehen. Der Gebrannte ist immer noch am Himmel, Arkas und Tulm hängen weit über unsere Köpfen und können uns nichts anhaben.«

»Aber es wird nicht mehr lange dauern, wenn ich die Erscheinung richtig gedeutet habe.« Sie leerte die Schale und goss sich Tee nach. »Ist dies das Zeichen zur Rückkehr? Oder eine Warnung, dass wir die Dunkle Zeit nicht mehr aufhalten können?«

»Ulldrael hat uns damals nicht vor den Schergen Nesrecas bewahrt, damit wir nun tatenlos das unaufhaltsame Vordringen Tzulans und seiner Gefolgschaft vom anderen Ufer aus betrachten sollen.« Matuc erhob sich, schritt mit seiner Prothese so gut es ging auf und ab. »Wir müssen die anderen in Kenntnis setzen. Du musst deine Visionen ein weiteres Mal darlegen«, sagte er und betrachtete sie fürsorglich. »Schaffst du das, oder soll ich erzählen?«

»Nein, es muss gehen. Ich härte allmählich ab.« Fatja seufzte. »Ich habe bereits angefangen, meine Erscheinungen niederzuschreiben, damit ich nichts, auch nicht das Geringste vergesse. Ich ergänze meine Aufzeichnungen entsprechend, wenn mir nachträglich etwas auf- oder einfällt.« Sie unterdrückte ein Gähnen.

Matuc lächelte sie an. »Du bist müde von der Reise. Leg dich ins Bett und ruh dich aus.«

»Wir wollten die Übrigen doch von …«

»Sie sind noch genügend mit dem Tod von Stápa beschäftigt«, meinte der Geistliche und hielt ihr den Vorhang auf, der die Schlafstellen vom Wohnzimmer sowie der Küche trennte. »Es wird ohnehin dauern, bis Waljakov hier ist. Ich möchte ihn keinesfalls im Unklaren lassen. Morgen ist auch noch ein Tag.«

Fatja gab den Widerstand auf und schlurfte müde in Richtung Bett. Kaum lag sie mit dem Kopf auf dem Kissen, versank sie ihn tiefen Schlaf. Behutsam deckte Matuc sie zu, wie er es in ihren Kindertagen gemacht hatte, und humpelte hinaus.

Dann suchte er die Skizzen aus dem Schrank, die er bereits vor Jahren gezeichnet hatte und die einen bescheidenen Ulldrael-Tempel darstellten.

Hier errichte eine Festung des Glaubens, Gerechter, hielt er stumme Zwiesprache mit seinem Gott. *Und mit den*

Kalisstri, die voller Eifer für dich sind, werde ich die Ulldarter zu dir zurückführen. Wie mir scheint, benötigt meine Heimat eine leitende Hand und eine mahnende Stimme mehr denn je.

Der Geistliche erhob sich, raffte die Skizzen an sich und machte sich auf den Weg zu den Gewächshäusern am Hafen, um seine Gläubigen wie gewöhnlich in den Lehren Ulldraels zu unterrichten.

Waljakov warf sich keuchend ins spärliche Gras, die schweren Gewichte fielen rechts und links zu Boden.

Nach Atem ringend, wälzte er sich auf den Rücken und schnaufte die vorüberziehenden Wolken an. Seine Beine brannten wie Feuer, und die Muskeln revoltierten gegen die Belastung, die der K'Tar Tur ihnen abverlangte.

Täglich erklomm er die steilen Stufen vom Strand hinauf zum Felsenplateau in rasantem Tempo und beschwerte sich zusätzlich mit zwei Steinplatten. Was er von anderen verlangte, machte er stets selbst vor, so hatte er es immer gehalten, und so führte er es fort.

Bald werde ich nur noch die Kranken und Schwachen ausbilden können. Ächzend stemmte er sich auf die Ellbogen und schaute um sich. *Verfluchtes Alter.*

Einer der Kalisstri, die auf der Aussichtsplattform des Feuerturmes standen und den Horizont nach Segeln absuchten, winkte grüßend in seine Richtung.

Die Maßstäbe, die der einstige Leibwächter Lodriks und Waffenmeister Lorins an sich selbst anlegte, brachten immer noch die meisten Bewohner der Stadt zum Aufgeben, von wenigen Ausnahmen wie seinem Schützling oder Rantsila einmal abgesehen.

Und dennoch stellte ihn das nur schwer zufrieden.

Waljakov verschränkte die Arme hinter dem kahl rasierten Schädel und sank nach hinten, schloss die eisgrauen Augen und genoss den warmen Wind, der Richtung Meer strich.

Kurz bevor er eindöste, fiel ein Schatten über ihn, der ihn aus dem Zustand des Dämmerns riss. Er blinzelte gegen die Sonnen und schaute auf die Silhouette einer Frau, die ihn musterte. Der Tracht, den schwarzen Haaren und den grünen Augen nach zu schließen, handelte es sich um eine Kalisstronin.

»Kann ich dir helfen?«, fragte Waljakov mürrischer als beabsichtigt. »Ich mag es nicht besonders, angestarrt zu werden.« *Ich hätte sie eigentlich hören müssen. Ich liege direkt an den Stufen. Verdammtes Alter. Früher wäre ich nicht überrascht worden.*

»Nein, Ihr könnt mir nicht helfen«, entgegnete sie freundlich. »Ich möchte nur hier vorbei.« Ohne lange zu zaudern, machte sie einen großen Schritt über den Ulldarter hinweg und ging langsam in Richtung des Turmes.

Waljakov bekam plötzlich ein schlechtes Gewissen. »Wartet!« Er sprang auf und lief hinter der Frau her, deren Alter er auf fünfunddreißig schätzte. »Ich habe es vorhin nicht so gemeint.«

»Dabei habt Ihr doch gar nicht viel gesagt«, gab sie kess zurück. »Ihr seid kein Kalisstrone, wie ich sehe. Eure Rüstung ist ebenso unüblich wie Eure hoch gewachsene, breite Statur.« Sie nickte. »Sehr männlich.«

Waljakov legte die mechanische Hand an den Säbelgriff. »Ich gehöre zur Mannschaft des Feuerturmes.«

»Sollte das Eure Vorstellung gewesen sein?« Ihre grünen Augen leuchteten belustigt. »Wenn Ihr Euren Namen nicht nennen wollt, so sollt Ihr meinen auch nicht erfahren.« Sie setzte ihren Weg fort, der sie bis an den Rand der Klippen führte.

»Kommt da vorne weg«, brummte der K'Tar Tur besorgt. »Es ist gefährlich. Der Wind zieht Euch hinab, wenn Ihr so nah am Abgrund steht.«

Die Kalisstronin breitete langsam die Arme aus. »Wenn Ihr wüsstet, wie wenig mir das ausmacht«, meinte sie schwermütig. Die Luft spielte mit ihren Haaren, wehte die offenen Strähnen wie schwarze Seidenfäden in Richtung der See, und ihr Kleid flatterte.

Sie ist verrückt. »Kommt zurück, ehe ein Unglück geschieht.« Er machte einen Schritt nach vorn, um die Uneinsichtige notfalls gegen ihren Willen zu ergreifen.

Sie schaute über die Schulter. »Ein Unglück? Wie könnte es denn noch schlimmer kommen?«

»Was habt Ihr gesagt?«, erkundigte sich einer der Türmler von den Zinnen herab. »Habt Ihr gerufen?«

Waljakov schaute hinauf. »Nein, ich rede mit dem Weib hier.«

Der Kalisstrone machte ein ratloses Gesicht.

Als sich der Ulldarter umdrehte, war die Frau verschwunden. *Prächtig. Sie wird davongesegelt sein wie ein loses Blatt.* Hastig ließ er sich auf den Bauch fallen und robbte bis zur Kante, um nach ihr zu sehen. Der Türmler sah ihm neugierig zu.

Aber weder am Strand noch im Meer entdeckte er ihr Kleid. Die Steilhänge wiederum boten keinen Halt und keinerlei Vorsprünge, nach denen sie im Sturz hätte greifen können.

»Das soll mich doch ...«, fluchte er, rutschte zurück und rannte die Treppen zum Strand hinunter.

Auch von unten konnte er nichts ausmachen, was ihm eine Erklärung über den Verbleib der Besucherin geliefert hätte. Verblüfft setzte er sich auf einen Stein.

Das ist schon das zweite Mal, dass mir meine Sinne einen Streich spielen. Dennoch sah er das Gesicht der Frau genau vor sich. Zu genau für eine bloße Einbildung.

Er stürmte die Treppen hinauf, um seine Kameraden zu befragen. Aber die hatten nichts gesehen. Weder auf dem Plateau noch am Abgrund.

Nachdenklich fuhr sich Waljakov über die Glatze. *Das hat mir noch gefehlt. Nicht nur, dass zahnlose Greise mich bald im Rennen überholen, mein Verstand geht dahin. Verfluchtes Alter.*

»Signal von der Stadt, Waljakov«, brüllte einer der Türmler die Treppe des runden Gebäudes hinunter. »Du sollst dich bei Seskahin blicken lassen.«

An Lorins zweiten Namen werde ich mich nicht gewöhnen. Schlimm genug, dass der Junge unter den Fischfressern aufwachsen muss. Grinsend erhob er sich. *Aber immerhin hat er es zu was gebracht.* »Ich mache mich gleich auf den Weg«, rief er zurück. *Es scheint, als müsste ich ein wenig laufen. Schadet mir nichts.*

Der Hüne stand auf, zurrte den Harnisch fest, nahm den Säbel in die künstliche Hand und stieg die Stufen zum Strand hinab. Dann verfiel er in einen leichten Trab.

Auf dem Weg nach Bardhasdronda drehten sich seine Gedanken um die Frau, die so rätselhaft aufgetaucht und noch geheimnisvoller verschwunden war.

Als der K'Tar Tur die Stadttore erreichte, hatte er sich kaum angestrengt, was er mit einer gewissen Befriedigung registrierte. Im gleichen Tempo machte er sich auf zum Hausboot und fand dort die Borasgotanerin vor.

»Da hat jemand aber gehörig geschwitzt«, begrüßte ihn Fatja und verzog das Gesicht. »Ist dir der Harnisch schon am Leib festgewachsen?« Sie deutete nach hinten. »Wasch dich erst einmal, bevor du dich zu uns setzt. Die anderen werden gleich erscheinen.«

»Was gibt es denn so Dringendes?«, wollte Waljakov unwirsch wissen, schnallte die Rüstung ab und trennte sich von seinem Hemd.

»Es sind Dinge zu bereden«, meinte die Schicksalsleserin ausweichend.

Waljakov wusch sich und ließ den kräftigen Oberkörper an der Luft trocknen.

Fatja griente. »Für einen alten Mann bist du noch sehr gut erhalten«, bemerkte sie, weil sie genau wusste, welche Sorgen sich der ehemalige Leibwächter machte. »Und die paar Falten machen da gar nichts aus.«

»Das sind keine Falten«, brummte er, und seine Muskeln spannten sich.

Die Tür öffnete sich. Arnarvaten stand im Rahmen und verharrte, als er den Krieger vor sich stehen sah. Ein ehrfurchtsvoller Blick traf den Ulldarter.

»Ist er nicht niedlich?«, lachte Fatja und warf sich dem Geschichtenerzähler an den Hals. »Er hat tatsächlich immer noch ein wenig Angst vor dir, Waljakov.« Sie nahm ihren zukünftigen Gemahl bei der Hand und zerrte ihn herein. »Ich mache etwas zu trinken, ehe die anderen auftauchen.«

»Habe ich nicht«, widersprach Arnarvaten ein wenig zu spät und setzte sich auf einen Stuhl, dann senkte er etwas verlegen den Blick.

Seufzend warf sich der einstige Leibwächter ein Tuch über und hockte sich ebenfalls hin.

Schweigend saßen sie einander gegenüber.

Und wenn es ein Spuk ist? Vielleicht weiß er etwas, fiel es dem K'Tar Tur ein. »Du bist doch der beste Geschichtenerzähler«, sprach er den Kalisstronen unvermittelt an. »Gibt es Legenden über Feuertürme? Kennst du welche?«

»Natürlich«, entgegnete Arnarvaten pikiert. »Ebenso hättest du fragen können, ob ich die Geschichte der Stadt kenne. Es existieren praktisch zu allen Türmen eigene Sagen, mal schön, mal traurig, mal abenteuerlich.« Er rieb sich den kunstvoll ausrasierten Bart. »Aber wie kommst du ausgerechnet jetzt darauf?«

»Gibt es eine Legende über meinen Turm?«, erkundigte sich Waljakov ungerührt, als führte er ein Verhör, und seine grauen Augen ruhten auf Arnarvatens Gesicht.

»Sicherlich. Ich müsste allerdings ein wenig nachdenken. Das Repertoire ist sehr groß, und ich habe mich, um ehrlich zu sein, nicht auf solche Art von Sagen spezialisiert«, räumte der Mann wachsam ein, als rechnete er mit einem Angriff des K'Tar Tur, weil er ihm seinen Wunsch nicht erfüllen konnte.

»Dann denke nach.« Waljakov verfiel in Schweigen.

Fatja kehrte mit dem Kräutertee zurück. »Na, unterhaltet ihr euch auch schön?«, fragte sie ironisch. »Ihr Schnattermäuler wollt gar nicht mehr aufhören, was?«

»Soll ich mit ihm über Schwertattacken philosophieren?«, murrte Lorins Waffenmentor, richtete sich auf und kreuzte die Arme vor der mächtigen Brust, sodass Arnarvaten wie ein Schuljunge wirkte. »Oder Trefferbereiche? Oder wie weit Blut spritzen kann, wenn man einem Menschen die Kehle aufschlitzt.«

»Genau, Waljakov«, nickte Fatja bierernst. »Bringe ganz Ulldart in Verruf, damit uns die Kalisstri als Barbaren oder Schlimmeres ansehen.« Sie lächelte ihren Zukünftigen an. »Tee, mein Lieber?«

Lorin, Matuc und Rantsila, der zahlreiche Blätter bei sich trug, betraten zusammen die Stube, man grüßte einander und nahm Platz.

»Ich habe gehört, die Fremdländler«, der Anführer der Miliz zwinkerte als Zeichen, dass er es nicht ganz so meinte, »wollen im Anschluss an unsere kleine Sitzung noch Dinge in eigener Sache beraten, deshalb beeilen wir uns.« Er breitete die Blätter aus. »Das hier sind die Stellen aus den Berichten der Feuertürme, die mir besonders wichtig erschienen. Unser geheimnisvolles Schiff mit den geriffelten Segeln tauchte zweimal auf.« Sein Zeigefinger tippte auf die jeweiligen Eintragungen. »Einmal war es Richtung Vekhlathi unterwegs, dann fuhr es vor kurzem Richtung Süden und nahm scheinbar Kurs aufs offene Meer. Wir nehmen an, dass sie sich Verstärkung geholt haben, um etwas gegen uns …«

»Geriffelte Segel?«, unterbrach ihn Waljakov. »Was bedeutet das?«

Rantsila suchte in den Unterlagen und legte eine Zeichnung vor.

Der K'Tar Tur erkannte die Segel auf Anhieb. »Bei allen Göttern«, entfuhr es ihm überrascht. »Sie sehen aus wie die Segel der Schiffe, auf der uns die Häscherin Nesrecas nachsetzte und uns schließlich versenkte. Der Pirat erzählte etwas von einer Frau, die die kleine Flotte befehligte«, lüftete er das Geheimnis. »Ich bin mir ziemlich sicher. Ich stand damals mit Rudgass an Deck, als sie aufschlossen.«

»Das heißt, entweder sie haben die Suche nach uns niemals aufgegeben, oder es gibt noch zahlreiche andere von ihnen, die mit den Vekhlathi gemeinsame Sache machen«, warf Matuc aufgeregt ein. »Anscheinend haben wir es mit Piraten zu tun.«

»Reichen die Lijoki nicht mehr aus«, warf der Anführer der Miliz ein, »dass sie sich Verbündete aus anderen Kontinenten suchen müssen?«

»Vielleicht haben sie sich dermaßen blutige Nasen vor den Toren Bardhasdrondas geholt, dass sie erst ihre Wunden lecken müssen, bevor sie zu ihrem niederträchtigen Geschäft zurückkehren«, schlug Lorin vor.

Fatja wurde aschfahl. »Ich glaube, ich habe dieses Schiff in einer Vision gesehen«, flüsterte sie. Sie wechselte einen schnellen Blick mit dem Geistlichen. »Die Männer mit den fremden Gesichtern.« Sie schloss ihre Augen. »Und ich glaube, dass ihre Segel so aussahen. Ich bin mir nicht völlig sicher.«

»Dann birgt es doppelte Gefahr.« Waljakov rieb sich den kurz getrimmten Bart. *Im schlimmsten Fall hat es die Kreaturen Nesrecas an Bord, die Lorin töten sollen.*

Rantsila verzog den Mund. »Nun, mit solch schlechten Nachrichten hatte ich nicht gerechnet. Was wisst ihr über die Fremden?«

»Sie sind nicht aus Ulldart und anscheinend nicht aus Kalisstron«, fasste Waljakov zusammen. »Ich vermute, dass sie aus Tzulandrien stammen.«

Das Böse scheint sich über das Meer hinweg ausbreiten zu wollen. Matuc nahm einen hastigen Schluck Tee.

»Von diesem Land, das der Gebrannte Gott schuf, habe ich nur Schlechtes gehört«, äußerte sich Rantsila bedächtig. »Wenn sich die Vekhlathi mit ihnen eingelassen haben, droht uns mehr als nur ein Krieg zwischen Städten. Noch niemand hat es gewagt, Fremdländler – und schon gar nicht verdorbene Fremdländler – hinzuzuziehen.«

»Wir haben sie, glaube ich, gesehen«, schaltete sich Arnarvaten ein. Alle Augen richteten sich auf den geschätzten Geschichtenerzähler. »Ich erinnere mich, als wir in Vekhlathi waren … Wir traten in einer Gaststätte auf, in der du«, er schaute zu Fatja, »das Bewusstsein verlorst. Dort sahen wir Menschen, die sich merkwürdig verhielten. Sie drückten sich in den dunkelsten Ecken herum, um nicht richtig gesehen zu werden.«

»Ich entsinne mich, dass ich Ähnliches in einer Gasse erlebte. Und als ich ihnen folgen wollte, verschwanden sie so schnell, dass ich sie in den schmalen Sträßchen verlor.«

»Also müssen wir davon ausgehen, dass unsere Nachbarn längst mehr als nur einen Streit um die Süßknollen austragen wollen.« Der Milizionär lehnte sich zurück. »Aber verstanden habe ich nicht, weshalb Euch die Tzulandrier so lange verfolgen sollten?« Abwartend schaute er in die Runde.

»Nein, das habt Ihr falsch verstanden«, beruhigte Matuc ihn ein wenig zu schnell. »Wir kennen sie eben nur von früher. Schließlich waren sie es, die unser Schiff versenkten, da bleiben wenig gute Erinnerungen.« Er lachte reichlich gespielt.

»Aber was machen Tzulandrier so weit im Norden?«, fragte Rantsila beharrlich.

Waljakov zuckte mit den Achseln, die blasse Fatja fasste Arnarvatens Hand, Lorins Augen hatten sich auf die Kerze geheftet.

Nur der Mönch wandte sich dem Kalisstronen zu. »Ich weiß es nicht.« *Und das ist nicht einmal gelogen, Ulldrael.* »Es wäre gut, wenn wir schnell Nachricht aus Ulldart erhielten, und sei sie noch so gering. Wenn sich die Tzulandrier als neue Herren der Meere fühlen, was ist dann mit den Palestanern und den Rogogardern geschehen?«

Der Anführer der Bürgerwehr erhob sich unzufrieden. »Gut, wenigstens wissen wir, dass die Vekhlathi mit Sicherheit einen größeren Schlag planen. Sobald dieses Schiff mit den geriffelten Segeln auftaucht, sollen die Feuertürme ein Signal geben, damit wir gewarnt sind. Es ist an der Zeit, dass ich den Bürgermeister und unsere Verbündeten in Kenntnis setze, um die Gegenschläge vorzubereiten.« Er nickte in die Runde und verschwand hinaus.

Niemand sprach ein Wort. Nur das Geräusch der Wellen, die draußen gegen die Kaimauern und gegen den Rumpf des Hausbootes schlugen, klang gedämpft herein.

»Ich bringe Menschen doch nicht durch meine bloße Anwesenheit in Gefahr?«, verlangte Lorin schließlich zu wissen. »Suchen die Tzulandrier nach mir?«

»Ich schätze, sie wissen inzwischen sehr wohl, wo du zu finden bist«, sprach sein Waffenmentor. »Einer der Lijoki oder Vekhlathi wird ihnen gesteckt haben, wo sich Fremdländler gleich rudelweise und das seit Jahren herumtreiben.« Die mechanische Hand legte sich auf die Tischplatte. »Sie suchen sich Verbündete. Sie sind zu wenige, um Bardhasdronda alleine angreifen zu können. Und weil sie wissen, dass wir ihre Segel kennen.«

»Machen wir uns nichts vor«, erhob Matuc seine Stimme. »Nesreca hat niemals aufgegeben.«

»Umso mehr Spaß wird es bereiten, seine Schergen auf den Grund der See zu schicken«, sagte Waljakov finster. »Und danach sollten wir schleunigst in Erfahrung bringen, was sich in unserer Heimat abspielt.«

Lorin schwieg. *Es ist eure Heimat, nicht meine,* wollte er sagen. Und dass ihm die Menschen in Bardhasdronda wichtiger waren als der ganze Kontinent Ulldart zusammen, den er nur aus Erzählungen kannte. Daher würde er zuerst die Kalisstri schützen, ehe er auch nur einen Zeh auf die Planken eines Schiffes setzte, das ihn an die ferne Küste brachte. Er fühlte sich eher als Kalisstrone. Daher konnte ihm das Schicksal der Menschen in Ulldart, völlig nüchtern betrachtet, gleichgültig sein.

Doch sie würden es nicht verstehen, befürchtete er. »Ja, vernichten wir die Tzulandrier«, meinte er deshalb nur lakonisch. *Danach sehen wir weiter.* Er erhob sich und ging zur Tür. »Das war alles? Ich möchte noch zu Jarevrån.«

Matuc wollte etwas sagen, aber Fatja entließ ihn mit einem Kopfnicken.

»Es ist schon genug für ihn gewesen«, erklärte sie, als er gegangen war.

So schilderte sie die Vision des veränderten Ulsar im kleinen Kreis, was einen immensen Eindruck auf den K'Tar Tur machte, der sich zudem in seiner Annahme bestätigt sah, dass es sich bei dem Schiff um Tzulandrier handelte.

»Es wird Zeit, dass wir zurückkehren und Ulldart von dem Bösen befreien.« Auch Waljakov machte sich zum Aufbruch bereit. »Ich halte die Augen offen. Kein Segel wird mir entgehen.« Routiniert legte er sich den Harnisch an und verschwand durch die Tür.

»Nachdem sie sich alle so sehr auf ihre Muskeln und Kampfkraft verlassen, rede ich mit höheren Mächten.« Matuc stemmte sich auf und begab sich vor seinen Ulldrael-Schrein, um den Gerechten um Beistand zu bitten.

Arnarvaten verabschiedete sich mit einem leidenschaftlichen Kuss von seiner Braut und verließ ebenfalls das Hausboot.

Keine zwei Häuserecken weiter legte sich ein stahlharter Griff um seinen Oberarm, Waljakov trat aus dem Schatten hervor. »Hast du jetzt nachgedacht?«

»Bitte?«, stotterte der Geschichtenerzähler erschrocken.

»Die Sage um meinen Turm«, half der K'Tar Tur nach.

»Bei Kalisstra«, entfuhr es dem Mann in einem Anflug von Tapferkeit. »Ich habe eben Dinge vernommen, die ganze Epen füllen würden, und Ihr wollt so etwas Einfaches wie ein Kindermärchen hören?!«

»Genau«, brummte Waljakov. »Bitte«, fügte er hinzu.

»Aber umsonst werde ich gar nichts berichten«, meinte Arnarvaten und deutete auf ein nahes Teehaus. »Ihr bezahlt.«

Fluchend steuerte Waljakov auf die erleuchteten Fenster zu, bugsierte Arnarvaten ins Innere, hockte ihn wie ein störrisches Kind auf einen Stuhl, orderte ein Glas Njoss und einen Tee. »Fang an.«

»Wir warten, bis die Bestellung da und bezahlt ist.« Der Geschichtenerzähler hatte durchschaut, dass ihm der hünenhafte Fremdländler nichts antun würde. Außerdem kannte er ihn zu gut, wenngleich er ihn mit einem gewissen Respekt betrachtete, da er ihn für unberechenbar hielt.

Endlich waren all seine Auflagen erfüllt, und er begann.

»Es ist noch gar nicht so lange her, ungefähr zehn Jahre, da lebte eine sehr nette junge Frau in Bardhasdronda. Sie entstammte allerdings einer Familie, die wenig Ansehen genoss. Ihr Vater verdingte sich als Tagelöhner, die Mutter verprasste die wenigen Münzen für …«, er warf einen schuldbewussten Blick auf den Krug vor sich, »… Njoss. Doch das Mädchen, das den Namen Ricksele trug, machte sich nichts aus dem Gerede der Leute. Mit ihrem freundlichen Wesen schlug sie jeden in ihren Bann, der längere Zeit mit ihr zu tun hatte.«

»Was hat das mit dem Turm zu tun?«, fiel ihm Waljakov ins Wort.

Augenblicklich verfinsterte sich die Miene des Kalisstronen. »Es kommt auf die ganze Geschichte an, nicht auf den winzigen Teil. Also geduldet Euch.« Nach einem ungnädigen Blick und einem Schluck aus dem Njossbecher fuhr er fort. »Sie kannte viele Männer, aber sie gab sich nur einem von ihnen hin, weil er ihr beim Schwur auf die Bleiche Göttin die Heirat und ewige Treue bis in den Tod versprochen hatte. Das hatte er dort getan, wo der Feuerturm steht.

Aber der junge Mann hielt sich nicht daran und schaute sich nach anderen Frauen um. Als die Frucht ihrer Liebe in Ricksele heranwuchs, grämte sie sich sehr, weil ihre Schande bald offenkundig würde.

Sie bat ihren Geliebten, dass er sich zu ihr bekenne, doch er dachte an schlimme Dinge, um sich nicht vor seiner Familie erklären zu müssen. Er lockte sie deshalb ein letztes Mal an den Fuß des Feuerturmes, um ihr angeblich seine Liebe von neuem zu beschwören. Als Beweis, wie groß sein Vertrauen in sie sei, ließ er sich von ihr am Gürtel halten, während er sich an den Rand des Abgrunds stellte.

Die Reihe kam an Ricksele.

Doch anstatt sie zu halten, als sie sich gläubig an die Klippen stellte, stieß er sie hinab. Ihr Leichnam wurde niemals gefunden.

Ihr Geist erscheint immer wieder an dieser Stätte und stürzt sich in den Abgrund, bis der Mörder eines Tages überführt und hingerichtet wird. Er hat Treue bis in den Tod geschworen, und so lange wird sie warten.«

»Und warum verurteilt man den Mörder nicht, wenn man so vieles weiß?«

Arnarvaten holte tief Luft. »Wie bei vielen Sagen ist das Meiste erfunden, nur im Kern steckt ein Stückchen Wahrheit. Das Mädchen gab es wirklich, und auch der geheimnisvolle Liebhaber existierte, er lebte in Bardhasdronda, wie man aus ihren Tagebuchaufzeichnungen erfuhr. Eines Tages, und da enden die Eintragungen, verschwand sie, nachdem sie sich so sehr auf ein Treffen mit dem Mann am Feuerturm gefreut hatte. Das Spiel mit dem Gürtel als Vertrauensgeste vollführten sie, laut ihren Notizen, öfter. Was genau an der Klippe geschah, weiß nur ihr Geist. Manche Männer aus Bardhasdronda sagten, sie hätten ihn gesehen.« Der Geschichtenerzähler bestellte sich ein weiteres Glas Njoss. »Bevor ihr Verstand verloren ging. So scheint sie sich an den Männern zu rächen, von denen sie so sehr enttäuscht wurde, indem sie ihnen die Geisteskraft raubt.«

»Na, wunderbar«, knurrte der Leibwächter und stürzte seinen Tee hinab. *Jetzt muss ich noch sehen, dass ich diesen Spuk loswerde, bevor ich wie die anderen ende.* »Trink nicht so viel von dem Njoss. Fatja wird dich sonst an die Wand nageln.« Er stand auf, warf ein paar Münzen auf den Tisch. »Danke.«

»Das Mädchen hatte übrigens eine Schwester«, fügte Arnarvaten an. »Sie heißt Håntra.« Neugierig schaute er den Ulldarter an. »Aber warum wolltest du das wissen? Ich hätte nicht gedacht, dass du dich so für deine Umgebung interessierst.«

»Einer meiner Türmler machte eine Andeutung.« Waljakov blieb ihm die genauere Antwort schuldig und stapfte hinaus.

»Dann sollte er schnell von dort weg«, rief er hinterher. *Ist der Glatzkopf doch tatsächlich eine Märchentante.* Mit einem seligen Lächeln nahm der junge Kalisstrone einen winzigen Schluck vom frischen Sud und ließ ihn genießerisch die Kehle hinunterlaufen. *Wer hätte das gedacht?*

Es dauerte nicht lange, und Arnarvaten musste auf Drängen der Besucher des Gasthauses die Geschichte ein weiteres Mal zum Besten geben.

**Kontinent Ulldart, Großreich Tarpol,
zwölf Warst südwestlich der Hauptstadt Ulsar,
Frühsommer 459 n. S.**

Obwohl die Sucharbeiten im Steinbruch schon lange auf Befehl des Kabcar beendet worden waren, herrschte reger Betrieb in dem Trümmerfeld.

Angereiste Tarpoler und Ulsarer pilgerten zu der Stelle, an der die Bergungsmannschaft die blutigen Kleider Lodriks im Hohlraum entdeckt hatte.

Man brachte Blumen und legte sie ehrfurchtsvoll dort ab, andere nahmen kleine Steine als Andenken mit, wieder andere riefen Tzulan, Ulldrael den Gerechten und die Göttermutter Taralea an, dass sie den Herrscher bald wieder zurückschicken sollten.

Der karge Platz wurde, sehr zum Missfallen von Nesreca und Govan, zu einer Stätte der Hoffnung für diejenigen, die sich mit dem Tod des Mannes nicht abfinden wollten. Zumal die Version über das göttliche Eingreifen – die Bewahrung des geliebten Kabcar – mit einer Vehemenz durch die Reiche geisterte, dass der Konsultant nicht mehr allein an die Sehnsüchte der Bevölkerung glaubte. Er hatte Perdór in Verdacht, diese Kunde bewusst zu streuen und zu schüren, um damit die Position seines Schützlings zu schwächen. Solange die Tarpoler nur einen Gedanken an die unmögliche Rückkehr Lodriks verschwendeten, würde Govan niemals richtig als Kabcar angenommen werden.

Von den Machenschaften im Hintergrund ahnten die Frauen, Männer und Kinder nichts, die sich im Steinbruch aufhielten. Sie flehten die Götter weiterhin an. Bis weit in die Abendstunden liefen sie vor die Tore der Stadt, ausgestattet mit Laternen und Fackeln. Eine kleine Lichterkette aus Petroleumlampen wies den Menschen sogar des Nachts die Route zum ebenfalls beleuchteten Fundort der Kleider.

Die in Lumpen gehüllte Gestalt, die sich von allen unbemerkt am oberen Rand des Steinbruchs erhob, betrachtete das Treiben zu ihren Füßen und lächelte still, gerührt von dem Anblick.

Ganz in der Nähe knackte ein Ast; die Geräusche von Stiefeln, aneinander reibendem Metall und das Fluchen von Männern näherten sich.

Er darf mich nicht finden. Abrupt bückte sich die Gestalt in Lumpen, nahm ein Schwert auf und wandte sich um, lief in die Nacht.

Ohne Rücksicht auf sich zu nehmen, hastete sie durchs Unterholz, Zweige und Äste peitschten ihr ins Gesicht und hinterließen blutige Schrammen. Die Beine bewegten sich auf und ab, trugen sie fort von der Stelle, bis die Füße schwer und schwerer wurden.

Keuchend warf sich der Flüchtende in den kühlen, feinen Sand eines größtenteils ausgetrockneten Bachbetts, packte die Waffe mit beiden Händen und lauschte, ob seine Flucht vernommen worden war.

Nur die Nacht redete mit ihm in ihrer eigenen Sprache. Sanft strich der Wind durch das Schilf, Tiere veranstalteten ihr Konzert, leise gluckerte das restliche Wasser des schmalen Rinnsals hinter ihm vorbei.

Die Anspannung wich; aufatmend sackte der Mensch in sich zusammen, rang nach Luft. Das gedämpfte Plätschern erinnerte ihn an den eigenen Durst, den er vorher aus Angst vor den Häschern nicht zu stillen gewagt hatte.

Er rammte das Schwert in den Sand, rutschte zum Bach und schöpfte Wasser mit den Händen, um zu trinken. Dabei fiel sein Blick auf eine Pfütze, in der sich die

Monde und seine bis zur Unkenntlichkeit verdreckten Gesichtszüge spiegelten.

Beinahe ungläubig betastete der Mann die allmählich verkrustenden Wunden auf den Wangen und am Hals, zeichnete mit dem Zeigefinger die Konturen des blassen, mit hellen Bartstoppeln versehenen Antlitzes nach, in das die langen blonden Haare fielen. Die Züge wirkten eingefallen, abgehärmt und vermittelten eine tiefe Grundtraurigkeit.

Schau, was aus dir geworden ist, Lodrik Bardri¢, dachte er schwermütig. *Vom mächtigsten Mann des Kontinents hin zu einem Wesen, das selbst das Reich der Toten nicht haben wollte.* Er berührte die Wasseroberfläche, die Reflexion verzerrte sich. *Oder war es nur ein Traum?* Schwungvoll schüttete er sich die klare, kalte Flüssigkeit ins Gesicht. Die Wunden brannten augenblicklich, dreckiges Wasser perlte aus dem Bart und troff zu Boden. Die Hände im Bach, verharrte er vornüber gebeugt.

Wenn es einer ist, so erwache ich nicht.

Lodrik stand auf, zog die Klinge aus dem Sand, schulterte sie und trabte weiter, ohne zu wissen, wohin er ging.

Sein Verstand, so fühlte er sich zumindest, war durcheinander geschüttelt worden. Alle Gedanken, alle Ideen, alle Erinnerungen und Eindrücke wirbelten umher, kollidierten miteinander, verschmolzen und bildeten ein Gemisch, in dem er sich nicht zurecht fand.

Verwirrt, abwesend wanderte er immer geradeaus.

Sein Hunger meldete sich mit Vehemenz, als er irgendwann den schwachen Geruch von Feuer wahrnahm. Einer der elementarsten Triebe riss ihn aus seiner Betäubung, erweckte seine Sinne zum Leben.

Er fasste das Schwert fester und schritt aus. Schließlich gelangte er auf eine Lichtung.

Die Reste von verkohlten Palisaden erhoben sich dort, letzte schwarze Mauerreste standen wie Gebäudeskelette auf dem Areal dahinter.

Verteidigungsbereit stieg er über die Ruinen menschlicher Behausungen. In dem ein oder anderen Pfosten steckten Armbrustbolzen, und bei näherer Betrachtung entdeckte er große, dunkelbraune Flecken auf der Erde der Ansiedlung.

Ein Totendorf, verstand Lodrik schwerfällig. Gedankenblitze aus seiner Jugend schossen aus der hintersten Ecke seines Hirns, beleuchteten das entstellte Gesicht des Vorstehers in Granburg, dem die Fleisch- und Knochenfäule das Gesicht zerfraß. *Jemand hat ein Totendorf überfallen. Was kann man denn diesen armen Teufeln noch rauben?*

Er machte sich nichtsdestotrotz auf die Suche nach etwas Essbarem und durchforschte die Trümmer nach nicht verbrannten Vorräten.

Tatsächlich fand er einen gesprungenen Topf mit eingelegtem Kraut und einen nur halb verbrannten Laib Brot. Gierig machte er sich darüber her.

Doch schon nach dem ersten Bissen fühlte er sich satt. Als er sich zu einem weiteren zwang, stieg Übelkeit in ihm auf, nur mit Mühe behielt er die Nahrung bei sich.

Den Hufschlag hörte er viel zu spät und fuhr erst herum, als der Reiter bereits das zusammengestürzte Tor passierte.

Lodrik ließ seine Beute fallen und suchte zwischen den Ruinen Schutz.

Den Geräuschen nach zu urteilen, stieg der Reiter ab und rannte zwischen den zerstörten Überresten umher, dabei rief er immer wieder Namen wie Damascha und Bjuta. Seine junge Stimme klang voller Sorge.

Dann kamen die Stiefel in seine Richtung.

Lodrik rutschte in seinem Versteck weit nach hinten in die Schatten und reckte das Schwert nach vorn, um den Mann jederzeit aufspießen zu können. Er wird mich nicht bekommen.

»Ich habe dich vorhin gesehen«, sagte der Reiter bedächtig. »Ich tue dir nichts. Ich gehöre nicht zu denen, die das Dorf überfallen haben.« Ein Teil seines Gesichts erschien zwischen den Trümmerstücken. Lodrik erkannte im Glanz der Monde blaue Augen. »Wer war das, und wann geschah es?«

»Geh weg!«, befahl der immer noch verstörte Lodrik panisch. »Oder ich steche zu. Ich weiß nichts, ich habe nichts gesehen.«

»Wenn du nicht rauskommst, dann komme ich eben zu dir. Ich muss mit dir reden.« Der junge Mann ging in die Hocke und machte Anstalten, in das Loch zu kriechen.

Sofort ruckte die Spitze der Waffe nach vorn. Mit einem Fluch sprang der Reiter nach hinten weg, ein Kettenhemd klirrte leise. »Schon gut, schon gut«, sagte er beschwichtigend. »Ich lass dich ja in Ruhe, Mann.«

Die Stiefel entfernten sich von dem Eingang zu Lodriks Versteck. Das Leder des Sattels knarrte, als der junge Mann aufstieg. »Ich habe dir etwas zu essen dagelassen«, rief er und schien auf eine Antwort zu warten. Vorsichtshalber schwieg der einstige Herrscher.

Das Pferd schnaubte, Hufschläge klangen auf und wurden rasch leiser. Dann war Lodrik allein mit den Ruinen.

Dennoch wartete er eine geraume Zeit, bis er aus dem Loch kroch. Er pirschte sich über Umwege an den Beutel heran, der mitten auf dem Weg lag, und untersuchte den Inhalt.

Es befand sich nichts darin, was seinen Geschmack sonderlich angesprochen hätte, und allein der Geruch nach frischer, tadelloser Wurst brachte ihn zum Würgen. Früher hätte er ohne mit der Wimper zu zucken die Zähne hineingeschlagen.

Etwas abseits des Geisterdorfes richtete er sich sein Nachtlager ein und gönnte sich Ruhe, immer mit der Angst im Nacken, dass die Häscher seines Sohnes auftauchten.

Demzufolge stellte sich kein echter Schlaf ein. Beim kleinsten Geräusch fuhr er auf, die Hand sofort am Schwert.

Den sich ankündigenden Morgen empfand er beinahe schon als Erlösung, die Dunkelheit enthielt seinen Augen zu viel vor. Im Tageslicht sah er seine Feinde besser.

Lustlos biss er in das letzte Stück Brot und kaute beinahe angewidert auf der Wurst herum, und das ungeachtet der Tatsache, dass die Lumpen, die er sich von den Suchtrupps zusammengestohlen hatte, weit um seinen abgemagerten Körper schwangen.

Danach erklomm er den Baum, unter dem er rastete, um sich von der Krone aus zu orientieren. So sehr er das Licht schätzte, er musste die Lider immer mehr zusammenkneifen, je höher er stieg.

Seit wann bin ich dafür anfällig?, wunderte er sich und spähte zwischen den Ästen und den Blättern hindurch. Weit, weit entfernt erkannte er die Ausläufer der gewachsenen Hauptstadt als kleine Punkte, aus denen vereinzelt fadendünne Rauchsäulen aufstiegen.

In der anderen Richtung befand sich nichts außer Wald. In relativer Nähe zu seinem Standort lag der Repol und strömte gelassen wie seit Jahrhunderten in Richtung des Meeres. So unentschlossen und unsicher wie zuvor darüber, was er als Nächstes tun sollte, begann Lodrik den Abstieg.

Sein Fuß rutschte weg, die Finger griffen nach einem dünnen Zweig, der augenblicklich unter seinem Gewicht brach.

Instinktiv wollte er auf seine magischen Fertigkeiten zurückgreifen. Anstatt aber aus einem vollen Reservoir seiner Macht schöpfen zu können, fand er einen schwachen Rest, der nicht ausreichte, um etwas gegen den drohenden Fall zu bewirken.

Wie etwas Totes krachte er aus den Ästen herunter und schlug hart auf der Erde auf. Ein stechender Schmerz in der Schulter brachte ihn zum Aufschreien.

Mühsam stemmte er sich hoch und besah die Verletzung, die ihm seine jäh beendete Kletterpartie eingebracht hatte. Rund um sein Schultergelenk bildete sich ein Bluterguss, der linke Arm ließ sich kaum bewegen. Die Schrammen auf der Haut verheilten ebenso wenig wie die Kratzer im Gesicht. Noch vor nicht allzu langer Zeit hätten sie sich innerhalb weniger Herzschläge geschlossen.

Von den Toten aus dem Jenseits gejagt, der Magie beraubt … Und meine eigenen Kinder würden mich auf der Stelle töten, wenn sie mich entdeckten, resümierte er trübsinnig, während er unwillkürlich weiter in den Schatten rutschte. Seine Augen schweiften umher. *Welchen Sinn macht meine Rückkehr in diese Welt?*

Die Sonnen zogen ihre Bahn, ohne dass sich Lodrik vom Fleck rührte. Nachdenklich legte sich sein Blick auf das Henkersschwert, das neben ihm auf dem Boden ruhte. Er kämpfte mit sich, überlegte, was er tun sollte.

Die Nacht brach an. Kälte kroch in den Wald, Nebel stieg auf und umgab ihn.

Der einstige Kabcar hatte sich entschlossen.

Ich werde nicht leben, um ständig auf der Flucht zu sein. Er nahm die Waffe auf, rammte den Griff in das Erdreich und setzte sich die Spitze auf Herzhöhe an die Brust. *Es wird das erste Mal sein, dass sich jemand damit selbst richtet,* dachte er in einem Anflug von Galgenhumor. Seine Finger strichen über die Gravuren auf der Klinge. *Wenn ich nicht zu den anderen darf, wähle ich mir meinen eigenen Ort, an dem ich meine Ruhe finde. Ob meine Seele ebenso aufgenommen wird wie die der anderen?*

Etwas flog mit einem leisen Rauschen durch die Luft und landete vor Lodrik. Trotz der Dunkelheit erkannte er im Schimmer der Monde ein Bündel leer gedroschener, vom Flegel zerschlagener Ähren.

Erschrocken zuckte er zurück, umfasste den Griff der Waffe und richtete sie mit der Spitze voraus nach vorn.

Ein unheimliches Frauenlachen ertönte. Dann trat ein dürres, altes Weib in einer dunklen Robe aus den weißen Dunstschleiern hervor, in der Rechten locker eine schwarze Sichel haltend. Ihr Gesicht wurde durch eine Kapuze verborgen.

»Nanu, Lodrik Bardri¢?! Eben wolltest du dich noch töten, und schon im nächsten Augenblick würdest du dich gegen jemanden verteidigen, der dir das bringen könnte, nachdem du dich scheinbar sehnst?« Ihre Stimme klang knarrend wie ein betagter Baum, der sich gegen den Wind stemmt. Und ihre Anwesenheit verbreitete bei dem einstigen Kabcar Angst. Eine kreatürliche Angst.

Sie hockte sich ihm gegenüber, und dort, wo sie die Erde berührte, erstarb alles Leben. Pflanzen verdorrten innerhalb weniger Herzschläge. Gras wurde braun, jedes noch so kleine, unscheinbare Insekt verging. Ihre knöchrige Hand pflückte ein Gänseblümchen. Sofort fielen die Blütenblätter herab, und die geschundene Blume ließ den Kopf hängen.

Lodriks Verstand weigerte sich, die ungeheure Vermutung, die er hegte, weiter zu verfolgen. *Es kann nicht Vintera sein. Schon wieder ein Traum?* »Wer bist du?«, wagte er erstickt zu fragen.

»Ich bin die Schwester desjenigen, von dem du dich abwandtest. Du befandest dich bereits in meiner Hand, doch du selbst hast dich gerettet.« Die schwarze Sichel malte seinen Namen in den Untergrund. »Du bist der Erste seit langer, langer Zeit, der sich meiner Macht widersetzte. Nun bin ich neugierig geworden und warte, was geschieht.«

»Ich war wirklich tot?«, hauchte er und ließ die Klinge sinken. Fassungslos betrachtete er seine bleichen, abgemagerten Finger. Die Glieder traten überdeutlich unter der Haut hervor.

»Dein Erlebnis hat dich gezeichnet, wie du siehst. Und du warst gerade dabei, einen weiteren Versuch zu unternehmen«, sagte sie freundlich. Die schwarze Sichel rotierte einmal in der Hand der alten Frau. »Ich warte gern. Ein weiteres Mal lasse ich dich nicht entkommen.« Sie deutete auf den Ährenstrauß. »Ich habe dir etwas zur Begrüßung gebracht, das zu dir passt. Die Halme sind leer, nutzlos und tot. Sie haben ihre Aufgabe erfüllt und müssen gehen.« Die Frau hielt inne. »Aber warum bist du nicht gegangen?«

»Ich habe mich selbst vor dem endgültigen Tod gerettet? Ich dachte, die Geister … Ulldrael wollte mich nicht aufnehmen, weil ich mich wegen seiner Taten gegen mich von ihm lossagte.«

»Mein Bruder hat dir gar nichts angetan.« Seine Besucherin schüttelte den Kopf unter der Kapuze, der Stoff geriet dadurch leicht in Bewegung. »Wir alle haben genug mit dem zu tun, der sich immer offensichtlicher am nächtlichen Firmament abzeichnet. Mein Bruder hat sogar vor langer, langer Zeit versucht, euch alle zu warnen. Aber die Tzulani waren schneller. So nahmen die Dinge durch dich ihren Lauf.«

»Was hätte ich denn tun sollen?«, rief Lodrik verzweifelt.

Mit Wucht bohrte sich die schwarze Sichel in den Stamm einer Ulme. Kurz darauf segelten die ersten gelben und braunen Blätter herab. Der Baum starb in Windeseile.

»Reicht dir das als Antwort? Niemand macht dir einen Vorwurf, Lodrik Bardri¢. Du musstest die Prophezeiung erfüllen, egal in welcher Weise. Aber niemand von uns rechnete damit, dass der Gebrannte bereits so sehr erstarkt war, dass er Schergen nach Ulldart senden und dem Schicksal nachhelfen konnte. Das brachte ihm unschätzbare Vorteile. Du warst anfangs zu jung und zu naiv, um dem gerissenen Ischozar standzuhalten. Und irgendwann zu überheblich.«

Der einstige Herrscher über Tarpol richtete sich auf, seine Schulter schmerzte unglaublich. »Wäre mein früher Tod die einzige Lösung gewesen? Wenn ich mir damals am Verhandlungstisch vor den Augen aller Diplomaten den Dolch durch die Kehle gejagt hätte, wie sähe es dann jetzt aus?«

»Vermutlich wäre Arrulskhán daraufhin in dein Land einmarschiert und hätte es besetzt«, schätzte die Frau.

»Das käme für meine Untertanen mit der Dunklen Zeit gleich«, meinte Lodrik aufbegehrend.

»Möglich«, nickte sie sachte. »Dafür wird sich bald ganz Ulldart über die Dunkle Zeit freuen dürfen. Die Saat deiner Lenden im Verein mit Ischozars Manipulationen wird Tzulan in nicht allzu ferner Zukunft zurückbringen. Sicher, du brachtest auch Gutes. Aber deine zahllosen Neuerungen und Veränderungen, die dir die Liebe deines Volkes sicherten, werden schon bald vergehen und vergessen sein.« Das spitze Ende der Sichel fuhr mitten durch seinen in den Boden geschriebenen Namen. »Ohne dich, Lodrik Bardri¢, wäre das alles niemals geschehen, auch wenn das Übel nicht während deiner Regentschaft an die wahre Macht gelangte. Nun kommt es umso leidenschaftlicher, inbrünstiger zum Zug.«

Der Mann ließ das Schwert fallen, schlug sich die Hände vors Gesicht und kämpfte gegen die immensen Gefühlsregungen an.

Wut und Hass auf die, die ihn benutzt hatten. Die eigene Schuld, so überheblich und vermessen gewesen zu sein zu glauben, dass er das Böse im Zaum halten könnte. Scham über alle Taten, die er unter dem Einfluss seiner falschen Freunde begangen hatte, obwohl er sie hätte durchschauen müssen. Gram über die Toten, deren Schicksal er zu verantworten hatte und haben würde.

Norina und Waljakov, Stoiko und Meister Hetrál, die mehr Weitblick besaßen als ich, was habe ich ihnen in meiner Blindheit nur angetan? Seine Gefühle entluden sich in einem Weinkrampf. »Wie kann ich dafür Buße tun?«, schluchzte er.

»Bemitleidenswert«, sagte die Alte beim Anblick des am Boden zerstörten Herrschers. »Vollständige Sühne wird kaum erreichbar sein. Da du mir schon einmal entkommen bist, solltest du die Gelegenheit nutzen«, erteilte sie ihm einen Rat. »Es gibt nach wie vor Menschen, die denjenigen trotzen, die den Gebrannten unterstützen. Vermutlich würde es helfen, all die mit Stumpf und Stiel auszurotten, die Tzulan selbst nach

Ulldart schickte. Und mit ihnen auch diejenigen, die zu seinen willigen Gehilfen wurden. Ohne die Menschenopfer und die Verschlimmerung der Lage auf dem Kontinent ist es dem Übel nicht möglich, seine finstersten Pläne in die Tat umzusetzen. Noch kann Tzulan nicht geradewegs in die Geschicke eingreifen. Andere müssen in seinem Namen schreckliche Taten vollbringen.«

»Ich kann der Dunklen Zeit Einhalt gebieten?«, horchte Lodrik auf. »Aber wie? Govan hat mir meine Magie beinahe vollständig genommen. Er ist so stark, dass ihn nichts aufzuhalten vermag.«

Die Frau lachte. »Ob man die Dunkle Zeit aufhalten kann, wirst du erst sehen, wenn du es versuchst. Es steht dir natürlich frei, dich in dein Schwert zu werfen.« Sie stand auf. »Wenn du alles überdacht hast und du dich nicht für den Tod entscheiden solltest, nutze den Umstand, dass du vom Jenseits gezeichnet bist. Es eröffnet dir etwas, was dir bisher versagt blieb.«

Sie wandte sich um und schritt lautlos in den Nebel. Mit ihr wich das Gefühl des unsäglichen Grauens.

War es tatsächlich Vintera oder nur eine Ausgeburt meines angegriffenen Verstandes? Grüblerisch nahm er das Ährenbündel auf. Ein vom Dreschflegel verschontes Korn fiel heraus und blieb in seiner Hand.

Doch nicht nutzlos, dachte er. *Aus einem einzigen Korn gedeiht wieder eine ganze Garbe.* Er umschloss es. *Ich ziehe von heute an im Verborgenen umher und lasse durch meine Worte eine Garbe von Menschen entstehen, die sich wehren und Tzulan die Stirn bieten. Durch mich kam das Böse, durch mich wird es wieder von Ulldart verschwinden. Ich habe meine Untertanen nicht vor Arrulskhán bewahrt, damit ich sie meinem noch schlimmeren Sohn überlasse.*

Lodrik erinnerte sich, irgendein Schmuckstück, dass er um den Hals getragen hatte, nach seiner Flucht aus dem Steinbruch in die Tasche seiner zerlumpten Kleider gesteckt zu haben.

Die Modrak!, fiel es ihm wieder ein. *Natürlich! So verfüge ich schon über ein kleines Heer von Verbündeten, mit denen selbst Nesreca und Govan Schwierigkeiten haben werden.*

Fieberhaft wühlte er in seiner Kleidung.

Bange Augenblicke vergingen, bis er das Amulett mit dem glimmenden Stein und den rätselhaften Inschriften fand, das Norina nicht hatte ausstehen können. Nach kurzem Zögern drehte er den Karfunkel in der Fassung und wartete.

Bald rauschten lederartige Schwingen durch die Dunkelheit. In den Kronen der Bäume raschelte es bedeutungsvoll. Purpurfarbene, ochsenaugengroße Punkte glommen durch das Blätterdach, spähten umher, ehe die mageren Wesen zu Boden sprangen und sich Lodrik lauernd näherten.

Du bist nicht mehr der Hohe Herr!, raunte es vielfach in seinem Kopf. *Du warst tot. Du bist tot. Wir spürten es und zogen uns zurück, um abzuwarten. Ein anderer, Würdigerer sitzt an deiner Stelle.*

Ein Modrak löste sich aus der Gruppe der auch als Beobachter bekannten Kreaturen und reckte fordernd die Hand in seine Richtung.

Gib uns das Amulett. Es steht dir nicht länger zu, Mensch. Wir bringen es ihm, damit er uns rufen kann, wenn er seine Diener benötigt.

Der ehemalige Kabcar ahnte, dass er die Fassade eines Schreckensherrschers aufrechterhalten musste, und handelte.

Die Klinge des Henkersschwerts beschrieb blitzend einen Halbkreis und trennte dem Wesen den Unterarm ab. Ein vielstimmiger Aufschrei schallte durch seinen Geist.

»Ich bin der Hohe Herr«, verkündete Lodrik gebieterisch, und seine blauen Augen erstrahlten im Dunkel. »Ein anderer hat sich etwas genommen, was ihm nicht gebührt.« Der verletzte Beobachter hopste kreischend zurück und presste die Klaue gegen die offene Wunde, aus der eine unbestimmbare Flüssigkeit sprudelte. Lodriks Schwert deutete auf ihn. »Hegt jemand von euch Zweifel daran, dass ich der Hohe Herr bin, der trete vor und hole sich das Amulett.«

Wir fürchten uns nicht vor Menschen.

Ein zweiter, entfernt stehender Modrak drückte sich ab. Die Schwingen breiteten sich ein wenig aus und verliehen ihm die Möglichkeit, den Sprung durch ein kurzes Gleiten zu verlängern.

Lodrik drehte sich in die Richtung des Angreifers, presste ihm die Hand mitten ins knochige Gesicht und aktivierte seinen spärlichen Rest Magie, um den Beobachter zur Abschreckung der Übrigen eindrucksvoll vergehen zu lassen.

Das Resultat seiner Bemühung gestaltete sich anders, als er es von früher gewohnt war. Über das Antlitz des Modrak huschte ein grellblauer Blitz, der den Schädel für einen Sekundenbruchteil durchsichtig werden ließ, Gehirn und Augen, Sehnerven, Kiefer und Zähne durch die Haut erhellte und beleuchtete.

Sonst geschah nichts.

Der Mann zog seine leicht erwärmte Hand zurück. *Was nun?*

Die Kreatur starrte ihn an, stand stocksteif und zitterte am gesamten Leib wie Espenlaub. Dann fiel sie vor ihm auf die Knie, küsste überschnell die bloßen Füße und kroch fluchtartig zurück an ihren Platz, während die restlichen Beobachter vorsichtshalber zurückwichen.

Wir haben verstanden, Hoher Herr, hallte es furchterfüllt durch seinen Verstand. *Strafe uns nicht, weil wir nicht begriffen haben.*

»Ich will, dass ihr euch weiterhin im Verborgenen haltet, bis ich weiß, wie ich euch im Kampf gegen den falschen Hohen Herrn einsetze«, rief er. »Haltet eure Augen offen und berichtet mir darüber, was der Hochstapler tut. Aber hütet euch. Er ist gefährlich.« Er hob die Arme. »Fliegt, Modrak!«

Gehorsam erklommen die Wesen die Bäume und verschwanden in den Wipfeln.

Ein paar Blätter segelten nieder, kleinere Äste knackten, dann hörte Lodrik nur noch das charakteristische Rauschen ihrer Flügel, die wirkten, als wären sie mit dunklem, von Adern durchzogenem Pergament bespannt worden.

Nachdem er sich sicher war, dass sich keiner der Beobachter in seiner Nähe befand, hockte er sich rasch hin. Die Anstrengung und die Nutzung des Quäntchens Magie brachten ihn an den Rand der Besinnungslosigkeit.

Und das Schlimmste daran war: Er hatte keine Ahnung, was er bei dem Modrak angerichtet hatte, der eigentlich wie eine Seifenblase hatte bersten sollen.

Es scheint wirkungsvoll zu sein, sinnierte er. *Aber es ist etwas, das ich noch nie vorher angewandt habe. Es muss etwas damit zu tun haben, dass ich starb und zurückkehrte. Meine Fertigkeiten haben sich gewandelt.*

Der einstige Herrscher über Tarpol und zwei Drittel Ulldarts betrachtete seine schäbige Garderobe. *Nun, wenn ich mich schon entschlossen habe, meinem feinen Sohn das Leben zu einem nicht enden wollenden Schrecken werden zu lassen, möchte ich das wenigstens in etwas besserer Kleidung tun.*

Er stand auf, um dorthin zurückzukehren, wo er den Reiter getroffen hatte. Mit etwas Glück fand er irgendwo in den Trümmern des Totendorfes etwas Besseres zum Anziehen. Oder zumindest etwas weniger Zerschlissenes.

Lodrik machte sich auf den Weg. Das Licht der Gestirne reichte ihm plötzlich völlig aus, um einen Fuß sicher vor den anderen zu setzen.

Gezeichnet vom Jenseits, erinnerte er sich an die Worte der unheimlichen Frau, die er für Vintera hielt. Sie war das Gegenstück zu Ulldrael dem Gerechten. Wo sie ihre schwarze Sichel schwang, wuchs nichts mehr. *Was erwartet mich wohl noch alles, außer dass mir das Sonnenlicht zu schaffen macht?*

Es scheint, als hätte es seinen Preis, wenn man Vinteras Sichel entkommt. Er ballte die Faust, in der er das Korn hielt, das Symbol seiner wieder gewonnenen Hoffnung. *Wenn es mir gelingt, Nesreca und Govan mitsamt seiner Schwester und der übrigen Schlangenbrut aufzuhalten, war es mir das alles wert.* Ein anderes Gesicht entstand vor seinem inneren Auge. *Könnte ich Norina wieder sehen, um sie um Verzeihung zu bitten, würde ich alles in Kauf nehmen.*

Kontinent Ulldart, Großreich Tarpol,
Hauptstadt Ulsar, Frühsommer 459 n. S.

Hiermit ist die Verhandlung gegen den Orden der Hohen Schwerter eröffnet«, tönte die Stimme des Ausrufers durch den Saal des Gerichtsgebäudes. Der Mann in der einfachen Uniform nahm getragen eine mehrfach gesiegelte Schriftrolle hervor und breitete sie mit den

Händen aus. »Die Anklage lautet: Hochverrat, was im Einzelnen bedeutet: Verschwörung gegen den hoheitlichen Kabcar, Missachtung des hoheitlichen Kabcar, Bewahrung eines Verbrechers vor dem rechtskräftigen Urteil des hoheitlichen Kabcar sowie Widerstand gegen die angeordnete Festnahme durch die hoheitlichen Truppen.« Der Ausrufer setzte sich.

Das Verfahren stellte eine große Besonderheit dar.

Das Gericht hatte zum letzten Mal unter dem Vorsitz eines Bardri¢ getagt, als es im Jahre 373 n. S. zu einem Prozess gegen zwei Adlige kam, die man wegen ihrer Beziehungen zu anderen Herrschaftshäusern auf Ulldart nicht einfach hatte verurteilen können.

Die Folge war eine komplizierte Verhandlung mit Beweisen, Gegenbeweisen und diplomatischen Gesandtschaften gewesen, die nach einem Jahr geendet hatte, weil die Zeugen der Verteidigung nachweislich als bestochen erkannt wurden.

Im Fall der Hohen Schwerter wäre es Govan Bardri¢ ein Leichtes gewesen, eine Verurteilung ohne den Rechtsweg vorzunehmen.

Aber Nesreca hatte ihm zu einem solchen geraten.

Es sollte nicht der leiseste Verdacht aufkommen, der Kabcar könne bei der Auflösung des Ordens, der infolge der Gnade seines Vaters existierte, allzu leichtfertig handeln. Alles sollte mit rechten Dingen zugehen. Das Volk musste überzeugt werden, es mit einer Bande von Gesetzeslosen zu tun zu haben, die über Jahre hinweg Verwerfliches getan hatten.

Vom eigentlichen Prozess blieben die Untertanen dagegen ausgeschlossen.

Die sieben Richter in den langen Roben und mit den ehrwürdigen Weißhaarperücken auf dem Haupt saßen nebeneinander auf einem Podest, ein dunkles, massives

Pult vor sich, auf dem sich die Rechtsbücher turmhoch stapelten.

Drei Schreiber, die etwas versetzt und unterhalb des Podests saßen, hielten Feder und Papier parat, um jedes Wort zu notieren, das gesprochen wurde.

Vor dem Pult stand Herodin von Batastoia, Seneschall des Ordens der Hohen Schwerter. Er trug einen in Mitleidenschaft gezogenen wattierten Waffenrock, seine Hände und Fußgelenke waren von massiven Ketten gefesselt. Ein blauer Fleck zierte die rechte Stirnseite.

Auch wenn der Ritter äußerlich einen vernachlässigten Eindruck erweckte, spiegelten sich in seinen Augen das Aufbegehren, der trotzige Stolz und ein eisenharter Wille.

Zur Rechten und noch ein Stück höher als die Richter thronte ein geckenhaft gekleideter Govan, der in einer Mischung aus Langeweile und Arroganz auf die Ansammlung herabblickte. Er würde später das Urteil der Richter entweder annehmen oder die nochmalige Prüfung des Falles fordern.

Der standhafte Blechsoldat. »Ihr habt die Anklage vernommen, Herodin von Bastardtonien«, nuschelte er herablassend und lächelte gönnerhaft. »Ach herrje, verzeiht mir, ich meinte Batastoia«, korrigierte er sich gespielt erschrocken.

»Ich habe sie vernommen, hoheitlicher Kabcar«, nickte der Seneschall gefasst. »Als höchster Ritter des Ordens sage ich, dass ich die Rechtmäßigkeit der Vorwürfe nicht anerkenne. Alle Anklagepunkte sind das Ergebnis von Lug und Betrug Eures Konsultanten.«

Die Türen schwangen auf, Mortva Nesreca stand im Rahmen und verbeugte sich in Richtung des Herrschers, danach vor den Richtern.

»Entschuldigt die Verspätung, ich saß noch an der Anklageschrift«, erklärte er, bevor er nach vorn schritt und sich an die Position begab, wo der Vertreter der Anklage stand.

Er legte die mitgebrachte Mappe auf die Ablage und verschränkte die Arme auf dem Rücken. »Die mir vom hoheitlichen Kabcar übertragene Aufgabe wird es sein, die Vergehen der Hohen Schwerter in allen Punkten nachzuweisen«, erhob er nach einer theatralischen Pause seine tönende Stimme. »Der Orden hat es über Jahre geschafft, Govan Bardri¢ und den so heimtückisch aus dem Leben gerissenen Lodrik Bardri¢ zu täuschen, um den Feind im Süden heimlich zu unterstützen.«

Stocksteif stand er in seiner makellosen Uniform da, die langen silbernen Haare schimmerten. Der Konsultant verzichtete auf jede ausladende Geste; allein durch seine Regungslosigkeit zwang er die Richter, ihre Aufmerksamkeit voll und ganz auf seine Worte zu richten.

»Aber ich will mir nicht selbst vorgreifen. Alles der Reihe nach.« Die Art, wie er seine Unterlagen aufschlug, war eine regelrechte Inszenierung. Eine Hand legte sich auf den Packen Papier. »Wenn ich am Ende meiner Rede angelangt bin, wird dem Gericht aufgrund der erdrückenden Beweislast nichts anderes übrig bleiben, als den Orden aufzulösen und auf alle Zeiten zu verbieten. Was auf die Verbrecher zukommt … nun ja, Hochverrat fordert die höchste Strafe, die allen bekannt sein dürfte.«

Der Ausrufer erhob sich. »Herodin von Batastoia, Seneschall der Hohen Schwerter, verzichtet Ihr weiterhin auf die Rücksprache mit Rechtsgelehrten, die Euch bei Eurer Verteidigung unterstützen?«

Der Mann lachte. »Da ich diese Farce, dieses abkartete Spiel des Konsultanten und alles, was daraus resultiert, nicht anerkenne, benötige ich keinerlei Beistand in Hinblick auf Gesetzestexte.« Seine Augen richteten sich auf den Berater des Kabcar. »Er hält sich keinen Deut daran. Was ich dem entgegenzusetzen habe, kommt aus meinem ehrlichen Herzen, aus meinem reinen Gewissen.«

»Da Ihr weder über das eine noch das andere verfügt, werdet Ihr schweigen, vermute ich?«, erwiderte Nesreca und lächelte süffisant. »Und Euren Tod werdet selbst Ihr anerkennen müssen«, fügte er halblaut hinzu. »Wenn Ihr dieses Kunststück tatsächlich vollbringt, die Auswirkungen eines Beiles oder einer Würgeschlinge auf Euren Hals zu ignorieren, ziehe ich meinen Hut vor Euch.«

»Beginnt mit der Anklagerede, Mortva«, befahl Govan mit leuchtenden Augen. Er lehnte sich ein wenig nach vorn und beobachtete gespannt die Szenerie.

Der Berater verbeugte sich und nahm seine gewohnt aufrechte Haltung ein, während seine Miene zu Eis wurde. Das gefällige Getue fiel wie eine zweite Haut von ihm ab, unter der sein berechnendes und rücksichtsloses Wesen lauerte.

»Der Orden der Hohen Schwerter gewährte einem Subjekt in seinen Reihen Unterschlupf, das es gewagt hatte, die Tadca selbst und zahlreiche weitere Gäste, ja sogar den Kabcar zu bestehlen.« Scharf wie ein Rasiermesser schnitten seine Worte durch den Raum. »Der ehemalige Rennreiter Tokaro Balasy wurde vom Großmeister selbst an Sohnes Statt angenommen, mit Wissen und stillschweigender Billigung der Ritterschaft. Man wagte es sogar, den verurteilten und gebrandmarkten Verbrecher mit an den Ort zu bringen, wo er seine schändlichen Taten vollbracht hatte. Er sollte dem ungeachtet den Ritterschlag empfangen, die höchste Auszeichnung, die es gibt.« Seine Rechte zeigte auf die Unterlagen. »Ich habe die Aussagen von Zeugen, die alles belegen und beschwören. Außerdem lehnte es der Orden ab, ein Treuegelöbnis auf den Kabcar zu leisten. Vielmehr sagte er sich sogar von allen Verpflichtungen gegenüber dem Hause Bardri¢ los. In Anbetracht der mehr als fragwürdigen jüngeren Geschichte der Hohen Schwerter ist dies eine Missachtung sondergleichen. Außerdem wissen wir, dass nicht Hetrál unseren Strategen Varèsz in der Festung Windtrutz erstach. Der Großmeister selbst machte sich auf zum Pass, um den Feldherrn des Kabcar, dem er Treue geschworen hatte, vom Leben in den Tod zu befördern.«

Hart schlug die flache Hand auf das Papier, der Knall erschreckte die Richter. Weder Govan noch Herodin zuckten zusammen.

»Der Orden hat damit bereits früh Verrat am Kabcar geübt, indem er den Feind unterstützte. Wäre Varèsz nicht gefallen, hätte sich die Einnahme des Bollwerks nicht verzögert. Und wieder gibt es Zeugen, die glücklich waren, endlich die Wahrheit sagen zu dürfen. Nicht zuletzt widersetzten sich die Ritter vor wenigen Nächten der Gefangennahme durch die Wachen des Kabcar. Sie töteten nicht weniger als einundfünfzig Mann, ehe sie der Selbstmord des Großmeisters Nerestro von Kuraschka zur Aufgabe bewegte.« Nesreca atmete tief ein. »Nun, Seneschall, verteidigt Euch. Aber jede Eurer Entgegnungen ist nichts anderes als eine Lüge. Die Beweise lasten schwer.«

Herodin verlagerte sein Gewicht, die Ketten klirrten leise. »Tokaro Balasy wurde ebenso ein Opfer Eurer Machenschaften, Nesreca, wie unser Orden.«

Der Konsultant schaute ihn leidenschaftslos an. »Ihr habt den Jungen also aufgenommen?«

»Ja«, bestätigte Herodin müde.

»Ihr wusstet aber doch, wer der Knabe war?«, hakte der Mann mit den silbernen Haaren nach.

»Wer kannte den Rennreiter des Kabcar nicht?«, hielt der Ritter dagegen. »Die Tadca hatte ihn hereingelegt, also mussten wir ihm zur Wiedergutmachung eine neue Gelegenheit geben, sich zu bewähren.«

»Ein schöner Orden ist das«, lachte Govan auf. »Hätte ich das gewusst, hätte ich Euch die ganzen Insassen der Verlorenen Hoffnung anvertraut, wenn Ihr solch eine heilende Wirkung auf die Gesinnung von Menschen habt.«

»Wie steht es mit der Ermordung von Várèsz?«, erkundigte sich der Berater. »Gesteht Ihr auch dies?«

»Nerestro zog ihn zur Rechenschaft, weil er den alten Großmeister während des Aufenthaltes im Gefängnis nach der Schlacht bei Telmaran feige erstochen hatte«, erläuterte Herodin laut. »Auf Geheiß von Euch, Nesreca. Ihr habt von Anfang an den Orden für unredliche Zwecke nutzen wollen.«

Die Federn der Schreiber flogen nur so über die Blätter, die Richter lauschten aufmerksam, und das Antlitz des Kabcar strahlte vor Wonne. Es tat ihm nicht Leid, dass sein Mentor selbst beschuldigt wurde. *Ich bin mir sicher, dass der Ritter die Wahrheit spricht. Aber er wird es niemals beweisen können. Der fleißige Mortva, damals wie heute.*

Verächtlich schaute Nesreca sein Gegenüber an. »Ja, bellt nur. Aber was kümmert es den Mond, wenn ein Köter kläfft? Oder ist es vielmehr das Jaulen, weil ich Euch mit meinen Anschuldigungen mehrfach getroffen habe, Seneschall?« Entspannt lehnte er sich gegen sein

Pult. »Und welche haarsträubende Geschichte habt Ihr parat, um die einundfünfzig Toten unter den Wachen zu erklären?«

»Ich darf Euch daran erinnern, dass sie keine Wappen und Banner trugen«, entgegnete Herodin. »Wir nahmen an, es seien Räuber, und setzten uns zur Wehr.« Sein Gesicht zeigte einen stolzen Ausdruck. »Wenn sie sich nicht voller Angst zu erkennen gegeben hätten und der Großmeister nicht feige von Euren Schergen ermordet worden wäre, so wäre niemand von ihnen lebend zurückgekehrt.«

Nesreca faltete die Hände vor dem Bauch zusammen und neigte sich ein wenig zurück. Seine Mundwinkel wanderten langsam in die Höhe. Ein sattes Lachen stieg hervor, zuerst verhalten, dann steigerte es sich zu einem wahren Sturm an mitleidiger Heiterkeit, der so ansteckend wirkte, dass selbst die Richter und Govan mit einfielen.

Schnell hatte sich der Konsultant von der geplanten Lachattacke erholt. Zweimal klatschte er in die Hände, um Applaus anzudeuten.

»Ganz köstlich, Herodin von Batastoia. Ihr seid ein hervorragender Märchenerzähler. Wie erklärt Ihr Euch, dass die Waffenröcke der Toten, auf denen das Emblem des Kabcar selbst im Halbdunkel deutlich zu erkennen ist, durchbohrt wurden?« Die Kälte, mit der er seine Rede begonnen hatte, kehrte schlagartig zurück. »Ihr habt sie alle ermordet, um Euch der Verhaftung und dem Gericht zu entziehen. Euer Großmeister erkannte letztendlich die Ausweglosigkeit und stürzte sich in den feigen Selbstmord.«

»Sie trugen die Waffenröcke mit der dunklen, ungekennzeichneten Seite nach vorne, damit es im Fall einer Verletzung so aussähe, als hätten wir die hoheitlichen

Wachen absichtlich angegriffen«, erklärte der Ordenskrieger den Trick. »Damit wurden wir getäuscht.« Eindringlich schaute er zu den Richtern hinüber. »Es war kein Selbstmord, den der Großmeister beging. Ich habe die Wunde gesehen.« Sein Finger legte sich an die Stelle, an der das Schwert eingedrungen war. »Es wäre die denkbar ungünstigste Position, um sich selbst zu erstechen. Und dann auch noch mit solcher Wucht, dass das Schwert auf der anderen Seite wieder austrat. Die Wundränder passten nicht zu denen einer aldoreelischen Klinge. Zudem hätte er sich seine Waffe auch durch die Rüstung treiben können. Somit bleibt nur feiger Mord übrig.«

»Das ist Eure Ansicht. Lassen wir das außer Acht, bleiben immer noch andere unappetitliche Vorkommnisse«, setzte Nesreca nach. »Ich habe in Erfahrung gebracht, dass Ihr Eure niederen Untergebenen zu unvorstellbaren Akten zwingt. Einige Bauern haben sich beim Kabcar beschwert, dass etliche aus der Ritterschaft ihnen die Töchter und Söhne nehmen, um nach deren Belieben mit ihnen zu verfahren.« Er wedelte mit einigen Briefen. »Bisher hielten wir das für übertrieben, aber inzwischen dürfte bei den Hohen Schwertern alles möglich sein. Abscheulich.«

»Nun ist es genug, Nesreca! Beendet Euer Lügenspiel und lasst uns doch alle gleich zum Tode verurteilen, wie es schon längst beschlossene Sache ist. Euren stärksten Gegner habt Ihr in seinem eigenen Zelt umbringen lassen.« Ereifert rang er nach Luft. »Werte Richter, die Hohen Schwerter dienen Angor, dem Gott der Ehrenhaftigkeit und der Anständigkeit. Wenn die Anschuldigungen zuträfen, würden wir uns aus vollem Herzen dazu bekennen. Aber niemand, nicht ein Einziger wird bei den Verhören einen der abstrusen Vorwürfe gestehen.«

»Natürlich nicht«, pflichtete der Berater behutsam bei. »Es wäre das Eingeständnis Eurer Verfehlungen. Wenn auch nur einer das Schweigen bräche, wärt ihr alle verloren.« In Nesrecas anziehendes Gesicht stahl sich ein dämonisches Lächeln, als er die Hand hob und den Wachen an der Tür einen Wink erteilte. »Nun, dann betrachtet Euch als verloren.«

Die Flügel schwangen auf, und ein junger Mann trat ein. Er trug die herkömmlichen Kleider eines gut situierten Tarpolers, wenn auch die blonden Haarstoppeln auf dem Kopf nicht zu einem herkömmlichen Bürgers passten.

Zuerst erkannte ihn der Seneschall in dem ungewohnten Aufzug nicht, dann weiteten sich seine Augen. »Albugast?« Dass der Knappe nicht im Gefängnis saß, bedeutete in diesem Zusammenhang nur eines. *Er hat sich tatsächlich auf die Seite des Bösen geschlagen.* Enttäuscht wandte sich Herodin von dem einstigen Ritteranwärter ab. *Zum ersten Mal empfinde ich es als bitter, dass ich mit meiner Einschätzung Recht behalte.*

Der Neuankömmling verbeugte sich der Reihe und dem Rang nach vor den Versammelten, den gefesselten Ritter missachtete er.

»Das, wertes Gericht, ist mein Zeuge. Er heißt Albugast und ist von untadeliger Herkunft. Er begann vor vier Jahren die Ausbildung zum Ritter im Orden der Hohen Schwerter und stand kurz vor der Schwertleite. Also gehörte er dem verwerflichen Kreis derer, die sich gegen den Kabcar verschworen, noch nicht an«, verkündete der Konsultant. »Er wird alles bestätigen, was ich vorgetragen habe.«

Der Vorsitzende forderte den jungen Mann zum Sprechen auf.

»Ich wollte ein Ritter Angors werden, aber was ich herausfand und was mir widerfuhr, ließ mich meinen Beschluss überdenken«, sagte Albugast nüchtern, abgeklärt. »Ich sollte dem Großmeister als Knappe zugeteilt werden und erfüllte schon erste Dienste und Aufgaben. Doch als er widerwärtige, widernatürliche Dinge von mir verlangte, verweigerte ich mich ihm.«

»Albugast!«, stieß Herodin voller Entsetzen aus. Er wollte sich nach vorn werfen, um den jungen Mann zu packen, aber die Soldaten ergriffen ihn an den Armen. Die Ketten rasselten laut. Hart rissen seine Bewacher ihn zurück. »Wieso erzählst du solchen Unsinn über unseren Orden?«

Gleichgültig wandte der Knappe seinen Blick in die Richtung des Seneschalls. »Tokaro Balasy scheint hingegen dazu bereit gewesen zu sein«, redete er ungerührt weiter. »Er muss weit gegangen sein, dass er mit seiner bereitwilligen Hingabe an den Großmeister sogar als dessen Sohn angenommen wurde.«

Klirrend spannten sich die eisernen Fesseln. Es schien, als wollte Herodin die Bande zerreißen, um sich auf den Lügner und Verleumder zu werfen.

»Seht Ihr, wertes Gericht, wie sich der Seneschall am liebsten an die Gurgel meines Zeugen werfen würde?«, kommentierte Nesreca den Ausbruch des Ritters. *Ich dachte schon, ich erreiche es niemals, dass er seine Beherrschung verliert.* »Aber die Wahrheit lässt sich nicht verbergen.«

»Ganz recht«, tobte Herodin. Eine dritte Wache eilte herbei, weil zwei nicht mehr ausreichten, den empörten Gefangenen zu bändigen. »Die Wahrheit wird mit Angors Hilfe auch Euch ereilen, Nesreca.« Er schaute zu Govan. »Hoheitlicher Kabcar, ich appelliere an Euch: Macht Euch frei von dem Einfluss dieses Mannes und kommt zu Euch, ehe Ihr ebenso verdorben seid wie er. Er manipuliert Euch bereits, ohne dass Ihr es merkt.«

»Ihr müsst gerade von Verdorbenheit reden«, bemerkte der Berater spitz. »Soll ich noch mehr über die Orgien und die beteiligten Tiere berichten? Man könnte einen ganzen Stall damit füllen.«

Der Seneschall beruhigte sich. »Ihr habt eines Eurer Ziele erreicht. Wir werden hingerichtet, denn ich glaube nicht an die Unvoreingenommenheit des Gerichtes. Aber die zweite Absicht misslang. Eine der aldoreelischen Klingen fehlt Euch in Eurer Sammlung, nicht wahr?«

»Gut, dass Ihr mich daran erinnert.« Nesreca nickte Albugast zu und hob die Hand als Aufforderung fortzufahren.

»Ich sah in jener Nacht, wie sich Tokaro Balasy in das Zelt des Großmeisters schlich. Kurz darauf rannte er aus der Unterkunft und hielt die aldoreelische Klinge in der Hand.«

Der Mann mit den silbernen Haaren breitete die Arme aus. »Ein Dieb ist eben immer ein Dieb. Nun hat er sogar einen Toten bestohlen. Oder vielleicht hat er ihn sogar umgebracht? Hatte der Seneschall selbst nicht Zweifel an meiner Theorie des Selbstmords? Ich wollte das nur am Rande erwähnt haben, wertes Gericht, um zu zeigen, welche Sitten dort herrschten.«

Der Vorsitzende des Gremiums blickte nach rechts und nach links. »Wir ziehen uns zur Beratung zurück«, verkündete er. »Aber es wird nicht lange dauern. Wartet hier.« Die Robenträger und Schreiber verschwanden in einer feierlichen Prozession aus dem Saal.

Nesreca schüttelte die Arme aus. »Das sollte es gewesen sein, Seneschall«, meinte er in die Stille. Er blickte nachdenklich. »Kommt man durch eine Hinrichtung zu

Angor, oder ist das ein ebenso unrühmliches Ende für einen Ritter, wie im Bett zu sterben oder beim Ausritt vom Pferd zu fallen und sich den Hals zu brechen? Sollen wir den Rittern Schwerter geben, damit sie sich in einem letzten Zweikampf alle gegenseitig erschlagen, oder würde Euer Gott das als Betrug ansehen? Und was macht der Letzte? Ich könnte Echòmer bitten, Euch zur Hand zu gehen.«

Herodin atmete tief ein und ignorierte den ihn verhöhnenden Berater. »Albugast, was haben sie dir versprochen? Was ist dein Lohn für diesen Verrat, den dir kein Gott verzeihen wird?«

Nesreca schnalzte tadelnd mit der Zunge. »Ich kenne einen, Seneschall, der ihm geradezu dankbar ist.«

Der Knappe kam herüber, beugte sich an das Ohr des Ritters. »Ihr hättet mich nicht übergehen dürfen. Mir stand die Schwertleite zu, ich hätte der Knappe des Großmeisters werden sollen. Ich war und bin der beste Fechter des Ordens.« Heiß umspielte Herodin der warme Atem des jungen Mannes, die hasserfüllten Worte drangen in seinen Verstand. »Aber Ihr habt mich zu Gunsten eines Verbrechers weggestoßen. Das konnte ich Euch nicht verzeihen.« Langsam zog er seinen Kopf zurück und sah dem Ritter in die Augen. »Nun werde ich Großmeister meines eigenen Ordens.«

»Das war dein Entgelt?«, begriff der Seneschall. »Angor wird niemals ...«

Wieder näherten sich die Lippen der Ohrmuschel. »Ich gebe einen Dreck auf Angor. Ich werde einem anderen dienen, dessen Macht sichtbar ist und die täglich größer wird. Vor allem mit Euren Toten. Ich sah, wie ein Mann in einer schwarzen Rüstung mit dem Großmeister kämpfte. Und ich unternahm nichts. Weil er sterben sollte. Weil ich wollte, dass er starb.«

Herodins Angriff erfolgte dermaßen unvermittelt und schnell, dass die drei Soldaten um ihn herum überrumpelt wurden.

Die gefesselten Hände zuckten nach oben, die Kettenglieder trafen Albugast seitlich ins Gesicht. Der junge Mann stürzte zu Boden. Der Seneschall riss einer Wache den Dolch aus dem Gürtel, um den Verräter zu töten.

Ein dunkelvioletter Strahl schoss durch den Raum und prallte gegen die Brust des Ritters. Er wurde zurückgeschleudert, brach anschließend zusammen und rührte sich nicht mehr.

»Ich will nicht, dass meinem viel versprechenden Ritter etwas geschieht.« Govan stand an seinem Platz, eine Hand leicht in die Richtung des Seneschalls gereckt. »Und er wird seinen Tod erst nach dem Spruch der Richter finden.«

»Ich danke Euch, hoheitlicher Kabcar, dass Ihr mein Leben bewahrtet.« Albugast erhob sich angeschlagen, sein Gesicht sah merkwürdig eingedrückt aus. Taumelnd griff er sich an die Schläfe, als ein Schwall Blut aus seiner Nase schoss. Kurz darauf fiel er zusammen.

»Einen Cerêler, schnell«, wies Nesreca eine Wache an und entfernte sich etwas von dem am Boden liegenden, zuckenden Ritter. *Tzulan steh ihm bei. Er ist so viel verheißend.*

Diener eilten herbei und schafften den Verletzten hinaus, ein anderer wischte den verschmierten Boden des Gerichtssaals.

Nach einer halben Stunde Warterei, die der Kabcar und Nesreca schweigend erduldeten, kehrten die Rechtsprecher zurück.

»Wir entscheiden, dass der Orden der Hohen Schwerter aufgelöst und für immer verboten werden soll«, verkündete der Vorsitzende. »Alle Angehörigen der Ritterschaft werden zum Tode verurteilt, alle Knappen werden eingehend auf ihre Mitwisserschaft hin befragt. Gestehen sie, etwas gewusst und geschwiegen zu haben, aus welchen Gründen auch immer, so sollen sie auf Lebenszeit in den Kerker geworfen werden. Alle Besitztümer und Ländereien fallen an die Krone.« Der Hammer hob sich. »Erkennt der Kabcar das Urteil an?«

»Ich verkünde hiermit die Begnadigung des Zeugen Albugast. Ansonsten stimme ich dem Gericht voll und ganz zu. Jedoch soll man alle, die etwas mit dem Orden zu schaffen hatten, aufspüren und vor Gericht bringen, damit man Schuld oder Unschuld feststellen kann. Jeder noch so kleinste Mitläufer muss entdeckt werden.«

Der Hammer knallte auf das Pult und verkündete symbolisch das In-Kraft-Treten der Entscheidung.

Die Soldaten schleiften den bewusstlosen Herodin hinaus, während die Schreiber die letzten Sätze niederkritzelten, ehe sie aufsprangen, sich verneigten und gingen. Auch die Richter verließen den Raum. Nesreca und der Kabcar waren allein.

»Wir werden Großmeister Albugast eine der Ländereien anvertrauen, die nun der Krone gehören«, überlegte Govan laut. »Ich denke da an … Kuraschka. Die Burg Angoraja benötigt einen neuen Namen.«

»Wir könnten die Strukturen der Hohen Schwerter vom Aufbau her übernehmen, die Titel ein wenig abändern und ein paar fanatische Tzulani als ersten Grundstock aufnehmen.« Der Konsultant deutete als Zeichen des Aufbruchs zur Tür. »Habt Ihr Vorstellungen, wie Euer Orden aussehen soll?«

»O ja«, sagte der Herrscher und ging zusammen mit Nesreca durch die Tür, die Treppen hinunter zur Kutsche, um zum Palast zurückzukehren. »Ich sehe die

Rüstungen genau vor mir. Sie werden dunkelrot und Furcht einflößend sein. Als gemeinsames Wappen möchte ich eine stilisierte Flammensäule.« Das Gefährt setzte sich in Bewegung, während Govan über das Aussehen seiner Ritter sinnierte. »Mortva, sucht mir die besten Kämpfer aus der Leibwache, steckt sie mit Tzulani-Priestern zusammen und lasst sie zu begeisterten Anhängern des Gebrannten werden. Ich will in einem halben Jahr einen militärisch mindestens ebenso effektiven Orden haben, wie es einst die Hohen Schwerter waren.« Sein Gesicht verdunkelte sich. »Aber mit einem hatte Herodin leider Recht.«

»Und das wäre?«

»Hemeròc hat kläglich versagt«, stieß Govan enttäuscht aus.

»Ihr meint, weil er die aldoreelische Klinge nicht zu Euch brachte?« Auch Nesreca wirkte wenig zufrieden. »Ich habe ihn bereits gerügt, Hoher Herr. Und auf die Suche geschickt.«

Die Kutsche hielt an, schweigend stieg der Kabcar aus, eilte die Stufen hinauf und schritt geradewegs in die Unterkunft seines Beraters. Die magischen Sicherungen hielten ihm nicht stand. Schnaufend stand er mitten in dem fast leeren Zimmer mit dem riesigen lackierten Schrank. Er riss die Flügeltüren auf. Doch noch immer hingen nur drei der sagenumwobenen Waffen dort.

Wütend wandte er sich zu dem Mann mit den silbernen Haaren um. »Anscheinend ist er noch nicht fündig geworden. Ruft ihn herbei, Mortva.«

»Es ist nicht so einfach, jemanden zu finden, wenn man nicht weiß, wo er sich ungefähr aufhält, Hoher Herr«, versuchte der Konsultant ein wenig Verständnis zu schaffen, ehe er den Namen seines Helfers aussprach.

Hemeròc erschien und kniete nieder.

»Du hast den Großmeister getötet. Gut, von mir aus«, empfing ihn Govan schlecht gelaunt. Anklagend wies er auf den Schrank. »Aber wie kann es sein, dass ein Zweiter Gott nicht in der Lage ist, einen Jungen zu finden?«

Hemeròc versuchte sich krächzend zu verteidigen. »Er muss vor mir beim …«

Doch der Herrscher hob die Hand. »Es ist mir gleich, welche Ausreden du von dir gibst. Du hast versagt.« Govan zog seine aldoreelische Klinge und rammte sie dem Wesen in den Leib. »Versagt wie Paktaï.« Hemeròc stöhnte auf.

Nesreca sah das Schlimme kommen. »Hoher Herr, tut es nicht! Wir brauchen ihn noch.«

»Ich brauche ihn nicht mehr, Mortva. Für Versager ist kein Platz um mich herum.« Ein viel bedeutender Blick traf den Berater. »Merkt Euch das gut.« Die Hand des Kabcar wollte sich auf die Schulter des Zweiten Gottes legen, der allerdings sehr wohl wusste, was ihn erwartete.

Mit einem unmenschlichen Brüllen sprang er zurück, die Schneide des Schwertes glitt aus ihm heraus. Durchsichtige Flüssigkeit troff zu Boden. »Es war niemals vereinbart, dass ich für Tzulan sterben soll«, donnerte er schmerzerfüllt, während er seine wahre Gestalt annahm. Die menschliche Hülle platzte auf, fiel in Fetzen zu Boden. Etwas anderes, Gefährlicheres entstand.

»Vereinbarungen ändern sich«, meinte der Konsultant ruhig.

Bevor die Verwandlung beendet war, attackierte Govan den Zweiten Gott mit einer Serie magischer Entladungen.

Nur mit Mühe wehrte Hemeròc sie ab. Nesreca übernahm das Abfangen der abgleitenden Strahlen, um großflächige Zerstörungen innerhalb des Regierungssitzes zu verhindern.

Das Antlitz des Kabcar leuchtete vor Begeisterung, er genoss die Herausforderung, endlich einen Gegner vor sich zu haben, der nach dem ersten Stoß Magie nicht sofort zu Asche oder unappetitlichen Überresten verging. Lachend setzte er seine eigenen und geraubten Kräfte ein.

Er spielt mit ihm!, verstand der Konsultant. Für einen Moment befiel ihn selbst so etwas wie Furcht. *Er ist einem Zweiten Gott überlegen, unbesiegbar geworden. Ich werde all meine List benötigen, um nicht ebenso zu enden wie Hemeròc.*

Schließlich packte der Kabcar die aldoreelische Klinge mit beiden Händen und eröffnete den Nahkampf. Alle Abwehrversuche seines Gegners, der inzwischen mit seinem schrecklich anzusehenden Dämonenschädel an die Decke stieß, scheiterten an der magischen Schutzbarriere, die um Govans Körper flirrte. Die Schläge der Klauen wurden kurz vor Govans Körper gebremst, die Arme federten zurück. Auch die stachelbewehrten Tentakeln, die Hemeròc aus dem Rücken wuchsen, richteten nichts aus.

Letztlich brachte die aldoreelische Klinge das Ende.

Zur Hälfte der Länge nach gespalten, krachte der Zweite Gott auf den Boden. Schließlich nahm sich der Kabcar die Magie des sterbenden Wesens, und die Schneide trennte den hässlichen Kopf vom Rumpf.

Keuchend setzte sich Govan, seine Waffe klirrte zu Boden.

»Das war ein Kampf«, japste er erschöpft. »Besser als jede Übungsstunde. Und viel befriedigender.« Er lockerte sich den Kragen, öffnete Jacke und Hemd. »Ich fühle mich furchtbar heiß.«

»Das rührt daher, dass Ihr Eure Kräfte recht verschwenderisch eingesetzt habt«, erklärte Nesreca. »Ihr erinnert Euch doch noch an die Lektionen, die ich Euch erteilt habe? Eure Kleider könnten durchaus Feuer fangen.« Abschätzend betrachtete er den Leichnam seines Helfers. »Ihr habt uns schon wieder einen Verbündeten genommen, Hoher Herr.«

»Ich habe jemanden beseitigt, der als Verbündeter nichts taugte«, verbesserte Govan lachend und wischte sich den Schweiß von der Stirn; die Haare klebten nass an seinem Kopf. Die Magie des Getöteten pulsierte durch ihn, verband sich mit seinen vorhandenen Kräften. Doch es gab kein schmerzhaftes Ringen der unterschiedlichen Energien, das Fremde wurde einfach absorbiert, hinzugefügt. Die Magie, die sich nun dunkelviolett zeigte, musste immens stark sein.

»Wir haben aber sonst keinen mehr. Er hätte noch gute Dienste leisten können.«

Der Kabcar schloss die Augen und zwang seine Atmung durch Konzentration, sich zu verlangsamen. »Ich habe immer noch Euch, geliebter Mentor«, erwiderte er ruhig.

Nesreca überlegte, wie der junge Mann das gemeint haben könnte. *Um meine Magie zu stehlen?*

»Tzulan mag mir verzeihen, dass ich seine Kreaturen töte. Aber sie sind seiner nicht wert. Und außerdem bin ich so stark, dass ich getrost auf solche Handlanger wie Hemeròc verzichten kann.« Seine braunen Augen richteten sich auf seinen Konsultanten. »Ich habe nicht einmal all meine Fertigkeiten zum Einsatz gebracht, Mortva, und dennoch gegen einen Zweiten Gott gesiegt.« Seine Züge wurden ernst. »Ich würde auch Euch besiegen. Ich bin mehr als ein Halbgott.« Er betrachtete seine Finger. *Ich bin bereits göttlich.*

Nesreca kam eine Idee, wie er den Herrscher weiterhin in seiner Hand halten konnte. »Wahrlich, Ihr seid mehr als das«, verneigte er sich devot. »Dennoch fehlen Euch leider ein paar Attribute, Hoher Herr, die Euch zum Gott werden ließen.«

»Ich weiß«, knurrte Govan mürrisch.

Dachte ich es mir doch. Der Mann mit den silbernen Haaren schlenderte herüber. »Ich könnte mit Tzulan reden. Vielleicht stattet er Euch mit den fehlenden Eigenschaften aus, wenn er selbst erst vollständig zurückgekehrt ist«, schlug er harmlos vor. »Und je schneller das vorangeht …« Absichtlich ließ er den Satz unvollendet.

»Ein Gott sein«, wisperte der Kabcar voller Begeisterung. »Das würde mir gefallen. Wann gab es das, dass der Pöbel von einem zum Gott aufgestiegenen Menschen regiert wurde?« Versonnen steckte er die aldoreelische Klinge ein. »Das wäre die Erfüllung meiner Träume, Mortva.« Er stand auf und stellte sich vor seinen Berater. »Ich verlange von Euch: Lasst ihn Wirklichkeit werden. Alles andere betrachte ich als Versagen Eurerseits. Und Ihr wisst, was ich von Versagern halte.«

Damit habe ich mir jedenfalls auf längere Sicht meine Existenz gesichert, dachte der Konsultat und atmete innerlich auf. »Es wird nur möglich sein, wenn Ihr Euren Teil dazu beitragt, Hoher Herr.«

»Das werde ich.« Der junge Mann ging zum Ausgang. »Werft den Kadaver in dieselbe Gruft, in der Paktaï liegt und verrottet«, wies er an. »Ich werde mich ein wenig zurückziehen.« Er stand halb in der Tür, als er den Kopf drehte. »Ach, ja, besorgt mir die aldoreelische Klinge und den Dieb dazu. Ich muss mit ihm noch ein paar Dinge abrechnen, die ich ihm von früher schuldig bin.

Veranlasst alles, was notwendig ist.« Govan überlegte. »Und bewirkt, dass meine Anrede geändert wird. Von heute an soll mich das Volk ›göttlicher Kabcar‹ nennen. Demnächst wird sich noch mehr ändern. Jetzt werde ich erst einmal schlafen. Danach möchte ich wissen, warum die Modrak wie die Ölgötzen auf den Dächern hocken, anstatt mir zu gehorchen.« Er ging hinaus.

Govan und ein Gott. Das hat noch gefehlt. Seufzend nahm Nesreca die drei Waffen aus dem Schrank und machte sich auf den Weg in die kleine Schmiede, um die aldoreelischen Klingen einzuschmelzen und ungefährlich zu machen. *Wenn Tzulan nicht aufpasst, wird ihn der Kabcar glatt aus dem Reigen der Götter befördern. Aber Überheblichkeit ist die beste Scheuklappe gegenüber Gefahren, die es nur gibt.*

Warum die Modrak zur alten Passivität zurückkehrten, hätte er selbst zu gern gewusst, sah aber keine Möglichkeit, das herauszufinden. Im schlimmsten Fall hatte Lodrik wirklich überlebt und sie mit dem Amulett unter seiner Kontrolle behalten. Doch das erschien Nesreca zu abwegig. *Man könnte einen Modrak fangen und aushorchen. Das wird das Beste sein.* Während er in der Schmiede die Vorbereitungen traf, bereitete ihm der Auftrag, die letzte der auf dem Kontinent bekannten Klingen zu beschaffen, weiteres Kopfzerbrechen.

Flugblätter, die Garnisonen verstärkt zur Wachsamkeit ermahnen, die Tzulani, ein Kopfgeld. Und dennoch schien ihm das angesichts der Unzahl von möglichen Fluchtorten und -wegen nur ein Tropfen auf den heißen Stein.

Man müsste ihm jemanden auf die Fersen setzen, der ihn kennt. Abwesend schaute er in die glühende Esse und rührte die Kohlen in ihrem Bett mit der bloßen Hand um, ohne dass sich Verbrennungen auf seiner Haut zeigten.

Natürlich! Ich werde die Nachricht verbreiten lassen, dass Tokaro den Großmeister getötet hat, um dessen Klinge zu stehlen. Das erste Schwert flog in die Glut. *Und dann gebe ich einem aus der Ritterschaft die Gelegenheit zur Flucht. Meine Spione werden ihm folgen und sich zu dem kleinen Dieb führen lassen.*

Zufrieden begann er die Beschwörungszeremonie, um den Schutzzauber der Waffe teilweise außer Kraft zu setzen, damit die Klinge ihre gefährliche Form verlor und zu einem nutzlosen Klumpen Metall wurde.

Kontinent Ulldart, Königreich Barkis (ehemals Tûris), Ammtára (ehemals die Verbotene Stadt), Frühsommer 459 n. S.

Vorwurfsvoll hob Shui die Robe hoch. »Weißt du, was das ist?«

»Das?« Pashtak war nicht wohl in seiner Haut, die Augen seiner Gefährtin ruhten zu streng auf ihm. »Das ist meine Robe.«

»Es ist die einzige Robe, die du noch hast«, verbesserte sie kühl. »Weil du nichts Besseres zu tun hast, als alle teuren Kleider, die du besitzt, zu zerreißen oder dermaßen schmutzig zu machen, dass man sie nicht mehr tragen kann. Außer als Windel.« Mit einer getragenen Geste reichte sie ihm das Gewand. »Dabei ist es doch so einfach: Zieh es an, geh damit in die Versammlung, kehre damit wieder zurück. Sauber, wenn ich bitten darf. Und anschließend schaust du beim Schneider vorbei, um dir neue anfertigen zu lassen.«

Der Inquisitor nahm den Stoff so vorsichtig in die Hand, als hielte er das Kleinste seiner Kinder fest. Die spitzen Krallen konnten dem Webprodukt durchaus gefährlich werden. »Ich gelobe Besserung«, versprach er leicht girrend. »Wir haben die Mörderbande ja ausgehoben.«

Shui kniff die Lider zusammen. »Ich kenne dich zu gut. Du verfolgst noch eine andere Sache, lieber Mann.« Sie lief an ihm vorbei, scheuchte die lauschenden Kinder zurück in die Küche und gab ihm einen Kuss auf den Nacken. »Pass auf dich auf«, sagte sie versöhnlich. »Wer weiß, wie viele Tzulani noch im Verborgenen sitzen.«

»In Ammtára? Wohl kaum mehr welche«, lachte er rau und zeigte sein imposantes Gebiss. »Warte nicht mit dem Essen auf mich. Es kann länger dauern«, rief er von der Tür aus.

Alarmiert drehte sie sich um. »Du wirst dich schön umziehen, bevor du wieder auf Abenteuersuche gehst, hörst du?!«

Aber Pashtak war schon verschwunden.

Unterwegs ging er die Blätter durch, auf denen Leconuc die wichtigsten Tagesordnungspunkte zusammengefasst hatte, angefangen vom Tod des Kabcar bis hin zur Einberufung der Tzulani als Beamte im gesamten Reich.

Tja, außer in Ammtára, musste der Inquisitor grinsen, und ein amüsiertes Schnurren drang aus seiner Kehle. Die Passanten, die ihm entgegenkamen, wichen ihm wie selbstverständlich aus.

Im Geiste kehrte er zu den Ereignissen zurück, die sich vor wenigen Wochen ereignet hatten.

Nachdem er dem Vorsitzenden der Versammlung der Wahren einen umfassenden Bericht über die Ungeheuerlichkeiten, die sich unter den Tzulani innerhalb der Stadtmauern abspielten, abgeliefert hatte, war auch Leconuc erst einmal schockiert gewesen. Zwar gehörte auch er zu den Gläubigen des Gebrannten, aber er war weit entfernt von diesem schädlichen Fanatismus.

In aller Heimlichkeit stellten daraufhin die beiden eine Truppe aus Nimmersatten zusammen, die in jener Nacht, in der die Monde eine Linie bildeten, den Tempel Tzulans stürmen und alle verhaften sollten, die etwas mit der Verschwörung zu tun hatten.

Der Handstreich gelang.

Während sich die ersten Gläubigen in die Flammen warfen, eroberten die Nimmersatten das Heiligtum und trieben die Tzulani zusammen. Wer sich allzu heftig zur Wehr setzte, wurde den kompromisslosen Sumpfkreaturen überlassen, alle anderen, insgesamt zweiundsiebzig Männer, Frauen und einige Artgenossen Pashtaks, in Ketten gelegt. Glücklicherweise befand sich keines der Versammlungsmitglieder darunter. Die unfreiwilligen Opfer wurden befreit und nach Hause entlassen.

Bei der Durchsuchung entdeckten Leconuc und der Inquisitor weitere Briefe, die Weisungen aus Ulsar enthielten. Neue Mitteilungen wurden ebenfalls abgefangen und ergaben ein düsteres Bild von der Zukunft.

Und genau darum würde es sich in dem anstehenden Treffen drehen.

Neue Morde waren seit dem Ausheben der Brut ausgeblieben. Es schien, als hätten die langen Ermittlungen zu einem durchschlagenden Erfolg geführt.

In Erinnerungen und Gedanken versunken, trat Pashtak in den Saal und begab sich an seinen Platz. Erst als Leconuc die Versammlung eröffnete, bemerkte er, dass Lakastres Sitz frei geblieben war. *Ich habe sie schon lange nicht mehr gesehen*, dachte er. *Ich werde sie anschließend besuchen, um einige Dinge anzusprechen.*

»Liebe Freunde«, sagte Leconuc laut, um die ungeteilte Aufmerksamkeit auf sich zu lenken. »Wichtige Dinge sind heute zu besprechen und zu beschließen.« Das Gremium stellte die privaten Unterhaltungen ein und lauschte. »Manche haben es vielleicht als Gerücht gehört: Der Kabcar Lodrik Bardri¢, dem unsere Stadt so vieles zu verdanken hat, ist mit größter Wahrscheinlichkeit tot. Die Nachfolge wurde von seinem ältesten Sohn angetreten, der ganz den Anschein macht, als wäre er ein eifernder Tzulani.« Der Vorsitzende wirkte angespannt. »Und genau mit diesen hatten wir die größten Schwierigkeiten in Ammtára. Er hat Ulsars Kathedrale umbauen lassen, die ersten Häuser tragen eine neue Fassade, wie sie dunkler nicht sein könnte. Alle wichtigen Ämter in der Verwaltung hat er von überzeugten Tzulani besetzen lassen, die, wie ihr wisst, zumindest Tarpol wie ein Netzwerk durchdringen.«

»Was ist daran so schlecht?«, warf Nechkal ein, ein Mensch. »Soweit ich mich erinnere, ist Tzulan auch unser Gott.«

»Natürlich ist er das«, knurrte Pashtak gereizt. »Nur schmeißen wir Nackt … Menschen nicht zu Dutzenden in irgendwelche Löcher, um sie zu opfern. Erinnert euch, Lodrik Bardri¢ hat diese Vorgehensweise verboten. Und seitdem blüht unsere Gemeinschaft in Ammtára auf. Vorher waren wir ein Ort, den alle umliegenden Städte stehenden Fußes und ohne zu zögern dem Erdboden gleichgemacht hätten, wäre der Befehl des Kabcar erfolgt. Durch seinen Erlass gelang es, die Feindschaft weitgehend zum Erliegen zu bringen. Nicht Tzulan brachte uns Frieden und Sicherheit, sondern Lodrik Bardri¢.« Der Inquisitor wies mit einem

Nicken zu den Briefen, die vor dem Vorsitzenden lagen. »Was Leconuc und ich entdeckt haben, treibt uns jedoch geradewegs zurück in die Zeiten, in denen wir gehasst und gejagt wurden.«

»Was soll das bedeuten?«, wollte ein anderer wissen.

»Das bedeutet, dass der neue Kabcar einen geheimen Pakt mit den dogmatischen Tzulani geschlossen hat und ihre Opferungen voll und ganz unterstützt«, erklärte Leconuc angewidert. »Die Menschen auf Ulldart wissen noch gar nicht, was auf sie zukommt. In den Briefen, die wir fanden und die weiterhin ankommen, werden die Anhänger des Gebrannten Gottes aufgefordert, in der bedeutsamen Stätte mit leuchtendem Beispiel voranzugehen und die Opferungen zu steigern. Es ist der Wille des Kabcar, dass es geschieht.«

Betroffenes Schweigen senkte sich auf die Versammlung nieder.

»Ich weiß zwar nicht, wie der Rest es sieht«, erhob Kiìgass, ein weiteres Sumpfwesen, nach einer Weile die animalisch klingende Stimme, »aber ich bevorzuge das Leben, wie wir es im Augenblick führen. Die Dunkle Zeit mag von mir aus hereinbrechen, aber nicht in Ammtára. Die Opferungen ergeben keinen Sinn, da sie mehr schaden als nutzen. Es kann nicht besser werden, als es ist.«

Das Gremium murmelte seine Zustimmung.

Pashtak, an dem es notfalls gewesen wäre, einen solchen Vorschlag zu unterbreiten, grinste. *Sie sind doch vernünftiger, als Leconuc und ich angenommen haben.* »Auch ich unterstütze das Anliegen meines Versammlungsfreundes«, gab er Kiìgass Rückendeckung. »Ich stimme dafür, dass wir uns weiterhin nach den Erlassen des alten Kabcar richten. Das Wort ›ammtára‹ darf seine Bedeutung – Freundschaft – nicht verlieren. Dafür haben wir zu viel erreicht. Es wird keine Opferungen geben, obschon wir uns darüber im Klaren sein müssen, dass wir den Kabcar damit womöglich erzürnen.« Er hob seine Hand, die anderen Arme schossen in die Höhe.

»Sehr gut«, sagte der Vorsitzende erleichtert. »Nun sind wir einmal gespannt, wie die Nachricht in Ulsar aufgenommen wird.«

»Vermutlich ohne große Begeisterung«, schätzte Kiìgass und feixte, was ihm ein bösartiges Aussehen verlieh. »Sollten wir nicht einen Schritt weitergehen und die Bewohner der umliegenden Städte und Dörfer von dem Pakt in Kenntnis setzen? Und dass wir damit nichts zu tun haben wollen? Es würde uns glaubhafter machen.«

Er spricht genau das aus, was mir auf der Seele brennt. »Sind wir doch einmal ehrlich«, mischte sich der Inquisitor ein, der sich nun auch nicht mehr länger zurückhalten wollte und das aufgeregte Girren nicht unterdrückte. »Das Letzte, was wir hier brauchen können, ist die Rückkehr der Dunklen Zeit, oder?« Abwartend schaute er in die Gesichter der Menschen und Sumpfwesen, die die Versammlung der Wahren bildeten. »Was hat es uns gebracht, dass wir Tzulan verehrt haben? Einen Schlag mit einem Knüppel, Überfälle, Flucht und Vertreibung. Und die Dunkle Zeit wird das, was wir aufgebaut haben, nicht besser machen. Ganz im Gegenteil. Ich denke, dass die meisten Menschen nach wie vor an Ulldrael glauben.« *Und wenn sie es eines Tages im Verborgenen tun müssen.*

»Sollen wir uns etwa vom Gebrannten lossagen?«, schnaubte einer der Tzulani empört.

»Davon hat niemand gesprochen«, half Leconuc. »Es geht nur darum, den moderaten Weg, den wir derzeit beschreiten, fortzuführen. Ganz egal, was andere von uns verlangen. Selbst wenn es der Kabcar persönlich sein sollte. Der sitzt weit weg in Ulsar und hat keine Vorstellung von dem Leben, das wir führen.«

»Erinnert euch an die Briefe. Ich weiß nicht, was ich von einem Herrscher halten soll, der seine eigenen Gesetze bricht«, ergänzte Pashtak. »Offiziell verbietet er die Menschenopfer, hintenrum deckt er das geheime Abschlachten, begrüßt es.«

Kiìgass kratzte sich am pelzbesetzten Ohr. »Ich sehe, diese Entscheidung hat mehr Tragweite, als dass wir darüber befinden sollten, auch wenn wir diejenigen sind, die von den Bürgern in dieses Amt gehoben wurden. Ich bin dafür, dass alle Bewohner der Stadt wissen sollen, wie die Lage ist und wie es sich mit den Tzulani …«, er hielt inne, um sich zu verbessern, »mit den fanatischen Tzulani steht. Ich möchte eine große Abstimmung.«

»Eine gute Idee«, sagte der Vorsitzende. »Ich lasse Ausrufer für morgen zu einer Versammlung auf den großen Platz einladen.« Er schaute zu Pashtak. »Willst du berichten, wie es sich mit den Morden verhält?«

Der Inquisitor schnurrte stolz. »Auch wenn ich lange benötigt habe, die Morde sind aufgeklärt. Seitdem wir den Tempel ausgehoben haben, haben sich keine weiteren Bluttaten mehr ereignet, die einen solchen rituellen Hintergrund haben könnten. Weder in Ammtára noch in den Städten und Dörfern der Umgebung. Ich habe mich von den hoheitlichen Beamten, mit denen ich beinahe schon ein freundschaftliches Verhältnis pflege, in Kenntnis setzen lassen.« Die Versammlung trommelte ihm zu Ehren auf die Tische. »Natürlich ist es nicht ausgeschlossen, dass es Nachahmer geben wird, deshalb sind alle zu größter Wachsamkeit aufgerufen. Dennoch, die Sektierer werden uns keine Scherereien mehr machen. Sollten sich die Bewohner unserer Stadt für einen freundlichen Weg ohne Opferungen aussprechen, werden wir ohnehin von solchen Verblendeten gemieden werden, da bin ich mir sicher.«

»Du bist da völlig ohne einen Zweifel?«, fragte jemand aus dem Gremium. »Ging nicht das Gerücht um, dass es verschiedene Gruppen sein könnten?«

»Alle Beweise führten einzig zu dieser Gruppe.« Nun war Pashtak erleichtert, dass er nicht wie die Nackthäute zu erröten pflegte. Die Lüge, um Lakastre vorerst in Schutz zu nehmen, wäre sonst sofort aufgeflogen. *Was hilft es, wenn ich sie belaste? Sie hat mir zweimal mehr als geholfen. Dennoch wird sie mir versichern, dass sie einen anderen Weg findet, um sich zu ernähren. Sonst muss ich ihr Geheimnis lüften.*

»Gut«, nickte Leconuc in die Runde. »Dann treffen wir uns morgen zusammen mit den anderen auf dem großen Platz.« Er schaute auf den leeren Sitz der Frau. »Weiß jemand, was mit Lakastre ist?«

»Ich gehe bei ihr vorbei und unterrichte sie«, bot sich der Inquisitor sogleich an. Die anderen standen auf und zerstreuten sich.

Ohne sich lange aufzuhalten, nahm er seine Unterlagen und eilte durch die Straßen, um zum Haus seiner Amtsgenossin zu gelangen. Sorgsam wich er jeder Pfütze, jedem noch so kleinen Dreckhügel aus, um die Robe nicht zu beschmutzen.

Dabei stellte er Überlegungen an, wie er Lakastre dazu bewegen konnte, vom Töten abzulassen.

Wenn das Menschenfleisch aber dringend notwendig für sie ist? Was machen wir dann? Da er auf diese Frage keine Antwort fand, beschäftigte er sich lieber nicht weiter mit ihr.

Das Gefühl der Dankbarkeit kämpfte gegen die Pflicht des Inquisitors. Schwieg er, machte er sich an den nächsten unschuldigen Toten ebenso verantwortlich.

Reichen die Toten auf den Bestattungsstellen aus, um sie zu versorgen? Oder ist ihr das nicht genug? Notfalls müsste sie aus Ammtára verschwinden. Es wäre das Beste. Er war vor Lakastres Haus angekommen. *Hoffentlich sieht sie es ein.*

Unschlüssig hob er die krallenbewehrte Hand, um nach der Kette zu greifen, die die Glocke im Haus zum Klingen brachte.

Just in diesem Augenblick öffnete sich die Tür, und Lakastres Tochter stand vor ihm. Sie erschrak vor dem unvermuteten Besucher ebenso wie der Inquisitor vor ihr. Dann lachten sie erleichtert auf. Jeder der beiden hatte den Eindruck gehabt, von dem anderen bei etwas Verborgenem überrascht worden zu sein.

Verdammt, wie heißt die kleine Frau gleich noch mal?

»Inquisitor Pashtak«, begrüßte sie ihn freundlich und blieb auf der Schwelle stehen. »Was führt Euch hierher?«

»Ich suche deine Mutter … Kind«, flüchtete er sich in eine neutrale Anrede. Seine gelben Augen wanderten an ihrem heranreifenden Körper vorbei in die Dunkelheit des Flures. Er meinte, eine Bewegung ausgemacht zu haben. Der Geruch von Verwesung drang aus dem Eingang. Seine Nackenhaare richteten sich auf, ohne dass er es wollte.

»Ist sie da?«, verlangte er mit belegter Stimme zu wissen. »Ich muss mit ihr über das reden, was die Versammlung besprochen hat. Wir brauchen ihre Entscheidung dazu.«

»Nein.« Der Kopf des Mädchens senkte sich abweisend. Die langen, dunkelbraunen Haare fielen auf ihre einfachen Kleider. Zum ersten Mal sah er ihre Augen aus unmittelbarer Nähe. Sie waren karamellfarben, doch sie leuchteten weniger intensiv als die bernsteinfarbenen ihrer Mutter. Dafür fasste ein dünner, gelber Kreis die Pupillen ein, der ihren Blick äußerst eindringlich und anziehend wirken ließ.

»Nein?«, wiederholte er überrascht. »Nein, sie will sich nicht dazu äußern, oder nein, sie ist nicht da, Kind?«

»Mein Name ist Estra. Und meine Mutter ist nicht da, Inquisitor«, ergriff sie hastig die Ausrede. »Lebt wohl.« Sie trat einen Schritt zurück, um die Tür zu schließen.

Pashtak drückte gegen das Holz. »Nicht so geschwind. Wann kommt sie zurück? Es ist wichtig.«

Das Mädchen stand still, als lauschte es auf etwas. »Sie wird sich bei Euch melden, Inquisitor.«

»Das ist nett«, lächelte er und präsentierte sein fabelhaftes Jagdgebiss. »Mir fällt gerade ein, dass sie immer noch ein Buch von mir hat, das ich dringend brauche. Es liegt in ihrem Arbeitszimmer.«

Er schlängelte sich an der jungen Frau vorbei, ehe sie reagieren konnte. Kaum stand er im Flur, schaute er sich um, entdeckte allerdings niemanden.

Alle Vorhänge des Hauses waren zugezogen, nur schemenhaft würde ein normaler Mensch die Möbel erkennen. Doch seine Augen kompensierten das schwache Licht spielend leicht.

»Ich weiß, wo es ist«, nickte er und trabte los.

Seine Nackenhaare legten sich nicht mehr. Vielmehr meldete ihm seine Nase, dass Lakastre ganz in der Nähe sein musste. *Warum zeigt sie sich nicht?*

»Bleibt an meiner Seite, Inquisitor«, riet ihm seine junge Begleiterin knapp und eilte mit der gleichen Sicherheit wie er durch das weitläufige Anwesen, das einst Boktor gehört hatte. Schließlich standen sie im Arbeitszimmer.

Pashtak tat so, als wüsste er, was er suchte. Ungeduldig beobachtete ihn Estra. Dann läutete die Klingel Sturm.

»Geh nur. Ich suche noch ein wenig«, meinte der Inquisitor und stöberte in den Büchern auf dem Schreibtisch herum. »Es wird mich schon nichts fressen.«

Wieder ertönte die Klingel, als wollte der Besucher sie im nächsten Augenblick aus der Wand reißen.

»Bleibt im Arbeitszimmer, bis ich zurück bin.« Estra ging hinaus und machte die Tür zu. Kaum hörbar drehte sich der Schlüssel im Schloss und wurde abgezogen.

Ist das jetzt als Schutz für mich gedacht, oder soll ich nicht weiter im Haus herumschnüffeln?, dachte Pashtak amüsiert.

Hinter ihm klickte es leise.

Knurrend fuhr er herum, duckte sich zusammen und krümmte die Klauen, um seine Fingernägel jederzeit zum Einsatz zu bringen. Seit sie die Tzulani verhaftet hatten, trug er das Kurzschwert nicht mehr, was er nun mehr als bereute. Ein Teil der Holzvertäfelung war zurückgeschwungen und gab einen finsteren Gang frei. Selbst seine Pupillen mussten ohne etwas Licht passen. Schwarz und bedrohlich lag die Öffnung vor ihm.

Seine Nackenhaare stellten sich komplett senkrecht, und aus seiner Kehle grollte ein warnender Laut.

Der Verwesungsgeruch nahm zu, wehte aus dem Geheimgang heraus, als führte er direkt in eine Grube voller Toter.

Der Inquisitor wandte den Blick nicht ab. Die Angst, dass ausgerechnet dann Lakastre in ihrer zweiten Gestalt herausschnellte und ihn angriff, war zu groß. *Sie wartet bestimmt nur darauf, dass ich den Kopf drehe.* Er wagte es nicht einmal zu blinzeln. Statuengleich verharrte er, alle Muskeln in Bereitschaft, die Sinne bis zum Anschlag gespannt.

Nichts geschah.

Er hörte ein leises Keuchen, zwei grellgelbe Punkte glommen auf. Lakastre gab sich zu erkennen.

Lautlos kroch sie aus dem Gang. Sie hatte ihre zweite Gestalt angenommen, unschwer zu erkennen an dem groben, maskulinen Antlitz und den leuchtenden Augen. Ihr Körpergeruch, durch Pashtaks empfindliche Nase mehrfach verstärkt, wirkte wie ein abstoßendes Gas. Mit einem angewiderten Niesen wich er zurück, immer auf einen Ausfall der Witwe Boktors vorbereitet.

Doch Lakastre wirkte sehr ruhig, beinahe entspannt. Der Inquisitor hatte lediglich den Eindruck, dass sie das Laufen anstrengte, dass jede Vorwärtsbewegung sie Kraft kostete, die sie sich einteilte. Schließlich nahm sie an dem breiten Arbeitstisch Platz und betrachtete den Gast.

»Setz dich doch, Pashtak«, bat sie ihn mit auffallend tiefer Stimme. »Du sagtest zu Estra, dass die Versammlung etwas entscheiden wolle und mein Votum benötige?« Ihre Brust hob und senkte sich schwer.

Pashtak beschloss, ihr reinen Wein einzuschenken. »Das ist eigentlich nebensächlich. Ich möchte mit dir über das sprechen, was du bist.« Er manövrierte sich halb hinter einen Sessel, den er als Schutz benutzen konnte, sollte die unberechenbare Frau eine feindselige Handlung beabsichtigen. »Ich weiß, dass ein Teil der Morde auf dich zurückfällt. Ich habe die Indizien zusammengetragen. Du hast getötet, um an das Fleisch der Nackthäute zu kommen. Und du hast es dir auch von den Toten genommen.« Gespannt lehnte er den

Oberkörper leicht nach vorne, die Vorsicht wich der Neugier. »Wieso?«

»Du willst wissen, ob ich eine Gefahr für die Gemeinschaft in Ammtára bin, die man beseitigen muss«, brachte die Frau es auf den Punkt.

Pashtak girrte verlegen. »Und? Bist du es?«

Zu seinem Entsetzen nickte sie bedächtig. »Ich bringe den ständigen Tod unter die Leute, wenn ich nicht genügend Leichen in den Friedhöfen finde. Gelegentlich muss ich töten, um zu überleben, wie alle anderen Wesen auch.« Sie lachte dunkel. »Dummerweise brauche ich Menschenfleisch. Mit einem Hasen bin ich nicht zufrieden zu stellen.«

»Es gibt keinen Ersatz? Was passiert, wenn du nicht ... jagst?«

Lakastre hob die Hand ins Licht. Ihre Haut zeigte Falten und dunkle Flecken, an mehreren offenen Stellen sickerte Wasser hervor. »Ich zerfalle. Ich verwese, wie es ein Toter nun einmal tut.«

»Du bist tot und lebst dennoch?« Grauen erfasste den Inquisitor. »Du hast ein Kind zur Welt gebracht. Wie geht das? Es gibt niemanden, der so etwas kann.« Er witterte sorgsam, um irgendeinen Hinweis auf weitere Gerüche festzustellen. »Bist du so etwas wie ein Gott?«

Lakastre hustete, ihr Atem ging pfeifend. »Die Göttin der Fäule? Nein, ich bin kein Gott. Ich frevelte jedoch einst gegen einen Gott, sagt man, und dies sei seine Strafe. Aber mir wurde der Wunsch von ihm gewährt, nach meinem Tod zurückzukehren. Der Handel hatte auch einen Nachteil, wie du siehst.«

»Ich wollte nicht aus dem Grab zurückkehren«, schüttelte sich Pashtak. »Welchen Grund hattest du?«

Die Frau schwieg lange. »Die Hoffnung.« Sie legte eine Hand an ihre Schläfe. »Die Hoffnung, etwas verhindern zu können. Die Hoffnung, etwas zurückgewinnen zu können. Es gelang mir in beiden Fällen nicht.«

Der Inquisitor wurde nicht so recht schlau aus dem Gehörten.

Sie löste etwas von ihrem Hals und warf es auf den Tisch, ein knackendes Geräusch erklang. Pashtak erkannte ein kleines Amulett mit seltsamen Schriftzeichen, das genau in der Mitte auseinander gebrochen war. »Meine Zuversicht hat ein Ende.«

»Was bedeutet das alles?«, fragte er leise.

»Ich habe einst geliebt, Pashtak.« Ihr Gesicht wandte sich ihm zu. »Und ich liebe immer noch. Doch es geschahen Dinge, die keiner von uns beiden beeinflussen konnte. Die alles zwischen uns zerstörten.« Ihre Stimme zitterte. »Ich musste ihn gehen lassen, er ließ mich gehen, obwohl er in seinem tiefsten Innern wusste, dass er seine wahren Gefühle verriet.«

»Du hast ausgeharrt, weil er eines Tages zurückkehren könnte?«

»Das Herz macht uns zu Narren, Pashtak«, seufzte sie. »Wir verschwenden Zeit damit, auf es zu hören, weil es uns Dinge in den Verstand eingibt, an die wir gewöhnlich niemals glauben würden. Aber nun kann selbst das Herz meinen Geist nicht mehr beeinflussen.«

»Hat er eine andere gefunden?«

Lakastre schloss die Augen, die gelben Punkte erloschen. »Er ist tot. Er wird nicht zurückkehren. Also gehe ich zu ihm.«

Beide hörten, wie der Schlüssel hastig ins Schloss gesteckt wurde und Estra voller Sorge hereinstürmte. »Mutter!«, rief sie.

»Es ist in Ordnung«, beruhigte sie Pashtak. »Wir bereden die Punkte der Versammlung.« Lakastre nickte ihrer Tochter zu.

Zögernd wandte sie sich zum Ausgang. »Dann möchte ich nicht weiter stören. Ruft mich, falls Ihr mich benötigen solltet, Inquisitor.« Die junge Frau ging wieder, wenn auch deutlich misstrauisch.

»Sie hat dir geholfen, an das Fleisch der Toten zu kommen?«, schätzte Pashtak.

»Estra kennt viele meiner Geheimnisse und unterstützte mich, wenn der Hunger zu groß wurde«, bestätigte sie indirekt Pashtaks Annahme. »Aber sie hat niemals getötet. Ich allein trage die Verantwortung für die Morde.« Sie erahnte die nächste Frage. »Nein«, lächelte sie schwach, »sie benötigt kein Menschenfleisch. Sie ist ein ganz normales Mädchen, das ihren Vater niemals kennen lernen wird.«

»Wieso? Ich dachte …« Die Augen des Inquisitors wurden groß. »Sie ist die Tochter deiner großen Liebe!«

»Sagt dir der Name ›Nerestro von Kuraschka‹ etwas?«, wollte sie wissen, musste husten und hielt sich den Hals.

»Der Großmeister der Hohen Schwerter?« Pashtak pfiff beinahe vor Aufregung. »Estra ist seine Tochter?«

Lakastre griff in die Schublade und nahm einen Brief hervor, den sie ihm herüberschob. »Ich habe verfügt, dass du zusammen mit deiner Familie in dieses Haus einziehen kannst.« Sie richtete ihre Augen bittend auf Pashtak. »Auch wenn sie beinahe wie eine Frau aussieht, Estra ist immer noch ein halbes Kind. Ich möchte, dass du dich ihrer annimmst und ihr zur Seite stehst, wenn sie jemanden benötigt. Nimm sie in die Lehre, damit sie eines Tages in die Versammlung der Wahren einziehen kann und mich würdig vertritt. Lesen, Schreiben und Rechnen habe ich sie gelehrt. Ulldart, die Dunkle Sprache, selbst meine Heimatsprache beherrscht sie fließend.«

Zuerst nahm er diesen Hinweis gar nicht recht wahr, zu groß war die Zahl der Neuigkeiten und die neue Verantwortung, die auf ihn zukam. *Ich habe so viele Kinder, da kommt es auf eines mehr auch nicht an.* »Deine Heimatsprache?«, hakte er schließlich nach. »Ich dachte, du wärst ein halbes Sumpfwesen?« Lakastre schüttelte den Kopf, und er bemerkte ihre dunkelgrünen Haare. *Habe ich das schon einmal an ihr entdeckt? Sonst hat sie doch schwarzes Haar.*

»Mein wirklicher Name lautet Belkala«, sagte sie langsam. »Ich stamme aus Kensustria und war eine Priesterin des Gottes Lakastra, ehe man mich wegen … religiöser Meinungsverschiedenheiten aus dem Land wies. Meine ganze Geschichte auszubreiten würde zu lange dauern. Kurz gesagt, weil ich nicht zurück in meine Heimat wollte und eine Bleibe suchte, in der ich nicht auffiel, wählte ich die Verbotene Stadt. Sie wuchs mir rasch ans Herz, ich half ihr, sich zu entwickeln und sie zu gestalten, wenn auch die Bewohner es mit Blutgaben bezahlten.« Belkala musste innehalten, das Erzählen strengte sie sehr an. »Es ist seltsam, wenn man innerhalb weniger Tage so schnell altert«, wunderte sie sich. »Der Zerfall ist schmerzhaft, obwohl ich tot bin. Luft brauchte ich nicht mehr zum Leben, und dennoch bereitet mir das Atmen Schwierigkeiten.«

Eine Kensustrianerin. Eine mit einem Fluch belegte Kensustrianerin, dachte der Inquisitor, und eine Unruhe erfasste ihn, ließ ihn zappelig werden. *Bei allen Göttern, das sind Neuigkeiten.* »Ich wüsste gern, warum du mit deinem Tod nicht warten willst, bis Estra älter geworden ist?«

»Je länger ich dem Verfall trotze, desto mehr benötige ich an Nahrung. Innerhalb der letzten Jahre hat sich mein Bedarf gesteigert, und ich habe nicht vor, als ständig mordende Bestie zu enden. Es wäre fatal für Ammtára, wenn weitere Menschen verschwinden würden, nachdem du die Mordserie aufgeklärt hast.« Belkala lächelte, ihre spitzen, kräftigen Eckzähne wurden sichtbar. »Ich muss mich bei dir bedanken, dass du meine Taten nicht der Versammlung offenbart hast.

»Ich stand vor einem technischen Problem. Ich wusste es, aber wie sollte ich es beweisen?«, wich er aus und hob die Schultern. »Du hast mir weniger Spuren hinterlassen als die Tzulani.«

»Dein Wort hätte genügt, um die anderen misstrauisch zu machen. Da hätten selbst meine bescheidenen Fertigkeiten versagt, sie mit meiner Ausstrahlung zu bezaubern. Ich danke dir dafür.« Sie deutete zum Ausgang. »Die Versammlung wird ohne mich entscheiden müssen. Ich bitte dich, Inquisitor, mich nun alleine zu lassen. Ich werde in wenigen Stunden einen Anblick bieten, der die stärksten Männer vor Grauen zum Schreien bringt.«

Pashtak nahm das Kuvert. »Weiß Estra, dass ich hier einziehen kann und so eine Art Vormund sein werde?« Erschüttert sah er, wie ein trübes Rinnsal aus ihrem Ärmel sickerte und über die Tischplatte lief. Seine Nase wollte den Gestank mit aller Macht auswerfen, und er musste gegen den Niesreiz ankämpfen.

»Noch nicht«, meinte Belkala dumpf. »Meine letzten Worte werden es ihr verkünden.« Sie grinste. »Damit mache ich ihr einen eventuellen Widerspruch unmöglich.« Sie hob die Hand zum Gruß. »Pass auf dich und die Stadt auf, das ist mein einziger Wunsch.«

Der Inquisitor nickte ihr mitfühlend zu und verließ langsam das Zimmer.

Die Kensustrianerin schaute zu, wie die Türklinke sich hob, als er auf der anderen Seite losließ, und hörte, wie das Sumpfwesen den Korridor entlangging, wie der Einlass des Hauses geöffnet und geschlossen wurde.

Stille senkte sich herab.

So ruhig, so friedlich. Belkala betrachtete ihre sich in Auflösung begriffenen Finger. *Für mich wird es auch bald so sein.*

Sie erinnerte sich an den Tag, als sie die Nachricht vom Tod des Großmeisters vernommen und ihre Gedanken sich überschlagen hatten.

Sie hatte aufbrechen wollen, um Nesreca, den sie hinter der ganzen Intrige gegen den Orden der Hohen Schwerter vermutete, zur Rechenschaft zu ziehen. Aber sie hatte noch sehr genau in Erinnerung, wie hilflos sie gegen Hemeròc gewesen war. Selbst ihre Kräfte würden diesen Wesen nichts anhaben können. Als Nächstes hatte sich ihr Hass auf den angeblich Schuldigen gerichtet, einen jungen Anwärter namens Tokaro Balasy, den der Krieger an Sohnes Statt angenommen hatte.

Im Anschluss hatte sie den Ritter tausendfach für seine Ignoranz, seinen Stolz, seine Starrköpfigkeit und sein Ehrgefühl verflucht, das letztendlich seine Vernichtung zu verantworten hatte.

Und sie sah in seinem Tod zu einem gewissen Teil die Strafe dafür, dass er sich damals gegen sie entschieden und sie von seiner Seite verstoßen hatte. Wegen eines Krieges, in den keiner von beiden involviert war. Nur der Glaube an Götter, die weitab von allem Irdischen saßen, hatte für die Trennung eines glücklichen Paares gesorgt, das für alle Zeiten miteinander gelebt hätte.

Schließlich fühlte sie das tiefe, nie gekannte Leid in ihrer Seele, als der kümmerlichste Rest Zuversicht, das allerdünnste Stück Rettungsleine gekappt worden war.

Hatte sie geglaubt, die Trennung von ihm sei das Schlimmste gewesen, so setzte die Botschaft über seinen Tod dem Ganzen die Krone auf. Belkala wusste, dass Angor seine Gläubigen und Getreuen nicht mehr zurück ins Leben brachte, sondern sie im besten Fall bei sich aufnahm.

Seither hatte eine lähmende Angst sie befallen.

Es waren nicht die Schmerzen, die sie ertrug und noch ertragen musste, bevor ihr Gehirn so sehr durch die Verwesung geschädigt war, dass ihr Verstand nicht mehr arbeitete. Es war die schreckliche Furcht zu vergehen, ohne mit ihrem Geliebten im Jenseits vereint zu sein.

Doch der unwiderrufliche Tod, für den sie sich entschieden hatte, bedeutete die letzte Gelegenheit, Nerestro an einem anderen Ort zu begegnen. Abseits von Göttern und Menschen, um etwas Neues zu beginnen. Dort hätte sie alle Zeit, um Dinge zu erklären und richtig zu stellen.

Wenn sie sich in dieser anderen Welt fanden.

Die Frau nahm das zerbrochene Amulett ihres Gottes auf und hielt es in den schwachen Lichtschein. *Du weißt, was ich alles für dich getan habe, Lakastra. Ich habe dir deine eigene Stadt Ammtára gegeben, wie ich es am Tage meines Auszuges aus Kensustria versprach. Nun sorge dafür, dass sich mein Wunsch erfüllt.*

Ihre Sicht trübte sich, und es bedurfte einiger Konzentration, damit sich die Pupillen scharf stellten. Mehr und mehr verlor sie die Beherrschung über ihren vermodernden Körper.

Sie rief ihre Tochter zu sich.

Estra erschien. Das tapfere, aschfahle Mädchen wich keinen Schritt zurück, als ihr die Fäulnis ins Gesicht wehte und sie in das entstellte Gesicht ihrer Mutter sehen musste. »Was kann ich für dich tun? Brauchst du etwas?«

Belkala schüttelte den Kopf. »Es wird nicht mehr lange dauern.«

Die junge Frau biss sich auf die blassen Lippen. »Ich kann die Gräber durchsuchen, wenn du möchtest. Vor kurzem fand eine Beerdigung statt, du musst nur etwas sagen«, schlug sie hastig vor und machte einen Schritt auf sie zu, als wollte sie noch etwas anfügen.

Ihre Mutter hob abwehrend die Hand. »Ich habe mich entschieden, Estra. Bevor ich gehe, höre meinen Willen. Pashtak wird mit seiner Familie in dieses Haus ziehen, ich habe Vertrauen zu ihm. Er wird sich um dich kümmern, wenn du Beistand benötigst. Er wird dich unterweisen, damit du in die Versammlung der Wahren einziehst. Ich will nicht, dass du allein bist. Einsamkeit ist das Schlimmste.« Ihre Augen glühten. »Auch wenn du ihm alles sagen kannst, über deine Kräfte wirst du kein Wort verlieren. Hüte sie, gebrauche sie im Verborgenen, aber teile dich niemandem mit.«

Estra lauschte aufmerksam. »So soll es sein, Mutter.«

»Du kennst deine kensustrianischen Wurzeln, Liebes. Auch das ist nicht für alle Ohren bestimmt. Solltest du dich außerhalb von Ammtára befinden und es erzählen, wärst du wahrscheinlich deines Lebens nicht mehr sicher«, fuhr sie angestrengt fort. »Und eines möchte ich dir nicht vorenthalten. Ich habe mich nicht nur für meinen Tod entschieden, weil ich andere damit schütze. Ich töte schon seit so vielen Jahren, dass es mir auf die Leben, die ich auslöschen würde, nicht ankommen müsste.« Sie seufzte schwer. »Verzeih mir meine Selbstliebe, aber ich will deinem Vater folgen.«

»Deine Liebe zu ihm muss sehr groß sein, wenn du diesen Tod über dich ergehen lässt.« Das Mädchen schluckte laut. »Boktor wird sich freuen, dich wieder zu sehen.«

»Ja. Ja, meine Liebe ist sehr groß. Dennoch gehörte sie niemals Boktor. Ihn habe ich benutzt, wie ich viele benutzte.« Belkala senkte den Kopf ein wenig. »Du bist nicht seine Tochter. Du bist die Nachfahrin des Großmeisters der Hohen Schwerter, das sollst du noch wissen.«

Ein Schütteln durchlief ihren Körper. Mit aller Anstrengung erhob sie sich und stützte sich auf ihrem Weg zur Tür ab, um nicht zu stürzen.

»Es wird Zeit, mich zum Sterben vorzubereiten. Der Keller wäre der passende Ort. Man wird meine Schreie nicht hören.« Sie schenkte ihrer Tochter, die still weinte, ein Lächeln und streichelte ihr das Haar. »Bleib oben.«

Die junge Frau wischte sich die Tränen ab, kam an ihre Seite und umfasste vorsichtig die Taille ihrer Mutter. »Ich werde dich in den letzten Stunden nicht allein lassen«, versprach sie.

»Nein«, versuchte Belkala sie von ihrem Vorhaben abzubringen und wollte sie von sich stoßen. »Mein Anblick wird gewiss furchtbar sein.«

Ernst und doch voll Zuneigung schaute Estra in die Augen ihrer Mutter. »Einsamkeit ist das Schlimmste«, sagte sie und öffnete die Tür.

Zusammen bewegten sie sich durch die abgedunkelten Gänge und schritten die Stufen hinunter, die in den kleinen Keller des Hauses führten. Dort entzündeten sie eine Kerze.

In aller Eile richtete Estra ein kleines Lager, auf das sich Belkala sinken ließ. Augenblicklich entspannte sie sich; die Laken sogen das Wasser auf, das aus ihrem Körper sickerte, und zeigten rasch wachsende Flecken.

»Geh«, versuchte Belkala schwach. »Es wird schlimmer.«

Doch das Mädchen, so bleich es war, wich nicht.

Sie tupfte die Flüssigkeit aus dem Gesicht der Sterbenden und verfolgte die Veränderung der Haut Stufe für Stufe mit, bis sie sich straff gespannt über einem abgezehrten Gesicht spannte, ähnlich wie bei mumifizierten Leichnamen. Nur anhand der Bewegung der nun übergroß wirkenden Augen war deutlich, dass Belkala noch immer lebte. Ansonsten gab es keinerlei Anzeichen.

Ihre Beherrschung muss enorm sein, fand Estra bewegt. *Kein Laut kommt über ihre ausgetrockneten Lippen.*

Belkala starrte an die Decke des Gewölbes, plötzlich keuchte sie auf. Ein leidvolles Stöhnen entwich ihr, das sich zu einem lang gezogenen Schrei steigerte und nach dem Empfinden ihrer Tochter nicht mehr enden wollte. Das Mädchen ertrug es nicht länger, es hielt sich die Ohren zu.

Belkala presste die Fäuste zusammen, die zerfurchte Haut riss mit einem dezenten Knistern am ganzen Körper wie Pergament, wie eine vertrocknete Hülle auseinander, die Haare hingen strohig herab, fielen aus der Kopfhaut. Der Todesschrei endete abrupt. Der grausige Laut hallte noch ein wenig nach.

Innerhalb von wenigen Lidschlägen zerfielen die kümmerlichen Überreste der Frau zu Staub und kleinen Knochensplittern. Das Gewand sank in sich zusammen, weil es keinen Leib mehr gab, den es umhüllen konnte.

Estra schloss die Augen und barg das Gesicht in ihren Händen. In Gedanken war sie bei ihrer Mutter und betete zu Lakastra, dass er ihren Wunsch erfüllen möge.

Es dauerte lange, ehe sie sich aus dieser Position aufrichtete. Dann wagte sie, einen schüchternen Blick auf die Überreste zu werfen und entdeckte dabei den augengroßen Talisman, der in Bauchhöhe auf der Kleidung der Verstorbenen lag und aus einer porös wirkenden Legierung bestand.

Er sah noch immer so aus wie im Arbeitszimmer, doch nun bestand er wieder aus einem Stück.

Zögernd nahm sie den wie aus einem Guss gefertigten Schmuck auf und neigte sich zur Seite, um im Schein der Kerze etwas erkennen zu können.

Er zeigte merkwürdige Symbole und kensustrianische Schriftzeichen, die im Gegensatz zu vorher lesbar geworden waren. Auf der Vorderseite prangten Lobpreisungen Lakastras.

»Mein Leben währt zweifach«, las sie halblaut, »indem es vielen den Tod bringt.« *Bedeutet das intakte Amulett, dass Lakastra seinen Fluch von ihr nahm? Dass sie im Reich der Toten angelangte und meinen Vater fand?* Da dies für sie die versöhnlichste Vorstellung war, nahm Estra es einfach als Zeichen, dass alles in Ordnung sei.

Ehrfurchtsvoll legte sie sich den Talisman ihrer Mutter um den Hals, ein Andenken, das sie bewahren und in Ehren halten würde. Ein kurzes Schwindelgefühl befiel sie, als das Schmuckstück mit ihrer Haut in Berührung kam. *Ich muss an die frische Luft.*

Ein Geräusch in ihrem Rücken veranlasste sie, sich umzudrehen. Insgeheim rechnete sie mit einer Ratte oder einem anderen Bewohner des Gewölbes, der von dem Verwesungsgeruch angelockt wurde.

Überrascht schrie sie auf, als sie den Körper ihrer Mutter erblickte.

Schön wie zu ihren besten Zeiten, ruhte sie auf dem Lager. Die dunkelgrünen Haare schimmerten sanft im Licht der Kerze, die sandfarbene Haut war makellos, ihr Gesicht friedlich und entspannt.

»Mutter?« Estra horchte hoffnungsvoll an ihrer Brust, doch das Herz schwieg. Belkala blieb tot, aber der kensustrianische Gott des Wissens schien ihr das alte Aussehen zurückgegeben zu haben.

Jetzt bin ich mir sicher, dass Lakastra dir deinen Wunsch gewährt hat, dachte sie gerührt und streichelte die Wange der Toten. *Du siehst selbst im Tod glücklich aus.* Sie gab der Verstorbenen einen Kuss auf die rechte Hand und breitete ein weiteres Laken über den kalten Leib.

Dann stieg sie die Treppen hoch, schritt durchs Haus und öffnete alle Vorhänge, alle Fenster, um das wärmende, wohltuende Sonnenlicht und den Wind hereinzulassen.

Auch wenn sie voller Traurigkeit über den Verlust war, sie fühlte sich doch erleichtert, dass ihre Eltern vereint waren. Wenigstens gewann dieser schlimme Tag dadurch etwas Gutes.

Schließlich warf sie sich einen leichten Mantel über und trat vor die Tür.

Die Sumpfwesen und Menschen eilten durch die Straßen Ammtáras, beschäftigt mit ihren alltäglichen Sorgen und Besorgungen. Die Gebäude reckten sich hinauf in den Sommerhimmel, zeigten ihre Pracht im Licht des späten Nachmittags.

Es ist mit dein Verdienst, dass es hier so herrlich aussieht. Ich werde dich bald schon in der Versammlung vertreten, Mutter, und die Geschicke der Stadt nach deinen Vorstellungen zu lenken versuchen, schwor sie sich und machte sich in einer seltsamen Stimmung aus Schwermut und Freude über das späte Glück ihrer Mutter auf den Weg, um den Inquisitor aufzusuchen und ihm vom Tod Belkalas zu berichten.

Das Ergebnis der Versammlung auf dem großen Platz vor dem einstigen Palast Sinureds einen Tag später fiel so aus, wie es die Stadtoberen erhofft hatten. Alle Bewohner Ammtáras sprachen sich gegen die Wiederaufnahme von Menschenopferungen aus. Die Wesen mit höherer Intelligenz zeigten sich entsetzt über die neue Richtung, die in Ulsar eingeschlagen wurde. Und so beschlossen die Einwohner darüber hinaus, das Umland über die Lage in Kenntnis zu setzen und auf das neuerliche Verschwinden von Menschen vorzubereiten. Die Boten würden sich zusammen mit den Abschriften der Tzulani-Briefe aus Ulsar am folgenden Tag auf den Weg machen. Die Ironie der Geschichte war: Dieses Mal würde Ammtára der sicherste Zufluchtsort vor fanatischen Tzulani sein.

Innerhalb einer knappen Stunde waren die Plädoyers und die Abstimmungen vollzogen, sodass man zu einem traurigen Anlass übergehen konnte.

Die Bewohner zogen in einer schier unendlichen Prozession an der aufgebahrten Lakastre vorbei, die der Stadt ihren Namen gegeben hatte. Dem Begriff »Freundschaft« war die riesige Siedlung voll und ganz gerecht geworden.

Estra und Pashtak standen leicht versetzt vor den Mitgliedern der Versammlung der Wahren neben der Toten. Beide hatten vereinbart, das Geheimnis der Kensustrianerin zu hüten, sogar das Haar hatten sie ihr nachträglich wieder schwarz eingefärbt, damit keinerlei Verdacht entstehen würde. Offiziell war sie am gleichen Fieber gestorben, das auch ihren Mann dahingerafft hatte.

Bis spät in die Nacht dauerte es, bis schließlich alle der Witwe Boktors die letzte Ehre erwiesen hatten. Müde und traurig verabschiedeten sie sich vom Gremium und traten gemeinsam den Heimweg an.

»Kanntet Ihr meinen Vater, Inquisitor?«, erkundigte Estra sich.

»Lassen wir doch die gehobene Anrede«, schlug Pashtak vor. »Erstens kann ich das nicht leiden, zweitens sind wir beinahe so etwas wie eine Sippe.« Er dachte an seine Schar Kinder und welches seltsame Bild Estra dazwischen abgeben würde. »Zugegeben, eine ungewöhnliche Sippe«, feixte er, wurde aber gleich wieder ernst. »Nein, ich kannte ihn nicht.«

Das Mädchen betrachtete den Sternenhimmel, das Abbild Tzulans und die leuchtenden Gestirne Arkas und Tulm, der Sage nach die Augen des Gebrannten. »Ich würde gern mehr über ihn erfahren. Meine Mutter hat mir zwar die Wahrheit über meine Abstammung gesagt, aber was nützt es, wenn die Neuigkeit mehr Fragen als Antworten aufwirft?«

»Das ist das Unglaubliche an den Menschen«, grunzte Pashtak. »Sie wollen immer herausfinden, woher sie kommen und was alles in der Vergangenheit geschah.« Er tippte sich gegen die Brust. »Ich bin nicht darauf erpicht herauszufinden, was denn mein Vater alles gemacht hat. Es ist für mich unerheblich, ich lebe mein Leben auch ohne Wissen über ihn.«

Estra machte ein ungläubiges Gesicht. »Aber wenn er nun bewundernswerte Taten vollbracht hätte, auf die du stolz sein könntest?«

»Würde es etwas an meinem Leben ändern?«, hielt er dagegen.

»Vielleicht nicht. Aber eines deiner Kinder, dem du das vielleicht erzählst, könnte sich ihn als Vorbild nehmen und ebensolche Dinge tun«, erwiderte sie hartnäckig.

»Das könnte auch jeder andere tun, der von seinen Taten hört«, retournierte er nach kurzem Überlegen.

»Kennst du den Begriff Tradition denn nicht?«, wunderte sie sich und gab den Disput auf. »Ich jedenfalls möchte das Amt meiner Mutter in der Versammlung fortführen.«

Der Inquisitor nickte. »Dann sorgen wir dafür, dass du ihre würdige Nachfolgerin wirst. Obwohl ich, wenn ich die Sache richtig besehe, fast nichts mehr an dir auszubilden habe. Ich bin ja auch völlig überraschend und ohne Vorkenntnis in das Gremium gekommen.« Pashtak dachte nach, ob er seine nächste Frage stellen sollte. »Der Leichnam deiner Mutter sah bei der Zeremonie nicht so schrecklich entstellt aus, wie sie mich bei unserem Abschied glauben machen wollte.«

»Vertrau mir, ihr Anblick war furchtbar. Doch Lakastra verzieh ihr alle Taten der Vergangenheit und gab ihr nach ihrem Tod ihre alte Gestalt wieder.« Sie schaute ihren neuen Hausgenossen an. »Hast du gesehen, wie glücklich sie wirkte? Mein Vater und sie müssen sich bei den Toten vereint haben.« Estra wirkte gelöst.

»Nehmen wir es einfach einmal an«, nickte Pashtak, um ihre Hoffnung nicht zu zerstören. Das Mädchen hatte das Ableben schließlich erst einmal zu verkraften. *Obwohl sie es nicht verdient hätte, bei der Zahl von Unschuldigen, die sie umbrachte.*

»Was macht ein Inquisitor, wenn er alle Verbrechen aufgeklärt hat?«, wollte Estra wissen.

»Er bereitet junge Damen für die Versammlung vor und geht kleineren Rätseln in seiner freien Zeit nach«, gab Pashtak ungenau zur Antwort. »Ich stöbere in alten Büchern.«

»Ach, ja. Mutter übersetzte ein Büchlein für dich«, erinnerte sich Estra.

»Kensustrianisch«, entfuhr es Pashtak verblüfft, und er schlug sich an die Stirn seines knochigen, flachen Schädels. »Natürlich, das Büchlein war auf Kensustrianisch geschrieben. Es muss von einem Aufklärer verfasst worden sein, was heißt, dass es wiederum für die Heimat der Grünhaare bestimmt war. Dann ist es fast vierhundert Jahre alt.«

»Ich weiß nicht, wo die Heimat der Kensustrianer ist«, sagte die Frau vorbeugend. »Mutter hat es mir nicht erklärt. Und was hast du aus dem Bericht erfahren?«

Pashtak bleckte die Zähne. »Ich habe da einen Vorschlag. Wie wäre es, wenn ich dich zu meiner Inquisitorengehilfin mache? Allerdings müsstest du über alles Schweigen bewahren, was wir herausfinden.«

Estra lächelte schwach. »Vielen Dank, ich nehme das Angebot sehr gern an. Gehen wir die Sache in einer Woche an, wenn du mit deiner Familie eingezogen bist? Ich möchte vorerst ein wenig allein sein und meine Ruhe haben.«

Der Inquisitor hatte vollstes Verständnis für die Trauernde, die sich wacker hielt. Schließlich waren sie an ihrem Haus angekommen. »Ich sehe übermorgen bei dir vorbei, einverstanden? Wir könnten gemeinsam essen gehen.«

Ihre karamellfarbenen Augen ruhten auf seiner gedrungenen Gestalt. »Sehr gern.« Nach kurzem Zögern beugte sie sich vor und nahm ihn in die Arme. »Danke für alles. Wir werden gute Freunde werden.« Sie stieg die Treppen hinauf und ging durch die Tür ins Innere des Hauses.

»Das hoffe ich doch sehr«, murmelte Pashtak berührt und schlug den Weg zu Shui und den Kindern ein.

Dabei bemerkte er ein mit breiten Schwingen ausgestattetes Wesen, das lautlos über ihn hinwegglitt. Nur das leise Rauschen des Windes war zu hören, als der eindrucksvolle Schatten über die Straße huschte.

Ein Beobachter? Die tauchten schon eine kleine Ewigkeit nicht mehr hier auf, wunderte er sich insgeheim. Während er weiterging, verfolgte Pashtak den seltsamen Gast mit Blicken und beobachtete, wie er sich mit einer eleganten Bewegung auf einem der höchsten Gebäude niederließ.

Die Hautflügel falteten sich zusammen, und schon glich der Beobachter einer leblosen Steinfigur, die niemand bewusst zur Kenntnis nehmen würde.

Der Inquisitor überlegte, ob die Rückkehr der Beobachter ein gutes oder ein schlechtes Zeichen war. Dabei übersah er eine kleine Unebenheit einer Marmorplatte unter seinen Füßen und geriet ins Straucheln. Siedendheiß fiel ihm ein, dass er nicht beim Schneider gewesen war und es sich um seine letzte gute Robe handelte, die er am Körper trug.

Um einen Sturz in den Dreck und damit eine Standpauke seiner Gefährtin zu vermeiden, machte er einen Ausfallschritt und trat dabei in den Stoff seiner Gewandung.

Mit einem reißenden Geräusch entstand ein gewaltiger, horizontaler Schlitz im unteren Drittel der Robe. Brummelnd betrachtete Pashtak den Schaden. Wenn das Wesen von seinem Aussichtspunkt aus in schallendes Gelächter ausgebrochen wäre, hätte es ihn nicht gewundert.

Aber glücklicherweise sind sie ja stumm.

VI.

Kontinent Ulldart, Inselreich Rogogard, Hauptinsel Verbroog, Sommer 459 n. S.

Sinureds Flotte machte aus ihrer Anwesenheit keinen Hehl. Außerhalb der Schussreichweite der Bombarden lagen fünfzehn seiner Schiffe, fünf Galeeren und zehn schnelle Schaluppen vor Anker und riegelten die Hafeneinfahrt ab. Rund um die rogogardische Hauptinsel patroullierten Zweimaster, um jeden noch so kleinen Versuch des Ausbruchs oder der Unterstützung von außerhalb zu verhindern.

Wochenlang war es den Freibeutern gelungen, mehrere erfolgreiche Kaperfahrten gegen die hoheitliche Armada zu unternehmen und ihnen die Schiffe samt Bombarden zu stehlen.

Die großen Feuerwaffen wurden an strategisch wichtigen Punkten aufgestellt, sodass es beinahe keinen Ort der Küste um die Festung gab, an dem ein Gegner anlegen konnte, ohne Gefahr zu laufen, von einer der Steinkugeln getroffen zu werden.

Die kleineren Geschütze ruhten auf radgelagerten Lafetten, damit man sie nach Bedarf an andere Stellen fahren und sich gegen Eroberungsversuche aus dem Hinterland heraus verteidigen konnte. Die Späher hatten bisher keinerlei Hinweise darauf, dass der Gegner zu Fuß anrückte.

Auf die Belagerer schien die waffenstarrende, nachträglich verstärkte Freibeuterbastion tatsächlich Eindruck zu machen. Bevor man einen Angriff gegen das Herz des rogogardischen Inselreiches wagte, wollte man möglichst viel Material zusammenziehen.

Möglichst viel tzulandrisches Material.

Es hatte sich inzwischen verbreitet, dass die palestanischen Verbündeten nicht immer das hielten, was sie versprachen. Auch wenn sie gute Seefahrer und noch bessere Kaufleute waren, in Gefahrensituationen verlegten sie sich mehr aufs Feilschen als aufs Kämpfen, was vor allem bei den tzulandrischen Seeoffizieren, den Magodanen, für Ärger sorgte. Mehr als einmal ging ein Seescharmützel schlecht für die Truppen des Kabcar aus, weil die palestanischen Kriegskoggen plötzlich abdrehten. Es folgten die unfassbarsten Ausreden, um das Verhalten nachträglich zu rechtfertigen.

Dessen ungeachtet gelang es den hoheitlichen Meeresstreitkräften, alle östlichen Inseln des Piratenstaates in ihre Gewalt zu bringen. Die Übermacht gestaltete sich als zu gewaltig, zu überlegen, als dass die kleinen und mittleren Festungen den geballten Bombardenbeschüssen hätten trotzen können.

Der Vormarsch des Kabcar endete jedoch hier, in Verbroog.

Gleichzeitig würde sich mit der Schlacht um diese Befestigung alles entscheiden. Fiel sie in die Hände der Tzulandrier, Tarpoler und Palestaner, galt Rogogard als besiegt.

Jonkill, der rogogardische Hetmann und damit Anführer in militärischen Dingen, betrachtete das morgendliche Meer und spielte gedankenverloren mit der Fibel seines Umhangs.

Schon seit Stunden starrte er einfach nur hinaus und überlegte, ob er einen Ausfall wagen sollte, um dem Feind weitere fünfzehn Schiffe zu vernichten. Das Blut des Freibeuters drängte nach einem handfesten, entscheidenden Kampf anstelle des langen Wartens. Aber er besann sich.

Was bringt es? Sie bauen einfach neue, dachte er ein wenig entmutigt. *Wir werden abwarten müssen und ihnen den ersten Schritt überlassen.* Grimmig setzte er seinen Becher auf der Zinne ab.

Der Gegner schien seine Gedanken vernommen zu haben.

Zwei weitere Schiffe, schwerfällige Dreimaster ohne Bewaffnung, glitten von Nordosten heran und gesellten sich zu den Bombardenträgern.

Jonkill schob sich einen Priem in den Mund, kaute darauf herum und packte sein Fernrohr aus. *Für einen raschen Angriff sind das aber viel zu fette Fische,* grinste er.

Seine Heiterkeit erstarb, als er sah, dass Lastkräne drei Dutzend lange Beiboote zu Wasser ließen, deren Bug mit Segeltuch abgedeckt war.

Ein dicker, brauner Strahl schoss zwischen seinen Lippen hervor und klatschte in die Tiefe. Aufgeregt drehte er die Sehhilfe schärfer, um Einzelheiten ausmachen zu können.

Mehrere Tzulandrier, die nichts außer einem leichten Lendenschurz trugen, bemannten die Boote und ergriffen die Ruder. Die kleinen Wassergefährte nahmen Fahrt auf und schlugen einen wilden Zickzack-Kurs ein, der sie auf Umwegen zur vorderen Mauer der Hafeneinfahrt brachte.

Die Besatzungen der ersten Verteidigungslinie reagierten mit dem Beschuss der Walnussschalen.

Gelegentlich durchschlug eine Steinkugel den dünnen Rumpf der Beiboote und ließ die Planken augenblicklich zu Splittern werden. Eines der Gefährte verging nach einem Treffer mitten in den mit dem Tuch abgedeckten Teil in einem gigantischen Feuerball.

Unterdessen gab der rogogardische Hetmann Alarm für den Rest der Festung, Melder sammelten sich bei ihm, um seine Anweisungen unverzüglich weiterzuleiten.

Nach der ersten Beschießung folgte auf rogogardischer Seite die Ladephase, was den neunzehn übrigen Tzulandriern einige ungefährdete Augenblicke schenkte. Dann tauchten die Ruder auf einen Schlag ins Wasser und bremsten die Fahrt, hielten die Boote ruhig an einem Fleck. Der Blickschutz wurde entfernt, unter dem sich jeweils eine Bombarde verbarg.

Jonkill fluchte. »Unsere Schiffe sollen angreifen!«, befahl er einem Läufer.

Die Tzulandrier feuerten ihre Geschütze auf die vordersten Stellungen der Freibeuter an der Einfahrt ab und erzielten passable Erfolge. Auf der linken Seite explodierte die Batterie der zehn gestohlenen Bombarden, bevor sie eine weitere Salve abgeben konnte.

Nach der Antwort der Rogogarder trieben sieben Beiboote vor dem Durchlass.

Dumpfe Trommelschläge ertönten, die Ruderblätter der fünf Bombardenträger hoben und senkten sich. Die gefährlichsten, vernichtendsten Waffen rückten auf der angeschlagenen Flanke vor, die nach dem schnellen Vorstoß nur noch von den Hängen herab Gegenwehr leisten konnte. Die beiden Dreimaster setzten ebenfalls Segel, ließen den Galeeren aber den Vortritt, damit sie mit ihren Geschützbreitseiten die Hänge ausputzten.

Jonkill sah den Dampf, der aus den Mündungen der feindlichen Bombarden quoll; erst einen Lidschlag später hörte er das anhaltende Donnern der Pulverentladungen. »Taralea sei mit meinen Männern«, bat er.

In die Stellungen am Berg fuhren einhundertfünfzig Geschosse auf einen Schlag und richteten eine unvorstellbare Verwüstung an. Geröll und Schuttmassen setzten sich in Bewegung, rauschten in die Tiefe und klatschten ins Wasser. Mit ihnen fielen weitere zehn wertvolle Bombarden und fünfzig Rogogarder.

Der Hetmann erkannte den Vorteil, den die Tzulandrier bei ihrem Angriff nutzten. Die Galeeren waren im Gegensatz zu den übrigen Seglern flacher. Je näher sie der hohen Mauer der Einfahrt seewärts kamen, desto kleiner wurden sie als Ziel für die Kanonen der Festung. Schließlich verschwanden sie vollständig dahinter, ohne dass ein ernsthafter Schaden an den Schiffen entstanden wäre.

»Blast die Mauer weg!«, brüllte er seinen Bombardieren zu. »Wir brauchen freies Schussfeld, sonst zerlegen sie auch die andere Seite der Einfahrt.«

Alle Rohre der Festung konzentrierten ihre vernichtende Macht auf das, was eigentlich als Schutz gegen den Angreifer gedacht gewesen war.

Währenddessen, so ersah Jonkill an den Wirkungen der gegnerischen Salven, schossen die Tzulandrier die Stellungen zur Rechten aus den Abhängen. Zur gleichen Zeit meldeten die Späher weitere Segel und mehrere Galeeren.

»Los, Männer! Für Rogogard!«, fachte der Hetmann die Entschlossenheit seiner Leute an. »Wir werden diesen Abschaum zurückschlagen und vernichten!« Jonkill gab sich alle Mühe, so aufrichtig wie möglich zu klingen.

Doch als er die zahlreichen Buge am Horizont erblickte, sank auch sein Mut.

Torben Rudgass hätte sein Fernrohr aus lauter Enttäuschung am liebsten gegen die Bordwand geschlagen. Doch die geschliffenen Linsen dafür zu bestrafen, dass sie die Ausmaße der sich abzeichnenden rogogardischen Niederlage in aller Deutlichkeit und Größe zeigten, machte keinen Sinn, also senkte er es einfach.

Sie kamen direkt von Kalisstron, um in den vereinbarten Abständen zu Hause nach dem Rechten zu sehen und Neuigkeiten auszutauschen.

Schon bei der Abfahrt aus der Stadt namens Vekhlathi hatte dem Freibeuter ein seltsames Gefühl in den Eingeweiden offenbart, dass sich Großes in seiner Heimat anbahnte.

Die Bestätigung sollte er nun erhalten.

»Du hattest anscheinend so etwas wie den richtigen Riecher«, meinte Varla freudlos. »Diesen Angriff …« Sie verstummte, legte ihrem Gefährten stattdessen die Hand auf die Schulter und drückte sie leicht.

Der Rogogarder blickte über die vielen schwarzen Punkte auf dem Meer. Jeder Fleck bedeutete ein gegnerisches Schiff, und sie alle nahmen Kurs auf Verbroog. Aus der Ferne grollte das Rumpeln der Bombarden.

»Wir werden den Eingeschlossenen helfen und müssen Norina dort auf alle Fälle herausholen«, sagte er entschlossen. »Sie ist wichtig.«

»Mit der Dharka mitten ins Getümmel zu segeln käme einem Selbstmord gleich«, entgegnet die Tarvinin entsetzt über die Vorstellung, an den Mündungen der Gegner vorbeizuziehen. »Wir müssen von hinten durch die Galeeren. Es ist zu eng, wir können unsere Geschwindigkeit und Wendigkeit nicht ausspielen. Wir kämen nicht einmal bis zur Hafeneinfahrt.«

»Nicht mit der Dharka«, nickte Torben bestätigend und deutete auf eine palestanische Kriegskogge, die etwas hinter dem übrigen Verband zurückgeblieben war.

»Damit?«, lachte Varla ungläubig auf. »Auf dass uns deine eigenen Leute aus dem Wasser heben. Vielen Dank, da schwimme ich lieber.«

Der Freibeuter gab ihr einen Kuss auf die Stirn. »Ich habe einen Plan. Wenn Wale miteinander kämpfen, achtet doch keiner auf die kleinen Fische, nicht wahr?«

Sie erahnte seine Gedanken. »Dann hoffen wir mal, dass die kleinen Fische nicht von den Riesen zerquetscht werden«, murmelte die Piratin und erteilte ihrer Mannschaft Anweisungen, um den Palestaner aufzubringen.

Eine halbe Stunde später wühlte sich die *Ertrag* mit voller Fahrt durch die Wogen und näherte sich schleppend dem Kampfort, gesteuert von Torben.

Die Kaufleute ergaben sich rasch in ihr Schicksal, als sie die Überlegenheit des Feindes erkannten und keine Möglichkeit zur Flucht oder des Beistandes sahen.

Die Dharka dümpelte mit einer Notbesatzung hinter einer Felswand, ein paar Meilen vom Hafen entfernt, und wartete auf die Rückkehr der Wagemutigen.

Die palestanischen Matrosen verrichteten ihre Arbeit, ohne einen Fehler zu begehen, und das schwerfällige Schiff näherte sich dem Gefecht.

Die Tzulandrier verzeichneten mittlerweile schwere Verluste, da es den rogogardischen Verteidigern gelungen war, die linke Hafenmauer einzureißen und damit freies Schussfeld auf die Bombardenträger zu haben. Zwei der Galeeren waren bereits gesunken, eine dritte bekam Schlagseite.

Die Segler der Freibeuter wehrten immer wieder Vorstöße der gegnerischen Schiffe ab, durch die Einfahrt zu gelangen, um Truppen abzusetzen oder eine bessere Schussposition für die Geschütze zu erhalten. Pulverdampf wehte über das Meer, stellenweise dichter als der dickste Nebel, den Torben kannte.

Im Schutz einer solchen stinkenden Wolke setzte er die Beiboote der Kogge aus. Diejenigen, die keinen Platz mehr fanden, schwammen nebendran her.

Die Gruppe steuerte auf den hinteren der beiden tzulandrischen Segler zu, die so gar nicht zum restlichen Flottenverband passten. Wie lauernde Raubtiere pirschten diese sich auf der linke Seite, gedeckt von dem Feuer der Bombardenträger und dem Qualm, näher an die Fortifikation heran.

Dem Rogogarder und seinen tarvinischen Freunden gelang die Kunst des lautlosen, schnellen Enterns, auch wenn die an Bord befindlichen Tzulandrier erbitterten Widerstand leisteten. Da sie inzwischen wussten, welche Order der Magodan eines Schiffes in aussichtslosen Situationen zu erfüllen hatte, erwartete den Offizier bereits das entsprechende Abfangkommando, als er Feuer an die Lunten legen wollte.

Die eigentliche Überraschung aber wartete im Laderaum auf die Eroberer.

Auf acht separaten Plattformen stand jeweils ein überlanges Geschütz montiert. Diese Segmente konnte man über Umlenkrollen und Ketten einzeln nach oben befördern.

»Eine neue Erfindung?«, herrschte Torben den gefangen genommenen Commodore des Schiffes an.

Der Palestaner zuckte zusammen. »Ich schätze ja.« Er wirkte genauso erstaunt wie der Rogogarder. »Ich zumindest habe so etwas noch nie gesehen.«

Der Freibeuter betrachtete den hohen Raum, den man mit Eisenblechen verstärkt und mit Metallluken versehen hatte. Offenbar war es so gedacht, dass immer eine Bombarde abfeuerte, während die anderen im Bauch des Seglers nachgeladen wurden.

Grübelnd schaute er auf die Steinkugeln, durch die in der Mitte ein dünner Kanal gebohrt worden war; in einigen befand sich bereits sehr fein gemahlenes, helles Pulver. Auch die Pulvervorräte wurden in verschiedenfarbigen Tonnen gelagert.

Torben ließ den Bombardiermeister herbeischaffen und verlangte zu wissen, um was es sich bei den neuen Geschützen handelte. Erst nach ein paar Drohungen mit derber Folter brach der Mann sein Schweigen.

»Es werden immer acht Kugeln in ein Rohr geladen«, erklärte er den staunenden Piraten. »In den feinen Bohrungen befindet sich langsam brennendes Pulver, das durch die Explosion der Treibladung wie eine Lunte entzündet wird und von vorne nach hinten abbrennt, bis es die eigene Treibladung zum Detonieren bringt. Die Kugel fliegt los, bei der nächsten wird die Pulverlunte gezündet.«

»Wie schnell verlassen die Kugeln nacheinander die Mündung?«, hakte der Rogogarder nach.

»Man muss bis zehn zählen. Die Zwischenzeit nutzt man, um die Richtung des Laufes nachzujustieren, wenn der erste Schuss nicht akurat saß«, legte der gegnerische Bombardiermeister den Sinn dar.

»Ein einziges Geschütz reicht aus, um ein Schiff zu versenken«, bemerkte Varla fasziniert. »Man hält immer auf die gleiche Stelle, und schon hat man den

Rumpf mit ganz wenig Aufwand in Stücke geschlagen.«

Oder ein Loch in eine Festung geschossen. »Dann schauen wir einmal, ob es tatsächlich funktioniert. Zuerst das andere Schiff vor uns, danach die Bombardenträger. Ich brauche zehn Freiwillige für die Geschütze, der Rest schwingt sich wieder in die Beiboote und macht sich bereit zum Ablegen. Los, Mädels, wir haben noch etwas vor.«

Die Ketten rasselten, Zahnräder klackten, Gegengewichte wurden bewegt. Eine Plattform nach der anderen schwebte nach oben, die Eisenklappen an Deck schwangen auf und bildeten einen zusätzlichen Schutz der neuen Bombardengattung. Die letzten Verriegelungen schnappten ein.

Die Vorbereitungen blieben nicht unbemerkt. Sofort wurden dem Segler per Wimpel Nachrichten übermittelt, weil man sich nicht an die verabredete Vorgehensweise hielt.

Torben spornte die Männer zu Höchstleistungen an. Die Mündungen der Geschütze suchten sich ihre Ziele, dann wurde die echte Lunte angesteckt, die man zum Zünden des ersten Geschosses benötigte und die wie der Schwanz einer fetten Ratte aus dem Rohr baumelte. Der vernichtende Feuersturm konnte beginnen.

Als Erstes bekam das Schwesterschiff die verheerende Wirkung der Bombarde zu spüren. Nach fünf Treffern an die gleiche Stelle bestand der Rumpf nur noch aus marginalen Holzfetzen, das Seewasser flutete die Heckpartie mit rasender Geschwindigkeit. Danach bestrich der Mann das Deck, damit die Gegner es nicht schafften, vor dem Untergang noch das Gegenfeuer zu erwidern.

Ähnlich wie dem Segler erging es den Galeeren. Selbst deren verstärkte Aufbauten und Verbesserungen des Schiffskörpers brachten wenig gegen die Wucht und das Stakkato der einschlagenden Geschosse.

Kreischend verbogen sich die Eisenbleche und rissen, alle paar Lidschläge rauschte eine weitere Kugel in die Lücke, die Torben an eine offene Wunde erinnerte. Weiter und weiter wurde die Zerstörung auf diese Art in die Eingeweide der Ruderkähne getragen, bis der Boden durchschlagen war und die Galeeren eine nach der anderen sanken.

Die umliegenden Schiffe des Kabcar eröffneten den Beschuss gegen den eigenen Segler. Die Magodane und Commodore hatten inzwischen verstanden, dass es nicht mehr die eigene Besatzung war, die dort die Bombarden bediente. Die *Ertrag* beteiligte sich zum Schein, um keinen Verdacht bei dem nun sehr aufmerksam gewordenen Gegner zu erwecken, zielte aber vorbei.

Für einen langen Triumph blieb keine Zeit, die Enterer zogen sich rasch von dem sterbenden Segler zurück.

Verborgen in den Schleiern des Pulverrauchs, paddelten die Beiboote unter der Leitung von Torben in Richtung Durchlass. Um sie herum erhoben sich die Rümpfe der kämpfenden Parteien.

Die Seestreitkräfte des Kabcar drängten immer weiter nach vorn, wurden aber von den Bombarden und Katapulten der rogogardischen Festung mit Geschossen aller Art eingedeckt. Da die Galeeren und die beiden Träger der neuen Waffen nicht mehr zur Verfügung standen und somit das Sperrfeuer ausfiel, erlitten die Angreifer herbe Verluste.

Beachtet wurden die schnellen Beiboote kaum. Eine größere Gefahr bildeten Salven, die ihr Ziel verfehlten.

Ein verirrter Pfeilschauer kostete drei Männer das Leben und sorgte für etliche Verwundete.

Erst als sich die Nussschalen der befestigten Kaimauer näherten, wagte es der Freibeuter, die rogogardische Flagge hissen zu lassen. Jetzt konnte er nur beten, dass kein nervöser Bombardier vor lauter Aufregung trotzdem feuerte

Jonkill heftete den Blick auf den Mann, der im ersten der Beiboote stand, mit beiden Armen wild wedelte und immer wieder auf sein Gesicht deutete.

Die vorderste Geschützbatterie gab dem Hetmann mit einer knappen Geste zu verstehen, dass man die anscheinend vom Verstand verlassenen Landungstruppen des Kabcar leicht vernichten konnte.

Der Befehlshaber der Rogogarder blickte über die Rudermannschaft, deren Gesichter keineswegs aussahen, als stammten sie vom Inselreich. Doch der Trick, mit einer gestohlenen Fahne geradewegs auf die Fortifikationen zuzuhalten, war viel zu plump und passte nicht zu dem bisherigen Vorgehen.

Jonkill versuchte, die Züge des ersten Mannes trotz des schaukelnden Bootes zu erkennen.

Rudgass!, dachte er verblüfft. *Also ihm verdanken wir, dass die hoheitlichen Truppen sich gegenseitig beschossen haben.* Er machte sich auf den Weg nach unten, um den Kapitän zu begrüßen, der wieder einmal einen seiner tollkühnen Streiche gespielt hatte.

Als der Hetmann die Stellung mit den Bombarden passierte, hörte er, wie der Offizier den Feuerbefehl erteilte.

»Kommando widerrufen!«, schrie Jonkill entsetzt und war mit einem Satz bei den Soldaten, die die Fackeln zurückrissen. »Das sind unsere Leute!«

In diesem kurzen Moment der Stille hörten alle das charakteristische Zischen einer Zündschnur.

»Sie haben uns erkannt«, atmete Torben auf, während er die schweigenden Geschützreihen betrachtete.

»Das hätte uns noch gefehlt, dass deine Piratenfreunde ihren besten Mann zu den Fischen schicken«, grinste Varla, die zu seinen Füßen saß und das rückwärtige Geschehen im Auge behielt. »Du scheinst keine Neider unter deinen Leuten zu haben, die die Situation ausnutzen wollen.«

»Ich bin viel zu beliebt«, meinte der Freibeuter leichthin. »Steuert die hintere …«

Ein einzelnes Krachen ertönte, eine der Bombarden entlud sich und sandte eine Kugel auf die Reise.

Der Freibeuter ließ sich geistesgegenwärtig fallen, das Geschoss pfiff über ihn hinweg und brach über die mittlere Ruderreihe herein.

Das Beiboot zerfiel in zwei Hälften, auch Torben rutschte ins kühle Wasser, umgeben von Trümmerstücken. Als er auftauchte, färbte sich das Meer um ihn herum rot. Einige Tarviner schrien um Hilfe.

»Varla?!«, rief er voller Sorge um seine Gefährtin. Er trat auf der Stelle und drehte sich dann um die eigene Achse, um sie irgendwo auszumachen.

Die anderen Boote glitten heran und nahmen die Verletzten sowie die Schiffbrüchigen auf; gleichzeitig kamen Rogogarder aus den Schützungen auf der Kaimauer hervor und warfen Taue ins Wasser, um bei der Bergung zu helfen.

Torben zog sich in eines der Dingis und suchte von oben. *Ich werde den Idioten an der Bombarde eigenhändig in Scheiben schneiden, wenn ihr etwas geschehen ist*.

Endlich entdeckte er ihren Körper, mit dem Gesicht nach unten im Wasser treibend. Wie von Sinnen warf er sich in die Fluten, schwamm zu ihr und drehte sie auf den Rücken, um die Bewusstlose vor dem Ertrinken zu bewahren. Dabei ertastete er einen langen Splitter, der in ihrer Seite steckte. *Taralea, lass es nicht wahr sein!* Zusammen mit einigen Tarvinern bugsierte er sie vorsichtig in ein Beiboot und brachte sie zum Aufgang, wo ihn Jonkill und zahlreiche Helfer erwarteten.

Ein todbleicher Offizier stand neben dem Hetmann. »Wir wussten nicht, dass Ihr es seid, Kapitän«, stammelte er geschockt.

Torben betrachtete das fahle Antlitz der Tarvinin und wischte ihr das Wasser aus dem Gesicht. »Lasst es gut sein.« Er beherrschte sich, um dem Mann nicht einen Fausthieb zu geben. »Aber betet wie ich, dass sie es überlebt.«

Varla öffnete die Augen, ihre Lider flatterten. »Scheint so, als hättest du doch Neider, was, Torben?«, flüsterte sie und versuchte zu lächeln. Sie schielte auf das Bruchstück, das aus ihr herausragte, und wurde noch weißer, dann schloss sie die Augen.

»Los, bringt sie zu einem Cerêler!«, verlangte er, und die Männer trabten mit der Bahre los.

»Wir haben keine solchen Heiler hier, Kapitän Rudgass.« Der Hetmann trat an seine Seite. »Aber sie wird es trotzdem schaffen.«

»Es tut mir Leid, ich hielt Euch für ein Kommando des Kabcar«, versuchte der bedrückte Offizier erneut, eine Entschuldigung anzubringen.

»Es ist geschehen, beruhigt Euch«, sagte Torben kalt. »Es hätte ebenso ein Feind sein können.« Er wandte sich Jonkill zu. »Ich möchte etwas Trockenes zum Anziehen, und danach erstatte ich Bericht, Hetmann.« Er ließ die beiden stehen und ging ins Innere der Bastion.

Dabei beschäftigte er sich einzig und allein mit dem Wohlergehen der Frau, die er über alles liebte. Alles andere wurde zur unwichtigen Nebensache.

Bevor er sich mit Jonkill traf, schaute er im Verwundetenlager der Rogogarder vorbei, wo ihn schmerzerfülltes Stöhnen der Tarviner empfing. Einer von ihnen hatte seinen rechten Unterarm eingebüßt, und die Feldscher kauterisierten soeben die Wunde mit glühenden Eisen.

Halb entblößt lag die ohnmächtige Varla auf einem Tisch. Blut sickerte neben dem Splitter heraus und bildete eine kleine Pfütze; rote Schlieren bedeckten auch einen Teil ihrer Bauchdecke.

Nackte Angst erfasste den Rogogarder. Er nahm ihre wie tot wirkende, kalte Hand und hielt sie. »Hilft ihr denn niemand?«, sagte er laut in den Raum hinein. Einer der Feldscher legte das Eisen zur Seite, klopfte dem Tarviner aufmunternd auf die Schulter und kam zu Torben herüber.

»Ihr Herz schlägt, und das ist im Augenblick noch sehr gut. Unsere Schwierigkeiten beginnen, sobald wir das Holz aus der Wunde ziehen.« Der Heilkundige deutete auf ihr Blut. »Davon wird sie anschließend jede Menge verlieren. Das ist die eigentliche Gefahr.« Abschätzend betrachtete er ihren Leib. »Sie sieht kräftig aus. Mit ein wenig Glück schafft sie es.«

»Mit ein wenig Glück?«, begehrte der Freibeuter auf und wollte seinen Landsmann packen.

»Genau das braucht sie. Wir tun unser Bestes«, blieb der Feldscher unbeeindruckt. »Nun tretet zur Seite, Kapitän, und lasst uns unsere Arbeit machen.« Mit Lederriemen fixierte er Varlas Beine und Arme, damit sie sich während des Eingriffs nicht aufbäumen konnte.

Torben küsste ihre Stirn und verließ beinahe fluchtartig den Ort, um zu den anderen zu stoßen.

Jonkill und seine Offiziere standen um den Kartentisch herum und analysierten die Lage, in der sich Verbroog befand. Torben starrte abwesend auf die Skizze, nahm Gesprächsfetzen wahr, ohne deren Sinn zu erfassen, bis er den Hetmann mehrmals seinen Namen sagen hörte. Ertappt hob er den Blick.

»Ich habe Verständnis, dass Ihr all Eure guten Wünsche Eurer Frau zukommen lasst, aber wir benötigen Euren Verstand hier, Kapitän«, sagte der Hetmann freundlich, vorwurfsfrei. Torben nickte. »Ihr habt mit Eurem Kabinettstück beim Kabcar für großen Schaden gesorgt. Die hoheitliche Armada hat einiges an Feuerkraft verloren.«

»Es wird aber nicht lange vorhalten, Hetmann«, bedauerte der Rogogarder. »Wir haben unglaublich viele Schiffe vor Verbroog gesehen. Ohne eine List wären wir niemals durch diese Linien gelangt.«

»Unsere einzige Hoffnung ist ein Überraschungssieg der Kensustrianer«, befand einer der Offiziere. »Wir können nur so lange durchhalten und uns mit allem verteidigen, was wir haben.«

»Wie lange reichen die Vorräte aus?«, wollte Torben wissen.

Jonkill winkte ab. »Vorräte? Mindestens ein Jahr, wenn wir Haus halten. Aber wir müssen uns etwas einfallen lassen, wie wir die nachrückenden Bombardenträger daran hindern, in eine bessere Schussposition zu kommen. Immerhin sind sie schon hinter der ersten Hafenmauer.«

»Wenn ich das richtig gesehen habe, haben wir bereits unsere Stellungen rechts und links in den Steilhängen verloren«, sinnierte der Freibeuter. »Wenn man die

Klippen sprengte, müsste es durch die Gesteinsbrocken zu flach für die Galeeren werden.«

»Flankierend versenken wir zwei oder drei wertlose Schiffe im Durchlass, um uns die lästigen Vorstöße der gegnerischen Segler vom Leib zu halten«, ergänzte der Hetmann, sein Gesicht und das der Anwesenden spiegelte neu gewonnene Zuversicht wider. »Damit halten wir lange genug durch. Und den kleinen Kabcar wird es fuchsteufelswild machen.« Die Offiziere und Jonkill lachten.

Wenn es ihn so wütend macht, dass er selbst erscheint, ist der Schuss nach hinten losgegangen, ging es Torben durch den Kopf, doch wohlweislich behielt er seine Gedanken für sich. Eine Flutwelle, wie sie der Kabcar schon einmal heraufbeschworen hatte, würde im Falle von Verbroog allerdings nicht ausreichen, dafür lag die Festung zu geschützt, und die Mauern waren zu dick.

»Bei all dem Durcheinander habe ich fast vergessen zu fragen, welchen Erfolg Eure Suchmission im fernen Kalisstron hatte«, wandte sich der Anführer der Rogogarder an ihn.

»Wir sind guter Dinge, dass wir sie bald nach Ulldart bringen können. In einer Stadt erhielten wir Hinweise auf eine kleine Ansammlung Fremdländler, die seit mehreren Jahren schon auf dem Kontinent leben sollen. Aber welche Nationalität es ist, konnte uns niemand sagen. Bei ähnlichen Anhaltspunkten stießen wir immer nur auf Palestaner, die sich mit ihren Kontoren häuslich niedergelassen hatten«, erzählte er. *Wenn ich mir die Sache betrachte, brauchen wir Norinas Sohn und die anderen umso dringender.* »Deshalb kehre ich gleich wieder auf die Dharka zurück. Ich habe den Eindruck, dass jeder Augenblick, um den sich die Ankunft der Hoffnungsträger verzögert, haufenweise Menschenleben kostet.«

Er zögerte. »Nehmt mir diese Vorsichtsmaßnahme nicht übel, Hetmann, aber ich würde Norina Miklanowo gern mitnehmen.«

Jonkill überlegte. »Nein, ich trage es Euch nicht nach. Nur, wie wollt Ihr und Euere Leute von hier fort?«

»Über den Landweg«, erwiderte Torben, ohne zu zögern. »Ich habe mit meinen Leuten auf der *Ertrag* vereinbart, dass sie heute Nacht von Bord gehen und zu uns schwimmen. Es sollte ihnen gelingen. Vorher richten sie die Bombarden noch aus und legen lange Lunten, um den hoheitlichen Truppen einen Abschiedssalut zu geben.« Die Rogogarder grinsten. »Anschließend laufen wir zu unserem Schiff, das wir in einer nahen, verborgenen Bucht zurückgelassen haben.«

»Und wohin wollt Ihr Norina bringen?«, fragte Jonkill.

»Ich werde sie nach Kalisstron mitnehmen«, log er.

Niemand sollte den Aufenthaltsort wissen, damit im Falle der Einnahme von Verbroog dem Kabcar und vor allem Nesreca kein einziger Hinweis gegeben werden sollte. In Wirklichkeit würde er dorthin segeln, wo er den Menschen blind vertraute, auch wenn es sich im unmittelbaren Feindesland befand. Er trat zur Tür. »Wenn man mich nicht mehr benötigt, würde ich gerne nach Varla sehen.«

Der Hetmann entließ ihn mit einem knappen Nicken.

Torben lief zurück ins Lager der Verwundeten.

Erstarrt blieb er stehen, als auf dem Tisch ein mit einem Tuch verhüllter Körper lag. Seitlich schwamm eine Lache aus bereits geronnenem, teilweise schwarzem Blut.

Was hat sie getan, dass du sie im Stich ließest, Taralea? Keuchend stemmte er sich gegen die Kante, seine Knie gaben nach. Wie eine Marionette, deren Fäden man kappte, plumpste er zu Boden. Gelähmt stierte er auf die Blutpfütze, in die sich seine Linke nach dem Sturz stützte.

Ein Feldscher eilte herbei, kümmerte sich um ihn und stellte den Geschockten auf die Beine. Sofort packte der Freibeuter zu und zerrte den Mann dicht an sich heran. »Wieso ist sie gestorben?«, brüllte er ihm ins Gesicht.

Der Mann runzelte die Stirn. »Wer?«

»Sie!«, sagte Torben laut, deutete auf die Leiche und hielt ihm die rot gefärbte Handfläche unter die Nase. »Ihr Quacksalber habt sie verbluten lassen!«

Wortlos zog der Feldscher das Tuch vom Gesicht des Toten und deutete auf den verstorbenen Tarviner. »Ich glaube nicht, dass Ihr ihn meintet, Kapitän.« Er nickte zu einem Durchgang. »Wir haben die Frau in den Schlafsaal gebracht. Sie ist schwach, aber sie lebt.«

Langsam öffneten sich die Finger des Freibeuters, ein Laut der Erleichterung drang aus seinem Mund, dann lachte er befreit auf. »Da habt Ihr mir aber einen ganz schrecklichen Streich gespielt«, beschwerte er sich aufatmend und lehnte sich gegen die Wand. Er wollte die ganze Welt umarmen. Dieser Augenblick voller Schmerzen hatte ihm gezeigt, wie sehr er Varla liebte. »Verzeiht meinen Ausbruch«, entschuldigte er sich bei dem Heilkundigen und flog förmlich nach nebenan; unterwegs wischte er sich die Linke sauber.

Varla ruhte auf einem einfachen Lager, die Arme auf der Decke, die Augen geschlossen. Zärtlich strich er über die kurzen schwarzen Haare und liebkoste ihr Gesicht.

Die Frau schlug die Lider auf und lächelte. »Hast du ihn leben lassen?« Sie bemerkte sein fragendes Gesicht. »Ich meine den Bombardier.«

Torben schaute gespielt grimmig. »Sein Kopf wird als Kugel dienen«, knurrte er, dann hellten sich seine Züge auf. »Nein, ich habe ihn verschont, weil ich wusste, dass du überlebst.« Er küsste sie vorsichtig auf den Mund, entkräftet erwiderte sie die Zärtlichkeit. »Du wirst bald schon wieder herumspringen«, machte er ihr Mut. »Wir nehmen dich auf einer Trage mit zurück zur Dharka.«

»Das wird kaum möglich sein«, bemerkte der Feldscher, der ein Bett weiter bei einem anderen Verletzten nach dem Rechten sah. »Ihre Wunde würde sofort aufreißen und das bisschen Blut, das sie in sich behalten hat, in hohem Bogen von sich geben. Ihren Tod wollt Ihr doch wohl nicht riskieren. Mindestens zwei Wochen völlige Ruhe.«

»Zwei Wochen?«, entfuhr es beiden gleichzeitig.

Dann schwiegen sie. Die zwei Liebenden wussten, was das bedeutete.

»Du wirst ohne mich aufbrechen«, befahl Varla, ehe der Freibeuter etwas sagen konnte. »Zwei Wochen Zeitverlust können wir uns nicht erlauben.«

Er senkte die Stimme. »Ich werde dich nicht zurücklassen. Wenn die Hoheitlichen in der Zwischenzeit Verbroog einnehmen, was dann?«

Sie feixte. »Dann wirst du schon wieder eine Heldentat vollbringen müssen und mich aus den Fängen des Feindes befreien«, meinte sie leise. »Das passt doch ganz hervorragend zu deinem Ruf, oder?!« Die Tarvinin fasste ihn im Genick und zog ihn zu sich herunter, um ihn zu küssen. »Nimm Norina und bringe sie weg. Wir sehen uns wieder.«

Torben umarmte sie vorsichtig, ihm schien der Entschluss der Frau nicht zu schmecken. »Ja, wir sehen uns wieder«, versprach er. »Ich stürme alle Mauern dieser

Welt, um dich zu befreien, ganz gleich, wo es ist.« Ernst sah er sie an.

»Nanu?«, wunderte sie sich amüsiert. »So kenne ich den lachenden Rogogarder überhaupt nicht.«

Das Herz des Piraten klopfte vor Aufregung. »Noch niemals zuvor hat mich eine Frau derart in ihren Bann geschlagen, wie du es erreicht hast«, gestand er ihr aufrichtig. »Einmal dachte ich schon, ich hätte dich verloren, vorhin sorgte ich mich wieder um dich. Jedes Mal kehrt es sich zum Guten. Dennoch fürchte ich den Tag, an dem es nicht so sein wird.«

»Der Tag wird niemals kommen«, beruhigte sie ihn gerührt und streichelte seine Hand.

»Wir sind füreinander bestimmt«, sagte Torben feierlich und versuchte, seine Aufregung hinunterzuschlucken. Ein dicker Kloß saß in seiner Kehle. »Und ich will, dass du meine Frau wirst, Varla. Würdest du einen wie mich als Gemahl annehmen?«

Bewegt blickte sie in seine grüngrauen Augen. »Ja«, raunte sie. »Aber nur, wenn du mir versprichst, mich niemals zur Witwe zu machen.«

Der Freibeuter nickte. »Das Gleiche gilt natürlich auch umgekehrt.«

Sie nahmen sich ein letztes Mal in die Arme und küssten sich innig. Varla unterdrückte dabei den Schmerz in ihrer Seite, das Glücksgefühl dämpfte das unangenehme Stechen. Ohne ein weiteres Wort verließ Torben den Raum und winkte ihr zum Abschied.

Doch Varla war so entkräftet, dass sie bereits schlief.

Kontinent Kalisstron, Bardhasdronda, Sommer 459 n. S.

Jarevrån drehte sich tänzerisch auf einem Fußballen und lachte laut auf. Schnell legte sie die Hand auf den Mund, um den Laut zu dämpfen, der in ihrem Kulturkreis nicht schicklich war.

Und dennoch empfand sie derzeit so, als müsste sie all ihre Freude hinausrufen, lachen und toben.

In wenigen Stunden bin ich Lorins Frau, dachte sie zufrieden und strich ihr Kleid glatt, mit dem sie an der Zeremonie teilnehmen würde.

Ihre Mundwinkel wanderten nach oben, als sie sich an das Gesicht ihres Vaters erinnerte, nachdem sie den Entschluss verkündet hatte.

Doch das »Schlimmste« war in den Augen des Kalisstronen sowieso schon geschehen, seine Tochter favorisierte einen »Fremdländler« gegenüber allen anderen stattlichen jungen Männern von Bardhasdronda. Dass aus dem etwas zu klein geratenen Jungen ein Held namens Seskahin geworden war, daran hätte er niemals geglaubt.

Es klopfte hart gegen die Tür, dann kam ihr Vater herein. »Hast du eben so laut gelacht?«, fragte er tadelnd, während er sie betrachtete. »Bei Kalisstra, aus meinem kleinen Mädchen ist eine wunderschöne Frau geworden.«

»Ja, ich habe gelacht.« Jarevrån grinste, legte die Arme auf den Rücken und kam wippend zu ihm. »Noch so ein Aufstand gegen das Bewährte, nicht wahr? Keine Sorge, ich werde mich beherrschen. Und du wirst dein kleines Mädchen an den Mann geben, den es sich von Anfang an ausgesucht hatte.«

»Ich gestehe, dass du die bessere Menschenkenntnis hattest«, räumte er halb verlegen ein. »Meinen Segen sollt ihr haben. Auch wenn er ein bisschen spät kommt.« Er ging zum Fenster und schaute hinaus. »Die Jungfern sind da, um dich zurechtzumachen. Ich öffne ihnen die Tür, und du ziehst das gute Kleid aus. Nicht, dass es noch Flecken erhält.«

Kurz darauf kamen die älteren Damen herein, ausgestattet mit Blumen, Kämmen, besonderen Seifen, Stoffbändchen, Haarspangen und -reifen. Wie die Heuschrecken fielen sie über die Braut her und begannen mit dem Schmücken. Dabei gaben sie der jungen Frau allerlei Ratschläge für die kommende Lebensgemeinschaft, angefangen bei Kochrezepten bis hin zum richtigen Verhalten in der Ehe.

Irgendwann öffnete sich die Tür, und die zweite Braut trat ein.

»Kalisstra sei Dank«, entschlüpfte es Jarevrån erleichtert. »Fatja, du musst mir gegen diese Matronen zur Seite stehen.«

»Ein holdes Fräulein in Nöten?«, sagte die Borasgotanerin mit verstellter Stimme, schnappte sich einen Kamm und attackierte eine der Damen. »Zurück mit euch Bestien!« Mit der anderen Hand langte sie in das Körbchen mit den Blütenblättern und bewarf sie damit. »Hinweg, sage ich! Meine getrockneten Feuertropfen werden euch schmelzen lassen wie das Eis in den Sonnen!«

Kichernd setzten sich die Angegriffenen zur Wehr, Jarevrån langte nach einem Kissen und beteiligte sich, bis im Zimmer Federn, Blätter und andere leichte Sachen schwebten, die fünf Frauen völlig außer Atem gluckten und nur mit Mühe das schallende Gelächter unterdrückten.

Keuchend hockte sich Fatja neben die Kalisstronin. »Jetzt wirst du doppelt leiden«, hechelte sie und deutete auf die ramponierte Frisur der jüngeren Braut. »Sie werden von vorn anfangen müssen. Ich hoffe, wir kommen noch rechtzeitig zu unserer eigenen Hochzeit.«

Jarevrån blies sich eine Feder von der Nase und lachte verhalten. »Das war es mir aber wert. Und es hat mir die Aufregung genommen.«

»Ach, was«, winkte die Schicksalsleserin ab. »Die paar hundert Leute, was macht das schon. Immerhin müssen wir dort nichts rezitieren, sondern einfach nur hübsch aussehen.« Ihr Finger deutete nach hinten. »Da müssen sich die Mütterchen nicht einmal sehr anstrengen.«

Die »Mütterchen« revanchierten sich für die Angriffe, indem sie mit Genuss bürsteten und kämmten, flochten und zupften, dass den beiden Bräuten das Wasser in die Augen trat, so sehr ziepte es an den Haarwurzeln. Doch die Resultate, die sich unter den geschickten Fingern abzeichneten, sprachen für sich. Kunstvoll türmten sich die Strähnen zu wundersamen Gebilden, verziert und gehalten mit Bändern und anderen Utensilien, die die Jungfern mitgebracht hatten.

»Mein Kopf wird immer schwerer«, jammerte Jarevrån, aber ihre grünen Augen glitzerten, als sie sich im Spiegel betrachtete.

»Meiner wird bald nach vorn kippen, und ich werde ihn aus eigener Kraft nicht mehr heben können«, stimmte Fatja in das Wehklagen ein. Sie musterte ihre Züge in der polierten Oberfläche und schaute sich selbst in die braunen Augen.

Die Umgebung um sie herum verschwamm und wurde dunkler, sie sah nur noch sich, wie sie im Brautkleid vor dem Spiegel saß. Gelegentlich huschten die Hände der Jungfern über ihr Haar, kamen schemenhaft aus dem Dunkel, brachten eine Spange an und tauchten wieder in der Schwärze ein.

Eine Vision? Fatja wollte aufspringen, doch ihre Füße gehorchten ihr nicht. Eine Männerhand schnellte aus der Finsternis, eine kurze, schmale Klinge blitzte auf und zog einen dünnen, roten Strich an ihrer Kehle entlang. Blut sickerte aus dem Schnitt, sie schrie auf. Schlagartig wurde es hell um sie herum.

»Was ist los?«, wollte Jarevrån besorgt wissen; eine Hand griff die Rechte ihrer Freundin. Auch die anderen drei Damen schauten sie an und wichen vorsichtshalber einen Schritt zurück.

Die Frau schluckte. »Es muss die Aufregung sein«, würgte sie hervor. »Ich habe schon Halluzinationen.« Ein schneller Blick auf die reflektierende Oberfläche zeigte, dass sie keinerlei Verletzung aufwies. Trotzdem betastete sie die Stelle. *Was sollte das?*

»Du und aufgeregt?«, meinte Jarevrån ungläubig. »Du bist es doch gewohnt, vor vielen Menschen aufzutreten und dich im Mittelpunkt zu befinden.« Dann grinste sie. »Wie findest du es, dass wir bald Schwägerinnen sein werden?«

Fatja erholte sich von ihrer Beklemmung und verdrängte das Gesehene, so gut es ging, um sich die Hochzeit nicht verderben zu lassen. »Schwägerinnen? Na ja, so etwas in der Art«, nickte sie. »Auch wenn er nicht wirklich mein Bruder ist, ich empfinde so für ihn. Nehmen wir einfach an, wir werden Schwägerinnen. Nicht der schlechteste Gedanke.«

Sie bat darum, dass das Fenster geöffnet wurde, um frische Luft hereinzulassen. Vereinzelte Federn tanzten im hereinwirbelnden Wind. Fatja verfolgte ihren Flug. Einen Blick in den Spiegel zu werfen wagte sie nicht mehr.

Die weit über zweihundert Gäste versammelten sich an einem Ort, den die meisten aus Sagen kannten und den sie früher auch schon bei gelegentlichen Spaziergängen besucht hatten, der aber noch niemals so ausgesehen hatte, wie er sich ihnen nun präsentierte.

Lorin und Arnarvaten hatten die Hochzeitsgesellschaft zu der Lichtung im Wald vor Bardhasdronda bestellt, auf der sich die seltsamen halbrunden, unterschiedlich hohen Steine befanden, denen man rätselhafte Kräfte zusprach. Kaum einer wunderte sich darüber, dass deren Oberfläche blank war.

Die lauschige Stelle fanden alle als sehr passend. Trotz der sommerlichen Temperaturen herrschte ein kühles Lüftchen im Wald, die Bäume spendeten zusätzlichen Schatten.

Lange Tischreihen waren in U-Form aufgebaut worden, an denen man sich später niederlassen würde. An verschiedenen Feuerstellen drehten sich die Bratspieße und garten andere Gerichte vor sich hin.

Die Aufmerksamkeit der Anwesenden ruhte auf den beiden Brautpaaren, die Hand in Hand vor den Klingenden Steinen standen und den Segen Kalisstras durch die Hohepriesterin Kiurikka empfingen.

Die Oberste der Gemeinde der Bleichen Göttin nutzte die Gelegenheit, um in vollem Ornat sowie mit all ihren Priesterinnen und Aspirantinnen zu erscheinen und die Segnung so eindrucksvoll wie möglich zu gestalten. Wer in der Nähe Waljakovs stand und sich sehr bemühte, konnte ein gemurrtes »Brimborium« verstehen.

Matuc gönnte Kiurikka den Auftritt und überließ ihr sogar den Vortritt, um keinen unsinnigen Zwist an dem vermutlich schönsten Tag im Leben seines Ziehsohnes heraufzubeschwören. Er wusste, dass er in der Stadt mehr Akzeptanz auf seiner Seite hatte, als es der Hohepriesterin lieb war oder sie zugeben würde.

Genugtuung verschaffte ihm auch der Umstand, dass die Hochzeitsgesellschaft in Gänze an dem Grundmauerwerk des angehenden Ulldrael-Tempels entlanggehen musste.

Voller Inbrunst gewährte er den Paaren seinen Segen, umarmte Lorin und musste sich tatsächlich ein paar Tränen der Rührung aus den Augenwinkeln wischen.

Anschließend gab es keine Rettung mehr für die frisch gebackenen Eheleute. Sie mussten Hände schütteln, bis Lorin glaubte, seine Finger würden taub.

Danach standen die symbolischen Dinge an, auf die sich die schadenfrohen Besucher am allermeisten freuten.

Die Jungehemänner mussten in Wannen mit Eiswasser steigen und so lange darin verharren, wie sie konnten. Anschließend kam es den Gattinnen zu, ihre Anvertrauten warm zu reiben, danach wurde die Prozedur umgedreht. Allerdings begnügten sich die Damen mit einem schnellen Sprung ins eisige Nass. Es sollte zeigen, wie sehr man sich auf den anderen in Gefahrensituationen verlassen konnte, schließlich war der Sturz ins kalte Wasser keine Seltenheit.

Arnarvaten und Lorin mussten schließlich ein Feuer so rasch wie möglich in Gang setzen, Fatja und Jarevrån schuppten Fische um die Wette ab, alles Tätigkeiten, die in Kalisstron zum Überleben notwendig waren beziehungsweise zum alltäglichen Leben gehörten.

Endlich hatten die Paare die Prüfungen überstanden, die eigentliche Feier konnte beginnen. Etwas erschöpft, aber immer noch selig, saßen die vier Vermählten an ihren Plätzen und prosteten den Gästen zu, danach wurde die Tafel eröffnet.

»Ich bin so glücklich«, wisperte Lorin Jarevrån ins Ohr, stahl sich einen Kuss und betrachtete die Kalisstronin von der Seite. »Du bist wunderschön.«

»Das sagen alle Ehemänner am Anfang, würde Stápa vermutlich meinen«, lächelte seine Frau. »Sie hätte sich sicher gefreut, uns so zu sehen.«

»Ob sie von Anfang an gewusst hat, dass wir zueinander finden?«

»Sie wird es gespürt haben. Frauen haben im Gegensatz zu den Männern einen Sinn für so etwas«, meinte die Kalisstronin frech. Dann nickte sie in Richtung einer kleinen Gruppe von Gästen, die sich in den nahen Waldrand zurückzog. »Schau, sie treffen die Vorbereitungen für die Brautentführung.«

Lorin überlegte, ob er hinterher schleichen und die Männer vorab ausschalten sollte, um sich die Verfolgungsjagd und das Scheingefecht zu ersparen, das von den Gatten bei der heldenmutigen Befreiung erwartet wurde. Aus den Augenwinkeln sah er, dass Waljakov die Geschehnisse mitbekam.

»Große Güte, haben wir den griesgrämigen Türmler darüber aufgeklärt, dass es keine echten Entführer sind?«, durchzuckte es ihn. »Er würde vermutlich ein Blutbad unter den armen Kalisstri anrichten.«

»Matuc hat es ihm erklärt«, beruhigte Jarevrån ihn. »Es werden alle ihren Kopf auf den Schultern behalten. Und wir tun ihnen den Gefallen und geben uns gänzlich von ihrem Überfall überrascht, ja?!«

Lorin stand auf und küsste ihre Hand. »Dann lasse ich sie wenigstens ein Glanzlicht des Abends versäumen, wenn sie schon eine solche Hinterhältigkeit planen.« Er räusperte sich. »Liebe Freunde! Ihr wundert euch bestimmt, warum wir ausgerechnet an diesem Ort feiern. Ich entdeckte ihn durch Zufall und erfuhr von seiner Besonderheit. Nach ein paar Versuchen ist es mir gelungen, den Steinen wieder ihren alten Namen zurückzugeben.« Er schaute seine Gemahlin an. »Das Stück ist für dich, Jarevrån.«

Lorin setzte seine Fertigkeiten ein, und die Felsbrocken erklangen in einer Melodie, die das Gemüt der Gäste rührte. Schweigend lauschten sie den Tönen, und das blaue Leuchten entführte ihre Gedanken auf eine Reise ins Nirgendwo und brachte ihnen Entspannung und Ruhe.

Mit einem nachhallenden gemeinsamen Klang aller Steine endete die Melodie.

Niemand wagte etwas zu sagen, keiner applaudierte und äußerte seine Freude in irgendeiner Weise. Alle schwelgten in der frischen Erinnerung des Gehörten und Gesehenen.

Schließlich erhob sich Bürgermeister Kalfaffel. »Lorin Seskahin, du hast uns Kalisstri etwas gegeben, von denen die meisten dachten, es sei bloß eines der schönen Märchen, von denen unser Volk so viele besitzt«, begann der Cerêler feierlich, und seine Augen strahlten. »Ich kann in Worten nicht ausdrücken, wie sehr mich diese Töne bewegt haben. Es dürfte ein weiterer Beweis sein, dass du im Grunde deines Herzens einer von uns bist, auch wenn deine Eltern aus Ulldart stammen. Die Bleiche Göttin muss sich einiges dabei gedacht haben, als sie dein Schicksal so lenkte, dass es dich an unseren Strand verschlug.« Er trat an den jungen Mann heran und reichte ihm die Hand. »Nimm meinen Dank und die Bitte, uns dieses Schauspiel öfter zuteil werden zu lassen. Alle Menschen aus Bardhasdronda sollten sehen und hören, dass die Klingenden Steine ihre Stimmen wieder erhoben haben. Dank dir.«

Ein wenig verlegen schüttelte Lorin die angebotene Rechte. »Das tue ich sehr gern. Nicht dass ihr denkt, ich hätte aus reinem Eigennutz Stillschweigen bewahrt. Ich wollte nur ein wenig üben, bevor ich mir Publikum dazu hole.«

»Betrachte die Generalprobe als außerordentlich gelungen«, lobte Kiurikka überraschenderweise, und auch ihr Gesicht verriet die Ergriffenheit.

»Nun sollen die Musikanten aber wieder fröhliche Lieder spielen«, verkündete Lorin, um endlich die Aufmerksamkeit von sich abzulenken. »Lasst uns tanzen!«

Er eröffnete zusammen mit seiner Gattin den Tanz, nach und nach kamen andere Paare hinzu, die Kinder hopsten voller Freude auf und nieder, imitierten die Bewegungen der Erwachsenen.

»Ein schönes Fest«, gab Matuc zufrieden seinen Kommentar ab.

»Ja«, stimmte Waljakov zu, die Arme vor der breiten Brust gekreuzt, die grauen Augen auf die Gäste gerichtet.

Der betagte Mönch schaute den ehemaligen Leibwächter fragend an. »Ist etwas mit dir? Das ist keine Beerdigung, mein Freund. Du bist auf der Hochzeit des Knaben, den du einst mit dem Einsatz deines Leben bewahrt hast.«

»Ganz recht«, schnaubte er. »Siehst du, wie glücklich er hier ist? Seine Bestimmung liegt trotzdem nicht auf Kalisstron, er muss nach Ulldart. Aber die Menschen hier tun alles, um ihm das Loslassen so schwer wie möglich zu machen. Ich an seiner Stelle würde mich fragen, warum ich in ein fremdes Land gehen soll, um dort Dinge in Ordnung zu bringen, zu denen ich keinen Bezug habe und die mich nichts angehen.«

Der Geistliche schwieg. *Das waren viele Worte für seine Verhältnisse.* »Vermutlich denkt er wirklich so«, sagte er laut. »Aber es wird unsere Pflicht sein, ihn davon zu überzeugen, gegen das Böse anzutreten.«

In diesem Augenblick hüpften mehrere maskierte Gestalten wild rufend und brüllend aus dem Unterholz, erschreckten die kleinen Kinder und schnappten sich Stücke von der Tafel, bevor sie Jarevrån und Fatja ergriffen und mit ihnen johlend zwischen den Büschen verschwanden.

Arnarvaten und Lorin spielten mit und mimten die erbosten Ehemänner, die den dreisten Entführern Rache schworen. Vor allem bei dem Geschichtenerzähler sorgte das böse Gesicht eher für eine gewisse Komik als einen gefährlichen Eindruck.

»Es war gut für sie, dass du mich vorhin gewarnt hast«, meinte Waljakov ruhig, der den Überfall genau beobachtet hatte. »Keiner von ihnen wäre sonst lebend vom Platz gekommen.«

»Ich weiß. Das wollte ich verhindern«, meinte Matuc. »Gehst du mit den beiden, wenn sie die Mädchen befreien?«

»Bin ich mit ihnen verheiratet?«, gab der K'Tar Tur zurück. »Sie sollen selbst kämpfen.«

Er stand auf und bewegte sich an einen der Grillplätze, um seinen Teller mit Fleisch zu füllen. Unterwegs wünschte er den sich bereit machenden Ehemännern alles Gute bei der Jagd.

»Übrigens, das dort drüben, neben Kiurikka«, sagte Arnarvaten eilig, während Lorin sich schon auf die Spur der Entführer setzte, »ist Håntra.« Waljakov begriff nicht. »Die Schwester von Ricksele, deren Geist an Eurem Turm spukt. Wenn Ihr mehr wissen wollt, fragt sie. Vielleicht weiß sie etwas.« Er klopfte mit einer betont männlichen

Geste auf den Griff seines Dolches. »Ich werde jetzt meine Frau aus den Klauen der Räuber befreien.«

»Mit einem Dolch? Ich wüsste da etwas Besseres.« Er machte Anstalten, seinen Säbel abzuschnallen, aber der Geschichtenerzähler wehrte ab.

»Oh, nein, bei der Bleichen Göttin, lasst es gut sein. Ich würde nur jemanden verletzen.«

»Ist das nicht der Sinn einer Waffe?«, griente der Glatzkopf böse. »Dann zieh los und rede sie nieder.«

Arnarvaten warf ihm einen seltsamen Blick zu, nahm eine Fackel und hetzte hinter Lorin her, der am Rande der Lichtung wartete.

Waljakov hob die mechanische Hand zum Gruß, den sein Waffenlehrling erwiderte, ehe er zwischen den dichten, grünen Blättern verschwand.

Wenn das mal gut geht. Am Ende befreien sich die kleine Hexe und das Hundeschlittenfräulein selbst, während wir die Ehemänner in der Dunkelheit suchen dürfen. Waljakov schaute sich so unauffällig wie möglich um, ob er Håntra entdeckte.

Tatsächlich saß sie bei den Kalisstrapriesterinnen und trug eine ähnliche Amtstracht wie Kiurikka, allerdings ohne die glitzernden und funkelnden Diamanten.

Sie hatte wie alle Kalisstroninnen langes schwarzes Haar und grüne Augen. Das Weiß ihres Gewandes unterstrich die beiden Farben zusätzlich, und wirklich entdeckte er bei genauerem Hinsehen eine gewisse Ähnlichkeit mit der Spukgestalt, die sich bei seinem Turm herumtrieb und ihm irgendwann den Verstand rauben würde, wenn die Sage Arnarvatens stimmte.

Einen Unterschied gab es jedoch. Håntra war Mitte Vierzig, ihre tote Schwester schien wesentlich jünger zu sein.

Kauend starrte der K'Tar Tur hinüber und überlegte, wie er sie am einfachsten aus den Reihen der Kalisstraverehrerinnen lösen konnte. Er wollte nicht vor aller Ohren über diese Sache sprechen, zumal er annahm, dass die Schwester nicht unbedingt erfreut darauf reagieren würde.

Einfach hinüber zu gehen, sich vorzustellen und sie auf die Seite zu bitten, wagte er nicht. Schon malte er sich aus, dass sie ihn wegschickte oder wegen seiner Taktlosigkeit beschimpfte.

Oder sie bricht in Tränen aus, dachte er und schüttelte sich, weil ihm die Vorstellung mehr als unangenehm war. *Verflixte Frauen. Unter Männern wäre es viel einfacher.* Einmal mehr bemerkte er, wie wenig er das weibliche Wesen durchschaute.

Håntra schien seine Blicke plötzlich zu spüren; intuitiv drehte sie sich um und schaute geradewegs in seine grauen Augen.

Waljakov reagierte wie immer. Sein Gesicht verfinsterte sich, er wirkte, als wollte er zum Angriff übergehen. Die Brauen der Priesterin hoben sich.

Verfluchter Mist, ärgerte er sich und wandte sich ab, um in seiner Not zurück an den Grill zu flüchten.

Der Mann am Bratspieß äugte etwas überrascht auf den beinahe vollen Teller, doch der wütende Blick brachte ihn dazu, ohne weitere Fragen Fleisch darauf zu schichten.

»Habe ich Euch etwas getan?«, erkundigte sich eine Frauenstimme neben ihm freundlich. »Ich habe Euren Blick bemerkt.«

Das hat mir noch gefehlt, seufzte er. *Was soll's. Ich wollte ja mit ihr sprechen.* Waljakov zwang sich zu einem Lächeln. »Nein, Håntra, du hast mir nichts getan.«

»Ach? Ihr kennt meinen Namen?«, wunderte sich die Kalisstronin. »Wie komme ich zu dieser Ehre, dass der unnahbare Eisblick mich zur Kenntnis nimmt?«

Der K'Tar Tur verzog den Mund. *Ich werde immer besser.* »Gut, ich erkläre es dir.« Er drückte dem Helfer seinen Teller in die Hand, packte ihren Oberarm und zog sie zur Seite. »Du hattest eine Schwester. Ricksele. Und nun erscheint sie mir. Wie kann ich ihren Spuk beenden, bevor ich meinen Verstand verliere?«

Håntra betrachtete ihn mit Mitleid. »Oh, ich verstehe. Und nun seid Ihr wütend auf mich, weil ich ihre Schwester bin?«

»Nein, ich bin wütend, weil ich mich nicht getraut habe, dich anzusprechen.«

»Jetzt hat es aber funktioniert, oder?«, wies sie ihn liebenswürdig darauf hin. »Ich muss Euch enttäuschen, aber ich kann Euch nicht weiter helfen.«

»Du wirst müssen«, knurrte der einstige Leibwächter. »Was ist zu tun?«

Håntras Blick wanderte langsam zur Hand des Mannes, die ihren Arm gepackt hielt. »Als Erstes nehmt Ihr Eure Finger weg, bevor Ihr mir mit Eurer Kraft den Knochen brecht«, sagte sie freundlich, aber kühl. Überschnell kam der Krieger ihrer Aufforderung nach und spürte eine Hitze, die in seinen Wangen aufstieg. »Danke.« Ihre Hand legte sich an seine Stirn. »Euer Antlitz ist ein wenig gerötet. Hattet Ihr schon mehrmals Fieber oder wallende Schwüle? Das sind die ersten Anzeichen, dass sie Euren Verstand schädigt.«

»Nein«, antwortete er mürrisch.

»Gut, wenigstens etwas. Nun solltet Ihr Euch daran machen, den Spuk zu erlösen«, riet sie ihm. »Findet und überführt ihren Mörder, was haltet Ihr davon? Mir ist es nicht gelungen.«

Waljakov zog die Nase geräuschvoll hoch. »Wenn das so einfach wäre, würde sie vermutlich nicht mehr als Geist durch die Gegend ziehen und Menschen töten.«

Die Priesterin senkte den Kopf. »Sie ist gewiss nicht glücklich dabei. Vergesst nicht, sie wurde umgebracht. Ist Rache aus Enttäuschung und Seelenleid nicht verständlich?«

»Dann sag ihr, sie soll ihren Mörder der Geisteskraft berauben, nicht mich.« Seine brummigen Züge hellten sich auf. »Aber natürlich! Jetzt müssen wir nur noch den Mörder dazu bringen, an den Turm zu kommen. Notfalls prügele ich ihn auch an diesen Ort.«

Håntra wirkte ein wenig von seiner Zuversicht angesteckt. »Sehr gut, Eisblick.«

»Mein Name ist Waljakov«, stellte er richtig. »Hast du irgendwelche Hinweise? Vielleicht ihr Tagebuch von damals?«

Die Schwester der Ermordeten nickte nach einer Weile. »Ja, ich müsste es noch besitzen. Kommt morgen im Heiligtum der Kalisstra vorbei und begleitet mich nach Hause. Wir suchen gemeinsam.« Håntra drückte seine Hand und kehrte an den Tisch zu ihren Gleichgesinnten zurück.

Waljakov schaute ihr hinterher. *Sie ist sehr nett. Für eine Frau.* Sein Blick schweifte von ihr zu Matuc.

Der Geistliche feixte und hob das Glas in seine Richtung. Die anderen Priesterinnen schauten auch zu ihm.

In wenigen Stunden werde ich Stadtgespräch sein, dachte er kapitulierend. *Eisblick und Håntra. Besser kann es für Kalisstra gar nicht kommen.* Er steuerte mit finsterer Miene auf den Bratspieß zu und verlangte seinen Teller, den er ohne Widerspruch erhielt, sogar doppelt so hoch beladen wie zuvor. Dann begab er sich zurück an seinen Platz.

»Kein Wort«, sagte er drohend zu Matuc und widmete sich dem Essen. »Alles, was du annimmst, ist falsch.«

»Natürlich.« Der Mönch nippte an seinem Wein und dachte sich seinen Teil.

In Waljakov aber keimte die Zuversicht auf, dem drohenden Schicksal eines Dorfnarren zu entgehen. Wenn er Hinweise fand und sie richtig deutete.

Unbewusst suchte er Håntras Gesicht im Gewühl der Gäste. Als er es entdeckte, stellte sich ein Gefühl bei ihm ein, das er bisher nur ganz selten in seinem Leben empfunden hatte.

Lorin blieb stehen und schaute über die Schulter nach hinten. »Du bist mir eine schöne Hilfe. Das wievielte Mal ist dir nun die Fackel verloschen?«

»Ich bin ein Geschichtenerzähler, kein Held, auch wenn von denen Tausende in meinen Sagen und Legenden vorkommen«, erklärte Arnarvaten ein wenig verschnupft und hielt das rußgeschwärzte Ende gegen Lorins Fackel. »Ich bin mir sicher, dass sie mir eine Fackel gegeben haben, die beim leisesten Windstoß verlischt, um uns die Suche zu erschweren.« Ein wenig besorgt blickte er sich um. »Finden wir denn wieder zurück?«

»Der Trampelpfad, den die Entführer und wir im Wald hinterlassen haben, ist kaum zu übersehen«, beruhigte ihn Lorin. »Es sei denn, ein Schwarzwolf frisst uns.«

Arnarvaten schloss kurz die Augen und richtete wahrscheinlich ein stilles Stoßgebet an die Bleiche Göttin. Sie setzten ihren Weg auf den Spuren der Entführer fort.

»Hast du gesehen, wer zu der Bande gehört, wegen der wir nun unsere Frauen suchen müssen?«, erkundigte sich der Geschichtenerzähler.

»Es ist niemand dabei, der sonderlich viel Gegenwehr leisten kann, wenn wir unsere Damen aus den

Klauen der Bösewichter befreien. Waljakov macht ja nicht mit«, grinste Lorin. »Außerdem wird doch ohnehin nur so getan, als ob.«

»Ich weiß das doch auch«, gestand Arnarvaten ein, den es doch wesentlich erleichterte, dass der Glatzkopf sich nicht in kalisstronisches Brauchtum eingliederte. »Gewöhnlich rangelt man ein wenig miteinander, man simuliert Schwertkämpfe mit Knütteln und schließt seine Frau wieder in die Arme. Ich habe nur keine Lust, dass einer dabei ist, der unbedingt zeigen möchte, was für ein toller Kerl er ist.«

Schweigend marschierten sie weiter, immer den unübersehbaren Hinweisen folgend, die ihnen zurückgelassen worden waren.

Endlich, Arnarvaten geriet bereits ins Keuchen, gelangten sie auf eine kleine Lichtung, an deren Ende ihre beiden Frauen an einen Baum gefesselt standen, die Münder mit Knebeln verschlossen.

»Sehr raffiniert. Sie sitzen in den Büschen, um uns aus dem Hinterhalt anzugreifen«, schätzte der Geschichtenerzähler, wischte sich den Schweiß von der Stirn und hob einen Knüppel vom Boden auf. »Dann wollen wir mal.«

Lorin suchte sich ebenfalls einen Stock und begleitete Arnarvaten, obwohl ihn dabei ein ungutes Gefühl beschlich, das er nicht zu deuten vermochte. *Vielleicht ein Schwarzwolf?* Vorsichtshalber griff er nach seinen Fertigkeiten und hielt sie bereit, um auf alles reagieren zu können.

Die Entführer attackierten, als sie etwas mehr als die Hälfte der Strecke zurückgelegt hatten. Sie sprangen tatsächlich aus den Büschen, schwangen Stöcke und drangen auf die beiden Männer ein.

Der Erleichterung, dass es sich nicht um ein Raubtier handelte, wich dem Misstrauen, als Lorin sah, wie sein

Begleiter einen sehr harten Schlag gegen den Arm einstecken musste und heftigst protestierte.

Während er noch schimpfte, erhielt er die nächste Tracht Prügel, gleich vier fielen über ihn her und schlugen ihn zusammen.

Hier stimmt etwas ganz und gar nicht. Ein kurzer Moment der Konzentration, und schon wurden die Angreifer von blauen Blitzen getroffen und weit durch die Luft geschleudert.

Als ein halbes Dutzend Gegner gegen ihn anstürmte, trugen sie Kurzschwerter in den Händen und sahen keinesfalls so aus, als wollten sie nur mit der flachen Seite zuschlagen.

Ein Vekhlathi-Hinterhalt!, dachte Lorin und zog sein Schwert, das er in Kombination mit seiner Magie einsetzte, um die Angreifer zu beschäftigen und der Reihe nach auszuschalten. Und seine Befähigung drängte mit aller Macht aus ihm heraus.

»Das genügt!«, sagte eine ihm bekannte Stimme aus der Richtung, wo die beiden Frauen gefesselt am Stamm lehnten. »Hör damit auf, oder ich schlitze den Weibern die Kehlen auf.«

Vier der Maskierten standen noch auf den Beinen und zogen sich von dem unheimlichen Gegner zurück, dessen Augen in der trüben Dunkelheit tiefblau leuchteten.

Arnarvaten hustete und hielt sich die Seite. »Ich kriege keine Luft mehr«, ächzte er erstickend. Lorin wollte seinem Freund zu Hilfe eilen.

Wieder erscholl die Stimme. »Bleib stehen!«

»Das wagst du nicht, Vekhlathi«, spie der junge Gatte aus und bewegte sich langsam zu Arnarvaten hinüber.

Der gellende Schrei Fatjas ließ ihm das Blut in den Adern gefrieren. Ihre Gestalt sackte zusammen, die

Stricke um ihren Leib verhinderten, dass sie zu Boden stürzte.

»Wer nicht hören will«, lachte der für Lorin Unsichtbare aus seinem Versteck heraus.

»Komm heraus!«, brüllte er, beinahe ohnmächtig vor Wut. Die Luft um ihn herum knisterte aufgeladen.

»Weshalb? Damit du mich mit deiner Magie grillst wie die anderen?«

»Was verlangst du, Vekhlathi?«

»Nichts Unmögliches. Nur deinen Tod. Dann lasse ich alle anderen gehen.«

»Gut.« Ohne zu zögern setzte er sich die Schneide an den Hals, wobei er auf seine selbstheilenden Kräfte vertraute. »Ich schlitze mir die Kehle auf.«

»Nein, nein, so einfach mache ich es dir nicht«, hielt ihn der Unbekannte auf. »Du hast so etwas schon einmal überstanden, wie man hörte. Einer meiner Leute wird dir den Kopf abschlagen. Und wenn du das immer noch überlebst, verbrennen wir dich.« Zwei der Vermummten setzten sich in Bewegung. »Ich lasse dich nicht ein weiteres Mal mit dem Leben davonkommen.«

Die Angst um Jarevrån machte seinen Körper steif. Er ahnte, wer sich hinter dem Baum versteckte, auch wenn das die Lage nicht besser machte. »Soini?«

»Da hat der Wicht aber lange nachdenken müssen«, sagte der Pelzjäger gehässig. »Richtig geraten, Lorin. Und ich bin zurück, um mich für all das zu bedanken, was ich dir verdanke. Meine Verstoßung aus Bardhasdronda, die Pleite mit dem Schwarzwolf, der misslungene Überfall der Lijoki und mein Leiden, das mir dein Pfeil brachte«, zählte er auf. »Wegen dir bin ich nicht schnell genug zum Cerêler gekommen, sodass meine rechte Schulter für immer gelähmt ist. Und eine bessere

Gelegenheit als heute, wo ich ganz einfach zu meiner Rache komme, gibt es wohl kaum mehr.«

Inzwischen waren die Helfershelfer bei Lorin angelangt, packten ihn bei den Armen und drückten ihn hinunter auf die Knie.

»Der Schwarzwolf hätte dich fressen sollen!«, rief der junge Mann gepresst.

»Er hat es versucht, aber ich konnte mich gerade noch vor ihm retten«, erklärte Soini aus seiner Deckung heraus. »Mittlerweile bin ich wieder groß im Geschäft, Lorin. Ich habe neue Freunde gefunden.«

»Die Vekhlathi vertrauen einem Lügner und Betrüger wie dir immer noch?«, meinte Lorin abfällig.

»Wer braucht noch die Vekhlathi, wenn man mit ganz anderen Leuten zusammenarbeiten kann?« Soini badete im Gefühl der Überlegenheit und des bevorstehenden Triumphes. Nur zu gern protzte er mit seinen neuen Unternehmungen, um Lorin zusätzlich zu demütigen. »Ich gehöre bald zu den neuen Herrschern von Kalisstron. Ich bin ein Mann der ersten Stunde, dem die Dankbarkeit der Eroberer gewiss ist. Und bald wird nichts mehr so sein, wie es war.« Er lachte kurz auf. »Aber darüber musst du dir keine Gedanken mehr machen.«

Einer der beiden Maskierten schob Lorins Kopf nach vorn, damit der andere besser Maß nehmen konnte, um die Nackenwirbel zu durchtrennen. Das Schlimme an der Situation war, dass Lorin nicht die blasseste Ahnung hatte, was er unternehmen konnte, ohne Jarevrån in Gefahr zu bringen. *Andererseits, Soini wird sie anschließend ebenso töten oder noch Unsäglicheres mit ihr tun. Nur so kann ich die anderen retten …*

Ein lang gezogenes Heulen ertönte, mehrere Zweige knackten, dann schrie Soini entsetzt auf. In seine von

Todesfurcht erfüllten Rufe mischte sich das heisere, aggressive Knurren eines Wolfes. Dann sah er, wie eine Gestalt hinter dem Baum hervortaumelte und von dem Raubtier zu Boden gerissen wurde.

Lorin sandte ein kurzes Dankeswort an die Bleiche Göttin und ließ seinen Fertigkeiten freien Lauf, denen die Männer links und rechts von ihm nichts entgegenzusetzen hatten.

Doch anstelle von den Strahlen nur betäubt oder weggeschleudert zu werden, vergingen sie in einem gleißenden, ultramarinfarbenen Feuer. Die Magie schien durch seine Wut unberechenbar geworden zu sein. Etwas anderes ergriff Besitz von ihm, ließ ihn eine Art Gefallen an dem Tod seiner Opfer finden. Das Wohlergehen der Angreifer war das Letzte, um das er sich in seiner Sorge scherte.

Die anderen Vermummten rannten Hals über Kopf davon, drei vergingen in einem ähnlichen Feuer wie die beiden, die Lorin hatten köpfen wollen. Dabei konzentrierte er sich nicht einmal auf den Einsatz seiner Kräfte. Sie brachen von selbst aus ihm heraus und suchten sich ihre Ziele.

Lorin rannte zu Soini, der sich verzweifelt vor den langen Zähnen des Schwarzwolfes zu schützen versuchte und aus etlichen Bisswunden blutete.

Als das Tier seine Ankunft spürte, ließ es von dem Mann ab und verschwand im Unterholz.

Der am Boden liegende, beinahe besinnungslose Pelzjäger richtete die schmale Klinge des Häutungsmessers gegen Lorin; die Spitze zitterte.

»Verdammtes Vieh«, stieß er hervor. »Wenn wir es damals gefangen und Kiurikka wie abgemacht geliefert hätten, hätte heute alles geklappt.« Verächtlich schaute er sein Gegenüber an. »Los, worauf wartest du?«

Der junge Mann trat ihm das Messer aus der Hand und erkannte, dass vorerst keine Gefahr von dem Gegner ausging. Stattdessen schaute er nach seiner großen Schwester.

Das Brautkleid färbte sich rund um die Halspartie rot, selten hatte er vorher so viel Blut gesehen. »Ich werde dich am Leben lassen, Soini. Du scheinst Dinge zu wissen, die Kalfaffel und Rantsila wissen sollten«, sagte er tonlos.

Er durchtrennte die Seile und fing Fatja auf, Jarevrån ging ihm augenblicklich zur Hand und presste ihre Stola auf die klaffende Wunde.

Wir brauchen unbedingt Hilfe … Er schickte weithin sichtbare Strahlen aus seinen Fingerspitzen in den dunklen Nachthimmel, um die Hochzeitsgesellschaft auf sich aufmerksam zu machen, und setzte einen der Bäume in Brand, damit man die Stelle durch den Feuerschein besser fand.

Dann trug er den japsenden Arnarvaten zu Fatja und legte ihn vorsichtig ab. Der Geschichtenerzähler ergriff ihre Hand.

Bei diesem Anblick übermannten Lorin die Gefühle.

Er stand auf; wieder knisterte die Luft um ihn herum, seine Hände wurden von einer schwachen ultramarinfarbenen Aura umhüllt. »Bist du zufrieden mit dem, was du erreicht hast?«, verlangte er von dem Pelzjäger zu wissen.

»Dein Tod wäre mir lieber gewesen«, erwiderte der Kalisstrone abschätzig. »Ich weiß, dass ich dich nicht so einfach umbringen kann.« Blitzartig zückte er ein weiteres Messer aus dem Ärmel. Sofort breitete sich die Magie wie eine Glocke um den jungen Mann, um ihn zu beschirmen. »Aber verletzen kann ich dich auch anders.«

Die Waffe flog los, wirbelte an dem völlig überrumpelten Lorin vorbei und traf Jarevrån in die linke Schulter.

Lorins Gesicht verzerrte sich, er verlor die Beherrschung über sich. Die letzten Dämme, die er seiner Magie gesetzt hatte, zerbarsten unter dem von Hass angestachelten Ansturm.

Als seine Sinne zurückkehrten, stand er verwirrt in einem Ascheregen. Flöckchen tanzten durch die Luft. Von dem verhassten Pelzjäger fehlte jede Spur.

Er drehte sich um und schaute in die fassungslosen Gesichter seiner Freunde. Die Männer der Hochzeitsgesellschaft waren seinen Signalen gefolgt, einige kümmerten sich bereits um Arnarvaten, Kalfaffel kniete neben Fatja und hielt seine Hand über ihre Halswunde. Ein grünes Schimmern machte deutlich, dass der Cerêler den Heilungsprozess in Gang setzte. Jarevrån wurde ein Verband angelegt.

Lorins Pupillen jagten hin und her, ohne etwas wirklich zu erkennen.

»Wir sind es, Knirps«, versuchte Waljakov, in das Bewusstsein seines Waffenlehrlings zu gelangen. Solche Ausbrüche, solch einen verwirrten Gesichtsausdruck und solche Auswirkungen der Magie kannte er sehr gut aus den Zeiten, als er in Ulsar unter dem Vater des jungen Mannes gedient hatte. »Komm zu dir.«

Lorins Augen verloren allmählich das Leuchten und erhielten ihre natürliche Farbe zurück. Er griff sich an die Stirn, lehnte sich an den Baum und versuchte offensichtlich, sich an das zu erinnern, was eben geschehen war. »Wo ist Soini? Geflüchtet?«, fragte er den Krieger irritiert.

Stumm nahm Waljakov eine der Ascheflocken mit dem künstlichen Zeigefinger auf.

»Ich soll …?« Entsetzt starrte er auf Waljakovs Finger und wich zurück. Schließlich fuhr er auf dem Absatz herum und rannte davon.

Jarevrån und Waljakov fanden ihn am nächsten Morgen bei den Klingenden Steinen, vor denen er sich zusammengerollt hatte und schlief. Der Hüne zog sich zurück und überließ der Frau das Feld.

Vorsichtig setzte sie sich neben ihn, bettete seinen Kopf in ihren Schoß und strich ihm durch das schwarze Haar.

»Wie geht es den anderen?« Lorin drückte sich an sie, bevor er die Augen öffnete. »Es tut mir Leid, dass ich weggelaufen bin. Was für eine Hochzeit.«

Die Kalisstronin streichelte ihn. »Es ist ein Ereignis, über das Arnarvaten noch viele Geschichten erzählen kann, sobald er sich erholt hat. Und es scheint so, als würde Fatja ebenfalls unter den Lebenden bleiben. Kalfaffel und seine Frau haben sich mit ihren Fähigkeiten abgewechselt, um sie zu retten.«

»Und du?«

»Ein kleiner Kratzer, mehr nicht.«

Erleichtert atmete Lorin auf. »Und das alles nur, weil Soini sich an mir rächen wollte.«

»Mach dir um ihn keine Gedanken mehr«, beschwichtigte sie ihn.

Er schaute den ziehenden Wolken nach. »Ich muss aber«, antwortete er mit reichlich Verzögerung. »Es geriet außer Kontrolle. Ich dachte immer, ich beherrsche meine Fertigkeiten, aber gestern Nacht, da …« Verzweifelt suchte er nach Worten. »Ich spürte, wie sich mein Innerstes wandelte. Ich, Lorin, wollte sie durch die Luft wirbeln, sie durchschütteln und kampfunfähig machen.« Er rieb sich über sein Gesicht, die Bartstoppeln schabten leise. »Aber das andere …« Hilflos zuckte er mit den Achseln. »Gnadenlos, rücksichtslos, Freude an Schmerz und Qual, als wohnte noch eine zweite Person in mir. Soini würde ansonsten noch leben, und wir könnten ihn verhören. Oder einer Strafe nach dem Gesetz zuführen. Nicht nach meiner Willkür. Oder nach dem Willen meiner Magie.« Lorin umarmte sie behutsam, um ihre Verletzung nicht zu berühren.

Jarevrån küsste ihn. »Es wird dir niemand einen Vorwurf machen. Dafür hatte Soini zu viele Taten begangen, die ihn eines mehrfachen Todes schuldig sprachen.«

»Wenn aber einer der Strahlen dich, Fatja oder Arnarvaten durchbohrt, zu Asche verglüht hätte? Was dann?«, rief er verzweifelt und sprang auf. »Ich muss einen Weg finden, um diese Kräfte entweder loszuwerden oder sie zu kontrollieren. Beides wird schwierig, aber es muss mir gelingen.« *Sonst treffe ich eines Tages wirklich die Falschen.* »Ich muss mit Kalfaffel reden.«

Jarevrån erhob sich. »Komm. Waljakov wartet ganz in der Nähe mit einem Fuhrwerk.« Hand in Hand erreichten sie die Stelle vor dem Wald, an der der K'Tar Tur Posten bezogen hatte.

Der glatzköpfige Hüne nickte den beiden zu.

»Bring mich bitte zu Kalfaffel«, bat Lorin.

»Wir schauen nach, ob er erholt genug ist, sich mit uns zu unterhalten«, dämpfte sein Waffenmentor ab. »Er war die ganze Nacht damit beschäftigt, die kleine Hexe am Leben zu halten.« Er warf dem jungen Mann einen beruhigenden Blick zu. »Dass Soini starb, war rechtens. Nur über die Art sollten wir miteinander reden. Ich habe genau das, was ich gestern auf der Lichtung sah, schon einmal erlebt. Und es hat mir nicht gefallen.«

Die Kalisstronin gab ihm einen leichten Stoß in den Rücken, um ihm zu bedeuten, dass er nicht weiter von der Sache sprechen solle.

Doch Lorin horchte auf. »Wie meinst du das?«

Waljakov setzte den Karren in Bewegung und lenkte das Lastpferd in Richtung Bardhasdronda. »Dein Vater hatte die gleiche Begabung. Und dieselben Schwierigkeiten damit. Wenn er wütend wurde oder aus anderen Gründen die Beherrschung verlor, wurde er ein Opfer seiner Fertigkeiten.«

»Was tat er dagegen?«, wollte Lorin fasziniert wissen.

Das Gesicht des Mannes verfinsterte sich. »Ich weiß nicht, ob er etwas dagegen tat. Dieser Nesreca wies ihn an, wie man die Gabe einsetzte. Nur ob er sie wirklich im Griff hatte ...«

Keine guten Aussichten. Enttäuscht sackte Lorin auf der Pritsche zusammen und kaute auf dem Brot herum, das ihm seine Frau reichte. In Gedanken ging er all die Ereignisse durch, bei denen seine Kräfte ein Eigenleben entwickelt hatten. Er sah das geschundene Gesicht Byrgtens, er sah die Seitengasse, als sich schon einmal ein Blitz aus seinen Fingerspitzen gelöst hatte. *Und immer war ich wütend.* »Ich wage es nicht mehr, sie einzusetzen.«

»Wenn du versuchst, in allen Situationen Ausgeglichenheit zu bewahren, könnte es etwas bringen«, schlug der Krieger vor.

Unglücklich lachte Lorin auf. »Das ist aber sehr einfach gesagt, Waljakov. Dir mag es gelingen, alter Eisblick, aber diese Disziplin besitze ich nicht.«

»Noch nicht«, meinte der K'Tar Tur schlicht. »Ich werde mir etwas ausdenken.« Er klopfte ihm auf die Schulter. »Wenn wir die Magie nicht beherrschen können, machen wir eben aus dir einen unerschütterlichen Mann.«

Waljakov schwieg wie immer, Jarevrån begnügte sich damit, ihrem Mann liebevolle Blicke zuzuwerfen. Am Stadttor hielten sie kurz an, Lorin bat Rantsila, ihn zum Bürgermeister zu begleiten.

Kalfaffel befand sich tatsächlich in der Verfassung, sich mit ihnen unterhalten zu können. Sie absolvierten davor einen Kurzbesuch bei der schlafenden Fatja.

Beruhigt sah der junge Mann, wie sich die Brust seiner großen Schwester in regelmäßigen Atemzügen hob und senkte; ihr Gesicht war blass, aber nicht von Schmerzen gezeichnet.

»Ich hoffe, sie hat alles gut überstanden«, raunte der Bürgermeister. »Tjalpali und ich haben bis zur Erschöpfung die Gabe Kalisstras angewandt. Es stand auf der Kippe, denn wir trafen sehr spät bei ihr ein. Dennoch war die Bleiche Göttin ihr gnädig.« Er zog die Tür zu und gönnte der Verwundeten die nötige Ruhe. »Es tut mir Leid, Jarevrån, aber ich fühle mich noch nicht in der Lage, gegen deinen Schnitt etwas zu tun.«

Sie winkte ab. »Es ist nur eine Schramme, die auch so heilen wird.«

»Was wollt ihr nun von mir?«, meinte Kalfaffel neugierig. Alle Augen richteten sich auf Lorin, während sie in die Wohnstube des Stadtoberhauptes gingen und Platz nahmen.

»Es dreht sich um Soini«, begann der junge Mann bedrückt.

»Nein, Seskahin. Du bist der Stellvertreter Rantsilas, du hast einen Verbrecher zur Strecke gebracht. Die Art und Weise, nun ja. Aber du musst dir keine Vorwürfe machen.«

Jarevrån streichelte Lorins Rücken. »Siehst du?«, sagte sie leise.

»Darum geht es doch gar nicht«, erhob er seine Stimme. »Soini hat im Glauben, dass er mich ohnehin töten würde, davon gesprochen, dass er mit neuen Verbündeten zusammenarbeite, mit den neuen Herrschern von Kalisstron. Er nannte sie ›Eroberer‹.«

»Was bedeutet denn das nun wieder? Eine Invasion?«, stieß Kalfaffel ungläubig hervor. »Das hat unser Land schon seit Jahrhunderten nicht mehr erlebt. Die letzte Strafexpedition führten wir gegen die Rogogarder, weil sie unsere Küstenlinien unsicher machten.«

»Dann hat es etwas mit den seltsamen Segeln zu tun, die unsere Feuertürme gesichtet haben«, warf Rantsila ein. »Sie unternehmen vielleicht Erkundungsreisen, um die besten Plätze für eine Landung zu entdecken.«

»Und Menschen wie Soini gehen ihnen dabei auch noch zur Hand«, fügte der Cerêler hinzu.

»Ich nehme an, dass er etwas übertrieb. Zumindest wollte er den Anschein erwecken, dass er zu den neuen Herren über Kalisstron gehören würde«, fuhr Lorin fort. »Aber sonst hat er nichts mehr gesagt.« Beschämt senkte er den Blick. »Wir hätten vielleicht noch mehr herausfinden können, wenn …«

Waljakov schwieg. *Nesreca muss Lodrik völlig wahnsinnig gemacht haben.* Für den K'Tar Tur kam nur diese Erklärung in Frage. Der Kabcar wollte seine Macht über das Meer hinaus ausdehnen und sandte Tzulandrier aus. »Fragt die Palestaner«, regte er an. »Sie müssten doch wissen, was sich abspielt.«

»Die Palestaner haben ihre Kontore im Frühjahr weitestgehend geräumt, wie ich erfuhr«, verkündete Kalfaffel. »Nur in Vekhlathi sind sie noch ansässig.«

Palestaner, Tzulandrier, gestohlene Süßkartoffeln, ein möglicher Überfall. Die Schlüsse, die sich für Waljakov daraus ergaben, basierten auf einem Gefühl gegen die

Kaufleute, die er wegen ihrer Krämerart noch nie besonders leiden konnte.

»Es ist ein Ablenkungsmanöver«, sagte er überzeugt. »Ich wette, dass die Palestaner sich inzwischen mit dem Kabcar arrangiert haben. Sie haben die Vekhlathi vermutlich mit Zusagen und Handelsverträgen angestiftet, die Süßknollen zu stehlen. Sie bringen Zwist in die Städte und sorgen so dafür, dass sich die Kalisstri gegenseitig schwächen, bevor sie oder die Tzulandrier hier auftauchen und einfallen.«

Der Cerêler schaute in die Runde. »Ich kenne die Palestaner zwar nicht so gut wie jemand, der von Ulldart stammt, aber so wie Ihr es sagt, klingt es erschreckend sinnvoll.« Kalfaffel suchte sich seine Pfeife heraus, stopfte sie umständlich und entzündete sie mit einem Span. »Allerdings, es sind nur Behauptungen.« Hastig paffte er Rauch in den Raum.

»Ein paar gute Leute, ein kurzer Besuch im palestanischen Kontor in Vekhlathi, und wir wissen mehr«, meinte Waljakov trocken, und die mechanische Hand schloss sich klackend um den Griff seines Säbels.

»Diplomatie«, entgegnete der Cerêler einfach. »Wenn wir die Waffen gebrauchen, kommt nichts Vernünftiges dabei heraus. Wahrscheinlich würde es erst recht zum Krieg kommen.«

Rantsila schien eher dem Vorschlag Waljakovs zugeneigt zu sein. »Ich wage einzuwerfen, dass unsere Nachbarstadt nicht unbedingt bereit ist, auf unsere Vorschläge zu hören, schon gar nicht, wenn wir keinerlei Beweise haben und die Kaufleute sie mit Geld gelockt haben. Also brauchen wir vorher die Beweise.«

»Ich kenne ihren Bürgermeister recht gut«, überlegte der Cerêler, der ein Kommandounternehmen verhindern wollte. »Man müsste es auf einen Versuch ankommen lassen.« Grübelnd blickte er einem Qualmkringel hinterher. »Wenn wir Kiurikka als Unterhändlerin schicken? Sie stünde als Hohepriesterin der Bleichen Göttin am wenigsten im Verdacht, einen Vorteil aus der Geschichte ziehen zu können.«

Waljakov schnaufte. »Wenn wir sie schicken, können wir gleich die Zinnen Bardhasdrondas besetzen lassen.«

Kalfaffel schien seine Eingebung für einen guten Gedanken zu halten. »Nein, wir versuchen es zunächst auf diese Weise. Einschleichen könnt ihr euch immer noch. Ich treffe mich morgen mit ihr und erkläre ihr die Sache. Zum Mittagessen sehe ich euch bei mir und berichte, einverstanden?!«

Die Versammlung löste sich auf, lediglich Lorin blieb sitzen und hielt Jarevråns Hand. »Es geht um meine Magie, Kalfaffel«, erklärte er seine Anwesenheit. »Wie gelingt es den Cerêlern, ihre Kräfte dort einzusetzen, wo sie wollen und wo es hilft, anstatt zu töten?«

Der Bürgermeister erkannte die Verzweiflung, die innere Not des jungen Mannes. »Ich kann es dir nicht erklären. Nach wie vor nicht, obwohl auch ich seit eurem Auftauchen viel darüber nachgedacht habe«, bedauerte er. »Wir werden damit geboren und verstehen von Anfang an, damit umzugehen. Vielleicht kann unsere Magie nur heilen, vielleicht vermag deine Kraft viel zu viel. Doch es gibt niemanden, der dir helfen kann. Du musst selbst herausfinden, wie du Unheil verhinderst.«

»Ich traue mich schon nicht mehr, sie einzusetzen«, gestand er dem Stadtoberhaupt. »Bei der kleinsten Anwendung fürchte ich, ich könnte jemanden zerstören oder verletzen.« Er drückte die Hand seiner Frau. »Was ist das für eine Magie?«

»Keine cerêlische. Und das ist die einzige, die ich kenne, Seskahin.«

Lorin stand enttäuscht auf, selbst dieser kleine Strohhalm brach. *Also bleibt mir nichts anderes übrig, als mich neuerlich in Waljakovs Schule zu begeben.* »Trotzdem danke, Kalfaffel.«

Sie verließen das Haus und gingen durch die Straßen der Stadt. Lorin half seiner jungen Gemahlin noch schnell ein paar Besorgungen zu machen, anschließend besuchten sie Arnarvaten, dem die Angreifer mehrere Rippen gebrochen hatten, was ihm arge Schmerzen bereitete. Seinen Dank für die Rettung Fatjas nahm Lorin nicht an, zu groß waren seine Selbstvorwürfe, der Auslöser für das vermutlich schlimmste Hochzeitsfest in der Geschichte Bardhasdrondas gewesen zu sein.

Unter dem Vorwand, noch schnell bei der Miliz vorbeischauen zu wollen, setzte er sich von Jarevrån ab und begab sich über Umwege zum Tempel der Bleichen Göttin. Mit voller Absicht hatte er den Hinweis auf die wahre Auftraggeberin Soinis, was die Jagd auf den Schwarzwolf betraf, nicht aufgegriffen. Er wollte es mit Kiurikka unter vier Augen besprechen. *Die Anfeindungen müssen ein für alle Mal ein Ende haben,* nahm er sich vor.

Als er um die Ecke bog und den Fuß auf die Stufe setzen wollte, sprang er wie von der Schneespinne gestochen zurück und drückte sich in eine Ecke. Um ein Haar wäre er in Waljakov hineingerannt, der sich in Begleitung einer Kalisstrapriesterin befand.

Beide gingen zusammen die Stufen hinab und verschwanden in einer Seitengasse, nachdem der Leibwächter einen wachsamen Blick in die Umgebung geworfen hatte. *Was hat denn das zu bedeuten? Hat er etwa eine Geliebte?*

Lorin ließ das Rätsel auf sich beruhen, ging mit pochendem Herzen die Treppen zum Eingang hinauf und ließ sich von einer Aspirantin zu der Hohepriesterin bringen. Sie stiegen die vielen Stufen in den Eiskeller des Tempels hinab. Bald verwandelte sich der Atem in weiße Wölkchen, die Kälte nahm zu. Endlich gelangten sie in ein gemauertes, fünf Meter hohes Gewölbe.

Kiurikka verharrte andächtig vor einem grob behauenen Eisblock, in den Händen hielt sie Hammer und Meißel. Ihre Gewandung war von oben bis unten mit feinem Reif bedeckt, die Temperaturen schienen ihr nichts anhaben zu können.

»Seskahin ist hier«, sagte die Anwärterin scheu.

Die Hohepriesterin hob nur die Hand mit dem Meißel, das Mädchen zog sich hastig zurück. »Was verschafft mir die Ehre, Seskahin?«

Lorin betrachtete das begonnene Kunstwerk. »Wird das Kalisstra?«

»Ich weiß nicht, was es wird. Die Göttin führt mir die Hand«, erklärte Kiurikka und setzte die Spitze des Werkzeugs auf den Block. Mit kurzen, schnellen Schlägen trieb sie das Metall ins Eis. »Es sieht aus, als würde es eine Gottheit werden. Aber du wirst kaum gekommen sein, um mit mir darüber zu sprechen.«

»Es wird Euch nicht gefallen«, warnte er die Frau vor.

»Es gefällt mir vieles nicht, so wie der Bau des Ulldrael-Heiligtums«, gab sie gleichgültig zurück. »Sprich!«

»Warum wolltet Ihr einen Schwarzwolf von Soini?«

Der nächste Hieb fiel fester aus, als die Hohepriesterin beabsichtigte. Der Hammerkopf rutschte von der Fläche des Meißels ab und jagte ihn leicht schräg in das Eis. Kiurikka hielt den Atem an. Doch der Block hielt.

Ich habe sie tatsächlich erwischt, freute sich der junge Mann und trat näher. »Bevor er starb, hat er es mir gesagt. Die anderen sind Zeugen.«

Die Hohepriesterin bewegte sich nicht. »Soini war ein Lügner und ein schlechter Mensch. Er wollte damit nur erreichen, dass die alte Feindschaft wieder aufbricht«, erklärte sie langsam. »Ich wäre die Letzte, die das heilige Tier Kalisstras fangen ließe. Und was sollte ich damit?«

»Der Pelzjäger war verdorben, ja. Aber ich hatte nicht den Eindruck, dass er in diesem Augenblick log.« Lorin wünschte sich, die Gedanken der Frau lesen zu können. Dort würde er die Wahrheit finden, die sie niemals, vermutlich nicht einmal bei ihrem Tod, preisgeben würde.

»Ich war es nicht, Seskahin. Das ist die Wahrheit«, behauptete sie nachdrücklich.

Knisternd bildeten sich Risse im Eisblock, das Gebilde zersprang, und die Brocken polterten auf die gestampfte Erde. Die Hohepriesterin wich zurück.

Viel sagend schaute Lorin auf die Trümmer. »Wenn Kalisstra Euch nicht glaubt, warum sollte ich es dann tun?«

Kiurikkas Schultern sanken nach vorn. »Es ist wohl an der Zeit, dass ich um Verzeihung bitte. Die Bleiche Göttin verlangt es, wie es scheint«, begann sie. »Aber ich werde niemandem sonst etwas davon sagen oder es vor anderen eingestehen. Es ist nur für deine Ohren bestimmt.« Lorin nickte knapp. »Soini sollte mir einen Schwarzwolf besorgen, den er in die Stadt und in euer Haus geschmuggelt hätte. Im besten Fall hätte das Tier Matuc angegriffen. Ich wollte, dass es so aussah, als hätte Kalisstra selbst ein Zeichen gegeben, die andere Religion nicht zu dulden und von hier zu vertreiben.« Ihre durchdringenden Augen suchten den Blick ihres Gegenübers. »Nach wie vor bin ich der Überzeugung, dass Ulldrael der Gerechte nichts bei uns zu suchen hat. Das Beispiel mit den Süßknollen zeigt, dass aus seinen scheinbar guten Gaben nur Schlechtes erwächst. Wegen des Krieges mit den Vekhlathi werden viele sterben. Wegen Gemüse.«

»Wäre es besser, wenn das Hauen und Stechen wegen Gold oder Fischen stattfände?« Lorin fixierte die Hohepriesterin. »Ich verstehe Eure Eifersucht auf Matuc und Ulldrael nicht, Kiurikka. Er tut niemandem weh, er verdammt nicht einmal den Glauben an die Bleiche Göttin. Er möchte einfach seine Lehre verbreiten, und wenn sich ihm jemand anschließt, ist er glücklich. Nur durch ihn hat die Stadt den Winter überlebt, nur durch die fleißigen Hände der Ulldraelgläubigen.« Er drehte sich um und ging zur Treppe zurück. »Ich behalte Euer Geständnis für mich. Versteht den zerstörten Eisblock als Zeichen, mit Euren Verfolgungen aufzuhören. Ihr werdet sehen, dass ein Miteinander möglich ist.«

Die Frau atmete langsam aus. *Mag sein.* Nachdenklich betrachtete sie die durchsichtigen Eisbrocken um sie herum.

Kontinent Ulldart, Vizekönigreich Ilfaris, Herzogtum Séràly, zehn Meilen nordwestlich der kensustrianischen Grenze, Sommer 459 n. S.

Der tarpolische Kavallerieleutnant Njubolo Aritewic erhob sich, damit ihn die anwesenden Offiziere besser sahen und hörten. »Wir sollten die Erfolge nicht allein den Seestreitkräften überlassen.« Die Militärs murmelten ihre Zustimmung. »Nach den neuesten Nachrichten liegen die Piraten in den letzten Zügen, während wir mit unseren Pferden Wurzeln schlagen und das Futter rationieren müssen.«

»Unsere Order lautet, die Ankunft der hoheitlichen Tadca, Zvatochna Bardri¢, abzuwarten«, merkte Larúttar an, einer der fünf tzulandrischen Selidan, deren Rang dem eines tarpolischen Obersts entsprach. Im Gegensatz zu den anderen Soldaten verzichtete er auf eine kostspielig bestickte Stoffuniform und trug, ähnlich wie die tzulandrischen Offiziere zur See, eine dunkelbraune Lederrüstung, die bis auf die Oberschenkel reichte.

Anstelle der aufgesetzten Eisenringe verstärkten Metallscheiben den Panzer, die eingeätzte, fremdartige Muster aufwiesen. Die Beine wurden durch einen ähnlich verarbeiteten langen Lederrock geschützt, die Seitenschlitze ermöglichten ihm zu reiten. In seinem Waffengürtel ruhten zwei Beile, versehen mit vielen unsymmetrischen Ecken und Kanten.

Auf eine Perücke verzichtete er, er trug die übliche Frisur der Tzulandrier: drei dünne Haarstreifen, zwei waagrecht über den Ohren, eine oben auf dem ansonsten rasierten Schädel. »Vielleicht gelten neue taktische Maßgaben.«

General Vosetin Malinek trommelte ungeduldig mit den Fingern auf der Tischplatte herum. Er hatte die Offiziersversammlung in ein schön gelegenes Schlösschen einberufen lassen, um sich auf den Besuch der Schwester des Kabcar vorzubereiten.

Doch die Stunden währende Diskussion drehte sich weniger um den Empfang der neuen Befehlshaberin als vielmehr darum, ob man ihre Pläne ohne sie ausführen sollte.

Angestachelt wurde der Ehrgeiz der Truppen durch die ständigen Siegesmeldungen aus dem Norden. Der letzte Triumph des Heeres lag schon einige Zeit zurück.

»Meine Herren«, breitete Malinek die Arme aus und zwang Aritewic damit, sich zu setzen, »ich habe die Anweisungen der Tadca sehr genau gelesen und muss sagen, dass sie durchdacht sind.« *Ich hoffe, ich beende damit nicht meine Karriere.* »So durchdacht, dass man einen Vorstoß ohne die Anwesenheit unserer neuen Befehlshaberin durchaus riskieren kann.« Die ulldartischen Offiziere klopften mit den Fäusten gegen ihre Stuhllehnen, um ihren Beifall auszudrücken. »Ich werde also die Nachrichten an alle unsere Einheiten senden, dass sie in vier Tagen mit den Scheinangriffen beginnen sollen. Unsere Kavallerie verhält sich zum selben Zeitpunkt ruhig und wird einen Tag später mit dem Angriff beginnen, damit die Grünhaare von unserer Offensive überrascht werden. Meine Herren, Sie können wegtreten.«

Die Anführer standen auf, Stuhlbeine rutschten quietschend über das Parkett, Stoff raschelte.

»Ich bin damit nicht einverstanden.« Larúttar saß wie der Fels in der Brandung auf seinem Stuhl. »Die tzulandrischen Kontingente werden sich nicht an dem Angriff beteiligen, General. Ihr verstoßt gegen die Anweisungen des Kabcar.«

Malinek korrigierte den Sitz seiner Weißhaarperücke, stützte die Ellenbogen auf und blinzelte mit den Augenlidern. »Ich habe mich wohl verhört, Larúttar Selidan? Ihr erhieltet soeben einen Befehl.«

»Der nichts anderes ist als Verrat«, fügte der Tzulandrier unerschrocken hinzu.

Nun brach ein Tumult aus, der in ein Handgemenge auszuarten drohte. Schon hatten sich die Tzulandrier und Ulldarter am Kragen gepackt, die Hand des Selidan lag am Griff seines Beils.

»Hinsetzen!«, brüllte der General. »Wir sind kein Haufen undisziplinierter Wilder.«

»Jedenfalls nicht alle«, sagte Aritewic in Richtung Larúttars und richtete seine Uniform mit einem Ruck am Saum.

Malinek faltete die Hände zusammen. »Seht es doch einmal so, Larúttar Selidan. Wenn wir den Angriff nun durchführen, können wir der Tadca bereits erste Erfolge melden, wenn sie und ihr Stab hier eintreffen. Der Plan steht, er ist gut, wozu also warten?«

»Ihr werdet mich nicht überreden, General«, stellte der Tzulandrier ungerührt fest, an dem die Worte einfach abzuprallen schienen. »Und ich muss mich der Tadca gegenüber nicht erklären, sollte die Unternehmung schief gehen. Euch werden bei einem Angriff meine rund fünfzigtausend Mann fehlen.«

»Wir brauchen sie nicht«, giftete Aritewic. »Die anderen sorgen für genügend Ablenkung. Ich sage, wir schlagen zu und beweisen der Tadca und dem Kabcar, dass sein Heer besser als seine Flotte ist.«

Dem General war die Zwickmühle, in der er steckte, deutlich anzusehen. Die militärische Eitelkeit kämpfte gegen seinen Gehorsam an.

Es wird einfach. Wir haben dank der Gleiter einen ungefähren Überblick über das Gelände. »Es bleibt dabei«, kündigte er an. »In vier Tagen marschieren wir über die Grenze und in fünf fügen wir den Grünhaaren die ersten schlimmen Verluste zu, wenn ihnen unsere Bombarden überraschend in den Rücken fallen werden.«

Die Offiziere verließen einer nach dem anderen den Saal, manche rempelten absichtlich gegen die Tzulandrier. Schließlich saßen Larúttar und seine vier weiteren Selidan allein auf ihren Stühlen.

Sie warteten noch ein wenig, dann kehrten sie zu ihren Pferden zurück, um ihren Männern Bescheid zu geben. Die Ulldarter, die sie unterwegs trafen, würdigten sie keines Blickes.

Zum ersten Mal, nach einer langen Zeit des reibungslosen Miteinanders der unterschiedlichen Verbündeten, verlief eine Art Bruch durch das Heer des Kabcar.

Ein kräftiger Landregen war über dem Herzogtum Séràly niedergegangen, nun brachen die Sonnen aus den dunklen Wolken hervor und brachten die vielen Regentropfen und Pfützen zum Glitzern.

Ungeachtet des Schauers hatten die Bediensteten und das kleine Häuflein Militärs auf die Ankunft der mächtigsten Frau des Kontinents gewartet.

Die auffällig große, achtspännige Kutsche mit dem Wappen des Hauses Bardri¢ rollte am Haupteingang des kleinen Schlösschens vor, das einst König Perdór vor seiner Flucht ins kensustrianische Exil bewohnt hatte. Der Kies knirschte unter der Last, die Räder hinterließen tiefe Rillen.

Die Livrierten am Heck des Gefährts sprangen ab und breiteten den Ausstieg der hochrangigen Gäste aus. Als die große Tür aufgeklappt wurde, vernahm man doch den ein oder anderen lauten Atemzug.

Der missgestaltete Tadc des Großreiches Tarpol schob sich aus dem Innern heraus, faltete sich zu seiner wahren Größe auseinander und beeindruckte damit noch mehr. Gerade wegen seines für ungeübte Augen abstoßenden Äußeren empfanden es manche als Erleichterung, aus Etikettegründen den Blick zu senken und dem jüngsten der drei Geschwister nicht ins Antlitz schauen zu müssen.

Ihm folgte seine blendend aussehende Schwester, die wiederum dafür sorgte, dass einige Männer vorsichtig die Augen hoben, um sich an der Schönheit der Frau zu laben.

Larúttar Selidan riss sich von dem Antlitz der Befehlshaberin los und näherte sich den Geschwistern bis auf eine gewisse Distanz, dann senkte er sich auf ein Knie hinab. »Willkommen in Séràly, hoheitliche Tadca«, begrüßte er sie respektvoll, ohne wirklich unterwürfig zu sein.

»Ich entbiete Euch meinen Gruß«, erwiderte Zvatochna freundlich, die ein leichtes, bequemes Reisekleid trug. Es war nicht der Moment, die Männer durch ihre Reize zusätzlich zu verwirren. »Ich nahm allerdings an, dass mich General Malinek empfängt. Das soll keine Minderung Eurer Person sein, nur ist der General bislang der Befehlshaber gewesen.«

»Er kann ruhig aufstehen«, meinte Krutor jovial zu dem Tzulandrier. »Ich habe gehört, dass es sehr unbequem sein soll. Und die anderen auch«, winkte er den Dienern, Mägden und Knechten zu. Verunsichert kam man dem Befehl des Tadc nach.

Die Tadca lächelte hinreißend. »So ist mein Bruder eben.« Ihre Blicke schweiften umher. »Ich entdecke, wenn ich es genau nehme, keinen einzigen tarpolischen Soldaten am Schloss. Sind die Vorbereitungen so groß, die zu treffen ich angeordnet habe?«

»Hoheitliche Tadca, wir sollten das nicht vor aller Ohren besprechen«, regte der Selidan an.

Er wird einen Grund haben, befürchtete ich. Leicht beunruhigt folgte sie dem Offizier in den Speisesaal, der eingedeckt war. Die Anzahl der Teller und Bestecke reichte genau für die Personen, in deren Begleitung sie sich befand, sich selbst mitgerechnet. *Allmählich mache ich mir große Sorgen.*

»Larúttar Selidan, wo sind meine Ulldarter?«, verlangte sie ohne Umschweife zu wissen. »Überraschungsfestivitäten liegen mir zurzeit nicht besonders. Wir stehen vor einer Invasion nach Kensustria, und darauf sollten wir uns konzentrieren. Zum Feiern haben wir danach immer noch Gelegenheit.«

»Eine Feier ist nicht vorgesehen.« Der Tzulandrier machte ein ernstes Gesicht. »Hoheitliche Tadca, der Einmarsch wurde bereits vor einer Woche auf den Befehl General Malineks begonnen.«

Starr saß Zvatochna auf ihrem Stuhl. *Wenn er mir meine neuen Strategien damit zunichte gemacht hat, lasse ich ihn hinrichten.* Schneidend kalt erklang ihre Stimme. »Und wo ist Malinek jetzt?«

Ihr verunstalteter Bruder sank ein wenig in sich zusammen, er kannte den Ton sehr genau. Wer immer das Opfer ihrer Wut sein würde, er tat ihm bereits jetzt Leid. Lieber beschäftigte er sich mit dem Essen, das auf dem Tisch stand und das von den Dienern auf die Teller gehäuft wurde. Krutor stibitzte sich vom Brot und tunkte es in eine Sauciere, um es mit ein paar schnellen Bissen in den Mund zu stopfen.

Larúttar zuckte langsam mit den Achseln. »Ich weiß es nicht, hoheitliche Tadca.«

»Wollt Ihr mir damit sagen, dass ein Teil des Heeres geschlagen wurde? Ich verlange Einzelheiten zu wissen.« Zvatochna hatte ihre Haltung wieder gefunden und widmete sich ihrer Suppe, während der Tzulandrier einen Bericht ablieferte.

»Meine Späher sind noch nicht zurückgekehrt. Wir haben zudem keine Spur von der ausgerückten Kavallerie, keine Hinweise auf den Verbleib von weiteren zwölftausend tarpolischen Soldaten.« Sie erfuhr von dem Mann, dass der General auf Druck der anderen Offiziere den Angriff befohlen hatte, und zwar genau nach der Vorgehensweise, wie sie von der Tadca ausgearbeitet worden war.

An allen zehn Stellen gleichzeitig rückten die Soldaten vor und begannen Scheinangriffe, um die Kräfte der Kensustrianer zu binden und sie dazu zu bewegen, von anderen Stellen Truppen als Verstärkung abzuziehen.

Die Verluste dezimierten die Schlagkraft der ulldartischen Kontingente um die Hälfte, denn die Kensustrianer griffen bei ihren Abwehrstrategien auf bisher unbekannte und umso verheerendere Waffen zurück, mit denen die Ulldarter nicht gerechnet hatten. Bombarden grollten in so weiter Entfernung, dass man sich sicher glaubte, bis es Ohren betäubend pfiff und etwas zwischen den Reihen einschlug. Andere Soldaten lösten feindliche Sprengfallen aus, und zu guter Letzt erschienen wie aus dem Nichts Grünhaare in den Flanken oder hinter den Frontlinien, schlugen zu und verschwanden wieder. Einer Feldschlacht aber stellten sich die Kensustrianer nicht.

Dabei gelang es manchen Einheiten, überraschend tief in feindliches Territorium vorzustoßen, ohne auf Gegenwehr zu treffen, wie die letzten Meldungen lauteten. Und genau diese Verbände waren es, zu denen nach wenigen Tagen die Verbindung abgerissen war. Keine Läufer, keine Reiter, keine Brieftauben. Nichts kehrte an den Ausgangsort zurück. Die losgeschickten Meldehunde, die man ihnen nachsandte, verschwanden auf Nimmerwiedersehen.

Das gleiche Schicksal traf die Kavallerie mitsamt ihrer leichten Bombarden, die durch ihre Geschwindigkeit vernichtend wie ein Sturm über die Kensustrianer hätte hereinbrechen sollen. Deren letzte Nachricht hatte das Hauptquartier vor drei Tagen erreicht, seitdem galt die mehrere zehntausend Reiter starke Einheit als vermisst.

Die fünfzigtausend Tzulandrier standen als beinahe einzige Einheit noch an den Ausgangspunkten der Vorstöße und harrten aus.

Ungewissheit herrschte über das Schicksal der Verschollenen. Nicht einmal mehr die Erkundungsgleiter kehrten von ihren Flügen zurück.

Es schien, als wäre Kensustria wie ein Mahlstrom, der alles, was einen Fuß auf den fremden Boden setzte, ansaugte und verschlang.

Zvatochna erfuhr auch, dass Larúttar Selidan die doppelte Befestigung der einzelnen Lager befohlen hatte, weil er einen kensustrianischen Gegenschlag für wahrscheinlich hielt.

Und sie hörte, dass sich bei den restlichen ulldartischen Truppen Unsicherheit und Angst verbreitete.

Die ungewohnten Niederlagen und die geisterhafte Art des Kampfes machten die Kensustrianer in den Vorstellungen der einfachen Soldatengemüter erneut zu dem, was man sich in Tarpol so oft über sie erzählte: dämonische Wesen, die mehr vermochten als jeder andere Mensch.

Verwundete aller Fronten berichteten von besonderen gegnerischen Kriegern mit glühenden, gelben Augen, riesigen Reißzähnen und schwarzen Strähnen im grünen Haar, die sich schnell und lautlos bewegten. Ihr Auftauchen und ihre beiden Schwerter verhießen den sicheren Tod.

Und selbst dann, wenn sich mehrere Mutige auf einen Kensustrianer warfen, gelang es dem Feind, die Überzahl zu vernichten.

Andere wollten gesehen haben, wie selbst die platziertesten Treffer den Kensustrianern nichts anhaben konnten. Pfeile und Schwerter prallten an ihren schimmernden, nachtgrünen Rüstungen mit den goldenen Intarsien ab.

Äußerlich ungerührt, aß Zvatochna vornehm weiter.

Krutor hatte das Kauen schon lange eingestellt, er lauschte dem Tzulandrier mit offenem Mund und genoss es, ein Märchen zu hören. Mehr war es für ihn im Augenblick nicht.

»Ich glaube das nicht«, meinte der Tadc, als der Offizier seinen Bericht beendete. »So mächtig ist niemand. Außer meinen Geschwistern. Sie beherrschen nämlich die Magie.«

»Wenn Ihr wollt, unterhaltet Euch mit einigen Verwundeten«, schlug der Krieger vor.

Die Tadca versuchte, sich einen Reim aus den Schilderungen zu machen. »Und Ihr habt mit Euren Tzulandriern gegen den Befehl des Generals gehandelt?«

»Es entsprach nicht Euren Anweisungen, hoheitliche Tadca«, meinte der Selidan. »Die Schule der Disziplin des verstorbenen Varèsz hat uns gelehrt, den Befehlen und Anweisungen unwidersprochen zu gehorchen, entweder bis zum Sieg oder unserem Tod. Wenn sie von denen kommen, die das Sagen haben.«

Das Dessert wurde gereicht.

Überhaupt bildete der Rahmen des Treffens in dem kleinen, aber feinen Schlösschen einen seltsamen Unterschied zu dem, was besprochen wurde. Tod, Leid, Verderben standen gefüllten Lendchen, kandierten Äpfeln und exquisitem Wein gegenüber.

»Man merkt, dass sich der König von Ilfaris die besten Köche des Kontinents an seinen Hof geholt hat«, lobte Zvatochna, nachdem sie einen Löffel von der Pfirsich-Mousse gekostet hatte. Sie blickte den Tzulandrier an. »Welchen Eindruck habt Ihr von der Lage?«

Larúttar Selidan, der wie seine Offiziere keine Süßspeisen anrührte, legte eine Hand an die Gürtelschnalle. »Wäre ich ein Pessimist, würde ich sagen, dass die Kensustrianer auf alles vorbereitet zu sein scheinen. So aber behaupte ich einfach, dass unser erster Schlag erfolglos war und der nächste besser sein wird. Wenn wir die ulldartischen Soldatenbestände aufgestockt haben.«

»Die Freiwilligen hierher zu bringen ist das einzig Schwierige. An Leuten mangelt es uns nicht.« Sie tupfte sich die Mundwinkel ab und legte ihre Serviette ordentlich auf den Unterteller. »Die Strategien sind nun das Wichtigste. Konventionelle Kriegsführung kennen die Kensustrianer nicht, und dagegen müssen wir uns etwas ausdenken.« *Möglichst rasch. Govan wird toben, wenn er von der Niederlage erfährt.*

Sie stand auf, alle Männer folgten ihrem Beispiel.

»Ihr habt Euch nichts zu Schulden kommen lassen, Larúttar Selidan«, beruhigte ihn die junge Frau und spazierte zum Ausgang. »Euch droht keine Strafe, da Ihr Euch nur an meine Anweisungen hieltet. Ich werde Euch und Eure Männer benachrichtigen, sobald ich mir ein eigenes Bild von der Lage verschafft habe.« Der kleine Tross bewegte sich zur großen Tür. »Mein Bruder und ich reisen augenblicklich ab, um ein Truppenlager zu begutachten. Mein Anblick sollte ein wenig aufbauend auf die Männer wirken.«

»Das wird er gewiss«, vergab der tzulandrische Offizier ein Kompliment, wofür er einen Augenaufschlag erhielt, der ihm Schmetterlinge im Bauch bescherte.

Sie stieg in die Kutsche ein, Krutor folgte ihr. Vorsichtshalber nahm er sich einen Laib Brot und eine Schüssel der Süßspeise als Wegzehrung mit. So schnell wie sie gekommen war, verschwand Zvatochna wieder aus dem Schloss.

»Heißt das, ich darf nicht gegen die Grünhaare kämpfen?«, erkundigte sich der Krüppel etwas enttäuscht. »Ich will Vaters Tod endlich rächen.«

Seine Schwester neigte sich nach vorn und strich ihm über das Gesicht. »Es ist leider nicht so verlaufen, wie wir uns das vorgestellt haben. Sie sind schlau. Aber du wirst schon noch zu deinem Recht kommen.« Dabei suchte sie ihre Dokumententasche heraus, nahm die Blätter hervor und überflog sie. »Ich muss mir nur etwas einfallen lassen. Diese Pläne hier«, sie hielt sie in die Höhe, »können wir vergessen.« Mit Schwung beförderte sie die Papiere aus dem Fenster. *All die Mühe war umsonst.*

Während sich die Kutsche mit ihren Leibwachen auf das nächstgelegene Feldlager zu bewegte, landeten die überholten Skizzen, Taktiken und Befehle zur Eroberung Kensustrias auf dem aufgeweichten Weg.

Rasch sog sich das Papier mit Wasser voll, die Tinte verwischte und trübte das klare Nass in den Schlaglöchern.

Den Eindruck, den Zvatochna von der ersten militärischen Zeltstadt erhielt, spiegelte die desolate Stimmung der Soldaten wider. Teilweise waren die dünnen Behausungen zusammengebrochen und wirkten ganz offensichtlich verwaist.

Die Truppen jubelten der verdreckten Kutsche zu, die zwischen den Leinwänden entlang fuhr, jedoch fehlte die echte Begeisterung der Kämpfer.

Die meisten, die hier lagerten, waren während der Regentschaft ihres Vaters nach Ilfaris ausgerückt, um gegen die Kensustrianer zu kämpfen. Bei den Kindern wusste man noch nicht so recht, was man von ihnen halten sollte. Der Geschmack der bitteren Niederlage gesellte sich hinzu.

Die Tadca und ihr Bruder begaben sich zu dem einzigen Holzhaus, in dem gewöhnlich General Malinek residierte, wenn er sich nicht im Schlösschen aufhielt.

Im Haus empfing sie ein völlig überraschter Unterfeldwebel, der es sich anscheinend in der Unterkunft bequem gemacht hatte. Seine Hand ruckte überschnell an den Säbelgriff, als fürchtete er einen Überfall. Allerdings ahnte er wohl bei der Menge an hoheitlichen Gardisten sowie der Konstellation von weiblicher Schönheit und entstelltem Riesen, wen er da vor sich sah, und entspannte sich etwas. Als er hinter dem Schreibtisch hervorhumpelte, sahen sie einen blutgetränkten Verband an seinem Oberschenkel.

»Ich … begrüße die hoheitliche Tadca und den hoheitlichen Tadc … auch im Namen von General Malinek im Lager Paledue«, stotterte der Unterfeldwebel und salutierte. »Ich bin Unterfeldwebel Warkinsk.«

»Und welche Aufgabe hast du?«, wollte Zvatochna wissen und setzte sich auf den nächstbesten Stuhl. Einem so niederen Dienstrang verwehrte sie eine gehobene Anrede.

»Ich wurde von den Männern gewählt, um das Lager zu koordinieren.«

»Du wurdest gewählt?«, lachte die Tadca ungläubig auf. »Ich glaube, dass dein Kommandant zurzeit Larúttar Selidan ist.«

Warkinsk begann vor Aufregung zu zittern, noch immer stand er vor der Frau stramm. »Er ist aber Tzulandrier, hoheitliche Tadca«, wagte er anzumerken. Sie warf ihm einen auffordernden Blick zu. »Die Tzulandrier haben uns bei unserem Angriff im Stich gelassen«, führte er weiter aus. »Sie sind schuld, dass wir so viele Leute verloren haben und etliche andere Freunde irgendwo in

Kensustria verschwunden sind. Die übrig gebliebenen Offiziere liegen im Verwundetenlager.«

»Und vermutlich denkst du, dass unsere Verbündeten insgeheim eine Absprache mit den Kensustrianern trafen?«, schlug sie vor.

Der Soldat rang mit sich. »Ich nicht«, gestand er ein, »aber es gibt etliche unter uns, die das annehmen. Warum sonst haben sie nicht mitgemacht?« Seine Gefühle rissen ihn mit. »Ihr solltet das untersuchen lassen, hoheitliche Tadca.«

Da kommt nun eines zum anderen. Ein entzweites Heer ist völlig unbrauchbar. Zvatochna erlaubte ihm, sich zu entspannen und eine lockere Haltung einzunehmen. »Zu deiner Unterrichtung sei bemerkt, dass General Malinek gegen meine Anordnungen handelte und sich die Tzulandrier vorbildlich verhielten.« Warkinsk erblasste. »Wir hoch sind die Verluste?«

Der Unterfeldwebel hinkte zum Tisch und hielt einen Packen Unterlagen in die Höhe. »Ich überprüfe es momentan, damit wir genau wissen, wer tot ist und wer nur fehlt. Rund die Hälfte unserer Leute in Paledue hat etwas abbekommen. Etwa eintausendfünfhundert sind mit Sicherheit tot, dazu kommen achthundert Verletzte, zweihundert weitere sind nicht mehr zu gebrauchen. Und die hohen Offiziere fehlen beinahe vollständig.«

Die Tadca schaute auf seinen Verband, wo sich das Blut allmählich durchdrückte. »Fehlen oder sind tot?«

»Diejenigen, die nicht fielen, sind verschwunden oder liegen im Verwundetenlager«, verbesserte sich Warkinsk. »Soll ich ein paar Erfrischungen bringen lassen?«

»Nicht nötig. Berichte mir von der Schlacht.«

Der Mann setzte sich. »Wir erhielten den Befehl von General Malinek, mit dem Angriff zu beginnen«, erzählte der Unterfeldwebel langsam. »Wir wussten ungefähr, wie das Gelände innerhalb der nächsten zehn Warst aussah und gingen entsprechend Euren Anweisungen vor. Nach den ersten drei Warst hörten wir das Grollen von Bombarden. Wir nahmen an, dass es sich um eine andere Einheit handeln musste, die vor uns auf Widerstand traf, dann schlugen die Geschosse bei uns ein. Stählerne Geschosse, die in der Wirkung furchtbar sind. Wir wussten nicht, wo die Stellungen der Kensustrianer waren, und beschleunigten unseren Vorstoß. Die Kugeln gingen pfeifend auf uns hernieder, manche detonierten in der Luft und ließen einen Eisenhagel auf uns niederprasseln.« Warkinsks Beben verstärkte sich. »Einer der Splitter riss mir den Oberschenkel auf, ich stürzte. Dann entstand wie aus dem Nichts ein stinkender Nebel, in dem man kaum mehr die Hand vor Augen sah. Plötzlich fielen die Kensustrianer von hinten über uns her.« Er bedeckte seine Augen kurz mit einer Hand, um sich zu fangen. »Um mich herum knallte und krachte es, Büchsen entluden sich, Männer schrien. Wann auch immer ein Schatten an mir vorüber huschte, ich wagte nicht zuzuschlagen. Es hätte einer unserer Leute gewesen sein können. Einer unserer Offiziere stolperte über mich und wollte mir auf die Beine helfen, als dieses kensustrianische Monster in der dunkelgrünen Rüstung hinter ihm aufragte und ihn mit seinen Schwertern in drei Stücke hieb. Mich beachtete das Wesen überhaupt nicht.« Fahrig nahm er sich eine Flasche mit dunkler Flüssigkeit, goss sich ein Glas ein und kippte es hinunter. »Dann verschwand es. Ich lag unter dem Toten, die Augen geschlossen, und bat Ulldrael den Gerechten und Tzulan, dass sie mir helfen sollten. Der

Dunst riss auf, ich hatte überlebt. Wir organisierten den Rückzug selbst, weil die meisten Offiziere tot im Dreck lagen. Und hier wählten mich die Männer zum Anführer. Die Kensustrianer sind wirklich Spukgestalten«, flüsterte er dann. »Vampire.«

Zvatochna fühlte, dass sie bei dem Bericht des Unterfeldwebels innerlich alterte. *Diese Neuigkeiten werden mir noch Falten in mein junges Gesicht graben,* fluchte sie. Sie verwünschte außerdem die Feinde, deren Erfindungsreichtum, was die Entwicklung von Waffen anging, man unterschätzt hatte. *Den ich unterschätzt hatte.*

Im Grunde hätten die neuen Pläne, mit denen sie nach Séràly gereist war, keine Verbesserung gebracht. Die katastrophale Niederlage wäre an allen zehn Frontabschnitten nicht zu vermeiden gewesen. Ungern gab sie die Überlegenheit der Kensustrianer zu. Zu allem Überfluss machte ihr nun auch noch der Aberglaube zu schaffen.

»Du bist aus Tarpol, vermute ich?«

»Aus Borasgotan, hoheitliche Tadca«, stellte er richtig, während er nachfüllte. »Wie die meisten hier. Die anderen stammen aus Tarpol, Tûris, Hustraban oder den ehemaligen Baronien.«

Das bedeutete, dass die Sagen und Märchen über die Abstammung der Grünhaare schon lange bekannt waren. Die Ereignisse frischten die Erinnerungen an die Schauergeschichten auf, verstärkten die Wirkung ins Unermessliche.

Zvatochna erkannte eines glasklar: Unter diesen Umständen wäre ein zweiter Eroberungsversuch zum Scheitern verurteilt, selbst wenn die Tzulandrier mit vorrückten. Sobald auch nur etwas aus dem Gebüsch sprang, das ungefähr einem Kensustrianer glich, sei es ein Reh mit grünem Efeu auf dem Kopf, würden die verschreckten Ulldarter um ihr Leben rennen.

Sie blickte Warkinsk wohlwollend an. »Ich schätze deine Ehrlichkeit. Dennoch kann es nicht angehen, dass sich die Truppen ihre Befehlshaber selbst erwählen.« Ihr Blick wurde schärfer. »Wer sich gegen die Befehle eines tzulandrischen Offiziers stellt, wird hingerichtet. Du magst von mir aus Paledue weiterhin organisieren, aber wenn dir einer der Selidane eine Order gibt, befolgst du sie wie ein gehorsamer Soldat oder stirbst wie ein Aufrührer.«

Krutor verzog sein ohnehin schon abstoßendes Gesicht, um der Anweisung seiner geliebten Schwester noch mehr Nachdruck zu verleihen. Der Unterfeldwebel nickte hastig.

»Wenn sich jemand beschweren möchte, sende ihn zum Schloss in Séràly. Dort werde ich residieren.«

Warkinsk salutierte, die hoheitlichen Geschwister verließen das Holzhaus und stiegen in die Kutsche.

Das Antlitz der mächtigsten Frau des Kontinents verfinsterte sich, sie grübelte.

»Was machen wir denn nun?«, meinte ihr Bruder, der ratlos wirkte und mit einem Stückchen Brot die letzten Reste der Mousse aus der Schüssel wischte. »Govan wird das alles gar nicht gefallen.«

»Mir gefällt es auch nicht«, fauchte Zvatochna ärgerlich. Krutor zuckte zusammen.

Haltung bewahren. Sie reckte den Kopf, zauberte ihr ausgesuchtestes, wärmstes Lächeln ins Gesicht und schob die Vorhänge der Kutsche zurück, damit die Soldaten sie sehen konnten.

Erst als sie das Lager hinter sich gelassen hatten, lehnte sie sich in den angenehm weichen Sitz zurück, und ihre Freundlichkeit schwand innerhalb eines Lidschlages.

»Wir fahren zurück ins Schloss«, erklärte sie. »Wir ruhen uns aus und beratschlagen mit Larúttar Selidan, was zu tun ist.«

Grob nahmen die ersten Maßnahmen in ihrem Geist Gestalt an.

Die Ströme von Freiwilligen durften mit den Schauergeschichten nicht in Kontakt kommen. Also würde sie die einzelnen ulldartischen Verbände zu größeren zusammenschließen und sie isoliert von den neuen Truppen lagern lassen.

Sobald der Nachschub aus den Werbestuben und den Offizierskasernen über den Repol in Ilfaris angelangt war, würde sie den Plan zur Ausführung bringen, den ihr verstorbener Vater als zu hart betrachtet hatte. Die Verzögerungen mussten sie und Govan eben hinnehmen, sie hatten keine Wahl. Doch danach würde es rasch gehen.

Gegen die Kensustrianer ist nichts zu hart oder zu ungerechtfertigt, entschied sie und erfreute sich ein wenig an dem Gedanken, dass Rogogard vermutlich bereits gefallen war oder in diesem Augenblick von Sinured erobert wurde. Sie döste ein. Ihr schlaftrunkener Verstand setzte das Gesicht des jungen Rennreiters an den Anfang eines Traumes.

Was er wohl tut? Lächelnd glitt sie in den Schlummer und verbrachte dort eine kleine Unendlichkeit voller Zärtlichkeit mit dem Abbild Tokaros, dem die Flucht dank ihrer Warnung in der Wirklichkeit so glücklich gelungen war.

Kontinent Ulldart, Großreich Tarpol, Hauptstadt Ulsar, Sommer 459 n. S.

Hin und her gerissen las Mortva Nesreca die Nachrichten durch, die sich im Arbeitszimmer des Kabcar stapelten. Zum einen bedeuteten sie den vollendeten Sieg über die lästigen Piraten im Norden; die Einnahme von Verbroog komplettierte den oberen Teil der Landkarte, was die Besitzungen und eroberten Reiche anging.

Es wäre nicht vordringlich notwendig gewesen, die Rogogarder auszuschalten. Sie erreichten mit gelegentlichen Überfällen kaum mehr als das Schlagen kleiner Wunden, die rascher verheilten, als die »Bärte« ihre Schwerter schleifen konnten.

Der Süden musste fallen.

Ausgerechnet dort verliefen die Dinge anders, als man es geplant hatte. Die Eitelkeit der eigenen Offiziere, der Wettlauf um Ehre, einige Geltungssüchte und rücksichtsloser Eifer hatten alles, was man über Monate hinweg an der Grenze zu Kensustria aufgebaut hatte, in nur einer Woche zunichte gemacht.

Wenn man die Offiziere nicht brauchte, müsste man sie auf der Stelle abschaffen, ärgerte der Konsultant sich und ordnete dabei die Korrespondenzen.

Zvatochna schickte eine dicke Mappe mit Anweisungen, auf welchen Wegen und aus welchen Gebieten die Freiwilligen anrücken sollten. Spätestens bis zum Frühjahr nächsten Jahres sollte das Doppelte der alten Stärke in den Feldlagern erreicht sein. Der Schlag, der zu diesem Zeitpunkt erfolgen sollte, würde den Kensustrianern das Rückgrat oder wenigstens die Moral brechen.

Nesreca blickte sich um, ob alles für das Arbeitstreffen mit Govan vorbereitet war.

Seine Augen hefteten sich auf einen Zettel, der halb unter der Schreibtischunterlage herausschaute. Ohne zu zögern griff er danach und nahm ihn hervor, um ihn zu überfliegen.

Zu seinem Erstaunen fand er die Nachricht von Commodore Fraffito Tezza, der von ersten Erfolgen zur Anbahnung eines Krieges berichtete; der Ausbruch stünde kurz bevor.

Nachdenklich ließ er den Zettel sinken. *Was, in Tzulans Namen, hat er nun schon wieder vor? Er scheint sich ein wenig zu übernehmen. Aber wo will er denn noch einen Krieg anzetteln?* Nesreca hörte, wie die Klinke niedergedrückt wurde und beförderte die Nachricht an ihren alten Platz. Blitzschnell drehte er sich um und lächelte in Richtung des Eingangs.

Govan erschien mit einem abwesenden Gesichtsausdruck, drückte die Tür ins Schloss und bemerkte seinen Berater erst, als er beinahe mit ihm zusammenstieß. »Oh, Mortva. Wie schön, Euch zu sehen.«

»Ich hoffe, Ihr sagt das auch noch, wenn ich mit Euch die Neuigkeiten durchgegangen bin«, unkte der Konsultant halb im Scherz, halb im Ernst. Der junge Herrscher nahm Platz und starrte ins Nirgendwo. »Was habt Ihr, Hoher Herr?«

»Ich habe vorhin ein Experiment unternommen, Mortva«, erzählte Govan schleppend. »Ich besuchte die Verlorene Hoffnung, um die nächsten Opfer für Tzulan auszusuchen. Dabei erinnerte ich mich, dass Chos Jamosar noch immer inhaftiert einsaß.«

»Einsitzt«, verbesserte der Berater gefällig.

Govans Kopf drehte sich ruckartig wie der einer Marionette, die braunen Augen betrachteten Nesreca ausdruckslos. »Einsaß«, beharrte er. »Ich fragte mich immer, was wohl passiert, wenn man ihnen die Magie raubt, wie ich es bei meinem Vater tat.« Er streckte den Zeigefinger aus und legte die Spitze an die Stirn seines Konsultanten. »Dort berührte ich den Cerêler und tastete nach seiner Gabe. Der Gabe der Bleichen Göttin.«

Nesreca bewegte sich ein wenig zur Seite, denn er wollte seinem Schützling keinerlei Gelegenheit geben, sich auch an seinen Kräften schadlos zu halten.

Govan grinste schwach. »Ihr fürchtet mich also inzwischen auch, Mortva?« Er senkte den Finger. »Ich nahm mir seine Macht. Verglichen mit der eines Zweiten Gottes ist es allerdings enttäuschend. Wie ein Schluck schales Bier nach einem guten Wein.«

»Trotzdem enthalten beide Alkohol. Und darauf kommt es Euch wohl an?«

Der Kabcar nickte. »Damit habt Ihr Recht. Ich werde alle Cerêler einsammeln lassen und in die Verlorene Hoffnung sperren, damit ich gelegentlich meine eigene Macht auffrischen kann. Der Pöbel hat sie lange genug für sich beansprucht, nun mache ich meine Rechte als Herrscher geltend.«

»Was geschah mit Jamosar?«, wollte Nesreca, der neugierig geworden war, wissen. Zudem ermöglichte das Rückschlüsse auf das Schicksal von Lodrik. Der Verdacht, dass sich der ehemalige Kabcar unter den Lebenden befand, wollte sich einfach nicht in Luft auflösen.

Govan stieß ein grausames Lachen aus. »Er starb, lieber Mortva. Er wand sich ein wenig am Boden, und als ich ihm all seine Magie genommen hatte, hörte sein Herz einfach auf zu schlagen. Ich hätte mir gewünscht, dass es ein wenig aufregender ist, wie bei Euren Helfern. Aber es war mittelmäßig. Ich werde mir mein Pensum durch die Menge verschaffen müssen, nicht durch die Qualität.« Der junge Herrscher räusperte sich und läutete nach einem Diener, der Getränke servieren sollte. *Vielleicht gelingt es mir, von jedem Einzelnen immer nur einen Teil seiner Kräfte abzuziehen und sie am Leben zu lassen. Ich könnte sie wieder und immer wieder benutzen.*

»Ich habe mir von unseren Rechtsgelehrten die Gesetze durchsuchen lassen, auf welche Vergehen die Todesstrafe verhängt wird. Es sind erschreckend wenig. Unsere Codices sind reichlich lasch. Das ist der Grund, weshalb das größte Gefängnis der Stadt beinahe leer ist.« Der Kabcar schaute zur Decke. »Also überlegte ich mir, dass man einige Strafen verschärfen sollte. Es beruhigt die Menschen, weil sie wissen, dass die Verbrecher keine Gnade mehr erhalten werden.«

»Und ab welcher Tat möchtet Ihr die Exekution als Strafe sehen, Hoher Herr?« Strategisch geschickt legte der Berater die Nachricht mit dem Sieg über Rogogard obenauf.

»Meiner Ansicht nach ist Ehebruch etwas Schreckliches. Oder unsittliche Buhlerei. Oder Taschendiebstahl«, sinnierte er. »Man sollte alles mit dem Tode bestrafen«, entschloss er sich zufrieden. »Das wird die Kriminalität erheblich senken und Tzulan neue Opfer besorgen. Ich will, dass sämtliche Verbrecher in meinen Reichen nach Ulsar verlegt werden. Ach, ja: Die Totendörfer in Tarpol wurden niedergebrannt?«

»So ziemlich alle, von denen die Garnisonen in den Provinzen Kenntnis hatten«, berichtete Nesreca beflissen. »Es kann sein, dass wir die ein oder andere Ansammlung noch nicht bemerkt haben, aber das dürfte nur eine geringe Frage der Zeit sein.«

»Proteste des Pöbels?«

Der Konsultant schüttelte den Kopf. »Wir haben verbreiten lassen, dass sich aus diesen Zusammenrottungen von Leiden eine tödliche Krankheit verbreitet. Dennoch scherte sich niemand wirklich darum.«

»Ausgezeichnet!«, klatschte Govan in die Hände. »Als Nächstes sind die Bettler an der Reihe. Gebt ein Bankett in einer Scheune außerhalb der Stadt, verriegelt die Tore und verbrennt den Abschaum zu Ehren Tzulans. Und gebt Nachricht an alle Gouverneure, die den Tzulani angehören, sie sollen das Gleiche tun.« Er schlug die Nachricht aus Rogogard auf. »Heißa! Wer sagt es denn?! Meine Opfer haben den Beistand des Gebrannten Gottes gebracht. Das Inselreich ist nun ein Teil meines Imperiums. Das ist endlich mal ein Triumph.«

Das Gelächter erstarb abrupt, als er die ersten Zeilen aus dem Brief seiner Schwester las. Das Papier entzündete sich von selbst und verbrannte in seiner Hand, ohne dass die Flammen Schaden an seiner Haut anrichteten.

Ein weiteres Jahr? »Habt Ihr Vorschläge, wie wir aus dieser Lage einen Vorteil ziehen können, Mortva?«

»Nun, es wird uns Freiwillige bringen, das ist sicher. Um ehrlich zu sein, ist dies aber auch schon der einzige Vorteil.« Der Konsultant hatte sich zur Wahrheit entschlossen. »Aber was bedeutet schon ein Jahr? Es wird schneller herumgehen, als Ihr jetzt denkt.«

Govan lächelte grimmig. »Ich werde mir die Zeit mit etwas anderem vertreiben. Ich erhöhe die Steuern, ich setze das System der Leibeigenschaft wieder ein, und zwar in allen meinen Reichen, von Rundopâl bis Aldoreel und Serusien. Ich möchte den Brojakenrat einberufen, damit sie sich um die Eintreibung der Gelder kümmern und die Garnisonen sich voll auf die Ausbildung neuer Soldaten konzentrieren.« Er sprang auf und schaute aus dem Fenster über die Dächer von Ulsar. »Meine Untertanen sollen ihren Beitrag zu meinem Ruhm leisten. Jede Familie gibt mir einen Sohn in mein Heer, das ist ein Befehl.« Mit glänzenden Augen schaute er seinen Mentor an. »Und damit alle sehen, wie viel Selbstvertrauen ich habe, setze ich für den Winter meine Krönung an.«

»Welche Krönung?«, fragte Nesreca.

»Ich habe ein riesiges Reich, der Titel Kabcar genügt mir nicht länger«, erläuterte Govan selbstherrlich. »Ulsar soll in einem rauschenden Fest versinken, wenn ich, Govan Bardri¢, mich zum ihrem ¢arije kröne.« *Bis dahin sollten die Kerker so weit aufgefüllt sein, dass ich auch Tzulan etwas opfern kann. Notfalls lasse ich Gefangene aus Rogogard herbeischaffen und in der Kathedrale opfern.* Der junge Mann legte den Kopf in den Nacken. »... ¢arije!« *Und bald auch der Gatte Zvatochnas. Das machte es vollkommen.*

Erneut glitt sein Blick über die Silhouette der Hauptstadt, die sich dank der unermüdlichen Arbeit der Steinmetzen mehr und mehr verwandelte.

»Ist sie nicht wunderschön?«, raunte er leicht entrückt. »Dabei ist die Umstrukturierung noch gar nicht abgeschlossen. Sie ist würdig, die Residenz eines ¢arije zu sein, der auf dem besten Weg ist, selbst diesen Titel noch zu übertrumpfen. Sie wird Tzulan mit einem würdigen Anblick empfangen. Bereits jetzt erfreut er sich daran, wenn er vom Himmel herabblickt.«

»Ganz hervorragend, Hoher Herr«, stimmte Nesreca überrumpelt, aber nicht weniger begeistert zu. »Wenn ich mir noch einen Hinweis erlauben darf: Was sollen die Truppen machen, die nun unbeschäftigt in Rogogard sitzen? Sollen wir sie zu der Hohen Herrin schicken? Sie kann jede Unterstützung gebrauchen.«

Govan dachte nach. »Ihre Taktik ging nicht auf, sie muss nun schauen, wie sie mit dem zurechtkommt, was sie hat.« Der junge Herrscher rieb sich die Hände. »Ich werde einen kleinen Wettbewerb zwischen Geschwistern beginnen. Die Maßgabe lautet: Wer ist wohl zuerst an seinem Ziel?«

»Das verstehe ich nicht«, meinte sein Berater. »Wollt Ihr Kensustria von der See her angreifen und vor ihr zum Erfolg gelangen?«

»Nein, lieber Mortva«, gab Govan gut gelaunt zurück. »Jeder sollte sich mit einem eigenen Reich beschäftigen, das ist nur gerecht.« Er wanderte zur Landkarte, nahm einen Zeigestock und tippte auf den südlichsten Zipfel Ulldarts. »Zvatochna erobert Kensustria«, die Spitze ruckte schräg nach links oben und hieb gegen den angrenzenden Kontinent, »ich kümmere mich um Kalisstron. Das ist der Grund, weshalb die in Rogogard versammelten Seestreitkräfte dort bleiben. Sie sollen sich den kommenden Winter über erholen und die Schäden an den Festungen reparieren. Im Frühsommer führen wir einen Schlag gegen das Land der Bleichen Göttin, zeitgleich mit meiner Schwester.«

»Möge der Bessere gewinnen.« Unverhofft ergab der Zettel, den Nesreca zuvor gefunden hatte, einen Sinn. *Er hat es von Anfang so geplant. Was sein Vater zu wenig wollte, das übertreibt er*, fluchte Nesreca innerlich.

Natürlich war sein Schützling auf dem besten Wege, die Dunkle Zeit einzuläuten und die Rückkehr Tzulans zu ermöglichen. Aber wenn er mit seinem Vorhaben scheiterte, würde er damit auch alles andere vernichten. Die Öffnung einer zweiten Front erschien ihm zu früh.

Vorsichtig schaute der Konsultant in die Augen des jungen Mannes und entdeckte wiederum ein irres Flackern. *Hoffentlich bleibt er trotz seines Wahns siegreich. Alles andere ist im Grunde gleichgültig. Andernfalls müsste ich mir etwas einfallen lassen.*

Ob er den jungen Mann, den er selbst ausgebildet hatte, notfalls noch aufhalten konnte, wollte er lieber nicht herausfinden wollen. Die Magie und die Macht, die der so unscheinbar wirkende Mensch in sich trug, würde die seinige mittlerweile weit überragen. Wahrscheinlich müsste der Gebrannte selbst eingreifen.

»Ich denke, dass sich die Niederlagen in Kensustria vermeiden ließen«, meinte der Kabcar, »wenn wir auf die Modrak zurückgreifen könnten. Aber es fehlen uns immer noch das Amulett und der Leichnam meines Vaters.« Dies war ein Umstand, der Nesreca ebenfalls nicht schmeckte. »Könnt Ihr mir dazu wenigstens Erfreuliches berichten, Mortva?«

»Ich wünschte, es wäre so«, seufzte der Konsultant und fuhr sich über die silbernen Haare, die wie Fäden aus Quecksilber schimmerten. »Doch beides ist wie vom Erdboden verschwunden.«

»Ich habe ihm seine Magie geraubt, er muss so tot sein wie Jamosar«, brach es aus Govan wütend hervor. »Und da er als Leiche nicht wegläuft, muss er doch in diesem verdammten Steinbruch mitsamt dem Anhänger zu finden sein, oder etwa nicht? Haben wir wenigstens wie geplant einen Beobachter fangen können?«

»Es soll arrangiert werden, wenn Ihr es möchtet, Hoher Herr«, vermied Nesreca eine klare Antwort.

Der Kabcar erteilte mit einer knappen Geste die Anweisung hierfür. »Diese Kreaturen werden sich mir erklären müssen, warum sie ihrem neuen Herrn nicht dienen.« Er legte eine Hand auf den Griff seines Schwertes und wurde dabei an einen weiteren ausstehenden Punkt erinnert. Der Konsultant verstand den auffordernden Blick sofort.

»Ich ließ einen der Besten der Hohen Schwerter recht spektakulär entkommen, nicht ohne vorher den Hass gegen Tokaro Balasy geschürt zu haben. Meine Spione verfolgen ihn auf Schritt und Tritt«, erklärte er. »Wie es aussieht, macht er sich tatsächlich auf die Suche des Diebes und angeblichen Mörders des Großmeisters, der die letzte der fehlenden aldoreelischen Klingen bei sich trägt. Ich bin sehr zuversichtlich. Auch wenn Balasy ein zugegebenermaßen mutiger Junge ist, gegen einen erfahrenen Ordenskrieger hat er keine Aussichten auf Erfolg.«

»Immerhin«, knurrte Govan. »Veranlasst die Vorbereitungen für meine Krönung zum ¢arije und setzt eine Belohnung auf dieses verdammte Amulett aus. Sagt, es sei ein Andenken an meinen Vater und von ideellem Wert. Wer es sieht oder beschafft, soll tausend Waslec erhalten.« Der Kabcar wandte sich zur Tür. »Ich ziehe mich zurück.«

Nesreca schwenkte einen Briefumschlag. »Ihr habt den hier vergessen, Hoher Herr.«

Govan hob die Hand, das Kuvert flog dank der Magie direkt in seine Finger. Er erkannte das Siegel der Vasruca von Kostromo, seiner Mutter. Die Stirn des Herrschers legte sich in Falten, der Mund bekam einen verächtlichen Zug. Fauchend vergingen Umschlag und Schriftstück zu Asche, der wächserne Verschluss schmolz und troff zu Boden.

»Soll ich ihr das als Antwort senden?«, bemerkte der Konsultant trocken.

»Ja«, stimmte der Herrscher dem Vorschlag zu. »Und kürzt ihre Zuweisungen auf das alte Maß zurück. Schreibt, wir hätten eine Schlacht verloren und müssten sparen.« Lachend verließ er den Raum.

»Wenn ich nicht wüsste, dass du immer noch über uns schwebst, Gebrannter«, murmelte ihm Nesreca in einer Mischung aus Ehrfurcht und Verzweiflung hinterher, »würde ich sagen, du bist in diesem Jungen wiedergeboren.«

Er setzte sich an den Schreibtisch und begann, den Anweisungen des Kabcar gemäß zu handeln.

Kontinent Ulldart, Großreich Tarpol, Provinz Granburg, Hauptstadt Granburg, Spätsommer 459 n. S.

Mir verdankt dieser undankbare Kerl, dass er überhaupt existiert, und er wagt es, mir diese unwürdige Behandlung angedeihen zu lassen?

Aljascha Radka Bardri¢ wurde ein weiteres Mal vom Inhalt eines Briefes enttäuscht. Wie sehr hatte sie sich beim Anblick des Wappens gefreut, und wie groß war die Verdrossenheit, als sie die mehr als bitteren Zeilen las.

Ihr Sohn hatte es nicht einmal für nötig befunden, selbst zu schreiben, sondern Nesreca, dem sie einst verfallen war, das Aufsetzen des Schriftstücks überlassen, das erkannte sie an der Handschrift.

Auch der silberhaarige Mann, in dem ein gefährliches, dämonisches Wesen lebte, welches die äußere Hülle als Maskerade nutzte, hatte sie wie einen verfaulten Apfel fallen lassen. All die Schwüre, die Liebesnächte, die nach ihrem Empfinden Jahre zurück lagen, galten nichts, schienen bedeutungslos geworden, nachdem es ihm gelungen war, sich im Zentrum der Macht zu halten.

Im Gegensatz zu ihr.

Sie ärgerte sich gelegentlich über ihre Unbeherrschtheit, die in dem misslungenen Giftanschlag gemündet hatte. Andererseits wäre der Lohn immens gewesen.

Nun aber herrschten ihre Kinder über das Reich, und obwohl sie ihnen unter Schmerzen das Leben geschenkt hatte, scherten sie sich einen Dreck um sie.

Krutor nahm sie es nicht übel, er hatte sich von Geburt an mehr an ihrem toten Gemahl orientiert. Govan war von Kindesbeinen an Mortva gefolgt, aber gerade von Zvatochna erwartete sie mehr.

Sie war das hübscheste, das intelligenteste Kind unter den drei Geschwistern, und ihr gebührte die Regentschaft – die sie, im Gegensatz zu Govan, mit ihrer Mutter geteilt hätte. Der unverschämte Brief ihres anscheinend machtverrückten Sohnes bestätigte ihr dieses Bild. Und so entstand die Absicht, ihre Tochter auf den Thron von Tarpol zu hieven und sich dabei selbst im Hintergrund zu installieren, wie von selbst in ihrem Kopf.

Meine ganzen früheren Kontakte und Freunde sitzen im wieder einberufenen Brojakenrat, überlegte die attraktive, rothaarige Frau. *Ich müsste herausfinden, wie sie zu dieser Sache stehen, und könnte dann damit beginnen, alte Stricke und Netze neu zu knüpfen.* Zärtlich strich sie über den Bauch, in dem neues Leben entstand. Lange würde es nicht mehr auf sich warten lassen. *Ich werde dafür sorgen, dass du deine Mutter einmal nicht vergisst, wenn du auf dem Thron sitzt. Denn nichts Geringeres steht dir als Spross des Kabcar zu. Und ich werde dein Recht einfordern, darauf kannst du dich verlassen. Da kann dein Vater verfügt haben, was er will.*

Mühsam stemmte sie sich aus dem Sessel hoch und bewegte sich in Richtung des Kinderzimmers, das sie derzeit einrichten ließ. Ihre neue Magd beschäftigte sich gerade damit, ein weiteres Spielzeug, das die Tischler angefertigt hatten, sorgsam mit einem Tuch gegen eventuellen Staub abzudecken.

Sofort verneigte sie sich und vermied es, einen Blick auf das Gesicht ihrer Herrin zu werfen. Es war allgemein bekannt, dass die ehemalige Kabcara kein Pardon gewährte, sollte sie den Eindruck haben, jemand starrte zu offensichtlich auf die feine Narbe in ihrem ansonsten makellosen Antlitz.

»Sehr schön, Berika«, lobte Aljascha den Fleiß des Dienstmädchens. »Du machst deine Arbeit sehr gut. Wenn du fertig bist, möchte ich, dass du mir eine Kutsche besorgst.«

»Danke, Herrin, aber …« Berika stockte. »Ihr steht doch unter Hausarrest? Die Wachen werden uns nicht hinauslassen.«

»Habe ich dich und deine Zuverlässigkeit eben zu früh gepriesen?«, herrschte Aljascha die einfache Frau an. »Ich muss wichtige Dinge klären. Und das kann ich nicht innerhalb der vier Wände.«

Die Magd nickte eilig und lief hinaus.

Die Zeit nutzte Aljascha, um sich vorzubereiten. Sie suchte eine passende Garderobe heraus, in der sie trotz ihres Zustandes Eindruck hinterlassen konnte, denn sie beabsichtigte, eine Frau aufzusuchen, deren Hilfe sie benötigte.

Kaya Jukolenko, die Witwe des Gouverneurs, den Lodrik als Tadc eigenhändig exekutiert hatte, galt als einflussreichste Dame Granburgs. Mit ihr einen Handel zu schließen würde hinsichtlich ihrer neuen Absichten nicht fehl am Platze sein. Zumal sie beste Beziehungen zum momentanen Statthalter des Kabcar hatte und Lockerungen erwirken konnte.

Da Jukolenkos Frau auf keine ihrer Einladungen reagiert hatte, wollte sie sich nun selbst auf den Weg zum Anwesen außerhalb der Provinzhauptstadt machen. Die Wachen vor der Tür gedachte sie, durch eine gehörige Portion Unverfrorenheit zu überrumpeln, und die Wut, die sie nach der Lektüre des Briefes spürte, tat ihr Übriges dazu. *Niemand wird es wagen, mich aufzuhalten.*

Sie warf sich ihren Umhang über und ließ Berika die Tür öffnen, als die Kutsche vorfuhr und vor dem Gebäude anhielt.

Die beiden Wachen schauten Aljascha verdutzt an, als sie erhobenen Hauptes zwischen ihnen hindurchmarschierte. Dann erholten sie sich von ihrer Überraschung und liefen neben ihr her.

»Kehrt sofort ins Haus zurück«, verlangte einer der Soldaten entschlossen. »Oder wir bringen Euch gegen Euren Willen dorthin.«

Aljascha blieb stehen, die grünen Augen blitzten mörderisch auf. »Du redest mit der einstigen Kabcara von Tarpol, Bursche«, zischte sie ihn von oben herab an. »Ich gehe, wenn es mir passt. Und untersteht euch, auch nur einen eurer stinkenden Finger auf mich zu legen.«

Der Bewaffnete wich zurück und ließ sie passieren. Als sie halb in der Kutsche stand, griff sein Kamerad doch zu, wenn auch etwas zögerlich. »Es tut mir Leid, aber wir haben eine Anweisung des Kabcar.«

»Des alten Kabcar«, sagte sie scharf und riss sich mit einem energischen Ruck los. »Er ist tot, erinnere dich, Mann.«

Doch der Wächter zeigte sich stur. »Niemand hat die Order aufgehoben. Folgt mir.«

»Zurück!«, befahl sie. »Du wirst mich nicht aufhalten, Bursche.«

Doch der Mann packte sie am Oberarm und zog. Aljascha hielt dagegen und wollte gerade zutreten, als sie den Halt verlor.

Mit einem leisen Aufschrei stürzte sie aus der Kutsche und schlug der Länge nach auf das Kopfsteinpflaster.

Augenblicklich breitete sich ein Brennen in ihrem Unterleib aus. »Mein Kind«, ächzte sie und presste die Hände auf den Bauch, der sich anfühlte, als wäre etwas darin geplatzt. Sie sah noch das entsetzte Gesicht ihrer Magd, dann verlor sie allmählich das Bewusstsein.

Aljascha erwachte aus ihrer Benommenheit und fand sich in ihrem Bett wieder. Neben ihr tupfte Berika ihr die Stirn ab, ein blutiges Stück Stoff lag in ihrer Hand. Sie lächelte ihre Herrin schüchtern an.

»Ich habe nach einem Cerêler geschickt«, erklärte sie. »Er wird bald hier sein, um nach Euch und Eurem Kind zu schauen.«

Die einstige Kabcara tastete vorsichtig die Stirn ab und fand eine klaffende Wunde unterhalb des Haaransatzes. *Dafür werde ich den Wächter umbringen lassen. Und seine ganze Familie*, beschloss sie. Sie wollte sich etwas zur Seite drehen, und schon setzten die Schmerzen ein.

Aljascha schrie auf und hielt sich den Bauch, ihre Atmung ging keuchend, die Qualen raubten ihr die Fähigkeit, etwas zu sagen. Tränen stiegen ihr in die Augen.

Hilflos musste sie warten, bis der kleinwüchsige Heilkundige eintraf, und litt Krämpfe, wie sie sie selbst bei der anstrengenden Geburt der Drillinge nicht hatte erleiden müssen.

»Mein Name ist Pedda Jebalar, Herrin. Ihr hattet großes Glück«, grüßte der Cerêler, als er in das Zimmer trat. »Ich befand mich beinahe schon auf dem Weg nach Ulsar.« Berika nahm ihm den leichten Mantel ab, der Heilkundige wusch sich die Hände in der bereitgestellten Schüssel und legte den Bauch frei. »Aber ein Hilferuf hat natürlich immer Vorrang.« Vorsichtig tastete er über die Bauchdecke, die sich inzwischen dunkel färbte.

»Tu etwas!«, befahl Aljascha gepresst, und ihre Hände krallten sich um die Bettpfosten. »Ich will mein Kind nicht verlieren.«

»Die Hülle, die das ungeborene Leben einschließt, ist beschädigt«, lautete die niederschmetternde Diagnose des Kleinwüchsigen, nachdem er einen Blick auf das abgelegte Untergewand geworfen hatte. »Ich muss versuchen, meine Kräfte durch Euch hindurch wirken zu lassen. Und das ist nicht eben einfach, Herrin.«

Die Frau biss die Zähne zusammen und unterdrückte einen wilden Schrei, die Beherrschung wollte nicht mehr lange halten. »Mach hin. Dein Lohn wird fürstlich sein.«

Jebalar schloss die Augen, legte die Hände auf ihre Haut und konzentrierte sich auf den Heilungsprozess, der dem Kind das Leben bewahren sollte.

Der gesamte Bereich ihres gewölbten Unterleibes schimmerte grünlich. Sein Gesicht wirkte dabei zuerst aufmerksam, gespannt.

Mit andauernder Behandlung veränderten sich die Züge, schlugen um in Erstaunen und wandelten sich in Angst. Schweiß perlte von seiner Stirn. Der Cerêler riss die Lider auf.

»Was, bei Kalisstra, der Bleichen Göttin, tragt Ihr da in Euch, Herrin?«, keuchte Jebalar auf. Er löste sanft den Kontakt zur Haut der Kabcara, das Grün seiner Magie verringerte sich. »Das ist …«

Mehrere dunkelrote, bindfadendünne Strahlen durchdrangen den Bauch von innen heraus, ohne Aljascha zu verletzen, und erfassten die Handflächen des Heilers. Gegen seinen Willen zogen sie sie zurück auf die Stelle, an der sie eben noch gelegen hatten.

»Nein! Lass mich!« Der Cerêler stemmte sich dagegen und versuchte sich loszureißen, aber etwas heftete ihn an den Leib der einstigen Kabcara. Er schnappte, japste und hechelte, bevor er von einem Herzschlag auf den anderen verkrümmt neben dem Bett zusammenbrach. Die Augen starrten leblos zur Decke.

Berika, die während des Vorgangs zurückgewichen war, näherte sich vorsichtig ihrer Herrin. »Was war das?«, fragte sie gedämpft. »Geht es Euch …«

Aljascha betrachtete ihren Unterleib. Die Färbungen und Blutergüsse waren verschwunden, die Schmerzen mit ihnen gegangen. Vorsichtig stand sie auf, sie fühlte sich erfrischt und ausgeruht, als stünde sie nach einer erholsamen Nacht auf.

»Mir geht es gut«, sagte sie langsam.

Es kribbelte in ihrem Gesicht, als kitzelte sie jemand mit einer Feder. Als sie in den Spiegel schaute, stellte sie freudig fest, dass die klaffende Platzwunde sich von selbst schloss. Die Wundränder bewegten sich aufeinander zu, verschmolzen ohne sichtliche Rückstände und wurden zu neuer, reiner Haut, die sich lückenlos einfügte. Als sie mit hektischen Bewegungen das Blut von der Stelle wischte, deutete nichts mehr auf ihre Verletzung hin.

Aljascha warf einen Blick über die Schulter auf den leblosen Heiler. *Sollten das die Reste seiner Fertigkeiten gewesen sein?*

»Er ist tot, Herrin«, meldete die Magd belegt und drückte ihm die Lider zu.

Oder sollte mein Spross sich und mich geheilt haben, indem er den Cerêler umbrachte? Aljaschas Kopf schnellte herum, ihre hellgrünen Augen musterten das Spiegelbild ihres Antlitzes. Ohne sich umzuwenden, streckte sie eine Hand nach hinten aus. »Gib mir das Rasiermesser.«

Berika kam der Aufforderung nach. Mit der Präzision eines Chirurgen zog die rothaarige Frau die Narbe nach, die Lodriks Ring in Verbindung mit seiner Magie hinterlassen hatte.

»Herrin, was tut Ihr da?« Das erschrockene Gesicht des Dienstmädchens erschien im Spiegel. »Euer schönes Gesicht.«

Aus dem Schnitt quollen ein paar rote Tropfen. Die Verletzung schloss sich Stückchen für Stückchen, und mit ihr verschwand die verhasste Narbe. Kirschfarbene Perlen rannen langsam über ihr Gesicht und erweckten den Anschein, die ehemalige Kabcara weine Blut anstelle von Tränen. *Es ist wieder wie früher!* Ein seliges Lächeln formte sich auf ihren Zügen.

»Du wirst das, was du hier gesehen hast, für dich behalten, Berika, wenn du am Leben bleiben und weiterhin eine sehr gute Bezahlung haben möchtest«, ordnete sie in süßem Tonfall an und hielt das Rasiermesser so, dass sich die Klinge am Hals des Dienstmädchens spiegelte. »Der Cerêler starb an Entkräftung, das wird die offizielle Verlautbarung sein.« Zärtlich strich sie sich über den runden, prallen Bauch. »Aber er hat mein Kind, mein unersetzbares, mein geliebtes Kind gerettet.«

Die Magd nickte. »Ich verstehe, Herrin.«

»Ich habe nichts anderes erwartet.« Sie klappte das Messer zusammen. »Und nun sorge dafür, dass der Leichnam aus meinem Zimmer verschwindet.«

Während Aljascha sich an den Schreibtisch zurückzog, um mehrere Briefe aufzusetzen, half ein herbeigerufener Pferdeknecht, dass der tote Heiler recht unwürdig in einen Sack wanderte und ohne große Aufmerksamkeit zu seiner Familie gebracht wurde.

Die rothaarige Frau stand auf, suchte sich einen kleinen Handspiegel und stellte ihn vor sich auf die Holzplatte, um ihre wieder gewonnene Makellosigkeit bewundern zu können.

Ich liebe dich über alles, mein Kind, dachte sie. Jebalar würde Ulsar nicht mehr zu sehen bekommen. Dafür war sie sich jetzt absolut sicher, eines Tages wieder im Palast zu sitzen. Vielleicht würde sie die Unterstützung ihrer anderen undankbaren Kinder nicht mehr benötigen, wenn sie einen magisch derart befähigten Nachwuchs austrug.

Warten wir ab, was aus dir wird. Sie streichelte den gewölbten Leib und machte sich ans Schreiben.

VII.

Kontinent Ulldart, Großreich Tarpol, Provinz Sora, Provinzhauptstadt Sora, Spätsommer 459 n. S.

Wenn man auf etwas in den Straßen nicht achtete, dann waren das Bettler.

Und genau aus diesem Grund war Lodrik in eine solche Verkleidung geschlüpft, um sich unbemerkt, aber stetig von Ulsar wegzubewegen. In dieser Umgebung kannten ihn zu viele Menschen; die Tarpoler würden ihn in einem Triumphzug zum Palast tragen, wo Govan ihm dieses Mal endgültig den Garaus machen würde. Dieses Wagnis wollte und würde er nicht eingehen.

Im Totendorf hatte er ein paar Sachen gefunden, die er zu einem späteren Zeitpunkt tragen würde; im Moment bevorzugte er das zerschlissene Gewand und das ungepflegte Äußere eines Vagabunden. Das Schwert und die anderen Kleider schleppte er in einem Sack mit sich und tingelte entlang des Repol bis nach Sora. Gelegentlich nahmen ihn Flussschiffer mit, und auf diese Weise sparte er Zeit und Kraft.

Auf seinem Weg durch sein Reich hörte er Neues, was ihn erschreckte. Sein Nachfolger trat alles, was er geschaffen hatte, mit Füßen und richtete ein Tarpol ein, wie es noch vor seinem eigenen Vater gewesen war. Die Brojaken gingen mit einer Bemühung bei der Steuereintreibung vor, dass es mehr und mehr Pächter wieder zurück in die Leibeigenschaft trieb, weil sie die Abgaben nicht leisten konnten.

Währenddessen rekrutierten die Werbestuben einen Freiwilligen nach dem nächsten für den Krieg gegen den Süden, wo die Truppen des Kabcar eine schreckliche Niederlage einstecken mussten. Dafür stand in Rogogard, so erzählten sich die Leute, kein Stein mehr auf dem anderen. Als Zeichen des Sieges wollte sich Govan zum ¢arije ausrufen lassen. Wichtigtuer munkelten gar, der Kabcar werde bald Kalisstron wegen der schönen Pelze angreifen und einnehmen.

Je weiter sich Lodrik von Ulsar entfernte, desto weniger Verständnis brachten die Menschen für die hoheitlichen Anordnungen auf, und je ländlicher die Gegend war, um so ulldraelgläubiger waren die Männer, Frauen und Kinder. Die Verwurzelung in den alten Glauben saß tief.

Man murrte, dass der Herrscher etliche Cerêler an seinen Hof zog und das einfache Volk den Krankheiten überließ. Die herkömmlichen Pflegestätten waren zwar gut bei einfachen Erkrankungen, aber gegen richtig schwere Erkältungen, Lungenentzündungen oder schlimmere Dinge, die einst ganze Landstriche entvölkert hatten, halfen eben nur die Fertigkeiten der Heilkundigen.

Sora, die pulsierende Provinzhauptstadt mit etwas mehr als dreißigtausend Einwohnern, günstig an den Gestaden des Repol gelegen, folgte ganz dem Kurs des Kabcar. Der Gouverneur setzte die Befehle aus Ulsar mit eiserner Disziplin um und unterstützte die Großgrundbesitzer gegen renitente Kleinbauern, die ihre Freiheit schon zu lange genossen hatten, um sich von Möchtegernen Vorschriften machen zu lassen.

Lodrik erschien es seltsam, dass ihn die Hafenwache beim Passieren der Tore misstrauisch ansah.

Schnell bog er in eine Seitengasse der unbekannten Stadt ab, um sich den Blicken des Gardisten zu entziehen. Er würde sich nicht lange in den Mauern aufhalten, sondern wollte sich sofort nach einer neuen Mitreisegelegenheit umschauen.

»He, du!?«, rief ihm der Gerüstete nach. »Was suchst du hier?«

»Ich bin auf der Suche nach einem Kahn, der einen Vagabunden wie mich fortträgt«, erklärte der Mann mit den dunkelblauen Augen und begab sich in eine unterwürfige Pose.

»Bevor du gehst, solltest du dir den Schmaus für die Bettler Soras nicht entgehen lassen«, riet ihm der Mann. »Sie haben sich draußen bei der großen Scheune versammelt. Ein Bankett. Zu Ehren Tzulans und des göttlichen Kabcar.«

»Wie nobel«, meinte Lodrik und wandte sich zum Weitergehen. *Göttlich?! Der Junge ist wahnsinnig geworden.*

»Das war ein Befehl«, meinte die Wache mit Nachdruck. »Du kommst mit mir, ich bringe dich zum Stadttor, und einer wird dich dorthin begleiten. Die anderen sind schon alle dort.«

»Ich bin nicht hungrig, ich möchte nur weg«, versuchte der ehemalige Kabcar von Tarpol dem Angebot zu entgehen. »Ich suche mir ein Boot.«

Energisch kam der Gardist auf ihn zu und trieb ihn mit seinem Speer vorwärts. »Zuerst wird gegessen, Bettler.«

»Zurück!« Lodrik berührte das Gesicht des Mannes. Er setzte seine Kräfte ein. Ein kaum sichtbares, blaues Flimmern erschien.

Die Augen und Pupillen des Wärters weiteten sich vor Entsetzen, bevor er sich in Herzhöhe an die Brust griff und lautlos auf dem Pflaster zusammenbrach. Den Herzschlag suchte der einstige Herrscher vergebens. So, wie der Mann aussah, starb er vor Angst und Grauen.

Ich darf hier nicht als Bettler durch die Gegend laufen. Er rannte die Gasse hinunter und hastete um mehrere Ecken.

In einem öffentlichen Badehaus machte er Rast und entledigte sich mit schnellen Schnitten seines blonden Bartes. Die blonden Haare wusch er eilig. Seine völlig verdreckten Kleider landeten in einem ruhigen Moment in der Brennkammer des Kessels, der für warmes Wasser in den künstlichen Thermen sorgte.

Einmal mehr fielen ihm beim Blick in den Spiegel die Veränderungen an ihm auf.

Lodrik bestand nur noch aus Haut und Knochen, das Gesicht war dürr und traurig, tiefe Falten lagen um Augen, Mund und Nase. Seine Haut schien auszubleichen, die Fingernägel gewannen an Härte und wuchsen so schnell, dass er mit Schneiden kaum nachkam.

Nein, so wird dich bestimmt niemand erkennen, dachte er schwermütig. Er kleidete sich in ein passables Gewand, in dem man ihn für einen Kaufmann halten konnte, und trat wieder hinaus auf die Straße, die übrigen Habseligkeiten auf dem Rücken tragend.

Lodrik blinzelte wegen der Helligkeit, die draußen herrschte, suchte sich ein schattiges Plätzchen und überlegte.

Er musste Govan aufhalten, aber angesichts der immensen magischen Überlegenheit seines ältesten Sohnes hatte er Zweifel, wie er sein Vorhaben in die Tat umsetzen konnte. Noch immer vermochte er sich nicht zu erklären, was es mit seiner Magie auf sich hatte. Zwar setzte er sie ein, aber was sie bei einem Gegner bewirkte, davon wusste er nichts.

Wo ist sie hin?, fragte er sich zum zigsten Mal. *Und was macht er damit? Absorbiert er sie und fügt sie seinem eigenen Potenzial hinzu? Raubt er sie und gibt sie einfach frei?*

Der einstige Kabcar wusste, dass seine eigenen Kräfte reduziert worden waren, fast auf nichts, so hatte es den Anschein.

Doch Govans magischer Diebstahl schien noch etwas anderes angerichtet, seine Kräfte verändert zu haben. Lodrik erzielte Wirkungen, die er so nicht wollte und keinesfalls kontrollierte. Es war wie das Abfeuern einer Waffe, ohne genau zu wissen, wohin das Geschoss flog und was den Lauf eigentlich verließ.

Anstatt den Gegner zu Asche zu verbrennen, was ihm früher ein Leichtes gewesen war, wirkte die Magie nun auf den Verstand, den Geist seiner Opfer. Die Modrak gebärdeten sich vor Furcht handzahm, der Gardist starb anscheinend am Schrecken …

Ich verbreite das Grauen, grübelte er und kratzte gedankenverloren über einen Holzbalken, in dem der harte Fingernagel eine tiefe Rille hinterließ. Ein kleiner Span fiel auf das Kopfsteinpflaster. *Ich habe mich zu etwas gewandelt, das wohl jenseits eines üblichen Menschen zu sein scheint. Soll das Vinteras Zeichen an mir sein? Gebe ich das Grauen weiter, das ich aus der Welt der Toten herüberbrachte?*

Mit den vielen Ungewissheiten beschäftigt, bemerkte er die ältere Frau, die sich seinem schattigen Refugium zügig näherte, eher zufällig.

Geh weg.

Die einfache Frau verlangsamte ihr Tempo, die Füße hoben und senkten sich deutlich zögerlicher. Sie schaute in die verdunkelte Gasse, blieb stehen. Ihre Augen spähten alarmiert ins Zwielicht.

Geh weg!

Vorsichtig machte sie einen Schritt nach hinten, presste das Bündel mit Waren, das sie bei sich trug, wie zum Schutz eng an ihren Körper. Ihr Gesicht verriet Lodrik, dass ihr die Stelle, an der sie gewiss seit Jahren entlangging, plötzlich nicht mehr geheuer war.

Er beobachtete sie nun voller Aufmerksamkeit. *Verschwinde!*, befahl er unhörbar.

Die Städterin fuhr mit einem leisen Schrei zusammen, als hätte er ihr einen Peitschenhieb verabreicht, wich tastend zurück, bis sie sich auf den Fersen umdrehte und den Weg hinunter rannte, den sie gekommen war.

Ich muss die Leute offensichtlich nicht einmal berühren. Die Magie wirkte, ohne dass er das vertraute und geliebte Kribbeln verspürte. Der Wunsch, stärker und mehr davon anzuwenden, ging ihm völlig ab. Dafür drehten sich für einen Moment die Wände um ihn herum.

Ist es das, was Vintera meinte? Fertigkeiten, die mir vorher nicht gelingen wollten? Lodriks Verwirrung wich Unsicherheit. Was von alledem, was er im Wald erlebt hatte, entsprach der Wirklichkeit, was entsprang seiner Einbildung?

Kann ein Mensch aus dem Jenseits zurückkehren, oder waren es nur Hirngespinste, Trugbilder meines Verstandes als Folgen von Govans Angriffen?

Nach wie vor erinnerte er sich sehr genau daran, wie sein Sohn ihn attackiert hatte. Aber die Zeit danach gestaltete sich als ein ungelöstes Rätsel, erschien wie ein verschwommener Traum.

Wenn er sich zu erinnern versuchte, sah er Berge, die mit ihm zusammen in die staubige Tiefe stürzten. Riesige Felsbrocken rasten rechts und links an ihm vorüber, waren rund um ihn herum und begruben ihn unter sich.

Die scharfen Kanten ritzten seine Haut, türkises Schimmern umhüllte seinen Körper.

Ihm fiel der zerquetschte Leib einer seiner Leibwächter ein, dessen Blut ihn von oben bis unten tränkte, und auch das Gespräch mit seinem verstorbenen Vater und seinem alten Lehrer aus Granburg, Miklanowo.

Die schützenden Wände des Hohlraumes, der sich inmitten des granitenen Chaos auf wundersame Weise um ihn herum gebildet hatte, entstanden vor seinem geistigen Auge, er sah sich hinauskriechen und sich in der Umgebung verbergen, wohl wissend, was ihm bei seiner Entdeckung durch Govan blühte.

Sollte mich meine Magie vor Vinteras schwarzer Sichel bewahrt haben? Ein Satz, den Ulldraels Schwester von sich gegeben hatte, kam ihm in den Sinn. *Ich soll seit langen Jahren wieder der Erste gewesen sein, der ihr entging*, dachte er nach. Mehr und mehr gab sein Gedächtnis Wissen frei, das er vor langer Zeit scheinbar sinnlos studiert hatte. *Nekromanten!*, durchzuckte es ihn, als er sich der Passagen des Buches entsann, das ihm Mortva einst zum Studieren an die Hand gegeben hatte und an deren Umsetzung er sich als Jugendlicher verzweifelt und vor allem vergeblich versucht hatte.

Seine Finger schlossen sich um den Beutel, in dem er das hüllenlose Schwert aufbewahrte, und zogen die Waffe heraus. *Ein Seelenfresser, der seine Last mir nicht offenbaren wollte.* Sachte tippte er gegen die Klinge, ein schwaches Geräusch ertönte. »Vielleicht bist du nun dazu bereit.«

Die Kuppen fuhren über die Bannsprüche, die eingravierten Symbole, die einst den Henker vor den Rachegeistern seiner Opfer bewahren sollten.

Der einstige Kabcar hatte sich um die Hinrichtungsinstrumente und deren Beschaffenheiten nicht gekümmert.

Nun fragte er sich, ob alle Schwerter und Säbel, die Scharfrichter benutzten, Auffälligkeiten in solcher Pracht aufwiesen oder ob er, ohne es zu ahnen, dem Henker aus Granburg etwas ganz Besonderes abgenommen hatte.

Lodrik raffte sich auf, packte die Waffe weg und wanderte ziellos durch die Stadt.

Sora hatte er niemals besucht, dafür war seine Amtszeit zu aufregend und ereignisreich gewesen. Die Häuser und größeren Gebäude glichen architektonisch denen der Hauptstadt, ohne dabei den verschwenderischen Prunk aufzuweisen. Als er am Gouverneurspalast vorbeikam und die Baugerüste entdeckte, blieb er stehen und starrte mit offenem Mund auf die Veränderungen an der Fassade.

Steinmetzen schlugen die alten Ulldrael-Symbole aus den Felsquadern, an anderer Stelle hievten mehrere Arbeiter Tzulan-Figuren nach oben, und über dem Eingangsportal prangte der Spruch »Der Gebrannte schütze deine Wege«, darunter »Lang lebe Govan Bardri¢«. Was Lodrik begonnen hatte, vollendete sein ältester Sohn eindeutig mit aller Konsequenz.

Ein schneller Abstecher zum Ulldrael-Heiligtum zeigte ihm, dass er mit seiner düsteren Einschätzung Recht behielt. Der Tempel war geschlossen worden, weitere Handwerker trugen das Gebäude Stein für Stein ab, karrten das so einfach gewonnene Material zur Residenz des Statthalters.

Die Tore verschlossen hielt auch die angesehene Universität Soras, angeblich aus Mangel an Gelehrten.

Neben dem Seiteneingang stand stattdessen das Schild »Werberstube«, davor warteten drei junge Burschen geduldig, eingelassen zu werden. Anhand ihrer Kleidung erkannte er in ihnen ehemalige Studiosi, die das Buch gegen die Waffe tauschen wollten.

Ein Gefühl brachte den ehemaligen Herrscher des Landes dazu, sich in ihre Richtung zu bewegen, um sie zu fragen, warum sie sich die Schließung der Bildungsstätte gefallen ließen.

Da öffnete sich die Tür, ein Uniformierter trat heraus, musterte sie und blickte zu Lodrik. »Willst du dich auch dem Heer anschließen, Händler?«, wurde er gefragt. »Wir können jeden starken Arm gegen die Grünhaare gebrauchen.« Prüfend legten sich seine Augen auf den einstigen Kabcar. »Aber um ehrlich zu sein, du scheinst nicht gerade tauglich zu sein, so dürr wie du bist. Du siehst aus wie ein Totengräber. Überleg es dir lieber noch einmal.«

»Danke«, brachte es Lodrik mit Mühe hervor und wandte sich abrupt um.

Es machte ihm im Grunde nichts aus, dass sich Govan ebenfalls vom Gerechten abgekehrt hatte.

Jedoch sprach die allgemeine Tendenz dafür, dass Tzulans Stern immer größer würde. Und mit diesem Wachstum schwand all das, was er zu seiner Amtszeit den Menschen gebracht hatte, und die Grausamkeiten nahmen zu. Wahrscheinlich sah es in jeder größeren Stadt wie in Sora aus. *Er opfert alles seinem Eroberungswahn und Tzulan.*

Lodrik erkannte dabei auch, dass er allein nichts gegen seine Kinder ausrichten konnte. Er musste sich Verbündete suchen, die ihn unterstützten, die er angemessen unterstützen konnte. Als Einzelner würde er in seinem eigenen Land immer auf der Flucht sein, bis man ihn erkannte und es keine Gelegenheit mehr gab, Vinteras schwarzer Sichelschneide zu entkommen.

Die einzigen Verbündeten jedoch waren die, die er während seiner Regentschaft selbst noch bekämpft hatte, um sie in sein visionäres Reich der Gleichberechtigten einzugliedern.

Ein bitteres Lachen entfuhr ihm. *Ich Träumer. Meine Ideen hätten nie und nimmer zum Erfolg geführt.* Ulldrael oder wer auch immer hätte ihm den notwendigen Verstand geben müssen, seine Spinnereien über Bord zu werfen, damit er sich mit der Verwaltung seines riesigen Reiches beschäftigte und dort für Gerechtigkeit sorgte – anstelle Unmögliches anzustreben und dabei den Blick für die Wirklichkeit zu verlieren und somit dem Bösen und der Dunklen Zeit alle Möglichkeiten zu verschaffen, die sie für eine Ausbreitung benötigten.

Sein Ziel stand fest.

Er würde nach Kensustria reisen und dem letzten Widerstand, der sich gegen Govan erfolgreich behauptete, seine Mitarbeit antragen. Lodrik wollte Perdór treffen und ihm alles schildern. Der Herrscher von Ilfaris wusste sicherlich, was zu tun wäre.

Somit stand ihm eine gefährliche Fahrt bevor, die aber das einzig Richtige in seinen Augen war.

Die Nacht verbrachte er in einem der zahlreichen Gasthäuser, bezahlte mit ein paar angesengten, leicht verformten Waslec, die aus den Ruinen des Totendorfes stammten, und begab sich bei Anbruch des Morgens zum Fluss, um sich auf einem der Kähne einzuquartieren. Die *Soranjalev* nahm ihn auf, und schon eine halbe Stunde darauf glitt der Bug des trägen Bootes stromabwärts.

Er war gerade damit beschäftigt, sich näher an Deck umzuschauen, als sie eine Stelle passierten, an der mehrere Soldaten damit beschäftigt waren, die verbrannten Reste einer großen Scheune mit Hilfe von Stricken und Stangen einzureißen und das erloschene Feuer zu entfachen.

Wenn ihn seine Augen nicht zu sehr täuschten, hatte er in den Trümmern menschliche Überreste gesehen. Augenblicklich dachte Lodrik an das Totendorf.

»Schrecklich, was?«, sagte einer der Bootsleute, der sich mit dem Flicken eines kleinen Netzes beschäftigte, mit dem die Besatzung sich unterwegs ihre Verpflegung fischte. »Da werden die armen Teufel zu einem kostenlosen Fressen eingeladen, und dann kommt es zu so einem Unglück.«

»Was ist denn geschehen?«, erkundigte sich der ehemalige Kabcar.

»Einer der Kerzenleuchter krachte von der Decke, genau dorthin, wo sie das Stroh zusammengekehrt hatten. Keiner entkam dem Feuer, sagte man heute Morgen im Hafen. Sie waren wohl alle zu besoffen.« Der Binnenmatrose richtete sich auf und zog einen Knoten fester. »Traurig, traurig. Aber für manche war es bestimmt das Beste, was ihnen geschehen konnte.«

Lodrik glaubte nicht einen Lidschlag an diese Erklärung. »Ich frage mich, warum sie jetzt versuchen, die Flammen neu zu entfachen, anstatt nach Verletzten zu suchen.«

An der rechten Uferseite entstand Bewegung.

Ein zerlumpter Mann hastete aus dem Unterholz in Richtung des Wassers und warf sich kopfüber in den Strom, paddelte wie ein Hund auf den Lastkahn zu.

»Was hat denn der vor?« Der Matrose unterbrach seine Arbeit und griff nach einem Tau, dessen Ende er dem Schwimmenden zuwarf.

Die Soldaten waren durch das Planschen aufmerksam geworden und rannten die Böschung hinab, um nachzuschauen, was sich ereignete.

Inzwischen zogen Lodrik und der Matrose den Mann die Bordwand hinauf.

Wie ein nasser Sack plumpste er auf die Bretter, seine Kleidung wies deutliche Bandspuren auf, in seinem Gesicht und auf seinen Armen pellte sich die verbrannte Haut. Keuchend spie er Repolwasser auf die Planken, bevor er auf Ellbogen und Knien hinter ein Fass robbte, um sich zu verbergen.

»Bringt den Bettler unverzüglich an Land!«, befahl ein Soldat. »Im Namen des Kabcar, legt an. Ihr gewährt einem geisteskranken Verbrecher Unterschlupf. Er hat den Brand in der Scheune absichtlich gelegt.«

»Das habe ich nicht zu entscheiden«, rief der Matrose zurück. »Wartet!« Er rannte zur Kajüte des Schiffsmeisters.

Lodrik hockte sich vor den Zitternden. »Was ist dir widerfahren, Freund?«

»Beschützt mich, Herr«, flehte der Bettler voller Entsetzen. »Sie wollen mich wie die anderen verbrennen. Zu Ehren Tzulans!«

»Wird's bald?!«, tönte es von der Uferseite her. Die Soldaten rannten noch immer parallel zu dem schwerfälligen Kahn am Fluss entlang.

Der Zerlumpte rutschte noch weiter zurück in sein Versteck. »Sie gaben uns Wein, bis alle betrunken waren, und sperrten uns in die Scheune, um sie in Brand zu stecken. Ich fand einen halbwegs sicheren Ort und flüchtete, als sie einen Moment lang nicht aufpassten«, flüsterte er erstickt. »Der Gouverneur war auch dabei und pries Tzulan, zusammen mit den anderen.«

Der Schiffsmeister erschien, wechselte ein paar Worte mit den Uniformierten und befahl dann das Anlegen. Als sich mehrere Matrosen dem Bettler näherten, um ihn festzuhalten, sprang er mit einem Aufschrei nach vorn, stieß sämtliche Hindernisse zur Seite und stürzte sich auf der linken Seite über Bord, um an das andere Ufer zu gelangen.

Doch bald verließen den Verletzten die Kräfte. Ohne einzugreifen, beobachteten Soldaten und Schiffer, wie der angebliche Verbrecher prustend und hustend versank und von der Natur seine gerechte Strafe erfuhr.

Die Gardisten waren ebenso zufrieden mit dem Ausgang der Angelegenheit wie der Eigentümer des Kahnes, weil er nicht mehr anlegen musste. Bald gingen alle an Bord wieder ihren ursprünglichen Tätigkeiten nach.

Zuerst die Totendörfer …, begriff Lodrik, während er die Wirbel betrachtete, die der sinkende Körper des Unglücklichen auf der ruhigen Oberfläche des Repols hinterließ, bevor die schwache Strömung sie davontrieb, *und jetzt die Bettler und Vagabunden. Wann wird Govan sich an meinen anderen Untertanen vergreifen?*

Deprimiert, müde und geblendet von der Helligkeit der immer höher steigenden Sonnen, begab er sich unter Deck, wo er sich eine kleine Kabine gemietet hatte, und legte sich in die harte Koje.

Zweihundert Warst legte Lodrik auf dem Strom durch die Nutzung von Kähnen zurück, bis er sich endlich dazu durchrang, eine Beschwörung zu wagen.

Dazu ging er beim nächsten Aufenthalt an Land, erstand ein kleines Zelt, die benötigten Utensilien und etwas Proviant, um die kommenden Tage in einem abgelegenen Waldstück in aller Abgeschiedenheit zu verbringen, damit niemand seine Versuche bemerkte.

Auf einer winzigen Lichtung in der Tiefe eines Tannenhains baute er die Kerzen auf, ritzte die Schriftzeichen, so gut er sich an sie erinnern konnte, mit einem Messer in den Boden und rammte das Henkersschwert im Zentrum des Kreises in die Erde.

Gefasst nahm er vor der Waffe Platz und versuchte, sich mit aller Inbrunst die Wortlaute ins Gedächtnis zu rufen, bevor er auch nur eine einzige Silbe von sich gab.

Ein letzter Blick zu den schimmernden Sternen über sich, und Lodrik begann.

Nach einer Stunde musste er sich eine Pause gönnen. Schweißgetränkt nahm er einen langen Zug aus dem Trinkbeutel und schüttete sich etwas Wasser ins Gesicht. Ans Aufgeben dachte er noch lange nicht.

Kaum hob er von neuem an, leuchtete das erste aufgeschmiedete Bannzeichen knapp unterhalb des Heftes türkisfarben schimmernd auf. Ein Stöhnen, ein schweres Seufzen war zu hören. *Es geht doch.*

Standen einst seine Nackenhaare beinahe senkrecht ab, spürte er nun kein bisschen Furcht mehr vor dem, was die Klinge verlassen sollte und ihn erwartete.

Seine Lippen formten ungerührt die Beschwörungssprüche, bis das nächste Symbol auf der Klinge erglühte; der dritte Bannspruch glomm direkt danach auf. Schließlich breitete sich ein Funkeln entlang der Mitte aus und brachte alle aufgeschmiedeten und eingravierten Zeichen zum Strahlen, bis das Schwert die gesamte Lichtung in hellblaues Licht tauchte.

Mit einem leisen Geräusch, ähnlich einem Luftzug, der durch die Fenster pfeift, schoss eine wabernde, schwach umrissene Gestalt aus einem der Symbole, umkreiste Lodrik und zog ihre Bahnen um das Henkersschwert. Der Angriff auf ihn – wie damals, als er die Beschwörung im Keller des Palastes versucht hatte – unterblieb.

»Es funktioniert!«, jubelte Lodrik und betete die Formeln weiter herunter.

Immer mehr der durchsichtigen Schemen drangen aus den mystischen Schnörkeleien, flogen um die Klinge, angezogen wie Motten vom Licht einer Fackel. Es mussten über dreißig dieser Geisterwesen sein, die sich auf der Lichtung tummelten, ohne sich großartig um ihren Beschwörer zu kümmern.

Eines der Geschöpfe löste sich aus dem wirbelnden Pulk und näherte sich dem ehemaligen Kabcar. »Ihr habt sie befreit«, sagte es. »Wie habt Ihr das gemacht? Ihr seid der Erste, der diese Leistung vollbracht hat.«

»Jukolenko?«, fragte Lodrik unsicher.

»Ihr sprecht mit Canuzy, keinem Geringeren als dem Erschaffer dieses Schwertes«, erhielt er zur Antwort. »Ich habe es vor vielen, vielen Jahren geschmiedet. Es müssen schon einige hundert Jahre ins Land gegangen sein.«

»Und wieso wohnst du selbst in ihm?«

»Es wurde angefertigt von fünf Meistern ihres Faches und gehärtet in dem Blut von vier Menschen«, lautete die Erklärung. »Ich habe meine Helfer umgebracht, um an ihren Lebenssaft zu gelangen. Man entdeckte die Tat und köpfte mich mit unserem gemeinsamen Werk.« Das Leuchten glomm einen Augenblick intensiver. »Ich bin die älteste Seele hier drin und stolz, dass es uns geglückt ist, ein so unvergleichliches Gefängnis zu bauen.«

»Was ist der Sinn eines solchen Kerkers?«, verlangte Lodrik fasziniert zu wissen.

Das hellblaue Flirren rückte etwas dichter heran. »Wir wollten etwas kreieren, das den schlimmsten Verbrechern die schlimmste Strafe zukommen lässt: ewige Verdammnis an einen Ort, von dem es kein Zurück mehr und Hoffnung auf Erlösung gibt. Sie sollten auf ewig ihre Taten büßen und Qualen leiden.«

Lodrik lachte böse. »Es ist dir und deinen Freunden wahrlich gelungen.«

Einige der durchscheinenden Gestalten kreisten plötzlich schneller, und er vernahm ein vielfaches Aufkreischen und Jammern.

»Ihr habt sie verärgert«, erklärte Canuzy. »Wenn man scheinbar unendliche Dekaden eingesperrt ist und die Zellentür sich unvermittelt einen Spalt öffnet, erwartet man Freiheit und keinen bösartigen Spott.«

»Sie werden noch viel verärgerter sein, wenn sie hören, was ich mit ihnen vorhabe.« Der einstige Herrscher Tarpols gab sich Mühe, trotz aller Anstrengung unnachgiebig und hart zu klingen. »Ich bin von heute an euer Meister. Ihr alle werdet mir gehorchen und die Aufgaben, die ich euch auftrage, erfüllen. Oder ich werde der schlimmste Aufseher eures Gefängnisses sein, den ihr euch vorstellen könnt.«

Nun huschten die nebulösen Schemen wie ein aufgescheuchter Insektenschwarm umher.

»So einfach wird es nicht werden, wie Ihr Euch das vorstellt … Meister«, erklärte die Seele des Schmieds. »Zwar sind wir den Beschwörungen gefolgt und erschienen. Dennoch werdet Ihr für jeden Dienst, den wir Euch gewähren, eine Gegenleistung bringen müssen. Alle Gefangenen erhalten für gewöhnlich Nahrung.«

»Und was verzehren Seelen wie ihr?«

Eine zweite, leuchtende Frauengestalt zischte heran. »Wir verlangen für jede Anstrengung einen Fingerhut Eures Blutes, Meister«, wisperte sie. »Natürlich für jede Seele.«

»Das ist kaum akzeptabel.« Lodrik überschlug die benötigte Menge, die er benötigte, wollte er all seine geisterhaften Diener zum Einsatz bringen. »Ein Tropfen sollte ausreichen. Dafür verspreche ich euch, dass ich euch alle frei lasse, wenn ich mein Ziel erreicht habe. Die Ächtung soll lange genug gewährt haben.« Die flirrenden, türkisfarbenen Gespinste hielten still, lauschten. »Bis ich meine Absicht verwirklicht habe, wird es nicht lange dauern. Ein Lidschlag im Vergleich zu der Zeit, die ihr bislang im Schwert verbracht habt.« Er deutete in die Höhe. »Fliegt nach Ulsar und tötet Govan Bardri¢, seine Schwester Zvatochna, Mortva Nesreca und Sinured. Danach …«

»Wir vermögen viel, aber wir sind nicht allmächtig«, unterbrach ihn die weibliche Seele becircend; sie sang mehr, als dass sie sprach. »Wir sind in einem gewissen Abstand an die Klinge gebunden, Meister.«

Lodrik verstand, dass seine erste Aufgabe darin bestand herauszufinden, was seine Seelenkreaturen ausrichten konnten und wer ihm alles zur Verfügung stand. Das würde sicherlich einiges an Zeit in Anspruch nehmen. Andererseits brauchte er lange, bis er in Kensustria ankam.

»Ihr werdet wieder in die Klinge zurückkehren, bis ich euch rufe«, befahl er.

Eine verdammte Seele nach der anderen verschwand durch die leuchtenden Symbole in das Metall, bis nur noch fünf von ihnen auf der Lichtung unschlüssig kreisten, misstrauisch gegenüber dem Menschen, der sich als »Meister« präsentierte, kaum gewillt, in das jahrhundertealte stählerne Gefängnis einzufahren.

»Ich habe es euch befohlen«, wiederholte der einstige Kabcar mit aller Autorität.

Da noch immer keine der fünf Gestalten Anstalten machte, seiner Aufforderung nachzukommen, schritt er ohne zu zaudern auf die nächste zu, tauchte seine Finger in sie ein und aktivierte seine Magie.

Mit einem schrillen Kreischen stob der Schemen auseinander. Zurück blieben flackernde Fragmente der Silhouette, die auseinander trieben und deren Glühen rasch schwächer wurde.

Blitzartig fuhren die übrigen Seelen der Verbrecher in ihre tödliche Behausung aus geschmiedetem Eisen. Die Bannsymbole erloschen, das Hinrichtungsschwert steckte harmlos in der Erde. Nichts deutete darauf hin, dass es ein Geheimnis in sich barg.

Lodrik begriff nicht recht, was er angerichtet hatte.

Die letzten glimmenden Reste des Geistwesens hafteten puderig an seinen Fingerspitzen und Nägeln, bevor auch sie ihre Leuchtkraft vollständig verloren und verschwanden. Als das letzte Funkeln erlosch, war er sich sicher, soeben die Seele eines Menschen für immer vernichtet zu haben.

Nachdenklich packte er den Griff und zog das Schwert aus dem Boden, reinigte die leicht erwärmten Gravuren und verstaute es im Beutel.

Ein Nekromant, grübelte er über seine veränderte Daseinsform nach. *Es scheint, als käme mir stets die Aufgabe zu, Neuheiten auf Ulldart einzuführen.* Erschöpft löschte er die Kerzen und glitt unter die grobe Decke.

Warum ausgerechnet ihm die Beschwörung gelungen war, entzog sich seiner Kenntnis. Wichtiger war, dass sie ihm gelang.

Vielleicht muss man selbst dem Tode nahe gewesen sein, um die Seelen zu kontrollieren. Im fahlen Licht der Gestirne betrachtete er seine blasse Haut. *Oder ganz tot?*

Lodrik legte sich auf die Seite, eine Hand am Heft seines Schwertes, das er durch das Tuch hindurch spürte. Mithilfe seiner neuen Untergebenen erschien es ihm nicht mehr ganz unmöglich, Govan aufzuhalten. Unter Umständen würde er nach der Freilassung der Seelen sofort wieder eine neue in das stählerne Gefängnis sperren.

Kontinent Ulldart, Kensustria, Meddohâr, Frühherbst 459 n. S.

»Zuversicht und Trostlosigkeit lagen noch nie so eng beieinander wie in den letzten Wochen.« Fiorell rückte seinen Strohhut gerade, den er seit dem heimtückischen Anschlag Perdórs auf seine Haare zu tragen pflegte, und ordnete mit der freien Hand die Nachrichten nach ihrer Aktualität. »Der totale Verlust Rogogards gegen den Sieg im Süden.« Unglücklich schaute er zu seinem Herrn. »Ich weiß nicht, ob man sich darüber aufrichtig freuen kann. Die kensustrianischen Krieger haben rund fünfzehntausend Mann vernichtet. Fünfzehntausend Ulldarter. Dazu kommen noch große Teile der Wahnsinnigen der Kavallerieeinheit, die wirklich dachten, ihre Vorbereitungen blieben unseren Verbündeten verborgen.«

Der ilfaritische König hob mahnend den Zeigefinger. »Sei nicht ungerecht. Sie hätten alle Angreifer auslöschen können, wenn du dich erinnerst. Ohne unser Einwirken und das folgende Zugeständnis von Tobáar, der seinen Feldherren durchaus hätte folgen können, würden mehr als hunderttausend Frauen um ihre Söhne und Ehemänner trauern.«

Der Hofnarr jonglierte lustlos mit ein paar Schreibutensilien, legte sie zur Seite, um eine Münze zwischen den Fingern seiner rechten Hand hin und her wandern zu lassen, und stützte den Kopf auf. »Es ist verrückt. Wir müssen den Kensustrianern noch dankbar sein, dass sie sich nicht so vernichtend zur Wehr gesetzt haben, wie sie es eigentlich vermocht hätten. Das restliche Ulldart ahnt nicht einmal, welchen katastrophalen Ausgang der schwachsinnige Feldzug des Kindkönigs nehmen wird. Die nächste Welle wird genauso wirkungslos gegen die kensustrianische Verteidigungsmauer schwappen und daran zerbersten wie die erste.« Die Münze flog hoch in die Luft, rotierte um die eigene Achse und landete mit der flachen Seite auf der ausgestreckten Fingerkuppe des an diesem Tag nicht zu Scherzen aufgelegten Spaßmachers.

»Vierunddreißigtausendeinhundertzwanzig Gefangene, die Mehrzahl stammt aus dem Kavallerieregiment.« Perdór unterstrich das Ergebnis seiner Addition zweifach, um es hervorzuheben. Es waren Landsleute, deren Leben sie bewahrt hatten und die nun hinter der Front in behelfsmäßigen Lagern eingesperrt saßen. Die Verluste der Kensustrianer beliefen sich auf einhunderteinundzwanzig Mann, die aller Wahrscheinlichkeit nach durch Glückstreffer der ulldartischen Bombardenlafetten ums Leben gekommen waren. Mit einem Ruck richtete Perdór sich auf.

»Wie auch immer, unsere Aufgabe wird es sein, aus dem Geschehenen eine Mixtur anzurühren, die uns zum Vorteil gereicht.« Er nahm die Aufzeichnungen zur Hand. »Unsere Leute in den verschiedenen Reichen werden das Märchen von der Unbesiegbarkeit der Kensustrianer weiter verbreiten. Zu den Halbwahrheiten der Überlebenden über die monströsen Krieger mengen wir noch andere Dinge, die richtig Angst machen. Ich will, dass jeder neue Rekrut von den sagenhaften Kräften der Kensustrianer erfährt, damit sich seine Hose füllt, wenn ein Busch im Wind raschelt.«

Äußerst zufrieden las er die Nachricht, dass die verwirrende Frage bezüglich des Verbleibs von Lodrik Bardri¢s Leichnam noch immer nicht aufgeklärt war.

Er würde der Variante Vorschub leisten, in der der alte Kabcar verwirrt durch die Lande streifte und sein

Sohn den Thron unter keinen Umständen räumen wollte. Er wackelte mit den Fingern und schnappte sich ein Stück Konfekt, ein hauchdünnes Täfelchen aus zwei unterschiedlichen Schokoladensorten. *Das wird gehörig an dem kleinen Tzulan in Ulsar nagen, wenn das Volk auf die Rückkehr desjenigen hofft, der mehr als alles andere ein Herz für seine Untertanen hatte. Was man von seinem Nachfolger kaum behaupten kann.*

»Habt Ihr die Neuigkeiten aus Ulsar gelesen, Majestät?«, fragte Fiorell. »In den Provinzhauptstädten Karet, Ulsar, Ker, Granburg, Berfor, Sora und Restyr starben Bettler in Folge eines Festessens. Und wie überall waren es Unfälle: Brände, Blitzschläge, umgefallene Kerzen, außer Kontrolle geratene Lagerfeuer und Ähnliches.«

»Arme Seelen«, seufzte Perdór. »Sie wurden genauso Opfer von Tzulan wie die unzähligen Totendörfer, die dem Erdboden gleichgemacht wurden.«

»Er stopft dem Gebrannten die Gaben nur so ins gefräßige Maul, was auch recht einfach ist, nachdem in diesen Städten die Gouverneure ausgetauscht wurden. Scheinen alles Tzulani zu sein.«

»Immerhin, nicht überall kommen Govans Methoden gut an«, meinte Perdór ein wenig zuversichtlicher. »Die Rücknahme der Reformen, die drastischen Gesetzesverschärfungen, die Soldatenpflicht, höhere Steuern und großkotzige Adlige und Brojaken haben einiges an Verstand in den Reichen wachgerüttelt.« Perdór schob sich ein weiteres Schokoladenplättchen in den Mund, nicht ohne es intensiv zu betrachten. Einen Racheakt Fiorells für die Glatze schloss er nicht aus. »Das unverblümte Abreißen der Ulldrael-Tempel oder das dreiste Umwidmen in Tzulan-Stätten hat etliche dazu bewogen, über den Sohn von Lodrik Bardri¢ nachzudenken.

Meine Lieblinge sind momentan die Aufständischen in Karet. Sie erhalten Beistand aus der Bevölkerung, damit sie ihren Widerstand aus den Bergen heraus fortsetzen, nachdem Rogogard als Nachschublieferant ausfiel. Die Warteschlangen vor den Werberstuben haben sich beinahe in Nichts aufgelöst, und die ersten harten Steuereintreiber erhielten Schläge von Dorfbewohnern. Der Wind, der Govan den Rücken stärkte, flaut ab, mein geschätzter Fiorell. Es wird nicht mehr lange dauern, bis er sich dreht. Und wir spielen dabei ein bisschen Wettergott.«

Der Spaßmacher gab dazu keinen Kommentar ab.

Seine »Lieblinge« waren die Bewohner der Stadt »Ammtára«, die seit nicht allzu langer Zeit den Zusatz »frei« führte. Sie widersetzten sich nicht nur den indirekten Befehlen des Kabcar für Menschenopfer, sie schrieben darüber hinaus sämtliche Korrespondenzen zwischen den Tzulani in ihrer Heimat und in Ulsar ab, verbreiteten sie in Flugschriften und distanzierten sich von den Geschehnissen. Dabei warnten sie alle Menschen, sich von den Fanatikern des Gebrannten Gottes in Acht zu nehmen.

Unter anderen Umständen hätte Fiorell an dem Wahrheitsgehalt dieser Nachricht gezweifelt und vermutet, dass Perdór dahintersteckte, aber nach mehreren Meldungen aus turîtischen Dörfern sowie Städten in der Nachbarschaft Ammtáras glaubte er an die Echtheit.

In Dreiergruppen wanderten die Sumpfkreaturen umher, die man einst wegen ihres Aussehens, ihrer Geschichte und mancher ihrer Taten hetzte, und warnten die anderen vor den Machenschaften der Tzulani-Brut. Mehr und mehr schenkte man den Wesen Glauben.

»Was für ein verdrehter Kontinent«, entschlüpfte es ihm leise.

»Wenn ich mir so anschaue, was sich im Norden zusammenbraut, werden wir bald nicht mehr die Einzigen sein, die um ihre Freiheit bangen müssen«, gab Perdór zu bedenken. »Hier.« Die Spitze des Zeigestocks deutete auf Verbroog. »Wenn du mich fragst …«

»… was ich hiermit tue …«

»… rüstet sich der kleine Größenwahnsinnige für eine Ausdehnung in Richtung Kalisstron.«

»Ein Zweifrontenkrieg?« Ungläubig schaute der Possenreißer zu seinem König. »Das kann er nur wagen, wenn er sich trotz der eingefahrenen Niederlage seines Sieges im Süden durch und durch sicher ist. Was ich anzweifle, Majestät.«

»Wenn er sich aber mit seinen gewaltigen magischen Kräften selbst an die Spitze eines Heeres stellt und auch noch seine Schwester mitbringt, wage ich wiederum deinen Zweifel anzuzweifeln«, gab der pummelige Herrscher zurück. Er kratzte sich mit dem Zeigestock am Rücken. »Man müsste die Kalisstri warnen. Andernfalls würde es sie unvermittelt treffen, und die wichtigen Anfangssiege wären Govan sicher. Die Städtebünde, so liberal sie eingestellt sein mögen, würden der geballten Armada von Sinured und den tzulandrisch-palestanischen Flottenverbänden keine echten Hindernisse in die Fahrrinne legen. Die Kaufleute bringen dank ihrer Kontore die Ortskenntnis mit, die Tzulandrier die benötigte Schlagkraft.«

»Der Süden, Majestät«, blieb Fiorell beharrlich bei seiner ersten Frage. »Wie will er den Süden knacken? Nur mit einem Heer und seiner Magie kann er sich auf Dauer nicht halten. Noch ist er nicht in der Lage, sich aufzuteilen.«

»Eben. Das kann nur bedeuten, dass er etwas in der Hinterhand hat, das von der Wirkung her stark genug ist, um die Kensustrianer nachhaltig zu schwächen.« Seine Augen verengten sich zu Schlitzen. »Wenn ich daran denke, dass die Tadca in meinem Schlösschen sitzt und sich die Leckereien aus meinen Vorratskellern schmecken lässt, könnte ich wie ein zu heiß gebratener Kugelfisch platzen!« Er raufte sich die grauen Löckchen. »Womöglich hat sie gar die Rezeptur für meine gefüllten Törtchen entdeckt und gestohlen. Die Einzigartigkeit wäre dahin.«

»Süßmäuliger Jammerlappen«, beschimpfte ihn der Hofnarr. »Denkt lieber daran, dass wir weder vom Schicksal Miklanowos noch von Rudgass etwas wissen, seitdem die Festung der Piraten fiel.«

»Ja, ja, ich weiß«, winkte der König ab. »Lass mich doch ein wenig lamentieren. Ich hoffe aber ehrlich, dass sie etwas in den Küchen zurücklässt. Wenn wir eines Tages, eines nicht allzu fernen Tages, wieder in die Normalität zurückkehren und Frieden herrscht, will ich ein Festessen. Hoffentlich rührt sie meine Köche nicht an.« Im Grunde bedauerte er, dass die Tadca wieder aus Séràly abgereist war. Er hatte gehofft, dass ein schnelles kensustrianisches Kommando, bestehend aus den magischen Kriegern, die Schwester des Größenwahnsinnigen Bardri¢ hätte entführen können. Aber wenn die neue, unweigerlich erfolgende Offensive anrollte, würde sie wieder nach Ilfaris und nahe an die Grenze zu den Truppen reisen. Dann müsste es ihnen irgendwie gelingen, Soscha in die Nähe der magiebegabten Tadca zu bringen. *Ich will wissen, was unser Medium aus der Aura der Herrscherin ablesen kann. Und der Gerechte stehe uns bei, dass es nicht so schlimm ist, wie ich befürchte.* »Wo ist eigentlich das junge Fräulein, das sich so herrlich gut benehmen kann?«, wollte er wissen.

Fiorell deutete nach oben und meinte damit, dass sich die Ulsarin wie immer mit dem Erforschen ihrer Fertigkeiten beschäftigte. »Sie möchte Euer feistes Marzipangesicht nicht sehen, weil sie Angst hat, die Kräfte könnten sich wegen Eures Anblicks erschrecken«, sagte er unschuldig und bewegte sich zur Tür. »Die Magie ist eine sehr sensible Pflanze.«

»Ja, sehr komisch, Glatzkopf«, erwiderte der König eingeschnappt. »Hier hast du deinen Auftrag für die kommenden Tage: Wir müssen herausfinden, was aus Rudgass und der Brojakin wurde. Ich vermute, dass sie als Gefangene auf Verbroog sitzen. Bis Nesreca erfährt, wer ihm da unverhofft ins Netz ging, müssen wir sie herausgeholt haben. Miklanowo spielt eine wichtige Rolle im Kampf um das Schicksal des Kontinents, wenn ich die Meldung von Rudgass recht in Erinnerung habe.«

Der Hofnarr legte den Kopf schief. »Der Pirat hat es doch bis jetzt immer irgendwie geschafft, aus dem Schlimmsten das Beste zu machen. Die Tarvinin und er sind ein ganz hervorragendes Gespann.« Er trat auf den Gang. »Ich bringe den anderen die neuen Zahlen, Majestät.«

Einen Lidschlag später war Perdór allein.

Sein Blick wanderte zur großen Detailkarte Kensustrias, die man mit ein paar Nadeln am Gebälk aufgehängt hatte. Er würde vieles darum geben zu wissen, was der Kabcar vor seinen Spionen zurückhielt und was ihn unerschütterlich an einen schnellen Einzug ins Land der »Grünhaare« glauben ließ.

Es könnte sich auch um ein Täuschungsmanöver handeln. Der ilfaritische Herrscher kannte den ältesten Sohn Lodrik Bardri¢s nicht gut genug, um ihn und seine Reaktionen richtig einzuschätzen.

Die Berichte aus der tarpolischen Hauptstadt wiesen ihn als einen wahren Choleriker aus, eine Gemeinsamkeit, die alle männlichen Bardri¢s teilten. Er neigte dazu, seine Magie massenwirksam einzusetzen und die Bewunderung, vielleicht auch die Furcht der Untertanen zu wecken. Sein Machthunger gestaltete sich dabei grenzenlos. Was die Rücksichtslosigkeit anging, stellte Perdór ihn noch etliche Stufen höher als seinen Berater. Dennoch reichte sein Wissen nicht, um Prognosen zu wagen.

Mit besorgter Miene las er die Nachricht, dass etliche Cerêler auf dem Weg nach Ulsar waren, um sich für die Anstellung als Hof-Heiler zu bewerben.

Üblicherweise bestellten die Herrscher den Cerêler zu sich, von dem am besten gesprochen wurde und der die spektakulärsten Erfolge vorweisen konnte. Dass die Heiler nun aus allen Teilen des Großreiches in die Hauptstadt reisten, bereitete Perdór nur weiteres Unwohlsein.

Das Volk wird ohne jede Hilfe sein, sollte eine schwere, ansteckende Krankheit ausbrechen. Es kann nicht sein, dass das in seinem Sinn liegt, dazu braucht er die freiwilligen und erzwungenen Soldaten viel zu sehr für seinen Krieg. Was also macht er mit all den Cerêlern? Was hatten die kleinwüchsigen Leute an sich, was machte sie für den Kabcar so wichtig, dass er sie nach Ulsar bestellte?

Der König langte nach dem nächsten Schokoladentäfelchen und beobachtete, wie es in Windeseile durch die Wärme zwischen Daumen und Zeigefinger schmolz. Der Gedanke traf ihn unvermittelt.

Ihre Magie! Was ist, wenn er sie wegen ihrer Magie benötigt? Das wiederum ergäbe einen triftigen Grund für die Invasion Kalisstrons, die Heimat der Cerêler.

Perdór schnalzte mit der Zunge, richtete seinen brokatenen Morgenmantel, den Fiorell inzwischen spöttisch als »Rund-um-die-Uhr-Umhüllung« bezeichnete, und schob sich rasch die geschmolzene Schokolade in den Mund. Dann trat er an sein Stehpult und setzte eine Nachricht auf, die allen Cerêlern, die sich noch nicht auf der Reise nach Ulsar befanden, eine Warnung sein sollte. Er betete, dass man seinen Botschaften Glauben schenkte. Wenn er es erreichte, ihre Aufmerksamkeit zu erregen, und sie vorsichtig wurden, war vielleicht schon etwas gewonnen.

Die Feder huschte über das Papier. Kurz darauf klingelte er nach einem Bediensteten, der die Zeilen zur Vervielfältigung in die Schreibstuben brachte.

Der König drehte eine Bartlocke um den kleinen Finger und bedachte eine andere, größere Landkarte mit dem darauf eingezeichneten Ulsar mit einem knappen Blick. Im Grunde müsste man handeln, agieren statt zu reagieren, und auf verschlungenen Wegen bis in die Hauptstadt eilen, um die Quellen des Bösen auszuschalten. Alle Bardri¢s würden genauso darunter fallen wie Nesreca und Sinured. Wenn man die Häupter abtrennte, könnte man mit der entsprechenden Vorbereitung aus der Verwirrung eine neue Ordnung entstehen lassen, die Frieden brächte.

Doch die tzulandrisch-tarpolische Kriegsmaschinerie aufzuhalten war ein Unternehmen, das man im Augenblick auf diese Weise nicht realisieren konnte.

Soscha reichte, bei aller Ausbildung und Magiebefähigung, als Attentäterin nicht aus, und die Kensustrianer kämen keine zwanzig Meilen weit, ohne dass sie entdeckt würden.

Nach dem ersten Sieg seit langer Zeit brauchen wir weiterhin deinen Beistand, Gerechter, betete Perdór vor der Landkarte, *sonst waren all die Toten und Mühen vergebens.*

Kontinent Kalisstron, Bardhasdronda, Frühherbst 459 n. S.

Lorin öffnete die Hand, der Milchbecher rutschte quer über den Tisch und bewegte sich auf seine Rechte zu. Fatja beobachtete das Schauspiel aus den Augenwinkeln.

Die Unterseite blieb an einer Unebenheit des Holzes hängen, das Gefäß drohte zu kippen und seinen Inhalt zu ergießen. Als die ersten Spritzer über den Rand quollen, blieben sie in der Luft stehen und kehrten in den Becher zurück. Die Oberfläche des Tisches zeigte nicht einen einzigen feuchten Fleck.

»Das kommt davon, weil du zu faul bist, aufzustehen und dir die Milch zu holen wie andere Leute auch«, kommentierte die Schicksalsleserin. Auch wenn sie ihrem kleinen Bruder zum Schein eine Rüge erteilte, atmete sie innerlich auf, weil er seine Gabe wieder einsetzte. Seit dem Tod von Soini wagte er es kaum mehr, und dann auch nur, wenn er sich allein glaubte.

Der junge Mann, der auf seinem Rundgang durch die Stadt bei ihr eine kleine Rast eingelegt hatte, wurde sofort rot.

»Entschuldige, ich wollte meine Kräfte nicht einsetzen. Es war mehr ein Reflex.« Lorin verzog schuldbewusst das Gesicht und streckte sich, um den Becher aufzunehmen.

»Wie geht es Jarevrån?«, erkundigte sich Fatja, um abzulenken. »Man sieht euch beide kaum noch bei uns, seit ihr Mann und Frau seid.« Sie grinste frech. »Ein eigenes Haus hat schon seine Vorzüge, nicht wahr? Werde ich etwa bald schon Tante? Dann hättest du dich ganz schön beeilt, Herr stellvertretender Milizionärsanführer.«

Lorin, gekleidet in die typische kalisstronische Tracht, über der er einen einfachen, leichten Lederpanzer und ein Schwert an seiner Seite trug, streckte ihr die Zunge raus.

»Seit du wieder gesund bist, ist die alte Frechheit wieder zurückgekehrt, was?!« Er prostete ihr zu. »Allen Göttern sei Dank, dass unsere Hochzeiten letztlich doch ein halbwegs gutes Ende nahmen.« *Auch wenn ich nicht daran geglaubt habe.*

Fatja nahm das Essen, gebratene Süßknollen und Meeresfrüchte, vom Feuer und schaufelte sich einen Teil davon auf ihren Teller.

»Du musst dir keine Vorwürfe mehr machen, kleiner Bruder. Letztlich verdanken wir es doch dir, dass alle mit dem Leben davonkamen. Alle, die es verdienten.« Sie hielt ihm die Pfanne hin, doch er lehnte dankend ab. »Und jetzt hör auf, weiter darüber zu grübeln. Es ist Geschichte«, sagte sie und fing an zu essen.

Lorin betrachtete die Frau, mit der er im Grunde kein bisschen verwandt war, die er aber mehr liebte als seine wahren Eltern. Gleiches galt für Matuc und den einsilbigen Waljakov. Diese Gedanken brachten ihn zu dem eigentlichen Grund für seinen Besuch.

»Findest du nicht auch, dass sich Waljakov in letzter Zeit etwas merkwürdig verhält?«, fragte er und schielte dabei über den Rand des Bechers, während er trank.

Fatja schwenkte die Gabel wie ein Schwert und vollführte einen spielerischen Angriff. »Du meinst, weil er sich ausnahmsweise nicht nur mit Schwertern und anderen Mordinstrumenten beschäftigt?«, hielt sie vergnügt dagegen, dann wurde sie stutzig. »Tatsächlich, du hast Recht.«

»Ich habe ihn sogar in Begleitung einer Frau gesehen«, fügte Lorin hinzu, woraufhin sich Fatja beinahe an ihrem Bissen verschluckte.

»Der Glatzkopf hat die Damenwelt für sich entdeckt? Nun wird es wirklich seltsam.« Gespannt schaute sie Lorin an. »Los, erzähl schon! Wer ist es, und wie haben sie sich kennen gelernt? So ein Turm ist in der kommenden Jahreszeit ein lauschiges Plätzchen, wenn man allein zu zweit sein möchte.« Sie zwinkerte. »Ein echter Romantiker, der alte Schwertschwinger.«

Lorin feixte. »Sie heißt Håntra und ist eine Dienerin der Bleichen Göttin. Mehr weiß ich allerdings auch nicht.«

»Na, so etwas. Dass er sich ausgerechnet eine von denen aussucht, mit denen er so gar nichts gemein hat.« Sie lachte. »Andererseits, welche Auswahl hat er? Gegen die Liebe scheint selbst Waljakov trotz seiner Muskeln machtlos.«

»Ich glaube nicht, dass sie ein echtes Paar sind«, äußerte Lorin seine Vermutung. »Sie sind zwar ständig miteinander unterwegs, aber ich habe dabei noch keinen Hinweis entdecken können, dass sich mehr zwischen ihnen abspielt.« Er leerte seinen Becher. »Das finde ich seltsam.«

»Wie süß.« Fatja klatschte in die Hände. »Ein gestandener Mann, der in der Öffentlichkeit schüchtern ist. Wenn du eine Bestätigung haben willst, frage ihn einfach. Er bevorzugt ja auch stets den direkten Weg.«

»Das werde ich tun, sobald ich ihn sehe«, nickte Lorin, verabschiedete sich und stiefelte zur Tür hinaus.

Gereizt klappte Waljakov das Tagebuch zu. »Nichts. Kein Name, kein Hinweis.« Die mechanische Hand schloss sich um den Einband, die eisernen Fingerglieder hinterließen tiefe Abdrücke im mehrfach verleimten, dünnen Holz, das als Schutz diente. *Ich werde meinen Verstand verlieren, ohne dass ich etwas dagegen tun kann.* Wenn es nicht ihn, sondern durch einen dummen Zufall gar Lorin am Turm getroffen hätte, würde der Geist sehr viel mehr vernichten als nur einen weiteren Mann. Unter Umständen beträfe es die gesamte Zukunft Ulldarts.

Håntra legte ihre Hand mitfühlend auf die Rechte des kahlen Hünen. »Du musst mir glauben, dass sie das, was sie tut, nicht böse meint. Sei auf den Mann wütend, der sie getötet hat. Sie kann nicht anders.«

»Dann wird es Zeit, dass wir sie davon erlösen, nicht anders zu können«, grummelte er. »Wir wissen, dass er ein guter Geschichtenerzähler war, auch wenn er damit nicht seinen Unterhalt verdiente.« Der K'Tar Tur vermied es, die Kalisstronin anzuschauen, weil er fürchtete, dass aus der lange schon aufgekeimten Sympathie mehr werden könnte. *Ausgerechnet mir passiert das,* dachte er verlegen. *Das fehlte noch, dass ich mich in die Schwester des Spukes verliebe.* Und dennoch konnte er sich dem freundlichen Wesen der Frau nicht verschließen, zumal sie ihn seiner Ansicht nach viel öfter tröstend berührte, als es notwendig gewesen wäre.

»Ich werde mir die Stelle am Turm noch einmal ansehen. Wenn ich Glück habe, entdecke ich etwas, das uns hilft.«

Beide erhoben sich zugleich. »Ich komme mit.«

»Nein«, kam es unwirsch aus seinem Mund. Håntra schreckte zusammen. »Nein, danke.«

»Ich würde dich aber sehr gern begleiten«, sagte die Kalisstronin zögernd. »Vielleicht kann ich mit meiner Schwester reden und sie dazu bringen, von dir abzulassen.«

Waljakov tat sein harscher Ton längst Leid. »Ich glaube nicht, dass es etwas bringt.«

»Es wurde vorher noch niemals versucht«, erwiderte sie. »Keiner der Männer, die ihr zum Opfer fielen, sprach darüber – bis es zu spät war. Sie erschien nicht mehr, und ich erhielt niemals die Gelegenheit, mit ihr zu reden.«

Waljakov streckte die Waffen. »Na, schön. Von mir aus«, brummte er, und Håntra strahlte. Sie verließen das Haus, in dem die beiden Schwestern aufgewachsen waren, und traten auf die Straße.

Waljakov blieb stehen, um sich zu orientieren.

Das geschah häufiger. Es kam ihm so vor, als stünde er in den Gassen einer selten besuchten Stadt, und so benötigte er gelegentlich eine Weile, bis er wusste, welche Richtung er zu wählen hatte. Viermal schon war er eine Stunde umhergelaufen, weil er es nicht gewagt hatte, einen Einheimischen nach dem Weg zu fragen. Niemand hätte verstanden, warum er sich plötzlich nicht mehr auskannte, und schon hätte das Gerede eingesetzt.

Håntra übernahm die Führung, wohl wissend, worunter der Kämpfer litt, und lenkte ihn aus Bardhasdronda hinaus, in Richtung des Feuerturmes.

Der Herbst packte das Meer mit der ungestümen Kraft der ersten heftigen Winde, nahm die Wellen und schleuderte sie mit Wucht gegen die Klippen, dass das Wasser in Tausende glitzernder Tropfen zerbarst und als Gischt landeinwärts sprühte.

Die Luft roch salzig; ein dünner Feuchtigkeitsfilm legte sich auf die dicke Kleidung der beiden schweigenden Wanderer, die oberhalb der Wasserlinie durch den Sand und über die Steine stapften.

Waljakov erschien alles um ihn herum zunehmend unwirklich, wie in einem Traum. Er hörte das Rauschen der See unnatürlich laut, das Schreien der Möwen tat ihm in den Ohren weh, die grauen Wolken, die sich draußen über dem Meer entleerten, türmten sich auf, wuchsen ins Unermessliche und drohten auf ihn herabzustürzen.

Knurrend griff er nach seinem Schwert.

Die Frau legte ihm beruhigend die Hand auf den Unterarm, verhinderte, dass er seine Waffe zog. »Ruhig. Hier ist nichts, was du bekämpfen könntest.«

Der Krieger fuhr herum, die eisgrauen Augen richteten sich abschätzend auf seine Begleiterin, deren Name ihm einfach nicht einfallen wollte. Erst nach einiger Zeit entspannte sich seine Muskulatur, deren Kraft ausreichte, um die Kalisstra-Dienerin mit einem einzigen Schlag zu ihrer Göttin zu schicken.

Er wankte zur Seite, bückte sich, um etwas Meerwasser aufzunehmen, und benetzte sich damit das Gesicht. Die Kühle ordnete seinen Verstand ein wenig.

Als Håntra ihm ihre Hand hinhielt, war er tief dankbar und ergriff sie. So gelangten sie schließlich zum Fuß des Kliffs, auf dem der Feuerturm stand.

Nach einem problemlosen Aufstieg erreichten sie das windumtoste Plateau mit dem runden Turm, der den Naturgewalten trotzte.

Der Krieger winkte den Türmlern zu und näherte sich der Stelle, an der Ricksele damals ihr Leben verloren hatte. Die Kalisstronin blieb auf ein Signal hin etwas zurück, der leichte Sturm zerrte an ihren Gewändern.

Waljakov musste sehr aufmerksam sein, als er Schritt für Schritt auf den Abgrund zuging.

Vorsichtig bewegte er sich an der vorderen Grundmauer des Turmes entlang, bis er beinahe am Abgrund stand, an dessen Ende Steine, Sand und die anrollende See lauerten. Den Körper eng an die Wand des Gebäudes gedrückt, tastete er mit der echten Hand über eine Stelle, die ihm auffällig erschien. Die Moose und Flechten wuchsen hier nicht ganz so dick. Seine eisernen Fingerspitzen strichen den Bewuchs behutsam zur Seite. Darunter zeigte sich eine verwitterte Gravur – zwei Namen, mit einem Kreis aus Blumen umgeben. Zufrieden entfernte er noch mehr von der Schicht.

»Du gibst dir Mühe wie noch keiner vor dir«, hörte er Rickseles Stimme hinter sich sagen. »Sträube dich nicht. Du bist bald mein.«

Vor Überraschung krümmte er sich zusammen, die Fingerglieder schrammten dabei über den Stein und brachen Stücke von der Inschrift heraus, ließen sie unvollständig werden. Waljakov blickte über die Schulter zu der Spukgestalt.

»Gar nichts wirst du bekommen. Verschwinde.« Demonstrativ wandte er sich der Gravur zu. »Wärst du aus Fleisch und Blut, würde dich mein Schwert auf der Stelle töten und erlösen.«

»Töten?«, vernahm er plötzlich einen anderen, zutiefst verhassten Menschen. Seine Klinge flog beinahe von selbst in seine Hand, und er wirbelte um die eigene Achse. »Nesreca?«

Unvermittelt befand er sich im Audienzsaal des Palastes zu Ulsar; der Konsultant stand schräg rechts neben ihm, die Hände hinter dem Rücken verschränkt. Das Lächeln, das ihm Nesreca zuwarf, war spöttisch, die langen, silbernen Haare schimmerten auf.

Es ist nur ein Trugbild, konzentrierte sich der K'Tar Tur angestrengt.

»Ach?« Amüsiert hob der Konsultant die rechte Augenbraue und lehnte sich ein wenig zurück. »Und wenn es eine göttliche Fügung, die einmalige Gelegenheit wäre, mich zu beseitigen?« Provozierend breitete er die Arme aus. »Ich bin unbewaffnet wie immer. So wehrlos wie Norina Miklanowo, als ich sie …«

Mit einem bösartigen Fluch in der Dunklen Sprache auf den Lippen, ging der Hüne zum Angriff über, um Nesrecas Abbild zu spalten.

Doch bevor er den Mann erreichte, warf sich etwas gegen ihn und schleuderte ihn durch den Aufprall nach links. Zu überrascht, um reagieren zu können, und zu sehr auf sein Ziel fixiert, verlor er das Gleichgewicht und stürzte rücklings.

Schon im Fallen kehrte sein Bewusstsein zurück. Er musste mit einem Fuß bereits über den Fels hinaus getreten sein, und sein Unterkörper glitt ins Leere. Geistesgegenwärtig riss er sich herum und rammte das Schwert in eine vorüberfliegende Felsspalte.

Die Klinge verkantete sich und bog sich bedrohlich unter der Last. Glücklicherweise fand er mit der anderen Hand einen Halt und hing somit etwa eine Manneslänge unterhalb der Kante.

Ich Narr! Es konnte doch nur der Geist sein, ärgerte sich Waljakov über sein Verhalten, das ihn in arge Bedrängnis gebracht hatte.

Ein Steinschauer regnete auf ihn nieder, eine Gestalt fiel von oben herunter und passierte schreiend die Stelle, an der er baumelte.

Er maß den rechten Moment ab und griff zu. Seine Finger umschlossen den Gürtel, den Håntra um den Mantel trug. Der jähe Ruck ließ sie das Bewusstsein verlieren. *Dann strampelt sie wenigstens nicht.*

Die kräftigen Winde und die Rettungsmaßnahme brachten Waljakov ins Pendeln. Mehrfach kollidierte er mit der schroffen Wand und zog sich einige Schrammen zu. Das Schwert gab ein seltsames Geräusch von sich und bog sich weiter durch.

Doch das in Gefahr geratene Paar blieb nicht unbemerkt.

Gerade, als das Schwert die Last nicht mehr tragen konnte und zersprang, wurde ein Seil von oben heruntergeworfen.

Waljakov gelang das Kunststück, im Fall mit der künstlichen Hand das Seil zu packen und sich mitsamt der Kalisstronin daran festzuklammern.

Die Türmler zogen sie nach oben. Keuchend sank Waljakov auf den nassen Fels, die Hand vom Gürtel der Frau nicht lösend.

Verdammtes Alter, verdammter Spuk. Er vergewisserte sich, dass Håntra in Sicherheit war, und ließ sie los. Dann richtete er sich auf, band ein Ende des Seiles um seinen Körper. »Haltet das andere Ende fest«, sagte er knapp zu den Türmlern und wankte zu der Stelle, an der er die Gravur entdeckt hatte.

Durch sein unbeabsichtigtes Kratzen war die Zerstörung groß. »Ricksele« war zu Hälfte lesbar, und der Name ihres Kavaliers büßte ebenfalls ein gutes Stück ein. Der letzte Rest schien auf »vaten« zu enden, eine kalisstronische Allerweltsendung bei männlichen Namen.

Prüfend glitt sein Blick über die Mauer, die Finger berührten den Stein behutsam. *Ein A am Anfang? Sollte der Geliebte genauso geheißen haben wie der Mann der kleinen Hexe?* Kurz beschlich ihn der Gedanke, in Arnarvaten selbst den Täter vor sich zu haben. In Anbetracht seines Alters schied diese Lösung jedoch aus.

Er kehrte zur bewusstlosen Håntra zurück, hob sie vom Boden auf und trug sie ins schützende Innere des Turmes, um nach Anzeichen auf Verletzungen zu suchen. Vorsichtig legte er sie in eine der Schlafkojen, zog den Vorhang zu und entkleidete sie mit der Professionalität eines Kämpfers, der die Verwundung seines Freundes überprüfen wollte.

Um ihren Unterleib bildete sich ein dunkelblauer Bluterguss, der von der Einschnürung durch den Gürtel stammte. Gründlich tastete er die Bauchdecke ab und überprüfte, ob sich darunter etwas anders anfühlte als üblich, ein Organ geplatzt war oder Schaden genommen hatte. Wenn Håntra tatsächlich innere Verletzungen erlitten hatte, so konnte er keine entdecken. Kleinere Blessuren fand er an den Armen und Beinen, die vom Rutschen über die Felswände herrührten.

Zwei Geister, die mich verfolgen, hätte ich nicht verkraftet, dachte er voller schwarzem Humor. Es beunruhigte ihn, dass der Spuk in seinen Verstand und seine Erinnerungen schaute, um ihn mit Bildern aus der Vergangenheit zu narren. Um ein Haar wäre Rickseles Absicht gelungen.

Håntra erwachte mit einem Stöhnen, schlug die grünen Augen auf und verzog das Gesicht. »Sie hätte uns beide beinahe bekommen«, lächelte sie ihn an und blickte an sich herab.

»Ich habe nur nachgeschaut, ob du verletzt bist«, erklärte Waljakov hastig, zurrte die Kleider zurecht und legte eine Decke über sie. Zu seinem Ärger bemerkte er, dass er errötete. *Verflixte Weiber.* »Ich habe etwas herausgefunden. Zieh dich an, ich berichte dir unterwegs.«

Fluchtartig verließ er die Koje und begab sich an den grinsenden Türmlern vorbei die Treppe zur Plattform hinauf, um auf das Meer zu schauen, damit er auf andere Gedanken kam. Nachträglich fand er Håntras Anblick sehr anziehend.

Weit draußen erkannte er mehrere Fischerboote, die von ihrer Fahrt zurückkehrten und vor dem immer stärker werdenden Wind Schutz im heimatlichen Hafen suchten. Bald würden nur mehr Wahnsinnige den Weg über das tobende Wasser wagen. Große Fahrten unternahmen dann nur noch Schwachsinnige und Unkundige.

»Ich wollte mich dafür bedanken, dass du mir das Leben bewahrt hast«, sagte Håntra und näherte sich ihm. Sie stellte sich auf die Zehenspitzen und gab ihm einen Kuss auf die Wange.

»Du hast mich doch zuerst gerettet«, grummelte er. »Es war also nur rechtens und eine Wiedergutmachung, nichts Besonderes.« Knapp schilderte er ihr seine Entdeckung an der Turmwand.

Die Kalisstronin fuhr ihm mit der Hand am Unterkiefer entlang, streichelte den silbrig weißen Bart. »Wir scheinen Fortschritte zu machen. Ich hoffe sehr, dass es uns gelingt, meine Schwester zu erlösen.« Sie wirkte etwas unsicher, als sie weiterredete. »Ich habe schon seit Längerem den eigennützigen Wunsch, dass du im Diesseits verweilst«, gestand sie und blickte wie er auf die See.

Waljakov spürte, dass sie auf eine Antwort wartete.

Er seufzte.

Dies war genau das Kapitel im Leben eines Mannes, in dem er so unbedarft wie kein Zweiter war, vielleicht einmal abgesehen von dem jungen Lodrik. Sicher, es hatte Frauen in seiner Vergangenheit gegeben, meist Kämpferinnen seiner Art oder Bekanntschaften, mit denen er niemals lange zusammenblieb, bis er sich für die Einsamkeit entschied. Es hatte niemals ausgereicht, um sich mit dem Wesen der Frauen länger und intensiv auseinander zu setzen.

Was sich nun anbahnte, schien den Rahmen dessen, was er erlebt hatte, zu sprengen. Und damit konnte er nicht umgehen.

»Ich …«, er musste seine Stimme frei hüsteln, »… ich …« *Verdammt, warum kann man das nicht mit einem Zweikampf ausdrücken?* »Ich würde auch lieber im Diesseits bleiben.«

Die Kalisstronin schien mit dem kargen Geständnis zufrieden, ja, glücklich zu sein. Ein Leuchten ging über ihr Antlitz, und sie gab ihm einen neuerlichen Kuss auf die Wange. »Du wirst sehen, wir schaffen es.«

»Ja.« Waljakov drehte sich zu ihr, seine eisgrauen Augen verloren zum ersten Mal seit langer, langer Zeit die Kälte. Alle Bedenken versanken beim Blick in die tiefgrünen Augen der Frau. So etwas fühlte er zum ersten Mal in seinem bewegten Dasein: Geborgenheit, Sicherheit, Wärme.

Lorin stand auf dem Wachturm über dem Westtor von Bardhasdronda und schaute mit dem Fernrohr hinüber zur Baustelle, auf der sich der Ulldrael-Tempel immer weiter in die Höhe zog. Angefangen hatte Matuc mit einer kleinen Hütte, die auf einer gestampften Grundplatte ruhte.

Inzwischen schichteten die Gläubigen massive Steinquader aufeinander. Sie arbeiteten nicht mit aller Gewalt an dem Bauwerk. Mal tat sich ein Tag lang nichts, dann brachten mehrere Menschen Felsblöcke zum wachsenden Heiligtum und rückten sie nach der Anleitung eines Baumeisters an Ort und Stelle.

Parallel dazu versorgten sie noch die Gewächshäuser in und außerhalb der Stadt, damit der Anbau der Süßknollen zu keiner Zeit vernachlässigt wurde. Das Geschenk von Ulldrael an Kalisstron fand sich auf vielen Tischen der Familien, vor allem Ärmere profitierten von den Schenkungen, die der Geistliche durchführte.

»Wenn man mich braucht, gebt ein Signal«, wies Lorin einen der Milizionäre an. »Ich bin bei Matuc. In einer Stunde kehre ich zurück, dann beginnen wir mit den Ausdauerübungen.« Der Wächter warf einen Hilfe suchenden Blick in den Himmel, was seinen Vorgesetzten zum Grinsen brachte. »Ein guter Soldat muss auch rennen können, nicht nur zuschlagen.«

Der junge Mann verließ die Mauern seiner Heimatstadt und verfiel in einen leichten Dauerlauf. Das war eine Eigenart, die sich seit seiner frühesten Kindheit hielt. In Schnelligkeit, Wendigkeit sowie Unermüdlichkeit beim Traben war er allen anderen überlegen.

Schon nach kurzer Zeit erreichte er den Platz, an dem Ulldrael nun höchst offiziell verehrt wurde, ohne dass man mit dem Zorn der Städter rechnen musste. Lorin vernahm das Murmeln von Gebeten und das Singen religiöser Lieder, wie er es unzählige Male von Matuc gehört hatte.

Doch der Keim des Glaubens, den sein Ziehvater in seiner Erziehung gepflanzt hatte – so bemerkte Lorin, als er vor dem kleinen Portal stand –, wollte nicht wirklich sprießen. Nach wie vor wusste er nichts Rechtes mit Ulldrael anzufangen und sah keinen zwingenden Grund, weshalb er ihn oder aber seine Schwester Kalisstra lobpreisen sollte.

Daher brachte er ihnen beiden die gleiche oberflächliche Verehrung entgegen, um es sich nicht völlig mit den Gottheiten zu verscherzen. Matuc zu Liebe besuchte er gelegentlich Messen, und im Kalisstra-Tempel kreuzte er in unregelmäßigen Abständen auf, um Pflichtopfer zu geben.

Doch sein Herz war nicht in den Gesten, Gesängen und Worten.

Je älter er wurde, desto mehr fand Waljakovs Einstellung seinen Gefallen: Der einsilbige Krieger verließ sich auf sich selbst und seine Fertigkeiten.

Lorin strich um den Rohbau herum und stellte sich vor, wie er wohl in seiner vollen Gestalt aussehen würde. Matuc hatte ihm den Plan erklärt, den er seinem Kloster in Tarpol nachempfunden hatte, als dessen Vorsteher er gewirkt hatte.

Ulldart.

Mehr als ihm lieb war, dachte Lorin an diesen Kontinent.

Alle erwarteten von ihm mehr oder weniger, dass er sich seinem Vater und den Bedrohungen dort stellte. Aber er konnte keinerlei Begeisterung für diesen Plan aufbringen. Dazu gesellte sich die Furcht, zu versagen und das Ziel nicht zu erreichen.

Deshalb verdrängte er die Gedanken an das Land jenseits des Meeres so gut es ging und konzentrierte sich auf seine Aufgaben als Rantsilas Stellvertreter sowie die Ausbildung der Männer. Angesichts der drohenden Auseinandersetzung mit den Vekhlathi mussten sie das Führen der Waffen und das zügige Ausführen der Befehle im Schlaf beherrschen. *Erst Bardhasdronda, danach der Rest.*

Lorin stand wieder vor dem Eingang, als Matuc heraustrat, umringt von mehreren Frauen und Männern und tief ins Gespräch mit ihnen versunken. Ein letzter freundlicher Ratschlag, sie verneigten sich und stiegen die provisorischen Stufen hinab, um zur Stadt zurückzukehren.

Sein Ziehvater bemerkte ihn und kam ihm entgegen. »Lorin, mein Junge! Schön, dich zu sehen. Suchst du den Rat des Gerechten?«

»Ich wollte eigentlich nur dich sehen, Matuc«, erwiderte er liebenswürdig.

Der Geistliche formte die Hände zu einer Kugel als Zeichen Ulldraels. »Das ist natürlich auch ein sehr guter Grund.« Er umarmte den jungen Mann, dann deutete er auf den Tempel. »Was sagst du dazu? Ich hätte niemals gedacht, dass die Kalisstri mit solcher Überzeugung zu einem anderen Glauben übertreten. Stell dir vor, es kommen erste Menschen aus den Nachbarstädten, einfache Menschen, die mehr über Ulldrael wissen möchten.«

Lorin freute sich innerlich über die Zufriedenheit des Mönchs und fand es gleichzeitig schade, dass er selbst wohl niemals der Grund sein würde, weshalb sich ein derart seliger Ausdruck auf das Antlitz des betagten Mönchs zauberte. »Es sieht sehr gut aus. Kiurikka platzt vor Neid und Argwohn.« Er dachte an die letzte Unterredung mit der Hohepriesterin. »Noch immer ist ihr dein Glaube nicht geheuer.«

Matuc hatte die unbewusste Abgrenzung seines Ziehsohnes sehr genau gehört. »Aber sie hat doch kaum einen Anlass, den Gerechten zu verdammen, nachdem du den Edelstein fandest und all die Heldentaten vollbrachtest«, sagte er etwas verschmitzt. »Sie wird ihre Ablehnung vermutlich niemals überwinden. Schade, dass sie das Nebeneinander der Göttergeschwister nicht versteht.« Der Mönch betrachtete den jungen Mann von der Seite. »Auf die Gefahr hin, dass du es nicht mehr hören willst: Dein Glaube könnte etwas mehr Intensität vertragen, mein Junge. Wenn wir gegen das Böse auf Ulldart ziehen …«

»… verlasse ich mich auf meine Magie und meine Freunde, Matuc«, blockte Lorin den zigsten Bekehrungsversuch seines Ziehvaters freundlich, aber eindringlich ab. »Wenn mir Ulldrael, Kalisstra oder ein anderer der guten Götter den Beistand anträgt, werde ich mich nicht dagegen sträuben. Bis dahin bringe ich ihnen Respekt entgegen, jedoch kein Vertrauen.« Lorin sah Matuc an, dass seine Antwort erneut nicht so ausfiel, wie sie der Mönch gern gehört hätte. »Gräme dich nicht. Vielleicht liegt es an meinen Kräften, weshalb ich nicht der überzeugteste Gläubige bin.« Er klopfte ihm auf die Schulter. »Vielleicht ändert sich das eines Tages.«

»Bis dahin freue ich mich über meine Erfolge auf Kalisstron«, meinte der Geistliche ein wenig versöhnt, weil ihm die Hoffnung blieb. »Was gibt es Neues aus den Nachbarstädten?« Er hakte sich bei Lorin ein und begann einen Rundgang durch die Baustelle.

»Wir beabsichtigen, mit einer kleinen Abordnung in Vekhlathi einzudringen und nach den Palestanern und Hinweisen zu suchen.« Der Milizionär grinste. »Waljakov ist sich sicher, eine ›Krämerseele‹ auf hundert Schritt zu erkennen, allein durch den Gang eines ›turtelnden Täuberichs‹. Die diplomatischen Versuche der Hohepriesterin haben nichts erreicht, der Bürgermeister hat keine Verhandlungen mit ihr aufgenommen. Im Wortlaut des Briefes, den man ihr mitgab, glaubte unser Glatzkopf gewisse Floskeln zu erkennen, die palestanischen aufs Wort gleichen.« Er erzählte weiter, dass es keinerlei neue Segelsichtungen mehr gab. Die tzulandrischen Verbündeten hatten anscheinend bemerkt, dass ihr Auftauchen zu auffällig war. Der taktische Zusammenschluss von Bardhasdronda mit der Stadt Kandamokk nördlich von Vekhlathi brachte zumindest eine vorläufige Sicherheit. »Und wir haben mehr Zeit, unseren Nachbarn die Augen über die Palestaner zu öffnen, sobald wir Beweise für deren Unredlichkeit im Kontor finden«, schloss Lorin.

»Und wann soll die Unternehmung stattfinden?«

»Wir wissen es noch nicht genau«, sagte der junge Mann mit den blauen Augen ausweichend. »Lange warten wir nicht mehr. Ich fühle mich in meinem Verdacht bestätigt, dass die Seehändler hinter unserem Zwist mit Vekhlathi stecken.«

Matuc blieb vor der rund einen Schritt hohen Ulldrael-Statue aus Walbein stehen, die Blafjoll geschnitzt hatte. »Ich hatte auf Ulldart wenig mit den Palestanern zu tun«, erinnerte er sich, »aber es würde sehr gut zu ihnen passen. Die wenigsten Kaufleute kennen Moral und Loyalität. Geld und Macht sind es, was sie schätzen.« Er verneigte sich vor dem Abbild des Gerechten, und auch Lorin deutete rasch eine Verbeugung an. Dann begaben sie sich zur Pforte. »So will ich dich nicht länger aufhalten«, verabschiedete Matuc ihn. »Du wirst einiges zu tun haben.«

»Bete, dass unser Vorhaben gelingt«, bat Lorin den Geistlichen. »Auf dich wird Ulldrael mehr hören als auf mich.«

Der Mönch schenkte ihm ein gütiges Lächeln. »Er würde auch dir zuhören, Lorin. Wenn du es ernst meintest.«

Im üblichen Dauerlauf machte Lorin sich auf den Rückweg und kehrte pünktlich auf seinen Posten zurück.

Zusammen mit Rantsila ging er die Berichte der Feuertürme durch, ohne dabei auf Auffälligkeiten zu stoßen. Die tzulandrischen Verbündeten der Vekhlathi schienen wie vom Erdboden oder der See verschluckt.

Lorins Dienst endete mit einem letzten Rundgang, bevor er gegen Mitternacht zu Jarevrån ins Bett stieg. Wie immer tauschten sie verliebte Zärtlichkeiten aus, und wie fast immer endete es damit, dass das junge Ehepaar eine Stunde später als beabsichtigt erschöpft in die Kissen sank, eng umschlungen und voller Glück.

Das alles aufgeben für ein unbekanntes Land voll fremder Menschen? Er drückte seine Frau an sich und grübelte bis zum Morgengrauen.

Das Eindringen in die verfeindete Nachbarstadt gestaltete sich schwieriger als erwartet. Neuankömmlinge, die nicht durch einen Passierschein ihre Zugehörigkeit zu Vekhlathi nachwiesen, mussten sich gefallen lassen, sämtliches Gepäck durchsucht zu bekommen. Der Wachhabende blickte jedem streng ins Gesicht, und jedes noch so geringe Zeichen von Unsicherheit führte dazu, dass der Unglückliche zum Verhör verschwand.

Aus diesem Grund hatten sich die Abenteurer auf eine Teilung der Truppe festgelegt, damit wenigstens einige von ihnen die Gelegenheit erhielten, sich nach den Palestanern umzuschauen und Beweise für deren unlautere Absichten zu finden.

Waljakov und Lorin schmuggelten sich mit Hilfe eines einheimischen Fischerbootes in den Hafen. Das Gefährt wurde selbstverständlich durchstöbert, doch der Fischer, einer von Matucs neuen Ulldraelanhängern, kannte die Gewohnheiten der Wachen gut. In dem winzigen Verschlag, in dem sie sich verbargen, war sicherlich schon einiges an Schleichhandelwaren hinter die Stadtmauern gelangt.

Die andere Gruppe versuchte es auf direkterem Weg mit gefälschten Passierscheinen unter der Führung eines recht fähigen Milizionärs. Als gemeinsamen Treffpunkt hatte man den Kalisstra-Tempel gewählt, kurz nach Mitternacht. Sich tagsüber durch Vekhlathi zu bewegen wäre vor allem für Waljakov wegen seiner auffälligen Statur zu gefährlich gewesen.

Als der Glatzkopf und Lorin zusammengepfercht in dem engen Hohlraum des Kahnes lagen, fiel Letzterem die ungewöhnliche Unruhe des Hünen auf. »Ich kann mich auch täuschen, aber ich habe den Eindruck, als würdest du etwas mit dir herumschleppen«, begann er. Er wusste genau, dass ihm sein Waffenmentor nicht ausweichen konnte, von daher hoffte er auf eine Erklärung. Oder zumindest die Versicherung, es sei alles in Ordnung.

»Du täuschst dich«, meinte der K'Tar Tur knapp. »Sei leise, Knirps.«

»Ich habe dich in Begleitung einer Frau gesehen«, fing der junge Mann nach einer Weile wieder an. »Findest du Håntra nett?«

»Ja«, lautete die lakonische, leicht gereizte Antwort.

»Und was soll dann die Geheimniskrämerei?« Lorin ließ nicht locker. »Weil sie dem Tempel angehört?«

»Nein.«

Die kurz angebundenen Erwiderungen klangen wie immer, nur der aggressive Tonfall machte ihn stutzig. »Waljakov, mir kannst du es doch sagen«, versuchte er es jovial. »Bei dem, was wir alles erlebt haben.«

»Und vielleicht nicht mehr erleben werden, wenn du nicht sofort den Mund hältst«, empfahl ihm der kahle

Kämpfer angespannt. »Die Wachen werden uns sonst noch bemerken.«

»Ich wollte aber …«

Das Geräusch, das die sich zur Faust ballenden eisernen Finger verursachten, veranlasste Lorin dazu, die nächste Frage nicht auszusprechen. Sie schwiegen eine Weile.

»Es ist verdammt eng hier. Und stickig«, knurrte Waljakov und bewegte sich vorsichtig. »Ich glaube, ich bekomme keine Luft mehr.«

»Ach, was. Das bildest du dir ein.«

»Hörst du das?«, wollte der Krieger plötzlich aufgeschreckt wissen.

Lorin lauschte. »Nein.«

»Leise Schritte. Die Wachen sind zurückgeschlichen«, flüsterte ihm Waljakov zu. Ein schleifendes Geräusch war zu hören.

Er muss sein Schwert gezogen haben. »Beruhige dich«, sagte der Milizionär behutsam und tastete nach seinem Freund.

Wie von der Tarantel gestochen, zuckte Waljakov zurück. Rumpelnd rutschte er bis zum äußeren Rand des Kabuffs. »Da war etwas!«

»Das war ich. Keine Angst!«

»Ruhe!«, zischte der Fischer von oben. »Die Wachen sind noch nicht weit genug entfernt.«

Jetzt war Lorin davon überzeugt, dass sich sein Ausbilder nicht so wie sonst gebärdete.

»Ich muss an die Luft«, erklärte der Krieger gepresst. »Und wir müssen die Soldaten schnappen, bevor sie uns verraten.«

Der junge Mann hörte, wie er sich an der Luke zu schaffen machte, sein Atem ging hektisch, angestrengt. *Er hat Angst, ist beinahe wie besessen.*

Schon fiel Licht von oben in ihr Versteck.

»Seid ihr verrückt?!«, rief der Fischer und stellte sich auf die Abdeckung. »Bleibt, wo ihr seid. Wenn sich einer von ihnen umdreht, sind wir im Handumdrehen eingekerkert.«

Waljakov fluchte etwas in einer Sprache, die Lorin noch niemals zuvor aus seinem Mund gehört hatte. Das Holz knarrte und ächzte gefährlich, als der Hüne seine Kraft einsetzte.

Die Klappe bewegte sich unaufhaltsam nach oben.

Im schwachen Schein sah der junge Mann das angestrengte Gesicht des Glatzkopfs. Mit lediglich einem Arm stemmte er die Klappe auf, die andere Hand hielt das Schwert stoßbereit mit der Spitze schräg nach oben.

»Hör auf, Waljakov.« Lorin setzte seine Magie ein, um die Öffnung zu schließen. Seinen Fertigkeiten zusammen mit dem Gewicht des Fischers hatte der Mann nichts mehr entgegenzusetzen. Dafür nahm sein unverständliches Gemurmel zu. »Was ist denn mit dir?«

Auf einen Schlag endete das seltsame Benehmen, die Luke klappte vollends zu. Man hörte nichts mehr außer Waljakovs Schnaufen.

»Nur ein kleiner Anfall von Dunkelangst«, erklärte er geschwächt. »Es ist aber vorüber, Knirps.«

Lorin glaubte seinem Ausbilder nicht, wollte aber nicht nachfragen, weil er fürchtete, eine neuerliche Reaktion zu provozieren.

Bis zum Abend blieb der Hüne ruhig. Selbst als die Soldaten ein weiteres Mal auftauchten, behielt er die Nerven, nur seine Atmung beschleunigte sich leicht. Vorsichtshalber hielt Lorin seine Magie parat, um das Schlimmste zu verhindern.

Stunden später machten sich die beiden unter der Führung des Seemanns zum vereinbarten Treffpunkt auf. Es waren kaum mehr Passanten unterwegs, und der K'Tar Tur wich immer rechtzeitig in den Schatten oder hinter einen Blickschutz zurück, um einer Entdeckung zu entgehen. Gemeinsam mit den anderen drei Milizionären schlichen sie in den Teil des Hafens, der ausschließlich den Handelsschiffen vorbehalten war. Das Kontor war schnell gefunden, jedoch lag eine dicke Eisenkette vor den großen Schiebetoren, und die geschlossenen Läden der Verwaltungsstelle schützten die Fensterscheiben vor Wind und Wetter. Oder neugierigen Blicken.

»Sie müssen irgendwo sein«, raunte Waljakov und deutete zu der im Trockendock liegenden Kogge. »Sie können nicht weg sein. Warten wir.« Er zog sich wieder in das Dunkel zwischen den dicht an dicht stehenden, riesigen Holzschuppen zurück, und die anderen folgten seinem Beispiel.

Gegen Morgengrauen schritten vier Männer auf das Kontor zu. Zwei davon waren unschwer durch ihre federbesetzten Dreispitze und ihre noch auffälligere Brokatmode als Palestaner zu identifizieren. Die anderen beiden Begleiter trugen weite, beigefarbene Lederumhänge und Wollmützen, um sich gegen den Wind zu schützen.

»Wir hängen uns an sie ran und drängen uns einfach mit ihnen zusammen hinein«, befahl Lorin und stieß sich von der Mauer ab. Die drei Milizionäre aus Bardhasdronda folgten ihm, Waljakov bildete den Schluss, während der einheimische Fischer im Schutz zurück blieb.

Die Überrumplung gelang ihnen nur zum Teil.

Zwar hoben die Palestaner sofort die Hände, als die Angreifer sie bedrängten, doch ihre zwei Diener wollten es darauf ankommen lassen. Beide zogen unter ihren Lederumhängen vielzackige Beile hervor und attackierten die Spione, bevor Waljakov den einen und Lorins Magie den anderen ausschaltete. Einer der Milizionäre war verletzt worden.

»Wer gibt euch das Recht«, empörte sich einer der Händler voll gespielter Entrüstung, »uns derart hart anzugehen? Das wird dem Bürgermeister aber gar nicht zusagen, wie ihr uns behandelt.« Er schaute in die Runde. »Was wollt ihr? Das Kontor ist leer, wir haben nichts, was sich zu stehlen lohnt, ihr Gesindel.«

»Der da ist zu groß für einen Kalisstronen«, wisperte ihm sein Partner zu. »Hier stimmt etwas nicht.«

Misstrauisch huschten die Augen von einem zum anderen, dann blickte der vordere Palestaner sehr geschäftstüchtig. »Lasst uns doch bei einem guten Glas Wein verhandeln«, bot er an, als stünden Geschäftsleute vor ihm, mit denen er sich über einen Sack Pfeffer einigen musste.

»Typisch Krämerseele«, knurrte Waljakov. »Das Blut seiner Diener ist noch nicht ganz erkaltet, da redet er mit dem Feind wie mit einem Bekannten.« Mit dem linken Fuß drehte er seinen besiegten Gegner um, sodass er dessen Gesicht erkannte. »Tzulandrier. Also machen sie wirklich gemeinsame Sache.«

»Ich habe keinen blassen Schimmer, wovon Ihr da faselt, guter Mann.« Der Kaufmann verneigte sich. »Doch wir sollten uns zunächst einmal wie Zivilisierte vorstellen. Ich bin Carlo DeRagni, das ist mein Freund Patamo Baraldino, und wir betreiben diese Außenhandelsstation mit ausdrücklicher Unterstützung des Bürgermeisters sowie im Namen des Kaufmannsrates von Palestan und unseres Königs. Wenn man es genau nimmt, befindet Ihr euch auf palestanischem Grund und Boden.« Je mehr er sprach, desto sicherer wurde er. »Also, liebe

Leute, dann erklärt euch hurtig. Es gibt mit Sicherheit eine Möglichkeit, diesen unschönen Zwischenfall durch eine Übereinkunft zu regeln, mit der wir alle leben können.« Er schaute flüchtig auf die beiden Toten. »Nun, fast alle. Dass ihr unsere beiden Diener in Selbstverteidigung niedergestreckt habt … nun, sagen wir, es räumt uns einen gewissen Bonus ein. Einverstanden?« Er lächelte dermaßen gewinnend und überzeugt von einem zum anderen, dass Lorin schon spürte, wie er nicken wollte.

Waljakov aber kannte sich sehr wohl mit den Schlichen der Seehändler aus. Er packte DeRagni am Schlafittchen und knallte ihn gegen die Wand, dass dessen Perücke nach vorn rutschte und der eben noch siegessichere Ausdruck auf seinem Gesicht völliger Entgleisung wich.

»Hör zu, Fatzke«, raunte er mit einem grollenden Unterton, »wir wollen wissen, welche Laus ihr den Vekhlathi in den Verstand gesetzt habt, dass sie wegen ein paar Süßknollen bereit sind, einen Krieg zu beginnen.« Ungefähr alle drei Worte rammte er den Palestaner zur Bekräftigung seiner Frage gegen die Bretter des Kontors. »Rede!« Die Stahlfinger pressten und quetschten die Schulter.

»Ich weiß nicht, was Ihr meint. Wir sind …«, wollte der Kaufmann seine Ausredelitanei hinunterbeten, als ihn der Schlag des Hünen in den Magen traf und ihm beinahe die Augen aus dem Kopf quollen. Seine Wangen blähten sich auf, weil ihm die Luft aus den Lungen schoss. Stöhnend sank er in sich zusammen und würgte.

Waljakov wandte sich ausdruckslos dem zweiten Palestaner zu, der sofort abwehrend die Hände hob. »Oh, ich halte nichts von so nahem Körperkontakt. Eure Umgangsformen sind mir denn doch etwas zu ruppig.« Eine Wand beendete seinen Fluchtversuch. »Aber, aber. Ich bin nur der Adjutant des Commodores«, versuchte er von sich abzulenken. »Ich weiß gar nichts.«

Lorin grinste. »Ach? Eben waren die beiden noch Händler, nun scheinen wir durch wundersame Weise zwei Offiziere vor uns zu haben.«

»Narr«, keuchte DeRagni und versuchte, wieder zu Atem zu kommen.

»Ich bringe jeden einzelnen Knochen in deinem eingebildeten Körper zum Bersten, Krämerseele«, versprach Waljakov dem Adjutanten eisig. »Bei den kleinen Zehen fange ich an, bei der Nase höre ich auf. Und anschließend wollen wir sehen, was man doppelt brechen kann.«

»Nein, nein, geht weg von mir!«, jammerte Baraldino. »Ich sage auch alles.« Sein Zeigefinger ruckte in die Höhe und deutete auf den Commodore. »Er! Er hat einen Schlüssel, in einem Geheimfach in seiner Dolchscheide, damit kann man ein verstecktes Sicherheitsfach am Sekretär in der Verwaltungsstube öffnen.«

»Hol ihn«, befahl Waljakov und packte den Händler mit seiner künstlichen Hand im Nacken. »Dein Hals ist kein großes Hindernis, wenn ich will. Eine falsche Bewegung, ein Schrei, und du hörst das Knacken deiner Wirbel, bevor du tot auf dem Boden aufschlägst.«

Die Milizionäre aus Bardhasdronda machten große Augen, als sie den Kämpfer in seinem Element sahen. Sie alle waren kräftige, gesunde Männer, die zuschlagen konnten, doch das Einschüchternde, wie es »Eisblick« an den Tag legte, brachte keiner von ihnen mit sich.

Baraldino suchte mit zitternden Fingern nach dem Verschluss an der Dolchscheide seines Vorgesetzten, der ihn aufs Heftigste beschimpfte. Im gleichen Atemzug machte er aber darauf aufmerksam, dass er nach wie vor an einer Kooperation auf Verhandlungsbasis bereit sei.

Lorin, Waljakov und der Rest der Truppe ignorierten ihn vorerst und warteten ungeduldig darauf, dass der Adjutant den Schlüssel fand.

Unvermittelt schnappte DeRagni zu, riss seinem Untergebenen etwas aus der Hand und steckte es sich in den Mund. Geräuschvoll würgte er es hinab.

»Er hat den Schlüssel gegessen«, meinte Baraldino fassungslos.

»Das war dämlich«, meinte Waljakov und zückte seinen Dolch. Mit einer fließenden Bewegung wirbelte er die Waffe um den Finger, dass die Klinge nach unten wies. Eine Hand schloss sich um die Kehle des Commodores und hob ihn am ausgestreckten Arm nach oben. Die Spitze setzte sich in Magenhöhe auf den Bauch des Mannes. »Wir haben keine Zeit.«

»Halt!«, rief Lorin seinen Freund zurück. Der Ausdruck auf dem Gesicht des Hünen gefiel ihm nicht. Zuerst sah es nicht danach aus, als würde der Krieger inne halten, doch dann öffnete sich die Hand, und DeRagni klatschte zu Boden.

Ungerührt steckte Waljakov den Dolch weg. »Wie lautet dein Vorschlag, Knirps?«

»Wir bekommen dieses Panzerfach auch so auf«, hoffte Lorin und nickte dem Adjutanten zu. Er schien leichter zu knacken zu sein als sein Vorgesetzter. »Wärst du so freundlich und würdest uns dabei zur Hand gehen?«

»Wage es!«, drohte der Commodore. »Wage es, und du wirst schlimmer enden als deine ganze Verwandtschaft zusammen.«

»Wisst Ihr, Commodore, unsere Heimat ist weit entfernt. Diese Menschen hier stehen mir im Augenblick sehr nahe. Zu nahe«, meinte Baraldino mit Blick auf den K'Tar Tur. »Ihr seid doch auch von Ulldart, oder? Ich dachte es mir, als ich Eure Statur sah. Haben Euch die Kensustrianer geschickt?«

»Die Grünhaare?« Nun war es an dem Kämpfer, verdutzt zu schauen. »Sehe ich vielleicht so aus?«

»Am besten beginnen wir von ganz vorn«, schlug Lorin vor. »Was wollt ihr beide hier?«

Der Adjutant schwankte unentschlossen, bevor er sich endgültig zur Zusammenarbeit mit den Fremden entschied. »Wir sollen einfach nur dafür sorgen, dass sich die beiden Städte richtig in die Wolle bekommen. Was uns dank des Streites um die Süßknollen recht gut gelang«, plauderte Baraldino freimütig und beinahe ein wenig stolz. »Welchen Sinn das Ganze macht? Erspart es Euch, mich danach zu fragen, ich weiß es nicht. Aber in dem Geheimfach könnten die Antworten dazu liegen.«

Er stieg die Holztreppe zur Verwaltungsstube hinauf, die anderen folgten ihm. Auch der sich sträubende DeRagni wurde mitgezerrt. Sein Untergebener öffnete den Sekretär, zog zwei Schubladen heraus und legte das gepanzerte Fach frei. »Bitte sehr.«

Waljakov umfasste den Griff mit seinen Stahlfingern und zog an. Das henkelförmige Gebilde riss einfach ab. Wortlos nahm er ein Brecheisen, das man zum Öffnen von Kisten benutzte, aus der Wandhalterung und zwängte es in den schmalen Spalt.

»Demnach seid Ihr Spione Perdórs?«, wollte Baraldino neugierig wissen. »Dann hätten wir den dicken Fuchs völlig unterschätzt. Dass er Aktivitäten auch in Kalisstron vermutet, zeigt seine Schläue, was?«

»Kann mir das einer erklären?«, erkundigte sich Lorin ratlos.

»Perdór ist der König von Ilfaris und Herr über ein Meer von Spitzeln«, erklärte Waljakov, während er das Eisen erneut ansetzte, um dem Fach seinen Inhalt abzuringen.

»Er war«, verbesserte DeRagni gehässig, »müsste es ja wohl korrekterweise heißen.«

Verblüfft schaute ihn der Glatzkopf an. »Was heißt das?«

»Kann es sein, dass die Herrschaften nicht mehr ganz auf dem Laufenden sind? Wann hat euch denn der Pralinenlutscher nach Kalisstron gesandt?«, erkundigte sich Baraldino entgegenkommend und begann sofort mit einer Zusammenfassung der aktuellen Lage auf Ulldart.

Der Commodore erkannte an dem entsetzten Gesichtsausdruck der Umstehenden, dass die Neuigkeiten alle sehr trafen. »Ihr seht, ihr könntet Euch einfach aus dem Staub machen und irgendwohin nach Westen absetzen, ohne dass Ihr Scherereien mit uns bekämet«, unterbreitete er sein Angebot. »Euer Auftrag ist von vornherein zum Scheitern verurteilt, denn wenn ihr nach Kensustria und zu Perdór zurückkehrt, werden euch die Truppen des Kabcar willkommen heißen. Bald gehört Govan Bardri¢ der gesamte Kontinent. Ob ihr die Kalisstri nun warnt oder nicht, macht dabei keinen Unterschied.«

»Govan Bardri¢?«, entfuhr es dem ehemaligen Leibwächter. »Warum hat Lodrik einen neuen Namen angenommen?«

Die Palestaner wechselten bedeutungsvolle Blicke. »Ihr müsst schon sehr lange hier im Einsatz sein, wie?!« Baraldino schüttelte den Kopf. »Es ist der älteste Sohn des verstorbenen Kabcar, der den Thron übernahm, nachdem sein Vater einem Attentat der Kensustrianer zum Opfer fiel.«

Polternd schlug das Brecheisen auf dem Boden auf. *Lodrik ist tot?* Erinnerungen an die schönen Zeiten mit seinem ersten Schützling stiegen aus den Tiefen von Waljakovs Verstand empor. Er bemühte sich nach Kräften, seine Gefühle in den Griff zu bekommen. Der Auftrag in Vekhlathi hatte Vorrang.

Lorin verstand die Reaktion seines Freundes erst später. Dass sein Vater gestorben war, traf den jungen Mann nicht besonders. Für ihn war er immer nur ein Name, ein gänzlich Unbekannter gewesen, und so ließ ihn der Verlust unberührt.

Waljakov legte all seine Empfindungen in die Anstrengung, das störrische Fach zu öffnen, was ihm prompt im zweiten Anlauf gelang.

Als die Angeln aus dem blechverkleideten Holz rissen, erklang das Geräusch von berstendem Glas.

Ohne zu Zögern ergriff Waljakov den Dreispitz des Commodores, fuhr mit der Kopfbedeckung in das Fach und wischte mit einer raschen Bewegung heraus, was sich im Innern befand. Ein Teil der Unterlagen, die heraussegelten und durch das Zimmer schwebten, zeigte Spuren von Säurelöchern.

DeRagni lachte lauthals los und freute sich, dass die eingebaute Sicherung größtenteils ihren Zweck erfüllte. Die kleine Phiole mit der ätzenden Flüssigkeit vernichtete einen Großteil der Aufzeichnungen, teilweise fehlte die Hälfte des Pergaments. Nur wenige Blätter blieben komplett unversehrt.

Baraldino beeilte sich zu versichern, nichts von der Falle gewusst zu haben. Lorin ärgerte sich, dass er zu gutgläubig gewesen war und den Palestanern freie

Hand gelassen hatte. Zu allem Überdruss präsentierten sich die erbeuteten Aufzeichnungen verschlüsselt.

»Du wirst uns helfen, das zu übersetzen«, wandte er sich an den Adjutanten.

Der Palestaner wurde kleiner. »Nur zu gern, aber DeRagni ist derjenige, der den Dechiffriercode kennt«, machte er sie aufmerksam. »Ihr müsstet mit ihm verhandeln.«

Ein selbstzufriedenes Grinsen legte sich auf das Gesicht des Offiziers. »Und Ihr könnt meinen Hintern mit einem ungedeckten Wechsel wischen«, beschied er und kreuzte die Arme vor der Brust.

»Ich wische dir deinen Hintern damit ab«, gab Waljakov undeutlich von sich, und seine Hand ruckte an das Schwert.

Die schmale Holztür am unteren Eingang des Kontors quietschte laut, und die Truppe und ihre Gefangenen hörten Schritte, die von genagelten Stiefeln stammten. Eine leise Frage schallte durch die Lagerhalle.

»Wieso steht keiner von euch unten?«, sagte der einstige Leibwächter verärgert zu den Milizionären und zog sein Schwert. »Wer ist das?«

»Wartet es ab.« DeRagni öffnete den Mund und wollte noch etwas hinzufügen, da stopfte ihm Waljakov eine Hand voll Löschpapier zwischen die Zähne. »Antworte ihnen«, nickte er stattdessen Baraldino zu.

»Alles in bester Ordnung«, rief der Adjutant mit unsicherer Stimme.

»DeRagni, seid Ihr da?«, kam es energisch von unten.

»Für einen Diener reichlich ungehobelt«, meinte Lorin.

»DeRagni!?« Nun klang es eher alarmiert als entnervt. Ein Fluch ertönte. Dann verstummten die Neuankömmlinge.

Waljakov gestikulierte und stellte sich neben der Tür in Position, sein Schwert jederzeit einsatzbereit.

»Wir sind hier oben und sehen Rechnungen durch«, versuchte es der Adjutant noch einmal und blickte ängstlich zum Eingang. »Alles in bester Ordnung, wie ich schon sagte, Hartessa Magodan.«

Noch bevor es Lorin gelang zu fragen, was ein Hartessa Magodan sei, bemerkte er die Schatten, die am Oberlicht vorbeihuschten und sich rechts und links vom Fenster in Position brachten. Er schaute in die Höhe und blickte in das Gesicht eines fremden Mannes, der ähnliche Züge trug wie die beiden Toten im Eingangsbereich des Kontors.

»Von oben!«, warnte er die Milizionäre, da krachten die zwei Angreifer durch das dicke Butzenglas und stürzten sich auf die Nächstbesten. Auch sie schwangen die merkwürdig anzusehenden Beile und führten sie mit einer unglaublichen Wucht und Geschwindigkeit, dass Lorins Begleiter von Beginn an in arge Not gerieten, sich die Unbekannten vom Leib zu halten.

Waljakov verharrte in seiner Lauerstellung und wartete auf weitere Gegner. Nach wenigen Lidschlägen flog die Tür auf. Vier Tzulandrier stürmten den Raum und wurden sofort von dem wie rasend wirkenden K'Tar Tur angegriffen, der sich selbst in der unverständlichen Sprache anfeuerte.

Das wiederum schienen die Tzulandrier zu verstehen. Sie schauten verwirrt, ehe sie sich gegen den auf sie eindringenden Krieger zur Wehr setzten.

Nun schüttelten die Kalisstronen ihre Lähmung ab und droschen zu.

Lorin kämpfte immer dort, wo seine Waffenfertigkeit und seine Magie am dringendsten benötigt wurden, obwohl sich der Einsatz seiner Energien in diesem Getümmel schwierig gestaltete.

Dank seiner Fertigkeiten blieb den Tzulandriern wenig Aussicht, den Überfall für sich zu entscheiden. Waljakov genoss das Gefecht gegen zwei Angreifer, drehte und wendete sich, täuschte und traf, bis die beiden Männer schwer verletzt am Boden lagen, unfähig, weiteren Widerstand zu leisten. Der Hüne atmete schwer; eine tiefe Wunde war ihm am Oberarm geschlagen worden, sein Brustharnisch wies eine Delle auf, wo ein Zacken der Beile das Metall beinahe penetriert hätte. Anerkennend nahm er eine der fremden Waffen auf und wog sie in der Hand.

Die Milizionäre legten sich notdürftige Verbände aus Kleiderfetzen an, um ihre Blutungen zu stillen. Lorins Blessuren schlossen sich von selbst.

Im allgemeinen Durcheinander achtete niemand auf DeRagni.

Er kroch auf allen vieren hinüber zum Tisch, auf dem die Unterlagen ruhten, langte mit einer Hand vorsichtig in das Panzerfach und zog mit spitzen Fingern eine Kassette heraus, die von dem Hut nicht herausgefegt worden und der Aufmerksamkeit entgangen war.

Rasch öffnete er den Behälter und nahm eine Apparatur heraus, die aus einem Rohr und einem Griff samt Abzug bestand. Das Loch richtete er auf die Gruppe aus Bardhasdronda und spuckte sodann das speichelnasse Löschpapier aus.

»Ihr bleibt, wo Ihr seid, oder ich jage Euch eine Kugel in den Kopf«, verkündete er und schwenkte den Lauf hin und her.

»Was soll denn das sein?«, meinte einer der Kalisstronen unsicher.

Der Commodore verdrehte die Augen. »Eine Handbüchse, du unwissendes Schaf! In der Wirkung schlimmer als eine Armbrust.«

»Es scheint ein paar Neuerungen auf Ulldart gegeben zu haben, auch was die Waffentechnik anbelangt«, brummte der Hüne und packte das tzulandrische Zackenbeil, um es aus dem Handgelenk schleudern zu können, sobald ihn DeRagni aus den Augen ließ.

Lorin hatte aus dem Vorfall mit Soini gelernt und vermied es, nur sich selbst zu schützen, andere aber weiterhin angreifbar zu lassen. Er konzentrierte sich. Eine blaue, transparente Glocke flirrte um den Palestaner auf. »Ich würde sagen, du bleibst, wo du bist.«

Der Commodore glotzte auf den schimmernden Widerstand. Mit der Mündung tippte er dagegen, ohne das Leuchten zu durchdringen. »Magie? Auf Kalisstron?«, staunte er. »Das ist doch ein Trick! Nur der Kabcar und seine Schwester sind in der Lage, auf diese Kräfte zurückzugreifen!«

»Offensichtlich nicht«, bemerkte der junge Mann mit den dunkelblauen Augen. »Mich gibt es auch noch. Leg das Ding auf den Boden und sei friedlich.«

»Ihr wart das? Ich habe da eine viel bessere Eingebung.« DeRagni zielte blitzschnell auf Lorins Kopf. »Wollen mal sehen, ob Ihr das aufhaltet.«

Krachend entlud sich die Handbüchse. Die Milizionäre zuckten erschrocken von dem Lärm zusammen. Lorin musste sich beherrschen, um nicht vor Überraschung die Konzentration zu verlieren. Etwas sagte ihm, dass sein Schädel den Einschlag des Geschosses, wie immer es auch aussah, andernfalls nicht überstehen würde.

Das Projektil prallte nach einem kurzen Flug gegen die Barriere, wurde von dort mit einem lauten

Geräusch abgelenkt und sirrte mehrfach wie eine wild gewordene Wespe gegen die durchsichtigen, und dennoch steinharten Wände, bis das Scheppern abrupt abriss.

»Wo ist es hin?«, wunderte sich ein Kalisstrone.

Der Commodore öffnete und schloss den Mund mehrmals, ohne etwas zu sagen, tastete seinen Rücken ab und hielt sich die von seinem Blut rot gefärbte Hand vors Auge. Dann brach er mit einem ungläubigen Stöhnen zusammen.

Lorin ließ die Barriere zusammenfallen und prüfte den Puls des Palestaners.

»Der ist hinüber«, meldete er und hob die Waffe auf, aus deren Mündung immer noch Rauch kräuselte. Er nahm dem Toten die Unterlagen ab und stopfte sie unter sein Lederwams. In der Kassette, aus der die Handbüchse stammte, fand er viele Kügelchen und einen Beutel mit schwarzem Pulver sowie weitere Utensilien, die in irgendeinem Zusammenhang mit der Handbüchse zu stehen schienen.

Neugierig drehte und wendete er die Feuerwaffe. Probehalber zog er den Hahn zurück, bis der klickend einrastete. Als er den Abzug betätigte, schlug die Spitze nach unten, ohne dass etwas geschah. »Wie geht das, Baraldino?«

Der Adjutant zuckte unglücklich mit den Achseln. »Das ist eine Waffe für hohe Offiziere. Noch ist sie zu teuer, dass komplette Mannschaften damit ausgerüstet werden. Ich kenne mich mit der Bedienung leider nicht aus.«

Kurz entschlossen packte Lorin alles ein, und Waljakov nahm zwei der Beile an sich.

»Wir müssen weg«, schätzte der K'Tar Tur. »Das Krachen der Waffe war weithin zu hören.«

»Nein«, entschied Lorin. »Wir holen den Bürgermeister her und erklären ihm, auf was er und seine Leute hereingefallen sind.« Er schaute zu dem Adjutanten. »Und du wirst uns alles bestätigen.«

Baraldino zeigte Zähne. »Warum sollte ich? Welcher Vorteil könnte mir daraus erwachsen?«

»Du wirst nicht so wie dieser Krämer enden.« Waljakov deutete mit dem Beil auf DeRagni. »Du wirst unbehelligt auf Kalisstron bleiben können. Im Kontor.«

Der Palestaner überlegte, fand aber keinen anderen Ausweg. Die Kooperation erschien ihm das Beste in seiner Lage zu sein, alles andere würde sich im Lauf der Zeit ergeben. *Ich stelle mich weiterhin dumm und tue so, als würde ich sie unterstützen. Es wird nicht mehr lange dauern, bis die Flotte anrückt.* »Nun gut. Könnten wir das irgendwie vertraglich festhalten? Ich verlasse mich ungern auf mündliche Abmachungen.«

Von unten erklang vielfaches Fußgetrappel. Die Wache kam offenbar in die Handelsniederlassung, um nachzusehen, was diesen infernalischen Lärm veranstaltet hatte.

»Bist du dir sicher, Knirps?«, erkundigte sich der Hüne, als die Miliz Vekhlathis vorsichtig die Stiegen erklomm.

»Kein Blutvergießen mehr«, befahl er und legte die Waffe auf die Holzdielen. Unwohl folgte Waljakov seinem Beispiel, ihre Begleiter taten es dem Anführer nach. Waffenlos präsentierten sie sich den Wachen.

»Folglich hätte es das zugesicherte Handelsabkommen nicht gegeben?«, verlangte Atrøp, der cerêlische Bürgermeister von Vekhlathi zu wissen.

Patamo Baraldino schaute an die Decke des Dienstzimmers, in das er gebracht worden war. »Das kann ich nicht mit Sicherheit verneinen«, wich er aus, »aber es dürfte recht unwahrscheinlich sein, dass der Vertrag in allen Punkten voll zum Tragen gekommen wäre. Allerdings wurde ich darüber kaum in Kenntnis gesetzt, was der Kaufmannsrat mit dem Kabcar verabredet hat.« Er richtete seinen brokatenen Rock. »Ich weiß nur, dass wir hier sind, um Unruhe zu stiften.«

»Das alles spricht dafür, dass sich eine Gefahr dem Kontinent nähert, die ursprünglich völlig überraschend über Kalisstron hereinbrechen sollte«, schloss Lorin die Anhörung, die nun schon zwei Stunden dauerte. Er nahm die Unterlagen und hielt sie hoch. »DeRagni ist leider tot. Wenn es uns trotzdem gelingt, diese hier zu entschlüsseln, werdet auch Ihr restlos überzeugt davon sein, den Falschen vertraut zu haben, Atrøp.«

Der Cerêler, der abgesehen von der kindlichen Statur der Heiler nichts mit Kalfaffel zu tun hatte, schien ohnehin von dem Gehörten umgestimmt worden zu sein. »Wir werden auf alle Fälle keinerlei bewaffnete Konflikte zwischen den Städten herbeiführen«, sicherte er zu. »Das alles ist viel zu unübersichtlich. Die Entwicklung deutet darauf hin, dass wir uns von den Palestanern und deren hochtrabenden Versprechungen blenden ließen.« Er nahm die Papiere an sich. »Ich lasse Abschriften machen, damit sich die klügsten Köpfe aus Vekhlathi und Bardhasdronda damit beschäftigen können.«

»Ich danke Euch, Bürgermeister«, nickte der junge Mann erleichtert und atmete auf. Die Gefahr eines Krieges schien somit vorerst gebannt, zumal er nicht den Eindruck hatte, Atrøp plane eine Gemeinheit. »Was gedenkt Ihr zu tun, wenn neue Tzulandrier oder Palestaner auftauchen?«

»Festsetzen«, entschied der Cerêler. »Vielleicht erfahren wir von denen mehr. Ich habe lediglich Angst davor, dass sie den Überfall vorziehen, wenn ihre Spione sich nicht mehr melden.«

»Wenn sie soweit wären, würden wir ihre Segel schon lange sichten«, gab Waljakov seine Einschätzung ab. »Sie sind sicherlich noch mit den Vorbereitungen beschäftigt. Hätten sie eine große Übermacht zur Verfügung, brauchten sie die kalisstronischen Scherereien nicht anzuzetteln, um den Gegner in seinem Inneren zu schwächen.«

»Das macht Sinn«, stimmte Atrøp dem Hünen zu. »Man sollte alle Küstenstädte vor fremden Segeln und Schiffstypen, nicht zuletzt vor den Palestanern warnen. Alles, was aus Ulldart kommt, muss mit Vorsicht betrachtet werden. Wie wäre es, wenn ich Boten nach Norden und Bardhasdronda welche in den Süden schickt?« Er setzte ein paar Zeilen an Kalfaffel auf und reichte sie Lorin. »Hier, gebt meinem Amtskollegen das, Seskahin.« Er lächelte vorsichtig. »Unsere Städte sollten rasch wieder Freundschaft schließen, damit wir uns gegen die Fremdländler besser zur Wehr setzen können.«

»Einverstanden«, strahlte der Anführer der Truppe. »Ihr macht uns damit sehr glücklich.«

Der kleinwüchsige Heiler deutete eine Verbeugung an. »Der Dank gebührt Voll und Ganz Euch, Seskahin. Von Eurem Mut habe ich schon viel gehört. Jetzt weiß ich, dass nicht ein Wort davon erfunden ist. Ohne Euch und Eure Wachsamkeit wäre es gewiss zu einem großen Unglück gekommen. Das wird niemand hier vergessen.«

Sie schüttelten sich die Hände und verließen die Amtsstube.

Lorin, Waljakov und die Milizionäre ruhten sich im besten Gasthaus von Vekhlathi aus und machten sich erst am folgenden Tag auf den Rückweg. Zuvor behandelte Atrøp persönlich ihre Verletzungen. Baraldino verblieb in der Obhut der Stadt und fügte sich ohne weitere Proteste in sein Schicksal. Wahrscheinlich hoffte er auf Unterstützung aus Ulldart.

Die Abenteurergruppe wählte den Seeweg, da es sich dabei um die kürzere und schnellere Strecke handelte. Unterwegs unterhielten sich die Männer leise und sprachen über die Ereignisse sowie Erfolge der letzten Tage.

Lorin schlenderte zu Waljakov, der am Bug des beladenen Kahns saß und nachdachte, während er seine mechanische Hand in regelmäßigen Abständen öffnete und schloss. Er fuhr zusammen, als der Schatten seines Schützlings über ihn fiel.

»Trauer um meinen Vater?«

Die Kiefer des Hünen mahlten.

»Ist alles so, wie es sein sollte?«, erkundigte sich Lorin und ließ sich neben ihm nieder. »Du bist mir noch eine Antwort schuldig.« Er schaute dorthin, wo Bardhasdronda liegen müsste. »Und es kamen noch ein paar neue Rätsel hinzu. Ich habe vor den anderen nichts gesagt, weil sie denken, du hättest in einem ulldartischen Dialekt gesprochen.« Waljakov blickte ihn verwundert an. »Als du mit den Tzulandriern kämpftest«, half ihm der junge Mann auf die Sprünge. »Und unten im Stauraum.«

Der ehemalige Leibwächter des Kabcar griff neben sich und holte eines der eroberten Beile hervor. »Wenn man dieses Ding wirft, durchtrennt es einem erwachsenen Mann auf zwanzig Schritt immer noch den Unterschenkel«, erklärte er, als hätte er die Fragen nicht gehört.

»Ablenken funktioniert bei mir nicht«, sagte Lorin standhaft. »Bitte, was immer du hast, lass mich dir helfen. Es ist doch nicht nur der Kummer, der dich plagt.«

Eindringlich betrachtete er seinen Mentor. »Ich verdanke dir zu viel, als dass ich tatenlos zusehen würde, wenn es dir schlecht geht. Dunkelangst hattest du noch nie, und ein Dialekt kann es auch nicht sein. Ich habe ihn weder bei Matuc noch bei Fatja gehört.«

Als der glatzköpfige Mann belustigt lächelte, wusste Lorin so gar nichts mit der Reaktion anzufangen. »Es scheint, als müsste ich solche Unterredungen mit den Bardri¢s, die ich von klein auf kenne, alle paar Jahre führen«, meinte der Hüne und offenbarte in knappen Sätzen das Geheimnis seiner Herkunft als K'Tar Tur, wie er es einst vor Lodrik getan hatte.

Er zeigte dem jungen Mann auch, was unter der metallenen Hand steckte.

Anders als bei der ersten Demonstration vor Lorins Vater fehlten nun wirklich einige Fingerbreit der ohnedies stark verkürzten, verkümmerten Hand. Es war die Folge des Kampfes, den er gegen Nesrecas Helferin ausgetragen hatte und bei dem Rudgass ihm durch das Betätigen der Speerschleuder das Leben bewahrt hatte.

Bei dieser künstlichen Hand musste alles noch besser angepasst werden, ein wenig der alten Kraft war verloren gegangen. Dennoch blieb genügend übrig, um mehr anzurichten als andere Sterbliche.

Lorin zeigte sich beeindruckt und ärgerte sich, dass er niemals mehr hinter der künstlichen Extremität vermutet hatte. Die Dunkle Sprache, die Waljakov beherrschte, bezauberte ihn, ihr Klang übte eine merkwürdige Faszination auf ihn aus. »Wissen Matuc und Fatja um deine Abstammung? Soll es ein Geheimnis bleiben?«

Waljakov lachte leise. »Die kleine Hexe war der erste Mensch, der mich auf Anhieb durchschaute, ohne es jemals genau zu wissen. Ich wäre froh, wenn du es für dich behieltest.« Er betrachtete die schwappenden Wellen. »Genau so, wie du die andere Sache vorerst verschweigst.« Darauf erklärte er dem jungen Mann sein seltsames Verhalten, das auf den Spuk und dessen Wirkung zurückging. »Håntra und ich sind der Lösung bereits sehr nahe. Du würdest mit deinen magischen Fertigkeiten schätzungsweise kaum etwas gegen diesen Gegner ausrichten. Sollte ich aber meinen Verstand verlieren, sorge zusammen mit ihr dafür, dass der Geist verschwindet.«

»Was machst du denn für Geschichten?!«, staunte Lorin. »Warum hast du es mir nicht …«

»… früher gesagt?«, vollendete Waljakov. »Wozu? Håntra ist in dieser Angelegenheit die bessere Helferin.«

Lorin zog die Nase hoch. »Der Tod meines Vaters hat dich getroffen, nicht wahr?«

Der einstige Leibwächter seufzte und drehte das tzulandrische Beil, prüfte die vielen scharfen Kanten und Schnittflächen mit dem Daumen. »Er war, und das lasse ich mir von niemandem ausreden, ein guter Mensch. Andere haben den aus ihm gemacht, vor dem die wissenden Menschen des Kontinents, schließlich sogar seine eigenen Freunde bangten. Die Schlechtigkeit, die in uns allen wohnt und darauf lauert, frei gelassen zu werden, wurde von anderen genährt.« Seine eisgrauen Augen ruhten auf dem Gesicht seines Schützlings; die Ähnlichkeit mit Norina fiel ihm in diesem seltenen sentimentalen Augenblick besonders auf. »Und es hat den Anschein, als hätte Nesreca sein Werk an den Kindern fortgeführt. Die Dunkle Zeit ist mit Lodriks Tod nicht beendet. Sie scheint sich nun auch auf andere Länder auszubreiten. Die alte Gebetsmühle wird der gleichen Ansicht sein.« Er fragte sich, was wohl aus dem Piraten und der Brojakin geworden war.

»Soll das heißen, dass ich nach Ulldart muss, um meine Heimat vor … meinen Geschwistern zu retten?«, murmelte Lorin halblaut. *Alle Zeichen deuten darauf hin.*

»Wenn die Tzulandrier immer noch die gleiche Schlagkraft besitzen, wie ich sie erlebt habe, dürfen sie den Fuß nicht auf kalisstronischen Boden setzen«, meinte Waljakov. »Die Miliz wird den schlachtenerprobten Soldaten kein ebenbürtiger Gegner sein, wie du an dem Kampf im Kontor sahst. Eine Stadt einzunehmen wird ein Kinderspiel für sie sein, nachdem sie die mächtigen Inselfestungen auf Rogogard geknackt haben. Und das ist nicht übertrieben.«

»Warten wir ab, was die anderen dazu sagen.« Der junge Mann mit den dunkelblauen Augen betrachtete das offene Meer und stellte sich eine Vielzahl von fremden Segeln vor. Die Angreifer würden zu Tausenden aus den Rümpfen stürmen, Bardhasdronda und den Rest der Ostküste einfach überrollen und die Kalisstri unterjochen.

Was würde dann aus mir und Jarevrån werden, was aus unseren Nachkommen? Selbst wenn ihm der Gedanke nicht gefiel, in unbekanntes Terrain zu reisen, auf fremde Menschen zu treffen und in die völlige Ungewissheit zu gehen, konnte er mit seinem Einschreiten womöglich das düstere Schicksal eines unterdrückten, von Eroberern geschundenen Landes verhindern. Er würde das Wagnis vielleicht doch in Kauf nehmen. Um Jarevrån jegliches Unheil zu ersparen.

»Warten wir, was die anderen sagen«, wiederholte er langsam und stand auf, um einen Blick auf die Umrisse der Stadt zu werfen, die allmählich in Sicht kam.

Obwohl er es nicht wollte, gaukelte ihm seine Phantasie tzulandrische Eroberer vor, die die Mauern wie

Heuschrecken erklommen und Bardhasdronda plünderten.

Sein vager Entschluss wandelte sich zur Gewissheit.

Kalfaffel studierte den Brief, den Lorin ihm von Atrøp mitbrachte. »Es scheint, als hättest du meinen cerêlischen Bruder schneller zur Vernunft gebracht, als ich das in den letzten Jahren vermochte, Seskahin.« Stolz glitt sein Blick über die Gesichter der Freiwilligen. »Ihr alle habt etwas vollbracht, was die Geschichtenerzähler lange rühmen sollen. Dieser Mut ist mehr als bewundernswert.«

»Ich werde noch einen Schritt weitergehen«, erhob Lorin die Stimme. »Nicht, um meinen Mut zu beweisen. Eine Gefahr muss aufgehalten werden, bevor sie bei uns ankommt. Sobald die Witterung es zulässt, breche ich nach Ulldart auf.«

Waljakov, Matuc und Fatja, die ebenfalls im Wohnzimmer des Bürgermeisters saßen, schauten ihn wie auf einen stummen Befehl hin an.

»Es soll nicht eigensüchtig klingen«, warf der Cerêler behutsam ein, »aber einen Helden wie dich, einen magisch begabten Helden, brauchten wir dringend bei uns für den Fall, dass die Invasoren schneller bei uns landen als angenommen.«

»Bei allem Respekt«, schaltete sich Waljakov ein, »aber sollten die Tzulandrier mit ihrer Flotte aufkreuzen, brauchte es ein ganzes Heer von Magiern, um ihnen Einhalt zu gebieten. Wenn man eine Überschwemmung aufhalten will, stopft man das lecke Fass und wischt nicht so lange auf, bis es leer ist.«

»Genau so sehe ich es auch«, freute sich Lorin über den Beistand. »Der Angriff muss im Keim erstickt werden, indem ich mich denen stelle, die der Grund für die

Angriffe sind.« Seine blauen Augen leuchteten auf. »Wenn ich alles richtig verstanden habe, bin ich der Einzige, der meinen Geschwistern etwas entgegenzusetzen vermag.« Er schaute zu seinem Ziehvater. »Zuerst, das gebe ich zu, wollte ich Kalisstron nicht verlassen. Es ist meine Heimat. So habe ich noch vor kurzem gedacht, die Ulldarter sollen ihre Angelegenheiten selbst regeln und uns in Ruhe lassen. Aber dummerweise tun sie das nicht.« Er blickte die Anwesenden der Reihe nach an, während er redete. »Mein Bruder will offensichtlich noch mehr Land, das er beherrschen kann. Und ich werde ihn aufhalten. Warte ich ab, ist der Ausgang zu ungewiss.« Er senkte die Stimme. »Versage ich, spielt es sowieso keine Rolle mehr. Vielleicht kehre ich nicht mehr zurück, vielleicht bleibt meine Unternehmung nur ein Versuch. Doch alles andere fruchtet nichts. Ich bin jedenfalls bereit, mich meinem Schicksal, meiner Bestimmung zu stellen.«

Fatja nahm seine Hand und drückte sie, Matuc nickte ihm zu, Waljakovs Miene war undeutbar wie immer. Kalfaffel dagegen brauchte ein wenig, um sich von der Überraschung zu erholen.

»Ich hatte schon mehrfach Visionen«, meldete sich Lorins große Schwester. »Es ist so, wie er es vermutet. Seine Zukunft, sein Handeln ist eng mit den Geschehnissen auf Ulldart verbunden. Alles Entscheidende wird sich dort abspielen, nicht auf Kalisstron.«

Schweigen senkte sich auf die Versammlung nieder.

»Wenn es so sein soll, gebe ich dir das beste Schiff und die besten Seeleute«, sagte der Bürgermeister und stopfte sich seine Pfeife. »Du wirst sicher in Ulldart ankommen, sobald die Winterstürme vorüber sind.« Er reichte ihm die Hand, ohne Angst zu haben, dass es zu einer magischen Reaktion kommen würde. »Wenn du

Teil eines höheren Geschehens bist, Seskahin, soll es nicht daran scheitern, dass wir Menschen aus Bardhasdronda dich nicht dorthin bringen, wo du dringend benötigt wirst.«

»Und rate, wer dich begleitet«, sagte der einstige Leibwächter. *Ich muss noch ein paar offene Rechnungen begleichen, und wenn es das Letzte ist, was ich tue.*

Matuc stampfte mit seinem Gehstock auf. »Das Schiff wird richtig voll werden.«

»Vielen Dank, Kalfaffel«, sprach Lorin. »Entschuldigt mich, ich will Jarevrån nicht in Unkenntnis lassen. Im Übrigen bitte ich, dass meine Abreise bis zum eigentlichen Tag geheim gehalten wird. Ich will nicht die nächsten Wochen von den Menschen angestarrt werden, was bestimmt passieren würde.« Er grüßte in die Runde und verließ das Haus des Cerêlers.

»Mein kleiner Bruder ist ziemlich tapfer und sehr erwachsen für sein Alter«, befand Fatja. »Er ist recht selbstlos.«

»Wie alle Helden«, meinte Waljakov trocken und stand auf.

»Ganz glücklich bin ich nicht damit. Wenn meine Visionen doch nur deutlicher ausfielen.«

»Ich weiß, wie es endet. Ohne Schicksalsleserei, kleine Hexe«, grollte der Hüne, bevor er ging. »Wir gewinnen.«

Leise lachend löste sich die Versammlung auf.

Doch die Heiterkeit wirkte in gewisser Weise verkrampft. Wohl war keinem, wenn er an das Kommende dachte.

Håntra schenkte Waljakov ein Lächeln, das ihm durch und durch ging, das Kälteste in ihm erwärmte und seine Sorgen für eine kleine Weile verscheuchte.

»Ich habe in den Eintragungen des Tempels das Geburtenregister der Stadt durchsucht. Zuerst habe ich zurückgerechnet, wie alt meine Schwester und ich damals waren und welches Alter ihr Liebhaber erreichte.« Sie küsste den K'Tar Tur zur Begrüßung auf die Wange. »Es kommen nur noch zwei ›Arnarvaten‹ in Frage, alle anderen sind tot oder passen nicht.«

Waljakov nahm sie unsicher in die starken Arme und berührte mit den Lippen ihre Stirn. Er erfreute sich an ihrer Wärme. *Wie schade, dass ich dieses Glück nicht schon viel früher erlebt habe.* »Sehr gut.«

»Ich weiß auch, wo sie wohnen. Der eine ist sogar der Vater eines recht bekannten Sohnes.«

»Von Arnarvaten, dem Geschichtenerzähler? Fatjas Ehemann?«, mutmaßte Waljakov wenig begeistert.

»Genau der«, bestätigte sie.

Bitte, ihr Götter, lasst es ihn nicht gewesen sein. Und trotzdem würde er ihm den ersten Besuch abstatten.

»Und wie erhalten wir unsere Antworten?«, wollte sie wissen.

Der muskulöse Mann, neben dem Håntra zierlich und zerbrechlich wirkte, bleckte die Zähne zu einem Lächeln, das ihr ein wenig Angst einjagte. »Ich frage sie ganz höflich. Meinem Liebreiz können die Wenigsten widerstehen.«

Etwas später am Abend standen sie vor dem Haus, in dem jener Mann wohnte, der unter Umständen Rickseles Tod verschuldet hatte.

»Ja?« Arnarvaten Tøngafå riss mit einem mürrischen Gesicht die Tür auf und betrachtete das seltsame Paar auf seiner Schwelle. Als er die Kleidung der Priesterin erkannte, wurde er sofort freundlicher. »Was kann ich Gutes für Euch tun?«

»Wir hätten ein paar Fragen an Euch«, sagte die Kalisstronin in unverfänglichem Tonfall. »Sie sind persönlicher Natur.«

Der Mann runzelte die Stirn. Man sah ihm deutlich an, dass ihm der Besuch merkwürdig vorkam. »Persönlich? Was heißt das?«

»Wir sollten das im Haus besprechen«, schlug die Frau vor. »Zwischen Tür und Angel lässt sich nicht gut reden.«

»Ich weiß nicht, ob ich überhaupt mit Euch reden will.« Tøngafå zog den Kopf zurück und wollte die Tür schließen, als Waljakov seinen Fuß in den Spalt schob.

»Wir reden. Ob es dir passt oder nicht.« Er machte einen Schritt nach vorn und drängte sich durch den Eingang. Der Kalisstrone wich zurück.

»Das ist eine Ungeheuerlichkeit von Euch, Eisblick«, machte er seinem Ärger Luft. »Wenn Ihr nicht ein sehr guter Freund meiner Schwiegertochter wärt, würde ich auf der Stelle die Miliz rufen.« Waljakov trat in die Stube und setzte sich gleichgültig in den Sessel. »Fühlt Euch nur wie zu Hause«, fügte er ironisch hinzu. »Um was geht es?«

»Wir sind auf der Suche nach einem Mörder«, verkündete der einstige Leibwächter kalt und bannte den Mann mit seinen grauen Augen. »Du könntest es durchaus gewesen sein. Da dachten wir, wir fragen dich einfach.«

Der Kalisstrone lachte laut auf. »Das muss ich unbedingt meinem Sohn erzählen. Er ist immer dankbar für eine gute Geschichte.«

»Die meisten hat er wohl von Euch?«, erkundigte sich Håntra und stellte sich neben ihn.

Tøngafå nickte. »Ich habe ihm das Talent in die Wiege gelegt, ja. Auch wenn ich nicht weiß, was das mit der unsinnigen Tatsache zu tun hat, dass Ihr sogar in mein Haus kommt und törichte Beschuldigungen aufstellt. Wen soll ich eigentlich umgebracht haben? Und wie?«

»Ihre Schwester«, sagte Waljakov finster und schnellte hoch, um sich vor dem Mann aufzubauen. »Ricksele.«

Die Unsicherheit, die in den Augen seines Gegenübers aufflackerte, sagte mehr als sämtliche Worte. »Ich habe keine Ahnung, wen Ihr meint«, log Tøngafå viel zu offensichtlich. »Wann soll ich das Eurer wahnwitzigen Meinung nach getan haben?« Er überspielte sein Erschrecken mit vorgetäuschter Selbstsicherheit.

»Vor ziemlich genau vierundzwanzig Jahren«, erklärte ihm Waljakov ohne jedes Gefühl. »Du warst mit ihr am Feuerturm, der erste in südlicher Richtung nach Bardhasdronda. Wo ihr eure Initialen in den Stein geritzt habt.« Arnarvatens Vater duckte sich zusammen, die Augen weiteten sich. »Du hieltest sie am Gürtel und hast sie fallen lassen. Sie bezahlte ihr Vertrauen in dich, ihre Liebe zu dir, mit dem Leben.«

»Nein«, stieß Tøngafå hervor. »So war es nicht.«

»Nun muss sie als Spuk umherziehen«, setzte Waljakov nach. »Wegen dir.«

»Ich habe sie nicht getötet.« Der Kalisstrone plumpste auf einen Stuhl und legte die Hände in den Schoß, den Blick gesenkt. »Es war ein Unfall«, gestand er leise. »Warum wollt Ihr längst Vergessenes ausgraben? Was ändert es an der Geschichte? Ricksele wird dadurch nicht lebendig.«

»Sie ist niemals gegangen«, erwidert Håntra. »Aus Gram, aus Enttäuschung hat sie schon viele Unschuldige in den Tod gerissen. Das wusstest du doch!«

Tøngafå sackte in sich zusammen. »Ich vermute, Ihr seid als Nächster an der Reihe, den Verstand zu verlieren?«, sagte er an Waljakov gewandt. »Ich wünsche Euch viel Glück und den Beistand Kalisstras, damit Ricksele Euch …«

»O nein.« Waljakov packte ihn am Oberarm und stellte ihn auf die Füße. »Ich lasse mich nicht für etwas bestrafen, was du verschuldet hast.« Wie ein störrisches Kind zerrte er ihn zur Tür und warf ihm einen Mantel über. »Wir gehen zum Turm. Du stellst dich dem Spuk.«

Aus Tøngafås anfänglichem Sträuben wurde ein halbherziger Widerstand, der sich schließlich legte. Beinahe lethargisch folgte er den beiden durch die Gassen, das Tor hinaus und den Strand entlang.

»Der Gürtel riss«, sagte er auf der Hälfte der Strecke mehr zu sich selbst. Sein gläserner Blick richtete sich auf die Schwester der Toten. »Sie stürzte in die Tiefe. Ich war entsetzt, wusste nicht, was ich tun sollte, als ich ihren Körper zerschmettert auf den Klippen liegen sah… Meine Frau hätte es mir niemals verziehen. Ich hatte Angst, fürchtete mich vor den Folgen für mein bisheriges Leben.« Seine Schritte wurden langsamer. »Ricksele bedeutete mir dennoch unendlich viel. Hätte ich sie früher kennen gelernt, wäre sie meine Frau geworden.«

Die Priesterin schluckte schwer, als sie zum ersten Mal hörte, wie ihre Schwester wirklich ums Leben gekommen war, und sie vergoss stille Tränen.

»Ein praktischer Unfall«, knurrte Waljakov. »Los, weiter. Es fängt an zu regnen. Wenn ein Sturm aufkommt, möchte ich nicht ewig dort oben ausharren müssen, bis du die Angelegenheit geregelt hast.«

»Sieht sie immer noch aus wie früher?« Tøngafås Blick umwölkte sich. Die Vergangenheit, die jahrelang unterdrückten Schuldgefühle brachen hervor und bemächtigten sich seiner. Widerstandslos trabte er hinter dem Hünen her und erklomm die Stufen, bis sie endlich oben auf dem Kliff angelangten.

Wie angewurzelt blieb der Kalisstrone stehen, als er den Ort erkannte, an dem das schreckliche Unglück vor mehr als zwei Dekaden geschehen war.

Waljakov packte ihn am Arm und katapultierte ihn in die Nähe des Abgrunds. »Jetzt warten wir, bis etwas geschieht.« Er winkte den Türmlern, die neugierig in ihre Richtung blickten und sich über das rege Treiben an ihrem Beobachtungspunkt sehr wunderten. »Tut eure Arbeit und schaut aufs Meer!« Eilig gehorchten sie.

Håntra stellte sich an Waljakovs Seite und betrachtete ihren Landsmann. »Ich bete zu Kalisstra«, flüsterte sie und hielt sich am Arm ihres Gefährten fest.

Vom Spuk fehlte jedoch jede Spur. Der Wind nahm an Stärke zu, die Wolken wurden dunkel und schwarz.

Tøngafå rief immer wieder den Namen der Verstorbenen, lenkte seine Schritte bis dicht an die Bruchkante, wie um zu schauen, ob er ihren Leichnam im schäumenden, sich brechenden Wasser entdeckte.

Der Regen strich nun bindfadendick über die karge Grasfläche des Plateaus und durchnässte die drei Gestalten mehr und mehr.

Waljakov schien zur Statue geworden zu sein. Er bewegte sich erst wieder, als Håntra vor Kälte mit den Zähnen klapperte. Anstandslos zog er seinen Umhang aus und legte ihn ihr um.

Plötzlich befiel ihn ein ungeheurer Druck im Kopf, der ihn zum Aufstöhnen brachte. »Sie muss irgendwo sein«, presste er hervor.

Besorgt wandte sich die Priesterin um, taumelte rückwärts und legte sich eine Hand vor den Mund.

»Ihr habt mir den gebracht, für den ich starb«, sagte eine Frauenstimme hinter Waljakov.

Der K'Tar Tur wirbelte herum und schaute in das Gesicht von Ricksele, die ihrer Schwester so ähnlich sah.

»Ich sage meinem alten Freund rasch guten Tag.« Ihre bleichen Finger hoben sich langsam und strichen dem Hünen über die Stirn, woraufhin das Gefühl, dass sein Schädel bersten müsse, endlich erstarb. »Euch beiden sage ich Dank dafür.« Sie schaute Håntra warm an. »Und dir sage ich auf Wiedersehen, Schwester.«

Rickseles Spukgestalt schwebte hinüber zu ihrem Geliebten und berührte ihn sanft an der Schulter, wisperte ihm etwas ins Ohr. Er drehte sich zu ihr um und erschrak sichtlich. Fahrig fummelte er etwas aus seiner Manteltasche und hielt es Ricksele hin, dann brach er in verzweifeltes Weinen aus. Der Geist nahm den Gegenstand in die Hand und betrachtete ihn.

»Es ist der gerissene Gürtel! Er hat den Gürtel all die Jahre aufgehoben«, sagte Håntra bewegt und rückte dichter an den ehemaligen Leibwächter heran.

Ricksele gab den Gürtel frei. Ein starker Luftzug trug ihn fort, weg von den Steilhängen und wehte ihn in Richtung der offenen, aufgewühlten See. Tøngafå und Ricksele – der Mann und die Spukgestalt – sanken einander in die Arme und verharrten so.

Schließlich wandte sich der Kalisstrone zum Abgrund und lehnte sich langsam in den Wind. Ricksele schnellte nach vorn und griff in letzter Sekunde nach dem Gürtel des Mannes, um ihn vor seinem absichtlichen Sturz zu bewahren.

»Sie hat ihm verziehen.« Waljakov schaute zu seiner Geliebten und legte ihr einen Arm um die Schulter, küsste sie auf die Schläfe. »Und ich behalte meine Sinne bei mir.«

Der Aufschrei der Kalisstronin kam unvermutet. Als er zum Abgrund blickte, sah er, wie der Geschichtenerzähler sich an seinem Gürtel zu schaffen machte. Die

Schnalle öffnete sich, der Lederriemen rutschte augenblicklich durch die Laschen. Ohne ein Wort des Abschieds sackte der Mann in die Tiefe. Rickseles Geist verschwand in einem regenbogenfarbenen Schimmern, der Gürtel fiel auf den Stein.

Waljakov sparte sich den Weg an die Kante. Einen solchen Sturz überlebte niemand.

Håntra warf sich gegen seine Brust. »Warum hat er das getan?«

»Es bleibt nicht viel«, brummte der Hüne, überrascht von der Handlungsweise des Mannes. »Schuldgefühle oder Liebe, um mit ihr im Tod vereint zu sein.«

»Wäre es sehr schlimm, wenn ich ihm die Liebe unterstelle?«, meinte die Priesterin gerührt, während sie hinaus aufs Meer blickte.

Waljakov schüttelte den Kopf und trat hinter sie, schlang die Arme um ihren Leib. Schweigend beobachteten sie, wie das aufziehende Unwetter den Himmel und das Meer verdunkelte.

»Kommt endlich rein!«, rief einer der Türmler zu ihnen herab. »Der Sturm wird euch sonst noch davontragen.« Er schaute sich um. »Wo ist Tøngafå?«

Waljakov löste sich von Håntra, um über die Klippen nach unten zu schauen. Die Leiche es Mannes blieb verschwunden.

»Gegangen«, antwortete er und trat mit Håntra in den Turm.

Die beiden verbrachten die Nacht im Notlager des Beobachtungspostens und teilten das Bett miteinander. In diesen Stunden kamen sich so nah wie niemals zuvor und genossen die gegenseitige Zuneigung, wie es glücklich Verliebte tun.

Als sie am nächsten Morgen nach Bardhasdronda zurückkehrten, besuchten sie zuallererst Arnarvaten, um ihm vom Tod seines Vaters und den Umständen des Ablebens zu berichten.

Der Geschichtenerzähler erlitt einen leichten Schock. Ausgerechnet er hatte die Begebenheit zu seiner Geschichte gemacht, die seinen Vater ungewollt in den Mittelpunkt eines tragischen Geschehens rückte.

Unter Tränen dankte er für das Überbringen der Nachricht und verließ das Zimmer. Fatja nickte den beiden zu und folgte ihrem Mann, um ihm in seinem Schmerz beizustehen.

Ein wenig traurig, tief im Innern jedoch erleichtert, dass Ricksele ihren Frieden gefunden hatte, spazierten sie durch die Stadt, die das kleine Unwetter unversehrt überstanden hatte.

»Ich habe einen Entschluss gefasst«, eröffnete Håntra unterwegs. »Ich werde aus dem Tempeldienst ausscheiden und mit dir nach Ulldart kommen, wenn du eines Tages gehst.« Die grünen Augen der Priesterin hefteten sich liebevoll auf das Gesicht des Kriegers, um an seiner Miene abzulesen, was er davon hielt.

Waljakov war überwältigt, strahlte sie an. Dann aber erlosch die Freude. »Es wird schon bald so weit sein. Ich weiß nicht, ob ich lebend aus diesem Kampf zurückkehre«, sagte er ihr ehrlich. »Sollte mir etwas geschehen, säßest du mutterseelenallein auf einem fremden Kontinent.« Er sah ihr die Enttäuschung an. *Die ganzen Jahre über habe ich niemanden gefunden. Ausgerechnet nun, nun muss ich gehen.* Er streichelte ihr Gesicht, schluckte. *Ich werde mein Glück nicht mit Füßen treten.* »Ich verspreche dir, dass ich zurückkehre und dich holen werde. Zwei Jahre sollst du warten. Halte ich diese Frist nicht ein, suche dir einen guten Kalisstronen.«

Håntra küsste seine Fingerspitzen. Sie würde auf ihn warten, egal wie lange es dauerte. Mit einem Lächeln legte sie den Kopf an seine Brust. »Aber bis ihr nach Ulldart aufbrecht, wird noch Zeit vergehen, die wir für uns nutzen können.« Sie schaute ihn von unten an. »Wirst du den anderen sagen, was am Feuerturm geschehen ist?«

Waljakov verneinte. »Ich berichte Lorin, dass sich das Ganze zum Guten gewendet hat. Alles andere ist Arnarvatens Angelegenheit. Ich werde mit niemandem darüber reden, weil es der Abschluss einer Geschichte ist, die schon lange zurückliegt und nur noch in den Erzählungen weiterlebt.« Er berührte ihr schwarzes Haar mit den Lippen. »Und so mag es von mir aus bleiben.« Mit diesen Worten löste er sich von ihr und schritt die Straße entlang, um die Freunde zusammenzurufen.

Die Zeit schien nun wirklich reif, die Dinge in der Heimat ins rechte Lot zu rücken. Und zwar so schnell wie möglich, um endlich die Frau an seiner Seite zu haben, die ihm nicht den Verstand geraubt, sondern ihr Herz geschenkt hatte.

Er würde es unter keinen Umständen mehr missen wollen.

VIII.

Kontinent Ulldart, Großreich Tarpol,
Provinz Huron, Frühherbst 459 n. S.

Unter den Ästen einer mächtigen Ulldrael-Eiche graste ein stattlicher Schimmel und zupfte wählerisch die spärlichen Grashalme heraus, die sich unter dem gefärbten Laub des Baumes verbargen.

Morgentau bedeckte den Boden und alles, was über Nacht im Freien gelegen hatte. Ein dünner Nebelschleier hing über dem Land und löste sich allmählich in den Strahlen der Sonnen auf.

Es raschelte über dem Schimmel, ein paar welke Blätter schwebten herab, gefolgt von einer frierenden Gestalt, die sich steif aus dem Geäst der Eiche hangelte und sich Wärme in die kalten Finger blies, während sie auf der Stelle hin und her hüpfte.

»Das war das letzte Mal, dass wir uns einfach so in die Landschaft legen. Ich gönne mir bei der nächsten Übernachtung eine Scheune«, sagte Tokaro zähneklappernd. »Es ist nachts einfach zu kalt.«

Der Hengst schnaubte, weiß stieg die Atemluft aus seinen Nüstern.

»Ja, natürlich, dir macht es nichts aus.« Mit kräftigem Pusten entfachte er die Glut des Lagerfeuers. Meist verbrachte er die Nächte hoch in den Bäumen; Treskor würde ihn durch lautes Schnauben vor unliebsamen

Überraschungen warnen, die er dann von oben angreifen konnte. »Pferd müsste man sein, dann würde man auch nicht frieren.«

Etwas Reisig, eine Hand voll Blätter, und die Flamme erwachte zu neuem Leben. Wohlig seufzend hielt der junge Mann die Finger gegen die Wärme und taute auf. Bevor er sich wieder in den Sattel schwang, wollte er die Kälte aus dem Körper getrieben haben.

Seit Wochen ritt er umher und suchte die unterschiedlichen Anwesen von Ordensbrüdern auf, nur um kurz darauf wieder zu flüchten, weil Brojaken, andere Adlige oder Soldaten erschienen, um die Güter, Burgen und Schlösser in den Besitz der Krone zu ziehen sowie alle Ansässigen zum Verhör zu bringen.

Bardri¢ führte die Jagd auf die Hohen Schwerter augenscheinlich mit aller Härte. Wahrscheinlich befand er sich auf der Suche nach der letzten aldoreelischen Klinge. Aus Furcht, daran erkannt zu werden, verbarg Tokaro sie sorgfältig und hatte sich ein gewöhnliches Schwert umgebunden.

Die Order des Kabcar musste ihn irgendwann überholt haben. Denn als er sich nun erhob und seinen Blick in Richtung der Burg weit vor sich lenkte, die einst Herodin von Batastoia gehört hatte, sah er, wie die Standarte auf dem Burgfried eingeholt und die des Kabcar gehisst wurde. So ähnlich würde es auf Angoraja, dem Sitz des Großmeisters, wohl auch aussehen.

Es tat ihm nicht Leid, dass er sein Erbe verloren hatte. Er wusste nicht einmal, wie viele Ländereien Nerestro von Kuraschka sein Eigen nannte. Doch es ärgerte ihn maßlos, dass Bardri¢ sich einer feigen Intrige bediente, um den Orden zu vernichten. Tokaro hatte die Bekanntmachungen über den Prozessverlauf gelesen und lauthals gelacht. Konstruiert bis zum letzten Anklagepunkt, gestützt von der Aussage gekaufter Zeugen und eines Verräters, musste das Urteil einem unbedarften Betrachter beinahe plausibel erscheinen. Und so hielt sich der Aufschrei über das Verbot des Ordens in der Bevölkerung in Grenzen.

Der Vorwurf, die Ritter beherbergten Kriminelle in ihren Reihen, traf ihn jedoch, weil es vermutlich der einzige Sachverhalt war, der zu Recht auf der Liste der Anschuldigungen stand.

Verbittert nahm er die aldoreelische Klinge aus seinem Rucksack und vollführte das morgendliche Gebet an Angor. Dann küsste er die Blutrinne des Schwertes und verstaute es so in einer Deckenrolle, dass man es nicht sah, er selbst es aber mit einer leichten Drehung aus dem Versteck blank ziehen konnte, falls er es anstelle seiner einfachen Klinge benötigte.

Seine Ordenskleider hatte er schon lange gegen das einfache Gewand eines fahrenden Abenteurers ausgetauscht, und den Kurzhaarschnitt verbarg er unter einem Barett, an dem drei schwarze Rabenfedern steckten.

Mit geübten Handgriffen zäumte er Treskor auf und schwang sich in den Sattel. Sein Magen knurrte laut.

»Wir suchen uns jetzt einen Bauernhof, bei dem wir etwas zu essen kaufen. Für mich Schinken, Brot und sonst was, du bekommst einen Eimer Hafer. Geld haben wir ja.« Der junge Mann grinste schadenfroh, als er mit dem Säckchen voller Waslec klimperte. Dank eines kleinen Besuchs bei einem hoheitlichen Steuereintreiber verfügte er über genügend Münzen. Weil er größere Städte mied, um den Kontakt mit Offiziellen so gering wie möglich zu halten, tat er sich mit dem Ausgeben seines Vermögens eher schwer. Dabei hatte er bereits händeweise Münzen an Bedürftige verschenkt.

»Ich weiß, was wir beide machen.« Tokaro kraulte das Streitross liebevoll zwischen den Ohren. »Wenn sie mich schon aufknüpfen wollen, sollten wir das fortsetzen, was wir vor der Begegnung mit Nerestro angefangen haben. Wir waren doch sehr gute Straßenräuber.« Er genoss die Wärme der Herbstsonnen auf der Haut. »Wir sind aufgestiegen und dürfen uns nun Raubritter nennen. Wir sind der Adel unter den Banditen.« Treskor wieherte leise seine Zustimmung, oder jedenfalls legte sein Reiter es so aus. »Wir sagen Bardri¢ den Kampf an, plündern Garnisonen, geben das Geld den Armen. Nachdem wir vorher einen kleinen Obolus abgezogen haben … Nach dem zu urteilen, wie sich der Kabcar verhält, werden wir in Windeseile beliebt.« Er würde den Herrscher, der so alt war wie er, durch seine Taten verspotten; er würde ihn und seine Leute vorführen und bloßstellen, damit das Volk über den eingebildeten Kabcar lachte, lachte und lachte.

Zu gern hätte er ihn in kleine Teile tranchiert, doch die Gelegenheit war damals ungenutzt vorübergegangen. Für das Ende des Ordens, für das Totendorf, welches das gleiche Schicksal vieler anderer Dörfer teilte, an denen er vorbeiritt, und den Raub der aldoreelischen Klingen sollten der Möchtegernkaiser und seine Helfer tausend Tode erleiden!

Beim nächsten Zusammentreffen werde ich ihm mehr als nur die Nase brechen, schwor er sich und richtete sich im Sattel auf, weil er das Dach eines Gehöftes in einem kleinen Tal ausgemacht hatte. Er lenkte den Schimmel auf den ausgetretenen Weg, der zu dem Bauernanwesen führte. Knechte waren damit beschäftigt, das letzte Stroh des späten Getreides einzulagern. Andere luden Süßknollen vom Wagen und schafften sie durch ein Loch hinunter in den Keller des Bauernhauses, um sie einzulagern. Die Mägde flochten Ähren als Wandschmuck für das anstehende Erntefest. Zwei große Hunde rannten bellend auf den Neuankömmling zu.

Treskor ertrug die kläffenden Aufpasser mit würdevoller Gelassenheit und setzte unbeirrt einen Huf vor den anderen. Tokaro hielt es nicht für nötig, die Zügel in die Hand zu nehmen, der Hengst würde ruhig bleiben.

Die Mägde sahen von ihrer Arbeit auf, drei Knechte kamen auf den jungen Mann zu, um ihn nach seinem Begehr zu fragen. Sie entspannten sich sichtlich, als er sich als harmloser Wanderer entpuppte, der dazu noch Geld hatte, um für sein Mahl zu zahlen.

Einer der Landarbeiter führte ihn in die Gesindekammer, wo ihm für einige Münzen eine ordentliche Vesper aufgetischt wurde. Während eine der Mägde das Essen zubereitete, versorgte Tokaro seinen Schimmel mit Hafer und viel frischem Heu.

Als er später am Tisch saß und den jungen Frauen kauend beim Flechten zuschaute, schweiften seine Gedanken zu Zvatochna. Die Erinnerung an ihr Gesicht brachte ihn zum Träumen. *Wäre wohl wirklich etwas aus ihr und mir geworden? Ich sollte sie besser einfach vergessen.* Doch etwas aus dem Gedächtnis zu streichen, das so unglaublich schön war und ihn dazu noch vor drohendem Unheil gewarnt hatte, gestaltete sich als unmöglich.

Lieber dachte er daran, dass er ohne die Hinterhältigkeit ihres machtbesessenen Bruders und Nesrecas als legitimer Ordensritter und Nachfolger von Nerestro mit ihr zusammen in Ulsar zu Tisch säße. *Sie werden weder mich noch die aldoreelische Klinge bekommen. Eher versenke ich sie im Moor.*

Wieder schlugen die Hunde an, dieses Mal näherte sich mehrfaches Hufgetrappel. Tokaro wurde aus seinen Träumereien gerissen und lief zur Tür, um vorsichtig hinauszuspähen.

Ein Beamter in hoheitlicher Uniform in Begleitung zweier Soldaten, die noch einen Packesel mit sich führten, ritt forsch heran und stieg ohne Gruß ab. Sofort eilte der Bauer heraus und hieß ihn unterwürfig willkommen, reichte Getränke und eine Liste.

Mit unfreundlicher Miene überflog der Beamte das Blatt und schlürfte etwas von dem Wein.

»Ihr habt die Erträge gesteigert«, nickte der Beauftragte des Kabcar zufrieden. »Sehr gut. Das bedeutet für dich den zweifachen Zinssatz, den du entrichten wirst.« Schwungvoll landete der Becher in der Hand des unglücklichen Bauern. »Nun schauen wir uns an, ob die Stallungen das aufweisen, was du aufgeführt hast.«

»Herodin von Batastoia hat …«, wollte einer der Knechte einwerfen, schon schoss der Beamte herum.

»Der Seneschall des verräterischen Ordens ist tot, Nichtsnutz. Das Land untersteht von nun an dem Gouverneur.« Er betrachtete den Heranwachsenden. »Hattest du mit dem Orden mehr zu schaffen, als die Abgaben in dessen Keller zu bringen, Bursche? Soll ich es vielleicht als Selbstanzeige verstehen? Möchtest du verhört werden?« Dem Knecht wich alle Farbe aus dem Gesicht. »Dann halte in Zukunft dein vorlautes Maul«, empfahl der Steuereintreiber abfällig und ging auf die Gesindekammer zu, die einen kürzeren Weg zur Scheune darstellte.

Tokaro erkannte, dass ihm jeglicher Fluchtweg versperrt war. Er zwang sich zur Ruhe und setzte sich an den Tisch, um sich eine weitere Kelle Gulasch zu nehmen.

Der hoheitliche Beamte warf ihm nur einen knappen Blick zu und durchschritt die Kammer, um in den Stall zu gelangen. Tokaro behielt ihn im Auge, als er den Koben mit langen Schritten durchmaß. Suchend glitt sein Blick hin und her, Zahlen murmelnd machte er sich Notizen auf seiner tragbaren Schreibunterlage und zählte dann das Vieh durch.

Als er an Treskors Unterstand angelangte, stutzte er und reckte den Kopf nach vorn, um das Streitross, das nun so gar nicht zwischen die Kühe und Rinder passte, näher zu betrachten.

Verdammt. »Das ist mein Pferd, Herr«, erklärte der ehemalige Rennreiter und gab sich Mühe, dabei ganz selbstverständlich zu klingen. »Ich bat um Essen und eine Rastmöglichkeit.«

»Ein sehr schönes Tier.« Der Uniformierte wollte sich die Flanke ansehen, um nach einem Brandzeichen zu spähen, da schnaubte der Hengst und scharrte unruhig auf der Stelle. Die gewaltigen Muskeln spannten sich und ließen die Kraft erahnen, die in einem Tritt steckte.

»Vorsicht, Herr!«, warnte sein Besitzer. »Er mag keine Fremden in unmittelbarer Nähe.«

»Das habe ich bemerkt«, bedankte sich der hoheitliche Geldeintreiber säuerlich und begab sich außerhalb der Reichweite der Hinterhand. »Wozu braucht ein junger Milchbart wie du einen solch edlen Schimmel, wenn er nicht eben in den Krieg ziehen will?«

»Mein Vater hat ihn mir geschenkt, Herr. Ihr seht vor Euch einen Freiwilligen, der sich für den Kabcar im Süden in die Schlacht stürzen will«, behauptete Tokaro.

»Ah. Sehr löblich.« Der Beamte verlor das Interesse an dem Tier und wandte sich wieder dem Überprüfen der Scheune zu, bis er nach einer knappen Viertelstunde den Bauern hereinrief.

»Es ist soweit nichts auszusetzen«, gab er Entwarnung. »Nur das Vieh macht mir ein wenig Sorgen.« Er betrachtete die Liste. »Du hast zehn Kühe angegeben«, der Federkiel zeigte auf die Buchten, in denen die Nutztiere standen, »aber drei davon sind hochträchtig. Die Kälber rechne ich schon mit ein.« Der Beamte hielt dem Bauer seine Aufzeichnungen hin. »Dreiundzwanzig Sack Korn und vierhundertsechsundachtzig Waslec an Gesamtsteuern.«

»Dann haben wir nicht mehr genug für die Aussaat«, rief der Mann verzweifelt und versuchte zu handeln.

»Nun denn …« Der Uniformierte schien Gnade zu zeigen und kritzelte auf seinem Papier herum. »Pro Sack rechne ich einen Preis von zwanzig Waslec und schlage eine Zinsgebühr obenauf, sagen wir alles in allem fünfhundert Waslec. Plus die Steuern in Höhe von vierhundertsechsundachtzig, macht genau … tausend Waslec.« Sein Gesichtsausdruck verriet, dass er keine Scherze machte.

»Scheißen meine Rinder Münzen, Herr?«, brach es aufbegehrend aus dem Landmann heraus.

»Bezahle.«

Hätte der Bauer eine Mistgabel in Händen gehalten, so hätte dem hoheitlichen Steuereinnehmer ernsthafte Gefahr gedroht. »Ja, wie denn?«

»Oder unterschreibe die Verpfändung in die Leibeigenschaft von dir und allen auf deinem Hof.«

In hohem Bogen flog etwas durch die Luft und landete klingelnd zwischen den Füßen der beiden Männer. Durch den Aufprall riss die Umhüllung, und mehrere Münzen fielen heraus.

Verdutzt schauten der Bauer und der hoheitliche Beamte zum Eingang zur Gesindekammer.

Tokaro lehnte an der Tür und winkte ihnen zu, während er genüsslich sein Gulasch löffelte. »Nehmt die. Es sind tausend. Ich brauche sie sowieso nicht mehr«, erklärte er kauend.

Der Beamte hob den Sack und wog ihn prüfend. »Ja, tatsächlich. Das könnte stimmen.« Misstrauisch betrachtete er den jungen Mann, nahm eine der geprägten Metallscheiben und biss darauf. »Echt. Woher hast du das viele Geld?«

»Meines Vaters Kühe scheißen Waslec. Er ist dadurch so reich, dass er nicht weiß, wohin damit. Also gab er mir etwas davon mit«, log der Ordensritter gut gelaunt. »Oder haltet Ihr mich etwa für einen Dieb, Herr?«

»Ändere deinen Ton. Oder du wirst eines Tages den Stock spüren.« Der Steuereintreiber rauschte hinaus, verstaute die Münzen in der gepanzerten Truhe und schloss sie. Kurz darauf ritt die kleine Truppe davon.

Entgeistert schaute der Landmann auf seinen Gast. »Wie kann ich Euch danken, junger Herr? Ihr habt mich und alle hier vor der Leibeigenschaft bewahrt.« Überschwänglich drückte er den jungen Mann mit den blauen Augen an sich. »Ich kann es nicht fassen!«

Er brüllte den gesamten Hof zusammen; man klopfte Tokaro auf die Schultern und gab ihm Küsschen und drückte ihm so viel Essen in die Hand, dass er nicht mehr wusste, in welche Satteltasche er alles packen sollte.

Tokaro beeilte sich, wieder auf Treskors Rücken zu steigen. Das Geldverteilen hatte ihm so viel Spaß bereitet, dass er es gleich wiederholen wollte.

»Ich muss weiter«, empfahl er sich und winkte den Bauersleuten vom Rücken des Schimmels aus zu. Eine Magd warf ihm eine Kusshand zu, er blinzelte schelmisch zurück. »Und erzählt es allen: Die Hohen Schwerter wurden zu Unrecht verurteilt.«

Schnell preschte er los, damit er die hoheitlichen Beamten einholte.

Das Räuberblut pulsierte durch seine Adern. Beflügelt von der Vorstellung, mit der Beute Gutes zu tun und den Kabcar zu kränken, freute er sich auf das bevorstehende Gefecht.

Als er etwas später, mit einem Tuch vor dem Gesicht und das Barett kess in die Stirn gerückt, über die drei Männer hereinbrach, vertrimmte er sie nach Strich und Faden.

Er ging sogar noch weiter.

Nachts bugsierte er sie an eine Kreuzung, verband ihnen die Augen, zurrte ein großes Seil um ihren Oberkörper und zog sie mit Treskors Hilfe an einem Baum hinauf. Dann riss er ihnen die Hosen runter und schüttete mehrere Säcke Münzen unter ihnen aus.

Als im Morgengrauen der erste Kutscher die Strecke entlang kam, musste er beim Anblick der seltsamen, zeternden Frucht herzhaft lachen. Zwar konnte er das Schild ZIEH AN DEN GLOCKEN, UND SIE SCHEISSEN WASLEC nicht lesen, doch er bediente sich an den Münzen und erzählte die Geschichte der drei rätselhaften Wohltäter sofort auf dem nächsten Markt.

Bis zum Abend waren die drei Beamten die Attraktion der umliegenden Städte und Dörfer, bis der Garnisonshauptmann schließlich davon erfuhr und sie losschneiden ließ.

Doch es mussten auch halbwegs Studierte unter den Schaulustigen gewesen sein. Denn angeblich waren die Männlichkeiten des Trios vom ruppigen Ziehen arg gerötet.

Von dem geraubten Geld fand sich keine Spur, dafür tauchten die leeren Kisten sporadisch an allen möglichen Orten auf. Der Gouverneur hegte den Verdacht, dass der Räuber die Waslec an die Menschen verteilte, Beweise fand er jedoch keine dafür. Noch am selben

Tag setzte er ein Kopfgeld auf den frechen Wegelagerer aus.

Der trieb sein Unwesen kurz nach diesem Vorfall in aller Öffentlichkeit, als sich neben einigen Freiwilligen beinahe einhundertfünfzig junge Männer wie befohlen in der Provinzhauptstadt Huron vor der Werberstube mitten auf dem größten Marktplatz einfanden. Ihre Gesichter verrieten, dass sie wenig von dem Zwangseinzug hielten.

»Wir sind gleich so weit, Bürger«, sagte der Kommandant und schaute zufrieden über die Menge. »Ich lasse euch dann einzeln eintreten.« Er verschwand, um letzte Vorbereitungen für das Erfassen der Namen zu treffen.

Ein weiterer Schicksalsgenosse traf ein und reihte sich hoch zu Ross in die Schlange der Wartenden ein.

»Was schaut ihr denn so trübe aus der Wäsche?«, höhnte Tokaro von oben herab. »Wir ziehen doch für unseren guten göttlichen Kabcar Govan Bardri¢ in den Krieg!«

Die Wachen vor der Tür nickten ihm lobend zu.

»Halt die Schnauze, oder ich stopfe dir deinen geckenhaften Hut rein«, drohte einer der Burschen, wenig begeistert von der bevorstehenden Reise an die Grenze zu Kensustria.

»Wieso? Ich sage nur die Wahrheit, Kameraden.« Er schlug sich gegen die Brust. »Ich werde nicht rennen, wenn ein Kensustrianer vor mir auftaucht und mein Blut trinken will, ich nicht!« Der Ordensritter stemmte sich in die Steigbügel. »Ach, was bedeutet schon Unbesiegbarkeit? Nur weil man keine Leichen vom Feind auf den Schlachtfeldern gefunden hat? Ich glaube nicht, dass sie gegen Schwerthiebe immun sind. Oder dass sie riesige Zähne haben, mit denen sie die Adern ihrer Opfer bei lebendigem Leib aufreißen.«

Die ersten Kerle verschwanden aus der Schlange und trollten sich die Gasse hinunter.

»Kommt zurück, Feiglinge!«, brüllte Tokaro ihnen nach, während er in seiner Tasche suchte und etwas gut sichtbar in die Höhe hielt. Es war ein Fangzahn, ungefähr so lang wie ein kleiner Finger. Man hörte erschrockene Ausrufe. »Schau her, ihre Zähne sind gar nicht mal so groß. Den hier hat man in der Eisenrüstung eines toten Tarpolers gefunden. Muss dem Grünhaar wohl abgebrochen sein, als er sie durchbiss.«

Die nächsten Burschen rannten davon, das Heer der Freiwilligen lichtete sich.

Die Soldaten betrachteten ihn misstrauisch, die Leute blieben stehen, um nach dem Krakeeler zu schauen. »Du da! Reite weg«, versuchte ihn einer zu verscheuchen.

»Aber Euch ist doch eben einer weggelaufen. Ich nehme seinen Platz gerne ein.« Tokaro drängte seinen Schimmel an die Position des Deserteurs. »Ich lasse mich mit Freude verstümmeln, von meinen Füßen bis zu den Armen, damit der gute göttliche Kabcar, der die Steuern angezogen hat, der von uns den Kampf verlangt, der die Leibeigenschaft mit aller Macht vorantreibt und der sich Tzulan in die Arme wirft, noch mehr Land bekommt. Der Kabcar liebt uns so sehr, dass er sich für uns zum Kaiser krönen lassen will. Kein anderer kann diese schwere Bürde des Herrschens auf sich nehmen. Würde einer von Euch andere Landsmänner unterjochen wollen?«

Die Umstehenden lachten leise.

Der Kommandant schaute aus dem Fenster. »Hör auf!«, zischte er Tokaro zu.

»Ich lobe den göttlichen Kabcar, wann es mir passt. Oder will mir ein Soldat der hoheitlichen Armee verbieten, seinen höchsten Vorgesetzen zu verherrlichen?«, beschwerte sich der junge Mann voller Entrüstung. »Nun, setzt meinen Namen auf die Liste derer, die sich mit Freude auslöschen lassen. Mir gilt mein Leben nichts, wenn ich es für den Mann gebe, der seine Untertanen haufenweise töten lässt.«

»Bist du irre?«, schrie der Kommandant und sprang erbost aus dem Fenster, die Perücke schlug ihm ins Gesicht.

»Er hat doch die Totendörfer niederbrennen lassen, oder etwa nicht? Dank sei Govan Bardri¢, der uns vor unzähligen Krankheiten beschützt hat. Dank sei dem göttlichen Govan Bardri¢, der Menschenopfer verlangt, wie man sich erzählt.«

»Verschwinde, bevor ich dich festnehmen lasse«, befahl der Offizier wütend.

»Wegen was?« Tokaro wurde mit einem Mal ernst. »Habe ich etwas Falsches gesagt oder bislang nur die Wahrheit verkündet, Herr?« Er schlug sich an die Stirn. »Beinahe hätte ich es vergessen: Welcher von den beiden hoheitlichen Söhnen der Bardri¢-Familie steht denn mit uns zusammen an der Front? Mir ist nämlich nichts von einer Befreiung des Erlasses für Adlige oder andere Höhergestellte bekannt. Ich bin so aufgeregt, dass die Elite mit uns einfachen Menschen gegen die Kensustrianer anrennt!«

Nun waren die Umstehenden gespannt. Der Kommandant wusste nicht, was er sagen sollte. »Schleich dich.«

»Also keiner?« Liebenswürdig schaute er auf ihn herab. »Dennoch will ich aber bitte, bitte für den guten göttlichen Govan Bardri¢ kämpfen«, bettelte er übertrieben. »Ich mache den Truppen mit meinen Worten doch Mut.« Er schaute auf die sechs Männer, die von der ganzen Schlange noch übrig geblieben waren. »Fühlt ihr euch nicht bestärkt, den Kensustrianern entgegenzutreten?«

Unsicher wechselten sie Blicke.

»Hau ab! Wir brauchen keine Kämpfer mehr!«, schnauzte der Kommandant in seiner Not.

Doch nicht der glühende Bewerber ritt davon, sondern das verbliebene halbe Dutzend nahm nach der Aufforderung augenblicklich die Beine in die Hand. Der Platz vor der Werberstube präsentierte sich menschenleer.

»Wirklich? Wie schade«, meinte der Ordenskrieger und wendete Treskor. »Sagt mir Bescheid, wenn sich das ändern sollte, Herr.«

»Du bleibst!«, verlangte der Offizier, der verstand, dass er übertölpelt worden war. »Du bist festgenommen. Wegen Aufwiegelung!«

»Ihr ändert Eure Meinung schnell. Erst soll ich reiten, nun bleiben.« Überrascht schaute sich der junge Mann um. »Aber ich sehe gar niemanden mehr, den ich hätte aufwiegeln können«, meinte er keck. »Da kommt mir ein Gedanke: Soll ich Euch ein bisschen aufwiegeln?« Er drehte sein Streitross wieder um. »Da es Euer Wunsch ist, Herr.«

Er stieß einen wilden Ruf aus, der Hengst stürmte los und rammte die Soldaten einfach zur Seite. Wie die Kegel purzelten sie zu Boden.

Der Kommandant gab auf dem Rücken liegend Alarm, doch Tokaro preschte bereits durch die Gassen in Richtung des Tores.

Unterwegs schlitzte er die schweren Säcke an, die über der Kruppe seines Tieres lagen. Münzen quollen heraus und verteilten sich klingelnd auf der Straße. Immer wieder rief Tokaro, dass es eine Gabe der zu Unrecht verurteilten Hohen Schwerter sei, während die Menschen hinter ihm die Münzen aufsammelten, lachten und johlten und ihm applaudierten.

Bevor die Wachen am Tor wussten, warum die Signalpfeifen gellten und sie die schweren Flügeltüren am Stadteingang schließen sollten, jagte der ehemalige Rennreiter des alten Kabcar lachend an ihnen vorbei.

Dieses Mal unterschätzte er allerdings seinen Gegenspieler.

Der Gouverneur hetzte ihm Spurenleser auf die Fährte, begleitet von einer ganzen Schwadron. Tokaro verdankte es einem Zufall, dass er seine Verfolger bemerkte. Bei der Rast auf einer Anhöhe sah er, wie eine berittene Einheit in weiter Entfernung genau den gleichen Weg nahm wie er. Schimpfend sprang er in den Sattel und preschte davon.

Seitdem befand er sich auf ständiger Flucht. Nicht ohne dabei jede Gelegenheit zu nutzen, den Untertanen Gutes zu tun sowie den Kabcar ihrem Gelächter preiszugeben … Dafür erhielt er von den Mutigsten der Provinzler Unterschlupf, Essen und ein Dach über dem Kopf.

Doch das beinahe unfassbare Glück sollte ihn in Ludvosnik vorerst verlassen.

Schuld daran war ein verlorenes Hufeisen. Ohne eine gute Beschlagung war Tokaro die Gefahr für die Trittsicherheit seines Schimmels zu groß. Beim Ritt durchs Dickicht hatte sich der Hengst zudem eine kleinere Wunde an der Brust zugezogen, die er behandeln lassen wollte, bevor sie sich entzündete und Schlimmeres anrichtete.

Da Tokaro sein Gesicht noch nie offen in Ludvosnik gezeigt und in dieser Gegend der Provinz auch noch nicht viel unternommen hatte, vertraute er darauf, nicht allzu bekannt zu sein, und betrat die Stadt, Treskor am Zügel führend. Er wich schon bald von der Hauptstraße ab und suchte sich einen Weg durch die kleineren Gässchen, durch die er und sein Pferd gerade so nebeneinander hindurchpassten.

Im Handwerkerviertel fand er einen Schmied, dessen Werkstatt ihm auf den ersten Blick zusagte und der ihm versicherte, seine Frau verstünde sich auf die Behandlung nahezu aller Gebrechen, die ein Tier haben könne. Tokaro blieb kaum etwas anderes übrig, als den Beteuerungen Glauben zu schenken.

Unter seinen wachsamen Augen erhielt Treskor vier neue Eisen, und die Gattin des Schmieds bereitete eine Paste zu, die auf die Wunde aufgebracht wurde.

»Schont ihn ein wenig, Herr«, empfahl sie ihm zum Abschied. Ihre dunklere Haut wies auf eine Ontarianerin oder eine Abstammung aus den südlicheren Reichen hin. »Er sieht ein wenig erschöpft aus.« Fasziniert streichelte sie den großen Kopf des Hengstes. »Es ist ein Prachtexemplar.«

»Er wird mich sicher nach Kensustria hinein- und auch wieder heraustragen«, erklärte Tokaro und griff zu seiner üblichen Ausrede, wie ein junger Mann an ein solch selten schönes Tier geriet. »Mein Vater meinte das zumindest, als er ihn mir schenkte. Ich bin übrigens kein Herr, Demut ist nicht angebracht.«

»Nach Kensustria? In die Schlacht?«, erschrak sie und legte ihre Hand auf die weichen Nüstern. Zutraulich schnaubte der Hengst. »Er wird gewiss verletzt werden.«

»Ich auch«, meinte Tokaro belustigt. Ihm gefiel, welche Sorgen sie sich um Treskors Wohlergehen machte. »Es scheint, als liebtest du Pferde mehr als Menschen?«

»Verzeih, so habe ich es nicht gemeint. Dein Leben ist natürlich ebenso in Gefahr.« Die Frau zögerte. »Nimm es mir nicht übel, aber der Hengst ist im Vergleich zu dir wesentlich einzigartiger.« Sie schaute ihn bittend an. »Verkauf ihn mir. Er wird es gut bei mir haben. Ich kenne einige Pferdehändler, die mir Stuten besorgen, und baue mit ihm eine Zucht auf. Dir gebe ich das erste männliche Fohlen.« Sie hielt ihm die Hand zum Einschlagen in das Geschäft hin.

»Nein«, kam es wie aus der Büchse gefeuert. »Wir sind ein sehr gutes Gespann, und dabei wird es bleiben.« Er sattelte das Streitross.

»Zweihundert Waslec und zwei Fohlen.«

»Auch wenn du wie ein Ontarianer feilschst, du bekommst ihn nicht, sieh es ein.«

»Sechshundert Waslec und drei Fohlen.«

Tokaro seufzte. »Du könntest mir …«

»Tausend Waslec?«

»… das Zehnfache bieten«, redete er weiter. »Nie und nimmer weicht Treskor lebend von meiner Seite.« Er ging hinaus, schnalzte mit der Zunge, und der Hengst folgte ihm. »Vielen Dank für deine Hilfe. Ich verspreche, es wird ihm nichts geschehen, von dem er sich nicht erholen würde.«

Die Frau des Schmiedes trat aus der Werkstatt und blickte dem Schimmel begehrlich hinterher.

Ihr Ältester trat an sie heran. »Mutter, das war bestimmt der Räuber, den der Gouverneur sucht. Dieser junge Gefolgsmann der Hohen Schwerter«, raunte er ihr ins Ohr, damit es niemand sonst hörte. »Ich war damals in Huron, als er auf dem Marktplatz auftauchte.«

»Sehr gut.« Ihre Augen wurden schmal, sie lächelte tückisch und winkte Tokaro zu, als er sich noch einmal zu ihr umdrehte. Erfreut strich sie ihrem Sohn durchs

Haar. Neue Möglichkeiten taten sich auf, um in den Besitz des stolzen Schimmels zu gelangen. *Dann weichst du eben nicht lebend von seiner Seite, Bursche. Du hättest mein Angebot annehmen sollen.*

Tokaro mietete sich in die Stallung eines Gasthauses ein und verzichtete auf den Luxus eines Bettes. Er wollte so wenig wie möglich gesehen werden. Seit dem Besuch des Schmiedes beschlich ihn das eigenartige Gefühl, verfolgt zu werden.

Die Wachen waren es gewiss nicht, sie hätten sich schon längst auf ihn gestürzt. Blieben einzig und allein die Gestalten, die ihn bestehlen wollten. Und er wusste auch schon, worauf sie es abgesehen hatten. *Ein selten gutes Pferd bringt offenbar auch Nachteile.*

Er kletterte hinauf ins Gebälk seiner kargen Unterkunft und machte es sich auf dem breiten Quersparren bequem. Direkt unter ihm stand sein Hengst und knabberte an ein paar Strohhalmen.

Draußen regnete es in Strömen, als wollte das Wasser die Hafenstadt ins Meer spülen. Gelegentlich drangen kleinere Tropfen durch undichte Stellen des Daches und klatschten in die Pfützen. Das beständige Rauschen schläferte den jungen Ordensritter rasch ein.

Treskor schnaubte irgendwann alarmierend. Sofort war Tokaro hellwach, die Hand ruckte an den Schwertgriff.

Doch er entspannte sich, als er das Paar entdeckte, das sich für eine Liebesnacht in den Schutz des Strohs begab.

Wahrscheinlich ist sie noch Jungfrau und er verheiratet, grinste er auf sie herab. Er wollte die beiden nicht stören, aber auch nicht unbedingt zuschauen müssen, und balancierte lautlos auf dem Balken in den rückwärtigen

Bereich der Stallung. Sollte er Besuch von möglichen Dieben erhalten, würden ihn die Schreie des Pärchens warnen.

Tokaro entdeckte die Ladeluke und den Flaschenzug, die vor der Öffnung nach draußen baumelten. Der Duft von Gebratenem stieg ihm in die Nase.

Etwas zu essen wäre schon nicht schlecht. Er lauschte und hörte das erste lustvolle Aufstöhnen der Frau. Vor seinem inneren Auge entstand die entblößte Zvatochna. *Nein, das halte ich nicht aus.*

Er warf das eingezogene Seil hinaus und hangelte sich daran nach unten, um hinüber ins Wirtshaus zu rennen. Der Wind jagte ihm den Regen ins Gesicht, dass er beinahe nichts mehr sah. Wenigstens vertrieben die Kälte und die alles durchdringende Feuchtigkeit die heißen Gedanken an die Tadca.

Klatschnass erreichte er die Tür und stürmte in den Schankraum. Umständlich wischte er sich die Augen frei.

Und erstarrte.

Drei Dutzend bis an die Zähne gerüstete Gardisten, die zusammen saßen, zechten, Karten spielten und sich lautstark über die letzten Begebenheiten unterhielten, drehten sich gleichzeitig um und musterten ihn.

Vorsichtig schielte er aus dem Fenster. *Zur Wachstube,* las er den Namen des Wirtshauses und schloss kurz die Lider, um die Beherrschung nicht zu verlieren. »Kann man sich hier für den Krieg gegen Kensustria eintragen?«, würgte er hervor.

Der vorderste der Gardisten schüttelte langsam den Kopf. Ein Stuhl knarrte leise.

»Für irgendetwas anderes?«, fragte er heiser.

Wieder ruckte das Haupt einmal nach rechts, einmal nach links.

Tokaro deutete über die Schulter nach hinten. »Dann gehe ich wohl besser wieder.« Schon ging er ein paar Schritte rückwärts, wandte sich um und ergriff den Riegel, um ihn nach oben zu drücken.

»Was wolltest du hier?«, verlangte einer aus dem Hintergrund zu wissen. »Du bist fremd in der Stadt?«

»Ja«, stimmte Tokaro vorsichtig zu.

Eine der Wachen stand auf, kam auf ihn zu und legte den Arm auf seine Schulter. Schweigend starrte er ihn an. »Dann setz dich zu uns. Freiwillige sind uns herzlich willkommen«, lud er ihn unerwartet und mit einem Blick ein, als wollte er ihn zur Hinrichtung führen.

Jemand prustete los, und sämtliche Gardisten brachen in schallendes Gelächter aus, deuteten auf den Neuankömmling und freuten sich wie die Schneekönige über die Verwirrung, die sie bei ihrem Gast auslösten.

Tokaro stieß erleichtert die Luft aus und wurde im nächsten Moment an den Tisch des Mannes geschleppt. Ohne auf seinen Prostest zu achten, füllte der Gardist ihm einen Humpen und schob ihm einen gefüllten Teller hin. »Da, iss und trink. Einer von uns wird dir später den Weg zur Werberstube zeigen. Aber vorher stärkst du dich. Du siehst darbend aus.«

Erstens wäre das Ablehnen der Einladung grob unhöflich gewesen, zweitens in einem Raum voller Gardisten sehr töricht und angesichts einer kostenlosen Mahlzeit drittens sehr dämlich. Kurz schwankte der junge Ordensritter, Hunger rang mit der Sorge um Treskor. Sein Magen gewann.

Er beeilte sich, stopfte alles in sich hinein und trank viel zu schnell, wie er bald an seinem leichten Schwips feststellte.

Gut gelaunt erhob sich und brachte einen Trinkspruch nach dem anderen auf den Kabcar aus. Jedes Mal sprangen die Wachen notgedrungen auf und schrien mit. Endlich gelang es ihm, sich aus der Meute der Leute loszueisen, die ihn eigentlich steckbrieflich suchten. Unter dem Vorwand, austreten zu müssen, machte er sich durch den Hinterausgang aus dem Staub und kehrte kichernd in den Stall zurück.

»Hoppla!«, machte er beim Anblick der Liebenden, die aufeinander lagen und scheinbar nach dem Rausch der Sinne vor Ermattung eingeschlafen waren. »Das ist mal ein Kavalier. Streckt auf seiner Dame einfach alle fünfe von sich, weil es so angenehm warm und weich ist, wie?«, meinte er angetrunken und trat dem Nackten in den Hintern. »Aufstehen und anziehen. Das ist mein Stall und mein Schlafzimmer.«

Der Mann kippte zur Seite. Tokaro rang nach Luft. Jemand hatte ihm und seiner Angebeteten die Hälse durchgeschnitten.

»Das sind Sitten in Ludvosnik«, raunte er, »nicht wahr, Treskor? Kein Respekt mehr vor der Liebe.«

Das vertraute Schnauben blieb aus.

»Treskor?« Erst jetzt bemerkte der Krieger mit seinem benebelten Verstand, dass der Hengst fehlte. »Wa...«, wollte er schon die Gardisten aus der Schenke zusammenschreien, da fiel ihm gerade noch rechtzeitig ein, dass zwei Tote vor ihm lagen, deren Blut an seinen Stiefeln haftete.

Also muss ich die Sache wohl selbst in Ordnung bringen, schätzte er. *Und ich weiß auch schon, wen ich besuche.* Äußerst umständlich erklomm er das Gebälk, um sein Gepäck von dort zu holen, wo es wirklich noch immer lag.

In seiner bierbedingten Ungeschicktheit verlor er mehrmals das Gleichgewicht und ruderte mitsamt seiner Last mit den Armen. Das normale Schwert rutschte durch die heftigen Bewegungen aus seiner Scheide, und auch Tokaro fiel letztlich vom Balken. Glücklicherweise bremste das Stroh seinen Aufprall; neben ihm ragte der Griff der Waffe senkrecht aus einem Ballen. *Schwein gehabt,* Angor. Erleichtert umfasste er den Knauf.

Da schwang die Stalltür auf, Laternenschein fiel herein.

»Was tust du da?«, herrschte ihn eine männliche Stimme an.

»Das ist er«, sagte eine jüngere sofort.

Tokaro schaute über die Schulter und erkannte im Gegenlicht die Umrisse von zehn Gardisten und einem etwas kleineren Zivilisten.

»Ich bin's, Freunde«, grüßte er sie mit schwerer Zunge und zeigte schwankend nach oben. »Abgestürzt«, erklärte er. »Stellt euch vor, man hat mir meinen Hengst geklaut. Während ich mit euch gesoffen habe.«

Ruckartig zog er das Schwert aus dem Stroh. Doch das Geräusch, das dabei ertönte, passte nicht zu Halmen.

»Nanu?« Kippelig hielt er sich das untere Drittel vor die Augen und drehte sich ein wenig zur Seite in Richtung der Laternen. Eine rote Flüssigkeit haftete daran.

»Blut?«, meinte einer der Gardisten aufgeregt.

»Huch? Tatsächlich.« Der Ordensritter winkte lässig ab. »Keine Angst. Nicht meins. Kommt von den Leichen da.« Er lachte kurz auf. »Armes Ding. Zuerst der Hals, jetzt mitten durch die Brust. Aber es war keine Absicht«, führte er mit langsamer Zunge aus. »Das Schwert ist mir da oben aus der Hülle gesaust und …«

»Seht Ihr, es ist der Räuber, den der Kabcar sucht«, hetzte der Junge.

»Halt die Klappe. Ich erkläre gerade …« Tokaros Augen wurden schmal. »Holla, dich kenne ich doch?! Du bist der Sohn vom Schmied.« Er hob grollend die Klinge. »Und ich wette meinen Hals, dass deine Mutter mir den Schimmel gestohlen hat!«

Mehrfach wurden Waffen gezogen, die Wachen rüsteten sich gegen den Aufrührer und scheinbaren Mörder.

»He«, beschwerte sich Tokaro gekränkt. »Das ist der Verbrecher.«

»Von hier sieht das anders aus«, meinte einer der Uniformierten. »Ergib dich.«

»Bekomme ich die Belohnung?«, wollte der Verräter gierig wissen.

»Verschwinde, Bürschlein, bevor wir dich windelweich dreschen«, wetterte der Gardist. »Ich teile das Gold mit meinen Kameraden.« Er verpasste ihm eine Ohrfeige.

Der Sohn des Schmieds rannte hinaus und beschimpfte sie, bevor er endgültig verschwand.

Die Stadtwachen rückten vor, fächerten auseinander. Die Habsucht der Angreifer verhinderte, dass sie ihre Kameraden aus dem angrenzenden Wirtshaus zur Unterstützung herbeiriefen. Die Kopfprämie sollte anscheinend durch so wenig Beteiligte wie möglich geteilt werden.

»Wirf die Waffe weg«, verlangte einer von ihnen nochmals. »Du machst es dir einfacher.«

Die Situation weckte die Kampfinstinkte des jungen Ordenskriegers, und die Wirkung des Alkohols verflog zunehmend. Die Überzahl der Gardisten konnte er nur durch eine Sache wettmachen. Ohne eine weitere Erklärung schleuderte Tokaro das gewöhnliche Schwert zu Boden.

»Na, also«, kommentierte ihr Anführer erleichtert.

Doch das siegessichere Grinsen verschwand so schnell, wie es entstanden war. Stattdessen hielt der gesuchte

Verbrecher eine andere, kostbarere Waffe in Händen, die er aus einem Bündel Decken gezogen hatte.

Die Verderben bringende Schneide der letzten aldoreelischen Klinge reflektierte den Schein der Leuchten.

»Fangen wir an«, bat der Ritter seine Gegner zum tödlichen Tanz und tat den ersten Schritt auf dem ungewöhnlichen Parkett, das der Stall darstellte.

Drei präzise, blitzartige Schläge später lagen ebenso viele Gardisten in ihrem eigenen Blut, neben ihnen das glatt durchtrennte Metall ihrer Schwerter, mit denen sie versucht hatten, die Angriffe zu parieren.

Aus Trotz, aus Wut und nicht zuletzt wegen der Aussicht, nun noch mehr Waslec für den prominenten, vom Kabcar persönlich gesuchten Verbrecher einzustreichen, rafften sich die anderen zum Gegenschlag auf, indem sie alle möglichen Gegenstände nach dem Feind warfen.

Die Mistgabel, die aus dem Dunkel angeflogen kam, bemerkte Tokaro zu spät. Tief bohrten sich die beiden dreckigen Zinken in seinen Oberschenkel. Mit einem Aufschrei sank er gegen einen Stützpfosten. Die Wachen liefen herbei, um den verwundeten Ordenskrieger restlos zu überwältigen.

Laut krachend fiel das große Tor zu, die Wachen fuhren herum.

Eine Gestalt in einem durchnässten dunkelbraunen Reiseumhang stand im Eingang, hob langsam einen Rundschild vor den Oberkörper und reckte das Schwert.

»Bei Angor, zurück mit euch!«, ertönte eine Stimme. »Oder ihr bereut es. Er ist mein.«

»Das ist ein ganzes Nest von der Bande!«, brüllte ein Soldat und widmete sich mit vier seiner Kameraden dem unerwarteten Feind, während die anderen drei auf Tokaro eindrangen.

Noch immer glaubten sie sich überlegen.

Ein Trugschluss, den sie innerhalb weniger Lidschläge mit dem Leben bezahlten, als der unbekannte Beistand Tokaros zum Angriff überging.

»Ich schulde dir mein Leben, Freund«, bedankte Tokaro sich von Schmerz gepeinigt, während er versuchte, einen Blick unter die Kapuze zu erhaschen. Er streckte dem Krieger die Hand hin.

Das Heft des Schwertes schoss unvermittelt nach vorn und traf ihn gegen die Stirn, sodass er benommen stürzte.

Der Unbekannte stellte sofort seinen Fuß auf Tokaros Handgelenk und machte es ihm unmöglich, die aldoreelische Klinge zum Einsatz zu bringen. Die Spitze der Stichwaffe senkte sich herab und hielt genau auf dem Adamsapfel inne.

»Dann wirst du nichts dagegen haben, wenn ich es mir an Ort und Stelle nehme, Verräter.« Der Mann zog das nasse Tuch von seinem Kopf und gab sein Gesicht preis.

»Kaleíman von Attabo?« Tokaro erkannte seinen Glaubensbruder sofort wieder. Aber die Freude über die offensichtlich gelungene Flucht des Freundes wurde durch dessen unerklärliches Handeln getrübt. »Bei Angor, ich …«

»Ich bin hier, um den Tod des Großmeisters zu rächen«, fiel er ihm voller Abscheu ins Wort. »Wie konntest du das tun, Tokaro? War es die aldoreelische Klinge wert, dass du den Mann umbrachtest, der dich als seinen Sohn annahm? War es die Enttäuschung darüber, dass ich dafür plädierte, dich zu unserer Sicherheit aus dem Orden zu weisen?« Der Druck auf die Spitze wurde stärker. »Du hast uns alle zum Narren gehalten, du undankbarer Bastard. Und Angor aufs Tiefste beleidigt.«

»Was soll ich getan haben?« Der junge Ordenskrieger verstand die Vorwürfe nicht und legte die Stirn in Falten. »Unsinn. Ich habe mich von ihm verabschiedet! Er gewährte mir den Ritterschlag und gab mir seine Klinge, damit Nesreca sie nicht in die Hände bekommt.«

»Schweig!«, schrie ihn der Ritter fassungslos an. »Deine Ammenmärchen werden dich nicht retten!«

Doch Tokaro redete weiter. »Nerestro ahnte, dass der Berater des Kabcar eine Hinterhältigkeit …« Sein Gesicht hellte sich auf. »Natürlich! Er hat Euch auch eingespannt, um an die Klinge zu kommen.« Ernst blickte er Kaleíman an. »Rasch, erinnert Euch. Wie gelang Euch die Flucht?«

»Mich täuschst du nicht mit deinen Ungeheuerlichkeiten«, meinte der andere verächtlich, »und deinen Lügen. Es wurde bekannt, wie der Großmeister umkam. Der Seneschall hat mir erzählt, wie er ihn gefunden hat, sterbend in seiner Unterkunft, den Namen ›Belkala‹ auf den Lippen. Und man erfuhr, dass du es warst!«

»Hat dir das auch Herodin gesagt?«

Der Ritter zögerte. »Nein … Ich habe es von Albugast gehört.«

Tokaro sah sich in seiner Annahme bestätigt. »Versteht es doch, Ihr seid hereingefallen.« Inständig blickte er ihm in die Augen. »Ich schwöre bei Angor, dass ich Nerestro von Kuraschka nicht umgebracht habe. Und nun erinnert Euch, wie Eure Flucht gelang.«

Das Gesicht Kaleímans verriet, dass er trotz seiner Aufgebrachtheit nachdachte. »Ich habe eine Wache angelockt und überwältigt, ihr die Schlüssel abgenommen und mich aus der Verlorenen Hoffnung geschlichen, um dich zu finden.«

»Es kam Euch nicht zu leicht vor?«

»Angor der Gerechte war mit mir, um mich dich finden zu lassen, damit ich dich für deinen Frevel und deinen Verrat bestrafe!«

»Tretet beiseite und überlasst das Bestrafen uns«, verlangte eine harte Stimme in seinem Rücken. »Wir sind dazu weit mehr berechtigt als Angor.«

Der Ordenskrieger schaute über die Schulter nach hinten und umfasste seinen Schild fester. Dort standen vier unbekannte Männer, gerüstet mit Lederpanzern und Schwertern.

»Kennen wir uns?«, erkundigte sich Kaleíman vorsichtig.

Einer der Männer fasste unter seinen Mantel und nahm eine Pergamenthülle hervor, aus der er ein Schreiben zückte. »Wir sind Beauftragte von Mortva Nesreca, um den von Euch gestellten Tokaro Balasy ausfindig zu machen und nach Ulsar zu bringen.« Er nickte auf die Klinge. »Mit allem, was er mit sich führt.«

»Seht Ihr?!«, wisperte der Verletzte. »Es geht einzig um das Schwert. Ihr habt sie zu mir geführt. Passt auf.« Er räusperte sich. »Das ist Euer Glückstag. Ihr habt Kaleíman von Attabo gleich mit gefangen.«

Die Männer lachten leise. »Wir wissen, wer er ist. Schließlich sind wir lange genug hinter ihm hergeritten. Um ihn geht es uns zurzeit nicht«, sagte einer der hoheitlichen Agenten überheblich. »Die Wachen sollen sich um ihn kümmern.« Er schaute auf die Toten um sich herum. »Oder sie sollten es zumindest noch einmal versuchen.« Er hob die Hand und gestikulierte knapp. »Im Namen des hoheitlichen Kabcar Govan Bardri¢, tretet beiseite.«

Kaleíman nahm die aldoreelische Klinge an sich. »Dieses Schwert gehört Angor, nicht dem Kabcar.«

»Dem Kabcar gehört alles in diesem Land«, stellte der Spion fest und nahm eine Handbüchse hervor, seine Begleiter taten das Gleiche. »Legt es hin. Langsam. Und dann verschwindet.«

»Da Ihr mich verfolgt habt, wisst Ihr, warum ich ihn gesucht habe«, meinte der Ritter. »Gewährt mir die Bitte, ihn eigenhändig zu köpfen, um ihn für seinen Verrat an unserem Orden zu bestrafen.« Ohne hinzusehen, packte er Tokaros Wams und stellte ihn auf die Beine und drückte ihn gegen den Pfosten. »Danach lasse ich Euch die aldoreelische Klinge.«

Die Männer stimmten sich mit Gesten ab. »Einverstanden. Ob wir das Urteil des Kabcar vollstrecken oder Ihr, dürfte gleich sein.« Die Mündungen der Handbüchsen blieben vorsichtshalber erhoben. Die Männer trauten ihm nicht, solange er die gefährliche Waffe besaß. Rückte er sie danach freiwillig heraus, ersparte man sich Scherereien. »Schlagt zu.«

Zufrieden nickte Kaleíman, schnallte sich den Schild auf den Rücken und schaute zu dem jungen Angorgläubigen. »Wenn du siehst, dass ich zuschlage, neigst du das Haupt und lässt dich langsam zu Boden sinken«, raunte er. »Wir setzen unser Gespräch an einem anderen Ort fort.« Sein Oberkörper drehte sich ausholend nach rechts, die Hände umfassten den Griff. »Mach dich bereit.«

Die Schneide surrte heran, das Lied des Todes singend.

Lass ihn die Wahrheit sprechen. Tokaro beugte vertrauensvoll den Nacken.

Die aldoreelische Klinge durchtrennte nicht seine Wirbel, sondern den dicken Stützbalken. Noch zwei Mal schlug Kaleíman zu und tat, als drösche er in grenzenloser Wut auf sein Opfer ein, um es zu verstümmeln. Der breite Schild verhinderte, dass die Häscher des Kabcar genau erkennen konnten, was er tat. In Wirklichkeit beschädigte er den hölzernen Pfeiler durch die Treffer derart, dass er knirschend unter der Last des Daches zusammenbrach.

Fluchend feuerten Nesrecas Männer ihre Waffen ab, ehe sie vor dem einstürzenden, tonnenschweren Strebewerk flüchteten.

Auch die Ritter traten den hastigen Rückzug an. So schnell es ihm möglich war, hinkte Tokaro, gestützt von seinem Glaubensbruder, zum anderen Ausgang, während es Ziegel und andere Trümmer auf sie herabhagelte. Staub, Stroh und Spreu füllten die Luft.

Angor hielt seinen Schutz über sie, keiner der beiden wurde verletzt. Hustend retteten sie sich an der *Wachstube* vorbei in die nächste Seitenstraße, als die Tür der Kneipe aufflog und die Gardisten nachsahen, was sich hinter ihrem Stammlokal ereignete.

Überall flammten die Dochte von Kerzen, Lampen und anderen Lichtquellen hinter den Fenstern auf. Die Bewohner Ludvosniks wurden durch das Krachen unsanft aus ihrem Schlummer gerissen.

Durch den Dauerregen trabten sie durch das Gewirr von Gassen und Gässchen, bis sie so weit von der Unglücksstelle entfernt waren, dass der ferne Lärm die Schläfer nicht geweckt hatte. Das Risiko einer Entdeckung war dadurch rapide gesunken.

Auf der Suche nach jemandem, der Tokaros Wunden behandeln konnte, gelangten sie zu dem Ulldrael-Tempel, doch er war verschlossen. Kaleíman untersuchte dessen Rückseite und durchtrennte dank der wundersamen Kraft der aldoreelischen Klinge das Schloss der Hinterpforte. Schnell huschten sie hinein.

Im Innern des Heiligtums herrschte gespenstische Stille. Sie liefen im Dunkeln durch die Räume, bis sie die Küche und eine Möglichkeit fanden, eine Kerze zu entzünden.

»Danke, dass Ihr mir glaubt«, schnaufte Tokaro, schwang sich auf den Küchentisch und zog die Hose aus, um nach der Verwundung zu sehen, welche die Mistforke hinterlassen hatte. An den Rändern der tiefen, blutenden Löcher, so glaubte er im schwachen Schimmer zu sehen, haftete Dreck.

Der ältere Ritter brachte eine Schale mit Regenwasser und wusch die Wunde aus. »Deinen Worten allein habe ich kein Vertrauen geschenkt«, gestand er sachlich. »Aber das, was die Männer Nesrecas gesagt haben, hat mich umgestimmt.«

Tokaro biss die Zähne zusammen. »So schlimm ist die Verletzung nicht«, schätzte er trotz der Schmerzen. »Der Schmutz wird das eigentliche Übel.«

»Bei Tagesanbruch gehe ich los und besorge ein paar Kräuter, die gegen die Verunreinigung helfen.«

Er nahm den Schild ab und betrachtete die vier Einschüsse, die alle unmittelbar nebeneinander lagen. Zwei hatten das metallbesetzte Holz durchschlagen, waren aber in ihrer Wucht gebremst worden und an dem dicken Lederharnisch gescheitert, den er unter seinem Umhang trug. Der Ritter ließ die verformten Kugeln dort stecken.

Das fünfte Projektil fanden sie auch.

Der Schütze musste einfach drauflos geschossen haben oder aber beim Feuern an der Hand getroffen worden sein. Im Eifer der Flucht hatte Kaleíman nicht gemerkt, dass sein Unterschenkel ein fingerdickes Loch aufwies. Als er den Stiefel auszog, um das vermeintliche Regenwasser auszuschütten, lief sein kostbarer

Lebenssaft auf den Küchenboden. Aus alten Schürzen, die noch an den Haken hingen, rissen sie sich notdürftige Verbände und stillten ihre Blutungen.

»Wir sitzen herum, als kämen wir von einer Schlacht«, meinte Tokaro und musste bei allem Unglück lachen.

»Eine schöne Schlacht«, murrte sein Ordensbruder und grinste dennoch. »Man bewirft uns mit Mistgabeln und benutzt hinterfotzige Waffen. Was sind das nur für Zeiten.« Kaleíman ergriff die aldoreelische Klinge und reichte sie Tokaro. »Nimm sie wieder zurück. Wenn der Großmeister wollte, dass du sie trägst, soll es so sein.« Danach berichtete er, was alles geschehen war, seit der junge Mann das Lager der Hohen Schwerter bei Ulsar verlassen hatte.

Tokaros Wut auf Govan Bardri¢ stieg ins Unermessliche. Albugast würde für seine Heimtücke und sein Ränkeschmieden ebenfalls bezahlen. *Ich habe noch sehr viel vor.*

»Bleibt für uns beide die Frage nach dem Morgen«, endete Kaleíman. »Liegt unsere Zukunft in dem, was du machst? Ein Straßenräuber, der Anklang bei den Menschen findet und sich von den Lehren Angors immer weiter entfernt?«

Tokaro atmete durch. »Das Volk ist nicht wirklich glücklich mit den Entwicklungen der letzten Monate. Der Umschwung, den dieser Narr auf dem Thron herbeiführte, ist ein Rückschritt in die finsteren Zeiten, die noch vor den Reformen seines Vaters herrschten.«

»Nicht in die finstere, sondern in die Dunkle Zeit«, grübelte Kaleíman entmutigt. »Wie soll das enden? Schau dich um.« Er deutete auf ihre verlassene Umgebung. »Die Ulldrael-Tempel werden geschlossen, unser Orden existiert nicht mehr.« Seufzend setzte er sich auf einen Hocker und legte sein verletztes Bein hoch. »Ich frage mich, ob die anderen Götter schlafen. Gefällt ihnen, dass wir auf Ulldart unter den Anwandlungen eines größenwahnsinnigen Herrschers leiden? Haben wir Ulldrael und Angor durch etwas erzürnt?«

»Beide helfen in den kleinen Dingen«, machte Tokaro dem Ordensbruder Mut. »Schaut doch uns an. Hättet Ihr gedacht, dass wir lebend aus der Scheune entkommen? Ohne göttlichen Beistand wäre es niemals möglich gewesen.«

»Natürlich glaube ich an Angor und vertraue auf ihn«, stimmte der Ältere zu. »Nur ihn so zu verehren, wie wir das früher taten, ist nicht möglich. Wie sollen wir den Orden am Leben erhalten?«

Tokaro verstand Kaleímans Zweifel nur zu gut. Er selbst hatte sich auf seiner bisherigen Reise mit Fragen dieser Art beschäftigt und seine eigenen Antworten gefunden. Da sein Ordensbruder bislang nur von der Vorstellung beseelt gewesen war, ihn, Tokaro, zu finden und Rache zu nehmen, war kein Raum für anderes geblieben. Das holte ihn nun ein.

»Es gibt eine Zeit, um Angor auf dem Turnierplatz zu huldigen. Aber im Augenblick erweisen wir ihm Respekt, indem wir uns auf ihn als Gott der Ehrenhaftigkeit und der Anständigkeit berufen. In seinem Namen wehren wir uns gegen die unrechtmäßige Unterdrückung durch den Kabcar. Und Gefechte tragen wir dabei wahrlich genug aus, oder?«

Der ältere Ritter kreuzte die Arme vor der Brust. »Ich muss darüber nachdenken.«

»Und ich schaue mich um«, verkündete der junge Mann mit den blauen Augen und rutschte vom Tisch. Vorsichtig trat er auf. Die Wunde pochte und fühlte sich warm an.

Sein Rundgang durch das einsame Gebäude führte ihn durch hastig verlassene Zimmer, in denen noch einige Habseligkeiten verstreut auf dem Boden lagen.

In der Versammlungshalle fand er das mannshohe Ulldrael-Standbild, zerschmettert und nachträglich in Stücke geschlagen. Nur im Betsaal der Geistlichen entdeckte er eine Statuette, zu deren Füßen ein Ährenbündel und eine Süßknolle lagen, umkränzt von einem Band aus geflochtenen Blumen.

Ein letzter Widerstand gegen den drohenden Untergang. Seine Finger berührten die frischen Blüten. *Jede Auflehnung gegen Bardri¢ ist wichtig, und sei sie noch so gering.*

Nach der kurzen Phase der Ruhe fühlte er sich einigermaßen zu Kräften gekommen, um einen treuen Freund zu befreien.

Knapp erklärte er Kaleíman, was vorgefallen war und welchen Verdacht er hegte. Die Männer wussten um die Gefährlichkeit ihres Vorhabens, nachdem die Stadt in Aufruhr versetzt worden war. Sollten sie allerdings noch länger warten, wuchs die Wahrscheinlichkeit, dass sie gefunden würden.

»Lobpreisen wir Angor auf die neue Weise. Auf deine Weise«, merkte der ältere der Ritter an, als sie sich aus dem Tempel schlichen und den Weg ins Handwerkerviertel einschlugen. »Ich werde mich daran gewöhnen müssen. Aber ich sehe es ein, dass es an der Zeit ist, sich weniger ritterlich als sonst zu benehmen. Was nützt es Angor, wenn die letzten beiden Gläubigen im offenen Kampf sterben und das Böse ein weiteres Mal triumphiert?« Grimmig packte er seine Waffe. »Das hat es schon viel zu oft getan.«

Auf verschlungenen Pfaden, in erster Linie, weil sie sich ständig verliefen, suchten sie das Viertel der Handwerker von Ludvosnik auf. Gelegentlich mussten sie Patrouillen ausweichen, und ein Nachtwächter verkündete, dass eine Ausgangssperre für alle einfachen Bürger verhängt worden sei.

Sie näherten sich der Schmiede und hörten dumpfes Poltern.

Misstrauisch blickte Kaleíman auf die schwarzen Wolken, eine Angewohnheit, die aus einer Zeit stammte, in der er eine eiserne Rüstung getragen hatte. Ritter und Blitze verband eine ganz besondere Beziehung. »Wir sollten uns beeilen. Ich will nicht zu einem Häufchen Asche verglühen.«

Tokaro grinste. »Um was wetten wir, dass das ein sehr lebendiger Donner ist, den wir da vernehmen?«

Sie pirschten sich an den Stall heran. Aus dem halblauten Dröhnen wurde regelmäßiges Krachen, die Rückwand wies bereits etliche Löcher auf, gelegentlich flogen Splitter, und ein weißer Hinterlauf schoss durch die Bretter, die sich der geballten Kraft Treskors nicht widersetzen konnten. Zu den beruhigenden, ein wenig verzweifelt klingenden Worten der Frau aus dem Innern der Scheune mischte sich ein lautes Fluchen, wann immer die Hinterhand des Schimmels ein anderes Ziel als die Rückwand wählte.

»Warten wir noch ein bisschen. Er hat sich selbst befreit und dem Schmied die Werkstatt in Stücke gehauen«, lachte der ältere Ordensritter leise und sehr schadenfroh.

Der junge Mann fürchtete allerdings um die Gesundheit des Pferdes, das sich durch das aufgebrachte Umsichtreten leicht an den Gelenken verletzen konnte. »Wir holen ihn raus«, entschied er und zückte seine Waffe. Kaleíman folgte ihm.

Die beiden Ritter rammten die Tür auf und stürmten in den Stall.

Der Schmied leistete angesichts der Schwerter keinerlei Widerstand, und so etwas wie Erleichterung machte sich breit, als er den Besitzer des Hengstes erkannte.

»Bei allen Göttern, Herr, verschont uns, aber erlöst uns von diesem weißen Dämon, der in meiner Werkstatt tobt«, bat er. »Ich wusste nichts davon, sonst hätte ich es ihr verboten.«

Ein kurzer Ruf, und Treskor hielt mit seinem wie verrückten Gebaren inne. Die Nüstern sogen prüfend die Luft ein, und er wieherte freudig, als er seinen rechtmäßigen Reiter witterte.

Langsam schritt Tokaro an der Frau vorüber, streichelte den Kopf des Schimmels und überprüfte die Fesseln nach etwaigen Verletzungen. Zu seiner großen Erleichterung präsentierte sich das Fell zwar leicht verschrammt, die Haut darunter jedoch unbeschädigt.

Sein Blick legte sich auf das Gesicht der Pferdediebin. »Nie und nimmer«, erinnerte er sie an seine Worte, als sie sich das erste Mal begegnet waren und sie den Hengst hatte kaufen wollen. »Der nächste Versuch wird dich dein Leben kosten.« Die Frau des Schmiedes erwiderte nichts, sie bemerkte den Ausdruck in seinen Augen und schwieg. Tokaro wandte sich an den Schmied. »Geh und besorge uns noch ein Pferd für meinen Freund. Sollte ich den Eindruck haben, dass du uns hintergehst, stirbt sie und jeder, der sich in deinem Haus befindet.«

»Ein schwarzes«, fügte Kaleíman hinzu.

Der Mann nickte und lief zur Tür hinaus.

Tokaro sattelte Treskor und klopfte ihm glücklich auf den Hals.

Mehr als das, was er am Leib trug, besaß er nicht mehr. Auch Kaleímans Ausrüstung war verloren. Die Spione Nesrecas würden sein Pferd mit Sicherheit beobachten, weil sie mit der Rückkehr des Ordenskriegers rechneten.

Bald darauf kehrte der Handwerker zurück und führte einen recht passablen Vierbeiner an den Zügeln. »Es war nicht einfach, sie kontrollieren die Straßen.«

»Wir werden trotzdem entkommen«, entgegnete Tokaro und umwickelte Treskors Hufe mit einer Lage Tuch und einer Lage Lederlappen. Kaleíman tat das Gleiche bei seinem Pferd. Es dämpfte die Schläge, die das Eisen auf dem Pflasterstein hervorrief.

Sie fesselten das Ehepaar aneinander, knebelten sie und zerrten sie in die hinterste, dunkelste Ecke der Schmiede. Dort breiteten sie noch einen Sack über die beiden, um ein schnelles Auffinden zu verhindern. Nach einem Gebet an Angor, um sein Geleit zu erhalten, ritten sie vorsichtig auf die Gasse.

Der Regen prasselte aus den schwarzen Wolken über ihren Köpfen und sorgte dafür, dass der Hufschlag kaum zu hören war. Da die Patrouillen mit Laternen ihre Runden drehten, bekamen die Flüchtenden durch den Lichtschein eine rechtzeitige Warnung von den Bewaffneten.

Auf diese Weise tasteten sie sich bis zum Haupttor vor, weil sie annahmen, dass die Wachen hier am wenigsten mit ihrem Erscheinen rechneten. Sie überwältigten die zwei Torwächter in einem rabiaten Handgemenge, den Rest der Mannschaft sperrten sie einfach in der Wachstube ein.

Tokaro zerstörte die Bolzen, Riegel und Schlösser mit der aldoreelischen Klinge, während die Eingeschlossenen Alarm brüllten und die Rufhörner einsetzten, um auf sich aufmerksam zu machen.

Beherzte Bürger sahen nach dem Rechten und riefen ihrerseits auf Rundgang befindliche Soldaten herbei.

Als es in ihrem Rücken laut krachte und sich etwas Unsichtbares ins Holz bohrte, wusste Tokaro, dass mindestens einer der Häscher Nesrecas sie gefunden hatte. Ohne sich umzudrehen, sprang er in den Sattel, stieß das Tor auf und preschte davon; Kaleíman folgte ihm. Sobald sie außer Reichweite waren, hielten sie an und entfernten die behindernden Dämpfer von den Hufen ihrer Pferde.

»Wir haben es, dank Angors Hilfe, geschafft«, jubelte Tokaro und schlug dem Freund auf die Schulter.

»Die Flucht aus Ludvosnik ist uns gelungen«, stellte der Mann nüchtern fest, obwohl auch er erleichtert wirkte. Im Schein der Lampen, die am Ausgang der Stadt zu Dutzenden entflammt waren, erkannten sie die Reiterstaffel, die durch den Bogen trabte und sofort in Galopp verfiel. »Wir müssen weiter.«

Hastig rissen sie die letzten Tücher zur Seite und saßen auf, um in wilder Jagd ihren Verfolgern zu entkommen. Mehr als einmal strauchelten ihre Tiere auf dem vom Regen aufgeweichten Boden, der Matsch flog weit hinter ihnen in die Luft.

Es gelang ihnen nicht, die Gegner abzuschütteln.

Zwar wuchs ihr Vorsprung an, doch die Soldaten brachen ihrerseits die Hatz nicht ab. Immer, wenn die Ritter sich in vorübergehender Sicherheit glaubten, leuchteten die Fackeln plötzlich wieder auf. Um sich der Männer zu entledigen, hätten sie durchs Unterholz reiten müssen, was wegen des unbekannten Gebietes eine viel zu hohe Gefahr für die Pferde bedeutete. Ein tief hängender Ast könnte zudem einen von ihnen aus dem Sattel werfen, im schlimmsten Fall den Schädel zertrümmern.

Endlich gelangten sie an eine Weggabelung.

»Trennung?«, schlug Kaleíman knapp vor.

Tokaro schwankte. Sein Bein brannte an der Einstichstelle wie Feuer, die Verletzung pochte wie verrückt. »Einverstanden«, willigte er ein. »Wir treffen uns in einer Woche an einer großen Eiche, südwestlich der Burg des Seneschalls. Dort gibt es einen Bauernhof, dessen Besitzer mir wohl gesonnen ist. Man wird mich versorgen. Werde ich nicht an der Eiche sein, fragt dort nach mir.« Sie reichten sich die Hände. »Angor sei mit Euch.«

»Und mit Euch, Tokaro von Kuraschka«, erwiderte Kaleíman den Segen ernst, aber mit freundlichem Antlitz. Er stieß seinem Pferd die Fersen in die Flanken und schoss in die Nacht, dem rechten Weg folgend.

Er hat meine Ritterschaft akzeptiert!, jauchzte Tokaro, als er die respektvolle Entgegnung verstand.

Doch der Moment der Freude währte nicht lange. Die Lampen der berittenen Wachen näherten sich, er vernahm das Donnern der Hufe und das Klatschen des Wassers, durch das sie ritten.

Also dann. Er machte sich ganz flach und gab seinem Hengst das Zeichen zum Galopp. Nach einem kurzen Sprint, der die Verfolger wieder etwas auf Abstand gebracht hatte, wechselte Treskor in einen leichten Trab, um Kräfte zu sparen. Der Hengst schien ermüdet von der tagelangen Beanspruchung, die letzten Reserven neigten sich dem Ende zu.

Auf ein Rennen kann ich es nicht ankommen lassen. Der junge Ordenskrieger lenkte ihn im Schritt ins Dickicht und begab sich voll in die Gnade seines Gottes.

Die Wachen ritten heran und preschten an ihm vorbei. Ohne ihn zu bemerken. Die List ging auf.

Ein Stück weiter fand er die eingefallenen Reste einer Handelsstation und suchte darin Unterschlupf. Bis zum Tagesanbruch verharrte er an diesem Fleck, damit sich Treskor etwas erholte.

Obwohl es im Laufe der Nacht recht frisch wurde, sammelten sich Schweißperlen auf Tokaros Stirn. Er musste unbedingt einen Cerêler finden, der die entzündete Stelle heilte.

Der Dauerguss von oben endete gegen Morgen.

Zerschlagen und keinesfalls erholt, führte er Treskor in der Dämmerung zurück auf die Straße und folgte ihr, bis er von weitem ein Fischerdörfchen erkannte, in dessen Hafen ein recht großes Schiff am Ende eines Steges lag.

Sein fiebriger Verstand sagte ihm, dass er auf der Stelle Hilfe benötigte, und wenn es sich um einen Pferdearzt handelte. Hauptsache, jemand verfügte über irgendwelche Kräuter, die gegen Wundbrand halfen.

Der Schimmel wieherte warnend.

»Halt!«, brüllte eine Stimme hinter ihm, anscheinend noch recht weit entfernt. »Im Namen des Kabcar, Ihr seid verhaftet, Tokaro Balasy.«

Tzulans Diener haben mehr Glück als ich. »Du musst erneut laufen wie der Wind, Treskor«, sagte Tokaro seufzend und schaute nach hinten, wo er fünf Reiter entdeckte, die wohl nur die Männer Nesrecas sein konnten.

Schnaubend, als wollte er seinem Unmut über die ständige Rennerei Luft machen, setzte sich der Hengst in Bewegung und flog nur so über die Straße, deren Beschaffenheit er im Tageslicht deutlich erkannte. Tokaro hielt sich mehr schlecht als recht im Sattel und überließ es dem Streitross, sich den Weg zu suchen.

Mitten in dem Dörfchen hielt Treskor ruckartig an, dass es seinen Reiter beinahe in den Schlamm beförderte, und wendete, um sich eine andere Passage durch die Siedlung zu suchen. Undeutlich erkannte der angeschlagene Ritter, dass sie ausgerechnet der Stadtwache in die Arme gelaufen waren, die nach erfolgloser Suche nach Ludvosnik zurückkehren wollte.

Die Hufe des Hengstes trommelten auf und nieder. Morast spritzte auf, Menschen sprangen zur Seite, über kleinere Hindernisse setzte Treskor ohne Anweisung hinweg.

Die Häuserwände huschten an Tokaro vorüber, bis es unvermittelt hell wurde. Blinzelnd orientierte er sich neu und bemerkte fluchend, dass der Schimmel am befestigten Kai stand und nicht wusste, wohin er sollte.

Ein Blick über die Schulter zeigte ihm, dass die Wachen sich aufgeteilt hatten und von allen Richtungen auf ihn zukamen. Ihr Anführer verhandelte mit einem der Häscher.

Noch habt ihr mich nicht. Er riss Treskor nach rechts und lenkte ihn auf den Steg, an dessen Ende sich das Schiff mehr und mehr entfernte. Erste Schüsse wurden auf ihn abgefeuert, eine Kugel schlug glucksend ins Wasser ein, eine andere sirrte in eine Bohle.

»Das schaffen wir«, raunte er dem Hengst ins Ohr und deutete nach vorn. »Da müssen wir hin. Wir beide.« Ross und Reiter konzentrierten sich, still stand Treskor auf der Stelle.

»Hatt, hatt!«

Der Schimmel explodierte von einem Lidschlag auf den nächsten, streckte sich, galoppierte und raste auf das Ende der kleinen Anlegebrücke zu. Im rechten Moment hob sich Tokaro aus dem Sattel. Treskor drückte sich aus vollem Lauf ab.

»Im Namen des hoheitlichen Kabcar, Govan Bardri¢«, hallte die Stimme des Zivilisten, der am Ende des Steges stand, über das Wasser, »komm sofort zurück und händige mir den Mann aus, der soeben auf dein Schiff gelangt ist.« Hinter ihm reihten sich die Wachen auf.

»Im Namen von wem?«, kam es vom Segler zurück, als hörte der Sprecher zum ersten Mal vom Herrscher. Die restliche Besatzung lachte rau.

»Wir sind Beauftragte von Mortva Nesreca, dem Berater des Kabcar. Der gesuchte Verbrecher Tokaro Balasy, ein ehemaliges Mitglied des verräterischen Ordens der Hohen Schwerter, muss nach Ulsar gebracht werden, um dort der gerechten Strafe zugeführt zu werden«, erklärte der Mann unwirsch. »Wird's bald?!«

»Oho!« Der Seemann schien beeindruckt zu sein. »Im Namen von Nesreca suchst du den Jungen? Dann muss es etwas ganz Besonderes mit ihm auf sich haben.«

»Das geht dich einen feuchten Kehricht an.« Er wies den Anführer der Wachen an, mehrere Fischerboote zu besetzen und das Schiff zu verfolgen, solange es noch nicht unter Vollzeug segelte. »Kehr zurück, und eine Belohnung ist dir sicher. Der Kabcar wird dir dankbar sein.«

»Ihr habt es gehört, Männer«, meinte der Rufer. »Erweist den Leuten auf der Anlegestelle den gleichen Respekt, den ihr auch dem hochwohlgeborenen Bardri¢ entgegenbringen würdet.«

Der Segler begann mit einem Wendemanöver.

Als die Bordwand mit ihrer Breitseite zum Steg lag, öffneten sich verborgene Geschützklappen, und zwei Katapulte zielten vom Bug her auf die Verfolger.

Die Uniformierten wandten sich zur kopflosen Flucht, stießen und schubsten sich gegenseitig.

»Bist du schwachsinnig?«, schrie der Scherge Nesrecas und riss die Handbüchse aus dem Gürtel, eine verzweifelte Geste angesichts der größeren Kaliber, die auf ihn anlegten.

»Einen Salut!«, befahl der Kapitän bissig. »Einen Salut für die Getreuen von Bardri¢ und Nesreca!«

Donnernd entluden sich die Treibladungen und schickten die Kugeln aus den Bombarden. Der Himmel verdunkelte sich unter dem schwirrenden Pfeilschauer, der auf kürzeste Distanz über die hoheitlichen Truppen hereinbrach.

Tokaro erwachte aus seinem Schlaf, riss die Augen auf und bemerkte, dass sich alles in dem kleinen Zimmer, in dem er lag, in Bewegung befand. *Das Fieber ist stärker, als ich dachte.*

Gurgelnd stieg sein Mageninhalt nach oben. Der junge Mann neigte sich über die Kante und erbrach sich in einen Eimer, der dort bereit stand … und der vor allem nicht mehr ganz leer war.

Mehrfach würgte und spuckte er, ohne dass sich viel Essen aus seinem Inneren befördern ließ. Erschöpft sank er in die Kissen.

Halb entkleidet lag er unter einer Schicht dicker Laken, sein verletztes Bein zierte ein Verband. *Ich scheine bei Freunden gelandet zu sein,* schätzte er angesichts der Behandlung.

Noch immer drehte sich die Einrichtung. Dunkel erinnerte er sich daran, wie er vor den Häschern des Kabcar geflüchtet war. Ab einem gewissen Zeitpunkt fehlte ihm jedoch das Gedächtnis.

Das Schiff!, fiel es ihm nach einer Weile wieder ein, was natürlich das Knarzen des Raumes und die schlingernden Bewegungen erklärte.

Vorsichtig stemmte er sich hoch und versuchte aufzustehen. In der Wunde machte sich ein schmerzhaftes Ziehen breit. Tokaro biss die Zähne zusammen und humpelte weiter Richtung Ausgang der schwankenden Kajüte.

Er tastete sich durch die Eingeweide des Seglers bis zu einer Stiege, die nach oben führte. In unregelmäßigen Abständen spritzte Seewasser herbei und rann die Stufen hinab. Das Pfeifen des Windes, der sich in der Takelage fing, und das Knattern der Leinwand hörte er bis nach unten. Als der Rumpf nach links rollte, hastete der junge Ordensritter prompt zurück, um sich ein weiteres Mal in den Eimer zu übergeben.

Ich bin wohl nicht seefest, dachte er unglücklich und versuchte den Aufstieg an Deck ein zweites Mal.

Langsam erklomm er die Treppe und stand auf den Planken, während um ihn herum eine kräftige Brise dafür sorgte, dass sich die seltsam geriffelten Segel bis zur Belastungsgrenze wölbten.

Der Bug tauchte tief nach unten, als wollte er sich durch die Wellenberge graben, und hob sich kurz darauf in die Höhe. Gischt und Schaum erfüllten die Luft. Innerhalb von kürzester Zeit wurde Tokaro durchnässt bis auf die Knochen.

Ein Mann auf dem Oberdeck winkte ihm zu, dann eilte ein Matrose herbei, um den Verletzten sicher ans Steuer zu geleiten.

Tokaro hatte den Eindruck, dass er der Einzige war, der mit dem rauen Wetter kämpfte. Die Seeleute, die aus allen Reichen Ulldarts zu stammen schienen, bewegten sich mit traumwandlerischer Sicherheit über die nassen Bretter oder hingen in den Wanten, um den Anweisungen ihres Kapitäns nachzukommen.

»Ein schlechter Zeitpunkt für einen Spaziergang«, brüllte dieser ihn gut gelaunt an, um die Geräusche von Wind und Wellen zu übertönen.

Ein typischer Rogogarder mittleren Alters stand vor ihm, sonnengebräunt und wettergegerbt. In den geflochtenen Bartsträhnen hingen zierliche Muschelstücke. Das hellblonde Haar trug er kurz geschoren, und jeweils drei goldene Ringe zierten seine Ohrmuscheln.

Freundlich legten sich seine grün-grauen Augen auf den Gast, und die Rechte streckte sich ihm entgegen. »Feinde von Nesreca und Bardri¢ sind meine Freunde. Willkommen an Bord der *Varla.* Ich bin Torben Rudgass, Kapitän der rogogardischen Flotte.«

Dankbar ergriff er die Finger. »Ich bin Tokaro …«

»… Balasy, ich weiß«, griente der Freibeuter etwas zahnlos. »Nesrecas Männer haben es uns gesagt.«

»Ich schulde Euch unendlich viel, Kapitän Rudgass. Was geschah mit meinem Pferd?«

»Wir haben es in die Suppe geschnippelt, nachdem es sich bei Eurem kühnen Sprung den Hals brach.« Lachend schlug er ihm auf den Oberarm. »Nein, natürlich nicht. Wir haben es eingesalzen. Dann haben wir länger davon.«

Tokaros Augen wurden groß, er machte einen Schritt nach links und erbrach sich.

»Das habt Ihr in der Kajüte ständig getan«, kommentierte der Rogogarder. »Ein Ritter, der einen Ritt auf den Wellen nicht verträgt, das hat schon etwas Komisches.«

»Findet Ihr?«, entgegnete der junge Mann mit den blauen Augen unglücklich. *Treskor als Proviant, das überstehe ich nicht.*

Torben blinzelte ihm zu. »Nein, ich wollte Euch nur aufziehen. Ich sage Euch die Wahrheit, bevor Ihr vor Schreck noch mehr kotzt und mein Schiff versenkt. Euer Hengst steht unter Deck, die Blessuren heilen recht gut. Nur der gebrochene Vorderlauf wird seinen Einsatz für Euch zukünftig in Frage stellen.« Er deutete auf den Verband. »Schont Euch. Es hat einiges an Mühen gekostet, die Blutvergiftung ohne einen Cerêler aufzuhalten.«

Tokaro wollte schon wieder zurück, um nach dem Streitross zu sehen, als ihm noch etwas einfiel. »Wohin fahrt Ihr, Kapitän? Ich wäre Euch dankbar, wenn Ihr mich irgendwo in der Gegend an Land setzen würdet.«

»Das tue ich sehr gern. Aber nachdem Ihr eine Woche im Fieber lagt …«

»Eine Woche?«

»… wird es ein wenig dauern, bis wir festen Boden unter die Füße bekommen.« Der Freibeuter deutete auf den Horizont. »Unser nächster Halt ist Kalisstron. Um genauer zu sein, Bardhasdronda.«

»Was? Das geht nicht!«, begehrte der Ordenskrieger auf. »Ich muss nach Tarpol und mich mit einem Freund treffen. Die Verfolger werden ihn gewiss …«

Der Rogogarder schüttelte den Kopf. »Nein, junger Ritter. Die Leute aus Satucje werden zwar einen neuen Steg bauen müssen, aber die Häscher des silberhaarigen Dämons existieren nicht mehr. Euer Freund ist sicher vor ihnen. Ihr dagegen werdet in den Genuss kommen, einen neuen Kontinent zu betreten. Das ist der Preis dafür, dass Ihr Euer Leben noch besitzt. Mein Vorhaben ist zu wichtig. Wir reden später, wenn der kleine Sturm sich etwas beruhigt hat.«

Seufzend ergab sich Tokaro in sein Schicksal und hinkte den Aufgang hinunter.

»Das ist übrigens ein sehr schönes Pferd«, schrie ihm der Freibeuter nach. »Woher habt Ihr es? Bislang habe ich nur ein solch schönes Exemplar gesehen.«

»Ein Geschenk«, antwortete Tokaro lakonisch und machte sich auf, den Hengst zu besuchen.

Treskor schwebte in einer Haltevorrichtung aus Segeltuch mit den Hufen knapp über dem Boden des Laderaums und kaute etwas trockenes Brot. Die Besatzung hatte ihm den rechten Vorderlauf mit zwei Holzlatten geschient, und damit er die verletzte Stelle nicht belastete und sich dadurch Schmerzen zuzog, hatten sie ihn einfach etwas angehoben. Doch helfen würde es nicht.

Freudig wieherte das Pferd und legte den Kopf auf Tokaros Schulter. Mit feuchten Augen streichelte er dem Tier die Nüstern. »Du hast mir das Leben gerettet, treuer Freund.« Behutsam untersuchte er das geschwollene Bein. Treskor zuckte zusammen, als er die gebrochene Stelle berührte. Aufmunternd strich er ihm über die Ohren. »Das kriegen wir wieder hin.«

Der Ordensritter wusste nur noch nicht, wie er das Wunder bewerkstelligen sollte.

Kontinent Ulldart, Königreich Barkis (ehemals Tûris), Ammtára (ehemals die Verbotene Stadt), Herbst 459 n. S.

Die Borsten des dünnen Pinsels fegten den Staub der Jahrhunderte aus den Reliefs und legten ihre mit Akribie gemeißelten Feinheiten frei. Reiterfiguren, die gegen Ungeheuer anritten, Krieger, die sich auf einen riesigen Mann stürzten, Heere, die aufeinander prallten. Und Tote.

Pashtak blies kräftig über die Figuren und entfernte den letzten feinen Sand. »Sie scheinen sehr alt zu sein«, meinte er. Eine Kralle deutete auf den übergroßen Krieger, auf den sich alle anderen Kämpfer mit ihren Angriffen konzentrierten. »Das muss Sinured sein.«

Estra beugte sich herunter und schaute ihm über die Schulter. »Und das ist das ›Geeinte Heer‹«, legte sie ihre Ansicht zum zigsten Mal dar. »Das wissen wir doch alles, Inquisitor.«

»Wir hätten doch etwas übersehen können«, verteidigte Pashtak seine Genauigkeit und stand auf.

Mit Genehmigung der Versammlung hatten sie die zehn Sarkophage, die er gefunden hatte, in der Eingangshalle des Tagungsgebäudes aufgebahrt, um sie fernab von neugierigen Blicken zu untersuchen. Und das, so hatte zumindest Belkalas Tochter den Eindruck, beinahe von morgens bis abends, ohne dem Rätsel der angeblich immens mächtigen Waffe näher gekommen zu sein.

Keiner der Steinsärge zeigte auf seiner Oberfläche einen Hinweis. Nur die Geschichte, wie Sinured vor 459 Jahren besiegt worden war, prangte darauf. Die Toten mussten verdiente Recken gewesen sein, deren Taten in der Schlacht von enormer Bedeutung gewesen waren. Daher war es ihnen vergönnt, am Ort des Triumphes zu verbleiben. Oder als Wächter einzuziehen, um die Rückkehr des Bösen an diese Stätte zu verhindern. Im Gegensatz zu den mumifizierten Leichen reiste Sinured jedoch sehr lebendig über den Kontinent. Er hatte seine Bewacher auf dem Grund der See überlebt.

»Es würde mich nicht wundern, wenn sie gleich ihre Augen öffnen und sich erheben würden«, befand Estra schaudernd und zog den Kopf ein wenig ein.

Der Inquisitor, wie das Mädchen in ein pflegeleichtes Gewand gehüllt, grinste und bleckte die Zähne. »Ihr Menschen und euer Aberglaube.« Er erhob sich ebenfalls und wischte sich die klauenförmigen Hände an der Schürze ab. Der Pinsel landete auf dem bereit stehenden Tablett, auf dem sich weitere Werkzeuge befanden, um die Sarkophage näher zu untersuchen.

»Wir müssen einen Schritt weitergehen«, verkündete er und zog sich einen Tisch heran. Dann zeigte er auf das Fußende. »Ich nehme den Kopf, du schnappst die Stiefel.«

»Soll das heißen, du willst sie herausholen?«, entfuhr es seiner jungen Gehilfin. Dennoch fasste sie mit an und wuchtete den Leichnam heraus.

Vorsichtig, damit nichts abbrach, hievten sie den Krieger auf das Lager. Mit einem Satz sprang Pashtak in das Steingrab und tastete die Wände ab. Estra machte sich daran, Einzelteile herauszuklauben, die noch im Innern lagen.

»Verstehst du dich einigermaßen mit Shui?«, erkundigte er sich dabei wie nebensächlich.

Estra lächelte. »Aber natürlich. Sie ist sehr nett und versucht immer, mich aufzumuntern.« Sie fand es rührend, wie er sich um das Zusammenleben der neuen Familie sorgte.

»Und die Kinder?«

Nun schwieg Estra, weil sie eine diplomatische Antwort finden musste. »Sie sind sehr … lebhaft.«

Der Inquisitor schnurrte. »Das kannst du laut sagen. Aber sie stören dich doch nicht zu sehr?«

Sie schüttelte das Haupt, der Zopf flog hin und her. Ihre karamellfarbenen Augen mit dem dünnen, gelben Kreis um die Pupillen blickten aufrichtig. »Ich muss mich nach der langen Zeit, in der Mutter und ich allein gelebt haben, nur an die Gesellschaft gewöhnen.«

»Wenn du dich an sie gewöhnt hast, hältst du es überall aus«, prophezeite er fröhlich und widmete sich voll und ganz dem Stöbern.

Schweigend durchforsteten sie die gemeißelten Ruhestätten, bis der Inquisitor im Sarg des Kriegers mit der auffälligsten Rüstung angelangte. Als sie den Kämpfer anhoben und er dabei etwas zur Seite kippte, glitt das Schwert aus der Scheide und schepperte auf den Marmorboden. Die Hülle verblieb zwischen den vertrockneten Fingern des Verstorbenen.

Misstrauisch hob Pashtak die Waffe auf und steckte sie zurück, wackelte, schob sie probehalber hin und her. Er entwand die Schwertscheide der toten Hand, entfernte den Staub. Sofort stand Estra an seiner Seite und betrachtete den Fund.

»Siehst du das?«, fragte er und machte ein gewichtiges Gesicht, soweit seine Physiognomie das zuließ.

Prüfend wiederholte sie seinen Versuch. »Das Schwert ist zu klein«, fiel es ihr sofort auf. »Er muss ein anderes besessen haben.«

»Sehr schade«, nickte er. »Damit hätten wir die Waffe gefunden, doch jemand tauschte sie vor langer Zeit gegen eine gewöhnliche Klinge aus. Untersuchen wir die Scheide, vielleicht erfahren wir Näheres.«

Vorsichtig legten sie die Gravuren des Futterals frei und beschäftigten sich so lange mit den Zeichen, bis sie sich zu fortgeschrittener Stunde aus brennenden Augen verblüfft anschauten.

Zwar hatten der Inquisitor und seine Gehilfin ein wenig mit dem Alt-Ulldart zu kämpfen, in dem die Segenswünsche verfasst worden waren, dennoch konnten sie die Sprüche entziffern. Sie hatten die Scheide einer aldoreelischen Klinge gefunden. Und zwar nicht irgendeiner, wenn Pashtak sich an den Wortlaut des kensustrianischen Berichts erinnerte.

Auch die Worte auf der Hülle bestätigten den Verdacht, eine jener Waffen gefunden zu haben, die einzig und allein gegen das Böse schlechthin – gegen Kriegsfürst Sinured – geschmiedet worden waren. Einunddreißig Diamanten, so verriet ihnen die Inschrift, zierten allein den Knauf der aldoreelischen Klinge.

Estra sog die Luft ein. »Das nenne ich mal eine Entdeckung. Kompliment, Inquisitor. Selbst wenn du in deiner freien Zeit ›kleineren Rätseln‹ nachgehst, wie du es nanntest, so stolperst du über Großes.«

Pashtak betrachtete die Scheide ein wenig unglücklich und schnippte mit dem Finger dagegen. »Aber der große Triumph bleibt aus.« Er fing an zu grübeln. »Was hätten wir damit getan, wenn wir sie nun wirklich besäßen?«

»Weil Sinured an der Seite des Kabcar streitet und dessen Vasall ist?« Estra erkannte den Hintergrund der Frage. »Der Kabcar würde aus Angst um seinen Verbündeten und Kriegsmann die Herausgabe der aldoreelischen Klinge fordern. Und wahrscheinlich alle Mittel einsetzen, falls sich die Versammlung weigerte«, schätzte sie und betrachtete ihren Mentor aufmerksam. »Das Schwert wäre eine Gefahr für Ammtára.«

»Genau.« Der Inquisitor wirkte nachdenklich. »Oder die einzige Hoffnung für Ulldart, wenn der Kabcar vollends den Verstand verliert. Wonach es sehr aussieht. Niemals hätte ich geglaubt, dass sich Menschen hinter die Mauern unserer Stadt begeben, weil sie sich hier sicherer fühlen als an anderen Orten des Reiches.« Der Zuzug von Fremden hatte sich verstärkt, seit Ammtára sich die »freie« Stadt nannte und im Gegenzug der Herrscher seine Untertanen an die Kandare nahm wie noch keiner in den letzten vierhundert Jahren vor ihm. So grausam hatte sich kein Kabcar gebärdet.

Wir müssen sie einfach finden. Ohne eine Erklärung stieg er zurück in den Sarkophag und begann seine Nachforschungen von neuem.

»Wir sollten Schluss machen«, meinte Estra und gähnte herzhaft. »Ein Grabräuber wird sie gestohlen und verkauft haben. Vermutlich befindet sich die Klinge im Besitz eines …« Sie stockte.

»Eines Ritters der Hohen Schwerter, wolltest du sagen?«, kam es dumpf aus dem Sarkophag. »Wenn dem so war, dann hat der Kabcar nach der Vernichtung des Ordens alle bedeutenden Waffen, die man gegen ihn und seine Helfer einsetzen könnte, in seiner Obhut.« Sein flacher Schädel erschien am Rand des Sarges. »Schlechte Aussichten, nicht wahr? Also, hilf mir suchen und bete, dass wir fündig werden.«

Sie krochen über und unter die Sarkophage, machten sich Notizen, markierten jede kleine Auffälligkeit und ließen die Bemühungen für diesen Tag ruhen.

Müde begaben sie sich in das gemeinsame Haus, das ruhig ihre Rückkehr erwartete. Alle kleinen Racker lagen bereits in den Betten und schlummerten.

Am nächsten Morgen erklärte er Shui, was sie herausgefunden hatten, und verpflichtete sie zu absolutem Stillschweigen.

Um sie herum tobten seine Sprösslinge, jagten sich gegenseitig das Essen ab, schubsten und lachten, lärmten, was die Trommelfelle ertrugen, und wurden letztlich von seiner Gefährtin in den Garten gescheucht, damit ihr Vater in Ruhe frühstücken konnte.

Estra erschien und leistete ihnen beim Essen Gesellschaft, dann brachen sie gemeinsam auf, um hoffentlich mehr herauszufinden.

Es war die Tochter der Kensustrianerin, der etwas auffiel.

In einem der Steinsärge fand sie einen Strich, der nicht recht zu den anderen Verzierungen passen wollte. Mit etwas Suchen bemerkten sie immer an der gleichen Stelle der Särge eine jeweils anders angeordnete Linie, im letzten eine stilisierte Großkatze.

Unter gewöhnlichen Bedingungen hätte keiner der beiden dem Fund etwas Besonderes beigemessen und die Kratzer für eine fehlerhafte Arbeit des Steinschnitzers gehalten, aber durch die Hülle der aldoreelischen Klinge deuteten sie das Abbild der Großkatze sogleich als Symbol Angors, des Gottes des Krieges.

Setzten sie die neun Striche auf einem Blatt Papier zusammen, ergab sich zu ihrer Überraschung ein dreidimensional aufgemalter Quader, an dessen unterem Ende sich das Zeichen befand.

Pashtak knurrte unzufrieden. Damit schufen sie sich ein neuerliches Rätsel. Dann weiteten sich seine Augen.

Ein Sarkophag aus Stein! »Sie haben die Klinge in einem der Steinbrocken eingeschlossen und im alten Palast gelassen«, erklärte er Estra aufgeregt. »Sieh doch, der Sarkophag aus Stein ist nicht das Grabmal der Krieger. Sie haben das Schwert aus Vorsicht eingelagert und den Brocken mit einem Hinweis versehen, damit sie es in den Ruinen wieder finden.« Girrend wartete er auf ihre Meinung.

»Warum sollten sie eine so mächtige Waffe an den Ort bringen, wo das Böse hauste und am wahrscheinlichsten wieder zurückkehrt?«

»Um das Böse durch die Wirkung der Klinge fern zu halten oder sie in unmittelbarer Nähe zu haben, falls es ausbrechen sollte«, versuchte sich der Inquisitor an einer Auflösung. »Wie man einen Eimer Wasser neben das Herdfeuer stellt. Und das andere Schwert haben sie in die Kathedrale geschafft, um am Ort des Guten jederzeit Zugriff auf die aldoreelische Klinge zu haben. Einer der Plätze, so dachten sie, sei immer erreichbar.«

»Das erscheint mir verwegen, aber nicht unsinnig«, stimmte seine Gehilfin begeistert zu. »Aber«, sie schlug sich entsetzt an die Stirn, »dann finden wir weder die eine noch die andere Klinge.«

Damit lag sie gar nicht so falsch.

Die Kathedrale in Ulsar war zwischendurch eingestürzt, aufgebaut und umgebaut worden. Wahrscheinlich befand sich der fragliche Quader entweder in ihrem Fundament oder sonst irgendwo in den Mauern des entweihten Gotteshauses, in dem die Tzulani Menschenopfer brachten.

Der allererste Palast Sinureds in Ammtára dagegen war von den Baumeistern als Steinbruch benutzt worden, und die noch brauchbaren Materialien hatten als Beitrag zu der neuen Stadt der Freundschaft zwischen Menschen und Sumpfkreaturen gedient.

Doch seltsamerweise wollten die gute Laune und vor allem der Eifer des Inquisitors nicht schwinden. »Dann wissen wir ja, was wir beide zu tun haben.« Estra schaute ihn irritiert an. Ihr wollte der nächste Schritt nicht einfallen. »Wir wühlen uns weiter durch die Vergangenheit«, half er ihr und warf sich seinen Mantel über. »Komm, wir statten einem Bekannten einen Besuch ab. Er hat damals als Erster beim Aufbau mitgearbeitet. Wenn wir Glück haben, erinnert er sich, wohin die Quader gingen.«

Wenig zuversichtlich folgte ihm seine Gehilfin. Da ihr Mentor nicht daran dachte, langte sie im Vorbeigehen nach der Schwertscheide und steckte sie unter ihren Umhang. Der Fund musste wohl gehütet werden.

Pashtak und Estra bekamen einen gewaltigen Schrecken, als der Tzulani ihnen eine Vielzahl von Gebäuden aufnotierte, die von der eingestürzten Residenz des Tieres profitiert hatten. Nicht weniger als fünf Häuser, meistens kleinere Bauten, bestanden zu einem guten Teil aus dem alten Palast.

Die beiden bedankten sich und begannen mit ihren Ermittlungen. Sie würden sich die Häuser zunächst von außen betrachten, später unter einem Vorwand die

Räume durchstreifen. Dennoch, der Steinblock konnte im schlechtesten Fall so ungünstig liegen, dass man das abstrahierte Raubtier nicht erkannte. Somit würde die aldoreelische Klinge für immer verschollen bleiben oder nur durch einen Zufall entdeckt werden.

Beim dritten Besuch erlebten sie eine Überraschung. Das Gebäude war nur zur Hälfte errichtet worden. Sie erfuhren von den Bewohnern, dass man damals einen Teil der Blöcke freiwillig abgegeben hatte, damit ein Heiligtum oder etwas in der Art zu Ehren des Gebrannten errichtet werden konnte.

Und wieder schien Pashtak diese Nachricht, die ihre Suche sowie einen Erfolg beinahe unmöglich machte, nicht aus der Bahn werfen zu können.

Ganz im Gegenteil. Ein befriedigtes Schnurren drang aus seiner Kehle.

Das nächtliche Ammtára war friedlich wie immer. Nichts störte auf den ersten Blick die Ruhe. Hinter den Fenstern brannten vereinzelt Kerzen und Lampen. Durch die kühlen Straßen zogen gemischte Abteilungen von Nimmersatten und Menschen und sorgten für Sicherheit.

Auch wenn es seit der Aufklärung der Mordserie nicht mehr zu nennenswerten Straftaten gekommen war, machten die Streifen einen besseren Eindruck und vermittelte allen, die ängstlicher Natur waren, ein gutes Gefühl.

Einige der neu zugezogenen Menschen konnten sich einfach nicht sofort daran gewöhnen, nachts einem Sumpfwesen gegenüberzustehen, das sie sich in ihren schlimmsten Albträumen ausmalten oder aus Schauergeschichten kannten. Rief der Überraschte dann aus einem Reflex heraus nach der Wache, konnten die Menschen ihre Artgenossen meist schnell beruhigen und davon überzeugen, dass das Sumpfwesen niemanden in Fetzen reißen wollte. Ammtára machte der Bedeutung seines Namens weiterhin alle Ehre. Doch auf den zweiten Blick ereignete sich etwas Ungewöhnliches, was allerdings nur den Modrak auffiel.

Auf dem zwanzig Schritt hohen Ehrenmal Tzulans turnte eine Gestalt herum.

Die halbbogenförmig geschwungenen Säulen, in der Grundfläche als Achteck angeordnet, ragten steil in die Höhe, und ihre Spitzen neigten sich zueinander, berührten sich jedoch nicht. In diesem fünf Schritt durchmessenden Freiraum befand sich eine Kugel aus seltenem schwarzem Marmor als Schlussstein und hielt durch ihr Gewicht die gesamte Konstruktion im Einklang.

Estra stand exakt im Mittelpunkt des Oktagons und blickte hinauf zu den scharfkantigen Pfeilerenden. Die Gestirne und Monde leuchteten mit kaltem Licht auf sie herab, und die Säulen warfen abstruse, starre Schatten.

Doch gelegentlich entstand das schwarze Abbild ihres Mentors am Boden, der in Schwindel erregender Höhe heimlich nach Hinweisen suchte. Er hatte sich ein Sicherungsseil um den Bauch gebunden, dessen anderes Ende er oben um eine Spitze zurrte.

Belkalas Tochter kam die Aufgabe zu, ihn vor Wachen zu warnen und diese gegebenenfalls in ein Gespräch zu verwickeln, damit man nicht auf den Inquisitor aufmerksam würde.

Als er davon gehört hatte, dass ein Teil der Steinblöcke für ein Heiligtum hatte genutzt werden sollen, erinnerte er sich daran, wie ihn schon zweimal in der Vergangenheit etwas von hier oben aus gehörig geblendet hatte.

Das gleißende Licht konnte von dem polierten Marmor, genauso gut aber auch von einem der einunddreißig Edelsteine der aldoreelischen Klinge stammen.

Darauf spekulierte er inständig.

Jeder Schritt an dem windumspielten Ort bedeutete Gefahr, denn seine krallenbewehrten Hände und Füße fanden kaum richtigen Halt. Aber das Licht reichte glücklicherweise aus, um genügend zu erkennen.

Etwas blinkte im Schimmer von Tzulans Augen.

»Ich hab's«, rief er leise zu Estra und musste sich rasch festhalten, um nicht in die Tiefe zu stürzen. Von oben sah das Mädchen winzig klein aus.

Sie winkte ihm und drückte sich weiter in den Schatten, den die Säulen warfen.

Während er auf das Funkeln zurobbte, musste er daran denken, wie er und Belkala sich vor Jahren zum ersten Mal begegnet waren und sie ihm das Leben gerettet hatte. Nun befand er sich mit ihrer Tochter auf seiner nächsten Mission.

Die Ahnung des Inquisitors erfüllte sich. Die Witterung hatte ein Stück aus dem behauenen Block gesprengt und einen Teil der Diamanten freigelegt.

Girrend suchte er sich den mitgebrachten Hammer und Meißel aus der Tasche und legte mit schnellen, kurzen Schlägen, um nicht zu viel Lärm zu veranstalten, den Griff Steinsplitter für Steinsplitter frei. Estra kehrte die verräterischen Gesteinsbrocken zusammen.

Nach zwei Stunden – seine Finger waren steif, kalt und klamm – hatte er es so weit geschafft, dass er das Schwert am hinteren Ende anpacken konnte. *Schauen wir, ob die Macht der Waffe wirklich so groß ist.*

Behutsam umfasste er den Griff mit beiden Händen und ruckte ein wenig daran.

Die aldoreelische Klinge glitt aus dem Stein heraus, als läge sie in Butter. Ihre Schneide schimmerte im Licht der Sterne und Monde. Die Rast über Jahrhunderte hinweg hatte dem Metall, so weit er es als Laie in Sachen Waffenkunde beurteilte, nicht ein bisschen geschadet.

Probehalber versuchte er, ob das Schwert Stein immer so leicht durchschnitt. Er setzte die Spitze an einer anderen Stelle auf und drückte leicht. Und wirklich drang die Waffe in das harte Material ein. Fasziniert zog er sie heraus und betrachtete das Kriegswerkzeug. Dann suchte er eine Möglichkeit, den Fund zu verstauen. Verdammt, Estra hat die passende Scheide mitgenommen. Am ungefährlichsten war es wohl, wenn er das Schwert an seinem Sicherungsseil festband und herabließ. Doch vorerst musste er es in der Hand halten.

»Es kommt jemand!« erreichte ihn die Warnung seiner Gehilfin. »Hörst du nicht?«

Wie tot presste er sich an die Säule und klammerte sich fest, die aldoreelische Klinge in der Rechten haltend. Von unten vernahm er eine leise Unterhaltung und das freundliche Lachen Estras. Offenbar versuchte sie, den unliebsamen Besucher gutmütig abzulenken.

Wer läuft denn schon um diese Tageszeit am Tzulan-Denkmal herum?; ärgerte er sich über die Unterbrechung, während ihm der Wind um die Kleider strich und ihn zum Frösteln brachte. Der Winter schickte seine ersten Vorboten und schien mit aller Härte in das Land einfallen zu wollen.

Flügel rauschten durch die Nacht. Eine dürre Gestalt landete gegenüber dem Inquisitor und betrachtete ihn aus purpurfarbenen Augenhöhlen. Der Beobachter schien von der Entdeckung Pashtaks sehr angetan. Noch nie hatte er eines der Sumpfwesen aus solcher

Nähe gesehen. Jetzt kauerte er sich zusammen und wartete, dass es etwas tat.

Estra verabschiedete sich soeben von jemandem und gab nach einiger Zeit Entwarnung. Rasch erklärte Pashtak ihr, wie er das Schwert zu ihr hinabbringen wollte.

Ihr Mächte des Schicksals, lasst alles gut gehen. Er löste das Seil um seine Hüfte.

Im nächsten Augenblick rutschte Pashtaks linker Fuß ab. Mit nur einer freien Hand schaffte er es nicht, ein Abgleiten zu verhindern.

Seine Gehilfin sah die Tragödie als Schattenspiel und schrie leise auf.

»Hilf mir, du dämliches Ding!«, wandte er sich an den Beobachter.

Die Kreatur legte den totenschädelähnlichen Kopf schief und sah unbeteiligt zu.

»Das merke ich mir!« Pashtak erreichte rutschend eine abknickende Stelle, ab der es senkrecht nach unten ging. Ihm drohte der freie Fall.

Der Inquisitor tat in seiner Not das einzig Richtige. Er rammte die aldoreelische Klinge mit Wucht bis zum Heft in die Säule, um sich einen behelfsmäßigen Griff zu schaffen.

Doch er hatte sein Körpergewicht unterschätzt.

Zäh, aber beständig glitt die Schneide durch den Stein, während er sich an den Griff klammerte, und trug ihn sanft nach unten – allerdings nicht in einer geraden Bahn, sondern in einem leichten geschwungenen Kurs.

»Du siehst aus wie eine träge Fahne«, lachte Estra leise.

Kaum berührten seine Füße den Boden, nahm er die passende Hülle aus ihrer Hand entgegen und verstaute das wundersame Schwert.

»Wer auch immer diese Waffen schuf, es muss mehr als nur Schmiedekunst im Spiel gewesen sein«, meinte er beeindruckt und betrachtete den langen Riss, den er von oben bis unten in den Pfeiler gezogen hatte. Er klopfte dagegen. »Glück gehabt. Er hält.«

»Die Wachen waren vorhin hier«, berichtete seine Gehilfin und verdrehte die Augen. »Einer der Männer wollte unbedingt wissen, wo ich wohne.«

»Sei doch froh, wenn du Artgenossen mit Geschmack triffst«, grunzte das Sumpfwesen heiter. »Und das meinte ich nicht in Bezug auf die Qualität ihres Fleisches.« Er hielt ihr das Schwert hin. »Sieh her.«

»Eine aldoreelische Klinge«, raunte sie ehrfurchtsvoll. »Wie sie bestimmt auch mein Vater führte.«

Sie hörten Schwingenschlag. Der Beobachter flog eine Schleife über ihren Köpfen und segelte davon, um sich einen besseren Platz zu suchen.

»Etwas hat ihn wohl verscheucht«, schätzte Estra.

Der Inquisitor vertraute dem Instinkt des Wesens und rannte los. »Lauf!«, befahl er ihr.

Knirschend sackte der rechte Teil der beschädigten Säule hinab, einen Lidschlag später gab der linke Teil dem tonnenschweren Gewicht nach. Unter der Last brach die Säule in sich zusammen. Das Rumpeln und Dröhnen brachte die nähere Umgebung zum Erzittern, eine Staubwolke breitete sich aus.

Pashtak wurde langsamer und schaute nach seiner Gehilfin, die auf ihn zulief. Die Gefahr war keineswegs gebannt. Die schwarze Marmorkugel donnerte heran.

»Nach rechts!«, schrie er. »Nach rechts! Ausweichen, Estra!« Er flog der heranwachsenden Frau förmlich entgegen, die von der Bedrohung nichts bemerkte, und riss sie mit sich zur Seite.

Sie hoben die staubigen Gesichter und beobachten hustend, wie das Unheil seinen Lauf nahm.

Das runde Gebilde walzte an ihnen vorbei und rauschte geradewegs in den Tzulantempel. Sie hörten, wie es im Innern der Verehrungsstätte mehrfach krachte, und kurz darauf sackte das Dach nach unten. Es dauerte nicht lange, und der gesamte Tempel des Gebrannten Gottes fiel in sich zusammen.

Estra rollte sich auf den Rücken und stützte sich mit den Ellbogen auf. »Wenn das mal kein Zeichen ist«, meinte sie trocken. Pashtak knurrte unfroh.

Einige Tage nach dem unfassbaren Vorfall, wobei es dem Inquisitor und seiner Gehilfin tatsächlich gelang, ihre Beteiligung geheim zu halten, ereignete sich das nächste Unvorhergesehene. Die Versammlung der Wahren wurde außerhalb des üblichen Besprechungszeitraumes einberufen.

An Pashtaks Seite, wenig nach hinten versetzt, befand sich Estra.

»Zwei Gründe habe ich, um euch alle an diesem Morgen zusammenzurufen«, begann Leconuc. »Zum einen möchte ich euch um die Zustimmung bitten, dass Inquisitor Pashtak sich um das verwunderliche Zusammenbrechen des Tzulan-Monuments kümmert. Ich möchte ausschließen, dass es sich dabei um die Tat von Fanatikern gehandelt hat. Andernfalls könnte man es durchaus als Zeichen ansehen.«

Ungemütlich rutschte Pashtak auf seinem Sessel hin und her. Er gab sich Mühe, seine Verlegenheit zu verbergen.

Das Gremium stimmte geschlossen für die Untersuchung.

Es hätte schlimmer kommen können, beruhigte er sich innerlich. Jetzt würde er dafür sorgen, dass die Ereignisse mit Sicherheit als eine göttliche Weisung gesehen werden.

Leconucs Ausdünstungen verrieten ihm, dass die zweite Angelegenheit anscheinend weniger leicht wurde. Erstaunt bemerkte er die Spur von Angst, die sich in dessen charakteristischen Körpergeruch mischte.

»Ein Bote hat die Ankunft hochrangiger Gäste angekündigt, die auf dem Rückweg aus Ilfaris einen Umweg über Ammtára nehmen.« Der Vorsitzende stützte sich am Tisch ab und schaute in die Gesichter der Versammelten. »Wir erwarten im Lauf des Nachmittags einen Überraschungsbesuch der hoheitlichen Tadca, Zvatochna Bardri¢, und ihres Bruders Krutor. Was immer das zu bedeuten hat.«

Das Gremium reagierte zunächst mit Schweigen. Die Mitglieder spekulierten, was das Auftauchen der Schwester des Kabcar zu bedeuten habe. Nachdem jeder zu seiner Meinung gekommen war, sprachen alle durcheinander, ohne sich durch Leconuc zur Ordnung rufen zu lassen. Die einen fürchteten um den Fortbestand Ammtáras, die anderen sahen es als Signal, dass man die Stadt und ihre Bemühungen anerkannte. Wieder andere beschworen die magische Vernichtung durch die Tadca als Strafe für den Verrat am Herrscher herauf.

»Ruhe!«, schrie der Vorsitzende irgendwann mehrfach hintereinander, bis die Debatten in leises Gemurmel übergingen und letztlich erstarben. »Es bringt nichts, sich den Kopf zu zerbrechen, wir müssen abwarten, was die beiden wollen. Sie kommen ohne ein Heer«, sagte er und versuchte, die schlimmsten Befürchtungen zu zerstreuen. Dass die junge Frau bei ihren angeborenen Fertigkeiten Soldaten unter Umständen gar nicht benötigte, unterschlug er. »Wir begrüßen sie, als würde es sich dabei um ein übliches Treffen handeln, veranstalten einen Rundgang und weisen die letzten Erfolge vor.«

»Wie die zerbrochenen Pfeiler des Ehrenmales und der zusammengefallene Tzulantempel«, grollte der Inquisitor mit Galgenhumor und erntete verhaltenes Gelächter. Estra grinste breit.

»Und weil du die Verschwörung aufgedeckt hast«, reagierte Leconuc auf die Bemerkung, »wirst du es übernehmen, die Tadca über alles zu unterrichten.« Dieses Mal fiel das Lachen um ihn herum ein wenig lauter, schadenfroher aus. Pashtak knurrte. »Natürlich sind wir immer mit dabei, und ich übernehme den Empfang. Aber als ein Bewohner Ammtáras der ersten Stunde bist du für alles andere von größter Bedeutung. Wir finden uns alle am Haupttor ein, wenn sie ankommen. Und nun geht nach Hause und macht euch keine Sorgen. Das heben wir uns für den Zeitpunkt auf, wenn wir wissen, was sie hier wollen.«

Der Inquisitor und seine Gehilfin machten sich auf den Weg zum darnieder liegenden Monument. Sie taten so, als suchten sie die Stelle fein säuberlich nach Spuren und Hinweisen ab. Pashtak hatte sogar das Köfferchen dabei, in dem er die Utensilien aufbewahrte, mit denen er die Sarkophage untersucht hatte, und setzte sie spektakulär ein. Die Neugierigen kamen voll auf ihre Kosten.

Anschließend verhörten sie die Anwohner, ohne Hinweise zu erhalten. Dazu kamen die Aussagen von Estra selbst, die angab, spazieren gegangen zu sein und nichts bemerkt zu haben.

Endlich erreichte sie die Nachricht, dass die hoheitlichen Geschwister bald eintreffen würden.

»Wir jagen noch eine Woche hinter allen möglichen Spuren her, damit die Versammlung und die anderen

Einwohner zufrieden sind«, erklärte er Estra auf dem Weg zum Tor, »und sagen dann, dass wir keine Hinweise auf Sabotage gefunden haben. Damit sind wir aus dem Schneider. Ich opfere zwei Ziegen, wenn das hier vorüber ist.«

»Du hast deine Robe zerrissen.« Das Mädchen musste ein Lachen unterdrücken. »Ich weiß ehrlich nicht, wie du das immer wieder schaffst.«

»Shui ist auch ganz begeistert von meinem Talent.« Unglücklich schob er einen Finger durch den Riss, den er sich an einer Bruchkante in den Stoff seiner guten Robe eingefangen hatte.

Pashtak bemühte sich, seinen Lederschurz, den er eigentlich trug, um so etwas zu verhindern, über die Stelle zu schieben. Die Zeit reichte nicht mehr aus, um nach Hause zu gehen und sich einen Ersatz zu holen.

»Die Tadca kann ruhig sehen, dass wir hart an der Aufklärung von Ungereimtheiten arbeiten«, meinte er schließlich und gab den Versuch auf, die schadhafte Stelle zu verbergen.

»Ich wette, dass sie es sehen wird. Frauen sehen so etwas immer«, sagte Estra hintergründig und begab sich leicht versetzt an seine Seite, wie es sich für eine Gehilfin schickte.

Schon rollte die übergroße Kutsche durch das Tor, umgeben von berittenen Gardisten, und hielt auf ein Zeichen Leconucs an.

Ein Rudel Diener sprang von der Kutsche und umschwärmte das Gefährt. Sie klappten eine sehr stabile Treppe aus und legten Teppiche zurecht, damit die Schuhe der Thronfolgerin nicht mit der Straße in Berührung kommen sollten. Leise pochte jemand von innen gegen die Seitenwand.

Die Gardinen wurden zurückgezogen, und das Gesicht einer sehr jungen Frau, kaum älter als Estra, zeigte sich.

Für den Inquisitor glichen die Menschen einander sehr, und so bemerkte er, was die Schönheit anging, gewöhnlich kaum echte Unterschiede. Doch dieses Mädchen wich auf seltsame Weise von allem je Erlebten ab. Während er sich über die Vollkommenheit ihrer Züge wunderte, war die Luft plötzlich von sehr, sehr aufdringlichen Düften der männlichen Menschen erfüllt. Die Wirkung der Tadca auf das Liebesverlangen und die Paarungsbereitschaft gestaltete sich enorm.

»Ich glaube, wir haben Frühling«, raunte er Belkalas Tochter zu. »Die Männchen sind ganz aufgeregt.« Am liebsten hätte er sich die Nase zugehalten.

Der Blick der mächtigsten Frau des Kontinents wanderte über die Versammlung, haftete für einen Bruchteil länger auf der eingerissenen Robe des Inquisitors und schweifte anschließend über die Bauten der Stadt, die sie von ihrem Platz aus sehen konnte.

»Das ist also Ammtára«, stellte sie fest, und ihr Antlitz verschwand wieder.

»Sie ist schön und klug«, wisperte Estra frech.

Ein Lakai öffnete den Verschlag, der viel zu breit für die zierliche Person war.

Der Grund hierfür offenbarte sich sofort.

Statt der Tadca trat ein Mensch heraus, den Pashtak sofort für einen Bewohner seiner Stadt gehalten hätte, wenn er nicht über die verkrüppelte Gestalt des Tadc Bescheid gewusst hätte.

Krutor, gekleidet in einen eigens angefertigten Uniformrock, gab sich Mühe, einigermaßen würdevoll aus der Kutsche zu steigen, was mehr an ein Hopsen erinnerte. Die verstärkten Federn der Kutsche bogen sich nach oben, das Gefährt wackelte sachte.

Unverholen neugierig schaute er in die Runde, vor allem die Sumpfkreaturen weckten seine Wissbegierde. Der Inquisitor glaubte, die unzähligen Fragen hinter der unförmigen Stirn lesen zu können, die sich dort in dem höchstwahrscheinlich zurückgebliebenen Geist aufstauten. Wie ein kleines Kind betrachtete er die Gestalten, freute sich über das Unbekannte, das Neue, das er erkunden konnte.

Ihm folgte Zvatochna, deren voller Anblick zu einem neuerlichen Ausstoß an Lockstoffen bei den Männern führte. Ähnliche Erfolge hatte in der Vergangenheit die jugendliche Belkala erzielt, aber einen derartig penetranten Gestank, wie zumindest er ihn wahrnahm, hatte er noch nie erlebt. Ein schneller Schwenk über die Gesichter seiner Artgenossen verriet ihm, dass einige mit der Fassung rangen. Dabei verzichtete die junge Frau darauf, ihre Reize in irgendeiner Weise zu betonen. Das aufwändig verzierte Kleid saß recht weit an ihrem Körper und zeigte kein bisschen nackte Haut.

Sie sah ermüdet und ein wenig gereizt aus, was wohl an den Strapazen der Reise lag. *Oder es ist der Gedanke an die kommenden Besprechungen mit uns.*

Die Gremiumsmitglieder beugten das Haupt vor den beiden hoheitlichen Geschwistern.

»Willkommen in Ammtára, hochwohlgeborene Tadca«, begrüßte Leconuc die Tochter des verstorbenen Kabcar. »Und auch Euch entbiete ich meine besten Wünsche, hochwohlgeborener Tadc«, richtete er sich an Krutor.

Der Vorsteher durfte wohl mit Abstand das einzige Oberhaupt einer Stadt sein, das nicht einmal mit der Wimper zuckte, als sich der junge Mann mit einem schiefen Lächeln für die Freundlichkeit bedankte. Das

Leben in Ammtára härtete ab. Hässlichkeit definierte sich innerhalb dieser Mauern völlig anders.

Zvatochna nickte knapp. »Bevor wir uns zusammensetzen und ihr den Grund meines Besuchs erfahrt, würde ich mich sehr gern frisch machen. Wo kann ich das?« Abwartend schaute sie von einem zum anderen.

»Inquisitor Pashtak wird Euch gern sein Haus zur Verfügung stellen«, flüchtete sich der Vorsitzende in das Angebot, bei dem Pashtak vor Verblüffung aufgrunzte.

»Ein Inquisitor?« Zvatochnas braune Augen legten sich auf die gedrungene Gestalt des Sumpfwesens. »Ach, dann warst du es, der die Hintergründe der Morde aufdeckte?«

Pashtak verbeugte sich. »Es ist mir eine Ehre, Euch in meinem Haus zu empfangen.«

»Sehr gut. Ich bin gespannt.« Sie wandte sich auf dem Absatz um und erklomm die Kutsche. »Lauf vor. Wir folgen dir.«

Pashtak bleckte die Zähne in Richtung Leconuc und knurrte bösartig. Der Vorsitzende versuchte, mit Gesten seine Hilflosigkeit auszudrücken.

Er schickte Estra los, damit sie Shui und die Kinder vorwarnte, während er einen Umweg nehmen und Zeit herausschinden wollte, die sie für ein schnelles Aufräumen nutzen konnten.

Der Inquisitor schritt neben dem Gefährt der so völlig unterschiedlichen Geschwister her, erklärte dies und jenes, hielt kleinere Anekdoten und Geschichten zu Bauten bereit und erzählte etwas zu den Einrichtungen, angefangen von der Bibliothek bis zur Verwaltung.

Krutor fiel frühzeitig das eingestürzte Tzulanehrenmal auf, und ein wenig verlegen erläuterte Pashtak, dass nach seinen ersten Ermittlungen wohl ein Statikfehler oder absackender Untergrund für den Unfall verantwortlich war. Den Verlauf, den die Kugel genommen hatte, kommentierte er nicht.

Krutor lachte und wollte sich gar nicht mehr beruhigen, als sie die zerstörte Stätte des Gebrannten Gottes passierten. »Tzulan hat ganz schön Pech«, meinte er wahrheitsgemäß und gluckste vor sich hin, bis sie auf Drängen der ungnädigen Tadca direkt zu Pashtaks Haus fuhren.

Sein Unwohlsein steigerte sich. »Es ist aber nichts in Ordnung gebracht, hoheitliche Tadca«, sagte er in dem Versuch, die Erwartungen an die Bleibe auf ein Minimum zu reduzieren, ehe er seinen Gästen den Eingang öffnete.

Shui und Estra mussten wahre Wunder vollbracht haben.

Es roch nach aromatischen Kräutern, die Flure und Zimmer zeigten nicht die Spur von Unordnung. Die ausgelassene Rasselbande, die sein Nachwuchs gewöhnlich darstellte, war innerhalb der kurzen Zeit zu einer lieben Horde von unschuldig blickenden Sumpfwesen geworden, die der Größe nach geordnet Spalier standen und Blumen streuten.

Seine Gefährtin lächelte ihm hinreißend zu und übernahm die Führung Zvatochnas, die zwei Zofen mit schweren Koffern in ihrer Begleitung hatte, um sie in halbwegs angemessene Räumlichkeiten zu bringen.

Krutor dagegen fand Gefallen an den Sprösslingen des Inquisitors und verweilte bei ihnen.

»Was habt ihr ihnen ins Essen getan?«, wollte er leise von seiner Gehilfin wissen. »Seit wann sind meine Kinder so friedlich? Das ist mir unheimlich.«

»Nur ein paar freundliche Worte«, meinte Estra, und ihre karamellfarbenen Augen blitzten schelmisch.

Die schüchterne Zurückhaltung, die seine Söhne und Töchter zuerst gegenüber dem hochrangigen Besuch einnahmen, wandelte sich bald, zumal der Tadc seine helle Freude mit dem aufgeweckten Nachwuchs hatte. Er stellte ihnen Fragen zu Ammtára, was sie den Tag über machten, was sie aßen, was sie am liebsten spielten. Immer wenn der Inquisitor eingreifen und Krutor von den Kindern erlösen wollte, winkte der lachend ab.

Schließlich zerrten sie ihn hinaus in den Garten, um ihm die besten Plätze zum Verbergen zu zeigen. Pashtak und Estra hörten gleich darauf Abzählreime. Krutor rannte am Fenster vorbei und warf sich kopfüber in einen Strauch, der kaum ausreichte, um seine riesige Gestalt zu tarnen.

»Meine Kinder spielen mit dem Tadc von Tarpol Verstecken«, murmelte Pashtak fassungslos und beobachtete das muntere Treiben, die Arme vor der Brust verschränkt.

Shui näherte sich ihm, das Gesicht zu einem einzigen Vorwurf verzogen. »Zieh dich um, Inquisitor«, empfahl sie ihm im Vorbeigehen. »Wie schaffst du es immer, deine Roben zu zerfetzen?« Sie rumorte in der Küche herum. »Ich soll dir von der Tadca ausrichten, dass sie hier speisen möchte. Sie hat keine Lust, wieder durch die Gegend zu fahren, und hat ihre Diener losgeschickt, etwas Essbares zu besorgen. Das Treffen mit der Versammlung findet hier statt.« Shui nickte Estra zu. »Wärst du so lieb und würdest Leconuc und den anderen Bescheid geben? In zwei Stunden sollen sie hier sein.«

Das Mädchen kam dem Auftrag auf der Stelle nach.

Der Inquisitor fühlte sich mit einem Mal reichlich überflüssig. »Und was mache ich?«

Der Kopf seiner Gefährtin erschien halb im Türrahmen. »Du ziehst dich um. Du willst doch einen guten

Eindruck hinterlassen«, erinnerte sie ihn. »Frauen sehen so etwas.«

Er hob die Arme. »Und dann?«

»Wirst du ein braver Gastgeber sein«, beschied sie und kümmerte sich darum, dass der Koch das notwendige Geschirr fand, das er zur Zubereitung der Speisen für die Tadca benötigte.

Murrend stapfte Pashtak in sein Ankleidezimmer und suchte sich eine neue Gewandung heraus, kehrte bald zurück und setzte sich schmollend ins Esszimmer, in dem die Lakaien mit dem Tischdecken beschäftigt waren. Zwischendurch erschien einer seiner Jüngsten und bat artig um Erlaubnis, sich verkleiden zu dürfen.

»Macht nur, was ihr wollt«, segnete er den Vorschlag eingeschnappt ab, da ihm so überhaupt gar keine Funktion in der Bewirtung zugedacht worden war. Jubelnd rannte sein Sohn hinaus. *Ich bleibe hier sitzen und warte, dass die Tadca zu mir kommt,* beschloss er verstimmt und streckte die Beine aus. *Zuerst latsche ich mir die Füße platt, und jetzt bin ich für keinen mehr gut genug.*

Irgendwann roch es nach Essen. Der Küchenmeister schien in Aktion getreten zu sein und brutzelte etwas für die hoheitlichen Geschwister zurecht, das vermutlich von den Ausgaben her eine Familie ein Jahr lang mit üblicher Kost ernähren würde.

»Ach, hier bist du«, entdeckte ihn Shui.

»Wo soll ich denn sonst sein?«, gab er schnippisch zurück und blickte geradeaus.

»Vielleicht gibt es einen Fall aufzuklären«, hörte er die Stimme Zvatochnas.

Siedend heiß durchlief es ihn. Sofort sprang er auf und verneigte sich vor der Schwester des Kabcar, die ihre schlichte Reisegarderobe gegen ein aufwändiges Gewand ausgetauscht und sich erfrischt hatte.

Ihre Schönheit kam auf diese Weise noch stärker zur Geltung, wenn überhaupt eine Steigerung möglich war. Sie duftete dezent nach Rosenwasser.

Na, wunderbar. Wenn Leconuc und die anderen sie so sehen, werde ich die Fenster öffnen müssen, um nicht in ihren Absonderungen zu ersticken. »Verzeiht mir meine Unhöflichkeit, hoheitliche Tadca«, haspelte er eine Entschuldigung.

»Schon geschehen.« Sie schenkte ihm ein Lächeln. »Meine Laune hat sich merklich gebessert. Da sehe ich manches nach.« Sie schwebte durch den Raum und setzte sich an den Kopf der Tafel, Diener schoben ihren Stuhl zurecht. »Wo ist mein Bruder?« Vom Garten her erschollen ein gespielt böses Gebrüll und aufquiekendes, wohlig erschrockenes Lachen. »Vergiss meine Frage. Wenn er Hunger hat, wird er sich zu uns gesellen. Er ist von einfacher, aber gutmütiger Art.«

Es wurde aufgetischt.

Dinge, von denen der Inquisitor nicht einmal wusste, dass es sie in Ammtára gab, standen zum Verzehr bereit. Der ilfaritische Koch erschien und betete der Tadca die verschiedenen Köstlichkeiten herunter, die er gezaubert hatte.

Da Shui, Estra und er großzügigerweise zum Bleiben gebeten wurden, kamen sie in den Genuss ganz erstaunlicher Geschmackserlebnisse, die seine Famula als Mensch am ehesten schätzen konnte.

Für seinen Gaumen schmeckten die Gewürze allerdings zu streng heraus, und das Fleisch war beinahe verbrannt. Er bemühte sich, nicht allzu viele Geräusche beim Essen zu fabrizieren, und wenn es die hübsche junge Herrscherin hörte, tat sie, als bemerkte sie nichts. Ihr Bruder stürmte herein, klaubte sich voller Spieleifer etwas zusammen und rannte wieder hinaus, um sein Treiben fortzusetzen.

Nach einer halben Stunde endete das Mahl, die Lakaien räumten ab und servierten Obst als Dessert.

»Ich denke, wir können ein paar Dingen schon vorgreifen«, schlug Zvatochna vor und pickte sich eine kleine Beere heraus. »Du könntest mir erzählen, wie es sich mit den Tzulani in Ammtára verhielt.«

Pashtak begann mit seiner Schilderung der damaligen Ereignisse, ließ nichts aus und beschönigte nichts. Er verschwieg nicht, dass ihm die Art, das feige Opfern von Kindern und Unschuldigen, nicht behagte.

»So drangen wir in jener Nacht in den Tempel ein und überwältigten die Verbrecher. Denn laut des Erlasses des Kabcar handelte es sich dabei um Verbrecher. Wir haben sie überführt.«

»Demnach wäre mein Bruder auch ein Verbrecher«, hakte sie nachdenklich ein. »Ich erinnere mich, dass die Versammlung die geheimen Korrespondenzen der Tzulani im Umland veröffentlichte. Und darin war doch die Rede davon, der Kabcar heiße die Opferungen ausdrücklich gut.« Sie lächelte ihn an. »Oder?«

Er nahm all seinen Mut zusammen, als er antwortete. »Hoheitliche Tadca, ich habe die Gesetze nicht erlassen. Aber wenn Euer Bruder unvorsichtig genug ist, sich beim Brechen seiner eigenen Direktiven erwischen zu lassen, muss er damit rechnen, dass man ihn dahingehend beschuldigt. Wollt Ihr die Beweise sehen?«

Shui stieß hohe, warnende Töne aus, die nur er hören konnte. Estras Hände knüllten die Serviette zusammen.

Die Tadca blickte ihn nur an. Beinahe unmerklich nickte sie. »Du nimmst das Amt des Inquisitors sehr ernst, Pashtak. Das ist gut. Aber überlege, wie weit du gehen darfst. Wie weit diese Stadt gehen darf, wenn sich ihr Gesicht nicht drastisch ändern soll.« Sie schleuderte ihr Mundtuch mit einer lässigen Handbewegung auf den kleinen Unterteller. »Mein Bruder ärgert sich sehr über das, was Ammtára tut. In seinen Augen verhält sich die Stadt ihrem Herrn gegenüber ungebührlich, respektlos. Er ist ein sehr aufbrausender Mensch.« Ihr Blick legte sich auf das Gesicht des Sumpfwesens. »Das werde ich in der Versammlung noch einmal wiederholen. Überlegt sehr genau, was ihr tut. Um euch beim Nachdenken auf den rechten Pfad zu führen, deswegen sind mein jüngerer Bruder und ich hier.«

»Anders ausgedrückt, Ihr werdet verlangen, dass wir unsere kleinen Gesandtschaften aus der Umgebung zurückpfeifen?«

»Ich sehe, du verstehst es, deine Gedanken sehr rasch zu ordnen.«

Er lehnte sich zurück. Sorgsam achtete er auf jede Veränderung an ihrem Schweißgeruch. Sie schien noch völlig ausgeglichen zu sein. Von ihren magischen Fertigkeiten ging nichts aus, das er durch Sehen, Hören oder Riechen erfahren konnte.

Reizen wir sie einmal ein bisschen. »Der Kabcar hat die Gesetze verschärft und alles von dem zurückgenommen, was Euer Vater auf den Weg brachte. Wir in Ammtára fragen uns natürlich, was mit der rechtlichen Gleichstellung der Sumpfwesen und Menschen geschieht. Plant er, diese Klausel in die ursprüngliche Form zurückzubringen, hoheitliche Tadca?«

»Aber nein«, erwiderte sie aalglatt. »Nein, keineswegs. Gut, dass du mich erinnerst. Vielmehr appelliere ich an die Pflichten, denen ihr als Untertanen des tarpolischen Großreiches nachkommen müsst. Du weißt schon, der älteste kriegstaugliche Sohn, der in das Heer meines Bruders einziehen soll.«

Bestürzt schaute er sie an. Zvatochna konterte seine Frage mit einer brutalen Antwort. »Die Truppen mischen? So weit geht die Toleranz bei einigen Menschen noch nicht. Es würde Unruhe in den eigenen Reihen bringen.«

Sie schüttelte den Kopf, die Perlenschnüre und anderen Verzierungen in ihrem schwarzen Haar pendelten leicht. »Ich denke an den Aufbau eines ganz eigenen, gesonderten Kontingents, das an Schlagkraft einem herkömmlichen weit überlegen ist. Es wird gegen die Kensustrianer großartige Dienste leisten.« Die Schwester des Kabcar nippte an ihrem Glas. »Bis zum Sommer nächsten Jahres soll es so weit sein. Wie findest du das?«

»Erschreckend«, entfuhr es dem Inquisitor. Estra trat ihm gegen das Bein. »Erschreckend gut«, verbesserte er sich. »Aber wir sind eine freie Stadt, hoheitliche Tadca.«

Sie hob langsam die makellosen Schultern. »Dazu existiert nichts Verbindliches. Aus diesem Zusatz leiten sich keinerlei Ansprüche auf eine gesonderte Behandlung ab.«

Sie hat sich sehr gut vorbereitet, ärgerte sich Pashtak und bemerkte aus den Augenwinkeln eine Bewegung. Eine seiner Töchter lief an der geöffneten Tür vorbei und zog etwas Langes im Triumphzug hinter sich her.

Wenn ihn seine Sinne nicht sehr getäuscht hatten, handelte es sich bei dem Gegenstand um etwas sehr Gefährliches.

»Entschuldigt mich«, stieß er hervor und sprang auf.

Er trat hinaus und entdeckte die feine Rille, die sich die Treppe hinunter, am Esszimmer vorbei und um die Ecke zog. Seine schlimmsten Befürchtungen erfüllten sich.

Ungewollt stieß er ein aufgeregtes Girren aus und hetzte seiner Tochter hinterher, um ihr den Fund abzujagen. Nicht nur, dass er die Existenz des Dings geheim halten musste. Es bedeutete in diesem Zustand eine Gefahr für Leib und Leben seiner Kinder.

Gerade als er am Eingang vorbeirannte und etwas Schimmerndes um die nächste Ecke verschwinden sah, läutete die Glocke.

Fluchend riss er die Tür auf und schaute in Leconucs Gesicht. Hinter ihm drängelten sich die anderen Mitglieder der Versammlung auf der Treppe zusammen.

»Was?«

Irritiert von der Unfreundlichkeit und dem Grollen in der Kehle, hörte der Vorsitzende auf zu strahlen. »Wir sind hier, um …«

»Ihr seid zu früh«, unterbrach der Inquisitor gehetzt. »Kommt in einer Stunde wieder.« Schwungvoll warf er die Tür ins Schloss und verfolgte sein Kind weiter.

»Wer war das?«, erkundigte sich Shui.

»Niemand«, rief er vorgetäuscht fröhlich aus dem Gang. *Wo ist sie denn hin, verflucht?* Da klingelte es erneut. »Mach nicht auf. Das ist der Wind.«

Nun erschien seine Gefährtin mit besorgtem Blick. »Der Wind zieht nicht an der Leine.«

»Manchmal schon«, behauptete er von unterwegs. »Immer … um diese Tageszeit ist er besonders stark.«

»Sei nicht albern.« Sie öffnete.

Er entdeckte seine Tochter, die mit dem Rücken zu ihm stand und etwas in den Händen hielt. *Das ging noch einmal gut*. Ohne ein Wort drehte er sie um.

Sie lachte ihn glücklich an und zeigte ihm stolz einen Apfel, den etwas in der Mitte gespalten hatte. »Schau, was ich kann.«

Das darf nicht wahr sein. Die aldoreelische Klinge suchte er vergebens. »Wo ist denn das Ding hin, mit dem du das so toll gemacht hast?«, fragte er liebenswürdig. »Hast du es versteckt?«

Sein Nachwuchs biss in die Apfelhälfte. »Gisasch hat es. Er möchte etwas schnitzen.«

Bei allen Göttern! »Und wo ist dein Bruder?« Noch zwang er sich zur Ruhe.

Sie hielt ihm die andere Hälfte hin. »Willst du?«, bot sie kauend an.

Er grabschte das Stück Obst. »Wo?«, fauchte er.

»Oben«, kam die Antwort, und schon rannte er zur Treppe. »Oder draußen«, folgte der Zusatz nach kurzem Zögern.

Ruckartig bremste er und bog ab, um nach draußen zu gelangen. Er wühlte sich durch seine ihm entgegenkommenden Amtsgenossen, witterte, um den Geruch von Gisasch aufzunehmen. Tatsächlich schien sich sein Sohn im Freien aufzuhalten.

Er hetzte hinaus und blieb stocksteif stehen.

Gisasch stand mit erhobenem Schwert vor seinem jüngeren Bruder, der einen armdicken Knüppel mit beiden Händen waagrecht vor dem Körper hielt und Anweisungen gab, wie man das Holz am besten durchtrennte. Würde die Klinge nur etwas zu weit gehen, so würde der Junge in zwei Teile gespalten auf den Rasen fallen.

»Halt, Gisasch!«, befahl er, doch sein Spross konnte den begonnenen Schlag nicht mehr abfangen, dafür wog das Schwert zu viel.

Pashtak wollte nicht hinsehen und schloss schnell die Augen. In seiner Einbildungskraft wälzte sich sein kleiner Sohn schon im eigenen Blut, während irgendwelche Körperteile neben ihm lagen.

Als der Schrei ausblieb, wagte er es, die Lider zu heben.

Krutor stand wie aus dem Nichts neben Gisasch, hielt dessen Hände vorsichtig umfasst und nahm ihm die aldoreelische Klinge ab.

»Das ist nichts für Kinder«, mahnte er. Die Waffe wirkte in seiner Pranke wie ein Zahnstocher. Überall an seiner Uniform befanden sich Grasflecken, Blätter und kleinere Zweige schauten stellenweise aus der Kleidung hervor. Das Toben mit den Kleinen hatte seine Spuren hinterlassen.

Der Inquisitor wusste nicht, ob er sich freuen oder fluchen sollte. Hastig kratzte er sich und trat näher. »Danke, hoheitlicher Tadc, dass Ihr eingegriffen habt. Es hätte ein Unheil geschehen können.«

»Ja«, stimmte der Krüppel gutmütig zu. »Du solltest auf deine Schwerter besser schauen.« Seine Aufmerksamkeit richtete sich auf die aldoreelische Klinge. »Ich weiß, was das ist. Mein Bruder sammelt sie«, befand er nach einer Weile.

»Das … das … soll ein Geschenk für ihn werden. Irgendwann später. Und deshalb müsst Ihr es jedem verschweigen, dass ich so etwas besitze. Ihr wollt doch nicht, dass meine Überraschung verdorben wird?«

Der Tadc machte nicht den Eindruck, als wäre er von dem Vorschlag begeistert. »Mein Bruder ist kein sehr netter Mensch. Jemand müsste ihm noch einmal auf die Nase hauen, aber es traut sich keiner.« Er dachte nach. »Eigentlich hat er keine Geschenke verdient. Behalte das Schwert lieber für dich.«

Pashtak nieste verblüfft. Sein Ermittlerblut meldete sich, während er seine Kinder mit einer Geste, gefolgt von einem eindringlichen Laut, ins Haus schickte. »Wenn Euer Bruder schon so viele besitzt, was macht er denn mit ihnen? Er kann sie ja nicht alle auf einmal führen.«

Krutor lachte. »Nein. Dazu hat er zu kleine Hände.« Er beugte sich zu der untersetzten Gestalt des Inquisitors hinab und machte ein verschwörerisches Gesicht. »Ich glaube, Mortva macht sie kaputt. Mit seiner Magie.«

»Und was sagt Eure Schwester dazu, hoheitlicher Tadc?«

»Nichts. Ich glaube, es ist ihr ganz recht.«

»Und Euch nicht?«

Krutor reichte ihm die aldoreelische Klinge. »Ich mag vieles nicht, was Govan tut. Aber er ist mein Bruder, und deshalb helfe ich ihm.« Er zupfte ein paar Halme vom Ellbogen ab. »Ich würde gern Grünhaare töten, um Vater zu rächen. Aber sie hauen vor uns ab, wenn wir angreifen.«

So kann man es natürlich auch sehen. »Wir sollten wieder hineingehen. Ihr wollt sicherlich an der Versammlung teilnehmen?«, schlug er vor.

Der übergroße Krüppel, der es mit Sicherheit an Stärke mit jedem der Nimmersatten aufnehmen konnte, verneinte schüchtern. »Ich würde lieber mit deinen Kindern spielen. Sie sind so nett wie du.« Er strahlte den Inquisitor erwartungsfroh an. »Die ganze Stadt ist aufregend. Alles ist so anders. Ich bin nichts Besonderes. Keiner starrt mich an, so wie sie es woanders tun.«

Dieses Gefühl kannte Pashtak nur zu gut. »Aber sicher, hoheitlicher Tadc. Mein Nachwuchs hat Euch bereits ins Herz geschlossen.«

»Können wir Freunde sein?«, fragte Krutor unvermittelt. »Ich mag deine Söhne und Töchter. Ich würde gern öfter zu Besuch kommen.« Die riesige Hand schob sich nach vorne. »Es wäre mir eine Ehre.«

Sumpfwesen und Tadc schlugen ein, wobei die Klaue des Inquisitors zur Gänze zwischen den Fingern des möglichen Thronfolgers verschwand.

Dann begab er sich in aller Heimlichkeit in sein Schlafzimmer, um die Waffe zurück in die Hülle zu schieben und sie an einem sichereren Platz zu verstecken. Auf der Suche nach Kostümen musste sein Nachwuchs über die aldoreelische Klinge gestolpert sein.

Als er in seinem Wohnzimmer erschien, blickten ihn die Versammelten fragend an.

»Ich musste einen Streit schlichten«, log er, begab sich an seinen Platz und vermied es, jemandem in die Augen zu schauen.

Die Tadca rauschte herein, das Gremium stand auf und verneigte sich. Kurz darauf, nachdem sich die Männer und Sumpfwesen gesetzt hatten, wiederholte Zvatochna in knappen Worten, was sie bereits Pashtak eröffnet hatte. »Ich empfehle Ammtára dringend, sich zu besinnen«, endete ihre Rede.

»Hoheitliche Tadca, es war der Beschluss der ganzen Stadt, so zu verfahren«, machte sie Leconuc aufmerksam. »Wir haben es nicht allein entschieden.«

»Ihr lebt aber nicht in einem Land, in dem das Volk entscheidet, was gut für es ist«, fuhr sie ihm ins Wort. »Die Selbstverwaltung geht nur bis zu einem gewissen Bereich, ab da unterliegt ihr alle der Rechtsgewalt des Kabcar.« Hart drangen ihre Sätze aus dem Mund, wobei sie das Gesicht nicht ein einziges Mal drohend verzog. Das Selbstverständliche wirkte besser. »Ich lege der Versammlung nahe, dass sie die Einwohner zusammentrommelt und die Lage erklärt. Sie werden ein Einsehen haben.«

»Heißt das, wir sollen uns auch an den Opferungen beteiligen, hoheitliche Tadca?«, erkundigte sich der Inquisitor höflich.

Zvatochna wandte sich ihm zu. »Wenn es der Wille des Kabcar ist, werdet ihr das wohl tun müssen.«

»Und wenn er vorher die Gesetze geändert hat«, fügte Pashtak liebenswürdig hinzu. »Außerdem hätten wir momentan ein logistisches Problem, da der Tempel eine einzige Ruine ist.« Er setzte sich gerade. »Findet Ihr es nicht seltsam, dass die Kugel des eingestürzten Tzulanmonuments ausgerechnet in die heilige Stätte des Gebrannten fährt und sie in Trümmer schlägt?«

Die Tadca betrachtete ihn ausdruckslos. »Ich diskutiere nicht über Unfälle mit dir.«

»Aber der Kabcar ist doch das religiöse Oberhaupt des Reiches«, wandte er beharrlich ein und musste sich beherrschen, keinen süffisanten Unterton in seine Worte zu legen. »Würdet Ihr ihn bitte von uns befragen, was es zu bedeuten hat? Unsere Priester sind derzeit etwas ratlos, weshalb so etwas geschah.«

»Sag ihnen, es sei ein Unglück, das nichts weiter bedeutet.« Zvatochna stand auf. Die ablehnende Haltung des Gremiums und der leise Spott überraschten sie und brachten sie in Rage. »Ich habe meine Botschaft überbracht. Mein Bruder möchte ein klares Signal von Ammtára, was er zu erwarten hat.«

Leconuc, der aus allen Poren seines Leibes nach Paarung und Angst gleichzeitig stank, wagte es, indirekten Widerstand zu leisten und versuchte sich um eine echte Aussage zu drücken. »Wir berufen die Bewohner ein und erklären es ihnen, hoheitliche Tadca. Ein Bote wird Euch …«

»Nein.« Eine schillernde, violette Aura entstand um die erboste Frau. Ihre Rechte zuckte hoch, der Zeigefinger richtete sich auf den Vorsitzenden. Blass wich er einen Schritt zurück. »Ich verlange auf der Stelle eine Antwort. Ihr seid die Verantwortlichen für die Geschicke der Stadt, ihr werdet in der Lage sein, die Ungeheuer zu steuern.«

Pashtak knurrte dumpf. Mit nur einem einzigen Wort hatte die Tadca ihre Einstellung gegenüber Ammtára und deren Bewohnern verraten. *Es hat sich also gelohnt, sie zu reizen.*

»Was wäre die Folge einer Absage?«, erkundigte sich Leconuc.

»Lass es darauf ankommen«, sagte Zvatochna schneidend.

Der Vorsitzende atmete tief durch, sammelte seinen Mut. »Ich werde nichts sagen, weil ich die …«

Die Schwester des Kabcar streckte die Hand aus. Ein matt lilafarbener Strahl hob den Führer der Versammlung in die Luft und katapultierte ihn mit Wucht nach hinten gegen die Tür.

»Nur ein kleiner Vorgeschmack des Kommenden, wenn mein Bruder von euerer Haltung erfährt.« Zvatochna verließ den Raum, rief etwas. Man hörte den protestierenden Krutor, dann klapperte die Kutsche davon.

»Tat es sehr weh?«, wollte Pashtak besorgt von Leconuc wissen, der immer noch an derselben Stelle stand.

»Die Magie nicht«, antwortete er gequält, »aber die Türklinke.«

Da sahen sie die ersten Blutspuren, die hinter ihm am Holz hinabrannen. Das Metall verband den Vorsitzenden mit der Tür, wirkte als Widerhaken.

In ihrer Not bauten sie die Tür aus und trugen den jammernden Leconuc wie auf einer Bahre zum nächsten Heilkundigen.

Der seltsame Zug erregte großes Aufsehen, schon bald kursierten die wundersamsten Gerüchte über den Vorfall in der Stadt. Die Stimmung gegen den Kabcar und seine Schwester heizte sich auf.

Nebenbei erfuhr der Inquisitor, dass Krutor zusammen mit seinen Kindern einen Stadtrundgang gemacht hatte und sich ganz im Gegensatz zur Tadca begeistert von Ammtára zeigte. Die Bewohner unterschieden ihn, wahrscheinlich auch wegen seines unmenschlichen Äußeren, klar von seinen beiden Geschwistern.

Pashtak, der vor dem Haus des Heilkundigen zusammen mit der Versammlung und zahlreichen anderen wartete, machte sich schwere Vorwürfe, die Tadca so weit gereizt zu haben. Dass sie ihren Zorn auf den Vorsitzenden und nicht auf ihn lenkte, empfand er als besonders schlimm. *Eigentlich müsste ich da drinnen liegen.*

Der Eingang schwang auf.

Der Heilkundige, dessen Lederschurz von oben bis unten mit rotem Lebenssaft getränkt war, erschien. Die Gespräche erstarben auf der Stelle, Menschen und Sumpfwesen hingen gebannt an seinen Lippen.

Er hielt ein rot gefärbtes Etwas in die Höhe, das der Inquisitor als seine Türklinke erkannte. Polternd fiel es zu Boden. Man sah ihm an, dass er etwas sagen wollte. Stattdessen schüttelte er den Kopf und ging wieder hinein.

»Leconuc ist tot!«, brüllte einer los, und ein Aufschrei stieg aus tausend Kehlen. Wäre die Tadca in greifbarer Nähe gewesen, so hätte sie all ihre Magie aufwenden müssen, um unbeschadet aus den Mauern zu entkommen.

»Auch wenn es respektlos aussieht, wir benötigen unbedingt einen Nachfolger. Es kommen schwere Zeiten auf uns zu«, hörte der Inquisitor Kiìgass im Hintergrund zu den Mitgliedern des Gremiums sagen.

Fassungslos betrachtete er das triefende Stück Metall, das dem Vorsitzenden so unerwartet den Tod gebracht hatte. Es roch sogar noch nach Leconuc. *Meine Schuld. Ein Unfall, den ich ausgelöst habe.*

Es wurde still vor dem Haus.

Plötzlich meinte er, unzählige Augen auf sich gerichtet zu fühlen. Unbehaglich wandte er sich um.

»Pashtak ist der Schlaueste von uns! Er soll der neue Vorsitzende sein!«, kam es irgendwo aus der Menge. Die Masse nahm den Vorschlag mit Begeisterung auf, rief seinen Namen. An den Gesichtern seiner Amtskollegen las er die breite Zustimmung zu dieser Forderung ab.

Er hob die Arme. »Geht nach Hause und versucht, euch zu beruhigen, Freunde. Besonnenheit ist gefragt.«

Die Menschen und Sumpfkreaturen verharrten unschlüssig.

»Wirst du den Vorsitz übernehmen?«, verlangte Kiìgass zu wissen. »Du bist von uns allen am befähigsten.«

Seufzend ergab sich der Inquisitor dem Druck. »Ich werde Leconuc ein würdiger Nachfolger sein«, versprach er. Die Bewohner jubelten ihm zu, er musste unzählige Hände schütteln und bekam Schulterklopfer, bis sich die Ansammlung endlich auflöste und er in Begleitung von Estra nach Hause zurückkehrte.

Wohl war ihm dabei nicht. Er kam sich vor wie ein Erbschleicher. »Wie erkläre ich das bloß Shui?«

Estra musste grinsen.

IX.

Kontinent Ulldart, Großreich Tarpol,
Hauptstadt Ulsar, Herbst 459 n. S.

Zvatochna hatte während der Heimreise kein einziges Mal mehr gesprochen.

Sie ärgerte sich darüber, dass es Sumpfkreaturen gelungen war, sie so sehr aus der Fassung zu bringen, dass sie ihre berühmte Diplomatie einen kurzen Moment außer Acht gelassen und sich für eine körperliche Drohung entschieden hatte, indem sie Leconuc einen Bruchteil ihrer Kräfte offenbarte.

Mit verheerenden Folgen, wie sie erfuhr.

Govan hat selbst Schuld. Mich an einen Ort zu schicken, der vor Ausgeburten der Hässlichkeit nur so wimmelt! Eine einzige Beleidigung der Augen, dachte sie, während sie sich zusammen mit Krutor auf dem Weg zum Thronsaal befand. *Im Ballsaal, auf dem Parkett, in der Theaterloge, bei einem Empfang, an allen möglichen Plätzen wäre ich erfolgreich gewesen. Aber nicht inmitten von Bestien.*

Ihr missgestalteter Bruder hinkte schaukelnd neben ihr her, grüßte wie immer die entgegenkommenden Diener aufs Freundlichste und sprach sie sogar mit Namen an.

Die Geschwister wurden angekündigt und traten in den hohen, riesigen Raum des Palastes, vor dem die Architekten ebenso wenig zurückgeschreckt waren wie vor dem Äußeren des Gebäudes. Die Grunddüsternis passte hervorragend zu der Stimmung, in der die Tadca sich befand, auch wenn sie im Grunde die neue Symbolik und Finsternis in Ulsar nicht sonderlich schätzte. Schwache Menschen würden an grauen Wintertagen an Selbstentleibung denken.

Govan, der mit den Ansprüchen an seine protzige Garderobe wahrscheinlich wieder einen Schneider in den Wahnsinn getrieben hatte, lustwandelte an den Porträts ihrer gemeinsamen Ahnen entlang, ein Glas Wein in der Hand.

»Zvatochna! Geliebte Schwester!« Rasch stellte er das Trinkgefäß zur Seite, breitete die Arme aus und lief auf sie zu.

Ein inniges Seufzen entrang sich seinem Mund, als sie sich umfassten, und seine Lippen pressten sich länger und heftiger auf die ihrigen, als es einem Bruder gestattet war. Er drückte sie an sich und schien sie nicht mehr loslassen zu wollen.

»Ich habe dich so sehr vermisst«, raunte er ihr ins Ohr und roch an ihrem Hals. »So sehr.« Endlich lockerte er seinen beinahe gewaltsamen Griff und drückte Krutor kurz. »Es ist sehr schön, euch beide gesund und munter wieder zu sehen.« Er lotste sie an einen Tisch, auf dem Kleinigkeiten und Tee angerichtet standen. »Eine Stärkung. Zum Aufwärmen, nach der Fahrt durch mein doch stellenweise recht kühles Reich.«

Krutor häufte sich Törtchen und Kekse auf den Teller und hinderte mit der freien Hand den Lakaien daran, ihm einzugießen. »Das kann ich selbst«, bestand er darauf. »Du musst nicht alles für mich machen.«

»Ach, ja, das hat mir irgendwie gefehlt«, lächelte Govan und warf begierige Blicke auf die Gestalt seiner

Schwester. Er nahm ihre Hand und drückte sie. »Erzählt mir von euren Abenteuern.«

Zvatochna musste eingestehen, dass die gute Laune des Kabcar sie angesichts der schlechten Neuigkeiten überraschte. Sie schob es auf ihre Wirkung. *Er muss bereits davon gehört haben, was vorgefallen ist. Sein Zorn wird schon verraucht sein.* Knapp schilderte sie die Schwierigkeiten, die man im Süden mit den Kensustrianern hatte, und legte ihre Pläne zur passenden Antwort auf die Niederlage dar, die im Sommer in die Tat umgesetzt werden sollten.

»Bis dahin müssten die Freiwilligen an Ort und Stelle eingetroffen sein. Auch neue Offiziere stehen uns zur Verfügung. Die Kensustrianer haben bei ihren Attacken die höheren Ränge gezielt angegriffen, um die restlichen Einheiten zu verwirren und kopfscheu zu machen.« Sie biss vornehm ein Stückchen vom Gebäck ab. »Wir werden beweisen, dass wir ebenfalls andere Taktiken beherrschen als nur die Feldschlacht. Wenn dieser Schlag ihnen nicht das Genick bricht, so wird es sie wenigstens nachdenklich machen. Sie mögen unverwundbar sein, wie es die Abergläubischsten im Heer erzählen. Aber ihr Land ist es nicht.«

Der Kabcar setzte die Tasse ab und applaudierte begeistert. »Sehr gut, liebe Schwester. Ich sehe schon, es wird schwer, das kleine Rennen gegen dich zu gewinnen.«

»So geübt ist sie im Laufen auch wieder nicht«, meinte Krutor und schlürfte an seinem Tee. »Du kannst sie schaffen.«

»Würdest du es mir erklären, Govan?«, verlangte sie freundlich. »Ein Rennen, ohne das Ziel zu nennen, ist nicht unbedingt redlich.«

»Der Hohe Herr meinte damit«, erklang die Stimme des Konsultanten, der wie aus dem Nichts hinter einer Säule hervortrat, »dass Ihr, hoheitliche Tadca, Kensustria erobert haben solltet, bevor er die gesamte Ostküste Kalisstrons in seinen Besitz gebracht hat.« Tief verneigte sich Mortva Nesreca vor den Neuankömmlingen. »Willkommen zu Hause, hoheitliche Tadca und hoheitlicher Tadc. Wir haben uns alle nach Euch gesehnt.«

Die langen silbernen Haare glitten ein wenig nach vorn und hingen wie Fäden von geronnenem Quecksilber bis unterhalb der Schulterblätter auf seinen Rücken hinab, als er sich aufrichtete.

»Ein militärischer Wettlauf«, begriff Zvatochna. »Du gehst davon aus, dass die Flotte mit den Kalisstri leichtes Spiel hat?«

»Ich bereite mir die Spielfläche dort ein wenig vor, bevor ich meine Leute antreten lasse«, erklärte Govan verschmitzt. »Die Kalisstri werden nicht wissen, wie ihnen geschieht. Die Hinterhältigkeit der Palestaner und ihr Geschick, durch Intrigen Unsicherheit zu verbreiten und Menschen zu etwas anzustiften, wurde jahrelang unterschätzt.« Er beugte sich vor, noch immer lagen seine Finger auf ihrem Handrücken. »Willigst du in unsere kleine Abmachung ein?«

»Was bekommt denn der Sieger?«, warf der Tadc ein.

»Ein sehr guter Hinweis«, lobte Nesreca den Krüppel. »Der Hohe Herr hat sehr gut aufgepasst.«

Govan betrachtete ihr betörendes Antlitz. »Jeder verspricht dem anderen, ihm einen Wunsch zu gewähren. Was immer es sei.«

»Was immer?«, wiederholte sie ungläubig. »Nun, das ist sehr gewagt, wie ich finde.« Dann lachte sie glockenhell auf, legte den Kopf in den Nacken und die Hand an ihre Kehle. »Andererseits, es hat seinen Reiz.« Sie schaute ihm tief in die Augen. »Gut, Bruder. Ich willige ein. Aber hüte dich, sonst verlange ich am Ende den Thron von dir«, warnte sie ihn mehr aus Spaß. Sie nahm die Wette nicht sonderlich ernst.

»Du würdest ihn bekommen«, erwiderte er ohne zu zögern. Nichts an seiner Miene verriet, dass er sich einen Scherz erlaubte. »Krutor und Mortva sind unsere Zeugen: Was immer es ist, Zvatochna, ich werde mich daran halten. Und meinen Gewinn ebenso von dir einfordern.« Langsam spielte er mit ihren Fingern. »Bin ich nicht grundgütig, dass ich dir überhaupt keinerlei Vorhaltungen mache?«

»Wegen der Verluste im Süden? Ja, in der Tat, Bruder.« Die Tadca nickte ihm zu und versuchte nicht daran zu denken, was er von ihr begehrte. Sie hätte wissen müssen, dass er die Abmachung als bindend und ernsthaft betrachtete. »Ich habe auf deinen Wunsch hin Ammtára besucht und mit der Versammlung gesprochen.«

»Gesprochen?«, lachte der Kabcar belustigt auf. »Dann redest du anscheinend in meiner Sprache. Du hast den Vorsitzenden auf einen Speer gespießt, weil er dir widersprach, erzählt man sich. Das hat bei deinen Brojakenfreunden mächtigen Eindruck hinterlassen, das lass dir gesagt sein.« Er feixte.

»Was?« Krutors unförmiger Kopf fuhr nach oben. Von diesen Neuigkeiten war er nicht in Kenntnis gesetzt worden. »Warum hast du das gemacht?«, beschwerte er sich vorwurfsvoll bei seiner Schwester.

»Es war ein Unfall, liebster Krutor«, beschwichtigte sie ihn. »Ich habe ihn gestoßen, und er fiel so hart und unglücklich gegen die Türklinke, dass sie ihn verletzte. Daran starb er.« Bittend blickte sie ihn aus ihren braunen Augen an, ihr Tonfall klang reuig. »Ich wollte es wirklich nicht, du musst mir glauben. Und ich fühle Schuld.«

Krutor nickte verzeihend und schaute in die Teetasse, um nach Krümeln darin zu fahnden.

»Sie weigern sich weiterhin, die Verbreitung der Lügen über mich, ihren Kabcar, zu unterlassen?«, schätzte Govan. »Dann machen wir die Stadt eben dem Erdboden gleich. So viel Ungehorsam werde ich nicht hinnehmen, selbst nicht aus der Stadt, in der einst Sinured residierte. Übrigens, ich sende ihn dir in den Süden. Mir scheint, seine Kampfkraft ist zu Lande besser aufgehoben.« Er nahm sich einen Keks. »Und auf dem Weg nach Kensustria kann er gerade in seiner alten Heimat vorbeischauen und Ammtára vernichten. Er soll sie Tzulan opfern, dann haben alle etwas davon.« Das Gebäckstück zerplatzte, als er einen leichten Stoß Magie hineinjagte. Die Krümel gingen in Flammen auf und sorgten für ein kleines Feuerwerk. »Das wird das richtige Zeichen sein, die …«

Ein gewaltiger Schlag traf den Tisch, das Besteck sprang in die Luft, Tassen kippten um, und die Kekse verteilten sich. Schwungvoll war die geballte Faust seines jüngeren Bruders auf das Möbelstück niedergefahren. Böse blitzten die Augen des Krüppels den Kabcar an. »Nein.«

Nesreca hob eine Augenbraue. Eine offene Auflehnung wagte der geistig zurückgebliebene Tadc zum allerersten Mal.

»Nein?«, echote Govan. »Hast du eben nein zu mir gesagt?«

»Bitte«, versuchte Zvatochna den Kabcar zu beruhigen und legte ihre Hand auf seinen Arm, streichelte ihn. »Denk daran, was er ist.«

Krutor verstand die Bemerkung jedoch anders. »Genau, denk daran. Ich bin der Tadc. Ich habe fast so viel Macht wie du.«

»Nun bin ich wirklich überrascht«, gestand der Herrscher und stieß die Luft aus. »Krutor, sie verspotten mich und verbreiten Unwahrheiten. Soll ich das hinnehmen?«

»Das ist kein Grund, eine ganze Stadt kaputt zu machen.« Er neigte den Kopf und schaute den Kabcar wie ein angriffslustiger Stier an. Seine monströse Gestalt unterstrich diesen Eindruck.

»Krutor«, versuchte es Zvatochna und schenkte ihm einen zutiefst freundlichen Blick, der ein wenig für Entspannung sorgte. »Wir müssen ein Land regieren, das sich im Krieg mit einem sehr, sehr starken Gegner befindet. Und da können wir es uns nicht erlauben, dass an anderer Stelle Unruhe aufkeimt.« Sie nahm das grobschlächtige Gesicht des jüngeren Bruders zärtlich zwischen die Hände und küsste behutsam seine Wange. Seine Erregung über die Worte des Kabcar spürte sie ganz deutlich. »Wir müssen zusammenhalten. Vater wollte es so.«

In Govan flammte die Eifersucht auf. *So liebkost hat sie mich noch nicht.*

Doch der Tadc konnte nicht überzeugt werden. »Ich hätte ihm ja geholfen, im Süden. Ich wollte gegen die Grünhaare kämpfen, aber sie waren nicht da.«

»Ich habe die Gesetze verschärfen lassen«, schaltete sich der Herrscher mit Nachdruck ein. Die ungewohnte Widerborstigkeit stellte seine Beherrschung auf eine harte Probe. »Weit geringere Dinge als Verleumdung stehen unter Todesstrafe. Und da soll ich für Ammtára, das mehrfach Lug und Trug über mich verbreitet, eine Ausnahme machen?«

Finster wandte sich der Tadc seinem Bruder zu. »Wer sagt, dass es Lügen sind, mh?! Du hast eben von opfern gesprochen. Nicht ich.«

»Nun habe ich aber genug!«, rief Govan und sprang auf. »Ich lasse diese Stadt einebnen.«

Krutor richtete sich auf und betrachtete sein Gegenüber mit entschlossenem Trotz. Die kräftigen Arme kreuzten sich ganz langsam vor der Brust. »Und ich stelle sie hiermit unter meinen Schutz«, lautete seine aufsässige Erwiderung, die an ein kleines Kind erinnerte.

»Du wagst es?« Ein Knistern erfüllte die Luft, die Magie lud sich im Körper des Kabcar auf und bereitete sich auf einen Schlag vor.

»Hoher Herr, wir sollten die Unterredung abbrechen«, empfahl Nesreca und stellte sich vor den Krüppel, um etwaige Angriffe abzufangen. Langsam kam er auf seinen Schützling zu. »Haltet Euch zurück«, flüsterte er ihm zu. »Das Volk liebt Krutor. Wenn auch er auf mysteriöse Weise verschwindet, ohne dass wir eine plausible Erklärung finden, kann es höchst unangenehm werden.«

»Ein Verblödeter wird mich doch nicht daran hindern, das zu tun, was rechtens ist«, brüllte Govan los. »Ammtára wird fallen!«

»Es sind meine Freunde.« Krutor gab selbst angesichts eines möglichen magischen Gewitters, das über ihn hereinbrechen könnte, nicht auf. »Und du brauchst mal wieder was auf die Nase, damit du vernünftig wirst.« Schadenfroh verzog sich sein entstelltes Gesicht. »So wie das damals Tokaro gemacht hat.« Er drehte sich zum Ausgang. »Ich habe keine Lust mehr, mit dir zu reden. Außerdem bin ich bestimmt viel zu verblödet dazu.« Drohend hob er den Zeigefinger. »Ammtára steht unter meinem Schutz«, bekräftigte er noch einmal. »So stark wie Sinured bin ich auch. Ich mache ihn kaputt, wenn er kommt.« Der Tadc ging ein paar Schritte, kehrte zurück, um sich die Schüssel mit den Keksen zu nehmen, und verließ den Thronsaal.

Mordlüstern starrte ihm sein Bruder nach. »Er weiß nicht, wie nahe er eben dem Tod war«, flüsterte er.

»Ihr tatet das Richtige, Hoher Herr«, lobte der Konsultant das Verhalten des Kabcar. »Die Stadt kann man immer noch bestrafen, wenn der Süden gefallen ist. Uns fällt gewiss eine Ausrede ein, die wir dem Tadc präsentieren. Man könnte es weniger offensichtlich arrangieren. Ich denke da an einen Brand oder Ähnliches.«

Govan antwortete nicht. Mit ausdrucksloser Miene rauschte er hinaus und ließ die Tadca mit seinem Berater ratlos zurück.

»Was wird er wohl unternehmen?«, überlegte Zvatochna. »Ich fürchte um Krutor.«

Nesreca setzte sich neben sie und goss sich in aller Ruhe vom Tee ein. »Nein, sorgt Euch nicht, Hohe Herrin. Er wird in die Verlorene Hoffnung gehen und das an den Verbrechern auslassen, was er eigentlich mit seinem Bruder beabsichtigte.« Gelassen steckte er sich ein Stück Gebäck in den Mund. »Anschließend zapft er die magischen Reservoirs der eingesperrten Cerêler ab, um das Verbrauchte … aufzufüllen? Oder was immer er sonst damit unternimmt.«

Sie blickte den Konsultanten an. »Das klingt, als wäre das der übliche Tagesablauf, seit ich weg gewesen bin?«

»Man kann es so nennen, ja, Hohe Herrin«, bestätigte er ihre Ahnung. Er nahm sich etwas Zeit, bevor er weitersprach. »Die Untertanen machen sich Gedanken über den Verbleib der Heiler. Man sah sie einreisen, aber nicht mehr weggehen. Andere Cerêler zogen ihr Vorhaben, nach Ulsar zu kommen, unerwartet zurück. Es scheint, als hätte sie jemand davor gewarnt, einen Fuß in die Hauptstadt zu setzen.«

»Wie viele hält er gefangen?«

»Er nennt es ›beherbergen‹«, stellte Nesreca richtig. »Insgesamt dürften es zwanzig gewesen sein; drei davon starben, weil er ihnen zu viel von ihren Fertigkeiten entzog. Mittlerweile scheint er die passende Dosierung herausgefunden zu haben, damit sie seinen Raub überleben. Der Hohe Herr hat mich damit beauftragt, die restlichen Cerêler in seinem Reich aufspüren und hierher bringen zu lassen.« Er neigte sich vertrauensvoll zu ihr. »Habt Ihr eine Vorstellung, welchen Eindruck das bei den Untertanen macht, die übrigens wegen jeder Kleinigkeit, und sei es, dass sie die Anrede ›Göttlicher‹ nicht ausgesprochen haben, zu lebenslanger Haft oder zum Tode verurteilt werden? In seiner Gnade lässt er ihnen die Wahl. Ein echter Zyniker.«

»Eure Schule, Mortva.« Die Schilderung der Vorgänge machte Zvatochna unruhig. »Wie ist die Stimmung bei den Menschen?«

»Ihr wollt wissen, ob Ihr einen Aufstand befürchten müsst, Hohe Herrin?«, lächelte er sie an. »Nein, noch ist es nicht so weit. Der Tod des alten Kabcar und die verheerende Niederlage bieten noch ein ordentliches Polster, was die Leidensfähigkeit der Untertanen anbelangt. Doch sie ist nicht unendlich, gerade mit Blick auf die verschärften Steuern.« Er suchte den Blick der Tadca. »Ich habe versucht, ihn dazu zu überreden, dass er die Rücknahme der harten Gesetze innerhalb eines gewissen Zeitraumes verkündet, um wenigstens den Anschein zu erwecken, es werde sich wieder etwas ändern.«

»Er hat abgelehnt?«

»Ich gestehe es ungern ein, aber er hört immer seltener auf meine Ratschläge.« Traurig und besorgt nickte der Berater. »Euch wären diese Fehler sicherlich nicht passiert. Ihr seid mehr mit den unterhändlerischen Gaben Eurer Mutter gesegnet. Abgesehen von dem kleinen Ausrutscher in Ammtára, Hohe Herrin. Ihr werdet die Brojaken und Adligen besänftigen müssen. Es haben sich Lücken aufgetan.«

»Sagt nicht, dass er welche umgebracht hat?« Die junge Frau sah mit einem Mal ihre Arbeit in Ulsar, die sie in den Aufbau von Vertrauen in der höheren Schicht investiert hatte, zunichte gemacht. Dabei brauchten sie den Rückhalt der Reichen. Und der Garnisonen.

Ihr Bruder übersah diesen Umstand nur allzu gern. Auch wenn er auf herkömmliche Weise unbesiegbar geworden war, ohne die Streitmacht würde er alle hochfliegenden Eroberungspläne im Alleingang ausführen müssen.

Und diese Allmacht, ein Land wie Kensustria als Einzelner in die Knie zu zwingen, traute sie ihm nicht zu.

»Es handelte sich dabei um zwei Offiziere, Oberst Gajeschlik und Olitkow. Sie zählten zu Euren glühendsten Verehrern, Hohe Herrin. Dummerweise machten sie keinen Hehl daraus.« Er blickte zur Decke. »Versteht, seine Eifersucht nimmt allmählich erschreckende Ausmaße an. Jeder, der in Eure Nähe kommt und Euch länger ansieht, mit Euch redet, läuft Gefahr, unter Vorwänden inhaftiert zu werden.«

Dunkel erinnerte Zvatochna sich an ein Gespräch, das vor langer Zeit zwischen ihr und dem Berater stattgefunden hatte. Bei dem es sich um die Übernahme des Thrones durch ihre Person gedreht hatte.

Mit Mutter zusammen wäre das Regieren einfacher, dachte sie nicht zum ersten Mal. *Govan will einfach zu schnell zu viel.* Sie würde sich mit Macht begnügen. Ihr Bruder trachtete trotz seiner völligen Überlegenheit gegenüber allen Lebewesen auf Ulldart danach, ein Gott zu werden. Und dabei wurde es immer offensichtlicher, dass er weder auf die Menschen noch auf das Land Rücksicht nahm.

Nesreca betrachtete ihr Gesicht und schien die Gedanken hinter ihrer Stirn zu lesen. Er versuchte mit seinen leisen Einflüsterungen zu retten, was zu retten er im Stande war.

Sein Schützling war kaum noch zu kontrollieren. Es nützte nichts, wenn die Menschen den Kabcar stürzten, bevor Tzulan in seiner alten Macht wieder auferstand. Es fehlte nicht mehr allzu viel, das Ziel lag in greifbarer Nähe. Dennoch, ob man kurz vor dem Erreichen der Absicht scheiterte oder am Anfang, für das Versagen an sich war dies ohne Bedeutung. *Die bisherigen Mühen müssen sich gelohnt haben.*

Durch einen Machtwechsel zugunsten Zvatochnas und einige hastige Reformen könnte der weiter aufkochende Volkszorn gekühlt werden. Andernfalls zeichnete sich eine Katastrophe ab. Karet und Ammtára sah er als beste Beispiele. Die kleineren Übergriffe gegen Steuereintreiber quer durch das ganze Land glichen Funken, die rasch einen Brand auslösten.

Der Berater spürte, dass sich die Tadca seinen Argumenten nicht mehr so vehement entzog, wie sie es vor einigen Monaten noch getan hatte. Dafür besaß sie zu sehr die Anlagen ihrer Mutter, die sie zu einer Herrscherin ausgebildet hatte, die ihre Gelegenheiten ergriff.

Nun wollte er die letzten Nägel einschlagen, die die Schatulle des Zweifels vollends verschlossen.

»Verfügt Ihr über genügend Phantasie, Euch den Wunsch auszumalen, dessen Erfüllung er von Euch verlangen wird?«, fragte er harmlos und nahm sich einen Keks, um ihn mitten auf dem Tisch zu platzieren. Darauf nahm er einen weiteren und legte ihn genau obenauf.

»Ich verstehe Eure Andeutung, Mortva«, meinte Zvatochna voller Abscheu. In ihrer Vorstellungskraft sah sie ihren nackten Körper unter dem ihres Bruders liegen. »Wer sagt, dass ich seine Forderung erfülle?«, entgegnete sie, angewidert von dem Gedanken. Wieder spürte sie den inständigen Kuss, den er ihr bei der Begrüßung aufgezwungen hatte, und wischte sich unbewusst die Lippen.

»Nun, Wettschulden sind Ehrenschulden«, meinte Nesreca leichthin. »Und, ganz im Vertrauen, er wird mit aller Gewalt auf einer Einlösung bestehen. Ihr habt es vor Zeugen versprochen, Hohe Herrin.« In einer abwehrenden Geste hob er seine Rechte. »Nicht, dass ich darauf bestehen würde, dass Ihr Euch dem Kabcar hingebt. Dennoch fühlt er sich nun legitimiert. Ihr habt ihm die Einwilligung gegeben. Und er wird sich seinen Gewinn – an dem ich nicht zweifle – abholen. Freiwillig oder nicht.« Der Konsultant verzog beinahe mitleidig das Gesicht. »Denn, was könntet Ihr, bei allem Respekt, seinen Fertigkeiten entgegensetzen?«

»Erst muss er die kalisstronische Küste einnehmen«, erwiderte sie schwach.

Nesreca lächelte mitleidig. »Habt Ihr schon einmal einen Kullak gesehen, wenn er eine Beute haben will?« Sein Antlitz veränderte sich, wurde erschreckend grausam und dämonisch. »Er ist fest entschlossen und lässt nicht locker, bis er sein Opfer zur Strecke gebracht hat. Weil er es will. Gnadenlos will.« Er kam ihr ganz nahe. Zvatochna schluckte. »So gnadenlos, wie Govan Euch will, Hohe Herrin. Euch begehrt«, raunte er. »Und Euch zur Gemahlin haben will.«

»Nein!« Die Tadca sprang auf, unwillkürlich dachte sie an Tokaro. *Nur er und sonst niemand darf mich berühren.* »Wer sagt mir, dass Ihr kein doppeltes Spiel treibt, Mortva, um mich auszuhorchen und meinem Bruder zu berichten? Ihr seid sein Mentor, sein Vertrauter.«

Von einem Lidschlag auf den anderen wurde aus dem unheimlichen Wesen wieder der schmeichelnde, zuvorkommende Nesreca. Überlegen langte er in seine Tasche und legte einen Zettel auf den Tisch, ohne auf die handgeschriebenen Zeilen zu schauen. »Verschwinde, liebster Tokaro! Nesreca weiß, wer du bist, und will dich auffliegen lassen«, zitierte er mit verstellter Stimme zärtlich die Nachricht, ehe er in seinem normalen Tonfall weitersprach. »Wenn ich Euch aus dem Weg räumen wollte, Hohe Herrin, wäre es mir ein Leichtes. Diese Botschaft, nun, sie trägt keine Unterschrift. Aber der Schwung ist unverkennbar, findet Ihr nicht auch?« Er lächelte gewinnend.

»Eine Fälschung«, retournierte sie harsch.

»Sicherlich«, nickte der Berater belustigt. »Aber was glaubt Ihr, würde der Kabcar sagen, wenn er erführe, dass Ihr Schuld am Entkommen von Tokaro Balasy tragt, der mit der letzten der aldoreelischen Klingen auf und davon ist? Was könnte aus Eifersucht werden, wenn er erkennt, dass die Frau, die er begehrt, in Wahrheit einem anderen nachtrauert und diesem wohl noch immer verbunden ist?«

Er würde mich in seinem Wahn töten, huschte es durch ihren Verstand. Sie wurde blass.

Nesreca stand auf und reichte ihr den Zettel. »Nehmt ihn als Zeichen meines Vertrauens, Hohe Herrin. – Damit ist unsere Zusammenarbeit also besiegelt?«, fragte er lauernd, als sie hastig die Finger danach ausstreckte.

Zvatochna nickte.

Der Zettel wechselte den Besitzer.

»Ich empfehle mich. Wir sollten uns bei Gelegenheit treffen, um unsere Vorbereitungen zum Thronwechsel zu besprechen.« Tief verbeugte sich der Mann mit den silbernen Haaren. »Ich freue mich auf unsere Zusammenarbeit, Kabcara.« In aller Ruhe schritt er zur Tür hinaus, die Hände auf dem Rücken verschränkt.

Hochverrat oder von meinem Bruder gegen meinen Willen genommen werden?, wägte sie innerlich ab. Die Frage war schnell entschieden. *Kabcara Zvatochna klingt sehr gut.*

Sie legte die Nachricht, die sie Tokaro einst geschrieben hatte, auf den Unterteller. Etwas Magie, und das Beweisstück verging in einem violetten Feuer.

Anschließend nahm sie den obersten Keks, den Nesreca als Zeichen für die Herrschaft in die Mitte gelegt hatte, betrachtete ihn und biss die Spitze ab. Genüsslich kaute sie.

**Kontinent Ulldart, Kensustria,
Meddohâr, Spätherbst 459 n. S.**

Keine Spur von unserem Piratenpaar. Besorgt durchforstete der ilfaritische König die zusammengetragenen Botschaften aus Verbroog. Die Sonnen waren schon lange versunken, doch der rundliche Mann arbeitete immer noch. Ihr Glück sollte doch nicht geendet haben?

Nach der Eroberung der Festung schienen die tarpolisch-tzulandrischen Besatzer dazu übergegangen zu sein, ihre Gefangenen nach Ulsar zu transportieren, während sie weitere Schiffe in den schützenden Fjorden sammelten.

Diese Umschichtung erschien Perdór sehr aufwändig und unsinnig. Viel einfacher wäre es gewesen, die Rogogarder auf einer der unbedeutenderen Inseln festzusetzen oder an Ort und Stelle hinzurichten.

Der kleine Tzulan hat etwas Besonderes mit den Menschen vor. Opferungen in der Kathedrale?, lautete seine düstere Einschätzung.

Etliche der Cerêler, die in die finsteren Mauern der Stadt gegangen waren, kehrten nicht mehr zu ihren Familien zurück. Stattdessen erhielten die Angehörigen die Nachricht, sie befänden sich als Gast des Kabcar auf unbestimmte Zeit in Ulsar. *Kalisstra sei den Heilern gnädig. Hoffentlich dienen sie Bardri¢ nicht zu widerlichen Experimenten.*

Perdór nahm die Schreibfeder, um seinen Spionen in Tarpol, die er beinahe an zwei Händen abzählen konnte, Anweisungen zu geben. Sollte einer von ihnen Torben und Varla oder Norina unter den Gefangenen erkennen, sollte alles geschehen, was zur Befreiung notwendig war.

Als er die Spitze des Kiels ohne hinzuschauen in das Tintenfass tunken wollte, verfehlte er unerwartet den Rand, und das eckige Ende traf lediglich das Papier.

Perdór, Perdór, du wirst senil, wunderte er sich und wiederholte die Prozedur.

Der Behälter rutschte von selbst zur Seite, wich der Feder aus. Der König runzelte die Stirn, stand auf und drehte sich um, ohne jemanden zu entdecken. Ein Verdacht keimte in ihm auf. »Soscha, hör auf, einen alten

Mann wie mich mit solchen magischen Spielereien zu necken. Und vor allem zu erschrecken. Mein Herz ist nicht mehr das Beste, Liebes.«

Keine Antwort.

Soll der Kasper dahinterstecken? Er nahm das Fässchen zur Hand und begutachtete es. Er fand weder Schnüre noch andere Hilfsmittel, die auf einen Schabernack Fiorells hinwiesen. Vorsichtig stellte er es wieder hin und wartete ab.

Etwas zupfte ihn an den Bartlocken.

»Soscha, lass das!«

Die Schreibfeder flog hoch, tauchte in die Tinte und setzte die Spitze aufs Papier. »Bist du Perdór?«, las er erstaunt, dann fiel die Feder um.

Der Exilherrscher bückte sich, um unter den Tisch zu schauen. Doch hier war es so leer wie im übrigen Zimmer. *Was geht denn hier vor? Ist ein Teil von Soschas Magie ausgebüxt und will sich mit mir aus Langeweile unterhalten?*

Die Feder schnellte nach oben und unterstrich die Frage doppelt, drängelte auf eine Antwort, ehe sie wieder zur Seite kippte.

»Ja doch, ich bin es«, beeilte sich der Ilfarit zu versichern. »Und wer bist du?«

Ein Windstoß fuhr durch den Raum, wirbelte die Blätter umher. Perdór hörte das leise, äußerst melodiöse Lachen einer Frau. Unsichtbare Hände brachten seine Haare durcheinander und drehten an den grauen Korkenzieherlöckchen seines Bartes. Man schubste ihn hin und her, wirbelte ihn um die eigene Achse, dass ihm schlecht von dem ungewollten Karussellfahren wurde.

»Aufhören!«, befahl Perdór, und das Treiben erstarb. »Was für ein Spuk sucht mich denn hier heim?« Wütend zerrte er an seinem Morgenrock und richtete ihn, während die Blätter auf ihn herabsegelten.

Wieder schrieb der Gänsekiel wie von Zauberhand. »Der Meister will dich sehen.«

»So, will er das?!« Aufgebracht rannte er zur Tür und riss sie auf. »Fiorell!«, schrie er. »Wenn das einer deiner Späße ist, kannst du dich auf was gefasst machen! Schaff dich auf der Stelle hierher! Hopp, hopp!«

Es dauerte eine Weile, bis der Hofnarr in seiner Nachtkleidung erschien. Er stand mit kleinen Augen im Türrahmen, eine lange Mütze mit Bommel zierte seinen Kopf. Und er sah verschlafen aus. »Was denn, Majestät? Ist eine Praline ausgelaufen?«

Misstrauisch betrachtete er das verknitterte Gesicht des Mannes. »Wo warst du eben?«

»Ich komme direkt von einem Empfang, seht Ihr das nicht? Ich habe mit den Schönheiten Kensustrias getanzt und wurde zum bestangezogenen Mann des Abends erkoren«, erklärte er trocken und kratzte sich gähnend am Hintern. »Mal ehrlich, Majestät, wie sieht es denn aus?«

»Du hast wirklich geschlafen?« Der Argwohn gegenüber dem Possenreißer wich nur langsam. Dafür lieferten sie sich zu viele Gefechte.

»Geträumt wie ein Schlafbiber«, schwor er tranig. »Bis mich Euer Geplärre sehr unsanft weckte. Was ist denn? Plagt Euch ein Delirium Schokoladicum?«

Ausnahmsweise glaubte ihm der Herrscher. »Nichts«, meinte er schließlich. Es schien alles ruhig. »Ist es möglich, dass Magie sich verselbstständigt?«

»Bin ich Soscha?«, konterte Fiorell ungnädig und wandte sich um. »Gute Nacht, Majestät. Und nur zu Eurer Erklärung: Ich werde mich bestimmt nicht mehr aus den Kissen heben.«

Da täuschte er sich allerdings gewaltig.

Kaum schüttelte er die Decke auf und schlüpfte unter die wärmenden Laken, als sein Name wieder durch die

Flure des Hauses gebrüllt wurde. Er stülpte sich das Kissen über den Kopf und gab sich Mühe, einzuschlafen.

Doch seine Anstrengungen endeten spätestens, als Perdór in sein Zimmer stürmte, ihn ohne eine Erklärung aus dem Bett zerrte und in den Raum schob, in dem der König und er üblicherweise arbeiteten. Aus der mühevoll hergestellten Ordnung war ein heilloses Durcheinander geworden.

»Saubere Arbeit, o Vater aller Pralinen«, lobte der Hofnarr ironisch. »Sucht Euch einen anderen Deppen zum Aufräumen. Was habt Ihr getan? Einen Sturm hereingelassen? Oder hattet Ihr Bohnen zum Abend und habt mit Euren eigenen Winden diese Pracht angerichtet?« Er schnupperte geräuschvoll. »Nein, Ihr wart es nicht.«

»Hier spukt es.«

Fiorell lachte auf. »Sicher, Majestät. Und meine Mütze brennt lichterloh.«

Die Kerze auf dem Tisch erhob sich und legte Feuer an den Bommel. Fluchend riss Fiorell sich die Mütze herunter und trampelte auf ihr herum.

»Sehr komisch. Wollt Ihr das Haus in Schutt und Asche legen, Majestät?« Doch der königliche Ilfarit stand mehr als vier Meter vom Tisch entfernt. »So gelenkig seid Ihr nicht.« Er stockte. »Wie …?«

Der Gänsekiel schwebte in die Lüfte und kritzelte etwas auf das Blatt.

»Das ist bestimmt für dich«, meinte Perdór gönnerhaft. »Etwas schreibt Botschaften.«

»Jetzt weiß ich, warum Ihr mich vorhin nach vakanter Magie fragtet.« Vorsichtig näherte er sich dem Tisch und äugte auf die Nachricht. »Ist ja herzallerliebst. Da steht: Verschwinde.« Beiläufig las er die anderen Sätze. »Wer ist denn der Meister? Soscha kann es nicht sein, sonst stünde hier ›Meisterin‹.«

»So weit war ich auch schon. Was macht man gegen einen Spuk?«

»Ich hole Soscha«, entschloss sich Fiorell. »Sie wird am besten wissen, was zu tun ist.«

Die Tür klappte zu und widersetzte sich allen Versuchen, sie zu öffnen.

Das Papier aber erhob sich und drängte sich zwischen die Finger des Königs, die Feder schrieb »Folge mir«. Dann verharrte das Schreibutensil in Nasenhöhe des Herrschers.

»Wenn es ein Trick von Nesreca ist, Euch auszuschalten?«, gab der Spaßmacher zu bedenken. »Bleibt lieber hier. Wir holen Hilfe. Die Ulsarin wird schon wissen, was man gegen die Plage ausrichtet.« Es klatschte vernehmlich, als er für diesen Vergleich eine Ohrfeige kassierte. Fiorell hob die Arme wie ein Preisboxer zur Verteidigung und drosch Luftlöcher. »Komm her, du Gespenst! Nimm das!«

Wieder erklang das betörende Frauenlachen. Die Unsichtbare schien sich prächtig zu amüsieren.

»Lustig, lustig, trallala«, giftete Fiorell und rotierte um die eigene Achse, die Hände nach wie vor zur Abwehr bereit, um einen Hinweis auf die Angreiferin zu entdecken. »Ich hoffe, du genießt die Vorstellung. Wenn ich dich kriege, Geist, fülle ich dich in eine Flasche und versenke sie im Meer.«

Schwach schimmernd manifestierte sich die türkisfarbene Silhouette einer Dame in einem Abendgewand, wie es schon seit vielen Jahrzehnten aus der Mode gekommen war. Das Geisterwesen schwebte auf den Hofnarren zu und fuhr durch ihn hindurch.

Fiorell krümmte sich zusammen, die Haare auf seinen Armen standen senkrecht nach oben, seine Zähne klapperten.

»Eiskalt«, bibberte er. »Als ob man in eine Schneewehe geworfen wird. Das war eiskalt. Bist du verrückt, Spuk?« Er stakste zum Feuer, um sich aufzuwärmen.

»Ich wollte dir zeigen, dass du gegen mich nicht bestehst«, sprach der Schemen mit singender Stimme. »Lege dich nicht mit mir an und verhalte dich ruhig.« Sie wandte sich Perdór zu. »Der Meister will dich sehen. Folge der Feder.« Die Umrisse begannen wieder zu verblassen.

»Wer ist dein Meister?«, verlangte der ilfaritische König zu wissen. »Und wer bist du?«

»Ein Freund. Mehr darf ich dir nicht sagen.« Ihre Stimme wob einen Klangteppich, der sich schmeichelnd um Ohren und Verstand legte, zum Zuhören zwang und die Gedanken in Watte packte. »Ich bin Fjodora Turanow. Oder vielmehr das, was von mir übrig blieb.«

»Turanow? Die legendäre tarpolische Diva Turanow, die vor hundert Jahren hingerichtet wurde, weil sie mehrfachen Ehebruch mit anderen Frauen beging?«, staunte Perdór. »Deshalb der reichlich theatralische Auftritt. Wie ist es möglich, dass der Geist in Kensustria auftaucht?«

»Man kennt mich noch?«, sang der Geist erfreut, der Schemen wurde kräftiger. »Schnell, welches Stück darf ich für dich singen, Perdór? Der Meister weiß meine Stimme leider nicht zu schätzen. Wünsch dir etwas.«

»Sollten wir das nicht verschieben, bevor die Sahnepralinen sauer werden?«, warnte der Hofnarr feixend vom Kamin her. »Ich meine, du bist vielleicht schon ein wenig außer Übung.«

Ihre Umrisse verschwanden, dafür erhob sich das Tintenfass und ergoss seinen Inhalt über Fiorell.

»Können wir die Kostprobe auf später verschieben? Bringe mich bitte zu deinem Meister«, schlug der kräftige König vor, den nun die Neugier gepackt hatte. Einen Reim machen konnte er sich allerdings noch nicht auf das Geschehen. Sollte am Ende ein neuer, schüchterner Kensustrianer auftauchen, der Magie beherrschte und sich nicht zu melden wagte? Aber was hatte er dann mit Spukgestalten zu tun, die aus einem ganz anderen Teil des Kontinents stammten? *Das ist alles sehr ominös. Und die Antwort erhalte ich wohl nur von diesem Meister.* Er warf sich seinen Mantel über, tauschte die Pantoffeln gegen festes Schuhwerk.

Bald lief er allein durch das nächtliche Meddohâr, während die Schreibfeder vor ihm her wirbelte, als würde der Wind mit ihr spielen.

Einige Kensustrianer grüßten den König freundlich, er erwiderte die Aufmerksamkeiten und hoffte inständig, dass sich niemand darüber wunderte, wie eine Feder um ihn herum kreiste, obwohl kein Hauch durch die Gassen fegte.

Die Wachen am Tor ließen ihn passieren und warnten ihn davor, sich bei seinem Spaziergang zu später Stunde allzu weit zu entfernen. Es könne gut sein, dass sich Worrpa in der Nähe aufhielten.

Etwas zögernd verließ er den Schutz der mächtigen Mauern und folgte weiterhin der Feder. Nach einer guten Viertelstunde segelte das scheinbar von Leben erfüllte Schreibutensil ins Unterholz und schwebte nun durchs Dickicht. Keuchend folgte ihr Perdór und gelangte nach einer weiteren Viertelstunde an einen Platz, der weniger überwuchert war und wo die Baumkronen ein schützendes Dach bildeten. Die Feder glitt sachte zu Boden.

Perdór fischte ein Taschentuch heraus, um sich den Schweiß abzutupfen. »Sind wir da? Wo ist denn der Meister?«

Eine dunkle Gestalt, gekleidet in schlichte, robuste Kleidung und eine Gugelkappe tief ins Gesicht gezogen, trat hinter einem Baumstamm hervor. »Ihr sucht mich, Majestät. Ich bin erfreut, Eure Bekanntschaft zu machen.«

»Warten wir ab, ob ich mich freue, Euch kennen zu lernen«, meinte Perdór vorsichtig. »Ihr seid ein Mensch? Wie habt Ihr es geschafft, an den kensustrianischen Verteidigern vorbeizukommen und den Spürnasen der Worrpa zu entgehen? Ihr müsst Einiges beherrschen, um bis nach Meddohâr gelangt zu sein.«

»Es war nicht leicht«, stimmte der Meister zu. »Trotz allem hat Euch meine Botin erreicht. Und Ihr seid erschienen. Ihr werdet sehen, dass es sich gelohnt hat.« Er verschwand kurz hinter dem Baum und breitete eine Decke für den Herrscher aus. »Nehmt Platz, Majestät.« Er wartete, bis sein Gast saß, und lehnte sich gegen den Stamm. »Ich biete Euch meine Zusammenarbeit gegen den Kabcar und seine Schwester an.«

»Wie habt Ihr mich eigentlich gefunden?«, fiel es Perdór plötzlich auf.

»Spricht dieses Können nicht zusätzlich für mich?«, antwortete der Meister mit einer Gegenfrage. »Ich werde vieles erst nach und nach preisgeben, wenn ich weiß, dass ich Euch vertrauen kann.«

Der Ilfarit dachte nach. »Nun, dann sagt mir wenigstens, wer Ihr seid. Und wie Ihr es erreicht habt, dass Eure Magie wuchs und gedieh, ohne dass man Euch ausbildete.«

»Meine Kräfte sind von selbst besser geworden, aber sehr schwach, wenn man sie mit denen des Kabcar vergleicht. Weil ich sehr genau weiß, dass ich allein nichts gegen ihn und seine Geschwister ausrichten kann, bin ich in das Land gereist, das sich erfolgreich gegen den wahnsinnigen Despoten zur Wehr setzt. Zugegeben, ich verfüge nur über bescheidene Mittel. Indes, sie sind, gezielt eingesetzt, von Nutzen.« Der Mann achtete darauf, dass die Kapuze immer einen Schatten auf sein Gesicht warf. Das Einzige, was Perdór erkannte, waren ein blonder Bart, sehr helle Haut und blaue Augen.

»Was verlangt Ihr für Eure Dienste? Oder seid Ihr ein tarpolischer Patriot?«

Ein trauriges Lachen ertönte. »Ja, das wäre der rechte Begriff. Ich verlange nichts. Alles, was ich möchte, ist, gegen den Kabcar aussichtsreich zu Felde zu ziehen und ihn aufzuhalten, bevor er das vollendet, was … sein Vater erst ermöglicht hat. Die Dunkle Zeit muss vereitelt werden, koste es, was es wolle.« Ein verirrter Mondenstrahl fiel durch das Blätterdach; beinahe weiß leuchteten die fahlen Handrücken des Unbekannten auf, und Perdór erkannte lange, spitze Fingernägel. Hastig steckte der Mann sie in seine weiten Ärmel. »Weist mich nicht ab. Ihr braucht mich und meine Kräfte.«

»Ihr habt also einen Geist zu Eurer Verfügung, wenn ich das richtig verstehe?« Perdór schmunzelte ein bisschen. »Bei allem Respekt, Ihr werdet gegen Bardri¢ mehr aufbieten müssen als eine tote Diva – so gut sie angeblich auch früher gesungen hat –, die Menschen frieren lässt, wenn sie durch sie hindurch schwebt, oder die Tintenfässer und Gänsekiele zum Fliegen bringt.«

»Ihr hegt Zweifel an meiner Nützlichkeit?« Langsam breitete er die Arme aus. »Ihr sollt eine Kostprobe erhalten, Majestät.«

Die Demonstration begann mit einer Kühle, die dem ilfaritischen Exilkönig in die Schuhe kroch und die er zuerst für die Auswirkungen des Herbstes hielt. Doch aus dieser Kühle wurde um ihn herum klirrender Frost, der die Bäume und Büsche mit einer Eisschicht überzog und sie wie glasiert wirken ließ. Knisternd breitete sich die eisige Kälte bis zum letzten Blatt aus.

Einen Atemzug später brachte ein gewaltiger Windstoß die gefrorenen Pflanzen, so groß und mächtig wie sie waren, zum Erzittern. Zweige, Äste und Stämme zerbarsten klirrend in Tausende winziger Eissplitter, die im Licht der Monde und Sterne glitzerten, während sie zu Boden fielen.

Beide Männer standen nun auf einer Lichtung, die sich auf rund sechzig Fuß im Durchmesser erstreckte. Lediglich der Baum hinter dem Meister war von der Attacke verschont geblieben.

»Zeigt euch unserem Gast!«, lautete sein harter Befehl.

Flirrende, türkisfarbene Gebilde, nicht größer als ein Kinderkopf, entstanden um Perdór, schwirrten und zuckten über die freie Fläche.

»Nicht weniger als fünfunddreißig Geister gehorchen meinen Anordnungen«, erklärte der Unbekannte düster und weidete sich an der Sprachlosigkeit des Herrschers. »Sie vermögen viel. Sie verbreiten Angst, sie bewegen Dinge und lassen sie lebendig werden. Wenn sie ihre Stimmen zu einem Schrei erheben, gerinnt das Blut in den Adern der Feinde, und am helllichten Tag bringen sie Dunkelheit.« Eine knappe Geste, und die leuchtenden Gespinste verschwanden. »Ist Euch an meinem Beistand gelegen, Majestät?«

Perdór fühlte sich unbehaglich. Die Nuancen der Magie waren noch nicht sonderlich genau erforscht, Soscha experimentierte und entdeckte immer mehr Feinheiten. Angesichts dessen, was er eben erlebt hatte, beschlich ihn der Verdacht, dass diese Spielart der Magie nicht sonderlich freundlich sein konnte, wenn sie Geister in Schach hielt.

Er hüstelte. »Verzeiht mir mein Schweigen«, sagte er mit belegter Stimme. »Ich habe zuvor noch nie Spukgestalten gesehen, und nun gleich so viele davon. Wer hätte gedacht, dass es sie wirklich gibt und sie keine Ammenmärchen sind?« Sein Lachen klang reichlich nervös. »Ich werde mich mit meinen Freunden zusammensetzen und ihnen von Eurem Angebot erzählen. Allerdings werdet Ihr nicht umhin kommen, mehr über Euch zu verraten. Wie Ihr schon sagtet, Vertrauen ist in diesen Zeiten dünn gesät.«

»Wem sagt Ihr das?«, meinte der Mann mit bitterem Unterton.

Der Ilfarit stapfte über die tauenden Eistrümmer in Richtung Straße. »Wir treffen uns morgen früh …«

»Nein. Die Nacht ist mir lieber. Sagen wir, bei Einbruch der Dämmerung«, machte der Meister den Gegenvorschlag.

»Einverstanden. Wir erwarten Euch am Westtor. Ich gebe Euch mein Wort, dass Euch nichts geschehen wird, ganz gleich, wie die Verhandlungen laufen.« Er hob die Hand zum Gruß. »Wie war noch gleich Euer Name?«

»Den werdet Ihr früh genug erfahren«, wich der Meister mit Schwermut in seinen Worten aus. »Aber wenn Ihr einen benötigt, sucht Euch einen aus, der Euch gefällt. Es ist mir gleich, Majestät.«

Aufmerksam beobachtete er, wie Perdór den Rand der künstlich geschaffenen Schneise erreichte und im Dickicht verschwand.

Der Anfang ist gemacht. Lodrik umrundete den letzten Baum, der wirkte, als hätte er die anderen Pflanzen alle umgestoßen und vernichtet, um im Mittelpunkt zu stehen. Dort steckte das Henkersschwert in der Wurzel, die Symbole glommen in der Dunkelheit.

Er zog seinen Dolch aus dem Gürtel, raffte den rechten Ärmel hoch. Ein mit unterschiedlich frischen Narben übersäter Unterarm kam zum Vorschein.

Die Spitze der Waffe ritzte über die Innenseite des wachsbleichen Fleisches, bis die ersten roten Blutstropfen hervorquollen. Er lehnte sich an den Stamm, streckte die Rechte waagrecht vom Körper.

Das Zeichen wurde verstanden.

Sofort flammten die Seelen auf und stürzten sich eine nach der anderen auf die Stelle, um sich ihren Lohn für ihre Dienste zu nehmen, bevor sie in die Klinge einfuhren.

Erschöpft sank Lodrik an der rauen Borke hinab, bis er am Boden kauerte. Die Fütterungen seiner Diener schwächten seinen abgemagerten Leib zusätzlich.

Ich muss unbedingt eine Weile zur Ruhe kommen. Sonst überstehe ich einen Kampf mit Govan nicht.

Der Preis seiner zunehmenden Entkräftung war die Enthüllung sämtlicher Geheimnisse des Hinrichtungsschwertes sowie der Seelen, die er befehligte – und deren volle Macht er Perdór nicht gezeigt hatte.

Und nicht zeigen würde.

Seine Abscheu vor dem neuen Verbündeten wäre danach sicherlich zu groß, um ihn an seiner Seite haben zu wollen.

Ein Zelt war neben dem Westtor errichtet worden, damit die anberaumte Besprechung mit dem Unbekannten nicht vor aller Augen und Ohren geführt werden musste. Zudem setzte ein Nieselregen ein, vor dem die Stoffbahnen Schutz boten. Mehrere kensustrianische Wachen hatten um die Unterkunft herum Stellung bezogen.

Die kleine Delegation harrte unter einem Baldachin aus und spähte in die anbrechende, diesig graue Dämmerung, um den Gast rechtzeitig zu sehen und zu begrüßen.

Soscha, Perdór, Stoiko und Fiorell gaben sich Mühe, ruhig zu wirken. Allerdings hatte die schaurige Schilderung des ilfaritischen Königs Spuren an ihrem Nervenkostüm hinterlassen. Lediglich Moolpár der Ältere machte einen wirklich gelassenen Eindruck.

Der Wind frischte plötzlich auf. Die Brise strich um das Zelt, wehte um die Männer und die Frau, bewegte den Ledervorhang am Eingang hin und her, ehe sie sich wieder legte.

»Geister«, flüsterte Fiorell und tat übertrieben verängstigt, um sein eigenes Unbehagen zu überspielen. »Er schickt bestimmt seine Geister, um sich umzuschauen.«

Die Ulsarin erschauderte, zog ihren Umhang fester um die Schultern. Sie erkannte keinerlei magische Regsamkeit. Entweder es handelte sich bei dem Zug um einfache Luft, oder aber der Fremde griff auf eine Magie zurück, die sie nicht erkannte. Was sie beunruhigend fand. Es würde all ihre Theorien über den Haufen werfen.

Ein sehr schlanker Mann kam die Straße entlang, der von Perdór sofort als der »Meister« erkannt wurde. »Das ist er«, setzte er seine Begleiter leise in Kenntnis. Gespannt warteten sie ab, dass er sich ihnen näherte.

Die Gugel verbarg den größten Teil des nun glatt rasierten Gesichtes, die Hände steckten in den Ärmeln seiner weiten Kleider. Auf dem Rücken trug er einen schweren Seesack, seine Hosen und Stiefel verrieten, dass er lange unterwegs gewesen sein musste und sich selten in sauberer Umgebung aufgehalten hatte. Der Schmutz und die Erde aus allen möglichen Reichen, die er durchquert hatte, um nach Kensustria zu gelangen, hafteten an ihm und bedeckten Leder und Stoff. Der an seinem Umhang abperlende Regen löste den Dreck, braune Tröpfchen fielen zu Boden. Obwohl alles an ihm an einen mittellosen Wanderer erinnerte, schritt er auf die Abordnung wie ein Staatsmann zu. Nichts verriet Unsicherheit.

»Schön, dass Ihr gekommen seid«, begrüßte ihn Perdór und streckte die Hand aus.

Im Gegenzug verbeugte sich der Unbekannte leicht, die Arme blieben, wo sie waren. »Ich freue mich, dass meine Offerte wenigstens mit allen Beteiligten durchgesprochen wird.«

Der ilfaritische König senkte die Finger und stellte den Rest der Delegation vor.

Der Mann nickte ihnen zu, wie man dem Wackeln der Gugelkappe entnehmen konnte, und folgte ihnen ins Innere des Zelts. Dort nahm man Platz.

Der Fremde wiederholte sein Angebot, das er schon Perdór unterbreitet hatte, und wartete die Reaktion der Anwesenden ab.

Stoiko versuchte, unter die Kapuze zu schauen. Die Stimme des Mannes erschien ihm merkwürdig vertraut, obwohl die Melancholie nicht zu dem ursprünglichen Besitzer passte. Das entsprechende Bild wollte ihm jedoch nicht einfallen.

Fiorell bemerkte mit einem gewissen Erstaunen, dass alle bewusst oder unbewusst Abstand zu dem neuen möglichen Verbündeten hielten. Sie hatten ihre Stühle etwas weggerückt und lehnten sich auf ihren Plätzen nach hinten. Selbst der so abgebrüht wirkende Kensustrianer hielt eine Hand in der Nähe seines Dolches. Der Hofnarr spürte ein Fluidum des Unheimlichen, des Grausens, die von dem Meister auszugehen schien. Was er auf den Umgang des Menschen mit den Geistern schob.

Die Ulsarin befand sich offensichtlich im Bann des Fremden, der noch immer nicht seinen Namen genannt hatte. Soscha konnte die Augen nicht von ihrem Gegenüber wenden, studierte seine magische Aura. Sie war im Grunde recht schwach und nicht sonderlich potent, wie sie an dem schwachen Türkis erkannte.

Doch etwas stimmte mit seinen Fertigkeiten nicht.

Tiefschwarze Schlieren durchzogen sie, trübten sie ein und sorgten für Verunreinigung. Dies ähnelte so gar nicht dem hektischen, schnellen Wechsel, nicht dem regenbogenartigen Flackern, das einst der alte Kabcar aufgewiesen hatte. Das Schwarz stellte sie vor das Problem, dass sie die Stärke nicht einschätzen konnte. Diese Farbe kannte keine Abstufungen, was einen Nutzer dieser Magie zu einem tückischen Gegner machte.

Wenn sie diesen Mann als Freund in ihre Reihen aufnahmen, würde sie viele Stunden mit ihm verbringen, um die Magie weiter zu erkunden. Sie hätte niemals angenommen, dass man mit den Kräften Geister befehligen konnte. Oder es überhaupt Geister gab.

Der Mann warf seinen Mantel ab, stellte den Seesack zu Boden, und der obere Teil eines blanken Schwertes wurde sichtbar.

Soscha beugte sich unwillkürlich nach vorn und überwand die leichte Ablehnung, die sie für ihn empfand, um die Waffe näher zu betrachten. *Tatsächlich, sie ist ebenfalls leicht magisch!*

Er bemerkte ihre Neugier und warf rasch den Mantel darüber.

Sie hatte sich nicht getäuscht. Der Griff glomm in schwachem, kaum wahrnehmbarem Dunkelbraun. Zu Beginn ihrer Studien hätte sie den Hinweis sicherlich übersehen.

Noch ein neuer Ton!, freute sie sich, und ein Leuchten huschte über ihr Gesicht. Der Forscherdrang drohte sie zu überwältigen, eine Flut von Fragen wollte aus ihrem Mund über den Mann hereinbrechen.

Doch ähnlich wie Stoiko verknüpfte sie etwas mit dem Fremden. Vielmehr mit seinem Schwert. Sie kramte in ihrem Gedächtnis auf der Suche nach einem Ereignis, das sie mit der Waffe in Verbindung brachte. Einzelne Erinnerungen aus der Kindheit entstanden vor ihrem geistigen Auge, und die Personen um sie herum verschwammen.

Soscha befand sich plötzlich wieder in Ulsar, in ihrer heruntergekommenen Hütte. Ihre Mutter kochte Süßknollen, neben ihr lagerte ihre kleinste Schwester, ihr Vater saß am Tisch und unterhielt sich mit ihr.

Die Tür flog auf, viele Männer stürmten in ihr Haus. Sie drängte sich mit ihren sieben Geschwistern in der hinteren Ecke zusammen, während ihr Vater sie zu verteidigen versuchte.

Sie sah, wie der Jüngste der Eindringlinge die Schwertspitze auf sie richtete und sie als Diebin beschimpfte. Groß erschien der junge, blonde Mann vor ihr und hielt ihr fordernd die Hand entgegen. Sie langte unter ihr Kleid und gab das Amulett heraus, das sie damals in der Gosse gefunden hatte.

Das Schwert des Kabcar!, fiel es ihr wie Schuppen von den Augen, und sie kehrte mit einem Schlag in die Gegenwart zurück.

»Ich finde es sehr spannend«, meinte Perdór soeben. Er wollte den Mann auf die Probe stellen, um seine Einstellung zu erkunden. »Doch Ihr müsst verstehen, dass wir nicht gleich alles Wissen mit Euch teilen können, das wir über den Kabcar gesammelt haben. Noch werden wir Euch in unsere Schlachtpläne einweihen. Ihr würdet Euch damit begnügen müssen, auf unsere Bitte hin an die Orte zu gehen, an denen wir Eure Geisterwesen sehr gut gebrauchen können, wenn die Truppen kommen. Es dürfte Euch ein Leichtes sein, sie mit aller Gewalt zurückzuschlagen.«

»Ihr missversteht mich«, meinte der Unbekannte aufgewühlt. »Ich will die Ursprünge des Bösen vernichten, nicht die Verblendeten, die dem Ruf des Wahnsinnigen folgen. Das Volk leidet genug. Die erste sinnlose Angriffswelle kostete Tausenden das Leben, und weitere werden folgen. Nach den Freiwilligen zwingt Govan die Menschen, sich für ihn und Tzulan in die Schlacht zu stürzen. Dabei ist ihm einerlei, wie viele dabei verrecken. Es gibt zwei Möglichkeiten: Er und Zvatochna kommen zu uns, oder wir gehen zu ihm. Begegnen wir uns, so vernichten wir sie. Ebenso wie Nesreca und Sinured.«

»Die Ursprünge des Bösen?«, stieß Stoiko bitter hervor. »Sie liegen schon lange tot und begraben unter der Erde.«

»Ihr meint den alten Kabcar?«, erkundigte sich der Fremde schwermütig.

»Nein. Ich meine diejenigen, die den alten Kabcar in die Arme des Gebrannten Gottes getrieben haben. Arrulskhán und wie die vielen anderen Narren hießen, die sich Tarpol unter den Nagel reißen wollten, weil …« Er stockte mitten im Satz, winkte ab.

»Lassen wir die alten Geschichten. Bekämpfen wir das, was aus den Machenschaften und dem vielen Leid hervorgegangen ist«, seufzte der Fremde traurig.

»Diese Einsicht teile ich mit Euch.« Perdór achtete sorgsam auf den Tonfall des Fremden, der sich um das Wohlergehen der Einfachen ähnlich sorgte wie er. So gelangte er zu der Ansicht, einen hoch stehenden Tarpoler vor sich zu haben, unter Umständen einen adligen Dissidenten, der wegen kritischer Äußerungen vor Govan Bardri¢ flüchten musste. »Unentdeckt nach Ulsar zu reisen ist Utopie. Nur, wie bekommen wir den Kabcar dann zu uns?«

Der Fremde überlegte. »Er würde kommen, wenn man ihn köderte. Wenn man ihn reizte. Mit etwas, was er in seiner grenzenlosen Machtbesessenheit unbedingt haben will. Dann ist er zu allem fähig.«

»Ihr scheint ihn sehr genau zu kennen«, äußerte sich der rundliche König. »Wie kommt das? Erzählt von Euch.«

»Ich gehörte zu denen am Hof, die es schafften, ihm lange Zeit sehr nahe zu stehen. Doch ich fiel in seine Ungnade und musste Ulsar rasch verlassen, um nicht endgültig ein Opfer seiner Gier zu werden.«

»Und welches Amt habt Ihr bekleidet, wenn ich fragen darf? Es muss schon ein besonderes gewesen sein«, hakte Perdór nach. Er kannte alle höheren Beamten dank seiner Spione mit Namen und war gespannt, welcher von denen, die ihm in den Sinn kamen, die Flucht vor dem Herrn ergriffen hatte. »Was wollte er von Euch?«

Der Unbekannte zögerte. »Er wollte meine Magie. Und freiwillig habe ich sie ihm nicht überlassen.«

Perdór fühlte seine schlimmsten Vermutungen, was das Schicksal der Cerêler in der Hauptstadt anging, mehr als bestätigt. *Kalisstra beschütze sie.*

»Euer Name, Ihr Meister der Geister«, erinnerte ihn Fiorell an die Frage seines Herrn. »Noch habt Ihr ihn nicht genannt.«

Zaudernd senkte der Fremde den Kopf, nahm die Hände aus den Ärmeln, umfasste die Ränder seiner Kapuze und streifte sie Stück für Stück zurück. Verfilztes blondes Haar kam zum Vorschein. Langsam hob er den Schopf, bis er sein hageres Gesicht den anderen zeigte. Seine dunkelblauen Augen schweiften ernst von einem zum anderen.

»O Ulldrael der Gerechte!« Stoiko klammerte sich an der Tischkante fest. »Sehe ich ein Gespenst, oder seid Ihr es wirklich?« Fassungslos erhob er sich und starrte den Mann an, den er das letzte Mal vor vielen Jahren in Ulsar gesehen hatte, als sie sich von Wachen umringt in der Dachstube gegenüberstanden hatten. »Ihr lebt?« Seine Gefühle rissen ihn hin und her. Freude rang mit dem Wissen über die Verbrechen und Toten, die zu Lasten seines einstigen Schützlings gingen.

Soscha verstand den Ausbruch heftiger Empfindungen. Ihr erging es nicht viel besser. Bei ihr überwog jedoch das Schlechte. Denn vor ihr saß der Herrscher, der ihr einen Teil ihrer Kindheit geraubt, sie von Vater und Mutter entführt und im Kerker hatte schuften lassen. Vermutlich erinnerte er sich nicht mehr an sie. Vermutlich hatte er sie damals bereits vergessen, als er aus dem Haus ihrer Familie getreten war und sich das Amulett um den Hals gehangen hatte.

»Ja, Stoiko, du täuschst dich nicht«, sprach der Mann mit erstickter Stimme. »Ich bin Lodrik Bardri¢.« Er stand auf, schob den Stuhl zur Seite und schritt hinüber zu seinem Vertrauten aus vergangenen Tagen. Dann sank er vor ihm auf die Knie. »Ich bitte dich um Verzeihung. Für alles, was ich dir angetan habe. Auch wenn ich den Einflüsterungen Nesrecas erlag, so rechtfertigt nichts mein Handeln. Nichts hielt mich damals davon ab, über die Worte und Ratschläge meines falschen Cousins nachzudenken und sie zu prüfen.«

Stoiko stiegen die Tränen in die Augen. »Was wurde nur aus Euch, Herr?« Er zog ihn hoch. »Ist das der Preis der Magie?« Er schaute dem Mann in die Augen, wo er im Blau um die Pupillen fadendicke schwarze Streifen zu erkennen glaubte.

»Verzeihst du mir, wie ich dich behandelt habe?«, wollte Lodrik dumpf wissen.

»Ich vergebe Euch.« Stoiko riss den einstigen Kabcar an sich und umarmte ihn. Lodrik schloss die Lider, dennoch quollen Tränen hervor und rannen über seine Wangen; vorsichtig erwiderte er die Geste der Freundschaft. »Ich vergebe Euch, weil Ihr endlich zur Vernunft gekommen seid.«

»Ich werde meine Fehler bereinigen. Und wenn ich es überleben sollte, stelle ich mich dem Urteilsspruch aller Reiche auf Ulldart«, versprach Lodrik und richtete seine Aufmerksamkeit auf die anderen, denen die Überraschung deutlich ins Antlitz geschrieben stand. »Viele meiner Taten entsprachen denen eines Verbrechers, und so soll ich behandelt werden. Den Tod nehme ich klaglos in Kauf. Doch ich bitte Euch, Perdór und Ihr alle, wartet mit meiner Verurteilung, bis wir Ulldart vom Bösen befreit haben. Ich werde eine Hilfe sein und mich nicht schonen.« Viel Schwermut lag in seiner Stimme. »Was bedeutet mein Leben im Vergleich zu den Gefallenen und den unzähligen Übrigen, die durch mein Wirken oder Nichtwirken starben? So brachte ich selbst Unheil über das Land. Und nach meinem Sturz führt mein Sohn den Kontinent geradewegs weiter in den Untergang. Meine Pflicht ist es, meinen wahnsinnigen Spross aufzuhalten. Und das Land von dem zu reinigen, was ich erst über es gebracht habe.«

»Damit haben wir die echte Bedeutung der verstümmelten Prophezeiung wohl endgültig gelöst«, meinte Moolpár ruhig. »Man hätte Euch töten müssen, bevor Ihr an die Macht gelangtet. Jetzt ergibt es keinen Sinn mehr, also fürchtet Euch nicht, dass ein kensustrianisches Schwert auf Euch herabzucken könnte. Ihr seid lebend für uns viel mehr wert.«

»Damit Ihr es wisst, ich werde Euch nicht vergeben«, meldete sich Soscha wütend zu Wort. »Und ich werde die Erste sein, die Euch an das Gelöbnis erinnert, vor die Richter zu treten.« Sie hielt ihr Gesicht mehr ins Licht. »Erinnert Ihr Euch? Ihr warft mich wegen Eures Amuletts in die Verlorene Hoffnung, und wer weiß, was mir dort alles widerfahren wäre, hätte mich Stoiko nicht wie ein Vater aus dem Kerker gerettet.«

Lodriks Stirn runzelte sich, er dachte nach. Dann klarten sich seine Züge auf. »Soscha Zabranskoi«, nannte er ihren Namen. »Ich habe dich nicht vergessen. Ein Mensch mehr, in dessen Schicksal ich eingriff. Auch dafür werde ich bezahlen, wie ich es verdiene.«

Der ilfaritische König wackelte mit dem grauen Lockenschopf. »Ich gestehe, ich hänge bezüglich Euch ein wenig in der Luft«, meinte er. »Dafür, dass Ihr meine Soldaten sterben ließet, meine Festungen zerstörtet und Eure Truppen mein Land heimsuchten, dafür könnte ich Euch auf der Stelle eine Maulschelle verpassen, dass Ihr bis nach Tarpol flöget. Dennoch teile ich die Ansicht meines Freundes Stoiko, dass wir alle nicht ganz unschuldig an den gesamten Entwicklungen waren. Tatenlosigkeit, Überheblichkeit, Gedankenlosigkeit, ach, man könnte so manches hinzufügen. Und so erwuchs dem Bösen eine Gelegenheit, die es nie wieder auf Ulldart erhalten wird, wenn wir mit ihm fertig sind. Die Klärung Eurer Schuld verschieben wir auf das Ende des Krieges, und Ulldrael der Gerechte sowie alle kensustrianischen und ulldartischen Götter müssen zusammenarbeiten, damit wir Tzulan in den Hintern treten.« Perdór lächelte freundlich. »Lodrik Bardri¢, Ihr seid bei den Verteidigern von Ulldart herzlich willkommen. Auch wenn wir im Augenblick ein wenig im Nachteil gegenüber dem Gernegroß sind, der Euer Sohn ist. Doch nun berichtet, was Euch geschah.«

Der einstige Kabcar von Tarpol, der ehemals mächtigste Mann Ulldarts und vielleicht sogar der bekannten Welt, gab haarklein wieder, was er unterwegs erlebt hatte. Wie es den Menschen erging, wie sie dachten, was Govan offensichtlich angeordnet hatte. Und wie er mit Hilfe seiner Geister die kensustrianischen Wächter getäuscht hatte, um bis nach Meddohâr zu gelangen.

Von seiner seltsamen Vision und dem Ausflug ins Reich der Toten schwieg er. Seine Rettung schob er auf einen günstigen Zufall und verkaufte es als Beleg dafür, dass er an der Befreiung der Reiche beteiligt sein sollte. Unter Umständen sogar sein musste.

»Euch ausfindig zu machen gelang mir mit der Unterstützung alter Bekannter.« Lodrik griff unter sein abgetragenes Hemd und nahm das Schmuckstück heraus, das Soscha und Stoiko augenblicklich erkannten. »Die Modrak müssen nicht herumsitzen. Sie sind in der Lage, im Verborgenen zu spionieren. Was sie zumindest in Kensustria auf mein Geheiß taten. Es gibt zurzeit nicht viele Menschen in diesem Reich, schon gar nicht so weit im Süden.«

»Dunnerlittchen!« Fiorells Gesicht verzerrte sich, er unterdrückte ein Gähnen.

Dafür riss die Ulsarin den Mund weit auf. »Entschuldigt, aber selbst die größte Nachricht brächte mich nicht dazu, weiterhin über einen kümmerlichen Rest Aufmerksamkeit zu verfügen. Ich liege gleich mit dem Kopf auf dem Tisch und schlafe.«

»Ich habe das schon verstanden«, meinte Perdór. »Wir begeben uns ins Bett, die Sonne geht schon bald auf. Und dann setzen wir unsere Unterredung fort. Es gibt noch so vieles zu besprechen. Gerade Soscha wird Zeit mit Euch verbringen wollen, da es gilt, die Magie weiter zu erforschen und sie zu verstehen. Ich hecke schon erste Ansätze aus, wie man dem Kabcar …«, er stockte, »… also, Eurem Nachfolger, solche Schwierigkeiten bereitet, dass er tausend Nesrecas brauchte, um Vorteile daraus zu ziehen.«

»Er hat Zvatochna an seiner Seite«, mahnte Lodrik müde. »Und sie ist im Vergleich zu ihrer Mutter wesentlich gefährlicher. Intelligenter. Ausgebuffter.«

Stoiko betrachtete die scheinbar um Jahrzehnte gealterten Züge seines einstigen Schützlings. »Es wird sich zeigen, ob sie gegenüber der Wirkung eines Nesreca immun ist, Herr. Am Gift dieses Wesens sterben selbst die tödlichste Schlange und der gewaltigste Wal. Er wird virtuos Zwietracht zwischen den Geschwistern säen, wenn es ihm notwendig erscheint, genau so, wie er es damals bei Euch und uns tat. Entzweien und grundschlechte Worte ins Ohr träufeln, die den Verstand zersetzen, das ist die Kunst, die er meisterhaft beherrscht.«

»Meinen Verstand, so erscheint es mir rückblickend, hatte er durch seinen eigenen Willen ersetzt«, seufzte der einstige Herrscher. »Govan dagegen handelt wie er. Etwas Besseres konnte dem silberhaarigen Scheusal nicht passieren.«

»Wir reden weiter, wenn alle ausgeruht sind. Ich will wissen, was es mit den Geistern auf sich hat, woher Ihr sie … bezieht und wie Ihr sie lenkt.« Perdór stemmte sich auf. »Wenn Soscha …«

»Niemals!«, erstickte sie die unausgesprochene Idee des Königs im Keim. »Ich werde mich nicht mit Toten einlassen. Sie verdienen ihre Ruhe. Schaut ihn an, er sieht ja beinahe selbst aus wie eine Schreckensgestalt.« Die Ulsarin betrachtete die ausgemergelten Züge des entthronten Kabcar. »Die Magie präsentiert Euch die Rechnung für die jahrelange Nutzung, ohne dass Ihr sie respektiert habt. Nun raubt sie Euch Eure Kraft.« Soscha machte nicht den Eindruck, als täte es ihr Leid. »Wir müssen bald miteinander reden, bevor sie Euch gänzlich ausgebrannt hat.« Ohne Gruß verschwand sie hinaus.

Stoiko sah Lodrik an, dass er nicht recht wusste, wie er die junge Frau einordnen sollte. »Soscha sieht Magie, Herr«, erklärte er. »Sie ist eine Art Medium, eine Magiekundige, die viel mehr ist, als eine reine Nutzerin der Kräfte zu sein. Ich glaube, sie tauschen sich auf irgendeine Weise miteinander aus.«

»Mit der Magie sprechen?«, wunderte sich der Mann mit den blauen Augen.

Sein Vertrauter nickte zum Ausgang. »Das hat Zeit bis morgen. Perdór wird ein Zimmer für Euch einrichten lassen, in dem Ihr Euch ausruhen könnt.« Glücklich neigte er sein Haupt vor ihm. »Ich hätte niemals gedacht, Euch wieder zu sehen, Herr. Nun bin ich überzeugt, dass alles gut werden wird. Ihr habt die Geschehnisse mit ins Rollen gebracht, Ihr werdet sie auch zum Anhalten bringen.«

»Wo ist Norina?«, wagte Lodrik seinen Freund und Mentor zu fragen. »Ist sie nicht hier?«

»Ihr wisst, dass sie nicht tot ist?«, staunte Stoiko und fuhr sich über den ergrauten Schnauzer. »Woher?«

»Stoiko, bitte, ich muss sie sehen«, flehte er ihn eindringlich an. »Wenn es noch Menschen gibt, die ich um Verzeihung bitten muss wie dich, dann sind es Norina und Waljakov! Wenn ich es wage, ihnen unter die Augen zu treten ...«

Sein alter Mentor tat sich mit der Antwort schwer. »Norina wurde von Rudgass aus Kalisstron befreit und nach Rogogard gebracht, weil Kensustria blockiert wird. Die Piratenfestungen sind allerdings gegen Sinured gefallen. Perdór forscht nach, wohin sie als Gefangene gebracht wurden. Betet zu Ulldrael, dass Nesreca sie noch nicht erkannt hat.«

Sie verließen das Zelt und liefen durch den Regen zurück nach Meddohâr. Eine Abteilung kensustrianischer Wachen begleitete sie auf Befehl Moolpárs. Noch war das Vertrauen in den neuen Verbündeten nicht so grenzenlos, dass man auf eine Aufsicht verzichtet hätte.

»Ging es ihr gut?«

»Sie hat ihr Gedächtnis verloren. Sie sanken in einem Sturm, als Nesrecas Schergin sie mit einem anderen Schiff rammte. Rudgass suchte nach ihr und fand sie schließlich.«

Ein wenig Eifersucht flammte in Lodrik auf, wärmte das abgestorbene, mit Traurigkeit erfüllte Herz. »Was ist mit dem alten Griesgram? Dem Kind?«

Stoiko schüttelte bekümmert den Kopf.

»Es ist keine Magie, wie ich sie kenne.« Soscha lief vor dem ilfaritischen König auf und ab. »Seit er vor zwei Wochen ankam, studiere ich ihn. Diese ... Verunreinigung kann ich nicht einordnen. Als würde sich seine Fertigkeit langsam, aber stetig umwandeln. Von Blau zu Schwarz.«

»Und über seine Stärke kannst du nichts sagen?« Fiorell imitierte ihren angespannten Gesichtsausdruck und rang ihr damit ein Lächeln ab. »Der Meister der Geister hat anscheinend noch ein paar Rätsel für uns auf Lager?«

»Wir sollten nicht vergessen, wer ihn ausgebildet hat«, erinnerte Perdór. »Nesreca benutzt Magie so selbstverständlich wie andere Messer und Gabel. Kein Wunder, als einer der Zweiten Götter sollte das keinerlei Schwierigkeiten bereiten.«

»Das hat damit sicherlich nichts zu tun.« Die Ulsarin weigerte sich, von ihrem Standpunkt abzuweichen, auch wenn ihre Laune ein wenig gestiegen war. »Irgendetwas ist bei ihm oder mit ihm geschehen. Etwas so Einschneidendes, dass es seine innersten, intimsten Mächte verändert hat.«

»Hast du ihn danach gefragt?«

»Gerade daraus macht er ein Geheimnis. Er sagt, es könne etwas mit dem magischen Raub zu tun haben, den sein Sohn an ihm beging.« Soscha kniff die Lippen zusammen. »Das nehme ich ihm nicht ab. Sabins Magie hat sich nicht verändert, als sie sich auf mich übertrug.«

»Lassen wir ihm doch die Aura ...«, begann der König, doch die junge Frau fiel ihm ins Wort.

»... des Unheimlichen, Majestät?« Sie warf den beiden Männern bedeutende Blicke zu. »Ihr habt es ebenso bemerkt, nicht wahr? Keiner fühlt sich in seiner Nähe besonders wohl. Etwas an ihm sorgt dafür, dass man ständig Gründe sucht, so rasch wie möglich wegzukommen.« Die Ulsarin erzitterte. »Mir ist in seiner Nähe, als befände ich mich in einer Gruft voller Gebeine. Oder neben einem geöffneten Sarg.«

Nach dieser Feststellung herrschte ungemütliches Schweigen im Raum. Niemand wusste so recht, was er entgegnen sollte.

Fiorell hatte davon gehört, dass Lodrik in Meddohâr, wie er einst, von einem Worrpa angegriffen worden war. Doch das Tier hatte seine Bemühungen plötzlich abgebrochen und die Flucht vor dem Menschen ergriffen. Angeblich saß die Kreatur nach wie vor völlig verängstigt in ihrem Käfig und unternahm nicht einmal den Versuch, aus der Behausung zu entkommen. Weder Drohungen noch Lockmittel funktionierten.

Die peinliche Stille wurde durch ein leises Klopfen unterbrochen, quietschend öffnete sich die Tür. Lodrik betrat den Raum und präsentierte sich in seiner neuen Garderobe, die er sich direkt nach seiner Ankunft hatte schneidern lassen. Es war eine bodenlange, nachtblaue Robe aus schwerem Stoff, die in der Mitte tailliert gearbeitet war und weit um die Füße schwang. Die Ärmel überdeckten die Hände vollständig, die Schulterpartie wurde durch eine Lage schwarzen Stoffs verstärkt. Das Schwert, für das eine passende Hülle hergestellt worden war, trug er in der Linken.

Der Schnitt unterstrich die Hagerkeit des ehemaligen Kabcar, die dunklen Farben hoben die Blässe seines Gesichtes zusätzlich hervor, und die blonden Haare, nun sorgsam geschnitten und gewaschen, leuchteten beinahe schon.

»Ich entbiete Euch meinen Gruß. Habt Ihr schon angefangen, weitere Planungen zu betreiben?« Aufmerksam schaute er sich um. »Oder war eben von mir die Rede?«, fragte er ohne Argwohn, ohne mehrdeutiges Schwingen in der Stimme. »Wenn ja, könnte ich es gut verstehen. An Eurer Stelle würde ich mir auch nicht recht vertrauen.« Er suchte die Blicke der Männer und der Frau. »Und dennoch könnt Ihr es.« Mit diesen Worten setzte er sich neben den Kartentisch und betrachtete die Markierungen, die für die inzwischen zu Feldfestungen ausgebauten Lager der tarpolisch-tzulandrischen Einheiten standen. »Nach der gestrigen Unterredung mit den Modrak gibt es nichts Neues zu berichten.

Jedenfalls nichts, was Eure Spione nicht schon gemeldet hätten. In den Stützpunkten ist es ruhig, die Soldaten haben sich eingegraben«, verkündete er, um die Unterredung in Gang zu bringen.

Perdór zwang sich dazu, sich in die Nähe Lodriks zu bewegen. »Und meine Leute erzählen ihnen die schönsten Schauermärchen über kensustrianische Ungeheuer und die furchtbaren Krieger der Grünhaare«, schmunzelte er doch ein wenig. »Zusammen mit der Erinnerung an die Schlacht wirken diese scheinbaren Tatsachen doppelt gut.«

»Es ist an der Zeit, dass wir etwas Neues hinzufügen«, meldete sich Stoiko von der Tür her und nickte grüßend in die Runde. »Wie wäre es, wenn wir die Rückkehr des Kabcar vermelden?«

»Das halte ich für keine gute Idee«, wehrte Lodrik ab. »Ich bleibe vorerst lieber tot.«

Soscha betrachtete ihn genau. *Vielleicht bist du es sogar?*

»Herr, die Kontingente bestehen in erster Linie aus Männern des Nordens. Tarpol, Tûris, Borasgotan und Hustraban«, erklärte sein Vertrauter ereifert. »Das sind Leute, die Euch, bei allem, was sonst noch geschah, dankbar sind. Eure Reformen sind nicht in Vergessenheit geraten, keineswegs. Die Freiwilligen sind dem Heer beigetreten, um Euren Tod an den Kensustrianern zu rächen, und nicht um Govans unersättlichen Besitzhunger zu stillen.«

Perdór stimmte Stoiko zu. »Außerdem existieren die unterschiedlichen Meldungen über Euer derzeitiges Schicksal …« Perdór geriet jedes Mal in die Bredouille, da er nicht wusste, wie er den neuen Verbündeten ansprechen sollte. Also verzichtete er wiederum auf einen Titel. »Ich selbst ließ schon streuen, dass Ihr eines Tages zurückkehren würdet, ohne zu ahnen, dass ich damit die Wahrheit verkündete.«

Lodrik grübelte, ehe er einwilligte. »Bei näherer Betrachtung stimmt das schon.«

Perdór rieb sich die Nase, ihm kam ein weiterer Einfall. »Ich werde Euch eine Uniform nähen lassen, wie Ihr sie zu Eurer Amtszeit trugt und wie Euch die Soldaten kennen. Sobald die neuen Truppen da sind, die unterwegs die Kunde Eurer Rückkehr vernehmen werden, werdet Ihr Euch den Tarpolern immer wieder zeigen. Ihr werdet von einem Lager zum nächsten ziehen und verlangen, dass sich die Soldaten nicht mehr an den Kampfhandlungen beteiligen. Ihr werdet Euren Thron zurückverlangen. Die Tzulandrier allein, so diszipliniert sie auch sein mögen, können gegen die Kriegerkaste nichts ausrichten. Spätestens dann, wenn seine Pläne zu scheitern drohen, wird Euer Sohn hier erscheinen.«

»Es wird ihn in Rage versetzen«, stimmte Lodrik zu. »Allerdings fürchte ich um das Leben von weiteren Unschuldigen. Er wird sich an denen rächen wollen, die sich über diese Neuigkeiten in ihrer Zuversicht zu augenfällig freuen.«

»Nennt mich hart, aber ohne Opfer wird es nicht gehen. Man kann die Menschen aufmerksam machen, dass der Kabcar Euch den Thron nicht geben wird und alle Sympathisanten mit dem Tode bedroht«, legte der Hofnarr nach. »Ich setze auf den Berater. Bei der aufgeheizten Stimmung, die derzeit in Tarpol existiert, wird ihm Nesreca dazu raten, Euch endgültig zu vernichten, anstatt die Menschen zu quälen. Selbst die Geduld der Tarpoler endet irgendwann.«

»Nun gut. Ich habe den Modrak befohlen, dass sie die Orte aufsuchen sollen, an denen Nesreca früher die

Waffen entwickeln und herstellen ließ. Sie werden Baupläne bringen und Sabotage betreiben, damit Govan recht bald das Pulver ausgeht, wie Ihr vorschlugt, Majestät.«

»Wie gut habt Ihr die fliegenden Wasserspeier unter Eurer Kontrolle?«, erkundigte sich der ilfaritische König bedächtig. »Besteht nicht die Gefahr, dass Euer Sohn sie für die eigenen Zwecke nutzt oder sie doppeltes Spiel treiben?«

Lodrik legte die Hand auf die Brust, unter dem Tuch zeichneten sich die Konturen des Amuletts ab. »Solange ich im Besitz dieses Anhängers bin, folgen sie mir. Ich habe sie davon überzeugt, dass ich derjenige bin, dem sie zu gehorchen haben. Wenn auch sie noch zu den Verbündeten meines Sohnes gehörten, würde unser Kampf aussichtslos.«

»Sehr gut.« Perdór klatschte als Zeichen des Aufbruchs in die Hände und marschierte etwas zu schnell zum Ausgang. Je mehr er sich von dem neuen Verbündeten entfernte, desto erleichterter fühlte er sich. Er winkte seinem Hofnarren. »Wir beide basteln zusammen mit Mêrkos ein paar schöne Schauergeschichten über die kensustrianischen Krieger, die man sich hinter den Palisaden erzählen wird, auf dass sich die Buchsen so richtig schön füllen, wenn es im Unterholz knackt.«

»Möchtest du wieder ein wenig experimentieren?«, erkundigte sich der ehemalige Kabcar bei Soscha, die ablehnte.

»Da ich fest davon überzeugt bin, dass Ihr mir etwas verheimlicht und Ihr mir die Ansätze für meine Versuche verfälscht, hat es wenig Sinn«, meinte sie unfreundlich. »Die Ergebnisse sind auf diese Weise nicht zu gebrauchen. Wenn Ihr Euch entschlossen habt, mir zu sagen, warum Eure Fertigkeiten sich ganz offensichtlich gewandelt haben, seid Ihr gern eingeladen. Ansonsten nicht.«

Die Ulsarin folgte den beiden Ilfariten, sodass Lodrik mit Stoiko alleine war.

»Erinnerst du dich an Rodmor von Pandroc?«, begann der einstige Herrscher. Sein Vertrauter zuckte etwas ratlos mit den Achseln. »Ach, nein, zu der Zeit warst du …« Er brach verlegen mitten im Satz ab. »Der Großmeister der Hohen Schwerter – Ritter Aufbraus, Nerestro von Kuraschka – behauptete, er könne mit den toten Ordensrittern reden. Ich hielt ihn damals für einen Spinner.«

»Nun nicht mehr?«

Behutsam schüttelte Lodrik den Schopf. »Ich bin Herr über eine kleine Streitmacht von … Seelen, Stoiko.« Der ältere Mann erschrak. »Es sind die Seelen von Verbrechern, und sie vermögen weit mehr als das, was ich Perdór gezeigt oder berichtet habe.« Er klopfte gegen die Schwertscheide. »Jedem Menschen, den ich damit töte, raube ich das Heiligste, was er besitzt. Was ihn vom einfachen Tier unterscheidet.«

»Herr, es waren Kriminelle, die durch diese Klinge starben«, beruhigte Stoiko die Zweifel. »Nun tun sie Buße, indem sie dazu beitragen, dem Guten zum Sieg zu verhelfen. Wir schaffen es.«

»Es ist beinahe wie früher.« Erstaunt ruhten seine Augen auf dem Gesicht des gealterten Lehrers. »Stoiko, wie gelingt dir das? Du müsstest unbändigen Hass auf mich verspüren, nachdem ich dich mehr als ungerecht behandelt und unsere Freunde teilweise in den Tod getrieben habe.« Er senkte den Kopf. »Ich verstehe Soscha. Aber nicht dich.«

Der Vertraute atmete tief ein und legte seine faltige Hand auf das blonde Haar des jüngeren Mannes. »Ich sah Euch aufwachsen, Herr. Ich sah die hoffnungsvolle Entwicklung, die Ihr in Granburg nahmt, und bei Ulldrael, Ihr wärt der beste Kabcar geworden, den Tarpol in seiner langen Geschichte hatte. Ich sah auch, was Nesreca aus dem viel versprechenden Jungen machte, der zwischen die Räder des Schicksals und die Intrigen einiger anderer Könige geriet.« Zärtlich strich er über die Haarsträhnen. »Soscha sieht in Euch lediglich denjenigen, der sie ins Gefängnis werfen ließ, mehr nicht. Dass Ihr nicht unschuldig seid, weiß ich. Aber ich verzeihe Euch, weil ich alle Hintergründe kenne. Waljakov erging es übrigens genauso.«

Lodriks Schultern bebten, er klammerte sich wie ein kleines Kind an seinen Vertrauten, den einstigen Diener und Freund. »Ich danke dir«, flüsterte er erstickt. Plötzlich löste er sich, wandte sein Gesicht ab und rannte hinaus.

Stoiko schaute ihm nach, wischte sich selbst eine Träne aus dem Augenwinkel und strich sich über seinen Bart. *Manchmal sind die Götter ungerecht. Was hätte aus ihm werden können?* Er dachte an das bleiche Gesicht des einstigen Kabcar, die krallenförmigen Fingernägel und die Künste, mit denen er sich nun beschäftigte. Er seufzte. *Und was ist aus ihm geworden.*

Dennoch liebte er ihn nach wie vor wie einen Sohn. Denn sein Wesen, so meinte er voller Überzeugung zu spüren, hatte zu dem Guten zurückgefunden, das er einst in sich trug.

Kontinent Kalisstron, zehn Meilen vor Bardhasdronda, Spätherbst/Winter 459 n. S.

Schaut mal, Ritter Wellenbrech, da vorne kommt unser Ziel in Sicht.« Torben Rudgass brachte die *Varla* auf Kurs, die es trotz aller Stürme geschafft hatte, sich durch das Meer bis nach Kalisstron zu kämpfen. Die Herbstwinde trieben schon erste Eisschollen auf der rauen See, die von irgendwo aus dem Norden stammten.

Mit hellgrünem Gesicht stand Tokaro auf dem Achterdeck und atmete tief ein und aus. Durch ein immenses Maß an Konzentration gelang es ihm, den trockenen Zwieback trotz der schaukelnden Bewegungen des Schiffes bei sich zu behalten. Das Kunststück glückte ihm allerdings nur an Deck, im Rumpf des Seglers hätte er längst wieder den Eimer gefüllt.

Ein leidendes Stöhnen entwich ihm. »Ich werde Angor lobpreisen, sobald ich nur einen Fuß auf echtem Boden habe. Ich verstehe nicht, wie man gern auf solchen Kähnen fahren kann.« Schnell presste er ein Taschentuch vor den Mund und schluckte das, was sich in einem unachtsamen Moment den Weg nach oben gebahnt hatte, wieder runter. »Ich habe mit Sicherheit etliche Pfund an Gewicht verloren.«

»Würdet Ihr etwas Gescheites essen und Euch ab und zu einen Löffel Tran gönnen«, an dieser Stelle hechtete Tokaro förmlich zur Reling und übergab den halbverdauten Zwieback den Fischen, »… würde Euch nichts fehlen.« Der Rogogarder klopfte ihm aufmunternd auf den Rücken. »Wie macht Ihr das eigentlich beim Reiten? Tragt Ihr da einen Hafersack um?«

Der Ritter spuckte, rülpste unglücklich und richtete sich auf. »Ich schwöre Euch, dass alle wilden Ritte, die ich hinter mich brachte, nichts hiergegen sind. Angor weiß schon, warum wir ein Orden sind, der zu Land kämpft und nicht zu Wasser.«

»Dafür kenne ich keinen Seemann, der richtig gut reitet«, zwinkerte ihm der Kapitän zu und kehrte ans Steuerrad zurück, um den Männern bei der Navigation zu helfen.

Tokaro wankte auf das Hauptdeck hinunter. Noch nie in seinem ganzen Leben hatte er sich so hundelend gefühlt. Die ständige Übelkeit hatte ihm die Ehrenbezeichnungen »Ritter Wellenbrech« und »Ritter Reling« bei der Mannschaft eingebracht, die sich ansonsten in kameradschaftlicher Weise mit ihm beschäftigte, zumal er mit anpackte, wo immer es ihm als Landratte möglich war, beispielsweise beim Betätigen des Ankerspills, der den mehr als eine Tonne schweren Anker nach oben hievte.

Das honorierten die Rogogarder durch anerkennende Blicke und einen großen Schluck Weinbrand. Erstaunlicherweise brachte der Alkohol ihm etwas Erleichterung, auch wenn er mehr als einmal Kopfweh davon bekommen hatte.

Tokaro sah die *Varla* als ein Schiff der Gesetzeslosen. Die Rogogarder waren besiegt, er wurde gesucht, und keine von beiden Parteien brachte dem Kabcar sonderliche Zuneigung entgegen. Und das verband die Piraten und den Ritter in seinen Augen auf ganz besondere Weise.

An den vielen Abenden, die er in der Runde der Piraten verbrachte, hatte er erfahren, dass sich die Gefährtin des Kapitäns auf Verbroog befunden hatte, während die Insel gestürmt worden war. Entsprechend befand sich Rudgass in Sorge um das Wohl der Frau, glaubte jedoch fest daran, dass sie sich entweder vor den Eroberern verborgen hatte oder geflüchtet war.

An Bord befanden sich neben zahlreichen Rogogardern auch einige Männer aus Tarvin, deren Äußeres sich leicht von dem herkömmlichen Ulldarter unterschied. Sie gehörten zur Stammbesatzung und hatten offensichtlich Rudgass' Liebste aus ihrer Heimat begleitet.

Was der Freibeuter ausgerechnet jetzt in Kalisstron suchte, verschwieg er dem jungen Ordensritter. Tokaro wusste lediglich, dass er auf der Suche nach verschollenen Freunden war, die sich unter Umständen in Bardhasdronda aufhielten. Oder in einer anderen kalisstronischen Stadt.

Sie entdeckten eine weitere Gemeinsamkeit. Beide kannten den alten Kabcar, Lodrik Bardri¢. Als Torben die Geschichte seiner misslungenen Rettungsaktion in Granburg erzählte, bei der er einen Teil seines Gebisses eingebüßt hatte, berichtete Tokaro im Gegenzug von seiner Vergangenheit als Rennreiter des Herrschers.

Der junge Krieger bewunderte den schlitzohrigen, draufgängerischen Kapitän, der unterwegs noch die Zeit fand, ein palestanisches Handelsschiff aufzubringen, das geglaubt hatte, sich auf einer sicheren Route zu befinden. Die Schätze – fassweise Pulver und etliche Kanonen sowie Proviant – lagerten nun sicher im Laderaum der *Varla*.

Wenn er nicht gerade damit beschäftigt war, sein Essen von sich zu geben, so verfügte Tokaro während der Fahrt über genügend Muße, um über die Vergangenheit nachzudenken.

Immer wieder schwor er Rache für den Tod des Großmeisters, immer wieder entstand das liebreizende Gesicht Zvatochnas in seinen Träumen. Jetzt, wo er sich sicher war, dass sie etwas für ihn empfand, war zugleich der letzte Funken Hoffnung auf eine gemeinsame Zukunft erloschen. *Ich kann nicht einmal in ihre Nähe, ohne sofort verhaftet zu werden.* Bardri¢ und Nesreca würden ihr Fett abbekommen, das schwor er Angor ebenfalls mehrfach. Wobei es sich nicht gerade ungefährlich gestaltete, bei heftigem Wellengang nach dem Gebet die Blutrinne der aldoreelischen Klinge zu küssen.

Er hatte seinen Gott außerdem gebeten, Rudgass seine Freunde auf Anhieb finden zu lassen, damit sie schnell nach Tarpol zurückkehrten. Er brannte darauf, Kaleíman von Attabo beim ehrbaren Räubergeschäft im Dienste der Bedürftigen beizustehen. Und was sein Herz und seine Gefühle anging, so pendelte er wie das Schiff zwischen den Wogen.

Einmal befand er sich kurz davor, den Anhänger und damit die Erinnerung an die Tadca über Bord zu werfen und dem unmöglichen Wunsch nicht weiter hinterher zu jagen. Wenn er das Schmuckstück jedoch in seinen Fingern hielt, entfachte sich die Hoffnung auf ein gemeinsames Glück in einem Verzweiflungsakt wie von selbst. Es gelang seinem Verstand nicht, ihm alle Zuversicht zu rauben.

In Gedanken versunken spielte er mit dem Amulett, betrachtete abwesend die Umrisse der kalisstronischen Stadt und ließ den Blick über die Küste schweifen, wo sich in regelmäßigen Abständen Türme hoch über den Klippen erhoben.

Als die *Varla* mit einem kleinen Satz ins nächste Wellental rutschte, opferte er den restlichen Zwieback den Meeresgöttern. Im letzten Augenblick schnappte er die Kette mit dem Amulett, die ihm beinahe durch die feuchten Finger geschlüpft wäre. *Lass mich endlich dort sein,* dachte Tokaro und presste die Stirn gegen das kalte, nasse Holz der Reling, während sich sein Magen schon wieder hob. Vorsichtshalber verschwand er kurz in seiner Kajüte und legte die aldoreelische Klinge an. Sollte es Schwierigkeiten geben, wollte er nicht waffenlos in der Gegend herumstehen. Den Griff umwickelte er mit ein paar Streifen Leinwand und fixierte sie per Bindfaden. Eilig kehrte er an die frische Luft zurück.

Je näher sie der Hafeneinfahrt kamen, desto mehr tobte das Meer und schien das Schiff geradezu vernichten zu wollen. Die hohen Wogen brachen sich an den aufgeschütteten Steinbarrieren, die als Schutz der Ankerplätze angelegt worden waren, und die Gischt spritzte auf.

Mit dem letzten Schwung und einem einzigen Segel glitt das Schiff ins Hafenbecken. Der Steuermann suchte nach einem freien Platz, der für ein Gefährt dieser Größe ausreichte.

Es wunderte den Ritter nicht, dass bei diesem Wetter kein Mensch im Freien zu sehen war. Die Fischerboote lagen verzurrt an den Kais, und größere Kähne suchte er vergebens. Nun schwang die Tür eines größeren Schuppens auf. Ein Mann in wetterfester Kleidung trat heraus und wies auf einen Flecken unmittelbar an dem gemauerten Steg des Handelshafens. Die *Varla* hielt darauf zu.

Torben, der sich inzwischen umgezogen hatte und die gleichen Sachen wie die Tarviner trug, gesellte sich zu Tokaro.

»Nanu? Ihr habt ja plötzlich eine gänzlich andere Hautfarbe, Herr Ritter«, lachte er gutmütig. »Kaum sind wir in ruhigeren Gewässern, da werdet Ihr zu einem gewöhnlichen Menschen.«

»Ein bisschen flau ist mir immer noch. Aber es legt sich allmählich.« Er zupfte an einem Stück Stoff. »Und Ihr seid unversehens kein Rogogarder mehr?«

Der Pirat verlor seine gute Laune nicht. »Ich tarne mich ein wenig im Schutz meiner Freunde. Ein Schal komplettiert meine Maskerade. Ihr wisst wohl nicht, dass die Kalisstri auf Rogogarder nicht sonderlich gut zu sprechen sind?« Tokaro schüttelte den Kopf. »Tja, wie soll ich das sagen … Wir haben sie wohl ein paar Mal zu oft besucht, ehe wir uns dann langfristig den Palestanern zuwandten.«

»Aha.« Am Kapitän vorbei sah er, wie einige der Fischerboote ablegten. »Ihr werdet verstehen, dass ich im Fall eines Kampfes darauf bestehen werde, dass ich nicht zu Euren Männern gehöre?«, sagte Tokaro im Scherz und nickte zu den Nachen. »Die Fischer wollen bestimmt Euch in ihre Netze stopfen, was?«

Torben fuhr auf dem Absatz herum und entdeckte den Ärger, der sich anbahnte. Auf dem gemauerten Steg befestigten gerade hilfreiche Kalisstri die Taue der *Varla* und rannten anschließend Hals über Kopf davon.

Die Fischerboote fächerten auseinander.

»Ergebt Euch!«, erscholl eine Stimme. »Wir wissen, wer Ihr seid, wir haben Eure Fahrt verfolgt. Und wir kennen Eure Absicht. Was Ihr zu erreichen versucht, wird Euch nicht gelingen. Wenn Ihr keinen Widerstand leistet, blüht Euch nicht mehr als die Gefangenschaft. Andernfalls habt Ihr den Rest Euch selbst zuzuschreiben.«

Der Ordensritter wandte sich an den Kapitän. »Ihr wart demnach schon einmal hier in der Gegend und habt ein wenig geraubt und geplündert?«

»Unsinn«, knurrte der Rogogarder und gab leise Befehle, damit man sich im Fall eines Angriffs zur Wehr setzen konnte. Die Bombarden im Deck unter ihnen wurden geladen.

Wie konnte Nesreca uns ausfindig machen?, lautete sein erster Gedanke. *Wollte er, dass wir ihn zu den anderen führen? Haben wir sie vielleicht entdeckt?* Er nahm sein Fernrohr hervor und betrachtete zuerst die Boote, danach die Umgebung.

Die Kähne mochten mit Katapulten und Bombarden bestückt sein, die Schuppen boten Platz für eine ganze Batterie Geschütze. Nur konnte er nichts entdecken. Erste Zweifel meldeten sich. *Warum hat Nesreca dann nicht mit ein paar größeren Schiffen im Schutz der Einfahrt auf uns gelauert?* Torben stand vor der Schwierigkeit, dass er die Lage schlecht einschätzen konnte. Er scheute davor zurück, den Feuerbefehl zu erteilen. Die Fischerboote lagen genau längsseits zu seiner Steuerbordseite, eine Breitseite würde sie in Fetzen und Splitter schlagen. Erfahrene Kommandeure wussten um die Wirkung eines solchen Hagels und wären am Heck in Stellung gegangen. Handelte es sich jedoch um ein paar mutige Stadtbewohner, die ihre Einwohner vor möglichen Seeräubern bewahren wollten, so täte er mit dem Beschuss das Falsche.

Je länger er nachdachte, desto mehr gelangte er zu der Ansicht, dass es sich nicht um Einheiten des Kabcar handelte, die ihm so mutig entgegentraten. Anscheinend war die *Varla* das Opfer einer Verwechslung. Oder sie wurde von den Kalisstri nicht dem richtigen Lager zugeteilt.

»Sprecht Ihr Kalisstronisch?«, erkundigte sich der Ritter.

»Nur ein paar Brocken, wie ›Gib mir alles!‹, ›Das da auch!‹ und ›Keiner rührt sich, oder sonst…‹«, feixte Torben. »Das reicht eigentlich an Fremdsprachenkenntnissen aus, wenn man sich auf hoher See begegnet.«

»Hervorragende Aussichten. Ich verstehe die Ablehnung der Leute hier.« Tokaro beobachtete die Vorgänge nicht weniger aufmerksam. »Dann versucht es doch mit Ulldart?«

Der Rogogarder entschied sich. Er formte die Hände zu einem Trichter. »Ihr seid einem Irrtum aufgesessen«, rief er hinüber zu den Hafengebäuden. »Wir sind aus Tarvin. Keine Piraten.« Er zwinkerte Tokaro zu. »Jedenfalls zur Zeit nicht.« Er pumpte die Lungen voller Luft. »Schickt uns einen Unterhändler!«, brüllte er. »Wir wollen die Sache friedlich lösen!«

Dieselbe Tür wie zuvor schwang auf. Eine Gestalt lief über die Anlandestelle und näherte sich unverzagt dem Schiff. Es war ein junger Mann, ungefähr in Tokaros Alter, nur im Wuchs etwas schmächtiger.

»Schaut Euch den an! Ha, ein halbes Kind«, meinte er zu seinem Passagier und schaute daraufhin in ein vorwurfsvolles Gesicht, dessen jugendliches Alter er vergessen hatte. »Oh. Na, auch Kinder können schon was leisten. Ich meine, Ihr seid dagegen ein echter Mann. Ein Ritter …« Bevor er sich weiter in Ausflüchten verhedderte, gab er den Befehl, eine Planke auszulegen. Vorsichtshalber zog er das Tuch nach oben, um seinen Bart zu verbergen, und stellte ein paar Tarviner nach vorn.

Der junge Mann blieb stehen. »Ich bin Seskahin, stellvertretender Anführer der Miliz von Bardhasdronda. Wer seid ihr?«

»Kleiner, wir sind Händler aus Tarvin«, sagte Torben. »Wir wagten uns als Erste bis in den Norden, um nach neuen Geschäften zu suchen. Der Sturm zwang uns, hier Schutz zu suchen. Erklärst du uns, was die Begrüßung soll?«

»Aus Tarvin?«, erkundigte sich der Milizionär freundlich. »Und ihr seid das erste Schiff aus Tarvin, ja? Woher kommt ihr wirklich?«

»Aus Tarvin, Kurzer«, schlug Torben vor.

»Versuch es mit der Wahrheit«, empfahl der kalisstronische Unterhändler. »Auch wenn das Schiff sehr schnell ist, so seid ihr niemals in der kurzen Zeit in die Heimat und wieder zurückgelangt. Wir haben euch in Vekhlathi gesehen, und das ist noch gar nicht so lange her.«

»Wir sind aus Ulldart«, antwortete Tokaro stattdessen. »Er ist aus Rogogard, ich bin aus Tarpol. Er ist hier, weil er jemanden sucht.«

»Vielen Dank, Ritter Reling«, grummelte der Pirat in die Richtung des Ritters und zog sich das Tuch vom Gesicht. »Euer Blecharsch ist immerhin genauso dran wie meiner.«

»Gern geschehen. Angor ist der Gott der Ehrenhaftigkeit, und da dachte ich mir, ich erspare uns weitere Verwirrungen.« Lässig lehnte der Ritter an der Reling. »Ihr seid dran, Kapitän Rudgass. Rettet unsere Afterballen.«

»Rudgass?«, meinte der junge Mann auf dem Steg verwirrt. »Kapitän Torben Rudgass?«

»Schau, schau. Ihr seid selbst an Orten berühmt, wo Ihr noch nie wart. Vielleicht haben die Kalisstri ein Kopfgeld ausgesetzt?«, schätzte Tokaro. »Tröstet Euch, mir ergeht es in ganz Ulldart genauso.«

»Genau der, mein Junge«, seufzte der Rogogarder, schob die Tarviner zur Seite und trat an den Ausstieg. »Wir sind nicht gekommen, um Ärger zu machen. Ich suche …«

»… Matuc, Fatja und Waljakov!«, rief der Milizionär freudig. Er wandte sich zu den Gebäuden. »Es ist Torben Rudgass! Er hat uns gefunden! Kommt her!«

Plötzlich befiel den Kapitän eine ungefähre Ahnung, wen er da vor sich hatte.

Er eilte die Planke hinunter und betrachtete den Unterhändler mit den auffallend blauen Augen. Seine Gesichtszüge waren aus dieser Entfernung unverkennbar. »Bist du der Sohn von Norina?« Der Milizionär nickte.

Er reichte ihm strahlend die Hand. »Dann darfst du Onkel Torben zu mir sagen.«

Die Türen der Lagerhäuser öffneten sich, Menschen strömten heraus und kamen näher, allen voran eine Gestalt, die durch ihre mächtige Statur deutlich herausragte.

»Ich werde verrückt! Bei allen schleimigen Meeresungeheuern, wenn das nicht Waljakov ist?!«, stieß Torben überwältigt vor Glück aus und eilte dem Mann entgegen.

Er konnte nicht anders. Ehe sich der Hüne versah, drückte Torben ihn an sich und umarmte ihn in aller Freundschaft. Eine junge Frau stand plötzlich neben ihm, die ihn entfernt an die kleine Hellseherin erinnerte.

»Wenn das junge Fräulein nicht Fatja ist, fresse ich mein Schiff!«, lachte er los und schloss sie ebenfalls in die Arme.

»Haltet Euch zurück, fremder Herr. Ich bin verheiratet«, entgegnete sie gespielt geziert, bevor sie ihm einen Kuss auf die Wange gab. »Ich sah dich in meinen Visionen. Die Götter sind mit uns.« Es schien, als wollte sie noch etwas sagen, doch ein weiterer Verschollener traf soeben ein.

»Die Götter, ja. Ulldrael der Gerechte vor allem«, kam es aus der Menge. Ein betagter Mönch, gestützt von einem Stock, trat hinzu und reichte dem Rogogarder die Hand. »Wir haben den Tag Eurer Rückkehr herbeigesehnt.«

»Matuc!« Torben fühlte sie wie im Paradies. Umringt von den Menschen, die er seit Jahren suchte und die er oftmals verloren geglaubt hatte, überwältigten ihn seine Gefühle. Er wusste nicht wohin mit diesem Überschwang und stieß kurzerhand einen Freudenschrei aus und tanzte ausgelassen umher.

»Wie sieht es zu Hause aus?«, verlangte Waljakov knapp zu wissen. »Schnell, bevor der Steg durchbricht.«

»Schlecht, sehr schlecht«, antwortete der Rogogarder heiter; noch immer konnte er es nicht fassen, dass seine Suche beendet war. Er hakte sich unter. »Aber es leben noch alle, die auf meinem Schiff waren.«

»Norina?« Der K'Tar Tur spähte zum Schiff. »Ihr habt sogar Norina gefunden?«

»Es war ein ganz schönes Stück Arbeit.« Torben nickte grinsend, die anderen drei tauschten erleichterte Blicke. »Ich kann doch nicht zulassen, dass meine Passagiere sich in alle Windrichtungen verstreuen. Da habe ich sie eben zusammengesucht. Sie ist in Sicherheit.«

Ein kleinwüchsiger Mann trat nach vorn und wurde von Lorin als Bürgermeister Kalfaffel vorgestellt. Auf Drängen des Würdenträgers wurde das Treffen auf der Anlegebrücke abgebrochen und sollte in sein Haus verlegt werden, wo es sich gemütlicher, trockener erzählen ließ.

»Ich vermute, dass es mit Sicherheit etliche Zeit in Anspruch nehmen wird«, begründete der Cerêler. »An Tee und Essen soll es nicht mangeln. Sagt Euren Männern, dass sie ihr Nachtlager in einem der Lagergebäude einrichten können. Man wird ihnen alles Nötige bringen.«

»Ich bedanke mich für Eure Großzügigkeit«, deutete der Rogogarder eine Verbeugung an und rannte zur *Varla*, um entsprechende Anweisungen zu geben. Als er an dem Ritter vorbeilief, hielt er an. »Ich habe Hoffnung für Euren Hengst. Der Bürgermeister der Stadt ist Cerêler. Wenn wir dem Schimmel den Lauf noch einmal brechen, könnte er ihn heilen.«

»Natürlich!« Augenblicklich verflog Tokaros melancholische Stimmung, die sich eingestellt hatte, als er

Zeuge der großen Freude am Steg geworden war, in die er nicht einbezogen wurde. »Das wäre dann auch für mich ein Tag der Freude. Ich werde ihn gleich fragen.«

Der junge Ritter hastete die Planke hinab und folgte Kalfaffel. »So wartet, Herr«, rief er von weitem. Der Bürgermeister wandte sich ihm ebenso zu wie die anderen, die er allerdings vor lauter Sorge um das Wohl seines Pferdes kaum beachtete. »Ich hätte eine Bitte an Euch, Herr. Mein Hengst hat sich den Vorderlauf gebrochen, und Euch müsste es doch ein Leichtes sein, ihn wieder gesunden zu lassen? Ihr könnt von mir fast alles verlangen, wenn es Euch gelingt, ihn zu heilen.«

»Die Aufregung hat Euch ein wenig unhöflich werden lassen«, meinte der Heiler gutmütig. »Stellt Euch doch vor.« Er musterte ihn. »Ihr seht nicht aus wie ein Rogogarder. Oder Tarviner.«

Der junge Ordensritter wurde rot. Er riss sich sein Barett vom Kopf. »Ich bin Tokaro, Herr, und ich genoss die Gastfreundschaft von Torben Rudgass, der mich vor der Ergreifung durch die Häscher des Kabcar bewahrte. Dabei kam mein Hengst zu Schaden, den ich fast so sehr liebe wie mein Leben. Wärt Ihr so freundlich?«

Fatja erkannte den jungen Mann auf der Stelle als denjenigen wieder, den sie in ihren prophetischen Bildern gesehen hatte. *Was mag ihn so besonders machen?* Als sie seine Augen betrachtete, glaubte sie beinahe, in das leuchtende Blau ihres kleinen Bruders zu sehen.

Kalfaffel lächelte Tokaro an. »Aber sicher. Wenn man ihm noch helfen kann, werde ich es gern versuchen.«

Beide setzten sich in Bewegung. Da schoss Waljakovs Hand nach vorn und legte sich um den Oberarm des Jungen. Die mechanische Hand griff nach dem Waffenarm, um ihn am Ziehen des Schwertes zu hindern. »Woher hast du die aldoreelische Klinge, Bursche?«, meinte er argwöhnisch.

Ein kurzer Blick nach unten zeigte dem Ritter, dass der Sichtschutz verrutscht war. Gefangen hing er im Griff des Mannes mit den eisgrauen Augen.

»Sie gehört mir«, entgegnete er. »Mein Vater gab sie mir kurz vor seinem Tod. Lasst mich auf der Stelle los.«

»Wie ist der Name deines Vaters?«, verhörte Waljakov ihn weiter.

In Tokaro regte sich Trotz. »Was geht Euch das an?«

Kalfaffel breitete die Arme aus. »Bitte, auch wenn ich nicht weiß, was eine aljuselische Klinge ist, seid ein wenig friedlicher.«

»Waljakov, das ist der Junge aus meiner Vision«, schaltete sich die Borasgotanerin beschwichtigend ein. »Tu ihm nichts. Er ist ein Freund.«

»Keine Klinge gleicht der anderen. Ich kenne diese Waffe sehr genau. Und diese hier gehörte Nerestro von Kuraschka«, knurrte er bedrohlich. »Raus mit der Sprache.«

»Ihr habt Recht. Lasst mich los«, verlangte Tokaro nicht weniger entschlossen. »Er starb in Ulsar, als er zusammen mit den anderen Rittern unseres Ordens in einen Hinterhalt des Kabcar geriet. Das ist sein Vermächtnis an mich und die letzte Klinge, die nicht im Besitz des Kabcar ist. Es freut mich, dass Ihr meinen Vater so gut kanntet.«

Langsam löste sich der Griff. Zwar wich Waljakovs Misstrauen nicht vollständig, da sich aber Fatjas Blicke in die Zukunft bislang bewahrheitet hatten, wollte er es hier im Hafen nicht zu einer Eskalation kommen lassen.

»Ich schlage vor, du begleitest uns«, meinte der Hüne. »Du scheinst ebenfalls einige Neuigkeiten berichten zu können.«

»Erst, wenn Treskor in Ordnung ist.«

»Dein Pferd heißt Treskor?« Waljakov konnte die Überraschung nicht verbergen. »Wieso?«

»Ihr könnt mich nicht sonderlich leiden, nicht wahr? Oder gibt es einen anderen Grund, weshalb Ihr mich ständig angeht?« Tokaro blickte ihm ohne Furcht ins Gesicht.

Da nahm auch der einstige Leibwächter die blauen Augen bewusst wahr. Rasch schaute er zu Lorin, wo er dieselbe Farbe ausmachte. *So viele Zufälle kann es nicht geben.* »Um es endgültig mit dir zu verscherzen«, sagte er zu dem jungen Ritter, »stelle ich dir noch eine Frage: Wer ist deine Mutter?«

Tokaro seufzte entnervt. »Meine Mutter ist Dorja Balasy. Nerestro von Kuraschka nahm mich an Sohnes Statt an. Und nun ist es genug.« Er stapfte den Steg entlang. Kalfaffel folgte ihm, warf dem Hünen aber einen vorwurfsvollen Blick zu.

Eine junge Balasy, das wusste er von früher, arbeitete einst als Magd. Am Hof von Ulsar. Zu einer Zeit, als man Lodrik nachsagte, er jage jedem Rock hinterher. »Sag mal«, beugte sich Waljakov murmelnd zur Borasgotanerin, »kann es sein, dass unser Knirps einen Bruder bekommen hat?«

»Bist du seit Neuestem gleichfalls visionär begabt?«, staunte sie, weil er ihre Vermutungen untermauerte. »Dann kann ich ja aufhören, Löcher in die Luft zu starren, und meinen zerbrechlichen Verstand schonen.«

»Ist euch aufgefallen, dass er die gleiche Augenfarbe hat wie ich?«, meinte Lorin, der von der leisen Unterhaltung nichts mitbekommen hatte, und schaute dem jungen Ritter nachdenklich hinterher.

»Das wollte ich auch gerade sagen«, hakte sich Matuc ein. »Hat Norina vielleicht zwischendurch einen weiteren Sohn geboren?«

Fatja musste lachen. »So viele Geistesblitze.«

»Seine Mutter ist Dorja Balasy«, berichtete Waljakov. »Sie war Magd am Hofe von Ulsar.«

»Allmächtige Taralea und gerechter Ulldart!«, entfuhr es dem Mönch. »Du meinst …?« Er beließ es bei einer Andeutung. »Dann könnte auch er die Fertigkeiten seines Vaters geerbt haben?«

»Sag Arnarvaten Bescheid. Das wird alles sehr spannend«, freute sich die Schicksalsleserin. »Er bekommt hier so viel Stoff für neue Geschichten, dass ein Leben nicht ausreichen wird, um sie zu erzählen.«

Lorins Gesicht war nicht das hellste. »Ich verstehe leider gar nichts.«

Seine große Schwester legte grinsend den Arm um seine Schulter. »Wenn alles stimmt, was wir vermuten, habe ich seit der Ankunft des Seglers zwei kleine Brüder. Die Mütter sind verschieden. Aber der Vater, wenn wir die auffällige Augenfarbe als Indiz nehmen, ist der gleiche.« Sie lachte auf. »Und ich dachte, das Schiff wäre tzulandrisch. Um ein Haar hätten wir diejenigen versenkt, die uns nach Ulldart bringen.«

»Man muss eben verstehen, was man sieht, kleine Hexe«, zog Waljakov sie auf. Er beobachtete mit Spannung, wie der Lastkran des Seglers montiert wurde und ein Schimmel aus der Ladeluke gehievt wurde. Unwillkürlich machte er einen Schritt nach vorn.

Treskor! Er erkannte sein treues Streitross wieder, das vor vielen Jahren mit ihm zusammen untergegangen, aber im Gegensatz zu ihm nicht wieder aufgetaucht war. *Wie ist das möglich?* Er bewegte sich auf die *Varla* zu, um den Hengst näher zu betrachten, der seinem eigenen selbst auf kürzeste Entfernung glich.

Ein paar mutige Tarviner scharten sich um den Vorderlauf, entfernten die Schienen und brachen den Knochen ein weiteres Mal. Eilig sprangen sie zurück.

Aufgeregt und voller Schmerzen trat der Hengst um sich und zappelte in seiner Aufhängung, bis Tokaro zu ihm kam und ihm beruhigend den Kopf streichelte.

Kalfaffel wartete, bis das Tier weniger nervös war, und begann mit der Heilung. Je länger er konzentriert die Magie wirken ließ, desto mehr beruhigte sich Treskor.

Nach einer Weile erhob er sich, der Arm des Lastenhebers schwenkte herum und setzte den Schimmel vorsichtig auf dem Steg ab, nur einen Schritt von der Position des einstigen Leibwächters entfernt. Treskor stand ein wenig wackelig, hielt sich aber aufrecht.

»Vorsicht«, warnte ihn der Ordenskrieger und kam die Planke hinab. »Er mag keine Fremden.«

»Das kann ich gut verstehen«, brummte Waljakov und streckte die Hand nach den Nüstern des Hengstes aus. Zwar spielten die Ohren des Tieres, doch es stand still und ließ sich die Zärtlichkeit gefallen. Schließlich schnaubte Treskor. Mit Wehmut im Blick strich der Hüne über das weiße Fell des Hengstes.

Tokaro sah fassungslos zu. »Das hat er noch nie gemacht.«

Wenigstens lebt er so weiter. Waljakov wandte sich ab und kehrte zu den Freunden zurück, Torben und der junge Ritter folgten ihnen und schlossen zu der Menschenansammlung auf.

Der Pirat grübelte und grübelte. Endlich erinnerte er sich, was er noch anmerken wollte. »Sag mal, ist dir aufgefallen, dass der Dreikäsehoch von Milizionär die gleiche Augenfarbe hat wie du?«, erkundigte er sich gedämpft bei Tokaro.

Fatja, die die Frage am Rande mitbekam, kicherte. »Und noch ein Geistesblitz.«

Nach drei Stunden des Erzählens saß die kleine Gruppe in Kalfaffels guter Stube, satt von Keksen und Tee, schweigend, jedoch innerlich aufgewühlt von dem Gehörten.

Tokaro saß der Schreck am meisten in den Gliedern.

Als die Theorie vorgetragen wurde, dass wohl beide jungen Männer den alten Kabcar zum Vater hätten und sie Stiefbrüder seien, wollte der Ordensritter nichts davon wissen. Während er aus der ersten Bestürzung heraus Derartiges rundheraus ablehnte, kramte sein Verstand in den Erinnerungen an die Zeit in Ulsar.

Das Gefühl von Vertrautheit zu Lodrik Bardri¢, dessen gelegentlich mehr als stolze Blicke zu seinem Rennreiter, dann die eigenartige Reaktion von Nesreca, der wohl aus einem Instinkt heraus die Verbindung zwischen Vater und Sohn spürte, an diesem Abend, an dem er gebrandmarkt worden war … All das ergab plötzlich einen Sinn.

Daraus folgte ein weiterer, wesentlich unangenehmerer Schluss.

Nicht nur Krutor und Govan zählten zu seinen Blutsverwandten. Zvatochna war seine Halbschwester.

Sollten die unsichtbaren Schläge eine Warnung ihrer magischen Kräfte gewesen sein? Damit endeten auch die geringsten Hoffnungen. Nun bestand die Kunst darin, die junge Frau zu vergessen.

»Und du bist sicher, dass du nicht über Magie verfügst?«, bohrte Lorin. Vor der Anrede »Bruder« scheute er noch zurück. Er wollte warten, bis sie sich besser kannten.

»Das wüsste ich«, schüttelte Tokaro als Antwort den Kopf. »Ich spüre nichts in mir, was ungewöhnlich wäre. Weder sind aus meinen Händen Strahlen gekommen, noch Gegenstände um mich herumgeflogen.«

»Aber er besitzt das besondere Schwert, das ich sah«, versuchte Fatja die Stimmung zu heben. Dass dieses sich ein wenig von der aldoreelischen Klinge des Ritters unterschied, störte sie nicht; sie rechnete es ihrer Unkenntnis auf dem Gebiet der Waffen zu. »Die Brüder haben zueinander gefunden. Und gemeinsam halten sie das Böse auf.«

»Und zwar hurtig.« Torben lehnte dankend einen Becher Njoss ab und begnügte sich mit heißem Wasser, in das er Obstsaft kippte. »Wir können morgen ablegen.«

»Das Schiff würde die Überfahrt nicht überstehen«, warf Blafjoll ein. »Die Winterstürme, in die du unweigerlich geraten wirst, schlagen dir die Planken in kleine Splitter.«

»Das mag für Koggen zutreffen, aber nicht für Dharkas. Die Bauweise ist besser.« *Kalisstra sorge dafür, dass ich keinen Unsinn erzähle.* Der Rogogarder rührte um. »Wir können uns keinerlei Aufenthalt leisten, Freunde. Wer weiß, was bis zum Frühjahr alles auf Ulldart geschehen ist? Oder was wäre, wenn die Invasionsflotte mit dem Frühlingswind über das Meer segeln und Kalisstron angreifen würde?« Er nippte, packte ein Blechfläschchen aus, schüttete eine dunkelbraune Flüssigkeit in sein Getränk und schaufelte Zucker hinterher. Nach kurzem Rühren kostete er erneut und schloss genießerisch die Augen. »Natürlich liegt die Entscheidung bei euch.« Er lehnte sich zurück und wartete.

»Wir alle lassen etwas auf Kalisstron zurück, was uns lieb und teuer ist«, äußerte sich Waljakov nach einer Weile. »Dennoch müssen wir nach Ulldart. Das Böse, und zwar das wirklich Böse, wie es in unserer Heimat haust, muss vernichtet werden. Danach kehre hierher zurück, wer möchte.« Er schenkte den beiden jungen

Männern einen entschlossenen Blick. »Ich sage, wir segeln jetzt. Besser heute als morgen.«

Im Grunde wussten alle, dass er Recht hatte. Und genauso hafteten ihnen die Abenteuer der letzten Seereise unter rogogardischer Flagge im Gedächtnis.

»Begeben wir uns in die Hand des Gerechten und steigen in seinem Namen und mit seinem Segen an Bord«, meinte Matuc, der lange brauchte, bis er seine letzten Zweifel überwand.

Tokaro verzog seine Miene. »Ihr seid so sicher in dem, was ihr tut, dass ihr mich vergessen habt.« Alle Augen richteten sich auf den Ritter. Es störte ihn, dass man über ihn entschied, als wäre seine Teilnahme eine Selbstverständlichkeit. »Mich hat niemand gefragt, ob ich mich daran beteilige.«

»Angor und Ulldrael sind Brüder, wenn auch sehr unterschiedliche«, meinte der Mönch. »Genau wie ihr beide. Nur zusammen, so sagen es die Weissagungen Fatjas, sind wir in der Lage, den Kontinent und Kalisstron zu retten.« Er blickte dem Ordenskrieger in die Augen. »Was sonst könnte Govan und seine Schergen aufhalten außer Magie und eine aldoreelische Klinge? Die Götter sind nicht stark genug, um direkt einzugreifen, also benötigen sie unsere Unterstützung. Dafür erhalten wir ihren Beistand. Den auch du mehr als einmal von Angor empfingst, wenn ich an deine Abenteuer und die glücklichen Ausgänge denke, Tokaro von Kuraschka.«

»Anders gesagt: Wir bitten dich darum, dass du uns deinen Arm und dein Schwert zur Verfügung stellst«, sagte Fatja ernst.

Der Ordenskrieger lächelte sie freundlich an. »Gern.«

»Ich werde ein kleines Abschiedsfest für den Abend organisieren«, unterrichtete Kalfaffel sie. »Bardhasdronda wird seine Helden nicht gehen lassen, ohne ihre Taten, die sie auf Kalisstron begingen, gebührend gewürdigt zu haben. Dann könnt ihr morgen früh aufbrechen.«

Man verabredete sich zu einem späteren Zeitpunkt in einer der Lagerhallen, und die Runde löste sich auf.

Tokaro nutzte die Zeit, vorsichtige Runden auf dem Rücken seines Schimmels zu drehen und durch die Gassen der unbekannten Stadt zu reiten. Torben ließ die Dharka auf Vordermann bringen, damit das Ablegen am nächsten Morgen reibungslos verlief.

Die Rückkehrer verbrachten die Stunden bis zum Fest damit, ihre wichtigsten Habseligkeiten zu verstauen und Angelegenheiten zu regeln.

So legte Matuc die Gemeinde Ulldraels in die Hände von Blafjoll, der sich zu einem wahren Gläubigen entwickelt hatte. Fünf seiner Gläubigsten nahm er mit sich, sie sollten den wahren Glauben aus der Fremde in die Heimat tragen.

Lorin suchte den besten der Milizionäre aus, der an seine Stelle treten und Rantsila unterstützen sollte, und verbrachte zärtliche Stunden mit Jarevrån, ehe sie verspätet zu der Feier erschienen. Waljakov und Håntra sowie Fatja und Arnarvaten zählten auch zu denen, die sich nicht an den genauen Beginn hielten.

Torben und Tokaro mussten sich erst an die zurückhaltende Art der Kalisstri gewöhnen, nachdem sie durch allzu lautes Lachen Aufmerksamkeit erregt hatten. Dennoch herrschte Ausgelassenheit, die nur von dem Wissen gedämpft wurde, dass Bardhasdronda auf einen Schlag Menschen verlor, die alle ins Herz geschlossen hatten. Von denen man nicht wusste, ob und in welcher Zahl sie zurückkehren würden.

Kalfaffel versprach ihnen, dass sich die gesamte Ostküste Kalisstrons einigen und zu einem Städtebund formieren würde, um den Angreifern Paroli zu bieten, sollten sie früher als erwartet erscheinen. Vom möglichen Versagen der Gruppe sprach niemand.

Als die *Varla* am folgenden Morgen auslief und Kurs auf Ulldart nahm, drohte der massive Steg unter der Last der vielen Menschen zusammenzubrechen.

Dutzende Fahnen und Hunderte Tücher wurden geschwungen, abwechselnd sang man Lieder zu Ehren von Kalisstra und Ulldart, damit die Fahrt der Abenteurer auf den Segenswünschen aller dahinglitt.

Schließlich geriet die Dharka außer Sicht. Ihr schaukelndes Heck wurde von den Gischtschleiern verdeckt, und die Menschen zogen sich in ihre Häuser zurück. Nur noch drei Gestalten standen einsam am Port der Handelsschiffe und blickten weiterhin in die Ferne. Regen und Wind schienen sie nicht zu stören.

»Sie kommen wieder«, sagte Jarevrån mit belegter Stimme zu sich selbst und zog die Stola fester. Ihre Augen blieben nach vorn gerichtet.

»Ich bete täglich zur Bleichen Göttin, dass sie alle es unbeschadet überstehen.« Håntra legte den Kopf in den Nacken, ließ die Tropfen auf ihr Gesicht prasseln. Kalter Regen und ihre warmen Tränen vermischten sich.

Arnarvaten konnte nichts sagen, die Angst um Fatja schnürte ihm die Kehle zu. Er wollte dem Segler hinterher brüllen, er solle doch umkehren und ihm seine Liebe zurückbringen. Stattdessen ließ er den Kopf sinken und trottete niedergeschlagen in Richtung seines Zuhauses, das ihm in den kommenden Wochen und Monaten zu groß, zu leer, zu verlassen sein würde. Der Abschiedsschmerz brannte in seiner Seele, und die Ungewissheit machte alles hundertfach schlimmer.

»Arnarvaten, warte!« Er drehte sich um. Die beiden Frauen kamen auf ihn zu, nahmen ihn in die Mitte.

»Uns hat das gleiche Leid getroffen«, meinte Håntra betrübt. »Gemeinsam erträgt es sich besser. Wir sollten gelegentlich zusammenkommen und einfach nur reden.«

Der Geschichtenerzähler schluckte schwer. »Ich werde ihr jeden Tag ein Gedicht schreiben. Bis sie zurückkommt.«

»Sie wird sich sehr darüber freuen, wenn sie die vielen Zeilen liest«, lächelte Jarevrån sanft.

Still gingen sie durch die Straßen, ein jeder von ihnen mit dem Gesicht des geliebten Menschen vor Augen.

X.

Kontinent Ulldart, Großreich Tarpol, Hauptstadt Ulsar, Wintereinbruch 459 n. S.

Schneeflocken jagten durch die Hauptstadt des Reiches. Die Fahnen und Banner mit dem Wappen der Bardri¢, die die Straßen säumten, blähten sich in dem starken Wind.

Gelegentlich winkten einige Schaulustige dem pompösen Tross zu, der sich in Richtung der Kathedrale wälzte. Doch ansonsten schien die Mehrzahl der Untertanen es vorgezogen zu haben, zu Hause zu bleiben und sich die Reiter, die prächtigen Pferde und die Kutschen nicht anzusehen, die an diesem Tag über das Kopfsteinpflaster klapperten und rumpelten. An manchen Fenstern, die auf der Route lagen, waren die Vorhänge sogar zugezogen, die Läden verschlossen.

Govan, der ein Vermögen in seine neue Krönungsuniform investiert hatte, saß in seiner protzigen Equipage und starrte feindselig aus dem Fenster. Er kochte. Er brodelte. Er stand kurz vor einer Explosion.

»Da wird ihr Kabcar zum ¢arije erhoben, und was macht dieser Abschaum? Er kümmert sich einen Dreck um seinen Herrscher!«, brach es hasserfüllt aus ihm hervor. Er zeigte mit dem Finger nach draußen. »Nichts! Bei meiner Krönung zum Kabcar säumten sie zu Tausenden die Straßen.« Nesreca sagte nichts darauf. Jeder Versuch, seinen Schützling zu beruhigen, könnte in eine Katastrophe münden. »Das werden sie mir büßen, mich vor den Gouverneuren und Vizekönigen so bloßzustellen.«

»Was wollt Ihr tun, Hoher Herr? Sie wegen Nichtfeierns einsperren?« Die Spitze konnte sich der Berater dann doch nicht verkneifen. Innerlich freute er sich, dass Govan einen Denkzettel erhielt. Andererseits verstand er es als Indiz dafür, wie wenig sich die Untertanen mit dem Herrscher identifizierten. Und das bedeutete nichts Gutes.

Als sie wieder einen der seltenen Zuschauer passierten, drückte der Kabcar die Scheibe nach unten und bewarf den armen Mann in seiner Rage mit Münzen. Wütend schmiss er den ganzen Sack Waslec aus dem Fenster der Kutsche, die er auf Anraten Mortvas als Almosen mitgenommen hatte.

»Nimm sie! Nimm sie alle und verschwinde!«, tobte er. Keuchend warf er sich in den Sitz. »Ich hasse dieses Lumpengesindel. Ich sollte sie allesamt Tzulan übergeben.«

Die Kutsche hielt vor dem Gotteshaus an, Diener bereiteten den Ausstieg Govans vor. Er trat ins Freie.

Ein leerer Platz bot sich ihm dar. Hinter den Ständen, an denen heißer Gewürzwein und Bier auf Kosten des ¢arije zum Ausschank harrten, langweilten sich die Lakaien und tranken die Gaben selbst. Bevor er einen neuerlichen Tobsuchtsanfall bekam, stand Zvatochna neben ihm, eingehüllt in dicke Pelze, und fasste ihn am Ellbogen, um ihn zu den Stufen der Furcht einflößenden Kathedrale zu führen. Ihre Anwesenheit wirkte augenblicklich mildernd auf seine Gefühle.

Am Eingang angekommen, drehte er sich noch einmal um und betrachtete sich den Tross, der ihn geleitete.

Fünfzig hochgerüstete Ritter bildeten seine neue Leibwache, die von keinem Geringeren als Albugast angeführt wurde. Der ehemalige Angorgläubige hatte seine Männer aus den Reihen fanatischer, kampfgeschulter Tzulani ausgesucht und schliff ihre Waffenfertigkeiten beständig nach. Die Ritter trugen dunkelrote Rüstungen, auf den Schilden und ihrer Brustpanzerung loderte eine aufgemalte Flammensäule, die nur eine von Tzulans möglichen Erscheinungsformen darstellte. Auf Anraten Albugasts waren die Metallplatten nicht ganz so dick geschmiedet worden, damit die Ordenskrieger zu Fuß nicht so schwerfällig waren. Dennoch boten sie genügend Schutz. Für den Nahkampf trugen die Männer neben ihren Schwertern jeweils zwei Handbüchsen mit sich.

Die Leibwache hatte rechts und links der Treppe Stellung bezogen und lief neben dem Herrscher her, um ein eindrucksvolles Bild zu präsentieren. Govan bezeichnete diese Männer vor Nesreca und seiner Schwester als seine »Kettenhunde«, die er nach Belieben von der Leine lassen würde, sollte ihm etwas in die Quere kommen, das man auf die Schnelle und dabei noch imposant lösen musste.

Er nickte Albugast zu; der junge Tzulanritter neigte den Kopf vor dem Kabcar und lief schräg versetzt neben ihm.

Govan hielt zu den Klängen von Fanfaren und Trommeln Einzug in das finstere Gebäude, von dem sich das Volk erzählte, dass man gelegentlich Schreie in seinem Innern höre, obwohl die Mauern so dick und massiv waren.

Das dunkle Glas in den Fenstern und Rosetten sorgte für Finsternis; die Sonnenstrahlen schafften es wegen des Schneetreibens nicht mehr, das Innere zu beleuchten. Licht brachten die aufgestellten Fackeln und Schalen, in denen große Holzscheite verbrannten.

Der junge Herrscher schritt über die absonderlichen Schatten am Boden hinweg an die Stelle, an der er sich erst vor wenigen Monaten selbst zum Kabcar gekrönt hatte.

Die vorderen Reihen waren von Ehrengästen belegt, die übrigen Sitzgelegenheiten blieben leer. Auf den Gesichtern der Männer spiegelten sich das Unwohlsein und die Beklemmung, welche die umgebaute Kathedrale bei ihnen hervorrief.

Govans Augen glitten suchend über die Anwesenden. »Wo ist Krutor?«, wollte er von seinem Berater wissen. »Er hat sich verspätet.«

»Ja, Hoher Herr. Ich rate dazu, dass wir trotzdem beginnen.« Nesreca verschwieg ihm absichtlich, dass sein Bruder in alle Frühe nach Ammtára abgereist war. Die Diener hatten ihm eine entsprechende Nachricht übermittelt. Vermutlich traute der Tadc dem Wort seines Bruders nicht und begab sich in die Stadt, um notfalls eingreifen zu können, sollte Sinured mit einer Streitmacht auftauchen. Würde Govan diese Neuigkeit jetzt erfahren, brächte es das Fass zum Überlaufen. Und da wollte er nicht unbedingt daneben stehen.

Govan stieß unwirsch die Luft aus. Er verspürte nicht die geringste Lust, sich länger als notwendig mit der Zeremonie aufzuhalten. Der undankbare Pöbel verdarb ihm seine Feierstimmung gründlichst, und Krutors Unpünktlichkeit trug das Übrige dazu bei.

Er begab sich in Position.

»Aufgrund des großen Andrangs und der Menschenmassen, die sich am Eingang drängen, machen wir es kurz«, verkündete er schlecht gestimmt und winkte nach Nesreca, der die neue Krone bereithielt. Sie bestand aus reinem, massivem Iurdum, geschmückt mit Rubinen und Diamanten. Gravuren und Segenssprüche vervollkommneten das Bild. Ohne Umschweife setzte er sich die Krone auf den Schopf. »Von heute an bin ich ¢arije. Aber nicht nur über Tarpol, sondern über den gesamten Kontinent. Das restliche Stückchen, das mir noch fehlt, wird in wenigen Monaten mir gehören, dank meiner brillanten, genialen und bezaubernden Schwester«, er lächelte Zvatochna an, »die ich mit sofortiger Wirkung zur Kabcara von Tarpol ernenne.«

Zvatochna verneigte sich tief vor ihrem Bruder, die Gäste applaudierten. Doch in der riesigen, säulengestützten Kathedrale erschien das Klatschen reichlich verloren und schwach.

»Als Kabcar war ich das geistige Oberhaupt, als ¢arije bin ich es nach wie vor.« Govan hob die Arme. »Das ist das neue Gotteshaus, wie es Tzulan würdig ist. Und er soll von nun an als einziger Gott über die Geschicke meines Reiches wachen. Anlässlich meiner Krönung verfüge ich, dass alle Riten, alle kultischen Handlungen zu Ehren Ulldraels bei Todesstrafe verboten sind.« Die Feuer in den Eisenschalen brannten höher, flackerten dunkelrot. »Wer den Namen Ulldraels nennt, ist des Todes. Schmückt das Symbol des Getreidegottes irgendeinen Gegenstand, wird er vernichtet, der Besitzer wandert in die Verlorene Hoffnung.« Der junge Mann umgab sich mit einer magischen Aura, es schimmerte und blinkte überirdisch um ihn herum. »Alle Priester, Mönche und anderen Anhänger Ulldraels müssen abschwören, oder sie sterben für ihren falschen Glauben. Das ist mein Wort, das Wort eines ¢arije. Und Gesetz.«

Die wenigen Menschen in der Kathedrale sprangen von den Stühlen auf, priesen seinen Namen und huldigten ihm.

»Meine tiefste Gratulation, Hohe Herrin«, raunte Nesreca Zvatochna zu. »So schnell kommt man an einen Titel, nach dem es einen verlangt.«

»Der nichts zählt, solange Govan an der Macht ist.« Sie betrachtete das entrückte Gesicht ihres Bruders. »Er ist wahnsinnig, Mortva. Seht Ihr das Flackern in seinen Augen? Entweder hat ihm die viele fremde Magie, die er sich geraubt hat, den Verstand genommen, oder es war der Gedanke daran, selbst ein Gott zu werden.«

»Die Magie ist daran nicht schuld. Ich bin kerngesund.«

»Ihr seid auch kein Mensch, Mortva.«

Die Kabcara und der Berater verneigten sich vor dem ¢arije, als er in ihre Richtung blickte. Albugast sank auf ein Knie herab; von unten schielte er allerdings zum betörenden Antlitz der jungen Kabcara auf. Was von Nesreca sofort bemerkt wurde.

»Ihr habt einen neuen Verehrer, Hohe Herrin«, machte er sie auf den Ritter aufmerksam.

»Govans Oberkettenhund?« Sie lachte verächtlich.

»Wartet es ab. Er wird ihm bald mehr vertrauen als Euch, wenn sich Albugast recht verhält«, sagte der Berater voraus.

»Und in einem entscheidenden Augenblick kann es von Nutzen sein, die Leibwache des ¢arije auf der eigenen Seite zu wissen«, vollendete sie, reckte sich ein wenig und warf dem blonden Jüngling einen vorgetäuscht schüchternen Blick zu, bevor sie sich rasch abwendete. Sie hatte ihren Haken ausgeworfen. Der Fang würde selbst ohne Köder so lange schnappen, bis er an ihrer Leine hing.

»Lasst uns in meinem Palast feiern«, lud Govan die Gäste ein und bewegte sich, umringt von den Kriegern des Tzulanordens, zur Tür. »Die alten Zeiten sind nun endgültig vorbei.«

Der selbst ernannte Beherrscher des Kontinents trat hinaus und schaute auf die noch immer verwaisten Buden. *Verfluchter Abschaum! Sie wollen mich auf diese Weise demütigen.* Als er in der Entfernung eine Gestalt am äußersten Rand des Platzes durch die Schneeflocken eilen sah, reagierte er.

Eine knappe Geste, und magische Kräfte griffen nach dem Ulsarer. Sie warfen ihn auf den Boden und zerrten ihn rasend schnell durch den Schnee, bis er vor den Stufen der Kathedrale angelangte und sich hustend aus dem Weiß stemmte. Überall an ihm hingen Schnee und Dreck, seine Nase blutete. Sein Körper hatte eine breite Bahn hinterlassen.

Sofort verneigte er sich vor dem Herrscher. »Euere Göttlichkeit«, grüßte er ihn devot. »Ich wünsche Euch alles …«

Govans Hände formten ein Zeichen, der Stadtbewohner wurde von unsichtbaren Mächten in die Höhe gehoben und vor dem ¢arije unsanft zu Boden geschleudert. »Du musst nicht so tun, als interessiertest du dich für meine Krönung«, fauchte er ihn gereizt an. »Warum isst und trinkst du nichts? Warum sind die anderen nicht gekommen?«

»Ich muss mich um meine Familie kümmern, göttlicher ¢arije«, versuchte der Mann zu erklären und wischte sich das Blut unter der Nase weg. »Eine meiner Töchter ist krank.«

»Ist das ein Grund, ein solches einmaliges Ereignis zu versäumen?«, schrie ihn Govan an. »Wie viele Kinder hast du?«

»Sieben«, antwortete der Ulsarer ängstlich.

»Sieben? Und da sorgst du dich um eines, als wäre es etwas Besonderes, während dein Kabcar zum ¢arije wird, wie es noch keinen vor ihm gab?«, zeterte er ungläubig. »Wo wohnst du?«

»Ich … Eure Göttlichkeit … bitte«, bettelte der Mann, da er um das Leben seiner Familie fürchtete. Endlich deutete er auf eines der Häuser.

Voller Wut beugte sich der junge Mann herab. »Dann geh wieder dorthin.«

Seine Kräfte katapultierten den Ulsarer aus dem Stand nach hinten. In einer geraden Linie schoss er über den Platz auf den Eingang des Gebäudes zu, durchbrach dabei einen der Stände wie ein Bombardengeschoss und krachte durch das Holz der Eingangstür.

»Ihr wollt nicht mit mir feiern?«, schrie Govan heiser und mit rotem Gesicht über die freie Fläche. »So sollt ihr auch nichts bekommen!«

Seine Finger gestikulierten schnell, aber sehr präzise.

Opalisierende Wände schossen an den Rändern der riesigen Fläche in die Höhe, bewegten sich wie Pressen aufeinander zu und schoben die aufgebauten Stände zusammen. Den Bediensteten gelang im letzten Moment die Flucht, ehe sie zwischen den Bierfässern, Balken und Latten zerquetscht werden konnten. Bier und Wein ergossen sich aus den geborstenen Behältern, das Gemisch verteilte sich auf dem Kopfsteinpflaster und rann in die Gosse.

Die übernatürlichen Energien formten einen großen Scheiterhaufen, den Govan mit einer weiteren Gebärde in Flammen aufgehen ließ. So hoch wie die aufragende Kathedrale loderte das Feuer in den nächtlichen Himmel. Der Schein fiel auf die umliegenden Häuser und erweckte den Eindruck, halb Ulsar verbrenne. Die Hitze war so gewaltig, dass die Steine zerplatzten.

Govan ergötzte sich an dem Anblick, fachte den Brand mit Gesten immer wieder an, zauberte die unterschiedlichsten Farben ins Feuer und formte aus den Flammen die gigantischen Konturen Tzulans.

»Das ist der neue Gott Ulldarts!«, lachte er selbstvergessen und starrte auf das glühende Abbild des Gebrannten. Dann riss er sich von dem Anblick los und stieg in seine Kutsche, Zvatochna folgte ihm. Die Gäste machten sich ebenfalls zur Abfahrt bereit.

Während im Palast die Krönung des Herrschers begangen wurde und aus der Kathedrale leise Schreie erklangen, flackerte die Lohe auf dem Marktplatz weiter.

Einen ganzen Tag und eine ganze Nacht brannte sie. Und war durch nichts zu löschen.

Mit einem raschen Federstrich unterzeichnete Govan ein paar Tage später die Kopfprämie für das Haupt eines jeden Modrak, der einer Garnison gebracht wurde. Wie er und sein Berater erfuhren, brachen die fliegenden Wesen an mehreren Orten gleichzeitig ein, betrieben neuerdings Spionage und Sabotage. Die passive Haltung hatte augenscheinlich ein Ende.

Mehrere Unterlagen über neue Waffenentwicklungen und Apparaturen waren in ihre Klauen gelangt; drei Produktionsstätten für Pulver vergingen nach ihrem Besuch in gewaltigen Feuerbällen und vernichteten die Einrichtungen restlos.

Da die Soldaten in den Truppenstandorten nicht ausreichten, um die allgegenwärtigen Modrak zur Strecke zu bringen, wollte der Herrscher denjenigen, die sich vorher mit der Jagd auf Sumpfbestien beschäftigt hatten, die Gelegenheit zum Einstreichen der Prämien geben. Auf diese Weise würde er die fliegende Plage hoffentlich bald in den Griff bekommen.

Das Verhalten der Wesen passte leider hervorragend zu den Gerüchten, dass sein Vater keineswegs tot sei.

Die tzulandrischen Selidane berichteten immer wieder, dass sich die einfachen Kämpfer Geschichten vom alten Kabcar erzählten, die von seiner Rückkehr auf den Thron in Ulsar handelten.

Und es sollte sogar in mehreren Lagern zu Sichtungen gekommen sein.

Lodrik Bardri¢ sprach mit den Männern und bat sie, den Kampf nicht um seinetwillen zu führen. Sie sollten sich besinnen und nach Hause zurückkehren, und dort »wachsam gegen alles Übel« sein.

Der ¢arije wusste ganz genau, wen dieser Schatten aus einer nicht allzu fernen Vergangenheit meinte. Und was er damit erreichen wollte.

Auch ohne Mortva kam Govan zu dem Entschluss, dass die Sache im Süden schnellstmöglich abgeschlossen werden musste, um dem fetten Perdór das Lästermaul zu stopfen und die Grünhaare allesamt Tzulan zu übergeben. Und Lodrik endgültig zu töten.

Lustlos blätterte er die Korrespondenzen durch, die noch nicht von Mortva vorsortiert worden waren. Wahllos nahm er einen Brief heraus und öffnete gelangweilt den Umschlag.

Seine Augen wurden groß.

Der Bürgermeister von Potjulinsk, eine der kleineren Städte im Süden der Provinz Ulsar, erkundigte sich allen Ernstes nach der Glaubwürdigkeit der Meldungen über das Auftauchen seines Vaters. »Wenn ja, wäre es uns eine große Freude, Vater und Sohn gemeinsam regieren zu sehen«, endete das Schreiben.

»So weit sind wir also schon«, fluchte Govan und betätigte die Klingelschnur, um seine Diener herbeizurufen. »Sie wollen mich absetzen.« Er bestellte Albugast und Mortva auf der Stelle zu sich. Der Berater traf als Erster ein.

»Zwei Dinge«, schallte es ihm zur Begrüßung unfreundlich entgegen. »Wo sind Balasy und meine aldoreelische Klinge?«

Nesreca verneigte sich. »Verschwunden. Beides. Ebenso wie meine Leute, die ich auf ihn ansetzte. Ebenso wie die Schwadron der Stadtwache von Ludvosnik, die ihn und den anderen Ritter verfolgten.«

»Na, herrlich!« Govan stützte die Arme in die Seite. »Ich habe den Eindruck, dass sich seit der Eroberung von Rogogard alles zu meinem Nachteil entwickelt. Und anstatt auf die neuesten Ereignisse angemessen zu antworten, reist die Befehlshaberin der Streitkräfte des Südens mitten im Winter nach Granburg, um ihre Mutter zu besuchen, wie sie es schon so lange beabsichtigte.« Ihm kam in den Sinn, wie sehr seine Schwester die Verbannte mochte. Und wie gern sie sie in der Hauptstadt sähe. *Oder sollte sich hinter dem Treffen mehr verbergen als nur die Sehnsucht?* Er schnappte sich einen Zettel und notierte die Befehle für die Selidane auf. »Hier.« Er reichte die Notiz seinem Berater, der sie las und knapp nickte. »Ob sie es befiehlt oder ich, macht keinen Unterschied. Der Schlag soll den Grünhaaren deutlich machen, dass wir keineswegs bereit sind, von der Eroberung ihres Landes abzurücken, nur weil sich mein Vater auf deren Seite geschlagen hat. Oder was auch immer dort herumläuft und sich für ihn ausgibt.«

»Dummerweise schenken ihm die Truppen nach und nach Glauben.« Nesreca faltete das Papier sorgfältig. »Für mich gleicht es einem Wunder, dass er Eure Attacke überlebt hat. Es muss ein Rest Magie in ihm gewesen sein.« Deutlich stand ihm die Szenerie vor Augen. Und er erinnerte sich an das schwache türkisfarbene Leuchten, das über die Steine gehuscht war. »Seine eigenen Fertigkeiten haben ihn geheilt.«

»Nützen wird es ihm nichts«, grollte der ¢arije. »Ich habe mich dazu entschlossen, selbst in den Süden zu reisen, wenn sie sich nicht ergeben und alle Verräter an mich ausliefern. Ich will meinen Vater ein für allemal zu den Toten befördern. Außerdem gehen mir die ach so unbesiegbaren Kensustrianer auf die Nerven.« Er schien es sich anders überlegt zu haben. »Zvatochna und ich werden sie auf alle Fälle vernichten. Nichts ist mir gewachsen.«

»In der Tat, wenn wir wollen, dass diese Gerüchte verstummen, müssen wir die Wurzel zu fassen bekommen. Doch ich schlage vor, wir treffen einige Vorbereitungen, ehe wir nach Ilfaris aufbrechen.«

Nesreca vermutete, dass Perdór genau das erreichen wollte, weil er etwas in der Hand zu haben glaubte. Das Wagnis war es ihm wert, da er es für unwahrscheinlich hielt, dass die Kensustrianer über etwas verfügten, was den Kräften seines leider übergeschnappten Zöglings ebenbürtig sein könnte.

Allerdings, in dem verwirrenden Schlachtengetümmel, inmitten von Bombarden, Menschen und Tierleibern, würde es einfacher sein, etwas zu unternehmen, um den Kurs, den Ulldart zurzeit nahm, ein wenig zu korrigieren. Indem er den Steuermann gegen eine Frau austauschte.

Die Kabcara leitete bereits einiges in die Wege, um das Ruder des Reiches zu übernehmen, sie besuchte Adlige, Hauptleute und Brojaken wie selten zuvor. Zugleich schickte sie verschlüsselte, auf den ersten Blick harmlose Nachrichten an Freunde ihrer Mutter, in denen sie nach der Entzifferung des Kodes von einem Machtwechsel sprach und auf die Loyalität der Verschwörer setzte. Sie beschwor in ihren Schreiben geschickt die Vision eines Volksaufstandes, ausgelöst durch die Anordnungen ihres Bruders, und packte die Mächtigen bei ihren schlimmsten Ängsten.

Dazu gesellten sich ein paar Spritzer Parfüm, ein warmes Lächeln und Augenaufschläge, gespickt mit reiner Sünde, und schon formierte sich hinter dem Rücken Govans ein Bündnis von Günstlingen, die nur darauf warteten, dass er starb.

Natürlich wusste Nesreca von Zvatochnas Bemühungen, seine Leute hatten ihre Augen und Ohren überall. Er ließ sie gewähren, weil es ihm hervorragend in den Kram passte. Ihm hätten die notwendigen Personen nicht so rasch und einfach vertraut. *Es liegt vermutlich daran, dass die wenigsten Männer eine Nacht mit mir verbringen wollen,* dachte er erheitert.

Der ¢arije goss sich Tee ein. »Wir nehmen die Cerêler mit, damit ich mich zwischendurch immer wieder mit frischer Magie ausstatten kann. Nicht, dass ich es brauchte.« Doch das Gefühl wollte er nicht mehr missen. »Schickt einen Boten nach Granburg und setzt meine Schwester davon in Kenntnis, dass wir Kensustria im Frühjahr Seite an Seite angreifen werden, Mortva. Ein anderer soll Krutor bei seinen hässlichen Freunden in Ammtára unterrichten. Er darf endlich an die Front.« *Und kommt dort hoffentlich ums Leben, diese elende Missgeburt.*

»Die Flotte auf Rogogard?«

»Sie hat ihre Befehle«, hielt Govan an der Landung auf Kalisstron fest.

Nesreca verschränkte die Arme hinter seinem Rücken. »Ihr wollt wohl, dass die Hohe Herrin das interne Wettrennen um den Wunsch gewinnt, indem Ihr selbst ihr unter die Arme greift?« Genüsslich erinnerte er den jungen Herrscher an die Abmachung, die er als sehr gutes Druckmittel gegen Zvatochna einsetzen konnte. »Oder wollt Ihr auf Euer Begehr verzichten?«

Govan legte die Finger an die Schläfe. »Nein«, entgegnete er langsam. *Ich werde sie einfach so heiraten. Ich bin der ¢arije. Und bald ein Gott dazu.* »Ich werde mich mit ihr darüber unterhalten.«

Es klopfte, ein Lakai meldete die Ankunft des Großmeisters des Tzulanordens. Albugast betrat das Zimmer, die blutrote Rüstung stand ihm ausgezeichnet. Er kniete vor Govan nieder.

»Ah, mein starker irdischer Arm!«, meinte der junge Mann glücklich. »Du wirst dich ausstrecken und etwas für mich vernichten.« Nesreca lauschte alarmiert. »Reite mit deinen Brüdern nach Potjulinsk und übereigne die Stadt mit allem, was darin ist, dem Gebrannten. Keine Gnade, keine Gefangenen. Das wird sie lehren, mir etwas vorschreiben zu wollen.«

Der Konsultant nahm das Schreiben in die Hand und überflog es. *Diese Narren. Sie haben ihren Untergang selbst verschuldet.* »Recht getan, Hoher Herr.«

Albugast erhob sich scheppernd, verneigte sich und machte sich auf den Weg.

»Ihr spracht von zwei Dingen, als ich hereinkam«, meinte Nesreca. »Was sollten wir noch bereden?«

Govan nickte dem Ritter nach. »Das hat sich soeben erledigt, liebster Mortva.«

Kontinent Ulldart, Großreich Tarpol, Provinzhauptstadt Granburg, Winter 459/60 n. S.

Die Glöckchen am Pferdegeschirr schellten fröhlich, die robusten Tiere stapften durch den Schnee und zogen das Gefährt mit den prominenten Insassen durch die verschneiten Wälder Granburgs. Begleitet wurden sie von einer Hand voll berittener Wachen. Die Atemluft der Vierbeiner verwandelte sich in der klirrenden Kälte zu weißem Dampf.

Mutter und Tochter saßen in dem Schlitten, mehrere Lagen Decken und Pelze über die Knie und um den Körper gelegt. Schals schützten die empfindlichen Gesichter der Frauen vor Erfrierungen.

Aljascha zeigte der Kabcara die einsamen Weiten der Provinz, während sie sich auf dem Rückweg von einer neuen Freundin befanden. Die verstoßene Herrscherin verstand sich ausgezeichnet mit Kaya Jukolenko, der Witwe des einstigen Gouverneurs, und vertiefte derzeit die Kontakte. Sie hatte auch bewirkt, dass sich Aljascha entgegen der Anordnung des ¢arije frei bewegen durfte.

»Ist sie nicht eine ganz reizende Person?«, schwärmte Aljascha. »Und wir drei teilen die gleichen Ansichten.« Sie lachte hell auf. »Eine ist entschlossener als die andere. Die gute Kaya hat sich nicht nur gefühlsmäßig, sondern auch finanziell schon lange wieder von dem Schlag erholt, den ihr Lodrik durch die Hinrichtung ihres Gatten zufügte.«

»Wir werden sie zum Dank zur Gouverneurin machen. Sie ist hervorragend dazu geeignet, dich in Granburg zu unterstützen«, bestätigte die Jüngere. »Etwas Besseres hätte dir nicht passieren können.«

»Doch«, erwiderte Aljascha mit einem scharfen Unterton, »die Rückkehr nach Ulsar.«

Ihre Tochter seufzte. »Mutter, ich habe es dir bereits mehrfach erklärt. Govan hebt Vaters Erlass nicht auf. Ich bin zwar Kabcara, aber was bringt es mir, solange mein Bruder noch an der Macht ist?«

»Eben. Das wollen wir ja ändern.«

Sie passierten das Tor Granburgs und erreichten bald darauf Aljaschas Haus. Sie stieg zuerst aus und schritt auf das Gebäude zu, vor dem die Bediensteten Aufstellung nahmen, um den hochrangigen Gast zu empfangen.

Ansonsten interessierten sich die meisten Granburger nicht für die Kabcara. Einen Ball hatte es einen Tag nach ihrer Ankunft gegeben; die Einflussreichen machten ihre Aufwartung und sondierten, wie weit die Bekanntschaft mit der Schwester des ¢arije für sie von Nutzen sein konnte.

Dutzende Männer umschwärmten Mutter und Tochter, keiner der Freier durfte jedoch mehr, als die vereinten Schönheiten mit den roten und schwarzen Haaren schmachtend zu betrachten. Das einfache Volk hielt Abstand und kümmerte sich darum, wie es über den harten Winter kommen konnte.

Nun verschwanden die beiden im Innern des Hauses, entledigten sich der Mäntel und begaben sich ins Teezimmer, wo alles angerichtet war.

Zvatochna betrachtete ihre Mutter, die ihre Schwangerschaft sehr gut bewältigt hatte. Nach der Geburt des Sohnes präsentierte sie ihre Figur in einem engen Kleid und machte ihrer Tochter deutlich, dass sie ihr, was die Attraktivität ihres Körpers anging, in nichts nachstand. Sie musste zudem einen Weg gefunden haben, die verhasste Narbe entfernen zu lassen.

Die Kabcara kannte ihren jüngsten Bruder nur aus Erzählungen. Bislang hatte die Zeit dazu gefehlt, einen Blick auf ihn zu werfen. Jedenfalls fand ihre Mutter immer wieder eine neue Ausrede, um ihn ihr nicht zu zeigen. Umgekehrt war sie auch keineswegs sonderlich erpicht darauf, das schreiende Bündel zu sehen. Wenigstens würde er ihr im Fall von Govans Ableben den Thron nicht streitig machen, denn Rechte standen ihm nicht zu.

»Meine Freunde in Ulsar sind dir gewogen?«, erkundigte sich Aljascha, und ihre Tochter nickte. »Das ist sehr gut.« Sie warf die roten Haare zurück, die ihre Schultern umspielten. »Wenn du diesen undankbaren Kerl zu seinem Gott beförderst, werden sie dir Unterstützung gewähren. Und sobald ich deine Nachricht erhalte, reise ich in aller Stille nach Ulsar, um dir zu helfen.« Sie langte nach Zvatochnas Hand, strahlte sie an. »Ich habe es immer gewusst, dass wir eines Tages gemeinsam über das ganze Reich regieren.«

»Ich kann mir nichts Schöneres vorstellen«, lächelte die Kabcara und drückte ihre Finger.

Aljaschas Freude wich Besorgnis. »Du musst auf Nesreca achten. Er wird dich nur halten, solange es ihm passend erscheint. Mein Beispiel muss dir eine Lehre sein. Vergiss nicht, was deine erste Tat sein wird, wenn Govan tot ist.«

»Ich nehme mir seine aldoreelische Klinge und schicke Mortva seinen beiden Helfern hinterher«, wiederholte sie gehorsam die Anweisung, die sie auswendig kannte. »Oder ich lasse es Krutor tun.«

Aljascha zuckte mit den Achseln. »Wer es tut, ist gleichgültig. Aber er muss unter allen Umständen vernichtet werden. Wenn er ahnt, dass wir uns keinen Deut um Tzulans Rückkehr scheren, wird er die nächsten Intrigen einfädeln, bis er einen auf den Thron setzt, der ihm zu Willen ist.« Ernst schaute sie in die braunen Augen ihrer Tochter. »Sein Tod ermöglicht uns letztlich das sorgenfreie Herrschen.«

Zvatochna nahm einen Schluck heißen Tee. »Ich schlage vor, dass wir die Grünhaare in Ruhe lassen, wenn unser zweiter Schlag nichts bringt. Ich sehe es nicht ein, mich mit den Kensustrianern herumzuschlagen. Lieber richte ich mein Augenmerk auf Angor.«

»Hat Govan nicht vor, Kalisstron zu erobern, wie du mir sagtest? Wenn die Vorbereitungen doch schon mal angelaufen sind …«

»Mutter, die Kalisstri haben noch keinen Grund, uns den Krieg zu erklären. Das kann von mir aus noch lange so bleiben«, legte sie dar. »Anders herum gesprochen, Alana II. wurde aus Tersion verjagt. Ihr Gemahl Lubshá Nars'anamm wird sicherlich schon seit einigen Jahren etwas vorbereiten, um seiner Frau ihr Reich zurückzugeben. Und das Kaiserreich schätze ich wesentlich gefährlicher ein. Auch ohne Magie.«

»Ja, ich gestehe, du bist die Strategin von uns beiden.« Sie hob ihre Tasse als Zeichen der Anerkennung und des Lobes. »Also attackieren wir ein Land, das endlich mal angenehm warm ist und in dem man die öden Winter im Sonnenschein verbringen kann.« Aljascha schloss die Augen. »Palmen, weiße Strände, eine laue Brise. Männer zum Zeitvertreib.«

Ihre Tochter musste lachen. »Warte es ab, Mutter. Wenn wir die Kensustrianer nicht niederringen oder sie keinen Waffenstillstand schließen möchten, steht uns ein harter Brocken bevor.«

Die Magd meldete, dass der Junge nach seiner Milch verlangte. Die einstige Herrscherin über Tarpol entschuldigte sich und verließ das Zimmer, um ihren Sohn zu stillen.

Gleich darauf öffnete sich die Tür ein weiteres Mal, und dieselbe Bedienstete überbrachte eine Depesche, die das Siegel ihres Bruders trug.

»Der Meldereiter soll warten. Vielleicht sende ich etwas zurück«, befahl sie, während sie das Wachsstück brach, die Schnur entfernte und die Nachricht las.

Das habe ich mir beinahe gedacht. Sie verwünschte seine Ungeduld, ließ sich Papier und Feder bringen, um ihn umzustimmen. Ihre Hand bewegte sich beim Schreiben langsamer und langsamer. *Es macht keinen Sinn. Die Befehle sind gewiss schon auf dem Weg in den Süden.*

»Er kann reiten«, schickte sie die Magd hinaus. Gedankenverloren trank sie ihren Tee. *Jetzt muss ich beten, dass die Kensustrianer davon so erschüttert und gelähmt sind, dass sie nicht unverzüglich einen Gegenschlag durchführen. Unsere Lager würden dem kaum Stand halten.*

Aljascha kehrte zurück und bemerkte auf Anhieb, dass etwas nicht stimmte. Ihre Aufmerksamkeit richtete sich auf den geöffneten Brief. »Du machst dir Sorgen, Liebes. Was wollte der Reiter?«

»Govan hat einen Teil meines Planes zur Ausführung gebracht«, seufzte sie. »Ich muss sofort nach Ulsar. Oder am besten, ich reise nach Ilfaris und sende von unterwegs meine Anweisungen an die unterschiedlichen Garnisonen, damit ich im Fall eines Angriffs eine Hysterie unter den ulldartischen Kontingenten verhindern kann. Tzulan stehe uns bei.« Zvatochna erhob sich, kniete sich vor ihre Mutter und küsste sie auf die Stirn. »Gib den Kuss meinem kleinen Bruder. Sag ihm, dass seine Schwester sich freut, ihn in Ulsar beim feierlichen Einzug als echte Kabcara zu sehen.« Ihre Lippen berührten abwechselnd die Wangen. »Die waren für dich.« Sie ging zur Tür und winkte. »Warte auf meine Nachricht, und dann flieg wie der Wind in die Hauptstadt, Mutter.«

Darauf kannst du Gift nehmen. Aljascha lächelte ihr zu und hob die Hand zum Gruß. Dann verschwand ihre Tochter, um Vorbereitungen für ihre Abreise zu treffen.

Bald darauf trat sie ans Fenster und verfolgte den überstürzten Aufbruch ihres »Mädchens« mit. Ein letztes Winken von ihr, ein Lachen zum Abschied hinter dem Glas hervor, und der Schlitten schoss davon.

Die falsche Freundlichkeit der ehemaligen Kabcara erstarb. Sinnierend lief sie durch die Räume, um nach ihrem Spross zu schauen. Noch vor wenigen Monaten hätte sie ihrer Tochter die Augen auskratzen können, so sehr hatte sie sie für ihr Nichthandeln gehasst. Dieser Jähzorn hatte sich schließlich in einen Plan umgewandelt, an dessen Ende ihr jüngster Sohn, der friedlich in seinem Bettchen schlummerte, auf dem Thron in Ulsar säße. Nicht heute, aber in einer nicht allzu fernen Zukunft.

Die plötzliche Zuneigung ihrer Tochter gründete in Aljaschas Augen einzig auf dem Umstand, dass die junge Frau ihren Beistand benötigte, wenn sie sich zur alleinigen Herrscherin aufschwingen wollte. Ohne die zugespitzte Lage säße sie weiterhin allein in Granburg und würde wohl kaum eine Rolle in Zvatochnas Leben spielen.

Das würde sich bald ändern.

Leise öffnete sie die Tür zum Kinderzimmer und beugte sich über das Bettchen. Das Mützchen, das den kleinen Kopf wärmte, spitzte unter der dicken Decke hervor, die Augen hielt der Säugling fest geschlossen.

Aljascha gab ihm einen liebevollen Kuss auf den Kopf. Deine Schwester wird noch gehörig staunen. Sie richtete das Federbett und verließ lautlos den Raum.

Kontinent Ulldart, Großreich Tarpol, Provinz Huron, Satucje, Winter 459/60 n. S.

Die *Varla* lag vertäut im kleinen Hafen des Fischerdorfes; alle Handwerker und Zimmerleute klopften, hämmerten und dichteten mit Hochdruck am mitgenommenen Rumpf des tarvinisch-rogogardischen Seglers, um die Schäden so rasch wie möglich zu beseitigen.

Einen langen Aufenthalt konnte man sich nicht leisten, die Gefahr der Entdeckung war zu groß. Sollte ihre Unterstützung der Feinde des »göttlichen ¢arije« bekannt werden, brauchten sich die Menschen nicht mehr weiter um die Zukunft scheren. Andererseits musste die Fahrt zügig weitergehen, um die wertvolle Fracht nach Kensustria zu bringen.

Torben Rudgass hatte tatsächlich geschafft, was noch keinem gelungen war. Er hatte die See zwischen Ulldart und Kalisstron bezwungen, die in diesen Monaten als unschiffbar galt.

Vielleicht lag es am beschworenen Beistand der Götter, vielleicht schlicht an dem Können des Piraten, vielleicht war es auch einfach nur Glück. Ganz ohne Blessuren war die *Varla* nicht weggekommen, doch sie hatte Stürme und Eisschollen überstanden.

Nun befanden sich die Passagiere im kleinen Haus von Laja, einer gealterten, doch noch immer sehr rüstigen Fischerwitwe, die einst dem Rogogarder das Leben gerettet und ihn gesund gepflegt hatte, als er als Gefangener an die Küste gespült worden war. Sie kümmerte sich seit der Abfahrt um die verwirrte Frau, die Rudgass aus Jökolmur gerettet hatte und hier vor dem Zugriff der Feinde verbarg.

Mit Spannung warteten die Besucher, dass Norina erschien.

Die Tür zum Nebenzimmer öffnete sich, Laja führte die Tarpolin herein. Apathisch blickte die hochgewachsene Brojakin in die Gesichter der Anwesenden, ohne eine Reaktion zu zeigen.

Torben kam an ihre Seite. »Norina, schau, wen ich dir mitgebracht habe.« Der Rogogarder hoffte, ihren Verstand aus dem abgestumpften Zustand zu rütteln, in dem Norina seit Jahren verharrte. *Was machen wir, wenn auch das nicht hilft?* »Das ist Waljakov, erinnerst du dich?«

Der Hüne stand auf und kam näher. »Herrin?«

Ihre Augen gingen durch ihn hindurch. Genauso wenig geschah etwas bei Matuc und Fatja.

Lorin betrachtete seine Mutter, erkannte, wie sehr ihre Züge sich glichen. Unsicher erhob er sich, stellte sich vor sie und versuchte, ihre Aufmerksamkeit auf sich zu lenken. »Mutter?«, fragte er behutsam und umfasste ihre Hände. »Ich bin Lorin. Dein Sohn.«

Der Kopf der Brojakin senkte sich ein wenig, ihre Blicke trafen sich. Für einen Augenblick wich der Schleier, der ihren Geist trübte. Sie lächelte den jungen Mann an, er spürte, wie sie seine Finger leicht drückte. Dann wurde ihr Gesicht erneut leer.

»Sie wird ihren Verstand nie mehr zurückerhalten«, meinte Torben niedergeschlagen. »In euch habe ich die letzte Hoffnung gesetzt.« Er bedankte sich bei Laja für die Betreuung der Brojakin. »Ich werde nachsehen, was das Schiff macht.«

Der Leibwächter wirkte noch eine Spur kälter als sonst. Das Schicksal der Frau, die er seit so langer Zeit kannte, bewegte ihn. Doch eine Gefühlsregung wollte er sich nicht erlauben, und so verhärtete sich sein Antlitz. Matuc und Fatja waren ebenfalls unglücklich.

Tokaro bedauerte den wenig erfreulichen Ausgang des Wiedersehens der alten Freunde. In seinem Kopf aber beschäftigte er sich mit etwas ganz anderem. So nickte er in die Runde und verließ das Haus, vor dem er Treskor angebunden hatte. Er schwang sich in den Sattel des Hengstes und ließ ihn gemütlich auf einen kleinen verschneiten Hügel traben. Dort hielt der junge Mann an und stemmte sich in die Steigbügel, um einen Blick in Umgebung zu werfen, die aussah wie mit Zucker bestreut.

Die Unsicherheit nagte an ihm, Wankelmut machte sich breit.

Sicher, er hatte zugesagt, seinem Halbbruder und dessen Freunden zu helfen. Er hatte gehofft, während der Überfahrt Freundschaft mit seinem Blutsverwandten zu schließen. Aber so recht warm wurde er nicht mit ihm. Ihn beschlich das Gefühl, dass die Alchimie zwischen ihnen nicht stimmte.

Seine ständige Übelkeit, die zuweilen so heftig war, dass er dachte, er müsste vor lauter Sichübergeben sterben, und das unverhohlene Misstrauen des kahlen Kriegers bezüglich seiner Geschichte, wie er an die aldoreelische Klinge gelangt war, ermöglichten kaum eine Annäherung.

Er fühlte sich nach wie vor als Außenseiter.

Die Gruppe kannte sich seit Jahren, hatte zusammen in einem fremden Land gelebt und vertraute einander blind. Er dagegen gehörte nur dazu, weil die junge Borasgotanerin ihn in einer ihrer Visionen erkannt haben wollte. Und weil er zufällig die gleiche Augenfarbe besaß wie das kleine magische Wunder mit dem affigen Kinnbärtchen.

Er hätte viel lieber gewusst, wie es Kaleíman von Attabo erging.

Was hindert mich daran, einfach loszureiten und mich auf meine eigene Art um den Kabcar zu kümmern?, wisperte es in seinen Gedanken. Das ehrbare Räuberdasein, der Held der einfachen Leute zu sein, gefiel ihm zu gut.

»Tokaro!«

Ein wenig erschrocken wandte er sich um und entdeckte Lorin, der den Hügel im Dauerlauf erklomm. Ohne außer Puste zu sein, stand er bald neben dem Hengst und streichelte ihn.

»Du fühlst dich nicht recht wohl bei uns, oder?«, begann sein Halbbruder, der einen Rucksack auf dem Rücken trug.

Kann er Gedanken lesen? Tokàro suchte ertappt nach einer Ausflucht, entschied sich jedoch für die Wahrheit. »Ja.« Kurz legte er ihm dar, worüber er soeben und auch die halbe Fahrt lang gegrübelt hatte. »Das ist der Grund, weshalb ich viel lieber auf Treskor davonreiten würde.«

Lorin grinste breit. »Oh, wie gut ich das verstehe.«

»Ach?«, machte sein Halbbruder, der mit einer Predigt gerechnet hatte. »Jetzt bin ich neugierig geworden.«

»Ich bin ein Fremder auf Ulldart. Auch wenn meine Mutter und mein Vater von hier sind, kenne ich das Land nicht als meine Heimat. In Kalisstron wartet die Frau, die ich liebe und zu der ich wieder zurückkehren möchte, wenn wir unsere Aufgabe erfüllt haben.« Lorin schaute den Reiter freundlich an. »Zuerst wollte ich gar nicht hierher. Ich dachte mir: Sollen die Ulldarter ihre Angelegenheiten doch selbst regeln. Aber unsere Geschwister sind mittlerweile zu einer weit größeren Bedrohung geworden. Was auf dem Spiel steht, geht über die Grenzen von Ländern hinweg. Und deshalb sollten sich die Länder zusammentun. So wie wir es getan haben.«

Tokaro überlegte.

»Es kann sein, dass Angor dir die aldoreelische Klinge zukommen ließ«, sagte Lorin nach einer Weile, »weil er wusste, dass dieses Schwert im Kampf gegen das Böse unverzichtbar ist. Wer sonst könnte Sinured, Govan und die anderen aufhalten, wenn nicht wir beide? Ich habe meine Magie, dich schützen die Kräfte der Waffe. Siehst du, wie wir uns ergänzen? Dennoch werden wir dich nicht aufhalten, wenn du nicht mit uns kommen und lieber deinen eigenen Weg als ehrbarer Wegelagerer gehen möchtest.«

Tokaro hatte sich entschieden. »Ich werde eine Rüstung brauchen.« Er grinste von seinem Pferd herunter. »Was wäre ein Mitglied der Hohen Schwerter ohne sie? Wenn ich schon auf dem Schlachtfeld ein Held sein soll, möchte ich standesgemäß aussehen.« *Damit Angor mich erkennt, wenn ich falle.*

Der Kalisstrone lachte. »Das lässt sich sicher in Kensustria regeln.« Dann reichte er ihm den Rucksack in die Höhe. »Den wollte ich dir noch geben.«

»Ist das die Belohnung für meine Entscheidung?«

»Du hättest es sowieso bekommen. Ich kenne mich damit nicht aus.«

Tokaro kramte in dem Beutel und holte eine Handbüchse hervor. »Na, so gut wie die große Variante ist sie nicht, aber es reicht für den Anfang.« Er wog die Feuerwaffe in der Hand. »Sie fasst sich gut an.« Eine große Anzahl von Kugeln und das passende Pulver steckten auch in dem Rucksack. »Damit werde ich den Truppen des hoheitlichen Narren zeigen, was Sache ist.« Freudig sprang er aus dem Sattel, zog den Handschuh aus und hielt dem jungen Mann die Rechte hin. »Wenn wir uns noch ein wenig besser kennen lernen, könnten glatt Freunde aus uns werden.«

Als sie sich die Hände reichten, fiel Tokaro siedendheiß ein, dass er womöglich auf die angeborenen Fertigkeiten seines Bruders ebenso ansprechen könnte wie auf die Zvatochnas.

Ihre Haut berührte sich, nichts geschah.

Erleichtert atmete er auf, da er den Schlag als sehr unangenehm in Erinnerung hatte.

»Ich werde mit Treskor noch ein wenig umherreiten, damit er sich wieder ans Laufen gewöhnt. Die lange Zeit der Verletzung und das Herumstehen im Schiff haben ihn unruhig werden lassen. Er möchte sich am liebsten mit dem Wind messen.« Er stieg wieder auf.

»Dann werde ich nicht länger stören«, verabschiedete sich sein Halbbruder und schritt die Anhöhe hinunter. »Ich bin froh, dass du an unserer Seite kämpfst. Man kann vor seiner Bestimmung eben nicht davonlaufen.«

Tokaro und der Hengst jagten davon, beide genossen es, einen festen Untergrund unter sich zu haben, auch wenn es im Freien reichlich kalt war. Das Streitross galoppierte zunächst noch vorsichtig, doch irgendwann brach das Temperament durch, die Geschwindigkeit steigerte sich von Hufschlag zu Hufschlag, bis sein Reiter in einer Art Rausch aufjauchzte.

Nach zwei Stunden hatte der Ritt ein Ende.

Steif und durchgefroren rutschte der junge Ritter vom Sattel des Schimmels, führte ihn in einen Stall und wischte ihn trocken. Dann klopfte er das Eis und den Schnee vom Fell, während seine Zähne so schnell klapperten, dass er keine Silbe hervorbrachte.

Er stakste in das Haus von Laja und pellte sich aus seiner dicken Kleidung, die allerdings wegen des Tempos und des eisigen Windes kaum gegen die schneidende Kälte geholfen hatte. Seine Finger, seine Zehen und sein Gesicht fühlten sich taub an. Das Feuer in der

Stube würde das eingefrorene Blut in seinen Adern wieder zum Fließen bringen.

Die anderen schienen gegangen zu sein, nur sein Halbbruder saß am Tisch und stierte abwesend auf die Maserungen der Tischplatte.

»Woran denkst du?«, erkundigte sich Tokaro, nachdem seine Kiefer nicht mehr wie lose Bleche im Sturm gegeneinander schlugen.

Erstaunt, dass ihn sein sonst so zurückhaltender Halbbruder ansprach, hob Lorin den Kopf. »Ich dachte eben, wie schade es ist, dass sich Mutter nicht mehr richtig erinnern kann«, erzählte er. »So viele Fragen, die ich ihr stellen wollte. Zu meinem Vater, zu ihr, zu den ganzen Geschehnissen, die sich vor meiner Geburt ereigneten.« Er seufzte schwer. »Alles bleibt im Dunkeln.«

Tokaro nahm den Rucksack auf und setzte sich zu ihm. Er goss sich einen Becher Tee ein, damit die Wärme in sein Inneres zurückkehrte. »Ich habe Vater gekannt. Ein harter, aber gerechter Mann, würde ich sagen. Er machte Eindruck auf die Menschen.« Seine Mundwinkel wanderten nach oben. »Aber unsere Geschwister, mal abgesehen von Krutor, sind hinterhältige, verwöhnte Zuckerärsche.« Seine gute Laune legte sich schlagartig. »Ich habe ein Anliegen. Niemand von uns weiß genau, was sich in den kommenden Wochen und Monaten ereignen wird. Sollten wir aber auf unsere Schwester treffen, dann bitte ich dich, sie mir zu überlassen, wenn es die Gelegenheit erlaubt«, sagte er eindringlich. »Und schone Krutor. Er ist im Grunde gut. Nur ohne Durchblick. Glaub mir, ich kenne sie beide gut genug. Triffst du jedoch auf Govan, mach ihn fertig.«

Im Stillen wunderte sich der Kalisstrone über das plötzliche Zutrauen seines Blutsverwandten, der seine Zweifel anscheinend überwunden hatte. »Gab es etwas zwischen dir und Zvatochna, weshalb du ihr gegenübertreten möchtest?«

Tokaro druckste herum, schließlich legte er einen Anhänger auf den Tisch. »Wenn alles anders gelaufen wäre, säße ich in diesem Augenblick vielleicht an ihrer Seite.«

Lorin nahm das Liebespfand und betrachtete es, bevor er es an seinen Halbbruder zurückgab. »Dann bin ich froh, dass es nicht so gekommen ist. Sonst stünden wir uns als Feinde gegenüber und wüssten nicht einmal etwas von unserer Verwandtschaft.«

»Und ich hätte mit meiner eigenen Schwester eine Nacht verbracht«, ergänzte er. Beziehungen dieser Art waren zwar vor allem in Tersion nichts Ungewöhnliches, doch für die nördliche Welt bedeutete eine solche Verbindung Unheil. »Es ist gut so, wie es kam.«

»Und was machst du, wenn du sie wieder siehst?«

»Ich bete zu Angor, dass ich sie überzeugen kann, die Seiten zu wechseln«, verriet er seinen Plan. »Zwar darf meine Liebe zu ihr nicht sein, aber …«

Lorin machte ein nachdenkliches Gesicht. »Wenn uns aber nichts anderes übrig bleibt? Wenn sie Widerstand leistet und Govan zum Sieg verhelfen möchte, was dann?«

»Dann, Bruder«, sagte er traurig, »wirst du einschreiten müssen. Meine Gefühle zu ihr verhindern, dass ich sie verletze. Geschweige denn, dass ich sie notfalls …« Das Wort »töte« kam ihm nicht über die Lippen.

Ihr die aldoreelische Klinge durch den vollendeten Leib zu jagen oder den zarten Hals zu kappen, ihr bezauberndes Antlitz voller Schmerzen zu sehen, das brächte er nicht zu Stande. Er fürchtete allerdings, dass sie genau diese Schwäche im entscheidenden Moment ausnützen würde.

»Gut, ich verspreche es dir«, willigte sein Gegenüber ein.

Tokaros Linke bewegte sich nach vorn, er wollte die Hand seines Bruders zum Zeichen des Dankes drücken.

Als sich die Finger berührten, erhielten beide einen gewaltigen Schlag.

Während der ehemalige Rennreiter nur zusammenzuckte, riss es Lorin rückwärts vom Stuhl. Er schleuderte mit Wucht nach hinten und prallte hart gegen die Wand des Hauses, wo er stöhnend nach unten rutschte und auf dem Hosenboden sitzen blieb. Getrocknete Kräuter rieselten auf ihn herab.

»Bist du verrückt geworden?«, beschwerte er sich benommen. Das Zimmer tanzte um ihn herum, sein Halbbruder befand sich gleich viermal vor ihm.

»Das hätte nicht passieren dürfen!«, verteidigte sich der Tarpoler überrumpelt. »Vorhin war davon nichts zu spüren, als wir uns die Hand gaben. Da habe ich nicht einmal ein Kribbeln gespürt.«

»Wovon redest du?«, wunderte sich Lorin, stemmte sich in die Höhe und musste sich am Kamin abstützen, um nicht gleich wieder umzufallen. Ihn durchrann ein schreckliches Gefühl, das Blut rauschte in seinen Ohren.

»Auf der Anhöhe«, meinte sein Halbbruder mit Nachdruck.

»Ich war auf keiner Anhöhe«, meinte Lorin unfreundlich, stellte den Stuhl hin. Schwer plumpste er auf die Sitzfläche und hielt sich den Kopf. Seine Magie war durch den Vorfall in Aufruhr geraten. Zum ersten Mal spürte er sie ganz deutlich. Hitzewellen durchfluteten ihn.

»Wir haben uns doch auf dem Hügel vor Satucje getroffen, oder etwa nicht?«, erwiderte Tokaro gereizt. Er hielt den Beutel mit der Handbüchse hoch. »Die hast du mir gegeben! Wir sprachen über die Zweifel bei dem Abenteuer, das uns bevorsteht.«

Wortlos schnappte Lorin den Rucksack, wobei er darauf achtete, seinen Blutsverwandten nicht mit der bloßen Hand zu berühren, und warf einen Blick hinein. »Das ist die Handbüchse des Palestaners.« Verwundert richtete er die blauen Augen auf Tokaro. »Ich hatte sie im Schiff zwischen meinen Sachen aufbewahrt und schon beinahe vergessen.« Er schaute ihn an, als erwartete er eine Erklärung.

Stattdessen sprang der Ritter auf und lief zur Tür. »Komm mit.« Schon war er hinaus.

»Wohin denn?«, fragte sein Halbbruder etwas zu spät und rannte hinterher.

Sie liefen zum Stall, in dem Treskor stand und Heu fraß. Er wieherte seinem Herrn zu, ließ den anderen jungen Mann jedoch nicht aus den Augen. Der Schweif peitschte die Luft.

»Geh näher zu ihm.«

Lorin lachte ungläubig. »Du bist wohl nicht bei Trost? Seit wann sind Pferdetritte gut für die Gesundheit?«

»Bitte. Wenn sich seine Ohren nach hinten legen, kehrst du langsam zurück, und ich beruhige ihn.«

»Und warum sollte ich das tun?«

»Weil ich auf dem Hügel mit jemandem gesprochen habe, der genauso aussah wie du, der mir die Handbüchse gab und der meinen Hengst streichelte, ohne dass er sich dagegen gewehrt hätte«, zählte Tokaro auf.

»Und wenn er mich jetzt tritt, hast du den Beweis, dass ich es nicht war«, meinte sein Halbbruder vorwurfsvoll. »Können wir uns nicht eine andere Probe ausdenken?« Er hoffte, dass seine Magie ihn notfalls schützen würde.

Zögernd ging Lorin einen Schritt auf das Streitross zu, das sofort aufhörte zu kauen. Bei der nächsten Bewegung klappten die Ohren nach hinten, und der Hengst schnaubte warnend.

»Das reicht«, pfiff ihn Tokaro eilig zurück, ehe sein Halbbruder mit einem hufeisenförmigen Abdruck auf der Stirn durch die Gegend lief. »Lass uns nach Fußspuren schauen.«

Sie stapften durch den Schnee, gelangten bald an den Rand der Siedlung und sahen schon von weitem die Fährte, die das Pferd hinterlassen hatte. Doch die Abdrücke eines Menschen fehlten.

Tokaro dachte an die Unterhaltung zurück. *Woher wusste der Kerl von meinem Leben als Räuber und von den anderen Ereignissen?*

»Wie soll ich das deuten?« Ratlos hob Lorin die Arme. »Aber eine Halluzination kann es nicht gewesen sein.« Er schaute auf den Beutel. »Irgendwie bist du in den Besitz der Handbüchse gekommen.«

»Denkst du, ich würde in deinen Sachen wühlen und stehlen?« Schmerzhaft kehrte die Erinnerung an die entwürdigende Szene zurück, als er vor aller Augen als Dieb überführt und gebrandmarkt worden war. »Ich rühre deine Sachen nicht an.«

»Nun sei doch nicht so empfindlich. Ich habe ja auch nicht gesagt, dass du mich bestohlen hast.« Lorin drückte ihm den Rucksack mit der Waffe in die Hand. »Wer auch immer sie dir gegeben hat, er wird gewusst haben, was er tat. Behalte sie.« Neugierig neigte er sich nach vorn. »Worüber hast du denn mit meinem Doppelgänger gesprochen?«

Tokaro winkte ab. »Nicht so wichtig. Gehen wir zurück. Ich war für meinen Geschmack schon viel zu lange in der Kälte.«

Sie liefen nebeneinander durch den Schnee, der unter ihren Sohlen knirschte.

Tokaro dachte daran zurück, wie er die Hohen Schwerter hatte verlassen wollen, ihn aber die Unterredung mit dem vermeintlichen Seneschall an der Flucht gehindert hatte. *Scheint so, als läge es jemandem am Herzen, dass ich bleibe.* Er wünschte sich im Stillen, dass die Erscheinung ein Gesandter Angors gewesen war. Oder Angor selbst. »Bist du dir sicher bei dem, was wir hier tun?«, erkundigte er sich bei Lorin. Er hatte sich entschlossen, die Unterredung mit dem Doppelgänger preiszugeben, und verschwieg auch nicht seine eigenen Zweifel.

»Wenn es dich beruhigt: Wer auch immer sich für mich ausgab, er teilte meine Einstellung.«

»Nun ja… Doch ich fände es besser, wenn wir den anderen davon nichts berichten«, bat Tokaro seinen Halbbruder, als sie die Tür erreichten.

»Um aller Götter willen, bloß nicht! Matuc wäre der festen Überzeugung, dass dir Ulldrael der Gerechte erschienen sei«, rief Lorin und spielte den Verzweifelten. »In seiner Weltanschauung ist er so unerschütterlich wie die Klippen vor Bardhasdronda. Was dazu führte, dass er den Gerechten unaufhörlich pries, bis wir es nicht mehr hören wollten.« Er schlug ihm vertrauensvoll auf die Schulter. »Ich schweige, Bruder. Schon in meinem Sinne.«

Tokaro atmete erleichtert auf, zum einen, weil niemand etwas von der Episode hören würde, und zum anderen, weil er zum ersten Mal so etwas wie Vertrauen zu seinem Blutsverwandten empfand.

Sie betraten das Haus der Fischerwitwe und setzten sich.

»Sag mal, wie ist es eigentlich um deine Reitkünste bestellt? Reichen sie für eine Schlacht aus?« Der junge

Ritter schmunzelte. »Du musst natürlich nicht so mustergültig sein wie ich.« Ein großer Schluck Tee verschwand in seinem Mund.

Der Kalisstrone rieb sich verlegen den Bart. »Vermutlich bleibe ich im Sattel, wenn man das Pferd führt.«

Prustend spie der Ritter den Tee aus. »Du Magiegenius kannst nicht reiten?«

Lorin schüttelte den Kopf. »Hundeschlitten sind meine Stärke. Und meine Ausdauer beim Laufen ist riesig«, bot er einen Ersatz an.

»Damit haben wir mehrere Möglichkeiten.« Tokaro hob den Zeigefinger. »Erstens, du klemmst dir den Speer unter den Arm und rennst selbst ins Getümmel«, der Mittelfinger schnellte nach oben, »wir nageln dir Rollen unter einen Hundeschlitten«, der Ringfinger reckte sich, »oder ich bringe dir bei, wie man sich im Sattel hält, wenn das Pferd nicht geführt wird. Was ich für das Beste halte. Ich glaube nicht, dass ich eine Hand frei habe, wenn ich am Fechten bin.«

Der Kalisstrone wollte nur ungern eingestehen, dass er mehr als Respekt vor Pferden verspürte. Um genau zu sein, fürchtete er sich ein wenig vor den mächtigen Vierbeinern. »Wenn es nicht anders geht«, räumte er widerwillig ein.

»Du hast keine andere Wahl, wenn du nicht eine halbe Stunde später als die anderen im Gefecht sein willst.« Er stieß seinen Becher an den seines Halbbruders. »Nur Mut. Du schaffst es.«

Und während draußen der tarpolische Winter sein strenges Regiment führte, brach das Eis zwischen den beiden jungen Männern.

Kontinent Ulldart, kensustrianische Nordostküste, Winter 459/60 n. S.

Die Winterstürme machten vor dem sonnigen Kensustria nicht Halt, auch wenn unangenehme Nebenerscheinungen wie Eis, Schnee, Hagel und klirrende Kälte eher selten waren. Die See schäumte in dieser Zeit öfter, die heftigen Winde trieben ihr raues Spiel überall.

Ausgerechnet in einer solchen Nacht kreuzten sechs unerwartete Gegner auf und bereiteten eine sinnlose Landung vor.

»Macht die Geschütze einsatzbereit«, befahl der kensustrianische Wachhabende, der auf der Festung oberhalb des Deiches auf dem Ausguck stand und die Unternehmung beobachtete. »Sie sollen die neu angekommenen tarpolischen Segler ins Visier nehmen.«

Noch während er die Anordnung erteilte, nahm der erste der sechs Segler Kurs auf den befestigten Küstenabschnitt. Der Sturm hatte die Takelage und die Leinwände bereits gezeichnet, als der Bug in Richtung des Damms schwenkte und das Schiff an Fahrt zulegte.

An exaktes Steuern war kaum zu denken, die Wellen machten mit dem Schiff, was sie wollten. Noch bevor die Bombarden einen Schuss abfeuern mussten, spießten die ausgefahrenen Eisenspitzen, die sich zum Schutz der Küste knapp unterhalb des Meeresspiegels erhoben, den Leib des Seglers auf und setzten ihn inmitten der Wogen fest. Der nächste Brecher würde das Schicksal der Seeleute und Truppen an Bord besiegeln.

Ehe die tonnenschweren Wassermassen die Planken und Spanten zertrümmerten, ereignete sich eine gewaltige Explosion, die den Rumpf mit einem grellen Blitz auseinander riss. Dumpf hallte das Donnern zu den Kensustrianern hinüber.

Der nächste Segler machte Anstalten, einen aussichtslosen Landungsversuch zu unternehmen. Der Wachhabende wollte allerdings nicht daran glauben, dass es sich bei den Angreifern um solche Glücksspieler handelte, dass sie auf ein zufälliges Gelingen hofften. So schlecht und aussichtslos stand es nicht um die Truppen des ¢arije.

Er suchte die Wasseroberfläche rund um das Wrack ab und entdeckte nirgends Leichenteile oder Tote. Nur Trümmerstücke schwappten gegen die sanfte Steigung, auf der oben eine Mauer verlief.

Nun versuchte er, etwas an Bord des zweiten Seglers zu entdecken, was wegen der Gischt und der Regenschauer, die es gegen sein Fernglas trieb, beinahe zu einem Ding der Unmöglichkeit wurde. Wenn ihn jedoch nicht alles täuschte, befand sich niemand am Ruder. Dicke Taue fixierten das Rad, um die Richtung zu halten.

Da verstand er die Absicht der Tarpoler.

»Feuer!«, befahl er eilig. »Zuerst auf den zweiten, und danach haltet auf die anderen.«

Die Mündungen der Bombarden fauchten, der Pulverqualm wurde vom Wind sofort zur Seite gerissen. Die Kugeln gingen auf die Reise. Durch das Schaukeln der Schiffe und den wilden Tanz, den sie auf den Wogen absolvierten, klatschten die Eisengeschosse unverrichteter Dinge ins Wasser. Die Fontänen sah man wegen des Unwetters gar nicht mehr.

Das zweite Schiff erreichte die unterseeischen Lanzen, hockte sich auf und zerbarst wenig darauf in einer neuerlichen Detonation.

Voller Entsetzen sah der Kensustrianer, dass die Wucht die Spieße auf mehreren Schritt Länge verbogen und die Verankerung beschädigt hatte. Die anderen vier Schiffe konnten bis an die Küste fahren, ohne vorher abgefangen zu werden. Er befahl, aus allen Rohren zu schießen.

Die Festung der kensustrianischen Verteidiger war umgeben von Dampfschwaden. Vor den Schießscharten blitzte es immer wieder auf, pfeifend flogen die Geschosse durch die Nacht, manche trafen, manche verfehlten ihr Ziel. Bei Tageslicht und halbwegs ruhiger See wären die Segler schon lange gesunken.

Doch die Ausbeute an zielsicheren Einschlägen reichte nicht aus, um die beiden nächsten Schiffe am Landen zu hindern.

Der Wachhabende hatte das vorausgesehen und die Krieger bereits zum Ufer gesandt. Die tragbaren Katapulte, Worrpas, Handbomben und nicht zuletzt die Schlagkraft seiner Männer würden die Feinde vernichten.

Die Schiffe wurden von den Wogen auf den unteren Bereich des Damms geschoben, die Kensustrianer besetzten die Mauern und machten sich zum tödlichen Empfang der ungebetenen Gäste bereit.

Die ließen sich mit dem Ausstieg Zeit, ihr Mut schien angesichts der bereitstehenden Verteidiger gesunken zu sein. Die anderen zwei Segler behielten ihre Position auf dem Meer bei.

Ein greller Lichtblitz zwang den Kensustrianer, der die Schiffe durch sein Fernglas betrachtete, die Augen zu schließen. Die Segler zersprangen mit einem zeitlichen Abstand von knapp einem Lidschlag, zerstört von der Sprengkraft mehrerer Tonnen Pulver.

Nicht nur das Holz beugte sich der Kraft.

Als der Wachhabende wieder etwas sah, entdeckte er die Katastrophe, die die Explosion angerichtet hatte. Und aller Wahrscheinlichkeit nach anrichten sollte.

Im Deich, der vor vielen hundert Jahren von seinen Vorfahren angelegt worden war, befand sich ein gewaltiges Loch, durch den das Salzwasser in das dahinterliegende Land strömte.

Das, was die Kensustrianer mit viel Geschick und Ingenieurskunst dem Meer entrissen hatten, nahm sich die See durch diese Lücke zurück. Die Ränder rissen links und rechts weiter ein, der Sturm drückte die schäumenden Wellen gegen die beschädigte Stelle und verbreiterte sie zusehends.

Sofort schickte der Kensustrianer Meldeworrpas los. Doch mit der Geschwindigkeit des windgepeitschten Wassers würden sich die schnellen Tiere nicht messen können.

Er hoffte, dass die Nachdeiche hielten, damit die Zahl der Toten in der Marsch nicht zu hoch ausfiel.

Da flogen das fünfte und sechste Schiff heran und segelten durch die Bresche ins Hinterland.

Kontinent Ulldart, Vizekönigreich Ilfaris, Herzogtum Séràly, eine Meile nordwestlich der kensustrianischen Grenze, Winter 459/60 n. S.

Lodrik ritt durch die Nacht und lenkte das Pferd entlang der Straße unmittelbar auf Paledue, das Lager des Gegners, zu.

Sein Wallach, der einen breiten Schnitt an der Kehle aufwies, flog mit einer übernatürlichen Geschwindigkeit auf dem befestigten Untergrund entlang. Die Augen des Nekromanten sahen im Licht der Monde genügend, um eventuellen Schlaglöchern rechtzeitig auszuweichen.

Unter seiner Uniform trug er den Rückzugsbefehl für die kensustrianische Spezialeinheit bei sich, die das Kastell der tarpolisch-tzulandrischen Truppen als Antwort auf die Dammsprengung vernichten sollten.

Die anderen Angriffe auf die übrigen Befestigungen waren im letzten Moment verhindert worden. Die Männer wussten nicht, wie knapp sie dem sicheren Tod entronnen waren.

Nur dieser eine Zug von etwa dreihundert Kriegern war schneller vorwärts gelangt, und der Befehl hatte ihren Sammelpunkt zu spät erreicht.

Zufällig war der einstige Kabcar hinzugekommen und hatte die Zustellung der Order übernommen, obwohl keiner daran glaubte, dass er die Distanz in der kurzen Zeit überbrücken könnte.

Sobald er außer Sichtweite der Verbündeten war, tötete er das Tier und ließ mehrere Seelen in den Kadaver einfahren. Sie verliehen dem wieder belebten Wallach die Schnelligkeit und die unendliche Ausdauer.

Erfolg war ihm dennoch nicht beschieden. Er hörte schon von weitem, dass er es nicht rechtzeitig schaffen würde.

Bombarden donnerten, schossen aus lauter Hilflosigkeit auf einen unsichtbaren Feind, der sich vermutlich schon lange in den eigenen Reihen befand. Die zackigen, teilweise eingerissenen Palisaden hoben sich wie die Zähne im Unterkiefer eines Modrak im Feuerschein ab, an einigen Stellen des Kastells waren Brände ausgebrochen. Das Klirren von Schwertern drang an seine Ohren.

Lodrik dachte nicht ans Aufgeben. Er wollte so viele seiner Untertanen vor der Rache der Kensustrianer bewahren und dirigierte das Pferd zum weit geöffneten Haupttor, aus dem ihm die Truppen in heller Furcht entgegengerannt kamen. Sie flüchteten vor dem Gegner, den sie für unbesiegbar hielten.

Der einstige Kabcar preschte durch ihre Reihen, um nach dem Anführer der Kensustrianer zu suchen.

Erste Tarpoler erkannten seine Uniform und blieben stehen, machten andere auf den wie aus dem Nichts erschienenen Reiter aufmerksam, der in höchster Not zu seinen Leuten zurückgekehrt war.

Sein Name verbreitete sich wie ein Lauffeuer unter den Soldaten. Hunderte Augenpaare verfolgten die Gestalt des geliebten Herrschers.

Ein Teil der Geschütze war von den Kensustrianern erobert und um 180 Grad gewendet worden. Die eigenen Kugeln flogen den Tzulandriern und Ulldartern um die Ohren und hieben alles entzwei, was ihnen auf ihrer Bahn im Weg stand.

Nur noch ein harter Kern hielt den Angreifern im Zentrum des Kastells Stand, formierte sich zu einem Kreis und wehrte sich nach Kräften. Schon schwenkten die Bombarden auf das Grüppchen der Tapferen.

Lodrik erstarrte, als er die verkrüppelte Gestalt sah, die sich in vorderster Linie befand und mit ihren zwei Dreschflegeln auf die grünhaarigen Angreifer eindrosch. Unter der Wucht der eisenbeschlagenen Holzstücke flogen die Kensustrianer, die mit der Bekämpfung des Riesen ihre Schwierigkeiten hatten, weit durch die Luft, bevor sie aufschlugen und liegen blieben.

Krutor! Was macht er denn hier?

Dann löste sich der Anführer der dreihundert Krieger aus dem Schatten, einer der gefürchteten Unbesiegbaren in der dunkelgrünen Rüstung mit den goldenen Verzierungen. In seinen Händen hielt er zwei Schwerter, die Augen glommen giftgelb.

Ich muss Krutor retten. Lodrik sprang aus dem Sattel. »Beschützt mich«, befahl er seinen Geistern, die augenblicklich aus dem Leib des Pferdes fuhren. Als kappte man die Fäden einer Marionette, stürzte der Wallach zusammen und blieb wie hingeworfen liegen.

Lodrik rannte durch das Lager. Jeder, der sich ihm unbewusst oder bewusst näherte, Freund oder Feind, wurde von unsichtbaren Kräften zur Seite gestoßen.

Durch die Barriere, die ihn umgab, war gleichzeitig der Blick auf ihn frei.

Und wieder erkannten ihn einige der Freiwilligen, riefen voller Begeisterung seinen Namen und zeigten mit dem Finger auf ihn. Jeder, der eben noch Verzweiflung und Furcht im Herzen getragen hatte, kehrte zurück, nahm die weggeworfene Waffe auf und wandte sich den Feinden zu. Das Erscheinen des Kabcar schien das Blatt zu wenden.

Doch noch mehr Tote zu verschulden, egal auf welcher Seite, das lag nicht in Lodriks Absicht.

Der Kensustrianer und sein Sohn lieferten sich einen erbitterten Kampf.

Mehrfach gelang es dem Krieger, Krutor zu verwunden. Die Schneiden schnellten nach vorn, perforierten die Rüstung und schlugen Wunden. Aber die Widerstandskraft des verkrüppelten Tadc sorgte dafür, dass er nicht einknickte. Trotzdem war es ein ungleiches Gefecht. Der Kensustrianer schützte sich mit seiner Magie vor der Wirkung der Dreschflegel.

Nach einer Finte stieß der Krieger die Klingen an der Deckung des jungen Mannes vorbei und parallel in den Körper seines Sohnes.

Schnaufend brach der Tadc auf die Knie, schlug dabei zu und drängte den Feind zurück. Die Schwerter steckten noch in ihm, der Kensustrianer war plötzlich waffenlos.

Ehrfurchtsvoll schaute der Anführer auf den Riesen, der nicht aufgeben wollte und sich aufrecht hielt, seinen Gegner sogar noch auslachte. Die Tränen, die ihm in Sturzbächen die Wangen hinabliefen, gebar jedoch der Schmerz, nicht der Hohn.

»Halt!,« rief Lodrik entsetzt und griff auf seine eigenen Kräfte zurück. Nicht allein der Klang seiner Stimme machte auf ihn aufmerksam, er verstärkte magisch die Wirkung seiner Präsenz und erzwang, dass selbst die Kensustrianer von ihren Gegnern abließen und auf den Neuankömmling starrten. Sein Name wurde geflüstert.

Er schritt selbstsicher auf den Anführer zu, langte unter die Uniform und überreichte ihm das Schreiben. Der Kensustrianer las die Zeilen, das Gelb seiner Augen erlosch. Ein kurzer Befehl, und seine Leute verstauten die Waffen.

Das Flüstern der Ulldarter wurde zu einem Raunen.

Der ehemalige Herrscher lief zu seinem verwundeten Sohn. »Wir holen einen Cerêler. Er wird dich heilen, mein Junge.«

»Vater?« Er lächelte, das entstellte Gesicht drückte unbändige Freude über das Wiedersehen aus. Er warf die Dreschflegel zu Boden. »Du bist gar nicht tot? Dann stimmt es also? Dann habe ich ganz viele Grünhaare ganz falsch kaputt gemacht.« Gequält blickte er nach unten, wo die Griffe der Schwerter aus ihm herausragten. »Schau, was sie dafür gemacht haben.« Angst schlich sich in seine Stimme. »Muss ich sterben?«

Behutsam strich er über den deformierten Schädel seines Jüngsten. »Nein. Ein Heiler wird dich vor dem Tod bewahren. Halte aus.« Er richtete sich auf.

Die Soldaten betrachteten ihn voller Verwunderung. Voller Hoffnung.

»Untertanen«, hob er die Stimme, »ja, ich bin es. Lodrik Bardri¢, der rechtmäßige Herrscher von Tarpol. Gestürzt von seinem eigenen Sohn, der mein Reich, der ganz Ulldart ins Unglück führt.« Er drehte sich ein wenig, damit ihn alle sehen konnten. »Govan raubte mir viel. Meine Gestalt, einen Teil meiner Magie. Aber nicht die Liebe meines Volkes!« Die Männer johlten als Zeichen der Zustimmung. »Ich weiß, dass ihr hier seid, um meinen Tod an den Kensustrianern zu rächen. Doch ich lebe. Deshalb sage ich zu euch: Geht nach Hause. Kümmert euch um eure Familien, versteckt sie vor meinem Sohn und seinen Leuten, damit sie über den Winter kommen. Lasst das Kämpfen gegen die Kensustrianer sein, denn sie sind meine Verbündeten. Ich werde Govan schon bald seines Amtes entheben.«

»Wir helfen Euch!«, schrie jemand aufgebracht, und die Menge stimmte sofort ein. Es dauerte eine Zeit, bis sie sich von ihm durch Gesten beruhigen ließen.

»Nein«, befahl er. »Ihr würdet nichts gegen ihn ausrichten. Er würde euch mit einem Lachen töten und euch Tzulan opfern. Geht nach Hause und erzählt allen, die ihr trefft, dass die Zeit meines Sohnes nicht mehr lange …«

Etwas flog surrend aus der Dunkelheit heran, wurde einen Fingerbreit vor Lodriks Kopf von seinen unsichtbaren Beschützern abgefangen und fallen gelassen.

Ein tzulandrisches Kriegsbeil lag zu seinen Füßen.

Einer der Soldaten hatte den Werfer erkannt, der eben noch Seite an Seite mit ihm gegen die Grünhaare gefochten hatte, und zückte wutentbrannt seinen Dolch. »Verräterischer Hundsfott!« Bis zum Heft trieb er dem Tzulandrier die Klinge in den Leib.

Für einen Lidschlag geschah nichts.

Dann entlud sich die Empörung über den versuchten Mord an dem verehrten Kabcar. Der Dolchstoß bildete den Auftakt zu einem unbeschreiblichen Kampf, bei dem Ulldarter und Kensustrianer sich gegen die Tzulandrier stellten.

Lodrik gelang es nicht, die erregten Gemüter zu beruhigen. Daher widmete er sich seinem schwer verwundeten Sohn.

Es dauerte nicht lange, und die einstigen Verbündeten, die Sinured gebracht hatte, ruhten tot auf der Erde. Die Ulldarter feierten ihren Sieg.

Nachdenklich drehte Lodrik eines der Schwerter, das der Cerêler seinem Sohn aus dem Körper gezogen hatte, in den Händen hin und her.

Unvorstellbar, dass er diese Wunden überlebt hat. Selbst der kleinwüchsige Heiler, den seine dienstbaren Seelen ausfindig gemacht hatten und der von den ulldartischen Truppen sofort nach Paledue geholt worden war, hatte unverhohlen seine Verwunderung darüber ausgedrückt.

Lodrik eilte in das Zimmer, wo man aus mehreren Decken ein Lager für den Tadc errichtet hatte. Erschöpft lag der Cerêler daneben und schlummerte. An verschiedenen Stellen des verwachsenen Körpers seines Sohnes waren Verbände angelegt worden, die Blessuren mussten auf natürliche Weise gesunden. Der kleinwüchsige Mann hatte all seine Magie auf die beiden Wunden im Unterleib des Krüppels gelenkt.

Leise schlich Lodrik an Krutors Lager und hockte sich daneben.

Der Cerêler murmelte im Schlaf etwas, rückte von dem Nekromanten weg. Seinem Sohn dagegen schien die Ausstrahlung des Unheimlichen und des Todes wenig auszumachen. Der ehemalige Kabcar saß einfach nur da und betrachtete Krutor. *Er kam, um meinen Tod zu rächen. Wie die vielen anderen. Und wäre beinahe ein Opfer des guten Vorsatzes geworden. Er war immer ein Spielball seiner Geschwister. Dieses Mal hätte es ihn beinahe das Leben gekostet.*

Krutors Lider flatterten, hoben sich. »Vater«, sagte er schwach, aber glücklich. Dann wechselte der Ausdruck in seinem groben Gesicht. »Ich muss mich bei den Kensustrianern entschuldigen. Sie haben keine Strafe verdient. Du lebst ja. Auch wenn du dich verändert hast. Du bist ein bisschen gruselig.«

»Ich werde ihnen sagen, dass es dir Leid tut«, versprach Lodrik gerührt. »Sieh zu, dass du wieder auf die Beine kommst.«

Krutor schaute böse. »Ich werde Govan dazu zwingen, dass er dir den Thron gibt. Und boxe ihm auf die Nase. Er hat viel angestellt, seit du … weg warst. Sie dachten, ich merke es nicht. Aber ich bin kein Verblödeter, wie Govan sagt.« Er nahm die Hand seines Vaters, die zwischen seinen Fingern gänzlich verschwand. »Ich helfe dir.«

»Du bist viel zu schwach«, lehnte er das Gesuch seines Jüngsten ab.

»Aber er hat doch seine Magie. Und so ein Schwert, das durch alles durch geht«, rebellierte Krutor kraftlos.

»Ich weiß. Wir sind ganz viele, mein Sohn.«

»Und wenn ihr auch eines von den Schwertern hättet?«, meinte er begeistert. Er senkte seine Stimme zu einem Flüstern. »Ich weiß, wo noch eines ist, das Govan nicht kennt.«

»Noch eine aldoreelische Klinge?« Lodrik horchte auf. »Wo soll sie denn sein?«

Zufrieden, dass er seinem Vater behilflich sein konnte, strahlte der missgestaltete Junge. »In Ammtára, bei meinen Freunden. Ich habe die Stadt unter meinen Schutz gestellt, weil ich nicht will, dass Govan oder Sinured sie kaputt machen. Das Schwert gehört Pashtak, dem Inquisitor. Eigentlich ist er jetzt der Vorsitzende. Er hat's gefunden. Wenn du ihm sagst, dass ich dich geschickt habe, wird er es dir geben.«

Der einstige Kabcar überlegte. »Ich könnte die Modrak …«

»Nein«, schüttelte Krutor den schiefen Schädel. »Er kann die Flieger nicht ausstehen.«

»Ich werde mir etwas ausdenken, damit er mir Glauben schenkt.« Er streichelte die Wange seines Sprosses, der die Augen schloss und sich an die Hand schmiegte. Weder schienen ihn das Knochige noch die langen Fingernägel abzuschrecken.

»Ich freue mich, dass ich dich gefunden habe«, murmelte der Tadc undeutlich und glitt in den Schlaf.

Lodrik schluckte, die Ergriffenheit übermannte ihn. Vorsichtig drückte er seinen Sohn an sich, stand auf, nahm die Schwerter und verließ das Gebäude. Draußen erwartete ihn der Kensustrianer und nahm dankend seine Waffen entgegen.

Das Kastell Paledue befand sich buchstäblich in der Auflösung.

Die Zelte waren in der Mehrzahl abgeschlagen, damit sie unterwegs als Unterschlupf genutzt werden konnten. Die toten Tzulandrier lagen auf einem großen Haufen, sie würden den wilden Tieren als Nahrung dienen.

Waffen, Wertgegenstände, Proviant, jeder der Abreisenden nahm sich, was er brauchte. In großen Pulks liefen und ritten die Ulldarter frohgemut in ihre Heimat, um die Rückkehr des alten Kabcar zu verkünden.

Andere zogen aus, um die anderen Kastelle von der tatsächlichen Ankunft des beliebten Herrschers zu unterrichten und zum Nachhausegehen zu überreden. Ihre Arbeit wog mehr als jede siegreiche Schlacht.

Lodrik winkte ihnen zu. Sie riefen seinen Namen und wünschten ihm ein langes Leben.

»Mein Sohn entschuldigt sich dafür, dass er in seiner Verwirrung einige Eurer Männer erschlug«, sagte er zu dem beeindruckenden Anführer des kensustrianischen Kommandounternehmens, ohne den Blick zu wenden.

»Euer Sohn ist ein erschreckender Gegner«, zollte der Krieger Respekt. »Ich bin froh, dass er auf unserer Seite steht.«

Eine Woche später transportierten sie den Verletzten ins Landesinnere von Kensustria, damit er Perdór Bericht über die Vorhaben ablieferte.

Das Kastell Paledue suchte man nach dem Abrücken der Kensustrianer vergebens. Nur ein paar Aschehaufen und die Leichen der Tzulandrier markierten den Ort, an dem vor nicht allzu langer Zeit die Truppen ausgeharrt hatten.

Kontinent Ulldart, nordwestliches Kensustria, Drocâvis, Winter 459/60 n. S.

Die Stadt am westlichen Rand Kensustrias, am Ufer des Flusses Câvis gelegen, konnte es mit der filigranen Schönheit Meddohârs nicht aufnehmen, wie Fiorell nach ihrer Ankunft sogleich nörgelnd feststellte.

Man hatte sich zu einem Umzug entschlossen, da sich die Belagerung anders als geplant entwickelte. Perdór wollte näher am Hauptgeschehen sein, die Nachrichten würden von den Grenzpunkten her schneller übermittelt werden. Dank der Modrak beinahe innerhalb von Stunden.

Also siedelten sie in die Stadt, die aufgrund der nahen Grenzlage einer einzigen Bastion glich. Die massiven Häuser standen immer in Ringen dicht an dicht angeordnet, sodass sich eventuelle Angreifer mühsam einen Wall nach dem anderen erobern mussten, sollte es ihnen überhaupt gelingen, die Stadtmauern zu erklimmen.

Inmitten der Kreise erhob sich die Festung.

Unzählige Brücken verliefen wie Krakenarme in alle Richtungen der Stadt und hinauf zu den Wehrgängen der Mauer, um die Krieger ohne Aufenthalt an den Ort zu bringen, an denen Feinden ein eventueller Durchbruch gelingen mochte. Selbstverständlich waren diese Bauwerke so konstruiert, dass man sie einstürzen lassen konnte, um den Gegner an ihrer Nutzung zu hindern.

Alles in Drocâvis machte den Eindruck, selbst den Einschlag der Monde überstehen zu können, so solide präsentierten sich die Bauten aus reinem, hellgrauem Granit.

Und dennoch wollte die Stadt nicht mit Farben geizen. Künstler verschönerten die brachialen Objekte mit Malereien. Die nicht ganz so üppig ausstaffierten Tempel lockerten das Bild einer reinen Militärstadt auf, auch wenn sie nicht recht in die soldatische Symmetrie passten.

Die Tarpoler und Ilfariten fanden Unterschlupf in einer ungenutzten Kultstätte, deren Gottheit derzeit außer Mode gekommen war. Bunte Wände, Symbole und seltsame Gegenstände verschönerten die unzähligen Räume, in denen sie ihren Kommandostab aufbauten.

Die Stimmung in Kensustria pendelte.

Die Sprengung eines Hauptdeiches und zweier Schutzdämme dahinter hatte eine Flutwelle über das kultivierte Ackerland rollen lassen. Tausende versanken in den salzigen Fluten, bis es den Baumeistern gelang, die Lücke zu schließen und die Überschwemmung aufzuhalten.

Die Tat löste verständlicherweise den Wunsch nach Vergeltung aus; die Einheiten, die gegen die Kastelle zogen, wurden auf das Einschreiten Perdórs hin zurückbeordert. Diese Eskalation würde einzig Govan nützen.

Die erfreuliche Wendung, die das Kriegsgeschehen dank des Eingreifens des alten Bardri¢ nahm, brachte den Freunden Zuversicht in rauen Mengen zurück. Eines der hoheitlichen Geschwister, im Grunde der Beliebteste des Dreiergespanns, stand zudem noch auf ihrer Seite. Zwar hatte er keinen Einblick in die exakten Pläne, aber seine Erzählungen reichten aus, um einige Lücken zu schließen und Eindrücke abzurunden.

»Der kleine Tzulan gerät immer mehr in Schwierigkeiten«, freute sich der rundliche König. »Das bringt mir meinen Appetit direkt zurück.« Er schaute sich nach seiner Schale mit Pralinen um, fand sie aber leer vor.

»Ihr habt Euren Vorrat aufgebraucht, kleiner Gierschlund«, meinte sein Hofnarr schadenfroh.

Der Herrscher grübelte. »Ich könnte den alten Kabcar bitten, dass er seine Modrak für mich nach Séràly schickt und Konfekt bringen lässt.«

»Der Meister der Geister wird einen seiner geflügelten Freunde in Euren Hintern beißen lassen, Majestät. Die Modrak würden sich wundern, wenn sie ihr Leben für Süßigkeiten aufs Spiel setzen müssten.« Fiorell hob das Blatt mit der Strichliste. »Hier, zweiundzwanzig der

Wasserspeier hat es schon erwischt. Trotz aller Vorsicht.«

»Ja, ich sehe es doch ein.« Unwirsch wandte er sich einer Nachricht zu, die ihm nicht gefiel. »Wir haben Segelsichtungen von tzulandrischen Kontingenten, Kurs auf Rogogard. Der wahnsinnige Kleine hortet die Schiffe und wartet wie ein Geier darauf, dass der Frühling ihm den Angriff auf Kalisstron ermöglicht.«

»Schlecht für die Kalisstri, gut für uns. Die Ignoranz des ¢arije kommt uns zu Gute. Würde er sie uns ebenfalls in den Nacken hetzen, müsste Ulldrael vorbeikommen und helfen.«

»Die Umsetzung der geraubten Baupläne aus den Verstecken des Kabcar läuft?«

»Ich vermute es. Moolpár stolzierte hier vor kurzem mit einem sehr zufriedenen Gesicht vorbei. Nicht mehr lange, und das Zeug ist fertig. Nur die Bedienung der Gerätschaften werden wir wohl durch Ausprobieren herausfinden müssen.«

Perdór wackelte mit dem Schopf, dass die Löckchen auf und nieder hüpften. »Heikel, heikel.«

Mêrkos betrat den Raum. »Ich soll Euch zum Hafen bringen«, sagte er. »Wir haben Besuch bekommen.«

»Vielleicht ist es Govan, der sich ergeben möchte?«, feixte Fiorell. »Oder wurden Eure schmachtenden Hilferufe gehört und die Götter sandten Euch einen schwimmenden Fresskorb?«

»Oder einen immer währenden Knebel für deinen Mund«, knurrte sein Herr.

Auf den Luxus einer Sharik mussten sie in Drocâvis verzichten, zu Fuß ging es mit Moolpár, Stoiko und Soscha durch die Stadt, bis sie die Tore in Richtung des Flusses erreichten. Eine arg ramponierte Dharka wurde gerade vertäut, mehrere Planken ausgelegt. Ein Kran hievte einen Schimmel aus dem Laderaum, um ihn langsam auf den Boden zu lassen.

Ein typischer Rogogarder erschien an Deck und schwenkte den Hut. Ausgelassen winkte er der Gruppe zu.

Stoiko kniff die Augen zusammen und fuhr sich über den Schnauzbart. »Rudgass? Ich werd verrückt.«

»Bitte nicht«, bemerkte Perdór trocken. »Wir brauchen jedes Quäntchen Verstand.«

Der Pirat ging federnden Schrittes die Planke hinunter, verneigte sich. »Da bin ich, Majestät. Ich war überrascht, als ich von Eurem Umzug hörte. Aber die freundlichen Kensustrianer wiesen mir den Weg. Sie wussten, dass ich zu den Freunden gehöre.«

»Es freut mich außerordentlich, den Mann kennen zu lernen, der weder Tod noch Tzulan fürchtet«, meinte der ilfaritische König und streckte ihm die Hand hin. »Auch wenn Ihr ohne Erfolg durch die Weltmeere gekreuzt seid.«

»Wie seid Ihr durch die Blockade gelangt, alter und treuer Freund?«, wollte Stoiko wissen, als die Reihe mit dem Händeschütteln an ihn kam.

»Welche Blockade?« Irritiert hob Torben die Augenbrauen. Dann musste er lachen. »Die Palestaner, so scheint es, haben sich zurückgezogen. Es steht keine einzige ihrer Koggen mehr vor der Küste«, berichtete er. »Ich wollte es Euch selbst sagen, deshalb ließ ich die Botschaft verheimlichen. Sozusagen als frohe Kunde.«

»Das kann keine Anordnung des ¢arije gewesen sein«, vermutete Perdór verblüfft.

»War es auch nicht«, schaltete sich Moolpár wissend ein. »Wir erhielten Besuch von einer palestanischen Abordnung, die sich mit uns treffen möchte. Die Ankunft der Delegation behielt ich für mich, um Kapitän Rudgass seine Überraschung nicht zu verderben.« Er zeigte seine Eckzähne. »Sie ist wohl gelungen.«

Der Herrscher kam aus dem Staunen nicht mehr heraus. »Wohl wahr.«

»Es ist wie immer. Da kommt die Krämerseele zum Tragen. Sie sehen, dass mit dem größenwahnsinnigen Möchtegerngott kein Staat zu machen ist, und seilen sich mal wieder ab.« Fiorell ahmte die umständliche Vorstellung eines Palestaners nach und näselte plötzlich so herrlich arrogant und affektiert wie einer der Seehändler. »Mir deucht, wir sollten miteinander ins Geschäft kommen, ehe es uns in das Salz regnet, nicht wahr?«

Alle lachten.

»Ach, ja, ich habe noch ein paar Mitbringsel.« Torben gab das verabredete Zeichen in Richtung des tarvinischen Seglers. »Ich mag es nicht, ohne Erfolge irgendwo aufzutauchen«, meinte er verschmitzt.

»Soll das heißen …«, brach es aufgeregt aus Stoiko hervor, der zunächst nicht wagte, weiter zu fragen, »… soll das heißen, Ihr habt sie gefunden?«

Wortlos deutete der Rogogarder auf den Ausstieg.

Zuerst wurde der Kopf von Norina sichtbar, die Fatja aus Vorsicht das schwankende Brett hinabführte. Es folgte die markante Gestalt des Leibwächters, dahinter erschienen Matuc und seine Kalisstronen in den Gewändern von Ulldraelmönchen.

Lidschläge darauf lagen sie sich mit Stoiko in den Armen und feierten ein Wiedersehen mit reichlich Freudentränen. Nur Norina stand unbeteiligt da und bemerkte anscheinend nicht, wie viel Seligkeit um sie herum herrschte.

Selbst Perdór konnte sich der Stimmung des Wiedersehens nicht entziehen, Fiorell wischte sich selbst die

Nase und reichte seinem König dann das benutzte Taschentuch, das dieser dankend annahm. Erst als er sich schnäuzte, fiel ihm der Streich auf, und er rempelte dem Narren in die Seite. Der rempelte zurück.

Als sich die erste Aufregung legte, stießen zwei junge Männer vom Deck des Seglers dazu.

Soscha stieß leise die Luft aus. »Das nenne ich magisches Potenzial«, flüsterte sie dem Herrscher zu und nickte in Richtung des kleineren der beiden. »Der andere trägt dafür eine aldoreelische Klinge an seiner Seite. Sie hat das gleiche Schimmern wie die des Großmeisters, als ich ihn einst in Ulsar sah.«

»Hat dieser Pirat es doch tatsächlich geschafft, die Brojakin mitsamt dem Sohn ausfindig zu machen?« Perdór klatschte begeistert. »Man müsste das Gewicht des Mannes in Iurdum aufwiegen, so wertvoll ist er für uns.«

»Das habe ich gehört.« Torben drängte die Gruppe mit sanfter Gewalt zum König und seinem Spaßmacher und stellte sie der Reihe nach vor. Da er Soscha nicht kannte, umschrieb Perdór an seiner Stelle ihre Aufgabe als »Wissenschaftlerin der Magie«.

Der Junge, der als Tokaro von Kuraschka vorgestellt worden war und ihr eben noch die Hand reichen wollte, riss den Arm ruckartig zurück.

»Das war recht unhöflich«, meinte die junge Frau. »Bin ich einem Ritter nicht standesgemäß genug?«

Tokaro deutete verschämt eine Verbeugung an. »Ich fürchte um Euer Wohl, meine Dame. Das ist alles. Mein Körper wirkte bisher auf die meisten magiebegabten Menschen, indem er einen Schlag gegen sie ausführte.«

»Ach?«, machte Soscha begeistert. »Das will ich sehen.« Bevor Tokaro etwas dagegen unternehmen konnte, fasste sie ihn an.

Nichts geschah.

Der Ritter atmete erleichtert auf. Die Ulsarin dagegen blickte enttäuscht auf die Hände, die sich berührt hatten. Sie ließ los, packte zu, ließ los, packte zu, bis der junge Mann sich ihrem Zugriff entzog.

»Ihr hattet großes Glück, meine Dame.« Ein boshaftes Grinsen stahl sich in sein Gesicht. »Seht, was bei meinem Bruder geschieht.« Sein Zeigefinger tippte gegen Lorins Handrücken. Schreiend sprang der Kalisstrone zurück und verfluchte seinen Halbbruder. »Zufrieden, edle Dame?«, grinste er breit.

Soscha hielt sich überrascht eine Hand vor den Mund. Die Entladung, die sie eben beobachten durfte, stellte etwas völlig Neues dar.

Von einem Lidschlag auf den anderen war eine grellgraue Aura um den Ritter entstanden, den sie eben noch als nichtmagisch eingestuft hatte. Nach der Berührung fiel sie einfach zusammen und verschwand wieder. Selbst bei einer genauen Betrachtung entdeckte sie keinerlei Hinweise auf die Kräfte, die sein Halbbruder dagegen in hohem Maße aufwies.

Es muss eine passive Magie sein. Vielleicht aktiviert sie sich nur bei Verwandten? »Das war … beeindruckend«, meinte sie, noch immer gebannt von dem Gesehenen.

»Verzeiht. Ich muss mich um mein Pferd kümmern.« Der Lastkran seilte den Hengst endgültig ab.

Tokaro schnalzte leicht und stellte sich ein wenig abseits der Menschen. Der stolze Schimmel trabte auf seinen Reiter zu und legte den Kopf auf seine Schulter, froh, dass die Schiffsreise zu Ende war. Tokaro klopfte ihm auf den Hals und sprach in freundlichem Ton zu ihm.

Soscha wollte eben schon nach seinem Halbbruder schauen, als sie ein Schimmern um den Ritter entdeckte, sobald er in die Nähe des Rosses gelangte. *Und ich dachte schon, ich hätte ein paar Geheimnisse der Magie gelüftet. Da kommt Forschung für ein ganzes Leben auf mich zu.*

»Ich zeige Euch eine Unterkunft, in der Ihr ein wenig Ruhe von der anstrengenden Reise findet. Das Haus neben dem Tempel steht Euch zur Verfügung«, bot Moolpár an. Seine bernsteinfarbenen Augen betrachteten Norina. »Ich werde nach unseren Ärzten rufen lassen, damit sie sich die Frau ansehen. Vielleicht finden sie einen Weg, ihr zu helfen.«

»Ich wäre Euch zu ewigem Dank verpflichtet«, sagte Torben aufrichtig.

»Wie ich«, ergänzte Lorin.

Sie kehrten zu dem verlassenen Tempel zurück, die Gruppe teilte sich auf. Man verabredete ein Treffen in den Abendstunden, das Wiedersehen sollte mit einem kleinen Fest gefeiert werden.

Als sich die anderen zerstreuten, hielt Stoiko den K'Tar Tur am Arm fest. Er wartete, bis sie allein zwischen den Gebäuden standen. »Der Junge ist auch hier, Waljakov.«

»Welcher Junge?«

»Unser Schützling aus vergangenen Zeiten. Lodrik.«

Waljakov runzelte die Stirn. »Er ist tot, wurde uns gesagt.« Die mechanische Hand schloss sich klackend zu einer Faust. »Oder?«

Stoiko verneinte. »Die Magie hat ihn vor dem endgültigen Tod bewahrt. Sein Sohn raubte ihm einen Großteil seiner Kraft und veränderte ihn. Nicht nur äußerlich. Ich glaube auch innerlich. Er ist trauriger, melancholischer geworden.«

Waljakov lehnte sich an die Wand, das Rückenteil seines Harnischs erzeugte ein metallisches Geräusch. »Er lebt.« Seine Gefühle spielten verrückt, doch die Freude über diese Nachricht überwog alles andere.

Sein Freund wusste, wie ihm zu Mute war, und lächelte nur still.

»Wo ist er? Warum hat er uns nicht begrüßt?«

»Er schämt sich. Und er ist etwas empfindlich geworden, was das Sonnenlicht angeht«, erklärte sein Gegenüber nachdenklich. »Du wirst sehen, was ich meine, alter Griesgram.« Er machte einen Schritt nach vorn und umarmte den Leibwächter noch einmal. »Wer hätte das gedacht?«

»Dass wir uns lebend wiedersehen?«, grinste der Hüne und erlaubte sich den Scherz, ebenfalls zuzudrücken. Stoiko wich die Luft aus den Lungen. »Ich hielt es für unwahrscheinlich.« Er schlug ihm auf die Schulter. »Aber nicht für unmöglich. Die anderen werden viel zu erzählen haben. Ich rede immer noch nicht gern. Aber Fatja wird plappern wie ein Wasserfall.« Seine Freude wich Nachdenklichkeit. »Ich bitte alle Götter, dass sie der Herrin ihren Verstand wiedergeben.«

»Es ist bedrückend, sie so zu sehen. Was war sie einst für eine kampfbereite, mutige Frau«, seufzte der Vertraute des Kabcar. Er musterte das gealterte Gesicht des K'Tar Tur. »Was wirst du tun, wenn du den Jungen triffst?«

»Ich sollte ihm den Hintern versohlen«, brummte er.

Das Fest im größten Raum des Tempels begann früh und dauerte lange.

Fern blieben der verletzte Krutor und Lodrik, der sich laut Perdór irgendwo an der Grenze aufhielt, um durch sein Erscheinen die letzten Zweifler der ulldartischen Kontingente vom Abzug zu überzeugen.

Matuc ließ es sich nicht nehmen, die Zeichen und Symbole Ulldraels des Gerechten aufzuhängen, damit in der Kultstätte auch wieder eine Gottheit Einzug hielt.

Den ganzen Abend verbrachten sie damit, sich von ihren Erlebnissen in Kalisstron und Ulldart zu erzählen, und bei allen schrecklichen Geschehnissen wurde dennoch viel gelacht. Die Menschen verspürten eine Zuversicht wie schon seit Jahren nicht mehr.

Dass Waljakov auf seine alten Tage die Damenwelt entdeckt hatte, sorgte vor allem bei Stoiko für Belustigung. Tokaros Bericht über das Ende der Hohen Schwerter löste ebenso Betroffenheit aus wie Torbens Schilderung vom Fall Rogogards. Der Freibeuter verkündete, dass er in zwei Tagen aufbrechen wolle, um nach Varla zu suchen. Da die Spione des ilfaritischen Königs sie noch nicht in Ulsar entdeckt hatten, vermutete er sie in einem der Gefangenenlager auf Verbroog, wo sie womöglich auf die Deportation in die Hauptstadt und ihre Opferung zu Ehren Tzulans wartete. Niemand zweifelte daran, dass ihm eine wagemutige Befreiungsaktion gelingen würde.

Tokaro stahl sich davon und suchte den Ort im Tempel auf, an dem sich Krutor befand und seine Verletzungen auskurierte. Heimlich betrat er den Raum, in dem ein paar Kerzen brannten, in deren Licht der missgestaltete Junge ein Buch las.

Sein deformierter Schädel wandte sich langsam dem Eingang zu. »Du bist doch Vaters Rennreiter! Ich meine, der Ritter … Mein Freund.« Aufrichtige Freude zeigte sich im Gesicht des Verletzten.

»Genau. Ich wollte dir guten Tag sagen.« Tokaro trat an das Bett, reichte ihm die Hand. »Ich habe gehört, du warst sehr tapfer, alter Haudegen.«

»Ich hab sie ganz gut vermöbelt. Aber sie mich auch.« Der Tadc zeigte stolz auf seine Verbände. »Es waren keine Degen. Ich habe Dreschflegel benutzt. Aber die Grünhaare hatten ganz schön Angst vor mir. Und jetzt sind sie unsere Freunde.« Er schaute unter sich. »Schade, dass ich ein paar kaputt gemacht habe. Aber ich wusste ja nicht, dass sie für Vater sind.« Krutor setzte sich ein wenig auf. »Und wo kommst du her? Geht es Treskor gut?«

»Ich bin viel herumgekommen. Und dem Pferd geht es gut.«

»Ein schönes Pferd.« Listig blinzelte er dem Ritter zu. »Weißt du was? Jetzt können wir Govan zusammen auf die Nase boxen!«

Tokaro lachte laut, der missgestaltete Riese stimmte mit ein. »Das wird uns einen ganz schönen Spaß bereiten, was?!« Der Tadc nickte eifrig. »Ich gehe wieder nach unten. Wir sehen uns jetzt bestimmt öfter, sobald du gesund bist.«

»Bestimmt.« Krutor winkte ihm nach, als der Ordenskrieger hinausging und die Tür leise zuzog. *So viele Freunde hatte ich noch nie.*

Tokaros kurzer Ausflug war nicht bemerkt worden. Er war gespannt, wie sein Vater reagieren würde, wenn er seine beiden unehelichen Söhne vor sich sah, und bedauerte, dass er nicht an der Feier teilnahm.

Nachdenklich nahm er einen Schluck Wein. Seine Augen schweiften über die Gesichter der neuen Verbündeten und Vertrauten. *Ob er es am Ende nicht wagt, sich den Menschen zu zeigen, die er nicht gut behandelt hat? Er wird sich nicht ewig vor uns verbergen.*

Die Nachtluft spielte mit den Vorhängen, die vor der spaltbreit geöffneten Glastür hingen. Von hier aus gelangte man auf einen Balkon, der eine Übersicht über die umstehenden Gebäude erlaubte.

Sachte wehte der Stoff vor und zurück, schlug Wellen, als bestünde er aus Wasser, und zuckte im nächsten Moment wie lebendig. Die Monde sandten ihr silbriges Licht durch das Fenster in den Raum, in dem eine Person ruhte.

Norina lag in ihrem Bett, eine für kensustrianische Verhältnisse dicke Decke über sich, unter der sich ihr Körper abzeichnete. Ihr schwarzes Haar bildete einen Kontrast zu dem lavendelfarbenen Kissenbezug, auf dem ihr Kopf ruhte. Ihr Gesicht wirkte entspannt, sie schlief traumlos.

Etwas rüttelte leise am Fenster.

Ein heftiger Windstoß wirbelte Vorhänge durcheinander, für einen kurzen Augenblick zeichneten sich in dem fließenden Stoff die Umrisse eines Frauengesichts ab. Dann bewegte sich die Verriegelung der Tür, bis sie aufsprang und sich gänzlich öffnete. Ein leises Raunen und Wispern erfüllte den Raum, eine Brise fuhr hindurch, die sich abrupt legte.

Eine sehr schlanke Gestalt in einer nachtblauen Robe schwang sich auf den Balkon, das blonde Haar leuchtete im Schein der Gestirne.

Vorsichtig näherte sich der Besucher dem Eingang und betrat das Innere des Gebäudes, bis er am Kopfende des Lagers stand. Geräuschlos setzte er sich auf die Bettkante, die Hände in den Ärmeln der Robe verstaut, und blickte auf die Frau.

Er kannte jede Einzelheit ihres Gesichtes, das ihm ein wenig älter, aber nicht weniger vertraut erschien. Die kleine Narbe an der rechten Schläfe, die Züge ihres Antlitzes, wie oft hatte er all das in seinen Träumen gesehen. Wie sehr hatte es ihm gefehlt.

Nun befand Norina sich unmittelbar vor ihm, und dennoch wagte er es nicht, sie zu wecken. Er wusste, dass ihr Zustand sein Verschulden war.

Ich kann sie nicht einmal für meine Taten um Verzeihung bitten. Sie würde mich nicht verstehen. Vor Aufregung pochte sein Herz laut und schnell. Schon fürchtete er, das Trommeln in seiner Brust werde ihn verraten.

Es tut mir alles so Leid. Unwillkürlich neigte er sich nach unten, näherte sich ihrem Gesicht.

Da öffneten sich ihre mandelbraunen Augen und schauten geradewegs in seine blauen, und ihre Blicke verschmolzen miteinander.

Die Zeit stand still.

Eine Ewigkeit verharrten sie so, nicht einmal ein Blinzeln störte das Band, das sich zwischen ihnen gebildet hatte.

Dann weiteten sich Norinas Pupillen, bis sie das Braun beinahe völlig verdrängten, und zogen sich auf eine normale Größe zusammen. Der Schleier der Stumpfsinnigkeit, der ihre Augen so lange getrübt hatte, verflog.

»Lodrik?«, stammelte sie leise.

Erschrocken fuhr er zurück, sprang auf und rannte zur Balkontür.

Norina richtete sich auf, betrachtete in aller Eile ihre Umgebung und fand sich nicht zurecht. Sie war weder in einem Gefängnis noch in Tarpol oder Rogogard. Die Art der Einrichtung passte nicht. *Bin ich in Gefangenschaft?* »Was geht hier vor?«, wollte sie von ihrem einstigen Geliebten wissen. »Wo bin ich? Was …?«

Der einstige Kabcar befand sich in totaler Verwirrung. »Norina … ich … Wir sehen uns gewiss noch. Lass es dir von jemandem erklären.« Er lief auf den Balkon und kletterte hinunter.

Die Brojakin stieg rasch aus dem Bett und rannte ihm nach.

Die Ansicht auf das nächtliche Drocâvis bedeutete eine weitere Überraschung. Sie vermutete, dass sie sich in Kensustria befand. Genau sagen konnte sie es nicht.

Sie erinnerte sich, dass sie irgendwann mit Torben gesprochen hatte und ihn bat, nach den anderen zu suchen. Das Bild eines jungen Mannes entstand vor ihren Augen, der sie anlächelte und den sie »Mutter« sagen hörte. *Wie viel Zeit ist seitdem vergangen?* Unsicher blickte sie der flüchtenden Gestalt in der nachtblauen Robe hinterher. *Was macht er hier?*

Es half nichts, sie benötigte jemanden, der ihr alles erklärte. Und zwar schleunigst.

Norina betrachtete sich, als sie sich einen Morgenmantel überwarf, im Spiegel. *Wenigstens bin ich keine Greisin geworden.*

Sie riss die Tür zu ihrem Zimmer auf und ging durch das unbekannte Gebäude.

Weil sie niemanden fand, trat sie auf die Straße und hörte Gespräche, die aus dem tempelähnlichen Bau gegenüber stammten. Wenn sie sich nicht sehr täuschte, meinte sie, bekannte Stimmen zu vernehmen. Einbildung oder nicht, sie brauchte Gewissheit.

Die Brojakin zurrte den Morgenmantel zusammen und schritt entschlossen auf den Eingang zu.

»Größte Aufmerksamkeit, bitte sehr. Allez hopp«, machte Fiorell und warf das nächste Glas in die Höhe, das mehrfach um die eigene Achse rotierte und sich auf das oberste setzte. Der Turm, bestehend aus inzwischen acht der zerbrechlichen Gefäße, geriet ins Wanken.

Der Hofnarr vollführte vorsichtige Ausgleichbewegungen, und somit blieb die Konstruktion, deren Sockel auf seiner Stirn ruhte, intakt. Er streckte die Arme waagrecht vom Körper weg.

»Darf ich um ein bisschen Beifall bitten? Ich mache das hier nicht zum Vergnügen.«

Er schielte nach dem schweigenden Publikum. Seltsamerweise glotzten ihn die Freunde nur an.

»Was denn, ist das etwa nicht spektakulär genug?«, beschwerte er sich. »Na, schön. Werft mir ein paar Kandisbrocken zu. Irgendetwas. Ich jongliere damit auch noch, wenn es sein muss.«

Fatja tastete abwesend nach der Schale mit Kandis, ohne den Blick vom Possenreißer zu nehmen, und kippte ihm den Inhalt vor die Füße.

»Bravo, Ausgeburt der Gescheitheit. Wie soll ich denn da rankommen?« Fiorell ging vorsichtig in die Hocke und versuchte, mehrere Stückchen aufzuklauben. Was ihm auch gelang. Bald wirbelten sechs der süßen Brocken durch die Luft. »Na, was jetzt? Applaus, Volk!«

Das Klatschen ertönte hinter ihm. »Sehr gut!«, lobte eine Frau. »Ihr habt nichts verlernt, Fiorell.«

»Wenigstens eine, die meine Kunst würdigt«, freute er sich. Dann erkannte er die Stimme wieder. »Miklanowo?«

Ohne nachzudenken, drehte er sich um und richtete den Blick geradeaus, in Richtung der Besucherin. Die Gläser stürzten um ihn herum zu Boden, die Kandisstücke fielen wie brauner Hagel hinterher. Genauso wenig geistreich wie die anderen starrte er auf Norina.

»Ich brauche dringend ein paar Erklärungen.« Die Brojakin kam die Stufen hinunter. »Wo sind wir?«

»Ulldrael dem Gerechten sei Dank«, raunte Matuc, der als Erster die Fassung wieder fand. »Sie ist gesund!«

Und wie einige Stunden zuvor am Kai, lagen sich Minuten darauf die Menschen in den Armen, konnten das

Glück nicht fassen, mit dem sie gesegnet worden waren. Waljakov, Stoiko und Torben schämten sich ihrer Tränen nicht.

Als Norina vor ihren Sohn Lorin trat, ihn lange mit feuchten Augen betrachtete und voller Liebe in die Arme schloss, reichte Fiorell seinem schluchzenden Herrn Perdór hilfreich ein Taschentuch. Natürlich wiederum ein benutztes.

Niemand bemerkte in dem Freudentaumel, dass Lodrik im Schatten eines Torbogens stand und alles beobachtete.

Ohne auf sich aufmerksam zu machen, verließ er den Tempel.

Anstatt sich am folgenden Tag mit der palestanischen Delegation zu treffen, verbrachten die Freunde die Zeit damit, Norina die Geschehnisse der letzten Jahre, die an ihr vorübergegangen waren, schonend zu vermitteln. Lodrik, der Auslöser der Gesundung, erschien vorerst nicht.

Norina unterhielt sich lange mit ihrem erwachsenen Sohn, auch Stoiko und Waljakov, die treuen Gefährten aus guten und schlechten Tagen, erhielten den Dank und die Aufmerksamkeit, die ihnen gebührte.

Erst einen Tag nach der vereinbarten Verabredung trafen Perdór, Moolpár und Fiorell mit der »Delegation« zusammen, die aus einem üppig dekorierten Palestaner namens Fraffito Tezza bestand.

Schnallenschuhe, Weißhaarperücke, aufdringliches Parfüm, ein aufwändig gearbeiteter Brokatrock mit langen Schößen, elegante Beinkleider und ein Gehstab – der Commodore war ein Palestaner durch und durch.

Es erfolgte die Begrüßungszeremonie mit dem üblichen Hofknicks und dem Wirbeln des Taschentuchs.

Tezza kannte die Gewohnheiten des ilfaritischen Königs sehr genau und hatte kiloweise Konfekt als Geschenk dabei. Konfekt aus Ilfaris.

»Ihr bringt mir etwas als Gabe, was mir ohnehin gebührt«, bedankte sich Perdór ungnädig. »Was hat ein Dieb zu erwarten, wenn er die Beute zurückbringt?«, erkundigte er sich bei seinem Hofnarren.

»Eine schnellere Bestrafung«, lächelte der und stibitzte sich eine Praline. »Mh, lecker.« Auch Moolpár ließ sich von dem Anblick verführen und langte zu, ehe Fiorell sich einen Spaß mit ihm erlaubte.

»Lassen wir die Spielchen sein, Majestät«, lächelte Tezza unbeeindruckt. »Wir sind im Krieg, und da nennen wir so etwas Siegerbeute.«

»Wenn Ihr der Sieger seid, was wollt Ihr dann hier?«, erkundigte sich der Herrscher harmlos.

Der Palestaner wedelte mit dem Taschentuch. »Es sieht danach aus, als würde sich bald wieder einiges auf Ulldart ändern. Das Volk des Großreiches schenkt dem neuen ¢arije nicht unbedingt das, was ich Liebe und Vertrauen nenne. Dazu verdichten sich die Gerüchte, dass der alte Kabcar keineswegs so tot sei, wie manche in Ulsar das gern hätten. Der Jüngste der hoheitlichen Geschwister soll ebenfalls die Seiten gewechselt haben.« Er stellte den Gehstock auf und streckte den Arm in affektierter Geste seitlich weg. »Wenn ein Herrscher bei seinen Untertanen nicht mehr beliebt ist, sollte man dem Wunsch der Menschen Rechnung tragen, denken wir. Und was läge da näher, als den zu unterstützen, der rechtens auf den Thron gehört? Bedenkt, wir haben einen expliziten Vertrag nur auf Lodrik Bardri¢ geleistet und noch nicht auf seinen Sohn. Bedauerlicherweise hat er es versäumt, ein Abkommen mit uns zu schließen.«

»Ich verstehe. Ihr unterstützt den, dem das Abkommen gilt«, nickte Perdór.

»Es ist nicht nur opportun«, ergänzte Tezza, »sondern auch noch völlig rechtens.«

»Da wird sich die geisteskranke Göttlichkeit aber freuen, wenn Ihr mit diesem Verweis die Blockade aufhebt. Dafür hat er sicher Verständnis. Seine Toleranz soll ja recht hoch sein, was ich so hörte«, merkte der Possenreißer todernst an.

»Gebt uns einen Beweis, dass Bardri¢ lebt, und wir erfüllen nur unsere volle vertragliche Pflicht. Es wäre uns ein Vergnügen.« Der Commodore neigte den Kopf. »Andernfalls würden wir uns auf ein Abwarten beschränken und den ¢arije darauf hinweisen, dass er nur seinen Namenszug unter ein neues Abkommen mit uns setzen muss, und unsere Koggen beziehen ihre alte Position, Majestät.«

»Und wie soll ich das beweisen?«

»Indem Ihr ihn mir zeigt und ich mich davon überzeuge, dass er es wirklich ist.«

»Ach, Ihr kennt ihn?«

Tezza blies über die Federn seines Dreispitzes, den er unter den Arm geklemmt hatte. »Ich verhandelte bereits vor vielen Jahren mit ihm, in der Tat, Majestät.«

»Würde Euch ein Doppelgänger ausreichen?«, schaltete sich Fiorell liebenswürdig ein. »Ihr würdet uns daraufhin unterstützen, und wenn es schief geht, könnt Ihr immer noch behaupten, wir hätten Euch getäuscht. Ist das ein akzeptabler Vorschlag?«

Der Palestaner schenkte ihm ein mitleidiges Lächeln. »Gebt Euch wenigstens Mühe«, riet er ihm.

»Er muss sich keine Mühe geben«, sagte Lodrik und betrat das Zimmer, weil ein Bote ihn nachträglich um seine Anwesenheit gebeten hatte. »Commodore Tezza«, nickte er ihm zu. »Ihr habt damals mit mir über den Überfall auf Agarsien verhandelt. Ihr botet im Gegenzug die Unterstützung der palestanischen Koggen beim Angriff auf meine Feinde an.« Er näherte sich dem Diplomaten in seiner nachtblauen Robe. »Erinnert Ihr Euch?«

Tezza wich vor der hageren Gestalt zurück und stolperte dabei über seinen Gehstab. Er wurde für einen Moment blass und hätte am liebsten die Flucht vor dem ehemaligen Herrscher ergriffen.

»Eure Züge haben an Fleisch verloren … hoheitlicher Kabcar«, nutzte er die alte Anrede. »Ihr macht einen recht abgemagerten Eindruck.« Er räusperte sich. »Aber dennoch seid Ihr es. Ich sehe es ganz deutlich.« Er fummelte an seinem Rock herum und nahm ein Dokument heraus. »Damit bin ich berechtigt, Euch im Namen des Kaufmannsrates und des Königs Puaggi zu fragen, ob Ihr nach wie vor an dem von uns zugesicherten Pakt festhaltet?« Er hielt ihm das Papier zur Unterschrift hin.

Die Antwort erfolgte ohne Zögern. »Nein.«

»Verzeiht, ich habe Euch nicht verstanden, hoheitlicher Kabcar«, sagte der Commodore beflissen.

Lodrik ergriff das Stück Papier und riss es langsam der Mitte nach durch, die Hälften segelten zu Boden. »Ihr seid zu spät, Commodore. Ich habe meine Dankbarkeit den Kensustrianern zugesichert. Geht zu meinem Sohn und biedert Euch dort an. Jemand, der die Seiten nach Belieben wechselt, ist als Verbündeter in dieser Stunde zu gefährlich.«

Tezza reckte sich und äugte zu Perdór. »Majestät, vielleicht wollt Ihr noch einmal mit dem hoheitlichen Kabcar sprechen und auf ihn einwirken?«

Der König zuckte entschuldigend mit den Achseln. »Ihr wisst ja, wie das mit Herrschern ist. Sie sind meist sehr uneinsichtig, wenn sie mal einen Entschluss gefasst haben. Ich werde mir nicht erlauben, an seiner Stelle zu reden. Und ich benötige die Dienste der Palestaner ebenfalls nicht.«

Mit einem zutiefst freundlichen, gewinnenden Strahlen wandte sich der Kaufmann Moolpár zu. Doch dessen Gesicht machte ihm deutlich, dass auch bei den Kensustrianern nichts zu verhandeln war.

»Dann hoffe ich, dass die Anwesenden mit ihrer Entscheidung keinen schweren Fehler begangen haben. Gehabt Euch alle wohl.« Er verabschiedete sich mit einem Kratzfuß, der seine Missachtung ausdrückte, und stolzierte hinaus.

Lodrik ging ebenfalls.

»Solltet Ihr Euch nicht einmal bei Euren Freunden sehen lassen?«, traf ihn die Stimme Perdórs in den Rücken. »Sie möchten mit Euch reden. Und Eure Söhne auch. Vieles wird zwischen Euch und ihnen zu klären sein.«

»Es ist meine Angelegenheit, Majestät«, entgegnete Lodrik düster im Gehen. »Wenn ich finde, dass die Zeit gekommen ist, suche ich sie auf.« Er zog sich die Kapuze über. »Alles zu seinem passenden Augenblick.« Seine Robe wurde eins mit dem Schatten, machte ihn unsichtbar.

Das Trio schwieg.

»Ich hoffe wirklich, dass wir keinen Fehler gemacht haben.« Fiorell kratzte sich im Nacken. »Auch wenn sie uns nur einen Bruchteil an Hilfe geleistet hätten, es wäre kein Schaden gewesen.«

»Nein, nein. Sie sollen ruhig sehen, wohin ihre ewige Springerei führt«, blieb Perdór hart. »Meinetwegen können sie zusammen mit Govan untergehen. Die Agarsiener wird es freuen und ein wenig für das Unrecht entschädigen.«

Moolpár beteiligte sich nicht an den Reden, sondern kümmerte sich mit Hingabe um die süßen Geschenke, die kistenweise im Raum standen. Heimlich naschte er eine Praline nach der anderen, bis ihn das Kichern der beiden Männer dazu veranlasste, sich umzudrehen. »Sagt nicht, ich hätte noch irgendwo Schokolade«, warnte er sie.

»Schaut, wie er sich darüber hermacht, Majestät. Man sollte ihm den Titel ›Praliniger ehrenhalber‹ verpassen«, hetzte Fiorell.

»Nehmt Euch doch eine Kiste, Moolpár«, erlaubte Perdór huldvoll. »Ich bin überzeugt, dass ich schon bald meine eigenen Pralinen esse. In meinen eigenen Schlössern.«

Der Kensustrianer wählte eine der hölzernen Kisten aus. »Das tue ich nur, damit Eure Gesundheit nicht leiden muss. Ich kümmere mich um die Kundschafter. Wir sollten uns nicht zurücklehnen. Die Tzulandrier sind gefährliche Gegner.«

»Recht so. Einer muss ja auf der Hut sein.« Der Hofnarr salutierte zackig.

Moolpár wusste nicht, ob er schon wieder auf den Arm genommen wurde oder nicht. Schweigend verließ er den Tempel.

Torben erschien, um sich von dem dicklichen König und dem Possenreißer zu verabschieden. »Wir sehen uns bestimmt wieder. Varla wird sich freuen, Euch kennen zu lernen.«

»Auch mir wird es eine Freude sein, der Tarvinin die Hand zu schütteln, die sich so sehr um unseren Kontinent verdient gemacht hat.«

»Und auch noch machen wird«, fügte Fiorell hinzu. »Nur Mut, Kapitän Rudgass. Ihr habt so viel Glück, dass Ihr an ein Gelingen glauben dürft.«

»Ich bin der Letzte, der Zweifel hat.« Er reichte dem ilfaritischen Herrscher einen Leinenbeutel. »Das haben wir in einer Proviantkiste gefunden, die sich auf einer Kogge befand, die wir unterwegs aufbrachten.«

Neugierig nahm Perdór das Geschenk an, weil er annahm, es handele sich um eine kulinarische Köstlichkeit. Doch seine Arme zog es augenblicklich durch das überraschende Gewicht nach unten, der Beutel setzte auf den Boden auf, und der Gegenstand darin erzeugte einen metallischen Ton.

»Ihr schenkt uns einen Goldbarren?«, wunderte sich der Narr und legte den hellgrauen, verformten Klumpen frei. »Wie sieht der denn aus?«

»Ich habe keine Ahnung, was das ist«, gestand der Rogogarder. »Wir wollten es einschmelzen, um den Vorrat an Bombardengeschossen zusammen mit anderem überflüssigen Schrott aufzustocken. Aber der Block wurde nur flüssig, ohne sich mit dem übrigen Metall zu verbinden. Er behält weitestgehend seine Form und ist nicht auseinander zu schlagen.«

»Und Ihr meint, stattdessen sollen wir uns mit dem Phänomen herumschlagen, ja?«, zwinkerte der König. »Einverstanden. Die Angehörigen der kensustrianischen Gelehrtenkaste werden sich darüber freuen. Die haben sehr gute Metallurgen, wenn ich mir ihre Rüstkammer so ansehe. Eine neue Legierung zu knacken kommt ihnen da gerade recht.«

»Sollten wir nicht weiterkommen, lassen wir ein Geschütz bauen, in das dieses Ding reinpasst, und blasen Sinured den Kopf von den Schultern«, meinte Fiorell, während er probehalber mit den Knöcheln dagegen klopfte. »Für irgendetwas wird es schon gut sein.«

XI.

**Kontinent Ulldart, Großreich Tarpol,
Hauptstadt Ulsar, Winter 459/60 n. S.**

Ein Wintergewitter ging über der Hauptstadt nieder, wie man es selten erlebt hatte. Donner grollte auf Donner, Ohren betäubend krachte es, Schlag auf Schlag wechselten Licht und Finsternis miteinander ab.

Über dem Palast des ¢arije zuckten die Blitze allerdings von unten nach oben in den Himmel, durchstießen die tief hängenden Wolken und beleuchteten die Wasserdampfgebilde von innen.

Govan ließ seiner Wut freien Lauf, die vielen schlechten Neuigkeiten brachten sein heißes Temperament zum Glühen. Wie Magma aus einem Vulkan, so brach es aus ihm heraus. Völlig durchnässt stand er im Innenhof, lenkte und leitete die Strahlen, schuf Kugeln und die absonderlichsten Formen, die in gleißenden Explosionen und Funkenregen vergingen.

Mit einem lang gezogenen Schrei senkte er die Hände.

Vergeudung. Sinnlose Vergeudung. Zischend verdampften die Wassertropfen auf seiner blanken Haut. *Ich werde mich dorthin begeben, wo meine Magie die Verräter zu Staub verbrennt.*

Er eilte in den Palast zurück. Unterwegs zog er sich die nasse, aber glühend heiße Uniform aus, die nur deshalb kein Feuer gefangen hatte, weil der Regen für stete Kühlung gesorgt hatte. Brandflecken zierten den Stoff an zahlreichen Stellen.

Achtlos warf er die Kleidung und die Stiefel zu Boden, bis er nackt in seinen Gemächern angelangte. Seine Fußsohlen brannten Löcher in die kostspieligen Läufer und Teppiche, der Marmor sprang unter der Hitze. Ungeduldig wartete er, bis sich sein Körper abgekühlt hatte, bevor er neue Gewänder anlegte.

Rasch schlüpfte er in eine frische Uniform, legte die aldoreelische Klinge um die Hüfte und betrachtete sich im Spiegel. Im aufflackernden Licht der Naturgewalten gaukelte ihm die Einbildung vor, Lodrik darin zu erkennen.

»Niemand wird mich niederringen. Auch du nicht, Vater! Der Thron gehört mir!« Er trat nach der reflektierenden Oberfläche, die klirrend zersprang. »Mortva!«

Einen Lidschlag später schwang die Tür auf. »Hoher Herr?« Der Konsultant verneigte sich.

Govan erlangte die Kontrolle über sich zurück. »Wir reisen nach Ilfaris, nach Séràly, wo meine holde Schwester mit den neuen Kontingenten in wenigen Wochen ankommen wird. Sinured müsste sich auch bald dort einfinden.« Er schrie einen Schreiber herbei und diktierte die neuen Befehle. »Alle Tzulandrier, die entlang der Grenze hocken, sollen sich in Séràly sammeln. Zusammen mit Euch, Mortva, Sinured und Zvatochna vernichte ich diese Grünhaare. Und wenn sie sich mir nicht stellen wollen, lege ich ihr Land in Schutt und Asche, bis sie zu mir kommen.«

»Ein faszinierender Plan«, meinte Nesreca müde.

Im nächsten Moment quollen ihm beinahe die Augen aus dem Kopf. Der ¢arije hatte ihm die aldoreelische Klinge in einem flinken Manöver durch den Brustkorb gestoßen. Diese Art von Schmerzen waren für das Wesen mit den silbernen Haaren ungewohnt und mehr als unangenehm. Ein Stöhnen drang aus seinem Mund.

»Schlagt etwas Besseres vor oder seid still, mein geliebter Mentor«, säuselte Govan, während er die Klinge drehte. »Sonst müsste ich mir Eure Magie nehmen.« Ruckartig zog er die Waffe aus seinem Körper. »Ihr tätet besser daran, mich zu unterstützen. Denn ohne den ¢arije wird Tzulans Rückkehr, so knapp sie auch bevorstehen mag, sich nicht erfüllen.«

Nesreca hustete. »Ja, Hoher Herr. Die zum Dienst gepressten jungen Männer laufen uns schneller weg, als wir sie einsammeln können.« Er dachte nach. »Wir sollten einen Anreiz schaffen, damit Kämpfer bleiben.« Er konzentrierte sich auf seine Selbstheilung, die Wunden schlossen sich ebenso wie die Löcher in seiner Uniform. »Gebt allen, die mit nach Kensustria ziehen, das Recht der Plünderei. Das Land ist ohnehin sagenumwoben. Ich lasse noch etwas von Schätzen und Artefakten verbreiten, und wir locken all die Schmeißfliegen an.«

»Von mir aus.« Der junge Herrscher hob den Kopf, blickte in die Ferne. »So, so. Die Händler machen plötzlich auf geziert, was? Sie sollen sehen, was es heißt, sich mit dem Göttlichen anzulegen.« Lachend setzte er sich auf den Tisch. »Notiere, dass die Flotte in Rogogard auf der Stelle Kurs auf Palestan nehmen soll. Sie sollen alle Hafenstädte vernichten, die sie in diesem verfluchten Krämerland sehen. Jede einzelne Kogge soll brennen, jeder Kaufmannshals soll baumeln. Denen bringe ich Respekt bei.« Sein Antlitz schnappte herum. »Mortva, wann sind die tzulandrischen Nachschubschiffe bei uns?«

»Es wird noch bis zum späten Frühjahr dauern, Hoher Herr. Ihren ersten Aufenthalt machen sie wie immer in Tûris, sammeln sich erneut und sollten dann weiter nach Rogogard, wie Ihr es befohlen habt.«

»Schreiber, Meldung an unsere Untergebenen in Tûris. Die zweite Flotte soll dort warten und die Vernichtung Palestans vorbereiten.«

»Wäre es nicht sinnvoller, sie zur Unterstützung an die ilfaritische Küste zu beordern?«, wagte Nesreca einen taktischen Hinweis. »Eure Schwester meinte, dass man bei einer neuerlichen Deichsprengung die Flutwelle nutzen könnte, um mit den Schiffen tief ins gegnerische Land einzudringen und von innen heraus …«

»Nein! Sie sollen Palestan einebnen!« Er lachte grell, seine Stimme schnappte über. »Ein ganzes Reich werde ich dem Gebrannten Gott opfern. Da muss Tzulan zurückkehren.« Er lief aufgeregt hin und her, die Kampfeslust und die Gier, sich endlich zu mehr als einem menschlichen Lebewesen aufzuschwingen, hatten ihn erfasst. »Stopft die Cerêler in Käfige und ladet sie auf die Wagen. Sagt Albugast und meinen Kettenhunden Bescheid, sie sollen sich bereit machen. Sobald der Sturm nachlässt, will ich auf dem Weg nach Séràly sein. Dieses Mal wird meinem Vater niemand helfen. Und Krutor wird für den Verrat bezahlen, den er an mir beging.«

»Soll ich derweil die Geschäfte in Ulsar leiten, Hoher Herr?«, bot der Berater zuvorkommend an.

Abrupt blieb Govan stehen, legte den Kopf auf die rechte Seite und betrachtete seinen Mentor; in seinen Augen flackerte es hektisch. »Es ist keine Zeit für Feigheit, Mortva. Wir gewinnen diese Schlacht durch unsere Magie und reißen Ulldart endgültig an uns. Der Anfang eines Imperiums zu Ehren Tzulans, der durch mich, versteht Ihr, Mortva, und nur durch mich aus seiner

Verbannung geholt wird. Oder wir verlieren, und damit ist alles andere gleichgültig.«

Die Hand des Schreibers vibrierte so sehr, dass er keine vernünftige Zeile mehr zu Stande brachte. »Ist das alles, Eure Göttlichkeit?«, fragte er bibbernd vor Furcht.

»Verschwinde«, verscheuchte ihn der ¢arije gelangweilt. Der Mann rannte hinaus. »Ihr solltet genauso schnell laufen, Mortva, um Euer Köfferchen zu packen«, empfahl er dem Konsultanten, der regungslos an seinem Platz stand. Nach einer sehr zögerlichen Verneigung verließ sein Mentor den Raum.

Wenn die Schlacht geschlagen ist, wird er das Schicksal seiner Gehilfen teilen. Richtig nützlich ist er schon lange nicht mehr. Glucksend schlenderte Govan zum Fenster.

Das so herrlich veränderte und sich immer noch verändernde Ulsar gefiel ihm im Unwetter ganz ausgezeichnet. Die Schwere, das Finstere erhielten durch die Blitze die passende Betonung, der Donner untermalte die gewandelte Ästhetik der Hauptstadt. Er würde sich seine Macht nicht von einem Häuflein Widerspenstiger nehmen lassen, die mit dem Mut der Verzweiflung kämpften.

Wenn der Süden am Boden liegt und die Kaufleute die Strafe für ihren Verrat erhalten haben, werden die Menschen es nicht weiter wagen, mir in meinem eigenen Land die Stirn zu bieten. Er betrachtete die düsteren Fassaden der Gebäude und blickte verliebt zur Kathedrale, das abgründig böse Herz der Dunkelheit, die sich über Ulsar ausgebreitet hatte.

Er würde die nächsten Stunden bis zur Abreise damit verbringen, sämtliche Gefangenen der Verlorenen Hoffnung eigenhändig zu opfern, und den Rest der Zeit betend im Innern des Gotteshauses verbringen.

Tzulan, du musst mir gewogen sein. Schon um deiner selbst willen. Wann zeigst du endlich mehr als nur dein Konterfei und deinen aus Sternen geformten Körper? Wie viele Menschen benötigst du noch, du nimmersatter Moloch? Zum ersten Mal verspürte Govan, wie seine Zuversicht etwas ins Schwanken geriet.

Doch der Moment dauerte nicht länger als ein Lidschlag. *Ha! Taktiken, Pläne, alles Unsinn. Ich bin göttlich, unverwundbar.*

Lachend machte er sich bereit, sich in die Kathedrale zu begeben. Albugast und seine Ritter würden die Gefangenen wie die Lämmer zur Schlachtbank durch das Portal treiben.

Bald ein echter Gott!

Kontinent Ulldart, Vizekönigreich Ilfaris, Herzogtum Séràly, sechzehn Meilen nordöstlich der kensustrianischen Grenze, Winterende/Frühjahr 460 n. S.

Tokaro lag auf der bewaldeten Anhöhe im Schutz des Dickichts und beobachtete mit Hilfe des kensustrianischen Fernrohrs, was sich rund um das Schlösschen abspielte.

Der Ort inmitten einer sanften Ebene, an dem Perdór einst lustwandelte und sich im angenehmen Klima mit gefülltem Ränzlein in die Sonnen zu legen pflegte, war zu einem gigantischen Feldlager geworden. Die Gärten existierten nicht mehr, dort standen die Zeltreihen. Der kleine See, an dem früher Wasserspiele ihre Fontänen in den Himmel gesandt hatten, musste als Pferdetränke herhalten. Die Fische waren schon lange auf den Tellern der Krieger gelandet.

Im Lager bildete sich ein Sammelsurium von Bewaffneten, bei denen die geschätzten fünfzigtausend Tzulandrier die Mehrheit stellten. Dazu kamen die wenigen Freiwilligen, die aus dem Norden angereist waren, aber höchstens dreitausend Mann ausmachten. Die Bereitschaft der Ulldarter, sich für den ¢arije in den Kampf zu stürzen, sank beinahe auf Null.

Aufgestockt wurden die Einheiten durch etwa fünftausend fanatische Tzulani und viertausend Sumpfwesen, die weniger liberale Ansichten als die ihrer Artgenossen in Ammtára besaßen. Sie warfen sich für den Gebrannten, von dem sie der Sage nach ihre Existenz ableiteten, in die Schlacht.

Sechstausend zwielichtige Elemente, die sich durch ihren Einsatz für den Herrscher einen späteren Vorteil erhofften oder einfach nur auf Kriegsbeute in Kensustria aus waren, rundeten das Bild ab. Die Aussicht auf die Plünderung hatte die erhofften »Schmeißfliegen« angelockt.

Das alles fand Tokaro nicht in wenigen Stunden heraus.

Tag um Tag lag er auf seinem Spähposten, notierte sich alle Veränderungen, zählte die Anzahl und Arten der Geschütze, beschrieb seinen Eindruck von den Waffenübungen, die die Tzulandrier veranstalteten, um den Neulingen den rechten Umgang mit Schwertern, Keulen und Schilden zu weisen. Andere wurden als Lademannschaften für die Bombarden ausgebildet.

Der junge Ritter gehörte nicht zu denen, die lange warten wollten, ehe es etwas zu tun gab.

Sein Halbbruder ging bei Soscha im Umgang mit der Magie in die Lehre, was ihn von früh bis spät in Beschlag nahm. Danach war er so erschöpft, dass ihm nicht einmal Zeit blieb, das Reiten zu erlernen. Krutor hütete noch immer das Bett. Daher hatte sich Tokaro freiwillig gemeldet, um die Späher bei ihren Aufgaben zu unterstützen. Er brauchte den Nervenkitzel.

Ausgestattet mit Proviant und zwei Bastkörben mit Brieftauben, umritt er die Grenzposten weiträumig und näherte sich von der anderen Seite dem Lager des Feindes.

Die Tzulandrier rechneten offensichtlich nicht mit einer solchen Möglichkeit, die Patrouillen machten ihn nicht ausfindig.

Dafür gab es von der anderen Seite kein Durchkommen, die kensustrianischen Aufklärer und die Modrak gelangten nicht einmal mehr in die Nähe von Séràly, ohne sofort unter Beschuss genommen zu werden.

Ein neues Problem tat sich auf.

Die fliegenden Helfer seines Vaters kamen ihren Aufgaben immer widerwilliger nach, gehorchten nur noch unter Anwendung von Drohungen, wie Perdór ihm sagte. Der König ging sogar so weit, dass er ihnen die Angabe von falschen Zahlen unterstellte. Das machte seine Arbeit doppelt wichtig.

Treskor gefiel das Herumstehen nicht sonderlich. Er würde lieber galoppieren. Gelangweilt zupfte er die ersten Triebe von den unteren Ästen und kaute sie weich.

Der Ritter blickte über die Schulter. »Du hast es gut. Du findest immer was zu futtern.« Missgestimmt schaute er auf die leere Proviantkiste. »Ich werde mir wohl etwas besorgen müssen.« Er wandte sich dem Lager zu. »Und ich weiß auch schon, woher.«

Die geschliffenen Linsen seines Fernrohrs wanderten über die Zelte hinweg. Als das Schlösschen im Okular auftauchte, endete der Schwenk.

Perdór hatte ihm viel zu viel von den Kostbarkeiten vorgeschwärmt, die in den Kellern lagerten. So entstand die Idee seines nächsten Husarenstückes, die das Räuberblut in ihm verschuldete.

»Da gibt es die leckeren Sachen, die eines Ritters würdig sind, oder, Treskor? Den tzulandrischen Offizieren alles zu überlassen wäre nicht rechtens.«

Voller Vorfreude schob er das Fernrohr zusammen, kroch tiefer in den Blickschutz zurück, bevor er sich aufrichtete und machte die nächste Brieftaube zum Abflug bereit. Sie transportierte die letzten Zahlen zu seinen Freunden.

Nachdem der Vogel in die Höhe flatterte, montierte er den Bastkorb ab und schwang sich in den Sattel. Die aldoreelische Klinge verschwand zwischen den Zweigen eines Busches, um die Hüfte baumelte nun ein gewöhnliches Schwert.

Keck schob er sich das Barett mit den drei Rabenfedern in die Stirn, eine Hand fasste den Griff der Handbüchse. »Sind wir nicht prächtige Söldner, hm?«

Der Hengst schnaubte und trabte los.

Tokaro ritt zunächst zwanzig Meilen landeinwärts und schloss sich dort einer Gruppe Bewaffneter an, die aus Tûris stammte und die nicht mehr erlaubte Jagd auf Sumpfwesen gegen die Reichtum versprechende Attacke auf Kensustria eintauschte.

Sie machten bei ihrer Einschreibung in die Soldliste des Feldlagers keinen Hehl daraus, dass sie dem Heer nur wegen der unermesslichen Reichtümer ihre Schlagkraft zur Verfügung stellten. Als sie das Gebiet mit den Sumpfwesen durchritten, machten sie halbernste Scherze darüber, welche Art wie viel an Kopfprämie eingebracht hätte. Dem jungen Ritter fiel es nicht sonderlich schwer, sich dem groben Umgangston der Söldner anzupassen. Die Zeiten als Räuber waren ihm noch in bester Erinnerung.

Der Sammelplatz der »Münzknechte«, wie sie abwertend genannt wurden, lag weit abseits des Schlösschens. Der Tzulandrier, der die Aufsicht über die Kämpfer und den Titel »Selidan« innehatte, warnte sie unter Androhung schwerer Strafen und Verweis des Heeres davor, ihren zugewiesenen Bereich zu verlassen.

In einem Gefecht stellte er herablassend das Können der Ankömmlinge auf die Probe. Und wurde von dem übermütigen Tokaro prompt vorgeführt, was die Söldner mit großem Gejohle bedachten. Die Frage, woher er die Handbüchse habe, beantwortete er mit einer Wette, die ein palestanischer Offizier gegen ihn verloren habe. Zum Beweis seines Könnens zückte er die Feuerwaffe und durchtrennte mit einem einzigen Schuss eine Stange, an der ein tzulandrisches Banner wehte.

Der Selidan musterte ihn eiskalt, wandte sich um und ging.

Die Kumpane schlugen dem jungen Ritter grölend auf die Schultern. Aber die Euphorie, ins Lager des Feindes eingedrungen zu sein, fiel nach dem Blick des Offiziers von Tokaro ab. Ernüchtert fragte er sich, ob er mit dem Treffer nicht über die Stränge geschlagen hatte.

Nachts stand er auf und pirschte heimlich über den Sammelplatz, der von Schnarchen, Lachen und anderen Geräuschen erfüllt war. Leiser Gesang ertönte gelegentlich, woanders stritten sich Männer beim Kartenspiel darum, wem der letzte Stich gehörte. In anderen Zelten, so klang es zumindest, verwöhnten Marketenderinnen ihre Kunden für ein paar Münzen und zogen ihnen so den Sold aus der Tasche. *Da gehen manche ärmer in die Schlacht, als sie es vorher waren,* grinste er still.

Tokaro musste unterwegs feststellen, dass die Tzulandrier die einzelnen Abschnitte sehr gut bewachten. Ständig kamen ihm kleine Trupps von Garden entgegen, die ihn dazu zwangen, zwischen die Zelte zu springen und sich dort zu verbergen. Mehr als einmal stolperte er dabei über die Abspannungen. Angor musste seine Hand schützend über ihn halten.

Schließlich gelangte er zu dem rückwärtigen Bereich des Schlösschens.

Die Kellereinlässe waren zwar alle verriegelt, doch die Efeuranken machten es ihm einfach, sich auf einen Balkon zu schwingen.

Geduckt lief er zu einem der Fenster und schaute ins Innere. Dort saßen die Selidane versammelt und aßen, Diener wieselten um sie herum und bedienten die Krieger aus Tzulandrien, die mit ihren Frisuren und Rüstungen wie Fremdkörper in dem beinahe schon verspielt eingerichteten Esszimmer saßen.

Dann traf ihn beinahe der Schlag, als er die drei Menschen sah, die sich am Ende der Tafel befanden.

Govan saß etwas erhöht vor seinem Teller und redete offenbar mit seinen Verbündeten, sein Gesicht spiegelte große Zufriedenheit wieder. Die Hand des ¢arije lag auf der Zvatochnas, die sich nichts anmerken ließ. Hinter ihnen stand Nesreca, die Arme auf dem Rücken verschränkt, und lächelte.

Plötzlich ließen die Selidane ihre Bestecke fallen, griffen ihre Gläser und erhoben sich. Sie prosteten den Geschwistern zu. »Lang lebe der göttliche ¢arije und seine zukünftige Gemahlin!«, riefen sie und leerten die Getränke in einem Zug.

Vor Überraschung kam Tokaro der Scheibe so nahe, dass er mit der Stirn dagegen prallte.

Hastig zog er den Kopf zurück.

Da sitzt der ärgste Feind Ulldarts. Und ausgerechnet jetzt habe ich die aldoreelische Klinge nicht dabei, fluchte er innerlich und schaute sich um, wohin er fliehen könnte.

In seiner Not erklomm er die Fassade des Schlösschens weiter, klammerte sich an den Natursteinen fest und huschte im letzten Moment hinter einer Statue in Deckung, als die Türen geöffnet wurden und zwei Offiziere ins Freie traten. Aufmerksam suchten sie den Dachgarten ab, ohne einen Hinweis zu bemerken.

Währenddessen betrachtete der Ritter die Steinfigur, hinter der er kniete, und musste sich ein Lachen verkneifen. Sie zeigte Perdór, wie er eine Praline stolz in die Höhe hielt, als wäre sie ein Diamant. Das lebensechte Bäuchlein gewährte genügend Schutz vor den wachsamen Blicken.

Irgendwann hörte er das Klappern der Türen. Die Tzulandrier waren zum Tisch zurückgekehrt.

Er entspannte sich und lehnte sich gegen den steinernen König. *Er will sie heiraten. Allein das wäre ein Grund, ihn umzubringen.*

Seine Gefühle gerieten in Aufruhr. Der Anblick der anmutigen und begehrenswerten Kabcara, die sie nun war, löste alte Empfindungen aus, die nicht sein durften. Und die Ankündigung des wahnsinnigen Bruders machte es nicht wesentlich besser.

Ihre Vermählung schmerzte ihn so oder so, aber sich vorzustellen, dass sie ihre Jungfräulichkeit an diese Spottgeburt von Herrscher hergab, machte ihn fassungslos.

»Beruhige dich«, sagte er zu sich selbst und schlug sich gegen die Wangen. »Tu das, was man dir aufgetragen hat. Und vergiss sie endlich. Sie hat dich ja auch vergessen.«

Er betete kurz zu Angor und kroch im Schatten der Schornsteine das Dach hinauf. Dort setzte er sich rittlings auf den Hauptfirst und zählte die Zelte, die Lagerfeuer, ritzte die Zahlen mit einem Stück Stein aus dem Schlot auf eine lockere Dachschindel, baute sie aus und steckte sie unter die Lederrüstung.

Anschließend suchte er sich den Rauchfang ohne Qualm aus und zwängte sich in den verrußten Schacht. Konzentriert kletterte er nach unten, bis sich ein Stein löste und er ins Rutschen kam.

Zu seinem Glück landete in der Küche. Mit beiden Füßen stand er in einem großen Kessel erkalteter klarer Suppe, während schwarze Ascheflöckchen auf ihn herabrieselten.

Ich wollte zwar etwas zu essen, aber doch nicht so. Fluchend stieg er aus dem ungewollten Bad, das ihm bis zu den Oberschenkeln reichte.

Ein feuchte Spur hinter sich verbreitend, schnappte er sich einen Leinensack und suchte nach der Treppe in die Gewölbe. Kurz darauf stand er in der wahren Schatzkammer von Perdór.

Die Köstlichkeiten standen säcke- und kistenweise herum. Tokaro packte sich Obst ebenso ein wie duftendes Brot und einige Flaschen Wein und Naschwerk, das er Perdór bringen wollte. Aus der Räucherkammer, die er neben der Küche fand, schnitt er sich Schinken und Würste ab, bis kein Platz mehr in dem Beutel war.

Das reicht wieder für ein paar Tage.

Die Tür hinter ihm schwang auf, Kerzenschein fiel in den Raum. Tokaro, der in der Kammer zwischen den Wurstschlangen stand, erstarrte.

Er hörte schlurfende Schritte, ein Mann gähnte. Ein Holzbrett klapperte, ein Messer wurde gewetzt. Die Füße näherten sich seinem Versteck, eine Hand langte aufs Geratewohl in den kleinen Raum und fischte nach den Räucherwaren.

Da der Ritter die vorderen Reihen geleert hatte, fand der Mann nichts.

Schnell hielt Tokaro ihm eine Wurst hin, die Finger fassten zu. Der Mann grunzte zufrieden und kehrte an die Anrichte zurück. Brummend kehrte er zurück, das Spiel wiederholte sich. Dieses Mal reichte ihm der Ritter einen Schinken.

Lass ihn weiterschlafen, Angor!, richtete er ein Stoßgebet an seinen Gott, während er Blut und Wasser schwitzte.

Er lugte um die Ecke und sah einen Bediensteten im Schlafrock mit dem Rücken zu ihm am Tisch stehen, der dösend Wurst und Schinken in Scheiben schnitt und sie auf einem Tablett zu einem Imbiss anrichtete. Dass der halbe Boden voller Suppe und Spuren war, hatte der schlaftrunkene Mann noch nicht bemerkt.

Auf Zehenspitzen schlich sich der junge Mann mit den blauen Augen zum Ausgang.

Lachend wurde die Tür aufgestoßen, ein paar Tzulandrier schickten sich an, die Küche zu betreten.

»Wo bleibt unser Nachtisch?«, meinte der Vorderste fröhlich, hielt in der Bewegung inne und musterte Tokaro. Es war ausgerechnet der Selidan, den er vor versammelter Mannschaft blamiert hatte. »Dieb!«, zischte er und langte nach dem Beil.

»Euer Dessert«, stieß der junge Ritter aus und schlug ihm den Sack mit dem Proviant über den Schädel. Schinken, Weinflaschen und anderes Essen ergaben zusammen ein stattliches Gewicht, der Aufprall zwang den Offizier auf den Fußboden. »Wohl bekomm's.«

Seine beiden Begleiter sprangen über den Bewusstlosen, rissen ihre Waffen heraus und stürmten auf Tokaro zu. Als sie auf die Mündung der Handbüchse blickten, bremsten sie abrupt ab.

»Was ist denn, meine Herren? Keinen Mut? Es ist doch nur eine Kugel im Lauf«, meinte Tokaro wölfisch grinsend, schwenkte die Waffe von einem zum anderen. »Einer von Euch beiden könnte mich schnappen. Govan würde es Euch sicherlich danken.«

Eine Pfanne traf mit einem vernehmlichen Laut auf den Hinterkopf. Der Schlag reichte nicht aus, um ihn auszuschalten, doch in einem Reflex drehte er sich nach dem Angreifer um. Sofort hob der Mann im Schlafrock die Arme nach oben und warf das Küchenutensil weg.

Der Ritter wollte etwas sagen, da warfen sich die beiden Offiziere gegen ihn und schleuderten ihn gemeinsam zu Boden.

Er sah, wie einer der Tzulandrier den Stiel der Pfanne zu fassen bekam und ausholte. Die schwarze Unterseite kam rasend schnell näher, wurde größer und größer, bis sie gegen seine Stirn hämmerte.

Dieses Mal wurde er ohnmächtig.

Der junge Ritter erwachte in einem Gewölbe, in dem es fürchterlich stank. Er lag auf einer Schicht faulendem Stroh. Stöhnend richtete er den Oberkörper auf. Dann rieb er sich das getrocknete Blut, das von der Platzwunde an seiner Stirn stammte, aus dem Auge und versuchte, das Pochen in seinem Schädel zu ignorieren.

Um ihn herum kauerten verdreckte Männer, die teilweise in Ketten lagen, andere waren mit Handschellen an den Wänden fixiert worden. Nur wenige Lichtstrahlen fielen von außen durch die schmalen, vergitterten Fenster. Eine große Front aus Eisenstäben schloss das

Gefängnis in die andere Richtung ab. Dort hockten zwei Wachen.

Tokaro blickte an sich herab, er trug nur noch seine einfache Kleidung. Seine Rüstung, Schuhe und Waffen fehlten, der Anhänger Zvatochnas war ebenfalls verschwunden. »Na, wunderbar.«

»Uns gefällt es auch sehr gut hier unten«, meinte einer der Mitgefangenen, und ein paar der Umstehenden lachten bitter. »Willkommen in der besten Zimmerflucht von Séràly.«

Eine dritte Wache erschien vor den Gitterstäben und schob Brote sowie Näpfe mit Wasser durch einen Spalt hinein. Tokaro musste nur neben sich langen und bekam einen der Behälter zu fassen.

»Finger weg!« Ein breit gebauter Mann tzulandrischer Herkunft schob sich in sein Blickfeld. »Ich bin der, der hier das Sagen hat. Ich esse zuerst und soviel, wie es mir passt. Danach kommen die anderen.« Er beugte sich vor und tippte gegen das Hemd Tokaros. »Gib es mir.«

»Einverstanden, Freund. Dir geb ich's, wenn du darauf bestehst.« Ansatzlos schlug der Ordenskrieger auf die Nase des Mannes, dass es knirschte, und trat ihm, als er heulend nach hinten taumelte, in den Schritt, sodass sein Gegner wieder nach vorne klappte. Nach dem zweiten Schlag auf die Gesichtsmitte fiel das Großmaul um und sagte keinen Ton mehr. Die Rechte umklammerte noch immer das geschundene Genital, die Linke hielt sich die Nase.

»Will jemand?«, fragte der Ritter fröhlich und hielt das Tablett mit dem Essen hoch. »Ich glaube, er ist fertig.«

Die Insassen kamen näher, verteilten die karge Kost und warfen dem Neuzugang unsichere Blicke zu. Tokaro übernahm die Aufgabe, diejenigen zu füttern, die wegen der Eisenringe um die Handgelenke ihren Hunger nicht selbst stillen konnten.

Die Wachen klingelten mit den Schlüsseln, um ihn auf sich aufmerksam zu machen. »He, zarte Seele. Komm her. Wir bringen dich zum Verhör.«

»Oh, damit mich der ¢arije ein bisschen foltern kann, was?« Tokaro zeigte ihnen eine unanständige Geste.

Als er ihren Anordnungen nicht Folge leistete, kamen sie in die Zelle und jagten ihn so lange, bis er keinen Ausweg mehr fand. Nach einer kurzen Schlägerei, aus der er als Unterlegener hervorging, legten sie ihn in Ketten, schleiften ihn die Stufen hinauf in die Wachstube, warfen ihn auf einen Stuhl und gingen hinaus.

Der junge Ritter zog die Nase hoch und schluckte das Blut hinunter. *Ich und meine Ideen. Ich hätte auf dem Hügel die Rinde von den Bäumen essen sollen, anstatt den Tollkühnen zu spielen,* ärgerte er sich über sich selbst.

Die Tür öffnete sich. Eine zierliche Gestalt in einem braunen Mantel huschte herein und kam auf ihn zu.

»Was wird das? Bist du der Helfer des Folterknechts?«

Die behandschuhten Finger tasteten nach dem Schloss, ein Schlüssel glitt hinein und löste die Fesseln.

»Ist das eine Falle?« Tokaro zog die Kapuze nach hinten und schaute in Zvatochnas Gesicht. »Du?«

Die Kabcara zog ihn auf die Beine. »Rasch! Mein Bruder und Nesreca werden bald hier sein«, flüsterte sie und zerrte ihn zum Ausgang.

Doch der junge Mann blieb stehen. »Was soll das? Die zukünftige Gemahlin des ¢arije hilft einem Spion?«

Ihre braunen Augen blitzten auf. »Erinnere mich bloß nicht daran. Du hast ja keine Ahnung.« Von einer Sekunde auf die andere lächelte sie sehnsüchtig, ihre vom Leder geschützte Hand streichelte seine Wange. »Wie gern würde ich dich küssen, Liebster.«

»Was bedeutet das? Was ist mit Govan? Die Heirat …«

»… ist eine Farce.« Sie wirkte plötzlich sehr unglücklich. »Ich muss mich ihm beugen. Was soll ich ihm entgegensetzen? Er ist zu mächtig. Nichts Irdisches vermag ihn aufzuhalten. Bis mir etwas eingefallen ist, spiele ich das treue Schwesterlein.« Sie legte ihren schwarzen Schopf gegen seine Brust. »Aber du kannst ihm entfliehen. Lauf und kehre nicht zu deinen Freunden zurück. Sie sind dem sicheren Untergang geweiht.«

Beinahe war er von ihrer Ehrlichkeit überzeugt. »Du rettest mir zum zweiten Mal das Leben, Zvatochna«, meinte er mit belegter Stimme und drückte sie an sich.

Sie hob ihr wunderschönes Gesicht. »Noch haben wir es nicht geschafft.«

Die Kabcara lief los, führte ihn vorbei an den getöteten Wachen nach oben ins Schloss und lotste ihn an den Hinterausgang. Dort lagen die Uniform eines tarpolischen Soldaten, der passende Brustharnisch, zwei Handbüchsen und eine lange Präzisionsbüchse samt Zubehör parat.

»Von hier aus musst du es allein schaffen.«

Etwas verlegen betrachtete er seine nackten Füße, während er sich Handschuhe überzog. »Ich brauchte noch ein paar Stiefel.«

»Dazu ist keine Zeit, Liebster.« Gehetzt schaute sie sich um. »Es muss gelingen. Ein weiteres Mal werde ich dir nicht beistehen können.«

Er zog sich hastig um. Dabei fiel ein kleiner Gegenstand klingelnd zu Boden.

»Mein Talisman«, erkannte die Kabcara das Amulett wieder, das er ihr damals beim Straßenüberfall auf die Kutschte geraubt hatte. »Du hast ihn immer noch?«

– *Die Kette muss in der Küche gerissen sein. Deshalb ist er mir unter das Hemd gerutscht.* Er hob das blinkende Kleinod auf und seufzte. »Ich muss dir etwas gestehen, Zvatochna«, begann er. *Sei nicht töricht. Sie wird dich auf der Stelle mit ihrer Magie grillen oder die Wachen zusammenschreien, wenn du ihr nun sagst, dass die Liebe zwischen euch beiden keinen Bestand hat,* warnte ihn eine innere Stimme.

Erwartungsvoll schaute ihn die junge Frau an. »Ja?«

Er lachte unsicher. »Ich weiß nicht, wie ich es dir sagen soll, Zvatochna«, gestand er verzweifelt. Seine Linke umfasste ihre Rechte, küsste sie auf das Leder. »Ich bin dir für das, was du getan und gewagt hast, von ganzem Herzen dankbar.« Er drehte die Hand um und legte den Anhänger hinein, drückte die Glieder sanft zusammen. »Aber es darf nicht sein.«

»Wieso?«, begehrte sie verletzt auf. »Wenn es wegen Govan ist, warte es ab«, versuchte sie ihn umzustimmen, »vielleicht ergibt sich schon bald etwas …«

Der Ritter schüttelte den Kopf. »Nein, nicht nur deswegen. Wir stehen uns zu nahe, Zvatochna.«

»Ist das nicht ein Grund, erst recht zusammenzufinden, wenn sich die Lage beruhigt hat?« Flehend packte sie die Aufschläge seiner Uniformjacke. »Weise mich nicht zurück, Tokaro. Tu mir das nicht an.« Ihr Griff wurde stärker. »Jeder Mann im Reich sehnt sich nach mir. Ausgerechnet du, der Mann, den ich liebe, soll über Nacht meinem Zauber widerstehen?«

Wie könnte ich? Wie gern hätte er sie umschlungen, seine Lippen auf ihre gedrückt und sie nie mehr losgelassen. *Wenn sie meine Gedanken lesen könnte, wenn ich sie aussprechen könnte, wüsste sie, was uns trennt.* Sanft löste er ihre Finger, nahm ihr Gesicht zwischen beide Hände. »Schau in meine Augen. Was siehst du dort?«

Traurig betrachtete sie das leuchtende Blau. »Es sind die Augen des Mannes, dem ich mich versprochen habe. Ihm oder keinem anderen.«

»Sieh genauer hin und erinnere dich!«

»Es ist die Farbe des Himmels, des Glücks.« Zvatochna rang mit den Tränen. *Der vollkommenen Erfüllung.*

Jedes Wort bohrte sich wie ein Dolch in die Seele des jungen Mannes, sein Herz drohte zu zerspringen. »Es sind die Augen meines Vaters, Zvatochna«, gestand er, »der auch dein Vater war.«

Sie starrte ihn an, ihre Hände sanken herab. »Das ist nicht wahr«, raunte sie bestürzt. *Will das Schicksal etwa, dass mir nur die Wahl zwischen Bruder und Bruder bleibt?*

»Meine Mutter ist Dorja Balasy, sie war Magd am Hofe von Ulsar. Und lernte dort unser beider Erzeuger kennen. Ich habe meine Herkunft erst vor kurzem erfahren.« Er nahm noch einmal ihre Hände, legte sie gegen seine Brust. »Versteh doch, es darf deshalb nicht sein, Schwester. Die Magie reagierte früher darauf, schon als wir es nicht einmal erahnten.«

Zvatochna senkte den Kopf und warf sich gegen ihn, hielt ihn fest, lauschte den schnellen Schlägen seines Herzens.

»Hörst du es? Es ist gemeinsames Blut, verwandtes Blut, das durch unsere Adern fließt«, sagte er eindringlich.

»Ich will es dennoch nicht glauben.«

Der junge Ritter löste sich von ihr. »Wenn du möchtest, dann komme mit mir. Meine Freunde, unser Vater …«

»Was soll ich dort?«, unterbrach sie ihn niedergeschlagen. Sie hob den Kopf und blickte ihn traurig an. »Ich muss meine Schlacht auf dieser Seite schlagen, Tokaro, wenn ich etwas von dem retten möchte, das ich haben will. Da mir die Liebe wohl nicht vergönnt ist, nehme ich mir die Macht.«

»Dann wirst du gegen mich, Krutor und viele andere antreten müssen«, warnte er sie beschwörend. »Ich bin mir sicher, dass du an Govans Taten keine Schuld trägst. Komm zu uns, wir werden etwas finden, wo du nach unserem Sieg …«

»… herrschen kannst?«, entgegnete sie trotzig, verletzt. »Vielen Dank, aber es steht mir nicht der Sinn danach, eine Provinz oder eine Baronie zu leiten, wenn ich ein Reich besitze, wie es nach Sinured noch niemals da gewesen war. Ich bin die Kabcara, und ich werde es bleiben.«

Der junge Ritter atmete tief ein. »Lebe wohl, Schwester. Hoffentlich begegnen wir uns nicht auf dem Schlachtfeld.« Er wollte sie zum Abschied am Arm berühren, doch sie drehte sich weg.

Tokaro beendete seine letzten Vorbereitungen, überprüfte die Ladungen der Feuerwaffen. Dann öffnete er die Tür, spähte umher und stahl sich hinaus.

Die Kabcara kehrte langsam zurück und blieb in der Küche vor dem großen Feuer stehen, das nun unter dem Kessel mit Suppe brannte.

Bete, Tokaro. Bete, dass wir uns wirklich niemals auf dem Schlachtfeld begegnen.

Sie schleuderte ihren Talisman in die Flammen und sah zu, wie das Gold sich nach einer Weile in der Hitze der Glut verformte, sich in die Länge zog und schließlich die feste Konsistenz verlor.

Ihre Enttäuschung darüber, einer unmöglichen Liebe anheim gefallen zu sein, wandelte sich in Feindseligkeit gegenüber ihrem Vater. *Er hat all das erst verschuldet. Warum musste er mir diese Brüder geben?* Sie würde ihn dafür bezahlen lassen, sollten sie im Gefecht aufeinander treffen.

Tokaro gelang die Flucht aus dem Lager einfacher, als er sich es vorgestellt hatte. Seine Verhaftung hatte sich noch nicht herumgesprochen. Also erklärte er den staunenden Söldnern seine neue Uniform damit, er sei bei den regulären ulldartischen Truppen eingeschrieben.

In erzwungener Ruhe und mit gespielter Gelassenheit sattelte er Treskor und hing sich in einem passenden Augenblick an das Ende einer berittenen Patrouille, die das Lager verließ. Unterwegs täuschte er vor, der Hengst habe ein Hufeisen verloren, und er wolle sich deshalb auf den Rückweg machen.

Sein Plan gelang.

Als er jedoch an sein altes Versteck kam, lag der Bastkorb mit den restlichen Tauben in Trümmern, die Vögel tot dazwischen. Der noch größere Schreck folgte wenig später. Wer auch immer seinen Unterschlupf entdeckt hatte, er hatte sogar die aldoreelische Klinge gefunden.

Aufgelöst kehrte er nach Drocâvis zurück und erstattete Bericht von seinen Abenteuern, erzählte, dass er bei seiner Gefangennahme das wunderbare Schwert verloren und keinerlei Gelegenheit erhalten habe, es sich zurückzuholen.

Die Kunde löste einen Schock unter den Verteidigern von Ulldart aus. Ohne diese Zauberwaffe mussten sie sich allein auf die magischen Fertigkeiten der Kensustrianer und Lorin verlassen.

»Es existiert noch eine weitere.« Lodrik stand auf den Stufen zum großen Raum, eine Hand hielt den Hinrichtungssäbel.

Die Versammlung, bestehend aus den Ilfariten, Lorin, Tokaro, Stoiko, Norina, Moolpár, Waljakov sowie weiteren Kensustrianern, richtete ihre Aufmerksamkeit auf den dünnen Nekromanten, der lautlos erschienen war.

»Wie das?«, erkundigte sich Perdór, überrascht sowohl von Lodriks Anwesenheit als auch von der Neuigkeit.

Lorin und Tokaro betrachteten ihren Vater, der eine voller Neugier, der andere voller Verwunderung darüber, wie sehr er sich seit dem letztem Zusammentreffen verändert hatte. Ähnlich erging es dem ehemaligen Leibwächter und der Brojakin.

Der einstige Kabcar vermied es, jemandem in die Augen zu schauen, und lächelte. »Krutor hat es mir erzählt. Er war in Ammtára, wo ein Mann namens Pashtak die Klinge hütet.«

»Ammtára?« Verzweifelt warf der ilfaritische Herrscher die kurzen Arme in die Luft. »Das werden wir wohl kaum mehr schaffen, oder?« Fragend blickte er zu den Kensustrianern.

»Die schnellste Möglichkeit wäre ein Kommando aus Gleitern«, meinte Moolpár nach etwas Überlegen. »Aber das Wetter ist nicht das Beste. Es wäre eine sehr unsichere Sache.«

Lodrik blieb auf Distanz, um den Anwesenden durch seine Angst erzeugende Ausstrahlung kein Unbehagen zu verursachen, und lehnte sich an eine Säule. »Ich habe eine andere Möglichkeit anzubieten.«

»Eure Geister?«, schlug Fiorell vor. »Ha! Der Meister der Geister ist ein pfiffiges Kerlchen.«

Zur Überraschung des Narren schüttelte er sein blondes Haupt. »Die Modrak.«

»Ihr selbst sagtet, dass sie unzuverlässig werden«, wies Moolpár auf die bestehende Ungewissheit hin.

»Sie gehorchen dem, der das Amulett trägt und der sich Respekt verschafft. Es müsste jemand mit ihnen fliegen, der sie beaufsichtigt.«

»Ihr? Wir brauchen Euch und Eure Geister hier, falls die Schlacht beginnen sollte«, lehnte Perdór ab. »Und danach sieht es ja wohl aus.«

Lodrik überlegte. »Ich kann jemandem das Amulett geben, der sie begleitet. Wenn man eine Art Korb mit Gestell anfertigt, würden sie eine Person mit Leichtigkeit transportieren.«

Waljakov trat ohne zu Zögern nach vorn. »Ich bin bereit.«

»Zu schwer«, kommentierte der einstige Kabcar, der es noch immer nicht wagte, einem seiner Freunde, abgesehen von Stoiko, ins Gesicht zu sehen.

Tokaro hob den Arm. »Ich habe mir die aldoreelische Klinge nehmen lassen, also sollte ich für ihren Ersatz sorgen«, erklärte er. »Und ich bin am … nutzlosesten. Lorin ist wegen seiner Magie zu wertvoll, wenn der Angriff beginnen sollte. Die anderen haben keine kämpferische Ausbildung.«

Moolpár hob die Augenbrauen. »Ihr meint damit nicht mich, oder?«

»Ich bitte Euch: Lasst mich die Sache wieder gutmachen, die ich verbockt habe«, bat der junge Ritter. »Gebt mir die Möglichkeit dazu, und ich werde sie nicht vergeuden.«

»Ich bin dafür«, unterstützte ihn Lorin, eine Hand auf seine Schulter legend.

Dankbar schaute Tokaro seinen Halbbruder an, der ihm mittlerweile ein Freund geworden war.

Schließlich willigten auch die anderen Anwesenden ein, dass sich der junge Ritter auf den Weg machte. Er holte sich die guten Wünsche ab und wandte sich zu seinem Vater.

Lodrik war gegangen.

An der Säule lag das Amulett.

»Was haben wir dir getan, Lodrik, dass du vor uns davonläufst?«

Wie angewurzelt blieb der ehemalige Kabcar stehen. Seine unbemerkte Verfolgerin hatte ihn in einer Seitenstraße von Drocâvis gestellt.

Schritte näherten sich, sie kam näher und stellte sich vor ihn. Er blickte in Norinas Gesicht.

»Was sollte ich sagen? So viele Worte, die es bedürfte, um euch um Verzeihung zu bitten, kann ich in meinem Leben nicht mehr aussprechen.« Er zog die Kapuze tiefer ins Gesicht und senkte den Kopf, damit der Schatten seine hageren Züge verbarg. »Ich versuchte es bereits bei Stoiko …«

»Und er verzieh dir, oder etwa nicht?«, meinte die Brojakin energisch. »Meinst du, wir hätten mehr Grund, dich zu hassen, als der Mann, der dich erzog, der dir sprechen und lesen beibrachte und den du als Dank ins Gefängnis sperren ließest, wie man mir erzählte?«

»Es ist schlimmer als bei Stoiko.« Seine blauen Augen glommen auf. »In meiner Verblendung hätte ich Euch damals am liebsten getötet, Norina. Als Ihr das einzig Richtige tatet und Euch vor mir in Sicherheit brachtet, glaubte ich allen Ernstes, Ihr hättet mich mit Waljakov betrogen, wisst Ihr das? Und ich hätte Euch auf der Stelle umgebracht.« Er machte einen Schritt nach hinten. »Das und Euer Schicksal der letzten Jahre wiegen wohl noch schwerer als das, was Stoiko widerfuhr. Dafür möchte ich keine Vergebung.« Schon wandte er sich zum Gehen.

»Jetzt sehe ich es. Es gefällt dir«, verstand Norina, packte ihn am Arm und hielt ihn fest. »Du magst es, auf eine makabre Art zu leiden und deiner Seele mit der Schuld Schmerzen zu bereiten.«

»Lass mich«, versuchte er sie abzuwehren.

Ihre Entschlossenheit, die er von früher so gut kannte, machte ihm einen Strich durch die Rechnung. »Oh, nein, mein Lieber. Du magst dich verändert haben. Jeder, der dir näher kommt, spürt das.« Demonstrativ trat sie auf ihn zu, schlug seine Kapuze nach hinten. »Doch man kann es überwinden.« Das Harte in ihren Augen wich, ihr Blick ruhte gütig auf seinem Gesicht. »So wie du das Böse in dir überwunden und dich von den falschen Freunden losgesagt hast.« Sie küsste sanft seine Stirn. »Ob du es hören möchtest oder nicht: Ich verzeihe dir.«

Lodrik schloss die Augen, schluckte.

Langsam hoben sich seine Arme, er legte sie auf den Rücken der Brojakin und zog sie an sich. Der ehemalige Kabcar fühlte keinen Widerstand. Tatsächlich erwiderte sie die Liebkosung. Er roch an ihrem Haar, schöne, unvergessliche Erinnerungen stiegen auf. Umschlungen standen sie auf der Straße.

»Ich sorge dafür, dass Ulldart nicht länger leiden wird«, sagte er gedämpft, die Rührung brach seine Stimme. »Wenn man mich nicht wegen meiner Taten zum Tode verurteilt, gehe ich an einen Ort, fernab von allen Menschen.«

»Ach, du begleitest mich nach Granburg?«, gab sie die Überraschte. »Darauf freue ich mich sehr.«

»Nein, du verstehst mich falsch, Norina.« Er lächelte sie an.

Sie grinste. »Absichtlich.«

Lodrik blieb ernst, das Traurige in seinem Blick verschwand nicht. »Ich gehe irgendwo hin, in die Verbannung. In die menschenleeren Weiten Borasgotans vielleicht.«

»Auch gut. Dort war ich noch nie. Fatja könnte uns sicherlich ein schönes Ziel nennen.«

»Begreife es doch! Ich will nicht, dass du mitgehst.«

»Und ich will nicht, dass du überhaupt gehst«, fuhr ihn die Frau beinahe schon wütend an. »Meine Gefühle zu dir haben sich in all den Jahren nicht verändert, das wusste ich, seitdem ich dir in jener Nacht in die Augen blickte und du mir mein Gedächtnis zurückgabst. Kann es ein stärkeres Zeichen geben, Lodrik, dass wir zusammen gehören?« Sie fuhr ihm durchs Haar. »Einmal musste ich dich verlassen. Das wird nie wieder geschehen.« Sie hakte sich ein. »Und nun komm. Waljakov wartet. Und unser Sohn.«

Das Paar spazierte zurück zum Tempel. Unterwegs ergriff Lodrik ihre Hand. *Bei allen Göttern, ich habe sie wieder!*

Die Schwere, die Trostlosigkeit, die sich seit seinem Besuch in der Unterwelt seines Gemüts bemächtigt hatten, wichen wie dunkle Wolken zurück und gewährten dem Lichtstrahl, der durch Norina in sein Dasein fiel, ein Durchkommen.

Ein anderes, sehr menschliches Empfinden, das er ewig nicht mehr verspürt hatte, meldete sich. Er bekam Hunger.

In dem aus Weide gefertigten Korb glitt Tokaro in rasender Geschwindigkeit über das Land. Die Welt breitete sich wie ein bunter Flickenteppich unter ihm aus. Felder, Wiesen, Wälder bildeten dort, wo der Schnee dünner war oder taute, eine farbliche Abwechslung. Die erwachende Natur lieferte ein erstes schwaches Grün und eine Ahnung des Frühlings, der sich gegen den Winter auflehnte und an manchen Stellen bereits durchsetzte.

Wilde Tiere flüchteten vor dem seltsamen Objekt, das plötzlich über ihre unberührten Refugien flog, die wenigen Menschen, die es zu Gesicht bekamen, starrten mit offenen Mündern an den Himmel und baten um den Beistand der Götter.

Sechs Modrak waren mit seidenen Seilen an der Gondel befestigt und trugen sie über alle Hindernisse hinweg.

Kein See, kein reißender Fluss, nicht einmal unwegsames Hügelland und Gebirgsausläufer vermochten die geflügelten Wesen aufzuhalten. Alle drei Tage wechselten sie sich mit ausgeruhten Artgenossen ab, die sie in dem jeweiligen Gebiet, das man gerade durchquerte, ausfindig machten. Auch wenn Treskor ein schneller Hengst war, gegen die Geschwindigkeit der Modraks, das musste der Passagier einräumen, würde er es nicht aufnehmen können.

Lodrik hatte ihm erklärt, wie das Amulett funktionierte und dass die Modrak sehr widerspenstig waren. Notfalls sollte er einen von ihnen mit seinen Feuerwaffen erlegen, um die anderen zum Gehorsam zu bringen.

Die Unterhaltung mit dem einstigen Kabcar fiel kurz aus, sie wechselten lediglich ein paar Worte. Tokaro kämpfte in erster Linie mit dem Bedürfnis, vor der abgemergelten Gestalt davonzulaufen. Er behielt die Beherrschung und entschuldigte sich erneut für seinen Vertrauensbruch im Festsaal, was sein Vater mit einer Bewegung der Hand zur Seite wischte.

Lodrik freute sich, dass der Großmeister ihn als Sohn adoptiert hatte, und wünschte sich, dass er den Namen beibehielt. Er bekannte sich zu seinem unehelichen Spross, akzeptierte aber, dass sein Sohn die größere Dankbarkeit und Sympathie für den toten Anführer des Ordens der Hohen Schwerter hegte.

Im Augenblick aber beschäftigte sich der junge Ritter damit, was er noch alles tun könnte, um sich vor dem Erfrierungstod zu bewahren. Die Lufttemperatur lag in dieser Höhe im Minusbereich, der Fahrtwind verstärkte die Kälte. Während es seinen »Zugvögeln«, wie Fiorell sie scherzhaft nannte, nichts ausmachte, hatte Tokaro außer zwei Decken noch ein dickes Bärenfell um sich geschlungen. Um nicht Opfer der Schneeblindheit zu werden, trug er tagsüber die dünnen Holzscheiben mit den schmalen Sehschlitzen, nachts schlief er, rollte sich eng im geflochtenen Korb zusammen, um so wenig Wärme wie möglich zu verlieren.

Angehalten wurde so gut wie nie. Wenn die Kälte ihm zu sehr zu schaffen machte, gönnte er seinen steifen Knochen ein paar Stunden an einem eilig entzündeten Feuer, ehe sie weiterflogen. Bei diesen Gelegenheiten machte er sich näher mit der Präzisionsbüchse vertraut, die ihm Zvatochna gegeben hatte.

Es war, wie die handlichen Gürtelmodelle, eine neue Generation von Waffen, die ohne umständliche Lunte arbeitete. Schnell verstand er, dass der Feuerstein über eine Zündfläche rieb, Funken schlug und das Pulver der Treibladung durch einen Seitenkanal zur Detonation brachte. Der längere Lauf gewährleistete eine bessere Flugbahn, die Visiere ließen sich genauer einstellen, das Bajonett arretierte stabiler als beim Vorgänger.

Diese Büchse machte ausgebildete Truppen zu tödlichen Gegnern. Der Umstand, dass er keine dieser Waffen in Séràly gesehen hatte, schürte die Hoffnung, dass Govans Leute nicht in rauen Mengen darüber verfügten.

Woher Perdór die Gondel so rasch aufgetrieben hatte, das hatte er ihm nicht verraten wollen. Tokaro glaubte, dass der Korb schon bereit gestanden hatte, ehe sein

Vater die Modrak ins Gespräch brachte. *Ich werde mich überraschen lassen, wofür er eigentlich gedacht war.*

Die geheimnisvollen Modrak wechselten kein einziges Wort mit ihm. Zu Beginn der Reise hatte er sein Ziel genannt, seitdem beschränkte sich die Konversation auf knappe Kommentare, wenn er landen oder starten wollte. Noch machten sie dem jungen Ritter keinerlei Schwierigkeiten. Die Wirkung von Lodriks Drohungen und die Angst vor der weit reichenden Waffe saßen zu tief.

Nach einem scheinbar endlosen Flug quer durch Ilfaris, Serusien und Aldoreel gelangte er im Morgengrauen in Sichtweite von Ammtára, wie ihm die Modrak auf ihre merkwürdige Weise zuwisperten.

Ich hoffe, sie haben eine heiße Suppe für mich, dachte Tokaro und ließ den Blick über die einstige Hauptstadt des sinuredischen Reiches schweifen, die in neuer Pracht unter ihm lag.

Zwar hielt sie den Vergleich mit den kensustrianischen Städten, über die er anfangs gesegelt war, nicht stand, dennoch gestaltete sie sich erstaunlich kultiviert, symmetrisch und ordentlich, wenn man bedachte, wer in den mächtigen Mauern lebte und dass sie praktisch aus Ruinen erstanden war.

Von weitem hörte er, wie Warnhörner ihren dumpfen, durch und durch gehenden Ton in die Luft bliesen. Er band die weiße Fahne an die Büchse und hielt sie sichtbar aus dem Korb, damit kein Katapultist auf den Gedanken kam, ihn und seine »Zugvögel« mit Speeren zu spicken.

Krutor hatte ihm genau beschrieben, wo er welches Gebäude fand, und so dirigierte er die Modrak vor das Versammlungshaus, den ehemaligen Palast des barkidischen Kriegsherrn.

Du rufst uns, wenn du uns brauchst, Menschlein. Die Modrak stiegen aus den Geschirren und flogen eilig davon.

Sofort war er umringt von Angst einflößenden Kreaturen, die er nur aus Schauermärchen kannte.

Als sich drei Meter hohe, behaarte Wesen mit Hörnern, Panzerungen und Piken vor ihm aufbauten, bezweifelte er, dass ein Dutzend Kugeln ausreichten, um diese Giganten zu Fall zu bringen. Das mussten nach der Erzählung des Tadc die Nimmersatten sein.

Krampfhaft umklammerte er seine Büchse. *Ein Schuss in den Kopf vielleicht? Aber was mache ich, wenn sie kein Gehirn haben?*

»Ich suche Pashtak«, sagte er langsam und laut. »Ich bin ein Freund.«

Die Wächter schauten ihn misstrauisch an, unterhielten sich grunzend mit unverständlichen Lauten.

So habe ich mir das vorgestellt. »Ich muss mit ihm reden«, versuchte er es erneut und sprach so deutlich, als unterhielte er sich mit einem schwerhörigen Dorftrottel. »Ich suche ihn selbst, wenn Ihr erlaubt.« Er macht einen Schritt nach links, um sich durch die Reihen zu schieben.

Wie auf ein Kommando schnellten die Spitzen der Stangenwaffen nach unten und richteten sich von allen Seiten auf seine Körpermitte.

Ganz deutlich erlauben sie nicht. »Holla, langsam«, bat er beschwichtigend und wedelte zaghaft mit der weißen Fahne. »Ich Freund. Freund!«

»Und wie lautet der Name des Freundes?«, erkundigte sich eine Stimme hinter dem Rücken der Nimmersatten. »Hat Euch der ¢arije gesandt, um mit uns zu verhandeln?«

Der junge Ritter spie angewidert auf die rot geäderten Steine. »Ich bin Tokaro von Kuraschka, Sohn des

Großmeister der Hohen Schwerter, Nerestro von Kuraschka, Ritter der Hohen Schwerter«, stellte er sich vor. »Govan Bardri¢ und alle, die ihm folgen«, er sah das Antlitz Zvatochnas vor seinem inneren Auge aufblitzen, »sind meine Todfeinde.«

»Dann seid Ihr ein sehr einsamer Mensch mit vielen Widersachern«, stellte der Unsichtbare fest. »Ich kenne Euch nicht. Legt Eure Waffen ab und erklärt Euch, ehe die Wärter Löcher in Euren Leib stechen. Wir sind alle etwas angespannt.«

Ganz behutsam kam Tokaro der Aufforderung nach und deponierte die Büchsen, das Schwert und die Dolche wie rohe Eier auf dem Boden. Anschließend entfernte er sich rückwärts von dem kleinen Berg.

Die Nimmersatten gaben den Weg für ein seltsames Paar frei.

Ein Sumpfwesen mit knochigem, flachem Kopf trat nach vorn. Die gelben Augen mit den rot leuchtenden Pupillen lagen tief im Schädel. Es besaß einen muskulösen, menschengroßen, aber gedrungenen Körper und wies unter der Robe eine dichte Behaarung auf. Als es ein Lächeln zustande brachte, zeigte das breite Maul lange, spitze Reißzähne.

Neben der Kreatur stand eine junge Frau, etwa in seinem Alter. Die dunkelbraunen Haare hingen als langer Zopf auf das einfache, figurbetonte Kleid aus dunkelgrünem und braunem Stoff herab. In ihren Zügen meinte er vage, jemanden zu erkennen, konnte dies jedoch nicht einordnen. Als sie sich näherten, bemerkte er den dünnen, gelben Kreis um die Pupillen ihrer karamellfarbenen Augen. Sie musterte ihn voller Neugier.

»Ich«, stellte sich das Sumpfwesen vor und reckte eine kräftige, krallenbewehrte Hand nach vorne, »bin

Pashtak, Vorsitzender der Versammlung der Wahren. Das neben mir ist Estra, die künftige Inquisitorin Ammtáras.« Er bleckte die Zähne. »Wie kann ich Euch helfen, Tokaro von Kuraschka?« Er tippte gegen den Korb. »Ihr habt übrigens eine sehr eigenwillige Art zu reisen.«

»Ich nehme ein Dokument hervor, das ein wenig Licht in die Sache bringt«, erklärte der junge Ritter seine Absicht und fasste unter die Lederrüstung. Er piekste es auf eine Eisenspitze und nickte dem Vorsitzenden zu. »Lest es. Danach sollten wir an einen ruhigeren Ort gehen.«

Pashtak erkannte schon am Geruch, dass Krutor mit dem Blatt in Berührung gekommen war.

Die schwerfällige Schrift passte zu dem Tadc und dem Schutzherrn Ammtáras. Er garantierte in dem Schreiben die Unbedenklichkeit des Überbringers und bat ihn mit einfach gestrickten Sätzen, ihm die aldoreelische Klinge auszuhändigen, damit er sie nach Drocâvis brachte. Pashtak reichte das Schreiben an die Tochter Belkalas.

»Ihr habt Recht. Wir sollten an einen ruhigeren Ort gehen.« Er sagte etwas in einer unverständlichen Sprache, die Piken ruckten in die Höhe, die Nimmersatten trollten sich und bezogen ihre Posten. »Gehen wir zu mir.«

»An einen ruhigeren Ort«, wiederholte Estra feixend. »Also nicht zu Hause bei uns.«

Pashtak führte Tokaro in den Versammlungsraum des Gremiums, schloss die Türen und bot dem Gast einen Platz und anschließend etwas zu trinken an.

Tokaro bat um eine heiße Suppe und erzählte in aller Ausführlichkeit, wie sich die Situation in Drocâvis und Séràly darstellte. Dabei entging ihm trotz seiner Müdigkeit und Erschöpfung nicht, dass das Mädchen ihn förmlich mit Blicken bannte.

Der Vorsitzende lauschte, fiepte, gurrte und schnurrte gelegentlich, was offensichtlich seine Art war, das Gehörte zu kommentieren.

Pashtak berichtete im Gegenzug, wie es sich mit der einstigen »Verbotenen Stadt« verhielt, die mit einer Belagerung durch die Truppen des ¢arije rechnete, da der Herrscher allen Grund hatte, die Aufsässigen zu bestrafen.

»Nehmt es mir nicht übel, wenn mich der Aufmarsch in Ilfaris etwas beruhigt«, endete die Kreatur. »Damit ist Ammtára vorerst sicher. Vorübergehend.« Er seufzte. »Wir würden uns an der Schlacht beteiligen. Auf Eurer Seite. Doch ich fürchte, dass unsere Kontingente nicht rechtzeitig bei dem Häuflein der Tapferen einträfen.«

»Beschränkt Euch aufs Beten und gebt mir die aldoreelische Klinge, damit wir dem Bösen Einhalt gebieten können«, entgegnete Tokaro freundlich. »Ich rechne es Euch aber hoch an, dass Ihr an unserer Seite stehen wolltet. Es gibt Artgenossen von Euch, die sich dem ¢arije angeschlossen haben.«

»Teilweise gewiss freiwillig. Wir weigern uns, Abordnungen zu senden. Diese Radikalen, die nichts im Kopf haben als Tzulan, gibt es leider auch unter meinen Artgenossen«, bedauerte Pashtak. »Wir in Ammtára wissen, wie sehr uns der alte Kabcar unterstützt hat. Umso mehr freuen wir uns zu hören, dass er noch lebt.« Er betrachtete den jungen Mann. »Natürlich sollt Ihr das Schwert erhalten. Was soll es hier, wenn es in der Schlacht dringend benötigt wird?«

Ein Strahlen ging über das Gesicht des Ritters. »Meine Freunde und ich danken Euch dafür.«

Das Oberhaupt der Stadt neigte leicht den Kopf. »Wir alle wollen ein Ende des begonnenen Schreckens, der sich unaufhörlich steigert, seit die Nachkommen des alten Bardri¢ an die Macht kamen. Von unserem Freund Krutor einmal abgesehen.« Er sog die Luft ein, witterte. »Gönnt Euch ein paar Stunden Schlaf, ein Bad und ein gutes Essen, Tokaro von Kuraschka. Ihr riecht ... überanstrengt. Mein Haus steht Euch gern zur Verfügung.«

Der junge Mann wollte sich gerade bedanken, als ihm Estra ins Wort fiel. »Wir haben viel von den Hohen Schwertern gehört, Herr Ritter«, begann sie mit glühenden Wangen. »Verzeiht meine Neugier, aber seid Ihr tatsächlich der Sohn des Großmeisters?«

Er lächelte schwach. »Nein, nicht von Geburt an. Er nahm mich als Sohn an, da es ihm nicht vergönnt war, eigene Kinder zu haben.«

Die Inquisitorin wollte nachhaken, da legte Pashtak zügelnd die Hand auf ihre. »Nicht jetzt, Estra. Lassen wir unseren Gast schlafen und sich erholen, damit er bald wieder aufbrechen kann. Irgendwann dazwischen wird sich eine ruhige Minute ergeben. Du kannst Shui Bescheid sagen, dass wir einen Besucher erhalten.«

Sie nickte etwas widerspenstig, warf Tokaro noch einen tiefen Blick zu und verschwand.

Im Haus des Vorsitzenden sah er sie nach dem Essen kurz, wie sie ihn neugierig betrachtete, als er im Bad verschwand. Noch immer kam er nicht darauf, wem sie ähnelte.

Gesättigt, umflossen von Wärme und inmitten von mit duftenden Kräutern versetztem Wasser, fielen Tokaro rasch die Augen zu.

Irgendwann weckte ihn fröhliches Kinderkichern, ein vielstimmiges Gurren und Fiepen.

Er öffnete vorsichtig ein Lid und blickte in die Augen von Pashtaks Nachwuchs, die den Besucher neugierig betrachteten, schnüffelten. Das ließ ihn etwas verlegen werden.

»Los, ihr Racker. Geht ins Bett. Das mache ich auch gleich.«

Als sie sich nicht von der Stelle rührte, spritzte er spaßeshalber mit etwas Wasser nach ihnen.

Ein Fehler, wie er feststellte.

Die Tropfen befanden sich noch auf dem Flug, da tobte schon eine ausgelassene, feuchte Schlacht im Bad.

Die Schwämme flogen durch die Luft, drei Jungs und ein Mädchen enterten quietschend vor Freude die Wanne, andere schnappten sich Eimer und Schöpfkellen, um fidel in den Angriff zu gehen.

Tokaro ergab sich seinem Schicksal und ließ sich tunken.

Nach dem Frühstück am darauffolgenden Morgen überreichte ihm Pashtak die aldoreelische Klinge.

Mit Kennerblick erkannte Tokaro, dass dieses Schwert sich tatsächlich von den anderen unterschied. Die Verzierungen, die Anzahl der Diamanten, die besonders aufwändig gestaltete Schneide selbst, das alles sprach für die Einmaligkeit.

Er konnte es kaum fassen, als ihm das Stadtoberhaupt die Entdeckungsgeschichte unter dem Siegel der Verschwiegenheit verriet. Ehrfurchtsvoll zog er sie aus der Hülle, betete zu Angor und küsste die Blutrinne.

»Dann ruft Euch die Modrak herbei und bringt die Klinge rasch zu unseren Freunden«, verabschiedete ihn Pashtak. »Die Gondel findet Ihr unangetastet vor dem Gebäude, wo Ihr gelandet seid. Bestellt Krutor einen Gruß.« Er umfasste seine Rechte mit beiden Händen. »Seid gewiss, wir beten, dass die gute Seite den Sieg davon trägt. Wenn Ihr fallt, wird auch Ammtára wenig später fallen. Unsere Schicksale hängen über Meilen hinweg zusammen.«

Der junge Ritter schaute sich um, ob er das Mündel des Vorsitzenden entdeckte. Ohne Erfolg. »Wir siegen, Pashtak. Ich verspreche es Euch.«

Gemeinsam gingen sie zur Tür. Shui gab ihm reichlich Proviant für die nächsten Tage mit, und Tokaro schlenderte zurück zu dem Korb.

Nach zwei Straßen stand Estra wie aus dem Boden gewachsen an seiner Seite und spazierte neben ihm her.

»Ihr wolltet mir persönlich eine gute Reise wünschen? Wie aufmerksam von Euch. Als Inquisitorin entgeht Euch nichts, was?«, neckte er sie ein wenig. Ihm gefiel das Mädchen, das sich deutlich auf dem Weg zur Frau befand, wenn er sich ihre Statur anschaute.

»Ihr seid nett, Tokaro von Kuraschka. Aber ein wenig vorlaut.« Estras rätselhafte Augen bannten die seinen, ketteten sie mit einem unsichtbaren Band an ihr Gesicht.

»Das ist eine Angewohnheit, die mich gelegentlich in Schwierigkeiten bringt«, grinste er frech. »Das Vorlaute und die Tollkühnheit.«

»Sind das Werte, die man als Ritter benötigt? Benahm sich der Großmeister genauso?«, forschte sie mit einem hintergründigen Lächeln.

»Nein.« Schlagartig wurde Tokaro ernsthaft, betrachtete gedankenverloren den gelben Ring um ihre Pupillen. »Nerestro war ein aufrichtiger, überlegt handelnder Mann. Bei aller Strenge und Härte schlug doch ein verletzliches Herz in seiner Brust.«

»Er hatte keine Frau an seiner Seite?«

Tokaro schüttelte den Kopf. »Mein Adoptivvater trauerte sein Leben lang seiner einzigen Liebe nach, die er verstoßen hatte, obwohl alles in seinem Innersten dagegen aufbegehrte. Um den Qualen zu entkommen, suchte er oftmals den Tod im Turnier.« Seine Fäuste schlossen sich fester um die Büchse. »Aber sterben musste er durch Verrat. Nicht wie ein Ritter.«

»Kanntet Ihr die Frau, nach der er sich sehnte?«

»Nein. Sie stammte aus Kensustria, ihr Name war …«

Der Ritter rannte gegen den Rand der Gondel, starrte sie befremdet an und schüttelte den seltsam benebelten Zustand gewaltsam ab, der ihn erfasst und redselig gemacht hatte.

»Nanu, wir sind schon da?« Erstaunt betrachtete er Estra. »Warum erzähle ich Euch das alles? Ihr macht Eurem Amt alle Ehre, Inquisitorin.« Er nahm das Amulett unter der Rüstung hervor und drehte den Stein dreimal in der Fassung. *Kommt zu mir.*

Estra schien nicht glücklich mit der Unterbrechung zu sein.

Tokaro suchte mit Hilfe des Fernrohrs den Himmel nach den Wesen ab. Die Modrak zeigten sich noch nicht. *Verdammt, schafft euch auf der Stelle herbei! Ich befehle es euch, im Namen des Hohen Herrn!*

Das Letzte, was er nun benötigte, war eine unnötige Verzögerung durch die Starrköpfigkeit der Modrak. Er wollte seinen stummen Appell wiederholen, als er die erste der fliegenden Kreaturen ausmachte.

Estra half ihm, den Proviant zu verstauen. »Kommt uns doch besuchen, Herr Ritter«, lud sie ihn ein wenig verschämt ein. »Ich würde mich sehr freuen, Euer Gesicht öfter hier zu sehen.«

Tokaro war von dem Angebot etwas überrascht, freute sich aber darüber. »Und Ihr werdet auf Angoraja vorbeischauen. Sobald die Schlachten geschlagen sind, trete ich mein Erbe an. Ich bin es Nerestro schuldig, die Getreuen zu sammeln und mit einem Freund zusammen den Orden neu aufzubauen. Der Verrat darf nicht das Ende sein.«

Die Modrak glitten elegant zu Boden und legten sich lustlos die Geschirre an. *Wir sind bereit, junger Menschenmann.*

Estra schenkte ihm ein bezauberndes Lächeln, das es durchaus mit dem von Zvatochna aufnehmen konnte. »Eure Offerte erfreut mich sehr, Tokaro von Kuraschka.« Sie machte einen beherzten Schritt an den Rand der Gondel und drückte ihm einen flüchtigen Kuss auf die Lippen. Etwas erschrocken von ihrem Mut trat sie mit errötendem Kopf zurück. »Nehmt das als Glücksbringer.« Damit entfernte sie sich rasch.

Ohne auf sein Kommando zu warten, schlugen die Modrak mit ihren pergamentdünnen, dennoch widerstandsfähigen Schwingen. Die Seidentaue spannten sich, ruckartig schnellte der Korb in die Luft. Tokaro ruderte mit den Armen, um sich auf den Beinen zu halten.

Macht das nicht noch einmal, ihr Biester!

Der Ritter verfolgte Estras Weg aus der Luft und winkte ihr verdattert hinterher. Mit einem so angenehmen Abschied hatte er nicht gerechnet.

Verwirrt gürtete er sich die aldoreelische Klinge um die Hüfte, legte die Decken um sich und bereitete sich auf den Flug nach Drocâvis vor.

Von den Modrak erfuhr er zu seinem Entsetzen, dass sich die feindlichen Heere auf ein Zusammentreffen vorbereiteten. Alles deutete darauf hin, dass die erste Auseinandersetzung bald bevor stand. Hätte Tokaro sie nicht danach gefragt, hätten seine unheimlichen »Zugvögel« mit den purpurn leuchtenden Augenhöhlen ihn darüber im Unklaren gelassen. Von selbst gaben sie nichts preis.

Auf diese Weise argwöhnisch geworden, fiel ihm etwas anderes auf.

Entweder hatte der Frühling Einzug gehalten und hatte die Luft erwärmt, oder aber die Wesen bewegten ihre Flügel nicht mehr ganz so schnell wie auf der Reise nach Ammtára, gerade so als wollten sie seine Ankunft in Kensustria hinauszögern.

Der Hohe Herr befahl uns, dich nach Ammtára zu bringen, kleiner Menschenmann, antworteten sie ihm vielstimmig wie stets direkt in seinem Verstand. *Aber von der Geschwindigkeit sagte er nichts.*

Sie planen also, Govan durch die Hintertür zu unterstützen. Wütend riss er das Amulett in die Höhe. »Ihr werdet mir gehorchen! Und ich befehle euch, schneller zu fliegen.«

Es erfolgte keine Reaktion.

Der junge Ritter nahm die Büchse. Er legte auf den hintersten der Modrak an und setzte ihm eine Kugel zwischen die Lichter. Auf der Stelle tot, stürzte das Wesen ab und baumelte im Geschirr, bevor es aus der Halterung rutschte und um die eigene Achse kreiselnd in die Tiefe sauste.

Abgründiges Geschrei erfüllte seinen Schädel. Tokaro kümmerte sich nicht darum. Er zog die Handbüchse und richtete den Lauf auf das nächste Wesen. »Schneller, sagte ich!«

Die Taktzahl der Flügelschläge erhöhte sich, ein anderer Modrak segelte herbei und nahm eilig die Position seines erschossenen Artgenossen ein.

»Ich habe das Amulett, also folgt meinen Anweisungen, oder meine Waffen belohnen euch für den Ungehorsam. Ich warne euch ein einziges Mal. Sie verfehlen ihr Ziel selbst bei finsterster Nacht niemals und reichen ewig weit.«

Ja, kam es lakonisch.

Tokaro entspannte sich. Noch gelang es ihm, Autorität zu wahren, aber seine Wachsamkeit durfte von nun an bis nach Kensustria nicht nachlassen.

Vizekönigreich Ilfaris, Herzogtum Séràly, acht Meilen nordöstlich der kensustrianischen Grenze, Frühjahr 460 n. S.

Zvatochna überprüfte die Aufmarschpläne, die sie entworfen hatte.

Sie gedachte ihren Vater und die Kensustrianer mit ihren offensichtlichen Vorbereitungen dazu zu zwingen, sie in Paledue abzufangen, ehe die geballte Streitmacht in das Land des Gegners einmarschierte und sich dort festsetzte.

Ihre Späher bestätigten, dass die Kensustrianer die Ebene jenseits des zerstörten Lagers als Ort der Entscheidung akzeptiert hatten. Aus den Trümmern des Kastells errichteten sie eifrig behelfsmäßige Stellungen. Weiter als bis zu diesem Punkt erlaubte ihnen die Strategin des ¢arije nicht vorzudringen. *Solange sie damit beschäftigt sind, kümmern sie sich nicht um meine Vorbereitungen.*

Heimlich verlagerte sie die schwersten Bombarden bereits in den Nächten in Richtung des Schlachtfeldes in einen nahen Wald, um von Beginn an über genügend Feuerkraft zu verfügen.

Die leichten Geschütze und Büchsenmaschinen würden auf einem mit Bäumen bewachsenen Hügel kurz vor der Schlacht in Stellung gebracht werden. Im Schutz des Grüns würde die Kavallerie rechts und links ebenso auf ihren Einsatz warten.

Genau zwischen Hügel und Wald befand sich eine abgestufte Anhöhe, deren Büsche nicht ausreichten, um Truppen Deckung zu geben. Für einen liegenden Menschen reichte es dennoch aus. Die Kabcara plante, ihre Scharfschützen dort zu positionieren, die gegnerische Anführer ausschalten sollten. Was die Kensustrianer konnten, beherrschte sie schon lange.

Govan hatte durch seine ungestüme Art die Kensustrianer dazu gezwungen, sich dem Gegner im Verband zu stellen, um einen Durchbruch und eine Plünderung des Landes zu verhindern. Die Zahl der Feinde musste die hübsche Strategin schätzen und kam aufgrund der Ereignisse der letzten Monate entlang der Grenze auf mindestens zehntausend Angehörige der Kriegerkaste.

Vorsichtshalber veranschlagte sie lieber zwanzigtausend, zu denen die Erfindungen der kensustrianischen Ingenieure hinzukamen, vor denen sie am meisten Respekt hatte. Das Vernichtungspotenzial der Distanzwaffen vermochte sie schwer einzuordnen.

Zumindest beherrschten sie die Kunst des indirekten Beschusses, was in ihrem Heer dank der Anschläge der Modrak auf »Spielzeug« beschränkt blieb. Ihr Bruder war so ungestüm, dass er auf den Einsatz der neuesten Erfindungen pfiff und einen Angriff verlangte, ehe sie nach Séràly gebracht werden konnten. Siegessicher verließ er sich ganz auf seine Magie und die zahlenmäßige Überlegenheit.

Zu siegessicher, wie sie fand.

Die Geschichte berichtete von Schlachten, bei denen Heere im Verhältnis von eins zu fünf unterlegen waren und dennoch ungeschlagen den nächsten Tag erlebten.

Über die Vorgehensweise der Kensustrianer in offenen Gefechten hatte sie nichts in Erfahrung bringen können. Die Aufzeichnungen berichteten lediglich von zwei Begebenheiten. Eine spielte sich im Jahre 135 n. S. ab, als die Grünhaare mit nur viertausend Soldaten und einer Flotte von hundert Schiffen einen K'Tar Tur namens Braggand zur Zeit der Großen Pest mit Stumpf und Stiel vernichteten. Als sich Kensustria 342 n. S. das Seehandelsrecht nahm, versenkten nur zehn ihrer Schiffe eine Flotte von sechzig agarsienischen und palestanischen Koggen. Die erste echte Niederlage steckten sie gegen ihren Vater ein, der die Schwarze Flotte versenkte. Aber keiner der Chronisten bemühte sich bei der Wiedergabe um militärische Genauigkeit.

Seufzend betrachtete sie die Pläne. *Es muss gelingen.*

Die »Schmeißfliegen« würden vor dem Wald auf der rechten Flanke aufmarschieren, die Sumpfkreaturen und Tzulani deckten die linke Flanke. Die Mitte übernahm zunächst eine Abordnung der ulldartischen Freiwilligen, die verheizt werden und die viel wertvolleren tzulandrischen Verbände dahinter schützen würden. Sollten ihre Landsleute flüchten wollen, hatten die Tzulandrier den Befehl, sie an Ort und Stelle zu töten. Die berittenen Einheiten sollten in die Schlacht eingreifen, wenn die Bombarden nichts mehr ausrichteten und der Nahkampf begann.

Zvatochna schrieb die Angriffsbefehle auf, siegelte sie und schloss sie in die Stahlschatulle, wo sie zusammen mit den Karten bis zum Beginn der Offensive sicher lagen. Ein Plan blieb offen liegen. Dann wartete sie auf ihren Besucher.

Es klopfte.

Sofort ordnete sie ihr Kleid, zog die Ränder des Dekolletés nach unten, um ihre Reize besser zur Geltung zu bringen, und ließ die Tür öffnen.

Albugast, gekleidet in die gleiche Art von purpurnen Gewändern, wie Varèsz sie zu tragen gepflegt hatte, erschien in ihrem Gemach. An seiner Seite hing eine aldoreelische Klinge, die ihm Govan überlassen hatte.

Ein Zufall hatte für den Fund gesorgt. Eine Patrouille war durch das aufgeregte Gurren der Tauben aufmerksam geworden, hatte den Posten durchstöbert, in dem sich Tokaro verborgen hatte, und dieses besondere Schwert gefunden. Der Anführer des Tzulanordens trug es mit Stolz.

Wenn es mir gelingt, ihn auf meine Seite zu ziehen, könnte er meinem Bruder im entscheidenden Augenblick den Kopf von den Schultern trennen. Und Mortva gleich mit.

»Ihr habt mich rufen lassen, hoheitliche Kabcara?« Der blonde Mann neigte sein Haupt vor ihr.

»Setzt Euch, Albugast.« Sie lächelte ihn hinreißend an und erkannte augenblicklich, dass sie ihn wie alle anderen Männer in ihren Bann schlug. *Sehr gut.* »Ich wollte Euch instruieren, falls es mein Bruder noch nicht getan hat.« Der Mann schüttelte den Kopf. »Er wird mit mir zusammen beim Kontingent der Tzulandrier reiten, zu der Seite gewandt, auf der die Sumpfwesen stehen.« Zvatochna deutete auf die Karte. »Ihr werdet mit Euren fünfundzwanzig besten Männern immer in seiner Umgebung sein, und wenn die Welt um Euch herum im Geschützfeuer der Gegner versinkt.« Ihre Hand legte sich auf seine. »Wärt Ihr bereit, sein Leben für ihn zu geben, Albugast?«

»Sofort.«

Sie rückte etwas näher, drückte seine Finger. »Und wie steht es um mein Leben?«

»Ich gebe Euch ebenfalls fünfundzwanzig Ritter«, antwortete er unverzüglich. Sein Blick wurde unsicher. »Wenn der ¢arije nicht in die Schlacht reiten würde, so würde ich persönlich für Eure Unversehrtheit sorgen, hoheitliche Kabcara«, gestand er ihr. »Ich wäre Tag und Nacht an Eurer Seite.«

Jetzt habe ich dich. »Wie gern nähme ich Euer Angebot an.« Die Kabcara senkte den Blick. »Ich gestehe, diese Unterredung über die Schlacht war nur ein Vorwand. Albugast, Ihr werdet es gewiss bemerkt haben«, geschickt legte sie eine Pause ein, »wie ich den Blick nicht von Euch abzuwenden vermochte.« Sie sah dem Ritter voller Verlangen in die Augen. »Ich begehre Euch, Albugast. Ich will Euch an meiner Seite haben, als mein Mann. Als Herrscher über das ganze Reich, das Ihr Euch anschickt, vollends zu erobern.« Sie neigte sich vor, hauchte in sein Ohr und achtete darauf, dass seine Hand dabei das Tuch ihres Dekolletés berührte, ihre Brüste leicht touchierte. »Wollt Ihr mit mir herrschen, Albugast, und die schönste Frau des Kontinents ergeben Euer Eigen wissen?«

»Ja«, entgegnete er ohne nachzudenken.

»Ihr wisst, dass Govan mich zur Gemahlin erkor. So müsstet Ihr wie ich Hochverrat begehen.« Sie streichelte über seinen Rücken, liebkoste seinen Nacken. »Aus Liebe. Gibt es denn nichts Edleres als sie?«

Albugast schwankte, seine Sinne waren zu verwirrt von den Eindrücken. »Ich bin dem ¢arije verpflichtet. Die Tzulani würden …«

»Die Tzulani müssen nichts davon erfahren, wenn wir es geschickt anstellen«, redete sie glühend auf ihn ein und rutschte noch näher. »Wenn mein Bruder während der Schlacht nach unserem Sieg stirbt, müssen sie mich als seine Nachfolgerin unterstützen. Und ich bin frei zu wählen.« Ihre schlanken Finger umfassten das Kinn des jungen Ritters. »Meine Wahl, das schwöre ich dir bei meinem Leben, fiele nur auf dich.«

Sie legte die Lippen sachte auf seinen Mund, ihre Rechte fuhr über seine Brust.

Angewidert erlaubte sie dem Mann, die reine, weiße Haut ihres Dekolletés zu küssen, um ihn endgültig hörig zu machen.

»Ich werde sehen, was sich ergibt, Zvatochna«, sprach er erregt. »Govan wird das Schlachtfeld nicht lebend verlassen.« Albugast spielte mit ihren schwarzen Haaren, küsste ihre Hand.

»Winke ich dir mit meinem weißen Taschentuch, so schlage ihm den Kopf ab. Sollte ich das Zeichen nicht geben und der Ausgang des Gefechtes ungewiss sein, so warte. Es werden andere Gelegenheiten kommen. Geh nun«, bat sie und senkte ihre Stimme zu einem verschwörerischen Flüstern. »Sonst schöpft er in seiner Eifersucht noch Verdacht.«

Der Ritter nickte und ging hinaus. Die Kabcara schenkte ihm einen verzehrenden Blick, als er sich an der Tür umwandte. Kaum schloss sich diese, fiel die Maske der Verliebtheit von ihr ab.

Trottel. Sie lief zu ihrer Ankleide und wischte sich die Stelle, an der er sie berührt hatte, mit Rosenwasser ab.

Dann ließ sie sich etwas Wein bringen und prostete sich selbst zu. *Auf mich.* Ihre Vorbereitungen waren abgeschlossen. Die junge Frau hatte ihre Truppen nicht nur hier aufgestellt; ihre Freunde standen in Ulsar bereit, ihre Mutter wartete in Granburg auf ihre Nachricht.

Der Kampf um Ulldart und den Thron konnte beginnen.

Nordwestliches Kensustria, Drocâvis, etwa zur gleichen Zeit

Lodrik beobachtete den dunklen Himmel vom Balkon von Norinas Zimmer aus sehr aufmerksam. Seine Gedanken schweiften zurück.

Der einstige Kabcar hatte viele Stunden mit Lorin verbracht, der ihm mit Respekt, aber nicht mit überschwänglicher Freude oder gar Freundschaft begegnete. Er beantwortete ihm alle Fragen nach der Vergangenheit mit Norina, hielt mit nichts hinter dem Berg, was seine Verblendung anging, und berichtete ein wenig von dem, was sich nach dem Überfall im Steinbruch ereignet hatte.

Die letzten Worte seines Sohnes hafteten ihm besonders gut im Gedächtnis.

Nachdem Lorin alles gehört hatte, schwieg er eine lange Zeit. »Ich hätte an deiner Stelle nicht gewusst, was ich tun oder lassen sollte«, sagte er schließlich. »Dein Fehler war, dass du auf die Falschen hörtest, nachdem die Schlacht um dein Reich geschlagen war. Die Neuerungen kann dir niemand ankreiden. Es gibt wohl keinen anderen Herrscher, der so viel für seine Untertanen getan hat.« Danach war er aufgestanden und gegangen.

Lodrik richtete seine für die Nacht hervorragend geeigneten Augen wieder auf die Sterne. Tokaro und seine Gondel ließen weiterhin auf sich warten. Dabei machte es den Anschein, als benötigten sie die aldoreelische Klinge eher heute als morgen. Zvatochna wollte die Entscheidung in der Ebene vor dem alten Kastell herbeiführen, Perdór und die Kensustrianer beschäftigten sich mit den geheimnisvollen Vorbereitungen – von denen er im Gegensatz zu den anderen nicht in Kenntnis gesetzt wurde.

Der ehemalige Kabcar nahm es dem Ilfariten und den Verbündeten nicht übel, dass sie ihn nicht in alles einweihten.

»Du machst dir Sorgen um ihn«, vermutete Norina und trat hinter ihn, ihre Arme schlangen sich um seinen Bauch. »Nanu? Du hast tatsächlich ein wenig zugenommen.« Sie drehte ihn herum und betrachtete sein Gesicht. »Es steht dir viel besser. Du sahst vorher wie ein entfernter Verwandter von Vintera aus.«

»Vielleicht bin ich das seit dem Steinbruch«, meinte er halb im Scherz. Er hatte ihr im Gegensatz zu den anderen alles von seinen Erlebnissen berichtet. Jedoch nicht alles über seine nekromantischen Fähigkeiten. »Vielleicht war ich tot.«

Norina hielt ihre Hand gegen seine Brust. »Dafür schlägt das Herz aber sehr gut.«

»Auch wenn es mir beinahe wieder stehen geblieben wäre, als ich Waljakov gegenüber trat«, seufzte Lodrik. »Den Faustschlag, den ich von ihm erhielt, hatte ich mehr als verdient. Aber die Umarmung des alten Bären hätte mir fast alle Knochen im Leib zertrümmert. Er ist so verdammt stark.«

»Warum hast du sein Angebot, wieder dein Leibwächter zu sein, nicht angenommen?«, wollte Norina wissen.

»Ich benötige kein Kindermädchen mehr. Meine jugendlichen Grillen sind vergangen, ich bin erwachsen geworden. Waljakov soll sich um meinen Sohn kümmern, dem er ein sehr guter Lehrmeister war. Wie mir damals.«

»Auch der Sohn ist mehr oder weniger erwachsen«, sagte Lorin lachend von der Tür her und näherte sich seinen Eltern. »Ich bin verheiratet, Vater. Hast du das schon vergessen?«

»Fertig mit deinen Übungsstunden?«, runzelte seine Mutter die Stirn. »Ist die Magie so leicht zu beherrschen?«

»Genau darum geht es, erklärte mir Soscha.« Der junge Mann lächelte sie an. »Sie zu beherrschen ist unmöglich. Sie wird sich für den Zwang nur rächen. Sie hat so etwas wie einen eignen Willen, einen eigenen Geist, der sich gegen Unterdrückung auflehnt. Aber wenn man mit ihr spricht«, er bemerkte das verständnislose Gesicht Lodriks, »auf gedanklicher Ebene, meine ich, beginnt eine andere Art der Verständigung. Man agiert wie zusammen mit einem Freund, der seine Fertigkeiten zur Verfügung stellt.«

Davor hat Nesreca mich niemals gewarnt. Wozu auch? Er dachte, er käme schnell zum Erfolg. Der ehemalige Kabcar verstand, was er all die Jahre über falsch gemacht hatte. »Wie wird sie sich rächen, Lorin? Hat dir die Magie darüber etwas … gesagt?«

Der junge Mann hob bedauernd die Schultern. »Soscha meinte, es wirkt sich auf den gesamten Körper aus. Aber mehr weiß sie auch nicht.« Er grinste. »Unsere Ankunft hat ihren Forschungsbedarf unwahrscheinlich in die Höhe getrieben. Sie wartet schon auf das Ende des Krieges, um mit Hilfe von Perdór eine Akademie oder eine Universität einzurichten.«

Sorgenvoll betrachtete Norina ihren Sohn. »Und du verstehst dich mit deinen Kräften sehr gut, wie ich hoffe?«

Zu ihrer Beruhigung nickte er. »Ich erkunde sie. Es sieht ordentlich aus, meinte Soscha, als ich ihr meine Eindrücke schilderte. Aber es dauert, glaube ich, eine kleine Ewigkeit, bis man alles an ihr erkundet hat. Und das Potenzial in mir wäre sehr groß.«

Lodrik musste sich wundern, wie die beiden seine unmittelbare Nähe ertrugen, denn seine schlechte Ausstrahlung hatte er nicht verloren. Auch das wenige Fett, das er angesetzt hatte, schwand bereits wieder. »Gibt es etwas Neues, was den Verlauf der Schlacht angeht?«

»Nein«, meinte sein Sohn kurz angebunden. »Die Vorbereitungen laufen. Ein Teil der Konstruktionen, deren Pläne die Modrak stahlen, sehen sehr gut aus und stehen vor der Fertigstellung, trotz der Verletzten und der kleineren Unfälle, die sich ereignet haben. Aber ohne Experimente wäre man nicht zurechtgekommen.«

»Und die Strategie in Paledue?«

Lorin zögerte. »Perdór wollte dich unterrichten, Vater. Es gebührt ihm, nicht mir. Ich bin nur ein einfacher Soldat.«

»Der mächtig genug ist, das Heer seines Bruders aufzuhalten, wenn es sein muss«, ergänzte Norina und fuhr ihm durchs Haar. »Die Bescheidenheit steht dir und ehrt dich.« Sie bemerkte, dass seine Augen einen anderen Ausdruck annahmen, als er sich den Sternen zuwandte. »Du denkst viel an Jarevrån?«

»Wenn man wenigstens eine Nachricht nach Hause schicken könnte«, beklagte er sich. Dann raffte er sich auf. »Ich bin eine verliebte Heulrobbe, was?! Denke ich an euer beider Schicksal, dann sind die paar Monate der Trennung nichts.«

»Ein bisschen Sehnsucht ist nicht schlecht«, tröstete ihn seine Mutter und drückte ihn an sich.

»Gute Nacht«, verabschiedete er sich. »Ich schaue bei den anderen vorbei und lege mich dann ins Bett. Ich muss ausgeruht sein, damit ich meine Studien fortführen kann.« Lorin verneigte sich artig und verschwand.

»Ein guter Junge«, meinte Lodrik schwermütig. »Man sollte nicht meinen, dass ich Anteil an ihm trage.«

»Zufällig weiß ich das sehr genau«, bemerkte sie spitz und fuhr ihm zärtlich die Robe entlang. »Woher soll er sonst diese Magie her haben?«

Nachdenklich schaute der Nekromant über die Brüstung nach unten, wo Lorin über die Straße in den Tempel ging. »Er scheint weniger anfällig für das Böse zu sein wie ich. Auch wenn er die gleiche Magie einsetzt, wie Soscha mir sagte.«

»Komm«, verlangte sie mit sanfter Gewalt und zog ihn zurück in ihr Gemach. »Hat die Schlacht erst einmal begonnen, ist es mit der Ruhe vorbei.«

Lodrik stieß die Luft aus und begleitete sie ins Innere. Sie entledigte sich vor dem Bett ihrer Kleidung und begab sich zwischen die Laken. »Auf was wartest du?«

Irritiert stand der einstige Herrscher an der Tür, die Klinke in der Hand. »Ich wollte gerade gehen.«

Norina lächelte ihn liebevoll an. »Das sollte bedeuten, dass du heute Nacht neben mir schläfst, Lodrik.« Mit einer Hand schlug sie die Decken zurück.

Er wandte sich ab. *Sie ist begehrenswert und schön wie damals.* »Mein Körper ist eiskalt.«

»Dann bringe ich Feuer in ihn zurück und wärme ihn.«

»Ein anderes Mal, Norina.« Er öffnete die Tür einen Spalt breit, da stand sie unversehens neben ihm und drückte die Tür wieder zu. Ihre braunen Mandelaugen suchten seinen Blick.

»Nein, Lodrik. Nicht ein anderes Mal.« Sie küsste ihn. »Verstehst du nicht, ich liebe dich. Ganz gleich, wie du aussiehst.«

Er betrachtete ihren nackten, hochgewachsenen Körper, während sie ihn entkleidete und aufs Bett zog. Sie drückte sich an ihn, Haut berührte Haut, und seine

Spannung fiel von ihm ab. Er atmete ihren lange vermissten Geruch ein, genoss die Wärme ihres Leibes.

Bald darauf glitten sie umschlungen in den Schlaf.

Vizekönigreich Ilfaris, Herzogtum Mesourìn, westlich der kensustrianischen Grenze, etwa zur gleichen Zeit

Einige Meilen hinter dem kartographischen Grenzschnittpunkt der Vizekönigreiche Serusien, Tersion und Ilfaris musste Tokaro landen, um sich mit neuem Proviant zu versorgen.

Sein Magen grummelte seit vier Tagen ununterbrochen, und zu sehr schwächen wollte er sich nicht. Da die Modrak seit seiner Exempelstatuierung keinen Aufstand mehr probten, wagte er die kurze Rast. Von der Gondel aus erlegte er in der Abenddämmerung einen jungen Bock und befahl seinen »Zugvögeln« die Landung.

Der Ritter zerteilte seine Beute und gönnte sich den Luxus eines Lagerfeuers, über dem er das Fleisch knusperig briet. Gierig machte er sich darüber her. Dann betete er zu Angor und legte das kostbare Schwert neben sich.

Der gefüllte Magen, die behagliche Wärme an den Füßen, das Flackern der Flammen, die rot schimmernde Glut, in die er schaute, während er das letzte Stück Fleisch vom Knochen der Keule nagte, wirkten sich aus. Selbst einem Ritter des Gottes Angor gelang es bei allen Strapazen der Reise nicht, die Augen ständig offen zu halten und auf der Hut zu sein.

Die Lider wurden schwerer und schwerer.

Unzähliges Wispern, vielfaches Tuscheln unmittelbar um ihn herum weckten ihn. Er öffnete schlaftrunken die Augen.

Eisige Schauder rannen seinen Rücken entlang, Angst bemächtigte sich seiner, als er den Kopf bedächtig von rechts nach links drehte und seine Umgebung betrachtete.

Die Bäume saßen voller Modrak.

In Scharen umlagerten sie seinen Rastplatz, hockten wie wartende Aasfresser auf den Zweigen und beobachteten ihn lauernd aus ihren grausigen Augenhöhlen heraus.

Noch immer stießen neue Wesen hinzu. Ihre Schwingen falteten sich mit einem trockenen Rascheln zusammen, während ihre Klauen sicheren Halt fanden und sie sich in ihre übliche Position hockten.

Das Feuer war beinahe vollständig herabgebrannt. Ein kümmerlicher Rest zuckte im Todeskampf, suchte vergebens nach neuer Nahrung, die es verzehren konnte.

Tokaro versuchte, seine Furcht hinunterzuschlucken. *Angor stehe mir bei.*

Plötzlich schwebte ein metallener Gegenstand vor seiner Nase in die Höhe. Er schnappte danach und bekam das Amulett zu fassen, das einer der Beobachter ihm in aller Heimlichkeit zu stehlen versuchte.

Kreischend machte die ertappte Kreatur ein Hopser nach hinten, zerriss die Kette. Doch die Finger des Ritters öffneten sich nicht.

Stattdessen verstaute er es hinter seiner Gürtelschnalle, zog die Handbüchsen aus dem Futteral und richtete die Mündungen in die Runde. Jetzt, da er sich erhoben hatte, wirkte die Bedrohung durch die Wesen, die offenbar die Seiten wechseln wollten, noch fürchterlicher.

»Ich bin der Gesandte des Hohen Herrn, dem ihr zu gehorchen habt!«, rief er gebieterisch. »Ich habe das Amulett.«

Ein Tausch, kleiner Menschenmann, raunten die Stimmen. *Du gibst uns das, was dir und dem falschen Hohen Herrn nicht zusteht. Dafür erhältst du das Schwert wieder.*

Fluchend blickte der Ritter an die Stelle, wo er die aldoreelische Klinge aufbewahrt hatte. Zwar lag die Scheide noch immer dort, aber das Wichtigste fehlte. *Nicht schon wieder! Wenn ich auch sie verliere, bin ich der mieseste Ritter, den es außer Albugast jemals gab.* »Und wenn nicht?«

Wirst du sie verlieren.

»Der Hohe Herr …«

Ein unheimliches Lachen erfüllte seinen Kopf. *Er ist nicht mehr der Hohe Herr. Er hat seinen Anspruch endgültig an einen anderen verloren, dem wir unsere Dienste gerne antragen.*

»Einverstanden. Das Schwert ist wichtiger als ihr.« In Tokaros Verstand nahm ein Plan Gestalt an. Und er hoffte inständig, dass die Modrak seine Absicht nicht erahnten. Er verstaute eine der Handbüchsen, nahm das Amulett hervor. »Her damit!«

Erst gibst du uns das Amulett, wisperten sie bedrohlich.

»Gleichzeitig«, forderte er hart.

Ein Beobachter löste sich aus der höchsten Baumkrone, strich lautlos heran, die Waffe in seinen Klauen haltend. Er landete wenige Schritte von Tokaro entfernt. Achtlos warf er sie auf die Erde und blieb davor stehen.

Der junge Ritter tat, als wollte er das Kleinod ebenfalls ablegen, und stellte sich so ungeschickt an, dass es in die Glut fiel. »Dann müsst ihr eben ein bisschen aufpassen, wenn ihr es in die Finger nehmt«, empfahl er und näherte sich langsam, aber beständig der aldoreelischen Klinge.

Da er mit einer Gemeinheit der Modrak rechnete, überraschte ihn der Angriff nicht.

Die Kreatur unmittelbar vor ihm breitete blitzartig die Flügel aus, bückte sich und langte nach dem Schwertgriff.

Dabei unterschätzte sie die Geschwindigkeit und Zielgenauigkeit Tokaros.

Die Mündung der Handbüchse ruckte nach oben, der Hahn schlug nach unten. Einen Bruchteil darauf perforierte die Kugel den grauen Leib des Beobachters, der vom Einschlag aus dem Gleichgewicht gebracht wurde.

Das einsetzende, vielfache Schwirren um ihn herum sagte ihm, dass Dutzende seiner Artgenossen aus den Bäumen aufstiegen, um ihn zu attackieren.

Anstatt nun aber nach der aldoreelischen Klinge zu greifen, wirbelte der junge Ritter herum und warf das offene Säckchen mit dem Schießpulver in die schimmernde Glut.

Die Mischung aus Kalisalpeter, Schwefel und Holzkohle entzündete sich zischend. Grell flackerte eine Stichflamme auf und blendete die Modrak.

Voller Entsetzen wichen sie vor der unerwarteten Helligkeit zurück und hielten sich Klauen oder Schwingen vor die Augen, die sich ganz auf die Dunkelheit eingestellt hatten. Eines der Wesen, das mit einem Ast nach dem Amulett fischte, fing Feuer und erhob sich brennend in die Luft, bis es wie ein Komet wieder nach unten stürzte und irgendwo im Wald verschwand.

Diesen Augenblick der Kopflosigkeit, Verwirrung und Angst nutzte Tokaro. Er raffte die aldoreelische Klinge an sich, nahm den Schild hoch, zurrte die Schnallen um den Unterarm und hielt sich bereit.

Die Lohe erlosch so schnell, wie sie entstanden war.

Und beinahe ebenso rasch erholten sich die ersten Modrak von ihrem Schrecken.

Sie wandten sich fauchend ihrem Feind zu, der sie mit blanker Schneide und grimmiger Entschlossenheit erwartete.

Nordwestliches Kensustria, Drocâvis, zur gleichen Zeit

»Das soll funktionieren, Moolpár?« Fiorell lachte ungläubig auf. »Eher gehe ich als Hulalia unbehelligt durch einen Männerknast voller Lebenslänglicher.«

»Steht da nicht noch das Einlösen einer Wette aus?«, erinnerte sich Perdór bei der Gelegenheit. Sein Hofnarr fluchte.

Der Kensustrianer bedachte die beiden mit einem bedauernswerten Blick aus seinen bernsteinfarbenen Augen. »Ein Possenreißer ist nicht das, was ich einen Strategen nenne. Lasst demnach uns die Entscheidung darüber, wie wir der Streitmacht des Kabcar entgegentreten werden.«

»Ihr spaltet die Kampfkraft Eurer ohnehin in der Unterzahl befindlichen Truppen auf? Die Kabcara wird Eure Männer wie lästige Fliegen zerklatschen.« Rechtzeitig bemerkte er das warnende Gesicht seines Herrn. »Oh, was wir uns natürlich nicht wünschen.«

Ohne ein Wort zu verlieren, nahm Moolpár einen Speer von der Wand und richtete die Spitze auf den Hofnarren.

Aufschreiend sprang Fiorell hinter einen Sessel in Deckung. Das Wurfgeschoss krachte kurz darauf in die Polsterung und blieb stecken. »Er ist übergeschnappt!«, kam es hinter der Schützung hervor. »Die Schokolade hat ihn verrückt gemacht.«

»Einer einzelnen Gefahr könnt Ihr ausweichen«, erklärte der Kensustrianer ruhig seine Demonstration. »Oder ihr begegnen und sie ausschalten.« Fiorell schielte über den Rand des durchbohrten Möbels. »Besäße ich einen Bogen und zehn Pfeile, die ich gleichzeitig aus verschiedenen Richtungen auf dich abfeuern könnte, wüsstest du, was ich meine, Narr.«

»Ein Pfeil in den Hintern eines Elefanten?«, meinte der Spaßmacher abfällig und tauchte vorsichtig hinter dem Stuhl auf.

Moolpár lächelte milde. »Es kommt auf die Pfeilspitzen an. Und unsere Pfeilspitzen durchschlagen die dickste Haut.«

»Ihr seid Euch sicher, dass Ihr dieses Wagnis eingehen wollt?«, erkundigte sich der König.

Der Kensustrianer hob ein wenig das Kinn. »Die Führung eines tausend Kämpfer starken Segments übernimmt jeweils einer der Gefährten Tobáars. Der Höchste der Kriegerkaste selbst führt sechstausend unserer Krieger.«

»Fünfzehntausend Mann. Schade, dass wir nicht mehr haben«, meinte der Hofnarr. »Die Zahlen, die uns der junge Kuraschka brachte, sind ein klitzekleines bisschen erschreckend.«

»Mehr benötigen wir nicht«, erwiderte Moolpár kühl. »Unsere Geschützmannschaften werden die Reihen der

Gegner lichten, ehe wir aufeinander treffen. Zudem werden ihre eigenen Bombarden nicht lange feuern, wenn die Mineure ihre Vorgaben erfüllen.«

»Ihr mögt die Priesterkaste zwar nicht hoch einschätzen, aber sie geben sich unter der Anleitung der Handwerker alle erdenkliche Mühe, ihren Beitrag zu leisten. Selbst Mêrkos arbeitet bis zum Umfallen und schuftet sich die Handflächen blutig. Jeder, der nicht bei den Deichen benötigt wird, hilft uns hier«, sagte Perdór beschwichtigend.

»Wird die Mulde auf unserer linken Flanke noch für verlassen gehalten?«, fragte Lorin von den Treppen her und hüpfte die Stufen hinunter.

»Unsere Späher sagen, dass niemand Verdacht geschöpft hat«, antwortete ihm Stoiko, der sich aus den ilfaritisch-kensustrianischen Disputen immer heraushielt. »Dafür wissen wir, wo sie ihre dicksten Bombarden aufbauen.« Sein Finger deutete auf den Wald auf der gegenüberliegenden rechten Flanke.

Lorin trat an den Tisch heran und stützte sich auf. Wenn er den Plan richtig verstand und alles gelang, sollte die Feldschlacht nicht sonderlich lange dauern.

Die Fernwaffen eröffneten den Tanz. Die kensustrianischen Krieger würden abwarten, bis die Gegner nahe genug heran waren, und sich verteidigend gegen sie werfen.

In der Zwischenzeit umgingen kleine Kommandoeinheiten durch zwei eilig gegrabene Tunnel die eigentliche Schlacht und sollten rechts und links im Rücken des Feindes aus der Erde kommen, um die Artillerie zu erobern. Befand sie sich in den Händen der Kensustrianer, würden die Truppen seines Bruders von zwei Seiten unter verheerenden Beschuss geraten, und die »Apparillos« kämen zum Zug.

Über die Aufteilung, wer sich um die herausragenden Gegner kümmerte, hatte man sich lange den Kopf zerbrochen.

Lorin kam es zu, Govans magische Attacken abzufangen und ihn selbst mit Angriffen so zu beschäftigen, dass ihm wenig Gelegenheit blieb, seine volle Macht zu entfalten.

Die einzige Schwierigkeit bestand darin, schnell und nahe an ihn heranzukommen. Nun galt es zu improvisieren, denn er hatte damit gerechnet, wenigstens eine der aldoreelischen Klingen um sich zu haben. Mit viel Pech musste er ohne diese magischen Waffen in den Kampf ziehen und stand am Ende zwei Gegnern mit den beinahe alles durchtrennenden Schneiden gegenüber.

Tobáar kümmerte sich um Sinured. Krutor, Waljakov und Soscha pickten sich Zvatochna aus dem Pulk der Feinde heraus. Lodrik wollte Nesreca durch seine Geister ausschalten. Einzig Norina und Fatja sowie die beiden Ilfariten blieben hinter den Linien und sorgten dafür, Neuigkeiten schnell weiterzuleiten, wobei die Brojakin sich liebend gern wie ein Mann für die Freiheit Ulldarts eingesetzt hätte.

Letztlich war diese Aufteilung eine theoretische, da niemand vorhersagen konnte, wo sich die gesuchten Feinde auf dem Schlachtfeld befanden.

»Neuigkeiten von Eurem Bruder?«, erkundigte sich Perdór hoffnungsvoll. »Es wird in den kommenden Tagen losgehen.«

»Nein, Majestät«, sagte Lorin. »Aber er wird es schaffen.«

Vizekönigreich Ilfaris, Herzogtum Séràly, westlich der kensustrianischen Grenze, zur gleichen Zeit

Keuchend drosch Tokaro um sich. Die aldoreelische Klinge durchtrennte unablässig Haut, Knochen und Innereien, in denen der junge Ritter auszurutschen drohte.

Irgendwann, er wusste nicht, wie lange er einen Modrak nach dem anderen in Stücke hieb, endeten die Angriffswellen. Die Beobachter zogen sich kreischend zurück und verschwanden flatternd in der Dunkelheit.

Warum? Aus dem Augenwinkel bemerkte er, wie eine der Kreaturen in die Asche langte und trotz der Hitze so lange wühlte, bis sie das Amulett fand. Triumphierend stieß der Modrak einen Schrei aus und schwang sich in die Lüfte.

Das lasse ich nicht zu. Erschöpft verstaute er die aldoreelische Klinge an seiner Seite, nahm die Präzisionsbüchse auf und klappte die Visiere nach oben. Die schweißnassen Finger seiner rechten Hand zitterten vom Schwingen des Schwertes, sein linker Arm dagegen war taub, gefühllos von der Heftigkeit der Schläge, die gegen den Schild geprasselt waren.

Nicht die beste Voraussetzung für einen gelungenen Schuss. Er wankte an einen Baum und nutzte den Ast als Auflagefläche.

Die Umrisse des Beobachters hoben sich vor den Monden ab.

Schwer atmend brachte er Kimme und Korn übereinander und ließ das Ziel aufsitzen, dann zog er den Stecher nach hinten.

Als sich der Pulverqualm verzog, begann Tokaro fluchend mit dem Nachladen und brach das letzte Säckchen mit Pulver an.

Seine Erschöpfung forderte ihren Tribut, längst war der junge Ritter nicht so schnell für einen zweiten Schuss bereit wie sonst. Immer wieder schaute er dabei nach dem Modrak, der ins Trudeln geraten war.

Ganz verfehlt habe ich den Bastard also nicht, grinste er bösartig und richtete die Mündung aus. Konzentriert visierte er den Modrak an, zwang sich zu einer langsamen Atmung, hielt dann die Luft an und drückte ab.

Dieses Mal saß die Kugel.

Die Kreatur stieß einen Schrei aus und stürzte wie ein Stein vom Himmel.

Angor sei Dank. Hastig lud er die Büchsen nach, hing sich den Schild auf den Rücken und hetzte durchs Unterholz, um nach dem Amulett zu suchen, ehe es die Beobachter fanden.

Nach einem anstrengend Lauf, der ihm den Rest seiner Kraft raubte, stand er am Rand eines verschlammten Tümpels. Über ihm kreisten weitere Modrak und mussten gleich ihm mit ansehen, wie ihr toter Artgenosse Stück für Stück in den Morast gezogen wurde.

Tokaro lehnte sich an den Baumstamm, kramte das Fernrohr heraus und betrachtete den sinkenden Kadaver. Wenn ihm seine brennenden Augen im silbrigen Licht der Gestirne keinen Streich spielten, umklammerte die Klaue immer noch das Amulett.

Nimm deine Beute ruhig mit ins nasse Grab. Lieber keiner als Govan.

Vorsichtshalber legte er seine Feuerwaffen griffbereit, um eventuelle Rettungsversuche der übrigen Beobachter zu vereiteln. Doch ehe sich die Modrak dazu entschlossen, versank der Dieb im brackigen, stinkenden Brei.

Die unheimlichen Wesen über ihm flogen daraufhin in alle Richtungen davon. Bald präsentierte sich der Himmel klar und leer.

Erleichtert stieß der junge Ritter einen Freudenschrei aus und rutschte an dem Baum nach unten, um sich eine Ruhepause zu gönnen. *Jetzt muss ich zwar nach Drocâvis laufen, aber wenigstens bekommt der ¢arije ihre Unterstützung nicht.*

Als er sich nach etlicher Zeit aufraffte, um zu seinem Lagerplatz zurückzukehren, stellte er nach ziellosem Marsch fest, dass er im Dunkeln die Orientierung verloren hatte.

Vizekönigreich Ilfaris, Herzogtum Séràly, die Ebene vor dem zerstörten Kastell Paledue, am nächsten Morgen

Die Heere brachten sich am frühen Morgen in Position.

Die Luft war erfüllt von dem Getöse der Pauken und Fanfaren der hoheitlichen Streitmacht, die sehr beeindruckend aufzog.

Am furchteinflößendsten wirkten die Sumpfwesen, die sich in einem losen Haufen zusammengerottet hatten und mehr eine gewellte Linie als eine geschlossene Front bildeten. Sie schüttelten drohend ihre Waffen, schrien und kreischten, um die Kensustrianer zu beeindrucken.

Tatsächlich schauten die Ulldarter in ihrer unmittelbaren Nähe ängstlich zu ihren Verbündeten, anscheinend trauten sie den grimmigen Gestalten nicht.

Die Tzulandrier marschierten hinter den Freiwilligen ruhig, diszipliniert auf. Gerade ihre Gelassenheit und Beherrschung, die sie in den letzten Jahren erlernt hatten, machten sie zu den gefährlichsten Gegnern.

Zwischen ihnen und den Sumpfwesen stand Sinured, ein menschgewordener Turm, durch sein gesamtes Äußeres schrecklich anzusehen. Er trug wie stets seine eisenbeschlagene Deichsel und den Schild von der Größe eines Mühlsteins.

Die Flanke mit den Söldnern und Personen eher zweifelhafter Herkunft wirkte dagegen etwas angespannt.

Die Kensustrianer, zwei Schwerter an der Seite, einen schweren Schild haltend, begaben sich ohne jede Musik ins Feld und verzichteten auf Brimborium jeglicher Art. Ihre Fahnen und Standarten wehten im seichten Wind, kein Laut kam über ihre Lippen.

Sie standen wie die Statuen, das Licht der aufgehenden Sonnen brachte ihre sandfarbene Haut und bernsteinfarbenen Augen zum Schimmern.

Vor den einzelnen Einheiten befanden sich ihre Anführer; die goldenen Zeichen auf den dunkelgrünen Rüstungen glänzten. Sie trugen zwei Schwerter auf dem Rücken und eine mannsgroße Eisenstange in der Rechten.

Hinter den Kriegern stapften haushohe Tiere heran. Sie erinnerten von ihrer gesamten Statur ein wenig an Stiere, nur dass sie einen gepanzerten Kopf mit vier langen Hörnern besaßen. Die Körper wurden mit Decken aus Kettenringen geschützt, auf ihren Rücken waren metallbeschlagene Kabinen befestigt, in denen weitere Kensustrianer saßen.

Die Artillerie des ¢arije ging hinter den Sumpfwesen in Stellung.

Die Bombarden der Kensustrianer, deren Stellungen aus Brettern, aufgeschütteter Erde und mit Sand gefüllten Körben bestanden, wurden ausgerichtet.

Die Völker dreier Kontinente standen sich gegenüber.

Durch Fernrohre betrachteten die Befehlshaber ihren jeweiligen Feind, reagierten mit raschen Änderungen und letzten Verbesserungen an der eigenen Aufstellung auf die gewählte Formation des Gegners.

Zvatochna behielt ihre Gesamttaktik bei. Sie wunderte sich allerdings über die Aufsplitterung der Einheiten der Kensustrianer. Der Hauptpulk würde sich allem Anschein nach auf die Mitte konzentrieren, die neun kleineren Trupps sollten die Flanken attackieren.

»Sehr mutig, nicht wahr?«, meinte Nesreca, der neben ihr im Sattel saß. »Damit wären ihnen unsere mittleren Linien um das Zehnfache überlegen. Aber das scheint sie kein bisschen zu stören.«

Vergeblich suchte die Kabcara etwas Vergleichbares wie Kavallerie, fand aber nichts. *Damit sind wir schneller und wendiger als sie.*

Ein einzelner Mann ritt hinter einer feindlichen Schützung hervor. Er trug die Uniform des Kabcar von Tarpol. Hell leuchteten die blonden Haare in den Morgensonnen. Eine Hand hielt den Griff des Hinrichtungsschwertes, das an der Hüfte baumelte. Ein Raunen ging durch die Reihen der ulldartischen Freiwilligen, als sie Lodrik Bardri¢ erkannten.

Wie auf dem Präsentierteller. Besser könnte es doch nicht sein. Sie schaute zu ihrem Bruder, der nun schleunigst den Angriffsbefehl geben müsste.

Doch Govan, gekleidet, als wollte er auf einen Ball und nicht in eine Schlacht, wirkte inmitten seines Tzulanordens amüsiert.

Lodrik ritt aufrecht, damit ihn alle sehen konnten. Dabei fiel es ihm nicht sonderlich leicht; die Fütterung seiner Seelen, denen er vor der Schlacht reichlich Blutzoll hatte entrichten müssen, hatte ihn geschwächt.

Das Aufröhren der Sumpfwesen ignorierte er, die Hufe hoben und senkten sich, brachten ihn den ulldartischen Freiwilligen immer näher. Schließlich war er auf Rufweite heran.

»Ich bin Lodrik Bardri¢, rechtmäßiger Kabcar von Tarpol. Ich kämpfe heute zum Wohl von ganz Ulldart gegen meinen Sohn und meine Tochter, die mich vom Thron stießen.« Laut schallte seine Stimme über das Feld. »Wer meinen Verbündeten im Glauben gegenübergetreten ist, er streite, um meinen Tod zu rächen, der soll nach Hause gehen.«

Die ersten Ulldarter schauten sich abwägend an, andere blickten über die Schulter und betrachteten die Reihen der Tzulandrier, die ihnen unmittelbar im Nacken saßen. Ein Seitenwechsel angesichts der Risiken bedeutete, das eigene Leben vor Beginn der Schlacht in Gefahr zu bringen.

»Wer an der Seite meiner Freunde helfen möchte, meinen Sohn, den Bringer von Unrecht und den Zerstörer aller Neuerungen, aus Ulldart zu verjagen, der kann sich auf unsere Seite begeben.« Lodrik zügelte sein Pferd, das auszubrechen drohte. Der Angstschweiß floss dem Apfelschimmel die Flanken herab, sein Fluidum des Unheimlichen machte dem Tier zu schaffen. »Allen, die trotzdem für meinen Sohn kämpfen, sei gesagt, dass ich für ihre Seelen beten werde.«

»Ja, hört ihn an, den guten Kabcar«, höhnte Govan laut. »Vater, bist du gekommen, um mir den Rest deiner Magie zu bringen? Ich nehme ihn mir gern.« Er lenkte sein Pferd nach vorn, die Leibwache folgte ihm und schirmte ihn ab. Zwischen den Tzulandriern und den Freiwilligen hielt er an. »Du, Vater, wurdest zum Verräter an deinem eigenen Volk. Du schlugst dich auf die Seite derer, die du selbst einst bekämpftest. Und nun erwartest du allen Ernstes, dass dir einer folgt? Oder gar für dich stirbt?«

»Warum sollte jemand für dich sterben, Govan?«, entgegnete Lodrik laut. »Was hast du den Menschen gebracht außer Not und die Rückkehr zu Unterdrückung und Ausbeutung? Am Ende deiner Absichten stehst allein du selbst, nicht das Wohl der Menschen.«

Ehe sein Ältester etwas darauf erwidern konnte, trat einer der Soldaten aus der ersten Reihe der ulldartischen Phalanx vor und machte sich daran, die Ebene zu durchqueren, um sich zu den Kensustrianern zu begeben.

»Halt!«, schrie der ¢arije erbost. »Komm zurück.«

Der Mann drehte sich um. »Dort steht der Kabcar von Tarpol. Und genau dort werde ich hingehen, um ihm seinen Thron zurückzugeben.«

»Wenn das so ist, macht es wohl auch keinen Unterschied, ob du jetzt für ihn stirbst oder in wenigen Minuten!« Ein blauvioletter Blitzstrahl schoss aus Govans Zeigefinger und tötete den Soldaten auf der Stelle. Qualmend lag der Körper im Sand.

»Wer will noch die Seiten wechseln?«, tobte Govan. »Der wird genauso enden wie dieser Überläufer.« Seine Finger formten Zeichenfolgen, die Luft um ihn herum begann zu flimmern und sich knisternd aufzuladen. »Ich wollte dich für den Schluss aufbewahren, Vater.

Doch du sollst der Erste sein, der von meinen Gegnern stirbt.«

Ein Flammenkreis züngelte um Lodrik und sein Pferd, das Feuer schoss hoch in den Himmel hinauf. Und erlosch, ehe es Mensch und Tier erreichte.

Ungläubig starrte Govan zu seinem Vater. »Wie geht das zu?«

»Ich bin nicht ganz so verletzbar, wie du angenommen hast, nicht wahr?«, lachte Lodrik böse. »Die Schlacht wird dir noch ganz andere Überraschungen bringen.« Er wendete das verstörte Pferd auf der Hinterhand und preschte zurück. »Für Ulldart!«

Gleich drei Dutzend Krieger begannen loszurennen, um sich den Kensustrianern anzuschließen. Sie vergingen nach wenigen Schritten in einer aufflackernden Wand aus reiner magischer Energie; nicht einmal die Waffen blieben übrig.

Doch damit ließen sich die übrigen Ulldarter nicht mehr aufhalten. Sie hatten genug.

Die Standarte mit Govans Name flog in den Dreck, als die Freiwilligen auf einen Schlag losrannten. Sie nahmen an, dass der ¢arije nicht alle auf einmal vernichten konnte.

Einer der Selidane schaute erwartungsvoll zu Govan.

Anstatt die Krieger hinter den Abtrünnigen herzuhetzen, signalisierten die Wimpelträger auf einen Wink des Herrschers den Geschützen, das Feuer zu eröffnen.

Es donnerte und rumpelte laut, vom Wald stiegen Qualmschwaden wie kleine Wolken empor. Mit einem schwirrenden Geräusch suchten sich die Kugeln ihre Ziele.

Bald darauf verschwand die Mehrzahl der Ulldarter in dem Durcheinander aus umherfliegenden Erdbrocken, aufspritzendem Sand und wabernden Staubwolken, die die einschlagenden Geschosse der Bombarden verursachten.

Nun floss zum ersten Mal das Blut in Strömen.

Der metallische Geruch des Blutes und der Duft wie von frisch gepflügtem Boden erfüllte die Ebene. Die Schreie der Sterbenden und Verwundeten gingen im unaufhörlichen Grollen der Geschütze und dem Knattern der Büchsenmaschinen unter.

Knapp zweitausend Fahnenflüchtigen gelang es, sich aus dem Wirkungsbereich der Bombarden zu flüchten. Sie sammelten sich bei der Schützung, hinter der Lodrik verschwunden war.

Der einstige Herrscher beruhigte die verstörten, teilweise verängstigten Krieger und teilte sie als Schutzmannschaft für die kensustrianischen Geschützstellungen ein. Den Kampf Mann gegen Mann würden sie ohnehin nicht überstehen.

Matuc und seine kalisstronischen Mönche zogen von Stellung zu Stellung, erteilten den Segen Ulldrael des Gerechten, was die Gemüter der Ulldarter moralisch stärkte. Erleichtert stimmten sie in die verbotenen Fürbitten des Gerechten ein, wie sie es aus frühester Kindheit gewohnt waren. Heimlich bedauerte Lorin es, kein tiefes, vorbehaltloses Vertrauen in Ulldrael oder Kalisstra zu haben.

Die Kensustrianer zeigten keinerlei Regungen, ihre Anführer standen ruhig vor den zehn Abteilungen und betrachteten die Reihe der Gegner.

Zwischen den Truppen befanden sich Lorin und seine Freunde, gehüllt in kensustrianische Rüstungen, um sich durch ihr Äußeres nicht zu sehr abzuheben und sich zu einem leichten Ziel für Govan und Zvatochna zu machen. Nur Krutor fiel durch seine Größe auf.

Lorin hörte die Gebete der ulldartischen Freiwilligen, betrachtete die erlösten Gesichter der Menschen, die sich an den Glauben klammerten und die Todesangst, die sie eben noch auf der Ebene verspürt hatten, mit jedem Wort ein wenig in den Hintergrund drängten.

Diese Sicherheit und das Gottvertrauen verspürte er nicht.

Zwar war es ihm eben gelungen, seinen Vater vor der Magie Govans abzuschirmen, doch er hatte einen Eindruck bekommen, welche gewaltigen Energien in seinem Gegenspieler schlummerten. Der Kalisstrone hatte den Unterschied gefühlt, der sich nach der wochenlangen Schulung durch Soscha einstellte. Er verwendete im Gegensatz zu früher eine »friedliche« Magie, während sein Bruder zornige Mächte freisetzte.

Tobáar erteilte einen Befehl.

Nun trat die versteckte Artillerie der Kensustrianer in den Kampf. Nicht die Bombarden an der Stelle von Paledue feuerten, größere Kaliber eröffneten weitab von der Front den Beschuss. Die Explosionen der Treibladungen waren gedämpft zu vernehmen.

Lange Zeit geschah nichts.

Dann setzte ein vielfaches, warnendes Pfeifen ein, ehe sich die Erde zwischen den Reihen der Tzulandrier hob.

Menschen flogen wie Puppen durch die Luft, spritzten nach allen Seiten davon, wirbelten geradezu grotesk umher, um tot aufzuschlagen. Zwanzig rauchende Krater taten sich auf. Im Umkreis von fünf Metern um sie herum stand keiner der Gegner mehr auf den Beinen.

Und das weit entfernte Rumpeln war schon wieder zu hören.

Zvatochna wusste, dass sie dies nicht lange durchhalten würden. Die Kensustrianer warteten in aller Ruhe ab, wie die Fernwaffen die Menge der Gegner dezimierten, ohne sich in den gefährlichen Bereich begeben zu müssen.

Sie schickte die Kavallerie der rechten Flanke in Richtung des abgelegenen Waldes aus, wo sich die kensustrianischen Bombarden befanden, wie man jetzt durch den aufsteigenden Pulverqualm klar erkannte.

Die berittenen Truppen sollten ihr Ziel nicht erreichen.

Als sie sich vor einer Mulde befanden, entfernten Gegner die errichteten Tarnungen von den Bombarden, die den Durchmesser eines großen Kupferkessels aufwiesen.

Die Mündungen spien keine massiven Kugeln gegen die Reiter, sondern sandten stählernen Hagel aus.

Die scharfkantigen Schrapnelle und spitzen Metallsplitter richteten schreckliche Verluste unter der überraschten Kavallerie an, die sich sofort zum Rückzug wandte. Zvatochna beobachtete dabei, wie mehrere Pferde im Boden einbrachen. An der Stelle tat sich so etwas wie ein Graben auf.

Ein Tunnel!, verstand sie. *Sie haben von dort einen Gang angelegt, um unbemerkt an unsere Geschütze zu gelangen.*

Die Kabcara wollte eben einem Zug Söldner den Befehl geben, die Bombarden zu sichern, als sich zu ihrem Erstaunen alle Soldaten, einschließlich der Sumpfwesen und Sinured, Linie um Linie in Bewegung setzten und gleich einer Welle aus blinkendem Stahl auf die Front der Kensustrianer zuschwappten.

Fluchend schaute sie zu ihrem Bruder, der in maßloser Wut den Angriff befohlen hatte und sich zusammen mit seinem Tzulanorden in die Schlacht warf.

Selbst die zweite Abteilung Kavallerie, die zu einem späteren Zeitpunkt attackieren sollte, preschte zu ihrer Linken aus dem Wald.

Nesreca sah sie an, zuckte hilflos mit den Achseln und drückte seinem Pferd die Sporen in die Flanke.

Govan ist ein ungestümer Idiot! Nach unserem Sieg wird es sein letzter Tag als ¢arije gewesen sein. Zvatochna trabte dem Schlachtfeld entgegen und bereitete sich auf den Einsatz ihrer Magie vor.

Ehe die Flanke der Söldner und »Schmeißfliegen« die kaltblütig abwartenden Kensustrianer erreichte, bebte die Erde unter dem Getrappel unzähliger Pferde.

Die Verteidiger ließen die Tiere der ulldartischen Kavallerie, die sich im Glauben an einen schnellen Sieg als Erstes auf kensustrianisches Gebiet vorgewagt hatte, in einer Stampede heranjagen und leiteten sie frontal in die Reihen der anrollenden linken Flanke.

Der Aufprall Tausender Pferdeleiber riss etliche Angreifer um, die Mehrzahl der Männer verschwand zwischen den wirbelnden Hufen der angsterfüllten Vierbeiner, die in kopfloser Flucht vor nichts Halt machten.

Ingenieure rannten zwischen den Abteilungen der kensustrianischen Krieger nach vorn, entfernten die Abdeckungen von den kleinen Düsen, die aus dem Boden herausschauten, und steckten die Dochte davor in Brand.

Währenddessen feuerten die Bombarden und schleuderten die Katapulte unlöschbares Feuer über die Köpfe der eigenen Truppen hinweg, um Tzulandrier, Sumpfwesen und Tzulani in lebende Fackeln zu verwandeln. Pfeilschauer sirrten davon, trafen und brachten den Tod.

Als die ersten Ausläufer der gegnerischen Welle nur noch wenige Schritte von den Kensustrianern entfernt waren, spritzte eine stinkende Flüssigkeit aus den feinen Düsen, entzündete sich an den Dochten und empfing die ersten Angreifer mit einem Schwall Feuer.

Doch Govan und Zvatochna waren nahe genug heran, um ihre Magie einzusetzen.

Die Bombarden verglühten in einem Funkengewitter, das Pulver detonierte und riss die Bombardiere und Bedienungsmannschaften ins Verderben.

Endlich prallten die Reihen gegeneinander.

Das laute Klirren der aufeinander treffenden Waffen wurde lauter und lauter. Die kensustrianischen Kampftiere pflügten sich durch die Tzulandrier, ehe sie von Sinured gefällt wurden.

Die grünhaarigen Krieger fielen über die Feinde her und machten es den Gegnern schwer, ein Ziel zu bieten. Sie schlugen immer nur einmal zu und gingen sofort weiter zum nächsten, hinterließen Tote oder Kampfunfähige. Vor allem die Anführer mit den grellgelb leuchtenden Augen ließen sich anfangs durch nichts aufhalten.

Und dennoch sollten die Krieger nach und nach der Überzahl oder der Magie der hoheitlichen Geschwister zum Opfer fallen.

Govan murmelte einen Spruch nach dem anderen, vernichtete zunächst alles an Hilfsmitteln, was die Kensustrianer gegen seine Soldaten einsetzen konnten, bis deren Fernwaffen und andere Konstruktionen brannten oder unbrauchbar geworden waren.

Ein direktes Eingreifen gestaltete sich in dem dichten Zweikampf allerdings als sehr schwierig. Die Kriegerformationen hatten sich aufgelöst, ein jeder der Kensustrianer wühlte sich wie ein gieriger Raubfisch durch die Reihen der Tzulandrier, tauchte darin unter und war kaum als Ziel zu erkennen.

Vier der Anführer kosteten von seiner tödlichen Macht und vergingen, was Govan mit einer großen Befriedigung erfüllte. *Unbesiegbar sind sie demnach nicht!*

Eine Gestalt erkannte er dennoch sehr gut. Krutor teilte Seite an Seite mit den Kensustrianern aus, dass die Unterkiefer und Knochen brachen.

»Du wirst den Lohn für deinen Verrat erhalten, Krutor!« Der ¢arije sammelte die Energien, um sie gegen seinen Bruder zu werfen, als ihn eine Entladung traf, die seine reflexhafte magische Verteidigung aktivierte und die Kräfte aus dem geplanten Angriff abzog.

»Wer, bei Tzulan …?« Er schaute sich um.

Sein Blick fiel auf einen zu klein geratenen Soldaten, der zwar den Brustpanzer eines Kensustrianers trug, aber allem Anschein nach ein Ulldarter war. Gerade hob er wieder die Hände und bereitete den nächsten Angriff vor.

Hastig zog Govan eine schützende Sphäre um sich herum, als blaue Strahlen knisternd über die durchsichtige Hülle leckten, abglitten und etliche Ritter des Tzulanordens vernichteten. Auch Albugast stürzte aus dem Sattel.

Zornentbrannt sprang der Herrscher vom Pferd und bereitete den Gegenschlag vor. Erstaunt musste er mit ansehen, wie ihm der unbekannte Magier Stand hielt.

Ein Grinsen stahl sich in Govans Gesicht. *Nun fängt es allmählich an, mir Spaß zu machen.*

Als die Abenddämmerung hereinbrach, waren die Gegner miteinander verschmolzen, eine feste Front gab es nicht. Selbst tief inmitten der tzulandrischen Linien wurde gefochten. Wie die Maulwürfe gruben sich die Kensustrianer durch den Gegner.

Lodrik, der die auffällige Uniform abgelegt und gegen einen Brustharnisch getauscht hatte, folgte einer dieser Breschen, ehe sie sich schließen konnte. Er nutzte das Durcheinander, um sich dem Mann zu nähern, den er ausschalten wollte.

Mortva Nesreca änderte sein bewährtes Verhalten während eines Gefechts nicht. Er ritt geschäftig hin und her, stellte sich aber keinem einzigen Feind.

Der einstige Kabcar befahl seinen Seelen den Angriff.

Das Pferd stürzte wie vom Blitz getroffen in sich zusammen, das Wesen in der menschlichen Hülle mit den silbernen Haaren wurde aus dem Sattel gehoben und in den Staub geschleudert. Überrascht erhob Mortva sich, wischte sich den Schmutz von der Uniform und trat das tote Tier.

»Ich habe dich gerufen, ich werde dich auch wieder zu deinem Gott schicken, Nesreca«, machte er den Konsultanten auf sich aufmerksam, während er sein Hinrichtungsschwert fester griff.

»Du warst das?« Der Berater lächelte mitleidig. »Von den Toten zurückgekehrt, Lodrik?« Er schüttelte bedauernd den Kopf. »Und das alles nur, um Tzulan triumphieren sehen zu müssen. Ist das nicht bitter?«

»Der Gebrannte wird eine Niederlage erleiden«, versprach Lodrik.

»Und wie, wenn ich fragen darf?«, erkundigte sich Nesreca freundlich. »Deine Magie reicht nun wirklich nicht aus, um mich aufzuhalten.« Er nickte auf die Waffe des Kabcar. »Das ist das falsche Werkzeug gegen einen Zweiten Gott, Lodrik.«

»Ich hätte dich töten sollen, als ich mein Land von Arrulskhán befreite.«

»In der Tat«, gab das Wesen zurück. »Aber stattdessen vertrautest du mir. Und halfst, die Dunkle Zeit zurückkehren zu lassen, indem du mir Tür und Tor öffnetest. Ohne deinen Sohn wäre das alles nicht geglückt. Und ohne dich erst recht nicht. Auch wenn du im Großen und Ganzen eine ziemliche Enttäuschung warst.« Er verschränkte die Arme hinter dem Rücken. »Nur zu. Ich lasse dir den ersten Schlag.«

»Vielen Dank«, meinte Lodrik kühl und reckte die Spitze des Hinrichtungsschwertes gegen seinen Konsultanten. »Vernichtet ihn, wie es euch beliebt.«

Die Seelen flammten türkisfarben um den Zweiten Gott auf und stürzten sich auf das perplexe Wesen, das von der Art des Angriffs völlig überrumpelt wurde.

Waljakov, Soscha und Krutor erkannten, dass es für sie kein Durchkommen zu Zvatochna gab. In der Unübersichtlichkeit der Schlacht wandten sie sich dem am leichtesten zu erkennenden Ziel zu: Sinured.

Der vom Grund des Meeres zurückgekehrte Kriegsherr wütete schrecklich zwischen den Kensustrianern. Tobáar hing im Hauptkontingent der Tzulandrier fest und lichtete dort die Reihen, schaffte es aber nicht, sich schnell genug eine Schneise zu schlagen.

»Bleibt zurück«, knurrte Waljakov die Ulsarin an und rannte zusammen mit Krutor und anderen Kensustrianern gegen die monströse Gestalt an.

Soscha, die eben noch eingreifen wollte, sah sich unvermittelt von Sumpfkreaturen umringt, gegen die sie ihre Magie einsetzen musste.

Der Tadc und der K'Tar Tur hatten einen schweren Stand gegen Sinured. Trotz des Alters gelang es Waljakov immer wieder, der Deichsel seines Vorfahren auszuweichen und kleinere Treffer anzubringen. Krutor sorgte mit seiner im Vergleich zu den anderen Gegnern eindrucksvollen Größe dafür, dass sich der Kriegsfürst auf ihn konzentrierte.

Dennoch, die körperliche Überlegenheit des Barkiden gestaltete sich als zu groß.

Ein Keulenschlag riss Krutor von den Beinen, und Waljakov bekam den Schild gegen den Leib gerammt, dass er die aufgewühlte Erde küssen musste.

Mit einem dröhnenden Lachen hob Sinured die Deichsel.

Nesreca taumelte, brach in die Knie.

Die Attacken folgten dermaßen rapide hintereinander, dass er keine Zeit hatte, sich vor dem zu schützen, das durch ihn hindurch fuhr und ihm furchtbare Qualen bereitete.

Sie rissen jedes Mal ein Stückchen aus ihm heraus, und zwar nicht von seiner Form als Mensch, sondern aus seinem eigentlichen Körper, zehrten auf rätselhafte Weise an seiner Substanz.

Ihm wurde schwarz vor Augen.

Plötzlich endeten die Angriffe.

Als er sich umblickte, war Lodrik verschwunden. In einiger Entfernung sah er ihn auf Sinured zurennen.

Da habe ich noch einmal großes Glück gehabt, Tzulan, ächzte er und stemmte sich in die Höhe. Mühsam gelang es ihm, die Wunden zu heilen. An seiner Uniform haftete eine durchsichtige Substanz. *Was hat er gegen mich eingesetzt? Herkömmliche Magie kann es nicht gewesen sein.*

So wollte er nicht länger auf dem Schlachtfeld bleiben, sein geschwächter Zustand machte leichte Beute aus ihm, sollte Lodrik seine Angriffe fortsetzen wollen.

Nesreca schwang sich auf das nächstbeste Pferd und lenkte es zu Zvatochna. Sie musste den Befehl zum Sammeln geben, um die Kensustrianer in einem gewaltigen Schlag auszulöschen.

Lorin und Govan lieferten sich ein erbittertes magisches Duell.

Die Intensität der Energien sorgte dafür, dass sich um sie herum ein weiter Kreis bildete, in dessen Inneres kein Soldat mehr zu treten wagte. Zu viele Kämpfer, Freund wie Feind, hatten irregeleitete Ausläufer niedergestreckt, und die Hitze, die von den beiden jungen Männern ausging, stieg weiter.

Sie beschworen eine Entladung nach der nächsten. Mal beschossen sich die beiden direkt mit Eruptionen aus ihren Händen, Govan spie sogar purpurnes Feuer aus seinem Rachen, mal riefen sie andere Effekte hervor.

Schillernde Strahlen schossen unvermittelt aus der Erde oder zuckten aus dem Himmel, wurden im letzten Augenblick abgewehrt und zu einem Gegenangriff genutzt. Gleißende Kugeln entstanden, flogen umher, um in irisierenden Explosionen vernichtet zu werden.

Die beiden Kontrahenten bemerkten nicht, wie sich die Heere voneinander lösten und in neue Formation brachten. So wurde das atemberaubende Schauspiel, das die Brüder lieferten, von beiden Seiten staunend betrachtet.

Govan zog sich zurück, als er bemerkte, dass sie allein zwischen den Fronten standen, und begab sich an die Spitze seines Heeres. Er machte keinen sonderlich erschöpften Eindruck.

Lorin wankte zurück und begab sich neben seinen Vater, Tobáar und die anderen Kampfgefährten.

»Er ist zu stark«, keuchte der Kalisstrone ausgelaugt. »Du musst mir helfen«, wandte er sich an die Ulsarin, die ähnlich überanstrengt wirkte.

»Ich verstehe das nicht«, hechelte sie. »Wir ermüden schneller und haben weniger Ressourcen zur Verfügung.«

»Wo ist Waljakov?«, wollte Lorin kurzatmig wissen und nahm einen Schluck aus der Feldflasche, die ein Kensustrianer ihm reichte. Das Wasser verwandelte sich in seinem Inneren, so bildete er sich zumindest ein, zischend zu Dampf.

»Es hat ihn erwischt«, meinte Krutor unglücklich.

»Was?« Entgeistert starrte ihn der junge Mann an, sein Blick verriet sein Entsetzen.

Lodrik legte ihm beruhigend die Hand auf den Arm. »Er ist nur verwundet. Ich konnte rechtzeitig beistehen, ehe Sinureds Keule auf ihn niederfuhr.« Er stieß die Luft aus. »Dafür ist mir Nesreca entwischt.«

Lorin rechnete damit, dass die kensustrianischen Mörser wieder feuern konnten. Doch sein Vater erklärte ihm, dass es Zvatochna gelungen war, den Wald, in dem die Geschütze standen, in Brand zu stecken. Die Mannschaften befanden sich auf dem Rückzug.

Tobáar hatte sieben seiner neun besonderen Gefolgsleute verloren, die Streitmacht bestand nur noch aus knapp viertausend Kriegern und sah sich alles in allem zwanzigtausend Feinden gegenüber, denen der Schein der untergehenden Sonnen dunkelrot ins Gesicht schien.

Der Anführer der Kriegerkaste ließ den Blick über das grausige Schlachtfeld schweifen. »Kensustria wird bis zum letzten Atemzug meiner Kämpfer Widerstand leisten. Noch ist nichts verloren.«

Die Tzulandrier steckten derweil die Leichen der sieben herausragenden Kensustrianer auf lange Spieße und trugen sie höhnend vor den eigenen Reihen hin und her.

Die Selidane brüllten Anweisungen, die Krieger von einem anderen Kontinent formierten sich neu und begaben sich in Angriffsformation. Offenbar wollte der ¢arije die Sache noch an diesem Abend zu Ende bringen.

Lorins Mut fiel in ein tiefes Loch, die Entschlossenheit schwand. Er musste an Jarevrån denken. *Ich habe versprochen, dich nicht zur Witwe zu machen. Es scheint, als könnte ich meinen Schwur nicht halten.*

Das Gemurmel von Gebeten erklang in ihren Rücken. Die letzten tausend ulldartischen Freiwilligen rückten unter der Leitung von Matuc an die Seite der Kensustrianer. Das Banner Ulldrael des Gerechten flatterte im Wind.

»Für Ulldrael!«, riefen die Männer. »Für Lodrik Bardri¢!«

Sein Ziehvater nickte Lorin zu, als wollte er sagen: *Siehst du, was ein fester Glaube bewirkt!* Angesichts der Zuversicht der Menschen, die dem überlegenen Feind gegenüberstanden, regte sich in ihm so etwas wie Trotz.

Er packte Soscha am Arm. »Wenn es gleich losgeht, bleib hinter mir. Zusammen schnappen wir uns Govan und besiegen ihn.« Er wandte sich seinem verkrüppelten Bruder zu. »Du machst uns den Weg frei.«

Krutor nickte begeistert. »Wir boxen Govan auf die Nase.«

Tobáar hob die Hand mit der massiven Eisenstange, wirbelte sie einmal um die eigene Achse. Rechts und links fuhren armlange, blutige Doppelschneiden aus.

Ein kurzer Befehl, und die letzten Verteidiger von Ulldart rannten gegen die Widersacher an.

Die schweren Bombarden und Schnellfeuergeschütze auf der rechten tzulandrischen Flanke eröffneten das Feuer, sobald sich die Kensustrianer und Ulldarter auf den Weg machten.

Von der anderen Seite knatterten die Büchsenmaschinen in vernichtendem Stakkato, die leichten Fernwaffen hielten ebenso auf die Truppen. Die Garben und Kugeln schlugen wie ein eisernes Gewitter in die Reihen.

Doch nicht zwischen den anstürmenden Soldaten flog der Dreck auf.

Die Tzulandrier wurden stattdessen Opfer der eigenen Geschütze, die Projektile mähten die Männer nieder, die sich eben noch aufgereiht hatten.

Zvatochna wusste sofort, was geschehen war. Den Kensustrianern war es gelungen, die hoheitliche Artillerie unbemerkt einzunehmen. Sie hatten gewartet, bis die Gelegenheit günstig wurde, und sorgten nun dafür, dass sich das Blatt wendete.

Auch sie selbst wurde Opfer des Beschusses. Ihre Magie verhinderte zwar, dass die Kanonenkugeln sie zu Brei stampften, dafür hieben die abgelenkten Geschosse andere in Stücke.

»Rückzug in den Wald auf der rechten Flanke«, schrie sie einem der Wimpelträger und den Trompetern zu. »Wir müssen die Stellungen zurückerobern!«

Der kreidebleiche Mann nickte, hob die Arme mit den Signalfähnchen, als eine Kugel seinen Kopf durchschlug. Als Nächstes rutschte ein Selidan tot aus den Steigbügeln, dann erwischte es den benachbarten Hauptmann, der die Söldner befehligte. Mit kurzen Abständen stürzten die Offiziere ihres Heeres verwundet oder leblos auf den Boden.

Es dauerte eine Weile, bis sie begriff, woher die keineswegs zufälligen Treffer stammten. Wütend schaute sie zu den Büschen, in denen ihre Scharfschützen gelagert hatten. *Wer hat den Kensustrianern beigebracht, dermaßen gut mit Büchsen zu schießen?*

Die Kabcara sandte einen Stoß Magie in das nahe Unterholz, um es samt den Heckenschützen vergehen zu lassen.

Eine schimmernde Schutzhülle entstand und absorbierte die von ihr entfesselte Gewalt. Nur einen Lidschlag später penetrierte ein Projektil mit einem metallischen Laut den Helm des letzten Signalisten.

Als sie in einer Mischung aus Faszination und Abscheu die roten Blutstropfen betrachtete, die an ihrer magischen Schutzsphäre hafteten, entdeckte sie zufällig sechs seltsame Apparate am Himmel.

Immer ein Korb war an mehreren schwebenden Gegenständen befestigt worden, die sie an Schweinsblasen erinnerten.

Das halbe Dutzend lautloser Flugobjekte hatte sich unbemerkt mittels kleiner Segel, die an den Vertäuungen hingen, über die Streitmacht ihres Bruders manövriert. Nun regneten von oben Gegenstände herab, die beim Aufschlag aufplatzten und weiße Wolken aufwirbelten. Die getroffenen, eingenebelten Tzulandrier griffen sich ins Gesicht und versuchten, die Augen vor dem ungelöschten Kalk zu schützen. Es folgten kleine Handbomben, die weitere Verluste verursachten.

Zvatochna fluchte und ritt zu Govan, um ihn zum Rückzug zu bewegen, während die Tzulandrier einen sinnlosen Tod starben.

»Nein!« schrie Lorin enttäuscht, als er sah, wie Govan zusammen mit Zvatochna vom Schlachtfeld galoppierte. Ein Teil der Tzulandrier schloss sich unter Führung Sinureds dem fliehenden ¢arije an. Soscha und Lodrik hinderten Lorin daran, sich allein an die Verfolgung zu machen.

Die Auflösungserscheinungen setzten sich derweil fort.

Die Sumpfwesen gafften in den Himmel, wo zu guter Letzt die lang ersehnten »Apparillos« schwebten, und rannten anschließend um ihr Leben. Zurück blieben die Tzulani, die erbitterte Gegenwehr leisteten.

Die beflügelten Kensustrianer und Ulldarter machten ihnen vor Einbruch der Finsternis den Garaus.

Die Truppen zogen sich zusammen mit ihren Verbündeten in ihr Lager zurück. Die ulldartischen Kämpfer waren so erschöpft, dass sie ihren Sieg nicht richtig feiern konnten. Manche schliefen fast auf der Stelle ein, als die Anspannung des Gefechtes abfiel, andere begannen hemmungslos zu weinen.

Die Stunde der Wundheiler und Mönche brach an, die umherliefen und die dicht an dicht liegenden Körper untersuchten, um Verwundete ausfindig zu machen und angemessen zu behandeln.

Lorin und die anderen trafen Perdór und Fiorell wieder, die an Bord eines der »Apparillos« gewesen waren und die Tzulandrier aus luftiger Höhe eingedeckt hatten. Der Hofnarr wurde nicht müde zu erzählen, dass ihr »Luftschiff«, wie er es nannte, wegen des Gewichts des Herrschers beinahe nicht abgehoben hätte.

Zusammen besuchten sie Waljakov, dessen Brustkorb von der eisenbeschlagenen Deichsel Sinureds eingedrückt worden war. Glücklicherweise hatten Lodriks Geister die Wucht so weit herabgedämpft, dass er den Schlag schwer verletzt überlebte.

Noch am selben Abend beschlossen Tobáar und die ulldartischen Verbündeten, die hoheitlichen Geschwister im Morgengrauen zu verfolgen und mit dem Rest ihrer loyalen Einheiten zu vernichten, ehe sie Tûris erreichen konnten. Perdór vermutete anhand seiner eingegangenen Berichte, dass sich dort weiterer tzulandrischer Nachschub befand.

Sollte der ¢arije neue Kräfte erhalten, wäre der mühsam errungene Sieg umsonst gewesen. Eine zweite Schlacht dieses Ausmaßes würden die Verteidiger von Ulldart nicht überstehen.

Immerhin, Tokaro, der gegen Ende der Schlacht dazugestoßen war und mit seiner Schießkunst die Verwirrung unter den Tzulandriern geschürt hatte, brachte die aldoreelische Klinge mit, die gegen das Böse helfen würde.

Die Sonnen stiegen kaum in die Höhe, da brach man zur Jagd auf.

XII.

Kontinent Ulldart, Vizekönigreich Aldoreel, vierundzwanzig Meilen entfernt vom Vizekönigreich Tûris, zwölf Meilen vor Taromeel, spätes Frühjahr 460 n. S.

Angor beschütze uns, die wir für alle Menschen auf Ulldart antreten, in der morgigen Schlacht. Tokaro beendete mit diesem Satz sein einstündiges Gebet, küsste die Blutrinne und verstaute die aldoreelische Klinge in der Scheide.

Nachdenklich strich er über die Rüstung, die auf einem Ständer vor seinem Bett stand und die Perdór ihm hatte bringen lassen. Dazu gehörten auch eine Lanze und ein prächtiger Schild, die sich vor seiner Unterkunft befanden.

Er trat nach draußen, um einen Blick auf das Wetter zu werfen.

Als er die Zeltplane am Eingang zurückwarf, sah er, dass der Himmel nichts Gutes verhieß. Wolken zogen sich zusammen, und verfinsterten die Umgebung schon am frühen Nachmittag, als bräche die Nacht herein.

Der Ritter schlenderte in Gedanken versunken zu Treskor, striegelte ihn sorgfältig und gab ihm eine besonders große Portion Hafer, damit er morgen voller Kraft war.

Den zweitausend Kensustrianern und vierhundert Ulldartern war es gelungen, die Flüchtigen zu überholen und sich unbemerkt vor sie zu setzen. In aller Frühe würde man dort aufmarschieren, wo einstmals das »Geeinte Heer« vom Wunderhügel aus Sinureds Truppen geschlagen und das Böse für mehr als vierhundert Jahre vom Kontinent vertrieben hatte. Perdór hatte darauf bestanden, dass man diesen geschichtsträchtigen Ort als Ausgangspunkt für die Schlacht wählte, schon allein, um einen moralischen Vorsprung zu erhalten.

Lodrik war aufgebrochen, um mit Hilfe seiner Geister dafür zu sorgen, dass die Tzulandrier in dieser Nacht von den Seelen der Toten heimgesucht wurden und kein Auge zumachten. Passenderweise lagerten die Gegner ganz in der Nähe des »Blutfeldes«. Sollte Sinured vergessen haben, an welcher Stätte er sich befand, die Geisterwesen erinnerten ihn und seine Leute sehr schnell daran.

Tokaro horchte auf. Die Freiwilligen, die weitestgehend aus Tûris, Tarpol und Borasgotan stammten, erhoben ihre Stimmen und sangen leise Lieder zu Ehren Ulldraels. Danach vernahm man die Stimme des betagten, einbeinigen Mönchs, der sie mit den Worten des Glaubens stärkte und ihnen Zuversicht verlieh.

Über den Pferderücken hinweg beobachtete er, wie sein Halbbruder aus Kalisstron sich in der Nähe der Betenden aufhielt, sich aber nicht zu ihnen gesellte, sondern aus einiger Entfernung, im Schatten eines Baumes, beinahe etwas geziert zuhörte.

Er streichelte die Flanke des Schimmels und ging zu Lorin hinüber. »Es ist nicht dein Glaube, oder?«, fragte er mit gedämpfter Stimme.

Der Kalisstrone zuckte zusammen. »Oh, du bist es.« Er wirkte etwas verlegen. »Sieht man mir an, dass ich kein wahrer Gläubiger bin?«, lächelte er schwach.

»Im Augenblick schon«, erwiderte Tokaro. »Ich vertraue Angor. Er wird mich schützen und uns helfen.« Er nickte zu Matuc. »Wenn Ulldrael noch dazu stößt, werden wir die Diener Tzulans vom Erdboden fegen.«

»Woher nimmst du die Gewissheit?«

Der junge Ordensritter richtete sich ein wenig auf. »Ich habe schon zweimal etwas erlebt, was ich mir nicht erklären kann. Beide Male hinderte mich eine Erscheinung, dass ich aufgab und davonlief. Das brachte mir die sichere Erkenntnis, dass es meine Bestimmung ist, für meinen Gott gegen Sinured und unsere Geschwister anzutreten. Und zu siegen.«

Lorin lehnte sich gegen den Baum. »Mir ist so etwas noch nie widerfahren. Vielleicht könnte ich dann mit der gleichen Inbrunst und dem gleichen Vertrauen in die Schlacht reiten.«

»Reiten?«, grinste der Ritter. »Du meinst, dich im Sattel halten, bis du den Gegner erreicht hast.«

Sein Halbbruder musste lachen. »Ich hatte Glück, dass ich zu Fuß in Govans Nähe kam.«

Tokaro überlegte. »Morgen wirst du dich zu mir setzen. Treskor und ich bringen dich zu deinem Gegner.« Er senkte den Blick. »Ist mir eigentlich jemand böse, dass ich es nicht geschafft habe, früher mit der aldoreelischen Klinge anzukommen? Wir hätten Sinured vielleicht schon töten können.«

»Unsinn«, beruhigte ihn Lorin. »Du wärst nicht bis zu ihm gedrungen. Du bekommst deine Gelegenheit morgen. Und versaue es nicht noch einmal«, zog er ihn auf.

»Und du mach dir keine Gedanken«, sagte er zum Abschied. »Du wirst sehen, die Götter sind auf unserer

Seite.« Er kehrte in sein Zelt zurück, wo er mit dreißig anderen und Krutor zusammen lagerte.

Lorin aber betrachtete die pechschwarzen Wolken. *Hoffen wir, dass sie wirklich mit uns sind.*

Keineswegs beruhigt richtete er die Aufmerksamkeit auf die Predigt seines Ziehvaters. Matucs Worte linderten die Zweifel ein wenig.

Aber vertreiben konnte der Geistliche sie nicht.

»Knapp fünftausend Mann«, rechnete Perdór die Anzahl der Gegner hoch.

»Eins zu zwei. Machbar«, kommentierte Moolpár und schaute zu der eindrucksvollen Gestalt Tobáars, um dessen Ansicht zu erfahren.

Das dunkelgrüne Haar mit den schwarzen Strähnen geriet in Bewegung, als der Führer der Kriegerkaste zustimmend sein Haupt neigte. Die goldenen Intarsien seiner Rüstung reflektierten den Schein der Öllampen.

»Die Tzulandrier sind harte Gegner, selbst ohne ihre Bombarden und Büchsen. Trotzdem werden sie den morgigen Tag nicht überleben.« Seine starken Reißzähne wurden beim Sprechen sichtbar. »Die schwierigste Aufgabe ist die Vernichtung der beiden Kinder.« Er betrachtete Soscha eindringlich. »Wenn du und der andere kleine Mensch versagen, wird die Brut Tzulans Tûris erreichen und zu den neuen Truppen stoßen. Damit wäre alles verloren.«

»Ihr macht mir meine Aufgabe nicht dadurch leichter, indem Ihr die Verantwortung hervorhebt«, gab die Ulsarin forsch zurück, immer wieder von der magischen Ausstrahlung des Kensustrianers fasziniert.

Um sie herum befanden sich die potentesten Anwender von Magie, und dennoch blieb keinerlei Zeit für die Erforschung.

Erschüttert hatte sie das Schicksal der toten Cerêler, die sie unterwegs auf der Straße oder im Graben gefunden hatten, weggeworfen wie überdrüssig gewordene Gegenstände. Einer von ihnen starb, als sie hinzukamen. Die magische Aura, die einen Heiler üblicherweise grün umspielte, fehlte vollkommen. Lodrik erklärte ihr seine beunruhigende Vermutung, dass Govan sie ihrer Energien beraubte, um sich mit neuer Kraft zu füllen.

»Du sollst wissen, dass unser Leben nichts im Vergleich zur Erfüllung unserer Aufgabe bedeutet«, meinte Tobáar ungerührt. »Auch wenn noch so viele von uns sterben, wenn die Sonnen morgen untergehen, müssen einige von uns als Sieger auf dem Blutfeld stehen. Seid ihr alle gewiss, dass wir unsere Pflicht tun.« Der Kensustrianer stand auf und verließ die Unterkunft, seine drei Begleiter folgten ihm.

»Er ist noch undiplomatischer als Ihr«, meinte Fiorell mit gespitzten Lippen zu Moolpár.

»Eine Taktik zu entwerfen ist ziemlich sinnlos«, seufzte der ilfaritische König. »Es wird ein Gemetzel, Mann gegen Mann.« Sinnierend zog er sein Kurzschwert. »Es ist schon Jahre her, dass ich damit umging.«

»Jahrzehnte. Und dann auch nur zum Kuchenzerteilen«, verbesserte sein Hofnarr und kniff die Augen zusammen. »He, Ihr wollt doch nicht wahrhaftig in die Schlacht ziehen, Vater aller Pralinen?« Er deutete auf den Bauch. »Ihr wärt ein gefundenes Fressen für den kleinsten, schwächsten Tzulandrier. Der Junge mit der Fanfare würde Euch wegputzen.«

»Keine Rücksicht, Fiorell«, wehrte Perdór den Hinweis auf seine Figur energisch ab. »Wir brauchen jedes Schwert. Und da möchte ich nicht abseits stehen und zusehen.« Prüfend tippte sein Zeigefinger auf die Spitze der Hiebwaffe, er verzog das Gesicht und zog die Kuppe hastig zurück. »Wer weiß, vielleicht bin ich es, der den entscheidenden Stich ausführt?«

»Wer weiß, vielleicht seid Ihr es, den der erste Bolzen zwischen die Augen trifft?«, warf Fiorell mit ätzender Stimme ein. »Majestät, seid kein Narr, lasst mir wie üblich diesen Part. Setzt Euch auf einen Baum, nehmt von mir aus eine Schachtel Konfekt und eine Armbrust mit, sodass Ihr gelegentlich einen Bolzen ins Getümmel feuert.« Er warf sich vor seinem Herrn auf die Knie. »Doch bleibt aus den Zweikämpfen heraus, ich bitte Euch!«

Bei aller Komik und Übertriebenheit, die Fiorell in seinen Auftritt legte, erkannte Perdór, wie ernst es seinem Possenreißer war. Gerührt zog er ihn auf die Füße. »Nein, lieber Fiorell. Ich werde mit den Ulldartern fechten. Und wenn ich falle, wirst du König von Ilfaris. Wie gefällt dir das?«

»Da scheiß ich drauf. Aber ein Ungetüm von titanischem Haufen«, grummelte er. »Ich begleite Euch.«

»Was ist das nur für ein Krieg?« Moolpár schüttelte den Kopf. »Wenn schon Hofnarren in die Schlacht reiten.«

»Ich schwöre Euch, Moolpár, damit haben wir die Lacher auf unserer Seite. Heißa, bei uns stirbt es sich lustig«, meinte der Ilfarit zwinkernd voll schwarzem Humor und kniff den Kensustrianer übermütig in die Nase. »Da staunt Ihr, was? Aber morgen gebe ich sowieso den Narren, da darf ich über die Stränge schlagen.«

Der hochgewachsene Krieger betrachtete das ilfaritische Duo. »Ich gestehe, seltsamere Menschen als Ihr beide sind mir noch nie begegnet. Aber es täte mir sehr Leid, auch nur einen von Euch beiden zu verlieren.« Er nickte in die Runde und verschwand.

»Huch!« Fiorell schlug sich überrascht die Hand vor den Mund. »Majestät, wisst Ihr, was ich glaube?«

»Nein.«

»Moolpár der inzwischen Uralte mag uns.«

Schlecht gelaunt saß Zvatochna in dem mit Pelzen gepolsterten Feldstuhl. Sie starrte auf den Docht der flackernden Kerze, die durch Zugluft im üppig ausgestatteten Zelt in Bewegung geriet, und überlegte, welche Optionen ihr im Fall einer Niederlage ihres Bruders blieben.

Nicht, dass sie daran glaubte.

Sobald man in Tûris angelangte und die Unterstützungseinheiten aus Tzulandrien zu ihnen stießen, würden sie den armseligen Haufen Kensustrianer und Ulldarter in ihrem Rücken vernichten.

Doch sollte sich ihr Bruder ein weiteres Mal von seinen schlechten Eigenschaften mitreißen lassen und ihre Strategie über den Haufen werfen, wäre alles im Bereich des Möglichen. Wie sich bei Séràly schmerzlich bewahrheitet hatte.

Nach einer gewaltigen Standpauke an Govan verbat sie sich jeglichen Besuch von ihm in ihrem Zelt. Die Kabcara strafte ihn seither mit Missachtung, und das war bei seinen Gefühlen zu ihr das Schlimmste, was sie ihm antun konnte. Geschenke und Briefe ließ sie zurückgehen.

Zvatochna bot sich durch den Lapsus ihres Bruders eine willkommene Gelegenheit, sich den aufdringlichen jungen Mann, der fest an eine Verbindung zwischen ihnen glaubte, vom Hals zu halten.

Nesreca wurde ihr angekündigt. Mit einem Wink befahl sie der Dienerin, ihn eintreten zu lassen. Gehorsam verneigte er sich vor der Herrscherin über Tarpol.

»Wie geht es Euch, Hohe Herrin?« erkundigte er sich.

»Govan hat Euch geschickt, vermute ich.«

»Als Parlamentaire d'amour gewissermaßen«, bestätigte er ihre Annahme. »Er vergeht, heult wie ein Schlosshund, weil Ihr ihn nicht sehen wollt.« Nesreca zuckte mit den Achseln. »Aber was soll's. Ärgerlich, dass die Schlacht nicht so verlief, wie wir uns das vorgestellt haben. Damit ist er immer noch am Leben.«

»Das wird so sein, bis wir unsere Verfolger endgültig vernichtet haben«, entschied Zvatochna. »Der ungewöhnlich starke magische Widerstand macht uns mehr zu schaffen, als uns recht sein kann.« Sie betrachtete ihn. »Wieso unternehmt Ihr diesbezüglich nichts?«

»Ich darf nicht«, lehnte der Konsultant ab. »Meine Aufgabe ist es, Dinge in die Wege zu leiten. Vielleicht ein wenig Schicksal zu spielen. Alles andere müsst Ihr und Euer Bruder verwirklichen. Daher zählt besser nicht auf meine bescheidenen Künste.«

Sie schwieg. »Was machen wir, wenn die Kensustrianer uns besiegen?«, erkundigte sie sich so leise, dass er sie fast nicht verstand.

Nesreca setzte sich neben sie. »Hohe Herrin, ich dürfte es Govan nicht sagen, sonst würde er verlangen, zu einem Gott gemacht zu werden … oder ähnlichen Unfug.«

»Den Ihr ihm ins Ohr gesetzt habt.«

»Er wäre auch ohne mich darauf gekommen«, schätzte ihr Gegenüber. »Aber Ihr als vernünftige Frau sollt erfahren, dass Tzulans Macht gewachsen ist. Er wird uns in der nächsten Schlacht zur Seite stehen und unsere Feinde zerschmettern.«

»Wie das?« Der Kopf der Kabcara fuhr in die Höhe.

»Die Anweisungen Eures Bruders, alles Palestanische für den begangenen Verrat zu bestrafen, und dazu die vielen rogogardischen Gefangenen, die in der Kathedrale zu Ulsar ihr Leben für den Gebrannten gaben, haben ihn gestärkt.« Seine Augen loderten voller Begeisterung. »Es kann nicht mehr lange dauern, bis aus seinem Geist wieder eine feste Gestalt wird. Bei allem Wahnsinn, den man bei Govan sieht, seine Geschenke fruchten.«

»Ist das vielleicht auch Wahnsinn, den ich in Euren Pupillen sehe?«, merkte die junge Frau an.

»Das?« Nesreca winkte lachend ab. »Das ist nur die Vorfreude, dass es einem bescheidenen Diener wie mir gelungen ist, seinem Herrn einen lang ersehnten Wunsch zu erfüllen. Lange genug habe ich dazu ja gebraucht.«

Zvatochnas Augenbraue wanderte langsam in die Höhe. »Vergesst nicht, dass es nach der Schlacht durch meine Hilfe fortgeführt werden muss. Stellt Euch gut mit mir.«

»Ihr werdet die Dankbarkeit Tzulans genießen dürfen, Hohe Herrin«, sagte der Berater und verneigte sich.

»Darum bitte ich doch sehr. Nun geht. Ich bin erschöpft.«

Nesreca stand auf. »Was soll ich Govan von Euch bestellen?«

Die Kabcara überlegte. »Sagt, dass ich ihm erst verzeihe, wenn wir die nächste Schlacht gewinnen. Danach erfülle ich all seine Wünsche. Alle.«

»Das wird ihn mit doppeltem Eifer kämpfen lassen.« Er verneigte sich und ging hinaus.

Zvatochna stand auf, rief nach ihren Bediensteten und ließ sich ein leichtes Mahl bringen. Sie kostete von dem süßen Weißwein, den man ihr reichte. Die Zofe berichtete von geisterhaften Wesen, die durchs Lager flögen und heulend in die Zelte der Soldaten fuhren. Angeblich handelte es sich um die Seelen derer, die damals auf dem Schlachtfeld ihr Leben gegen das »Geeinte Heer« verloren.

Das scherte die Kabcara nicht, sollte sich ihr Bruder darum kümmern. Nesrecas Worte machten sie nachdenklich. Hoffentlich gestaltete sich die Macht des Gebrannten als nicht so groß, dass er ihr nach dem Ableben des ¢arije und seines Beraters ins Handwerk pfuschte. Sie wusste nicht, ob sie im Stande war, sich mit einem Gott anzulegen.

Hoffentlich findet die Schlacht bald statt. Zvatochna leerte ihr Glas. Der Tod ihres Bruders und des Beraters duldete keinerlei Aufschub.

Das letzte Aufgebot Ulldarts marschierte durch den aufziehenden Sturm und bezog mittags Stellung auf dem »Wunderhügel« bei Taromeel.

Just in diesem Augenblick erschien auf der gegenüberliegenden Seite Sinured, der an der Spitze des Trosses von Govan lief.

Sofort blieb er stehen und meldete die Kunde des neu aufgetauchten Feindes. Die Tzulandrier rückten auf ihrer Seite über die Anhöhe und machten sich kampfbereit. Zwischen ihren Reihen befanden sich Govan, Nesreca und Zvatochna.

Stumm standen sich die beiden Heere gegenüber.

Der starke Wind fing sich in den Stangen der Banner und säuselte. Die bunt bemalten, bestickten Stoffe wehten im Wind und verursachten das einzige Geräusch.

In den schwarzen Wolken blitzte und krachte es plötzlich, ohne dass ein einziger Energiestrahl herabzuckte und in die Erde einschlug. Unaufhörlich grollte der Donner.

»Die Götter kämpfen gegen Tzulan«, raunte jemand in der Aufstellung der Ulldarter ehrfürchtig. Sofort setzten die Gebete zu Ulldrael ein, Matucs Stimme schallte am lautesten.

Die Gespinste aus Wasserdampf färbten sich plötzlich heller, wandelten ihren Ton hin zu einem dreckigen Orange, das in tiefes Rot überging. Sie vermittelten den Eindruck von geronnenem Blut, das über den Köpfen der Feinde hing und von den überirdischen Wesen selbst zu stammen schien.

Auf den Befehl des ¢arije rannten die Tzulandrier los und stürmten in die Ebene. Tobáar zögerte keinen Lidschlag lang und gab ebenfalls das Signal zum Angriff.

Die entscheidende Schlacht um das Schicksal des Kontinents begann.

Zischend schossen feurige Kometen aus den Wolken und schlugen zwischen den Reihen der Kensustrianer und den Ulldartern ein, dass der Boden erbebte.

»Tzulan!«, brüllte Govan euphorisch, das Gesicht völlig entrückt von dem Schauspiel, und peitschte seine Truppen stärker an. »Vorwärts! Der Gebrannte Gott ist bald bei uns! Seht, wie er seine Getreuen unterstützt!«

Der glühende Hagel prasselte auf die Verteidiger nieder. Wer getroffen wurde, verbrannte auf der Stelle zu Asche.

Noch ehe die Heere aufeinander prallten, dezimierte das Eingreifen des Gebrannten Gottes das Häuflein der Tapferen um fünfhundert Mann.

Inmitten der Ebene stießen die Soldaten zusammen, ein gnadenloses Hauen und Stechen setzte ein.

Das Dunkelrot des Himmels tauchte das »Blutfeld« in ein Zwielicht, welches das Erkennen von Freund und Feind erschwerte. Alle Pläne der Verteidiger, wer wann wo zu sein hatte und wen ausschalten sollte, gerieten dadurch ins Wanken. Die Schlacht gestaltete sich zu unübersichtlich.

Seite an Seite schlugen die Ulldarter auf die unablässig vorstoßenden Tzulandrier ein. Jeder, der eine Waffe halten konnte, stand auf der Ebene und verteidigte mehr als nur sein Leben. Norina, Fatja, Stoiko und alle anderen Freunde von früher, mit Ausnahme des verletzten Waljakov, gaben ihre Kraft für ihre Heimat.

Der Ansporn allein reichte dennoch nicht aus.

Schritt um Schritt verlor das letzte Aufgebot gegen die nicht minder verbissen kämpfenden Tzulandrier. Immer wieder erhellten magische Entladungen die karmesinfarbene Dunkelheit, und der ¢arije und die Kabcara sandten ihre Kräfte gegen sie.

Soscha tat ihr Bestes, um die Auswirkungen zu reduzieren oder die Strahlen abzufälschen, damit die Soldaten Govans darin verglühten. Aber sie musste die Überlegenheit der jungen Geschwister anerkennen.

Lodrik rang derweil mit einem unangenehmen Problem. Er hatte er nach einem Sturz im morastigen Untergrund sein Schwert verloren.

Es war ihm seither nicht mehr gelungen, das Hinrichtungswerkzeug aus dem Dreck zu bergen, zu viele Füße drückten und schoben es umher. Somit büßten er und seine Freunde die Unterstützung der Seelen ein, die auf seine Rufe nicht mehr reagierten.

Sicherlich schwirrten sie in der Nähe ihres Gefängnisses umher, halb über die Freiheit erfreut, halb zornig darüber, nicht endgültig von dem Fluch erlöst worden zu sein, wie er es ihnen versprochen hatte. Weitere Gedanken wollte er sich nicht darüber machen. Dazu war keine Zeit.

In unregelmäßigen Abständen rauschten neuerliche Kometen aus den Wolken hinab und brachten mannigfaltiges Verderben.

Die Götter schienen gegen Tzulan verloren zu haben.

Lorin hatte wirklich probiert, sich auf dem Rücken des galoppierenden Treskor zu halten.

Als der Hengst über ein Hindernis setzte, verlor er den Halt und stürzte unsanft zu Boden.

»Ich hätte mir doch einen Hundeschlitten bauen lassen sollen«, ächzte er. Noch mit dem Ringen nach Luft beschäftigt, gestikulierte er seinem Halbbruder, er solle weiter reiten.

Tokaro nickte knapp und lenkte das Streitross in Richtung Sinured, als er im düsteren Schimmer Govan erkannte, an dessen Seite Albugast ritt.

Die Entscheidung war innerhalb eines Lidschlags gefallen.

Ich schwöre, ich werde nicht lange für den Verräter benötigen, Angor. Er riss die Zügel des Schimmels herum. *Und danach kümmere ich mich um Sinured.*

Zufrieden schaute Zvatochna über die Ebene und freute sich darüber, wie rasch die Zahl der Angreifer schrumpfte. Zu den eigenen magischen Attacken gesellte sich der Beistand Tzulans, wie er passender nicht hätte eintreffen können.

Dann waren meine Sorgen unnütz. Bald werde ich wohl die Kabcara von Ulldart sein. Ihr Bruder befand sich nicht allzu weit von ihr entfernt. *Es wird Zeit, den Thronwechsel in die Wege zu leiten. Ehe der Wahnsinnige mir Tzulan vom Himmel holt.* Sie hob den Arm, um ihn scheinbar zu grüßen, und schwenkte dabei das verabredete weiße Taschentuch.

Govan erkannte sie, strahlte zu ihr hinüber und richtete seine Aufmerksamkeit ganz auf seine Schwester. Albugast zog derweil behutsam die aldoreelische Klinge, um den ¢arije durch die schnelle Bewegung nicht zu warnen.

Gleich würde der Kopf des jungen Mannes rollen. *Mach es gut, Bruder,* wünschte sie ihm in Gedanken und schwenkte das Tuch elegant. *Mutter und ich werden dir eine Statue errichten.*

Wie aus dem Nichts flog ein Reiter in schimmernder Rüstung auf einem prächtigen Schimmel heran. Die zum Stoß gesenkte Lanze fand ihr Ziel und beförderte den überrumpelten Anführer des Tzulanordens rücklings aus dem Sattel.

Sie erkannte den anderen Ritter auf Anhieb. So macht sich meine Liebe bezahlt. Ich hätte Tokaro nicht befreien sollen. In maßloser Enttäuschung senkte die Kabcara langsam den Arm. Das Attentat war misslungen.

Govan schickte einen Stoß Magie gegen den Angreifer, der jedoch an der aufflammenden Schutzhülle abspritzte. Ihr Bruder fluchte und wechselte sofort seinen Standort.

Ein Triumphschrei stieg aus Tokaros Kehle, als er den Verräter in den Staub stürzen sah.

Albugast stemmte sich stöhnend auf und zog benommen seine Waffe.

Ohne sich um den flüchtenden ¢arije zu kümmern, sprang er aus dem Sattel, warf die geborstene Lanze davon und stürzte sich in den Zweikampf.

»Du hast etwas, das mein Eigentum ist«, knurrte er seinen einstigen Ordensbruder an.

Die aldoreelischen Klingen trafen singend aufeinander.

»Dann versuche, es dir zurückzuholen, wenn du kannst«, meinte der blonde Tzulanritter verächtlich, umfasste die Schwerthand des Widersachers und stieß ihm die Helmspitze gegen den Nasenschutz.

Die tödlichen Schneiden prallten in atemberaubend schneller Folge zusammen, ihr heller Klang überlagerte alle Geräusche um sie herum.

Tokaro erhielt einen Tritt gegen die Brust, taumelte zurück und sah den Lauf einer Handbüchse auf sich gerichtet, die Albugast aus seinem Gürtel gezogen hatte.

»Keine Zeit für lange Gefechte«, meinte sein Kontrahent gehässig und drückte ab.

In einem Reflex hielt sich Tokaro die flache Seite seines Schwertes vors Gesicht.

Das Mündungsfeuer versengte seine Augenbrauen und verbrannte sein Gesicht, die Qual machte ihn vorübergehend blind. Er spürte die Wucht des Projektils, das sein Gesicht sicherlich in einen blutigen Klumpen aus Fleisch, Blut und Knochen verwandelt hätte. Doch die Kugel scheiterte an der Festigkeit der Schneide.

Sofort fasste er den Griff der aldoreelischen Klinge mit beiden Händen und attackierte die rechte Seite seines Gegners, da er dort die Feuerwaffe hielt.

Den ersten Schlag konnte Albugast mit Müh und Not parieren. Das Nachgreifen gelang ihm nicht. Ein Arm allein reichte nicht aus, um die schonungslosen Attacken aufzuhalten, sodass die nachfolgenden Hiebe zunächst die Waffe zur Seite droschen, ehe das Schwert durch die seitliche Panzerung fuhr. Die Augen des Tzulanritters wurden groß. Das ausströmende Blut fiel auf der roten Rüstung beinahe nicht auf.

Keuchend nahm Tokaro Maß und holte Schwung. »Für dich, Nerestro.« Mit einem grimmigen Ausdruck im Gesicht spaltete Tokaro den Verräter der Länge nach.

Er sandte ein kurzes Stoßgebet zu Angor, nahm seine aldoreelische Klinge aus der Hand des zuckenden Toten und schwang sich auf Treskors Rücken.

Lorin fand Govan und wurde von dessen Auftauchen völlig überrascht. Kaum erkannte ihn der ¢arije, attackierte er ihn mit seinen Kräften.

Das Abwehren der Energien brachte den Kalisstronen arg in Bedrängnis. Er wankte seitwärts, eingehüllt von knisternden Strahlen, die wenige Fingerbreit vor seinem Körper aufgehalten und abgelenkt wurden.

Der Einschlag drückte ihn nach hinten, schob ihn über die Erde, obwohl er sich mit aller Gewalt dagegen stemmte. Seine Füße zogen Furchen.

Govan glitt aus dem Sattel, eine Hand reckte er gegen Lorin und deckte ihn mit magischen Angriffen ein, die andere zog die umgearbeitete aldoreelische Klinge.

»Ich habe zwar keine Ahnung, wer du bist«, schrie er ihn hasserfüllt an, »und woher du dieses Können hast. Aber nun ist Schluss! Ich werde nicht länger auf meinen Sieg warten.«

Kalte, nackte Angst um das eigene Leben erfasste den Jungen mit den dunkelblauen Augen. Eilig initiierte Gegenschläge scheiterten an der Abwehr seines Halbbruders, der rasch näher kam und das vernichtende Schwert spielerisch vor sich hin und her schwang.

»Ich werde dich mit einem einzigen Schlag niederstrecken und mir deine Kräfte nehmen«, versprach er ihm. »Ich fühle mich sowieso ein wenig leer.«

Die Furcht wirkte lähmend auf Lorin.

Alles, was ihm Soscha beigebracht hatte, wie er mit seinen Fähigkeiten Kontakt aufnehmen, wie er sie anwenden sollte, war wie weggewischt. Er starrte auf die funkelnde Schneide, auf der sich der Feuerschein der herabstürzenden Kometen spiegelte. Sein Widerstand erlosch.

Ehe Govan zuschlagen konnte, sprang ein gewaltiger kensustrianischer Krieger herbei. Ohne zu zögern griff Tobáar den ¢arije mit seiner Eisenstange an und brachte sich mit schnellen Schritten vor der zustoßenden Klinge in Sicherheit, um erneut zuzuschlagen. Die von Govan verwendeten magischen Strahlen glitten anfangs an der Rüstung Tobáars ab, ehe sie Risse bekam und sich der Macht beugte.

Als Lorin seine Bewegungsunfähigkeit abschüttelte und den Kensustrianer unterstützen wollte, musste er sich gegen zwei Tzulandrier zur Wehr setzen. Doch nachdem er die Angreifer endlich besiegt hatte, stand er entsetzt vor der Leiche Tobáars.

Er wandte sich auf dem Absatz um und floh.

Die Nachricht vom Tod des Anführers der Kensustrianer verbreitete sich wie ein Lauffeuer unter den Verteidigern. Die Entschlossenheit der Krieger mit den grünen Haaren geriet ins Schwanken, ihre sonst so präzisen Schnitte gingen fehl.

Im Augenblick der höchsten Not riss die Wolkendecke über dem »Wunderhügel« auf.

Ein Lichtstrahl fuhr herab, trieb einen gleißenden Keil in die Dunkelheit und zerschnitt die Finsternis. Auf der beleuchteten Anhöhe formierte sich eine zweite Streitmacht. Sie weckte den Anschein, in diesem Leuchten zur Erde hernieder gefahren zu sein.

Die Schlacht in der Ebene geriet ins Stocken, Freund und Feind blickten gebannt auf die Erscheinung.

»Meine Güte«, wisperte Fiorell, der aus mehreren Kratzern blutete und seinem Herrn nicht von der Seite gewichen war, »das ist die rogogardische Flagge!«

»Rudgass, dieser unglaubliche Pirat«, lachte Perdór hysterisch auf. »Wo hat er die Leute her?«

»Das daneben ist das Signum von Bardhasdronda«, ergänzte Fatja ungläubig. »Es müssen Leute aus Kalisstron bei ihm sein.«

Ein weiterer Strahl durchbrach die dunkelroten Wolken.

Das Licht fiel auf den Hügel im Rücken der Tzulandrier, wo man zunächst nur die Spitzen von Spießen, Piken und Speeren erkannte. Stück für Stück wurde das zweite Heer sichtbar, und die Tzulandrier jubelten auf. Eine breite Front aus Sumpfwesen marschierte über die Kuppe.

Doch als die Fahnen besser zu erkennen waren, johlten die Männer auf dem »Wunderhügel« auf.

»Ammtára«, lief es freudig durch die Reihen der Verteidiger in der Ebene. »Die Freie Stadt kommt zur Rettung!«

Lorin, der an einer anderen Ecke des Feldes stand, staunte. Sein Herz, eben noch voller Beklemmung, füllte sich mit Zuversicht.

Die wunderbaren Erscheinungen endeten nicht.

Zwei weitere Lichtfinger, einer rechts und einer links der Ebene, suchten sich ihre Bahn durch die Dunkelheit. Dort, wo sie auf den Boden trafen, beleuchtete die silbrig schimmernde Helligkeit ein Meer aus Menschen. Laut erscholl der Name Lodriks aus ihrer Mitte.

Norina, die einen Bogen bediente, umarmte den Kabcar. »Sie haben nicht vergessen, was du für sie getan hast, Liebster.«

Lodrik betrachtete all die Menschen aus Tarpol und Tûris, die entgegen seiner Aufforderung zum »Blutfeld« geeilt waren. Seinetwegen. Der einstige Herrscher war so bewegt, dass er kein Wort hervorbrachte.

Tokaro erschien an seiner Seite und drückte ihm vom Sattel aus die aldoreelische Klinge in die Hand. »Nimm sie. Es wird gleich losgehen.«

Keine weiteren Toten. Gebt meinem Sohn nur einen Funken Einsicht. Lodrik räusperte sich. »Ergib dich, Govan«, verlangte er mit fester Stimme. »Wer seine Waffen niederlegt, wird verschont. Allen anderen möge ihr Gott gnädig sein.«

Der ¢arije, der in der ersten Reihe kämpfte, ließ sein Pferd auf die Hinterhand steigen, drehte und wendete sich, um die Lage zu überblicken. Mit vom Wahnsinn entstelltem Gesicht drängte er sein Tier nach vorn.

»Tzulan wird euch alle vernichten!«, brüllte er, und seine Stimme schnappte über. »Ich bin so kurz davor, ein Gott zu werden, da lasse ich mich von euch Abschaum nicht aufhalten. Meine Soldaten werden euch niedermachen!« Ohne Vorwarnung trennte er dem nächstbesten Ulldarter den Kopf vom Rumpf.

Das war das Zeichen.

Die Menschen und Sumpfwesen rannten aus allen vier Himmelsrichtungen herbei, um dem verhassten Herrscher ein Ende zu bereiten.

Zvatochna verschwendete keine Zeit.

Sie würde keinesfalls in diesem stinkenden, vom Blut der Toten aufgeweichten Morast sterben. *Soll mein wahnsinniger Bruder seinen Kopf nur der Meute hinhalten.* Sie wäre dann schon lange nicht mehr da.

Heute mag ich verloren haben. Aber es gibt noch andere Gelegenheiten. Die erschöpfte Kabcara nutzte den schwachen Rest ihrer Magie, um ein Schwert aus dem Dreck aufzuheben, mit dem sie sich notfalls verteidigen konnte, und gab ihrem Pferd die Sporen.

Ehe sich die Reihen der neuen Angreifer schlossen, jagte sie ihr Pferd durch die winzige Lücke und entkam den Feinden. Schnell wie der Wind galoppierte sie davon.

Ihr Weg würde sie nach Granburg führen, um die Beziehungen ihrer Mutter zusammen mit ihren eigenen zu nutzen.

Ich tauche eine Weile unter. Nur um gestärkt zurückzukehren. Zvatochna verschwendete keinen Blick nach hinten.

Sie hatte mit diesem Kapitel abgeschlossen.

Ziele für die eisenbeschlagene Deichsel Sinureds fanden sich genug um ihn herum, etliche ließen unter der Waffe ihr Leben. Doch seine Kraft half ihm gegen den Ansturm der zahlreichen Gegner irgendwann auch nicht mehr.

Unter der Führung von Krutor, Lodrik und Tokaro gelang es den Freiwilligen schließlich, den legendären Kriegsfürsten niederzuringen, wenn auch Lodrik bei dem Angriff beinahe getötet worden wäre. Gerade noch rechtzeitig sprang Lorin ihm bei.

Die beiden aldoreelischen Klingen besiegelten das Schicksal des monströsen Wesens.

Zehn Mann waren notwendig, um das abgeschlagene Haupt Sinureds auf lange Stangen zu spießen und im Triumphzug umherzutragen.

Der Anblick des entseelten Kopfes ihres Anführers sorgte dafür, dass die Tzulandrier die Waffen senkten, aber von den aufgebrachten Menschen und Kensustrianern dennoch niedergemetzelt wurden. Zu viel Gräuel war von ihnen ausgegangen, als dass sich einer hätte beherrschen wollen.

Lodrik wischte sich Sinureds Blut aus den Augen und schaute sich suchend um. *Nun muss ich den noch finden, den ich rief.*

Es dauerte nicht lange, und er entdeckte die silbernen Haare des Konsultanten auf halber Höhe des Hügels, von dem die Verbündeten aus Ammtára herabgestürmt waren.

Wie, bei allen Göttern, ist ihm das geglückt? Rasch machte er sich an die Verfolgung und erreichte seinen Vertrauten, als dieser die Spitze der Anhöhe erklomm.

»Wohin möchtest du, Nesreca?«, fragte er ihn in den Rücken. »Dein Herr steht in der Ebene.«

Der Berater wurde langsamer, bis er stehen blieb. »Du schon wieder«, antwortete er ungehalten. »Geh zurück und lass mich in Ruhe.«

»Kehrst du zu Tzulan zurück, oder wirst du auf Ulldart bleiben, um weiterhin Unheil zu stiften, Nesreca?« Schleifend zog er die aldoreelische Klinge aus ihrer Scheide.

»Ich weiß es noch nicht«, gestand der Konsultant, ohne sich umzuwenden. »Vielleicht finde ich andere Verbündete, die ich für Tzulan gewinnen kann.« Er schaute über die Schulter, zeigte dem einstigen Kabcar sein Profil, die Lippen zu einem spöttischen Lächeln geformt. Sachte wehte das quecksilberfarbene Haar. »Verbündete, mit denen ich mein Ziel erreiche. Nicht so wie mit dir. Oder deinem Sohn.«

»Dazu gebe ich dir keine weitere Gelegenheit. Ich rief dich«, Lodrik hob die Schneide, »ich vernichte dich.«

»Eine einfache Gleichung«, lobte Nesreca, sein grünes Auge funkelte amüsiert auf. »Aber sie hat eine Unbekannte.« Er drehte sich abrupt um und hielt eine ohnmächtige Frau schützend vor sich. Die lederne Rüstung hing in Fetzen an ihr herab. »Auch wenn sie dir eine Bekannte sein dürfte.«

»Norina!«, stieß der Kabcar entsetzt aus.

Nesreca zeigte seine vollkommenen Zähne. »Ich war so frei und besorgte mir eine Versicherung.«

»Lass sie los!«

»Wenn ich in einem netten Refugium angelangt bin.« Gelassen betrachtete er die Schlacht, die zwischen den Hügeln tobte. »Aha. Wie es aussieht, steht Govan noch als Einziger. Wollen wir uns ansehen, ob deine Freunde seinen Kräften Stand halten?«

»Du widerliche Kreatur!«, fluchte Lodrik und wollte einen Schritt nach vorn machen, als sich Nesrecas Hand um den Nacken seiner Geliebten legte.

»Ein einziger Schritt, und ich breche ihr das Genick«, sagte er eiskalt. Die Maske des gefälligen Menschen fiel von ihm ab. »Wir sehen uns bestimmt wieder, Lodrik. Ich wünsche dir beim nächsten Mal mehr Glück.«

Norinas Lider flatterten, zäh öffnete sie die Augen. Doch sie erfasste die Situation sofort, als sie das besorgte Gesicht Lodriks vor sich sah.

Schwach erinnerte sie sich an die Prophezeiung Fatjas, dass das »Licht« erst nach ihrem Tod vollständig über die »Finsternis« siegen werde. Ihre braunen Augen wanderten über die noch dichten, schwarzen Wolken und die vereinzelten Strahlen. *Tobáar trug zum Gelingen bei. Ebenso werde ich es halten.*

Sie legte ihren Blick zärtlich auf den einstigen Kabcar, während ihre Hand an den Griff ihres Dolches wanderte. Norina lächelte ihn an.

»Ich liebe dich, Lodrik.«

Die Spitze der Waffe durchdrang ihre Rippen, verletzte das Herz tödlich und kappte den Lebensfaden. Tot hing sie im Griff des perplexen Konsultanten, der sie augenblicklich fallen ließ und rannte.

Mit einem Schrei, in den er all seine Verzweiflung legte, sprang der Kabcar über die Brojakin und rammte dem Wesen die aldoreelische Klinge in den Rücken.

Brüllend fuhr Nesreca herum und schlug nach Lodrik, der zu Boden stürzte. »Nun habe ich genug!«

Die menschliche Hülle riss, barst auseinander. Sein Körper wuchs in die Höhe, die Muskeln an Armen und Beinen schwollen an. Um den Furcht erregenden Körper spannten sich Eisenketten, gravierte Stahlbänder umfassten Unterarme und -schenkel. Ein knielanger Lendenschurz aus schwarzem Stoff bedeckte den Unterleib. Auf dem breiter werdenden Schädel wuchsen drei Hörner hervor.

Nesreca schaute den Menschen aus dreifach geschlitzten, magentafarbenen Pupillen an. Mitten auf der Stirn prangte im Zentrum der drei Hörner ein kreisrundes, tätowiertes Zeichen.

»Ich bin Ischozar, ein Kind Tzulans«, dröhnte er. Ein Paar schillernder, transparenter Schwingen entfaltete sich auf dem Rücken

»Ich bin Lodrik Bardri¢«, flüsterte der einstige Herrscher, als er sich erhob. Die Tränen brannten in seinen Augen. »Und du wirst bezahlen. Für alles, was du angerichtet hast.«

»Vor deinem Tod sollst du noch etwas erleben dürfen«, gab das Wesen voller Arroganz zurück. »Vater, befreie mich, damit ich ihn vernichte.«

Klirrend lösten sich die Ketten Ischozars.

Der Zweite Gott wuchs weiter an, während aus seinen Seiten vier zusätzliche Arme hervorbrachen. Ein stachelbewehrter Schwanz verlängerte das Rückgrat, ruckte wie eine Schlange zwischen den Beinen Ischozars hindurch und lauerte auf die Bewegung Lodriks.

»Du hättest mich gehen lassen sollen«, meinte der Zweite Gott überheblich.

»Niemals!« Lodrik sammelte seine nekromantischen Fertigkeiten und stürzte sich auf das Wesen.

Lorin und Tokaro rückten gemeinsam gegen Govan vor. Die schützende Wirkung der aldoreelischen Klinge leitete alle Attacken gegen sie ab und verschaffte ihnen die Möglichkeit, sich Schritt für Schritt an den umzingelten ¢arije heranzutasten, um den sich ein menschenleerer Kreis von etwa zehn Schritt Durchmesser gebildet hatte. Er musste schnell aufgehalten werden, ehe er aus lauter Verzweiflung und Ausweglosigkeit, da er als Einziger noch stand, seine Fertigkeiten großflächig einsetzte.

»Bleibt, wo ihr seid!«, verlangte Govan schrill. »Wenn ihr nicht auf der Stelle all die Waffen niederlegt, wird euch die Erde verschlingen.« Ein paar der Sumpfwesen aus Ammtára bewegten sich dennoch, und sofort erbebte der Boden. »Versucht es noch ein weiteres Mal, und ihr könnt euch ansehen, was für einen Warst es unter uns gibt.«

»Was willst du?«, sprach ihn Lorin an.

»Mein Recht«, erwiderte der junge Mann, dessen Kleider Brandflecken und -löcher aufwiesen. »Ich will der ¢arije von Ulldart sein.« Misstrauisch schaute er um sich, betrachtete die grimmigen Gesichter der Freiwilligen, die gekommen waren, um ihn aufzuhalten. »Ihr werdet mich zu meinen Truppen an die turîtische Küste ziehen lassen. Und euch für den Aufstand gegen euren Herrscher entschuldigen.«

Die Krieger murrten. Sogleich erbebte die Ebene aufs Neue.

»Und ich will, dass ihr mir eure Magie gebt«, verlangte Govan boshaft grinsend. »Du und diese junge Frau. Es tut danach auch nicht weh.«

Innerhalb eines Augenblicks fasste Lorin einen riskanten Plan.

»Einverstanden«, nickte er, warf sein Schwert weg und schritt auf seinen Bruder zu. Er winkte Soscha zu, die sich ihm mit Unverständnis in den Augen näherte.

»Was hast du vor?«, wisperte sie. »Wir können dem Wahnsinnigen nicht seinen Willen lassen.«

»Ich vertraue auf dich«, sagte er ebenso leise. »Gib ihm all deine Kräfte bis auf einen letzten Rest. Es ist die einzige Gelegenheit, die uns bleibt. Wir können ihn nicht auf dem herkömmlichen Weg vernichten.«

Auf den gönnerhaften Wink Govans hin knieten sie sich vor ihn in den Matsch.

Der ¢arije legte die Hand auf Soschas Stirn und begann damit, sie ihrer Magie zu berauben. Verzückt lachte er, genoss das Gefühl der einströmenden Macht, während sich die Ulsarin vor Schmerzen wand.

Ulldrael, wenn dir etwas an den Menschen liegt, so stehe mir bei! Lorin fasste die andere Hand des Herrschers und presste sie sich gegen den Kopf.

Sofort spürte er das Ziehen, das an seinem Innersten, Intimsten rüttelte und es trotz seines Widerstandes wie bei einem schlechten Aderlass Tröpfchen für Tröpfchen aus ihm heraussaugte. Gleichzeitig versuchte er, auf Soschas Weise mit seinen Fertigkeiten in Kontakt zu treten.

Er tastete nach der Magie, die ihm verstört antwortete. Der Vorgang des Raubes weckte offensichtlich Ängste in ihr. Er beruhigte sie, bereitete sie auf das Kommende vor.

Govan keuchte erschrocken auf, wollte die Hand von Lorins Haut lösen. Aber der junge Mann hielt sie fest.

»Du wolltest sie doch!« Er ließ seine Abwehr gegen den Raub fahren und öffnete die Schleusen. »So nimm sie dir!« Mit aller Gewalt brach seine Magie los und fuhr in den ¢arije.

Govans gequälter Schrei gellte durch die Luft.

Dieser Schub übertraf alles, was er durch die Cerêler bekommen hatte. Die Dosis der beiden sprengte sogar die Macht von Nesrecas Helfern. Gewaltsam trennte er sich von Soscha und Lorin. Die viel zu schnell gewonnene Energie durchströmte ihn, er wusste nicht, wohin er damit sollte.

Die Magie floss durch die letzte Faser seines Körpers, hitzte ihn weiter auf.

Der ¢arije fiel auf die Knie, stützte sich mit allen vieren auf den Boden.

Verzweifelt versuchte er, die rivalisierenden Mächte in seinem Innersten zu kontrollieren. Während sie miteinander austrugen, wer die Oberhand gewann, steigerte sich die Wärme so sehr, dass der Sand schmolz, wo Govan ihn berührte.

Die Ulldarter zogen Lorin und Soscha von ihm fort in einen sicheren Bereich.

Der junge Herrscher brach stöhnend zusammen. Die letzten Reste seiner protzigen Uniform stiegen als Ascheflöckchen in den Himmel. Seine Finger gruben sich krampfend in den Untergrund. Die Hitze ließ nicht nach und verwandelte die Stelle, an der er lag, in einen Pfuhl aus flüssigem Glas, in dem er sich schreiend wälzte.

Dann versank er. Blasen stiegen auf, die glühende Flüssigkeit brodelte.

Der ¢arije tauchte unvermittelt wieder auf und wälzte sich hustend mit letzter Kraft aus dem Loch.

Sein Körper war zu Glas geworden.

Er rollte sich auf den Rücken, versuchte etwas zu sagen.

Dann zerriss ihn die aufgestaute Magie mit einer lauten Detonation. Govan zerplatzte in tausend Splitter, die zerbrechlichen Überreste prasselten gegen die Umstehenden und verletzten so manchen.

An der Stelle, an der er verging, schwebten ein dunkelvioletter und ein blauer Nebel, eng miteinander verschlungen.

»Ist das Magie?«, wunderte sich Fatja leise.

Die beiden dunstartigen Gebilde trennten sich, stiegen auf und verschwanden in den Wolken. Die schwarze Decke riss an allen Stellen gleichzeitig auf und machte den beiden Abendsonnen Platz.

Die Menschen mussten die Augen vor der ungewohnten Helligkeit schützen. Ein goldener Schein fiel auf die gezeichneten Gesichter der Krieger.

»Seht, Ulldrael der Gerechte und alle Götter standen uns bei!«, rief Matuc getragen. »Wir haben über das Böse gesiegt!«

Die Menschen lagen sich erleichtert in den Armen, eine drückende Last fiel von ihnen ab. Die Wärme der Sonnen drang bis in ihre Gemüter und brachte ihnen die Gewissheit, ihre Heimat vor dem Untergang bewahrt zu haben.

»Perdór ist tot!«, stammelte Fiorell plötzlich fassungslos und kniete neben seinem Herrn nieder, dem ein Armbrustbolzen in der Brust steckte. Betroffenheit breitete sich unter den Kämpfern aus.

Rot sickerte das Blut aus der Wunde.

Der Hofnarr warf sich neben dem dicken König auf den Boden und barg das Gesicht an seiner Brust. »Warum habe ich das Pummelchen nur in den Krieg ziehen lassen?«, machte er sich Vorwürfe. Er tauchte die Finger in den Lebenssaft des Ilfariten. »Da, seht! Ich bin schuld! An meinen ...« Fiorell stockte, roch an der Flüssigkeit.

»Kirschlikör?« Rasch zog er den Bolzen aus der vermeintlichen Wunde und beförderte die Reste einer Praline mit hervor.

Hastig schnallte er Perdór den Harnisch ab. Darunter lag ein metallenes Kästchen, in dem der König seine eiserne Reserve aufbewahrte.

Perdór schlug die Augen auf. »Was ist los?« erkundigte er sich benommen. »Was starrt ihr mich alle so an?«

Das Gelächter, das daraufhin aufbrandete, konnte er sich nicht erklären. Und warum sich sein Hofnarr an seine Schulter warf, schon gar nicht.

Tokaro beglückwünschte den entkräfteten Lorin und die erschöpfte Soscha, schlug Krutor auf die Schulter und wollte nach seinem Vater sehen.

Als er ihn nirgends entdeckte, schwang er sich in den Sattel und machte sich zusammen mit dem Tadc besorgt auf die Suche.

Sie fanden ihn auf einem Stein sitzend, hoch oben auf der Kuppe der Anhöhe.

Lodrik blutete aus mehreren tiefen Wunden, die aldoreelische Klinge hatte er zu seiner Rechten in den Stein gestoßen.

Neben ihm ruhte Norina, auf deren Kleid sich in Höhe des Herzens ein roter Fleck gebildet hatte. Hinter Lodrik lag die zerstückelte Leiche eines unbeschreiblichen Wesens auf dem Boden, das einst Nesreca gewesen war.

»Bei Angor! Als reichten die Gefallenen auf dem Schlachtfeld nicht aus«, entfuhr es dem Ritter erschüttert, als er die Tote sah. »Der Preis für unseren Sieg war hoch.«

»Zu hoch«, fügte sein leiblicher Vater eisig hinzu, während er die sonnendurchflutete Ebene betrachtete, von der die Hochrufe heraufschallten.

»Sie war immer so nett zu mir«, jammerte Krutor und streichelte das Haar der Brojakin.

Der Nekromant spie aus. »Ich hätte den Tod tausendmal mehr verdient als sie. Aber die Götter wollten mich wohl noch weiter strafen.« Er blickte zum aufklarenden Himmel. »Ulldrael der Gerechte ist ein rachsüchtiger Gott«, stellte er voll kalter Wut fest. »Zuerst gab er ihr das Gedächtnis zurück und führte uns zusammen, damit mich der Schmerz über ihren Verlust umso härter trifft.«

»Du haderst mit dem Falschen«, sagte eine weibliche Stimme neben ihnen. Ein dürres altes Weib in einer dunklen Robe stand unvermittelt hinter ihnen. Ihr Gesicht war von einer Kapuze verborgen, die knochige Rechte hielt den Griff einer schwarzen Sichel.

Treskor scheute zurück. Tokaro machte einen Schritt auf sie zu, wurde aber sofort von Lodrik aufgehalten. »Rühr sie nicht an!« Zur Erklärung deutete er auf den Boden. Kreisförmig starb alles Leben um sie herum ab.

Lodrik zog die aldoreelische Klinge aus dem Felsen und richtete die Spitze gegen das unter dem Tuch verborgene Gesicht. »Wenn du Vintera bist, gib Norina ihr Leben zurück. Bist du es nicht, dann zieh deiner Wege, Trugbild.«

»Du hast doch inzwischen erkannt, wozu du in der Lage bist, Lodrik. Warum gibst du ihr das Leben nicht selbst?«, lautete die sanfte Antwort. »Einem Nekromanten sollte das leicht fallen.«

»Nein. Ich würde ihren Leib lebendig machen, aber nicht ihre Seele.« Er machte einen Schritt auf sie zu, das Ende des Schwertes stand dicht vor der Kapuze in der Luft.

»Du stellst dich gegen eine Göttin, nur um einen Menschen aus meinem Reich zu retten?«, meinte die Gestalt. »Bist du so mutig oder so dumm, Lodrik?«

»Ich bin viel mehr als das«, entgegnete er finster, »ich bin verzweifelt. Zu verlieren habe ich nichts mehr, was soll's also.« Dabei ließ er die Alte nicht aus den Augen.

»Ein Leben für ein Leben?«, unterbreitete sie ihm den Vorschlag.

Lodrik nickte sofort. »Einverstanden.« Er senkte das kostbare Schwert, warf es achtlos zu Boden. »Nimm meines. Aber bringe sie zurück«, bat er eindringlich. »Ulldart und Tarpol brauchen sie bestimmt mehr als mich.«

Vintera legte den Kopf zur Seite, die Sichel rotierte in ihrer Hand um die eigene Achse. »Da sprichst du Wahres, Lodrik.«

Norinas Oberkörper schoss in die Höhe, ihre Augen waren geweitet. Wie eine Ertrinkende sog sie die Luft ein, röchelte und fasste sich an die Brust, wo die Klinge des Dolches eingefahren war. Krutor und Tokaro kümmerten sich sofort um die Brojakin.

»Du stehst nun in meiner Schuld, Lodrik. Sei gewiss, ich fordere sie ein«, hörte er Vintera sagen.

Der Nekromant drehte sich zu seiner Geliebten, lächelte glücklich und erwartete gleichzeitig den Schlag mit der Sichel, der ihn zum zweiten Mal ins Jenseits führen würde.

Doch er blieb aus.

Als er sich umwandte, war von der unheimlichen Besucherin keine Spur. Nur der Flecken abgestorbener Pflanzen zeugte von der Anwesenheit der Todesgöttin.

Ulldart, Königreich Aldoreel, Onshareen, hundertneun Meilen östlich von Taromeel, Frühjahr 460 n. S.

Zvatochna machte in der mittelgroßen Stadt Halt und gönnte sich im vornehmsten Gasthaus eine Rast, nachdem sie es im Sattel ihres Pferdes nicht mehr aushielt.

Notgedrungen schickte sie nach einem Schneider, um eine neue Garderobe anfertigen zu lassen, und heuerte sich zwei Bedienstete vom Wirt an, die sie in die Stadt schickte, um Besorgungen zu machen.

Die Kabcara würde keinesfalls preisgeben, wer sie in Wirklichkeit war.

Sollten die Leute nur glauben, sie hätten es mit einer durchgebrannten Adligen zu tun. Als die Schwester des wahnsinnigen Govan Bardri¢ würde sie sich niemals vorstellen. *Wer weiß, wozu die Menschen in der Lage sind.* Das verdreckte Schwert wickelte sie aus dem Umhang aus und stellte es in die Ecke.

Kurz darauf wurde ihr der Badezuber mit dem heißen Wasser gebracht. Rasch leerte sie die Essenzen hinein, die ihre neuen Diener ihr vom Markt mitgebracht hatten.

Seufzend entledigte sie sich ihrer Kleidung und stieg in das heiße Wasser, um sich den Schmutz, den Schweiß und die Erinnerungen an den vergangenen Tag abzuwaschen. Sie reinigte ihre marmorweiße Haut, atmete den Duft der Öle ein und entspannte sich etwas. Selbst ihre Wut milderte sich ab.

Ein leises Stöhnen weckte ihr Misstrauen.

Die Bauerntölpel werden gewiss durch ein Astloch schauen und mich beobachten, vermutete sie, reckte sich ein wenig, hob ihren Oberkörper aus dem Wasser und räkelte sich im Zuber, um die Geilheit der Burschen mit ihren Reizen bis zur Besinnungslosigkeit anzufachen.

Da vernahm sie ein leises, melodisches Frauenlachen unmittelbar neben ihrem Ohr.

Etwas streifte ihr Gesicht, fuhr liebkosend durch ihre nassen Haare. Das Wasser verwirbelte, als spielte jemand mit den Fingern darin herum.

Erschrocken zuckte Zvatochna herum. »Wer wagt es?«, giftete sie.

»Du bist sehr schön«, raunte die Unsichtbare. Zwei Hände glitten über ihren Körper. »Du hättest mir zu meinen Lebzeiten begegnen müssen, mein Kind.«

»Zurück!«, befahl die Kabcara und wollte aufspringen. Aber etwas hielt sie fest, sie spürte die Berührung vieler Finger an ihrem Leib. *Was geschieht hier?* Die Kabcara sammelte ihre Magie, ohne zu wissen, wohin sie die Strahlen richten sollte.

»Du hörst uns zu, mein Kind«, sang die Frauenstimme. »Wir möchten, dass du uns befreist. So wie es uns versprochen wurde.«

»Befreien?« Zvatochna verstand kein einziges Wort.

»Aus unserem Gefängnis«, erklärte die Unsichtbare, und geisterhafte Hände drehten den Kopf der jungen Frau in Richtung des Schwertes, das sie aufs Geratewohl in Taromeel aufgehoben hatte. Durch die Schmutzschicht hindurch erkannte sie, wie die Gravuren aufleuchteten.

Meine Güte! Das ist Vaters Schwert!, erkannte Zvatochna die Waffe wieder. »Und wie soll ich das bewerkstelligen? Wer seid ihr überhaupt?«

Nach und nach nahmen schemenhafte Wesen um sie herum Gestalt an. Mehr als dreißig Männer und Frauen in den Gewändern aus unterschiedlichsten Zeiten materialisierten sich und standen mit ihren durchsichtigen Körpern um die Wanne der Kabcara herum. Unwillkürlich sank Zvatochna ins Wasser zurück.

Die Oberfläche des Wassers hob sich zu ihren Füßen, und eine Frau im Gewand einer vermögenden Dame tauchte auf. In kleinen Perlen rann das Wasser über die schimmernde Silhouette, ihr Arm hob sich, und ihr Handrücken strich zärtlich über die Wange der vor Schreck wie gelähmten Kabcara.

»Ich bin Fjodora Turanow. Wir alle sind die Seelen der Hingerichteten, dazu verdammt, in der Klinge zu leben, bis man uns davon erlöst«, erklärte sie. »Der vorherige Besitzer hat uns das versprochen, also wird es möglich sein. Damit ist es deine Aufgabe, bezaubernde Maid.«

»Hinfort!« Zvatochna richtete in ihrer Angst einen vergleichsweise harmlosen Stoß ihrer Kräfte gegen die Spukgestalt, die zusammenzuckte und ächzte.

Die zärtliche Hand ruckte an Zvatochnas Kehle und drückte sie unter Wasser. Nach einer halben Minute endete das Untertauchen, prustend kam sie an die Oberfläche.

»Versuche das noch einmal, Täubchen, und du wirst in diesem Zuber sterben«, wisperte die geisterhafte Diva.

»Geht zurück in das Schwert!«, verlangte die junge Frau trotzig.

»Wer sollte uns dazu zwingen? Du hast erfreulicherweise keine Macht über uns«, lachte der Geist auf. »Wir weichen dir nicht mehr von der Seite, bis es dir gelungen ist, uns zu befreien. Egal, wo du bist, Tag und Nacht umschwirren wir dich, Mägdelein. Du entkommst uns nicht.«

»Und wenn ich nicht will? Wenn ich euren Wunsch nicht wahr werden lassen kann?«

Eine der Seelen wandelte sich zu einem flirrenden Dunst und huschte durch sie hindurch.

Zvatochna fühlte, wie ihre Innereien zu Eis gefroren, ihr ein frostiger Wind durch den Magen rauschte und Schmerzen bereitete. Mit einem Keuchen krallte sie sich an den Rändern des Zubers fest.

»Zerstören wir dich, Täubchen«, lautete die Antwort, so melodiös, als trüge Fjodora Turanow den Dialog eines Theaterstücks vor.

Die Kabcara zog ihre Kräfte zusammen. »Das wollen wir doch erst einmal sehen!« Gleißende dunkelrote Strahlen schossen aus ihren Fingern und fuhren in die Umrisse der Diva, auch andere Geister wurden von der magischen Attacke getroffen.

Die Seelen formten sich in ihre brodemgleiche Gestalt zurück und griffen Zvatochna an, die dem Ansturm nichts entgegensetzen konnte. Verzweifelt wand sie sich unter agonischen Qualen, das Wasser bildete Schaum, wogte in der Wanne hin und her, bis es durch ihr krampfartiges Zappeln überschwappte und sich auf dem Boden ausbreitete.

Als der alarmierte Wirt und zwei beherzte Diener die verriegelte Tür eintraten und das Zimmer der feinen Dame stürmten, um ihr im Kampf gegen die vermeintlichen Räuber oder Vergewaltiger beizustehen, war das Rufen verstummt.

Zvatochnas Körper befand sich beinahe vollständig unter der Wasseroberfläche, ein Arm hing erschlafft über den Rand. Ihre Fingernägel hatten tiefe Kratzer in der Außenwand des Zubers hinterlassen.

»Hol einen Cerêler«, befahl er dem Stalljungen. Furchtsam näherte er sich der jungen Frau und zog ihren Kopf hoch, um sie zum Atmen zu bringen. Doch ihr nackter Brustkorb hob und senkte sich nicht mehr.

Sie war noch so jung an Jahren. Der Mann betrachtete das schöne Antlitz. *Welch ein Verlust.*

**Kontinent Ulldart, Königreich Aldoreel,
Taromeel, Frühsommer, 460 n. S.**

Dem Heer der Freiwilligen waren Scharen von Gesandten gefolgt. Die Stadt Taromeel abseits des »Wunderhügels« und des stinkenden »Blutfeldes« platzte vor diplomatischen Delegationen beinahe auseinander. Die Fahnenstangen reichten nicht mehr aus, um die Banner der Adligen im Wind flattern zu lassen.

Es galt, die Zukunft Ulldarts zu verhandeln. Und zwar möglichst rasch, um die geschwächten Reiche nicht lange ohne Führung zu lassen.

Zur Beratung hatte man sich in einem Theater niedergelassen. Das Parkett, die Ränge und Emporen boten genügend Platz für die Gäste, gleichzeitig konnten sich alle sehen und notfalls direkt auf die Einwürfe der anderen antworten.

Perdór thronte auf der Bühne, um ihn herum eine Ansammlung von Schreibern, und führte als von allen anerkannte Persönlichkeit den Vorsitz des Konvents, der schwieriger zu leiten war als ein Haufen nörgeliger Kinder. Im Souffleurkabuff hockte Fiorell, leise schnarchend.

Die Botschafter schienen in ihrem Element, stellten Forderungen gegenüber anderen Ländern in Rechnung, bis sich auf seltsame Weise alle in den Ansprüchen verhedderten und keiner mehr schlau aus dem Wust wurde.

Der ilfaritische König ließ die Botschafter sich austoben. Seit zwei Tagen redeten sie ohne Unterlass. *Bald sind alle heiser, dann wird die stimmlose Vernunft Einzug in dem Gebäude halten, in dem sich in der Tat bühnenreife Szenen abspielen.*

Perdór erinnerte sich an die Unterredung mit Torben Rudgass, der zusammen mit Varla als Botschafter des rogogardischen Reiches in einer der Logen und ebenso dringlich wie der Ilfarit darauf wartete, dass die Gesandten einsichtig wurden.

Wieder einmal hatte der Pirat mehr Glück als Verstand gehabt. Auf seinem Weg nach Rogogard, wo er nach der vermissten Varla hatte suchen wollen, war er mitten in eine Abordnung der kalisstronischen Ostküste hineingesegelt, die aus seiner Heimat gekommen war und dort vergebens einen Gegner gesucht hatte.

Auf dem Weg nach Tûris, wohin die Flotte des ¢arijes abgerückt war, waren sie auf tarvinische Schiffe unter der Leitung von Varla gestoßen. Torbens Gefährtin war die Flucht aus Rogogard und in ihre Heimat gelungen. Wegen ihrer drastischen Schilderungen der Bedrohung und der Lüge, Tarvin werde das nächste Opfer des tarpolischen Herrschers sein, hatte man ihr eine Flotte mitgegeben.

Die vereinten Streitmächte waren über die Tzulandrier in Tûris hergefallen und hatten sie vernichtet. Die übrigen Gegner, die angefangen hatten, Palestan zu verwüsten, hatten daraufhin die Flucht ergriffen. Tarviner, Rogogarder und Kalisstri waren unter günstigen Winden die Flüsse hinaufgesegelt und hatten sich eilig auf nach Taromeel gemacht, um an der Schlacht teilzunehmen.

Es waren solche Geschichten, die Perdór fest daran glauben ließen, dass sie nur mit Hilfe der Götter Govan und seine Helfer vernichtet hatten. Und es waren die quengelnden Diplomaten, die ihn zur Weißglut brachten.

Er horchte auf, als es im Theater still und stiller wurde.

»Majestät, wollt Ihr denn nichts unternehmen?«, rief ein borasgotanischer Adliger verzweifelt und breitete die Arme aus.

Der König lächelte, faltete die Hände vor dem angewachsenen Ränzlein und lehnte sich zurück. »Mir deucht, die Herrschaften besinnen sich allmählich ihrer guten Stube und des Hirnschmalzes, das sie sicherlich in ihren gepflegten Köpfen aufbewahren.« Es regte sich kein Widerspruch im Saal. »Sehr schön. Dann wollen wir einmal ernsthaft an die Sache herangehen. Ich schlage vor, dass die Reiche sowie Baronien ihre Grenzen vom Jahr 443 erhalten, damit niemand aus der Situation einen Nutzen schlagen kann.« Perdór griff neben sich und nahm seine Merkzettel zur Hand. »Kümmern wir uns um die Sorgenkinder. Tersion ist derzeit ohne Führung, die gnädige Alana II. hat sich noch nicht aus ihrem selbstgewählten Exil aus dem Reich ihres Schwiegervaters gemeldet.« Er blickte zur entsprechenden Loge. »Die einflussreichsten Familien in Baiuga könnten eine Übergangsregierung bilden, bis die Regentin in Kenntnis gesetzt wurde.«

Die Abgesandten berieten sich kurz und meldeten ihr Einverständnis.

»Exquisit. Borasgotan?«

»Wir wählen uns einen Nachfolger aus den Reihen der Adligen«, kam die Antwort nach heftigem Getuschel.

»Achtet aber darauf, dass Ihr keinen Geistesschwachen erwischt«, konnte es sich der ilfaritische König nicht verkneifen. »Aldoreel hat seine Nachfolge durch einen Neffen von König Tarm geregelt. Serusien, Rundopâl, Tûris und Hustraban sind sich ebenfalls in ihrer Führung einig, hervorragend«, ging er die einlaufenden Meldungen durch. »Und die Baronien möchten ihre Selbstständigkeit zurück, die Adligen wurden uns benannt.« Sein Gesicht verzog sich. »Wir haben ein Problem, was Tarpol angeht, meine geschätzten Herrschaften und Exzellenzen. Vorgeschlagen wurde Lodrik Bardri¢. Und zwar durch die Sprecher der Freiwilligen, die uns bei der Schlacht zu Hilfe kamen.«

Ein Aufschrei ging durch das Theater. Man warf als Zeichen des Protestes Blätter in die Luft, alle riefen durcheinander und verbaten sich, dass der alte Kabcar in Amt und Würden zurückkehrte. Gleichzeitig wurde Wiedergutmachung für die angerichteten Schäden durch die Tzulandrier gefordert.

Perdór blickte zur obersten Loge, wo sich der Mann im Schatten verbarg. »Wollt Ihr dazu etwas sagen?«

Lodrik, gekleidet in seine lange Robe, kam nach vorn und stellte sich an die Brüstung, damit ihn alle sahen. »Ich wusste nichts von dem Anliegen der Leute, sonst hätte ich es ihnen ausgeredet.« Sein Blick schweifte über die Vielzahl von Menschen. »Es lag niemals in meiner Absicht, auf den Thron zurückzukehren. Dazu wiegt die Schuld, die ich auf mich lud, zu schwer, denn das Blut vieler Unschuldiger klebt an meinen Händen, wissentlich und unwissentlich. Meine Absicht ist es, mich Eurem Urteil zu stellen. Eine andere Person wird meinen Platz in Tarpol einnehmen.«

»Wer denn?«, erkundigte sich der Botschafter von Agarsien. »Bei allem Respekt, Ihr wollt doch nicht etwa Euren geistig minderbemittelten Sohn einsetzen?«

»Ich will nicht«, sagte Krutor aus dem Hintergrund der Loge hastig. Perdór musste schmunzeln.

Auch Lodriks ernstes Gesicht wurde freundlicher. »Bei allem, was geschehen ist: Mein Kurs der Neuerungen in Tarpol brachte meinen Untertanen Gutes. Das muss wieder so werden.« Er trat nach hinten und erschien zusammen mit Norina am Geländer. »Ich bin immer noch der Kabcar von Tarpol. Und hiermit danke ich zu Gunsten von Norina Miklanowo als neuer Kabcara von Tarpol ab. Sie war es, die mich dazu brachte, über die Veränderungen nachzudenken. Sie wird die Errungenschaften fortführen, wie es dem einfachen Volk am ehesten zum Vorteil gereichen wird. Zudem kann ihr niemand einen Vorwurf an den Dingen machen, die in den letzten Jahren geschahen. Wenn Ihr Eure Wut auslassen möchtet, dann an mir.« Er trat in den Schatten zurück.

»Wärt Ihr bereit, das Amt anzunehmen?«, erkundigte sich der ilfaritische König. *Da hat er eine sehr gute Wahl getroffen. Brillanter Schachzug.*

»Aus vollem Herzen und mit aller Kraft, die ich aufbringen werde«, erwiderte die junge Frau fest und betrachtete den Konvent ohne ein Zeichen von Unsicherheit.

»Damit ist diese Schwierigkeit geschickt umschifft«, seufzte Perdór erleichtert.

»Sehr schön. Kommen wir zum Geschäftlichen. Im Namen unseres Königs, Puaggi von Palestan«, erhob sich ein Mann im Parkett – den der ilfaritische König als Tezza wiedererkannte – und blickte zur designierten Kabcara hinauf, »verlangt unser Land Schadenersatz von Tarpol für die vielen vernichteten Schiffe und die zerstörten Häuser, die Euere Verbündeten aus Tzulandrien anrichteten ...«

»Hört auf, so dämlich zu schwatzen!« empörte sich sein Amtskollege aus Agarsien, der vor Leidenschaft und Temperament beinahe aus der Loge gestürzt wäre und sein Leben nur dem beherzten Zugriff seiner Begleiter verdankte. »Durch Eure Schuld haben wir unsere Schiffe verloren, weil Ihr so arglistig mit dem Feind paktiert habt, ganz wie es Euch gefiel, Ihr Umfaller! Sich in den letzten Tagen loszusagen ist keine große Kunst! Ihr habt Euer Mäntelchen nach dem Wind gehängt und Euch an unserem Elend bereichert! Ihr müsstet an ganz Ulldart berappen!«

Aus den Emporen hagelten nun Gegenstände auf Tezza herunter, der sich rasch setzte und sich schließlich unter seinem Tisch verkroch.

Perdór überließ den Palestaner eine Zeit lang seinem Schicksal, ehe er schlichtend eingriff. »Exzellenzen, mäßigt Euch!«, rief er die Anwesenden zur Ordnung. »Nehmt wenigstens kein Naschwerk. Das tut einem ja in der Seele weh.« Der Regen gegen die palestanische Delegation verebbte. »Es wird keine Wiedergutmachungen geben.«

Ein neuerliches, aufgebrachtes Gemurmel flutete den Theaterinnenraum.

Dem Ilfariten platzte der Kragen.

Er sprang auf, das Bäuchlein wogte gefährlich hin und her, die grauen Korkenzieherlöckchen auf dem Kopf und ums Kinn wippten wie verrückt.

»Seid endlich still, Herrschaften!« Er streckte seinen Zeigefinger vor und ließ ihn langsam von rechts nach links wandern. »Ihr alle, wie Ihr da sitzt, tragt Schuld an dem, was sich auf unserem Kontinent ereignet hat. Entweder weil Ihr nichts oder weil Ihr das Falsche tatet. Als Arrulskhán sich gierig gegen Tarpol wandte, um sein Reich zu vergrößern, sahen wir weg oder, was noch viel verwerflicher war, beteiligten uns an dem Raubzug! Wir, Exzellenzen, haben die Katastrophe ausgelöst, die unter immensen Verlusten nur wenige Meilen von hier blutig endete. Wohl gemerkt, mit der Hilfe des Kabcars.« Schnaufend sah er in die betroffenen Gesichter. »Wer sich gänzlich sicher ist, im Jahre 443 alles Mögliche für den jungen Lodrik Bardri¢ getan zu haben, der darf nun aufstehen und seine Forderungen vorbringen. Und einen Vorschlag anbringen, wie man den abgedankten Kabcar bestrafen soll.« Demonstrativ ließ er sich auf seinen Polsterstuhl fallen, der unter seinem Gewicht bedenklich knarrte. »Ich werde es nicht tun.«

Als einer der Palestaner seinen Hintern lüpfte, zog ihn Tezza leise schimpfend zurück und drosch ihm den Dreispitz um die Ohren, dass die Federn stoben.

Niemand wagte es, sich zu erheben.

Perdór wartete ab, bis er aufstand und deutete eine Verbeugung an. »Ich verneige mich vor Eurem Einsehen und der plötzlichen Weisheit, Exzellenzen. Wir sollten nun daran arbeiten, dass unsere Heimat dort, wo sie die Wunden der Tzulandrier trägt, rasch verheilt. Wenn uns dieses Kapitel unserer gemeinsamen Geschichte etwas zeigte, ist es der Umstand, dass wir zukünftigen Gefahren gemeinsam begegnen müssen. Ohne Ausnahme.« Er deutete auf die Ausgänge. »Ich schließe den Konvent. Den Delegationen gehen in Kürze die Verträge zu, in denen das Besprochene festgehalten wird. Wir treffen uns alle heute Abend zu einer großen Feier, bei der wir der Toten gedenken und die Götter preisen, dass sie uns ihren Beistand schenkten.« Er lächelte verschmitzt. »Natürlich darf auch gegessen und getrunken werden.«

Die Abgesandten standen auf, Stuhlbeine schabten über den Boden, der Stoff der Vorhänge in den Logen raschelte. Die Versammlung löste sich auf.

Der ilfaritische Herrscher lehnte sich zurück und fischte nach einer Praline. *Ulldrael, da machst du etwas mit.* Erlöst schob er sich das Naschwerk in den Mund.

Es wurde ruhiger und ruhiger. Nur das Schnarchen, das aus dem Souffleurkabuff dröhnte, störte die Stille.

»Das darf doch nicht wahr sein?!« Perdór stemmte sich ungläubig aus dem Stuhl hoch und klopfte gegen die Verschalung. Keine Reaktion. »Holla!«, brüllte er.

Fiorell zuckte aus dem Schlaf hoch und schlug sich rumpelnd den Kopf an. Aus kleinen Augen blinzelte er seinen Herrn an. »Was denn, Ihro Fortissimohaftigkeit?«

»Du hast deinen Einsatz verpasst.«

»Nicht möglich! Ist die Aufführung zu Ende?«, staunte der Hofnarr und turnte aus dem winzigen Verschlag. »Tatsächlich! Alle gegangen. Drama oder Komödie?« Er rieb sich die Stelle am Schädel, die mit dem Holz kollidiert war. »Es gibt vermutlich Krieg, was? Da sind sich die meisten schnell eins.«

»Nein. Ich habe vermittelt.« Stolz wippte Perdór auf den Zehenspitzen hin und her.

»Ohne mein Vorsagen? O Schreck! Ein Trauerspiel, demnach? Gar eine Tragödie?«

»Unsinn. Ein heiteres Stegreiftheater, würde ich sagen.«

»Obacht, Majestät.« Fiorell tippte gegen den Bauch des Königs. »Vor Selbstzufriedenheit ist Euch das Pänslein geschwollen.«

»Dir schwillt gleich der Kopf«, drohte der König und ging auf den Possenreißer zu, der sich lachend und mit Flickflacks von der Bühne rettete.

Perdór folgte ihm. *Beinahe hätte ich etwas vergessen.* Er blieb stehen und verbeugte sich artig wie ein Darsteller vor den leeren Stühlen, ehe er hinter dem Vorhang verschwand. *Der Applaus ließ ein wenig zu wünschen übrig. Aber wer erwartet schon Dankbarkeit bei diesem Publikum?*

Es wurde in der ganzen Stadt gefeiert, überall sang man zu Ehren der Gefallenen und der Götter, feierte den Sieg über Govan, Sinured und nicht zuletzt über Tzulan. Auf dem Marktplatz fanden die Persönlichkeiten, Abgesandten und Exzellenzen zusammen. Nicht alle Botschafter und Reiche waren sich untereinander grün, doch die Worte Perdórs bewirkten, dass keinerlei Streitigkeiten untereinander ausbrachen. Die Freude stand an diesem Abend im Mittelpunkt.

Norina, die ein einfaches, geschmackvolles Kleid trug, reichte Stoiko und Waljakov ein Glas mit Wein, stieß mit den beiden Freunden an und trank auf das Wohl Tarpols.

»Ich glaube, eine Kabcara hat mich noch nie bedient«, meinte der K'Tar Tur grinsend und berührte die Narbe am Unterkiefer, die von Aljaschas Ring stammte.

»Und du wirst mich auch niemals so nennen, alter Freund«, meinte die künftige Herrscherin. Sie legte ihre Hände auf die der Männer. »Ich möchte, dass ihr mir zur Seite steht, wenn wir in Ulsar sind. Euer Rat ist mir wichtig.«

»Was ist mit dem Jungen?« Waljakov schaute über die Menge, ohne die Robe seines einstigen Schützlings erkennen zu können.

»Lodrik?« Norina lächelte. »Er wird nicht erscheinen. Er meidet die Menschen, um kein Unwohlsein bei ihnen hervorzurufen. Wir haben uns daran gewöhnt, aber hier würden die Leute vor ihm wie vor einem Geist zurückweichen.« Sie prostete den beiden betagten Vertrauten zu. »Aber er wird mit zurück nach Ulsar reisen.«

»Er bleibt bei uns?«, staunte Stoiko. »Wie hast du das erreicht?«

Die hochgewachsene Frau zog die Augenbraue hoch. »Ich sagte ihm, dass ich das Amt der Kabcara nur annehmen würde, wenn er bei mir bliebe. Nichts wird uns mehr trennen.«

Der kahle Hüne räusperte sich. »Auf mich wirst du erst in ein paar Monaten zählen können.« Erstaunt sahen ihn Stoiko und Norina an. Sofort wurde der einstige Leibwächter rot. »Ich muss noch etwas erledigen.« Hastig stapfte er davon.

»Verzeiht.« Lorin gesellte sich an ihre Seite. Stoiko zog sich unter einem fadenscheinigen Vorwand zurück. »Ich wollte mich von dir verabschieden, Mutter. Morgen kehre ich auf dem Schiff von Rudgass nach Bardhasdronda zurück.«

Norina umarmte ihren erwachsen gewordenen Sohn. »Da habe ich mein Kind gefunden, und es verlässt mich schon wieder. Aber Kalisstron ist nur ein Katzensprung entfernt«, bemühte sie sich um ein heiteres Gesicht. »Du willst nicht bleiben?«

»Ich bin Kalisstrone«, antwortete er freundlich. »Eine wunderbare Frau erwartet sehnsüchtig meine Rückkehr. Und auch ich will sie endlich wieder in die Arme schließen. Fatja erträgt die Trennung von Arnarvaten jetzt, nachdem der Krieg vorbei ist, ebenfalls kaum einen Tag länger.«

»Natürlich. Ulldart steht tief in deiner Schuld, Lorin. Tarpol wird sich immer an deine Verdienste erinnern. Ich würde mich freuen, wenn mein Reich und zumindest Bardhasdronda rege Kontakte unterhielten.« Sie schaute ihm in die tiefblauen Augen.

»Davon kannst du ausgehen. Ist Vater da?«

Norina schüttelte den Kopf. »Ich richte ihm deine Grüße aus.« Sie küsste ihn auf die Stirn. »Pass auf dich auf, mein Sohn.«

Der junge Mann drückte sie an sich und ging schnell zu Matuc, der inmitten der kalisstronischen Schüler und ulldartischen Anhänger Ulldraels stand. Auch von ihm verabschiedete er sich in aller Herzlichkeit und erfuhr, dass sein Ziehvater nach dem Willen des Ordens des Gerechten, der im Untergrund die Zeit der Govanschen Verfolgung überstand, eine wesentliche Rolle im Wiederaufbau der geistlichen Struktur einnehmen sollte. Lorin freute sich mit Matuc. *Damit geht sein Traum in Erfüllung. Er bringt seiner Heimat den Glauben wieder.*

»Der haut also tatsächlich ab?!« Jemand schlug ihm von hinten auf die Schulter.

Lorin drehte sich um und schaute in Tokaros feixendes Gesicht. Sogleich bemerkte er, dass sich sein Halbbruder den Schädel beinahe kahl rasiert hatte, nur oben standen kurze Haarstummel. An seiner Seite war ein Mann um die dreißig, der wie er ein Kettenhemd und einen Wappenrock mit dem Zeichen des Gottes Angor trug. Beide Ritter führten aldoreelische Klingen mit sich.

»Ich kehre dorthin zurück, woher mich ein Schiff trug, um deine Heimat zu retten. Weil du es allein nicht hinbekommen hast«, grinste er seinen Halbbruder an. »Doch zusammen sind wir unschlagbar, was?!«

»Ich werde dich vermissen«, gestand Tokaro und wies auf den Krieger neben sich. »Darf ich vorstellen: Kaleíman von Attabo, Großmeister des Ordens der Hohen Schwerter und Teilnehmer der Schlacht von Taromeel. Er führte eines der Freiwilligenheere an.« Sie schüttelten sich die Hände.

Dann umarmten sich die Halbbrüder vorsichtig. Auch wenn Lorin nur noch ein winziges Überbleibsel seiner einstigen Magie in sich trug, so schmerzte eine direkte Berührung durch seinen Blutsverwandten noch immer.

»Bis dann. Besuche mich, wann immer du willst. Ich bringe dir bei, wie man auf einem Hundeschlitten fährt. Alles Gute.« Er verschwand in der Menge, um nach Fatja zu suchen.

»Nur, wenn das Meer nicht zu sehr schwankt«, rief Tokaro ihm nach und dachte voller Grauen an die Wogen, das Rollen unter den Füßen, das Auf und Ab. Er meinte schon, die See wieder unter sich zu fühlen ...

»Ihr werdet grün?«, wunderte sich Kaleíman. »Was ...«

Ohne Erklärung hastete Tokaro davon und rempelte gegen Pashtak, der als Vorsitzender der Versammlung der Wahren gerade das Büffet inspizierte. »Ach, unser mutiger Freund! Wie schön, Euch zu sehen.« Estra spitzte hinter seinem Rücken hervor und schenkte ihm ein Lächeln. »Ihr tragt das Zeichen Eures Gottes wieder offen?«

Der Ritter würgte die Übelkeit hinunter. Sich vor die Füße des Freundes zu erbrechen machte einen schlechten Eindruck. »Ja. Ich baue das auf, was mein Vater begründete. Nerestro von Kuraschkas Werk wird fortleben, die Hohen Schwerter erstehen in neuem Glanz.«

»Sehr erfreulich.« Pashtak erzeugte einen Ton, der dem Schnurren einer Katze nicht unähnlich war. »Ammtára wird seinen Status als Freie Stadt aufrechterhalten, wie ich mit dem Gesandten von Tûris verhandelt habe. Damit kann es auch bei uns unbesorgt weiter gehen.«

Die junge Frau kam näher. »Ich grüße Euch, Herr Ritter. Wer ist denn im Besitz der dritten aldoreelischen Klinge?«, erkundigte sich die Inquisitorin.

»Niemand. Sie ging zusammen mit Govan unter und wurde in dem Glasblock eingeschlossen. Derzeit lässt Perdór den Brocken aus der Ebene bergen und in Sicherheit bringen, bevor sich Fledderer die kostbare Beute unter den Nagel reißen.« Fasziniert betrachtete er ihre außergewöhnlichen Augen, die ihn gefangen nahmen. »Was haltet Ihr davon, wenn ich auf dem Weg nach Tarpol in Ammtára vorbeischaue? Ich besuche Euch, und Ihr zeigt mir die Stadt«, hörte er sich selbst sagen und erschrak über seine eigene Keckheit.

Ein erfreutes Leuchten ging über Estras Antlitz. »Sehr gern, Herr Ritter.«

Tokaro wollte noch etwas sagen, da hob sich sein Magen. »Verzeiht«, würgte er und rannte, um sich in aller Ruhe übergeben zu können.

»Bahnt sich da etwa eine Romanze an?«, meinte Pashtak girrend und rempelte seinem Mündel freundschaftlich in die Seite.

»Ach, was«, wiegelte Estra ab. »Ich bin nur neugierig geworden, weil er das Erbe meines Vaters antreten wird.«

Sie blickte zu dem eindrucksvollen Kensustrianer, der sich mit dem ilfaritischen König und dessen Hofnarr unterhielt. Neben ihm stand ein etwas kleinerer Kensustrianer, der die Gewandung eines Gelehrten trug.

»Ich bin gleich wieder da«, meinte sie und pirschte sich unauffällig in die Nähe ihres Landsmannes, ehe Pashtak etwas sagen konnte.

Sie begab sich in die unmittelbare Nähe und belauschte das Gespräch, das sich darum drehte, welche Fortschritte die Aufräumarbeiten im Geburtsland ihrer Mutter machten.

Die Ingenieure schufen riesige Schaufelräder und Pumpen, um das überflutete Marschland trocken zu legen. Da die Kriegerkaste ohne Anführer dastand, nutzten andere die Gunst der Stunde. Die Schicht der Gelehrten übernahm die Regierung Kensustrias. Das hatte zur Folge, dass sich Moolpár gegenüber dem Kensustrianer namens Mêrkos plötzlich ehrerbietiger verhalten musste. Er und Mêrkos sicherten zu, dass die Gefangenen so rasch wie möglich entlassen wurden. Perdór erklärte, dass er zusammen mit Soscha eine Universität ins Leben rufen werde, die sich um die Erforschung der Magie verdient machen wolle.

Wie gern würde ich mir Kensustria einmal ansehen, wünschte sich Estra und schlenderte zu Pashtak zurück, der sich mit der künftigen Kabcara unterhielt.

Er stellte sie gegenseitig vor. »Ich habe der Kabcara ans Herz gelegt, wie sehr wir uns für die Politik des Miteinanders von Lodrik Bardri¢ bedanken«, fasste er das Gespräch zusammen.

»Seid versichert, Vorsitzender, es war nur der Auftakt der neuen Toleranz. Wir in Tarpol werden die Gleichstellung beider Rassen vorantreiben und gegen die Vorurteile ankämpfen.« Norina nickte ihnen zu. »Wenn ich mir einen Überblick von den tarpolischen Verhältnissen gemacht habe, hört Ihr von mir.«

Die Brojakin wandte sich um und ging weiter, um sich mit den nächsten Diplomaten zu unterhalten. So verging die Zeit, bis auch sie erschöpft in ihre Unterkunft zurückkehrte.

Sie spürte die Anwesenheit Lodriks in dem dunklen Zimmer. Längst packte sie nicht mehr das Grauen; sie ignorierte das Gefühl, wenn sich ihre Härchen auf dem Arm aufstellten.

Ihre Augen gewöhnten sich an die Schwärze. Norina sah ihn am Fenster stehen. Im Schein der Nachtgestirne erkannte sie die Umrisse seines Gesichts, das zum »Wunderhügel« ausgerichtet war.

Sie trat zu ihm und stellte sich vor ihn, seine Hände legten sich um ihre Körpermitte. Die anfängliche Scheu vor ihr war gewichen.

»Siehst du, wie die Sterne wieder an ihrem angestammten Platz stehen?«, sagte er leise und deutete nach oben. Silberne Punkte leuchteten wie Diamanten auf schwarzem Samt am Firmament. »Arkas und Tulm sind verschwunden. Die Götter haben Tzulans Augen vom Himmel entfernt.«

Sie schmiegte sich glücklich an ihn. »Mit deiner Hilfe geben wir den Untertanen ihre Freiheit zurück. Es wird eine gute Zeit, die anbricht.«

Lodrik schwieg lange. »Stoiko, Waljakov und Krutor werden dir zur Seite stehen.«

»Und du«, fügte sie hinzu, keinen Widerspruch duldend.

Sie umschloss seine bleichen, noch immer knochigen Hände und zog sie fester um sich.

Nicht ganz so traurig wie sonst presste der Nekromant die Lippen auf ihr Haar. Seine Mundwinkel wanderten ein klein wenig nach oben.

**Kontinent Kalisstron, Bardhasdronda,
Frühsommer 460 n. S.**

Die Dharka lief an der Spitze der Flotte in den Hafen ein.

Die Planke lag noch nicht ganz auf dem Kai, da stürmte Fatja schon das schmale Brett hinunter und warf sich Arnarvaten unter dem Jubel der Stadtbevölkerung in die Arme. Aus diesem Anlass gaben selbst die sonst so beherrschten Kalisstri wenig auf Anstandsgepflogenheiten.

Ihr dicht auf den Fersen folgte Lorin. Jarevrån empfing ihn mit Tränen der Erleichterung und der überschwänglichen Freude. Der junge Mann hob die Frau übermütig hoch und schwenkte sie ausgelassen, bis er sie ganz schwindelig vor Glück und Drehen umarmte.

Varla und Torben lehnten auf der Reling des Oberdecks, die Gesichter in die Wangen gestützt und bei jedem beobachteten Kuss wohlig seufzend.

»So, du alter Pirat …«

»Freibeuter«, verbesserte der Rogogarder besserwisserisch.

Die Tarvinin schlug ihm auf den Arm. »Was auch immer, Lustsklave. Das hätten wir hinbekommen.« Sie nickte zu den großen Gewächshäusern und den Lagerhallen. »Was ist? Sollen wir die Gelegenheit nutzen und uns ein paar Sachen einstecken?«

»Bei allen Meeresungeheuern und Abgründen der Tiefsee!« Empört stemmte er die Arme in die Seite und schaute sie strafend an. »Ich überfalle doch keine Freunde!«

»Das hört man doch gern«, winkte Lorin von der Landungsstelle hinauf. »Kommt, es gibt ein Fest anlässlich unserer Rückkehr.«

Überlegen strahlte Torben seine Gefährtin an. »Siehst du, wir bekommen auch so, was uns als Helden zusteht.«

Varla fasste sein Gesicht mit beiden Händen und presste seine Wangen zusammen. »Manchmal könnte ich dich …« Sie drückte ihm einen wilden Kuss auf die Lippen. »Aber nur manchmal«, grinste sie.

Sie gingen von Bord des Seglers, während die anderen Schiffe von den Menschen aus Bardhasdronda begrüßt wurden.

Nach und nach leerte sich die Mole, Jung und Alt strömten stadteinwärts, um die Kämpfer, die die Invasion ihrer Heimat verhindert hatten, gebührend zu feiern.

Eine Frauengestalt harrte einsam am Anlegeplatz aus, ein Bündel Blumen in den Händen haltend. Hoffend und bangend richteten sich ihre Blicke abwechselnd auf die Segler, ob noch weitere Passagiere die Planken hinab kämen.

Es tat sich nichts.

Die Kalisstronin senkte den Strauß, wandte sich um und folgte schleppenden Schrittes den anderen nach, um nach dem Verbleib ihres Liebsten zu fragen, den sie sehnlichst erwartete. *Was mache ich, wenn ihm etwas zugestoßen ist?*, fragte sie sich erfüllt von Sorge.

Schwere Stiefel polterten die Planke hinab, Holz ächzte unter dem Gewicht des Mannes, der als Letzter von Bord ging.

Håntra flog herum und stieß einen leisen Freudenschrei aus.

Sie lief dem großen Leibwächter entgegen, der seine starken Arme ausbreitete und sie wie ein kleines Kind auffing. Er barg sein Gesicht an ihrem Hals und drückte sie so sehr, dass ihr die Luft ausging.

»Wo warst du?«, fragte sie atemlos und bedeckte ihn mit Küssen.

»Es waren mir zu viele Leute«, meinte er verlegen. Er streichelte ihre Wangen und schaute in die grünen Augen der Kalisstronin. »Ich bin es nicht gewohnt.«

»Du hast mir einen Schrecken eingejagt. Ich fürchtete das Schlimmste«, sagte sie ein bisschen vorwurfsvoll.

»Ich gab dir ein Versprechen«, sagte er ernst. »Nichts hätte mich aufgehalten, um es zu erfüllen.«

Håntra nahm seine Hand, zog ihn zu einem der Pfosten, an denen die Seile vertäut wurden, und zwang ihn, sich darauf zu setzen. Sie hockte sich auf seinen Schoß und umfasste zärtlich seinen breiten Nacken.

Unsicher suchte er ihren Blick. »Wirst du mich begleiten? Als meine Frau?«

Die Kalisstronin schluckte ihre Ergriffenheit hinab. »Es gibt nichts, was ich lieber täte.«

Kontinent Ulldart, Großreich Tarpol,
Provinzhauptstadt Granburg,
Frühsommer 460 n. S.

Die Niederlage des größenwahnsinnigen, verhassten ¢arije hatte sich unter den einfachen Leuten schnell herumgesprochen.

Ebenso der Umstand, dass Norina Miklanowo die nächste Kabcara des Königreiches Tarpol werden sollte und vermutlich just im Tempel Ulldraels gekrönt wurde, nachdem die Kathedrale eingerissen worden war. Die Freude über das kommende Ende der Unterdrückung mischte sich mit dem Stolz darüber, dass die Provinz die zukünftige Herrscherin stellte.

Doch nicht überall löste die Kunde die heitere Ausgelassenheit aus, wie sie auf den Straßen Granburgs herrschte.

Aljascha und Kaya saßen sich schweigend im Teezimmer der einstigen Herrscherin gegenüber, nahmen kleine Schlucke aus ihren Tassen und hingen ihren Gedanken nach. Die Träume der beiden Frauen, die Zukunft des Königreiches mitgestalten zu können, waren verpufft und hinterließen einen schalen Geschmack, der sich auch nicht durch den aromatisierten Tee hinwegspülen ließ.

Aljascha setzte ihr Gefäß elegant auf die Untertasse. »Wir haben noch unsere Freunde in Ulsar«, meinte sie.

»Ich bitte Euch.« Kaya warf ihr einen Blick zu. »Wie lange werden diese Menschen wohl im Brojakenrat oder in ihren Ämtern bleiben, verehrte Freundin?«, entgegnete sie demoralisiert. Sie stellte die Tasse ab. »Man erwartet mich, Aljascha. Nichts für ungut, ich habe noch ein wichtiges Treffen mit einem der aufstrebenden jungen Männer der Provinz. Er wird als der neue Gouverneur gehandelt.« Die Witwe Jukolenkos erhob sich. »Ich werde mich für Euch bei ihm einsetzen, damit wir die Lockerungen Eures Hausarrestes nach seinem Amtsantritt aufrechterhalten können.« Sie lächelte aufmunternd, drückte den Schönheitsfleck fest und betrachtete die aufgesteckten Haare ihrer Perücke im Spiegel.

»Ich könnte Euch begleiten«, bot sich Aljascha an. »Mein Eindruck würde seine Ansichten womöglich leichter umstimmen.«

Kaya schüttelte den Kopf, ihr Fächer klappte auf. »Nein, verehrte Freundin. Er ist ein treuer, ergebener Verfechter der Neuerungen, die einst Euer Mann für das Volk einführte. Ihr solltet seine Nähe vorerst meiden.« Die Frau raffte das aufwändige Ballonkleid ein wenig und verschwand zur Tür hinaus.

Die einstige Kabcara Tarpols schmetterte ihre Tasse gegen das Holz.

Elende Schlange! Ich kenne deine Absichten! Ausstechen willst du mich bei ihm. Aufgebracht eilte sie zum Fenster und schaute der Witwe des schon seit langem aus dem Amt beförderten Gouverneurs nach. *Du wirst dich noch wundern.* Als sich Kaya umwandte, zauberte Aljascha ein freundliches Lächeln auf ihr Gesicht und winkte ihr.

Die Frau mit den roten Haaren hörte ihren Sohn schreien.

Es wurde Zeit, dass sie ihn stillte. Ihr Gang führte sie ins Kinderzimmer, in dem ihr Spross lag. Berika hatte alles so weit vorbereitet, reichte ihrer Herrin den Säugling und verließ den Raum.

Aljascha zog sich ihr Obergewand auf der rechten Seite herunter und legte ihre Brust frei. Die Lippen des Kindes schlossen sich um die Warze und sogen die Nahrung auf. Zärtlich strich sie ihm über den Kopf.

Wir beide kommen zum Zug, wenn du groß geworden bist, mein Sohn.

Sie zog die Luft durch sie Zähne ein, als der Säugling die empfindliche Brustwarze mit seinen ersten rasiermesserscharfen Zähnchen anbiss, sodass Blut in die Milch floss. Als das Kind seinen Hunger gestillt hatte, breitete sich ein Kribbeln an der verletzten Stelle aus. Die Brustwarze verheilte innerhalb weniger Lidschläge.

»Das brauchst du nicht mehr, es ist schon warm genug.« Sie zog ihm behutsam das Mützchen ab. Feine, dünne Haare kamen darunter zum Vorschein, die silbrig wie Spinnweben schimmerten.

»Du bist etwas ganz Besonderes«, sagte sie leise zu ihm und küsste ihn auf die Stirn. »Mein Schlüssel zur Macht.«

Ihr Sohn schlug die Augen auf und blickte sie aus magentafarbenen Augen an. Die Pupillen waren für einen kleinen Moment dreifach geschlitzt, ehe sie ihre gewöhnliche Form annahmen.

Von Markus Heitz liegen bei Piper vor:
Schatten über Ulldart. Ulldart – Die Dunkle Zeit 1
Der Orden der Schwerter. Ulldart – Die Dunkle Zeit 2
Das Zeichen des Dunklen Gottes. Ulldart – Die Dunkle Zeit 3
Unter den Augen Tzulans. Ulldart – Die Dunkle Zeit 4
Die Magie des Herrschers. Ulldart – Die Dunkle Zeit 5
Die Quellen des Bösen. Ulldart – Die Dunkle Zeit 6
Trügerischer Friede. Ulldart – Zeit des Neuen 1
Brennende Kontinente. Ulldart – Zeit des Neuen 2
Fatales Vermächtnis. Ulldart – Zeit des Neuen 3

Ulldart I (Doppelband)
Ulldart II (Doppelband)
Ulldart III (Doppelband)
Ulldart IV (Dreifachband)

Die Zwerge
Der Krieg der Zwerge
Die Rache der Zwerge
Das Schicksal der Zwerge

Die Legenden der Albae. Gerechter Zorn
Die Legenden der Albae. Vernichtender Hass

Die Mächte des Feuers
Drachenkaiser
Vampire! Vampire!

SEI UNSER
HELD!
PIPER FANTASY
Gleich mitmachen und die magische
Welt der Piper Fantasy erleben! Neugierig?
Dann auf zu www.piper-fantasy.de!
Piper-Fantasy.de
PIPER

PIPER

Markus Heitz

Die Legenden der Albae – Vernichtender Hass

656 Seiten. Klappenbroschur

Die Albae Sinthoras und Caphalor sehen sich beinahe am Ziel ihrer dunklen Pläne: Das Geborgene Land, die Heimat der Zwerge, wird von der Armee aus Trollen, Barbaren und Albae erobert. Die Länder der verhassten Elben sind zum Greifen nahe. Aber bald schon schwindet der Halt unter den Verbündeten, und die Gier siegt über den Gehorsam. Dazu droht Sinthoras und Caphalor neues Unheil. Denn es erscheint ein unerwarteter, bezwungen geglaubter Feind vor dem Reich der Albae – während die besten Krieger im Geborgenen Land kämpfen und die Heimat der Albae dem Gegner nahezu schutzlos ausgeliefert ist … Lang erwartet – der neue Roman um die finsteren Feinde der Zwerge!

01/1960/01/R